中国文艺原创精品出版工程项目

中国现代通俗文学与通俗文化互文研究 上

范伯群 主编

江苏凤凰教育出版社
Phoenix Education Publishing, Ltd

图书在版编目(CIP)数据

中国现代通俗文学与通俗文化互文研究/范伯群主编. —南京:江苏凤凰教育出版社,2017.2
 ISBN 978-7-5499-6292-1

Ⅰ.①中… Ⅱ.①范… Ⅲ.①现代文学-通俗文学-文学研究-中国②俗文化-研究-中国 Ⅳ.①I206 ②G12

中国版本图书馆CIP数据核字(2016)第320170号

书　　名	中国现代通俗文学与通俗文化互文研究(上、下册)
主　　编	范伯群
策划编辑	章俊弟
责任编辑	周敬芝
装帧设计	张金风
出版发行	凤凰出版传媒股份有限公司 江苏凤凰教育出版社(南京市湖南路1号A楼　邮编210009)
苏教网址	http://www.1088.com.cn
照　　排	南京前锦排版服务有限公司
印　　刷	江苏凤凰新华印务有限公司(电话:025-68037410)
厂　　址	江苏省南京经济技术开发区尧新大道399号(邮编210038)
开　　本	787 mm×1092 mm　1/16
总 印 张	87.75
版　　次	2017年2月第1版 2017年2月第1次印刷
书　　号	ISBN 978-7-5499-6292-1
总 定 价	260.00元(上、下册)
网店地址	http://jsfhjycbs.tmall.com
公 众 号	苏教服务(微信号:jsfhjyfw)
邮购电话	025-85406265,025-85400774,短信02585420909
盗版举报	025-83658579

苏教版图书若有印装错误可向承印厂调换
提供盗版线索者给予重奖

序

吴义勤

范伯群先生是中国现代文学界"二代学人"的代表性学者之一,是学术成果丰硕的现代文学史大家。几十年来,他以一部部开创性的学术著作拓展了中国现代文学的研究疆域,提升了中国现代文学的研究水平,为中国现代文学研究做出了重大的贡献。他在鲁迅研究、郁达夫研究、冰心研究、陆文夫研究、高晓声研究等领域的成果都曾领风气之先,并被视为公认的"学术经典"。而近30年来他在中国现代通俗文学领域的辛勤耕耘和重大成就更是无人可比。正是在他的努力下,新文学和通俗文学是中国现代文学"一体两翼"的"两个翅膀论"日益深入人心。他论证了优秀的通俗文学作品与新文学不是敌对而是互补的关系,它们能为不同文化层面的群体服务。他提出了明末农耕文明时代市民文学的冯梦龙们→工商机械时代的民国通俗文学→当今信息时代的网络类型小说构成了一条古今市民大众的"文学链"。正因为这些精辟的论述,使通俗文学研究不仅正在成为一门"显学",而且正在有效地改写中国现代文学史的固有面貌。他的《中国现代通俗文学史(插图本)》更是代表通俗文学研究的最高水平,在国内外颇具影响力,为通俗文学研究赢得了应有的地位与荣誉。

现在,范先生又与他的弟子和再传弟子通力合作的皇皇约120万字的最新研究成果《中国现代通俗文学与通俗文化互文研究》(上、下册)将要出版了。面对先生脚踏实地的学术研究的勤奋态度,生处浮躁时代的我们在对先生表达敬意和感动的同时,惭愧之感也油然而生。

据范先生介绍,"中国现代通俗文学与通俗文化互文研究"这个课题源自苏州市人才领导小组办公室和市委宣传部一次富有创意的奖励：苏州市对范伯群先生这样具有公认的学术成就和学术影响的文化名家，进行了表彰和奖励，但奖励的并不是物质与现金，而是一笔研究基金，资助他再进行一项大型的学术研究课题。于是范先生在原有研究对象的基础上设计了"中国现代通俗文学与通俗文化互文研究"的重大项目，正如范先生所说，这种"以科研奖励促进新的科研成果再生的办法，的确有一种令人耳目一新的感觉"。不过，这个课题虽是为奖励而设计的，但不是一种即兴和随机的应对。相反，"互文性"是一个学术含量很高的研究领域，是范先生多年学术研究心得的积累和深思熟虑的产物，是一个经过精心设计，具有鲜明的学术原创性、开拓性的课题。范先生认定这是一个具有很大潜力的长线研究课题，虽不能毕其功于一役，但可以先进行探索性的尝试。于是他为这次"尝试"设计了十四个分课题，它们是：通俗文学与苏州评弹，通俗文学与戏曲话剧，通俗文学与电影艺术，通俗文学与报纸副刊，通俗文学与期刊、画报，通俗作家与早期翻译，通俗文学的营销策略，中国近现代转型期国情与民风的流变，通俗小说宏观研究，中国现代幻想小说，通俗作家笔下的散文小品研究，通俗作家的时评杂感，通俗作家文史札记研究，通俗作家的新旧体诗歌。这些分课题既有宏观也有微观等多方面的关照，都是过去通俗文学研究很少涉及或具有较大研究难度的领域，有很强的填补学术空白的意义。通读全书，该成果不仅在资料的开掘上取得了重大突破，很多此前没有发现的第一手资料在这本书中首次得到了挖掘和呈现，史料价值令人称道，而且对通俗文学与"杂感时评""电影艺术""新旧体诗词""早期翻译""苏州评弹""文史札记""营销策略"等方面的"互文"研究也少有人涉及，甚至是发前人所未发，而通过这次研究取得了富有开创性的进展，很多大胆、创新、具有真知灼见的观点与结论令人耳目一新，既标志着通俗文学研究向纵深领域的拓展与推进，也代表了通俗文学向通俗文化研究延伸的崭新水平。

当然，《中国现代通俗文学与通俗文化互文研究》（上、下册）一书的成就不仅体现在学术层面上，还体现在学术人才培养层面上。范伯群先生是大学者，也是好老师。他对学生的关怀可谓无微不至。他不仅以一部部成就显赫的大部头学术著作奠定了其杰出的学术地位，更以其麾下一支庞大的

"范门弟子"队伍在学界赢得了良好的口碑。正是在范先生的不懈努力下，苏州大学成为名副其实的通俗文学研究重镇和人才汇聚之地，几代通俗文学学人的同台切磋为中国通俗文学研究事业的繁荣发展做出了突出贡献。本课题的研究又堪称是范门弟子研究实力的一次集中展示。一方面，范先生身体力行，亲自深入研究一线，查资料，撰写相关章节。从召开会议，讨论选题，研究分工，直至修改书稿都亲力亲为。另一方面，范先生又把课题的研究与对人才的培养紧密结合，特别值得称道的是，他这次又重点把范门的"第三代"推到了前台，通过学术实践，在研究现场手把手地进行"传帮带"，从而检验青年一代的研究实力，培养通俗文学这一专业研究方向的接班人。其中一些优秀的研究成果，的确展示了通俗文学研究生生不息的学术活力，让我们看到了这一专业研究方向"后继有人"的可喜局面。这种成功的人才培养模式无疑也是本成果值得大书特书的又一成就。

伯群先生是我的恩师，我多年来一直在先生的教诲和精神的沐浴下成长。先生为人低调、谦诚待人、人格高尚，令我敬佩。先生对学术的虔诚与执着，更是我学习的榜样。捧读先生的一篇篇论文、一部部著作，想起先生耄耋之年仍整天泡在图书馆查阅资料的身影，荒废学业的自责总是不期而至。先生嘱为之序，惶恐之极，不敢推却，谨以如上文字表达对先生的崇高敬意和深深祝福。

2016 年初冬于北京

绪　言

范伯群

"中国现代通俗文学与通俗文化互文研究"这一课题能得以完成，首先应感谢"苏州市人才工作领导小组办公室"和"中共苏州市委宣传部"的资助。他们给予我30万元的科研成果奖励，但这奖励的形式也非常有创意，它不是奖励我个人一笔现金，而是要求我用这笔奖金去完成另一个较为大型的研究课题。我觉得这种以科研奖励促进新的科研成果的办法，的确有一种令人耳目一新的感觉。犹如因母鸡生蛋，再让母鸡将蛋去孵小鸡一样，使科研成果能生生不息。当然要完成一个较大型的项目，这点经费还是有缺口的，根据我们的预算，市委宣传部又用我们另报个人课题的方式追加了经费。苏州大学在文科科研经费极度紧张的情况下，也慷慨解囊。多方的大力支持，令我们更加觉得应以兢兢业业的态度去完成一个新的科研课题。

这种有创意的奖励，既使我感到新鲜，又使我深受鼓舞，但也一度使我这个耄耋老人产生过彷徨与顾虑。凭我现在的年龄和精力，我能承担一个较大型的百万字以上的项目吗？这需要成立一个课题组，凭借集体的力量才能在三年内完成这一任务。但使我能走出这种犹豫不决的思绪的，是我觉得我们苏州大学有着较为丰厚的研究通俗文学的人才储备。我在20世纪八九十年代培养的一代学生现在已是本专业研究方向的博士生导师了。在他们的培养下，21世纪第一个10年毕业的博士生与合作研究的博士后也已在各高校任教。我想有他们的大力支持，这个课题组是能建立起来，并能与我进行通力合作，而且我与这些再传弟子在过去就建立了良好的关系。虽然我早已退休，但他们在学时也常到我家中来讨论各种有关业务上的问题，应该说,我对他们是知根知底的。我想除我的个别弟子能放下手边繁忙的教研任务参加工作之外,这次是一个培养再传弟子科研能力的良机。于是我与他们分别联系,得到他们热烈的响应,接下来就是需要商定选题的问题了。

选题的确是要慎重考虑的关键问题之一。过去常听人说,选好论题是作品成功的一半。这虽然可能言之过甚,但它着实应该经过深思熟虑。我想盘点一下我们过去已做过哪些科研工作,在过去科研的基础上再做延伸,这应该是"定题"的出发点。例如,我与我的老学生们一起合作写过一部《中国近现代通俗文学史》(2000年江苏教育出版社出版),这本著作曾获得领导与同行们的鼓励,两次获得省部级的一等奖;出版10年后,我们又经过一次加工修改,出版了"修订本",又获得了三次全国图书大奖,其中一次是"中国出版政府奖"。以后我个人又撰写了一部《中国现代通俗文学史(插图本)》(2007年北京大学出版社出版),也入选了国家出版总署"三个一百"图书原创工程。这两部书是再传弟子们的入门教材或必读参考书。写这两部书的目的:一是为现代通俗文学在中国现代文学史中确立它的地位,我们提出现代通俗文学是与新文学在中国现代文学中的一体两翼,当时被有些专家称为"两个翅膀论"。另外还有一个"地方性"的目的,那就是我们苏州这个文化名城,人们虽然承认苏州有着深厚的文化底蕴,可是在现代文学时段,我们也有着"不光彩"的一段历史,那就是出了一个所谓"鸳鸯蝴蝶派"。但我们用大量的资料与有根有据的论点,论证这一以苏州作家为主的所谓"鸳鸯蝴蝶派",实际上是中国现代文学史中的一个"市民大众文学"流派,或称之为"通俗文学流派",在文学史上应该为他们正名。以上两个结论,即"一体两翼论"和"市民大众文学论"已为学界,特别是广大同行们所首肯。这对"重写文学史"也有一定的参考价值。正如在1988年提出"重写文学史"这个重要课题的陈思和教授所说:"从1988年学界提出'重写文学史'以来,20年过去了,我们现代文学史第一次遇到了认真的'重写'的挑战。解决通俗文学与新文学史的关系,不是个别人的一时冲动,自从提出'20世纪中国文学'的大文学史概念,贯通了近现代文学史视野以来,就是一个不得不面对并且给以解答的问题。国外汉学界先走一步,提出了'没有晚清,何来五四'的质问,其实晚清与五四的关系也就是范先生所要着力解决的通俗文学与新文学的关系问题,把原来文学史书写为尖锐的敌我斗争的新旧文学冲突,融化为新旧并存、多元共生的文学格局,实在不是一个局部的文学事件的重写,而是对现代文学史叙述的基本策略的改变……随着20世纪90年代以来网络文学的崛起以及中国大陆本土的流行文学、网络文学、影视文化的发展,我们怎样解释这些现象与当代文学史的关系?当代'80后'文学基本上成为一种媒体操控下的娱乐性的文学现象,我们怎么给以准确把握并进行沟通?我以为,从古到今再到未来,从来就不可以排除通俗文学在文学史上的地位和影响,为什么独独现代文学要排除通俗文学,抹杀它在文学史上的影响而造成今天20世纪文学史视界的狭隘、偏颇、贫瘠的局面呢?"[1]陈思和教授肯定了通俗文学必然要进入重写现代文学史的领域,成为其中的一个有机组成部分,这样才能建立我们中国现代文学史的完整的科学体系。但是他又提出了一个更新的时代必须要回答的问题,那就是通俗文学与通俗文化的关系问题。网络文学、本土流行文学、影视文化、媒体文化在当代文学与当代文化中是有着巨大的影响,例如20世纪八九十年代,很多报纸都有"周末版",以其知识性、可读性、娱乐性和健康的休闲性,丰富多彩地吸引着读者的眼球。这就是今天的"礼拜六"周刊。我们曾这样尖锐地设问:难道我们连"周末就是礼拜六"这个最普通的常识也不懂吗?这就与通俗文学有关,而且这些"周末版"也适当地吸收了过去通俗文学的有益经验。再说,媒体为了追求读者的最大覆盖率,它除了少数给专业人士阅读的副刊之外,就其主体而言,一定是一种以通俗文化为主的读物,这才能每天与广大读者见面。因此陈思和教授提出了一个非常重大的问题,那就是通俗文化与通俗文学的关系。

我与我的学生辈在20世纪八九十年代讨论的往往是通俗文学与新文学并不是敌对关系,而是互补关系;通俗文学与新文学的各自源流与运行轨迹等等问题。但是在21世纪,我与再传弟子这一辈人讨论的问题就与学生辈讨论的问题不同了。互补关系、源流轨迹之类的问题上一辈人已经基本

---

[1] 陈思和:《序:范伯群教授的新追求和新贡献》,范伯群《多元共生的中国文学的现代化历程》,复旦大学出版社,2009年,第3—4页。

解决了。再传弟子所关心的问题是苏州评弹与通俗文学的关系、通俗文学对影视文化的影响、网络文学与现代通俗文学之间是否有血缘的传承等等问题，这些往往就是他们要作为自己博士学位论文或博士后出站报告的论题，有些人也曾为这些问题搜集了大量的资料，他们的论文也需要创新啊！因此，我这次的科研课题既然以培养再传弟子为主，以他们为主力，那么我考虑，我们可以较为深入地讨论一下"通俗文学与通俗文化的关系"，因此我将科研课题定名为"中国现代通俗文学与通俗文化的互文研究"。根据我平时与再传弟子讨论时触及过的问题，我定出了以下一些分课题：例如，通俗文学与曲艺的互文关系。但是我们伟大祖国有56个民族，各民族与各地域的曲艺品种有近400个之多，要再传弟子作综合性的论述，是没有这种概括力的，我只能选择我们苏州评弹与通俗文学的互文研究为分课题。这个曲艺品种既是我们苏州的"土特产"，而它们与通俗小说又有非常密切的互文关系。甚至有些通俗小说家本身就是苏州评弹剧目的编者，如程瞻庐、平襟亚等人；而姚民哀，他既是通俗小说家，又是著名的评弹演员，俗称"响档"，他登台演出时的艺名是朱兰庵。而有些通俗小说家又受评弹的影响极深，以至评弹渗透到了他们的小说风格中去。同样，通俗文学与戏剧的互文关系也是极为密切的，一些有名望的小说家也可能是编剧能手，例如还珠楼主李寿民，他曾专为四大名旦之一的尚小云编剧；侦探小说家孙了红在新中国成立后也成了上海某越剧团的编剧。至于像《啼笑因缘》和《秋海棠》等名著被改编成各种戏曲剧种，简直就难于胜数，而且已成为脍炙人口的保留剧目。电影这种综合性艺术品种，从20世纪20年代初，就为通俗小说家所重视。左翼作家大概要直到30年代，即在九一八和一·二八事变前后，才进军这一新兴的艺术领域，并取得可观的成绩。应该说，20世纪20年代，开始"触电"的主力就是通俗作家，而当年首先得到观众认可的"默片"之一，就是改编成无声电影的《玉梨魂》。写《歇浦潮》等著名长篇的朱瘦菊不仅能编能导，还曾任某电影制片厂的总经理。通俗作家对中国早期翻译是做出过重大贡献的，在过去，这是一支被遗忘了的翻译方面军，偶尔，鲁迅与周作人对周瘦鹃在1917年译出的《欧美短篇小说名家丛刻》的赞扬还有人提及，但在五四之前通俗作家中就有30多位曾以各种形式与翻译结缘，就罕为人知了,这是值得我们去开掘的。我们还选了"通俗文学的营销策略"这一分课题,通俗文学在新文学家的猛烈批判声中,读者在数量上还远远超过新文学的读者。它们在文化市场上具有"默默的强势",这除了为广大中下层读者所欢迎之外,也与营销策略有一定的关系。通俗作家的时评、杂感也是一种接地气的社会文化批评,过去某些文学史总将他们写成不关心时政的"卿卿我我"的群体,这显然是一种误解。通俗作家中有不少是"报人",我们可以用大量的事实来证明他们在作为"报人"时,也都是能秉持正义、广受市民读者欢迎的时评杂感家。通俗文学作家的"文史札记"也为我们保留了若干珍贵的历史资料与有价值的文化掌故,或者说是一种有别于正史的可信的野史。通俗作家的散文小品与新文学作家的散文小品相比,也有另一种文化的味汁在。以上就是我考虑的分课题,由"再传弟子"各就他们的能力与兴趣,自己来申领这些分课题。另外我们过去所写的《中国近现代通俗文学史》和《中国现代通俗文学史(插图本)》虽然受到若干好评,也得了若干奖项,但实际上那只是两部通俗小说史,只是在《中国近现代通俗文学史》中涉猎过一些通俗戏剧,其实戏剧极大部分都是通俗的,否则就无法与广大观众相通了。我觉得我们对通俗作家所写的其他体裁的研究尚是空白,这是我们这两部专著的不足与缺陷,我想通过这次略作一点补偿。就设计了通俗作家的时评杂感研究、通俗作家的散文小品研究、通俗作家的文史札记研究等分课题。我觉得最难于圆满完成的就是通俗作家新旧体诗词研究,就旧体诗词而言,现代通俗作家几乎每个人都写过旧体诗词;就新诗而言,他们却很少尝试。我以为摊子又不能铺得太大。关于通俗作家的新诗,我认为胡怀琛是最有成就的一位。他写的《大江集》是继胡适《尝试集》后的现代文学第二部新诗集,比郭沫若的《女神》还早出版了5个月。他有自己的诗歌理论,而且形成与胡适《尝试集》不同的风格与样貌,但是在中国现代文学史上绝对没有他的地位,就因为他是通俗作家。这是一部被埋没了近百年的新诗集,应该给予一定的评价。其他通俗文学作家也有写过新诗的,但无法与他比肩。至于通俗作家的旧体诗就只能挂一漏万了。我只选了几位大小说家的旧体诗。李涵秋曾在通俗文学圈中有"小说王"之称,张恨水是公认的章回小说大家,而刘云若则曾被郑振铎评价为"造诣之深,远出于张恨水之上"。① 这个评价当然可作讨论,或仅作为参考;但在通俗文学圈内,一直将刘云若称为"天津张恨水",可见评价也是不低的。我们只选了这三位小说大家的旧体诗加以评论,他们各有不同的生活环境,各有自己的人生经历,也具有不同的诗歌风格,构成了他们各具个性的诗艺世界。至于小说,我们过去所出版的两部通俗文学史中已将通俗小说的类型及其中的优秀、较优秀或有代表性的小说,都一一作过介绍,本书就不再重复了。这次我们推出的是有关小说的几篇宏观研究的文章,例如现代通俗文学如何继承我们苏州明代先贤冯梦龙的市民文学的优良传统的,现代通俗作家为各种小说类型定型后,网络类型小说是如何继承与发展的,进而论及它们之间的血缘关系等等。在过去出版的两部文学史中并没有涉及幻想小说类型,这次也试作补充。

在本书中,我们强调指出,通俗文学本是通俗文化的一个重要组成部分,通俗文化哺育了通俗文学的成长与壮大,通俗文化生活是通俗文学作品的重要生活源泉;但是通俗文学也能反哺通俗文化,通过通俗文学作品凝固了通俗文化的某一历史形态,而这些历史形态也能反映我们某一时段的国情与民情,正如胡适在评价李伯元的《官场现形记》时所说的:"《官场现形记》是一部史料。它所写的是中国旧社会里最重要的一种制度与势力——官。它所写的是这种制度最腐败、最堕落的时期——捐官最盛行的时期。"②《官场现形记》的文学价值我们不在这里讨论,但这部通俗小说至少就凝固了某一时期的国情。通俗文学对通俗文化的另一种反哺是对民风、民俗的传承与发展或变异,也起过用文字来"定型"的作用,也曾对民俗、民风历代的流变作过忠实而细致的记录。特别是在近现代转型期中,它是怎么与欧风美雨相抗衡或相融合,或出现了某种不中不西、又中又西的新形态。凡此,都可以在通俗小说找到真实的动态蓝图。所谓"互文关系",那就是通俗文学与通俗文化会有意无意地互相孕育,互相滋养,互相影响,互相启发。一篇通俗文学的文本有时往往联系着另一篇通俗文化的文本,能对这些文

---

① 徐铸成:《张恨水与刘云若》,《旧闻杂记》,四川人民出版社,1981年,第100—101页。
② 胡适:《官场现形记·序》,《胡适文存三集》,黄山书社,1996年,第384页。

本起着复读、强调、浓缩、转移和深化的作用。例如《水浒传》中仅是500字的一段故事,扬州评话大师王少堂演出时,能将其扩充成上万字的《斗杀西门庆》,那扣人心弦的悬念、跌宕起伏的情节、惟妙惟肖的人物形象、绘声绘色的表演,令听众感到"互文"所发挥的巨大魅力。

作为主编,这次我细读了各位"再传弟子"的文章,有的还读了不止一遍,大多还向他们提出了修改意见,有部分也由我动手进行了修改,但总的说来,我感到其中有的文章资料是非常丰富的,有的文章也达到了较高水平。我深感我们这个通俗文学研究方向还是后继有人的。我们的"第三代"合作者还很年轻,如经不懈努力,成就一定不在我们第一、二代学者之下,这是可以预期的。

通俗文学与通俗文化的互文研究,今后还值得去做深入的探索与钻研,这是一个有价值的长线课题,我们只是做了一点初步的尝试。现在我们这部三代人的集体创作呈献于同行方家与读者之前,切望得到多多的批评与指正。

目录（上册）

一　通俗文学与苏州评弹　1

二　通俗文学与戏曲话剧　123

三　通俗文学与电影艺术　195

四　通俗文学与报纸副刊　291

五　通俗文学与期刊、画报　375

六　通俗作家与早期翻译　471

七　通俗文学的营销策略　569

一 通俗文学与苏州评弹

(童李君)

第一章　民国时期苏州弹词演出的转变　　3
第一节　苏州弹词演出的转变　　4
第二节　苏州弹词与电台的联姻　　12
第三节　书场弹词文本的特征　　18
第四节　弹词演出新书目不断涌现　　25

第二章　通俗文学家创作弹词的原因　　35
第一节　"小说界革命"的号召　　36
第二节　报刊主编的倡导　　37
第三节　创作者的积极响应　　40

第三章　通俗文学作家创作的弹词　　48
第一节　宣扬维新或革命观念的弹词　　49
第二节　教化、休闲娱乐类弹词　　58
第三节　重视弹词理论的研究　探讨叙事方式的通俗性　　70

第四章　女作家弹词的转变与式微　　74
第一节　《精卫石》：宣扬革命的弹词　　75
第二节　《风流罪人》：女作家弹词叙事传统的改变　　83
第三节　《杜鹃血》：文学大众化背景下的弹词宠儿　　92
第四节　女作家弹词式微的原因　　96

第五章　通俗文学与苏州弹词的互文研究　　101
第一节　弹词文本的多元特征　　101
第二节　弹词与通俗小说的关系　　106
第三节　弹词与通俗小说的相互改编　　114

第一章　民国时期苏州弹词演出的转变

弹词分为弹词演出与弹词文本。弹词演出属于民间说唱曲艺,[①]脱化于一系列说唱艺术,到了明清时期已经非常流行,是当时重要的休闲娱乐活动之一。通过弹词艺人在乡村陌头、大街小巷、茶寮书馆、私家厅堂中的演唱来满足广大百姓的精神生活。弹词演出非常简单,一人或两三人,演唱时以三弦、琵琶、月琴等弦索乐器伴奏,有讲有唱。讲词为口语散文,唱词主要为七字句韵文,或加三言衬字。作为曲艺的弹词,在漫长的演变过程中广为流传,形成了苏州弹词、扬州弦词、四明南词、长沙弹词、桂林弹词、绍兴平湖调等。它们曲调、唱腔各有特色,均用当地方言说唱。其中的苏州弹词在乾隆之后,逐渐占了主流地位,苏州也一度成为江南弹词演出的中心。到了晚清,乱世中的江浙士绅、普通民众纷纷进入上海避难,弹词作为他们娱乐生活中的一部分,在上海也深受欢迎。此外,清末民初时期苏州地区禁止弹词女艺人在公开场合表演,所以她们只能转入上海发展,并一度形成"书寓"女弹词。这些都促成了晚清时期弹词在上海的兴盛。此后,随着租界区的礼教禁制进一步松动,女性听众得以自由出入书场;到了民国时期,弹词女艺人甚至有了自己的行会组织,书场不再是男性艺人的天下。此外,随着时代的变迁,各种新式演出场所的出现,特别是广播书场的兴盛以及商业元素的加入,所有这些都不免使听众的欣赏品位发生改变。弹词艺人对传统书目的革新、对新书目的需求,以及弹词演出出现的一些新的面貌就是在这些形势下发展的必然结果。这一时期,弹词的演出样式和流派唱腔方面也均有

[①] 关于弹词的起源众说纷纭,现主要有"变文说""诸宫调说""陶真说"。

不同程度的创新。

第一节 苏州弹词演出的转变

作为曲艺的弹词,一开始流传的地区非常广泛,南方北方都有弹词演出的相关文献记载,而且演出形式也并不统一。臧懋循在《负苞堂集》卷三《弹词小序》这一节中说:"若有弹词,多瞽者以小鼓拍板说唱于九衢三市,亦有妇女以被弦索,盖变之最下者也。"[1]此处的弹词有以小鼓、拍板击节说唱的,也有配以弦索说唱的。到了清代,弹词虽在北方偶有出现,但地域分布上主要以江浙一带为主,弹词在发展过程中吸收了南方地区的流行曲调,形成不同的唱腔,并且在流传过程中渐渐用当地方言说唱,形成了各自鲜明而独特的地方特色,按照各地称呼的不同,有杭州南词、四明南词、绍兴平湖调、苏州弹词、扬州弦词、启海弹词等。

一、苏州弹词演出中心的转移

乾隆之后,苏州弹词逐渐占了主流地位,成为弹词的正宗。苏州弹词的书目繁荣,名家众多,数百年演变脉络和传承辈分清晰可查,这是非常少见的文艺现象,在各地弹词中更是绝无仅有。此后,它便在苏州周边地区传播开来,"然所到之处,不过浙西之嘉、湖,江苏之苏、松、常、太等",[2]因为受到说唱语言的限制,苏州弹词的流传范围具有典型的江南地域特征。

苏州弹词兴盛的另一个原因是,它还有自己的行会组织——光裕公所。[3] 这个组织有详细的章程,在规范艺人演出、传承等行为的同时,也为提

---

[1] (明)臧懋循:《负苞堂集》,古典文学出版社,1958年,第57页。
[2] 乡下人:《说书闲评》,周良《苏州评弹旧闻钞(增补本)》,古吴轩出版社,2006年,第187页。
[3] 光裕公所有无前身,不可考,成立于何时,现有许多种说法。据文字记载和口碑传闻,可以肯定,在太平军进入苏州(清咸丰十年,1860年)前,已经有了光裕公所的所址。传说清嘉庆、道光年间的陈遇乾曾经担任过光裕公所的司年,并购置义冢。因此,说光裕公所成立于清咸丰之前,嘉、道年间是比较可信的。光裕公所建立的时间,有多种说法:(1)康熙之前;(2)康熙年间;(3)乾隆年间;(4)乾隆、嘉庆年间;(5)嘉庆年间;(6)嘉庆、道光年间;(7)成立于马如飞活动时期,马为第一位司年。根据周良先生的考证,出现在嘉、道年间比较可信。详见周良:《苏州评弹史稿》,古吴轩出版社,2002年,第25—29页。

高他们的社会地位、维护其相关权益,在保障他们及其家人的生活等方面做了大量有益的工作,对苏州弹词的流传与发展,起到了非常积极的作用。苏州在晚清之前一直作为江南弹词的中心,向其他地区扩散传播。

在1843年上海开埠之后,美丽富庶、文化昌盛的苏浙一带,便渐渐失去了往日的繁华,作为苏州外港的上海,却在多事之秋中迎来了别样的发展契机。在"开埠之前,上海是长江三角洲城镇群体的组成部分,是苏州的外港,其经济很大程度上从属于苏锡常地区。开埠之后,上海成了国际通商口岸……由过去的从属地位转而成为主导地位,成为长江三角洲经济区的中心城市"。[①]

此后,太平天国战乱更是对这一地区造成了巨大冲击,人口锐减,举目荒凉。大批江浙地区的士绅携家眷、资产进入上海租界地区躲避战乱,[②]一开始"中国人准居租界者甚鲜,迨后为经商而来者日众,更值洪、杨之乱,避难入租界者更众"。[③] 繁荣安乐的上海对照着残破的江南,使大量移居上海的江浙人士,在无可奈何中沉溺于他们家乡的典型娱乐活动——弹词演出,以解乱世之忧和乡愁。

在大批资本及人口涌入上海,艺人纷纷进入上海避难、献艺的背景下,弹词在上海迅速得到发展。此外,清末民初时期苏州地区禁止弹词女艺人在公开场合表演,所以她们只能转入上海发展,并一度形成"书寓"女弹词。开埠后的上海经济发展迅速,而且华洋杂处,不断受西方思想的冲击,导致礼教禁制越来越松弛,女性得以自由出入书场听书。在此背景之下,新式书场不断涌现,弹词演出日益兴盛,上海也成为弹词艺人争相涌入谋生的首选,并以此证明自己书艺能在"大码头"立足。1922年上海创设无线电公司,开始电台播音之后,弹词也与这一新的传播媒体相结合,迎来了又一次大

[①] 程潞:《上海经济地理》,新华出版社,1988年,第311—312页。

[②] 据《1910年公共租界工部局年度报告》显示:苏、浙、粤三省移民在居民总数中占绝对优势,其中江苏人增长最快,在1885至1910年的25年时间里,增长了4.5倍,浙江人增长3倍。1985公共租界的中国居民总人口为10.9306万人,其中江苏人3.9604万,浙江人4.1304万。到1910年,公共租界的中国居民总人口为41.3313万,其中江苏人18.0331万,浙江人16.8761万。详可参见乐正:《近代上海人社会心态 1860—1910》,上海人民出版社,1991年,第171页。

[③] 胡祥翰编:《上海小志》卷一《上海开港事略》,戴鞍钢、黄苇主编《中国地方志经济资料汇编》,汉语大词典出版社,1999年,第844页。

发展。

弹词在上海的兴盛与民国的时局变化也有关联,阿英对此已有论述:"由于一般民众对时局的悲观失望,无可发泄,藉此聊为消遣。所以,在沈阳、淞沪两战役后,女弹词马上就有了一个繁荣的时期。往后势渐弱,又遇到这一回上海的沦陷,于是再趋繁荣。"①弹词女艺人也有这样的描述:"去年八一三战事发生,京沪沿路各镇,先后沦陷,我和敝业师及师姐等,只得离开苏州,避居苏乡光福镇,不幸又遇盗劫,直至今年国历四月间来沪,就在南京书场开书,并在大亚、利利等电台播音,最近又在新世界、南方书场说唱。"②

在这些背景之下,上海转眼间便成为全国又一个商业、文化中心,弹词界各路艺人名家云集,上海不但为艺人提供了谋生的环境,也促使弹词本身产生了多方面的改变,原本以苏州为中心的弹词在上海得到了新的发展。弹词演出中心的转变,折射出时代的变换。周良认为:"在上世纪的30年代到50年代,评弹艺术达到了一个新的高峰。这时,上海成了评弹艺术的辐射中心。"③

二、苏州弹词演出场所的扩大

从南宋时期陆游的《小舟游近村舍舟步归(其四)》中"斜阳古柳赵家庄,负鼓盲翁正作场",到西湖老人《繁胜录》中"唱涯词只引子弟,听淘真尽是村人"④来看,最初的说唱主要在乡野村头,演唱者往往是盲人,面对的听众则大多是底层的普通民众。到了明代,弹词已逐渐成为市民喜爱的娱乐项目,明田汝成《西湖游览志余》卷二十《熙朝乐事》中记载杭州八月观潮的情形,"其时,优人百戏,击球关扑,鱼鼓弹词,声音鼎沸,盖人但藉看潮为名,往往随意酣乐耳"。⑤

---

① 阿英:《女弹词小史》,柯灵主编《阿英全集》第7卷,安徽教育出版社,2003年,第424页。
② 钱琴仙:《我怎样登台?》,《力报》,1938年9月17日。
③ 周良主笔,苏州市文联编:《苏州评弹史稿》,古吴轩出版社,2002年,第32页。
④ (宋)西湖老人:《繁胜录》,《四库全书存目丛书》史部247册,齐鲁书社,1996年,第653页。
⑤ (明)田汝成:《西湖游览志余》,浙江人民出版社,1980年,第320页。

随着观众的增多,观众层的扩大,弹词的表演场所也日渐丰富。如康熙六十一年(1722)章法在《竹枝词》中写道:"不拘寺观与茶坊,四蹴三从逐队忙,弹动丝弦拍动木,霎时跻满说书场。"①

除了村头、集市、寺观、茶坊、书场,文人、富豪之家的宴会也可常常看到弹词艺人的身影。清林苏门在《邗江三百吟·书场》中叙述弹词的堂会演出云:

> 扬俗无论大小人家,凡遇喜庆事及设席宴客,必择著名评词、弦词者,叫来侍候。一日劳以三五钱、一二两不等。……②

于是,弹词的演出场所不断扩大,从陌头村中到城市街头,从茶馆到厅堂都有弹词艺人出没。据吴琛瑜不完全统计,清中叶至清末,苏州城内可知的书场有54家,这些书场大都是"茶馆书场",以饮茶为主,下午及晚上辟为书场,最大的可容200余客。民国时期苏州市区共建立了112家书场。③

而弹词在上海的演出阵地则在旧式的茶楼书场之外,还出现了书寓弹词,以及各种新式说书场所,除了新式的专业书场外,还有游艺场书场、饭店书场、舞厅书场、旅馆书场等。"1930年,西藏中路东方饭店开业,底层附设东方书场,座椅400余席(一说600余席),冬置皮垫,夏铺草席,男女不分座,有水汀、电扇、扩音器,成为全市座位最多、设备最佳、不分男女座的全新书场。扬子、中央、南京、中南、大中华、远东、一品香等30余家中高级饭店和米高美、维也纳、仙乐斯等18家舞厅竞相仿效。"④到"40年代中期,上海(含周边农村地区)有300余家书场",⑤这些书场设备先进,吸引了大批听客。

从姚民哀的《说书琐话》中,我们可以大概了解游艺书场和饭店书场在招募弹词艺人等方面的一些情况:

---

① (清)章法:《竹枝词》,周良《苏州评弹旧闻钞(增补本)》,古吴轩出版社,2006年,第76页。
② (清)林苏门:《邗江三百吟·书场》,周良《苏州评弹旧闻钞(增补本)》,古吴轩出版社,2006年,第177页。
③ 详见吴琛瑜:《晚清以来苏州评弹与苏州社会——以书场为中心的研究》,上海人民出版社,2010年,第35—65页。
④⑤ 上海通志编纂委员会编:《上海通志》第8册,上海社会科学院出版社,2005年,第5502页。

民国元二年间……上海方面之屋顶花园,只楼外楼一处,所搜罗之游艺,远不如目下之众多。除林步青之苏滩以外,唯有说书,藉供游客消遣。并且不用评话,专聘弹词。尔时楼外楼经理,乃吴江沈李周君。每一档弹词,担任一小时,代价两元,并无合同,做一日算一日。普通弹词家,虽自愿减价登台,沈均婉言谢绝。当时有做楼外楼资格之弹词家,仅谢品泉、少泉叔侄,朱耀庭、耀笙、吴小松、小石昆仲,暨不佞兄弟等十余人。所以苏州、常熟、昆山、无锡、浙江嘉湖等埠,尚不时有说唱兼工之名家说书应聘。迨后新世界开幕,创行打合同包定办法以来,于是天外天、云外楼、绣云天(即今之神仙世界)、劝业场(即今之小世界)、大世界、先施、永安、新新等各游戏场,相继开幕,都罗致说书。旋游戏场改变方针,不注重于此道,而东方、远东等各大饭店,又开辟书场。于是苏道说书麇集沪上。动辄一年半载。此处甫终,彼处开始,不复再作走江湖、游码头想。非但各城乡延聘一档盛名鼎鼎之弹词或评话家,艰难万状,即光裕社产生所在地之苏州各书场,亦绝少著名说书衔尾连续营业,不得已而求其次,奈个中人尽醉心上海赚钱之容易。大抵在外埠做得薄有微名之后,无不作进上海想。一进上海,都不愿趁顺收帆,十有八九,做得疲癃残绝,方肯离沪。故上海书场上,至少三档或四档合做。而此辈说书,皆属独当一面之才,非必互相倚赖之普通说书。于是上海方面,供过于求。苏锡嘉湖等处,求过于供。太过不及,识者咸为说书不取,评判为自杀政策。不佞固业中人,亦觉如此现状,非同道之福也。①

从姚民哀的记述中我们可以知道,当时的新式书场为了招揽生意,吸引听客,不惜花重金邀请名家,于是"苏道说书麇集沪上。动辄一年半载"。一开始苏州、常熟、昆山、无锡、浙江嘉湖等地,还能请到说唱技艺高超的名家弹唱,到后来就连光裕社所在地苏州的各大书场,想聘请响档衔尾连续营业也是艰难万分,只能退而求其次,更不用说其他各地。这都是因为弹词艺人

---

① 姚民哀:《说书琐话》,《红玫瑰》1930年第6卷第30期,第1—2页。

"尽醉心上海赚钱之容易",受此风气影响,苏州也开设了不少新式书场。如"1928年左右,苏州开设了游艺场附设书场,如景德路的遂园、留园马路的蓬莱世界,1930年开办了南显子巷的惠荫花园,30年代北局人民商场顶层的屋顶花园。1930年,中央旅馆开设了书场,1935年北局开设中华书场"。①

为了吸引听客,书场在售票方式上也想尽花样,"1943年,新开沧洲书场,设座481席,日夜两场,专聘知名响档献艺,实行听书月票制,七折优待,一时成为沪上听书新闻"。②

随着无线电广播的出现,弹词拥有了更为广阔的舞台。听众足不出户便能欣赏各路名家的弹唱,甚至写信去电台点唱各自喜爱的唱段。而在电台弹唱也对弹词艺人的表演技艺产生了深远的影响,同时催生了一批新的开篇与书目,捧出了众多响档。弹词这一古老的曲艺也融入了更多的商业元素。

三、女弹词的兴起

女子从事弹词说唱,古已有之。明田汝成记"杭州男女瞽者,多学琵琶,唱古今小说、平话,以觅衣食"。③明郎瑛载"陌头盲女无愁恨,能拨琵琶说赵家"。④盲女弹词一度成为"女弹词"的主体。她们经常出入私家弹唱。清初浙派大诗人厉鹗在《悼亡姬》诗里写的"闷凭盲女弹词话"⑤之句,指的就是他的姬人朱月上喜欢在家中听盲女弹词的事情。

到了清中叶袁枚在《随园诗话》卷五中还说"杭州宴会,俗尚盲女弹词",⑥在清顾禄的笔下,苏州地区宴会时也"或招盲女、瞽男弹唱新声绮调,明目男子演说古今小说,谓之'说书'。置酒属客,递为消暑之宴"。⑦解弢在其《小说话》中也有关于清末盲人献艺景象的记载:

---

① 吴琛瑜:《晚清以来苏州评弹与苏州社会——以书场为中心的研究》,上海人民出版社,2010年,第59页。
② 上海通志编纂委员会编:《上海通志》第8册,上海社会科学院出版社,2005年,第5502页。
③ (明)田汝成:《西湖游览志余》,浙江人民出版社,1980年,第326页。
④ (明)郎瑛:《七修类稿》卷二十二,《续修四库全书》第1123册,上海古籍出版社,1995年,第155页。
⑤ (清)厉鹗:《樊榭山房集》,上海古籍出版社,1992年,第1041页。
⑥ (清)袁枚:《随园诗话(上)》,人民文学出版社,1982年,第139页。
⑦ (清)顾禄撰、来新夏点校:《清嘉录》,上海古籍出版社,1986年,第106页。

幼年每当先祖母寿辰,辄见六七老瞽人,弹词祝嘏,所歌诸曲,典雅绵丽,心甚好之。及长搜求刻本,终不能得。久之询知其故。盖胜国中叶,家给人足,巨室消闲,豢瞽教歌,自撰曲本,不求传世,犹之故明贵阀之昆班也。因之瞽者转相授受,口教耳读,其重师法,有过汉儒。吾家数瞽,犹是盛世之流俗遗风,故所歌书坊无传焉。①

不难看出,有相当一部分从事弹词说唱的女子是盲女,她们演唱于乡村陌头,或进入宴会厅堂、闺阁之中。随着弹词的发展,女艺人不仅进入私家弹唱,文献中也出现了她们进入茶馆等公共场所高座弹唱的记载:"然而是书也,一人高座于上,环而听者数百人,上自衿绅,下及仆隶,莫不熙熙攘攘,累月经旬,寝食俱忘,不厌不倦,惟是书之是听。则是书也,其必有深中于人必而不可解者。其谓之场也固宜然。问其地则茶场也。问其人则先生也。先生者谁?或生而盲也,或钗而艾也,或穷而佞且谄者也。"②马如飞在开篇《阴盛阳衰》中也有"阴盛阳衰自古云,衙门坍塌庙廊新。苏州花样年年换,书场都用女先生"③的描述。

然而,弹词女艺人在书场的发展并不顺利,她们一直受到男性艺人及官府的打压,顾震涛在《吴门表隐》中这样记载:"道光十九年十一月三十日,署抚部院裕谦出示严禁九条,足正人心,以厚风俗……一不准开设女茶馆。一男茶馆不准有妇女杂坐。一男茶馆有弹唱词曲者,不论有目无目,止准男人,不准妇女,止准唱忠臣孝子、义夫节妇、劝人为善之曲,不准唱才子佳人、私奔苟合,以及豪强斗争、诱人为恶之曲。"④马如飞在咸丰三年(1853)的《道训》中对与女子拼档的男性艺人也出言讥讽:"所可耻者,夫妇无五伦之义,雌雄有双档之称。同一谋生,何必命妻女出乖露丑,同一糊口,何必累儿孙蒙耻含羞。"⑤他还在《一张告示》开篇中唱道:"一张告示贴姑苏,女档的书

---

① 解弢:《小说话》,中华书局,1924年,第41页。
② 僻耽山人:《韵鹤轩杂著》(1821),周良《苏州评弹旧闻钞(增补本)》,古吴轩出版社,2006年,第87页。
③ 马如飞:《阴盛阳衰》,周良《苏州评弹旧闻钞(增补本)》,古吴轩出版社,2006年,第252页。
④ (清)顾震涛:《吴门表隐》,江苏古籍出版社,1999年,第362页。
⑤ 吴宗锡主编:《评弹文化词典》,汉语大词典出版社,1996年,第398页。

一 通俗文学与苏州评弹

场顷刻无。"①官府直接出面禁止女艺人在书场演出。

这种情况在上海开埠之后得到改变,弹词女艺人在上海迎来了女性说唱弹词的一个繁荣期,并渐渐形成"书寓"式女弹词。王韬在《淞滨琐话》中记载:

> 沪上书寓之开,创自朱素兰,久之而此风乃大著。同治初年,最为盛行。素兰年五十许,易姓沈,犹时作筵间承应。继素兰而起者为周瑞仙、严丽贞。瑞仙以说《三笑姻缘》得名,然仅能说半部,丽贞则能全演。惜兰摧玉折,遽赴夜台。瑞仙年逾大衍,犹养雏姬博买笑赀。②

这类女弹词一开始以技艺谋生,但后来也有人沦为妓女。《淞滨琐话》中说:"前时书寓,身价自高出长三上,长三诸妓,则曰校书,此则称之为词史,通呼曰先生,凡酒座有校书,则先生离席远坐,所以示别也。……书寓之初,禁例甚严,但能侑酒主觞政,为都知录事,从不肯示以色身,今则滥矣。"③这种"书寓"式女弹词,盛行于同治年间,光绪年间已经衰落。④

到了民国年间,弹词女艺人以职业女性这一崭新的面貌重新出现,这是与清末民初以来的女性解放思潮、女权运动分不开的。之前苏州的光裕社只招男子,此时,"她们自乙亥(1935)夏,也有了组织——普余社。不过普余社并非单纯的女弹词组织,而是男女弹词的共同集合,于战前成立于苏州。成立后即在苏州开始弹唱,阵容甚盛,售座有时竟达千余位,充满场隅。后来接档竟达七八处,光裕社社员的场子生意,竟为之低落。光裕社感到这样的威胁,乃具状控告于县党部,谓男女弹唱,'风化攸关',要求禁绝。普余社同人不服禁令,于是全体请愿,哭泣陈词,最后始达到继续弹唱的目的"。⑤从中可以看出,光裕社为了自身利益,依然借助官府排斥女性在公开场合弹

---

① 马如飞:《一张告示》,周良《苏州评弹旧闻钞(增补本)》,古吴轩出版社,2006年,第252页。
②③ (清)王韬:《淞滨琐话》卷十二,《笔记小说大观》第35册,江苏广陵古籍刻印社,1984年,第112页。
④ 阿英的《女弹词小史》及周巍的《技艺与性别:晚清以来江南女弹词研究》等研究对女弹词的有关情况都进行了详细的论述,可供参阅。
⑤ 阿英:《女弹词小史》,柯灵主编《阿英全集》第7卷,安徽教育出版社,2003年,第425—426页。

唱,然而时代发生了改变,她们以职业女性的身份重回书坛、侧重用丰富的演唱技能来吸引听众,并受到听众的追捧。因此,光裕社想男性艺人一统天下的奢望再也没能实现。

第二节 苏州弹词与电台的联姻

1922年上海创设无线电公司,开始电台播音。起初有些电台,因为音质不佳,营业不振而停顿。至1924年夏,开洛公司成立,一开始它"播送之节目大多为西乐及外国唱片,并播送极少数中国唱片,然迎合华人之节目太少,是以该公司经理发售之收音机未能畅销。嗣经曹仲渊先生聘徐大经先生为该台副主任,报告商情、时事,以灵通内地华人之商情,并多插中国唱片,添播弹词节目一小时以增兴趣(计播一年六个月即行取消)"。[①] 公司希望通过弹词节目,来增进国人购买收音机的热情。从此,弹词与这一新的传播媒体相结合,从书场走进百姓的卧室厅堂。

一、电台播音的优缺点

为了提高收听率,弹词名家成为各大无线电台争夺的对象,徐云志、周玉泉、薛筱卿、蒋月泉、严雪亭、杨振雄、朱雪琴、范雪君等一批响档名家都相继在电台弹唱。他们不仅唱弹词,甚至还充当新闻和广告词的报告员。当时的报纸也记录了这一盛况,如《申报》1928年7月21日报道:南京路新新公司所属的无线电台"除开洛原有王缓章弹词《果报录》、张少蟾弹词《双珠凤》,及每星期六特别节目,均由该会播送外,现又加入李伯泉的弹词《文武香球》一档"。[②]

到20世纪30年代,弹词节目更是发展迅速,1934年,俞子夷在其《谈广播节目》一文中就当时听众提出广播中娱乐节目太多,学术与教育的太少这一问题作了回应,并指出"娱乐中弹词占第一"。他以上海中国电台28家

[①] 金康侯:《中国播音协会之兴替》,上海市档案馆、北京广播学院、上海市广播电视局合编《旧中国的上海广播事业》,档案出版社、中国广播电视出版社,1985年,第81页。
[②] 《申报》1928年7月21日。

(暂停播音者或无详细节目表者不计)节目为样本进行了统计分析,并指出"数目是指档数,每档约三刻或一点钟,每星期五次或六次者作一档算,不过二三者作半档论"。统计结果为:"弹词90、评话17、开篇7、歌唱19、其他娱乐10、讲演问答12、儿童节目1.5、申曲26、苏州文书9、四明文书7、播音剧话剧等9、教国语英语等13、其他教授6.5、苏滩7、宣卷5、南方歌剧陶情4、故事7.5、新闻6,娱乐的共217.5、非娱乐的共39.0。唱片节目没有计入。其他娱乐,包括小调、越调、滑稽、大鼓、群芳会唱等。其他教授,包括教新歌、提琴、口琴、京胡、平剧等,也含有若干娱乐的意味。"最后将28家一平均得出,"非娱乐的,每家平均不过1.3档罢了。娱乐的每家平均有7.75档。每日每家平均播送七八时的娱乐,娱乐的机会真多"。① 而且娱乐节目中弹词最受听众欢迎。同时他也意识到在当时的上海,电台的正常运营要靠广告来维持,所以电台内容不可能将民众教育作为唯一目标,他主张用具有新思想、新内容的弹词来替代"私定终身后花园,落难公子中状元"的旧式弹词,从而改变听众的趣味,达到教育民众的目的。

在孤岛时期,弹词依旧兴盛,《申报》于1938年11月29日发表了新亮的《上海的播音界》一文,文中指出上海"最流行、最脍炙人口的节目是要算弹词了。每天共有一零三档,每档计四十分钟,总数为四一二〇分钟。假使一齐拿到一个电台上去播送的话,则需时二天又二十小时"。②

苏州的广播电台开始于1930年。此后陆续出现了多种形式的电台,到1949年4月苏州解放时,苏州在这19年间先后有过18家广播电台。③ 其中久大电台创办于1932年,出版过评弹开篇《夜声集》;百灵电台创办于1932年秋,出版过《百灵开篇集》《百灵唱片集》。其中《百灵唱片集》出过三集;苏州电台创办于1935年9月,出版过《天声集》一、二册,内容包含评弹开篇。④ 除了广播中的弹词节目深受欢迎之外,弹词唱片也受到追捧。

---

① 俞子夷:《谈广播节目》,上海市档案馆、北京广播学院、上海市广播电视局合编《旧中国的上海广播事业》,档案出版社、中国广播电视出版社,1985年,第252—253页。
② 新亮:《上海的播音界》,上海市档案馆、北京广播学院、上海市广播电视局合编《旧中国的上海广播事业》,档案出版社、中国广播电视出版社,1985年,第476—477页。
③ 徐斌:《解放前苏州的广播电台》,《苏州史志资料选辑》,1989年第3—4期,第114页。
④ 徐斌:《解放前苏州的广播电台》,《苏州史志资料选辑》,1989年第3—4期,第109—128页。

当然，有感于广播与社会教育的关系密切，听众和当局对广播节目是否有伤风化也比较关注，如吴侍中在其于 1932 年 10 月 10 日发表在《无线电问答汇刊》中的《广播无线电播音者与收音者应有之道德》一文中，批评有些"播音者实在缺乏道德，于播送节目时间，往往加入几张粗俗而肉麻的唱片与不堪入耳的污秽言词"。① 上海市教育局也于 1932 年 8 月 26 日发布训令："查无线电播音流传甚广，且与社会教育有相互之关系，对于选材取义颇关重要。乃近查市内各无线电播音台播音材料类多弹词、歌曲，每于言辞声调之间含有诲淫伤风之意，殊足影响社会风化。兹为防微杜渐起见，合行令仰各电台遵照，此后关于播音材料务应郑重选择，俾免流弊，而维风纪为要。此令。"②

1934 年 10 月 5 日《申报》有关于教育局审查发表首批播音节目的报道："本市教育局为整顿本市各无线电播音台播音材料，前曾会同国际电信局决定由教育局负责审查各电台播音节目底稿。兹闻该局第一批审查结果，计准予播音者有话剧 3 种，弹词 98 种，歌曲 83 种，故事 5 种，平剧 6 种；应修正复核者，计弹词 1 种，歌曲 1 种，话剧 3 种；不准播音者，计话剧 4 种，宣卷 1 种，弹词 8 种，歌曲 5 种。又因四明文戏一项取材粗陋，强半涉于猥亵，殊与社会善良风化有关，业由该局函请国际电信局通饬各电台，自即日起一律禁止播音云。"③ 教育局审核非常仔细，从审查结果可知，弹词在电台播出众多，此次审查通过的弹词有 98 种，需修正复核的 1 种，而"有伤风化"不准播音的为 8 种。

广播也为弹词说唱提供了便利，传统时代的弹词名家往往以说唱一部长篇书目来作为自己主要的营生手段，他们将其不断发展改进，形成自己的风格，赢得听众。这一方面是由于长篇新书目对创作及演唱才能的要求很高，另一方面则是艺人需要遵守严格的师承派系，"凡同业各系宗支，勿得越

---

① 吴侍中：《广播无线电播音者与收音者应有之道德》，上海市档案馆、北京广播学院、上海市广播电视局合编《旧中国的上海广播事业》，档案出版社、中国广播电视出版社，1985 年，第 249 页。
② 《上海市教育局为郑重选择播音材料致各电台训令》，上海市档案馆、北京广播学院、上海市广播电视局合编《旧中国的上海广播事业》，档案出版社、中国广播电视出版社，1985 年，第 184—185 页。
③ 《〈申报〉关于教育局审查发表首批播音节目的报道》，上海市档案馆、北京广播学院、上海市广播电视局合编《旧中国的上海广播事业》，档案出版社、中国广播电视出版社，1985 年，第 206 页。

做他书"。①

电台及出版业的发达,为弹词艺人提供了前所未有的说唱环境。首先,市面上出版的弹词文本随时可拿来改编使用。其次,由于在电台中弹唱,弹词艺人和听众不是面对面的,他们无需揣摩各种表情与手势,甚至不需要熟记脚本,照本宣科即可。时人对这一现象有详细的描述,据潘心伊《新的弹词》中记载,弹词艺人蒋宾初在各大电台弹唱,从开洛到亚美再到大中华,以及各种小电台,由于说唱的书目总是《三笑》《双金锭》,听众难免厌烦,所以他急需新书目来维持生计。当时潘心伊正在将《天雨花》改编成《玉人来》,蒋宾初很想弹唱此书,并设想将全书的提要付印,发给听众,作为广告宣传,后来由于种种原因,没能付诸行动。蒋宾初另外开唱他完全不熟悉的《玉蜻蜓》,他将《玉蜻蜓》的脚本带到电台,边看边念,说得非常顺利,一直说到《开缸滴血》《徐元宰归宗》为止。此外,据说朱介生也是这样看着脚本在电台说唱《落金扇》的,因此许多弹词家,都认电台是个好地方。② 这一改变,为弹词新书目的大量涌现提供了一个契机。

然而,电台给说书带来便利的同时,也使弹词艺人的技艺退化:"在无线电里说书,长久了,就得变成了一种习惯。因为播音时,不比在书台上,既不必面部表情,更不必用甚手势。而且要说得慢、说得稳。成了这种习惯,再上书台,便不易改变。台上说书,完全要口到眼到手到,立起坐下,一刻不停,倘然也像电台上一般的动也不动,听起来就乏味了。有一次,蒋宾初在蓬莱市场说书,也像唱无线电模样。有不少的听客说'这个唱小书的,竟是一个僵尸'。"③

总的来说,弹词与这些现代传媒相结合,使其传播的内容,时间和空间大大得到提高。广播、唱片的出现,使听众足不出户便能欣赏弹词,弹词的受众进一步扩大。

二、弹词与广告

弹词在电台中如此兴盛,引起了商家注意,他们请来弹词艺人为其广作

---

① 吴宗锡主编:《评弹文化词典》,汉语大词典出版社,1996年,第396页。
② 潘心伊:《新的弹词》,《珊瑚》,1933年第5期,第1—3页。
③ 潘心伊:《一个僵尸》,《珊瑚》,1933年第5期,第6—7页。

宣传。时人对此多有记载："晚近数年,盛行无线电播音,弹词家生意亦鼎盛。各商家广告,往往聘弹词家播送。新开篇亦一时风起云涌。"①

据潘心伊总结,在电台中播送的广告,大概有以下几种类型:"(一)电汽公司自设电台,请说书者专一为自己营业鼓吹。(二)说书者自己去兜揽商店广告,在说书时插入。(三)商店委托电台,将广告插入说书。(四)商店请说书者借电台说书,除给说书者以薪水外,还须给电台的电费。就现在情形而言,以第三第四项居多。所有广告,又以绸缎洋布业为多。"②

对播送弹词的过程中插入广告,听众的态度又是如何呢?书艺高超的艺人能将广告嵌在书里,浑然天成,使听者不觉厌烦。而那些中断书情,直接播报广告的行为,当然会使听众觉得刺耳和不快,因为一个小时的播音节目,除去开篇及广告时间,能听到故事内容的其实不过半小时,而且往往听到紧要关头,便插播广告,如"沈俭安薛小卿,在'美灵登'唱《珍珠塔》,天天在半腰里,人家听得津津有味的当儿,停止说书,专说广告,虽可以使人不能不听,仿佛'拖住了辫子割耳朵',可是听众恨极了"。③ 但听众也无可奈何,只能迁就,因为在广播中听说书,可以省去往返书场的跋涉之苦,还能自由支配时间。

有些广告商请人将广告写成开篇,在电台中反复弹唱,如《银耳》:

秋高气爽菊花黄。流水行云来去忙。日月不居人易老。霜枫渔艇柳堤傍。但只见,朦胧晓色在沙洲住。一片蓼蓣景色臧。天气冷,过重阳。质库名珍思鹓鶒。寒气袭人秋已尽。大家庭,群思培补服膏汤。然而那及名珍品。银耳中华久誉扬。此物效能真不二。生津止咳更滋肠。润肺消痰称上品。培元固本味鲜香。咸甜随意把调和味。只要清汤炖得良。中国四川盛出产。清华白洁质刚强。一经沸水来相泡。暂浸片时糯性长。入口甜香称美味。滋元固本世无双。当今海上无他店。只有四川商店是优良。出产地方亲采办。经销上海在抛球场。门

---

① 倪高风:《倪高风开篇集》,新国民印书馆,1935年,序第9页。
② 潘心伊:《说书与广告》,《珊瑚》,1933年第7期,第1—3页。
③ 潘心伊:《不得不迁就》,《珊瑚》,1933年第7期,第3—5页。

前标识殊清雅。灯彩光明西蜀商。银耳名称珍上品。四川商店早名扬。他那是不欺老少为公平者。出售名珍有美誉良。能补气。更润肠。寒天第一是补元强。价廉物美无须说。尝试方知道地良。止咳功能兼润肺。所以是,名珍独步在春江。春申江畔誉流芳。①

这篇弹词开篇从天气入手,写到渐渐入秋,正是滋补的好时节,引出生津止咳、润肺消痰、培元固本的银耳,最后得出正题:"当今海上无他店,只有四川商店是优良。"通过优美的词句,引导顾客消费。

有时弹词名家在电台中做广告太卖力,也会受到别人的质疑。当时美商"棕榄公司"为了推广产品,特地租了"大中华""国华"两家电台,请弹词名家张少蟾说唱。他白天在"国华"说唱《华丽缘》,晚上在"大中华"唱《双珠凤》。因为晚上听《双珠凤》的人比较多,所以他就格外用心宣传,将棕榄香皂丝带牌牙膏之类,编成开篇弹唱。于是一位听众写信表示不满:"你替棕榄公司宣传广告,太觉肉麻了,既有这番气力,何不宣传国货,那你就不愧为中国人了。"张少蟾看到之后,立即在广播里澄清:"鄙人为生计所逼,既受棕榄之聘,代他宣传,也是不得不然。况且中美邦交,并未破裂。我是宣传美货,不是宣传仇货。自问于心无愧。至于国货,我倘有机会,自然要宣传的。"最后还在无线电中立誓:"如若私买有日货。效劳日商,将来死无葬身之地。神明鉴之。听众鉴之。"②

商家、电台与弹词艺人形成了一种互利的关系。商家请来弹词艺人在电台演唱,为其推销产品、广作宣传。此外,他们还非常注重听众的反映,听众可以通过写信或电话等多种渠道与电台联系,来表达他们收听节目后的感想,点播他们喜爱的作品,弹词也因为这商业化的关系,作为一种大众文化,在上海更加盛行。这三者的联姻为各自都带来了巨大的商业效益。电台说书远比书场来得省力,而报酬又远远高于书场,因此,吸引了大批艺人,也在一定程度上促进了弹词新书目的不断出现。

---

① 倪高风:《倪高风开篇集》,新国民印书馆,1935年,第266—267页。
② 潘心伊:《无线电里罚咒》,《珊瑚》,1933年第7期,第5—7页。

第三节　书场弹词文本的特征

本来意义上的书场弹词文本是指对书场弹词的记录本,而实际上书场弹词文本远非书场弹词的原貌。因此,此处的书场弹词文本只能是指与书场演出有关的文本。因为弹词师徒相授、口耳相传,书场弹词的脚本只是一个故事提纲,而且往往只有唱词,对白总是在不停地变化,鲜活丰富的说表要靠艺人在书坛上创造。书场弹词文本,虽然在一定程度上还保留着书场弹词的原貌,但在刊刻过程中,往往受到书坊主和文人的改编,在某种程度上与书场弹词已经大不一样。书场弹词文本与书场弹词的不同,至少体现在以下几个方面:

首先,现场和记录的必然不同。记录下来的书场弹词文本和现实中的弹词说唱很不一样。书场弹词文本记录人物的动作、神情无法与艺人表演的丰富性相比。此外,由于听众与读者的欣赏角度不同,弹词的记录本力求删繁就简,不可能记录艺人在场上的每一句话。其次,文人、书商的改编。大多数书商出于营利目的,会将从弹词艺人手中购得的说唱底本进行改动,在保留书场弹词的基本特点,如开篇、结语的情况下"另换关节,修饰莱词"。[①] 由于许多书坊主本身就是文人,底本在经过他们修改之后,市井粗鄙之气渐淡,隐约可见文人清丽雅致的风格。再次,纲常教化内容的加入。清代文禁严厉,禁毁圣谕不断,在这种出版氛围之下,书坊主们为了使刊本顺利流通,不得不顺应统治者的喜好,在书中加入一些有关纲常教化的情节或言论。尽管如此,书场弹词文本依然保留着大量书场弹词的痕迹,我们可以从中一窥书场弹词的面貌。

一、书场弹词文本的形式及叙事特点

(一) 书场弹词文本的形式

弹词有叙事、代言两种形式。"最初的弹词都是叙事体,完全用第三人

[①] (清)吹竽先生:《绣像落金扇全传·序》,谭正璧、谭寻辑《评弹通考》,中国曲艺出版社,1985年,第307页。

称作客观的叙述,毫无代书中人说话的地方。《二十一史弹词》是叙事体,清初《长生殿》里的弹词,也还是记叙体的。到雍正、乾隆时,《梅花梦》和《陶朱富》等弹词,仍是用作书人的口气,讲述故事,所以当时人说弹词的体裁是'以记叙行文,用声诗作曲'(《梅花梦》第一回)。但同时的《珍珠塔》弹词和稍后的《十五人传》,已逐渐进展到叙事代言杂用了。到嘉庆时代,《云琴阁》《文明秋凤》等出,始有纯粹代言体的弹词。"①自咸丰年间至清末,弹词演唱更加戏曲化,书场弹词的代言体特征日渐明显,并成为主流。在清末,人们对弹词说唱的叙事体已经非常陌生,反而"以脚色登场者为正格"。② 因此,现存大量的书场弹词文本大多是代言体的,它们主要有以下形式特点:

1. 开篇。它是弹词艺人在正书前所弹唱的篇子,一般篇幅不长,大概有三四十句,能起到定场、试嗓的作用,并将听众引向正书。弹词开篇的形式和内容丰富多样,有白话开篇、什锦开篇、套头开篇、连句开篇、滑稽开篇、嵌词开篇等等。开篇的文辞优美,并注重意境的营造,正如晚清徐珂在《清稗类钞》三十七卷中所说:"弹词为盲词之别支,其声调惟起落处转折略多,余则平波往复,至易领会,故妇孺咸乐听之。开场道白后,例唱开篇一折,其手笔多出文人,有清词丽句,可作律诗读者。至科白中之唱篇,半由弹词家自行编造,品斯下矣。"③然而,虽然大多数的开篇出自文人之手,可以与律诗媲美,但从现存书场弹词文本的开篇来看,也有不少为迎合市井观众的喜好而出现的内容低俗之作,这种情况在传统书目中尤为明显。

2. 人物自报家门,内容分角色演绎。书中人物上场,会用"引""白""唱"三段进行自我介绍,与杂剧、传奇的开场套路相似。代言体弹词中"自报家门"式的人物出场,以及内容分生、旦、净、外等角色来演绎,是它不同于叙事体弹词的显著特征。

(二) 书场弹词文本的叙事特点

1. 叙事重复。弹词的叙事细腻、繁复,而且同一情节往往会重复出现。如《珍珠塔》中,方卿被嫌贫爱富的姑母气走,表姐私自赠塔,姑夫于九松亭

---

① 胡士莹:《宛春杂著》,浙江文艺出版社,1984 年,第 249 页。
② 程瞻庐:《同心栀弹词》,商务印书馆,1928 年,序第 1 页。
③ (清)徐珂:《清稗类钞》第 10 册,中华书局,1986 年,第 4943 页。

允婚,以及他在雪地遇盗、逢救登舟等一系列情节,总是在故事的叙述中一再出现。同一情节,往往先通过主人公说一遍,中间又通过对话、唱词、攒十字的方法再说一遍。即说书人重复,书中不同的角色对同一情节重复。这是因为弹词是长篇,每天分回演唱,书场除了固定的老听众外,还有流动的新听众,为了帮助他们了解书情,"重复"便起了很大的作用。而老听众虽然熟悉书情,但弹词演唱主要是诉诸听觉的,听众需要通过说书人的"重复"来确立比较鲜明、深刻的艺术印象,因此说书艺人通过不同的表现手法,如时而引、时而母子对唱、时而说书人用攒十字唱等进行"重复",并不令人生厌,反而能引起听众的兴趣。

2. 描写细腻。许多长篇弹词其实并非以曲折离奇的情节取胜,它们擅长刻画人物的心理,并通过一系列细节描写来推动情节的发展。体现弹词的细腻,最著名的例子便是《珍珠塔》中陈小姐下楼那一段,正如叶圣陶的《说书》云:"《珍珠塔》里的陈翠娥私自把珍珠塔赠给方卿,不便明言,只说是干点心。她从闺房里取了珍珠塔走到楼梯边,心思不定,下了几级又回上去,上去了又跨下来,这样上下有好多回;后来把珍珠塔交到方卿手里了,再三叮嘱,叫他在路上要当心这干点心:这些情节在名手都有好几天可以说。于是听众异常兴奋,互相提示说'看今天陈小姐下不下楼梯',或者说'看今天叮嘱完了没有'。"[①]

3. 语言谐趣。作为大众表演的弹词唱句,首先要通俗。这与听众对象大多为市井小民息息相关。为了迎合听众的审美趣味,书场弹词往往运用大量活泼、诙谐甚至粗鄙的语言。各地方言、歇后语、俏皮语等均用来渲染环境氛围,描摹当时社会的众生相,极富生活色彩。在弹词演唱的过程中,说书人往往按情境的需要巧妙地穿插各种噱头,制造的各种笑料往往能拉近与听众的距离,形成书场弹词特有的讲唱氛围。这些内容记录成文,则形成了书场弹词文本的独有特点,使读者犹如亲临书场一般。

二、书场弹词文本的内容

无论是说书人讲唱弹词,还是书商请人将唱本整理成册出版,两者的终

[①] 叶圣陶:《未厌居习作》,开明出版社,1992年,第23页。

极目的都是为了营利。因而此类弹词必然极力迎合听众和读者的口味,内容异常丰富。如《珍珠塔》讲述方卿在先贫后富的过程中历经世态炎凉的故事;《白蛇传》讲述修炼成精的白蛇与药店伙计的爱情故事;《玉蜻蜓》讲述尼姑和富家少爷恋爱,在庵堂生下遗腹子,并状元及第的故事;《三笑》讲述苏州才子唐伯虎追求华府侍女秋香的故事;《描金凤》讲述小市民钱笃笤发迹变泰的故事;等等。新文学家对这些篇目,认为情节曲折诱人,但颇涉及淫乱之事。阿英曾对《古本刘成美忠节全传》进行了批判:"这无疑的是一种典型的封建小市民文艺,镕合了英雄美人仙家侠客于一炉,加上许多悲欢离合的情节,惊险奇巧偶然的场面,人物又极端的富于浪漫性,就是帝王,也都到了'不爱江山爱美人'的程度。像这样的弹词,对于受了生活苦累的市民,由于他们的空想性,因果观,向上的梦,以及其他许多条件,是最能投合他们,抓住他们的。"① 这对《古本刘成美忠节全传》而言是有一定的道理的,但对上述的那些书目而言,动不动就扣上"封建小市民文艺"的帽子,却是以偏概全的。

  清代文人创作弹词绝少以出版营利为目的。从现有作品可知,他们创作的弹词大体可以分为"遣怀娱乐"与"教化启蒙"两大类。在"遣怀娱乐"类作品中他们往往通过创作弹词来抒发自己的情怀,如女作家们热衷于书写主人公女扮男装,在男性世界成就一番大事业的故事,以此来施展自己的才华,关注女性的婚姻、家庭,表达她们对历史、政治独特的感悟。她们行文雅致,预设的读者则是亲友、知己。正如程蕙英在《自题〈凤双飞〉后寄杨香畹》中所说:"开卷但供知己玩,任教俗辈耳无闻。"② 她们的作品往往动辄几百万字,是她们花费数十年甚至一生的光阴,精心构造而成的。

  清代文禁严厉,统治者"犹恐小说淫词,煽惑愚民,蛊诱士子",③ 对通俗读物的打击不遗余力,其中亦多涉及弹词。他们往往以内容淫秽为由,对这类作品进行禁刊、禁租、禁藏。如道光二十四年(1844)浙江杭州知府在告示

---

① 阿英:《弹词小说评考》,中华书局,1937年,第109—110页。
② 邓之诚:《骨董琐记》,中国书店,1991年,第153页。
③ 《康熙五十三年四月禁小说淫词》,王利器辑录《元明清三代禁毁小说戏曲史料》,上海古籍出版社,1981年,第28页。

中云:"更有一种税书铺户,专备稗官野史,及一切无稽唱本,招人赁看,名目不一,大半淫秽异常,为害尤巨。"①因此,书商为了使这些刊本顺利出版流通,往往将它们改头换面,加入一些道德说教,粉饰成"忠孝节义"俱全的作品,而内里依旧如故的。

事实上,清代文人早已发现弹词"雅俗共赏,高下咸宜""俾妇人竖子,有所闻见,易于通晓"②的特点,他们希望能够通过弹词移风易俗,劝导人心。如邱心如的表侄陈同勋在为《笔生花》所题的序中就说:"稗官野史、杂剧、院本未必人人博览而群观也,不若弹词雅俗共赏,高下咸宜。流传闺阁,可以教导人家儿女,意甚盛也。"③因此,与书场弹词文本中起粉饰作用的道德说教不同,他们确确实实创作了不少有关"教化启蒙"的弹词作品,以期能够警醒愚顽、感动人心。骆庆生的《珠玉圆》就是一篇以宣扬"移风易俗"为目的的文人作品,他有感于现实生活中"重生男之誓,遂多溺女之风"而作,目的是为了拯救女婴。到了晚清,受梁启超等人"小说界革命"的影响,当时的爱国志士普遍认为小说是唤醒民众的最佳工具,因此与妇女关系密切,并被视为小说之一体的弹词成为他们宣传新思想,试图唤醒女界,承载挽救时局希望的文学样式。受此影响,晚清出现了一大批与此相关的作品。

三、书场弹词文本的世代累积型特点

从现存作品来看,文人弹词除了独立创作之外,也有一部分是根据流行已久的小说、戏曲改编而成的。如澹园氏的《燕子笺弹词》改编自阮大铖的同名戏曲;徐品南的《锦香亭》改编自清人石琰所作的同名传奇;云坡居士的《蕴香丸》则改编自明代史槃所作的传奇《吐绒记》以及清代王翙的改写本传奇《红情言》。在改编过程中,他们往往进行再创作,借他人故事来抒发自己的情感。

---

① 《浙江杭州知府禁淫词小说》,王利器辑录《元明清三代禁毁小说戏曲史料》,上海古籍出版社,1981年,第120页。
② (清)萧佐清:《绣像六美图中外缘全传·序》,谭正璧《评弹通考》,中国曲艺出版社,1985年,第162页。
③ (清)邱心如著,江巨荣校点:《笔生花》,中州古籍出版社,1984年,序第1页。

此外一些女作家创作弹词往往是为了回应其他弹词作品。如现知最早的女作家弹词《玉钏缘》，就是继承前人的创作。谭正璧在《弹词叙录》中说过，与《大金钱》和《小金钱》有关。① 而陈端生创作《再生缘》的原因之一就是受到《玉钏缘》的感染，她在第一回中提道："知音未尽观书兴,再续前文共玩之。"②《玉钏缘》中的谢玉辉与郑如昭轮回成《再生缘》中的皇甫少华与孟丽君。而后《再生缘》所表现出来的对传统女德大胆超越的思想，对后世读者均有所启示。③ 如梁德绳续写《再生缘》,侯芝创作《再造天》,邱心如创作《笔生花》等，都是对《再生缘》或激烈或温和的阅读反应。

这些文人作品或独立创作或改编或续写，一旦写成便已定型，而书场弹词文本与文人作品不同，它们是不同的艺人在继承、演出、传播的同时修改、加工、再创造的结果，是集体智慧的结晶。弹词中的传统书目，如《白蛇传》《玉蜻蜓》《描金凤》《双金锭》等大多在民间流传了数百年，人们对弹词的内容非常熟悉。在这里，听众不再痴迷于故事的内容，他们更注重的是艺人如何讲故事，听众遇到精彩的"关子书"往往不嫌其长，都兴致勃勃地惦记着书情将如何发展，因为不同的艺人处理的方法不同，会给人带来不同的愉悦感受。如《珍珠塔》第三回"侠女送才郎暗藏奇宝"中说道："列位吓，小姐此时为甚殷勤多厚赠，并非为苟且有私情，一来是报答当年贤舅母，二来是要保全寒士转门庭，三来是堂上将他来轻慢，必得周全心始宁。要晓得小姐为人惟重义，岂可当他表记称。列位吓，不知那个平空来嚼舌，说是花园自许亲，后来自缢般般丑，几乎屈杀女千金。亏我到过襄阳陈府上，曾将此事细查清，所以书中前后通身改，事迹搜求的的真。列位多是高见的，切莫信从前

---

① 谭正璧在《弹词叙录》中称："书中时代背景,与《大金钱》《小金钱》二书同时。《小金钱》中之柳卿云与其丈夫王景星之婚姻故事,彼此互见。谢玉辉所娶王淑仙,与柳卿云乃嫡堂姑嫂。"谭正璧:《弹词叙录》,上海古籍出版社,1981年,第134页。
② (清)陈端生著,梁德绳续补,杜志军校注:《再生缘》,华夏出版社,2000年,第4页。
③ 胡晓真称:"虽然文学创作的动机错综万端,女性创作弹词小说最直接的动机则常常正是有感于某部前人作品而来。这种情形其实与17世纪以来的续书现象也不无关联——所有的文学形式到了17世纪以后,高度发展的结果,使得任何作品都不免要模仿或映照其他的作品,所以才有续书现象的出现,而弹词小说的传统里也发生与此平行的现象。"胡晓真:《才女彻夜未眠——近代中国女性叙事文学的兴起》,北京大学出版社,2008年,第12页。

刻本荒唐话,其中经纬实分明。"①从中可以看到,不同的人对《珍珠塔》有不同的艺术处理、不同的唱法,即"各家各说"的道理。

根据目前掌握的材料,苏州弹词《珍珠塔》似起于马如飞的父亲马春帆。马春帆是嘉庆、道光年间的弹词艺人,从马春帆算起,《珍珠塔》已经有了近200年的历史。经过马如飞的精心加工,《珍珠塔》的脚本质量达到了一个相当的高度,有"唱不坍的《珍珠塔》"之称,此外弹词界还有"学会珍珠塔,肚皮饿勿煞"的说法,学说《珍珠塔》的艺人,最多时有近一百档,因此,《珍珠塔》也留下了多种不同的文本。《珍珠塔》在魏钰卿和他的传人钟笑侬、沈俭安、薛筱卿、魏含英这一代到了全盛时期。②

弹词艺人也往往一生只以一部长篇作为自己的主要书目,其中原因,首先是新创一部长篇书目,并能熟练讲唱,让大众喜爱接受是一件非常困难的事,这需要很好的创作及表演才能;再次,是师承的关系,艺人拜师学艺形成一定的派别,行会组织规定,艺人出道后,就以所学书目谋生,"凡同业各系宗支,勿得越做他书"。③因此弹词艺人往往将所学书目不断发展改进,精心打磨说唱技艺,形成自己的风格。以《白蛇传》为例,在经过了三四代艺人的精心修改之后,白蛇已由贪色、好财,动辄就要以吃人来威胁丈夫的蛇妖变成了我们现在看到的勤俭持家、温柔淑德的贤妻良母,越来越有人情味。

传统书目大体都有这样的发展过程,书场弹词文本总是自觉或不自觉地不断发展变化着。从《白蛇传》《珍珠塔》等的演变过程可知,这些来自书场的弹词与《天雨花》《笔生花》等出自文人包括才女个人之手的弹词作品不同,它们的原始作者往往无从考证,在数百年的流传过程中经过一代又一代文人和艺人的加工打磨,在此过程中广大听众也起到了不小的作用,弹词艺人总是征求他们的意见,从而更好地适应听众的艺术趣味,让作品更受欢迎。在这些人的精心琢磨下,弹词内容逐步发展,形成不同的书场弹词文本,因此可以说这类弹词是集体创作的产物,具有世代累积型的特点。

当时序发展到晚清民国,弹词艺人对传统书目的革新,对新书目的需求

---

① (清)佚名著,黄强校点:《珍珠塔》,中州古籍出版社,1987年,第26页。
② 参见傅菊蓉:《珍珠塔艺术谈》,《评弹艺术》第26集,苏州大学印刷厂,2000年,第35页。
③ 吴宗锡主编:《评弹文化词典》,汉语大词典出版社,1996年,第396页。

以及弹词演出出现的一些新的面貌则是在新形势下弹词发展的必然结果。

第四节　弹词演出新书目不断涌现

听众的欣赏品位和需求,是弹词艺人生存和发展必须考虑的问题。一方面由于时代的发展,本来限于闺阁的妇女,开始进入书场听书,"光绪十六年(1890)汇泉楼书场开业,又名文明汇泉楼,因专用于评弹演出称清书场。设听众席242座,台前放老听众的'状元桌',两侧置靠背椅女听客座席20座,场中列长条靠背椅听众席"。① 有些女子甚至公开捧角,这使得书场弹词的内容不得不兼顾她们的喜好。同时,随着社会的发展,听众对弹词老书目中的落伍思想、色情内容表达出希望改进的愿望。针对这一情况,不少传统书目都进行了再创作。如当时的青年演员"沈俭安、薛筱卿等,便对《珍珠塔》进行改革。在大量删去封建说教的同时,又增加了很多趣味盎然的情节、语言和表演,使这部骨子老书焕发青春"。② 他们成为继名家马如飞、魏钰卿之后,弹唱《珍珠塔》响当当的名家,被誉为"塔王"。而夏荷生改编《描金凤》也大获成果,人称"描王"。由于报刊、广播的兴盛,社会热点信息传播迅捷而广泛,据此改编而成的弹词新书目、时事开篇大受欢迎。如《王莲英》《阎瑞生》开篇,新书《枪毙阎瑞生》,都是根据20世纪20年代一桩轰动上海的绑票案编写的。因为策划此案的杀人犯是一位大学生,所以引起了社会各界的广泛关注。而《黄慧如和陆根荣》则是根据1923年发生在上海的一桩小姐和仆人私奔的真人真事编写而成。1935年《新闻夜报》刊载过《黄慧如》开篇,共分16篇:别家、赴申、闺居、初会、喜信、婚变、仆劝、露踪、盘责、宵遁、告白、游观、诈讹、公堂、初探、上诉,详细叙述了此事的经过。此外,还有根据当时流行小说《啼笑因缘》《满江红》《秋海棠》等改编的弹词。

与此同时,说书艺人本身也在不断进步,他们积极参与社会活动,将义演所得捐助军需,在表达自己爱国情感的同时也号召了广大听众,如:"说书

---

① 上海通志编纂委员会编:《上海通志》第8册,上海社会科学院出版社,2005年,第5502页。
② 彭本乐:《21世纪评弹前景展望》,《评弹艺术》第26集,苏州大学印刷厂,2000年,第81页。

业同人王缓卿、王效松、王子和、周杏泉、周泌泉、许文安、杨月槎、杨星楼、谢品泉、谢少泉、张步云、何云飞、何骇飞、朱耀庭、朱耀签、张福田、金耀孙、金继祥、钱九皋、钱幼卿、郁莲卿、叶声扬、叶声亮、朱秋田、石秀峰等,以组织中华共和国民国,四万万同胞,无论男女老幼,均有责任。现下上海各商业,已先后捐助军需,岂说书业中人,别具肺肠?爰于日昨在该业光裕社会所议定助饷办法,并发传单云:'敬启者:商等托业虽微,爱国之心同具。今当中华光复之际,北伐急待后援。商等不揣绵薄,拟即日于各书场说会书一次,应得书资,悉备北伐之助。尚望诸公不嫌污耳,早赐光临,不胜盼切之至。谨此布闻。元月13日星期六,得意楼、合和轩、第一楼、群贤楼;14日星期日,柴行厅、群玉楼、康园船舫、得月楼;15、16两日星期一、二,北市各书场。'"①润余社成员也不甘落后,紧随其后:"本埠各茶肆向有雇人演唱弹词以及讲说演议等书,向分光裕社、润余社两帮。光裕社已于上月会书筹助军饷,故润余社同人沈廉舫、程鸿飞、凌云祥、郭少梅、谢鸿飞等,慨念军饷缺乏,特邀同志,定于二十三、二十四、二十五三夜,在康园、明园等处,所得书资,悉助北伐军饷。集腋成裘,不无小补。并于该三日,请林步清演说。又朱酉山、周瑞卿施演幻术,以助听客之兴。昨已禀准军政府,届期实行。"②这一阶段,弹词演出的书目、开篇可谓异常丰富。

一、弹词开篇的兴盛

电台播音的兴起,使弹词艺人对开篇作品的需求量骤增,据弹词艺人陈瑞麟的回忆:"开篇当时也都唱新作,如《杜十娘》《夜探》《莺莺操琴》《江北夫妻相骂》《活捉张三郎》《哭沉香》《离恨天》《补情天》《紫鹃夜叹》《潇湘夜雨》《说书大交兵》《连续开篇》《螳螂做亲》等等。电台节目,必做半回书,还有一半时间尽唱开篇。"③周瘦鹃对此深有同感:"自无线电流行以来,风靡中土,

---

① 《说书业助饷启事》,《时报》1912年1月12日,上海社科院历史所编《辛亥革命在上海史料选辑》,上海人民出版社,1981年,第671页。
② 《弹词业助饷》,《民立报》1912年2月9日,上海社科院历史所编《辛亥革命在上海史料选辑》,上海人民出版社,1981年,第671—672页。
③ 陈端麟:《书坛杂忆》,《评弹艺术》第10集,中国曲艺出版社,1989年,第156—157页。

凡电波流通之处,几乎家家都有一座收音机了。多数听众而所爱好的,仍以说书先生的弹词为最,甚么《珍珠塔》啊,《双珠凤》啊,《三笑》啊,《玉蜻蜓》啊,都是百听不厌的,而说书以前的一只开篇,尤其是众望所归,一个个电话,一封封书信,纷纷点唱。任是商店中推销货物的开篇,说书人哭父哭子的开篇,也以为怪有趣怪好听的,老是点个不了,唱个不休。文人们见开篇这般的受人欢迎,就雕肝镂心的大做其开篇,大出其开篇集,其间,声调铿锵词句典雅的,当然很多,而东拼西凑,牵强附会,甚至字句欠通的,也在所难免。"①郑逸梅对这一现象也有描述:"一自海上无线电风行,各电台争聘弹词家为开篇之播唱,以应各界之要求,于是开篇一支不已而再三之。而开篇之于弹词,渐有喧宾夺主之势。然弹词家之开篇,竞翻花样,资料易穷,不得已乃四出征求。"②

于是开篇领域成了"书迷"文人大显身手的用武之地。如被称为"开篇三杰"的沈芝生、许月旦、郑心史以及张健帆等,曾于20世纪30至40年代在《申报》等报刊上,辟设《评话人物志》《书坛掌故》等专栏,撰写了大量评弹艺术的文章和开篇。

戏曲、曲艺史专家赵景深,对评弹一往情深,除了在20世纪30年代末出版过《弹词选》和《弹词考证》等专著外,还身体力行,特地为弹词名家汪梅韵写了《汪氏开篇》和褒扬《宁武关》中周遇吉之妻的《刘夫人》等。③这一时期,出版了大批弹词开篇集,内容从古至今,涵盖面广,为弹词艺人提供了大量的说唱素材。

倪高风,蛟川(今浙江镇海)人,师从何燮卿、冯铁生,善于交际,"一时文坛诸子,莫不乐于过从"。历任天灵、友谊、利利等广播电台主任、副经理,《游艺场报》《金钢钻报》编辑,因此,很多弹词家也是他的朋友。他在《金钢钻报》时主持"游于艺栏,排日刊载新旧开篇,绵亘约二月之久,颇获读者之称誉"。④他对这一经历的回忆是:"编辑《金刚钻报》'游于艺栏',中间曾搜

---

① 倪高风:《倪高风开篇集》,新国民印书馆,1935年,序第3页。
② 倪高风:《倪高风开篇集》,新国民印书馆,1935年,序第15页。
③ 江更生、秦来来:《旧上海的评弹作家》,《新民晚报》,2007年7月22日。
④ 倪高风:《倪高风开篇集》,新国民印书馆,1935年,序第13页。

开篇之稿,按日刊登专辑,奈以平仄之失调、音韵之未粘,辄搁笔而费踌躇。自后,来稿虽有源源,无如佳者寥寥,弹词家之藏稿,既多疵谬,新著作之韵什,又复平常。"①于是,他闭户著书,出版开篇集《袅袅集》《倪高风开篇集》《倪高风对唱开篇集》等。此外,他还为好友陆澹庵②校订过《啼笑因缘弹词》和《啼笑因缘弹词续集》。

《倪高风开篇集》,十多万字,开篇唱词三百余首,书名由当时的上海市市长吴铁城题签。其后为其作序的有:严独鹤、周瘦鹃、孙漱石、郑正秋、戚饭牛、陆澹庵、施济群、郑逸梅、顾明道、程小青、范烟桥、徐卓呆、赵眠云、陶冷月、吴双热、徐哲身、尤半狂、徐碧波、高天栖、屠守拙、吴承达、张枕绿、章琴山、张舍我、张梦飞……此外还有光裕社、润裕社的序以及自序,之后还有各类名人的题词。书中有一页"诸大名弹词家暨名弹词票友爱唱本书之亲笔签名",共有 67 位弹词名家及票友围绕着正中央"我爱唱倪高风开篇集"几个大字展开了签名。几乎囊括了当年文艺界、弹词界的风云人物,足见其交游之广。

他还将小说名家写入弹词开篇,创作了《小说家》开篇 15 首,如对曾创作过弹词的戚饭牛、陆澹庵、姚民哀等通俗作家他是这样描述的:

> 重提前事把旧文修。老辈英雄戚饭牛。他那是,书法东坡根底好。提倡文学说从头。各方播讲那电台上。国学精详把微理求。老境弥甘称硕健。更为那弹词名宿有妙音喉。新书旧事多能化。著作开篇是第一流。信手拈来成妙谛。铿锵音调韵悠悠。……(《小说家》四)

> ……陆澹盦教鞭就任于中学。正始为名学校彰。他那是最喜弹词来著作。偷闲执笔实闹忙。近因白药生涯好。万病能安百草霜。出自云南销路旺。一肩负担更加忙。故此是无心作品把文章做。一意经营学作商。……(《小说家》五)

> ……姚民哀,名特红。一曲西厢唱得工。朱兰庵便是真名姓。出

---

① 倪高风:《倪高风开篇集》,新国民印书馆,1935 年,序第 57—58 页。
② 陆澹庵原名衍文,字剑寒,乃号澹盦,后因盦字笔画太多,省改为庵,又省改为安。本书除引文及参考文献外,其余均采用"陆澹庵"写法。

口成章才子风。流落江湖把乡镇走。弹词为业有圆融。一腔侠气无人敌。描写淋漓谈话中。叙述生龙并活虎。浩然正气贯长虹。只可惜弱身难得康强复。瘰疬经年消瘦容。平日不知深爱惜。深更半夜把稿文从。所以是一生多病在药笼中。……(《小说家》十三)①

他还用开篇为友人推广新书,如《序逸梅小品续集》:

此日郑君开小品。予人消遣却堪珍。愧余难把那深文显。属序无多言语新。小小新词来谱唱。开篇聊佐品茗珍。诸君休笑韵无伦。②

倪高风不仅善交际,还善于推销产品,他在《倪高风开篇集》中大做插页广告。有《啼笑因缘弹词》《流水行云》《西城记》等图书广告;天发祥皮货局;利利土产公司;中国啤酒;美国鲜橘水;故宫日历;胃痛灵药;青青养蜂场;三星珠钻号;四川银耳;飞歌,老牌无线电收音机;上海虹口产科医院;飞虎牌水粉漆;等等,五花八门,不下50种。

此外,他还为自己做广告,书中写有"欲做无线电播音广告者启示":"高风不敏,厕身电台界,迄今约四五年,而此时播音,尚属萌芽时代。乃因历来所获,对于无线电播音广告一道,略有心得。复以性好文艺,滥竽文坛,年前曾主编《游戏场报》,因与各项游艺家,多有相当交谊。兹值百业凋零,物物相竞之商战时代,播音广告实为号召顾客不可少之利器。高风有鉴于斯,以历年所得,不自藏拙,为各宝厂店号公司服务。凡属一切播音广告,不论大小,可致函……"③从中不难看出,弹词开篇与商业的联系日趋紧密。

《开篇大王》,上海曼丽书局1938年发行,沈陞云编辑,黄异庵、钟笑侬校正,陈瑞麟作谱。此书收录一千多首开篇,是已知近代弹词开篇集之最。它的内容有写传统历史人物的如《诸葛亮》,有取材于戏曲、弹词、小说的如《西厢记》《珍珠塔》等,此外还有反映人文风情与社会民俗的如《乡下人白相

---

① 倪高风:《倪高风开篇集》,新国民印书馆,1935年,第225—235页。
② 倪高风:《倪高风开篇集》,新国民印书馆,1935年,第239页。
③ 倪高风:《倪高风开篇集》,新国民印书馆,1935年,插图页。

上海滩》等,还有反映季节的开篇如《二十四节气》等等,涵盖面非常广泛。

《上海弹词大观》,上下两集,由同益出版社社友编辑,同益出版社1941年出版,书前还有三十多位弹词名家的照片及小传,共收录弹词开篇二百多首,题材丰富多样,其中有《啼笑因缘》《杨乃武与小白菜》,还有弹词名家薛筱卿所赠《玉梨魂》开篇十首,如其中的第一首《钟情》:

> 粉敷何郎字梦霞,半姿潇洒貌堪夸。胸怀奋翮冲霄志,腹饱诗书典籍华。(他是)爱读红楼美宝黛。情根生小已萌芽。蹉跎未结朱陈好。(多只为)欲觅倾城绝色娃。不幸椿庭身见背。为谋衣食客天涯。蓉湖一棹掌教去。寄迹外亲崔氏家。(那)崔老殷勤相款待。开筵畅饮话桑麻。(说道是)多年亲戚长疏阔。(今日里)难得侄儿到我家。(老汉是)慨自亡男身故后。残年风烛更悲嗟。(幸喜)鹏孙年幼尚聪慧。望贤侄随时看顾他。(梦霞是)日课群童振木铎,夜教孤雏剔灯花。(因此)深闺感激贤孀妇。处处关心礼貌加。(梦霞是)略悉梨娘遭遇苦。(引起他)自身漂泊叹凄邪。(因此)青衫时湿书生泪。红粉常怀薄命花。一缕痴情萦脑海。(要学那)春蚕作茧自披枷。(到头来)天荒地老愿终赊。①

此外弹词开篇集还有《凤鸣集》,袁凤举主编,1934年由凤鸣广告社出版,收录弹词开篇百余首,包含反映当时生活题材的《九一八》《三一国耻纪念》等,均为当时广播电台经常播出的节目。《书中乐》,陆澹庵、吴简卿等编辑,1934年明远广播电台发行。《知音集》,张韵、杜剑青编,1936年上海知音出版社出版。收录弹词开篇六十多首,其中有杜剑青根据张恨水小说《落霞孤鹜》改写的成套开篇十首。《咪咪集》,蒋靖喆著,张元贤主编,1938年元昌广告公司发行等等,不下数十种。

二、弹词演出新书目不断涌现

随着时代的进一步发展,新的观众层的形成,弹词艺人在革新传统书目

---

① 同益出版社社友编辑:《上海弹词大观》上集,同益出版社,1941年,第29页。

的同时,也在不断用新闻或流行的故事来充实书目,以此吸引听众。在上世纪"二三十年代编演的新书至少有一百多部。有不少直到现在还在演出的长篇如《杨乃武》《十美图》《顾鼎臣》《啼笑因缘》等,都是那个时候编演的"。①电台的兴盛使弹词的需求量不断增加,也促使着新书目的编演。在电台上说新书,艺人即使对书情不熟也可以带着脚本上场,而且因为无需与观众面对面,所以对技艺的要求也不再那么严格。因此,"不少名家在书场说老书,上电台试说新书。那时期在空中书场,可以听到沈俭安、薛筱卿说新书《花木兰》,蒋如庭、朱介生说改编张恨水小说的新书《落霞孤鹜》,陈瑞麟说新书《太真传》,朱耀祥、赵稼秋说新书《玉堂春》,朱兰庵说新书《空谷兰》,等等,其后严雪亭到上海说《三笑》,不过二十三四岁,可他在电台从唱白话开篇反映不错开始,又在电台上演出了弹词《赛金花》,因嫌《三笑》太熟,下决心改说新书《杨乃武与小白菜》大获成功。而范雪君在书台唱红《啼笑因缘》后,她的新书《秋海棠》《雷雨》《董小宛》《赛金花》等,大都先在电台试唱,后在书场演出"。②

  清末民初,暴露官场腐败与黑暗的社会小说创作不断,与此相类似,弹词新书目中也出现了一系列反映社会现实的作品,其中有不少根据当时的新闻改编而来。如长篇弹词《杨乃武与小白菜》,又称《余杭奇案》《奇冤录》,由浙江的弹词艺人李文彬(1874—1929)根据同治、光绪年间的一件真实案件于1911年编演而成。他参考了《绘图新刊杨乃武供案全集》以及《申报》中有关案件的报道,甚至去案件发生地余杭县,走访了杨乃武一案的经手人。此书从搜集材料、编写到最终的脚本写成历时十年之久。李文彬通晓文墨,又有说唱《双珠凤》的艺术经验,因此在编写新书目时能兼顾作品在演唱时的效果,情节详略得当,关子设置巧妙,他还善于借鉴其他书目中的优秀手法化为己用,如将"《水浒传》中西门庆、潘金莲用砒霜毒死武大郎的细节,用到刘子和、钱宝生用砒霜毒死葛小大的情节中;又将《双珠凤》中的堂面书和霍定金任巡按后的茶访,移植到杨案的堂面书以及王听的私行察

---

① 彭本乐:《21世纪评弹前景展望》,《评弹艺术》第26集,苏州大学印刷厂,2000年,第81页。
② 顾锡东:《听书话旧录》(下),《评弹艺术》第31集,古吴轩出版社,2002年,第191页。

访"。① 因此《杨乃武与小白菜》一经演出,便轰动码头,影响深远。

徐珂曾在《清稗类钞》中这样记述李文彬说唱《杨乃武与小白菜》:

> 业弹词者,于码头上遇非苏州人而同业者,皆谓之外道。嘉善有一外道曰李文彬者,海宁硖石人。所说书为《杨乃武》,近代史也。映带周密,不脱不离,非略解文义者不办。其弦索之圆熟,则雅近吴升泉。②

《杨乃武与小白菜》编演了这样一个故事:"余杭知县之子刘子和看中豆腐师傅葛小大之妻毕秀英,引诱不成,暗下迷药奸污了她,进而又用砒霜毒死其夫。知县刘锡彤为包庇其子,与绍兴师爷密谋嫁祸刚中举的杨乃武,诱骗毕氏诬供杨是奸夫,以'谋夫夺妇'之罪,革其功名,屈打成招判成死刑。虽经同科举人联名上诉,官官相护徇私枉断,改判通奸谋命仍置死地。其姐杨淑英进京滚钉板告状,刑部侍郎夏同善明知冤案,无能为力,便智激醇亲王进宫奏于慈禧太后。正巧西太后对浙江官吏争权夺势心怀不满,令御史王昕为钦差出京提案。三法司设计,假判杨、毕隔日问斩,深夜将二人带至密室相会,杨痛诉冤狱之苦难,劝毕氏吐露真情,毕此时已认清刘家险恶用心,幡然悔悟,说出真凶刘子和。案情大白,真凶归案严惩,杨乃武三载冤案,方始得以平反出狱。"③这部作品在弹词历史上具有相当重要的意义。"它与早期流传于书坛的传统书目不同,因为它直接把封建统治阶级作为主要揭露与批判的对象,是评弹界第一部描写民间实际冤案,抨击封建朝政的长篇弹词作品。"④

李文彬在插科打诨中揭露了清末社会的黑暗,特别是对官官相护、贪赃枉法的官场描摹细腻,因此《杨乃武与小白菜》一经推出,就吸引了大批听众。李文彬将书传给其子李伯康、李仲康。两人在上个世纪三四十年代皆自成一格,广受欢迎。

---

① 万鸣:《李文彬》,《苏州杂志》2003年第1期,第64页。
② (清)徐珂:《清稗类钞》第10册,中华书局,1986年,第4945页。
③ 岳俊杰,《苏州文化手册》,上海人民出版社,1993年,第311—312页。
④ 邢晏春、邢晏芝:《杨乃武与小白菜》,上海文艺出版社,1989年,前言第2页。

一 通俗文学与苏州评弹

《再生缘》是一部著名的女作家弹词作品,作者陈端生。陈寅恪曾对她的生平进行了详细的考证,郭沫若做了陈端生年谱。陈端生出生于乾隆十六年辛未(1751)正月,字春田,浙江钱塘(今杭州市)人,出身书香门第。作者在乾隆三十三年至三十五年(1768—1770)之间写成前十六卷。后来由于母丧以及丈夫充军远戍而中断。乾隆四十九年(1784)补写第十七卷,共六十余万字,可惜仍未完成,有梁德绳的续书。

《再生缘》以元代作为历史背景,主要写了卸职还乡于云南昆明的龙图阁大学士孟士元之女孟丽君,为守与全家遭陷害的皇甫少华的婚约,面对国丈刘捷之子刘奎璧的逼婚,改妆潜逃。之后,赴考连中三元,她主持招贤,举荐皇甫少华为元帅,利用自己的权势和智慧使皇甫一家沉冤得雪。而此时的孟丽君已官至丞相和保和殿大学士,由于皇甫少华娶了仇人刘捷之女刘燕玉,并为犯有通敌罪的刘家求情,使得孟丽君大为失望,所以虽与父兄翁婿同殿为臣,却不愿相认,小说后半部分就在孟丽君是否复妆以及以何种身份复妆而形成的一系列矛盾中展开。

作品布局合理、线索清晰、简繁得当,以弹词体讲述了一个曲折动人的故事,其鲜明的人物塑造、委婉细腻的心理描写,均属上乘,在闺阁中更是具有广大的读者,没有写完就已经流传开来,"惟是此书知者久,浙江一省遍相传"。在经过陈寅恪、郭沫若两位大师的推许之后,《再生缘》成为女作家弹词中最受关注的对象,它在女作家弹词中首屈一指的地位几成定论。郭沫若就曾强调:"陈端生的确是一位天才作家,她的《再生缘》比《无雨花》好。如果要和《红楼梦》相比,与其说《南花北梦》,倒不如说《南缘北梦》。"①

弹词名家秦纪文因为十多岁时就爱读《再生缘》,并在以后的从艺岁月中将其改编成书场弹词。因为他说书是无师自通,总感觉艺术上提高不多,因此拜当时光裕社的前辈老先生李百泉为师。"他对《再生缘》一书,也深感兴趣,因当时上海书坛上演的弹词书目不过十部左右,翻来复去,听众也听腻了,而《再生缘》一书没有人说过,当即决定师生拼双档说《华丽缘》,在城隍庙'春风得意楼',福建中路'汇泉楼',老闸桥堍'玉茗楼'等书场登台,果

---

① 郭沫若:《〈再生缘〉前十七卷和它的作者陈端生》,《光明日报》,1961年5月4日。

然生意兴隆,口碑很好。北京西路'佛音'电台,还特约我们每天播音。城隍庙'逍遥楼'书场,也应听众要求,特辟早场,邀请我们演出,天天客满。此外,邀请我们唱堂会的也纷至沓来。"此后,师徒俩反复研究书情,"如何安排层次,什么阶段是'关子',什么阶段是'弄堂',情节如何紧凑,'钩子'如何衔接,唱篇怎样改编,师徒两人白天演出,晚上讨论商量,每夜非到三四点钟不睡。经过这样的辛勤努力,书路通顺了,演期延长了,得到了听众的好评"。①此外,女作家弹词中的多部名篇也被改编成书场演出本,如《双杰传》是从程蕙英的《凤双飞》改编而来。② 陆澹庵为朱耀祥、赵稼秋改编过女作家弹词《安邦定国志弹词》。此外还有不少通俗小说被改编成弹词。

---

① 秦纪文:《我的评弹生涯》,中国人民政治协商会议上海市委员会文史资料委员会编《上海文史资料选辑第73辑文史荟萃》,上海人民出版社,1993年,第222—224页。
② 陈端麟:《书坛杂忆》,《评弹艺术》第10集,中国曲艺出版社,1989年,第156页。

第二章 通俗文学家创作弹词的原因

在清代社会,文人与弹词有着千丝万缕的联系。他们一方面认为弹词地位不高,如《灯月缘》卷首《序》中称:"诗变为词,词变为曲,曲又降而为弹词,末技中之末技。吾知操觚之家固有不屑过而问焉者。"①一方面又积极参与到弹词的创作、润色修改、题诗写序、出版、收藏中去。② 有些文人,甚至还进行弹词讲唱。如清陈作霖在其《可园文存》卷十二的《先妣行略》中写道:"先妣年逾耄耋,耳目聪明,不孝等每晚随侍,辄讲稗官弹词以消永夜,或诸女孙归宁即共作叶子戏,必至三更而后寝,迄今思之此乐何可再得哉。"③这里是为了娱母,当然也不乏文人受生计所迫,改行唱弹词的,如,吴毓昌原是塾师,后来编演过《三笑新编》。总之,弹词无论是作为一种讲唱艺术,还是其文本,都受到了文人的广泛关注。这在他们的小说、戏曲、诗词创作中都有所反映。而最直观的,则是他们改编及创作的大量弹词作品。④ 清代文人进行的弹词创作与改编,是与整个清代弹词发展史相始终的。而晚清民国时期,由于众多小说名家的加入,更是出现了一个弹词创作的高潮。

---

① (清)戴定相:《灯月缘·序》,谭正璧辑《评弹通考》,中国曲艺出版社,1985年,第224页。
② 文人与弹词出版也有着千丝万缕的联系。书坊主往往请文人写序,顺便推销一下弹词,而有些文人家里往往有弹词女作家,为她们的作品写序,更是义不容辞。在古代,弹词地位不高,然而这并不说明文人不收藏弹词。最好的例子便是扬州吴引孙的测海楼藏书,1931年11月,富晋书社编就《扬州吴氏测海楼藏书目录》四册出版,在此目"子总部·小说类"中,我们看到测海楼中藏有《绣像锦上花》《双飞凤》《绣像全图笔生花》等二十多种弹词。
③ (清)陈作霖:《可园文存》卷十二,《续修四库全书》第1569册,上海古籍出版社,1995年,第437页。
④ 从现存作品来看,有一部分男作家热衷创作代言体弹词,而且往往根据流行已久的小说、戏曲改编。如徐品南的《锦香亭》改编自清人石琰所作的同名传奇。按照题材内容的不同,他们创作的弹词大体可以分为以下几种类型:写史类弹词、教化启蒙类弹词、遣怀娱乐类弹词。

第一节 "小说界革命"的号召

清末民初弹词创作的兴盛,与"小说界革命"密不可分。晚清,甲午中日海战的失败,惊醒了国人,使仁人志士认识到开启民智的重要性。受梁启超等人小说界革命的影响,作为"旧小说"一员的弹词,也被清末文人赋予唤醒民众的使命。

近代有关小说理论的著作基本都会涉及弹词,如王钟麒《中国历代小说史论》中说:"章回弹词之体,行于明清。章回体以施耐庵之《水浒传》为先声,弹词体以杨升庵之《廿一史弹词》为最古。数百年来,厥体大盛,以《红楼梦》《天雨花》二书为代表。"①弹词在这些文人眼中的地位并不高,徐念慈就认为这些弹词的内容"皆才子佳人,游园赠物,卒至状元宰相,拜将封侯,以遂其富贵寿考之目的,隳志丧品,莫此为甚!"②

然而,他们又看到弹词所具有的移风易俗的能力,特别是与妇女的关系密切,因此从启迪民智、宣扬新知的角度考虑,弹词被赋予警醒国人,特别是唤醒女界的重大使命。如,狄平子(即《时报》的创办人、作家平等阁主狄楚青)曾称弹词为"妇女教科书",他在《小说丛话》中说:"今日通行妇女社会之小说书籍,如《天雨花》《笔生花》《再生缘》《安邦志》《定国志》等,作者未必无迎合社会风俗之意,以求取悦于人。然人之读之者,目濡耳染,日累月积,酝酿组织而成今日妇女如此如此之思想者,皆此等书之力也,故实可谓之妇女教科书。"③心庵氏在《侠女群英史·序》中也说:"欲振兴女权,亦仍以七字小说开导之,似觉浅近而易明,如《侠女群英史》一书,其关系非轻矣。"④弹词在当时有识之士的笔下,成为宣传新思想、启迪民众的文学样式,他们努力创作具有新思想、新内容的,旨在唤醒女界、移风易俗的新弹词,弹词的说教

---

① 王钟麒:《中国历代小说史论》,周良《苏州评弹旧闻钞(增补本)》,古吴轩出版社,2006年,第246页。
② 徐念慈:《余之小说观》,《小说林》第十期(1908),陈平原、夏晓虹编《二十世纪中国小说理论资料(1897年—1916年)第一卷》,北京大学出版社,1989年,第316页。
③ 阿英:《晚清文学丛钞·小说戏曲研究卷》,中华书局,1960年,第316页。
④ (清)心庵氏:《侠女群英史·序》,谭正璧《评弹通考》,中国曲艺出版社,1985年,第262页。

功能被发挥到极致。

第二节 报刊主编的倡导

清末民初时期,在石印和铅印提供的技术支持下,报刊日益盛行。于是弹词文本的传播又多了一种新的传播媒体。当报纸、杂志成为弹词的载体后,弹词文本的出版、传播和营销方式、受众等方面都发生了改变。此外,弹词与报刊、书局有着密切的联系。首先,弹词文本往往先在报刊上连载,然后由书局出版单行本;其次,不少弹词文本的作者本身就是报刊编辑,这为作品的发表提供了便利;再次,报刊与书局往往属于同一个发行机构,它们互相配合为弹词进行宣传促销。正是在这一有利的传播环境下,弹词文本完成了它的近现代转型,而其中报刊主编对弹词创作的倡导作用也不容忽视。如《申报·自由谈》主编王钝根,也认同晚清小说理论家的看法,于是他写信请夙擅音律的天虚我生即陈蝶仙以这一旧的体例来创作具有新理想的作品。天虚我生在《自由花弹词》序言中如是说:"会王君钝根,方主自由谈笔政,来函论近世说部体例,自以侦探及言情两种为最流行品。作者虽众,惜无能谱弹词者。吾子夙擅音律,盍取新理想,而用旧体例,以成一种闺阁中欢迎之小说欤?予因结想经旬,默体一般闺秀之心理,以及新社会种种不可思议之事实……演此一篇。"[①]而且王钝根作为编辑,不仅邀请人写弹词、为出版的弹词写序,自己也积极参与到弹词写作中去。他在《游戏杂志》[②]中发表了《聂慧娘弹词》。还有不少弹词作者本身就是编辑,如《小说新报》的编辑许指严创作有《埃及惨状弹词》,包醒独创作有《玉女恨弹词》《林婉娘弹词》《芙蓉泪弹词》等多部弹词作品。

《小说月报》的主编恽铁樵也提倡新体弹词。他在接编《小说月报》之后,即在多期扉页上发表了"本社特别广告",这可以看作他的编辑方针。他强调刊物要"雅驯而不艰深,浅显而不俚俗,可供公余遣兴之需,亦资课余补

---

① 天虚我生:《自由花弹词》,中华图书馆,1917年,序第2页。
② 《游戏杂志》,按月一期,定价四角,创刊于1913年,由中华图书馆发行。王钝根、天虚我生主任编辑。内容分滑稽文、诗词曲、译林、谈丛、剧谈、魔术讲义、戏学讲议、说部、传奇、乐府等。

助之用"。也就是说,刊物的内容与形式"惟雅洁是取",重视审美,娱乐性与教育性兼顾。因为他对小说教育功能的强调,所以被人称作将《小说月报》当成"大说月报"来办。

恽铁樵主编时期的《小说月报》刊登有不少弹词作品。这些作品得以刊登,一方面由于其内容契合主编的编辑方针,如当时刚涉文坛的通俗作家程瞻庐曾以《孝女蔡蕙弹词》投寄《小说月报》,恽铁樵在接到来稿后觉得质量不错。于是便回复采用通知一封,信上说:"弟读大著小说甚多,总不如此次弹词足以令我心折。昔家南田先生见王石谷山水,叹云'吾不为第二手',自有尊著弹词,虽有善者继起,亦恐不免为第二手矣。选材道学而不腐,修词明爽而深隐,尤妙在曲折如志,应有尽有,信乎一时无两,佩服佩服。"

当《孝女蔡蕙弹词》在《小说月报》刊出不久,恽铁樵又给程瞻庐写去一信:"尊者弹词,已印入《小说月报》中,复校一过,不胜佩服。觉前次奉赠四十元,实太菲薄。如此佳稿,无论若何金融恐慌,亦须略酬著者劳苦。兹待补上《蔡蕙》篇润十四元,即希察收。前此愦愦,因省费之故,竟将大文抑价,实未允当,心殊悔之,公当能谅其区区,勿加以笑谬也。"①恽铁樵对当时还不甚知名的年轻作者程瞻庐如此高礼仪,不仅体现出了他严谨的编辑态度,而且使程瞻庐也名声大振。恽铁樵给程瞻庐再加稿酬的两封信,在当时上海通俗文坛,也一时传为佳话。

另一方面也由于恽铁樵对弹词这一有韵之文的推崇。清末民初,白话文运动悄然兴起,《小说月报》本身兼容并包,是一份文白相间的期刊。而主编恽铁樵虽说过"弟久有添用白话之意苦于不能京话",②也说过"小说之正格为白话",但是他认为写作白话的前提是"必能为真正之文言,然后可为白话;必能读得《庄子》《史记》,然后可为白话。若仅仅读《水浒》《红楼》,不能为白话也。阅者疑吾言乎。夫有取乎白话者,为其感人之普。无古书为之基础,则文法不具,文法不具,不知所谓提挈顿挫,烹炼垫泄,不明语气之扬

---

① 栾梅健:《扶持加勉后进的敦厚长者——恽铁樵评传》,范伯群主编《交易所真相的探秘者——江红蕉》,南京出版社,1994年,第199页。
② 恽铁樵:《答某君书》,《小说月报》,1916年第7卷第2号。

抑抗坠,轻重疾徐,则其能感人者几何矣!"①而且他认为文言转为白话要循序渐进"今日骤强言文一致,必不可。盖凡事蝉蜕,循自然之趋势。藉曰可以勉强,则是《诗》《书》可燔也"。②他还认为弹词有强于白话小说的一面,他说:"文字以浅显能逮下为贵,浅至弹词,浸浸乎言文一致矣。言文一致,传播文明之利器也。白话小说虽亦言文一致,而无韵之文,总不如有韵者之文入人之深,故吾主张弹词。古近体诗,境界太高,自不待言。旧有之弹词,亦有韵之文,且所以感人者力量至伟。然《天雨花》《凤双飞》之类,总不能使人满意。姑勿论其窥墙待月之不足为训;即措辞较雅饬者,要不外状元宰相之思想。我国人无平等观念,其大原因即此种思想为之厉阶……故吾主张新体弹词。新体弹词者,利用言文一致与有韵之便利,排除淫亵与自大之思想,发实行通俗教育者也。"③与白话小说相比,他更主张创作弹词,因为觉得有韵之文更容易感染人,只是旧有的弹词思想境界不高,所以他在《小说月报》上大力提倡新体弹词,将它看作是一种通俗教育的手段。在其主编的另一份刊物《小说海》中,也有不少弹词作品发表。

范烟桥也有受主编邀请创作弹词的经历,据他的《驹光留影录》记载,他在21岁时"以小品文投上海《时报》副刊《余兴》,小说家包天笑主编,奖掖后进甚殷。时反对袁世凯称帝,约余写弹词,成《家室飘摇记》十回讽之"。④包天笑向范烟桥约稿后,范烟桥随即用二十个晚上,写成约三万字的《家室飘摇记弹词》,发表在《小说画报》上。范烟桥由吴江同里搬家至苏州后,与苏沪文人联系更加紧密,当时上海的报刊大量涌现,"严独鹤主编《新闻报》副刊《快活林》及《红》杂志,周瘦鹃主编《申报》副刊《自由谈》及《半月》杂志,毕倚虹主编《时报》副刊《小时报》,江红蕉主编《新申报》副刊《小申报》"⑤等先后都向他约写短篇小说及小品文。他还于1922年在《家庭》上发表过《玉交柯弹词》。

---

① 恽铁樵:《歙县吴曰法〈小说家言〉》后记,《小说月报》,1915年第6卷第6号。
② 恽铁樵:《复陈光辉君函》,《小说月报》,1916年第7卷第1号。
③ 惜华:《孟子齐人章演义》,《小说月报》,1915年第6卷第9号。
④ 范烟桥:《驹光留影录》,《江苏文史资料》第53辑,江苏文史资料编辑部,1991年,第41页。
⑤ 范烟桥:《驹光留影录》,《江苏文史资料》第53辑,江苏文史资料编辑部,1991年,第43页。

清末民初的多数报刊都曾发表过弹词，甚至开辟过弹词专栏。如《小说丛报》，该刊有插画、短篇小说、长篇小说、文苑、译丛、谐林、笔记、弹词、新剧等栏目，连载弹词三种：青陵一蝶①的《焚兰恨弹词》，姚琴孙的《荆钗记弹词》，包醒独的《玉女恨弹词》。《女子世界》主要有图画、文选、译著、谭丛、笔记、诗话、诗词、曲选、说部、传奇、弹词、音乐、工艺、家庭、美术、卫生等栏目，连载有天虚我生的《潇湘影弹词》。《小说海》主要栏目有插画、短篇小说、长篇小说、杂俎。其中杂俎的子栏目并不固定，有笔记、诗文、游记、传奇、弹词等栏目，连载弹词有绛珠、东园合撰的《瑶台第一妃弹词》《潇溪女史弹词》《五女缘弹词》，东园的《扬州梦弹词》，子余的《都门弹词》等。《妇女杂志》连载有惜华的《相御妻弹词》《霜坚冰清录弹词》《势利镜弹词》，华璧女士的《双侠歼仇记弹词》，西神的《姑恶鉴弹词》，程瞻庐的《同心栀弹词》《哀梨记弹词》《君子花弹词》等。此外如《新闻报》副刊《快活林》《杭州白话报》《安徽俗话报》《江苏白话报》《半星期报》《绣像小说》《月月小说》《小说旬报》《妇女杂志》《小说海》《小说丛报》《小说新报》《小说月报》《红杂志》等都发表过弹词。清末民初近百部弹词作品，大多是先在报刊上发表，然后才结集成册出版的。

第三节　创作者的积极响应

一、社会责任感

清代文人早已发现雅俗共赏的弹词有劝善惩恶的功能，如《绣像六美图中外缘全传》卷首序云："古人之诗以寓意，今人之词以言心，诗变词，词变曲，而曲忽变化为弹词，其义虽近于鄙俚，而其意则寓劝善惩恶，俾妇人竖子，有所闻见，易于通晓。"②有感于此，他们也进行弹词创作以期能够警世觉民、移风易俗。

---

① 徐枕亚(1889—1937)，江苏常熟人，原名觉，别号泣珠生、东海三郎、青陵一蝶。
② (清)萧佐清：《绣像六美图中外缘全传·序》，谭正璧《评弹通考》，中国曲艺出版社，1985年，第162页。

一 通俗文学与苏州评弹

而甲午中日海战的失败,戊戌变法的遭遇使仁人志士认识到开启民智的重要性。在这一时期,弹词的说教功能被反复强调并被运用于实际的创作。程瞻庐在《同心柅弹词》文末也说:"方今是改良社会宜通俗,要使那雅俗共知妇稚明。编剧本,唱戏文,本来社会最欢迎。只是登场袍笏要安排好,终不能仓卒之间告厥成。惟有弹词称利便,轻而易举削繁文。只须三条弦索随身带,便可袅袅余音供客听。故而到处流行无阻碍,唱书的场子遍乡村。环而听者人如堵,说法现形激刺深。那一般社会是口口声声谈伯虎,三三两两说方卿。弹词魄力非常大,只少个易俗移风的柳敬亭。编书的有志救时权不属,只靠着笔尖儿普劝世间人。"①

李东野著有《侠女花弹词》,1914 年在《申报·自由谈》连载。出版单行本时,方樗瘿为之作序,他在序中详细解释了弹词的社会影响:

> 或有问于余曰,弹词与小说有以异乎?余曰,弹词之感动人心,移风易俗,尤胜于小说万万耳。何以言之,小说之体,或庄或谐,夹叙夹议,其尤佳者且可与龙门之笔法相颉颃,芸窗学子,绣阁娇娃,庶能窥其命意之所在耳。若胸无点墨,恐读不终卷,而昏然思睡矣。惟弹词一种,叙事杂以歌谣,行文出以韵语,学士文人,有时流览,村夫牧竖,亦解讴吟,即彼妇人女子,稍识之无,莫不家置一编,以为绣余消遣之具。每当花晨月夕,茶熟香温,展卷吟哦,儿童环听,即使羌无故实,而童稚何知,入诸耳,藏诸心,遂终其身,印入脑筋,而牢不可破。故余尝谓欲改良家庭教育,必先毁去淫秽鄙俚之弹词,多编孝义侠烈之唱本,以为长篇小说之辅。……侠女花弹词……言情而不涉于淫,言侠而不邻于暴,其中尤以论自由结婚一节,含讥带讽,语重心长,大足为心醉欧风逾闲荡检者作当头棒喝。弹词云乎哉?直家庭教育之善本也。②

作者认为弹词移风易俗的作用更大于小说,学士、村夫、妇人都是弹词

---

① 程瞻庐:《同心柅弹词》,商务印书馆,1928 年,第 66—67 页。
② 李东野:《侠女花弹词》,上海锦章图书局,1915 年,序第 2 页。

文本的读者,并指出,儿童也会在这一环境中被潜移默化,"入诸耳,藏诸心,遂终其身,印入脑筋,而牢不可破"。于是,他们认识到弹词不仅是妇女的教科书,对孩子也有很大的影响作用,编写合适弹词的任务更加重大。

到了抗日救亡时期,更有文人倡导文化界的朋友多创作大众化、通俗化的作品,以期在群众中起到宣传作用,他们希望批判地运用包括弹词在内的旧形式:"关于大众化、通俗化问题,文化界曾多次展开讨论,一致认为在写作的实践过程中,除尽量创造新形式外,应该批判地利用旧形式,如弹词、民歌、小调和章回体等等。……使救亡的火焰很广泛地在大众里燃烧起来吧!这是一件具有重大意义的事。"①在此背景下,出现了不少宣传意味明显的弹词作品。

二、兴趣所致

许多弹词创作者,都在家庭的潜移默化中,对弹词有很深的感情,天虚我生在《自由花弹词·序》中写道:"予在髫龄时,恒与闺中姊妹读《再生缘》《天雨花》等弹词,窃尝嫌其平仄不调,而押韵处尤复掺杂土音,不可为训。曾发宏愿,欲一一纠而正之。……握管构思,阅十日成《潇湘影弹词》十六折,以献吾母。……吾母乃大喜,语诸姊妹,谓足以当学诗之初步。由是,予遂专意于小说之学。"②范烟桥也有类似的生活经历,范烟桥自小受母亲严云珍的影响喜读弹词。他在《驹光留影录》中写道:清光绪三十年(1904)11岁,"母喜阅弹词,每当阅其书于晨间枕畔,因病近视"。③

除了阅读之外,作为曲艺的弹词也是他们儿时娱乐生活的一部分,包天笑在《钏影楼回忆录》中写道:"除戏剧而外,苏州最流行的是说书。说书分两派,一派说大书的,称之为平话,只用醒木一方,听说的书,如三国、水浒、岳传、英烈、金台传之类;一派说小书的,称之为弹词,因为它是要唱的,所以有三弦、琵琶等和之,所说的书,如描金凤、珍珠塔、玉蜻蜓、白蛇传、三笑姻

---

① 张子斋:《反戈集》,《张子斋文集》第3卷,云南民族出版社,1990年,第45—46页。
② 天虚我生:《自由花弹词》,中华图书馆,1917年,前言第1—2页。
③ 范烟桥:《驹光留影录》,《江苏文史资料》第53辑,江苏文史资料编辑部,1991年,第39页。

缘之类。这些大书小说,我都听过。"①他们从小培养出来的对弹词的欣赏,使得他们长大后,乐于与艺人交往,并转入真实的创作。书痴在《书坛消夏录》中写道:"陆澹盦先生,不特创作弹词,并世无两,且听书资格之老,亦首屈一指。盖陆先生十余龄时,即喜听书,积四十年之经验,自于某人某书、如何来历,某人系某人之高徒,某人曾与某人拼档,书坛掌故,述时历历如数家珍也。倘得陆先生操不律,记说书界之珍闻轶事,定卜不胫而走,惜乎陆先生困于舌耕,不能如吾人之想望耳。"②

的确,陆澹庵在弹词创作方面得到的评价很高,如有人撰文称"漱石、饭牛两翁,垂垂渐老,后起诸贤,澹盦允为祭酒"。③他的大多数弹词作品是应邀而作,他相继为弹词艺人赵稼秋、朱耀祥改编了《满江红弹词》《啼笑因缘弹词》《安邦定国志弹词》等等,他在日记中也详细记录了听书以及与艺人交游的场景。如他在日记中记录了他40岁那年,上课,为报馆写稿,会友,会评弹艺人,撰写弹词的日常生活:"民国二十二年(1933)岁癸酉余年四十岁,元旦……晚膳后往石路汇泉楼听书,书凡五档:一钟笑侬之《珍珠塔》,二汤康伯之《水浒》,三蒋如庭、朱介孙之《落金扇》,四徐云志之《三笑》,五许继祥之《英烈》。听毕已十一时半,回家后仍撰小说一节,一时许睡。"④"四日阴雨晨九时起,赴校上课,正午回家,三时往钻报馆撰稿,即在馆中进晚餐,九时半归,撰《啼笑因缘弹词》一节。"⑤"六日……晚膳后撰弹词数节,一时许睡。"⑥"八日……十一时归,撰弹词一节至一时许睡。"⑦"十日……晚饭后步行至邑庙,欲往得意楼听书,因会书已开,唱者皆无藉藉名乃即退出,由新北门乘电车至东新桥赴雅庐听书,书凡四档:一杨斌奎之《描金凤》,二汪雪峰之《杨家将》,三汤康伯之《水浒》,四钟天侬、周笑春之《珍珠塔》。十一时归撰弹词一节,二时许睡。"⑧"十一日……(晚)十时半至三瑞堂无线电播音台

---

① 包天笑:《钏影楼回忆录》,中国大百科全书出版社,2009年,第45页。
② 书痴:《书坛消夏录》,《金刚钻报》,1936年7月19日。
③ 鱼史:《清季南北两大艺人》,《金刚钻报》,1935年6月2日。
④ 陆澹安:《澹安日记》上册,上海锦绣文章出版社,2010年,第223—224页。
⑤ 陆澹安:《澹安日记》上册,上海锦绣文章出版社,2010年,第225页。
⑥ 陆澹安:《澹安日记》上册,上海锦绣文章出版社,2010年,第226页。
⑦ 陆澹安:《澹安日记》上册,上海锦绣文章出版社,2010年,第228页。
⑧ 陆澹安:《澹安日记》上册,上海锦绣文章出版社,2010年,第229页。

晤朱耀祥、赵稼秋二君,谈至十二时,冒雪归。"①"十三日……(晚)至萝春阁晤朱耀祥、赵稼秋二君,旋与同往三瑞堂至十二时回家,撰稿至二时许睡。"②"十九日……(晚)往三瑞堂与朱耀祥、赵稼秋谈久之,二人倩余代撰《儿女英雄传弹词》,余以事集未遽允也。十二时回家。"③"二十二日……耀祥、稼秋设席东方饭店,谢余代撰弹词之劳……座中有东方饭店主人……萝春阁经理胡铁根及三瑞堂经理孙光第等……十时许始散,余往三瑞堂听播音至十二时,与耀祥、稼秋复往东方饭店入书场中……始归。"④赵稼秋、朱耀祥及观众一定对《啼笑因缘弹词》非常满意,所以刚刚代撰完毕,便要求陆澹庵代撰《儿女英雄传弹词》。

著名的评弹评论家、作家张健帆,笔名横云阁主,原是会计,他对弹词非常喜爱,在20世纪30至40年代,于《申报》《锡报》《力报》《立报》《铁报》《大光明报》《弹词画报》《书坛报》等报刊上开辟"评话人物志""弹词人物志""书坛掌故""南词摘艳录"等专栏,并撰写大量报道和书评。并于20世纪30年代末,在《小说日报》上连载其长篇弹词《香扇坠》,由徐雪月在电台播唱,并创作有大量弹词开篇。⑤

朱敬文在为郁霆武的《红杏出墙记弹词》所写的序言中称:"先生喜听弹词,而又喜撰开篇,酒酣时,必曰:'我要找题目了,做一阕开篇来当作下酒物了。'于是随意想来,命其文郎玲菲君笔录之。酒罢,而稿亦全脱,乃分赠各弹词家。其在空气中播送者,为数亦极可观,并已有专集问世矣。此次撰著全部《红杏出墙弹词》,亦先生一时之奇兴,是书内容极合现代潮流,寓褒贬于弹唱之中,用意至善,文笔浅显,雅俗与共。"⑥可见,不少作者本身就是弹词的忠实爱好者。

1936年,成立于上海的灵山会,是评弹作者的联谊团体。会名取自"同是灵山会上人"诗句。前后共有张健帆、陆澹庵、陈范吾、陈灵犀等二十多位

---

① 陆澹安:《澹安日记》上册,上海锦绣文章出版社,2010年,第230页。
② 陆澹安:《澹安日记》上册,上海锦绣文章出版社,2010年,第231页。
③ 陆澹安:《澹安日记》上册,上海锦绣文章出版社,2010年,第234页。
④ 陆澹安:《澹安日记》上册,上海锦绣文章出版社,2010年,第235页。
⑤ 详见吴宗锡主编:《评弹文化词典》,汉语大词典出版社,1996年,第143—144页。
⑥ 郁霆武:《红杏出墙弹词》,上海曼丽书局,1935年,序第2页。

成员,一些报刊记者也会参与活动,他们在聚会时交流书坛动态、创作心得。这些成员经常在《力报》《上海生活》《弹词画报》等报纸杂志上发表文章,介绍书目与演出情况,并对艺人的技艺进行评论,甚至在报刊上公开捧角。他们还改编及撰写弹词开篇与新书目,对评弹的发展,具有一定的推动作用。①

三、稿酬的激励

明清之际,文人、书坊主、艺人改编出版弹词的利润如何,还有待于我们进一步研究,当时大部分女作家创作弹词,是由于个人的喜好以及传名的渴望,她们很少考虑用创作来获得利润,由于出版费用昂贵,不少女作家的作品还是由其家族成员,因为不忍埋没其心血,花钱请书商出版的。

到了近现代,在报刊上发表作品,一开始也并没有稿酬,甚至还需付费。时人研究得出:"最初文人在报刊上刊登诗词文稿,有如登广告,需要付费。文人请出版商将作品刻成文集,主要目的也只是用于交际圈中交流,并非为社会读者而写作。后来,由于报刊影响的日益扩大,报纸版面不断增加,报刊经营者获得了实际利益之后,为满足读者的需要而刊登诗文小说,也慢慢地开始实行不收费刊登诗文的制度。……但随着报刊数量的增加,报刊间的竞争加剧,渐渐变为收购文稿,按字计酬,从而形成了现代意义上的稿酬。"②

《新小说》于清光绪二十八年(1902)十月一日在《新民丛报》上发表了《新小说社征文启》,之后不久,在《新小说》创刊号的加印本上再次刊出,题为《本社征文启》,这则征文启事明确给出了稿酬标准:

> 小说为文学之上乘,于社会之风气关系最钜。本社为提倡斯学,开发国民起见,除社员自著自译外,兹特广征海内名流杰作绍介于世,谨布征文例及润格如下:
>
> 第一类:章回体小说在十数回以上者及传奇曲本在十数出以上者

---

① 吴宗锡主编:《评弹文化词典》,汉语大词典出版社,1996年,第215页。
② 王玉琦:《近现代之交中国文学传播模式转换研究》,江西人民出版社,2005年,第142—143页。

自著本甲等每千字酬金四元；同乙等同三元；同丙等同二元；同丁等同一元五角；译本甲等每千字酬金二元五角；同乙等同一元六角；同丙等同一元二角。
……
第二类：其文字种别如下

一、杂记，或如《聊斋》或如《阅微草堂笔记》，或虚构或实事，如本报第一号"杂记"之类；一、笑话；一、游戏文章，不拘体格；一、杂歌谣，不必拘定乐府体格，总以关切时局为上乘，如弹词粤讴之类皆可；一、灯谜酒令楹联等类。

此类投稿者恕不能遍奉酬金，惟若录入本报某号，则将该号之报奉赠一册，聊答雅意。……①

学界认为这是"我国小说杂志中第一份宗旨明确、内容详备的征文启事，在小说史上具有开创和示范意义"。② 这则征文中已经涉及弹词，但"此类投稿者恕不能遍奉酬金，惟若录入本报某号，则将该号之报奉赠一册，聊答雅意"，此时的弹词创作还仅仅以赠送期刊作为报酬。随后创办的期刊，积极响应稿酬制度，如1910年创刊的《小说月报》在卷首"征文通告"中说："中选者当分四等酬谢，甲等每千字酬银五元，乙等每千字酬银四元，丙等每千字酬银三元，丁等每千字酬银二元。"③上文已提及《小说月报》的主编恽铁樵收到当时还不甚知名的年轻作者程瞻庐的《孝女蔡蕙弹词》后，赞赏有加，给了四十元稿费后，还觉得太少，又补上十四元，这无疑是对程瞻庐的莫大鼓励，于是他又在《小说月报》上发表多篇弹词。从中可以明确知道，创作弹词也已经有了稿酬。其他如《小说时报》《小说丛报》《小说海》《小说画报》等辟有弹词栏目的刊物，也均支付稿酬。

范烟桥曾探讨过当时小说创作繁盛的原因："除了晚清时代的前辈作者仍在创作外，更平添了不少后继者，也可以说是新生力量。而旧时文人，即

---

① 《新民丛报》，1902年第19号。
② 王玉琦：《近现代之交中国文学传播模式转换研究》，江西人民出版社，2005年，第144页。
③ 《小说月报》，1910年第1卷第2号。

使过去不搞这一行,但科举废止了,他们的文学造诣可以在小说上得到发挥,特别是稿费制度的建立,刺激了他们的写作欲望。"①的确,这一解释同样适用于弹词创作。由于科举制度的废除,传统文人急欲寻求新的出路。报刊业的繁荣,小说地位的提升,特别是稿酬制度的确立使创作有了物质保障,于是一大批文人加入到这一创作活动中来。

如小说《秋海棠》风靡一时,弹词女艺人范雪君托人请通俗名作家陆澹庵为其将《秋海棠》改编成弹词,陆澹庵答应了下来,但有条件:"你要全部弹词,须等许多时日,不如我写一段你说一段,稿费不收,不过,有一个条件,你白天在仙乐唱,晚上要到我兄弟办的一个大华书场来弹唱一场。"②郑逸梅在回忆友人戚饭牛的趣事时写道:"记得我主编《消闲月刊》,承他老人家撰寄《红绣鞋弹词》,附来一信,有'稿费请交小女铁心肝收'等语。"③可见,稿酬也是他们创作改编弹词的考量之一。

---

① 范烟桥:《民国旧派小说史略》,魏绍昌编《鸳鸯蝴蝶派研究资料》上册,上海文艺出版社,1984年,第269页。
② 陈存仁:《抗战时代生活史》,广西师范大学出版社,2007年,第267页。
③ 郑逸梅:《文苑花絮》,中华书局,2005年,第320页。

第三章　通俗文学作家创作的弹词

　　弹词发展到近代，在延续之前的写作传统外，随着时局的变化，在内容以及表达的侧重点方面也已有所改变。特别是到了晚清，受梁启超等人小说界革命的影响，小说地位迅速提高，被赋予唤醒民众的使命。弹词作为"旧小说"中的一员，也成为当时有识之士用来宣传教育的文学样式。在这一背景之下，弹词创作中出现了与之前以消闲娱乐为主调的作品大不相同的忧国忧民之作，如李伯元的《庚子国变弹词》、钟心青的《二十世纪女界文明灯弹词》等，他们在作品中注入新思想、新内容，企图以弹词警醒国人，挽救时局。

　　辛亥革命之后，一方面，弹词在爱国志士笔下继续发挥着宣传新思想、普及知识的作用，如义水的《富尔敦发明轮船弹词》，发表于1916年的《小说月报》第七卷第二号上；另一方面，许多当时的小说名家也涉足了弹词创作，如，李东野著有《侠女花弹词》《孤鸿影弹词》，张丹斧著有《女拆白党弹词》，程瞻庐著有《孝女蔡蕙弹词》《同心栀弹词》《明月珠弹词》《藕丝缘弹词》《哀梨记弹词》《君子花弹词》等作品，陈蝶仙、许瘦蝶、姚民哀、胡怀琛、范烟桥、郁霆武等都曾创作过弹词。弹词创作，一时蔚为大观。与清代弹词女作家动辄几百万字的作品不同，这些弹词限于报刊的发行要求以及作者们自身的创作模式，在篇幅上多属中篇。此时出现的弹词女作家，如姜映清，在作品的风格与内容方面均与当时的男性作家相类似，并得到他们的认同。她创作的《风流罪人》，三十二回，七至九言联目，1926年由上海大陆图书公司排印，除有自序外，还有王钝根、刘豁公的序。

　　随着五四新文化运动的兴起，这类与旧派小说内容相似的弹词创作渐告消竭。范烟桥在其1927年写成的《中国小说史》之"最近之十五年"中说:"中华民国之建立……惟此十五年中,于'杂记''传奇''戏曲''弹词'皆告休止,盖以制作时之艰辛,观摩时之探索,与现时代之环境不相容,于是'章回小说'与'短篇小说'乃特见进展。"①此时见于报刊的也大多是弹词开篇,很难见到长篇的弹词作品。

然而,20世纪30年代,得益于书场弹词的兴盛,文人改编的弹词文本大量出现。如,陆澹庵就根据小说改编了《九件衣》《满江红》等多种弹词。范烟桥主编的《珊瑚》半月刊,在1933年出现对这一现象表示诧异的言论:"中国的群众心理,真难测验,在这个年头,还有弹词的立足之地,不是可以惊异的一回事么?!无线电里播送陈年宿古董的弹词不算,新编成的有陆澹盦的《啼笑因缘弹词》,陈(程)瞻庐的《欢喜冤家弹词》,说不定以后还有生意经。这是什么现象!我总以为还是有闲阶级在那里作祟,这和长篇章回小说的风行,是同一理由的。"②此后,随着抗战的开始,弹词的宣传功能再次得到重视,在各界的呼吁声中,不少作者响应号召,创作了大批与抗日救亡相关的作品。

第一节 宣扬维新或革命观念的弹词

晚清,清政府处于风雨飘摇之中,维新与革命人士都致力于开启民智,在此背景之下,出现了一大批宣扬新知识、新思想的弹词作品。民国建立以后,这一类弹词依然有所延续,继续承担着移风易俗的责任。

一、警醒国民

晚清小说名家李伯元的《庚子国变弹词》原于《世界繁华报》1901年10月至1902年10月连载,1902年10月由世界繁华报馆出版单行本。这部书主要描述庚子事件的始末,阿英在《弹词小说论》中曾经说:"《庚子国变弹

---

① 范烟桥:《中国小说史》,长安出版社,1927年,第267页。
② 说话人:《说话》十三,《珊瑚》,1933年第3卷第1期。

词》,这不仅替一向把题材局限于男女私情的弹词小说开拓了一条富有社会性的新路,也是中国反帝文学在弹词方面的最初一部书。"[1]

生处社会激变的时代,李伯元放弃了传统学子应试做官的道路,选择了做报人、写小说的人生,而且还创作"大众易于明白,妇孺一览便知"[2]的弹词,这本身也反映了那个时代在思想和文化上面正发生着改变。

作者在自序中这样表明自己的创作缘由:"何况神州万里,忽告陆沉,咸阳三月,同归灰烬?愁形惨状,荟萃一编,有不伤志士之心,而王(旺)国民之气者,无是理也。庚子之役,海内沸腾,万乘之尊,仓皇出走。凡目之所见,耳之所闻,缄札之所胪陈,诗歌之所备载,斑斑可考,历历如新。和议既成,群情顿异。骄侈淫逸之习,复中于人心,敷衍塞责之风,仍被于天下。几几乎时移世异,境过情迁矣!著者于是有《国变弹词》之作。"[3]作者是以无限悲凉之感来创作这部弹词的,他在最后一回这样总结:"弹指光阴未二年,倏经沧海变桑田。眼前无限兴亡感,付与盲词四十篇。"[4]基于此种基调,《庚子国变弹词》整部作品声泪相随,倾注了作者无限情感,使作品的教育性非常明显。

《狮子吼》,觉佛著。[5] 文章以"妖风蛮雨逼人来,大好男儿尽狗才。世界于今成末日,披荆斩棘莫徘徊"这首诗引入正文。作者托名为从醉心功名到讲求实学的混沌国老儒知非子,他这样描述知非子的转变:"昔年也曾醉心之乎者也的烂调文章,日里夜里,常常想起富贵的好处。后来见甚么俄罗斯、法兰西、英吉利、德意志等国,个个都似出林之虎,张牙伸爪,扑将过来,将千年昏醉的睡狮乱咬,弄得个鲜血直淋,这睡狮仍旧鼻息如雷鸣一般,垂着头,低着尾,躺着这亚东大陆,身子冰冷,气息止存一线,死不死,活不活。俺看来甚是伤心,毛发就竖起来了,眼泪就流出来了,前日的痴念,倾刻就抛

---

[1] 阿英:《小说闲谈·弹词小说论》,柯灵主编《阿英全集》第7卷,安徽教育出版社,2003年,第36页。
[2] (清)李伯元:《庚子国变弹词·例言》,董文成、李勤学主编《中国近代珍稀本小说》第3册,春风文艺出版社,1997年,第316页。
[3] (清)李伯元:《庚子国变弹词》,董文成、李勤学主编《中国近代珍稀本小说》第3册,春风文艺出版社,1997年,第307页。
[4] (清)李伯元:《庚子国变弹词》,董文成、李勤学主编《中国近代珍稀本小说》第3册,春风文艺出版社,1997年,第568页。
[5] "觉佛"为高增(卓庵,1881—1943)的笔名,见高铦、谷文娟《〈觉民〉月刊整理重排前记》,高旭《〈觉民〉月刊整理重排本》,社会科学文献出版社,1996年,第2页。

向九霄云去了。因大变从前性质,将昔年研究的烂调文章付之一炬,立志讲求实学,留意时局。哈哈!俺昔日也是个冷血动物,到如今变成一个热血人了。"作者在文中细数各朝兴亡得失,揭露时弊,呼吁大家:"若还是靠他人真真做梦,到后来少不得延厥奇殃,趁如今急翻身回头是岸,离恐怖出地狱升上天堂,俺看来忍不住悲歌代哭,这些话烦大家细细思量。"① 他在书中大声疾呼,宣传救国思想,希望能够警醒国人。

二、唤醒女界

晚清的翻译界特别活跃,梁启超曾这样描述:"壬寅癸卯间,译述之业特盛;定期出版之杂志不下数十种,日本每一新书出,译者动数家;新思想之输入,如火如荼矣。然皆所谓'梁启超式'的输入,无组织,无选择,本末不具,派别不明,惟以多为贵,而社会亦欢迎之;盖如久处灾区之民,草根木皮,冻雀腐鼠,罔不甘之,朵颐大嚼;其能消化与否不问,能无召病与否更不问也。"② 在这一背景之下,大批西方女英雄的事迹被介绍进中国。罗兰、贞德、批茶③等著名的女革命家或女英雄,曾多次出现在这一时期的弹词作品中。

《法国女英雄弹词》,挽澜词人④著,清光绪甲辰(1904)日本东京翔鸾社印,小说林社发行。收入阿英的《晚清文学丛钞·说唱文学卷》。弹词共十回,约有一万字左右,是一部小型的叙事体弹词。

作者在第一回"法兰西奇女出征,美利加志士远游"中开宗明义地道出其创作此部弹词的目的即是有感于"女界沉沉气不华",希望通过取法西方女子,来唤醒中国女界:

诗曰:"翠鬟红袖可怜虫,脂粉销磨报国功。谁买七香丝十万,大家

---

① 觉佛:《狮子吼》,阿英《晚清文学丛钞·说唱文学卷》,中华书局,1960 年,第 94—95 页。
② 梁启超:《清代学术概论》,商务印书馆,1930 年,第 100 页。
③ 即美国女作家斯托夫人(1811—1896),晚清按其父姓翻译为批茶女士。
④ 挽澜词人:《法国女英雄弹词》,阿英《晚清文学丛钞·说唱文学卷》上册,中华书局,1960 年,第 202—222 页。徐天啸《俞天愤》云:"其所著单行本小说,最初为小说林出版之《法国女英雄弹词》。"可知"挽澜词人"为通俗作家俞天愤之笔名。见芮和师等编:《鸳鸯蝴蝶派文学资料》上册,福建人民出版社,1984 年,第 353 页。

争绣女英雄。"又曰:"欧风墨雨渺无涯,女界沉沉气不华。莫道江毫头已秃,春来新放自由花。"新诗两首苦吟成,手写弹词给众听。一自乾坤盘古辟,于今已有数千春。中间治乱兴亡事,头绪繁多说不清。叹则叹,四万万人都醉梦,无才无德百无成。有的是,乌烟堕落男人志;有的是,缠足伶仃害女身。只落得,大地竟无干净土,将来拱手让他人。做书的,一心想把中原救,要向文明佐太平。不但丈夫当努力,便女人责任也非轻。你看外洋各国英雄辈,多半裙钗队里人。也有困苦艰难开大业,也有干戈战阵去亡身,也有经营惨淡扶王室,也有药饵亲调在阵兵。想我同胞诸姊妹,不过是,烧香吃素念观音。将人比己真惭愧,怒火中烧不自禁!因此上,做这弹词成十卷,其中专写女豪英。愿吾绣阁金闺女,饭后茶余看个明。①

他同时指出,"外国不是一国,也有英国,也有德国,也有意国,也有法国,也有美国,也有日本国,各国贞奇烈义的女人,络绎不绝",而其中"最有本事,最有名,人人晓得,各国称赞的一个女人"②则是罗兰夫人,因此他创作的这部弹词主要讲述法国女英雄罗兰夫人的事迹。弹词按照历史的真实面貌,从罗兰夫人的出生一直写到革命失败,最后走上断头台,突出了她的爱国主义精神。全书开场提及:"不但丈夫当努力,便女人责任也非轻。"③作者在最后又这样写道:"茫茫中土事堪悲,知否苍生力已疲。尺幅舆图多间色,三阶社会半酣嬉。伤时一掬轻挥泪,目我千人尽道痴。惟愿红窗小儿女,挑灯夜夜读弹词。"④从中不难看出作者有感于数千年来女界暗沉的现实,想通过这一部弹词唤醒广大中国女性同胞的爱国热情,与广大男子一起肩负起救国的责任。作者是"想用这一部弹词,使'烧香吃素念观音'的中国女性觉醒起来共赴'国难'的"。⑤

---

① 挽澜词人:《法国女英雄弹词》,阿英《晚清文学丛钞·说唱文学卷》,中华书局,1960年,第202—203页。
② 挽澜词人:《法国女英雄弹词》,阿英《晚清文学丛钞·说唱文学卷》,中华书局,1960年,第203页。
③ 挽澜词人:《法国女英雄弹词》,阿英《晚清文学丛钞·说唱文学卷》,中华书局,1960年,第202页。
④ 挽澜词人:《法国女英雄弹词》,阿英《晚清文学丛钞·说唱文学卷》,中华书局,1960年,第222页。
⑤ 阿英:《晚清小说史》,柯灵主编《阿英全集》第8卷,安徽教育出版社,2003年,第111页。

虽然作者曾特意强调："做书的旧套，一桩事体到手，总要添上几句话头，以为好看个地步。在下做这弹词，却没有一章虚设，处处照着外国史记上编成的，不过辞气之间，略为润色罢了。"①但作为一部弹词作品，《法国女英雄弹词》也有一些虚构的情节，如作者为了突出主人公光辉的爱国形象，特意编造了山岳党人的卖国行径。

阿英对这部作品的评价也非常高，他说这部作品："利用通俗文学形式，向妇女读者介绍这个伟大人物，以促进当时妇女运动。……写作的目的，不仅要借此以促进妇女解放运动，也是要中国妇女们觉醒，大家起来，同救在帝国主义压迫瓜分情势下的中国。……在当时，真不愧是一部好书。"②

泣红的《胭脂血弹词》，讲述了英法战争期间女英雄若安（贞德）的英勇事迹，作者深知弹词对妇女的影响，"妇人家最喜是词章，每得新词喜欲狂。手不停披灯月下，一弹再唱意安详。所以《笔生花》脍炙佳人口，《再生缘》妙语动柔肠。何不把故事谱从弦管里，南词开曲写沧桑。鼓动那向学心怀一旦张"。③因此，作者希望用女子积极参与救国的新弹词，取代传统才子佳人式的旧弹词，从而达到重兴女教的目的。弹词开场是由中国历代贤女共同讨论如何重兴女教，她们一致决定谱写宣扬女子救国的新弹词："（小旦白）方今支那，竟尚维新，本国旧闻，视为敝屣。何不将法国若安事迹，传命下界通人，谱作弹词，藉兴女学？"④

此篇弹词严格按照代言体弹词的规程。人物对白采用代言体，大体以戏曲中生、旦、净、末、丑行当来规范角色，人物上场基本都有"引""白""唱"三段，由人物自报家门。如，第一回"兴教"：

> （老旦引）[西江月]道德尼山宗教，清贞泗水家风。抚孤守志励微躬，血泪啼残春梦。夫勇柱称如虎，子贤且喜犹龙。大成殿里语从容，权掌千秋文统。（诗）拜祷尼山启永昌，赤虹争射斗牛光，愿将一滴杨枝

---

① 挽澜词人：《法国女英雄弹词》，阿英《晚清文学丛钞·说唱文学卷》，中华书局，1960年，第203页。
② 阿英：《小说二谈·小说新谈》，柯灵主编《阿英全集》第7卷，安徽教育出版社，2003年，第372—373页。
③④ 泣红：《胭脂血弹词》，阿英《晚清文学丛钞·说唱文学卷》，中华书局，1960年，第224页。

水,点化支那众女郎。

（白）老身颜氏徵在。杨梯呈兆,忝为邹邑夫人,萱座忘忧,喜作宗邦圣母。馨香堂庙,俎豆春秋,这也不在话下。近以老大帝国,女教衰微,一十八行省,难寻巾帼须眉,二百兆钗裙,无异优俳歌舞。红颜何辜,坠入瞆聋,碧玉犹人,偏遭废弃。偶为设想,能不伤心? 想女子呵!（唱）天资柔婉姓温良,兰质夸传十步芳,绣口锦心钟宿慧,自古道山川秀气出红妆,所以颂椒铭菊诗辞富,咏雪知琴才调长,钗凤镜鸾徵妙句,香兰醉革写琼章,织回文苏蕙柔情切,续汉史曹姑学同强,进士从来称不栉,红闺拜挹女儿香,慨今日,世衰教废人浇薄,失却那,男女平权坏大纲,恨只恨,乡曲迂儒无识见,说怎么,无才是德太荒唐,忍教千万裙钗女,梦梦终朝在醉乡,想老身呵,百世女宗司教化,正当大兴女教整纲常,安得弦歌声振兰闺内,俾二百兆女子呵,重见青天白日光。①

钟心青于宣统二年(1910)发表的《二十世纪女界文明灯弹词》,是晚清又一部提倡女权的弹词。现有八回,"立教""天足""游艺""迷信""童养""破狱""茶会""拒约",似未完。作者在每回中探讨一个问题,虽有情节,但各回人物和故事并不延续,作品也以代言体写成,宣统三年(1911)明明学社出版,石印本,现收入《晚清文学丛钞·说唱文学卷》。

平权阁主人在此书的《弁言》中说:"方今社会,无论何等人,均竞尚弹词小说,以沪上论,不下数百处,而弹词尤为妇女所信用……然其书不过《三笑姻缘》《落金扇》等淫奔苟合之事……此社会所以堕落也……故改良弹词,不啻编一女学教科书。"当然,一定说《三笑姻缘》等淫奔苟合,不一定确切。但他认为此书"笔力雄健,以为女界黑暗之导,统天下女子而一炉冶之,其益较女学教科书尤大"。② 批茶女士的事迹倒是很值得向中国妇女推荐的。

作者在作品开头沿用了中国弹词文本中常用的"神仙下凡"模式,只是用"美洲自由国批茶女士精魂",取代了以往的各路神仙,作者介绍批茶时,

---

① 泣红:《胭脂血弹词》,阿英《晚清文学丛钞·说唱文学卷》,中华书局,1960年,第223页。
② 钟心青:《二十世纪女界文明灯弹词》,阿英《晚清文学丛钞·说唱文学卷》,中华书局,1960年,第173—174页。

对其用笔惊醒国民的做法大为称赞：

> 自由平等是虚谈，贵族强权太不堪。驱使黑奴如犬马，毫无怜惜在心端。是俺一时不惯投身人，绝大盘涡转一盘。班管常开花五色，彩毫放出一声雷。因此上，惊醒国民齐猛省，造成那，花旗大战北与南。到今日，美洲全世界都查遍，不自由的人儿那里来。①

然而当批茶"西望太平洋隔岸，不过一水之遥，却是冷雨腥风苦万般。(白)不用说男子们种种恶习，只是那女子们的无手无足，无耳无目，无口无鼻，无脑无血的情形，真是令人下泪！"②于是她要"推倒东西世界，划开南北花旗。一枝秃笔写新词，组出放奴历史。好把文明美果，种来震旦新枝。精灵不泯苦支持，只为同胞女子"。③为唤醒中国女界，批茶来到中国，与孔子之母颜氏等一起寻找良方，她们商议决定派遣修文使者颜回，"前往感动那记者文心，持撰《女界文明灯弹词》，专为改良女子社会起见"，通过作品，向中国女界宣传西方文明，创办女校，倡导男女平等、社交自由，反对迷信、童养媳等。

作者在书中借尼山圣母之口道出了此部作品与以往那些才子佳人之作的不同："那有此，七字筑成平等界，一声唤醒绮罗香，平添百兆完人格，不数三千粉黛行，正是造就国民无量业。"④正如阿英所说："作者写此书，是'专为改良女子社会起见。凭着法鼓海螺，发人猛省，或者可挽回大局，扭转乾坤'。"⑤

---

① 钟心青：《二十世纪女界文明灯弹词》，阿英《晚清文学丛钞·说唱文学卷》，中华书局，1960年，第174—175页。
② 钟心青：《二十世纪女界文明灯弹词》，阿英《晚清文学丛钞·说唱文学卷》，中华书局，1960年，第175页。
③ 钟心青：《二十世纪女界文明灯弹词》，阿英《晚清文学丛钞·说唱文学卷》，中华书局，1960年，第174页。
④ 钟心青：《二十世纪女界文明灯弹词》，阿英《晚清文学丛钞·说唱文学卷》，中华书局，1960年，第178页。
⑤ 阿英：《晚清小说史》，柯灵主编《阿英全集》第8卷，安徽教育出版社，2003年，第111页。

三、普及新知,破除旧习

在爱国志士笔下,弹词成为宣传新思想,普及新知识的文学样式。如《照相发明弹词》,义水著,发表于1916年的《小说月报》第七卷第三号上。作者将法国答解儿(达盖尔)发明照相的原委细述一番,并得出"事业发明不独此,天然材料甚丰盈,只要人肯用心做,将来看,还有学术大发明,愿我国民齐努力,莫将事业尽让人,须知世间无难事,有心人,精神一到自然成"[①]的结论。这些作品的教育性非常明显,摆脱了弹词才子佳人的传统题材内容,注入了新的思想,只是,这一类弹词由于过分注重思想意识的批判、宣传,在艺术性上有待提高。这类弹词大都属于短篇。

此外,随着科学的输入,破除旧习,反对迷信,也成为晚清维新运动的一个主要内容,文学领域也积极响应,如李伯元主编的《绣像小说》就刊载了大量这类作品,他自己也创作了《醒世缘弹词》,于1903年至1906年陆续连载于《绣像小说》。此书因杂志停刊而中断,未完,现可见十四回:第一回"辟邪教僧道无缘,建道场骨肉构怨";第二回"求谶问卜医术无灵,起死还生巫言是信";第三回"惑巫言姨娘撒泼,析家产贤兄让财";第四回"提精神初上乌烟,习下流大开赌局";第五回"写欠纸赌徒扫兴,偷地契慧婢耽心";第六回"逾闲荡检不肖行为,问舍求田殖民事业";第七回"劝缠足试述俚歌,借出会得逢彼美";第八回"爱小脚感情惊恶梦,结高亲愚俗改年庚";第九回"赚游园公子昵妖姬,乘打醮家奴通剧贼";第十回"入暗室公子陶情,翻经台佛婆打架";第十一回"卜紫姑众姊妹迎神,争花冠两亲家斗口";第十二回"吵洞房新娘泼醋,对孤灯怨女伤春";第十三回"治疫病仙姑受责,造谣言乡众惊狂";第十四回"动义愤邻居移尸,生疑心全家闹鬼"。署"讴歌变俗人"著,也没有单行本问世。第一回发表时名字为《俗耳针砭弹词》,第二回起改名为《醒世缘弹词》。作者创作这部弹词用以针砭时俗,使人认识到迷信、缠足、鸦片等陋习的危害性,从而宣扬新的观念。

作品第一回云:"这其间,上下不知几万载,一直是,相沿旧俗到如今,无

[①] 义水:《照相发明弹词》,《小说月报》,1916年第7卷第3号。

怪乎,外人非笑常加我,说我是,老大无能不改更,这声名,真可耻,堂堂帝国太无人,他说他,人人都有新思想,所以能,日进文明享太平,他笑我,顽固惟将成法守,徒然温故不知新,况兼那,乌烟已阻英雄志,缠足还戕女子身,四万万民成半数,算来女子枉为人,因此上,我心难免旁观愤,要与中原洗此名。相约同胞齐努力,从今个个打精神。常言道,去瘀方有生新望,大事都从小事成。第一是,莫把女儿看得贱,相夫教子任匪轻,伤天害理惟缠足,劝谕煌煌奉玉音,更有几般当改革,烧香拜佛散黄金,堪舆巫卜都无准,星相从来不当真,略举数端余仿此,妖言大半骗闺门,只须不与他相近,便把那,旧染之污一洗清。"又云:"但是一件,这些事情,也不是什么容易革除的。我只有因势利导,将他们慢慢的开导一番,以期他们渐渐悔悟。又怕那些陈言腐语,他们听了心下腻烦,所以把我生平记得的事情,与这风俗上有关系的,随意写出几件,编为七言俚词,合了他们的胃口。或者茶余饭后,兰闺无事之时,大人孩子、姊姊妹妹,围居一处,手里拿着我这一本小说,一个唱,几个听,到得后来,总有几个明白的。"①所以作者选择用弹词这一形式进行创作。

报界隐者于1908年发表于《半星期报》的《赌累》也揭露了当时的种种旧习:"洋烟之害虽为大,因怎的禁烟朝论早安排,官商官会来商议,看来政界也不是立心歪。议定了禁人私食和私卖,纵是引深难戒也要领烟牌。……诸君,当道既知到洋烟为害,难道独不知嫖赌为害么。食烟要禁,禁得是了,怎么不禁嫖不禁赌,不独不禁,况要招商承办呢。你看,赌捐的皇然写着承办海防经费,嫖捐的皇然写着保良公所。奇特奇特……"②

风道人于1925年发表于《野语杂志》的《醒迷魂弹词》也致力于反对迷信:"人生世上,心中自有主张,不羡神仙不羡佛,那有地狱与天堂。且莫慌,且莫慌。你看看古今来那一个求仙的不死,那一个求佛的不亡,敬鬼敬神真荒唐。列位不相信,听道人细说其详。说者谓这段弹词,也不是强辞夺理,也不是自觉才高,只因俺脚儿好勤,成年家东西南北,见的世界人,多是信鬼好神,自入迷途,且是焚香设祭,枉废钱财,倒不如省出这笔款来,办些公益,

---

① 讴歌变俗人:《醒世缘弹词》,阿英《晚清文学丛钞·说唱文学卷》,中华书局,1960年,第97页。
② 报界隐者:《赌累》,《半星期报》1908年第7期,第15页。

成些善举,于社会何等不好。所以不惜舌弊唇焦,将古今来迷信的源流,与迷信的历史,一一道来。"①

有识之士认识到弹词的直观性、通俗性,能为开启民智提供快捷的感动人心的力量,有利于知识宣传,但同时也认为它以往的内容太过陈旧,于是致力于创作一系列新内容、新思想的弹词,甚至鼓励女子参与政治、投身革命,为国奋斗。这一时期的弹词作品如觉佛的《狮子吼》等,在文学史中均有一席之地。

第二节 教化、休闲娱乐类弹词

弹词文学发展到近现代,开始突破传统题材的规范。一方面在爱国志士笔下,弹词成为宣传新思想,普及新知识的文学样式。另一方面,许多通俗小说名家也参与了弹词创作,他们将当时小说创作中的流行元素引入弹词,对弹词旧有的风格产生了一定的影响。

一、孝义侠烈类弹词

这些弹词中也有一些时时提到"改良社会"、以"妇女教科书"自居,但与之前唤醒女界的弹词明显不同。他们期望通过创作来维护传统的伦理美德,在作品中强调"孝义"与"侠烈"。弹词创作中的这一主题也与当时的通俗文学家创作的社会伦理小说相呼应。

程瞻庐的弹词创作颇丰,有《明月珠弹词》《同心栀弹词》《孝女蔡蕙弹词》《哀梨记弹词》《君子花弹词》等等。《明月珠弹词》于1918年在《小说月报》上连载,后于1920年由上海商务印书馆出版。八回,二言目,第一回"捍乡",第二回"擒左",第三回"杀虎",第四回"购婢",第五回"泊舟",第六回"锄盗",第七回"遇夫",第八回"避世"。讲述了清末奇女子杜宪英的故事。

故事从杜宪英回忆父亲开始:"(唱)想当年,先君怀抱栋梁才,踏遍槐东八九回。不道文章憎命达,秋风瑟瑟赋归来。明珠掷暗人偏怒,铁砚磨穿遇

---

① 风道人:《醒迷魂弹词》,《野语杂志》1925年第5期,第53页。

竟乖。世少钟期抛蜀轸,时无伯乐老龙媒。剑斫地,歌莫哀,三寸毛锥安用哉。投笔耻为缝掖士,请缨愿出玉门关。弃文就武亦应该。(白)父亲文战失败后,便幡然变志。……有弃文就武投笔请缨之概……屋后有一片广场约莫数十亩光景。父亲镇日价不是盘马弯弓,便是打拳击剑。"①杜宪英的父亲科场失利,便醉心于武术,她当时十三四岁的样子,看着眼热,要父亲教几套玩耍玩耍。父亲正色道:"女儿你把技击当做顽耍看待,这是绝大的错误,现在奸佞满朝,贪官遍地,民穷财尽,鬼哭神号。据为父的看来恐怕不出十年,国内要发生大乱。常言道,乱世人民贱于鸡犬,到了这个当儿,所有文绉绉的书生,娇滴滴的女子,不啻羊入虎群,任其吞噬……为父的习练技击乃是正当的防卫,不是什么顽耍的法儿,女儿怎么小觑着这桩正事呢。"②从此,杜宪英在父亲的教诲下认真学习技击,"赛木兰"的名声不胫而走。16 岁时,父亲染病身亡,临终时记挂着宪英的婚事:"女儿啊,百年事重休轻觑,要选个如意郎君中雀屏。尔母年衰难作主,全仗你自家抉择自思寻。果然嫁得乘龙婿,老父欢然赴九京。莫效人间儿女态,偶谈亲事便晕潮生。你是个胸怀磊落奇女子,定能够不负椿庭一片心。"③杜宪英不负父亲所望与会武的周韬文成婚。之后因为太平天国起义,加之河决年荒,盗贼四起,于是他们在乡里成立守望团,力抗外敌。"(白)自从守望团成立以后,那周家村中的居民,人人壮胆,个个伸眉,比着从前心慌胆怯的模样,畏首畏尾的景象,早已大不相同了,可见吾国的百姓不是天生懦弱的,只要有人提倡武技,那柔脆的筋骨不怕他不强韧起来。"④周生不幸于追盗之时被擒,宪英设计毒杀了盗首左山虎,但周生三年不归,宪英葬母后,千里寻夫,两人功成后归隐嵩山,读书务农终老。《明月珠弹词》所颂扬的女性杜宪英,在刚烈之外更多了一份英气,作者认为生逢乱世的女子应该有勇武坚毅的精神。

作者在书末云:"编书的濡毫描写女英雄,俚语村词愧不工。说去说来无着落,装头装尾欠清通,都只为滔滔日下江湖势,一派争权夺利风,名就功

---

① 程瞻庐:《明月珠弹词》,商务印书馆,1920 年,第 2 页。
② 程瞻庐:《明月珠弹词》,商务印书馆,1920 年,第 3 页。
③ 程瞻庐:《明月珠弹词》,商务印书馆,1920 年,第 5 页。
④ 程瞻庐:《明月珠弹词》,商务印书馆,1920 年,第 9 页。

成身退隐,莽乾坤究有几人逢,聊把那韬文夫妇垂模范,释甲归田不计功。激浊扬清凭纸笔,空中楼阁未全空。这事迹载在《金壶遁墨》中。"①按《金壶遁墨》为清黄钧宰所作《金壶七墨》之一,此事题名为《奇女子》乃清末实事。刘清韵曾据此作《英雄配》杂剧。②

《同心栀弹词》,程瞻庐著,1918 年在《妇女杂志》中连载,1919 年商务印书馆出版,六回,二言目,第一回"赠栀",第二回"游园",第三回"哭夫",第四回"赚画",第五回"献雪",第六回"完贞"。讲康熙年间的吴绛雪守身殉节的故事。吴绛雪嫁给浙江永康的徐明英,弹词从绛雪回忆与闺中好友吴素闻的姐妹之情开始。她们嫁人后还时常联系,只是已经五年未曾会面,绛雪上月收到吴素闻的书信,勾起了愁怀,想起十年前两人围炉咏雪的情景,回信时赠以玉镯二双、香囊三个、古镜一面、镜箔一幅,上有《同心栀子图》。三春时节,绛雪随夫伴父母游撷芳园时,徐明英谈及平西王吴三桂、平南王尚可喜、靖南王耿精忠三藩欲起兵反清,而耿精忠在福建,与浙江相近,他对此感到非常忧虑。徐明英本来就体弱多病,由于用功过甚,竟然一病不起。丈夫死后,绛雪以卖画奉养二老。谁知上次游园时,绛雪的美貌被耿精忠暗探发现,此人专为耿精忠察访美女。后来耿精忠起兵,命先锋徐尚朝攻打永康,声称只要献出吴绛雪,全城即可免祸。绛雪自愿为众出城,投崖自尽。

作者在《同心栀弹词·弁言》中写道:"吴绛雪为前清康熙时之奇女子,惜表章无人,事迹稍晦,故名氏不见于《永康志》。自经许辛楣为撰小传,黄韵珊为制传奇,应菉园为作《同心栀子图读法》,绛雪之名,乃稍稍为社会所称道。而曲园老人之《吴绛雪年谱》,其表章之力为尤伟。是编之作,不敢步武前贤。不过借巴人下里之词,广其传于普通社会而已!其中事实,固多以意为之,但止助波澜,不乖本末,阅者鉴之!《同心栀子图》,为绛雪精心结撰之作,取冠篇首,以广其传。"③

《孝女蔡蕙弹词》,程瞻庐著,1917 年在《小说月报》中连载,1919 年上海商务印书馆出版,六回,二言目,代言体弹词。第一回"毁容",第二回"却

---

① 程瞻庐:《明月珠弹词》,商务印书馆,1920 年,第 86 页。
② 详见谭正璧、谭寻:《弹词叙录》,上海古籍出版社,1981 年,第 210 页。
③ 程瞻庐:《同心栀弹词》,商务印书馆,1928 年,第 1 页。

媒",第三回"写疏",第四回"破计",第五回"上书",第六回"祭告"。

《道光泰州志》中有关于蔡蕙的记载:"蔡氏名蕙,贡生蔡孕琦女,住栟茶场……。父以仇陷下狱,罪当大辟。……康熙二十八年,仁庙南巡,幸维扬。蕙闻,属舅氏买舟偕行。至郡,驾已渡江。时琦在郡狱,蕙遣报其父,大惊,亟止之。蕙誓死不肯已。有仆阮南石麟,见之泣下,愿冒死随行。往返入狱者三次,琦方为蕙草疏。迎至无锡,是日微雨,驾已从九龙山回。蕙道旁捧疏伏而号。御舟已过,传旨问何事。蕙急跃入一小舟,舟子恐惧,遥见黄衣侍卫立船头招手,乃敢前。上在御舟开窗俯视,命受其疏。坐览一二行。上起,更衣复坐,取疏览毕。问此本孰为汝作?蕙奏系臣父。又问,跪汝旁者何人?奏系臣家生子。上乃顾亲王大臣语。蕙舟尾以行。顷之,传旨令蔡蕙回,下所司平反,父出狱……"①

在《孝女蔡蕙弹词》中程瞻庐竭力宣扬中国传统美德里的"孝道",作品"记清初泰州孝女上书救父事,凡康熙之南巡,官吏之横暴,孝女之诚感,无不描摩入神"。程瞻庐把"孝"看成是一种人类应该共同遵循的首先准则。他以外国孝女耐儿等为例,指出今天"一般巾帼效西欧,设解文明与自由,观念不离新世界,家风拚弃旧神州"。他认为不应该否定一切传统的东西,应该是"孝思到处人崇拜,不问中华不问欧,孝女弹词今唱毕,水源木本细研求"。弹词中的蔡蕙以带病之躯为父亲四处奔走,等父亲出狱时,已经病入膏肓,年仅28岁便去世了。

胡怀琛(寄尘)曾自述写过四部弹词:"一为《绵绵恨》,前曾排载《太平洋报》,未完而止,今残稿亦已散失。一为《血泪碑》,一为《罗霄女侠》,丙辰夏秋间,分载《共和新报》及《申报》……一为《铁血美人》,今方脱稿,尚未刊布。"②其中《罗霄女侠》弹词于1916年9月27日开始在《自由谈》及《新自由谈》上连载,作者曾这样讲述创作缘由:"余于今夏受亚子之嘱,成《血泪碑》弹词一书,自知无聊文字于世何补。忽忽气候潜移,秋光萧索,病躯多暇,结

---

① (清)陈世镕等纂:《道光泰州志》,《中国地方志集成·江苏府县志辑》50,江苏古籍出版社,1991年,第336页。
② 胡寄尘:《血泪碑、罗霄女侠》合集,广益书局,1933年,序第1页。

习难忘,胸中哀乐,欲假文字一写,濡笔伸纸,再成此编。"①可知他是在养病期间写就《罗霄女侠》的。

全书分为八回:第一回"遇盗",第二回"借宿",第三回"闻警",第四回"情话",第五回"还湘",第六回"堕溷",第七回"感恩",第八回"认姊"。弹词主要讲述了这样一个故事:清末,少女陈阿青随父母从江西回湖南醴陵老家。途中遇到劫匪,父母皆遇难。阿青孤身一人来到一家村店借宿,不料店主夫妇欲招其为媳。店主之子五儿,假托与阿青外出打猎,将其送至醴陵城外。阿青在醴陵城中遇到旧仆王妈,不料却被骗至妓院,后又被五儿救出。阿青心生爱慕,欲以身相许,谁知五儿竟是女子。原来当年五儿的继母害死她父亲并将她赶出家门,五儿只得乞讨为生,因不堪朱门白眼,于是投奔古寺,谁知古寺老尼是一位侠客,将其带入罗霄山传授剑术,十年之后艺成出山,成为一名侠客,只是父仇还未报。阿青一番询问之后,惊觉五儿的继母便是自己的生母,于是姐妹相认。

《聊斋志异侠女篇弹词》由檗子②发表于《小说月报》1917年第八卷第六号上。蒲松龄在《聊斋志异》中塑造出了一系列独具个性特征的侠的形象。《侠女》中的主人公艳若桃李而又冷若冰霜,她与耳聋的母亲居住在"博于材艺,而家綦贫"的顾生家对面,生活艰辛。她们得到了顾生母子的周济,为表示感谢侠女常到顾生家操持家务,侍奉顾母。然而她对顾家的求婚却始终拒绝,对顾生举止生硬。忽然有一天,侠女出门时回首对顾生嫣然而笑,并与之欣然交欢,随后对顾生又不理不睬。她的美貌引来了顾生的娈童——白狐所化少年的纠缠,她匕首望空一掷,白狐便身首异处。在母亲逝世,为顾生产下一子后,侠女手刃仇人。她在与顾生道别时说出了整个事情的缘由,原来她父亲被诬陷致死,但申冤无门,她只能靠自己的力量来报仇,因为年老多病的母亲在世,所以她选择等待。为报顾生母子的接济之恩,她决定为家贫娶不起妻子的顾生延续血脉。最后侠女飘然远去,她的儿子后来中了进士,并侍奉祖母终老。

---

① 胡寄尘:《血泪碑、罗霄女侠》合集,广益书局,1933年,第51页。
② 檗子,即庞檗子(1884—1916),名树柏,号芑庵,别号剑门病侠。

两百多年后,檗子将这个故事改编成了弹词。这部作品虽然有"引""白""唱"等形式,但没有具体的角色定位,而是通过叙事者的描述展开故事,因此仍属于叙事体弹词。小说《侠女》一开始就直奔主题"顾生金陵人……",相比之下,弹词多了《引子》:

闲来信口且谈天,好博明朝买酒钱。千古奇闻供一笑,满腔幽恨付三弦。恨只是劝忠劝孝文无几,无非那诲淫诲盗字连篇。今单表,淄川有个蒲居士,名唤松龄号柳泉。负才抗志无人识,笔耕墨耨自年年。幸有那著作等身堪不朽,《聊斋志异》至今传。学他东坡说鬼心非冷,比那干宝搜神笔更仙。物态描摹疑鼎铸,人情刻镂胜犀燃。还有贞姬侠客千秋在,莫当牛鬼蛇神一例看。将他可歌可泣般般事,谱作弹词劝世间,也算是结取三生翰墨缘。

从来青史自生香,孝女贞娥姓氏扬。两字恩仇都了了,最难荆聂出红妆。如今先叙金陵事。①

同时《聊斋志异侠女篇弹词》在继承原有小说情节悬疑等优点的同时,抛弃了狎玩娈童等和侠义主题无关的内容,文章处处在渲染侠女的"侠客"气质:"见生不作蜻蜓避,人前仪态倍端庄","不耐向人琐屑话家常","艳如桃李冷于霜","那女子受后并无申谢语",她神态清冷、语言简洁,一个冷艳并且特立独行的女侠形象跃然纸上。

和以往的侠客一样,侠女身上肩负了最为重要的使命:报仇。文末,"一夕谯楼过二鼓,忽见女来神色带仓皇,腰际晶莹横匕首,周身结束效轻装。灯前一笑似天神下,那素手还提旧革囊,笑道大事已完从此别,明朝世事两茫茫"。② 由侠女之口简述复仇事件始末。在此之前,弹词中突出叙述的是侠女如何行孝与报恩,她不仅对自己的母亲"至孝",还"不厌其秽"地为顾母敷药,因为顾生周济她们母女,所以她也用行动来回报顾生母子。她甚至还

---

① 檗子遗墨:《聊斋志异侠女篇弹词》,《小说月报》,1917年第8卷第6号。
② 檗子遗墨:《聊斋志异侠女篇弹词》,《小说月报》,1917年第8卷第6号。

为顾生生子,以此来报恩。侠女在最后说道:"前因养母之恩须报答,故而不辞苟且作野鸳鸯,眼见君贫无力娶,为延一线续书香。"在侠女看来,报仇与报恩,是她的两大使命。

这一时期,"'有识者'们,总结'屡挫于外敌'的教训之后,所'致意'者还有一条,就是恢复、张扬中华民族久已失去的'尚武'精神"。[①] 在此背景之下,拥有侠义、孝道、报恩诸多方面教育功能的《聊斋志异侠女篇弹词》便得以面世。蒲松龄在《聊斋志异》里塑造的侠女展示了女性特有的行侠风格,并突破了以往侠女杀子复仇的主题,是对清代之前侠女形象塑造的继承和发展。而《聊斋志异侠女篇弹词》中的侠女更具生活色彩,作品不再执着于各种法宝功能、高超技艺的展示,而是通过对真实侠义精神的渲染,以期在娱乐的同时对读者有所感化。

二、哀情类弹词

弹词作者还将当时小说创作中流行的哀情、黑幕、侦探等引入弹词,打破了传统才子佳人式弹词中的团圆结局,那些伤感之作,表现出不同以往的审美心理。

《潇湘影弹词》,天虚我生即陈蝶仙著,1914年在《女子世界》上开始连载。天虚我生还著有《自由花弹词》,1913年开始连载于《申报·自由谈》,1916年由上海中华图书馆刊行单行本。天虚我生在《自由花弹词·序》中详尽地描述了他与弹词的渊源:

> 予在髫龄时,恒与闺中姊妹读《再生缘》《天雨花》等弹词,窃尝嫌其平仄不调,而押韵处尤复屡杂土音,不可为训。曾发宏愿,欲一一纠而正之。吾母笑曰:"黄口儿才辨四声,即喜掉舌,诋毁古人!汝盖不知著书之难也。说部之类,各有所长,未可概论。若果求全责备,虽圣经贤传,亦多可以指摘之处,况乎弹词!……若以严格绳之,则说白当数《红楼》,词采当数《西厢》。苟能以《红楼》之说白,《西厢》之词采,融冶一

[①] 徐斯年:《侠的踪迹——中国武侠小说史论》,人民文学出版社,1995年,第100页。

炉,著为弹词,而平仄顺序,声韵句法,一丝不乱,是诚足以弥古人之缺憾矣。特是世无作者,其孰能之?"时予方以才气自负,则立应之曰:"儿不敏,虽曰未能,愿学焉!"退而握管构思,阅十日成《潇湘影弹词》十六折,以献吾母。……吾母乃大喜,语诸姊妹,谓足以当学诗之初步。由是,予遂专意于小说之学。①

从这则序言可知,他小时候便喜欢与姐妹们一起阅读《再生缘》《天雨花》等弹词名篇,但私下认为这些作品的平仄不够讲究,而且押韵处往往掺杂土音。在母亲的鼓励下,他开始了弹词创作。《潇湘影弹词》是他的旧作,原名《桃花影》,十六回,二言目,1916年中华图书馆出版时,书前有清光绪二十六年(1900)何春旭序,朱素仙、陈寿同、凌璧、顾鼎、沈谦、汪大可、刘国忠等人的题词。此书讲的是《红楼梦》中薛宝钗的后辈薛湘琴与贾宝玉的后辈贾小玉之间的爱情故事,因为受到小人的挑拨离间,薛湘琴名誉受损后含恨自杀。这部弹词的故事情节和内容与当时流行的哀情小说相似,因此,顾影怜称之为:"以弹词而写哀情,此为破天荒第一部书。"②

《焚兰恨弹词》,青陵一蝶即徐枕亚著,1914年开始在《小说丛报》上连载。共十二回,二言目,代言体弹词。第一回"应聘",第二回"开学",第三回"谒姊",第四回"遇艳",第五回"议婚",第六回"忆美",第七回"园会",第八回"认婿",第九回"偷书",第十回"路要",第十一回"逼婚",第十二回"玉化"。

弹词讲述杜小兰与妹妹杜小凤随父游宦姑苏,如今父亲已亡,母亲陈氏本是名门淑女,幼娴吟咏,且精刺绣,素有针神之誉。竞新女校校长涴青夫人,聘请陈氏做国文兼刺绣教习,杜氏姐妹也一并入学。陈氏有个弟弟陈绍清,其子为陈祖良。一日,陈绍清向姐姐提亲,想将杜小兰许配给陈祖良。陈氏答道:"你的意见很是,做阿姊的决无不允的,但是现在世界开通,结婚一事,风尚自由,我们做父母的也未便十分作主,你今且先问问良侄儿,等兰

---

① 天虚我生:《自由花弹词》,中华图书馆,1917年,第1—3页。
② 天虚我生:《潇湘影弹词》,中华图书馆,1916年,第147页。

儿回来我也来对他说明,总要得他们双方愿意,我和你才可主张将他们结合,成就这美满良缘哩。"①这位陈祖良,在杜氏姐妹和同学游虎丘时曾轻薄过她们姐妹俩。祖良的同学张病倩为姐妹俩解围,因此杜小兰对他颇有好感。谁知陈氏终究心偏娘家人,姐妹俩也未敢将虎丘之事告诉母亲,所以小兰还是被母亲许配给了祖良。小兰向病倩写信求助,但祖良已找病倩谈判,病倩深感小兰终身已定,回天无力,便置之不答,小兰久久等不到病倩的回信,心中了然,眼看婚期将近,一夜趁着小妹睡熟,写好绝命书,吞金而亡。病倩在墓前痛哭,后来陈氏从了小兰绝命书中的嘱咐,将小凤许配给病倩。弹词最后写道,"愿世间为人父母通融好,莫使这怨女痴男死不平",②强调婚姻自由的重要性。

弹词中也写到了兴办女学:"(笑引)黑狱沉沉未有涯,捐金兴学望何奢,吴中不少闲田地,种遍桃花与李花。(白)浣青姑苏陈氏,虚度三十韶华。说也惭愧生的太早了些,如今只好算得新旧女界过渡时代一分人才。学问呢,实在不足,力量呢还是有余,因此愿捐巨金创办这所竞新女校。发起以来,幸亏得那些女界同志赞成的十分踊跃。你拔钗钿我捐簪珥,这家的女孩儿要来上学,那家的姑娘们要来读书,不上一月,这事居然成功,经费地址俱有着落。学生报名的,前前后后已有八十余人。眼见得前途发达,蒸蒸日上。沉沉女界,陡放万丈光明,可不乐煞了浣青也。(唱)要晓得文明二字口头禅,学问由来第一端。女学不昌人尽盲,如何能够说平权。恨只恨负我青春三十载,到如今六十何能学打拳。喜只喜纷纷同志能知警,我亦追随力效縣。入手应先从教育,为同胞开辟这自由天。"③然而作品在兴办女学与提倡婚姻自由的书写背景下,作为国文教习的母亲陈氏,依然给了女儿一个包办婚姻的悲剧。

《芙蓉泪弹词》,包醒独著,1915年开始在《小说新报》上连载。又名《鸦凤缘弹词》,三十六回,二言目,1919年上海国华书局印行,徐枕亚、李定夷、俞天愤、姚民哀为其序。

---

① 青陵一蝶:《焚兰恨弹词》,《小说丛报》,1914年第3期。
② 青陵一蝶:《焚兰恨弹词》,《小说丛报》,1915年第12期。
③ 青陵一蝶:《焚兰恨弹词》,《小说丛报》,1914年第2期。

弹词写清光绪末年，苏州女子姜云岫，能诗善画，父亲亡故后，与兄祖瑞为了宽慰母亲沈氏，常常请舅父沈珩的妻子来劝解母亲。因为这舅母同时也是姑母，所以两家关系非比寻常。由于舅母没有子女，所以将云岫认作寄女。不久，沈珩受选为湖北知县，要携家眷赴任。舅母舍不得云岫，便带其一同前往。到任后，姚部郎之妻非常喜爱云岫，想为其甥鲍景模做媒。鲍家是当地有名的富商。舅母写信约嫂子前来相婿，两人都非常中意，于是将云岫的婚事定了下来。谁知后来从仆人那得知景模不仅有大烟癖，还好赌。姜母确认这消息后，瞒着云岫，自己却悒郁而亡。

云岫完婚之后见丈夫抽大烟，却毫无办法，家道日益贫困，最后只能靠典钗度日。祖瑞在苏完婚时，云岫夫妇前来贺喜，回去时途经上海，景模受同乡浪子巫道成引诱，大肆嫖赌，云岫典当尽空，始得归家。最后景模烟瘾大发，竟不治身亡。云岫母子靠沈、姚二家共同资助，维持生活。

作者在第一回"闺况"中写道："唉，世界上为父母的人对着子女们，那一个不心心欢喜，那一个不时时顾惜。那为娘亲的看了女儿更是珍逾拱璧，爱若掌珠，总总说不出的怜护。所以大凡做女子的无论富户贫家，每以未嫁时为最快乐。兼之年华娇小，待字深闺，他一生的希望又仿佛如锦绣前程，十分灿烂。因为有了这般的思想便无一件事不高高兴兴。真是随处随时尽存乐观主义呢。"①

作者认为："（白）想起云姐终身害到如此，那当年作伐的姚夫人，实不得诿卸其咎，在下每每和朋友闲谈辄为叹愤。所以不辞谫陋，把这事编作弹词，俾为女嫁婿的做个借镜。免致轻信媒言，误他女儿一世，这就是（唱）区区宗旨书中寓。"②从《芙蓉泪弹词》这部作品，不难看出包醒独的婚恋观，他希望女子在闺中守礼，等待明媒正娶，而父母选婿时也要把好关，不能轻信媒婆之言而误了女儿一生。此外，包醒独还著有《林婉娘弹词》，于 1917 年开始在《小说新报》上连载。

《藕丝缘弹词》，程瞻庐著，上下卷二十回，二言目，代言体弹词。1918 年

---

① 包醒独：《芙蓉泪弹词》，《小说新报》，1915 年第 1 期。
② 包醒独：《芙蓉泪弹词》，《小说新报》，1916 年第 12 期。

开始在《小说月报》上连载,1920年商务印书馆初版。上卷:第一回"扫墓",第二回"认姑",第三回"评诗",第四回"订婚",第五回"送别",第六回"赚信",第七回"盼书",第八回"献媚",第九回"赏菊",第十回"攀桂"。下卷:第十一回"送符",第十二回"煮茗",第十三回"逼嫁",第十四回"解铃",第十五回"筹策",第十六回"访旧",第十七回"告哀",第十八回"游山",第十九回"让婿",第二十回"了缘"。

故事写江苏江都的女子谢湘秋与浙江吴兴的江蓉裳已有婚约,江蓉裳赴京投奔姑丈王锡龄,王有一女王倩卿。谢母的侄子许二欲取湘秋为妻,于是从中作梗,拦截双方书信,致使江蓉裳以为湘秋已嫁他人,谢家以为蓉裳已死。谢母欲将湘秋嫁给许二,湘秋在双重打击之下一病不起。后来看见乡试题名录,知道蓉裳未死,于是湘秋入京寻找蓉裳,没有遇到,只能返回扬州。此时江蓉裳已随被任命为扬州知府的姑丈来到扬州,并与表妹王倩卿定下亲事。婚前三日,倩卿收到湘秋的来信,详细说明了被许二作弄的过程,并希望倩卿婚后代为向蓉裳解释。蓉裳在平山堂游玩时遇到谢母,湘秋恐其知道真相后左右为难,坚持要其成婚后再相见。不忍蓉裳伤心的倩卿做出了让婚的决定,并说服父亲和湘秋。于是王锡龄将湘秋认为义女,接到府上,待结婚时仍旧似江王缔结姻缘,实际上却是江谢结成佳偶。只是湘秋婚后不久便病故,临终前嘱咐蓉裳与倩卿要续婚,于是一年之后,两人成婚。

作者也将此篇弹词定义为哀情,他在书中说:"弱蕙易摧,舜华易谢,彩云不寿,琉璃不坚。这是薄命女子难逃的劫运,也是哀情小说一定的收场。湘秋与蓉裳的一缕情丝断而续,续而复断。"①

《孤鸿影弹词》,李东野著,上下卷三十六回,二言目,曾连载于《新闻报》副刊《快活林》,1919年由上海新民印书馆排印出版,姚民哀为之序。《孤鸿影弹词》用凄婉的笔调描写了民国时期施长衡与崔绿绮、冯彩鸿两位女子之间缠绵悱恻的爱情故事。施长衡与表妹崔绿绮两小无猜,郎才女貌,后来由于崔父小妾的挑拨,施长衡负气远走他乡,在去香港的途中轮船触礁,被南洋华侨冯彩鸿救到自己的船上。冯彩鸿父母已亡,独自打理银行与轮船公

---

① 程瞻庐:《藕丝缘弹词(下)》,商务印书馆,1927年,第105页。

司,她将自称黄倍兰的施长衡留居家中,见其年轻有为,便暗生情愫,还托他代管商务。但施长衡依然思念表妹,留书不辞而别,回国寻找崔绿绮,冯彩鸿追至上海。最后冯彩鸿在上海被拆白党人炸伤,临终前,她要求施长衡与崔绿绮在自己床前举行了婚礼。

《血泪碑弹词》,胡怀琛著,与《罗霄女侠弹词》同为 1916 年的作品,1933 年广益书局排印合订。此书共十二回:第一回"订交",第二回"遇盗",第三回"奸谋",第四回"冤狱",第五回"奇变",第六回"话别",第七回"殉难",第八回"劫花",第九回"堕溷",第十回"香消",第十一回"殉情",第十二回"观剧"。作品讲述了这样一个故事:清时,苏州的男学生石如玉与女生梁如珍,因志同道合,认为知己,后来订婚。梁如珍有位姐姐梁如宝与奸徒陆文卿相通,引出一场家祸,害死了父母,还诬告石如玉与梁如珍。后来梁如珍被陆文卿卖入妓馆,虽被石如玉救出,却不治身亡。石如玉杀死陆文卿、梁如宝二人,在梁如珍墓前痛哭,以头触墓石而死。

当时《血泪碑》的故事在戏曲舞台上大为流行,冯春航、陆之美演出的剧目特别受到观众的欢迎,市面上也有《血泪碑》的小说流通。胡怀琛的好友柳亚子所著《春航集》中有《血泪碑》本事,他看胡怀琛曾写过弹词,便邀请他改编《血泪碑》,并嘱咐他:"须至新新舞台,看春航演十数遍,然后上笔。"①这部作品倾注作者很多心血,他曾说:"少多幽忧,长而弥甚,有触斯发,不自知其所以。忆昔草《血泪碑》,秉笔至如珍喷血时,余亦呕血,若谓痴情,吾固不敢,或者劳心所致。……惟《血泪碑》一种,尤为哀感,每一覆阅,未尝不为之欷歔!一笑一啼,似非勉强所可比拟!以吾境而论,亦无庸过于戚戚,然吾心中若有无限幽忧,茹不能茹,吐不能吐,比比寄诸文字。嗟夫!香草、美人,自是别有寄托;屈原、宋玉,又岂徒自伤其身世而已哉!"②《血泪碑》除有小说、戏曲、弹词之外还有 1927 年郑正秋执导的《血泪碑》电影。

以上孝义侠烈类弹词和哀情类作品在这一时期比较多,其他还有一些类型,如《学校现形记》,吴门郁郁生撰,杂志将其列为"黑幕弹词"。此外还

---

① 胡寄尘:《血泪碑、罗霄女侠弹词》合集,广益书局,1933 年,第 1—2 页。
② 胡寄尘:《血泪碑、罗霄女侠弹词》合集,广益书局,1933 年,序第 1 页。

有张丹斧的《女拆白党弹词》,姚民哀的《素心兰弹词》等。《女拆白党弹词》本名《贞女传》,又名《制雄党》,讲述女拆白党破坏、揭露拆白党欺骗手段的故事。《素心兰弹词》于1921年在《新声》杂志上连载,故事以革命为背景。

从以上的宣扬维新与革命观念类的弹词以及教化、休闲娱乐类的两种弹词内容来看,通俗作家所创作的弹词已为弹词增加了一些新质。就教化休闲娱乐类弹词而言,这是与他们的继承通俗文学的传统观念是完全合辙的;但是在清末民初时期,通俗小说中又显示出他们的小说内容的革新的一面,因此他们又将宣扬维新与革命观念的新质也渗透到他们的弹词作品中去。他们以爱国志士的姿态,使弹词成为宣传新思想、普及新知识的文学样态,使弹词作品的教育性与娱乐性浑然融合为一体。

第三节　重视弹词理论的研究　探讨叙事方式的通俗性

弹词文学发展到民国,开始突破传统题材的规范。传统弹词以结构宏大、刻画细腻著称,但同时也流于繁琐,同一件事往往不厌其烦地在不同人口中重复出现,因此情节进展缓慢。而清末民国的弹词作品情节安排详略得当,如行云流水,一气呵成。在叙事方式和叙事角度上,也表现出新的特征,充分借鉴西方小说的创作手法。如《孤鸿影弹词》采用了倒叙的方法,在作品一开始便道出了故事的结局,然后再通过第一人称和第三人称叙述故事情节的发展经过,有别于传统弹词文学中叙事者"全知全能"的叙事方式。可见,清末民国弹词作品在题材内容和写作技巧方面都有所转变。同时开始重视通俗作家对弹词的文体研究。陈蝶仙在《自由花弹词·序》中表达了他对弹词的认识:"且予以为弹词者,实为词章之一种,其中句法,大多为《清平调》及《渔歌子》《小秦王》之连续体。其于中间偶嵌三字句,以摇曳生姿者,则《鹧鸪天》也。其于尾声,加一句以协韵者,则《浣溪纱》也。"[1]姚民哀,艺名朱兰庵,因为能弹唱弹词,所以对弹词有更为独到的见解,他在为李东野的《孤鸿影弹词》作序时写道:"弹词与鼓词有别,若延至十余字,或多砌接

---

[1] 天虚我生:《自由花弹词》,中华图书馆,1917年,第2—3页。

笋,即与鼓词蒙混。《贾凫西鼓词》《庚子国变弹词》,皆为杰作,而其疵病,即在鼓词、弹词不分。盖弹词正宗,以七字为率,而上下句最妙似对非对,运用成语,如白香山之诗句然,斯为尽善尽美。"①在这里,姚民哀不仅说明了弹词与鼓词的区别,而且对具体的创作也提出了要求,认为在实际创作中要"尽罗诗词曲三者之善"。

到了20世纪30年代《满江红弹词》的作者陆澹庵还在《敬告阅者》中论述了关于书场弹词文本与文人弹词文本的区别:"唱书先生的脚本,与书坊里所印的弹词小说,性质完全不同。书坊里印行的弹词小说,其中唱篇,不妨摛文藻词,做得典雅一点。但是唱书先生的脚本,却第一要通俗,唱出来教人家完全听得懂。"②

而范烟桥不仅创作过《家室飘摇记弹词》《玉交柯弹词》两部作品,更将弹词写入文学史。1927年,他写成二十余万言的《中国小说史》,其中多次涉及弹词。对此,范烟桥在引言中即有交代:"金鹤望(即金松岑)师,即《孽海花》之造意者,尝诏余:小说实包括戏曲弹词也。盖戏曲与弹词,同肇于宋元之际,而所导源,俱在小说,观其结构即可知,有韵无韵不过形色上之分别,犹之文言与白话,其精神则一也。窃承其指,乃纳戏曲弹词于其间,故较以前一切中国小说史书为广漠。"③他在《中国小说史》中,将中国小说划分为五类:杂记小说、演义小说、传奇小说、弹词小说、翻译小说。并且指出:"其后时代变迁,作者因环境之不同,小说之体裁屡变不一变,所得而概说者:杂记小说始于汉——散文;演义小说始于宋——白话;传奇小说始于元——韵文;弹词小说始于明——韵文;翻译小说始于清——散文与白话。此就其已成格局而言,至于伏流滥觞,别有时会,俟详论焉。"④他认为"弹词为陶真之遗",并介绍了杨慎的《二十一史弹词》,弹词名篇《玉钏缘》《天雨花》《珍珠塔》以及其他女作家弹词,还论及"江北派弹词与北方之鼓词"等等。

以上,他们不仅论述了弹词有叙事和代言两种体例,讨论了弹词与鼓词

---

① 李东野:《孤鸿影》,中州古籍出版社,1987年,第1页。
② 绿芳红蕖楼主编辑:《满江红弹词》,上海新声社,1935年,第1—2页。
③ 范烟桥:《中国小说史》,长安出版社,1927年,前言第10页。
④ 范烟桥:《中国小说史》,长安出版社,1927年,第3页。

的区别,还详细解释了书场弹词文本与文人弹词文本的不同,甚至将弹词写入小说史,将其文体定位为小说。不论是否言之成理,此时的弹词作家们对弹词的认识,已经有从实践上升到理论的趋势。

文人弹词主要用于案头阅读,如果要用于演出则需要大范围地改动。此中原因,一方面是由于文人弹词用词典雅,因为"做得太典雅了,唱的人和听的人,大家都莫名其妙,书中的趣味,便要减去不少"。① 除此之外,还有一个更重要的原因,那就是文人创作有些地方不合弹词韵律,"评弹的唱词要求清新明白,朗朗上口。一般为七字句,比较严整,每句唱词还要求平仄和谐"。② 不然艺人们弹唱起来会很拗口。

我们在上文也曾引陈蝶仙在其《自由花弹词·序》中就指出"读《再生缘》《天雨花》等弹词,窃尝嫌其平仄不调,而押韵处尤复羼杂土音,不可为训"。③ 而这一点,随着弹词创作的发展,正被越来越多的创作者所注重,力图弥补。弹词名家姚琴孙所作的《荆钗记弹词》,1915 年开始在《小说丛报》上连载。徐枕亚为《荆钗记弹词》题记时如是说:"先生幼承家学,诗古文词,无不入妙,更以余力及于音律,尤精弹词,此书取《荆钗记》原本演绎而成,以针砭薄俗之苦心,寓及身所遭之隐痛。书中所用角色唱白,悉合弹词原则,不差毫厘,迥非时下文人率尔操觚者所可同语。"④ 从这一题记可以看出,弹词艺人的文本创作能够"悉合弹词原则"。

通俗作家陆澹庵写有《弹词韵》,并将多部小说改编成弹词,如《啼笑因缘》《秋海棠》《满江红》等。因为他对弹词十分熟悉,改编时能契合书场弹词的规则,所以获得了空前的成功,不仅在书场和无线电台大受欢迎,弹词唱本也被印成单本发售。甚至听众们去书场时也将他的书带在身边。

赵景深对此也深有体会,他说在编《弹词选》以前,"不怎样爱好弹词,因为安徽芜湖人听不懂弹词,我幼年也从来没有听过弹词。我是从 1925 年起,才从湖南长沙当了两年中学语文教师以后定居在上海,受了 12 年的弹

---

① 绿芳红蕖楼主编辑:《满江红弹词》,上海新声社,1935 年,第 2 页。
② 杨振雄:《西厢记》,上海文艺出版社,1983 年,前言第 7 页。
③ 天虚我生:《自由花弹词》,中华图书馆,1917 年,第 1 页。
④ 姚琴孙:《荆钗记弹词》,《小说丛报》,1915 年第 15 期。

词演唱的影响,才逐渐爱好弹词的。……抗战时期我也写过几篇唱词开篇给汪梅韵弹唱。当时汪梅韵在南京饭店演唱,阿英和我都到书场作宣传。由于周信芳也在唱《明末遗恨》,我也写了一篇《刘夫人》……在音韵上,我当时就碰到困难,因为我写的《刘夫人》,用的是芜湖音,普通话大致可唱,汪梅韵不能唱,这是由于苏州音'关'和'官'是两种不同的音,好多字都可以用苏州话将这两个韵区别开来。于是我只好改写,重新印唱词散发。后来我改写的《刘夫人》就收在汪梅韵的《香雪留痕集》里。另外还写了一篇《汪氏》收入此书,引用了汪姓艺人唱《杨家将》,也有爱国主义思想。可见学写开篇,不经过实践,是不会感到困难的。我更相信'实践出真知'这句话了"。①

  从中可以看出,弹词的文人作者,已经清楚地意识到弹词案头写作与书场弹词之间的区别,而他们也在努力消除这一隔阂,这主要表现在他们在具体创作中越来越注重弹词的韵律以及与书场的密切联系中。

---

① 赵景深:《曲艺丛谈》,中国曲艺出版社,1982年,第292—293页。

第四章　女作家弹词的转变与式微

女作家弹词是指女作家创作的弹词文本,女作家弹词在明清时期非常繁盛,并形成一定的叙事传统。① 这类作品大多以女扮男装为主要故事情节,思考女性自身的生存境况。因此她们的作品呈现出一种相似的主题:女子才貌出众,往往女扮男装大展才能。她们不仅文武双全,更是风度翩翩的至诚情种。作品主要在一个大的历史背景下写男女婚姻故事,中间夹以一些政治斗争及战争场面,如男女主人公都是神仙下凡,已有婚约在身,但是由于种种原因,或父母为其另行婚配,或遇兵乱与家人走散,或是权臣抢亲,更有甚者,或为皇帝选宫女等等,总之已有婚约在身的女主人公,因不得已而选择男装出走,之后凭着自己的聪明才智一举博得功名而成为高官,并且文治武功样样精通,她们的才能不亚于她们的丈夫甚至往往高于他们。最后她们在取得种种功绩,如铲除奸臣、击败入侵者或平定叛乱后,身份被人识破,于是作者不得不坠入老套:"奉旨完婚"。在这些作家的笔下,女性形象光辉照人,并成为全书真正的第一主角。女主人公女扮男装,更是这一类弹词文本的标志性模式。她们的作品往往多达几百万字,充分彰显了女子

---

① 胡晓真指出:"女性弹词小说在清代是一个重要的文学传统,代表性的作品有一些共通的特点……首先,弹词演出虽是通俗说唱,但女性弹词小说则多出于闺秀之手,以诗才写入弹词,故文词常以藻丽为长,至少也能于浅显中见典雅。第二,作者于妇职闲暇时创作小说,少则二三年,多则历经一二十年,方能完成一部作品,而且都是动辄数百万言,篇幅极为宏大。作者在此一漫长的创作过程中,逐渐将作品的完成视为自己一生最大的成就。第三,作者在创作过程中,手稿往往已开始在若干闺阁之间传抄。至于全书的出版,则或在作者生前,或在身后。最后,这些弹词小说在内容上多半夸张表现女性的才智德能,常常利用女扮男装成功立业的情节,以'为女子张目',而在风格上则不惮铺叙,极尽细腻之能事。"胡晓真:《闺情、革命与市场:由民初弹词小说家姜映清谈起》,罗久蓉、吕妙芬主编《无声之声(III):近代中国的妇女与文化(1600—1950)》,台湾研究院近代史研究所,2003年,第104—105页。

的才能。女作家们渴望与男性一样施展才华、建功立业、传名千秋。但现实使她们只能通过作品中女扮男装的人物来实现自己的梦想。弹词女作家们用自己的方式关注着女性的婚姻、家庭以及与政治的关系。

随着时局的改变,近现代的弹词女作家们在为"女子张目"的同时,也以自己的方式书写着对家国未来的思考,在内容以及表达的侧重点方面也已有所改变。如周颖芳成书于光绪二十一年(1895)的《精忠传》主要描写了爱国将领岳飞的一生,联系作者的经历及所处的时代,不难发现其隐喻意义明显;彭靓娟的《四云亭》出版于清光绪二十五年(1899),作品以晚明为背景,描写了明朝回天无力,最终灭亡的故事,全书笼罩着末世的悲凉感。① 之后,随着环境的进一步改变,出现了秋瑾宣扬革命的弹词《精卫石》,以及姜映清向男作家弹词的审美及市场运作靠拢的作品《风流罪人》,还有在文学大众化背景下出版的《杜鹃血》。这一阶段的女作家的弹词展现出了不同以往的独特魅力。

第一节 《精卫石》:宣扬革命的弹词

《精卫石》,作者秋瑾(1875—1907),祖籍浙江山阴。她生性豪迈,文武双全。清光绪二十年(1894),她被父亲秋信候许配给王廷钧为妻。光绪二十二年(1896),两人结婚,但婚后并不幸福。于是接触过新思想的秋瑾,在光绪三十年(1904)离开旧家庭,远赴日本求学,这一举动成就了其传奇的一生。秋瑾此后积极投身于革命,于光绪三十三年(1907)被捕就义。

一、《精卫石》的主要内容

《精卫石》是一部具有自传色彩的弹词,秋瑾希望通过创作女性喜爱的弹词达到唤醒女界的目的,使妇女能为改变自身及国家命运而奋斗。在秋瑾原来的计划中《精卫石》有二十回,她在日本写了三回,光绪三十二年

---

① 详细的论述可见胡晓真:《才女彻夜未眠——近代中国女性叙事文学的兴起》,北京大学出版社,2008年,第219—263页。胡晓真:《秩序追求与末世恐惧——由弹词小说〈四云亭〉看晚清上海妇女的时代意识》,《近代中国妇女史研究》,2000年第8期,第89—128页。

(1906)回国后又写了第四、第五回,现可见第一回到第五回和第六回的残稿。

作品共分二十回,回目如下:

第一回　　睡国昏昏妇女痛埋黑暗狱　　觉天炯炯英雌齐下白云乡

第二回　　恨海迷津黄鞠瑞出世　　香闺绣阁梁小玉含悲

第三回　　施压制婚姻由父母　　削平权兄妹起妻菲

第四回　　怨煞女儿身通宵不寐　　悲谈社会习四美伤心

第五回　　美雨欧风顿起沉疴宿疾　　发聋振聩造成儿女英雄

第六回　　摆脱范围雄心游海岛　　忿诸暴虐志士倡壮谋

第七回　　发宏愿女儿成侠客　　泼醋海悍母教顽儿

第八回　　闹闺阃吞声徒饮泣　　开学校鼓舌放谣言

第九回　　谢竞云一破从前积习　　秦国英初闻革命风潮

第十回　　诸志士大开议会　　一女子独肩巨任

第十一回　　盛倡自由权黄竞雄遍游内地　　大开工艺厂苏挽澜尽拯同胞

第十二回　　青眼遭逢散财百万　　赤心共誓聚客三千

第十三回　　天足女习兵式体操　　热心士扬独立旌旗

第十四回　　传来海岛神皆往　　话到全球石亦惊

第十五回　　义旗指处人心畅　　捷报飞来大道伸

第十六回　　拔剑从军男儿编义勇　　投盾叱帅女子显英雄

第十七回　　酒色情牵假志士徒夸大话　　慈航普渡菩萨费尽婆心

第十八回　　姊妹散家资义助赤十字　　弟兄冲炮火勇破白三旗

第十九回　　立汉帜胡人齐丧胆　　复土地华国大扬眉

第二十回　　拍手凯歌中共欣光复　　同心革弊政大建共和

结合《精卫石》现存部分及其作品全部回目,我们可以知道,这部作品主要写主人公黄鞠瑞与闺中女友梁小玉等摆脱封建家庭,留学日本,投身于民主革命运动,寻求女性人格独立,担负起救亡图存责任的故事。当时许多革命者都被秋瑾写入弹词,其自身的经历就与女主人公黄鞠瑞相类。

二、《精卫石》对女作家弹词传统的继承

《精卫石》延续了女作家写作弹词的传统模式。首先,秋瑾在第一回中用传统弹词的叙事模式设计了一段神仙下凡的结构。秋瑾在弹词中描述了一个华胥国,用来影射当时的中国:"却说东方有个华胥国。到如今也记不起有多少年数了,只晓得国王姓黄,尊为汉皇,是一统传下来的。……谁知后来的子孙,生性好睡,弄到一代重一代,竟有常常睡着不晓得醒的。并且会不知不觉睡死了的时候都有,龙位往往为外人偷去,坐了他国人尚不知道的。这是甚么缘故呢?却不知这朝内外的臣子,都有个糊涂病,并且生一对极近的近视眼,所以外人篡了位去,尚是天天磕头称'皇上英明神武,深仁厚泽,食毛践土,天高地厚'的话,摇尾献媚……"①

为了改变华胥国混沌落后的现状,上界的王母派岳飞、文天祥、谢枋得、韩世忠、陆秀夫、李纲、郑成功、史可法、张煌言等忠臣名将,与花木兰、谢道韫、黄崇嘏、梁红玉、秦良玉、沈云英、齐王氏和唐赛儿等巾帼英雄下凡:"差遣尔等非为别,大家整顿旧江山。扫尽胡氛安社稷,由来男女要平权。人权天赋原无别,男女还须一例担。女的是生前未展胸中志,此去好各继前心世界间。务使光明新世界,休教那毒氛怨气再迷漫。男的是胡虏未灭遗恨在,今番好去报前冤。男和女同心协力方为美,四万万男女无分彼此焉。唤醒痴聋光睡国,和衷共济勿畏难。锦绣江山须整顿,休使那胡尘腥臊满中原。"②希望他们能唤醒沉睡的国度,争取男女平权,改造中华。

其次,《精卫石》还继承了女性的叙事传统,在正文之前有自叙传式的描写。秋瑾在第一回的正文前有这样的描述:"爱国情深意欲痴,偶从灯下谱弹词。已教时局如斯急,无奈同胞懵不知。……托迹扶桑空愤愤,挽营家国恨迟迟。……无可奈,且待时,执笔填成精卫词,以供有心诸姊妹,茶余灯下一评之。"③在第二回中这样写道:"剪剪轻风阵阵寒,东瀛景物感千端。回怜祖

---

①③ (清)秋瑾:《精卫石》,阿英《晚清文学丛钞·说唱文学卷》,中华书局,1960年,第595页。
② (清)秋瑾:《精卫石》,阿英《晚清文学丛钞·说唱文学卷》,中华书局,1960年,第601页。

国危如卵,未有英雄挽世艰。感触太多难习课,灯前提笔续前谈。"①第三回的正文前为:"海外风波日逼人,回头祖国更伤心。临门大祸犹鼾睡,万叫千呼终不应。"②第四回的正文前写道:"风潮蓦地起扶桑,争约归来气未降。寄语同心诸志士,一腔热血总难凉。偶留湖地为授教,课余偷暇再开场。"③在第五回中为:"中华黑暗数千年,女子全无尺寸权;今日辟开男女界,舞台飞上振螺环。"④第六回的正文前这样写道:"兀坐闲窗百感生,救时奋志属何人?樽前髀肉徒兴叹,肘后钢刀术未灵。肠断英雄闲里老,情伤故国魂难禁。伤心万斛汪洋泪,几度临风恨不平。"⑤从这些文字中,我们不仅可以知道她创作时的周遭环境,研究者还从这些描写中考证出她创作此篇弹词的大体时间。

《精卫石》在叙述过程中还继承了女作家弹词最常用的女扮男装,处处为女子张目的套路,女主人公黄鞠瑞在文中有一段将历史上的投降男子与女英雄对比的话语,两者高下立见,令女性扬眉吐气:

> 见那般,缩头无耻诸男子,反不及,昂昂女子焉。如古来,奇才勇女无其数,红玉荀灌与木兰,明末云英秦良玉,百战军前法律严。房盗闻名皆丧胆,毅力忠肝独占先。投降献地都是男儿做,羞煞须眉作汉奸。如斯比譬男和女,无耻无羞最是男。⑥

《精卫石》整篇弹词的神仙结构,以及对女作家弹词叙事模式及其相关元素如女扮男装、为女子张目等的延续,都说明秋瑾对女作家弹词的传统有所继承。

三、《精卫石》对传统题材的突破

传统女作家弹词往往以女扮男装来实现女子的自身价值。而随着时间

---

① (清)秋瑾:《精卫石》,阿英《晚清文学丛钞·说唱文学卷》,中华书局,1960年,第603页。
② (清)秋瑾:《精卫石》,阿英《晚清文学丛钞·说唱文学卷》,中华书局,1960年,第610页。
③ (清)秋瑾:《精卫石》,阿英《晚清文学丛钞·说唱文学卷》,中华书局,1960年,第617—618页。
④ (清)秋瑾:《精卫石》,阿英《晚清文学丛钞·说唱文学卷》,中华书局,1960年,第625页。
⑤ (清)秋瑾:《精卫石》,阿英《晚清文学丛钞·说唱文学卷》,中华书局,1960年,第90页。
⑥ (清)秋瑾:《精卫石》,阿英《晚清文学丛钞·说唱文学卷》,中华书局,1960年,第609页。

的推移,当接触到新思想的进步女性意识到国家民族所面临的巨大危险时,她们创作的作品也从自身转向社会。《精卫石》创作的目的,就是希望女性同胞能够自强,投入到救亡图存的爱国运动中去。它的创作主旨作者在序言中写得很明白:

> 爱国情深意欲痴,偶从灯下谱弹词。已教时局如斯急,无奈同胞懵不知。叹从前几多志士抛生命,亦只欲恢复江山死不辞。更有一班徒好虚名者,自命非凡妄骄侈。假肝胆,方见坛前夸义勇。真面目,已闻花下拥妖姬。保赏举人威赫赫,钦加主事笑嬉嬉……作时髦,志士雄材称革命;趋大老,奴才走狗也遵依!……不念祖宗同一脉,甘为虎伥戎连枝。徒劳志士心如火,可奈同胞蠢似豕!托迹扶桑空愤愤,挽营家国恨迟迟。算吾身,亦是国民一份子,岂堪坐视责难辞。无奈是志量徒雄生趣窄;然而亦壮怀未肯让须眉。博浪有椎怀勇士,抟沙无计哭男儿。又苦是我国素来称黑暗,侠女儿有志力难为。无可奈,且待时,执笔填成精卫词,以供有心诸姊妹,茶余灯下一评之。①

秋瑾有感于同胞的不警醒,于是创作这部弹词,希望可以达到启蒙思想的作用。从她将这部弹词取名为"精卫石",就可以看出她的决心。《精卫石》的出现,标志着女作家弹词在"振兴女权"这一方面又迈出了一大步。

《精卫石》认为男女的天职权利相同,"天生男女,四肢五官、才智见识、聪明勇力,俱是同的,天职权利,亦是同的"。因此呼吁女子要读书,走出家门,改变受压迫的现状,并指出:"这些男人专会想些野蛮书籍礼法,行些野蛮压制手段来束缚女子,愚弄女子。说出'女子无才便是德'之话出来,欲使女子不读书,一无知识,男子便可自尊自大的起来,竟把女子看得如男子的奴隶牛马一样。"②她还一针见血地指出,女子要获得自由,一定要经济独立,作者通过黄鞠瑞之口说道:"求得学问堪自食,手工工艺尽堪谋,教习学堂堪

---

① (清)秋瑾:《精卫石》,阿英《晚清文学丛钞·说唱文学卷》,中华书局,1960年,第595页。
② (清)秋瑾:《精卫石》,阿英《晚清文学丛钞·说唱文学卷》,中华书局,1960年,第596页。

自养,经商执业亦不难筹。自活成时堪自立,女儿资格自然优。"①这不得不说非常有先见之明。

秋瑾通过作品描绘了女子受到的种种不公平待遇,如重男轻女,不准读书,婚姻误配,等等。女主角黄鞠瑞,出身于浙江一个官宦之家,父亲黄思华重男轻女,所以当鞠瑞出生时,"丫环报喜主人晓,知府当时怒气滋:'生个女儿何足道?也须这样喜孜孜。无非是个赔钱货,岂有荣宗耀祖时?'"②鞠瑞生性聪慧,于是兄长的老师俞竹坡也乐意教她,谁知父亲却说:"怎么!鞠瑞也读起书来了?女子无才便是德,何必读甚么书?"③秋瑾借俞老师之口道出了读书的重要性:"女科虽没有,却听得要设女学堂了。表弟,你曾见过有一位广东人,自称甚么曼大忠臣的,不是上了条陈,要求施行新政么?并且他的帮手极多,都叫甚么饱狂党耶。并且有好多维新的说道,国家养就人材,非学堂不可,须要普设学堂。女子为文明之母,家庭教育又非女子不可,男女学堂非并兴不可。这样看起来,女学之设也就不远了。还不如侄女读些书,后来也不致落于人下,辜负他的才能知识呢!至小也可做个教习嚄。"④

鞠瑞16岁时被许配给貌丑、人品更是恶劣的纨绔子弟苟才。只因他家有钱,父母便同意了这门亲事。鞠瑞反对时,母亲这样教育她:"自己休多管,作主还须父母亲,岂有自己羞不怕,三从古礼岂无闻?"⑤于是黄鞠瑞与姐妹商议,一起逃离了家庭,并东渡留学,从此有了不一样的人生。她参加了光复会,走上救国救民的道路。留学归来后,她创办女校,与一众女子练习兵操。在作者的构思中,作品将以"拍手凯歌中共欣光复,同心革弊政大建共和"⑥作结尾。

四、《精卫石》受外来思想的影响

秋瑾在《精卫石》自序中如是说:

---

① (清)秋瑾:《精卫石》,阿英《晚清文学丛钞·说唱文学卷》,中华书局,1960年,第629页。
② (清)秋瑾:《精卫石》,阿英《晚清文学丛钞·说唱文学卷》,中华书局,1960年,第604页。
③ (清)秋瑾:《精卫石》,阿英《晚清文学丛钞·说唱文学卷》,中华书局,1960年,第605—606页。
④ (清)秋瑾:《精卫石》,阿英《晚清文学丛钞·说唱文学卷》,中华书局,1960年,第606页。
⑤ (清)秋瑾:《精卫石》,阿英《晚清文学丛钞·说唱文学卷》,中华书局,1960年,第613页。
⑥ (清)秋瑾:《精卫石》,阿英《晚清文学丛钞·说唱文学卷》,中华书局,1960年,第594页。

一　通俗文学与苏州评弹

　　余处此过渡之时代,吸一线之文明,摆脱阱笼,扩充智识。每痛我女同胞,坠落黑暗地狱,如醉如梦,不识不知。虽有女学堂,而解来入校求学者,研究自由以扩张女权者,尚寥寥无几。噫嘻乎怨哉！二万万姊妹,呻吟蜷伏于专制男儿之下,奄奄无复人气,不知凡几！呜呼！尚日以搽脂抹粉,评头束足。饰满鬓之金珠,衣周身之锦绣。胁肩谄笑,献媚买欢于男子之前；呼牛亦应,呼马亦应。作玩物而不知羞,为奴隶而不知耻,受万钧之压制,百般之凌虐折辱而不知恨,衔羞愤激,脱离苦难。盲具双目,不识一丁,懵懵然,恬恬然,安之曰："命也","分也","无可奈何也"。积此痴顽,旁生孽障,遇有设女塾兴工艺者,不思助我同胞,仅从傍听痴男而摧折之。同类且相残,害人还自害,女界不知如何了局矣。亦有富室娇姿,贵家玉女,量珠盈斗,贮金满簏,甘事无知之偶像,斋僧施尼以祈福。见同胞之女子,沦陷于泥犁之地狱而视若无睹,未闻一援手。呜呼,是何心哉！余惑不解。沉思久之,恍然大悟曰,人类最灵,女流最慧,吾女界中,何地无女英雄及慈善家,及特别之人物乎？学界中,余不具论,因彼已受文明之熏陶也。仅就黑暗界中言之,亦岂随无英杰乎？苦于智识未开,见闻未广,虽有各种书籍,各种权利,各种幸福,苦文字不能索解,末由得门而入。窥女界无尽之藏,相与享受完全之功果也。余乃谱以弹词,写以俗语,逐层演出女子社会之恶习,及一切痛苦耻辱。欲使读者触目惊心,爽然自失,奋然自振,务使出黑暗而登文明,为我女界放大光明,脱离奴隶范围,作自由舞台之女英雄,女豪杰,继罗兰、马尼他、苏菲亚、批茶、如安而兴起焉。余愿呕心滴血以拜求之,祈余二万万女同胞,无负此国民责任也。速振！速振！！女界其速振！！！①

　　在这里,她有感于女同胞处于黑暗地狱而不知不觉,"虽有女学堂,而解来入校求学者,研究自由以扩张女权者,尚寥寥无几"。因此她写作弹词"欲使读者触目惊心,爽然自失,奋然自振,务使出黑暗而登文明,为我女界放大

---

① （清）秋瑾：《精卫石》,阿英《晚清文学丛钞·说唱文学卷》,中华书局,1960年,第592—593页。

光明,脱离奴隶范围,作自由舞台之女英雄,女豪杰,继罗兰、马尼他、苏菲亚、批茶、如安而兴起焉"。在这里,秋瑾推崇"研究自由以扩张女权",并列举了许多外国女英雄,这与她当时所处的时代不无关系。

晚清,有识之士在探索救亡图存的道路时,认识到女子教育的重要性,于是女校迅速发展,培养了一大批进步女性,而"19世纪与20世纪之交,中国女权运动进展很快,特别是1903年之后,随着西方女权主义的介绍和中国《女界钟》的敲响,中国女权运动进入了一个新阶段,提倡天足、兴办女学、批判盲婚、主张男女平权、批判贤母良妻、做女国民、争取参政权,成为20世纪最初20年女权运动的中心话题。与此前不同的是,这时期女权运动的主力已由戊戌变法时期的男性先觉者变成第一代知识女性"。①

《精卫石》卷首的《改造汉宫春》中,也清楚表明秋瑾受此思潮的影响:

> 可怜女界无光彩,只恹恹待毙,恨海愁城。湮没木兰壮胆,红玉雄心。蓦地驰来,欧风美雨返精魂。脱范围,奋然自拔,都成女杰雌英。飞上舞台新世界,天教红粉定神京。②

秋瑾受"欧风美雨"的影响,在作品中塑造了一批与罗兰、马尼他、苏菲亚、批茶、如安相似的中国女性。她在弹词中倡导男女平等,追求自由,并描述了国外教育的先进性:"近日得观欧美国,许多书说自由权,并言男女皆平等,天赋无偏利与权。强国强种全靠女,家庭教育尽娘传。女子并且能自立,人人盛倡女之权。女英女杰知多少,男子犹且不及焉。学校皆同男子等,各般科学尽完全。不同我国但学经和史,彼国分门各有专:普通先学诸科目,再进高等学校间,大学专门诸学备,哲学理化学并然,工艺更加美术画,师范工科农业完。般般学业非常盛,男和女竞胜求精日究研,所以人人能自活,独立精神似火燃。"③秋瑾在作品中借助国外的新思想和外国女英雄,来唤醒本国妇女,她们的经历鼓舞并激励着国人,只要努力自强,终究会

---

① 郭延礼:《20世纪初女性政论作家群体的诞生》,《中国现代文学研究丛刊》,2009年第3期。
② (清)秋瑾:《精卫石》,阿英《晚清文学丛钞·说唱文学卷》,中华书局,1960年,第593页。
③ (清)秋瑾:《精卫石》,阿英《晚清文学丛钞·说唱文学卷》,中华书局,1960年,第626页。

有出路。

第二节 《风流罪人》：女作家弹词叙事传统的改变

现可知姜映清创作的弹词作品有《玉镜台》《风流罪人》《映清女士弹词开篇》。由这三部作品，我们可以清晰地看到女作家弹词随着时代的发展所产生的改变。关于她的生平，我们可以从其自序以及别人所写的序言中一窥究竟。《风流罪人》卷首王钝根的《序》中这样写道：

> 予友陈佐彤君之夫人姜映清女士，出身世家，少娴诗礼，雅擅文章，秉性尤幽闲贞淑，故所作诗词清婉，一如其人。岁辛亥，予为《申报》创《自由谈》，女士即以诗稿见报，间亦为小说。予深致叹赏，亟为刊布，读者无不称美。无何，女士偕陈君过访，倾谈之下，相见恨晚。自是往来渐频，遂成通家之好。女士今年已四十许，陈君性耿介不合流俗，故其文愈工而境愈穷，女士弗以为愠，荆钗布裙，不减唱随之乐。予益钦佩女士之为人，女士亦以予为知己。予历任《申报》《新申报》《商报》及《礼拜六》《社会之花》诸杂志编辑，女士无不以诗词小说相助。及予辍笔就商，女士亦遂不复著作。年来执教鞭于民立女子中学，贤劳倍昔，且患手震，予不敢更强之作小说。而大陆图书公司主人以女士所著《风流罪人》弹词脍炙人口，多以《社会之花》分期排印，未窥全豹为憾。因丐女士力疾足成三十二章，始得印行单本，以餍海内读者之望。女士于小说最工弹词，求之今日著作界，几如凤毛麟角，此篇之作，弥足珍也。大陆公司属序于予，予维书中佳处，读者自能领会，无待予之赘言，仅为略述女士生平行谊如此，藉申景仰之诚云尔。
>
> 丙寅六月王晦钝根甫识①

《映清女士弹词开篇·自述》中如是说：

---

① 王钝根：《风流罪人·序》，谭正璧《评弹通考》，中国曲艺出版社，1985年，第154—155页。

椿庭早谢户萧条,弟妹终鲜把子职挑。碌碌无奇权奉母,效莱衣,此生愧乏报劬劳。喜只喜,北堂萱草春犹健,怎奈我难把红尘俗虑消。归颍川,琴瑟调,添香伴读每终宵。闺房静好泯诟谇,刻烛联吟兴倍豪。侍奉姑嫜多缺略,羹汤频倩小姑庖。备尝艰苦何曾惧,勉强晨昏妇职操。又谁知,顺境甫临添逆境,长男周岁玉楼招。悲伤愁绪情难遣,白发高堂首自搔。且喜次儿身茁壮,依依膝下慰无聊。感苍天,来年更把明珠赐,果然是,一样聪明特地娇。那知道,得失穷通天注定,庸医耽误又轻抛。昙花变幻情难舍,半为伤心半积劳,帘卷西风人似菊,惟留素志傲霜高。三飧顿减恹恹锐,抱病堂前慰寂寥。去岁又遭萱萎绝,背人常自泣鲛绡。风萧飒,雨飘飘,罔极深恩付去潮。设帐授徒非得已,篝灯教子勉冲宵。且喜那,慈姑强饭儿夫健,便算蓬门幸福叨,趁今朝,课馆余闲无别事,重翻旧韵谱新毫。世事炎凉细细描。①

我们从王钝根写的序中可以知道姜映清在 1926 年时有 40 多岁,丈夫是陈佐彤。王钝根在为其《映清女士弹词开篇》作序时又称:"姜映清女士……才思敏赡,雅擅词章。逊清末造,上海始创女学,女士得风气之先,学术淹贯中西,而能维持旧道德,不以新潮流之浪漫为然,隐有砥柱中流之志。毕业后,曾执教鞭于吾乡之在明女校,一时老师宿儒,咸与之游,宴会唱和无虚日,名满九峰三泖间。"②她在授课之余,谱写弹词。

一、《玉镜台》与传统女作家弹词

《玉镜台》,五回(未完),姜映清著,姚文枬序,于 1924 年由上海有威书室出版。据胡晓真考证,《玉镜台》属于民国初年的作品,③但作者在具体写作中仍然延续着女作家的叙事传统,创作的故事也依然在这一传统中。作

---

① 陈姜映清:《映清女士弹词开篇》,家庭出版社,1936 年,第 77—78 页。
② 陈姜映清:《映清女士弹词开篇》,家庭出版社,1936 年,序第 3 页。
③ 详细考证可见胡晓真:《闺情、革命与市场:由民初弹词小说家姜映清谈起》,罗久蓉、吕妙芬主编《无声之声(Ⅲ):近代中国的妇女与文化(1600—1950)》,台湾研究院近代史研究所,2003 年,第 101—135 页。

者在第一回开始详细叙述了全书的主要内容,这在《映清女士弹词开篇》中也有收录:

> 幽斋静坐太无聊,浊酒难将块垒浇,万卷诗书供寂寂,一帘风雨响潇潇,无边雁字长天列,不断虫声满院骄,露滴秋花香茉莉,月移新绿上芭蕉,征人塞外惊凉信,闺妇楼头叹寂寥,贫富随时皆可乐,这叫做,达人知命莫相嘲,居今思古情无限,有一个,年少英雄出处超,画戟门开翻甲胄,绣袍风动映旌旄,荣华占尽人间福,金屋深藏众阿娇,妻是状元夫宰相,恨他薄幸太情枭,孤负了,潜身易服多才女,可敬他,劲节清芬辅圣朝,五凤楼,名姓标,九重天子擢英豪,三元连捷功名就,八斗咸钦学问高,提拔丈夫番书读,刺心血,看将性命等鸿毛,风流天子私相慕,难得他,一点孤贞谨守牢,设计推辞回旨意,皇恩浩荡日加高,万分无奈来生约,复向人间走一遭,玉镜台,奇迹细磨描。①

据此,我们不难发现,这部书与《再生缘》的情节内容非常相似。谭正璧对《玉镜台》有过专门的讨论,他认为"在弹词方面,映清的《玉镜台》,却做了结束过去女性弹词的黄金时代的殿军"。② 由此可见,姜映清在女作家弹词创作脉络中的重要地位。

《玉镜台》只见一册,究竟有没有写完,我们已无从知晓。"它的命运见证了以往闺秀曼吟长咏、抒写情意、寄托心志的创作心态,在新的市场需求以及传播模式之下,必然不能继续存在。"③于是,姜映清转而创作叙事以及发行模式与《玉镜台》迥异的《风流罪人》。

二、《风流罪人》:女作家弹词叙事传统的改变

《风流罪人》,三十二回,七至九言联目,有姜映清自序,王钝根、刘豁公

---

① 陈姜映清:《映清女士弹词开篇》,家庭出版社,1936 年,第 117—118 页。
② 谭正璧:《中国女性文学史》下册,上海光明书局,1935 年,第 507 页。
③ 胡晓真:《闺情、革命与市场:由民初弹词小说家姜映清谈起》,罗久蓉、吕妙芳主编《无声之声(III):近代中国的妇女与文化(1600—1950)》,台湾研究院近代史研究所,2003 年,第 107 页。

序,海上漱石生题诗,1926年上海大陆图书公司排印。《风流罪人》在正式出版前,于1924年至1925年在《社会之花》杂志上分期刊载过,它讲述了这样一个故事。

杭州的沈古檀家中有母亲赵氏和妹妹雪芬,父亲在上海利泰庄工作。一次古檀外出游玩,遇见贾昙花,对她一见钟情,请汪三嫂前去提亲,被昙花拒绝。恰逢沈古檀的父亲生病,于是母子二人前往上海。古檀在上海与陆乃云私通,回到杭州后却继续向昙花求婚,昙花怒拒。昙花的老师谢朴人介绍曾外出留学的甄超英与她认识,两人谈论学问很是投机,只是超英已经与洪清椒有婚约,超英爱慕昙花,向其求婚,昙花告知超英自己不愿嫁人。

超英在母亲的促成下与洪清椒结婚,移居上海。谁知清椒貌美,家富,喜欢艳妆出游,超英见此情形更加思念昙花。后来清椒结识了富家子周绍文,常在旅馆私会,终于趁超英生病时携款逃匿,超英因此病情加重。此时,昙花从美国学医归来,改名贾云文,在杭州成立惠英医院。陆乃云住院为古檀产下一子,却被告知古檀在上海狂嫖滥赌,染上梅毒不治身亡,于是也被急死。昙花与超英相见,介绍同学陆道腴与超英结婚。超英从陆道腴那里得知,当时昙花拒婚是因为他已经与洪清椒有婚约,所以出国学医。陆道腴劝昙花与自己一起嫁给超英,昙花假作考虑,却将医院交付给老师谢朴人,不知所终。

《风流罪人》从以往弹词叙述"金屋深藏众阿娇,妻是状元夫宰相"的古代女子女扮男装的故事,一跃来到现代,各种新思想、新事物扑面而来。作者在作品中讨论新文学与旧文学,谈论上海的经济,描绘各种公共社交,女校的种种情形。涉及独身主义、婚外情、人权、对国家贫弱的感慨等等。除了作品内容与以往女作家弹词不同之外,它的叙事模式以及发行方式也与传统的女作家弹词有巨大的差异。

(一)叙事模式的改变

刘豁公在为《风流罪人》写的序言中,将这部弹词与男作家的弹词作品并举:

> 弹词与传奇,胥为韵语小说之一种,然传奇尚雅,弹词则以通俗为

要义。顾虽如是，亦必俗不伤雅，始堪入选。若信口开河，伧秽如村氓俚唱，不足取矣。旧时弹词，如《三笑》《倭袍》《白蛇传》《玉蜻蜓》等，强半情节支离，词句鄙陋，求一情文并茂者，殆不可得。近人所作，视昔进步已多，李东野之《孤鸿影》、张丹翁之《女拆白》，其尤著也。余与映清女士无一面缘，顾其文则尝读之，觉文笔奔放，有天马行空之概。本书（《风流罪人》）为女士最近得意之作，余窥豹一斑，见其写家庭琐屑，儿女私情，与夫社会之怪状，几如水银泄地，无孔不入，足令人百观不厌。虽遣词间有浅俚处，然乐天之诗，期于老妪都解，文固有以写实见长者，是不足为病也。大陆同人属为序，辞不获已，因书此以塞责。

民国十五年夏桐城刘豁公序于海上哀梨室①

刘豁公认为弹词以通俗为要义，旧时弹词情文并茂的很少，而当时人所写的弹词作品与之前相比已经有了很大的进步，他特别推崇李东野的《孤鸿影弹词》和张丹翁的《女拆白党弹词》。尔后他笔锋一转写到姜映清的《风流罪人》，认为这部"写家庭琐屑、儿女私情，与夫社会之怪状"的作品，让人百观不厌。他在这篇序言中并未将姜映清及其作品局限于女作家弹词的叙事传统之中，而是将其置于整个弹词的发展脉络里，并且与当时男作家的弹词进行比较。此中原因，一方面可能是《风流罪人》的叙事模式与之前的女作家弹词相比，出现了不少改变；另一方面也有可能是《风流罪人》与此时的男作家弹词表现出越来越多的相似之处。

传统的女作家弹词往往以七字韵文作为开头和结尾，主要描写自身的状态或是讲述历史，从而引入正文。如《精忠传》第一回，"降天星双禾呈瑞，梦彩凤百里寻贤"便以讲述历史引出全文：

> 历朝帝业言难尽，话到兴亡总怆神，不讲唐虞与三代，不讲李唐与朱明，只讲汴梁建国宋朝事。开国明君赵匡胤，龙蟠虎踞江山固，君圣

---

① 刘豁公：《风流罪人·序》，谭正璧《评弹通考》，中国曲艺出版社，1985年，第155页。

臣良世太平,后起多贤民乐业,风调雨顺政昌明。传到徽宗第八帝,穷奢极欲失民心,奸邪当道忠良黜。北房猖狂重犯阙,遍地干戈不太平。可怜那锦绣江山指日倾,天意不教宋室绝,康王一骑出番营,渡江来到临安地,江山重整坐龙廷。那时节有一天星来降世,身经百战辅危君。精忠孝义传千古,冠绝乾坤第一人。只恨中途遭毒手,空怀壮志未能伸。莫须有冤屈无从诉,只落得一颗丹心照汗青。忠佞从来不并立,算来此事最伤心。敢将古调翻新调,要使那妇孺皆知忠烈名。①

而《笔生花》第一回,"感神明瑶宫谪秀,征梦兆绮阁留芬,恼权臣期心图害,求吉士执意许婚"则以作者写作时周围的环境,写作的心情和缘由作为开始:

深闺静处乐陶然,又值三春景物妍。花气袭人侵薄袂,苔痕分影照疏帘。清昼永,惠风暄,最好光阴是幼年。堂上椿萱欣具庆,室中姑嫂少猜嫌。未知世态辛酸味,只有天生文墨缘。喜读父书翻古史,更从母教嗜闲篇。……红余消遣凭书案,《笔生花》,三字题名作戏编。原也知,女子知书诚末事,聊博我,北堂萱室一时欢。闲文表过书归正,且叙其中起首缘。②

之前的研究者如谭正璧和胡晓真等都曾指出,女子创作弹词时往往在情节开始之前,先以若干篇幅交代季节景物,或者自己的创作背景,遭遇感怀乃至家庭琐事等等。这是她们写作弹词的成规之一,而且这种写法具有很高的自传性。③ 而《风流罪人》一改之前女作家弹词的写作模式,直接以白话作开头。《风流罪人》第一回,"踯躅湖滨人逢绝艳,商量灯夜计出娇娃"一

---

① (清)周颖芳:《精忠传弹词》,商务印书馆,1931年,第1页。
② (清)邱心如著,江巨荣校点:《笔生花》,中州古籍出版社,1984年,第1页。
③ 详可参见胡晓真:《才女彻夜未眠——近代中国女性叙事文学的兴起》,北京大学出版社,2008年,第62—94页。

开始这样写道：

> 你看这夕阳不是渐渐的沉西了么，天边一层一层的霞彩，显出无数颜色，煞是可爱，这西子湖滨，凉飕吹动。霎时间不但残暑尽消，竟然带着几分秋意了。古檀迤逦行来，听那暮蝉声声唱和，隐约夹着远寺的钟声。那里觉得甚么岑寂。再遥望六桥三竺，有的俯，有的仰，各有各的好处。堤畔垂杨万缕青眼惺忪，更足荡人魂魄。古檀虽不是个骚人雅士，但眼前放着湖山的美景，他倒也徘徊微步，心中欢乐，便不忍遽去了。①

第二回，"托良媒初寻汪三嫂，图厚币巧说贾千金"则是：

> 话到当时沈古檀别了妹子，回房就寝。因到床上，那里睡得着。头里似乎开足机器一般，想到得意的那条路上去……想到失意一方……有何面目再在杭州居住。②

第二回结尾"究竟……同来的又是何人，且听下回分解"③也是白话。除此之外，书中主角出场也没有详细的交代，散文的叙事在文中所占的比例很大，如果不是夹杂着七字韵文，《风流罪人》真可以当作一篇白话小说。

(二) 出版方式的改变

女作家的弹词作品，往往还未完稿，就在亲友间互相传阅，继而流传开来，如《天雨花》在创作过程中就大受欢迎："别本在清河张氏嫂，莒城张氏嫂，同里蒋氏姊、高氏姊、管氏妹，并多传抄讹脱。"④由于出版费用昂贵，她们的作品，往往是在家庭成员的支持下出版的。"在晚清以前，对绝大多数的女性弹词小说作者来说，创作都是由抒写胸臆的私人需要开始的，而在写作

---

①② 映清女士：《风流罪人》，《社会之花》，1924年第1期。
③ 映清女士：《风流罪人》，《社会之花》，1924年第2期。
④ （清）陶贞怀著，赵景深主编，李平编校：《天雨花》，中州古籍出版社，1984年，原序。

的过程中,逐渐发展出创作的成就感来。作品的市场与利润,很少在女作家的考虑之内。"①

姜映清创作的《风流罪人》不仅在叙事模式上与之前的女作家弹词相异,在出版方式上也有不少改变。《风流罪人》在正式出版之前,于1924年至1925年先在《社会之花》杂志上分期刊载,并且在最后一回的文末刊出这样的广告:"《风流罪人》为陈姜映清女士名作。自刊本杂志以来,多蒙各界推许。本期以稿未齐,不克登完,但不久稿竣,敝社拟即另出单行本,仍托大陆图书公司代售。想爱读是书者,必当乐窥全豹也。"②杂志社以稿未齐为由,在最后一回没有刊出结尾,然后告诉想看结局的读者可以另外购买单行本。此后,出版社还接连几天在《申报·自由谈》上刊登《风流罪人》的广告进行促销。

虽然姜映清在创作中对弹词的模式进行了改变,以符合当时人的口味,并且有出版商的大力支持,然而随着时代的发展,正如王钝根在《风流罪人》的序中所表达的那样:"女士于小说最工弹词,求之今日著作界,几如凤毛麟角,此篇之作,弥足珍也。"在当时,工于弹词创作的人,以及弹词作品都已凤毛麟角,在《风流罪人》之后,也再没见到姜映清创作的长篇弹词。③

三、《映清女士弹词开篇》:女子弹词创作的继续

虽然用于案头阅读的弹词创作渐渐衰落,但弹词说唱却异常兴盛。特别是电台播音的盛行,导致对弹词开篇的需求激增。姜映清在含饴弄孙之暇也加入到了弹词开篇的创作中去,并出版了《映清女士弹词开篇》。陈达哉、王钝根为在《映清女士弹词开篇》所写的序中对这一情况描述得非常清晰:

---

① 胡晓真:《闺情、革命与市场:由民初弹词小说家姜映清谈起》,罗久蓉、吕妙芳主编《无声之声(Ⅲ):近代中国的妇女与文化(1600—1950)》,台湾研究院近代史研究所,2003年,第114页。
② 映清女士:《风流罪人》,《社会之花》1925年第18期,第22页。
③ 姜映清的儿子在《映清女士弹词开篇》序中这样描述母亲的创作生涯:"家慈个性,夙爱韵文,家庭间吟咏,咸女中唱酬,数十载积稿甚夥。曩岁在校授课余暇,手撰《玉镜台》《风流罪人》等弹词说部,传诵一时。而云之国学,得力于董帏训导者尤多。迩以精力渐衰,潜心佛学,不弹此调者已久。自沪市无线电风行,听弹词说部,不禁见猎心喜,常作开篇以自遣。"他指出,姜映清是由于精力原因不再创作弹词。陈姜映清:《映清女士弹词开篇》,家庭出版社,1936年,序第7页。

移风易俗,莫善于乐。今之戏剧、歌曲,乃至弹词、大鼓书,皆乐之类也。普及至广,入人至深,其影响于风俗者,乃至大弹词盛行于苏。自无线电播音机畅布,而弹词益盛。电纽一捩,辄闻三弦丁冬之声发音。电台节目中,其大部时间,悉为弹词所占。于以知嗜此者之众。弹词之前奏曰开篇,不拘一格之通俗韵文也,尤为听众所嗜。旧例每即一则,今则播音台中常著特例,有前后各唱一则者,甚且有纯唱开篇者。甚矣,开篇魔力之伟大也! 顾音不高尚,文不雅驯,则影响于风俗者弥深。我友陈云律师之母夫人姜映清女士,夙擅文章,含饴弄孙之暇,恒以无线电播音机为遣。以开篇文义之未能尽善也,则戏挥翰为之。积之既久,裒然成册。陈义既正,而文词清丽,益引人入胜。其有功于风俗者,岂浅鲜哉!

中华民国二十四年十月古嘟陈达哉序于沪上①

　　今女士老矣! 文字之兴,犹未衰歇。近见无线电播音台林立,盛行弹词,而其所唱开篇,佳构不多见。爰于含饴弄孙之暇,摊笺挥翰,抒写闲情,而一轨乎正,盖有功社会之作也。积稿汇刊一册,行将出版,索序于予。予不胜今昔之感,聊为追溯文字因缘,俾作他年鸿爪。质之佐彤兄,当亦有斯文沦落之叹乎! 噫嘻!

乙亥菊秋钝根王永甲拜手②

　　《映清女士弹词开篇》是弹词与诗词的合集,1936年由上海家庭出版社出版,收录弹词开篇一百首。书前有严独鹤的题词"旖旎风光",周瘦鹃的题词"题陈姜夫人开篇集如闻其声"。此外还有光裕社全体球队队员的合影以及弹词名家薛筱卿、沈俭安、朱耀祥、赵稼秋、陈云麟、陈瑞麟,昆剧名家王佩珍和作者的照片。从中不难看出,姜映清与当时的文化名人以及弹词名家交游密切。这部弹词开篇的内容非常丰富,有描述作者生平的如《十年前之我》《自述》,有描写女性生活的如《摩登女子叹》《新嫁娘》,有劝善惩恶的作

---

① 陈姜映清:《映清女士弹词开篇》,家庭出版社,1936年,序第13页。
② 陈姜映清:《映清女士弹词开篇》,家庭出版社,1936年,序第3页。

品如《劝戒鸦片》《劝戒赌》,有嵌词开篇如嵌药名的《病相思》和嵌花名的《海上弹词名家》,还有一些论及时事的如《江浙战祸》《灾民的苦况》,等等。

第三节 《杜鹃血》:文学大众化背景下的弹词宠儿

《杜鹃血》,埋愁女士原著,杜明通改编。新四川文化社 1946 年 6 月初版,2001 年由成都市三中印刷厂重印。2001 年版书名由谢无量题写,正文前依次为时年 91 岁的杜明通的题字"杜鹃血"、杜明通近照、叶圣陶《序》、端木畹兰《题记》、杜明通《改编杜鹃血后叙》、杜明通《杜鹃血本事》、杜明通《杜鹃血的内外三绝》。杜明通认为《杜鹃血》内三绝为爱国主义内容(九一八事变),民族形式体裁(弹词),便于说唱、宜口宜耳的语言。外三绝为叶圣陶作序,谢无量题笺,陶亮生点评。

一、作者生平及作品内容

据端木畹兰的《题记》,我们可大体知道作者的生平:

原著者埋愁女士姓张氏,字莱荪,江苏南京人,夫氏陈早故,女士落拓半生,遇事颇不顺意,抗战以后,离家赴皖,以二十七年夏客死怀宁:天才薄命,颇堪浩叹。廿七年秋,其子毓龙怀女士所作《杜鹃血》嘱余为之保藏,余与女士属中表亲,总角相处,谊媲骨肉;年来以索居孤另,读其遗文,触发同情,不禁感慨系之!念自先夫端木典周六年前早世,身世孤零,万里流徙,虽睱辄填词自遣,而愧不能自有表现,后虽欲与女士同其不朽,岂可得哉?余旅居蓉垣,颇慕蜀中文学,今年夏,得闻作家杜明通先生之名,驰往访谒,颇钦其才,因遣女士著文于先生,冀为之宣扬鉴定,并所以光耀篇幅者,先生领许之,且允为之编改序校,调整韵律,以全女士临终托咐之殷意,女士遗著,得先生之订正,果有问世之日,其精神可以慰焉。

甲申中秋白下端木畹兰记。(1944 年 民国三十三年)①

---

① 埋愁女士原著,杜明通改编:《杜鹃血》,成都市三中印刷厂,2001 年,第 2 页。

据此，我们可以知道端木畹兰的表亲埋愁女士张莱荪是南京人，丈夫姓陈，早逝，抗战后张莱荪移居安徽，1938年夏客死怀宁，其子毓龙将其所写的《杜鹃血》交由端木畹兰保管，1944年端木畹兰请杜明通修改编定，《杜鹃血》得以出版流传。

《杜鹃血》正文共十章，回目为：

  第一章 家愁国难触景兴悲 吐雾喷云遣怀自得
  第二章 访幽人窗台窥日录 偿酒债村肆遇佳宾
  第三章 李代桃僵黄金脱罪 风清月白红袖添香
  第四章 进危词慧舌巧翻莲 呈绝技轻身飞落叶
  第五章 忍痛拒婚用心良苦 同谋退稿蓄意何深
  第六章 蝶绕蜂围名花堕劫 夜阑人静腻友含情
  第七章 夺锦标情场争胜利 贪色欲酒座逞淫凶
  第八章 一刺飞来因情致祸 片言传去剖果藏书
  第九章 求好合一夕解悭囊 显奇能两番临别墅
  第十章 复公仇礼堂诛国贼 除业障慧剑斩情魔①

讲述了一个以家仇国难为背景的曲折的爱情故事：九一八事变之后，爱国青年恒剑鸣，从辽宁逃难到北平，并时常接济一位"疯丐"靳雄飞。有一天他收到姑母从吉林寄来的信，托他照顾嫁在北平的表妹云琭华。恒剑鸣寻访表妹才知她的丈夫蒋纫秋抽食大烟，屡劝不改，虽然无奈，但还是常将当卖行李的钱供他使用，云琭华得知实情后，不忍再去要钱。谁知烟瘾发作的蒋纫秋受早对琭华有意的茅家骕的金钱诱惑，与他立下条约将琭华"出租"。紧要关头，来访的剑鸣取花盆隔窗扔向茅家骕，不料误杀蒋纫秋，被茅家骕用杀人的罪名送官监禁。后来琭华将被赦出狱的恒剑鸣接到一起居住，两人虽互相爱慕，但琭华由于种种顾虑，拒绝了剑鸣的求婚。琭华为贴补家用，在邵云芳家里做工，这位邵家小姐对剑鸣一见倾心。此时的恒剑鸣以投

---

① 埋愁女士原著，杜明通改编：《杜鹃血》，成都市三中印刷厂，2001年，第12页。

稿为生,本来一切顺利,谁知茅家骕暗中阻挠,而报馆主编时利新又是一位势利小人,不仅不再收稿件还克扣之前的稿费,恒剑鸣一气之下便病倒了。璩华为了医药及生活费用,不得不去歌舞团工作,剑鸣误以为璩华走入邪途,于是被邵云芳说动,搬去邵家养病。伤心不已的璩华被茅家骕设计骗出并拘禁在别墅中,胁迫其成婚,幸遇曾受剑鸣接济的"疯丐"靳雄飞传递消息。哪知侠女许玲姑误以为璩华贪财改事仇人,将茅家骕击毙时,也将璩华重伤。真相大白时,璩华已生命垂危,当玲姑找到剑鸣时,他正在准备与云芳的婚礼。知道璩华一心为己之后,剑鸣来到奄奄一息的璩华榻前,璩华死后,剑鸣想在她的坟前自杀,后在雄飞的劝说下,与他一起投身于报效祖国的事业中去了。

单看故事内容,《杜鹃血》与传统女作家为女子张目的弹词相去甚远,题材内容与当时深受小说影响的男作家弹词相类似,也可归入"哀情"弹词一类。但是这部弹词作品与时事紧密相联,深受战争之苦的作者张莱荪直接以所处的抗战时期为背景,并在避难途中写就,作品所处时代的悲怆感,使其显现出来的"哀情"不同以往,令人读来感同身受。

二、《杜鹃血》出版的时代背景

当探究《杜鹃血》出现于女作家弹词创作已经衰微,甚至创作弹词已被认为落伍之时,它却受到众多名人礼遇的原因时,我们不得不联系它出版的时代背景,以及创作的内容。叶圣陶在1945年为《杜鹃血》所作的序中这样描述:

> 弹词之作,曩者为闺阁间所珍爱,其书往往刊刻不甚精,烂版错简,时或有之。而卷帙恒富,五十回六十回而未已。妇女家居多暇,无以为遣,取而读焉,足以寓其心意,亦所谓贤于博弈者矣。时世推移,妇女与男子同受教育,凡所研习,无复内外之别,男子所涉思所致力者,妇女罔不联镳而并辔。于是弹词新作,文苑罕见,旧籍重印,亦至寥寥。盖以为斯体已成陈迹,非复当世所宜矣。顾民国初年,商务印书馆刊布之《小说月报》,其主者尝倡言,弹词为体,便于诵习,且利耳受。往者流传

闺阁间之作,其意义多迂腐固旧,诚不足道。苟别择佳材,写以斯体,则传播速于置邮,感人自必深广,其时日报载新作数篇,识者叹以为善。然嗣响不闻,至今且三十年。迩来文坛方扬民族形式之说,谓当择其善者而利用之,光大之,余念弹词亦民族形式也,其亦有堪以措意者乎。张女士此作,余循诵一过,以为颇能脱去旧日弹词之蹊径,足以表见今人之意识。杜明通先生为之润色,益使通体澄澈,宜口宜耳。杜先生嘱为序之,因书短语于此。①

叶圣陶在这篇序中言简意赅地描述了弹词文本的发展史：弹词文本为妇女所珍爱,然而,时世推移,女子与男子同受教育,弹词文本也渐告消竭。近来"文坛方扬民族形式之说,谓当择其善者而利用之,光大之",叶圣陶认为弹词也是民族形式,而且读过张莱荪的作品后,认为它的内容与旧弹词不同,表现了当时人的思想意识,因此他很爽快地接受了杜明通请他写序的请求。

由于弹词受妇女喜爱,清末民初时期的弹词在爱国志士笔下发挥着唤醒女界,开启民智,普及知识的作用,并产生了大量弹词文本。然而正如叶圣陶在序中所言"识者叹以为善。然嗣响不闻"。九一八事变后,全国范围内掀起了声势浩大的抗日救亡运动,弹词也被运用其中,在此背景之下,有不少与抗日相关的弹词作品出现。《杜鹃血》以抗日战争为时代背景,很好地契合了此时对弹词作品的需求。

而杜明通在《后叙》中则更加细致地分析了弹词具有的"其他说部所不能具备的"八种优点："(一)免除单叙不唱和单唱不叙的枯燥弊病。(二)诗和散文的同时探讨,帮助韵文的学习,于教育上有附带作用。(三)心智的交换使用,使阅者的脑力不易疲劳,合于学习心理原则。(四)寓有活跃的声调和动作艺术,用作宣传工具,最能诱人注意。(五)是小说和戏剧的中间媒介物,兼有二者之长;且可以引导一个小说的读者到爱好戏剧的途径上去。(六)韵语随时间断,便于换韵,在写作上便利有益。(七)可以因地制宜;当

---

① 埋愁女士原著,杜明通改编:《杜鹃血》,成都市三中印刷厂,2001年,序第1页。

吟咏诵读者用韵文,当平叙说白者用散文,在离开韵文有时不能达到表情的目的时,有作后援的韵文工具。单纯的叙事是办不到的。(八)这是中国元明间的文体,现在采用,可附带保留中国固有文化的有用部分。"①他认为弹词的这些优点,也许早被新文艺作家所忘记,现在提倡这一体裁,也许会受到开倒车的讥评,但他也无所顾虑,只希望弹词能在读者脑海里留下印记。

杜明通对弹词如此看重,离不开文学大众化的背景,他认为"新文学的大众化,不是标榜时髦的问题;乃是要脚踏实地,做着改造社会,为国家民族从事心理建设的工作……大中国真正新文化的前锋,绝不能再恋昙花一现,久已消逝的外形技巧,而要寻求真足称为大众化的内容……即使是用'旧瓶子装着新酒',也用不着晦气的。因为旧瓶子假使果然是坚实可靠,盛着酒又不至于变味,我们又何苦要另外去买一个值价过贵,而又不能耐用的舶来品来代庖呢?"②因此,他乐于改编《杜鹃血》,认为弹词具有其他说部所不能具备的优点,并强调如果能审慎地将这种优点保持下去,并加以改良,将会成为世界上最好的文学体裁之一。

然而,这样的呼唤,毕竟没有产生更多的女作家弹词作品。随着时代的发展,女作家们转入到了更广泛的社会活动以及其他文学样式的创作中去了。《杜鹃血》是现可知新中国成立前成书出版的最后一部女作家弹词,它与《风流罪人》堪称是民国时期女作家弹词在新的时代背景下,尝试转型的双子星座。

第四节 女作家弹词式微的原因

清末民初的弹词作品,因为被倾注了太多实用功能,无论内容或是形式都发生了转变。一方面,它被有识之士看作是宣扬进步思想、唤醒女界的有利途径,于是大量新思想、新名词涌入弹词;另一方面,大量通俗小说名家参与到弹词创作中来,使其特质向通俗小说靠拢。明清两代,才女们创作了

---

① 埋愁女士原著,杜明通改编:《杜鹃血》,成都市三中印刷厂,2001年,第5—6页。
② 埋愁女士原著,杜明通改编:《杜鹃血》,成都市三中印刷厂,2001年,第4—5页。

许多弹词文本,并形成重要的女性叙事文学传统,而在清末民初时期,参与者与此前的盛况相比,显得寥寥无几。本节主要探讨女性作家弹词创作式微的原因。

一、社会活动的增多

对女性为什么喜欢弹词,为什么会创作弹词文本,时人多有研究。郑振铎指出:"弹词为妇女们所最喜爱的东西,故一般长日无事的妇女们,便每以读弹词或听唱弹词为消遣永昼或长夜的方法。一部弹词的讲唱往往是须要一月半年的,故正投合了这个被幽闭在闺门里的中产以上的妇女们的需要。她们是需要这种冗长的读物的。"①到了晚清,情况依旧如此,泣红在《胭脂血弹词》中写道:"妇人家最喜是词章,每得新词喜欲狂。手不停披灯月下,一弹再唱意安详。"②的确,深处闺阁的女性,在闲暇之时,听、写弹词正是消磨时间的好方法。正如梦菊在《侠女群英史·序》中云:"茶香酒熟,把此临风,最足消寂寞,破聊赖也。"③因此,许多女作家往往在书中声称,自己创作的目的主要是娱乐母亲,如陈端生在《再生缘》第三卷的卷末结语部分写道:"原知此事终无益,也不过,暂博慈亲笑口开。"④邱心如在《笔生花》第一回的自叙部分也说道:"原也知,女子知书诚末事,聊博我,北堂萱室一时欢。"⑤

而到了清末民初,一系列的社会革新措施如废科举、兴女学,使得女性不再幽闭闺门,大批知识女性走出家门,参与到救亡图存的活动中去。随着辛亥革命的成功,社会生活也发生了巨大的改变,大众娱乐活动变得异常丰富,听、写弹词不再是女性首选的消闲娱乐活动。

二、传名及肩负社会责任有了多种途径

明清女作家们创作弹词,一方面是由于她们喜爱弹词,另一方面也是出

---

① 郑振铎:《中国俗文学史》,商务印书馆,2005年,第581页。
② 泣红:《胭脂血弹词》,阿英《晚清文学丛钞·说唱文学卷》,中华书局,1960年,第224页。
③ (清)梦菊:《侠女群英史·序》,谭正璧《评弹通考》,中国曲艺出版社,1985年,第263页。
④ (清)陈端生著,(清)梁德绳续补,杜志军校注:《再生缘》,华夏出版社,2000年,175页。
⑤ (清)邱心如著,江巨荣校点:《笔生花》,中州古籍出版社,1984年,第1页。

于传名的考虑以及社会责任感使然。才女们也有百年后寂寂无名的恐惧,于是她们选择创作,希望能够借助作品的流传彰显声名。《榴花梦》的作者曾说:"自愧拙才非咏絮,敢留字迹玷羞惭。只缘尘世浑如梦,弹指韶光去不还。一旦渺茫脂粉散,应无事业可流传。遗得数篇残句在,得人批黜亦难寻。故而不揣粗庸句,爰集成编付梓人。虽无子史诗书妙,离合悲欢亦足聆。闺阁知间休见晒,开卷先提第一篇。"①从而表达了自己传世的希望。同时她们也希望通过创作,有益于世道人心,如郑澹若的《梦影缘》全书围绕明清的善书文化展开叙事。她希望通过作品"扫除天下人心秽"。

而才女们在这么多文类中,选择创作弹词,一方面也许正如谭正璧所说的那样,中国女性作家"大都偏富于艺术性,她们不独因富于情感而嗜好文学,也因有音乐的天才而偏长于韵文"。②的确,清代的很多弹词女作家都擅长创作诗文,大多出版过诗集,如程蕙英著有《北窗吟稿》等,也许七言韵文正是她们最得心应手的书写方式。另一方面,正如侯芝在《再生缘》中所云:"忆昔红闺共习诗,挑灯姊妹夜同迟,每刚艳休玉台句,但读香山百老词,情笃渊源知有得,人传柳絮恐无期,不如真作弹词唱,还得生花笔上枝。"③这在一定程度上代表了女作家选择创作弹词的心路历程,即女作家们深恐创作传奇、小说、诗词难以超越前人,不能流传,于是选择创作弹词。果然,她们在叙事文学中开创了一片天地。

到了晚清,在有识之士的倡导下,女子的新式教育广泛兴起,女子走出家门,接受新思想、新知识,她们的视野变得前所未有的开阔。在这种氛围下,女子的创作有了新的景象。而报刊主编们也积极倡导、鼓励女性参与到其他文类的创作中去。包天笑在这一方面就极力倡导过,他说:

> 惟女子在旧文学中,能写诗词者甚多,此辈女子,大都源渊于家学。故投稿中的写诗词者颇多,虽《妇女时报》中,亦有诗词一栏,但亦不过聊备一格而已。办《妇女杂志》的宗旨,自然想开发她们一点新知识,激

---

① (清)李桂玉:《榴花梦》(第1册),中国文联出版公司,1998年,第1页。
② 谭正璧:《中国女性文学史话》,百花文艺出版社,1984年,第372页。
③ (清)侯芝:《再造天》,黑龙江人民出版社,1990年,第320页。

励她们一点新学问,不仅以诗词见长。①

于是翻译界、小说界都闪动着女子的身影。薛海燕曾根据《中国通俗小说总目提要》和《中国近代小说目录》进行统计,在1900至1911年之间,即辛亥之前发表的小说中,署名为"某某女士"的主要有15种,其中12种为长篇,3种为短篇,②其中有4位作者可以断定为女性。她根据《中国近代小说目录》进行统计,辛亥之后署名为"某某女士"发表的长篇小说仅有4篇。女作家们转而进行短篇小说创作,薛海燕根据其目前所掌握的资料,将57位作家,101篇作品加以汇总,得出"在民初报纸杂志上署名为'某某女士'发表短篇小说的众多作家中,可以确定为女性及有一定根据相信其女性身份的已接近半数"③的结论。

中国女权运动的发展和女性报刊的大量出现,还导致了20世纪初女性政论作家群体的诞生。这是一个庞大的群体,有近百人,成就突出者也有二三十人。她们呼吁女子要有独立意识,要由贤妻良母到女国民,争取女权与自省意识,女子从戎与争取参政,从而一种以白话为主,"欧西文思"人文,以情动人的女界"新文体"就此诞生。④

三、倡导白话文及新小说的社会思潮

弹词作品主要以七言韵文写作,夹以散文。传统女性弹词大多以女扮男装,在男性世界中大展才能,实现自我为主题。随着时代的发展,女权运动的深入,女性自我意识的进一步觉醒,女性的社会地位得到提高。只存在于明清才女笔下的女子走出闺阁,寻找工作,参政议政已经成为现实。女性弹词作品中女扮男装,走出家门,寻找自我这一传统命题已经不再是女作家

---

① 包天笑:《我与杂志界》,《杂志》,1944年第5期。
② 薛海燕:《近代女性文学研究》,中国社会科学出版社,2004年,第200—203页。
③ 薛海燕:《近代女性文学研究》,中国社会科学出版社,2004年,第215页。
④ 郭延礼指出,这个群体主要由女权运动的领军人物和女性报刊的女编辑、女记者以及女学生组成。女性政论有两大特点,即时代性和普适性。前者主要指女性政论的思想内容要服务于当时女权运动和国家建构的宣传需要,具有鲜明的批判精神和战斗色彩;后者主要指女性政论的艺术形式为适应女性传媒需求而产生的特点。郭延礼:《20世纪初女性政论作家群体的诞生》,《中国现代文学研究丛刊》,2009年第3期。

们热衷的议题。唤醒女界,振兴女权,与男子一起肩负起救亡图存的使命,成为知识女性笔下的最强音。

同时,随着翻译小说的大量涌现,写作小说的新理论、新技巧进入作者们的视野。弹词创作手法的弊端也日益凸显。夏曾佑曾在《小说原理》中论及弹词尽蹈"小说五弊":"所写主角之生旦,必为至好之人,是写君子也;必有平番、救主等事,是写大事也;必中状元、拜相、封王,是写富贵也;必有骊山老母、太白金星,是写虚无也。惟议论可无耳。"①

意识到这一点的女作家们,也尝试着将新的叙事模式融入弹词创作中去,如姜映清的《风流罪人》一改之前女作家弹词的写作模式,直接以白话作开头,散文的叙事在文中所占的比例也很大,从中不难看出白话文运动及白话小说期刊的大量涌现,对弹词创作所造成的影响。在此背景之下,很多女作家开始进入白话小说创作这一领域,作品内容涉及社会生活的方方面面,如自由恋爱、女子入学、参政议政等等。除此之外,女作家们发现,还有许多文体可以用来描写生活,表达新的观念意识,于是她们不仅创作小说,还参与到翻译和政论文的写作中去。女子对这些文体的创作逐渐取代传统的弹词。终于,随着时代的变迁,弹词创作变得凤毛麟角,日渐消竭。

---

① 夏曾佑:《小说原理》,周良《苏州评弹旧闻钞(增补本)》,古吴轩出版社,2006年,第115页。

第五章　通俗文学与苏州弹词的互文研究

弹词与小说在形式上也有其类似之处,并在内容上互相借鉴。弹词往往吸收通俗小说的故事题材,而脍炙人口的通俗小说,也有不少以弹词形式传承于民间。因此弹词对通俗小说的发展研究有很好的资料作用,两者可以得到互补的效果。弹词的散文化,话本小说的韵文化,这一有趣的现象更说明了弹词文学与小说在不断地学习交流。而到了民国时期,这一现象更为突出,不少当时引起轰动的小说作品都被改编成弹词,用于电台与书场弹唱。而很多弹词名篇,也被改编成通俗小说,得到更为广泛的传播。更何况许多通俗小说作家自己直接参与弹词的创作,而且收获颇丰。因此,我们可以研究通俗小说与弹词的互文关系,但很多时候它们是自然地融为一体的。

第一节　弹词文本的多元特征

弹词文本往往兼有小说、诗词、戏曲的特点。《何必西厢》一名《梅花梦》,作者不可考,现知最早刊本为雍正十二年(1734)桐峰外史的重印本,作者在第一回中写道:"这部书说是演义,又夹歌谣,说是传奇,复多议论。无腔无板,分明是七字句的盲词了。但自来盲词从来没见有像传奇的开场煞尾,仿演义的说古谈今。况且口气或顺或断,回数或短或长,竟是封神传上姜太公骑的一只四不象……"[①]桐峰外史写的"凡例"中指出,这部弹词"节奏

---

① (清)佚名著,秦万年校点:《梅花梦》(一名《何必西厢》),黑龙江人民出版社,1988年,第2页。

天然,兼得唐诗、元曲三昧","间集谚语俚词,亦似乐府歌谣"。①

对弹词的这种看法,一直延续着。清末民初的姚民哀为李东野的《孤鸿影弹词》作序时写道:"吾闻之,诗衰而词兴,词衰而曲兴,曲衰而弹词兴,故欲成弹词善本者,非尽罗诗词曲三者之善不可。"②这里姚民哀认为一部优秀的弹词作品,必须结合诗词曲的优点。这里将"诗—词—曲—弹词"四者描述成一脉相承,从以上两则序言中亦可看出弹词形式的多样性,综合了多种文学体裁的特点。

一、弹词的诗化特色

李家瑞在《说弹词》中写道:"弹词的体裁,有叙事代言两种……先有叙事弹词,然后渐渐地变出代言弹词一种。"③叙事体弹词多为七言韵文(或衬字、减字,但仍合韵律),它们篇幅动辄几十万、几百万字,没有或很少有散文。陈寅恪将它们称为叙事诗。他在《论〈再生缘〉》中写道:"《再生缘》之文,质言之,乃一叙事言情七言排律之长篇巨制也。……弹词之文体即是七言排律,而间以三言之长篇巨制。故微之惜抱论少陵五言排律者,亦可以取之以论弹词之文。……微之所谓'铺陈终始,排比声韵','属对律切'实足当之无愧,而文词累数十百万言,则较'大或千言,次犹数百'者,更不可同年而语矣。世人往往震矜于天竺希腊及西洋史诗之名,而不知吾国亦有此体……如《再生缘》之文,则在吾国自是长篇七言排律之佳诗。在外国,亦与诸长篇史诗,至少同一文体。"④他甚至将《再生缘》与荷马史诗并论。

再看一些《再生缘》中描写景物的韵文句子,如:"碧落高空彻底清,彩云千片映光明。香风飘渺人心爽,桂影披离夜景新。五色明霞笼皓月,千条飘霭卷疏星。远闻仙乐盈盈起,近看祥云处处生。"⑤"万里彤云一色漫,西风吹到透衣寒。梨花片片空中洒,柳絮纷纷岭外旋。远望苍茫迷野径,孤城寂寞

---

① (清)佚名著,秦万年校点:《梅花梦》(一名《何必西厢》),黑龙江人民出版社,1988年,序第6页。
② 李东野著,柯伦校点:《孤鸿影》,中州古籍出版社,1987年,序第1页。
③ 李家瑞:《说弹词》,《历史语言研究所集刊》第6册,江苏古籍出版社,1999年,第104页。
④ 陈寅恪:《论〈再生缘〉》,《寒柳堂集》,上海古籍出版社,1980年,第62—64页。
⑤ (清)陈端生著,(清)梁德绳续补,杜志军校注:《再生缘》,华夏出版社,2000年,第9页。

锁寒烟。粮田万里登时满,素景千般触目前。"①这些句子描景抒情、叙事状物宛然律诗,而且读起来朗朗上口,具有音乐美。此类笔墨在文中比比皆是,诗句通俗而优美,使这类文本雅俗兼备。

代言体弹词的不少唱词与弹词开篇也状物生动、抒情浓郁,完全称得上是诗的语言和意境。有的开篇直接将唐诗嵌入其中,如《秋思》:"银烛秋光冷画屏,碧天如水夜云轻。雁声远过潇湘去,十二楼中月自明。(佳人是)独对寒窗思往事,但见泪痕湿衣襟。(曾记得)长亭相对情无限,今作寒灯烛夜人。(谁知你)一去岭外音书绝,(可怜我)相思三更频梦君。翘首望君烟水阔,只见浮云终日行。(但不知)何日欢笑情如旧,重温良人昨夜情。卷帷望月空长叹,长河渐落晓星沉,(可怜我)泪尽梦中梦不成。"②便将杜牧的《秋夕》、温庭筠的《瑶瑟怨》、李商隐的《嫦娥》等化用其中。由此可见弹词的语言很注重对诗意的追求,雅俗共赏。

二、弹词对戏曲形式的借鉴

弹词还有一种形式是代言体。关于代言体弹词的产生,李家瑞在《说弹词》中有这样的解释:"弹词何以要从叙事变为代言呢?因为弹词原是一种说唱评话,说唱的人,要摹拟书中人的口气,形容他的神情,不知不觉就作书中人的举动言谈,惊叹应对,写在书上,就成代言体的文字。我们但看代言体的弹词,多半是业弹词者的底本,而文人仿作的弹词,则尽是叙事体,因为文人的弹词,不一定要上口说唱的。"③

从现存弹词文本可知,在乾隆年间已有不少代言体弹词出现,它们除了唱词像诗词之外,形式更像戏曲:有生、旦、净、末、丑等角色,人物上场时自报家门,基本都有"引""白""唱"三段。人物对白采用代言体,与戏曲表演相似,凡是主要人物如生、旦等,说白使用官话,以此来彰显人物身份。那些贴、丑之类的角色所用说白则为方言土语,玩噱头博笑声的插科打诨是他们追求的喜剧效果。此外,模仿戏曲的表演,弹词说唱中还有了"起角色",即

---

① (清)陈端生著,(清)梁德绳续补,杜志军校注:《再生缘》,华夏出版社,2000年,100页。
② 洪欣:《弹词开篇的文学性》,《评弹艺术》第9集,中国曲艺出版社,1988年,133页。
③ 李家瑞:《说弹词》,《历史语言研究所集刊》第6册,江苏古籍出版社,1999年,104页。

在弹词说唱中,艺人"按书中人物的年龄、身份、性格和外形,以第一人称(即角色身份)来状其声音、表情和动作。传统书目大抵吸收京、昆等戏曲程式表演脚色"。[①] 这使得弹词中的人物更加生动,在某种程度上弥补了弹词作为一种说唱艺术在视觉方面的不足。

但弹词与戏曲终究是不一样的,沈沧洲说过:"书与戏不同何也?盖现身中之说法,戏所以宜观也。说法中之现身,书所以宜听也。"[②]他将戏曲和弹词的表演,区分为"现身说法"和"说法现身"。由此可见弹词中的"起脚色"是说唱的辅助,与戏曲表演需要化装,运用各种道具,以歌舞演故事不同,弹词主要运用手势,面风等点到为止的动作和神态来配合说唱,达到使人欲罢不能的效果。

毛菖佩的《鹧鸪天》中,也写到了两者的不同,"言宜清丽唱宜工,却与梨园迥不同",还有一句"登场面目依然我",[③]指出了演戏和弹词的不同。

三、弹词的小说结构

弹词是韵散结合的叙事文学,以《再生缘》为例,它是典型的韵散结合的弹词文本,其中的散文体:"话说大元世祖朝中,有一位少年豪杰复姓皇甫名敬,表字亭山。娶妻尹氏良贞。十五完姻,十六应试。中过武状元,拜大将军出征,三年血战。后来太平无事,天子加封统辖十三省京营都督之职,方才迎接夫人入京同住。"[④]"却说皇甫夫人身怀六甲,已过十二个月尚未生养。夫妇们又添了一番忧虑。其时却值八月十五将近黄昏时候。在明间里摆下一桌小宴,都督与夫人对饮玩月。"[⑤]与《三国演义》中的叙述也大致相近,如"话说天下大势,分久必合,合久必分:周末七国分争,并入于秦;及秦灭之后,楚、汉分争,又并入于汉。汉朝自高祖斩白蛇而起义,一统天下,后来光武中兴,传至献帝,遂分为三国。推其致乱之由,殆始于桓、灵二帝。桓帝禁

[①] 吴宗锡主编:《评弹文化词典》,汉语大词典出版社,1996年,第33页。
[②] 吴宗锡主编:《评弹文化词典》,汉语大词典出版社,1996年,第400页。
[③] 吴宗锡主编:《评弹文化词典》,汉语大词典出版社,1996年,第399页。
[④] (清)陈端生著,(清)梁德绳续补,杜志军校注:《再生缘》,华夏出版社,2000年,第7页。
[⑤] (清)陈端生著,(清)梁德绳续补,杜志军校注:《再生缘》,华夏出版社,2000年,第8页。

锢善类,崇信宦官。及桓帝崩,灵帝即位,大将军窦武、太傅陈蕃,共相辅佐。时有宦官曹节等弄权,窦武、陈蕃谋诛之,机事不密,反为所害,中涓自此愈横"。①"且说张角一军,前犯幽州界分。幽州太守刘焉,乃江夏竟陵人氏,汉鲁恭王之后也"②等,我们将二者对照起来看,不难发现此类弹词体深受"话本""章回小说"的影响。如果单将这类弹词的散文体部分列出,人们不会怀疑它们是某部章回体白话小说中的片段。

事实上将弹词称为小说古已有之,清代弹词女作家就称自己的作品为"传奇小说""七字小说"。由于晚清小说理论对小说的定义非常宽泛,所以弹词在"旧小说"中也占有一席之地。近现代不少学者也认为,弹词应归入小说一类,如管达如和吕思勉都将弹词归为韵文体小说。管达如认为"弹词体者,其初盖亦用以资弹唱。及于今日,则亦不复用为歌词,而仅以之供阅览矣"。③ 吕思勉则将文学分为三类,即"目治者""耳治者""界乎二者之间者"。其中耳目兼治者,"则为有韵之文,如诗歌,如词曲,如小说中之弹词,皆是也。此等文字之美,兼在其意义及声音。故必目观之,心识之,以知其意义之美;亦必口诵之,耳听之,而后能知文字相次之间,有音调协和之义存焉"。④ 张振镛的《中国文学史分论》(1934)也说"弹词为小说之一体"。⑤ 阿英写有《弹词小说评考》(1937),也将弹词称为小说。章培恒、骆玉明在1996年编的《中国文学史》中也说"在某种意义上,弹词可以说是一种韵文体的长篇小说"。⑥ 胡晓真、鲍震培、盛志梅等也将弹词称为小说。与胡晓真、鲍震培等主要将用于案头阅读的叙事体弹词称为小说不同,盛志梅在其《清代弹词研究》中称:"我想,弹词的文体还是以'韵文体小说'的提法比较合适,虽然是用叙事诗的形式来讲故事,但本质是小说,就好比借了一件诗歌的外套披在身上一样——这主要是对叙事体弹词来说的。对于后来出现的代言体弹词,道理也是一样的。不能因为借用了代言体的形式,就成为戏剧家族的

---

① (明)罗贯中著:《三国演义》,人民文学出版社,1979年,第1页。
② (明)罗贯中著:《三国演义》,人民文学出版社,1979年,第2页。
③ 王运熙主编,邬国平、黄霖编著:《中国文论选·近代卷》下,江苏文艺出版社,1996年,第786页。
④ 王运熙主编,邬国平、黄霖编著:《中国文论选·近代卷》下,江苏文艺出版社,1996年,第809页。
⑤ 张振镛:《中国文学史分论》,周良《苏州评弹旧闻钞(增补本)》,古吴轩出版社,2006年,第134页。
⑥ 章培恒、骆玉明主编:《中国文学史》,复旦大学出版社,1996年,第567页。

一员了,它的本质依然是叙事的,形式也主要是韵文体的,因此,也还是韵文体小说。"①在这里,盛志梅将叙事体和代言体的弹词均称为"韵文体小说"。

随着弹词研究的不断深入,弹词的面貌在我们面前逐渐清晰:弹词可以分为弹词演出和弹词文本。而弹词的文体定位,尚待我们进一步研究。作为一种独特的、糅合多种文体特点的写作方式,可以说弹词文本是中国古代多种优秀文体的集大成者。随着弹词的不断发展,在弹词女作家之外,为数不少的男性文人也对弹词的创作投入了相当的心血,一改传统文人那种"村姑野媪惑溺于盲子弹词"②的不屑态度。弹词文本在他们的努力下更趋雅化、精致。我们有理由相信,若非时代变迁,近代以来文言写作遭受没落,弹词也许会像诗、词、戏曲、小说一样辉煌。

第二节 弹词与通俗小说的关系

弹词往往吸收通俗小说的故事题材,而脍炙人口的通俗小说,也有不少以弹词形式传承于民间。因此弹词对小说的发展研究有很好的资料作用,可以得到互补的效果。如,明刊繁本《西游记》写二郎神与齐天大圣大战时,赞诗中有"斧劈桃山曾救母"句,向无所考。在弹词《新编说唱宝莲灯华山救母全传》中,写到西汉明帝时,湖广荆州府有书生杨天佑,在桃山洞中修炼。斗宫云台三公主私自下凡,与杨结为夫妇,生男二郎,女三娘。玉帝大怒,将公主压在桃山下受苦。二郎长大,斧劈桃山救母,封为西川灌口妙道真君。三娘封为西岳华山三仙圣母。从中可知二郎神"斧劈桃山曾救母"的故事。弹词文本成为小说研究中不可或缺的一环。

一、形式上的类似与互相借鉴

弹词与小说,都是情节性的艺术,在相当长的一段时间里,弹词都被归入说部中,作为小说来研究。表现在创作中,晚清的许多弹词也是在"小说

---

① 盛志梅:《清代弹词研究》,齐鲁书社,2008年,第9页。
② (清)陈旬山:《紫竹山房文集》卷七,《四库未收书辑刊》9辑25册,北京出版社,2000年,第302页。

界革命"的旗帜下,为唤醒民众而创作的。

叙事体弹词,韵散结合,散文部分往往以"话说""且说"等开头,大段的散文描写与白话长篇小说无异。这种情况在"词话阶段"已初现端倪,如《大唐秦王词话》的唱词部分包括七字句和三三四节拍的十字句,而散文部分则已远远超过了韵文部分。有学者认为这种情况是:"处于由讲史类说唱文学向白话长篇小说过渡的中间形态,它虽尚未脱离说唱文学的形式,然而已经主要是供广大读者阅读的案头读物了。"[1]

有些学者认为,宋元话本也是韵散(说唱)结合的。南宋罗烨所编《醉翁谈录·小说开辟》描述当时的"说话":"藏蕴满怀风与月,吐谈万卷曲和诗。"由此可知,"说话"是一门说与唱并重的技艺,"说话人演出时,是讲说、歌唱和朗诵并用的"。[2] 只是话本的韵文部分并非像弹词等用七字句展开,它以诗、词、曲的形式出现,如有学者研究认为,话本小说本事的展开是用散文叙写,但在散文中插入大量的诗词歌赋或骈语,交错运用。安插韵文的方式用"正是""只见""有诗为证"等套语引起,它的作用是证明情况或描摹物态,如:

今日再说一个官人,也只为酒后一时戏言,断送了堂堂七尺之躯;连累两三个人,枉屈害了性命。却是为着甚的?有诗为证:

世路崎岖实可哀,傍人笑口等闲开。白云本是无心物,又被狂风引出来。

——《京本通俗小说》:《错斩崔宁》[3]

虞候道:"小娘子有甚本事?"待诏说出女孩儿一件本事来,有词寄《眼儿媚》为证:

深闺小院日初长,娇女绮罗裳。不做东君造化,金针刺绣群芳样。斜枝嫩叶包开蕊,唯只欠馨香。曾向园林深处,引教蝶乱蜂狂。

---

[1] (明)诸圣邻著,杜维沫校点:《大唐秦王词话》,中州古籍出版社,1986年,第2页。
[2] 程千帆、吴新雷:《两宋文学史》,上海古籍出版社,1991年,第576页。
[3] (宋)佚名:《京本通俗小说》,上海古籍出版社,1988年,第71页。

原来这女儿会绣作。

——《京本通俗小说》:《碾玉观音》①

这样俯拾即是的例证说明,说话人演出时,是讲说、歌唱和朗诵并用的。这样更能够获致调节现扬气氛、增强听众兴趣的艺术效果。②

而值得关注的是,到了清代最后一部拟话本小说集《跻春台》中,韵语部分已变为七字句。《跻春台》全书四卷,每卷十篇。作者署"凯江省三子编辑",卷首有光绪二十五年(1899)林有仁序。林序介绍作者及本书写作意旨云:"中邑刘君省三,隐君子也。杜门不出,独著劝善惩恶一书,名曰《跻春台》。……知交者怂恿付梓,省三问序于予。予曰:'此劝善惩恶之俗言,即《吕书五种》教人之法也,读者勿以浅近薄之。'诚由是,积善必有余庆,而余殃可免;作善必召百祥,而降殃可消。将与同人共跻于春台,熙熙然受天之祜,是省三著书之意也夫。"③创作宗旨与清代其他一些拟话本小说是一脉相承的。

《跻春台·序》称:"列案四十,明其端委,出以俗语,有韵语可歌,集成四册。"的确,《跻春台》在正文中运用大量七字韵文来描写人物语言,使人物对白说唱化,散韵并具,生动活泼,别有情致。如卷一《双金钏》:

无可如何,只得守着母尸伤心痛哭:"我的妈呀我的娘,为何死得这们忙。丢下你儿全不想,孤孤单单怎下场?去年儿把十岁上,出林笋子未成行,年小要人来抚养……"④

淑英听得慌忙出闺,劝解道:"奴在闺中正清净,忽听堂前闹昏昏。耳贴壁间仔细听,原来为的奴婚姻。不顾羞耻升堂问,爹妈为何怒生嗔?""就为我儿姻亲,与你妈闹嘴,不怕忧死人哟!""闻言双膝来跪定,爹爹听儿说分明。""我儿有话只管说来,何必跪倒。""从前说亲多喜幸,

---

① (宋)佚名:《京本通俗小说》,上海古籍出版社,1988年,第4页。
② 详可参见程千帆、吴新雷:《两宋文学史》,上海古籍出版社,1991年,第576页。
③ (清)刘三省:《跻春台》,百花文艺出版社,1988年,序第1—2页。
④ (清)刘三省:《跻春台》,百花文艺出版社,1988年,第5页。

两家说来都甘心。……"①

此类韵文常常大段出现,在作品中占有相当比重,形成了整部作品散文、韵文相互交替的风格。这些韵文主要以七字诗赞为主,在形式上类似当时的说唱文学——弹词。很可能,作者借鉴了弹词的体裁形式来改造话本小说文体。

词话、弹词的散文化,话本小说的韵文化,这一有趣的现象,说明了弹词文学与小说文学在不断地学习交流。

二、弹词和通俗小说的区别

弹词与通俗小说的区别,在对同一故事的描述中可以很明显地看出,现以张恨水的《啼笑因缘》小说与姚荫梅的《啼笑因缘弹词》为例加以说明。

张恨水的《啼笑因缘》一经问世,读者反响热烈,由文人陆澹庵改编的《啼笑因缘弹词》亦是"行销甚广,无线电听众,殆靡不人手一编,叹为佳构"。② 弹词在书场弹唱,其内容是不断发展变化的。一部好书,是弹词艺人与听众互相碰撞,不断打磨再创造的产物。因此,书场弹词记录成文,可以说是集体创作的成果。弹词艺人总是从听众中汲取有益的意见,对书目进行修改,以求迎合听众的喜好。由于演出场次的多寡也与收入相关,因此艺人在情节处理上,往往会尽可能拉长,并且不断地修改自己的说唱底本,以求精益求精,吸引更多的听众,有时候一个本子甚至要经过几代艺人的精心琢磨,才能最终成为经典的传统书目。姚荫梅的《啼笑因缘弹词》就是不断加工创作的产物,充分体现了弹词的艺术特色,与小说相比,《啼笑因缘弹词》主要有以下特点。

(一) 叙事方式的改变

弹词说唱故事的方法主要有叙事和代言两种,在叙事体的弹词中,艺人往往以局外人的身份,全知全能地叙述故事,而姚荫梅的《啼笑因缘弹词》是

---

① (清)刘三省:《跻春台》,百花文艺出版社,1988年,第12页。
② 陆澹庵:《啼笑因缘弹词续集》,莲花出版社,1936年,序第9页。

代言体的,它主要有以下形式特点:

1. 人物自报家门

代言体弹词的人物上场,基本是"自报家门",有"引""白""唱"三段自道来历,与杂剧、传奇的开场套路相似。因此弹词与戏曲也往往被相提并论。而在姚荫梅的《啼笑因缘弹词》中,这一程式已经简化,但依然保持了自报家门的特点。以第一回《游天桥》为例:

> (定场诗)清白世家数代传,书香承袭旧衣冠。进京求学兼游历,立身还需知识宽。樊家树:(咕白)学生樊家树,浙江杭州人氏。先父在日行医,惜已亡故;堂上母亲健在,教子甚严。去年我中学毕业,今年命我上北京赶考大学。因此辞别娘亲进京,寄居在母舅家中。虽然母舅与舅母同往英国伦敦去了,且喜有表兄嫂照顾。今天是星期日,表兄嫂昨日去西山,要明日归来。如今我一人在家,不免有些寂寞了。①

在这里,樊家树一出场,就将自己的出身来历向听众介绍得一清二楚。而在张恨水的《啼笑因缘》小说中,一开始则是有关北京的介绍,然后引出男主角:"相传几百年下来的北京,而今改了北平,已失去那'首善之区'四个字的尊称。但是这里留下许多伟大的建筑,和很久的文化成绩,依然值得留恋。尤其是气候之佳,是别的都市,花钱所买不到的。……因为如此,别处的人,都等到四月里,北平各处的树木绿遍了,然后前来游览。就在这个时候,有个很会游历的青年,他由上海到北京游历来了。"②紧接着介绍了他的住处,隐约从他喜欢看书可以猜测主人公是位读书人。而他真正的身份则是在小说的层层描述中,逐渐清晰的。

2. 内容分角色演绎

在代言体弹词中,弹词艺人往往化身成故事中的生、旦、净、丑诸角色,分角色演绎内容,一个人唱一台戏,其叙事语气、叙事视角是限知的,如:

---

① 姚荫梅:《啼笑因缘》上册,上海文艺出版社,1988年,第1页。
② 张恨水:《啼笑因缘》,天津人民出版社,2011年,第1页。

（樊家树白）刘福，今天下午我是想出去走走，你可以介绍几处好玩的地方，陪我去看看。（刘福白）好玩地方，我来想想看。表少爷！（唱［费家调］）北京地方大非凡，吸引许多游客来。最有名北海、中南海，天坛、地坛、先农坛。风景区最多在西城外，颐和园、万寿山、碧云寺、玉泉山，万牲园里弯一弯，明朝皇陵有十三，八达岭长城居庸关。芦沟桥狮子知多少，乱七八糟数清难。（表白）北京人有句土话，"芦（卢）沟桥上的石狮子"，意思就是"搞不清楚"。（樊家树白）刘福，你说的那些地方，上两个星期，表哥都陪我去过了。①

在这里，弹词艺人的叙事者身份基本已经消解，主要由书中人物自由活动，只是偶尔出现向听众解释"芦沟桥上的石狮子"，意思就是"搞不清楚"。在《啼笑因缘弹词》中，弹词艺人大部分时间是以书中人物的角色进行表演，而到了某一关键处，或观众会有疑问的地方，则会中断书中人物的演唱，而以说书人的身份对故事进展进行"解说"或"评论"。

弹词作为一种说唱艺术，它的代言体形式在之前的说唱艺术中已经孕育，但戏曲的成熟使它有更多的营养可以汲取，并最终使得代言体弹词被认为是弹词正宗。

（二）故事情节的合理拓展

根据小说改编的弹词，与弹词的经典书目一样，听众对它的内容已经非常熟悉，所以更注重的是艺人如何说唱故事，因为不同的艺人处理、表演的方式不同，会给听众带来不同的愉悦享受。

姚荫梅弹唱的《啼笑因缘弹词》在忠于原著的基础上，遵循弹词艺术的发展规律加以丰富。弹词与小说有许多相似之处，都是情节性的艺术，但作为说唱艺术，它必须用引人入胜的书情来吸引听众，因此"关子"必不可少。姚荫梅将原著中多处情节加以合理的转换拼接，如将樊家树被绑票的情节提前，与"逼嫁"相接，使七十回的《啼笑因缘弹词》环环相扣，关子不断，持续吸引听众。

---

① 姚荫梅：《啼笑因缘》上册，上海文艺出版社，1988年，第3页。

弹词说唱对故事情节的拓展,还表现在叙事的细腻和繁复上,张恨水的《啼笑因缘》小说有二十多万字,而姚荫梅的《啼笑因缘弹词》则有八九十万字,整理本已经经过了一定的删减,可见在书场弹唱时篇幅更长。弹词叙事的繁复与细腻同时也表现在弹唱过程中同一情节的反复出现。其中有弹词艺人的重复,也有书中不同角色对同一情节的重复。小说如果写成这样,一段相同的事情反复出现,读者可能会觉得厌烦。弹词的情形就不同了,一部长篇弹词,至少十天半个月才能说完,台下每天均有新老听众,同一情节重复出现则可以使新听众知道故事的前因后果,而且这些重复是通过丰富的表现手法展现的,弹词艺人时而说,时而唱,时而问,时而辩,来重复同一件事,这样的"重复",很能吸引听众。

(三) 语言谐趣多样

作为大众表演的弹词艺术非常口语化、人情化、生活化,为了迎合听众的审美趣味,弹词往往表现的活泼、诙谐。"噱",即通过"说唱"来制造引人发笑的内容。"放噱"手法对于调动听众的欣赏兴趣,促进艺人与听众的现场交流,十分重要。所以,艺谚中有"一噱遮百丑"和"噱乃书中宝"的说法。晚清徐珂《清稗类钞·音乐类》"弹词"中说:

> 弹词之插科,彼业谓之倏头,倏头之佳者,其先必迟回停顿,为主要语作势,一经脱口,便戛然而止。科白之能解人颐,非简练揣摩不可,其妙处在以冷隽语出之,令人寻味无穷。然亦有过于刻画,尚未启齿,而已先局局者,下乘也。[1]

姚荫梅深谙此道,他在弹唱中吸收了大量鲜活的语言,各地方言所特具的幽默、轻松、微妙、传情,被他运用得出神入化。如樊家树的杭州官话、沈凤喜的北京话、刘将军的山东话、王妈的常熟话、刘福的浦东话等均力求传神,而刘将军、王妈、刘福的方言土语,往往在书中起到插科打诨的喜剧效果。此外,书中还运用大量的歇后语、俏皮语,读来妙趣横生,极富生活色

---

[1] (清)徐珂:《清稗类钞》第10册,中华书局,1986年,第4944页。

彩。他还用诙谐的语言来塑造人物形象：

(表)刘大胖倒想起来了，不是司密司，是密司。他把椅子捅得跟沈小姐近些。(刘德柱白)我说密司。(沈凤喜白)将军。(刘德柱白)密司，你今年几岁了？(沈凤喜白)十七岁。(刘德柱白)你家里有没有大密司，小密司？你们老密司身体好！

……

(表)凤喜也在看他。……只见他：(韵白)身体像浸胖的海参，肚子像打了气的河豚。脑袋像丰收的冬瓜，耳朵像杜裹的馄饨。眉毛像熟透的香蕉，红枣子一般的眼睛。鼻子像一个高装馒头，如果称称，足有半斤。两片酱油色的嘴唇，又像打破的五茄皮酒瓶。仁丹招牌的胡须，像特大的乌菱。脸色像走油肉的肉皮，乌黑伦敦。两只手像熊掌，笑起来像雄鸭子叫的声音。一副吃相实在难看，想不到是一个有名的将军。①

这是沈凤喜和刘德柱初次见面时的对话场面。在张恨水《啼笑因缘》小说中同样的场景只有短短几句话。刘将军向沈凤喜笑道："这位小姐贵姓？我们来得鲁莽一点，你不要见怪。"沈凤喜见人家这样客客气气，就站定了，和刘将军鞠躬回礼。小说中沈凤喜见刘将军是个大官"不免偷看他两眼，心里想着：大官的名字，听了固然是好听，可是一看起来，也不过是一个极平凡的人，这又是叫闻名不如见面了"。② 而在弹词中，刘德柱作为一个丑角的形象被诙谐的语言塑造得栩栩如生，在加深听众印象的同时，也可以增加书的谐趣。因为这些笑料都与书情紧密贴合，所以并不使人觉得突兀。反而拉近了艺人与听众的距离，形成书场弹词特有的说话氛围。此外，弹词中还有大量的心理刻画，它与弹词中无与伦比的语言艺术互相契合，互为映托，形成了《啼笑因缘弹词》持久的魅力。

---

① 姚荫梅：《啼笑因缘》上册，上海文艺出版社，1988年，第334—335页。
② 张恨水：《啼笑因缘》，天津人民出版社，2011年，第95页。

第三节　弹词与通俗小说的相互改编

在漫长的发展流变过程中,弹词与小说在题材内容,形式上都曾互相借鉴,起到很好的互补作用,而在民国时期更出现了一个弹词与小说相互改编的高潮。

一、通俗小说改编成弹词

现代小说与弹词结缘,从现有材料可知,是从陆澹庵开始的。郑逸梅在《艺坛百影》中这样介绍陆澹庵:"他原名衍文,字剑寒,世居苏州洞庭山莫厘峰下。家有明志堂,便取义诸葛武侯语:'澹泊以明志',乃号澹盦,后以盦字笔画太多,省改为庵,又省改为安,用澹安的笔名已数十年了。"[①]他"毕业于江南学院法科,后历任上海同济大学、上海商学院国学教授和务本、敬业等中学国文教师,兼任广益书局、世界书局编辑"。[②] 历史选择他也许并非巧合,陆澹庵从小就浸染在苏州弹词的氛围之中,对弹词有很深的感情和造诣。他还写有《弹词韵》,为编写弹词定下准则,被弹词演员奉为圭臬。

他不仅精通弹词韵律,而且对书场弹词文本与文人弹词文本的区别也有清楚的认识,正因为陆澹庵对弹词各方面都非常熟悉,所以在将现代小说改编成弹词唱本时游刃有余,能契合书场弹词改编的规则。他曾将《啼笑因缘》《秋海棠》《满江红》等多部小说改编成弹词。而其中,受到最广泛关注的便是根据张恨水小说改编的《啼笑因缘弹词》及其续集。

张恨水的长篇言情小说《啼笑因缘》,自 1930 年 3 月 17 日在《新闻报》副刊《快活林》上连载以来,读者反响热烈。而此时的弹词正处于变革时期,女性听众成为书场的常客,广播书场的盛行,时局的动乱,都使得听众的品位发生改变,亟欲新书目的出现,《啼笑因缘弹词》应运而生。

陆澹庵在为《啼笑因缘弹词》所写的自序中如是说:"恨水著《啼笑因

[①] 郑逸梅:《艺坛百影》,中州书画社,1982 年,第 171 页。
[②] 吴宗锡主编:《评弹文化词典》,汉语大词典出版社,1996 年,第 140 页。

缘》,余读而喜之,谓足乐我,因制为弹词,播之弦索,兼欲以是乐天下人。"①他将改编的意图写得很简洁明了,因为喜欢《啼笑因缘》,所以将它改编成弹词,"欲以是乐天下人",而在别人的回忆中,内容则更为丰富。

据弹词名家姚荫梅回忆:"小说《啼笑因缘》这辰光在报纸上连载,一时哄动上海。文明戏、电影都把它编成戏,拍成电影。沈俭安、薛筱卿要在蓓开唱片公司灌唱片,就叫戚饭牛根据报纸上连载的《啼笑因缘》小说编写成唱篇,由沈、薛去蓓开灌唱片,并去电台播唱。当时上海的萝春阁书场刚开张,请了李伯康的《杨乃武》去'开青龙',后来李伯康被东方饭店书场用高价挖了去。萝春阁没人去'开青龙',经人介绍请耀祥先生弹唱。这时《啼笑因缘》的唱片在电台播放影响很大,书场要朱耀祥唱《啼笑因缘》。耀祥先生经戚饭牛介绍,准备请陆澹安帮助编写,陆澹安不肯写,朱兰庵(即姚民哀)愿意帮助先生编写。朱兰庵先生帮助耀祥先生编了两三回《啼笑因缘》就不编了,耀祥先生就自己编。耀祥先生唱过'苏滩',方言很好,一说这部书影响很大。萝春阁这时第一次在上海用霓虹灯挂照牌,非常显眼。日夜场可做七百多人。后来陆澹安与平襟亚来萝春阁听书,觉得唱篇写得不好。平襟亚叫陆澹安帮助耀祥先生编唱词,报酬是《啼笑因缘》出版时稿费全部给陆。"②这一版本是说弹词艺人请陆澹庵改编,他一开始不愿意,后来去听弹词时觉得别人的唱篇写得不好,于是又动手改编。

另一种说法是,陆澹庵自己有意将当时深受读者喜爱的《啼笑因缘》改编成弹词。"上世纪30年代,陆澹安常去南京路浙江路的萝春阁茶楼书场听书,有一次与场东聊起,想把当时风行的张恨水小说《啼笑因缘》改编成弹词。书场主人随即恳请陆着手撰写,并力荐由'响档'朱耀祥、赵稼秋演唱。陆澹安正在酝酿之际,又应蓓开唱片公司任职的同窗之请,根据《啼笑因缘》中的情节,为另一'响档'沈俭安、薛筱卿写了《别凤》《旧地寻盟》《绝交裂券》等唱段,录制成唱片。朱赵二人误以为陆将脚本给了'沈薛档',便改请同道朱兰庵(即姚民哀)编写,谁料仅编了几回就半途而废。陆闻知后,向朱赵告

---

① 陆澹庵:《啼笑因缘弹词》,三一公司,1935年,卷首自序。
② 闻炎记录整理:《回顾三四十年代苏州评弹历史——座谈会发言摘要》,《评弹艺术》第6集,中国曲艺出版社,1986年,第248页。

明原委,消除误会,遂写成了《啼笑因缘弹词》和《啼笑因缘弹词续集》交付朱赵。"①

无论哪个版本更接近于事件的本来面目,随着时代的发展,弹词艺人对现代小说改编而成的书目所表现出来的需求与倚重已显而易见。《啼笑因缘》改编成弹词之后,在书场和无线电台大受欢迎,许多听众希望能看到脚本,倪高风从中看到了无限商机,因此他与汪仲年、戴桐秋合组三一公司,向陆澹庵购得此书的著作权,在陆澹庵进一步加工之后,印成单本发售。《啼笑因缘弹词》正集于1935年8月出版,上下册四十六折,二言目,校订者为倪高风。除自序外,还有严独鹤、周瘦鹃等十四人为其作序,姚民哀等三人题词,阵容非常强大。《啼笑因缘弹词续集》于1936年6月,由莲花出版社出版,上下册四十六折,二言目。除自序外,还有姚民哀、施济群、倪高风所作的序言。

《啼笑因缘弹词》,先由沈俭安、薛筱卿演唱戚饭牛改编的开篇,后由朱耀祥、赵稼秋拼档说唱长篇,朱赵二人将陆澹庵的《啼笑因缘弹词》再度创作,反复试唱加工,注入"乡谈"和"噱头",吸收"文明戏"的表演、民间小曲和大鼓等,令听众耳目一新,又在电台播唱,因此红遍了上海及苏浙一带,还开了评弹书目用霓虹灯做广告的先河。②后来朱耀祥传子少祥、学生徐似祥等,也非常有名。除朱、赵这一脉外,还有一些人说唱《啼笑因缘》,主要有:(1)1936年起,姚荫梅根据陆澹庵的弹词改编本和张恨水原著改编演出,自成一家,为大响档;(2)范雪君于30年代末、40年代初说唱《啼笑因缘》,曾红极一时;(3)蒋云仙为朱耀祥之子少祥的学生,后又拜姚荫梅为师,得姚的指导,演出较有影响;(4)其他根据同名小说编演的,有秦纪文、许韵芳、张月泉、王似兰等。③

通过艺人们的回忆,我们可以了解《啼笑因缘弹词》是怎样从弹词文本转变成弹词演出的。据姚荫梅回忆,在1935年时,有位书场老板知道他是朱耀祥的学生,就擅自将他弹唱的书目改成了《啼笑因缘弹词》,他没有办

---

①② 剑箫、江更生、秦来来、陈平宇:《弦边自有生花笔》,《新民晚报》2007年7月22日。
③ 吴宗锡主编:《评弹文化词典》,汉语大词典出版社,1996年,第394页。

一 通俗文学与苏州评弹

法,"就根据报纸上登的弹词,编唱起《啼笑因缘》来了。第一天上台说这部书出尽了'洋相'。因当时《啼笑因缘》弹词已出版,来听书的听众百分之八十的人手中都捧着一本书,我唱一句,他们对一句。我说这部书是赶出来的,唱词不全,听众见我唱错了就摇头"。① 从姚荫梅的经历可知,虽然《啼笑因缘弹词》符合书场弹唱的规则,但艺人如果仅仅按文本弹唱,是无法很好地满足听众需求的。由于听众带着陆澹庵改编的《啼笑因缘弹词》来听书,给姚荫梅的说唱生涯出了一道难题,于是他研读原著,改变唱词,与听客交谈获取有益的建议,并且亲自跑到北京天桥去体验生活,在说唱过程中不断修改,功夫不负有心人,1945 年"他进上海弹唱《啼笑因缘》,赢得了更大的声誉,从而闻名江南"。② 他凭借深厚的艺术素养以及多方面的生活积累,使其弹唱的《啼笑因缘弹词》与原著相比,在情节安排、人物塑造、心理刻画等方面都有独特的创造,不仅篇幅大为增加,而且还充分体现了弹词的艺术特色。

根据张恨水另一部小说《满江红》改编而成的《满江红弹词》于 1934 年由利利电台播出,仍由朱耀祥、赵稼秋说唱。1935 年 1 月《满江红弹词》由上海新声社出版。这部作品保留了弹词脚本的原貌,陆澹庵曾在本书的序言中这样说道:"这一本书不能算是弹词小说,只是唱书先生用的一种脚本罢了。正正式式的弹词小说,与传奇曲本一样,要出脚色,有说白,有表白,有上场,有下场,一折一折的要分做若干折,但是这本书都没有。这本书中,除了唱篇之外,只有很简单的几条节略,在编著的时候,完全是为弹唱者便利起见。因为正正式式的弹词小说,说书先生拿了,反而不便弹唱。所以他们所收藏的脚本,都和市上通行的弹词小说不同。这一层,凡是老听客,大概都知道的。在朱、赵二君要把这脚本付印的时候,我本想把它改编做正正式式的弹词小说,但是因为事情太忙,实在抽不出功夫来,只索罢了。但是在这里却不能不说明一下。"③这部书的情节也与张恨水的小说稍有不同,为女

---

① 闻炎记录整理:《回顾三四十年代苏州评弹历史——座谈会发言摘要》,《评弹艺术》第 6 集,中国曲艺出版社,1986 年,第 249 页。
② 姚荫梅:《啼笑因缘》上册,上海文艺出版社,1988 年,序第 2 页。
③ 绿芳红蕤楼主编辑:《满江红弹词》,上海新声社,1935 年,序第 1—2 页。

主角增色不少。

《秋海棠》于1941年2月至12月在《申报春秋》上连载,它所引起的轰动与《啼笑因缘》惊人的相似。1942年7月,便由金城图书公司发行单行本,还被移植为其他的剧种,又被搬上银幕。1945年,上海大华隆记公司开设的大华书场,拟聘请正处于上升阶段的范雪君登台献艺。苦于没有合适的弹词脚本,大华书场负责人张作舟想到《秋海棠》,觉得书中角色很适合范雪君表演,便找到已成功改编《啼笑因缘》的陆澹庵,陆澹庵欣然答应于1945年春完成了《秋海棠》的改编。演出当天,近千座的书场加座至1 200多人。范雪君从此一炮打响,跃入名家响档行列,《秋海棠》成为其"看家书"之一,奠定了她在中国评弹界的地位。1946年,上海文艺界在新仙林舞厅评选文艺界各界皇后头衔,范雪君获弹词皇后。① 此外,20世纪40年代初弹唱《三笑》《玉蜻蜓》的艺人王宏蒸也根据秦瘦鸥的小说改编,与弟弟王如荪拼档演出《秋海棠》弹词,也有一定的影响。

1940年,陈范吾为严雪亭整理润饰长篇弹词《杨乃武与小白菜》。1947年张梦飞应范雪君之邀,为其编写《雷雨》三十回和《赛金花》四十回,张梦飞1960年受聘为上海文史馆馆员,传世弹词作品有《李闯王》《三上轿》《信陵君》等。②

新书目还捧红过不少名家,如姚荫梅弹唱传统书目《玉连环》《描金凤》时声名不显,而改唱《啼笑因缘》后便走红上海。秦纪文也曾唱过传统书目《文武香球》,而新书《华丽缘》《啼笑因缘》使其享誉书坛。严雪亭不满足于唱《三笑》,专攻《杨乃武》后名声大增,黄异庵放弃《三笑》,专攻《西厢记》后大受欢迎。③ 这些由文人、艺人改编润色的新书目,红遍了上海及苏浙一带,成为弹词中的经典书目,流传至今。从弹词名家争相聘请文化名人改写弹词可知,当时的文人与弹词演出的关系相当密切,如陆澹庵、戚饭牛、姚民哀等人不仅对弹词演出有浓厚的兴趣,而且对弹词韵律也有很深的造诣,同时还深入了解弹词的受众。因此,他们根据小说改编而成的弹词文本深受弹

---

① 详见秦来来:《小说〈秋海棠〉的戏剧衍生》,《新民晚报》2011年3月27日。
② 详见江更生、秦来来:《旧上海的评弹作家》,《新民晚报》2007年7月22日。
③ 详见顾锡乐:《听书话旧录》(下),《评弹艺术》第31集,古吴轩出版社,2002年,第195页。

词响档和听众的喜爱。更值得一提的是,他们不仅仅将小说改编成弹词,更身体力行地创作弹词,在理论上探索弹词写作的艺术规律。

二、弹词名篇改编成小说

近现代通俗小说的繁荣与兴盛,与科举制度的废除、报刊和印刷业的发展、稿酬制度的确立以及大都市的形成与市民阶层的迅猛发展等因素密切相关。正如范伯群指出:"工业化不仅为通俗文学升温准备了物质条件,而且也为通俗文学'制造'读者群。沉滞的小农自然经济既为都市的工商业经济所取代,市民的生活节奏的频率空前增速,人们觉得脑力和筋肉的弦绷得太紧,工余或夜晚需要松弛一下被机械的运转皮带绞得太紧的神经,这就需要娱乐和休息。"①报刊、印刷业的发展为通俗小说的大量涌现提供了物质基础,而稿酬制的确立,使文学走向市场化,大大促进了通俗小说的繁荣。

书局当然不会错过这一赚钱机会,继亚东图书馆出版有标点的旧小说之后,"1934年广益书局以大达图书供应社名义,大量排印出版加标点的通俗小说,与新文化书社竞争。虽然书籍装帧简陋,以牛皮纸为封面,字体密密麻麻,无插图,错字又多,但因书价低廉,从三折到二折、一折半,销路极好"。②

在这一大潮中,许多弹词名篇被改编成通俗小说。弹词名篇本来就情节离奇,深受大众喜爱,但囿于吴方言,不能使更多的人所熟知。因此,书局便请通俗文学家加以改编,一是改掉苏州话,二是改正不合理的地方,让更多的人能读。

江蝶庐曾将弹词《双珠凤》改写成《重编绣像完整本双珠凤全集》小说,由广益书局出版,1947年1月新二版中还保留了江蝶庐于1935年10月所作的"叙":"历来唱篇小说不下数百种,有完全唱句的,叫做盲词。有唱句间夹说白的,叫做弹词,又称做南词。比较盲词更多趣味。所以苏、申两地书场之林立,颇能引人入胜。但是弹词中的表白,喜用吴语,不能普及各省,那

---

① 范伯群:《中国近现代通俗作家评传丛书·总序》,徐斯年《民国武侠小说奠基人——平江不肖生》,南京出版社,1994年,序第3页。
② 张宇绰:《想起民国时的几家书局》,《出版商务周报》,2006年12月28日。

不是一桩憾事吗？本社因为这个意思，特地延请吴中名手，把社会通行最有名的唱篇小说，如《三笑》《描金凤》《文武香球》《玉蜻蜓》等，次第编出，颇受社会欢迎。现今又出一部《双珠凤》，在我们南边人，没有不知道这部书的名的。书中的情节十分离奇，前段如送花楼会等，更是风流蕴藉，且以后演出两桩命案，变幻百出，愈令人拍案叫绝。惟来富唱山歌一节，主仆通情，略近秽亵，现经名手改削，把山歌一一修正，较有趣味。仍不失书中的本来面目，正就是古人所说的'关雎乐而淫'呢！最后天道昭彰，判分善恶，虽不脱老小说的窠臼，却又不得不照旧译出，好叫人心为之一快！料想看书人也一定赞成的。"①

从中可知，广益书局改编了大量弹词名篇，如，《三笑》《描金凤》《文武香球》《玉蜻蜓》等。江蝶庐还改编过《玉夔龙全传》，也由广益书局出版，正文前有作者1937年的自序。1988年中国书店还根据广益书局本影印出版由梦花馆主编的《白蛇传前后传》小说。

有些弹词名篇因为深受大众喜爱，被不同的书局请人改编成多部小说。如，程瞻庐将弹词《三笑》和《换空箱》的故事融为一体，改编成《唐祝文周四杰传》小说，初版于20世纪30年代，现有重印本。程瞻庐在小说的楔子中通过张老先生之口，表达了他改编的目的："苏州式弹词的势力范围只不过于江苏的苏常镇、浙江的杭嘉湖，大江以北的人，便不喜欢苏州式的弹词，听了也不易了解。其他各省，益发没有苏州式弹词的立足点了。我以为唐祝文周四大才子确是小说中的好脚色，所可惜的，《三笑姻缘》《八美图》《换空箱》等书，都是弹词体例，其中对白，完全是吴侬软语，他方人见了，宛比天书艰读。倘把唐祝文周四大才子的许多佳话，不用弹词体描写，而用平话体描写，顺便把许多不合情理的地方一一加以校正，我想这部书的销行一定很广的。"②

何可人也将《八美图》《三笑》《换空箱》这三部弹词改写成了《唐祝文周全传》小说，江苏广陵古籍刻印社1984年根据良友合作社印本重印时，在正文前保留了作者写于1935年的自序。何可人在《唐祝文周全传》中说："《八

---

① 周良、朱禧：《弹词目录汇抄、弹词经眼录》，古吴轩出版社，2006年，第87页。
② 程瞻庐：《唐祝文周四杰传》上册，吉林文史出版社，1986年，楔子第7页。

美图》《三笑》《换空箱》这三部书,都是苏州式的弹词,又是吴侬软语,它的势力,只限于江浙两省。大江以北的人,读了不易了解,现在改为平话撰述。顺便再把不合情理的地方,加以纠正,我想这部书比较它这三部书,容易一读吧。"①此外他还著有《唐祝文周全传续集》,其实是《唐祝文周全传》的下集,自序于1936年3月12日,海天出版社1988年重印。

广益书局的竞争对手新文化书社也改编出版过不少弹词,如薛恨生改编的《海公小红袍》,共四十二回,1934年由新文化书社出版。

从以上的事例来看,不仅通俗作家直接参与弹词的创作,成就颇丰,而且通俗小说改编为弹词,得到吴语地区广大听众的欢迎。弹词改编为通俗小说,更使弹词的精彩内容,为全国范围的读者,能借此打破语言的隔阂,欣赏弹词名篇的风采。此皆互文作用所创制而成的良好效果,显示了弹词与通俗小说互文作用的无限魅力。

---

① 何可人:《唐祝文周全传》,江苏广陵古籍刻印社,1984年,序第1页。

二 通俗文学与戏曲话剧

(鲍开恺 艾立中)

导言 125

第一章 《一缕麻》戏曲改本的跨世纪影响 131
    第一节 小说《一缕麻》的创作过程与思想意义 131
    第二节 京剧《一缕麻》的影响及其对小说的反哺 133
    第三节 越剧《一缕麻》的改编与再创作 136

第二章 徐卓呆的滑稽剧 139
    第一节 现实性题材的滑稽剧 140
    第二节 改编自古典戏剧的滑稽剧 147

第三章 《啼笑因缘》的戏剧因缘 153
    第一节 《啼笑因缘》戏剧改编本概况 153
    第二节 《啼笑因缘》戏剧改本对人物、情节的再创作 155
    第三节 戏剧改本主题思想的演进 161

第四章 《青城十九侠》与戏曲的关系 165
    第一节 还珠楼主的戏曲情结 165
    第二节 北京市档案馆中的《青城十九侠》剧本 167
    第三节 京剧《青城十九侠》主题和情节的改编 170
    第四节 京剧《青城十九侠》的人物形象的改编 177

第五章 《秋海棠》小说与话剧、戏曲的互文 181
    第一节 话剧《秋海棠》的主题 182
    第二节 话剧剧本与小说原著的互文 186
    第三节 《秋海棠》的戏曲改编及影响 190
    第四节 《秋海棠》小说与话剧、戏曲的互动共生 192

导　言

晚清民国以来,通俗小说和戏剧都得到了迅猛发展,都经历了由古典到现代的一个转型过程。当时,中国社会面临空前的危机,危机引发了中国有识之士的忧虑,社会各界改良和革命的声音此起彼伏,新旧思潮正发生激烈的冲突,受其影响,小说界和戏曲界都兴起了一场改良运动,很多文化界人士包括思想家、文学家、学者以及不少戏曲演员都积极参与,他们试图借小说革命和戏曲改良以唤醒国人,鼓吹社会变革。

一

从中国文学史和艺术史看,小说和戏剧在过去都被视为通俗文艺,尽管古代有《牡丹亭》《桃花扇》《红楼梦》如此典雅的小说和戏剧,但依旧被看作"末技""小道"。但到了清末民初,特别是五四时期,随着新文化运动的兴起,小说和戏剧的地位得到了空前提高,取代了传统的诗文,占据了近现代文学的中心位置。晚清民国的文化界精英为推进中国思想和文化的变革尽心竭力,他们"发现"了小说这一通俗文艺作为宣传工具的诸多优点,还把戏曲也包含在小说中,认为戏曲是小说的分支,这种认识一直延续到五四运动前夕(1918)。因此,现在研究者把1902年梁启超所写的《论小说与群治之关系》既当成是小说改良的宣言书,又看作是戏曲改良的纲领性文献。梁启超在《论小说与群治之关系》中强调:"我本霭然和也,乃读林冲雪天三恨,武松飞云浦一厄,何以忽然发指?我本愉然乐也,乃读晴雯出大观园,林黛玉死潇湘馆,何以忽然泪流?我本肃然庄也,乃读实甫之《琴心》《酬简》,东塘之《眠香》《访翠》,何以忽然情动?若是者,皆所谓刺激也。"①梁启超把《水浒传》《红楼梦》两部小说和古典戏剧《西厢记》《桃花扇》放在一起论述,由于梁启超在当时的学术思想界地位显赫,他的观点是最有代表性的,故后来学者多认为当时文化人都把戏曲归属于小说。由梁启超等十人于1903年合撰的《小说丛话》提出:"中国韵文小说,当以《西厢》为巨擘,吾读之,真无一句一字是浪费笔墨者也",②"故中国小说界,仅有《水浒》《西厢》《红楼》《桃花扇》等一二书执牛耳,实小说界之大不幸也"。③可见,梁启超等人是把中国古典戏剧看作是小说的一种。当然,戏曲并非是完全韵文,而是韵散结合。需要特别指出的是,梁启超的观点并非无源之水,在此前的1897年的《国闻报》中的《本馆附印说部缘起》(作者严复、夏曾佑)说:"其具有五易传之故者,稗史小说是矣,所谓《三国演义》《水浒传》《长生殿》《西厢》,'四梦'之类是也。"④梁启超受此文观点影响很深,他在《小说丛话》中说:"天津《国闻报》初出时有一雄文,曰《本馆附印小说缘起》,殆万于言,实成于几道与别士二人之手。余当时狂爱之,后竟不衷集。"⑤

除了梁启超之外,从清末到民国初年,相当多的文化人发表了一系列古典戏剧(即戏曲)属于小说的观点:

夏曾佑《小说原理》(1903)云:"曲本、弹词之类,亦摄于小说之中。"⑥

俞佩兰《女狱花序》(1904)云:"中国旧时之小说,有章回体,有传奇体,有弹词体,有志传体,朋兴炎起,云蔚霞蒸,可谓盛矣。"⑦

老伯《曲本小说与白话小说之宜于普通社会》(1908)云:"吾知曲本小

---

① 梁启超:《论小说与群治之关系》,徐中玉主编《中国近代文学大系·文学理论集》(二),上海书店,1995年,第305页。
② 梁启超:《小说丛话》,徐中玉主编《中国近代文学大系·文学理论集》(二),上海书店,1995年,第312页。
③ 梁启超:《小说丛话》,徐中玉主编《中国近代文学大系·文学理论集》(二),上海书店,1995年,第325页。
④ 严复、夏曾佑:《本馆附印说部缘起》,徐中玉主编《中国近代文学大系·文学理论集》(二),上海书店,1995年,第248页。
⑤ 梁启超:《小说丛话》,徐中玉主编《中国近代文学大系·文学理论集》(二),上海书店,1995年,第310页。
⑥ 夏曾佑:《小说原理》,徐中玉主编《中国近代文学大系·文学理论集》(二),上海书店,1995年,第254页。
⑦ 俞佩兰:《女狱花序》,徐中玉主编《中国近代文学大系·文学理论集》(二),上海书店,1995年,第400页。

说,滥觞于《西厢》传记,其将由此而日新月盛,渐泛溢于普通社会,殆亦时势之所必然者矣。"①

由上可见,清末民初文化改良者一度用"韵文小说""曲本小说""传奇体""戏剧之体"等称法取消戏曲(包括弹词)文体的独立性,而使小说的内涵大大拓宽了,戏曲、小说二体的界限变得模糊,并成了一种文体。

从古代文学史来看,明清作家对戏曲、小说倒是区分得很清楚,为何在晚清民国变得模糊呢？笔者认为,最主要原因是严复、梁启超等文化改良主义者采用了实用主义的宣传方式,认为小说与戏曲都能发挥"新民"的作用。他们也受欧美思想的影响,极力推崇小说。正因小说对广大民众的影响要远强于一般的学术书籍以及诗文,况且小说和戏曲叙事内容相近,影响也几乎相当,文化改良者遂合二为一,以便做宣传之用。到了五四新文化运动前夕的1918年,多位学者在《新青年》五卷四号的《戏剧改良专号》上发表文章,畅谈戏剧改良,此前戏曲和小说不分的混乱局面至此已消失。在清末民初,《西厢记》是被当作小说最多的一部古典戏曲,到了1918年,这一情形再也没有出现了,可见大家对戏曲内涵的认识已经完全清晰,这证明实用主义的宣传终究要让位于科学的认识。

二

明清时代的小说和戏曲关系就非常密切,很多经典小说经常被改编成戏曲,到了晚清民国,通俗小说和戏剧关系依然难舍难分,很多作家是两者皆能手,既创作小说,又编写剧本,包括戏曲和话剧,如包天笑、还珠楼主(李寿民)、徐卓呆等,他们的小说和戏剧在当时拥有众多读者和观众。

本文主要研究小说和改编剧本俱全的互文作品。但从现存的作品来看,作品的留存情况并不理想,尤其是剧本,少部分剧本发表了,但更多的剧本没有公开发表,只供剧团内部使用,可能只有剧团极少人掌握,一旦发生

---

① 老伯:《曲本小说与白话小说之宜于普通社会》,《二十世纪中国小说理论资料》第一卷,北京大学出版社,1989年,第308页。

变故,剧本非常容易失传。有些剧本在后来的排演过程中被不同剧种排演,剧本改动幅度非常大,也当作为本文关注点。

经过笔者的查找,目前纳入研究范围的通俗小说包括包天笑的《一缕麻》(1909),张恨水《啼笑因缘》(1930)和秦瘦鸥《秋海棠》(1941—1942),还珠楼主《青城十九侠》(1935—1943),这四部小说都广为流传,都被改编成剧本。《一缕麻》1916年被改编成京剧,由梅兰芳主演。《一缕麻》本为文言小说,1944年包天笑将其改写为白话小说,1946年越剧演员范瑞娟、袁雪芬将其再改编成越剧,轰动一时,至今越剧《一缕麻》仍有演出。

还珠楼主《青城十九侠》是民国武侠小说的重要作品,和他的《蜀山剑侠传》齐名,但《青城十九侠》没有完成,因此从艺术的完整性上看不如《蜀山剑侠传》。但是《蜀山剑侠传》的剧本没有留下来,而《青城十九侠》留下来了。这个剧本没有公开发表,笔者是在北京档案馆中查资料时发现的,当年尚小云剧团在排演《青城十九侠》之前,将剧本送给北平市社会局审查存档,故今天还能看到。

徐卓呆是通俗小说和滑稽剧重要作家,他创作了大量通俗小说和滑稽剧,深受市民阶层的喜好,被誉为"幽默太师""近代东方朔""东方卓别林"。据徐卓呆自己称,他写了三十多出滑稽戏,涉及了当时社会的家庭、婚姻、财产等多方面,包括《人财两得》《王子何在》《卖卜者》《虚饰家》《拘魂使者》《婆媳》《上下两对》等等。

本文按照小说和戏剧的产生时间,依次对《一缕麻》、徐卓呆的戏剧、《啼笑因缘》、《青城十九侠》、《秋海棠》展开讨论。

综观晚清民国的通俗小说和戏剧之间的关系,大致有以下特点:

首先,小说和戏剧之间的关系比以前更密切。在现代报刊和戏剧演出市场的推动下,通俗小说被改编成剧本的节奏加快。在古代,很多小说改编成戏剧要隔较长时间,诸如《水浒传》在明初出现定本,流传至明中叶才有李开先的《宝剑记》。《聊斋志异》康熙年间问世,到乾隆年间才有剧本出现。《红楼梦》作者曹雪芹约在1763年去世,程伟元刻120回《红楼梦》于1792年问世,孔昭虔编单折戏《葬花》剧本是在1796年,仲振奎作《红楼梦》传奇是在 1797 年。古代小说创作和戏剧改编大部分是文人个人的自由行为,①主要是为了抒情言志。到了晚清民国,随着现代出版市场的发展,出版界的资本家和小说家形成了利益链,通俗小说的创作和市场紧紧联系在一起,通俗小说的传播和接受速度大增。而当时的演出团体也强调剧目的影响力以及票房,因此,戏剧作家在小说还在连载的时候,就将其改编为戏剧,例如:《啼笑因缘》连载于 1930 年 3 月 17 日至 11 月 30 日《新闻报》,但 1930 年 5 月 21 日,沪剧《啼笑因缘》首演于中南剧场;《青城十九侠》于 1935 在《新北平报》连载,并不断结集出版,一直到 1943 年,而尚小云于 1936 年 12 月首次将《青城十九侠》搬上京剧舞台;《秋海棠》于 1941 年 1 月 1 日至 1942 年 2 月 13 日连载于《申报》的副刊《春秋》,1942 年 6 月 8 日,文滨剧团在大中华剧场首演沪剧《秋海棠》,1942 年 12 月 24 日,话剧《秋海棠》问世。

徐卓呆的滑稽剧虽然是独创,找不到小说蓝本,但有些似乎与他的小说有一定的关联,如戏剧《卖卜者》和小说《卖卜处》,笑话《实用情人占卜法》和戏剧《爱情试验表》等,这体现了他对某一类故事或题材的兴趣。

由上可见,通俗小说和戏剧的传播和接受速度几乎是同步的。一方面,通俗小说给戏剧改编者提供了丰富的题材,为戏曲的改良和话剧的民族化做出了贡献,譬如《一缕麻》为京剧和越剧的改良提供了好题材,《啼笑因缘》和《秋海棠》为沪剧的改良做出了贡献,也推动了话剧的民族化。至今,这几个剧目还在上演,不同时代的戏剧改编者根据时代精神和观众心理,提炼出了不同的主题。另一方面,戏剧改编者通过搬演,更广泛传播了通俗小说。经过了舞台展示,一些小说家会重新加工其小说。包天笑的《一缕麻》本为一篇三千多字的文言小说,梅兰芳演过之后,包天笑在 1944 年将其改成一万八千字白话小说。话剧《秋海棠》演过之后,根据观众和评论家的反馈,1957 年小说《秋海棠》再版的时候,结尾变得与话剧一样。如此,小说和戏剧形成了互文的关系。

其次,戏剧改编者总体上是尊重小说原著的,但因为舞台的限制,对原

---

① 明末清初的冯梦龙和李渔是古代著名的通俗文学创作家和出版家,他们的创作和出版行为有较强的商业性。

著情节做了较大删减。如小说《青城十九侠》，现存106回，情节复杂，人物众多，奇禽怪兽遍布全书，仙境幻景层出不穷，舞台上根本无法再现，而剧本《青城十九侠》追求现实性，删掉了绝大部分奇幻场面和情节，由于编剧主要是表现尚小云的功夫，故剧本就选择了一个女侠——吕灵姑，线索设为两条，一条是灵姑苦心学艺为父报仇，另一条是灵姑协助清官侦破命案，两条线索时有交集。

总之，晚清民国的通俗小说和戏剧之间的互动关系，是通俗文学乃至通俗文化演进的重要内容，其中涉及的作家、报刊、市民读者、演员和观众等方面的关系，直到今天仍有学术价值和现实意义。

第一章 《一缕麻》戏曲改本的跨世纪影响

在通俗文学史上，包天笑的文言短篇小说《一缕麻》由京剧大师梅兰芳演绎，与戏曲结下了不解之缘。之后，它又屡次被其他剧种改编，每一次再度创作，均获得了普遍的好评与巨大的反响。时至百年之后，《一缕麻》依然活跃于当今的戏剧舞台，焕发着历久弥新的艺术魅力。

第一节 小说《一缕麻》的创作过程与思想意义

包天笑的文言小说《一缕麻》，最初发表于1909年《小说时报》第二期。《小说时报》由陈冷血（景韩）、包天笑轮流主编，所谓"轮流"，即第一期由陈冷血主编，第二期就由包天笑担纲，以此类推。包天笑曾在《秋星阁笔记》中自述《一缕麻》的写作经过：

> 民初编《小说时报》的时候，我也常常写短篇小说，这时还是用文言的时候多。我的取材，每喜向妇人女子口中搜集之。《一缕麻》的故事，就是向一个女佣人的口中得来的。所云某知府的小姐，与某道台的少爷，那不过信手拈来，然而男女两家都是世族，那是真的。男的是个傻子，女的是个女学生，女学生到了男家，得了白喉症，傻新郎在洞房中伺候新娘的病，以至也传染了，一病不起。等到新娘病愈清醒过来，看见头上扎了一缕麻，觉得很对不起新郎，向灵前哭拜，这些都是事实。①

---

① 包天笑：《秋星阁笔记·一缕麻》，《大众》，1943年4月号。

包天笑还讲述：讲故事的是一个专司梳头的女佣，由于当年妇女的发式相当"复杂"，因此有一种女佣是专门定时轮流到各家梳头，一天要走好多家，于是她们就成了各家"张长李短"的传播者。包天笑之"每喜向妇人女子口中搜集之"，是因为这种小说只要有一定的意义，也就往往很受市民读者的欢迎，颇合他们的胃口，也有一定的移风易俗的效果。

《一缕麻》讲述了"盲婚"促成的一段婚姻悲剧。小说的背景是清末，当时的社会正处于新旧交替时期，女主角便是一位受过良好教育的女学生。然而，中国人千百年来根深蒂固的封建思想，绝不可能在"西学东渐"的短期影响下立刻消失。"盲婚"的罪孽，"再醮"的耻辱，依然深深地扎根于社会。尽管男女双方成亲之后并无夫妻之实，最终，女子依然甘愿为男子守节，长斋礼佛，终身不嫁。作者的初衷在于批判"盲婚"，双方的结合原本是不幸的。及至文末，转为对真情的坚守，主题为之变奏。

包天笑当年曾收到一位女士的读者来信，对《一缕麻》的结局表示异议。信中说：

> 中国男女之情，向来总是说到恩爱两字，实在恩与爱是两回事，不能并为一谈。《一缕麻》中新娘的对痴郎，只有恩而没有爱。对于恩可以另行图报，而不必牺牲其爱，而尽可以另行觅我的爱人。①

这位女士的观点，在当时显得颇为前卫，放到今天来看，则是完全值得认同的。对此，包天笑也知道她说得有理，但当时他只是回复说："我的意思，以为人总是感情动物，因感生情，因情生爱，那是最正当的。某女士说：对于恩可以另行图报，但痴郎已死，试想何以图报之法。她自愿牺牲爱情，我们何能斥其为非呢？"②事实上，在当时的社会背景下，即便是有名无实的夫妻，在男方死去之后，女方迫于传统观念依然很难再嫁他人。特别是此类所谓"诗礼传家"、具有一定社会地位的缙绅世族人家，再醮之妇要承受巨大

---

① 包天笑：《秋星阁笔记·一缕麻》，《大众》，1943年4月号。
② 梅兰芳口述、许姬传笔记：《缀玉轩回忆录（二）》，《大众》，1943年2月号。

的道德谴责和舆论压力。尽管小说的女主角接受过新思潮的影响,却依然无法掩盖其骨子里传统淑女的保守本质,她不可能放下体面和所谓的"金石冰雪"之贞去追求另一段婚姻。作者以新娘的"自愿"为解释,实是新娘受社会舆论压力的无奈之举。而包天笑的回答,虽然对一个也有一定新思想的作者而言,自知勉强,但是小说在当时只能这样结局,于是就推说新妇"自愿",也确是作者无奈的解答了。

第二节 京剧《一缕麻》的影响及其对小说的反哺

《一缕麻》写成之后,作者包天笑本人并未期许其获得与众不同的影响。然而,数年之后,这部小说的命运发生了新的转折,梅兰芳在友人的推荐下,欲将小说改编成时装京剧,致信作者,征求其同意。此时期的梅兰芳,正处于声名鹊起的事业上升期,包天笑一口答应了。于是,京剧《一缕麻》由齐如山编剧,于1915年首演,先后在京津沪演出,轰动一时。1927年,该剧又被电影编剧郑正秋改编为《挂名夫妻》,由阮玲玉主演,在银幕上亮相,这是阮玲玉演出的第一部电影,也就成了阮玲玉的成名之作。

关于京剧《一缕麻》的改编过程,梅兰芳先生曾自云,该小说由吴震修先生向他推荐,"我带回家来,费了一夜工夫,把它看完了。也觉得确有警世的价值,就决定编成一本时装新戏。……我们编这《一缕麻》的用意是要提醒观众,对于儿女的婚姻大事,做父母的不能当做儿戏替他们乱作主张。下错一着棋子,满盘就都输了。后悔也来不及了"。①

梅先生上演《一缕麻》时,社会风气较之原作发表之时,已然开放许多。观众在被曲折的剧情打动、为主人公悲剧扼腕的同时,也在思考着时人的婚姻观。剧中,林小姐上轿之前与父亲的对话,随着梅兰芳与贾洪林表演的层层推进,将"情"与"理"的矛盾推向了极致。最终,为了顾全士绅家庭的颜面,林小姐牺牲了自己的幸福。每演至此,台上台下声泪俱下,令人动容。关于此剧对当时人婚姻观念的启示作用,梅兰芳先生曾述及在天津演出时

---

① 梅兰芳口述、许姬传笔记:《缀玉轩回忆录(二)》,《大众》,1943年2月号。

发生的一段真人真事:"当时有一位万宗石先生,一位易举轩先生,两家都是很有地位的人,而且还是世家,爱好结亲,万家的小姐,许与易家的少爷,后来少爷得了精神病,有人主张退婚,但是两家都恪于礼教,迟疑不决。有几位热心朋友,就怂恿男女两家的人,去看《一缕麻》,万小姐看完了这出戏,回去大哭,感动了她的父亲,就托人来跟易家交涉退婚。易家当然没有话讲,就将婚约取消了,万家小姐不致牺牲了一生之幸福。由此看来,不能不说是看了这出戏的影响。可见戏剧是游戏,对于世道人心,移风易俗的力量,实在不小。"①受到剧情的震动,挽回了一段很可能发生的婚姻悲剧,这不能不说是戏剧的感染力所致,也说明文学作品的主题与思想是可以随着时代的发展而变化的。

梅兰芳版《一缕麻》,将结局作了一个很大的改动:新娘由于种种的矛盾,在巨大悲痛中用剪刀刺破喉咙,自尽身亡。这显然比原作中守节终身的结局更能达到触目惊心的悲剧效果,且更能强化"盲婚"对人性的残害,达到批判旧体制、旧观念的目的。梅兰芳改变了包天笑小说中主题的"变奏",强化了"盲婚"的"吃人"的本质。

在演出过程中,除了保持原作的思想意义与文学价值,还必须充分发挥戏曲艺术的特长,用唱念做打、手眼身法步去填补文字所未尽的空白。梅兰芳先生唱念俱佳,声情并茂,对人物性格、情感的理解非常到位。他所塑造的女主角形象,细致感人,该剧成为梅派艺术中较为独特的亮点。此外,剧中其他主演的精湛艺术与默契配合,也共同促成了该剧的成功。梅兰芳曾说:

> 我演出的时装戏,要算《一缕麻》比较好一点。……尤其是贾洪林、程继仙、路三宝这三位成熟了的演员,在这出新戏里的演技,有特殊的成就,所以观众对他们的印象都很好。贾洪林死后,别人扮演林如智,就比不上他的紧凑,观众的反映也两样了。②

梅兰芳特别赞扬了贾洪林对人物的上佳设计与唱腔上的创造性:当戏

---

① 梅兰芳口述、许姬传笔记:《缀玉轩回忆录(二)》,《大众》,1943年2月号。
② 梅兰芳:《梅兰芳回忆录——舞台生活四十年(下)》,北京团结出版社,2006年,第257页。

演到新娘临要上轿时,女儿坚决不肯上轿,门外又频频催促,鼓号声响成一片,大大增加了全剧的紧张氛围。这一僵持如何破局,对梅兰芳来说确是全剧的最大的难关,在改编时,戏就卡在这个"重要的关子上",梅兰芳深深懂得,对一个受过新教育的女子,必须有一个强大的理由才能使她勉强上轿,甘愿去牺牲自己一生的幸福。如梅兰芳不能说服自己,又何能令台下的观众信服?在这个难越过的大坎面前,贾洪林花了整整两夜时间,几经琢磨,才帮梅兰芳将这一难关打通。贾洪林经层层"说服"无效,作为父亲的扮演者,他使出了最后一招:"'就算我做父亲的不好,将你许配了一个傻子。可是这门亲是你没有养下来就给你定的。也不是我一个人作的主,你那死去的母亲她,她,她,给你定下了的。如今你若是执意不肯上轿,叫为父的为难,倒也罢了,连累你那死去的母亲,被人议论,你是于心何忍,你若再不上轿,我也没有脸见人,只能找个深山古庙去躲着,了此余生了。好女儿,你要仔细地想一想!啊……'他说到这里,竟是声泪俱下,非常沉痛,女儿林纫芬才决定牺牲自己,上轿去了。由于他的演技逼真,连我这假扮的林小姐听了也感动得心酸难忍。台下的观众,那就更不用说了,一个个掏出手绢来擦眼泪,因为前面的场子,看不出他们父女间有什么恶感。相反的,林如智还是很疼爱这个独养女儿……观众明白当时社会的风气,退婚有关两家的面子,是不容易做到的,才流下这同情的眼泪。"①而观众在流泪中,也会感受到这个作父亲的至今已"后悔莫及",大家受到的教育是在以后生活中不能无视子女的婚姻大事,再也不能"铸成大错"了。贾洪林的演技不仅炉火纯青,而且他的情景设计亦属上乘,如果女儿再不上轿,既会"辱没"已死的母亲,也会"葬送"年老父亲晚年的幸福,至少是名誉受到莫大的损害,于是出路只有一条,那就是只能牺牲自己了。这几位艺术家共同打磨的唱腔与表演,兼之天衣无缝的合作,形成了舞台上张弛有度、扣人心弦的艺术效果。

不惟小说影响了戏曲,戏曲的上演也会反作用于小说。1943年,梅兰芳口述、许姬传笔记的《缀玉轩回忆录(二)》中,在《新戏感人举一实例》一节,专门谈到了《一缕麻》的社会效应。鉴于京剧《一缕麻》的广泛社会影响,包

---

① 梅兰芳口述、许姬传笔记:《缀玉轩回忆录(二)》,《大众》,1943年2月号。

天笑再将文言小说《一缕麻》改写成白话小说,在1944年《大众》第十、十一月号上连载。改写后的《一缕麻》,由原来的三千多字扩充到了一万八千多字。文言小说中的主要情节与人物形象都依然保留,只是在此基础上,白话小说又增添了许多新的情节,例如,傻少爷在新婚之夜面对新娘既喜爱又语无伦次的憨傻之状,伺候生病的新娘时蛮劲十足的真情与执着,等等。其中不乏有一些带着傻劲的动人话语。当时新娘得的是可怕的传染病,连房中的女佣也躲得远远的,家人劝他不要再服侍新娘,立即隔离。"他说:'我情愿替了她的病。''别的可替,病是不能替的。'人家这样劝告他。'不能替,我偏要替。'他说,'我记得我病的时候,吾母亲也服侍我,因为母亲疼我,我现在服侍新娘子,因为我也疼新娘子,我舍不得离开她。''但是你从前所患的病,不是那种险恶的传染病。这是一种险恶的传染病,传染着了,便要死的。''死就死一回也不要紧。'他说,'倘若人人怕死,病人大家都不管她,她自然更活不下去了。'"新娘子在半昏迷状态中,也深感其"意至诚恳"。傻少爷因传染此病将逝时,"还悬念新妇病状,他嘱咐他的父母,以后要好好看待她,疼爱新妇,即是疼爱儿子"。① 演出令人在捧腹之余,为人物的憨直而情深所感动。小说改写之后的戏剧情境与鲜活语言,在一定程度上是受到了舞台演出的影响;也等于回答了那个写信给包天笑的女青年,这就是使新娘从恩生爱的情缘。包天笑在扩写成白话时,使故事与人物悲剧、喜剧两方面的因子都得以充分地展现和发挥,获得了多重的审美意蕴。

第三节 越剧《一缕麻》的改编与再创作

1946年,著名越剧演员袁雪芬、范瑞娟在上海明星大剧院演出了越剧《一缕麻》,成为《一缕麻》的又一个深入人心的舞台版本。精彩曲折的剧情,栩栩如生的人物形象,优美动听的唱腔,珠联璧合的表演,兼之20世纪40年代越剧在上海的广泛观众基础,该剧获得了极为热烈的反响,上座率达到"十成里的十三成"。剧中,范瑞娟演唱的"新娘子真好看"、袁雪芬演唱的

---

① 包天笑:《秋星阁笔记·一缕麻》,《大众》,1944年10、11月号。

"思前想后像做梦"等唱段,脍炙人口,成为范派和袁派的经典名段。尤其是范瑞娟所塑造的"呆大"形象,既善良淳朴,又憨傻可笑,颠覆了传统越剧小生儒雅俊逸的风格,创造性地将小生与丑角的某些表演程式完美地结合在一起,使这一人物成为"范派"小生中别具一格的艺术形象。

在之后的数十年中,《一缕麻》中的唱段曾被几代范派、袁派传人传唱过。1998 年,《一缕麻》由梁永璋导演,拍摄成越剧电视剧,主演为浙江小百花越剧团的江瑶、颜恝。在电视剧版本《一缕麻》的末尾,呆少爷的父母经历了丧子之痛后,将女主角的初恋沈君玉认为义子。尽管该剧并未让二人复合,却暗示着日后尚有再结姻缘的可能。这就改变了女主角守节终身的结局,使浓重的悲剧氛围稍有缓和,体现了 20 世纪 90 年代对恩情、爱情与婚姻更为开明的观念。

进入 21 世纪之后,由杭州越剧院徐铭、谢群英所主演的新版越剧《一缕麻》,再次掀起了该作新的高潮。在 2004 年"一代风华"的范瑞娟专场演出中,徐铭由范瑞娟老师亲点,演出了《一缕麻·洞房》一折,获得了如潮的好评。于是,杭州越剧院再接再厉,重新改编演出了全本越剧《一缕麻》,使该剧又焕发出新的活力。以至于,《文学界》在 2007 年第十一期又重刊了包天笑的《一缕麻》原作,使更多当代读者有机会了解这部小说。

此次杭州越剧院的改编本《一缕麻》,由杨锐编剧、展敏导演。该版本的情节、人物形象、思想观念等方面,均在范、袁二位演出本的基础上,做出了较大的修改、剪裁与加工。剧中,男女主角年幼时便相识,男主角曾舍身救过女主角一命,且因此而落下痴呆之症。女方的父亲为了报答男方的恩情,故将女儿许配与痴郎。才貌双全的女主角,不得不离开相爱多年的初恋,痛苦地嫁给了一个毫不般配的痴傻相公。新婚之夜,新娘突发白喉,危在旦夕。由于此病极易传染,家中无人敢去接近新娘。此时,只有傻少爷端汤送药,给了新娘无微不至的关爱。他傻头傻脑的真诚、纯真无邪的爱心,逐渐消融了新娘心中的冰雪。待新娘病愈之后,方知呆新郎由于照顾她而染上重症,不省人事。新娘悲伤自责,戴上一缕麻,愿为痴郎守节。出乎意料的是,痴郎在此时突然惊醒,与新娘结为良缘。该版最颠覆性的改动是,结局由悲剧变为彻底的喜剧——呆大少爷不仅起死回生,而且他的呆病竟也不治而愈,变成了一位英俊潇洒、才华横溢的相公。珍珠配美玉,才子配佳人,最终成就了一段皆大欢喜的美满姻缘。剧末,恢复才智的新郎饱含激情地演唱了一段新曲:"新娘子真好看,宛如那月里嫦娥下广寒。白莲花红牡丹,淡妆浓抹总天然。愿与你人约黄昏后,愿与你千里共婵娟。"①——俊逸风流的表演、跌宕起伏的唱腔,呆新郎终于变成一个儒雅的"巾生"形象。此段唱腔与上半场的范派名段"新娘子真好看,要比我妈妈还好看"相呼应,前者憨态可掬,后者温柔多情,每演至此,台上台下百感交集,博得喝彩连连。

在日益多元化的21世纪,包办婚姻、贞节烈女已经远离当代人的生活,无法获得当今观众的共鸣。杭州越剧院的《一缕麻》,与时俱进地将原作的反封建、反礼教主题,转变为对纯真质朴的人间真情的歌颂。这是对真情的呼唤,是21世纪弘扬真、善、美的时代强音。

杭州越剧院的《一缕麻》,在浙、沪、港等地巡回演出,所到之处,好评如潮,创21世纪地方戏票房的新高。扮演"呆大"的徐铭,扮相、嗓音酷似当年的范瑞娟。在该剧上演之初,她尚属青年新秀。由于徐铭在《一缕麻》剧中的出色表现,她在2011年获得了中国戏剧最高奖——梅花奖。《文艺报》曾刊登记者于烈的《〈一缕麻〉收获票房推出名角》一文,盛赞该剧在"推陈出新""捕捉票房""出戏出名角"几方面均获得显著的效益。文末,作者写道:"原中国剧协副主席、戏剧理论家刘厚生说越剧改革成功的标志是又叫好又叫座,如果能赚钱又能推出名角就是大成功。'杭越'做到了。"②在地方戏曲普遍不景气的今日,《一缕麻》的典型范例着实令人振奋,足见这部作品在跨越百年之后,仍然能挖掘出更多的亮点、更戏剧性的元素与更深刻的思想内容。

从包天笑小说《一缕麻》发表至今,历经百年有余,由于时代的变迁、舞台的需要和剧种的特色,在主题思想、情节内容、人物形象等方面,《一缕麻》屡经改编,越打磨越精致,与时俱进。同时,舞台演出的轰动效应反作用于原著,从文言小说到白话小说的改写,再到百年之后重新被刊发,小说几度升温,魅力不减。

---

① 杨锐:《一缕麻(越剧)》,根据杭州越剧院演出录像记录。
② 于烈:《〈一缕麻〉收获票房推出名角》,《文艺报》,2008年1月24日。

二 通俗文学与戏曲话剧

第二章　徐卓呆的滑稽剧

在20世纪20年代的中国剧坛上,有一位擅长写滑稽剧和滑稽小说的通俗文学家,那就是徐卓呆,他号称东方的卓别林、笑匠、幽默太师、近代东方朔。

徐卓呆(1880—1961),苏州人。本名傅霖,号筑岩,别号半梅,他的笔名还有闸北徐公、半老徐爷、李阿毛等。徐卓呆兴趣广泛,曾留学日本学习体操,后来他与夫人汤剑我创办了中国最早的体操学校。徐卓呆又酷爱戏剧,能编戏,能演戏,又能导演,后来又投身电影界,可谓才情宏富。

徐卓呆在清末的时候就开始从事新剧运动,经常在一些刊物上发表文章,顺应时代潮流,提倡新剧,翻译国外小说和戏剧,宣传戏剧改革,据他回忆,在上海时"单枪匹马,独自做着剧运的摇旗呐喊者,相当的困苦。因为一来找不到真正的同志,二来虽然常在报纸上发表文字,提倡新剧,但都是空议论,没有具体的东西给人家看。而王钟声辈,又失败得凄惨,给上海人民的印象太坏了。所以我在此时,只有自己努力去从事学习"。①

可见徐卓呆最初是由一个理论家转变为一个实践家。后来他不断看书,看戏,揣摩表演技艺,还学了化妆术和武术,徐卓呆是全力以赴投入戏剧的。他与当时一些著名的新剧活动家王钟声、欧阳予倩、郑正秋、汪优游等人都有交往,成为推动早期新剧运动的重要人物。1917年,张謇欲创办南通伶工学校,聘欧阳予倩为负责人。欧阳予倩顺邀徐卓呆同去日本考察当地的俳优教育。不过,在从事戏剧运动的同时,徐卓呆还在创作小说。据徐自称,1904年的时候,他写过一篇长篇章回体小说,叫作《明日之瓜分》,1911

---
① 徐半梅:《话剧创始期回忆录》,中国戏剧出版社,1957年,第21—22页。

年2月发表了短篇小说《卖药童》,1913年发表了短篇小说《微笑》。在笔者看来,《卖药童》对当时社会上层的抨击、对底层的怜悯达到了一个很高的水准,若放置于五四以后新文学优秀短篇之列,也毫无愧色。

徐卓呆特别崇拜喜剧大师卓别林,因此他日后就以创作滑稽剧为主。他说"我本来编好有三十多出滑稽戏,从来没有发表过",[①]但是徐卓呆也意识到滑稽剧的问题所在:"滑稽戏这个东西,看来非常容易表现,人家看过一遍,也就会拿去依样画葫芦,不需要看你的原本如何;但换了一批人去演往往容易变质,为了这个缘故,我的滑稽戏也只写了三十多出,从此不再编下去了。"[②]当时,对滑稽剧也没有固定的称呼,发表的时候称喜剧,或者笑剧、趣剧、趣戏,为了统一,本文用"滑稽剧",因为徐卓呆的喜剧主要面对的是市民阶层,区别新文学阵营中的"喜剧"。然而,就是这三十多出滑稽戏,奠定了徐卓呆在中国滑稽剧坛上举足轻重的位置。

第一节 现实性题材的滑稽剧

从现存的徐卓呆滑稽剧作品来看,大致可分为两类:一类是现实性很强的滑稽剧,如《虚饰家》《人财两得》《卖卜者》《半胎主义》《爱情试验表》《拘魂使者》《结婚后第三星期日》《贵族与平民》《上下两对》《王子何在》《婆媳》等;第二类是改编古典戏剧而成,如《赵五娘的秘密》和《崔莺莺之夫》等。

第一类滑稽剧是徐卓呆创作数量最多的一类,也是成就最高的,这一类中涉及最多的是城市家庭故事,包括夫妻、父子、婆媳、朋友关系等,除此之外,还涉及城市和农村下层人物的故事,通过这两种故事,可以看到当时各类人的精神面貌和性格,家庭剧之所以在民国初年盛行,也是市民阶层的兴趣使然。徐卓呆回忆道:"已往的人往往弄得一班向来听惯京戏的观众嫌着枯燥无味,便唤不起兴味来,尤其是占重要地位的妇女观众更觉得扫兴,自然大家摇头,不愿多看了。郑正秋完全不来这一套,他不用什么慷慨激昂的

[①] 徐半梅:《话剧创始期回忆录》,中国戏剧出版社,1957年,第65页。
[②] 徐半梅:《话剧创始期回忆录》,中国戏剧出版社,1957年,第65—66页。

色彩,做着说教演说的变相。他一上手便把家庭戏来做资料,都是描写家庭琐事,演出来不但浅显而妇孺皆知,且颇多兴味。演戏的人也容易讨好。于是男女老幼个个欢迎。"①从这里我们可以了解,原先的宣传革命的说教新剧已经衰微,市民阶层特别是妇女群体喜爱家庭故事剧,新民社的郑正秋顺应了这一趋势,促使包括徐卓呆在内的一批编剧家写家庭滑稽剧,从市民阶层的故事里挖掘新戏。

还需要指出的是,家庭故事剧的兴盛也受到了西方戏剧的影响。16世纪意大利文艺理论家丹尼洛在《论诗》中说,喜剧素材往往是"人们熟习的家庭琐事,虽不能说是低级的甚至邪恶的;但悲剧诗人处理的却是高贵帝王的死亡与庞大帝国的毁灭"。② 19世纪末20世纪初,欧美大量戏剧被译介入中国,其中很多是家庭故事剧,这也对中国戏剧家产生了影响。

现实类滑稽剧主要是揭露都市和农村社会的丑态,讽刺市民和农民的某些国民劣根性。欧阳予倩曾说:"演员在演家庭戏当中得到锻炼,便创造出许多鲜明的人物形象:中上家庭的老爷、太太、姨太太、少爷、少奶奶、丫头、男女佣人;妓女、流氓、巡捕;买办、小商人、摊贩、城市贫民——卖花的、倒马桶的、扫街的;三教九流人物——和尚、道士、医生、卜卦算命的、三姑六婆;男女学生、私塾的先生等等,以上这些人物他们都下工夫去模仿过。"③这些形象的塑造对于推动中国话剧成熟发挥过一定的作用。

现实类滑稽剧的主题之一就是对市民的虚荣心的讽刺,徐卓呆的《虚饰家》就是代表作。《虚饰家》连载于《游戏世界》1922年第14、15期。剧本主人公牛仲孚乃一公司员工,向朋友夏璧如吹嘘自己是公司经理,月薪有100元,夏璧如因此将绿姑介绍给牛仲孚。新婚第一个月,牛仲孚得向妻子上交薪水100元,但他实际只有40元。为了瞒过妻子,牛仲孚向同事何宾生骗说自己有了情人映芳,开销大,因而想向他借60元钱。后来仲孚碰到夏璧如,谎说因借给宾生60元钱,回家不好交差,就借了夏璧如60元;宾生在路上也巧遇夏璧如,二人谈及牛仲孚借钱,明白了事情的前因后果。没有想到

---

① 徐半梅:《话剧创始期回忆录》,中国戏剧出版社,1957年,第52页。
② 转引自阿·尼柯尔:《西欧戏剧理论》,中国戏剧出版社,1985年,第100页。
③ 欧阳予倩:《谈文明戏》,《欧阳予倩戏剧论文集》,上海文艺出版社,1984年,第207页。

的是,牛仲孚吹嘘的情人映芳是璧如的未婚妻,璧如为此恼怒不已,决定同宾生联手,设计羞辱仲孚。宾生来到仲孚家里,借映芳一事敲打仲孚,这时映芳亲自登门,催逼仲孚娶自己,仲孚陷入尴尬窘境。与此同时,璧如向仲孚讨钱,宾生愿当场"还钱",但要让仲孚交还欠条。仲孚被逼无奈,只好认错。这个剧本可谓是徐卓呆的经典之作,剧本精心刻画了牛仲孚这个好面子、爱吹牛的虚饰家的形象,讽刺了市民的虚荣心。尽管仲孚的行为获得了大家的原谅,但他虚荣心不改:

绿姑:呀,四十元,既然如此,我也另有节省开销的方法的,为什么要在我面前说谎呢?

宾生:大约要在你面前装得体面些。

仲孚:不然,我是试试我新夫人的家庭经技术。

璧如:又要说这种好看话咧。

绿姑:这种无耻之人我真不愿……(立起来要走)

仲孚:绿姑(握她的手),这全是为着要得到你的欢心。

当然,作者的讽刺还是善意的,突出教育意义,没有写家庭的破裂,这主要是在教育市民阶层。还有一个家庭剧《结婚后第三星期日》,也是讽刺了丈夫的虚荣心。丈夫石泉新婚不久,对妻子素珠体贴有加,帮她打扫卫生。但当妻子的朋友和石泉自己的朋友登门拜访的时候,石泉为了表现大男子主义,对妻子横加训斥,后在岳母的教育下悔过。

徐卓呆第一类滑稽剧还讽刺了各阶层市民的贪婪、懒惰等劣根性。《人财两得》是徐卓呆的一部成就很高的滑稽剧。《人财两得》刊登在《游戏世界》1922年第3期,剧本围绕着大富翁程九琼的500万元遗产展开的。大富翁临终前,委托其友人寻找失散多年的女儿,并让其继承500万元遗产,友人又联系了一名律师处理此事,并且建议律师同富翁之女结婚,以继承遗产,律师心动不已,立即在报纸上登出广告。广告一刊发,立马引发轩然大波,一大群妇女蜂拥而至,都自认是遗产的继承人,包括漂亮的女演员、酒店女店员、酒店工人之妻。更离谱的是,抱着孩子在菜市场买菜的女人听到此事后，竟然抛下孩子不管，赶去认父。友人和律师最初以为风姿绰约的女演员是继承人，但众多赶来认父的女人让局面变得混乱不堪，谁都没有铁证，谁都不肯让步。此时一名浑身散发着臭味的女乞丐也赶来认父，让正在窘境的友人心生一计，宣布女乞丐是 500 万元遗产的继承人，以支走其他人。然后，律师和友人拿出一角钱想打发女乞丐离开，女乞丐根本不买账，声称如不允许，将控告友人和律师，友人和律师无奈，只得让其继承。最后，友人还劝律师与女乞丐结婚，共享 500 万元遗产，女乞丐乐意，但律师恐惧，于是女乞丐满屋子追着律师要与其接吻，引得周围人大笑。

剧名《人财两得》是个反讽，对于友人和律师来说是"人财两空"。剧本中的 500 万元遗产，相当于一面镜子，照见了一群市民的贪婪虚伪的面目，为了钱，可以抛弃自己的亲生孩子而不顾，大家竞相编造虚假身世。身为体面人的友人和律师，为了分享遗产，费尽心机，结果弄巧成拙。剧本用夸张的手法塑造了女乞丐这一喜剧形象，使这个剧本达到了极高的喜剧效果。

徐卓呆的《卖卜者》揭露了富商家庭偷情的丑行。《卖卜者》刊登在《游戏世界》1922 年第 13 期，富商张铅岩的小妾桂花和情夫老三偷情，并偷走了其指环。一天晚上，老三同桂花幽会，他们的谈话被躲在狗洞中的乞丐偷听，乞丐遂起敲诈钱财之心。乞丐装扮成卖卜者，上门找到张铅岩，称已知张铅岩正在为丢失指环而愁闷，张铅岩便把乞丐当作是位神通广大的卖卜者，故求其帮找指环。乞丐声称效法鬼谷仙，索要酒菜后辞别众人饱餐一顿。早就心虚的桂花闯入乞丐做法的房间，赠送乞丐金钱，希望他瞒过张铅岩，并愿意归还指环。乞丐见其有悔过之意，又拿到了钱，便答应了桂花，将指环放于屋子匾额之后，并转告张铅岩，是张自己喝醉了酒抛掷于此。

在剧本中，作者讽刺了桂花偷情的不良行为，结尾安排她主动承认错误，善于补过，给市民观众一点教化作用。

徐卓呆还专门关注下层人的性格缺点，据范烟桥称，徐卓呆"在热心新剧的当儿，很主张到社会上实地观察，有一回要揣摩下流的恶习，大驾亲征燕子窠，弄得非常之窘。所以他扮演下流很能够维妙维肖"[①]。《拘魂使者》

---

① 范烟桥：《徐卓呆的滑稽史》，《半月》，1925 年第 4 卷 12 期。

就是此类代表作之一。贫民阿八对生活失去信心,打算正月初五来临之际一反常规,迎接阎王。戏衣店伙计王金虎窃听到阿八的话,故意扮作拘魂者来捉弄阿八,要在正月初五取阿八的性命。阿八决定临死前享受一番,叫人送上美味佳肴以及棺材,还借了经租账房邱顺泉30元,允诺过12点半还清60元。阿八饱餐之后躺进棺材,一觉睡到天亮。邱顺泉和众人上门收酒菜钱、棺材钱以及欠款,阿八从棺材中立起,扮鬼吓退众人。王金虎扮鬼过来敲诈阿八,被阿八识破,两人惺惺相惜,决定一起分钱,一起美餐,不料没等两人成功逃走,众人又来找阿八,阿八和王金虎一起躲进棺材,众人钉上棺盖,把二人抬出去活埋了。

这个剧本讽刺了阿八和王金虎不思进取,把生活的希望寄托于求神拜佛,最后被活活埋葬。结尾埋葬的其实是这种不思进取、不劳而获的幻想。全剧由悲到喜再到悲,在笑过之后给人以教育。

《半胎主义》也是一部家庭滑稽剧。大学生胡鹤梅在上海读书,热衷于交际,出手阔绰,导致入不敷出。为了还债,他只好编造结婚生子的理由向父亲要钱。胡父得知有了孙子,就打算借到上海的机会来看望儿子一家。胡鹤梅惊慌不已,决定和房东家婢女巧珠假扮夫妻。正当他们俩为没有临时孩子苦恼的时候,胡父突然驾到。胡鹤梅只好让巧珠抱来隔壁王家奶奶的孩子来瞒过胡父。但巧珠没有奶水喂孩子,结果孩子哭闹不止,无奈送还别人。胡父为了孩子与隔壁王奶奶家发生争执,胡鹤梅为了缓和气氛,谎称孩子是两家共有的,两个妈妈是半胎主义。该剧本借胡鹤梅的形象,揭露了一些年轻人不顾自身条件、随意花钱的败家行为。值得注意的是,剧本安排了一场胡鹤梅与其父的对话,谈到了胡鹤梅嫂子受西方影响,坚守生育一胎政策,作者借胡鹤梅做了一番宣传:

> 伊(美国山额夫人)主张为国家前途计,为妇女健康计,要限制生育,当时中国闻风响应的人颇多,甚至女子有不嫁的,有将生殖机能割去的,有用避孕法的,这么一趋极端,自然这几年的生育率就非常减退……
>
> 那些妇人绝对的不肯生育却是太过分些,所以后来渐渐有人觉得

他的害处很多,想出补救的方法,挽回的手段咧,于是有一班适中的女子组织成一个大团体叫做一胎主义会,拿来补助过与不及的,从前的多产主义果然不好,近来的不产主义也非善法,因此采用这一胎主义办法很为稳妥,宗旨极其平和。

早期的文明戏经常宣扬革命,到后来话剧也传播一些新的生活方式,在徐卓呆这些受西方文化影响的知识分子看来,"一胎主义"旨在提倡女性权利,故《半胎主义》对观众尤其是女观众宣传了一胎主义思想,这在当时应该说是非常前卫的。当然,这种计划生育观念在当时发展相当落后的中国是行不通的。

徐卓呆还有一个略带寓言性的滑稽剧《爱情试验表》。剧中陶芝瑶和荔香是一对新婚夫妻,非常恩爱。他们家藏一根玻璃小棒,此棒名为爱情试验表,其来历很偶然。夫妻俩新婚旅行的时候救了一位乞食的老妇,老妇感激他们,就把这根玻璃小棒赠予夫妻俩。据老妇称,若是夫妇恩爱,不离不弃,玻璃棒中的清水不会变色,倘若二人中有一人爱情变卦,或是二人情感淡薄,水就会变成黑色。荔香经常拿出来看,爱情试验表中一直是清水。一天晚上,荔香外出赴宴,芝瑶一人在家,芝瑶以前的朋友——独身主义会员七人进入芝瑶家中戏弄芝瑶,还叫了八位妓女进来饮酒作乐。一位独身主义会员想在芝瑶夫妻之间制造点不和,找到那根试验表,把清水倒去,注入墨水,再放回原处。等荔香进家门的时候,众人各自躲藏起来,想观察荔香的反应。不料荔香见到试验表中的黑水后竟泰然处之,只是把黑水倒掉,换上清水,再回到内屋里去。众人一脸茫然。

1922年徐卓呆写过一个小笑话《实用情人占卜法》,里面说:"说他真灵其实不灵,说他不灵,倒也该应。"这句话可以解释这个剧本的用意。徐卓呆剧中的爱情试验表是虚构的,它不是神物,它寓意了爱情的一种评价和认识。结尾是全剧核心要义,当荔香见到试验表中的黑水后显露出来的平静态度,其实表现了荔香并不相信试验表,而是相信丈夫,相信他们俩之间的爱情。徐卓呆告诉市民观众,真正的爱情不在于外在的评价,也不受外界的干扰,而在于夫妻之间心灵的契合,以及双方的理解和信任。

在徐卓呆的现实题材的滑稽剧中,《贵族与平民》是一部抒情性较强的滑稽剧。《贵族与平民》发表于1920年《小说新报》第10、11期。它没有什么喜剧巧合、误会、错认之类的情节,整部剧更像一部抒情剧。剧中的女主人公董伯爵之女绫姑8岁,厌烦城市生活,周六不和父母打招呼,独自一人来到乡下乳母秀姐家,虽然董家老仆来劝说绫姑回去,但绫姑不允。紧接着伯爵夫人来探访小姐,也欣赏乡村风光,也在秀姐家过夜。这部滑稽剧流露的是作者对乡村风光的欣赏和陶醉。作者笔下的绫姑是一个热爱农村大自然的贵族小姐,她说:"实在乏味,我在家中一点没有兴趣,所以我私自来了,我喜欢是这里一路上,过来又是稻花香,又听得虫声唧唧,更想要与阿六去捉虫来玩咧。"这番描述仿佛融进了辛弃疾"稻花香里说丰年,听取蛙声一片"的意境。绫姑还向乳母发出了"我情愿在此做乳母家的孩子,好不好"的请求。剧本描述了绫姑与乳母之子10岁的阿六嬉笑玩耍的情景,如捉蟋蟀、抓虾、摸鱼等,看得出绫姑拥有了浓厚的平民情结。不仅如此,绫姑之母伯爵夫人来到乳母家的时候,也赞叹"乡下人真是神仙",第二天,夫人为了劝绫姑回家,表示将来长大了愿意让绫姑和阿六成婚,两个孩子终于告别离开。这部剧如此盛赞乡村,体现了作者对大自然的向往,对城市文明的某种否定。徐卓呆笔下的桃花源般的农村也是一种寄托和向往,现实并不那么美好。1920年的中国还处于北洋军阀统治时期,北方农村经常遭遇战乱,包括作者在内的广大知识分子都希望广大农村能过上和平幸福的田园生活。

徐卓呆以后离开了剧坛,成了一位专业的小说作家。他离开心爱的剧坛的原因是由于当年文明新戏的走向堕落,直到一蹶不振的地步。他就正式转业至小说界。赵苕狂在徐卓呆的传记中说,文明新戏"未能如其所望","辄掉首不顾而去",可见其"秉性之高洁"。[①] 徐卓呆尝到了这一系列的滑稽戏的甜头,使他以后的小说也开始转型,他过去的一些优秀的小说虽也有讽刺的意味,如《卖药童》等,但喜剧味是并不浓厚的,而他以后的小说,滑稽的成分就大大增强。他对以后小说的要求是"最好是情节很滑稽,又极自然,

---

① 赵苕狂:《徐卓呆传》,《卓呆小说集》,世界书局,1924年,第2页。

其中还含有一点儿深意"。① 如小说《女性的玩物》就是写某些男性为"财色"而疯狂,竟成为女性的玩物也在所不惜。小说的内在结构与滑稽戏的《人财两得》相类似。如才女征婚或富孀赘夫是生活中也不乏实例,《女性的玩物》就是写大才女邱素文登报征婚,收到1 234封回信。她给每一个来信者发一封信,相约于某日在某公园见面,要求在胸前面佩一红花为记,见有穿绿衣者,就是我邱素文本人了。那天公园里来了1 234位佩戴红花者,但并未见穿绿衣的女子。第二天,每人又收到一封信,大才女反怪责男子,"必为先生恶作剧,故约多数友人,特来窘妹也"。于是又约定某日某时,"请驾临银星影戏院一晤,妹仍穿绿衣"。她向电影院花60元包了一场,但托电影院代为发售包场的戏票,竟得了480元。可是电影院中途休息时,电灯一亮,到处寻找,也没有穿绿衣的女子。她就是如此将"财色迷"们变成了"玩物",于是怪相百出。邱素文固然有缺德之嫌,但小说主要是讽刺社会上的"财色迷"们,这与《人财两得》中的登报寻女继承人一样,引来了大批"女财迷"们,如同一辙。可见徐卓呆的滑稽戏与他后来的小说转型是有极大的关联的,只要我们细细分析对照,不难发现其中互文的内核。

第二节 改编自古典戏剧的滑稽剧

徐卓呆的滑稽剧中,有两部改编自古典戏剧《琵琶记》和《西厢记》的作品,分别是《崔莺莺之夫》和《赵五娘秘密》,分别发表于《万象》1941年1卷2期和《万象》1942年1卷8期,署名为"独幕趣剧"和"独幕趣戏"。《琵琶记》是一部教化性极强的苦戏,虽然最后是团圆结局,但全剧的基调是沉重的。《赵五娘秘密》出自《琵琶记》中第十九出、第二十出,就是赵五娘给公婆喝稀饭,自己偷偷吃糠的情节,本来应该是同样的悲剧情节,但徐卓呆在后面笔锋一转,加入了很多插科打诨的内容,使得剧本由悲剧变成了笑剧,当公公得知五娘吃糠后,非常高兴,赞叹"真是一位贤德的儿媳妇,哈哈哈哈",还转

---

① 徐卓呆:《滑稽小说之要素》,转引自范伯群《中国现代通俗文学史(插图本)》,北京大学出版社,2007年,第363页。

告了邻居张广才,但张广才的回答却出人意料,"大哥大嫂!你们家里出了一个忤逆的儿媳妇",笑料也从这开始:

(张广才)你们有所不知,这米糠,是最滋养的东西,含着很多的维他命B,现在我们吃了机器打的籼米,身体就缺少了维他命B,大嫂生的脚气病,全是为了缺少维他命B而来,想不到狡猾的五娘子,她倒瞒着公婆,一个人偷吃这大大的补品,这米糠比米要好几十倍,五娘子真是罪大恶极,杀不可恕。

(五娘)狗屁!这是古装戏!用不着什么维他命B,什么机器打的籼米?什么脚气病?我不干了!(五娘取去头上包头巾)

(张)现在写剧本的先生们,在古装剧本的对白里,喜欢多用新名词,甚而至于连日本的名词,也放了不少进去,那末,我用了维他命B,机器打的籼米,脚气病,就错了么?我不能学时髦戏?你不干我也不干了!(取去假须)

(蔡父)很好的一幕戏,给你们弄糟了。

至此剧本结束,我们才知道,作者巧妙运用了一个戏中戏的构思,前面的剧情按原著剧情正常展开,瞒过了观众,后面剧情按作者的主旨发生了改变,很明显,徐卓呆借张广才讽刺了当时剧本创作中盲目求新,随意引进外国名词的不良现象,这给读者和观众留下了深刻的印象。剧本情感基调从悲到喜,观众的情绪由抑变扬。

《崔莺莺之夫》改编自元杂剧《西厢记》中的崔夫人悔婚的一段情节。和《五娘吃糠》一剧结构类似,从开始到老夫人命令崔莺莺和张君瑞以兄妹相称,都忠实于《西厢记》原著,从张君瑞与老夫人争辩开始,作者展开了创新发挥:

(崔)请问,退贼兵的是谁?

(张)杜将军!

(崔)对了,杜将军,不是你张先生。

(张)我不写信去,杜将军怎么会来?

(崔)我决不食言,杜将军退了贼兵,我自然把小姐许配给杜将军为妻。

(张)这是什么话?

(崔)不过我见了杜将军之面,跟他一谈,方知他已有妻室,所以我只有心里感谢杜将军,小女的婚姻,当然不能跟杜将军谈了。……

(崔)你写了一封信,去把杜将军邀来,婚姻成功的话,你当然是一位冰上人。现在婚姻不成,自然连媒人也做不成了,所以我今天敬你一杯水酒,难道我错了么?

这段老夫人与张君瑞的争辩,完全是徐卓呆的创造。原著中崔老夫人以小姐早有婚约为理由而拒绝了张君瑞,徐卓呆通过这段争辩,既突出了老夫人诡辩之才,也向观众道出了一个客观事实:退贼兵的功劳确实不是张君瑞一个人的,如果不提张君瑞和小姐的爱情,这段婚姻确实存在争议。接下来,全剧滑稽成分更加浓厚了,送求救信的和尚惠明浑身酒气跑来找崔老夫人邀功求婚了:

(惠)哈哈!哈哈!和尚要娶老婆了。

(惠)岳母大人在上,小婿叩见。

当惠明被崔老夫人拒绝后,对老夫人和张君瑞发起了强有力的挑战:

(惠)老夫人!请问:孙飞虎是什么人退掉的?

(崔)孙飞虎,是杜将军退掉的。

(惠)是谁去把杜将军请来的?

(张)幸亏我写了一封信给他。

(惠)好!这书信是谁送去的?

(崔)当然是你!

(崔)所以我要赏你五两银子。

惠明拒绝接受银子，要求老夫人兑现承诺：

> （惠）老夫人！贼兵围住的时候，你不是请法本长老，在殿前喊叫，说：无论僧俗人等，如有退得贼兵，就把小姐许他为妻。这话，是老夫人说的么？

惠明还挑战了张君瑞的地位，反问张君瑞道："有了你的书信，没有我惠明在贼营中杀出去，杜将军会来么？所以我惠明，要算做第二名；你张相公，实在是第三名。小姐应当先嫁给我惠明。"惠明的出现让崔老夫人和张君瑞都陷入了尴尬，当法本长老来训斥惠明的时候，惠明也丝毫不退让，反问法本道：

> 老夫人要你喊叫的时候，你就应当对老夫人说，和尚不能娶老婆，请老夫人收回成命，别说什么僧俗人等。这样一来，我也不来上你们的当了。

全剧最后，当惠明和张君瑞无奈退下后，法本对崔老夫人说的话也颇有道理：

> 张相公是读书人，惠明是出家人，都很容易打发；万一杜将军未曾娶妻，那就糟了，他们手里拿刀枪的人，恐怕你就不是他的对手了。

从某种意义上看，这个剧本是徐卓呆对《西厢记》原著的现代解读，他从普救寺退贼兵这件事里，敏锐地看到了张君瑞、惠明以及杜将军三个人都有功劳，而在原著中，为了突出书生张君瑞的才华，其他两人的功劳一笔带过，而历来观众读者对惠明的功劳基本是忽略不计。在《崔莺莺之夫》中，作者重新审视惠明，借惠明之口来抨击了老夫人和法本的言而无信，说话不谨慎，同时是对张君瑞居功自傲的一种讽刺，颠覆了书生至高至大的形象，尽管惠明是一个滑稽角色，但他的话饱含力量，让观众加深了对原著的理解。

此类古戏新编,很能表现徐卓呆是一个很有"灵气"的作家,有的竟是通过古戏新解,令观众看出许多新意来,有时觉得他是在做"翻案"文章,但又"翻"得并非空穴来风,这些新意,是针对当时的现实中的一些问题,让观众在走出戏院后慢慢咀嚼。

《王子何在》也是徐卓呆的一部古典题材的滑稽剧,刊登在《游戏世界》1922年第2期,署名徐卓呆。剧本讲述了一个乞丐在都城郊外乞讨,被老国王的侍者抓入宫中,老国王劝其不要再当乞丐,但因乞丐不愿意生活在宫中,坚决要继续乞讨,被放了出来。后来,乞丐在城外的路上遇见了在宫廷干活的甲、乙两人,经二人劝说,乞丐重新进宫打扫厕所。有一次,国王见乞丐干活卖力,便认其为儿子。20年后,国王让乞丐去掌管国库,乞丐终于明白了老国王的一片美意,对国王充满感激。国王找机会向乞丐诉说,几十年前的国王是平民,他的亲儿子离他而去,如今国王要找回自己的儿子,并称乞丐就是国王要找的儿子。真相大白后,国王将王位传于乞丐。乞丐继承王位之后的第一件事,竟然同老国王一样,带着侍者去郊外查找自己贫穷时把他抛弃了的儿子。这个剧本没有什么具体年代,可以看作是一个寓言剧,剧本没有交代国王凭何证据认乞丐为儿子,也没有说明乞丐何时被儿子抛弃。剧本其实讽刺了社会上"嫌贫爱富"的思想,教育当时人富贵后不能忘本,要关怀下层民众,广施爱心,和徐卓呆其他滑稽剧相比,《王子何在》从喜剧效果来看并不成功。

总的来看,徐卓呆的滑稽剧中有独幕剧,还有多幕剧,但独幕剧偏多一点,有些独幕剧是一幕多场。徐卓呆不像其他通俗文学家,他的小说以短篇见长,可见,徐卓呆更熟悉短篇体裁的文学创作。他说:"小说是描写人生断片为主,所以既不必有始有终,又无需装头装脚,能够写实,当然最好;最容易达到目的,不消说了,自然是短篇小说。"①这句话也可以解释他在滑稽短剧上努力的原因,他的很多滑稽剧就是从一件生活小事生发开来。换一个角度来看,这也许隐含了作者在长篇体裁方面的缺陷。还要说明的是,当时

---

① 徐卓呆:《小说无题录》,转引自范伯群《中国现代通俗文学史(插图本)》,北京大学出版社,2007年,第361页。

的很多创作喜剧的作家也大部分是以独幕剧为主，如丁西林等，可见大家都习惯用独幕剧形式来创作喜剧包括滑稽剧。究其原因，当时小剧场比较多，独幕剧无需过多场地变化和繁复的布景，还有，短小精悍的独幕剧可以更集中地展现幽默滑稽的效果。徐卓呆长时间从事戏剧和小说的创作，故他在短篇小说中也注意设置戏剧高潮。

第三章 《啼笑因缘》的戏剧因缘

张恨水的小说《啼笑因缘》,自 1930 年 3 月 17 日始,在《新闻报》副刊《快活林》上连载。小说以卖艺女子沈凤喜与樊家树的爱情悲剧为主线,结合何丽娜、关秀姑等人物的生活与情感历程,反映了军阀混战时期不同社会阶层人物的复杂性格与下层民众的悲剧命运。小说发表之后,一炮打响,产生了前所未有的轰动效应。

《啼笑因缘》无疑是通俗文学中被改编最为频繁的作品之一。戏剧、曲艺、影视等均有大量《啼笑因缘》改编本,时至今日,它仍然经常出现在戏剧舞台与电视剧中。本章将重点论述《啼笑因缘》的戏曲、话剧改编本,并分析主要改编内容、艺术特点、意义价值等。

第一节 《啼笑因缘》戏剧改编本概况

自《啼笑因缘》小说问世以来,影响比较大的戏剧改编本,按时间顺序排列如下:

(1) 1930 年 5 月 21 日,沪剧《啼笑因缘》首演于中南剧场,由石根福、石筱英所组的"福英社"演出。该剧为幕表戏,由宋掌轻改编。

(2) 1933 年 7 月 3—7 日,越剧男班排演了六本连台本戏《啼笑因缘》,由李桂芳、吴素琴、裘凤仙主演,在上海福星戏院演出。

(3) 1940 年 1 月 1 日,由范青凤改编的幕表沪剧《啼笑因缘》上演于大中华剧场,由筱文滨领导的文滨剧团演出。1948 年,该剧重演于东方剧场,由石筱英、卫鸣歧、邵滨孙、筱爱琴组成的中艺剧团演出。

（4）1941年6月11日，樊篱编剧的越剧《啼笑因缘》在上海卡德戏院演出。该剧分上、中、下三本，姚水娟饰沈凤喜，李艳芳饰樊家树，轰动一时。1956年，上海飞鸣越剧团重排该剧，由男班老艺人陈芎根据姚水娟演出本整理改编，将三本压缩成单本演出。李蓉芳饰沈凤喜、陆锦娟饰樊家树。1962年，该剧又由李惠康重新编剧，袁浩导演，潘伟异作曲，在上海丽都剧场、解放剧场等演出，满座四个多月。1983年，该剧更名为《樊家树与沈凤喜》，由浙江舟山越剧团再度上演，特邀陆锦娟饰樊家树，在杭、嘉、湖等地巡演。

（5）50年代初，上海人民艺术剧院方言话剧团演出方言话剧《啼笑因缘》。1962年7月，方言话剧《啼笑因缘》在卡尔登剧场连演一百多场。

（6）1957年，曲剧《啼笑因缘》由北京市曲艺团演出，魏喜奎饰沈凤喜。1985年，四集曲剧电视剧《啼笑姻缘》由天津电视台摄制，仍由魏喜奎主演。

（7）1957年，吉林市话剧团演出五幕九场话剧《啼笑因缘》，导演成滴石，主演董萍、萃惠等。

（8）1961年，何俊将沪剧《啼笑因缘》在幕表基础上改编为剧本，由徐汇沪剧团演出。该剧于1979、1985年两次由何俊重新整理加工。1985年，上海沪剧院一团演出该剧，主演马莉莉、韩玉敏等。

（9）1979年，苏州市沪剧团演出沪剧《啼笑因缘》，编剧冬苗，导演包伟聪，主演陈明珠、沈智昌等。

（10）1980年10月，北京燕京评剧团改编评剧《啼笑因缘》。编剧关士杰、魏喜奎、顾荣甫等，主演莲小君（饰沈凤喜）、孔广山（饰沈三玄）、刘万生（饰刘将军）。

（11）1981年9月，浙江温州市越剧团改编演出越剧《啼笑因缘》，主演王凤鸣、李香琴等。该剧在温州、杭州、上海等地巡演。

（12）1993年7月，吴兆芬根据方言话剧本改编了越剧《啼笑因缘》，上海越剧院红楼剧团上演于人民大舞台。该剧由张少祥导演，钱惠丽饰樊家树，方亚芬饰沈凤喜。

（13）1995年，12集黄梅戏电视连续剧《啼笑因缘》由中央电视台、安徽电视台共同拍摄。该剧由湖北省黄梅戏剧团演出，导演苑原，主演周莉（饰沈凤喜、何丽娜）、张弓（饰樊家树）、汪静（饰关秀姑）。

(14) 2009年,上海滑稽剧团改编演出了滑稽戏《啼笑姻缘》。该剧由王辉荃导演,主演何赛飞(饰沈凤喜)、钱程(饰樊家树)、王辉荃(饰刘将军)。

第二节 《啼笑因缘》戏剧改本对人物、情节的再创作

综观《啼笑因缘》的各种戏曲、戏剧改编本,出于戏剧的时间与空间限制,同时为了顺应更多观众的审美需求,编剧与导演在人物、情节等方面,都对张恨水原著进行细致的剪裁、改动与再创作,使作品的线索更单一,矛盾冲突更加集中而紧凑,人物性格更加鲜明,内容与形式则更为戏剧化。

一方面,在人物形象上,戏剧改本中的人物具有明显的"脸谱化"特征。中国传统戏曲,历来以人物的脸谱化和表演的程式化为特点。为了适应大众的理解水平,传统戏曲在塑造人物时,尽量善恶分明、个性突出、一目了然。而话剧作为近代中国新兴的戏剧形式,在塑造人物时,既融入了新的文学理念,又吸收了戏曲艺术的传统。总体而言,《啼笑因缘》的戏曲、话剧改本对作品主要人物形象的重塑,较之小说更纯化,更鲜明,更能适应普通大众的道德评判标准。

例如,小说《啼笑因缘》中的刘将军是一位身份显赫、脾气暴烈的军阀。他是无数军阀中的一个典型代表,体制所赋予他的特权,使他的欲望不断膨胀,可以随心所欲地掌控他所需要的一切。他对凤喜固然是喜欢的,但这种以占有和控制为方式的"喜欢",导致了凤喜的痛苦和毁灭。而在众多的戏剧改本中,刘将军对沈凤喜只有色与性的贪婪,谈不上感情。而小说中另一人物沈三玄,则是下层小市民的代表,具有小人物的可怜、可悲与可鄙。在戏剧改本中,沈三玄成了一个为了金钱不惜出卖亲人的十足恶小人。张恨水原著中,刘将军、沈三玄二人的形象固然是邪恶的,但在邪恶之中,也体现出他们各自的阶级特征和时代印记。但在戏剧改本中,此二位是被脸谱化了的典型人物,刘将军的形象近乎中国戏曲中的"净",沈三玄则近乎"丑",他们对推进情节、激化戏剧矛盾起到非常关键的作用。在沪剧、评剧、曲剧、越剧等多种改本中,此二人作为反面人物,他们的所有活动都破坏着男女主角的婚姻:刘将军偶遇沈凤喜,欲霸占其为妾;沈三玄利欲熏心,将凤喜视为

摇钱树,不惜以牺牲侄女的终身幸福来谋取物质利益,将凤喜活活推入火坑。刘将军的仗势欺人、沈三玄的为虎作伥,成为酿成男女主角悲剧的唯一原因。净、丑作怪,恶霸与小人相勾结、破坏男女主角爱情,这种故事模式在中国古典戏曲中屡见不鲜。由于刘、沈这两位人物的符号化,整部作品的是非愈加分明,善恶截然对立,这种通俗易懂的是非观,显然更能满足一般观众的审美观与道德观。

对于《啼笑因缘》的女一号沈凤喜,各戏剧改本则几乎不约而同地对她的形象进行了净化与美化。在张恨水原著中,沈凤喜的性格颇为复杂,既痴情又虚荣,既纯真又世俗。而改本中,凤喜的性格较为单一,善良、纯洁、柔弱,对樊家树一往情深。例如,小说原著第十一回《竹战只攻心全局善败 钱魔能作祟彻夜无眠》,描写沈凤喜第一次与刘将军见面,打牌赢了一大卷钞票,回家之后,她在情感与欲望之间挣扎着,失眠了整整一夜:

> 凤喜一挨着枕头,却想到枕头下的那一笔款子。更又想到刘将军许的那一串珠子,想到雅琴穿的那身衣服,想到尚师长家里那种繁华,设若自己做了一个将军的姨太太,那种舒服,恐怕还在雅琴之上。刘将军有些行动,虽然过粗一点,那正是为了爱我。哪个男子又不是如此的呢?我若是和他开口,要个一万八千,决计不成问题,他是照办的。我今年十七岁,跟他十年也不算老。十年之内,我能够弄他多少钱!我一辈子都是财神了。①

沈凤喜是一个出身贫寒的女子,拮据的生活让她自小明白赚钱养家的艰辛,我们从人性角度,是可以理解她对钱财的计较与在意的。小说细腻地描写了得到将军这笔钱后,凤喜这一整夜的纠结:时而虚荣心占了上风,时而想起樊家树心生愧疚,直至东方发白,她最终选择了爱情,决定把到手的钱还给刘将军。这是沈凤喜第一次面对如此强烈的金钱诱惑,她动摇了,却终究未被打败。大段的心理描写细致入微,真实感人。但在《啼笑因缘》的

---

① 张恨水:《啼笑因缘》,中国青年出版社,2000年,第175页。

沪剧、曲剧、评剧等多种改本中,都删去了凤喜在将军府打牌赢钱的情节,而把沈凤喜与刘将军的第一次碰面改成在车站偶遇。之后,凤喜被赚入将军府,逼唱堂会,被迫留宿。当刘将军用金钱、首饰等物质来诱惑沈凤喜时,被凤喜狠狠地打落在了地上。当关秀姑进入将军府质问沈凤喜时,凤喜唱道:

  荣华富贵似镣铐,锁不住我离群孤雁迷途羊羔。与家树海誓山盟我怎能忘掉!我的秀姐呀!你怎能冷嘲热讽把我低瞧。(评剧《啼笑因缘》第七场)①

以评剧为代表,众多戏剧的改本中的沈凤喜形象白璧无瑕、富贵不移,坚守着真挚的爱情。这样的改动,维护了人物的正统性与纯洁性,使女主角的形象趋于完美。

又如,小说第十七回的"裂券绝交",沈凤喜将一张四千元支票交给樊家树,意欲了断前缘,被家树撕得粉碎。在原著中,凤喜此举的心态是颇为复杂的:她一方面旧情难忘,另一方面自知与家树再无缘分,想用金钱来弥补对家树的种种亏欠,这在一定程度上反映出凤喜的肤浅与俗气。这一举动令樊家树大为恼火,感情受到了玷污。他大笑而去,从此对这段初恋心灰意冷。"裂券绝交"是樊、沈两人性格冲突的集中体现,也是樊、沈之恋最后一次希望的彻底破灭。

在戏剧改本中,紧紧抓住了"裂券绝交"的矛盾冲突,并对人物形象进行了重新塑造。当凤喜与樊家树相见时,一心考虑的是家树的安危。例如,在沪剧《啼笑因缘》中,当沈凤喜拿出支票时,她感伤地唱道:

  常言道,自古红颜多薄命,残花败柳难逢春。将军府的鹰犬遍地布,怎能逃脱他手掌心。爱家树勿能害家树,望你另攀高门重结亲。②

---

① 关士杰、魏喜奎、顾荣甫等:《评剧〈啼笑因缘〉》,1980年(油印本),第21页。
② 冬苗:《沪剧〈啼笑因缘〉》,1979年演出说明书。

评剧《啼笑因缘》中,沈凤喜的心情则表现得更为沉重:

> 他怎知狗将军遍布哨岗,他怎知经济丛中有虎狼。他若是带我走定入罗网,到那时落在贼手遭祸殃。我强忍悲痛违心把话讲,我宁愿苦泪自饮苦药自己尝。(评剧《啼笑因缘》第八场)①

无论沪剧、评剧还是其他剧种,"裂券绝交"都是樊家树与沈凤喜爱情最关键的转折。一个要走,一个要留;一个不计前嫌,一个赠金断交。张恨水原著中,沈凤喜赠支票、断绝来往的念头是发自内心的,但在戏剧改本中,赠支票是真心,断交则是迫不得已、口是心非。伴随婉转的唱腔和细腻的表演,该场的舞台效果令人动容。沈凤喜由于畏惧将军的势力、担心家树会受到迫害,坚决不肯与他私奔。她为了自己心爱的人,不得已而委曲求全,牺牲自己的幸福来成全爱人,这一改动显然提升了沈、樊爱情的境界,较之小说原著中的爱情更感人、更伟大。

另一方面,在情节结构上,《啼笑因缘》戏剧改本的线索更简明,情节更紧凑,富于浓郁的戏剧性。

受到舞台时空的限制,各戏剧改本均紧紧围绕沈凤喜和樊家树的爱情单线展开。其实,在《啼笑因缘》小说中,除了沈凤喜和樊家树的爱情主线,另外还有两条线索同时并行:一是何丽娜与樊家树的关系发展,二是关氏父女的生活以及关秀姑的思想和感情变化。小说原著洋洋洒洒二十二回,戏剧演出固然无法面面俱到地反映其每一个细节。在各改本中,何丽娜、关秀姑二位女子的行为,与樊、沈爱情线有关则有所保留,与之无关则一并删去,以保证故事的紧凑与集中。尤其是何丽娜,她与沈凤喜面貌相同、性格相异,在舞台演出时,一人分饰两角,颇有难度。倘若何、樊交往的戏份增多,势必对沈、樊主线的分量有所削弱。因此,在话剧、沪剧、曲剧等改本中,何丽娜仅仅作为沈凤喜的影子和对立面而设,以樊家树对何丽娜的反感来映衬樊、沈建立在情投意合基础上的爱情,并未涉及樊、何感情的变化。20世

---

① 关士杰、魏喜奎、顾荣甫等:《评剧〈啼笑因缘〉》,1980年(油印本),第23页。

纪 80 年代的评剧本和 90 年代的越剧本,则索性删去了何丽娜这一人物。改本的结局,大多也并未沿袭原作暗示的樊、何结合,而是止于凤喜发疯之后与家树重逢。这样的改编,使线索更为简洁明晰,不枝不蔓,更适合戏剧观众的审美习惯。

此外,在改编过程中,编导演充分发挥戏剧艺术的综合性、写意性,使戏剧改本中不乏精彩的点睛之笔。例如,对一曲《四季相思》的演绎,是戏剧本中极为出彩的亮点。此曲由魏喜奎在 20 世纪 50 年代的北京曲剧中唱红,其他剧种也纷纷效仿,重新编排作曲,形成各具特色的音乐唱腔。甚至在后来的话剧本中,也都保留了《四季相思》唱段。那么,在张恨水原著中,此段情节是如何叙述的呢?

> 家树接了母亲临危的电报,心里一点乐趣也没有,哪有心听曲子!凤喜年轻,一味的只知道取自己欢心,哪里知道自己的意思!但是要不让她唱,彼此马上就分别了,又怕扫了她的面子,便点了点头。
>
> 凤喜将壁上的月琴,抱在怀里,先试着拨了一拨弦子,然后笑问道:"你爱《四季相思》,还是来这个吧。"家树道:"这个让我回来的那天唱,那才有意思。你有什么悲哀一点的调子,给我唱一个。"凤喜头一偏道:"干吗?"家树道:"我正想着我的母亲,要唱悲哀些的,我才听得进耳。"[①]

小说中,凤喜在临别之际为家树唱曲,提到《四季相思》曲名,却由于家树心情不好,并未弹唱此曲,亦无曲文。最终,凤喜换了一首悲伤的《霸王别姬》,暗示着两人离别之后的悲剧。在戏剧改编本中,沪剧、曲剧、评剧、越剧,都敏锐地发掘了这一情节的特殊性:离别、相思,以曲传情,浓郁的抒情色彩、弦外有音的无限深情——这显然是戏曲艺术最为擅长表现的画面。于是,众多戏曲改本不约而同地将这一场景稍加改动,声情并茂,将剧情推到高潮。以北京曲剧为例,《四季相思》已然成为该剧最具代表的经典旋律。以下是改编本中《四季相思》唱段的第一次出现:

---

① 张恨水:《啼笑因缘》,中国青年出版社,2000 年,第 126 页。

樊：凤喜，前两天我教你唱的那段《四季相思》，你还记得吗？

沈：你教我唱的《四季相思》，那还能忘？

樊：那，我们唱唱好吗？

沈：不唱。

樊：为什么？

沈：人家今天不想唱……

樊：别不高兴了，唱吧，唱唱就高兴了！

（樊弹琴，凤喜唱）

沈：春季里相思艳阳天，桃花似锦柳如烟。画梁呢喃双飞燕，心上的人儿啊，心上的人儿做客不回还，相思泪涟涟。夏季里相思荷花透水香，蝴蝶飞舞采花忙。池塘内鸳鸯戏水多欢畅。心上的人儿啊，心上的人儿一去不知落何方，相思泪汪汪。秋季里相思丹桂花儿飘，梧桐叶落玉露儿凋。孤雁生生怜，寒虫吱吱叫，心上的人儿啊，心上的人儿路远山又遥，相思泪儿焦。（沈、樊合唱）冬季里相思蜡梅花儿开，雪花飘飘落尘埃。寒风吹来透骨冷，心上的人儿啊，心上的人儿一去不回来，相思泪哀哀。①

曲剧中的《四季相思》，由刘吉典根据传统曲词与江南曲调加工改编，该旋律在曲剧改本中共出现了三次：第一次是樊、沈恋爱之初，樊家树将家乡小曲传授给沈凤喜，再由凤喜演唱给家树听。在这一场，男女主角你侬我侬，柔美的唱腔传递着温馨与默契，氛围浪漫而甜蜜。第二次是在刘将军毒打沈凤喜之后，又逼迫她唱曲。凤喜在身体与精神的双重摧残之下，痛苦地唱出这支充满了美好记忆的旧曲《四季相思》。第三次则是在该剧的尾声，被逼疯后的沈凤喜又重新与心上人樊家树相逢，此时，背景音乐缓缓响起，旋律正是《四季相思》。此时，台上台下百感交集，舞台效果令人震撼。中国戏曲在音乐、唱腔和表演上的优势，在改编本中得以充分发挥，音乐和歌舞填补了小说文本所无法企及的空间，获得了更大的感染力，展现了戏曲艺术

---

① 曲词根据北京曲剧团 1986 年复排演出录像记录。

独特的艺术魅力。

第三节 戏剧改本主题思想的演进

文学、艺术都必须与时俱进,反映时代特征,《啼笑因缘》不同历史时期的戏剧改本也不例外。以时间为经、作品为纬,综观各版戏剧改编本,体现出不同历史时期的思想观念与现实意义。

1930年,严独鹤为小说《啼笑因缘》所作之序云:

> 至于书中的背景,照恨水先生的自序,说是完全出于虚构。但当我当面问他时,他却笑道:"像刘将军这种人,在军阀时代,不知能找出多少;像书中所叙的情节,在现代社会中,也不知能找出多少,何必定要寻根究底,说是有所专指呢。"言外之意,可以想见,总之天下事无真非幻,无幻非真,到底书中人,书中事有无背景,为读者计,也自毋庸求之过深,暂且留着一个哑谜吧。[①]

尽管作者张恨水本人并未明言小说的思想主旨,但我们显然可以通过《啼笑因缘》读出对军阀的控诉、对爱情的歌颂和对自由平等的向往。从20世纪30年代至今,《啼笑因缘》的各种戏剧改编本,在思想上无疑都打上了时代的烙印。例如,四五十年代的戏剧改本,多注重反抗军阀、反抗压迫的主题,其中反映刘将军府对沈凤喜蹂躏和虐待的戏份比重较高;而80年代以后的改本,则更强调民主自由的思想,突出对平等的人格的尊重和纯真的爱情向往。

1979年,苏州沪剧团演出《啼笑因缘》时,在演出说明书中留下了一段主创人员的《演出前言》,其对《啼笑因缘》的主题阐释颇具时代特色:

> 《啼笑因缘》的艺术构思,是独特的。樊家树能打破门阀观念,爱上

---

① 严独鹤:《〈啼笑因缘〉1930年严独鹤序》,《啼笑因缘》,中国青年出版社,2000年,第5—6页。

一个江湖卖唱的姑娘沈凤喜,应该承认他有一点点民主主义思想。关氏父女能不畏强权,手刃恶贼,也在一定程度上代表了人民群众的意愿。凡是为老百姓说话的作品,就能得到民众的喜爱。民主思想,赋予了这部作品永具魅力的艺术光辉。比之"四人帮"搞得不得人心的帮派文艺,《啼笑因缘》的生命力要长得多,旺盛得多。①

此剧上演于粉碎"四人帮"之后不久,阶级斗争刚刚平息,对民主思想的呼唤成为时代的强音。因此,该剧的再度改编被烙上了鲜明的历史印记,爱情、友情都建立在民主思想的基础上,这虽然带有一点主题先行的倾向,但放在当时的社会背景下,具有稳定思想、促进人民和谐的积极意义。

时隔多年之后,1993年,由吴兆芬根据方言话剧改编的新版越剧《啼笑因缘》,则逐渐弱化了阶级意识和民主思想,而强化了20世纪90年代开明、昂扬、追求至诚至情的新思想。在剧中,刘将军的戏份明显削弱,更强化樊、沈二人建立在志趣相投基础上的爱情。例如,第三场《定情》中,樊家树与沈凤喜有一段清新明朗的对唱:

  沈:先写樊家树,再写沈凤喜。两个名字排一起,啊呀呀,被外人看见不相宜。

  樊:两个名字排一起,相连相关皆诗意。问凤喜这意中藏何诗,这诗中是何意。

  沈:这诗中有意两心知,这意中藏诗两相期。但不知你知可否同我知,你期是否我所期?

  樊:你所思我所冀,相知相期无二意。寻理想心同热,争自由意如铁。

  沈:一样的向往善良和正义,

  樊:一样的痛恶纸醉与金迷。

  沈:一样的愿以勤奋求上进,

---

① 冬苗:《沪剧〈啼笑因缘〉》,1979年演出说明书。

> 樊、沈：去开辟属于我们新天地。①

志同道合是男女主角相知、相爱的前提，更是爱情历久弥坚的源泉和动力。樊家树并非居高临下，沈凤喜更无须自卑自怜，阶级、身份、地位，都不能成为志趣相投的障碍，他们在爱情面前完全是平等的。在该版越剧的最后一场《会凤》中，樊家树问天问地，泣泪唱出了感天动地的爱情宣言：

> 为什么邪恶常居万人顶，为什么善良总压最低层。为什么多情总比无情苦，为什么拜金傲物势更盛。问天问地无回音，问风问雪难泄愤。书生无能只有痴，此生愿许未了情，融她心头百丈冰，唯我真情是阳春。从今后伴哭伴笑终无悔，我定要唤得爱归人亦醒。②

之前，受到张恨水原著开放式结尾的影响，绝大多数《啼笑因缘》的改本都以一个意犹未尽的结尾收场，让樊家树因故而离开凤喜，对人物的最终归宿表意模糊。然而，吴兆芬版越剧《啼笑因缘》却终于让樊家树陪伴着疯癫的沈凤喜，毅然表达了"从今后伴哭伴笑终无悔，我定要唤得爱归人亦醒"的决心。虽然这并不能算是明确的"大团圆"模式，但这个版本至少让家树带着一颗爱心留在了凤喜的身边，以"坚守"为结局，这是一个大胆的突破，也是 90 年代思想更开明、对人性更宽容的体现。编剧吴兆芬曾在她另一部越剧《蝴蝶梦》的创作随笔中如是说：

> 我想通过这种独特的悟，来张扬人性中的美丽坚贞、善良率真，来赞美人情中的高格雅量，以此呼唤人与人之间应该多一点真诚真挚，多一点无私关爱，多一点理解谅解。而在开掘、延伸这个古老题材原始矿藏的深层意蕴时，则又力求将现代之盐溶入古典之水，以期使老戏发出新意，并使全新的题旨能够与现代观众碰撞沟通，产生共鸣。③

---

① 吴兆芬：《越剧〈啼笑因缘〉》，曲词根据上海越剧院 1993 年演出录像记录。
② 吴兆芬：《越剧〈啼笑因缘〉》，曲词根据上海越剧院 1993 年演出录像记录。
③ 吴兆芬：《越剧〈蝴蝶梦〉创作杂感》，《上海戏剧》，2002 年第 3 期，第 7 页。

尽管这是吴兆芬对《蝴蝶梦》立意的阐释,但同一作家的创作理念是一以贯之的。以此来阐述《啼笑因缘》的主题思想,同样恰如其分。开掘人文内涵,将古典精神与现代意识融为一体,这是经典剧目能够打开新时代观众心灵窗口的金钥匙。

　　从小说原作至今,《啼笑因缘》始终在舞台上保持着鲜活的艺术生命,改编本的数量、质量和票房数十年来依然居高不下。通过《啼笑因缘》个案的轰动效应,我们能够窥见通俗文学对戏剧作品在思想、题材上的影响,也足以证明戏剧艺术在吸收了通俗文学的养料之后,所焕发出的独特魅力。小说原著的文学价值与群众基础,兼之戏剧艺术综合性与写意性特征,产生了一个又一个美妙的艺术结晶,在文学史与演出史上留下了浓墨重彩的篇章。

第四章 《青城十九侠》与戏曲的关系

在现代武侠小说史上,还珠楼主是一个非常重要的人物。他的作品共有36部,其中《蜀山剑侠传》《青城十九侠》最为知名,影响遍及大江南北,令无数读者为之倾倒。当时,还珠楼主的这两部最著名的小说已被改编成京剧剧本,搬上舞台。从这个角度来看,还珠楼主的武侠小说对于研究通俗小说与戏曲的互文关系有参考价值,笔者这里所用的互文含义主要是指"每一篇文本都联系着若干篇文本,并且对这些文本起着复读、强调、浓缩、转移和深化的作用"。①

第一节 还珠楼主的戏曲情结

还珠楼主②(1902—1961),本名李善基,后名李寿民,生于四川省长寿县(今重庆市长寿区),父母都出身于官宦,因此还珠楼主自小受到了严格的传统文化的熏陶。7岁时随父亲初登峨眉、青城山,后又有多次攀登。峨眉山是西南佛教圣地,青城山是道教名山,景色壮丽,人文气息浓厚,作者屡登两山,可见作者对故乡的这两座名山充满了无限向往。还珠楼主10岁的时候还曾向峨眉僧人学习气功武术,童年时代的经历对于还珠楼主日后创作《蜀山剑侠传》《青城十九侠》产生了重要影响。还珠楼主成年以后从事过秘书、编辑、幕僚和家庭教师等工作,生活阅历非常丰富,这为他的小说创作提供

---

① 本文所用"互文性"概念出自菲力普·索莱尔斯选编的《理论全览》,第75页,Seuil出版社,1971年。
② 本文关于还珠楼主生平的介绍主要来自:周清霖《还珠楼主李寿民先生年表》,《西南大学学报》(社会科学版)2008年6期。

了社会素材,锻炼了他对人生和社会的思考能力。他的武侠小说大致可以分为"入世"和"出世"两类,小说《青城十九侠》和《蜀山剑侠传》被评论家称为"出世武侠"小说,或者是"超武侠"或"奇幻仙侠"小说。当然,也有学者认为《青城十九侠》描写了较多民俗风情,是"入世"小说。相比较《蜀山剑侠传》,《青城十九侠》受关注程度不高,台湾学者黄汉立认为《青城十九侠》是《蜀山剑侠传》的别传,但又可以独立成书,《青城十九侠》的缺点是"不是流于夸大,便是失诸琐碎"。① 但黄汉立肯定了《青城十九侠》有独特的价值。

还珠楼主酷爱戏曲,1921 年,他与京剧"四大名旦"之一的尚小云(1900—1976)义结金兰,此后长期为尚小云编写剧本,陆续编写了《北国佳人》《卓文君》《林四娘》《青城十九侠》等剧目。还珠楼主和尚小云能成为事业上的合作伙伴不是偶然的。首先,尚小云擅长武侠戏,早年学武生,后因扮相秀气,改演青衣。还珠楼主建议尚小云"文戏武唱",尚小云经过摸索,把两者结合,在刀马旦方面取得了突破,在"四大名旦"中确立了自己的艺术特色,尚小云曾说,"中国的女子太软弱,太偏于依赖,本人所编的诸剧就是着眼在这一点的,虽不敢谓有转移风俗的力量,但是至少亦使女子多一种兴奋的助力②"。其次,尚小云是一个喜欢出新出奇的演员,爱演新戏,这很大程度上是为了市场的竞争,尚小云曾说"现在的年口,要想拿玩艺儿卖钱,不比先前容易了。倘使不拼命挣扎,向前迈进,真有不能生存的危险"③。还珠楼主那充满奇幻色彩的武侠小说风靡海内,让尚小云产生了搬演舞台的冲动,而且还珠楼主又精通戏曲,帮尚小云编写剧本。尽管当时"四大名旦"都搬演过新编剧目,但梅兰芳、程砚秋和荀慧生的新编剧目奇幻色彩不如尚小云。当时剧评家就批评他:

> 尚伶也要迎合上海滩上人们好奇心理起见,于是也学海派,便"新"了起来。所谓"新"的玩意,乃是于各戏上皆加一"新"字,如新《玉堂

---

① 黄汉立:《从〈蜀山剑侠传〉到〈青城十九侠〉》,《近代中国武侠小说名著大系》第一册,台湾联经出版事业公司,1985 年,第 151 页。
② 梅花馆主:《奋发图强中之尚小云》,《半月戏剧》,1937 年 1 卷 1 期。
③ 梅花馆主:《奋发图强中之尚小云》,《半月戏剧》,1937 年 1 卷 1 期。

春》、新《三娘教子》、新《十三妹》、新《珍珠扇》、新《摩登伽女》，果然叫座极佳……我记得海上有班评剧家对于外江派的戏用"新"字相号召，曾作过严厉的批评，说戏上加"新"字，便是毫无意思的举动，外江派现已被指责得不再用了。而尚伶如今拾人唾余，拿来当真正"新鲜的玩意"，真是令人齿冷。①

民国时期，京剧表演界形成了两派，一派是"京朝派"，一派是"海派"或"外江派"。"京朝派"偏于京剧传统，而"海派"喜欢出奇出新，讲究机关布景。在坚守京剧传统的人看来，尚小云这样一批偏爱出新的演员是在破坏京剧传统。今天我们回过头来看，依然要面对这样一个事实：戏曲的发展既要坚守传统，也离不开创新，当然这创新必须要遵循戏曲的艺术规律。

还珠楼主最出名的《蜀山剑侠传》也曾被改编为京剧连台本戏，但第一集并非由还珠楼主本人改编，到第二集才由还珠楼主改编。当时报纸描叙其中经过："上海荣记共舞台禹历春节所演《蜀山剑侠传》，因有若干新奇彩头，亦颇轰动。其头集《蜀山剑侠传》剧本系老牌编剧家尤金圭所打提纲所编，日前经名评剧家苏少卿拉拢，荣共总经理周剑量，特假座锦江，宴请小说原著作者还珠楼主，双方谈笑甚欢，彼此谈妥，自第二集起，编剧事宜由还珠楼主亲自动手，珠楼在北方，替尚小云编过《青城十九侠》，亦是老手也。"②

然而，目前笔者尚未看到《蜀山剑侠传》的剧本，故无法探究全本戏的完整面目，也无法比较小说与戏曲之间的互文关系。幸运的是，笔者看到了《青城十九侠》的完整剧本。

第二节　北京市档案馆中的《青城十九侠》剧本

《青城十九侠》剧本不见于当代出版的各种京剧剧本汇编中，而是藏于北京市档案馆中的民国档案中。卷宗题目是"北平市华乐戏院万子和关于

---

① 菊蕊：《电影与戏剧：尚小云新的出奇》，《结晶》，1934年3期。
② 《蜀山剑侠传编剧费三千》，《戏世界》，1948年371期。

送审《青城十九侠》《元夜观灯》剧本的呈文、申请书及社会局的批示"①,档案时间是 1936 年 1 月。北平市社会局是南京国民党政府在 1928 年成立的一个机构,根据 1928 年 7 月《特别市组织法》,国民党政府在特别市和极少数省会城市成立了社会局,特别市直属于国民政府行政院,当时的特别市有南京、上海、北平、汉口、天津、青岛、广州、重庆,后来还有哈尔滨,都属于国内重要城市。社会局的行政范围包括土地、工商业和娱乐业、劳动行政、公益慈善,承担了改造社会的责任。1932 年北平市教育局并入社会局,北平市社会局的权力因此变得更加强大。1932 年北平特别市党务整理委给社会局发出公函,函文提到"本市旧剧种类繁多,内容复杂,剧情取材极应注意,凡一切有违本党党义,销沉民族意志及妨害良善风俗之歌词均应严予取缔,以免摇惑人心"。② 1932 年 10 月 4 日《北平市社会局戏曲审查委员会章程》③（后面简称《章程》）公布,1932 年 11 月 1 日,在北平市社会局戏曲审查委员会第一次常会上宣布"北平市戏曲审查委员会"正式成立,原戏曲审查委员会被取代,这标志着国民党北平市政府戏曲审查进入新一轮的实施阶段。《章程》第一条规定："本会以审查北平市剧院所演戏剧及一切评书词曲、幻灯片等力谋改善社会风化及辅助教育为宗旨",各种上演的剧本内容应该用什么标准去检查,《章程》第五条规定:

（甲）应提倡者（一）富有民族意义者；（二）描写社会生活富有感化力者；（三）能增进民众常识者。

（乙）应取缔者（一）违反党义者；（二）有伤风化者；（三）违反事理人情者。

甲类属于应奖励部分,乙类属于应修改或处罚部分。就整体而言,北平市和其他省市的审查条款在内容上大同小异,首要目的都是维护国民党的

---

① 北京市档案馆藏,档案号 J002—003—00531。
② 北京市档案馆藏《市政府、社会局等单位关于取缔妨害良善风俗之歌曲、成立戏曲审查委员会的指令、训令及审查委员会的常会记录》,档案号 J002-003-00048。
③ 北平市社会局：《北平市社会局戏曲审查委员会章程》,《北平市市政公报》,1932 年 169 期。

党义,巩固其统治地位。然而,取缔所谓"有伤风化"的剧本则承袭了封建专制时代的禁戏规则,一些包含色情内容的戏固然"有伤风化",但男女自由恋爱的戏也往往被看作"有伤风化"。国民党政权此举实际上是在维护封建道德,控制民众的思想,这本身又违反了事理人情。国民党政府内部组成复杂,既有革命元勋,还有官僚资本家,以及封建军阀和大地主,封建思想浓厚,而封建道德在当时依然具有广泛的民间基础,通过宣扬封建道德观,可以安抚朝野上下,有利于巩固国民党的独裁统治。

北平市社会局通过了《青城十九侠》的审查,审查意见如下:

> 查《青城十九侠》小说,系还珠楼主所编,载在《新北平报》之内。惟此本所演,并非该小说内一章或一段之事实。仅系就小说内,其剑侠叙述之寥寥数语,将其铺张扬厉,编为剧本。本内所演,系孝女报仇,淫贼伏法,妖道受诛,侠义成功。各情形提倡伦常,针砭社会,尚无不合之处,拟准予备案。①

这里对《青城十九侠》从小说到戏曲的主题、情节改编作了简明扼要的说明,由于改编后的主题符合北平市社会局的戏曲审查章程,故得以通过。还珠楼主的另一部剧本《北国佳人》,讲述了元代一位忠臣遭奸臣冤杀,忠臣之女侥幸逃出,后历经艰辛,为家族申冤,最终大仇得报,奸臣伏诛,北平社会局给予该剧的评语是:"意在提倡伦常道德,并未触犯审查章程第五条乙项各标准,拟准予备案。"②《青城十九侠》于 1935 年 5 月在《新北平报》开始连载,并不断有单行本出版,一直到 1947 年第 25 集出版后中断。1936 年 12 月,《青城十九侠》第 4 集初版发行,同年底被尚小云搬上京剧舞台。于是,产生了一种现象,即《青城十九侠》的小说一边在出版,戏曲一边在搬演,可见小说有轰动效应,而戏曲扩大了这一效应。据现有资料统计,民国时期,

---

① 北京市档案馆藏:《北平市华乐戏院万子和关于送审〈青城十九侠〉〈元夜观灯〉剧本的呈文、申请书及社会局的批示》,档案号 J002—003—00531。
② 北京市档案馆藏:《尚小云关于送审〈北国佳人〉剧本的呈文及社会局的批示》,档案号 J002—003—00529。

尚小云搬演《青城十九侠》有五次,分别为1936年、1937年、1938年、1940年和1948年。

笔者就从小说的文化思想、情节线索和人物形象三方面来探析戏曲对小说《青城十九侠》的改编。

第三节　京剧《青城十九侠》主题和情节的改编

从文化思想来说,《青城十九侠》很复杂,儒佛道思想都有,涉及经史子集、天文地理、民俗风情等。《前引》云:

> 西蜀本是一个神秘之国,因为民间传说和当地若干年前留下的种种仙灵遗迹,人民对于神仙剑侠、奇人异士本来就很崇拜;又值康、雍之间,满人入关未久,孑遗之民怀念旧君,目睹新廷暴虐,忍受压榨,敢怒而不敢言;庸懦一流,自然把一切都委之运数;具有国家种族思想、又富有聪明才智之士,既不愿委身异族,为仇敌的鹰犬,又不忍若干万亡国同胞俯首受人宰割,于是群趋剑侠一流,以诛奸杀恶为己任,冀略快意一时,虽然明知劫运难回,光复故业暂时无望,总想在除暴安良之中,种一点兴灭继绝的根子。风尚所归,奇人辈出,尤以峨眉、青城两派殊途同源,为个中巨擘。本书所记,便是这两派剑侠的轶闻奇迹。虽迹涉虚幻,难免铺陈;而笔人哀乐中年,浮沉人海,足迹流转,几半国内,蜀中故土,更是祖宗庐墓之乡,对于各种风土人情、衣服食饮、名山大川、珍禽异兽,大都有所本历,不同虚构。①

在这里,作者谈到了故乡的神奇和人民崇拜神仙剑侠的原因,这也可以解读为巴蜀文化对还珠楼主的影响,在《蜀山剑侠传》和《青城十九侠》中经常描写各种奇幻境界和奇禽怪兽。小说《青城十九侠》的背景是明末清初,具有反清复明的政治倾向,与民国初年"驱除鞑虏,恢复中华"的口号有相通

---

① 转引自周清霖:《还珠楼主李寿民先生年表》,《西南大学学报》(社会科学版),2008年6期。

之处,在抗战期间也有一定的意义。《青城十九侠》描写了青城派的十九位侠客,分别是罗鹭、裘元、虞南绮、狄胜男、狄勿暴、纪异、吕灵姑、杨永、杨映雪、纪登、陶钧、杨翊、陈太真、呼延显、尤璜、方环、司明、涂雷、颜虎。

小说没有描写剑侠与清廷的斗争,反映了"出世"的特点。小说通过对多位出世剑侠轶闻奇迹的描绘,展现了对自由、正义和生命的追求。同时,小说宣扬了"孝",如女剑侠吕灵姑为父亲吕伟报仇,努力学习剑术,终于报仇成功。但在戏曲《青城十九侠》中,那些神奇的意境和各种奇幻的动物绝大部分都消失了,主要是宣扬了剑侠的孝义和清官的清正,正如北平市社会局的批文所提到的"孝女报仇,淫贼伏法,妖道受诛,侠义成功。各情形提倡伦常,针砭社会",这种主题既符合了戏曲审查标准,也满足了当时市民的欣赏心理。还有,限于当时的技术条件,小说中的很多奇幻场面无法表现出来。戏曲剧本第六场通过神僧轶凡之口宣扬了佛道的神奇:

> 昨日青城派剑仙朱梅到右飞剑传书,言说青城门下一十九个后辈剑侠内中有一转劫女弟子,名唤吕灵姑,现在莽苍山中隐居,事父。不久他父便被仇人杀害,只剩灵姑一人孤苦无依,请老僧前往渡化,接引到疯仙郑道友门下,不免到时前往便了。正是:冤冤相报何时了,众生何苦自相煎。

这部分内容是从小说中移植过来的,把吕灵姑的身世遭遇都预测了,有一种宿命论在内。小说没有"冤冤相报何时了,众生何苦自相煎"之说,剧本加上后体现了佛教的一种超脱世俗,忘却烦恼的人生追求。

从情节线索来看,小说《青城十九侠》目前共106回[①],还是未完本,结构比较松散,情节繁复冗长,一些地方描写奇禽怪兽的打斗场面雷同,这是通俗文学为了市场效益而很难避免的毛病。戏曲剧本作了大幅精简,1936年1月1日提交给社会局审查的剧本共有23场,剧本第一场通过清初昆明知府陈敬之口介绍了故事背景:西川张鸿、吕伟当年为了搭救书生陈敬,与号

---

① 台湾联经出版事业公司1985年出版的《青城十九侠》有107回,其中79回和80回重复了。

称"七首真人"的江洋劫匪毛霸结仇,张鸿后来死于抗清斗争,吕伟携女儿灵姑躲进莽苍山避难。全剧设置了两条线索,一条是毛霸练就了五毒神砂,来莽苍山寻吕伟报仇雪耻,后将吕伟打死,吕灵姑受神僧轶凡的指点,投剑侠郑颠仙门下,苦练剑术,后下山寻毛霸,为父报仇。毛霸摆下都天阵挑战青城七侠,灵姑前往助战,斩毛霸,大仇得报,这一条是主线。另一条副线是毛霸的两个徒弟吴玉和王升到府衙采花,杀死知府陈敬女儿,吕灵姑、陈敬联手侦破陈敬之女被杀一案,为蒙冤的陈府更夫刘三平反,并擒获吴玉和王升两淫贼。剧本中的副线情节在原小说中是没有的,编剧增加这一情节后,使得剧本富有一定的悬疑性,可以更好地吸引观众。原著中陈敬的形象是借吕伟的视角展现的:

> 细看那少年,眉目清俊,神采秀逸,并不带一毫奸邪之容,衣饰也朴实无华,不像是个坏人。只是文房用具、茶铛茗碗却甚是精美,颇有富贵人家气派。吕伟暗忖:"这人相貌不恶,如此年少,千里为官,却也不易。一旦死在恶道手中,岂不冤枉?"……略一观察,便知是个清廉之官。那陈正年才十二三岁,不特相貌清俊,二目有光,不类常童,最难得是那般胆大心细,沉着勇敢,不由越看越爱。①

这流露出吕伟对清官父子的赞美,尽管是侠客的视角,但其实符合中国普通百姓对清官、好官的第一印象。这种以貌取人的方法不一定准确,但为大多数人所接受。小说中的陈敬有一儿子叫陈正,在获救以后,陈敬与张鸿和吕伟结为兄弟,并让其子拜二位侠客为师,这让人感受到"桃园结义"的影子,反映了还珠楼主对于侠客与清官结盟的认可。在戏曲剧本中,陈敬生有一女叫陈凤娇,被毛霸徒弟吴玉所杀,成为推动情节发展的一个关目。

尽管三人结为兄弟,但在小说中陈敬父子再也没有出现,体现了小说"出世"的倾向。而在戏曲剧本中,编剧特意设置了吕灵姑和陈敬合作擒贼

---

① 还珠楼主:《青城十九侠》第二十二回,山西人民出版社、北岳文艺出版社联合出版,1998年,第667页,674页。

二 通俗文学与戏曲话剧

之情节,吕灵姑和陈敬代表了正义的一方,毛霸师徒代表了邪恶一方,经过努力,正义终于战胜了邪恶,案情大白,罪犯伏诛,冤情得到昭雪,符合民间最基本的信仰。这种官府和侠客的合作模式可以追溯到清代著名的公案小说《施公案》。《施公案》被称为是公案小说和侠义小说的合流,施公就是康熙时期著名的清官施世纶。后来《施公案》在晚清被改编成多部京剧,如《四霸天》《恶虎村》《莲花院》《盗金牌》《盗御马》《连环套》等,在晚清民国的剧坛上都比较盛行,这些剧目基本上是清官率领侠客除暴安良,主要宣扬"惩恶扬善""扶危济困""报效朝廷"。用今天的眼光来看,清官为民做主,在封建体制内为国为民谋利益,而侠客用武力为民解忧,则实现了封建体制外的一种补偿,尽管清官在古代并不多见,侠客更显虚幻,然而,这类故事蕴含的主旨既满足了统治阶级维护统治秩序的需要,又满足了民间百姓的虚幻心理,达到了上下同赞的效果,还珠楼主可谓深谙各阶层的内心世界。不过,戏曲《青城十九侠》中的陈敬形象明显处于弱势,而清代公案小说中的清官足智多谋。

小说第六十二回描写毛霸找吕伟报仇,写的是惊心动魄:

> 毛霸起初原也想用连环掌取胜,及见敌人不来上套,反吃奚落,不由怒上加怒,大骂:"老鬼死在眼前,还敢卖乖弄巧。你祖师爷杀你易如反掌,不过想看看你到底有甚花样,享这些年的虚名罢了。既想早死,你祖师爷三个照面以内,如不将你打死,誓不为人。"随说,纵身又是一掌砍来。吕伟哪识言中深意,还在暗笑。一面伸手迎敌,一面想出其不意,给他一个厉害,谁知毛霸已然暗用邪法禁制。吕伟一掌挡去,见毛霸左掌收回,掌心向外,退向胁下,似在运用力气,右掌并未似前打到,忙往前一近身,待要一掌打去,猛瞥见毛霸身子往后略退,目闪凶光,满面俱是狞厉之容,指定自己大喝一声,心便一震。情知不妙,方欲纵避一旁给他喊破,忽然一阵头晕,毛霸右掌已然打到。这时吕伟人虽昏晕,知觉未失,真力尚在。自知中了邪法暗算,决意一拼,用足真力,横臂往上一挡。又听毛霸一声怪叫,手臂发酸,跟着眼睛一花,胸前中了敌人一掌,人便失去知觉,翻身跌倒。

原来毛霸性情暴躁，以为妖法既已将人迷住，用自己练就的铁砂掌一下便可打死。不料吕伟内功本来精纯，近来日习吐纳之功，神明湛定，不似常人一中邪法立时便倒，竟还手挡了一下。毛霸猝不及防，双方用力均猛，以硬斗硬，这一挡，毛霸痛得半边臂膀都发了麻，腕骨受挡之处似乎折断，一时情急，怒吼了一声。见吕伟手已缩退，两眼发直，更不急慢，又用右掌打去。吕伟神志已昏，无力抵御，这才重伤倒地。①

这段描写把两位武林高手交手时的心理和深厚武功展示出来了，双方都有受伤。然而，在戏曲剧本第七场中，精简了毛霸和吕伟对决过程的描写，而着重吕伟决斗前与女儿灵姑的嘱托：

生：当年放你逃走，此来何事？
毛：便为报那年一剑双镖之仇。
生：既然如此，你且在篷外等候片时，待老夫收拾残肴，将衣帽留在洞内，与你决一胜负如何？
毛：且容你多活片时，那个怕你跑上天去。
生：好，你且少待。
旦：爹爹，此贼如此强横，待女儿相助爹爹除他吧。
生：我儿不可造次，快些回洞躲避，以免玉石俱焚。
旦：女儿我不放心爹爹。
生：既是我儿定要观战，此贼来者不善，善者不来。少时为父如若受伤倒地，此贼念在当年放他逃走之情，必留为父全尸，那时我儿千万不可动手，须知为父尚且不胜，我儿焉有胜理？冒昧上前，如有差池，不但为父尸骨无人埋葬，日后报仇无人了。
旦哭介：喂呀呀！
生：我儿不必啼哭，日前胜败难分，快将宝剑取来，待为父迎敌此贼便了。

---

① 还珠楼主：《青城十九侠》，山西人民出版社、北岳文艺出版社联合出版，1998年，第1806—1807页。

旦：是！

毛：吕伟，再不出战，你家祖师爷要打进来了。

生：毛贼，休得猖狂，老夫来也。（打介）

（毛掌打生倒介）毛：不想你也有今日。

毛：日后报仇何惧之有，念在当年被舍，未曾杀害也，罢，饶你全尸与你女儿狗命，俺去也。

这段描写把毛霸重现江湖后那种骄横狂妄的神态突显出来了，同时着重刻画吕伟决斗之前对女儿的关爱，女儿试图助父杀敌的孝心，让观众感受到吕伟参与决斗的凶险，为吕伟的悲剧命运担忧。和小说相比，戏曲剧本描写吕、毛二人的决斗过程极为简略，吕伟被毛霸一掌打死，足见毛霸五毒神砂掌的威力。当然，剧本被搬演于舞台的时候，为了吸引观众，这种打斗场面可能会持续一定的时间。至于毛霸放走灵姑，一方面为了表现毛霸的那点江湖道义，更主要是为吕灵姑苦练剑术，为父报仇留下故事线索。这种情节设计都是为表彰孝女。

1936年10月30日《戏剧旬刊》的《名旦尚小云〈青城十九侠〉》显示，这个剧本后来改用"幕"，一共是十四幕，每一幕还有题目，现罗列如下：

第一幕：万里关山昆明赴任，十年薪胆苗岭寻仇。

第二幕：红裳侠女独斗灵猿，匕首真人飞行绝岭。

第三幕：星飞雷射飞剑传书，白雪红梅深山侍父。

第四幕：逢狭路命丧月牙铲，痛深仇肠断莽苍山。

第五幕：古刹清修疯仙度世，空山吊影孝女哭亲。

第六幕：悟玄言寻师大熊岭，通妙谛学剑苦竹庵。

第七幕：一淫贼犯案走蛮荒，贤使君怆神怀旧友。

第八幕：贪酒杯巧计赚室人，触灵机慧见识巨寇。

第九幕：忧劲敌妖人练宝，抱不平双侠受伤。

第十幕：陈小姐遂愿烧香，云中燕采花杀命。

第十一幕：穷途轻生欣逢侠女，府衙审案喜见遗孤。

第十二幕：得真情只身擒淫贼，奉师命七侠下仙山。
第十三幕：救淫朋三更行刺，完巨案一共除奸。
第十四幕：恶妖道苦练五毒砂，众仙侠大破都天阵。

和前一个版本相比，这一版本主要是在第二幕增加了灵姑斗灵猿的情节，大概是为了突出尚小云的功夫。当年的报纸曾有文章描述了演出斗灵猿戏的趣事：

> 尚小云演青城十九侠于新新，剧中有小猴一群，系借自荣春社，尚有提猴一幕，不料用手提猴尾，用力过猛，将猴尾揪掉，此小猴乃成一光屁股矣。台下为之哄然。①

这出《斗灵猿》的戏是《青城十九侠》目前留在舞台上唯一的一出。全本《青城十九侠》之所以在后世的舞台上没有流传下来，笔者认为主要是新中国建立以后，政治环境发生了改变，武侠类的文学和艺术作品不符合时代要求，遂销声匿迹。另外，尚小云在当时为了演出竞争热衷于排新戏，但很多新戏包括《北国佳人》《摩登伽女》《绿衣女侠》《虎乳飞仙传》等缺少加工，艺术上不够精细，缺乏精彩的唱段和动作，如当时一位剧评家就写过《尚小云以武戏最为拿手》：

> 查尚小云已四十余岁，其演戏年龄，当不止有三十年之过程。《摩登伽女》及《青城十九侠》等，一类神怪不经之戏，皆为近年新排者，岂前此廿余年中，一百余出老戏内，无一为其拿手者欤？……但以愚外行人来观察，觉其诸老戏，如《探母》《雷峰塔》《御碑亭》《二进宫》等戏，不敢说独步一时，也可以说能垂范后昆，不以此等戏谓为拿手，而以时装异服，机关布景两出荒诞不伦之新戏，谓为绝活，其真不知尚小云也耶？②

---

① 《趣事：尚小云演青城十九侠于新新》，《立言画刊》1940年86期。
② 许稚良：《十日戏剧》1939年2卷22期。

从前面所引用的评论文字,加上这番评论,我们可以明显感受到当时的剧评家对尚小云的新编戏并不认同,而是认可他的传统戏。这些新编戏当时获得了不少观众的喜爱,但演完一阵后便搁置起来,因此没有全本戏甚至折子戏流传下来。这一事实说明,剧目的生存率从长远来看,主要还是靠剧目自身的艺术水准,艺术水准高,时代环境一旦合适,剧目就能重新被搬演。

第四节　京剧《青城十九侠》的人物形象的改编

在小说《青城十九侠》中,有关灵姑形象描写非常多,但她不是主角,因此显得比较零散,第七回中通过旁人的眼光来描写灵姑的第一次出场,其形象非常奇特:

> 浑身尽是白毛,腰间还围着一片鹿皮,臂也不长。细看面貌,也和人相似,不类猿猴。胸前隆起,腰肢甚是窈窕。除了通体长着长毛外,竟有七八分像人,及至见她听了雷春那一番无心的话,便已避过一旁,大有害羞神态。走得虽快,上身笔直,也不似猿猴跳纵行路。……再看那小猿,头上乱发已经方母整理,身上穿了衣服,简直换了一个样儿,除那满脸长白毛外,侧背面看去,竟然与人无异。这时亭亭静立,垂手侍侧,听见众人谈笑问答,也不学嘴,只管凝神谛听,俯首沉思,若有所悟。①

在小说中,灵姑是被猿仙所抚养,除了剑术以外,灵姑还有一件罕有匹敌的绝杀武器——飞刀,但灵姑的身世一直不清楚,直到第二十一回才知道其父叫吕伟,到第二十三回,吕伟回到家中看望妻儿,遇见了灵姑。但是小说留下了一些疑点,吕伟怎么遗弃了灵姑,既然幼年被遗弃,灵姑后来怎么知道她的家在何地,谁告诉她的,灵姑第一次见到吕伟,怎么知道吕伟就是她的父亲。灵姑的名字并非吕伟所取,吕伟又怎么知道灵姑的,诸如这些疑

---

① 还珠楼主:《青城十九侠》,山西人民出版社、北岳文艺出版社联合出版,1998年,第249—250页。

点,让小说中灵姑的形象存在缺憾。

在戏曲剧本中,灵姑毫无疑问是全剧核心人物,编剧着重表现了她的孝,删掉了小说中她和猿仙的戏。第十场中,灵姑冒着严寒为父亲挖坟下葬:"这北风吹得儿足僵手战,似这般天寒地冻怎得埋完?……似这般天寒地冻滴水成冰锹锄难下。今日如不将坟作好,山中猛兽甚多,那还了得。"在为父报仇的过程中,灵姑经历了各种考验,如在第十场中,郑颠仙为了考验灵姑的诚心,便出言不逊,故意刺激灵姑,然而灵姑始终恭敬有加,没有埋怨:

> 我看这位婆婆虽是癫狂,颇有玄机。师父既称颠仙,必有颠象。莫非他便是我的师父试探于我,万一错过仙缘,悔之晚矣。我何不跪在他的面前苦苦哀求,看他如何。(颠)你背地嘀咕什么?(旦)师父不必相试,可怜弟子身带血海冤仇,望乞大发慈悲,收归门下吧。(颠)起来,什么乱七八糟的,谁是你的师父呀?(旦)哎呀,师父呀,弟子已然看出行径,再不开恩收容,惟有一死而已呀!(颠)此女果然求道虔诚,也不枉我度他一场。徒儿不必悲苦,为师收你就是。

灵姑的悟性和虔诚终于感动了颠仙。在小说中,灵姑和颠仙见面比较顺利,没有剧本的考验内容。

在小说中,陈敬被吕伟搭救后再没有出现,而在戏曲剧本中通过描述破案的经过来展现陈敬的形象。陈敬的形象表现出明末清初很多文人特点,正如剧中第一场陈敬自述:

> 原说弟兄三人同享福祸,谁知天下大乱,逆贼吴三桂勾引清兵入关,夺了明室天下,大兄张鸿,为救福王,被吴三桂聘请能人刺死,二兄吕伟全家遇害,只剩他父女二人逃往莽苍山隐居避祸。明亡之后,本当辞官不仕,以全臣节,怎奈家贫,难以安度,只得投降新朝。

这段独白正反映了清初很多入仕文人的心态,显示了还珠楼主对历史的熟悉和尊重。陈敬虽为一名清官,但一开始对女儿被杀的血案缺乏清醒的判断,没有收集更多证据,也没有去刘三家了解情况,就直接断定更夫刘三有罪:"你手持钢刀满身血迹,还敢强辩,左右与我掌嘴。人证俱全也不怕你不招,左右将他钉镣收监,明日升堂,大刑审问。"后来变得冷静:"不想近日连出无头命案,我想刘三乃本衙更夫,既是杀人,为何不逃?我女儿定被贼人所害,这等采花贼人乃是江洋大盗,本领高强,恩兄吕伟已然身死,叫我怎生为女报仇。"这里既表现了他对案件尚有清醒认识,也流露出对江洋大盗的恐惧和无奈,这其实讽刺了官府无能。这恰恰是为了突出灵姑在整个案件侦破中的主导作用,灵姑先是听到刘三之妻的申诉,抓到淫贼吴玉,后又抓到吴玉同伙王升,并保护了陈敬,剧本把灵姑这一锄奸扶弱、匡扶正义的光彩形象彰显出来了。

毛霸的形象在小说和戏曲中也有较大差别。小说对毛霸的形象作了深入的刻画,多处突出了他的骄横霸道的一面,在灵姑复仇的情节中,小说又展现了他霸道与软弱并存的形象,第七十二回中,毛霸被赶来解围的灵姑击伤,毛霸尚不知灵姑是吕伟之女,第七十三回中,毛霸在临死前流露出一丝悲情:

> 毛霸闻言,才知心计白用,生机已绝,敌人早有防备,自己不知还要受多少磨难,才得一死,不由心寒胆裂。那条断腿尚连着一点筋肉,不动已是痛楚非常,再就地一拖,直疼得通体冷汗交流,说不出的难熬。心想:"反正一死,还不如放痛快些,少受好些磨难。"忍不住颤声哀告道:"吕姑娘,我当初虽用重手法伤你父亲,也只一下倒地,并还留他全尸。你也是玄门中人,何苦如此狠毒?我已知道尊重,难逃一死,请你给我一个痛快吧。"①

人之将死,其言也善。从这里我们可以感受到一个江洋大盗临终前的痛苦,这种痛苦与普通人无异。

---

① 还珠楼主:《青城十九侠》,山西人民出版社、北岳文艺出版社联合出版,1998年,第2106页。

相比小说，剧本着重描写了毛霸的霸道，对他的死亡前的言行没有展现。从创作宗旨来看，戏曲剧本主要是宣扬除暴安良，表彰灵姑的侠义和孝心，渲染毛霸的复杂心理必然会冲淡剧本的主旨，因此善恶对立很明显。而小说表现了多重文化主旨。在戏曲剧本中，毛霸的徒弟吴玉展现得也很骄横，在第十九场堂审的时候，吴玉对陈敬说"俺乃英雄好汉，岂肯跪你"，还威胁道：

连日城厢内外采花杀人也是俺弟兄所为，今日闻听人言我师在金狮岩设下都天七煞大阵，要提青城门下十九弟子，正要与俺师弟送信，便被这个贱婢拴住，好好将俺放了便罢，如若不然，被俺师父知道，叫尔等死无葬身之地。

吴玉这一骄横无礼的形象反映了流氓恶势力的特征，揭示了封建时代法律欺善怕恶的本质，最后只能靠灵姑的高强功夫才制服了嚣张的恶徒。

总的来看，从小说《青城十九侠》到戏曲《青城十九侠》，故事主要内容、情节线索和人物形象都做了较大幅度的改动，戏曲剧本还加入了很多小说没有的人物和情节，这些情节人物又受到了晚清民国的诸多小说和戏曲的影响，从这个意义上说，戏曲和小说之间构成了互文的关系。然而需要特别说明的是，由于"明星制"的盛行，还珠楼主这种"为专人编戏"的现象在民国期间比较常见，当感到"戏"不够的时候，就从小说之外去加添情节，这导致了小说与戏剧的"互文关系"弱化，今天，很多小说在改编成戏曲时依然存在这一现象。

第五章 《秋海棠》小说与话剧、戏曲的互文

在现代通俗文学史上,秦瘦鸥的通俗小说《秋海棠》无疑是一部令人瞩目的作品。该小说叙述京剧名角秋海棠与军阀姨太太罗湘绮之间曲折缠绵的爱情故事,控诉了军阀的残暴与罪恶,展现了旧时代处于社会底层的百姓悲惨的生活遭遇。《秋海棠》小说于1941年1月1日至1942年2月13日连载于《申报》的副刊《春秋》,共计332回。1942年7月,上海金城图书公司出版了《秋海棠》小说单行本,由原来的17章增至18章,最后一章由原来的《归宿》扩展为《也是一段叫关》与《归宿》两章。1957年,上海文化出版社重印《秋海棠》,作者秦瘦鸥又对小说的多章标题、人物、情节等作了很多新的润色与修改,结局又由《归宿》改为《戏还在唱下去》。

《秋海棠》小说细腻的笔触,催人泪下,引起了无数读者的同情与关注;而戏子、姨太太、军阀,这些也无疑都是夺人眼球的素材。小说的重要性与特殊性,不仅在于其销量之大,还在于它的影响之广。除却本书其他章节所叙之影视、弹词之外,话剧、戏曲等多种艺术也都曾改编过《秋海棠》,每一次改编都取得了巨大的成功。《秋海棠》演出的票房之高、影响之广,可与《啼笑因缘》相类,堪称在戏剧史中现代小说被改编的两大高峰的对峙。

话剧《秋海棠》首演于1942年12月24日,之后,每日两场,连演了五个多月,共200多场,打破了当时的票房纪录。著名演员石挥饰秋海棠,沈敏饰罗湘绮,英子饰梅宝,穆宏饰袁宝藩。1945年,话剧《秋海棠》单行本出版时,对该剧本的作者,秦瘦鸥在"卷头语"中按照"属笔先后"排序如下:秦瘦鸥、顾仲彝、费穆、佐临。由小说作家与话剧导演强强联手,着实是优化组合。这既能保持《秋海棠》原著的文学成就,又能从思想、艺术、舞台效果等

多方面考虑,追求更加完美的综合效果。

第一节 话剧《秋海棠》的主题

关于《秋海棠》的主题,历来颇有争议。话剧上演之后,各种报刊所发表的评论众说纷纭,对剧本主题的理解莫衷一是。例如,朱金《〈秋海棠〉之我见》有云:

> 《秋海棠》原著我曾看过,这是一部赚人眼泪、鸳鸯蝴蝶派的小说,虽然作者极力否认这一点,认为他的作品自有其价值。但是我们细读内容,觉得除了作者介绍我们一个动人凄艳的故事和一些习见和罕见的人物外,并没有文学上的价值。作者外貌以新的笔法写出,骨子里仍脱不掉章回小说范畴,鸳鸯蝴蝶派的旧套:桃色的线牵出一些好人与歹人。故事尽量的使它一波三折,握住读者的心理。故事的中心是叙述姨太太与戏子的恋爱,至于主题则很模糊,勉强的说,只是暴露军阀的淫暴而已。①

朱金认为,秦瘦鸥的小说原著《秋海棠》,具有"鸳鸯蝴蝶派"的基本套路与艺术风格,属于言情小说,本无特别崇高的主题。若要提炼出一个主题,那就是对军阀的揭露与批判。这样的主题,尽管在原作中的表达较为模糊而曲折,但在话剧上演的时代,无疑更具有特殊的历史意义。与之相反,麦耶《剧评:〈秋海棠〉》则云:

> 改编本因袭了原著的意识,我们很难说它有什么主题。反军阀吗?这里,并没有强调的暴露出军阀的"祸国殃民"来,在舞台上的袁宝藩反而有点可爱。说它是描绘一个旧剧伶人的悲惨遭遇吗?可惜作者笔下和舞台上的秋海棠这人物并无现实性,作者并不熟悉伶人的生活,为什

---

① 朱金:《〈秋海棠〉之我见》,《新动向》,1944 年第 93 期,第 37—38 页。

么不写其他更感动人的社会折磨下的悲剧呢？①

麦耶对所谓"反军阀"的主题颇有质疑，他认为，该剧的"现实性"有所欠缺，造成了主题不够深刻。又如，筠《〈秋海棠〉观后》云：

> 《秋海棠》是描写伟大的父爱母慈的大悲剧，人孰无父无母，看了又怎能不流泪痛哭呢。②

此论者提出了另一种观点，即认为《秋海棠》的主题是伟大的父母之爱，赞美人伦之情，因而，它能够激起广泛民众的共鸣。

此外，对《秋海棠》主题更尖锐的批评，有伯祥的《关于〈秋海棠〉》：

> 秦瘦鸥虽然将《秋海棠》这本书风行于世，只不过将故事的表现风行于世，并没有将正确的思想、信念、事实告诉读者，这是《秋海棠》这本书不健全的地方。我们试想一个由科班出身而未受过稍深教育的伶人，是不是能对不满的生活及爱情，发出广泛的言论，而且又没有将爱情与肉体用崇高的观点指示出来。所以在我私见上看来，以为这本书并不是一个好的著作。③

伯祥认为，《秋海棠》中的情节与人物形象缺乏真实性与崇高性，所宣扬的思想不够正确，因而，作品无法给人以积极的引导与教育。

尽管舆论观点不一，但作家本人依然坚持自己的立场。秦瘦鸥在《秋海棠》剧本的"卷头语"中说：

> 我们努力抗战，固然要多演硬性的戏，来激励民众，但如果每个剧本都在抗战八股的圈子中绕来绕去，也容易使观众由厌倦而麻木。所

---

① 麦耶：《剧评：〈秋海棠〉》，《太平洋周报》51期，1943年1卷，第982—983页。
② 筠：《〈秋海棠〉观后》，《保甲周刊》，1942年第13期，第21—22页。
③ 伯祥：《关于〈秋海棠〉》，《中华周报》第33期，1943年，第11—12页。

以像《秋海棠》这类富于情感而带些哲理性的悲剧,偶一搬演,实大可调剂观众的精神。①

接着他又阐明了自己这部"富于情感而带些哲理的悲剧"的作品主题与抗战之间的关系:

作者就从环境上得到觉悟,无论如何不该让这一部所谓"长篇创作"与时代离得太远,因此决定再在原有的主题之外,加上另一种专为激励并慰勉沦陷区同胞的意义进去。那就是把秋海棠写成整个中华民族性格底影子——拉不断斩不断的韧性。②

那就是他让秋海棠身受"军阀的刺刀宰割,破坏了他的秀美的容颜,切断了他的歌衫舞袖的生活,使他在极度苦难之中,走回农村去做一种我们中国人最应该做,而且又是最伟大的工作——耕田","一面含垢忍辱地抚养他仅有的爱女——我们的第二代……"③

在作家的自述中认为,该剧虽然并不像抗战时期的许多话剧作品那样正面地鼓舞士气,但通过这个富有真情实感的故事,同样能够给观众一些情感的慰藉与现实的思考,激发积极的正能量。在群情昂扬的特殊历史阶段,并非所有的话剧都必须完全顺应主题先行的"抗战八股",像《秋海棠》这类细腻而催人泪下的剧作,同样能够以温和而迂回的方式来启发思维,浇灌民众的心灵。

在《秋海棠》小说之后、话剧之前,1942年春,吴祖光先生创作了剧本《风雪夜归人》,以京剧名伶魏莲生与军阀姨太太玉春的爱情悲剧,控诉军阀的罪恶与社会的黑暗。无论是情节、人物还是主题,《秋海棠》与《风雪夜归人》都有着异曲同工之妙。事实上,话剧《秋海棠》刻意提升了小说原作的主题,使反军阀和爱国主义的旗帜更为鲜明。从小说完成到剧本出版,经历了读

---

① 秦瘦鸥:《〈秋海棠〉卷头语》,《〈秋海棠〉剧本》,上海百新书店,1947年,第1页。
② 秦瘦鸥:《〈秋海棠〉的移植》,载《秋海棠》,百新书店,1944年,第1—3页。
③ 因上海金城版中有关抗日的词句均被删去,文中所引的《秋海棠》原文都是以1944年桂林版为准。

者和观众的反馈,历时数年,作家、编剧与导演不断加工修改,作品的主题也在一次次改动中逐渐提升。其中,具有代表性的是"秋海棠"这一艺名的内涵。在小说中,由袁绍文向俞仲迁说出艺名的来历:

> 中国的地形,整个儿连起来恰像一片秋海棠的叶子,而那些侵略国家,便像专吃海棠叶的毛虫,有的已在叶的边上咬去了一块,有的还在叶的中央吞噬着,假使再不能把这些毛虫赶走,这片海棠叶就得给他们啮尽了……①

而在话剧中,关于艺名的来历不再出自袁绍文之口,而是在秋海棠与罗湘绮第一次会面时,由秋海棠本人亲口说出:

> 记得小学堂的教科书里,就说到我们中国的地图像一张秋海棠的叶子,所以我就改了现在这一个名字。对于我们梨园同行,这是一种新奇,可以时时提醒他们,我们还有一个国家,我们还是这个国家的国民!对于外界的先生们,我是想使他们知道即使是一个唱戏的人,也还忘不了他的国家!②

改编者刻意安排秋海棠发表了这番关于艺名的宏论,较之小说原作而言,此段文字语气更激昂,情感更充沛。改编之后,主要作用有三:一是美化秋海棠的形象,把秋海棠塑造成一个有思想的爱国者,他关心祖国命运、心系天下苍生。尽管艺人在当时社会的身份极其低微,但他想以一己之力证明,艺人也同样具有爱国的热情。男主角的人格由此得到提升。二是增加男女主角在初次会面时的精神交流。秋海棠与罗湘绮的爱情,绝不是简单的郎才女貌,而更是知己间的心有灵犀。剧作中,秋海棠越说越兴奋,湘绮被深深地打动,袁宝藩则极不耐烦地打断了这个话题。袁、罗二人毫无共

---

① 秦瘦鸥:《秋海棠》,上海文化出版社,1957年,第18页。
② 秦瘦鸥、费穆等:《〈秋海棠〉剧本》,上海百新书店,1947年,第22页。

鸣,不言而喻;秋、罗之间,则相互欣赏,渐渐埋下了爱情的种子。三是提升作品的现实主题。"秋海棠"不仅是男主角的名字,它同时也是作品的题目。关于"秋海棠"三字含义的阐述,是交代作品主题的点睛之笔,使小说原作中较为模糊的爱国主题在话剧中表达得更为清晰而强烈。

第二节　话剧剧本与小说原著的互文

从一部家喻户晓的通俗小说,到改编后场场爆满的话剧,《秋海棠》在保持着最初的故事框架与思想内容的同时,也在主题、情节、人物等方面进行了许多调整与再创作。每一处看似细微的变化,无不包含着改编者的独特用心。

曾经参与话剧本改编的康民在《从小说改编话剧谈到〈秋海棠〉》中不无遗憾地说:

> 可是我失败的主要原因倒是因为原著给了我太深刻的影象,正因为我太爱《秋海棠》,所以舍不得漏去一丝半毫的精彩处,然而事实上是不可能的。为了追求一个圆满的结构,我花费了整整的两个月,我依然是失败了。我几乎想抛弃了改编的计划,最后我还是忍痛地(请原著者恕我说得肉麻些)舍弃了许多精彩处,勉强交了卷。①

在舞台时空的限制下,力求完整地表现原著之所有亮点,这无异于戴着镣铐跳舞。《秋海棠》在改编过程中,必须有所舍弃,才能具有新的艺术特色。话剧《秋海棠》对小说中部分情节的改动,颇具匠心。例如,小说原著的第一回为《三个同科弟兄》,从秋海棠等三人初入戏班写起。而在话剧剧本中,秋海棠在序幕中以戏中戏登台,以男旦的形象亮相,令人惊艳。袁宝藩和罗湘绮则出现在舞台之侧,把该剧的主要人物和主要矛盾都呈现在观众面前。对此,秦瘦鸥在《我评〈秋海棠〉》一文中如此自述:"但费穆先生却另

---

① 康民:《从小说改编话剧谈到〈秋海棠〉》,《话剧界》,1942 年第 8 期。

外想出了这一个序幕来,当他把这个计划告诉我以后,我几乎欢喜得跳起来,因为像这样的开始,不但很清楚地写出了秋海棠的生活,以及他和二袁的关系,并且还加强了后来他沦为打英雄时的悲哀。——以一个美丽的青衣登场,而以一个老丑的筋斗虫收场,这是何等深刻的对比啊?"① 小说的篇幅比较自由,可以洋洋洒洒。而话剧必须在有限的时间与空间内完成叙事。改编之后的序幕,冲击力更强,矛盾冲突更集中,堪称神来之笔。

再如,男女主人公爱情的萌生,这既是作品中的关键情节,也是之后一切惊心动魄故事得以展开的最初起点。在小说原著《爱与欲的分野》一章中,秋海棠、罗湘绮二人互诉身世,顿生同病相怜之意,爱情的潮水在两人胸中渐渐涌动:

> 他把一手支着下颌,一眼不眨地看着湘绮的脸,差不多有五分钟没有移动他的视线;湘绮也像没有觉察一样,尽自向对面墙上的几幅字画看着,不觉彼此都看出了神。
>
> 这时候,他们的两颗心正像火车上一对飞轮似的不停地在旋转着,彼此都想不顾一切地向对方倾吐自己的衷曲,但又觉统共只见了两面,不应该相知得这样快,而且一时也不知道应该打什么地方说起才好。②

在这段无声胜有声的浪漫情节中,小说以第三人称的叙述视角描摹男女主角的细腻的心理活动。而在话剧改编本中,此时则由语言来填补时间的空白:

> 我尽量地压制着自己,压制着自己的情感。(又转激愤)可是到了不能压制的时候,我会爆发得比谁都厉害!打老袁一记巴掌,还是最小的爆发……③

---

① 秦瘦鸥:《我评〈秋海棠〉》,《杂志》,1943 年第 5 期。
② 秦瘦鸥:《秋海棠》,上海文化出版社,1957 年,第 77 页。
③ 秦瘦鸥、费穆等:《〈秋海棠〉剧本》,上海百新书店,1947 年,第 56—57 页。

秋海棠忿恨地表达着长期以来埋藏于心底的对袁宝藩的仇恨,引起了罗湘绮的共鸣:

> 我每一分钟,每一秒钟都想起来反抗,可是从来没有爆发过一次。(转为乐观)今天见了你,听了你的话,不知怎样,胆子就大了起来,心里也光明了许多。①

关于秋海棠与罗湘绮的爱情,论者观点颇不一致。肯定者赞其为伟大而忘我的爱情,否定者贬其为不顾道德的苟合。在小说原作中,男女主角内心的情感逐步升温,直至沸腾,灵与肉结合,不可遏制,完全是情感的冲动与爆发。而在话剧剧本中,秋、罗两人的爱情建立在对军阀袁宝藩暴行忍无可忍的基础之上,着意升华了男女主角爱情的思想基础与现实意义。他们在困境中彼此紧紧相拥,用不顾一切的炽烈的爱,宣泄着对长期压迫的愤怒和对残酷现实的反抗。较之小说原作而言,话剧中的秋、罗之恋,在感性之中增加了几分理性——他们既是亲密的恋人,又是同一条战线上的战友。从相爱到结合再到被迫分离,爱情越是在现实中挣扎,所承受的痛苦和伤害则越大。红艺人与姨太太的苦恋,建立在共同身世之哀的基础上,爱情的发展始终笼罩在军阀势力的浓重阴影之下,使这个原本凄美的故事更增添了几分悲壮的色彩。

《秋海棠》小说原著对话剧剧本的影响固然显而易见,而另一方面,在话剧演出之后,观众的反馈也同样反作用于小说,促进了作家对小说的修改。读者、观众与评论者提出了各种意见与建议,既有赞美与鼓励,也不乏批评与否定。秦瘦鸥先生不断思考着原作的不足,1957年,当小说再次重印出版时,作家的心态是颇为矛盾的:

> 我自己对本书的修改问题也是作过多次考虑的,甚至头脑里还有过很激烈的思想斗争,但最后还是放弃了大修大改的打算,暂时决定仍

---

① 秦瘦鸥、费穆等:《〈秋海棠〉剧本》,上海百新书店,1947年,第56—57页。

用二十多年前的那个本子重印一下再说。因为大部分的朋友和读者的意见都认为这部小说是早已定了型的,作为某一特定的历史环境中的特定的精神产品来看,也是烙印分明的,很难加以改变。而另一方面,这故事也自有其一定的真实感和完整性,并已为群众所接受。(《〈秋海棠〉后记》)①

抱着审慎的态度,秦瘦鸥放弃了大刀阔斧调整原作的念头。因此,再版时,小说的绝大部分情节都保持了原貌,唯一一处明显的改动是在小说的结尾部分。《秋海棠》的故事结局曾经三易其稿,最初在《申报》连载时,秋海棠是因病而亡的。而在1942年的小说单行本中,结局改为秋海棠不忍以丑脸与湘绮重圆,终而坠楼自尽。1957年,当小说再版时,秦瘦鸥又把结局由《归宿》改成了《戏还在唱下去》,写秋海棠在舞台上精疲力竭,临终之际,他终于在后台与罗湘绮母女相见。就在这一家人百感交集的凄婉团圆画面中,一代红伶秋海棠与世长辞了。——修改之后的第三版结局,与话剧版本的最后一幕如出一辙,甚至,连秋海棠弥留之时的遗言都惊人的相似:

> 神圣的美,人格的美,湘绮,全不是!(加重)这是血和泪,仇和恨结成的美! 军阀的枪杆,走狗的刺刀,环境的鞭挞,社会的残酷,结成了这一点点的美……②
>
> 就在这一张丑脸上……有……有着许多……东西,……军阀的枪杆,季……兆雄……的刺刀,……生……活……活的煎熬……③

在长期基于现实的思考之后,作家曾试图将原来的通俗言情小说提升为更有现实意义、更有思想性的小说。在历时十数年精益求精的修改过程中,话剧改编本及其演出效果与观众反馈,显然给了作者无数的启发。小说在屡经修改之后,最后收场于繁华消歇的舞台之侧,结束于对军阀的血泪控

---

① 秦瘦鸥:《秋海棠》,上海文化出版社,1957年,第321页。
② 秦瘦鸥、费穆等:《〈秋海棠〉剧本》,上海百新书店,1947年,第220页。
③ 秦瘦鸥:《秋海棠》,上海文化出版社,1957年,第319页。

诉之中。话剧与小说的结局,也终于在互文中走向了共同的归宿。

第三节 《秋海棠》的戏曲改编及影响

《秋海棠》小说广为流传之后,立刻受到了梨园界的关注与青睐。小说的男主角秋海棠是一位戏曲界的名旦,用戏曲的形式来演绎一代红伶,显然具有特殊的意义与独特的表现力。

通俗小说《秋海棠》最初刊登于上海的《申报·春秋》副刊,而最早将《秋海棠》搬上戏曲舞台的,正是上海本土的剧种——沪剧。对此,秦瘦鸥在《戏迷自传》中有云:

> 那天邵滨孙扮演的秋海棠、凌爱珍扮演的罗湘绮和杨飞飞扮演的梅宝,确实演得精彩,达到了深入角色的要求。而尤其可喜的是这个剧本的内容迥异于我们所搞的话剧剧本,编剧赵燕士先生根据他自己的才识,从小说中选取了一些更适宜于戏曲表演的片断,以再现小说原来的主题,可称是一次成功的再创作。当台上演到秋海棠与梅宝相依为命地在旧时代贫穷破败的农村中挣扎时,台下响起一片哽咽声,我们几个也全都被感动了。①

1942年6月8日,文滨剧团在大中华剧场首演沪剧《秋海棠》,编剧赵燕士,由邵滨孙、凌爱珍、杨飞飞等主演。演出之后,受到了观众的追捧与良好的反响。秦瘦鸥先生肯定了沪剧版本对原作主题的阐释,并赞赏那些"更适宜于戏曲表演的片段"。新中国成立之后,沪剧界也曾多次复排《秋海棠》。1956年,该剧由勤艺沪剧团演于明星大戏院;1960年,苏州市沪剧团重新改编演出,着力修改了第一场《被骗成婚》、第五场《咫尺天涯》及最后一场《名伶之死》,强化了军阀的迫害与悲剧的气氛。同年,上海市人民沪剧团再次演出《秋海棠》,由邵滨孙、姚声贤等改编,杨文龙、李廷康导演。改编本的最

---

① 秦瘦鸥:《秦瘦鸥作品精编·戏迷自传》,人民文学出版社,2009年,第128页。

后一场与苏州市沪剧团改本大致相同。此外,还有上海艺华沪剧团上演的《秋海棠》,王盘声饰秋海棠,王雅琴饰罗湘绮,张剑青饰梅宝。《秋海棠》成为沪剧中常演不衰的剧目。

继沪剧之后不久,著名编剧徐进将《秋海棠》改编为越剧。1943年4月9日,该剧首演于九星大戏院,由商芳臣、林黛英主演。三年之后,在1946年10月22日,芳华剧团又一次将此剧上演于九星大戏院,由当红越剧小生尹桂芳饰演秋海棠,戚雅仙饰罗湘绮,吴小楼饰袁宝藩,竺水招饰梅宝,裘月亭饰罗少华。

尹桂芳在《我演〈秋海棠〉》一文中自述:

> 《秋海棠》是妇孺皆知的名剧,而过去有话剧与电影的演出,其成绩的超特,谅来用不到我多说。而今此剧改编越剧,编导先生与爱护芳华的观众对我的期望又是太高,我那有勇气答应呢![1]

尽管演员本人怀着惴惴不安的心态出演该剧,然而事实证明了越剧《秋海棠》的巨大成功。芳华越剧团的演出引起了越剧界的轰动,演期长达一个月之久。尹派艺术的创始人尹桂芳,游刃有余地发挥了越剧深情、细腻、柔婉的特质,同时,又充分借鉴了话剧、影视在现代剧表演上的各种技巧,塑造了一个刚柔并济、痴情而复杂的秋海棠形象。由于尹桂芳本人是女小生,秋海棠又是男旦,故越剧中秋海棠的舞台造型更为独特。青年秋海棠英俊儒雅、容光焕发的形象与尹派唱腔的委婉缠绵相得益彰;"戏中戏"的青衣形象,珠喉玉貌,既是对尹桂芳的挑战,又是小生艺术与女性本色相融合的双重之美;而被毁容之后憔悴而衰惫的中老年秋海棠形象,则将小生、老生与话剧的表演程式融于一体。尹桂芳凭借炉火纯青的演技,将秋海棠的悲惨的遭遇与残忍的军阀社会紧紧地连在一起,细致传神,催人泪下。

《秋海棠》的沪剧、越剧等改编本,时至今日仍在传唱,足见其从剧情乃至舞台艺术经得起岁月的考验。用戏曲的形式来演绎《秋海棠》,具有得天

---

[1] 尹桂芳:《我演〈秋海棠〉》,《芳华剧刊:尹桂芳专集》,1947年。

独厚的优势:首先,男主角秋海棠的艰辛与痛苦,及其在社会压迫中竭力而无望的呐喊,唯有戏曲演员方能感同身受,进而更深入地塑造人物,挖掘人性的挣扎。其次,秋海棠在"戏中戏"的旦角扮相、戏曲唱腔、身段动作等,对于话剧、影视等演员而言,着实是难以攻克的难题。但对于戏曲院团而言,化妆与表演程式则轻车熟路,舞台呈现也更为完美动人。再次,在四五十年代,沪剧、越剧等地方戏具有极其广泛的群众基础,是市民阶层所喜闻乐见的艺术样式。沪剧的主演邵滨孙、越剧的主演尹桂芳,分别在沪剧、越剧界具有超高的人气,在很大程度上造就了《秋海棠》戏曲版本的票房之高、影响之大。而戏曲艺术的流派特征,则能保证该剧在之后的几十年中经由数代弟子传承和打磨,成为各剧种的代表剧目。最后,戏曲艺术的写意性特征,使原作中性爱、血腥等难于写实的场景,能够以虚拟和象征的手法呈现于舞台,更唯美地表现秋海棠的艺术人生,诗意地表现他与罗湘绮的旷世奇恋,获得不同于小说与话剧的艺术效果。

当然,戏曲也存在一些弱势,例如,长于抒情弱于言志,长于写意弱于写实等。因此,戏曲改本对原作中的爱国思想与反军阀主题表现力度稍显不足,难以获得话剧所达到的教育意义。这固然留下某些遗憾,然而,戏曲艺术通过手、眼、身、法、步所演绎的浪漫与深情亦是话剧所难以企及。话剧与戏曲各有千秋,各自成就了舞台上的经典。

第四节 《秋海棠》小说与话剧、戏曲的互动共生

从通俗小说到话剧、戏曲的几度演绎,小说与戏剧互文互动,相互叠加,获得了超乎寻常的社会影响。

一方面,《申报》的发行量给话剧与戏曲的上演奠定了强大的基础,读者出于对小说的熟悉与喜爱,纷纷走进剧场,对《秋海棠》的票房起到了推波助澜的作用。干一在《关于〈秋海棠〉》一文中说:

> 我们不否认《秋海棠》是一出能叫座的好戏,然而爽爽快快地说《秋海棠》脱不了鸳鸯蝴蝶一派,它所以能如此地响,不过是在《申报》上连续地

刊登,特别接近《申报》的读者——市民阶层及一般的太太小姐们。①

尽管该评论在语气上颇有讥讽之意,带着一股文坛宗派的情绪,似乎只要扣上"鸳鸯蝴蝶"的帽子,就可打下十八层地狱;又对市民阶层表示了一种轻蔑的傲视,而看《秋海棠》戏的何止是"太太小姐"呢?但也不得不承认这是"一出能叫座的好戏",从"批判者"的有色眼光中揭示了《秋海棠》的广泛群众基础。通俗文学的受众大部分为普通民众,戏剧的观众又何尝不是如此?

另一方面,话剧和戏曲的上演,大大扩展了《秋海棠》的受众,增加了原著的知名度。此外,由于舞台表演更具现场的直观性,演员的唱、念、做、打,可以补充和发挥文字本身所无法达到的感染力。

扮演男主角秋海棠的演员石挥在《〈秋海棠〉演出手记》中有云:

……尤其是费先生排戏的特点——号外(即临时加的或改的台词)这次特别多。可是排演的结果,不能不佩服费先生的惊人才能,他有一种魄力,一种别人所没有的魄力,使演员在角色的个性上有一种不自觉的"亲切感",无形中助成一个演员刻画角色,给与若干明晰的轮廓线,这些很中肯很实际的素材是绝对难得的。费先生并没有对演员三论四解地说明个性,但演员竟能如此便当就抓住角色的要点,这是费先生最伟大的地方。以我自己的观察,大半是由于他过去几年来拍电影的缘故。②

秦瘦鸥《戏迷自传》中有一篇《尹桂芳、竺水招、戚雅仙》,文中有云:

早在半年前,话剧《秋海棠》在费穆、黄佐临、顾仲彝三位的导演下,连演了一百五十多场,九星大戏院紧接着就推出了越剧《秋海棠》。经

---

① 干一:《关于〈秋海棠〉》,《话剧界》,1942年第15期。
② 石挥:《〈秋海棠〉演出手记》,《三六九画报》,1943年第21卷,第19页。

戏院经理的邀请，我和顾仲彝、石挥、英子等都去看了，看后一致鼓掌，认为戏很有特色。我们还到后台去向尹桂芳等祝贺。尹大姐非常谦虚，再三表示她演得不如石挥，而且还坦率地说，如果没有姜妙香、吕玉堃的大力辅导支持，她真没勇气接下这个角色。

无论是话剧、戏曲还是电影，视觉上的冲击力和表情、形体上的丰富与夸张，使小说原著中原本有些模糊的人物情态变得立体、生动、可感可知。更有甚者，论者伯祥在《关于〈秋海棠〉》一文中有云：

> 《秋海棠》这剧本的演出，我以为是演员的精湛演技遮掩了原著、编剧、导演的弱点，我们可以看见很多观众当看过《秋海棠》后，为之洒一掬同情之泪，但这不是原著者、编剧者、导演者使之流泪，而却是演员们那一举、一动、一句话、一些表情，勾引出很多观众一滴滴眼泪，在观众的眼泪中，使这剧本得到崇高的地位。①

这段文字盛赞话剧演员的精湛演技，甚至认为演员的出色表演弥补了原著的某些不足，进而获得更高的艺术成就。

《秋海棠》是一部通俗小说，而戏曲和话剧亦是通俗的艺术、大众的艺术。从小说到戏曲、话剧，读者和观众的群体不断扩大，互文互动，共生共荣，一同成就了《秋海棠》在通俗文学和大众艺术领域的地位与影响，使之成为通俗小说与戏剧双美双绝的杰作。

---

① 伯祥：《关于〈秋海棠〉》，《中华周报》第33期，1943年，第11—12页。

三 通俗文学与电影艺术

（李 斌）

第一章　传统的建立：通俗文学与电影艺术发展的互补互动　　198
　　第一节　进入上海　　199
　　第二节　握手联盟　　201
　　第三节　互补互动　　202

第二章　生存的新方式：通俗文学作家与电影"结盟"之由浅入深　　209
　　第一节　文人观影　　209
　　第二节　职业开启　　210
　　第三节　多元从业　　212

第三章　新生代的显形：通俗文学作家影响电影人　　215
　　第一节　观念共享　　215
　　第二节　日常社交　　218
　　第三节　人才培养　　221

第四章　本源的塑造：通俗文学影响电影内容　　225
　　第一节　参与编剧　　225
　　第二节　塑造类型　　227
　　第三节　传奇叙事　　234

第五章　沉默的凝望：通俗文学影响下的电影观众　　239
　　第一节　关注观众　　239
　　第二节　通俗文学：观众亲近国片的先导　　242
　　第三节　女观众：通俗文学影响下的观影新群体　　245

第六章 创新的追求：通俗文学作家对电影艺术的探索 248
    第一节 关注电影艺术特性 248
    第二节 电影音乐创作 250
    第三节 电影表演改进 252

第七章 精神的架构：通俗文学作家们的电影观念 257
    第一节 文学与电影观念的谙合 257
    第二节 电影观念的价值 262
    第三节 影史地位的证明 265

第八章 影艺的反哺：电影艺术反作用于通俗文学创作 268
    第一节 营构新视界 268
    第二节 衍发新创意 274
    第三节 开拓新市场 281

第九章 传统的延续：文化产业发展语境下的通俗文学与电影艺术 282
    第一节 网络文学的"电影化" 282
    第二节 文人的"文化产业化" 284
    第三节 传统留下的启示 286

第一章　传统的建立：通俗文学与
　　　　　电影艺术发展的互补互动

　　法国的艾·菲兹利埃说过："文学和电影的关系可以归结为两大问题：电影能够为文学带来什么？文学能够为电影带来什么？"①中国电影的发展历程清晰地显现出通俗文学和电影艺术之间的紧密关系。国产片（以下简称国片）发展高潮来临之际正是通俗文学充分、全面、深入介入电影之时。早在国片蓬勃发展之前，通俗文学已在坊间市井广泛流行，近现代通俗文学坐上了现代技术驱动的便利快车——以报刊为主的大众媒介，得以在阔大的城市空间纵情驰骋。19 世纪末，西方的电影技术开始亲近中国，电影放映在中国的大都市现身，首先登陆的站点就是被誉为"魔都"的上海。1896 年 8 月 11 日，上海徐园内的"又一村"放映了"西洋影戏"，这是电影在中国的首次放映，之后一发不可收拾。到了 20 世纪 20 年代，上海已涌现出相当数量的影院，观看影戏成为市民的日常文化生活。这些影院最初多由外国投资人创办，以放映外国（主要是美国）拍摄的电影（以下简称外片）为主。随着中国商人们对电影所蕴含的巨大商业价值的注目，一批民间资本投资开设的中国影戏公司逐渐涌现。1922 年由张石川与郑正秋合作创办的明星影业公司就是其中佼佼者，从商业角度看，它拍摄的影片《孤儿救祖记》正式开启了国人兴办电影公司的大幕；从艺术角度看，该片也预示着中国式长故事片的萌芽。讲"故事"正是通俗文学作家们擅长的技艺，暗示着通俗文学影响国片的日子的临近。果不其然，1924 年改编自通俗文学作品《玉梨魂》的同

---

① 艾·菲兹利埃：《文学和电影的关系》，卜禾译，《电影世界》，1984 年第 2 期。

名电影一炮而红,拉开了通俗文学与中国电影联姻的序幕。之后著名通俗文学作家包天笑被明星影片公司请为专司编剧之职,开拓了更多作家走向电影的通衢。自 1921 至 1931 年,中国各影片公司共拍摄了约 650 部故事片,其中绝大多数都由这批通俗文学作家参与制作或和通俗文学有着密切的改编关系,中国电影的面貌也因此焕然一新。

在 1921 至 1931 年中国电影发展的第一个高峰时段,国片不但初步建构了具有中国特点的艺术形态、风格与类型,而且成功地吸引了本国的观众,在外片涌入的环境下守住了中国电影的市场防线,显示出通俗文学与电影艺术互动互补传统的雏形风貌。通俗文学为电影艺术提供了题材的母源、类型的前身与市场的保证,电影艺术为通俗文学提供了创新的可能,也影响与改变了通俗文学作家们的生存方式,二者"合作完成了电影幼年期的历史使命",[①]成为中国电影史发展过程中不可或缺的动力。这种传统从民国时期肇源,一直绵亘不息,影响与建构了早期中国电影艺术的形态、格局与地位,是当前中国电影艺术和通俗文学发展不可忽视的历史资源。

第一节 进入上海

作为一座工商业发达、广大市民生存其间、中西文化合流的国际都会,上海是通俗文学作家们发挥艺术才华与从事电影工作的活动舞台,是通俗文学与电影艺术发展的互补互动传统形成的重要平台。在这个"社会大世界"里,通俗文学作家与电影人之间以及他们与观众之间相互构成了具有相对自主性的"社会小世界",它既有自我运行的丰富机理与内涵,又对上海社会大世界产生了影响,构成了一个经济、文化的物质的空间。

从物质性空间来看,经济发达是上海的主要特性。上海在明清时期就属发达的江南地区。当时江南的江宁、苏州、杭州、常州、无锡、扬州、常熟、松江及福建、安徽、江西的某些城市中,文化产业已经相当发达,以大量刻印科举参考书、时文和通俗小说来谋求利润的商业性书坊繁盛一时,在城区渐

---

① 范伯群:《中国现代通俗文学史(插图本)》,北京大学出版社,2007 年,第 405 页。

次出现卖文为生的文学作家,"商品化"倾向形成了书籍写作、刻版、印刷和销售的产业链。在这种背景下,书商会掏钱请畅销小说的作者专司写作,遂使文人从中获取不菲的报酬,如凌蒙初就是听说冯梦龙的"三言"销路很好才去写小说的,出版商程伟元也约请高鹗续写《红楼梦》,可见小说创作领域的商业意味已十分浓郁。这种活跃的文化市场正是江南城市经济发达、文化繁荣的一个缩影。到了近代,随着江南有些城市在清廷与太平军的交战中走向败落,商路由此转移,文化市场的某些新制度、新传统与新因素开始在上海孕育,上海继承了江南地区的经济优势,又受惠于特殊的现代经济环境,很快成为当时全国的文化信息传播重镇,其表征之一就是传媒的发达。1911年前,全国共出版中文报刊1753种,其中460种在上海出版。在促进报刊媒介发展的诸多动力中,稿费制度是重要的支柱。从清末到民国,上海图书市场已逐渐形成了一个通用的稿费标准,为每千字2元至4元,小书坊甚至收每千字5角至1元的书稿,它促进了以大众媒介为平台的文化市场的发育成长。进入上海的通俗文学作家们正受惠于这种稿酬制度,包天笑在他的《钏影楼回忆录》中谈及,1906年以后,他在上海《时报》每月写论说6篇,另外再写点小说,工资为80元,同时在《小说林》兼职,每月40元。稿费制度成为他们实现身份转型和生活丰裕的重要途径。范烟桥也称他写作小说主要是为了"谋生谋食之助",[①]"科举之路断了,而通俗之路不啻是科举之路断后的补偿,有利可图。"[②]通俗文学作家们对新环境的适应与改造为他们的作品带来了新的生命力,这种饱含市井趣味与世俗活力的作品也为中国早期电影向着具有通俗文化特色的方向发展提供了助力。

上海与苏州毗邻,交通便利,苏州最易受上海的文化辐射和经济的影响,籍贯多为苏州的通俗文学作家们进入上海就显得顺理成章。上海又有着与苏州相异的都市特质,为通俗文学作家们提供了利于商业化生存的空间,成为他们文化表达和创意展现的最佳舞台。在上海生活与工作期间,通俗文学作家们把吴地文学传统与西方文化相结合,通过大众传媒开启了通

---

① 李兵:《世俗社会的传统文人——民国时期范烟桥研究》,苏州大学硕士学位论文,2010年。
② 陈子平:《通俗作家包天笑与张恨水的人格心理》,《文学评论》,1992年第6期。

俗文学与电影艺术的互补互动传统的大幕。

第二节 握手联盟

通俗文学和电影艺术,都是文化产业的一环,都要在文化产业发展的背景下寻求效益最大化的合适途径,这是它们互相合作、融合发展的基础。

首先,通俗文学有着市民大众文化产业的基因。当时市民阅读作品的心态是"极摹人情世态之歧,备写悲欢离合之致",①通俗文学作家们顺应了这种审美口味,"用自己的作品告诉他们到城市中的安身立命之道……思想要从乡民观念转变到市民观念上来。"②这正是通俗文学和精英文学的不同之处。通俗文学的特点就是用经济效益来确立文化地位,用经济价值来证明文化价值。在这批作家的观念中,文学作品要不和市场接触,就不算真正的创作,文学的意义首先是文化的,而不是文学的,这种急于探寻实现经济价值、扩大市场效应的渠道的态度催生出它们的市场基因。通俗文学的市场化之手覆盖了极为丰富的内容,除了电影,还包括一切能创造出新的盈利模式的产业(如文明戏、曲艺等)。相比其他文艺形式,电影更能拓宽小说创作的领域,增强小说在新的时代语境下的生命张力。通俗文学走向电影,通俗文学作家与早期电影人抱团取暖,最为充分地显现了通俗文学的市场基因。

其次,电影作为当时文化产业的新兴形式,是当时通俗文学实现市场化、走向文化产业、化市场基因为市场效益的最佳选择。电影出现前,中国城市已有的文化产业雏形主要来自一些传统文化艺术形式(如戏曲、小说)等,电影与它们的不同之点在于它还具有现代技术特征与西式的身份标识,"将技术、商业性娱乐、艺术和景观融为一体",被认为"标志着一个关键的文化转折点",③展示出了将中国的文化产业带入世界轨道的巨大能量。电影还具有吸纳文化因素的功能与超越浅俗的艺术潜质,通俗文学主动走向电

---

① 笑花主人:《今古奇观序》,据明刻本。
② 范伯群:《中国现代通俗文学史(插图本)》,北京大学出版社,2007年,第579页。
③ [美]丹尼尔·切特罗姆:《传播媒介与美国人的思想》,中国广播出版社,1991年,第32页。

影,看中的就是这种巨大的效益潜力和艺术资质,自1921至1931年的10年间,上海各电影公司共拍摄故事片650余部,如《玉梨魂》《盲孤女》《一个小工人》《爱情与黄金》《四月里底蔷薇处处开》《弃妇》《不堪回首》《难为了妹妹》《玉洁冰清》等。这批取材通俗文学的影片拥有了大批的观众,引起了极大的社会反响,不但使得电影这种舶来品开始成为本土市民喜闻乐见的文化产品,而且推动了国片市场的成形与完善,昭示着国片不但有可能形成有巨大商业潜能的文化产业类型,而且也可能成为对整座城市的现代化转型具有推动作用的新的经济动力源,如围绕它而生的电影院就可同时演出戏曲、销售文化产品(如报纸、小说),从而吸引消费者大量聚集,加速各类型文化产品的销售和推广,成为了滋生、孕育、培养其他文化产业类型的经济生态圈。电影身为文化产业高地的特性对通俗文学作家们产生了强大的召唤力。只有在电影产业里,通俗文学的产业价值、文化价值才得以更充分地彰显,通俗文学才能找到利润最大化的渠道,为自身艺术形态的变革与创新找到通畅的出路。

最后,电影艺术离不开其他文化艺术类型的营养补给。电影要持续成为文化产业高地,必须仰仗多种文化艺术因素的给养与接受不同领域的文化艺术工作者的合力推动。其中通俗文学和通俗文学作家是电影艺术发展的重要良伴。文化产业从本质特性上就是通过内容去盈利,以实现经济效益的增值,它必须找到具有商业价值的文化产品作为核心内容。它的产品对于内容的依赖是文化产业不同于其他产业的地方。电影对于通俗文学的依赖也正说明了文化产业发展对于内容的依赖性,提供内容的通俗文学和通俗文学作家们才会被电影这样的文化产业所倚重。

通俗文学与电影艺术的握手联盟是早期中国文化产业发展史的大事。它与中国文化产业的发展如影随形,既保持着历史的延绵性,又呈现出时代的新特征,延续并影响到当下的网络时代,体现出了让人惊叹的艺术调适力、产业生命力与创新融合力。

第三节　互补互动

通俗文学与电影艺术的亲密关系不仅包括通俗文学与电影艺术之间的

内容、创意与表现手法的互相作用,而且包括通俗文学作家对电影艺术的深入、持续与广泛的影响,如他们与电影人之间的密切交往、他们的观念对于电影理论的补益、他们依赖大众传媒对于国片发展的舆论影响等,通俗文学作家们是通俗文学的创作主体,也是实现通俗文学对电影艺术的影响的实施主体,他们进入上海拉开了通俗文学与电影艺术互补互动传统的序幕。

一、促进中国早期电影的勃兴

通俗文学的发轫是有历史传统的,不仅形态成熟,而且内容丰富。通俗文学作家创作的小说为电影艺术提供了题材、素材和故事,解决了早期中国电影的剧本荒问题。早期中国电影不仅从文学那里获取了众多的改编题材,而且当时文学的思想内容、创作观念和创作方法也随之渗透到电影创作中去。当时明星影片公司的老板周剑云也写过一篇评论,谈到不少市民误会电影为"游戏事业",到了20世纪20年代后期,态度发生了变化,市民们开始认为电影"虽小道","亦有可观者焉"。[①] 从路人不愿回顾的奇技淫巧、小道把戏到万人空巷式的热烈追捧,早期电影的普及速度、深度与广度无疑是惊人的。在这中间,通俗文学的介入与通俗文学作家的参与正是推动电影艺术全民认同的核心动力。一批阅读、熟悉、认可通俗文学的市民们涌入影院,成为电影市场的消费主体。

那么,观众为何会因看了通俗文学就去看电影呢?周瘦鹃在《影戏话》中就仔细分析了这种心理:

> 英美诸国多有以名家小说映为影戏者,价值之高远非寻常影片可比。予最喜欢观此。盖小说既已寓目,即可以影片中所睹互相印证也。数年来每闻影戏院揭橥,而有名家小说之片者,比拔冗往观。笑风泪雨,起落于电光幕影中,而吾中心之喜怒哀乐,亦授之于影片中而不自觉。综予所见,有小仲马之《茶花女》《苔妮士》,狄根司之《二城故事》,大仲马之《红星侠士》,桃苔(法国大小说家)之《小物事》,笠顿之《庞贝

[①] 周剑云:《中国影片之前途》,《电影月报》,1928年第2期。

城之末日》,查拉(法国大小说家)之《胚胎》,柯南达尔之《福尔摩斯探案四分钟》。吾人读原书后,复一观此书外之影戏,即觉脑府中留一绝深之印象,甫一合目,解绪纷来,书中人物,似一一活跃于前,其趣味之隽永,有匪言可喻者。①

从读过的文学作品与电影改编作品的对比中获知"隽永"的趣味,是包括周自己在内的市民们的观影习惯,通俗文学通过这种内在的心理涵化实现对于电影的市场大有促进之功。

正因如此,通俗文学作家们的小说才会成为电影宣传的品牌与票房保证,张石川"一生一共导演了一百五十部左右的影片,其中绝大部分的剧本是由这派文人所写",②史东山、朱石麟等导演,也曾数次与朱瘦菊、张恨水这样的通俗文艺大家合作,开辟出一条通向现代通俗文学和民间审美文化传统的道路。在市场内驱力的推动下,通俗文学对中国电影的推动才不是偶然、断续与虚弱的,而是广泛、持续与有力的。通俗文学曲折离奇的情节叙事传统争取到了更多的城市观众,消除了观众对于电影这种舶自西方的艺术的陌生感,为电影艺术本土化形态的产生做好了铺垫。通俗文学作家们也是大众报刊的编辑、撰稿人,发表了大量文章介绍、解释与宣传电影艺术,对早期上海的观众、读者了解、掌握电影讯息提供了平台,建构起了有利于电影产业发展的舆论氛围。

这批在通俗文学作家们参与、影响下或经由通俗文学改编而来的国片极大地振奋了民族电影资本的神经,刺激了中国电影产业的脉搏。20世纪20年代中后期,上海出现了民族资本竞相投资电影业的热潮,"影片公司之组织,有如春笋之怒发,诚极一时之盛。"③郑君里称之为"在国内开拓了一种新的企业基地……在市场上带来一种新的商业机构"④。上海的影片产量也逐年直线上升,据1939年出版的《国片年谱》载:1924年出品16部,1925年

---

① 瘦鹃:《影戏话》,《申报·自由谈》,1919年6月20日。
② 何秀君:《张石川和明星影片公司》,《文化史料丛刊》,1980年第一辑。
③ 郦苏元、胡菊彬:《中国无声电影史》,中国电影出版社,1996年,第81页。
④ 郑君里:《现代中国电影史略》,《电影创作》,1989年第2期。

出品 59 部，1926 年出品 86 部，到 1929 年越过百部大关，达 111 部。伴随着国产影片公司的涌现，影院也成为民族资本竞相进入的场域。许多制片公司意识到，要想发展国产影片，必须要开设自营的影院，因此涌现了一大批民族资本经营的影院。1928 至 1932 年是民族资本经营的影院发展的高潮期，其中一流影院就有光陆、大光明、南京、新光、兰心、国泰等，这些影院安装了当时价格昂贵的声片机，建材、座椅均为进口，并配有冷暖空调，形成了与国外资本经营的影院相颉颃的格局。

从通俗文学改造国片、扩大国片市场到民族资本经营的影院的蜂起，最终促成了早期中国电影史上的向通俗文学"借兵"的传统。当时风头正劲的新文学作家们较少关注电影艺术，也没有充分重视电影产业的商业价值，他们更看重文学的改造社会、人生教育与精神指导的价值，电影这种"小道游戏"是不入他们法眼的，这就使得当时电影人更有可能求助通俗文学作家们。新文学作家们对于电影的忽视恰恰给予了通俗文学作家们得以施展复合式艺术才能的历史机遇。若没有通俗文学对市场的铺垫之力与通俗文学作家的主动介入和舆论引导之功，就难有国片艺术的创新与电影产业的繁荣。

二、维护中国早期电影长期前行

通俗文学可不只是短暂撬动了中国早期电影的马达这么简单，而是一直持续推动着中国早期电影的发展。通俗文学作家们对电影的推动作用一直贯穿民国时期，他们的文学创作对电影艺术的促进也对后来的中国电影的发展具有一定的示范作用。尽管后来的左翼电影人对之前通俗文学作家们参与的商业电影的制作批评甚多，但他们却也不拒绝吸纳、借鉴来自通俗文学的营养和经验。通俗文学不仅影响了 1920 至 1930 年黄金十年的中国早期电影，而且形成了对于后继中国电影形态构造产生持续影响的模式，即创作的面貌比较多样和复杂，意识形态色彩相对较弱，情节性、故事性、伦理性较强。左翼电影的兴盛并不是压制了商业化传统的结果，而恰恰相反，是将之改造成讲述意识形态的合适载体，明里暗里地延续了商业电影的制作规范、审美趣味与叙事模式。

左翼电影之后，中国电影发展受到了政治形势动荡的影响，但总体而言是向前的。依靠通俗文学作品改编而来的作品的支撑，"孤岛电影"时期仍有大批中国影院兴办起来，通俗文学作家们仍活跃于电影制作人的队伍中，他们的文学作品仍是承托电影产业的支柱之一。在政治动荡、社会失序的20世纪40年代前后涌现出了不少享誉世界的电影精品，如费穆的《小城之春》就是其一，说明通俗文学对电影艺术的影响是长久和深刻的，即使在中国早期电影黄金时期已远去的时代，通俗文学作家们和通俗文学对于电影艺术的影响仍绵绵不绝。

三、协助国片抵抗外片

通俗文学对电影艺术的影响不仅体现于电影艺术内部因素的调整、创新与升级，而且体现于中国电影市场殖民化背景下帮助国片改善外部环境的产业影响上。通俗文学成为当时风头正劲的"国片运动"的主要动源。1920至1930年间，因为通俗文学作家和电影人的合作，使得这段时期成为国片发展的黄金时代，产生了后来轰轰烈烈的"国片运动"。这一时期的影片创作在银幕美学和表现形式等方面为日后的国片奠定了某些基本规范。通俗文学作家们的加入无疑是唤起这种主体觉醒和创造意识的动力。当时的中国观众虽然受外片的影响甚巨，但对外片也有颇多不适应之处，由于早期外片没有经过翻译，对于那些量大、面广、文化程度较低的中下层市民而言，语言、文化和风俗方面的陌生与隔阂成为他们深入理解电影文本时难以逾越的障碍，这也为民族制片业在海外影片主导的市场上谋取了难得的生存空间，正如当时的评论所说：国产影片所以受到欢迎，"盖因历来所观者均属横行文之外国片，除少数识外国文者以外，对于剧情，皆不甚了"，中下层市民仍然是国产影片需要争夺与可以争夺到的主要观众群，"一旦有自国文字之影片，即不禁其忻慰"。① 通俗文学与中国传统文化有着千丝万缕的关系，与本土市民的审美趣味有着紧密相缠的重叠，是国片可借来一用的抗衡外片的利器。借助通俗文学，国片重新找到了拉近、吸引本土观众的文化标

---

① 一丁：《摄制国产影片还能赚钱也》，《银幕评论》，1926年第1期。

识和扩大本土电影市场的能量之源。

四、电影艺术对通俗文学的影响

当通俗文学开启了电影艺术发展的大幕后,逐渐成熟起来的中国早期电影又开始将营养反哺给通俗文学。电影艺术对于武侠小说的影响就是一例。一开始,电影需要借助小说和小说作者的名声来扩大影响,如随着《火烧红莲寺》的热播,武侠小说的作者成为电影宣传的卖点,顾明道就被用来作为电影《荒江女侠》的广告品牌。①《火烧红莲寺》热映宣传时也不忘利用平江不肖生的名号,称"此剧捡拾名文学家不肖生之江湖奇侠传,谈大侠之事略,叱咤风云"。②伴随着电影日益得到市民认可,当时很多小说出版时都会拿电影作为销售由头,如《荒江女侠》影片作为同名小说出版的广告就称:"荒江女侠……由友联影片公司,采取本书情景,摄成影片……癖爱电影诸君,尤不可不先看此书。"③小说人物在电影中的出现,增添了人们对小说的阅读兴趣,形成了对小说的二次阅读,促进了小说销量,也吸引了更多的小说把同名电影作为广告宣传招牌。

电影对于通俗文学的创作形态也产生了影响,如 20 世纪 20 年代末,根据武侠小说、武侠片改编的"连环图画小说"十分流行,如武侠片流行后,以武侠为主题的连环画就随之大量出现。自 1927 年始,上海世界书局陆续出版了《三国志》等六种连环画,其中一种《火烧红莲寺》就是用普益书局名义印行的。④ 必须指出的是,有些连环图画小说放大了电影的负面影响,过多渲染侠客们飞天入地、行走江湖的怪姿奇态,令不少青少年痴迷流连,这种单纯迎合市场,只为让受众迷醉向往的创作态度应该警惕和规避。

除了小说的文本形态的延伸和变化,通俗文学本身的创作内容也发生了改变,如随着武侠片的发展,用小说形式写就的本事逐渐增多。本事一般可作小说来读,但又具有电影特征,即依照场面和分幕来创作,空间感很强。

---

① 《申报》,1924 年 5 月 12 日。
② 《申报》,1929 年 1 月 4 日。
③ 《申报》,1930 年 6 月 1 日。
④ 朱联保:《关于世界书局的回忆》,《出版史料》,1987 年第 2 期。

如《关东大侠》第1集本事可分这么几段：1. 查士雄击伤黑汉救孙明甫；2. 孙明甫与查士雄前往红崖山，遇见盗首赵窈娘；3. 孙明甫与窈娘前往九峰山报国寺救人，与恶僧发生打斗；4. 孙明甫遇险被查士雄营救。几乎每一段都围绕一个具体场景展开，各种人物交错上场、发生打斗，如同电影之分场分幕。有些武侠片的本事创作还会吸收小说叙述视角的优势，打破顺序叙事模式，采用全知全能的视角透露主角未来发生的事情，以调动读者的兴趣，都体现出了电影艺术的影响。

电影艺术不但从文本形态、创作内容与表现艺术等方面推动了通俗文学的革新，也为通俗文学作家们开启了新的生存场域与工作空间，使得他们可将个人才智、兴趣追求和谋取生计融为一体，有相对优渥的生活状态和实现自我价值的工作方式。通俗文学和电影艺术的互动互补不仅是他们彼此繁荣、升级发展的基础动能，而且也是中国文化现代转型的主要动力和深受市民追捧的通俗文化的主要组成部分。没有他们之间这种共荣和互补的关系，中国文化的转型不会如此顺利，中国文化的形态也不会如此丰富。

第二章 生存的新方式:通俗文学作家与电影"结盟"之由浅入深

电影不仅是一门艺术,而且是一种文化产业,它受到通俗文学作家的影响,同时也改变了通俗文学作家的生存范式和生活状态,显示了电影对周遭文化环境的强大反作用力。

第一节 文人观影

通俗文学作家们接触电影是从看电影开始的。如周瘦鹃每天除了规定的办事时间以外,把余下来的工夫差不多都消磨在影戏院中,平均每星期总要看多种影片,他常去各大影院,"匝月以还,海上诸大影戏院,颇多佳片,以饱吾人之眼福。凡有斯癖者,无不额手称庆焉",①"前夕无俚,驱车过上海大戏院,得见斯片",②"畴昔之夕,冒雨赴静安寺浩灵班,观殷明珠所作影戏海誓",③可谓足迹遍及上海各影院,难怪周自称"天子第一号的影戏迷"。包天笑一开始"不嗜电影",④后来由于工作之便,每天从家里去报馆的路上要经过南京大戏院,所以常去看电影,放松放松神经。⑤ 此外,郑逸梅也"经常观剧",也"观万籁鸣兄弟绘制卡通片"。⑥

---

① 周瘦鹃:《影戏话》,《申报·自由谈》,1919年11月27日。
② 周瘦鹃:《影戏话》,《申报·自由谈》,1920年3月19日。
③ 鹃:《影戏谈记海誓》,《申报》,1922年2月4日。
④ 徐耻痕:《中国影戏大观》,上海合作出版社,1927年。
⑤ 包天笑:《钏影楼回忆录》,中国大百科全书出版社,2009年,第544页。
⑥ 郑逸梅:《郑逸梅选集》(第3卷),黑龙江人民出版社,1991年,第781页。

观影也成为他们表达情感、交朋结友的手段和生活方式,延续了习文结伴交游的习惯。他们还喜欢结伴观影,如周瘦鹃就常与丁慕琴、张光宇、李常觉、陈小蝶等人去看电影,他们一般是先聚餐,再去看电影,"诸君先就倚红楼聚餐,餐罢则往爱伦观新片"。①徐卓呆已看过不少电影,而对电影的讨论也往往成为他们一派文人的重要话题,"红粉骷髅初次开映,我恐怕再上当,自然抱定主意不去。但过了几天,很有几个朋友谈起说,还有看它的价值。到我要去时,前五本已经演完,不愿意先看后五本了。因此直等到六月五日,方始在维多利亚影戏院得见全豹。"②那种以电影为主题并通过报刊发表出来的"电影文字"渐渐成为市民阅读的新宠。1926年《透明的上海》摄制后,周瘦鹃叮嘱陈小蝶题文,陈小蝶根据电影中"卡尔登夜舞"一幕做了一首词:"虚鬓压发不胜里,兰风吹晓作鱼肚。钢琴曲终海水竭,鸾腰小鼓吹送客。"陈小蝶还让妹妹陈小翠也作了一首词,名为《题透明的上海》,词为:"何似幽兰空谷里,一生开谢不由人。衾影应惭静室灯,天花照眼误虚澄。"③周瘦鹃还在《影戏话》上大力宣传其他作者的电影剧本,如宣传陆澹庵的电影改编创作,称"吾友陆澹庵,有小说曰黑衣盗,本影片而作,由交通出版,传诵一时"。④可见通俗文学作家们在观影文字方面的唱和之力。

虽然当时观影门票并不便宜,但他们依靠稿费不仅可以生存,而且可以悠游于影院之间,展现出一副新型的生活场景,这无疑提供给他们从事电影工作的最佳契机。

第二节 职业开启

通俗文学作家进入电影后的第一个主要职业就是编剧。编剧之职所需的专长和他们的文学专长关联最为紧密,也正因这份关联促成了早期中国

---

① 徐耻痕:《中国影戏大观》,上海合作出版社,1927年。
② 徐卓呆:《艺术上的红粉骷髅(一)》,《申报》,1922年6月13日。
③ 徐耻痕:《中国影戏大观》,上海合作出版社,1927年。
④ 周瘦鹃:《影戏话(六)》,《申报·自由谈》,1919年9月23日。

电影和通俗文学的拥抱。

通俗文学作家应说是较早成为专业电影编剧的主力（他们虽非最早的国片编剧，但也可纳入较早的一批人之列）。在他们接触电影之前，国片还没有像样的故事，没有组建像样的编剧队伍，"上海早期初创的电影，没有所谓电影剧本，也没有什么导演、编剧的名义。不过一部电影，总要有一个故事"，①电影人看中了通俗文学作家写故事的能力，方才延请他们进入电影界。通俗文学作家也得到了过上更为舒适生活的良机。他们接触电影之后，很快适应了电影市场，视进入电影为新的职业方向。在这之前，他们为各大报刊写稿换取酬劳，稿酬制促进了作家群体的扩大和创作事业的繁荣，并为职业作家的成长和壮大奠定了经济基础，更成为后来电影编剧报酬制的开端，为编剧者提供高额的甚至高于报纸的稿酬也渐成趋势，引得通俗文学作家们纷纷投眸与着力于此。

早在1919年，周瘦鹃就发表了不少文字来表达对编剧在整部电影作品中的地位的重视，他认为从小说改编而来的电影价值往往更高："英美诸国多有以名家小说映为影戏者，价值之高远非寻常影片可比"。② 他还曾专门谈论过一部电影中的编剧格兰丝，说她"自编脚本，为前列三女王所弗能及"。③ 他的观点在通俗文学作家群体里具有一定的代表性，这也就能理解后来为何这么多通俗文学作家相继进入编剧行业了。

正式踏入编剧领域的比较有影响的通俗文学作家要算包天笑，1924年郑正秋约请他为明星影片公司写电影故事，每月写一部，酬劳一百元，暂以一年为期，在1926年末至1927年间明星影片公司张石川导演的7部影片中，就有包的4部，社会反响都不俗，提高了编剧地位的大众认同，使得后继者编一部剧本，就"价至数千元"，④可见市场之火爆。说包催热了一个编剧行业，应不为过，以至于在后来，通俗文学作家群体性地进入电影成为当时中国电影发展史的常态现象，如1923至1930年，朱瘦菊共编剧或编导电影

---

① 包天笑：《钏影楼回忆录》，中国大百科全书出版社，2009年，第544页。
② 瘦鹃：《影戏话》，《申报·自由谈》，1919年6月20日。
③ 瘦鹃：《影戏话（七）》，《申报·自由谈》，1919年10月18日。
④ 包天笑：《钏影楼回忆录》，中国大百科全书出版社，2009年，第546页。

22部,1948年又导演了2部电影,他的电影生涯共有24部电影的出品。徐碧波很早进入电影界,1925年,徐参与了第一部影片的说明工作,即友联公司出品的《五卅沪潮》(2本)。范烟桥则非常满意自己的编剧工作,多年以后还在自编年谱里不无自豪地炫耀。对此,陈巍有过更为详细的记载,他说范烟桥在改编剧本《秦淮世家》时,"非常小心,改了又改,删了又删,费了许多天的心思,才把复杂的故事紧缩成功",①最终使濒于倒闭的金星影业公司转危为安,可见范对电影编剧的贡献之大。

在对编剧之职的重视下,通俗文学作家互助、扶持与引荐成为习惯,保证了进入电影的作家数量和稳定的后备人才库。一批经他们编剧的电影不仅获得了市场的成功,不少还成为中国电影作品长廊的艺术精品,无论是当时就已轰动沪上的《玉梨魂》,还是被送出国门参加莫斯科国际电影展的《空谷兰》,都在其列。这批由通俗文学作家参与编剧的或由通俗文学作家小说改编而来的电影在艺术形态上的成功,也展现出他们从事的编剧职业的地位,使编剧这个之前"可有可无"的职业成为电影生产中不可或缺的核心环节。编剧也改变了他们的生活状态和生存方式,他们依靠编剧成为当时市民阶层中收入颇丰的一族,为他们和电影人开展社交和进行丰富多元的文化创意产业活动奠定了比较坚实的物质基础。

第三节 多元从业

有学者认为,当时进入电影圈的文人大多从未搞过电影创作,对电影实际上只是门外汉。② 这一评价是不符合历史事实的。他们中不少人有比较丰富的市场接触经验,如包天笑就在苏州经营东来书庄并编办刊物。随着他们对电影的了解,他们也越发广泛和深入地从事电影工作,逐渐入门成为专家。一开始,他们有的人是在电影公司做内务工作,如郑逸梅有记载:

---

① 陈巍:《范烟桥先生传略》,《苏州文史资料》,1991年第53辑,第31页。
② 颜纯钧:《论文学对电影的影响》,《福建论坛》,2000年第5期。

> 上海影戏公司职员方面,凭我记得的,杜宇自居总理,秦绍亮任营业主任,管际安任监理,蒋梅康任剪接,夏维贤任布景,钱病鹤、陈秋草、方雪鸪、潘思同、方之庆都任绘图,我和姚苏凤、江红蕉先后任编辑,黄少岩任庶务。①

可见他们对电影公司的内部事务运作并不陌生。包天笑也直接参与过明星影片公司的广告宣传业务,据《钏影楼日记》1926年10月25日记:"午后明星影片公司电话至,速往为请开摄《梅花落》事,允之。"11月3日记:"至明星,商摄《梅花落》事,余请公司先登一告白,拟张织云为园珠,石川与正秋导演。"②郑逸梅、江红蕉也担任过上海影戏公司编辑。1936至1937年,范烟桥在明星影片公司任科长,编辑《明星实录》十万余言,后来丢失,他在日记中写道:"中国电影事业之发展,遂缺史料"。③ 陆澹庵为《新声》杂志主笔电影评论,担任中华电影学校教务工作。姚苏凤则在1927年由管际安介绍,进上海影戏公司当宣传员。

通俗文学作家们同时创办了不少电影公司,如郑逸梅开办了昆仑影业公司。1925年,陆澹庵与友人创办上海新华影片公司,陆任协理兼编剧,摄制影片《人面桃花》。周瘦鹃的朋友凌怜影,原先是演新剧的,后来也开办了影戏公司。④ 1920年朱瘦菊和但杜宇合作成立上海影戏公司,拍摄了一部文艺片《海誓》,是当时国产的三部电影长片之一,同年他还组织了"上海影戏研究会",成为该学术团体的负责人。1925年6月百合公司又与大中华电影公司合并,改组为大中华百合影片公司,朱瘦菊任总经理。所以,朱不但是小说家,也是一位影剧企业家。

徐卓呆成立了著名的开心影片公司,1925至1926年,开心公司拍摄了《临时公馆》《爱神的肥料》《隐身衣》等短片和《雄媳妇》等长片,皆为滑稽片,

---

① 郑逸梅:《从"海誓"谈到上海影戏公司》,《电影艺术》,1957年第3期。
② 据上海师范大学潘建国教授所藏复印本《钏影楼日记》(1925—1940)(包天笑著),转引自吴丽丽《包天笑的都市生活与都市写作》,上海师范大学硕士学位论文,2008年。
③ 《明星影片公司重要职演员表》,《申报》,1936年7月9日。
④ 周瘦鹃:《"圆颅英雄"与"觉悟"》,《申报》,1925年4月12日。

被时人称赞道"于滑稽之中,别有隽味"。① 徐总结了他办影戏公司的经验,这为当时的国片制作界捉襟见肘的困境提供了注解。首先是资本损失大,由于不能及时抓住市场趋势,拍摄的电影总是不能立即适应观众口味。其次是拍摄技术问题,徐说"到明天一早不见太阳光时,真比什么都着急"。当时电影仍然要依靠日光照明才能拍摄,这就有了时间和空间的限制。当然,徐是非常看重电影导演这个头衔的,认为"打算将来死后,可以放在牌位上"。虽然徐认为自己的导演生涯,结果不过是给儿子多了些"废片","可以大做其西洋镜和香烟匣","家里多了许多洋铁盒,可以放放东西",②但客观来说,徐的电影毕竟填补了中国早期喜剧电影的空白,他也堪称一位有创新实干精神的优秀导演。

通俗文学作家们还积极参与拓展沪外电影市场。如公园电影院的创办人就是通俗文学作家徐碧波与程小青,这是苏州第一座正规电影院。当年该电影院开幕时从上海请来了影星韩云珍,仿欧美电影院开首映式,结果这一开风气之先的举动获得了巨大成功,他们也成为从上海回来在苏州发展电影产业的第一批通俗文学作家们。程小青具体负责公园电影院的经营,徐碧波则同时为上海的友联公司工作。我们还能说他们只是传统意义上的文人吗?肯定不能,他们正在成为新型的文化产业人才,在电影领域的多元从业,正标志着他们从文人逐渐转向文化产业人。

通俗文学作家们从事的文学创作与电影创作之间存在着某种共同性。文学创作和电影创作都属于文化产业创作的范畴,他们将文学创作的才华转用到电影创作中去,展示出文化产业各类型间互相融合的内在关系。然而它们之间的互通又非完全的等同,而是共享了一种核心的要素与特质:创意。通俗文学作家们拥有的正是可以在文化产业发展过程中置换成资本的核心特质——创意才能。拥有了这种核心创意,通俗文学作家们才可能成为在电影产业领域游刃有余的能人巧手。

---

① 徐耻痕:《中国影戏大观》,上海合作出版社,1927年,第18页。
② 徐卓呆:《我办影戏公司的失败谈》,《电影月报》,1928年第2期。

第三章 新生代的显形:通俗文学作家影响电影人

20世纪20年代,中国电影产业主要集中在上海、香港、北京、天津等大城市,尤以上海为最。通俗文学作家们与早期电影人(如导演、编剧、演员)在上海开展了密切的交流,影响了电影人的观念和工作,促进了新一代电影人的发展,为中国早期电影产业提供了动力。

第一节 观念共享

电影人是实践电影艺术的主体,观念是指导和影响他们电影生产和制作的关键。他们的电影观念受到了通俗文学和通俗文学作家们很大的影响,通俗文学作家们通过报刊、电影等大众传媒工具营造了新的传播环境,他们用文字和媒体建构起来的空间成为受众(其中也包括电影人)赖以生存的文化环境。

一、通俗文学作家们影评产生的影响

当时通俗文学作家们参编了大批的报刊,发表了大量文字,形成了对当时社会风尚、文化氛围与思想主潮有重要影响的舆论,推动了中国早期电影人的观念生成。

20世纪20年代,国内整体电影理论评论水平不高,据程步高回忆:"虽有影评,亦以叙述故事为主,头尾按上三言两语,褒多贬少,以广招徕。至于学术文章,来源稀少,焉作者所知不多,又不在行,虽欲介绍,力不从心。早

期电影工作者伸手向他们要,焉作者却无以为报。"①通俗文学作家们的电影评论正好承担了介绍电影知识的作用。明星影片公司的特刊就邀了不少通俗文学作家加盟,内容多为电影评论,也会配发消息、图片、字幕与本事。由于通俗文学作家们参与了相关公司的电影制作,又具有较高的社会影响力和文学素养,其他一些电影报刊也纷纷向他们约稿,促成他们发表了大量电影评论,仅《电影月报》第1期的作者就集中了陈小蝶、周瘦鹃、郑正秋、管际安、徐碧波、沈小瑟、宋痴萍、沈延哲等人。这些通俗文学作家们撰稿、主编、参编的报刊成为推动与传播早期中国影评的重要力量,"几乎包揽了20世纪20年代各电影杂志的评论文章"。②

通俗文学作家们长期从事翻译、写作与办报工作。与同期电影人相比,他们有更多机会和能力阅读外国的电影刊物,有更多渠道了解外片,有更高的能力及时把外片动态通过报刊传播给观众,如周瘦鹃的《影戏话》、程小青的《电影编剧谈》、徐卓呆的《影戏学》等,这些带有知识介绍性的文字为当时处于萌芽期的中国电影产业补充了宝贵的营养。除撰写电影评论之外,通俗文学作家们还参与创办、编辑了大量电影报刊,或为自己办的刊物以及其他综合文化类报刊撰写电影评论。当时报刊中有不少为电影公司出版的特刊,如《明星特刊》的作者中有不少为通俗文学作家,被认为能"使得中国人,有分别影戏好坏的眼光"。③ 通俗文学作家主编的《电影杂志》也定期刊登文章介绍日本电影,称"以世界眼光,观今日中国之电影业,其第一步竞争之目标,当为日本"。④

这些通俗文学作家撰稿、主编与参编的报刊成为推动与传播早期中国影评的重要力量,他们的电影评论及主编的大量电影报刊形成了电影新知识的传送台与舆论场。电影人在阅读这些知识的过程中也顺便接触与逐渐接受了通俗文学作家的文学观念,文艺主张的一致性也构成了他们合作开展电影工作的思想基础。⑤ 通俗文学作家和电影人们是怎样达成"文艺主张

---

① 程步高:《影坛忆旧》,中国电影出版社,1983年,第138页。
② 范伯群:《中国现代通俗文学史(插图本)》,北京大学出版社,2007年,第401页。
③ 郑正秋:《明星影片公司发行月刊的必要》,《影戏杂志》,1922年第3期。
④ 《编辑者言》,《电影杂志》,1924年第7期。
⑤ 封敏:《包天笑与中国早期电影》,《当代电影》,1997年第1期。

的一致"的呢？通俗文学作家的文字(包括通俗文学作品和电影批评类的文字)当然是观念认同、理念互通的渠道之一。

二、以大众传媒为平台的观念互通

电影人中有不少人会和通俗文学作家们一起在刊物上发表文章来表达自己的文艺观,这种"合作发言"是电影人与通俗文学作家达成观念合流的基础之一,通俗文学作家们主编的电影报刊则提供了主要平台。

在通俗文学作家主编的电影刊物上,他们常会邀请电影人一起编辑或执笔撰文就电影产业的发展来发表观点,如徐碧波、顾醉萼、范佩萼编辑的友联影片公司的宣传刊物《友联特刊》上,撰稿人就既有通俗文学作家,也有电影人,如徐碧波、陈铿然、徐卓呆、程小青、程步高、郑逸梅等。在周瘦鹃主编的《紫罗兰》"电影号"、徐碧波主编的《电影月报》等刊物的目录上,电影人和通俗文学作家们的名字也常常并现。

通俗文学作家邀约电影人来写稿,无形中也将自己的观点影响身为作者的电影人的头脑。观念互通、观点一致的文章的发表又能形成新一轮的舆论合力,构成某一时段的电影思潮与引领市民的电影观念,如姚苏凤就试图通过刊物来消除影评人与拍片人"各自为政的分裂状态",从而促进电影业的"整体发展"。[1] 更多的像姚苏凤一样的通俗文学作家们主动和电影人一起合作,以电影刊物为媒介共同发表文字,形成了共同的经验圈。圈子越大,观念共享程度就越深。在"互圈"的过程中,通俗文学作家们向电影人学到了电影的创作经验,电影人向通俗文学作家学到了文学创作的诀窍。电影人的思维结构、创作方式、制作理念也有可能以这样的方式与通俗文学作家达成更深层次的一致。陈建华就认为周瘦鹃的家庭伦理思想影响了电影人,在20世纪20年代电影的发展脉络里,以郑正秋、张石川为首的明星影片公司生产了大量家庭伦理片,其文化取向源自他们十余年前在戏剧领域中所贯彻的家庭改良方案,"在这方面周瘦鹃也是心有灵犀"。[2]

---

[1] 张华:《姚苏凤:1930年代影评活动的推手》,《电影艺术》,2010年第4期。
[2] 陈建华:《文人从影——周瘦鹃与中国早期电影》,《电影艺术》,2012年第1期。

在电影人与通俗文学作家们的互相学习与合作的过程中,中国早期电影思潮与通俗文学观念具有了某种同构性,产生出相似的意象状态与观念形式,中国电影创作的母版也因此烙上了以娱乐大众、放松心灵为主要诉求的通俗文学的鲜明底色。

第二节　日常社交

当新文学精英势力还不屑参与现代电影活动之际,通俗文学作家们却与电影人(包括导演、编剧、工作人员等)开展了密切的社交,与他们建立了介乎同事、朋友之间的关系。这种社交既体现了通俗文学作家们在市民读者市场上具有的号召力和影响力,也为他们大批进入电影界提供了良机。

通过约稿而形成关系网络,是通俗文学作家们的社交策略。在主要由书局与报纸杂志构成的传播网络中,作家群体的文字交往与现实中面对面的交往相辅相成,共同构成了通俗文学作家们的人际网络。报刊是通俗文学作家们与电影人的关系开展的重要基地,通俗文学作家们常邀电影人为自己主编的报刊撰稿。周瘦鹃本有以稿结友的传统,他不但向其他通俗文学作家们约稿,也向当时炙手可热的电影人约稿,如他主编的《紫罗兰》"电影号"就汇集了不少通俗文学作家和电影人的文章。有些从事电影工作的通俗文学作家们也会向其他文友约稿,如在上海影戏公司工作的姚苏凤向顾明道约稿,"为特刊贡其刍荛。"[1]姚苏凤还向郑逸梅约稿。[2]

通俗文学作家们直接参与电影公司工作,与演员们合作、见证与进入了演员们的日常生活。不少演员受他们作品影响,也成为他们的挚友。如殷明珠是郑逸梅儿子汝德的寄母。[3]包天笑认识一些女演员,了解很多关于她们的小道消息,如杨耐梅和张织云各有所欢的内幕,而且他还是王侃如和凤昔醉等演员的证婚人。周瘦鹃与张织云关系不错,在《紫罗兰》"电影号"中有张照片的签名,就是张织云送给周瘦鹃惠存的。周瘦鹃与演员郑鹧鸪私

---

[1] 顾明道:《西游记摄制影片果有价值乎》,《上海影戏公司特刊》,"盘丝洞"号,1927年。
[2] 郑逸梅:《题辞》,《上海影戏公司特刊》,"盘丝洞"号,1927年。
[3] 郑逸梅:《天花乱坠·续》,《读书文摘》,2003年第11期。

交很好,当郑鹧鸪去世时,他专门撰文悼念,认为郑鹧鸪是明星影片公司的"明星"。① 范烟桥有一天与儿子讨论的影星,第二天就出现在他们面前,范还做东请"这一帮电影人在城中饭店吃饭"。②

通俗文学作家们与导演的关系也很好,如范烟桥在明星影片公司(注:明星影片股份有限公司简称明星影片公司)担任编辑期间,兼教郑正秋之子读书。郑逸梅也与郑正秋关系不错。他在友联影片公司工作期间,认识很多电影家。郑还与但杜宇也早就认识,"相识于新民图书馆",③为但二春教古文。他为但杜宇工作期间,饮食都由公司负责。但杜宇与徐枕亚的哥哥很有交情,徐天啸专门为但杜宇刻了名章和闲章。④ 周瘦鹃与电影人的关系也十分不错,如他在影评中常提到但杜宇:"吾友但杜宇,名画家也……其新制重返故乡一片,尤为聚精会神之杰作。"⑤但杜宇在电影中所用过的意大利石像,拍完电影就送给了周瘦鹃。⑥ 周就将石像放在他的花园中。通俗文学作家们还常参加电影圈内人的聚会,如周瘦鹃、严芙荪、包天笑等人参加郑正秋儿子15岁的生辰宴会,对此严芙荪有记载:

> 月之二十四日,为老友郑正秋文郎小秋小明星出花园之吉旦……适其主演之小情人影片出世映演,是日诸友亲献游艺,藉伸庆祝……是日明星影片公司玻璃摄影场,布置一华丽堂皇之宫殿……予入席时,已近八时,餐堂内满莅佳宾,后至者几无以容,咸以老寿星颂正秋,予与瘦鹃以迟到鹄立候补。迨遇缺入座,天笑毅华等数十人,又络绎而至,挨次候补,始得入座。计先后开席五次,盛况可想,左席为女明星之座。众星灿灿,照眼欲眩。⑦

---

① 鹃:《明星失明星》,《申报》,1925 年 4 月 17 日。
② 范烟桥:《银幕上的真眼泪》,《紫罗兰》,"电影号",1926 年第 12 期。
③ 郑逸梅:《影坛旧闻》,上海文艺出版社,1982 年,第 34 页。
④ 郑逸梅:《影坛旧闻》,上海文艺出版社,1982 年,第 8 页。
⑤ 鹃:《志新影片重返故乡》,《申报》,1925 年 5 月 15 日。
⑥ 郑逸梅:《影坛旧闻》,上海文艺出版社,1982 年,第 59 页。
⑦ 严芙荪:《园外星光录》,《明星特刊》,"四月里底蔷薇处处开"号,1926 年第 13 期。

在这种生活关系的促进下,通俗文学作家们得到了电影人的认同,并在导演的需求与规约下,在与演员的合作与交往中,完成了小说作者到电影作者的创作身份转型。朱瘦菊、包天笑、周瘦鹃、徐卓呆、范烟桥等人相继参与编剧,而且涉足领域也逐步拓展,从编剧到为默片撰写字幕,甚至参与表演等,如郑逸梅就出演了《春宵曲》,参与了《虞美人》制片。史东山、朱石麟等大导演也数次与朱瘦菊、张恨水合作。中国电影史独特的作者格局正在初步形成。

随着与电影人交往的加深,通俗文学作家们也积极参与电影公司的内部事务,如包天笑就直接参与明星影片公司广告宣传。徐碧波也在友联公司任编剧和说明,进入了电影公司制作电影的核心圈子。郑逸梅负责为《虞美人》撰写说明和字幕,还开办了影片公司。

中国早期电影公司有很多成员都是通俗文学作家,电影制作的核心人物如导演、编剧大多与通俗文学作家们渊源较深,或是通俗文学作家的忠实读者,亦或熟稔通俗文学作家们,这既是电影市场的选择,也是通俗文学作家们积极进取的结果。在介入公司运作过程里,通俗文学作家们不是补缺,而是成为公司发展重要力量。中国早期电影公司的发展经历膨胀到衰落的轨迹,发展相当不稳定,往往导致危机,如 1921 年上海有 140 家电影公司,1922 年便只剩 12 家仍在运作。① 但也有少数站稳脚跟的影片公司,如明星影片公司,这是得到通俗文学作家大力的支持,明星影片公司之所以成功,在于公司组成了一个编剧、导演和经营人才的"黄金搭档"。②

通俗文学作家与电影人的亲密互动使得早期中国电影发生了深刻的变化。一方面,通俗文学作家们直接通过编剧来影响现代电影。小说中所包含的心灵书写的理念、追求俗世欢悦的意识、重视情节的创作艺术,也渐渐深入到中国电影创作之中。另一方面,即使通俗文学作家们没有直接参与电影编剧,一些与通俗文学作家们有亲密关系的导演、编剧仍会按照通俗文学作家小说的套路、观念去制作电影。因为他们不但与通俗文学作家们发生了直接交往,而且阅读了他们的小说作品,这会影响他们的创作观念。张

---

① 焦雄屏:《时代显影》,远流出版公司,1998 年,第 1 页。
② 范伯群:《中国现代通俗文学史(插图本)》,北京大学出版社,2007 年,第 397 页。

石川就是因为读到《江湖奇侠传》而开始拍摄《火烧红莲寺》,他导演影片的大部分剧本是由通俗文学作家们所写。

一批具有文人气质的商人与具有商人头脑的文人互相融合,成为早期中国电影的推动者。如联华公司的罗明佑就兼具知识分子、商人、上流社会成员的种种身份,形成中国电影商人特有的儒商伦理观。又如郑正秋,他是中国早期电影史的重要人物,始终保持着与通俗文学作家们的密切联系。他与徐卓呆过从甚密,徐也将日本戏剧的若干成功经验向郑作介绍。当时日本电影杂志创办较早,"对于影戏的出版物,每个月发行了不少,内容都是研究和纪载世界影戏界的新闻",[1]所以徐为郑购买日本电影杂志,成为其电影启蒙者之一。[2] 除延请包天笑等人编写剧本外,郑也动手编写多个剧本如《侠凤奇缘》《山东马永贞》《北京杨贵妃》等,参加导演由包天笑译本小说改编的《梅花落》及《火烧红莲寺》第1集、《黑夜女侠》等武侠影片。

通俗文学作家和当时的电影产业阶层成为了经济利益共同体,在共同利益的驱动下,通俗文学作家和包括电影人在内的众多文化产业阶层形成了良好的关系,打通了通俗文学与电影艺术的关联渠道。电影人才和通俗文学作家互相合作,形成了中国早期电影的第一代的联队,担纲起发展民族电影的重任。

第三节 人才培养

电影人的成长是电影艺术发展的大事,早期电影人的成长与一批通俗文学作家的努力和参与是分不开的。

一、作品对人才的孕育

通俗文学作家参与的一批电影作品是早期电影人成长的摇篮之一。无论是在其中担纲角色的演员,还是在其中承担制作任务的工作人员,不少都

---

[1] 裴君健:《日本的影戏》,《影戏杂志》,1921年第1卷第1号。
[2] 徐半梅:《话剧创始期回忆录》,中国戏剧出版社,1957年,第43页。

陆续成为中国电影的栋梁之材,而通俗作品是他们的一所学校。杨耐梅就是从《玉梨魂》《诱婚》《空谷兰》《她的痛苦》等影片中成长为明星的。张织云在大中华影业公司拍摄的《人心》中表演出色,此后《战功》《可怜的闺女》《新人的家庭》《空谷兰》成为她荣膺电影皇后的进阶石。宣景琳因在《最后之良心》中成功地塑造了搬弄是非、泼辣蛮横的小姑形象而跻身中国早期电影的四大名旦。这些优秀的电影人的艺术才华不是从石头里蹦出来的,而是经历了长期的酝酿、积淀、锻炼与培养的过程,通俗文学作家较早参与制作的国片正是她们从青涩走向成熟、从懵懂走向博知的能力提升的阶梯。

在通俗文学作家参与的中国早期电影作品的影响下,一批崭露头角的电影人开始显现出独特的艺术风格。由于题材的突破,演员的表演也受到影响,无声电影要通过形体与动作表现哀情,"故悲之表情宜细致,哀之表情宜迫切"。① 在哀情片中出现了一批对后来的电影演员具有示范意义的女星,王汉伦就是一例,她在电影《玉梨魂》中饰演寡妇梨娘,她善于通过含蓄而内敛的表演来表现情与礼的冲突。这种受传统关系本位心理影响而摸索出的哀而有节的内敛式表演艺术,为不少后来的女演员所借鉴。

宣景琳也擅长表演哀情角色,她在电影《可怜的闺女》中饰堕落女子杨七姑,通过细致的表演将其悲哀的内心刻画出来,引起观众的爱怜。同样因主演哀情片而出名的女星之一张织云的表演功力虽非精深,但却谦虚好学,进步很快。1926 年,上海新世界游乐场举办的电影皇后选举中,张因在《空谷兰》中饰演纫珠,得到人们认同,从而以 2 146 票当选为电影皇后。② 王汉伦等一众女星遵照传统理想女人的社会性构建规范,将女性表演纳入一种性别化的约束之中,展示出自然、天真的优点。这种特点正是在这批哀情片中逐步形成的,后来导演倾向于以这批女星的表演为范本要求后来的女演员,哀弱愁伤的好女人形象一时成为银幕热选。

无论是通俗文学作家参与的电影,还是通俗文学作品给予的灵感,都对这批女演员的崭露头角起到一定的作用,体现出通俗文学在电影人才成长

---

① 万籁天:《喜怒哀乐谈》,《明星特刊》,"盲孤女"号,1925 年第 5 期。
② 赵士荟:《早期影坛的电影皇后选举》,《大众电影》,1999 年第 4 期。

中的重要作用。

二、参与电影教育

电影产业发展需要电影人才和后备力量。对已有一定专业知识和专业技能的人才进行培训,是电影产业发展的保障。通俗文学作家们直接参与了电影人才的教育,如在电影学校担任讲师教授学生电影知识。姚苏凤就担任过上海大夏大学的讲师,主讲与电影有关的内容。

陆澹庵则为《新声》杂志主笔电影评论。1924年,他创办了中华电影公司和中华电影学校,亲自主持教务,聘请洪深、汪煦昌为教授。汪煦昌、徐琥是昌明电影函授学校的创办人,两人均为留法学生。汪曾担任明星影片公司的摄影主任,拍摄过《玉梨魂》等片,之后还创办了神州影片公司,以拍摄注重艺术性的严肃电影著称。徐曾在法国演出过电影,之后创办了震旦影片公司。

由影戏公司派生出的培训学校也请来不少通俗文学作家任教。1924年,黄楚九之婿曾焕堂创办了上海中华影片公司,公司附设的中华电影学校也随之开学,陆澹庵主持教务,任教务主任,聘请了洪深、汪煦昌为教授。张舍我也经朋友介绍,与美国电影专家贝兰女士结识,他在贝兰女士在中国开办的一所电影学校中担任助教兼译员,[①]可见他们对电影人才培养的贡献。

三、电影知识的传输

通俗文学作家还撰写、翻译了不少的电影理论文章,起到了间接的培养人才的作用,如徐卓呆撰写的《影戏学》是中国最早的电影理论著作,除对电影创作的理论阐述外,它的最大贡献是翻译了一批电影术语,引荐了不少当时世界上较先进的电影制作方法,不啻为当时电影人入门的实用教材。

通俗文学作家们还依靠自己的外语特长,从外片报刊上翻译相关文字传至国内,开拓了当时电影人的眼界,如程小青就在《良友》上撰写了《电影编剧谈》,主要谈及剧本的构成、剧本的设计,指出"剧本的情节,一经开端,便须奋力前进,直到结束,真像一个军士赴战,一路上须努力奋斗,以达他的

---

① 徐耻痕:《中国影戏大观》,上海合作出版社,1927年。

目的,不能有一时一刻松懈,故而一种完善的情节,也就是一种完备的设计,一个问题发生以后,便千回百折的向解决的目标进行,直像一种病菌进入了人体以后,便和人体的血轮努力争斗一般"[①]。该文是程从美国人菲利普斯(Henry A. Phillips)著的《剧作法》(The Feature Photoplay)一书中译来的。像程一样具有外语特长的通俗文学作家还有不少,他们是当时较早的向中国传播西方先进电影技术的一群人,类似的译文无疑也扩展了国人和外国电影知识的接触面。

通俗文学通过观念的共享、传递塑型了早期中国电影人的思维结构与观念模式;通过公共和私人的社交形成了与电影人的密切关系;通过参与教育培养打造出中国电影人的后备梯队,为新一代电影人的孕育、产生与发展奠定了基础,体现了通俗文学与电影人的成长、发展的密切关系。

[①] 程小青:《电影编剧谈》,《电影月报》1928年第1期。

第四章　本源的塑造：通俗文学影响电影内容

内容关联着电影"讲什么""怎么讲"的问题。没有好的内容，电影艺术的发展就无从谈起。自20世纪20年代始，大量的通俗文学作品被改编成电影剧本，成为充实电影艺术的重要内容。通俗文学作家们也进入了编剧队伍，成为中国早期电影艺术的创作主力，促进了中国电影题材、叙事与表现手法的进步。

第一节　参与编剧

通俗文学归根到底是依据现代城市崛起而出现的一种市民文学，主要服务对象就是市民。通俗文学作家创作的特点就是"写今天"，他们改变了中国文学专写"英雄之性"和"儿女之情"的传统，开始写"今社会"的政治和社会。[①]中国早期电影的重要任务是如何在更加通俗和日常的层面对现代化进程做出回应，并参与人们日常生活的建构，这离不开与中国市民的日常生活相适应的本土题材与故事的支撑。通俗文学作家们不仅是一个庞大的创作群体，更有着极为广泛的阅读群体。引入通俗文学题材后，电影艺术才有可能从古已有之的老题材渡向现代都市的新题材，把目光聚焦于当下的市民生活和情感，为都市观众提供日常生活中熟悉的故事形式，从而改变之前国片无事可叙的尴尬格局，扩大国片的市场阵地。

---

① 汤哲声：《通俗文学入史与中国现代文学格局的思考》，《中国现代文学研究丛刊》，2013年第1期。

最初，一些导演试着将通俗文学作品改编为剧本，如被称作"第一部哀情片"的《古井重波记》就是朱瘦菊编剧的。朱是著名的通俗文学作家，他创作的《歇浦潮》曾在上海《新申报》连载五年之久。他较早接触上海电影界，时任上海影戏研究会负责人，1920年，上海影戏公司在但杜宇寓所宣告成立，该公司的主要成员就有朱，他虽未直接参与上海影戏公司最初几部影片的制作，但作为公司重要一员直接参与编导爱情片《茶花女》等，对上海影戏公司发展起到了推动作用。

当然，这时通俗文学作家的电影工作只是零星的、散乱的，他们被电影人集体重视要从《玉梨魂》被拍成电影开始。《玉梨魂》一放映就撼动上海，取得了极大的市场成效，"其在艺术上的成功，为历来各片之冠"，①为第一部有广泛影响的哀情片。1924至1925年，《玉梨魂》在泰国曼谷放映，尽管票价比欧美影片的票价高出五分之一，却观者如云。② 当时各大报刊上都是外片公映的消息，充斥着"欧洲著名影片""著名女伶米勒""著名明星翁马亚""颇得观者之赞许"的字样，但电影《玉梨魂》却抢占了当时报刊的诸多版面，透露出国片蓬勃欲发的讯息，让市民领教了通俗文学改编成电影后的魔力。

1924年，《玉梨魂》制片方明星影片公司就邀请包天笑加盟成为专职编剧，正式拉开了通俗文学作家进入电影行列的序幕，通俗文学作家进入了中国电影界。除了作品被改编成剧本外，他们还亲自参与了编剧，创作数量十分惊人。从1921年到1931年内，中国各影片公司拍摄了共约650部故事片，绝大多数都是由通俗文学作家们参加制作的，影片的内容也多为这些小说的翻版。③ 通俗文学作家们的电影创作涉及剧本、本事、字幕等。无论从文字的雅致形态，还是从情节叙述和人物对白上看，这种电影创作与小说创作都有几分类似，可称小说的简化版，为早期电影营造出充满小说感的文学环境。从这批剧本开始，中国早期电影发现了中国式题材的母源，开通了电影这种具有现代形式的文化产业向中国文化借鉴题材的通道，如哀情片的热映就受惠于哀情片学习了言情小说的创作经验和效仿了言情小说对传统

---

① 冰心：《〈玉梨魂〉之评论观》，《电影杂志》，1924年第2期。
② 张启良：《暹罗影况寄青氏》，《电影周报》，1925年第5期。
③ 程季华：《中国电影发展史（第一卷）》，中国电影出版社，1997年，第56页。

文化心理的适应。后来兴起的武侠片也一样接受了武侠小说的情节支撑，如《火烧红莲寺》就依据小说的思路重新编造情节，使得电影续集中的情节越来越传奇，越来越曲折多变。

以编剧为桥梁，通俗文学在文化心理上拓辟出小说与电影间的通路，它向国片提供了讲述的内容和想象的底基，为国片戴上了本土特色的文化冠冕，推动国片登上了新台阶。

第二节 塑造类型

早期电影类型几乎与小说类型一致，如徐枕亚的哀情小说、徐卓呆的滑稽小说、平江不肖生的武侠小说等就对应了哀情片、滑稽片与武侠片的类型，说明国片类型化与通俗文学的类型化有密切的联系。有什么类型的通俗文学，就会生出相应的电影类型。这主要因为通俗文学成功的市场实践容易成为电影的市场探索的典范，通俗文学作家的加入也增加了中国早期电影模仿学习通俗文学类型的机会。通俗文学的丰富题材间接推动了新的电影类型的产生，保护了电影艺术园圃的生态多样化景观。

一、哀情小说催生哀情片

民国初年，中国处于传统社会向现代社会转型之际，西方文化渐渐进入并产生影响，但传统文化势力依然强大。众多移民进入上海并逐渐形成新的都市人群——市民，他们在情感解放与伦理习则的矛盾中间产生了心灵的波荡。在这种春寒料峭的文化语境中，哀情小说如绿苗悄然报春，并逐渐绿意盎然。20世纪初，哀情小说已成上海最流行的小说类型之一，代表作有吴趼人的《恨海》、吟梅山人的《兰花梦传奇》、沈复的《浮生六记》、苏曼殊的《断鸿零雁记》、徐枕亚的《玉梨魂》、吴双热的《孽冤镜》等。以徐枕亚为例，他创作了大量哀情小说，除《玉梨魂》外，还有《镜破珠还记》《孟生》《洞房血》《湖上吟》《娼妓与爱情》等，大多反映新旧思想冲突之悲剧，题下常标"惨情小说""孽情小说""烈情小说""哀情小说"的称谓，而小说《玉梨魂》开启了叙述男女私情的范式，唤起了读者广泛的共鸣。美国学者佩里林克称其"引起了读者对'情'的更加迷恋","使得徐枕亚及其模仿者们所创作的同类作品源源涌现"。① 这种哀情发于心,止于礼,是一种纯洁而又无奈的情感。以它为代表的这批言情小说的主要价值在于表现了"感性生命的丰富多彩,承袭传统通俗小说的世俗幸福观,体现冲破藩篱、颠覆固有秩序的叛逆意向,凸显较为强烈的人文主义精神和感性解放上的启蒙价值。"哀情小说为现代通俗小说注入了现代性,如《玉梨魂》提出的"寡妇能否再嫁"的话题就具有现代性与悲剧意识。②

这批哀情小说虽然扩大了人们感知现代的视野,但毕竟圈囿在狭窄的私人化的阅读空间中,个体体验不能及时与他人分享,随之而来的哀情体验就显得过于幽闭。后来随着报刊的发展,哀情小说刊登于各大专栏、专版中,而且人们在报摊、书局购买刊有哀情小说的报刊,并有可能在条件越来越完善的公共场合阅读它们,加快了哀情文化的播扬。由于电影比文字更加感染人、打动人,易于突破文化层次的障碍向大众传播,所以真正让情感体验实现群体性的传播与心灵共享,要等哀情片的到来。早期中国影片中,以传统家庭成员感情纠葛为主要内容的占据不少篇幅,如《孤儿救祖记》《大义灭亲》《好兄弟》《张欣生》《爱国伞》《弃儿》等影片。1924 年出品的《玉梨魂》是第一部有影响的哀情片,该片延续了同名小说中的悲剧意识和现代主题,使得中国电影逐步脱离文明戏重形式的模式,开始尝试进入现代人日常生活与内心世界。哀情小说通过现代传媒机制大量出版,吸引了广大市民读者,并形成他们的阅读趣味,成为其日常生活的一部分。早期无声电影对文字的依赖,使观影与阅读小说有异曲同工之妙,因此小说阅读与电影观看具有某种同源性,容易产生阅读与观影趣味的融合。可以说,当时观众的观影习惯是"被无数流行的浪漫传奇和豪侠故事(包括那些被译成文言的读本)培养出来,经电影这种新的传媒而得到强化的"。③

在大众文化体系的帮助下,哀情小说突破了传播的时间和空间障碍,形成了现实的公共阅读形态,或称关于哀情小说的舆论氛围。具体来说,由三

---

① 刘扬体:《鸳鸯蝴蝶派作品选评》,四川文艺出版社,1987 年,第 625 页。
② 汤哲声:《"鸳鸯蝴蝶"派与现代文学的发生》,《中国现代文学研究丛刊》,2006 年第 1 期。
③ 李欧梵:《上海摩登——一种新都市文化在中国》,北京大学出版社,2001 年,第 107 页。

方面构成：一、报章间对各大流行的哀情小说的评论。哀情小说的阅读带有私人色彩，出现在报章间的评论却具有公共倾向。当时报刊上还常刊出以爱情为主题的报道、来信或来稿，形成一种与哀情小说同构的文本，造成私人心灵进入公共领域开展交流达成共识的可能。二、报章对与哀情小说有关事件的报道。当时不少报刊都报道了小说《玉梨魂》被搬上话剧舞台演出的情况，徐枕亚也去看了这场话剧，发表《情天劫后诗》。这种文字的发表与传播深化了哀情小说影响力。三、报章对哀情小说作者私事的报道。具有煽动力的报道使读者窥见人们的私事，小说作者将真实生活空间与小说主人公的虚构生活空间的界限暴露在公众视野里，成为书写的对象，进而被模糊化，通俗文学作家们的个人情感成为大众心灵仿效的范本，如徐枕亚与陈佩芬以及清代最后一科状元刘春霖的女儿的故事就是被公众作为与小说《玉梨魂》不可分割的整体来阅读的。在这种空间融合的传播中，通俗文学作家们的个体情感体验播撒成可供分享的大众体验，并使得群体性的哀情小说创作与更广泛的哀情传播成为可能。哀情小说中所包含的心灵感染力进而深入到市民茶余饭后的日常生活中，个人经验因此在公共领域里的表达和认同获得共鸣，形成现代化和现代性的感官—反射空间，有广泛共鸣的市民群体正是哀情片得以发展的坚实土壤，可见哀情小说为哀情片的出场铺平了道路。

二、滑稽小说催生滑稽片

这一时期娱乐设施如百货公司、游乐园、电影院遍布上海滩，受轻松、享乐的文化氛围影响，人们开始逐步认可国产滑稽片，市民休闲、娱乐的心态日盛，大众文化也走向谐趣化。依托大众传媒体系的通俗文艺创作成为谐趣文化的主要建构者，也形成这一时期文艺创作的特点之一：使人心灵放松，得到消遣。上海的报纸副刊多掌握在通俗文学作家们手里，如《民权报》副刊、《时报》副刊、《申报·自由谈》、《新闻报·快活林》等，他们编辑副刊的宗旨与编辑《礼拜六》周刊的宗旨相仿，皆为："晴曦照窗，花香入坐，一编在手，万虑都忘，劳瘁一周，安闲此日，不亦快哉！"

大众传媒机制下不断传播的滑稽小说是形成谐趣氛围的主要推动力

量。滑稽小说始自吴趼人。在《月月小说》第1号上,吴趼人自我介绍:"余生平喜为诡诙之言,广座间宾客相沓,余至,必欢迎曰'某至矣',及纵谈,余偶发言,众辄为捧腹,亦不自解吾言之何以可笑也。"在"滑稽小说"栏目下,吴趼人创作的《发财秘诀》《大改革》《立宪万岁》《平步青云》《无理取闹之西游记》等作品,刻画出财迷心窍、虚假改革、官场心态等各种社会现象,被称为"现代滑稽小说中最早的一批作品"①。紧随吴趼人之后,通俗文学作家徐卓呆成为滑稽小说创作队伍的主力,被誉为"小说界的卓别麟(林)""笑匠"。他的作品"隽永有味,深含哲理","亦多诙谐,自成一家,盖文艺界之丑角也。"②他著有短篇小说百余篇,长篇小说二十余种,如《笑话三千篇》《非嫁同盟会》《李阿毛外传》《人肉市场》《何必当初》《馒头镇》《情博士》《软监牢》《第三手》《秘密锦囊》等,严芙荪评价徐的小说称:"往往在滑稽中含着一些真理,这是他一种特质,人家读了他的小说,没有一个不笑得嚷着腹痛的。"③通过谐趣文字的创作、谐趣文化的营造,通俗文学作家们参与了从庄重的传统文化向世俗的市民文化的转型,滑稽片受到了以消遣人心为主要旨归的文学创作的影响,形成了被市民认可的艺术特性,时人评论:"看哀剧,不如看喜剧,看哀情小说,不如看滑稽小说,看情节悲喜的电影,不如看情节诙谐的电影"。④ 徐卓呆早年的"影戏即戏"之说中"戏"乃"游戏",是早期电影欣赏不可缺少的心理条件之一,是与"快感"类似的词(如"快乐"和"开心"),表达的是沉醉于都市消闲和享受的人生态度。⑤

滑稽小说作家们也参与了滑稽片的制作。早期中国电影发展过程中,滑稽片并不占主流地位。美国滑稽片抢占中国市场,"西洋各国的作品也觉得情节不近人情,动作装腔做势。不过在这不近人情,装腔做势的当中,确含有一种不可思议的滑稽要素,自然而然能够使观众们不觉得不近人情,装

---

① 汤哲声:《说来开笑口葫芦——中国现代滑稽小说论》,《中国现代文学研究丛刊》,1992年第3期。
② 郑正秋:《说说开心话开开心》,《开心特刊》,"怪医生/假力士"号,1926年第2期。
③ 严芙孙:《徐卓呆》,《全国小说名家专集》,上海云轩出版部,1923年,转引自魏绍昌《鸳鸯蝴蝶派研究资料》,第542页。
④ 颖川秋水:《观济公活佛电影》,《开心特刊》,"济公活佛"号,1927年。
⑤ 张英进:《阅读早期电影理论:集体感官机制与白话现代主义》,《当代电影》,2005年第1期。

腔做势……所以凡遇到泼林罗克等滑稽影片开映的时候,总是轰动一时。"①欧美滑稽片成为各大影院放映的热门影片。但它们虽有热闹的形式,却难以完全为国人认同。有些滑稽片中含有诋毁国人形象的元素,还引起了国人反感。1930年风靡一时的滑稽明星罗克就曾因在滑稽片《不怕死》中表现出对华人的不尊重,引发了国人罢看的运动,此次事件被称为"《不怕死》事件"。②

当国产滑稽片无法满足市民精神文化需求之时,在滑稽小说创作中表露出幽默感和讽刺精神的徐卓呆出场了,并很快将滑稽片作为主攻对象。《真爱》放映之前,新大陆公司就邀徐编导滑稽片。1925年,徐与汪优游合办开心影片公司,徐依托它建立了以市民生活为题材、注重情节构思、提倡劝世儆世伦理功用的本土滑稽片的传统,使本土滑稽片从不入流的取乐的"小玩意"成为反映社会生活、针砭时弊的"大物件",令观众"捧腹大笑之余,立即继续起了一种情绪上的变化——就是憬然猛省,悟觉到戏剧中或人生中最深切的一点,引以为鉴",③当时有人则如此评价《雄媳妇》:"惟是电影中最令人生趣者,为设法引阿海被捕一节,为最足取,罗克滑稽剧,亦不过此耳",④可见徐的滑稽片的艺术感召力。

谐趣氛围的制造与作家亲身上阵拍摄滑稽片,都显示出滑稽小说在滑稽片这一国片新类型的开拓方面起到的重要作用。

三、武侠小说催生武侠片

侠文化是中国传统文化的重要组成部分,也逐步积淀成有一定平民意识的审美心理,"人们崇拜小说中那些敢于反抗'天子'的平民英雄,把他们视作能扭转乾坤、主宰世界的人物,为民众带来幸福和安宁的生活,因此和他们'心有灵犀一点通',在精神上也把他们当作自己的偶像"。⑤ 随着现代

---

① 叶良让:《我佩服开心公司两特点》,《开心特刊》,"怪医生/假力士"号,1926年第2期。
② 李道新:《人生的欢乐面,他国的爱与恨——中国早期电影接受史里的哈罗德·劳埃德》,《电影艺术》,2010年第2期。
③ 非心:《观〈雄媳妇〉后》,《开心特刊》,"雄媳妇"号,1926年第3期。
④ 失争:《看雄媳妇试映记》,《时事新报》,1926年9月26日。
⑤ 张兵:《略论武侠小说的文化特征》,《西南师范大学学报(人文社会科学版)》,2005年第6期。

社会和大众传媒机制的形成,侠文化进入通俗文学作家们的书写体系中,并借此找到了可借依托的叙事形式,也就是武侠小说。

武侠之称呼亦从小说开始。梁启超撰写《中国之武士道》一书,将侠义源流上溯至孔子。1930年前武侠小说可分为两大时期,第一时期作品为辛亥前后不同于清代侠义公案的"新"武侠小说或含武侠因素的小说,如《古戍寒茄记》《蒙边鸣筑记》《天涯异人传》《江湖廿四侠》《仙侠五花剑》《技击余闻》《傅眉史》《焚剑记》《雪里红》《三童传》《侠客谈》等,以有反清色彩的"雍正八侠""汉留"故事等题材为主。第二时期作品以《江湖奇侠传》(1922年《红杂志》连载)和《近代侠义英雄传》(1923年《侦探世界》连载)为代表,其主要特征为"不再企求争夺'先锋性'和对文坛的'统治权',而是转向谋取愉悦功能",成就了二三十年代都市通俗文学繁荣。①

通俗文学作家们是武侠小说创作的主体之一,当时有名可稽的通俗文学作家共有506人,其中专写武侠小说或兼写武侠小说的多达178人。武侠小说是武侠片改编的重要原本,对推动形成武侠片热潮有着很大作用。据中国电影资料馆1960年所编《中国电影总目录》所载,仅在1928至1931年间上映的武侠片就达227部之多,如友联公司的《儿女英雄》(据文康《儿女英雄传》改编)拍了13集。月明公司的《山东响马》也拍了13集(1928—1931),后来同样的创作班底又拍摄了6集《女镖师》(1931—1932)。暨南影片公司的《江湖二十四侠》拍了7集。复旦影片公司的《火烧七星楼》拍了6集,这些名目繁多的武侠片追根溯源,与武侠小说不无关系。

1928年,明星影片公司将小说《江湖奇侠传》的片段改编成《火烧红莲寺》,拉开了这场武侠片盛宴的帷幕,据包天笑记载:"世界书局的老板沈知芳……极力去挖取向恺然给世界书局写小说。"②明星影片公司老板张石川也是《江湖奇侠传》的忠实读者,所以依据这本小说拍出来的《火烧红莲寺》,一拍就是18集,影响很大,之后以"火烧……"为名号的影片出品很多,如《火烧青龙寺》《火烧百花台》《火烧剑峰寨》《火烧九龙山》《火烧七星楼》《火

---

① 徐斯年、刘祥安:《中国武侠小说创作的"现代"走向——民国时期武侠小说概述》,《中国现代文学研究丛刊》,1996年第2期。
② 包天笑:《钏影楼回忆录》,中国大百科全书出版社,2009年,第381页。

烧平阳城》《火烧白雀寺》《火烧灵隐寺》《火烧韩家庄》《火烧白莲庵》等。《火烧红莲寺》与之后《儿女英雄》《荒江女侠》《关东大侠》《女镖师》《江湖二十四侠》等影片相继映演。这些影片良莠不齐,多取材于稗官野史,或追求新奇,或热衷旧思想,文化质量不高,技术水准也没有突破,但同时也作为一种国片新类型推动了商业电影高峰的到来。

武侠小说还为武侠片打开了观众市场。阅读武侠小说的观众十分广泛,而且大都身处社会下层,这和武侠片的观众群体是合拍的,正如郑正秋指出的:"岂艺术仅须为少数知识阶级计,而不妨将大多数非知识阶级弃之如遗耶?是断乎不能也。"[①]早期中国电影市场的壮大是和这批蹲在路旁阅读小说的武侠迷分不开的。当时出版的各种名目的武侠小说有百种之多,而且以武侠小说为蓝本绘制的连环画也大量充斥市场。上海最大的商业性报纸《新闻报》更是每日连载长篇武侠小说《荒江女侠》。小说所采用的通俗表达方式给受众带来了难以抵挡的诱惑,如《江湖奇侠传》的读者就很多:"东方图书馆中,备有不肖生的《江湖奇侠传》,阅的人多,不久便书页破烂,字迹模糊,不能再阅了。"[②]随着底层市民对武侠小说的追捧,民族审美心理与现代娱乐心理被激活和融合,为武侠片出场做好了铺垫。

通俗文学作家们创作的武侠小说具有"追求曲折奇幻的故事情节""困惑人的悬念",[③]且多具奇幻色彩,如《江湖奇侠传》的情节就是"巨干盘空,奇枝四苫",其中章节《火烧红莲寺》就成为电影改编的对象。武侠片本事几乎是武侠小说的浓缩版,如《王氏四侠》的故事主题可概括为英雄遇险、只身闯入险地,一番恶斗,为民除害,与小说的叙事主题一致,体现出小说"在同一之环境内,自由发展,互相争执,每一个小冲突,为一小波澜,集无数之小波澜,而成一或一个以上之极峰点"的叙事特征。[④]

无论是哀情小说的氛围营造,还是滑稽小说的幽默推送,抑或武侠小说的市井趣味,都是同类型影片产生不能忽视的前提。在塑造电影类型的过

---

① 郑正秋:《我所希望于观众者》,《明星特刊》,1925 年第 3 期。
② 芮和师、范伯群等:《鸳鸯蝴蝶派文学资料(上)》,福建人民出版社,1984 年,第 135 页。
③ 曹亦冰:《论中国武侠小说从古至今的演变》,《明清小说研究》,2003 年第 1 期。
④ 万籁天:《中国影戏之我见》,《申报》,1927 年 1 月 1 日。

程中,通俗文学无疑是关键的推手。

第三节　传奇叙事

正如法国电影学者艾·菲兹利埃所说,文学不仅是可供改编的作品的仓库,也是主题和方法的遗产,思维、认识和表现方式的经验总汇。① 伴随着通俗文学的电影改编,文学思潮、观念、风格乃至技巧也自觉不自觉地纷纷被引入,无形中对电影进行了符合时代的重新塑造。通俗文学除了向中国早期电影提供叙事的内容之外,还确立了带有中国文化特点的传奇叙事模式。

传奇叙事是通俗文学的一种重要创作形式,正如周瘦鹃所说:"小说之作,情节应与文字并重。情文兼茂,斯为上乘。盖文字为表,情节为里,二者相得益彰,不可偏废。如文字之隽绝,而无绝妙之情节供其描写,则文字虽佳,亦复味同嚼蜡。故吾人作小说,于文字之外亦当讲求情节。"②范烟桥也指出小说创作要讲求编造技巧,也就是要有"传奇"之感,他说:"一篇之成,难于构思,社会虽夥颐万象,而剪裁须仗眼光,每有一事,于当时感触极深,及至描写成篇,觉平淡无奇。有至微极细之事,而生动多姿,耐人寻味者。"③这种传奇式创作观念对于电影艺术的创作观肯定是有影响的,"20世纪20年代中国电影在美学标准上最大的成果,就是对戏剧性叙事方式作为一种主流形态的确认",④电影对通俗文学"传奇"叙事的借鉴和学习的过程也是从中国传统文化基因汲取营养与获得强大本源支撑的过程。

哀情片是比较早地汲取传奇叙事营养的电影类型。在借鉴现代通俗小说的基础上,哀情片开始逐渐学习国外情节剧的叙事特点,形成了有中国特点的叙事模式。如情节构思中的"巧凑"现象,即在不同人物之间塑造出巧妙的关联,受传统文化影响,编剧惯将复杂的人际关系设为情节巧凑的背

---

① [法]艾·菲兹利埃:《文学和电影的关系》,卜禾译,《世界电影》,1984年第2期。
② 芮和师、范伯群等:《鸳鸯蝴蝶派文学资料(上)》,福建人民出版社,1984年,第50—51页。
③ 范烟桥:《咀稗甘苦语》,《紫罗兰》,1925年第1卷第2号。
④ 钟大丰:《"影戏"理论历史溯源》,《当代电影》,1986年第3期。

景,如《采茶女》中杜生自尽,巧遇鲍素素,傅家救下鲍素素,谁知鲍素素竟是傅家曾抛弃的女儿。《盲孤女》中,海山被误抓警局后,审问者是赵衔甫的女婿。而海山正是赵衔甫失散多年的儿子小奎恋人的弟弟。还有"营救"主题,编剧有意识地运用国外侦探片的惊险情节来吸引观众,如《采茶女》中,季某将鲍素素囚禁,欲行非礼,被经过的杜生救下。《人心》中,少年黄丙禹从流氓手中救下张丽英。《南华梦》中,蒋平霖非礼映秋,被欧阳光搭救。既运用圆融的人际关系来体现叙事的巧凑性,也运用西方惊险片的元素来展示叙事的节奏感,正是哀情片的叙事策略之一。以哀情片为滥觞,早期中国电影在对小说中所蕴含的传统道德教化的主旨和娱乐消遣目的的认同中,逐步学习到较为成熟的叙事策略,走上一条用道德传奇故事满足新旧交织的伦理型人民文化需求的本土化之路。

以《玉梨魂》《空谷兰》等为代表,追求与小说类似的曲折叙事体式成为这一时期哀情片的主要特点,如《玉梨魂》将哀情与滑稽相互穿插,张弛有度,"剧情叙述简明,进行自然……剧中穿插,甚得其妙,滑稽处令人狂笑,调节观众之心理,颇得葛雷菲斯导演之妙"。①

《空谷兰》改编自包天笑的译作,他的译作非常注重故事性,"分前后二部","前部演剧中人悲欢离合之动机,颇能引人入胜,后部则演其结局,故前后二部虽间断而意仍贯串,如雪藕断而丝不断,此后部之所宜一观也",②重视情节的流畅和通俗易解,"如香山作诗,老妪都解"。③除内容的现实性、表现手法的现代性外,其故事的跨度也比较大,编导的笔触紧跟人物的活动,从杭州到嘉兴,再从嘉兴到杭州,时空转换自然、自如,叙事从容、流畅,情节跌宕起伏,事件环环相扣,结构严谨完整,鲜明而细腻地表现出纫珠和柔云的性格和心理,这归因于行之有效的文学叙事传统。它还采用全知视角,影片人物被蒙在鼓里,而观众明了他们将要发生的一切,"观众一开始就知道在那次车祸中死的是翠儿;观众早已明白在柔云学校里任教务主任的幽兰夫人就是纫珠,而柔云、兰荪全都被蒙在鼓里。这种叙述方式一方面能使人

---

① 霞郎:《评明星影片〈玉梨魂〉》,《申报》,1924年5月10日。
② 《空谷兰开映盛况》,《申报》,1926年2月25日。
③ 徐耻痕:《中国影戏大观》,上海合作出版社,1927年。

物在'不知情'的情况下更真实地表现自己,另一方面,在消化了传统章回小说所惯常使用的'悬念'之后,也使观众能够集中全部注意力观察人物'怎么做',而不必花费心思去猜测人物'做什么',由此可能更能体味人物行为后面的心理和情感"。① 它还使用了西方侦探片常用的追逐镜头,增强了影片的动作性,通过紧张的镜头调度将情节推向柔云"触树""翻车"的高潮,②体现出哀情片叙事上的成熟与更为复杂、戏剧化的情节构架技巧。

紧随哀情片之后风靡一时的滑稽片也是如此,它从滑稽小说那里获取了很多营养。早期滑稽片最大问题之一就是编剧的困难,没有好的情节,"一入影片,便失其用"。③ 滑稽片非常"难编难演,稍微不得法,就会使观众的欢迎心一变而为讨厌心的……倘使没有真含滑稽意味的情节,万不能编滑稽戏。没有真实滑稽艺术而加以精深的研究者,万不能演滑稽戏"。④ 徐卓呆就是一例,由于具备编写小说、戏剧的功底,徐的滑稽片在叙事构思上有很大进步。

徐卓呆的滑稽小说就讲求构思布局,以悬念结构全篇,最后推出滑稽的结局,充满了机智的巧思和想象,如他的《十六行眼泪》写妇女的命运,但绝不是事无巨细地介绍女主人公的一生,而是把十六行眼泪分成八级,写了决定妇女一生变化的八个场面,"滑稽可笑,脉络清楚"。⑤ 徐对戏剧也十分感兴趣,翻译了不少外国戏剧。1906年翻译德国作家苏虎克的《大除夕》;1910年与包天笑合译法国雨果的《牺牲》,翻译迈伊林的剧作《遗嘱》;1916年翻译法国萨特的戏剧《热泪》等。他曾去日本考察俳优教育,在《时报》中独辟一栏,鼓吹新剧,提倡旧剧改造。1914年关心新剧的人聚会,成立新剧公会,他还被选为编撰主任。他还创作了不少话剧,如《遗嘱》《故乡》《牺牲》《怨》(后两种与包天笑合作)等。通俗文学作家们在话剧编剧中掌握和摸索的一套技术,如台词、氛围的营造、对话体的运用,对电影更显弥足珍贵,他创作的

---

① 盘剑:《论鸳鸯蝴蝶派文人的电影创作》,《文学评论》,2004年第6期。
② 《空谷兰下集本事》,《申报》,1926年1月22日。
③ 饶曙光:《中国喜剧电影史》,中国电影出版社,2005年,第27页。
④ 叶良让:《我佩服开心公司两特点》,《开心特刊》,"怪医生/假力士"号,1926年第2期。
⑤ 汤哲声:《说来开笑口葫芦——中国现代滑稽小说论》,《中国现代文学研究丛刊》,1992年第3期。

话剧《姐妹》就注意用性格鲜明的对话区分姐妹道德境界上的差异,特别是把她们非血缘身份的秘密多处用语言暗示出来,不少富有关联性的对话也预示情节的走向,比如遗产的走向,人物的生死等,"形成了全剧比较统一完整的对话流程,为话剧文本的成熟提供了最早的雏形。"①徐的滑稽片在一定程度上受到他的话剧创作的经验滋养,能够通过情节的巧妙铺排,有条不紊又充满创意地展现滑稽元素。

《怪医生》中,医生和妻子的职业发生错位,医生进厨房做家务,妻子入诊所做大夫,结果笑料百出。做菜过程中,医生因妻子做鱼不好吃而亲自操刀做鱼,结果生搬硬套医学知识,如用石碳酸将食物消毒,并仔细检查鱼嘴是否干净,花了很长时间,好容易放在锅里,然后在灶沿上劈柴,灶坍了。点火不着,就将灶神纸马加上煤油去引火,火点着后,急切中又误把煤油当酒,放到锅中,锅子马上燃烧起来。②妻子代医生治疗病人的足疾,病人恐慌逃跑,妻子去追,结果车子误碾病人的脚,足破脓流,足疾竟然好了,病人送给张妻一块"华佗之母"的牌匾。在这种生活角色的错位中,人物所做的行为越符合他原来的职业特点,其在新职业中所出的洋相就越大,"笑"果就越明显。这种本数短、笑点集中,又含有一定讽刺意义的作品,依据背离常态的幽默的逻辑巧妙体现出现代都市下个人与职业的依存关系,确是当时影坛的一股新鲜之风。

哀情片中,离家出走本是充满悲剧感的题材。《良心复活》中,绿娃被伊孟丽夫人逐出家门,仅靠做奶妈维持生计,其情可谓惨矣。《雄媳妇》借用出走题材,却将被驱逐者设为男性,"是夜——毛女将丁卜一摒诸门外。唉!你真被他们欺负得太可怜了!这罐饼干给你充饥;这条毯子也给你御寒吧!丁卜一受此重大打击,如醍醐灌顶,迷梦复醒,慧根遂复现"。在这种性别错位下,女子嫁人豪门受欺负的传统故事被改编成男子"嫁"入豪门受欺负的现代版本,当丁卜一说出"尔等竟欲恃资财以欺尽天下穷黎耶。余岂甘终为雄媳妇以辱我祖先于九泉?"观众不会因为丁卜一境况之惨而落泪,反会由

---

① 黄振林:《1907—1917:文人编剧在早期话剧成型过程中的作用》,《闽江学院学报》,2006年第4期。
② 香□(注:原文印刷漫漶不清,故以方框替之):《纪开心新出版之三笑片》,《新闻报》,1926年5月16日。

于他的男性身份而发笑。徐利用这种男女错位的构思,达到了令人发噱的效果。错位叙事体现出徐在艺术创作中的创造精神,他曾说:"制中国影片是一种创造的事业,办这创造的事业须有创造的精神。……要避去模仿倚赖等习惯,所以在创造中国影片之前,先要将脑中的外国影片暂时忘掉。"①他以易卜生的娜拉出走为例,认为易卜生为全球女子鸣不平是误解了男子,其实男子也有被女子欺侮的,"开心公司特地编这一本《雄媳妇》,描写女子欺侮男子的事实,一则因为易卜生先生太深信普天下只有女子受男子欺侮,没有男子受女子欺侮,二则世上实实在在有这种事实"。②所以他喊出"反对易卜生"的口号,并有足够自信标榜称《雄媳妇》绝非模仿之作。

武侠片更是受到了小说叙事的影响,胡蝶曾回忆《白云塔》的拍摄经历:

> 一九二七年,上海《时报》刊登一个长篇连载的小说叫《白云塔》,也是一部宣传因果报应的小说,作者是陈冷血。这部小说情节奇特,每天只登八百字,每天都有些扣人心弦的曲折,弄得人人争看,欲罢不能。张石川、郑正秋、周剑云也是读者,并且看出此故事改编成电影,卖座一定不错。等到小说一登完,这三巨头也已打好腹稿,电影怎么拍法,已八九不离十,于是公司马上决定拍成电影。③

武侠小说打动了见多识广的电影人,不正说明武侠小说的叙事魅力?通俗文学保证了丰富的题材供应,开拓了多元的电影类型,延续了传奇的叙事方式,所以才能成为国片发展不可或缺的坚实支撑。

---

① 卓呆:《艺术上的红粉骷髅(二)》,《申报》,1922年6月14日。
② 卓呆:《反对易卜生》,《开心特刊》,"雄媳妇"号,1926年第3期。
③ 胡蝶口述,刘慧琴整理:《胡蝶回忆录》,文化艺术出版社,1988年,第37页。

第五章　沉默的凝望：通俗文学影响下的电影观众

20世纪20年代，随着国片发展的步伐加快，新的观众群体不断诞生。这批观众熟悉并喜爱通俗文学的作品，了解其中所蕴含的传统、风习与品味，受到通俗文学作家发表的电影评论的引导和熏陶，他们也开始认同和通俗文学作家类似的观影视角，形成了类似的观看习惯和观影口味。

第一节　关注观众

通俗文学作家们重视受众，这种习惯也影响着他们的电影观念。他们是当时各大影院的常客。和一般观众不同之处在于，他们不仅观看电影，而且观看观众，如观众的类型、数量、反馈等，然后将这种关注形诸文字，体现出他们以观众审美趣味为中心、时刻适应和感知观众的心理为旨趣的创作观念。

周瘦鹃是较早将这种关注写成文字的通俗文学作家，他任《申报·自由谈》编务期间，共发表了十余篇电影批评文字，名为《影戏话》。它被认为是中国最早的系列影评，为我们提供了窥看当时电影观众情状的视窗：

第一，审美层次逐渐提高。周这么记载早期上海观众观影的情况："坐使男女童叟，出入于西人影戏院之门，蟹行文字，瞪目不识，误侦探为盗贼，惊机关为神怪，瞽说盲谈，无有是处。欲求民智之开豁，不亦难乎。吾观于欧美影戏之发达，不禁感慨系之矣。"[①]他在文中敏锐地指出，电影放映早期，

---

① 瘦鹃：《影戏话（二）》，《申报·自由谈》，1919年6月27日。

人们只是来看好奇,而不是欣赏,这是符合当时的历史事实的,据1933年出版的《中国电影年鉴》记载:"当时海上娱乐事业,并没有现在发达,张园愚园以外,在中心地点而最为人所注意的便是青莲阁。内地人士到了上海,不到青莲阁算是件羞耻的事情,加之中国人为好奇心所动,也很情愿挖出几个铜元去见识见识外洋新到的活动画片。虽然是时间只要15分钟,片子也大多是破碎不全,看的人已经很是满意,营业因此发达。"①到了周所处的20世纪10年代,人们观影已发生很大改变,人们对电影不仅是好奇,而且带着痴迷和欣赏,所以周才会写道:"每易片,士女□②至。有在坑满坑,在谷满谷之慨。"③为何会出现这种变化呢?主要因为这一时期外片大量进入中国,在欧美人开办的影院中大行其道,这批电影为观众带来了新奇的视觉享受,吸引了一批粉丝,壮大了观众的队伍。

第二,观众对影片中的"机关"颇感兴趣。周对观众关注十分细致,他指出,人们对影片中可以看见的"机关"设置颇感兴趣,"盖彼观客之心目,亦为影片中五花八门之机关关住矣。"④由于早期观众接触无声片,尚不能从对白和音乐中感受到心理的变化,"影戏中之侦探片,以机关繁复行动活泼为上。情节曲折,尚在其次。近日社会中人最喜观机关。欧美人心理如何,吾不知,而吾国上中下社会以及妇孺则无不顾而乐之",⑤在机关设置上,电影与传统戏剧差异较大,电影有很大的表现空间,尤其是可以借用实景来拍摄,可营造出繁复和变化的感觉,但戏剧舞台设置较简单,以写意、简练为主,在视觉震撼上,电影显然要占有优势。周对观众追捧"机关"的情状的描绘,正是电影越来越适合市民口味、具有越来越强大的市场竞争力的缩影。

第三,观众喜看侦探片和滑稽片。早期观众喜欢看什么类型的电影呢?周指出,侦探影片在1917至1919年就十分流行,那时是短篇。"每种仅四五

---

① 谷剑尘:《中国电影发达史》,《中国电影年鉴》,中国教育电影协会,1934年。
② "□"表示此处是由于内容污损,无法辨识的文字,全书同。
③ 瘦鹃:《影戏话(六)》,《申报·自由谈》,1919年9月23日。
④ 瘦鹃:《影戏话(二)》,《申报·自由谈》,1919年6月27日。
⑤ 瘦鹃:《影戏话(三)》,《申报·自由谈》,1919年7月14日。

本","每演一片,观者恒云集焉"。① 滑稽片也是大众喜爱的类型,周自己就对滑稽片十分感兴趣,"去岁尝于维多利亚院见其《卡曼》一片。凡五本,谐妙可观"。② 他还指出,看滑稽片的大多是妇孺,"妇孺多欢迎之"。③ 从侧面说明了当时作为观众的妇女有较多的空闲时间和一定的经济能力。在这些影片中,观众对卓别林的影片尤为喜欢。《影戏话》中专门有章节介绍卓别林的演出以及他的著名作品,其中一部《狗生活》的影片,在上海公映引发轰动。④ 这种分析对国片类型的制作也具有一定的市场指导意义,体现出周对市场的敏锐感知能力。

第四,明星效应初显。当时电影明星作为大众文化的符号,已开始发挥威力,说明当时观众比较成熟和电影市场的初具规模,周在《影戏话》中反复提到了"追星"的文化新象,当时上海观众特别喜欢的一些明星,如卓别林、宝莲等,"沪人士咸称之曰宝莲,凡宝莲所为剧,恒得多数人之欢迎",⑤ 再现了早期观众追星场景,一种新型的电影文化正在城市间茁壮显形。

不仅是周瘦鹃,其他一些通俗文学作家们也常关注电影观众,如范烟桥注意到观众开始有意识选择自己喜欢的类型,不少人把看外片作为身份象征,"凡是映中国电影的电影院,价值狠低,看得人还是很少……只让外国电影大出其风头,譬如《卡门》《人体》两种……差不多没有看过这两种电影的,不能得到老上海的资格。"⑥ 对当时的市民而言,观影已与文化身份相互结合,观看外片甚至成为了都市人的象征,体现了早期中国电影业发展对市民的影响。

通俗文学作家们对于观众的关注为当时的电影人打开了了解观众观影心理的视窗,催发了电影人对电影内容的急迫需求,敦促他们把目光投向通俗文学及其作家身上。通俗文学作家们进入电影时也将这种重视观众的心理和关注观众的态度带入电影创作之中,成为国片内容创作日趋本土化的基础。

---

① 瘦鹃:《影戏话(三)》,《申报·自由谈》,1919年7月14日。
②③ 瘦鹃:《影戏话(四)》,《申报·自由谈》,1919年8月7日。
④ 瘦鹃:《影戏话(八)》,《申报·自由谈》,1919年11月1日。
⑤ 瘦鹃:《影戏话》,《申报·自由谈》,1920年7月4日。
⑥ 范烟桥:《两种观众的心理》,《电影月报》,1928年第6期。

第二节　通俗文学：观众亲近国片的先导

观众对于电影艺术的认知存在两大层次，一是认知层次，二是认同层次。在第一层次上，通俗文学帮助观众消除了对于电影的陌生感，促进了他们对于电影的接受。在第二层次上，通俗文学作家们通过电影评论传播了电影知识，帮助观众熟悉了电影艺术的人物表演、叙事方式、服装布景等，提升了观众的观影素养，促进了观众对电影的认同度。可以这么说，通俗文学作品是观众熟悉、认知与认同电影的入口。很多观众正是被通俗文学作品牵引进入电影院，最终成为电影的铁杆粉丝，正如郑正秋所说："戏馆与影片公司之营业发达与否……惟我则以为其权大半操自观众。"[1]在大批观众的参与下，中国早期电影真正进入发展的高潮。

一、打开观影视窗

当时上海的人口组成元素非常复杂，市民主要包括城市资产者、产业工人、银行或公司职员、中小商人、工程师、律师、医生、会计师、建筑师、记者、编辑、作家、中小学教员、账房、伙计、学徒、小贩、工匠等从业人员，他们中的大多数都是通俗文学的读者。在通俗文学深受观众追捧的基础上，通俗文学改编而来的电影的吸引力自然水涨船高。

我们可拿包天笑的作品改编为例。1925年，包根据自己小说《诱惑》改编成《可怜的闺女》，当时就受到报刊评论的重视。1926年2月25日在中央大戏院首映那天，报纸也跟踪报道称"卖座极拥挤"。[2]《空谷兰》的本事还在报纸上连载，成为读者争相阅读的对象。1930年5月，明星影片公司重映《空谷兰》，后又于5月底重映《梅花落》，报纸也报道称："以此片所经之地，无不万人空巷。"[3]《空谷兰》《梅花落》的巨大影响是和通俗文学作家的原作分不开的，电影市场持续热火也是和通俗文学作家们高超的叙事本领与结

---

[1] 郑正秋：《我所希望于观众者》，《明星》，1925年第3期。
[2] 《空谷兰开映盛况》，《申报》，1926年2月25日。
[3] 《申报》，1930年5月29日。

构剧情的才华分不开的。也正缘于此,通俗文学作家才会被明星影片公司这样的著名电影公司捧为招徕观众的品牌。

某种程度上,通俗文学是观众接触、认识与认同电影的第一触媒。在他们对电影艺术尚不熟悉、抱有不适应心理之时,他们看到自己熟悉的通俗文学作品被改编成了电影,开始从心理上接近和熟悉电影。在当时外片占据大量市场的背景下,国片正是这样借助通俗文学的影响而召进、留住了相当数量的本土观众。

二、提升观影素养

从心理认知规律看,要让观众产生深层次的认同,就要让他们看得懂,让"意义"可以比较容易地进入流通领域。当时通俗文学作家们发表在各大报刊的电影评论正是帮助观众提升观影素养、学习电影知识、了解电影资讯的重要渠道。

当时很多观众虽然接触了电影,但对于电影尤其是对中国电影缺乏了解。当时的周剑云就发表评论称,当时中国电影面临的问题就是民众对于电影的误解:"民众对于艺术之观念不正确,故仍以娼优隶业并称,不知尊重戏剧家之身份,于是前程远大之影片事业,亦因国人之观念不正确,轻轻以游戏一语,降落其地位矣。"[①]接触得少,了解得少,自然误会也多。如果中国电影观众没有一定的观影意愿和赏鉴能力,中国的电影艺术是不可能健康发展的。如何帮助观众了解、认识、认同中国电影艺术,是通俗文学作家们面临的主要任务。

这批通俗文学作家们也的确不负众望,创作了不少电影评论。这些评论多发表在文艺副刊上,文字通俗、有趣,又有一定的知识含量,如周瘦鹃为《钟楼怪人》写的评论:

> 予曩尝读法国名文学家嚣俄先生杰作《吾夫人寺之驼背人》……颇赏其描写情爱之有力,为前此所未见……剧中演员……均能尽情表演,

---

[①] 周剑云:《中国影片之前途》,《电影月报》,1928年第2期。

使观众之喜怒哀乐,授之于片中而不自觉,片成之后,曾在纽约连演至四十星期之久,其价值可想。兹此片已来吾国,映演于爱普庐,予既读嚣俄先生之书,又得观此影片,自诩眼福之厚,为年来第一。①

这篇评论被用在了《钟楼怪人》的电影广告中,可见周的评论之通俗有趣。的确,他的电影评论不以"引导"为己任,而以"适应"为天职,在清浅点议而非长篇大论中传递读者想知而未知的信息。与深奥的理论与刻板的观念灌输相比,周更愿用言简意赅的方式来表达观影感受,他这样写道:"观赏之余,得数种感慨。一曰伤贫,二曰斥富,三曰胜会不常,四曰多情无益,五曰红颜命薄,六曰芳华易逝。此片闲闲着笔,能于浅淡中描写人生之苦痛,凡有身世之感者,观之必将雪涕。"②他还用"广陵散"之典比喻泊林司氏的滑稽片表演受市民追捧:"海上影戏园,一时争演其片,今则广陵散已成绝响矣。"③巧妙引入文化典故的充满文学色彩和文人情怀的评论令人印象深刻。针对有人批评明星影片公司的《湖边春梦》"奇诡为病",周并未直接驳斥,而是寥寥几笔阐明观点,"或有以过于奇诡为病者,予曰:此片中主人,为一患热病之剧本家,而此荒唐一梦,又为一患热病之剧本家之梦,则安得不奇诡乎。或唯唯退",不强求对方认同,"或唯唯退",④意为可退可不退,体现出举重若轻、余韵悠长的写作风格,以周瘦鹃为代表的通俗文学作家们的电影评论摒弃理性叙说与言之无文的空谈,将历史知识、电影背景、观影感受与表演评判融合于充满主观情感的精美语言和多变笔法之中,接通了大众与电影的认知通道,推动了新兴电影文化的发展,自身也成为了"一种颇具现代性的电影史论体例"⑤。

通俗文学作家们的电影评论主要发表在 1920 至 1930 年间,形成了融进个人情愫、生活经历与阅读品位,写法更美学化、更强调物我交融的赏析

---

① 《申报》,1924 年 12 月 7 日。
② 瘦鹃:《影戏话》,《申报·自由谈》,1919 年 9 月 11 日。
③ 瘦鹃:《影戏话(四)》,《申报·自由谈》,1919 年 8 月 7 日。
④ 鹃:《银幕双妙〈党人魂〉与〈湖边春梦〉》,《申报》,1927 年 10 月 13 日。
⑤ 陈山:《理论的发现:中国电影理论思维的萌芽与形成》,《当代电影》,2008 年第 1 期。

与体悟的新的艺术风格。他们不抖书袋子式地卖弄学术,而是用类通俗小说笔法撰写非常流畅、生动、可读性很强的电影导读,使观众从心理上亲近与认同电影,学到鉴赏电影的方式,进而也开始用同样视角来观察与体味电影。中国电影艺术不是孤立的个体,不是外来物,而是与中国本土的文艺生产紧密相连的一部分,必须建立在本土观众熟悉、认同的基础上。如果观众不熟悉电影艺术表现的套路、电影人物出场的风格、电影技术再现的方法,就很难从内心真正认同电影。通俗文学作家们就是通过评论帮助观众熟悉电影艺术套路、人物风格与技术方法,在观众内心深处建立起认同电影的桥梁,接通了电影这个舶来的艺术形式与市民内心的联系。

相对将观众简单地拉进影院而言,通俗文学作家们更注重对观众心理的把握和掌控,他们不但吸引了观众走进影院,扩大了国片的市场份额,而且从智识培养与心理认同上培育出了国片忠实的观众,深层推动了电影的市场拓展。

第三节　女观众:通俗文学影响下的观影新群体

随着电影事业的发展,观众也出现了定型化的趋势,即从原先的"不定"的观影群体转为现在的"稳定"的观影群体。

随着电影放映场所的增多与完善,票价逐渐上升,常看电影绝非低端文化消费。当时票价平均三四角钱,但当时"买一只烧鸡不过两角钱"[①]。据民国时期出版的《上海风土杂记》载:"上海人的生活,下等生活如小贩劳工之类,日可赚钱数角至一元以上,上等生活年可赚数千至数万元,中等生活一月不过赚二三十元四五六七十元而至一百元内。"[②]当时一个普通公司的职员的月收入40至60元,而一个中等阶层的五口之家的月开销是66元。对有些上海市民而言,一张票价相当于一天工资,文化程度低的体力劳动者并不能常进影院。即便对于有一定经济基础的知识分子来说,为节省票价,也

---

① 素素:《前世今生》,上海远东出版社1996年版,第48—49页。
② 姚秉楠、施宣圆、周振鹤主编:《大上海石库门:寻常人家》,上海人民出版社,1991年,第59页。

往往一张票连看几场。① 虽然 20 世纪 20 年代的观众给人感觉落后,但不宜理解为智识之落后,而应理解为观众对电影这一艺术形态的陌生。当国片征服不同文化层次观众之际,恰恰不是国片落后的象征,反而是传播成功的标志,体现了"由俗向雅的转型"。② 对整个电影市场而言,一部分观众喜好美国片,一部分观众喜好国产片,而前者"限于少数知识阶级",后者"则占中产阶级以下之大多数",③显然后者的人数要远远超过前者。

在这批观众中,女观众是很重要的代表。当时女性已经可以参与社会活动和娱乐,以上海为例,"妇女引类呼朋,趋之若鹜。男女杂处,昼夜嬉游……相习成风,毫不为怪。"④但前提是女性必须经济自立,或至少手头有自由掌配的钱财。随着民国初年的上海逐渐呈现出万商云集、百业荟萃的兴旺景象,女性从业机会也逐渐增多,雇用女性的行业在逐渐增加,不少妇女创办了商店和商业性实业公司,开始跻身商业领域。1917 年,先施公司率先雇用女店员,一些稍具规模的百货商店也先后效仿。随着经济自主条件的改善,女性观众渐渐多了起来,如紧邻上海的苏州的电影观众群中,"女客有时竟超过男的","往往有合家欢。扶老携幼一大群到来,就在电影场里会亲"。⑤ 包天笑也指出,当时来看电影的很多是勾栏瓦肆中人,"花业姐妹,连翩而来",⑥她们不但有钱,而且有闲。她们的进入,赋予了影院更加多元、混杂与丰富的都市气息。女观众的踊跃和通俗小说的阅读是有一定关系的,当时通俗小说的阅读群体中有很大一部分是女性,如小说《玉梨魂》由于勾画出当时女性婚姻恋爱的真实情况及矛盾的心理,吸引了大量女性读者,据范烟桥等人估计,《玉梨魂》的印数达几十万册,闺阁女郎,几乎人手一编,醉心于书中男女之恋。徐枕亚的继室刘氏是清代最后一科状元刘春霖的女儿,她寓居北京,在深闺中读得《玉梨魂》,极羡慕徐的文采,后托父亲的朋友做媒,由徐娶为继室。远在北京深闺的女性都能熟读《玉梨魂》,《玉梨魂》的女性缘可见一斑。

---

① 汤晓丹:《路边拾零》,《上海电影史料(第 1 辑)》,上海市电影局史志办公室,1992 年,第 13 页。
② 陈建华:《文人从影——周瘦鹃与中国早期电影》,《电影艺术》,2012 年第 1 期。
③ 郦苏元、胡菊彬:《中国无声电影史》,中国电影出版社,1996 年,第 730 页。
④ 《申报》,1885 年 8 月 6 日。
⑤ 范烟桥:《电影在苏州》,《电影月报》,1928 年第 3 期。
⑥ 包天笑:《钏影楼回忆录》,中国大百科全书出版社,2009 年,第 543 页。

随着社会的发展与女权意识的觉醒,越来越多的妇女也意识到由于长期受养于人,因而只能屈居人下,时时受人压制,处处赖人保护,这样就不可能自立,不可能有真正的自由。在这种需求下,进入女学蔚成风习,妇女们摒弃旧式女教,走入新式学堂,学堂女生由于知识程度高,识外语,也成为观众来源之一,像当时盛行的国产片如哀情片也正好刻绘出与她们切身处境类似的情景,容易赢得她们的共鸣,令其一洒同情之泪,因此影院女观众"几乎人人都是女学生"。[1] 影院对学生也有优惠,直至1937年,有些影院也仍给学生优惠,如上海的金城大戏院"优待学生公训人员","正厅楼厅减售三角"。[2]

这批女观众是和通俗文学作家参与的电影一起成长起来的,她们受到通俗文学作品的吸引,成为国片的忠实观众,标志着观众的定型化与多元化过程的完成,国片进入市场的步伐显得更为稳健。

---

[1] 素素:《前世今生》,远东出版社,1996年,第48—49页。
[2]《申报》,1937年7月21日。

第六章　创新的追求：通俗文学作家对电影艺术的探索

电影与文学有联系，但也有很大区别。电影艺术的发展不仅需要依靠剧本，而且需要运用镜头语言来展示独特价值。通俗文学作家们不仅是文艺创作者，而且是电影艺术特性的探索者，他们不但建造出通往电影的"文学语言之桥"，也积极架设出电影艺术的"电影语言之桥"，为电影艺术全面发展做出了贡献。

第一节　关注电影艺术特性

通俗文学作家们并不排斥从形态上迥异于文字创作的电影艺术，而是投入了极大热情去探索电影艺术的疆界，这从他们对电影特性的关注就能看出来。电影特性主要包括镜头、布景、摄影与光线等因素。他们观影时除了关注剧情，也关注镜头表达、特技呈现与光线处理等元素。如周瘦鹃喜看侦探片，其中的特技尤为引起他的注意。他在《说侦探影片》中写道：

> 梨园中优伶，为敛钱计，每编一新剧，亦必有机关若干种。情节之贯通与否，均不问也……旧剧中或亦加以机关，如演《空城计》时，忽平地现城墙一座……而诸葛亮之一琴一扇，亦能不翼而飞，从天外飞来，不亦奇笑耶。吾于影戏中所见机关，以侦探长片怪盗中之一幕为佳。本为盗窟中赌场有群盗聚赌其间，忽侦探来……乘隙微拨案头一机关，

群盗立入复壁……所有案椅杂具,不胫自走。①

他还关注影片的光线和布景,如评价《海誓》:"布景方面,开幕时为海波滚滚……颇有西方影戏中风味……画师之家,闻系临时搭成,略仿西式外观,太草率。"②评价《战功》:"布景壮丽,似犹胜'人心'一筹。"③评价《最后之良心》:"演员之艺术,各有独到处,而光线亦颇柔软,可取也。"④对光线、布景的思考体现出周的"电影思维",虽然这种思考还远不能比肩同期欧美日等国的电影理论,但对当时缺乏经验参照的中国电影人来说不啻为有益的参考,增加了他们开展实践和实现创新的可能性。

通俗文学作家们不但是电影技术的关注者,而且是电影技术的实践者和推动者,他们用自己的实际行动推动了电影技术的革新,如徐卓呆注重利用摄影技术创造电影效果。平常观影时他就对影片用光观察十分留心。他赞成大量使用电影特效,以吸引上海本土观众,"中国人好奇影片中的托里克(作者注:Trick,英文音译,把戏、机关之义。)方法,大可以用得,把他多用,一定能够吸引观客。"⑤他后来执导了不少国产滑稽片,较注重运用布景与摄影技术创造特技效果,如融滑稽、神怪和特技于一炉的《凌波仙子》,有神怪色彩的《神仙棒》等。他拍摄的《济公活佛》系列影片也非常注重特技效果,如"在飞沙中飞行,在走石中奔走,一把破蒲扇扇得房屋倒塌,树木连根拔起",⑥这些特技效果给观众带来了全新的视觉享受。对电影特效的运用丰富了徐的滑稽片的影像表现层次,推动了中国电影的银幕形态的多样化。后来,徐参与拍摄李阿毛系列片,除以"孤岛"市民关注的切身问题为题材博得市民观众好感外,他还运用了一系列特技效果(如变速摄影、隐身术、空中飞人、小人变大人、一人二角,并在同一画面内握手等),也能引起观众莫大的好奇心,这其中不少都是对于电影自身特性的迎合与适应,推动了电影艺

---

① 瘦鹃:《说侦探影片》,《电影杂志》,1924 年第 1 期。
② 鹃:《影戏谈记海誓》;《申报》,1922 年 2 月 4 日。
③ 鹃:《战功与悔不当初》,《申报》,1925 年 4 月 8 日。
④ 鹃:《志明星之最后之良心》,《申报》,1925 年 2 月 18 日。
⑤ 卓呆:《艺术上的红粉骷髅(五)》,《申报》,1922 年 6 月 17 日。
⑥ 沈寂:《上海电影》,文汇出版社,2008 年,第 9 页。

术的革新,帮助国片发挥电影自身的艺术属性。

　　从电影艺术和文学艺术的双重视角出发来观察、关注与体味电影,显现出通俗文学作家们开放的文艺创作视野。面对新的电影艺术表达形式,他们重新学习,大胆接受,认真取经,综合考量文学和电影的艺术特性,这也是足以推动电影艺术前行的间接动力。

第二节　电影音乐创作

　　除镜头、光线、特技等自身特性,电影艺术还包括若干辅助的艺术表现形式,这些艺术形式既与电影特性有关,也与文学特性有关,是衔接电影与文学之间的桥梁。电影音乐就是一例。通俗文学作家在用剧本构筑华丽电影荧屏的同时,还参与了电影音乐创作,用余音绕梁的音乐盛宴为一代又一代中国市民大众提供了艺术熏陶和营养。

　　通俗文学作家们虽然都不会作曲,但作词却是一流,不少人就以作词的方式参与电影音乐创作。传统研究认为只有作曲才是电影音乐的主流,如聂耳、冼星海都是作曲出身。但从电影音乐的构成来看,作词和作曲不可分割。电影音乐指影片中的非自然音响,包括(情调、情景)配乐、插曲、主题歌之类。既然是配乐,就离不开词。德国现代音乐家哈尔特曼认为音乐是由非真实的背景与感官的前景两个层次构成的,[1]他并不突出作词与作曲的分别,而更关注音乐的本质作用:联想对感官现象的促发。通俗文学作家们的词作就具有充满联想与象征意味的特征,他们在长期的电影实践中,摸索出一套与编剧、配音、制作都相适应的电影音乐创作规律。

　　通俗文学作家中的电影词作高手当属范烟桥,他创作的音乐至今还回绕在众人的脑海之中,体现和展示了民族文化的精美要素,成为了中国气派的电影音乐文化的重要组成部分。1940年,范任金星影业公司文书,又为国华影业公司编写了电影《西厢记》。《西厢记》中周璇演唱的插曲《拷红》,红遍了上海滩并辐射全国各地,歌词作者就是范。郑逸梅曾对此大加赞誉:

---

[1]　李晓平:《浅论电影音乐与意境的创造》,《湖北大学学报(哲学社会科学版)》,1992年第3期。

"娇喉婉转,大有付于雪儿,玉管为之迸裂之概。"①《三笑》则是范烟桥根据程瞻庐小说《唐祝文周四杰传》故事改编的,并以歌曲代替部分对白,由当时的影坛红星白云主唱,别具一格。1941年范又创作了电影剧本《无花果》,采用了苏州评弹音乐作为影片主题歌,首次大胆尝试,取得了很大成功,这都体现出范对电影表演艺术的革新。

除了范烟桥,陈小蝶的音乐素养也颇深。陈从小生活于音乐环境,母亲怀他时就常吟咏弹唱,所以陈天生音乐奇慧,10岁就能唱歌作乐,喜欢唱昆曲。父亲陈蝶仙经常为他伴奏吹笛。同时,父亲深厚的文学素养为陈打下了较强的古典文艺功底,因此他的电影音乐创作与他的诗词、音乐天赋紧密相连。陈只是没有机会直接参与电影歌曲的歌词创作,要不然他也会写得如范烟桥、程小青般出色。陈从事电影编剧时,中国电影尚属无声期,所谓音乐还只停留在配乐、伴奏阶段。但那时陈已认识到电影音乐对演员表演的重要性,他认为好的音乐能使演员发挥更佳的水准,"欧美摄影场,其初制影,多用音乐……为喜剧用谐声,演哀剧用悲调,故不待导演发声,演者已不期然而有自然之哭笑,无他,音乐感召之耳……表演于剧院,则银幕之与音乐,尤当相依为命,不可须臾离也。《党人魂》一片固佳矣,若无伏尔加舟子之歌,以为之助,万无如是之激昂也"。②

陈认为国片与外片的重要差距之一即为"音乐未臻美善","音乐设备,率多简陋,能备钢琴一具,梵和琳一席者,已为杰出。"③所以影院应加强与电影放映配套的音乐设备,使观众在观影的同时,能听到好听的伴奏,进而增强剧情感染力。当然配乐时应注意音乐与剧情的协调,化解剧情本土化与音乐西洋化的矛盾,"无论所奏之乐,是否佳妙,即以国民特性言之。则奏西乐而表演中国之举动,已觉其格格不入……战地之花节奏,万不能施之于中国之美人计……孙老元胡琴佳矣,若使马连良唱之,则疵谬必且百出……音乐与表演,万不可以勉强合也。"④陈尤其注重中国音乐的魅力,针对当时很多人认为西洋乐胜中国乐的说法,明确表示反对,"或曰中国音乐,皆为单

---

① 郑逸梅:《范烟桥"拷红"传千古》,《大成》,1987年第5期。
②③④ 陈小蝶:《影戏之国民性与音乐之感召力(下)》,《电影月报》,1928年第2期。

调,不如西乐之繁奏……若言乐府旧声,则神妙万变,或且过于钢琴铜弦,百什倍不止"。他提倡在国片放映时配上具有中国民族特色的音乐,"直似操神秘之钥,一弦往返,变化万千",①定会为剧情增色不少。陈甚至想参加弘扬中国音乐的国乐会,为中国音乐在电影上发挥作用而尽心尽力,"吾友王僎之,尝集同志为国乐会,思欲发扬之,此与电影事业,有密切之关系者也。吾甚愿其能合作也。"他认为电影音乐发达是中国电影发达的重要前提,只有电影音乐超过欧美,中国电影才有希望,"盖一种影戏编成,必须有一特制音乐之谱随之……而后乃可不败……吾甚愿中国电影界能先投袂而起也。"②

虽然陈所说的默片音乐与后来的概念不完全一致,但他对音乐与电影关系的深刻认识,还是启迪了后来的电影音乐人。后来的电影音乐人创作的电影音乐,正体现和展示了民族文化的精美要素,构就了中国气派的电影音乐文化。

第三节　电影表演改进

电影表演与电影艺术息息相关,它无法在通俗文学的改编中获得实现,而要以镜头为媒介通过人物表演再现与表现出来,但不可否认的是,这种表演又和通俗文学、通俗文学作家们有着密切的内在联系。

一、通俗文学的潜移默化

通俗文学的重要功能之一就是为市民们提供精神休闲和情感放松的渠道,电影人(其中当然包括演员)是这群市民中的成员。随着通俗文学市场的不断扩大,电影人接触、阅读了大量的通俗文学作品,视阅读通俗文学为缓解工作焦虑与疏浚精神堵塞的良方,而且很容易将对通俗文学的钟情体验迁移至电影创作和表演中去。

由于中国早期电影发展之初,没有像样的剧本,演员一边依靠导演现场

---

①② 陈小蝶:《影戏之国民性与音乐之感召力(下)》,《电影月报》,1928年第2期。

指导，一边依靠自己对于剧情的理解，而剧情正是来自小说，有时候甚至只有小说原本可以参照，这种从通俗文学的阅读产生出来的内心体会与品悟构成了他们表演的经验基础。受动荡社会环境以及内在心理与转型文化氛围的共同作用，特别是有的女演员们经历了常人难以经历的人事，品尝了常人无缘遭遇的酸甜苦辣，酝酿出她们丰富多愁的意绪，当通俗小说的卷册开启，书中风仪不凡的人物、哀伤缱绻的主题、曲折透迤的情节，如蝶影翩翩，令她们感同身受、心领神会、将心比附，进而为饥渴的心灵找到柔情的归宿，为枯寂的灵魂找到宁静的港湾，为焦虑的思绪找到缓解的通道，这种书我交融的互文式体验使她们很容易将阅读通俗文学时的情绪带入电影表演，孕生出具有独特艺术魅力的表演艺术。当时不少主演哀情片的女主角平常就喜欢阅读通俗文学作品，如毛剑佩就常看这类哀情小说，"每临窗小坐，喜嗑瓜子，读小说，以遣永昼"。① 杨耐梅也爱读小说《玉梨魂》，为了演好角色，又再读了几遍，"重阅《玉梨魂》小说者数遍，所有诗文，多能咏诵，对于剧情，遂易体会，能适合筠倩之身份"。②

对通俗文学故事的反复玩味及将之与自身情感际遇的交织比衬，更加深了她们对影片中遭遇世事不公与人间悲凉的人物角色的理解，促进了对影片主题的认识和把握。胡蝶就说自己的电影从业和通俗小说不无关系："《落霞孤鹜》及《啼笑因缘》是当时鸳鸯蝴蝶派代表作家张恨水很流行的小说，几乎是家喻户晓。我自己也是这两部小说的读者，并深为小说里的人物所感动，所以决定由我主演这两部电影，我也就欣然应命。"③胡蝶的表演很符合小说所反映出来的女性特质，乃至后来她饰演左翼电影中的某些角色，反而遭至时人批评，这更说明通俗文学对她的表演影响之大。

中国最初的电影表演艺术并非向西方借鉴而来，而是在长期的摸索实践中经由演员努力后形成的，其中可资借鉴的经验宝库就是通俗文学。通俗文学作品中包含的含蓄、内敛的文化风格与我国传统文化的精神特质也是一脉相承的，它们中不少本来就与古典文学、传统文化的精神风貌一致，

---

① 凤鸣秋：《毛剑佩女士趣事》，《紫罗兰》"电影号"，1926年第12期。
② 庐伯：《耐梅女士》，《电影杂志》，1924年第1期。
③ 胡蝶口述、刘慧琴整理：《胡蝶回忆录》，文化艺术出版社，1988年，第61—62页。

其中的人物语言、人物动作、故事表达可以成为演员模仿和体悟的范本,更为重要的是,其中包含的中国式的意绪(以哀情小说最为明显)可通过演员的阅读认同与感悟内化为中国式的自然、含蓄的表演艺术特质。从此意义而言,通俗文学接通了电影艺术与传统文化精神之间的渠道,激发出演员内心中传统文化的酵母,并产生关联感应,用中国化的形式表达与表现。女演员们的表演和通俗文学中尤其是哀情小说中的女主角的精神底质是一致的,她们在运用自己的阅读经验与感同身受的经历将活在通俗文学作品里的人物银幕化、立体化了。如果她们对通俗文学原作中的人物和故事缺乏感知与记忆,怎能淋漓尽致地展现出人物的特性,又怎能成为中国电影艺术长廊中令人瞩目的艺术奇葩?

二、电影表演的参与

通俗文学作家们不仅通过通俗文学作品间接影响了中国电影表演,而且亲自参与了电影表演的指导,在自己参演、导演的影片中对演员的指导提出了颇有价值的看法。如徐卓呆就是不错的演员。在《雄媳妇》中,他的表演"不必做作而自然有滑稽之成分"。[1] 当时有人评价他"以冷隽胜",[2]认为"滑稽的往往失于过火,而幽默则是冷隽的","滑稽之下焉者使人一望而觉其滑稽,过后即觉索然,幽默则是须在脑子内打两个转湾,才觉到他的意味,过后尚可咀嚼"。[3]《济公活佛》中,徐的表演寓庄于谐,善于把握角色的特点,"颇能表现广亮为监寺僧监寺之庄严模样,及为济公戏弄后之窘状,与于无可奈何中与徒密谋纵火焚烧大悲阁之恶心",[4]其表演"可谓炉火纯青,支配得当者矣"[5]。徐的冷隽表演超越了简单的滑稽而进入幽默的境界,在当时充斥着以胡闹取胜的滑稽影坛里就显得十分可贵,这也体现出了他"道法自然"的表演观。

---

[1] 姚赓夔:《记雄媳妇》,《申报》,1926年9月28日。
[2] 火雪明:《雄媳妇之预测》,《开心特刊》"雄媳妇"号,1926年第3期。
[3] 张亦庵:《滑稽影片的幽默及字幕》,《申报》,1926年8月28日。
[4] 润斋:《观济公活佛》,《开心特刊》"济公活佛"号,1927年。
[5] 失争:《看济公活佛二集试映后》,《开心特刊》"济公活佛"号,1927年。

徐的表演观也值得重视,他认为滑稽片不能简单等同于闹剧,要力避胡闹,注重细节,以求在冷静、细致的表演中展现诙谐的效果,"我们演戏必须要把真实显示于人,断不能空中楼阁,凭自己的想象来捏造的"。① 他还批评文明戏表演的不自然:"中国有想象式的旧剧和习惯为主的所谓文明戏存在着,所以舞台上黄天霸式的假打、铁公鸡式特别打加入影戏电影中都觉得有些装腔作势"。他重视演员化妆,认为化妆要符合角色安排,"摄影戏的化妆用着那所谓文明戏的化妆实实在在是大误……扮医生的柴君这毛病犯得最大,第十本里粉也没有擦和,像了昆剧里的白面了"。② 徐比较了解专业的演员的化妆技术,他一开始是在文明戏的舞台上学会化妆的。据郑逸梅回忆,刘半农参加开明社演剧,就是徐卓呆为他化妆的,③后来这种化妆技术也运用到了他的电影表演之中。

　　徐不仅主张自然的表演,而且主张要善于表演自然的人,即常人。演常人比演小丑难,因为常人的笑点必须在生活中寻索,"编者拟一常人为剧中主人公,演者亦当依之表演,惟表演寻常人之演作,其困难实千百倍于大智大愚"。④ 对演员来说,滑稽表演返璞归真的基础在于悟透剧本的内涵、发现人物的核心特质,同样的戏由不同的人演,往往会"变质","去题千里",滑稽戏的表演应以"明白中心意味"为主,⑤不可仅注重表面形式,这反映出通俗文学作家对表演艺术的独到见解。当时中国电影界还有一种"演员工具论"的观念,即剧本不对演员公开,只掌握在导演和编剧手中,演员只是实现导演、编剧目的的工具而已。但在开心影片公司中,演员、导演、编剧彼此没有界限,"不分什么经理、导演、编剧,是完全一个真正共同寻开心的组织",尤其在表演上,"只要在这剧情之内,拍的时候,尽管尽量的由着个性发挥"。⑥

　　新剧出身的张冶儿在其他电影公司的表演太过生硬,受到非议,徐却力邀他出演《神仙棒》里的警察,要求"尽管放大了胆来寻开心,走路你尽管摇,

---

① 徐半梅:《话剧创始期回忆录》,中国戏剧出版社,1957年,第93页。
② 卓呆:《艺术上的红粉骷髅(三)》,《申报》,1922年6月15日。
③ 郑逸梅:《人物和集藏》,黑龙江人民出版社,1989年,第183页。
④ 开心:《丁卜一之个性问题》,《开心特刊》"雄媳妇"号,1926年第3期。
⑤ 徐半梅:《话剧创始期回忆录》,中国戏剧出版社,1957年,第66页。
⑥ 吴寄尘:《我的电影迷》,《开心特刊》"怪医生/假力士"号,1926年第2期。

尽管动……尽管奔。笑也不来干涉你,动也不来干涉你"。① 这样反而充分发挥张冶儿的主观能动性与创造力,使其表演得更加贴近生活,获得观众认可,这种让演员自然发挥的原生态表演法,确是中国滑稽片表演艺术的突破。徐对于电影表演艺术的指导,也正是通俗文学作家们对于电影表演艺术的贡献的缩影。

言于此,还有一处值得补充,就是通俗文学作家们的情节设计对于演员表演的助力作用,胡蝶就说过,演员的成功取决于影片本身的艺术价值,②她说的"艺术价值"肯定包括好的故事,没有好的故事情节,再优秀的演员也演不出自己的风格来,更不能让观众满意。通俗文学作家为电影提供了生动曲折的故事情节,他们也在为演员的尽情发挥提供了间接却重要的支持。

---

① 冶儿:《开心公司拍戏真开心》,《开心特刊》"怪医生/假力士"号,1926年第2期。
② 胡蝶口述、刘慧琴整理:《胡蝶回忆录》,文化艺术出版社,1988年,第24页。

第七章　精神的架构：通俗文学作家们的电影观念

电影观念代表着电影艺术和电影实践发展到一定阶段的成果，也是指导电影艺术和电影实践继续发展的核心。在新一代电影人的探索中，电影观念的体系化成果——电影理论也渐露端倪。通俗文学作家们和电影人一道总结了电影实践的经验并在报刊上发表了大量电影评论。虽然一般说来通俗文学作家们向来不很重视理论建设，缺乏自己的理论家，但他们在长期的电影实践中也逐渐形成了自己的电影观念，这些观念虽然比较零散，并不成为系统、完整的理论，但却是后来的中国主流电影理论的基石。他们不仅从剧本创作上推动了电影艺术的发展，而且从电影观念这种内部形态上促进了电影理论成型。

第一节　文学和电影观念的谙合

通俗文学作家们的电影观念并非横空出世，而是有着自己的来源的，来源之一就是他们的文学观念。他们的电影创作和通俗文学创作的风格、理念与方法都保持了很大的一致性。以他们的电影评论为窗口来分析这种一致性，有助于我们更加深入了解他们的电影观念与文学观念的关联及文学观念怎么影响中国早期电影的。

首先，他们的电影情节观与通俗文学的创作观念一致。他们主张电影创作继承中国古典文学传统，通过精巧和有趣的情节设计实现娱乐性与寓教于乐的功能，如周瘦鹃认为早期中国影戏太过幼稚、简单，缺少情节：

> 新年元宵，儿童所弄走马灯，外作方形纸框，内以纸雕为车马人物，黏作圆圈形，中加以轴。缚针其端，下承□殼一，注油少许。两旁燃烛，烛明轴动，辘辘而转。车马人物之影，映纸框上，如相逐然，吾国之影戏，如此而已。①

范烟桥也认为电影最基本的要求就是好看："对于电影，先要'好看'。如何能'好看'，说来很简单，也不过'情节曲折，表演深刻'……"②其他人的观点也类似。谈及古装片时，姚啸秋（这是包天笑在毕倚虹所写的《人间地狱》中的化名）批评了当时电影创作中粗制滥造的现象："他们大力都去取材于不三不四的弹词和歌剧，把它生吞活剥地改成影剧，弄成了个残废畸形的东西，也没有辨到那种作品是否真含有电影的意味和摄制影戏的可能，也不问历史上文学上的价值、时代性、地方性的关系，却只是盲人骑瞎马般的胡闹。"③顾明道对盲目取材古代小说改编成电影的现象提出评论："哀情言情之片陈陈相因，适足取厌，于是影片之资料穷矣，乃有捡拾旧小说中故事，摄为影片，然而取材之书，求其名贵者甚多，大都失之俚俗，无价值之可言。"④说明他们注重小说与电影的契合度，主张提高剧本质量的影片改编态度。范烟桥很重视电影的教育功能，他认为应从剧情入手，通过剧情安排令观众感受心灵的震撼与思想的触动：

> 今日中国电影界历史影片之成绩，是否有真价值，吾人应加以研究，吾人客观之目标，即可以新史学所举者当之，譬如'追述古代民族的兴亡'。其激刺观众之力量如何乎？现在所有之历史影片，能否受此美誉而无愧乎？此中国电影界亟应扪心自问者。中国史书极干燥无味，反不如说部之引人入胜，电影界从说部中采集历史片之材料，固未可厚非，然专从'情节离奇事实热闹'入手，未免舍精华而用糟粕，充其量不

---

① 周瘦鹃：《影戏话》，《申报·自由谈》，1919年6月20日。
② 范烟桥：《两种观众的心理》，《电影月报》，1928年第6期。
③ 姚啸秋：《谈古装片潮与西游记》，《上海影戏公司特刊》"盘丝洞"号，1927年。
④ 顾明道：《西游记摄制影片果有价值乎》，《上海影戏公司特刊》"盘丝洞"号，1927年。

过使观众比诸'看戏'、'听说书'而已。故为今之计,正可因势利导,于采集材料之时,注意其民族兴亡之症结。为积极的兴奋,以符合历史之第一条件,增高历史影片之价值。①

陈小蝶在分析剧情时主张电影改编要重选本,即为剧本挑选文学母本时,尽量选用经典,"若西厢红楼西游水浒皆民间文学之皎皎者,取以为本,志极可嘉……盲本弹词,狐灯犬戏,悉上银幕,文学倾向,尽遭失败"。② 他还特意举出《茶花女》的例子,称只有改编像《茶花女》这样重情节、巧安排的文学作品,才算质量有保证,"茶花女……全片多着意社会描写,转嫌浅露……剧幕分制,仅四段落,情芽茁壮……极简当中具哲理,若此片者,方许有倾向文学之价值者也"。③

这些观念体现出的倚重情节的观念成为"影戏说"理论的主要基石,而文学观念正是他们电影观念的模板,如周瘦鹃认为:

> 小说之作,情节应与文字并重。情文兼茂,斯为上乘。盖文字为表,情节为里,二者相得益彰,不可偏废。如文字之隽绝,而无绝妙之情节供其描写,则文字虽佳,亦复味同嚼蜡。故吾人作小说,于文字之外亦当讲求情节。④

这种情节为主的文学观念对电影人的影响很大,明星影片公司著名的导演、编剧郑正秋就受到了这种观念的影响,制作出了许多有着曲折动人、层次分明的情节的影片。

其次,他们"注重教化"的电影观念和他们的通俗文学创作的观念也是一致的。他们在电影观念中表现出来的对于伦理教化的注重几乎是文学观念的翻版。周瘦鹃就希望电影能够对中国青年一代起到激励振奋的作用:"是片主旨,在'幸福当力争而得'一语。意谓人生幸福,不能幸致,非奋发莫

---

① 范烟桥:《历史影片之价值》,《电影月报》,1928年第4期。
②③ 小蝶:《编剧余谈》,《电影月报》,1928年第2期。
④ 芮和师、范伯群等:《鸳鸯蝴蝶派文学资料(上)》,福建人民出版社,1984年,第50—51页。

能得……凡吾青年,观是片可以兴起矣。"①周还希望通过影片警醒虚荣的女子不要轻易受骗,"针砭女子,勿为虚荣所误,用以药今日上海之女子,可谓一剂对症之良药"。② 这种教化的电影观念和他们的文艺创作理念是一致的。当时不少通俗小说的创作主旨主要就是伦理教化,让人谙得世事伦常,体味教化之功,如李涵秋的长篇社会小说《魅镜》就被称为"写尽世人的奸诈行为,描尽社会的黑幕弊端,狗男女丑态毕露"。③ 通俗文学作家将小说创作中的伦理教化观念移入电影,从内容和理论上对早期中国电影产生了持续的影响。

第三,他们在电影观念中表现出来的"世界眼光"也与他们早期的文学创作实践有关。通俗文学作家们是中国最早开始译述的人群之一。他们崇尚民族传统,却"决不是对中国以外的世界无知的'冬烘式才子'或'三家村学究'",④如包天笑、陈冷血、周瘦鹃、徐卓呆、程小青、恽铁樵、严独鹤、张碧梧等都曾从事外国文学的翻译工作,其中包天笑在1901年就创办《励学译编》,并与陈冷血联合主编过几乎是翻译小说专刊的《小说时报》。周瘦鹃于1917年3月出版的译著合集《欧美名家短篇小说丛刻》(上、中、下三卷)还得到鲁迅的大力推荐与赞扬。

很多早期中国电影也改编自这些译述作品,如朱瘦菊导演的《就是我》就是他根据陈冷血翻译的外国小说改编的。包天笑的译述更为电影人青睐,当时不少哀情片的剧本就来自包天笑的翻译小说,他在翻译中注重所选题材与国人生活的贴近性,擅长展现人们内心情感的波动,使国人对异国人物与题材产生共鸣,如《梅花落》中,就涉及国人最关心的"遗产制"题材,"因了遗产关系,骨肉变陌路,弟兄如仇雠",而且将遗产制作为戕害男女真爱的罪魁,"勃德因一时恻隐之念,救了歌女,并令其就学,初无丝毫歹意存于中,后来由怜生爱,竟纳娶了,那原是人类自然的趋势,况得伊真正内心的同意,故对于他的人格上,没有一些厚非的地方。可是他没有鉴到遗产的利害,以

---

① 鹏:《观月宫宝盒》,《申报》,1925年2月18日。
② 鹏:《"圆颅英雄"与"觉悟"》,《申报》,1925年4月12日。
③ 《申报》,1929年5月20日。
④ 范伯群:《中国近现代通俗文学史(上卷)》,江苏教育出版社,2000年,第21页。

致难以享受人生唯一幸福的家室之乐。"①这使原本陌生的西方故事回到了国人熟悉的"不合理制度阻抑人的情感"的认知框架中。通俗文学作家在使中国观众了解异域风情的同时,也对外国文学进行本土化改造,适应了中国观众的口味,促进了早期中国电影的信息接收、文化借鉴和视野拓展,有助中国电影人在传统叙事中融进来自异域文学、文化的现代性因素,也在外国文学、文化的启示下获得了一种现代性眼光,早期中国电影也因此开始引入和吸收国外文化的内容,并形成了与世界电影潮流一起脉动的开放传统。

通俗文学作家们在文学译作中锻炼出来的世界眼光会在电影创作中体现出来,如周瘦鹃早期的电影评论就注重引入外片知识来对国人进行电影理念教育,所以在他的《影戏话》中出现了专章介绍西方电影和影人的文字,如"影戏中之滑稽片,作者不一。而以卓别麟为独树一帜。其名誉之隆,身价之高,犹吾国剧界之有梅兰芳也。近在美国自设影戏公司,规模之宏大,为一时冠。每星期恒自编长短篇新影片,摄制以饷世人"②。"美国格立司氏为影戏界制片健将。他人均不之及,如神狮登高长啸,百兽皆为惧伏。其所制片,妙在有一宗旨,期以极深刻之印象,镌入人心。"③他对西方影戏产业也有较为全面的陈述:"欧美诸邦,无不有影戏,无不有影戏院,而最盛者,尤莫如美国。据统计家言,一九一六年间,已得影戏院四千五百所。英国影戏事业,虽次于美国,而每一城中,亦必有影戏园若干所。即抛咨毛司(Ports Month)一海口,至少有二十二所之多。列席往观者,占全部人民十六分之一。推想他处,相去当不甚远。"④这种介绍为电影观众丰富了电影知识,"中国电影在大多数时间都与世界电影保持着密切联系,封闭发展的阶段恰恰是中国电影最凋零的时期……只有将中国电影放置于世界电影坐标系里才能够了解和看清自身的特质"。⑤通俗文学作家扮演的正是接轨世界电影观念的关键角色,他们作为较早帮助中国电影人开眼看世界的人群,在文学创

---

① 叶心佛:《观梅花落后》,《申报》,1927年3月31日。
② 瘦鹃:《影戏话(八)》,《申报·自由谈》,1919年11月1日。
③ 瘦鹃:《影戏话(十四)》,《申报·自由谈》,1920年1月12日。
④ 瘦鹃:《影戏话(二)》,《申报·自由谈》,1919年6月27日。
⑤ 王宜文:《作为世界影坛一支流脉的中国电影史》,《电影艺术》,2006年第3期。

作尤其是翻译创作中培养起来的习惯和素养对他们在电影工作里开辟出开眼看世界的新视界，具有很重要的作用。这批通俗文学作家既接通世界，又联结传统，既不拒绝借鉴和吸收国外先进的电影文化知识，也致力于向中国早期电影输入中国化的内容和风格，这种以传统文化为底基的开放的电影观念是他们留给早期中国电影的财富。

第二节　电影观念的价值

通俗文学作家绝非抖书袋的冬烘先生，而是积极作为于电影产业的实干家，这是他们得以迅速、准确、全面地在公开媒体上表达电影观点、意见与建议的基础。他们的电影观念中很大一部分都与电影产业的发展有关。这些电影观念不但具有理论功用（是早期中国电影理论的营养源），而且具有实践功用（向早期中国电影产业提供了切实可行的对策）。

首先，通俗文学作家们的电影观念构成了"影戏说"理论的组成部分。通俗文学作家在构建"影戏说"理论框架的过程中起到了必不可少的作用。"影戏说"是以叙事和剧作结构为基础的叙事本体论。剧作上钟情于戏剧冲突、故事的有序化和艺术形象的完整性；镜头组合以类似"幕"和"场"的段落为基本单元，无意对影像特殊表现力作深度开掘；角色塑造矫饰、夸张、舞台化，存有较明显的"做戏"痕迹。这种叙事本体论在我国蔚成传统的原因，除了宋元以降广大观众长期受戏曲（包括清末民初兴起的文明戏）美学熏陶，已形成偏爱剧情跌宕多姿、人物血肉丰满等社会心理定势以外，还跟早期我国电影编导无"本"可循，只得借助戏剧经验来张扬电影审美功能的创作思想和文化心态密切有关，它包含了以下几方面内容：注重教化性，讲求戏剧性，强调情节性，突出场面性等。其中讲求戏剧性，即指在各种形态矛盾冲突中倚重悬念、误会、巧合等因素，产生矛盾冲突或推动矛盾变化发展，继承中国传统美学的叙事艺术传统；强调情节性，即在封闭的时空中演绎人生故事，必须高度集中浓缩剧情，在人物关系发展中善用巧合与偶然；注重教化性，即继承中国文艺传统的"文以载道"观念；突出场面性，即以场面为主，展开矛盾与冲突，以过场串联场面，形成剧情的整体构思。

"影戏说"主要内容与通俗文学作家在电影评论中强调的观念有较多一致之处,如注重教化性、讲求戏剧性、强调情节性等。通俗作家的电影观念形成了无形的舆论网络,既主张对中国早期电影实行有本土特色的改造,又对西方电影理论的进入起到屏蔽作用,从而保护与发展了中国特色的影戏说理论。像日本很早就受到西方电影影响,比如艺术电影——戏剧舞台的纪录片——大约在明治末期、大正初期就进口到日本,并且给大正时期的新派电影、新派革新电影、纯电影剧运动中产生的作品以影响。[①] 当西方电影理论用纯电影、蒙太奇、长镜头等理论在欧、美、日一路冲撞之际,中国电影理论界却沉浸在传统文化与通俗小说共同创设的语境中,并未显现吸收西方电影理论的明确意向。

其次,通俗文学作家们对国片产业发展提出了对当时国片突围进取有促进作用的弥足珍贵的建议。

早期电影的生产与消费中,必须面对的问题就是抵抗外片的市场扩张。这批作家们在报上发表电影评论最为热火之时,也是国片运动方兴未艾之际,很多电影院开始放映国片,人们也对国片充满了兴趣和期待,国片迎来了发展的黄金时期。这个黄金时期并非凭空来到,而是在很多人的推动和支持下完成的,通俗文学作家们是在国片发展的经验传播、激励与舆论保护中的重要力量。他们通过电影评论提出很多电影产业的发展建议,客观上构成国片市场突围的舆论基础。

20世纪20年代,国片如何拓展市场成了通俗文学作家们思考的重要问题,欧阳予倩曾这样叙述这一时期中国影人的处境:"在中国电影界当导演有几件事要注意——,用钱要少;二,出片要快;三,片子要能卖钱;所以要苦心去揣摩风气,还有就是要绝对耐得辛苦,要受得气。前三桩是连类来的;如果用钱多,出片慢,卖不着钱,三者有一于此,必大听其不满的闲话;三者都不如程,便要被排挤,丢了饭碗。"[②]国片必须要配之以相应投入,观影收入须落入国人的腰包,国人才有资金创作电影,通俗文学作家们的担忧也正是

[①] [日]山本喜久男:《日美欧比较电影史——外国电影对日本电影的影响》,中国电影出版社,1991年,第30页。
[②] 田汉:《影事追忆录》,中国电影出版社,1983年,第58页。

民族电影产业发展的瓶颈,预示着可贵的电影产业化理念的萌芽。

由于后期不少通俗文学作家们直接参与了电影企业工作,进入到电影生产的核心体系里,他们对国片发展的建议越来越专业和广泛。包天笑就认为首先要"并合数小公司而为一大公司",将小公司的人才、资金全部聚集到一家公司里,制作成有质量的电影产品。其次,"推广国内之影戏院"。在上海以外各地多建影戏院。上海有200万人,影戏院只有不到20家,平均10万人有一个影戏院,而且有不少影戏院只放映外片,坚持"精制有价值之影片"。他提出一个想法:"凡有电灯之处,无不可有电影院。"后来六合影片公司准备向苏州拓展市场,称"本公司计划,拟于国内交通便利、电力所及之区域,陆续开设影戏院,以供民众正当之娱乐,现查江浙两省南翔、昆山、常熟、南通、扬州、常州、镇江、松江、嘉兴、岬石、菱湖、绍兴等处,尚无独立之影戏院,当地人士,如有意志集资创办者,本公司愿以全力相助,通信商酌,或派代表到沪接洽均可"。[1]

徐碧波是友联公司的骨干,后来还开办了苏州公园电影院,他根据自身工作经验指出,国片制作问题来自更多的层面,其一,来自西方电影公司的压力。一些西方电影公司"巧立名目,雇佣国人,摄入影片,而号召有众曰是国产影片也",片中"有吸阿片,土匪绑票及描写垂辫打呵欠等下级社会情形,宁特暴我之短"。其二,电影本土放映院线不足。"国内影院既少,一片之出,势必恃外洋",后果是国产影片中不能出现对西方的评论,如《倡门之子》原本要在片中评论西方列强"越界筑路""不平等条约"和"五卅惨案",结果南洋和新加坡的影院经理都说不能拍,否则要承担很大风险,他因此慨叹"国势之弱"。缺乏本土院线支持已成制约民族电影产业的瓶颈之一,国片因此很难完全走向市场。其三,国片制作惯以歌舞穿插为噱头,忽视对剧本的打磨和情节的构思,日益粗制滥造,陷入形式大于内容的困境,寄望于"女主角登台现色相",招徕顾客,丧失了"影片固有之价值"。[2]

提高影片质量、实现影片市场良性拓展是通俗文学作家们的共识。包

---

[1]《六合影片营业公司广告》,《电影月报》,1928年第1期。
[2] 徐碧波:《国产影片之悲观与补救》,《紫罗兰》"电影号",1926年第1卷第12期。

三 通俗文学与电影艺术

天笑指出,影片质量不高与粗制滥造是影响影片在市场上的销量的重要原因之一,20世纪20年代中后期,国片粗制滥造的现象就十分严重,"纠合数千金之资本,召集流浪无事之男女演员,剽窃无理绪之剧本东牵西扯,成一剧矣。不顾其内容之如何,只求其影片脱手,金钱入囊,再为第二片之粗制滥造。购影片者初无经验,以为凡属国产影片,均为侨胞所欢迎,及至一映诸银幕之上,则疵谬百出,不知所云,唾而弃之,以为国产影片,究竟无一顾之价值,而开设影戏院者,以营业为重,见观众不复光顾,则对于国产影片之信用日坠",①进而影响了南洋市场,这对国片来说是一大打击。他们的核心观念就是电影产业必须面向市场、关注受众的审美需求,并在此基础上引导受众接受正当的伦理观念。这些建议在当时国产影片尚不发达的情况下,不但起着破解坚冰的作用,而且起着鼓劲维护之功。

第三节 影史地位的证明

从通俗文学作家的电影观念可以一窥其在电影史上地位。不论在当时,还是在当代,都有不少人认为20世纪20年代末出现的电影质量下滑、大量粗制滥造作品出现是与他们进入电影界有关的。从时间点看,好像是这么一回事,但实际上他们与电影界不能画等号,而只是其中的一支力量而已。当时很多电影商人临时起意,仓促上马,请来一批不具备深厚写作素养的写手作编剧(有些甚至没有编剧),盲目推出一批电影,遭到了市场和口碑的双重失败,其根源恰在于内容贫乏,技术拙劣。一批优秀的通俗作家则坚决反对对电影创作无所用心、不认真打磨剧本、盲目迎合市场的现象。

首先,他们主张电影艺术要启发和教育民众。周瘦鹃在《影戏话》中开宗明义道:"盖开通民智,不仅在小说,而影戏实一主要之锁钥也。"②重视"开通民智",将影戏强调为开通民智的"主要之锁钥也",可见他们并非像有些人认为的那样盲从于市场,而是追求市场效益和社会效益的结合。他们

---

① 包天笑:《中国电影事业之前途》,《申报》,1926年1月1日。
② 瘦鹃:《影戏话》,《申报·自由谈》,1919年6月20日。

看重电影对社会的正向教化作用,不主张迎合读者而放弃引导与启蒙的责任,强调要在娱乐的形式中加以观念的引导。范烟桥认为电影应通过剧情来完成伦理教化的任务,他指出电影应在观众心中造成"积极的兴奋"[1],可见范对电影教化功能的重视。

其他通俗文学作家们的电影评论也都强调"振兴"与"自强",主张为国片的发展打造出合格的观众,这些为国片鼓与呼的电影文字中丝毫看不到颓唐、堕落的意味,如范烟桥主张中国电影界要辟出"慰藉排遣"的路径来。[2] 顾明道认为电影应起到振奋民族精神、改造民族品性的作用,"鼓励人民冒险之精神"。[3] 张碧梧也赋予电影极高的期望,认为电影"能够促进教育,发扬文化,解决人生的苦闷,增重人生的真趣"。他还说:"电影是综合的艺术,它的地位极高,它的潜力很大……所以无论那一个国家,那一个民族,倘是有教育,有文人……都莫不需要它。"[4]

在他们眼中,电影不仅是娱乐的方式,亦是国民振兴的途径,欲达此目的须有新观众的生成。这种思想在当时好莱坞的电影大肆进入中国之际,具有明显的积极意义。他们的电影评论中透露的电影观念改变了我们对于这批通俗文学作家们及其电影创作都是"靡靡之作"的刻板印象,有助于我们完整认识他们的电影工作的价值。

再次,他们非常注重剧情,提倡重视编剧,主张提高影片内容质量和创意精度。这种重剧情构思的观念正是通俗文学作家们"编剧观"的集中反映。20世纪20年代末的确出现了大批粗制滥造的古装片,拍摄这些影片的公司即便在当时也没有获得市场的认可而纷纷倒闭,"到了1928年,上海的电影公司维持下来的只有20家,许多投资者被淘汰了。"[5]但没有证据显示,那批在20世纪20年代中后期粗制滥造的影片是通俗文学作家们参与创作的,那么我们为何认为通俗文学作家的电影作品是庸俗的呢?其中很重要

---

[1] 范烟桥:《历史影片之价值》,《电影月报》,1928年第4期。
[2] 范烟桥:《两种观众的心理》,《电影月报》,1928年第6期。
[3] 顾明道:《西游记摄制影片果有价值乎》,《上海影戏公司特刊》"盘丝洞"号,1927年。
[4] 张碧梧:《提倡国产影片的第一要着》,《电影月报》,1928年第2期。
[5] 何秀君:《张石川和明星影片公司》,《文化史料丛刊》,1980年第1辑。

的原因,是对通俗文学作品的评价本来在文学史上就有争议,新文学对待鸳鸯蝴蝶派的态度却是比较一致的,以至于这种情绪发展到解放后的文学史著作中就给它们扣上了逆流的帽子。[①] "文学史评价"很大程度上影响了后人对通俗文学作家的"电影史评价",以为他们从事的电影活动和文学活动一样,都是低俗不堪的,认为这批通俗文学作家"以他们与封建势力和买办阶级的血缘关系,于1921年前后,大批地渗入到电影创作部门中来",体现为"事业上的投机性与创作上的封建买办性相结合"。[②] 这种评价带着明显的偏见,形成了历史的误导。通俗文学作家们一方面背负了那些在商业竞争压力下疲于奔命推出一系列不合格质量影片的公司的骂名,一方面承载了从不当的文学史评价引渡而来的负面评价的压力,这些都当通过基于历史维度的学术反思加以纠正。

[①] 范伯群:《论历史学家对鸳鸯蝴蝶派的评价》,《现代中文学刊》,2010年第4期。
[②] 程季华:《中国电影发展史》,中国电影出版社,1963年,第55—56页。

第八章　影艺的反哺：电影艺术反作用于通俗文学创作

电影艺术对通俗文学创作的艺术风格、题材供应与市场拓展也有不同程度的影响，分析电影艺术对通俗文学的反哺，更可深刻了解它们的关系。

第一节　营构新视界

美国的英格尔斯曾指出现代人的特征如下：准备和乐于接受他经历过的新的生活经验、新的思想观念、新的行为方式；准备接受社会的改革和变化；思路开阔，头脑开放，尊重和愿意考虑各方面的不同意见和看法，注重现在和未来；充满尊重知识的气氛，热心探索未知的领域。他的结论是，人的现代性形成与大众传媒的使用密切相关。[①] 另一位传播学者罗杰斯早提出了创新扩散理论，他把社会系统成员划分为五个采用类别：一是创新者，二是早期采用者，三是中期采用者，四是晚期采用者，五是落后者。总有一部分人要比另一部分人思想更开放，更愿意采纳创新。[②] 通俗文学作家无疑是这样一群较早拥有现代人格的人群，他们善于接受新媒体，利用新媒体为他们的创作服务。他们所拥有的现代性人格、现代性体验也多于那些对于大众媒介使用不频繁或不够充分的电影人，就此意义而言，现代性或现代人格的这种元素也就有可能通过大众传媒从高位势的通俗文学作家这里流向相

[①] [英]阿历克斯·英格尔斯：《人的现代化》，殷陆君译，四川人民出版社，1985年，第254页。
[②] [美]埃弗雷特·M·罗杰斯：《创新的扩散（第四版）》，辛欣译，中央编译出版社，2002年，第32页。

对低位势的电影人那里,以及更多普通的市民那里,足以体现出通俗文学作家对当时包括电影人在内的观念的引领作用。

在此基础上,他们的小说创作更和当时最新的媒体发生了密切关系。他们刚刚进入上海,就对电影这种舶来物充满了关注兴趣和研究热忱,观影成为了他们的日常生活,而且还把已成市民日常生活的观影写进了小说,小说中的男女主人公走向以影院为象征的城市空间,发生了富有现代感的故事。集聚大批通俗文学作家的《紫罗兰》"电影号"上所刊载的哀情小说就可作为例子。

1926年5月26日《紫罗兰》"电影号"出版,主编为周瘦鹃,其中发表了不少哀情小说,如郑逸梅的《银灯琐志》、周瘦鹃的《凤孤飞》、严芙荪的《我与萧郎》、徐心芹的《玫瑰花香》、胡润光的《影场血痕》、蒋吟秋的《影戏场中》、胡天农的《秋波》、林丽琴的《银幕下的单恋者》等,这批小说将电影作为素材写进哀情小说,把观影这种现代形式予以浪漫化、古典化,带给读者既陌生又熟悉的独特阅读体验。

小说反映了20世纪20年代市民的"电影生活",与电影有关的场所、人物都成为小说表现的题材,影院成为小说中人物活动的重要环境,小说中男女主人公认识、交往的地点多半发生在电影院,男女双方也开始变成演员、导演这类有"新职业"的人物,电影人和小说中的人物发生了密切的关系,这一切都构成了小说中人物活动的背景。小说不但将电影艺术(包括电影人)作为创作的题材,而且将电影院这种实体空间作为人物活动的空间,影院这一现代社会才有的空间成为通俗文学中人物关联、情节贯串的主要背景,是小说都市性、现代性的鲜明的侧影,如《紫罗兰》"电影号"的小说《痫欤》中,影院就成为主人公活动的空间。《忏悔》中,"无情生"在妻子死后,就以看电影作为排遣,"每逢电影新片出映,必驱车往观,因之触景生情"[①],看电影成为他宣泄内心忧伤的渠道。《玫瑰花香》中,观影则成为男女主角的约会方式,"每到了礼拜六夜,我照例要去观看影戏……高兴的约伊一块儿去。"夏夜,两人在中央公园玩,摘了一朵玫瑰花,再去一起看九点的露天夜场电影,

---

① 鲁管见:《忏悔》,《紫罗兰》"电影号",1926年第1卷第12期。

"跑到露天影戏场去,甚么影片,不是还乡记吗?仿佛记得是一段先苦后乐的故事"。①《惊变》中,紫云与芷芳就在苏州电影青年会里约会,观看"吴光影片公司第一次所出的新片《情海波》",当时"会场中早已人头挤挤拥拥万分了,但那后来的观众却仍和潮水一般,拥挤而来"②。这种叙述细致地刻画出 20 世纪 20 年代电影融入了青年男女日常生活(尤其是情感生活)的景象。

小说把电影演员作为重要的描述对象,《黑暗的明星》提到林优芳被录用后为"每月薪水一百元"。③《秋波》提到光华影业公司招聘女主角"月薪有四百元"。④《凤孤飞》提到一家金星公司正在编摄《月下花前》的电影,缺一个男演员,陈春波去试演,原先每月只有 50 元,现在能够领到 100 元,"由呆板乏味的职务变成了活泼愉快的职务"。⑤《惊变》中也记录了招收女演员的过程,"我们因为招收女演员更比男子艰难,那张女士既肯前来应征,伊的面貌既好性格又很聪敏,一上了镜头,无论一举一动都很贴合剧情……自然对于伊的家世和伊已往的历史……不愿十分苛求。"⑥这些女演员们赚取工资,追求自立,"成了明星才结婚",对传统婚姻观念提出了挑战。当时的所谓良家妇女,是不愿"抛头露面"在银幕上的,但有些生活经历坎坷的妇女,却想回到正常人的生活,就愿意找这样的职业为之一搏,当时演员就成为年轻人向往的职业和他们确立现代身份的方式。小说通过描绘女演员多舛的爱情展示了她们丰富的内心世界,《梅花尸》中,马止庵在文艺界有一定势力,但同时又是影迷,在观影中爱上了哀情片的女星爱梅,之后常常做些评论,"称赞伊的艺术,刊在各报纸上,于是两下便渐渐接近"。⑦电影人(尤其是女演员)也多为小说的主角,《凤孤飞》中,陈春波在金星电影公司做演员,与女配角张淑姝发生感情,但又受到女主角华倩倩的追求,夹在两个女人的爱情世

---

① 徐心芹:《玫瑰花香》,《紫罗兰》"电影号",1926 年第 1 卷第 12 期。
② 朱瘦:《惊变》,《紫罗兰》"电影号",1926 年第 1 卷第 12 期。
③ 王天恨:《黑暗的明星》,《紫罗兰》"电影号",1926 年第 1 卷第 12 期。
④ 胡天农:《秋波》,《紫罗兰》"电影号",1926 年第 1 卷第 12 期。
⑤ 周瘦鹃:《凤孤飞》,《紫罗兰》"电影号",1926 年第 1 卷第 12 期。
⑥ 朱瘦:《惊变》,《紫罗兰》"电影号",1926 年第 1 卷第 12 期。
⑦ 张碧梧:《梅花尸》,《紫罗兰》"电影号",1926 年第 1 卷第 12 期。

界里。电影人内心的挣扎、彷徨、迷惘与痛苦伴随着中国电影的现代化历程。

小说还隐含了女演员的银幕爱情与现实爱情相互联系的"互文现象",《秋波》中,演员玲珠看着年轻时主演的影片,其中还可看见她的"桃花似的皮肤",[①]这种时光荏苒、韶华不再的心灵感伤,的确就是那一时期女演员在现代生活中遭遇到的真实体验。以1920至1930年三位电影皇后张织云、胡蝶、阮玲玉为例,从家庭出身看,张织云、阮玲玉的身世都较为复杂。张织云幼年随养母来上海谋生,早早辍学。阮玲玉幼年丧父,随家母入富户帮佣,非常凄苦。童年的不安定生活使得张织云、阮玲玉渴求爱与被爱,情感历史较为沧桑,如张织云的恋人有卜万苍、唐季珊,她长期沉迷在歌厅舞榭,过着红唇软吻、曼舞微醺的生活;阮玲玉的恋人有张达民、唐季珊,她也长期受到情感生活的折磨。胡蝶的情感史也较为复杂,恋人有林雪怀、潘有声、戴笠等。情感经历的复杂与迷乱几乎是那一时期女星的普遍遭遇,以至有人描述20世纪30年代的女演员时,不忘将她们与20世纪20年代的女星相比:"20世纪30年代不仅是那些才华横溢的艺术家的时代,也是'善良女孩'的时代。30年代女演员的才华、美德、单纯和真诚,与20年代女演员的业余、堕落、腐化、虚伪等特质形成了鲜明的对比。"[②]同时,这批小说也以传统美德为评价基点,对女性解放后的何去何从作了分析,认为坚守道德和伦理的女性仍然值得赞扬。《惊变》中,女主角在电影院被杀害,凶手的遭遇却令人同情。原来被害人张美雪与凶手赵志诚是未婚夫妻,自从张美云进入电影界后,就开始堕落,"失却了伊初时所抱的纯粹艺术观念","伊四周的朋友又大半都是堕落的人物",赵下毒手的原因就是"以免伊再在社会上出丑了",进而得出结论"实际上造就这桩惨局的却就是这个万恶的社会"。[③]《秋波》中,一个爱慕虚荣的女子拒绝很多纯情男子的求爱,拒绝导演刘文的原因只是"他家里也没有什么钱,做一个导演又有什么出风头"。而她喜欢的

[①] 胡天农:《秋波》,《紫罗兰》"电影号",1926年第1卷第12期。
[②] 张勉治,苏涛:《善良、堕落、美丽:20世纪30年代的电影女明星和上海公共话语》,《电影艺术》,2009年第6期。
[③] 朱瘦菊:《惊变》,《紫罗兰》"电影号",1926年第1卷第12期。

男主角刘芙芝"每天汽车来汽车去的",①金钱代替真情,成为女性择偶的标准,说明都市社会对人的负面影响。与后来左翼的现实主义批判相比,这种对都市浮华与虚荣的批判虽不具政治性的力度,却有文化性的深度。它没有指向社会体制的黑暗,而是指向人们内心的黑暗;它呼唤的不是社会疗伤体系的建构,而是内心自我疗伤体系的建构。这种心灵的批判,要比社会的批判更加贴合当时受众的心理。

如何重返乡村纯洁世界,本就是通俗文学作家创作或隐或显的主题,重返的方式就是至纯的爱情,用爱来召唤走远的纯洁之心。但即便是这种爱,在浮华和虚荣的都市里也被浸染上世俗的毒素,本该承载和展现这种纯洁之爱的女子,被浸染成充满物欲的女子。周瘦鹃创作的《凤孤飞》强调某些电影已成都市生活浮华性与虚荣性的代表,表达出男主角陈春波心中对都市生活既接纳又拒斥的心理,接纳是由于他对现代生活的适应力很强,拒斥是由于他害怕都市生活破坏传统文化的伦理规则。小说通过陈的"女子女子,你们是毒蛇是猛兽"②的反复喟叹写出都市对女性的负面影响和都市对乡村纯洁文化的浸染,揭示出电影对人们生活的外在影响,凸显了电影对人们心灵与情感的内在影响,传达出周自身面对现代性的游离心态。

除将电影纳入文学虚构的情景之中,电影的内容也成为通俗文学选择的题材,这就催生了影戏小说,通俗文学作家们较早就参与了电影小说的创作。如1914年周瘦鹃就在《游戏杂志》和《礼拜六》上发表了"影戏小说"《何等英雄》,不但描述了同名影片"连演十数夜而观者无厌"的盛况,交代了影片中的主要人物,甚至配有影片剧照。陆澹盦也将外片《毒手》《黑衣盗》等改编成侦探小说,"有小说曰黑衣盗,本影片而作。由交通出版,传诵一时",③"爱□电剧中所见衍为说部,以助女界妙笔生花……此其描写之工,不尤在电剧之上乎"。④ 中国的侦探小说能够从外国小说的翻译转向了本土创

---

① 胡天农:《秋波》,《紫罗兰》"电影号",1926年第1卷第12期。
② 周瘦鹃:《凤孤飞》,《紫罗兰》"电影号",1926年第1卷第12期。
③ 瘦鹃:《影戏话(六)》,《申报·自由谈》,1919年9月23日。
④ 瘦鹃:《影戏话》,《申报·自由谈》,1920年7月4日。

作,陆澹庵等人对侦探电影的改编起到了过渡的作用。①

包天笑则将电影改编成小说在报刊上连载,其中《可怜的闺女》改编成小说《诱惑》(1925年10月4日至12月31日,《申报·自由谈》连载),《多情的女伶》改编成小说《恩与仇》(1926年1月16日至5月7日,《申报·自由谈》连载),《富人之女》改编成同名小说(1926年5月29日至6月26日,《申报·自由谈》连载),《穷人之女》改编成同名小说(1926年9月14日至11月27日,《申报·自由谈》连载),《复活》改编成《良心复活》小说(1925年12月17日始,《杭州画报》连载),《风流少奶奶》改编成小说《情之贸易》(1926年6月27日至8月13日,《申报·自由谈》连载),《女伶复仇记》改编成小说《盲目的爱情》(1928年12月18日至1929年7月2日,《申报·自由谈》连载)。从表面看,影戏小说将电影译成"翻版"小说,但从深层次说,其中包含了通俗文学创作的新风格的萌芽。周瘦鹃的影戏小说就通过对现代形式的借鉴运用,传达了很明显的中国古典化的情怀,也就是"哀情"传统,"遵循了哀情小说的叙事逻辑",如这样的文字:

> 刹那间往事陈陈,尽现于目前。初则见小园中喁喁情话时,继则见火车站上依依把别时,终则见个侬姗姗而来。花靥笑倩,秋波流媚,直至椅侧。低垂螓首,脉脉无语,但以其嫣红之樱唇,来亲己吻。惠尔长跽于地,展双臂大呼曰:"梅丽吾爱,予待卿已三十年矣,卿奈何其姗姗其来迟也。"呼既,即仰后仆于椅上,寂然不动,而梅丽之小影犹在手。时窗外月黑如死,杜鹃匝树而飞,声声作泣血之啼,似唤惠尔幽魂归去也。②

周有意将西方电影进行了中国式的诠释,用熟悉的文学语言与内在情感消除了中国观众对电影的陌生感,增大了电影这种来自西方的文艺形态与中国观众的心理接触面,这种联通电影题材与文学题材的桥接手法体现

---

① 汤哲声:《论现代大众传媒对中国现代文学创作机制的影响》,《江苏社会科学》,2007年第5期。
② 陈建华:《周瘦鹃"影戏小说"与民国初期文学新景观》,《中国现代文学研究丛刊》,2014年第2期。

出的正是通俗文学作家们的高超写作技巧。

第二节 衍发新创意

麦克卢汉曾说过,新媒介的产生,使得某些感官分量加重,地位上升,感知比率随之变化。① 作为一种新媒体,电影影响和改变了通俗文学作家的感官,作用于他们的艺术表现手法,从而产生了令读者眼前一亮的新创意。来看周瘦鹃早年写的《旁贝城之末日》:

> 克劳狄司兀立如山,戟手指着挨培司,滔滔滚滚的宣布他荒淫奸滑的罪状……正在这当儿,挨培司斗的举手指着一边,狂呼道:"呀!火山!火山!火山爆裂!"他身边的人即忙向着他手儿指处瞧去,果然见维苏维亚火山口中红红的火黑黑的焰,同时向着天空喷去,非常猛烈,隆隆之声声声的送入耳鼓。瞧那半天上,早殷红如血,大家预料旁贝城已到了末日,一点钟后,这赫赫名城,定然变成一个瓦砾之场。当下里便也不去顾那挨培司,各自分头逃命。全场的人都东西南北的乱窜,好似无数没头的苍蝇,你挤着吾,吾挤着你,乱得个不可开交,哭声喊声杂遢而起,比了大海扬波还要响上几倍。②

仅依靠关门闭户的冥思苦想是找不到这种新鲜的表意形式来抒情达意的,唯有全身心地感受、接纳与融合来自观影的视觉体验,才能使得描写如此这般传神声色和具有强烈现场感,这当然与周的观影体验分不开。

无独有偶,在徐枕亚比较早的时间创作的小说《玉梨魂》中也已包孕了现代技术的影响,因为其中描写了摄影箱对于表现情感的作用,隐含了与电影同源的照相的技术对通俗小说创作的深层影响,小说中,梦霞在月下看见梨娘:

---

① [加]埃里克·麦克卢汉:《麦克卢汉精粹》,何道宽译,南京大学出版社,2000年,第180—181页。
② 瘦鹃:《旁贝城之末日》,《礼拜六》,1915年第32期。

梦霞胆骤壮,急欲起而窥其究竟。披衣觅履,蹑行至窗前,露半面于玻璃上,向外窥之。瞥见一女郎在梨树下,缟裳练裙,亭亭玉立。不施脂粉,而丰致娟秀,态度幽闲,凌波微步,飘飘欲仙。时正月华如水,夜色澄然,腮花眼尾,了了可辨,是非真梨花之化身耶?观其黛蛾双矗,抚树而哭,泪丝界面,鬟低而纤腰欲折……此时梦霞与女郎之距离,不过二三尺地。月明之下,上面鬓角眉尖,下而袜痕裙褶,无不了然于梦霞之眼中,乃二十余绝世佳人也。

　　梦霞既惊其幽艳,复感其痴情,又怜其珊珊玉骨,何以禁受如许夜寒?一时魂迷意醉,脑海中骤呈无数不可思议之现象。①

　　这种精细的描绘,犹如近镜头大特写效果,是视觉被技术化的结果,"脑海中骤呈无数不可思议之现象",隐含着外来科技知识如何运作于情感结构之中,而文学的抒情传统又如何结合视觉技术而造成叙事的变革,②电影对于小说创作有着入肤入髓的影响。

　　20世纪20年代早期的小说作品已受到电影影响,如在《紫罗兰》"电影号"中的小说中,"看"已经成为充满现代意味的新仪式,《银幕下的单恋者》中,"他"对女主角的表演十分喜欢,进而将其视为恋爱的对象,等到电影开映了,"他"便凝神一志,目不转睛地望着银幕上的伊,如其伊在银幕上笑了一下,伊笑了,他也很快乐似的,在银幕之下对伊笑一笑;伊哭了,他也很悲哀似的,对伊涌出眼泪来,揭示出观看方式对人内心的巨大影响。哀情片带来的视觉效果模糊了现实与真实的界限,使得观众无法控制自己的情感,电影成为观众寄托心灵的新的空间。这种"看"的影响也进入了小说的叙写格局中。《黑暗的明星》中,一开头展示影星林优芳与公司中男仆偷偷约会的长镜头,时间是夜晚,画面上一男一女从小弄中走出:

　　黑暗的夜色中,只有无精神的路灯亮着,人迹已经很少,差不多都

---

① 徐枕亚:《玉梨魂》,中国图书公司,1915年。
② 陈建华:《电影与脑:主体意识的视觉建构——以周瘦鹃小说〈红颜知己〉为中心》,黄爱玲主编《中国电影溯源》,香港电影资料馆,2011年,第251—263页。

入了睡乡咧。忽然有一位衣服很时髦的女子,从一条小弄中走将出来,云鬟不整,倦眼惺忪,鼠也似的向两边瞧了一下,回过头去,说时候真不早了,后面跟着一个青年男子,答道四点多了,天快亮咧。女子道,竟不觉在那里过了这许久时候,好像仅历了一个钟头啊。说罢笑起来,眼睛斜睨着男子,媚得那男子骨头都酥酥的咧。女子又道,我回去了,明天见罢。①

这一幕描写打破了小说叙述的正常顺序,将本该在后面的叙述中才出现的内容提前,颇有剪辑的效果。《痴欤》中,"看"的视角更加彰显,小说借怀愚的"看"构建起奇特的回忆与幻觉交织的心灵世界。怀愚失去妻子,为了解愁,来到电影院,成双成对的观众又勾起他对妻子的思念。影片中女演员与他的妻子相似,以至"他看得出了神,觉当是自己的妻子献身银幕了,觉得伊的一颦一笑、一举手一步行,都与已死的妻子无异"。怀愚的"看"并没因电影的结束而结束,而是一直延续到电影之外的生活中去,影片结束后照例是跳舞,"影戏完了,四围的电灯又明了。接着还有男女明星的跳舞"。他一言不发,静静地看,以至于渐渐觉得"自己的妻子不曾死,不过在那里做影戏了"。高潮发生在由"看"转"动"的一刻,怀愚停止观看,开始行动:

(中景)他便狠命地一跳跳出了座位,狂奔到台上,把林航燕一抱,一手把那个窗子推开,他这时的力量忽然增加,好像是大力士一般。那个男子被他一推跌了下去。

(全景)一时台下的观众和台上的舞侣,都吓得手足无措。

(近景)那林航燕便急得面如土色,颤颤地喊着救命。

(近景)怀愚却拼命地抱住了林航燕,听见她喊救命,便柔声地安慰她。

(全景)这时台上台下的人众,大家跑拢来,围住了怀愚。

(近景)航燕已从怀愚的怀里挣了出来。

---

① 王天恨:《黑暗的明星》,《紫罗兰》"电影号",1926年第1卷第12期。

(特写)怀愚却呆呆地直立着……神经好像已经麻木了,两颗眼珠,遂向四下里乱转,却不见了他的妻子。①

短短百十个字中,动词的使用强化了叙事节奏,从静到动后再突然从动到静,仿佛从节奏感鲜明的动作镜头一下定格,时间反差、节奏对比、动静对立强化了小说的电影感,在"神经好像已经麻木了,两颗眼珠,遂向四下里乱转,却不见了他的妻子"的特写中,怀愚心灵的绝望和哀伤活动通过时间的拉长而被放大,烙印入读者的大脑。这种节奏和细节处理,与电影何其类似!

《影场血痕》只有400余字,但也如同一组电影镜头。小说由三个片段组成(这三个片段类似三组镜头):片段1:一个女子突然在剧场哭泣。片段2:茶房去询问。片段3:女子掏出男子的绝情书。女子哭泣的原因很简单,只是因为看完影片后,想起男子写来的绝情书,所以十分难过。小说的魅力不仅在于悬念的构架,而且在于将简单的故事多角度、细节化地呈现。片段1中,女子在哭泣,这种哭泣被非常细致地刻画出来:"一双玉臂支着个云鬟蓬松的头,肩背一起一伏的似乎正在那里……"这种描写很有层次感,是一组从中景到近景再到特写的镜头。片段2中,茶房对女人的询问很像电影对白:

他便询问伊道:"喂,小姐,客人都散了,快点回府去吧,再停一回,我们要熄灯关门咧。"可是他虽很急地问伊,伊却还是低头痛哭,他更为不解了,便又问伊道:"小姐你究竟为什么伤心呢,莫非有些不快意的事吗。"……这时候伊才拭着泪呜咽着答道:"正是如此,这信是我情人的来书,但是一封绝交的信,所以我永远保存着,今天见了这'鹃声泪痕'影戏,其中本事正和昔日的我处境相同,所以看了之后,不免提起了旧日惧事,才流涕咧。"②

整篇小说并没有完成有头有尾的故事讲述,而是以隐含远近镜头调度

---

① 黄转陶:《痴欤》,《紫罗兰》"电影号",1926年第1卷第12期。
② 胡同光:《影场血痕》,《紫罗兰》"电影号",1926年第1卷第12期。

和男女对白处理的片段呈现出来。这种充满镜头感的叙述无疑已包含了某种更加现代的视角。周瘦鹃的小说《对邻的小楼》中,男主人公可以偷窥到邻居一栋出租房子里的人的行动,一会儿是一男一女来幽会,后来换成一对小夫妻,后来又有别的关系,完全不能确定,营造出类似希区柯克电影《后窗》的风格,李欧梵说:"这个可能和当时看电影有关系,就是一种对于视觉的觉醒,写小说时不自觉地就用上去了。"① 通俗文学通过文学题材与电影元素的融合、文学描写的电影化,使得人们在阅读小说的同时感受电影的存在,进而获得了关于现代化生活的想象与新的阅读体验。

随着电影影响的深入,武侠小说的创作美学开始表现出电影的特征来,电影手法在李寿民等人的武侠小说中被大量地引用。黑气、黄气、橙气、红气、紫气,他小说中的剑侠都是驭剑而行,口吐五气,神乎其神。② 其中人物心理描写与电影镜头、武技招式现实化与电影视觉性质、小说舞台化与电影空间的关系等都揭示出武侠片对武侠小说的影响,主要表现在:

第一,用具象性语言来刻画人物,烘托气氛,营造意境。有些小说对环境、人物的描写非常生动,具有电影一样的视觉效果,如《蜀山剑侠传》中,英琼偷看周淳与燕儿师徒练功:

> 只见月光底下,人影一分,一团白影,随带一道寒光,如星驰电掣般,飞向庭前一株参天桂树。又听咔嚓一声,将那桂树向南的一枝大枝桠削将下来。树身突受这断柯的震动,桂花纷纷散落如雨。定睛一看,庭前依旧是他师徒二人站在原处。在这万籁俱寂的当儿,忽然一阵微风吹过,檐前铁马兀自丁东。

白影、寒光、桂花落如雨,读者通过英琼的眼睛感受到了这一组奇妙无比、荡人心魄的镜头,尤其是最后用定格镜头收束,以微风吹响铁马来衬托刚才的功夫之绝伦的做法,类似电影,给人留下极深印象。

---

① 李欧梵、罗岗:《视觉文化·历史记忆·中国经验》,《天涯》,2004年第2期。
② 汤哲声:《比翼双飞:1921—1931年中国的通俗小说与商业电影》,《文艺研究》,2012年第3期。

第二，用镜头表现人物、描写场景。电影手法影响了不少武侠小说的创作，使小说描写如电影变换各种不同拍摄手法，生发出场景变化与远近位移，显得层次井然，又毫不单调。《蜀山剑侠传》中，周淳入峨眉山遇见一场白鹤食蛇的奇观，此幕出现多种镜头描写：周淳抬头看见鹤时，是中景，"道旁一块大山石上，站着极大的仙鹤，头顶鲜红，浑身雪白，更无一根杂毛，金睛铁喙，两爪如铜钩一般，足有八九尺高下，正在那里剔毛梳羽"。此时镜头忽换，切到另一个画面，"山石旁边蹿起一条青蛇，有七八尺长"。旋即镜头转回白鹤，"那鹤见了这蛇，急忙用口来啄"。鹤与蛇的镜头转接很快，切入近景，白鹤啄蛇的姿态显现得很清楚，"那鹤便不慌不忙，一嘴先将蛇头啄断，再用长嘴从两脚中轻轻一理，便将蛇身分作七八十段。哪消几啄，便已吃在肚内"。最后以全景长镜头结束，"一声长叫，望空而去，一晃眼间，便已飞入云中"。短短百字中，切换了近景、中景、全景镜头，既有快速的镜头转接，也有悠徐的长镜头，节奏鲜明、扣人心弦。

第三，注重心理描写。王度庐的"鹤铁五部曲"就通过对人物内心世界的刻画展示了人物的思想转变历程，小说心理描写的加大受到的正是电影的镜头运作影响，它使得文学表现从外在空间转向心理空间，两个空间的转换与电影的蒙太奇技术颇有关联。

第四，招式描写清晰而写实，适合镜头展示。如宫白羽的《十二金钱镖》写俞剑平打镖一段：

> 阖座突然的喝起一片彩声道"好"，余音未歇，俞振纲身形陡转，左脚尖趋左向后一划地，"鹞子翻身"，左掌随身势一翻唎、唎、唎，又是三镖。这三镖却打下镖档最末的三个粉圈，打的是竖锋，钱唇直立，嵌入木板中，指力腕力暗暗加重，镖档被震得札札有声。阖座群雄不觉得又喝彩一声。俞振纲又一换式"跨虎登山"，右手甩腕发镖，这一次却是一发双钱，跟着往右一个败势，反手捻镖，左手下穿右腕底，唎地又连打出两镖。这时候左右掌心尚还各扣着一枚钱镖，却从右往左一换，换成太极拳"野马分鬃"、"玉女穿梭"两式，把双掌的镖一攒力，唎地齐打出去。镖档上当当的连响最后的两响，俞振纲早已收招还式，又回为太极掌

"揽雀尾"的原样。①

描写得非常细致扎实,如同一个个镜头在展现,适合用直观的电影画面展示,不难看出电影的影响。

随着电影对文学创作手法的影响的深入,有些作家甚至在创作时就将电影的摄制手法和小说的撰写结合起来。俞天愤就采用了电影拍摄的方法来写小说,将他的侦探小说的情节拍成照片,穿插在文字描述之中,他的理由是"电影依靠表情和动作才那么风行,侦探小说要想取得好的效果也应该有表情和动作"。② 在发表的小说中间穿插根据小说情节拍成的电影的片段,从小说中的电影到用电影拍摄的手法来写小说,展示小说,无疑体现出电影对通俗文学创作的深入影响。

通俗文学作家们的电影创作也开创了中国电影延续至今的重要传统,通过"写"电影创造了一种"电影化"的文学样式,建构起独具特色的"文学化电影叙事"和"文学化影像风格"。③ 从电影大规模影响上海的20世纪20年代初开始,电影的痕迹就已嵌入一批言情、武侠小说中,从写作方式、题材上为小说穿上了现代性的外衣。这种写作传统延续到20世纪40年代时有了更为自觉的体现,典型代表如新感觉派小说,这批作家多是消磨于影院、戏院、舞厅里的都市生活的积极参与者,创作风格主要是"由诸多场景交叉切割、省略叙述过程、有意使情节支离破碎",正是"电影化的想象带给小说叙述方法的一个显著变化"。④

电影影响通俗文学,要看作是电影作为独立艺术形式的成熟的标志。只有当电影艺术成熟到一定阶段后,它才会反哺周围的艺术形式。无论是通俗文学作家创作的具有电影蒙太奇特点和充满镜头感的文字,还是通俗文学作家主编的刊物中发表的大量具有电影书写特质的小说,都宣告了电影艺术影响通俗文学创作的时代的来到。

---

① 宫白羽:《十二金钱镖》,华夏出版社,1987年。
② 汤哲声:《比翼双飞:1921—1931年中国的通俗小说与商业电影》,《文艺研究》,2012年第3期。
③ 盘剑:《论鸳鸯蝴蝶派文人的电影创作》,《文学评论》,2004年第6期。
④ 石秋仙:《论中国早期电影与文学的互动关系》,山东大学博士学位论文,2005年。

第三节　开拓新市场

电影对通俗文学的市场销售有很大的促进作用。电影的放映、明星的聚集与相关话题的引爆往往能加快小说的销售,一部引发全城轰动的电影也会吸引人们购买为电影所改编的原著。所以很多通俗文学的书商在打广告时都会借助电影光环来宣传自己,电影《火烧红莲寺》对于小说《江湖奇侠传》的广泛推助作用,《红玫瑰》打出的广告可见一斑:

> 《火烧红莲寺》影戏,其情节皆取材于《江湖奇侠传》书中,本书是(不肖生)第一部得意杰作。全部十一集,一百零四回,一百万言,自从这部书出版以来,全国轰动,人人爱阅。"明星影片公司"及"大世界"等,均在本书采取情节演义,价值之高,可想而知。①

当时一批书商为更有效地推销小说,在广告修辞上也出现了电影化的趋势,如赵焕亭的小说《惊人奇侠传》的广告不但开宗明义地说自己"如观电影",还特别写到"内容摘要",就像罗列了一系列精彩的镜头。《申报》对周瘦鹃的《奇侠恐怖党》的宣传也是如此,称小说"有意想不到之神机妙算,有骇人欲死之血战肉搏,有层出不穷之秘密机关,有死里求生之急难巧智,有杀人如草之巨寇大盗,有敏活勇武之私家侦探",②将小说主要情节和人物列举在前的广告手法类似同期的电影广告,小说广告和电影广告在宣传手法上的互通也可见小说销售对电影市场的倚重,折射出电影对小说市场开拓的促进作用。

---

① 《江湖奇侠传改编火烧红莲寺》,《红玫瑰》,1930 年第 17 期,转引自汤哲声《论现代通俗文学、商业电影的广告及其市场运作》,《中国现代文学研究丛刊》,2012 年第 7 期。
② 《申报》,1929 年 11 月 20 日。

第九章　传统的延续：文化产业发展语境下的通俗文学与电影艺术

随着城市的发展、经济的繁荣与人口的云集，满足了基本的物质需求的市民更需要从文化产品的消费中获得精神满足，这就使得文化产业成为中国经济社会发展的动力之一。文化产业化趋势、城市化发展与市民文化需求紧密结合，跨越了政治影响成为推动当代中国现代化转型的重要动力。当代文化产业发展的新机遇已经来到，通俗文学与电影艺术的互补互动的传统必将延续。

第一节　网络文学的"电影化"

中国当代电影可以说是站在文学的肩膀上成长起来的，从20世纪80年代港台通俗文学改编成为影视作品的热潮到现在网络文学被改编成影视作品，都证明着这种传统的影响力。

民国时期，一批通俗文学作家进入电影行业进而形成了通俗文学影响、改造电影艺术的传统，这种传统尽管屡遭抨击和动荡局势的干扰，却在文化史的脉络间潜滋暗长，绵延不息。新中国成立后，传统影响至港台地区而成为通俗文学走向电影的推手。20世纪80年代港台地区兴起的通俗文学席卷大陆地区，更激发了通俗文学进一步促进电影（也包括后来的电视）产业发展的活力，大批通俗文学作品被改编成影视作品并且流行一时。新世纪前后，网络文学被改编成电影的现象日益增多，如电影《第一次亲密接触》《第十九层空间》《荒村公寓》《倾城之恋》《致我们终将逝去的青春》等都是如此。第五代导演也加入到网络小说的影视改编中来,像张艺谋将网络小说《山楂树之恋》改编成同名电影,陈凯歌将艾米的网络小说《请你原谅我》改编成电影《搜索》,说明了通俗文学影响电影的传统仍作用于当代。如果说网络文学是"古今大众市民文学的文学链"的新的一环,[1]那么通俗文学发展到网络时代的代表——网络文学进入电影说明了一条从民国时期开始的文化产业链的存在。通俗文学要扩大市场,赢得读者,就会自觉地寻求最能展现市场价值的出口,将自己的创意装置于新的产业形式与媒介平台上。

民国时期电影选取通俗文学作为题材之源,很大程度上就是看中了通俗文学所拥有的巨大市场。时至今日,网络文学的读者群——网民的追捧,已使电影无法忽视这个巨大的新兴市场。将在读者中已有口碑的网络文学拍成电影,就可利用与挪借这股已成体量的市场资源。据中国互联网络信息中心的网络文学用户调研数据显示,网络文学用户中有79.2%的人愿意观看由网络文学改编的电影和电视剧,网络文学的读者群正是当代电影必须正视和事实上发挥中流砥柱作用的市场消费主力军。电影业为了扩大和守住市场的占有份额,向网络文学读者群这块市场进军是理所应当的,像《杜拉拉升职记》《那些年,我们一起追的女孩》《失恋33天》《倾城之恋》《致我们终将逝去的青春》等由网络文学改编的电影票房成绩都是一路飙升。电影对网络文学的青睐说明了通俗文学与电影艺术发展互补互动的传统在当代仍然发挥着作用。

新世纪后,在制度推动与市场变革下,电影再度成为世人关注的焦点和文化产业的主角,电影的娱乐性与商业性得以充分发掘,为网络文学这种通俗文学的当代最新形式的入影创造了条件。网络文学作家的品牌化操作将通俗文学作家亲近市场的特性发挥到更加成熟与自觉的程度。像网络文学的创作手法、发行渠道与宣传手段就十分完善,网络文学作家的自我宣传与品牌运作都更积极主动,网络文学的产业化趋势也十分明显,一个例子是网络小说《盗墓笔记》,自2006年在网络连载以后迅速积累了大量的读者资源,它不仅被改编为漫画、游戏,还被改编成话剧以及与国外影视团队合作

---

[1] 范伯群:《古今市民大众文学的"文学链"》,《苏州教育学院学报》,2013年第2期。

的影视剧,实现了全版权运营,取得了较高的增值收入。以《盗墓笔记》为依托的文化产业化模式逐步形成,这说明网络文学要在更具吸金效果的电影产业那里向终极市场完成最后一跃,电影产业则利用网络文学作家攒聚的市场人气闯出影海新路,这条从民国时期已运作展开的文化产业链到了互联网时代也依然虎虎生风。

在文化产业发展的背景下,网络文学与电影艺术也必然会互相作用。具有出奇想象、奇特文笔、变幻莫测的人物安排、奇幻的剧情设计等特点的网络文学,看上去像带有蒙太奇特质的小剧本。主要是适应年轻网民口味而创作的网络文学在人物编排、对话设计、情节配置上都与传统小说创作有所不同,它们进入电影之后,在很多细节上带动了电影艺术风格的变化,如叙事节奏的短平快、人物对白的夸张幽默大胆等,这都给电影艺术带来了新意,通过从表象到内在都贴合时代的审美需求,为电影探索了一种新的叙事模式。网络文学也给电影提供了新颖独特的故事题材,如《请你原谅我》讲述了一位罹患癌症的都市女白领叶蓝秋因"公交不让座"而遭到全民网络人肉搜索的故事,后改编为电影《搜索》(陈凯歌执导)。无论是民国时期还是当前的互联网时代,电影与文学的紧密关联都说明文化产业对于内容的依赖性,文学扮演着提供题材和内容的角色,电影扮演着产业拓展与技术修辞的角色,它们的互补互动正是当代中国文化产业发展的动能。

第二节 文人的"文化产业化"

文化产业区别于传统产业的本质就在于它是原创力制造出的一种虚拟价值,无论产业链如何复杂和多元,原创性内容始终是其中重要的一环。中国电影史上推动中国电影发展的最初力量来自电影圈的"体制外":一批在通俗文学界工作的文人。他们凭借对市场的尊重和对消费者心理的了解,为早期中国电影提供了大量可供延伸、开发、创新的包括剧本、本事、字幕等在内的原创产品,帮助早期中国电影摆脱无序的散射状生产,走上了基于自身优势的价值链延伸之路,文人也在这个过程中实现了身份的多元化,形成了文人进入文化产业的传统,也就是逐步从电影化走向了文化产业化,实现文人对文化产业的深刻和全面的介入。

　　传统仍在当代延续。当代影视作品的问世就少不了通俗文学作家编剧的支持。文人编剧为电影电视产业发展提供了重要基础，一批通俗文学作家还主动走向电影产业，成为电影产业的行家里手，如网络文学作家郭敬明就投拍了电影《小时代》《爵迹》。和民国时期通俗文学作家被动走进电影不一样，郭这一代的网络文学作家走向电影已十分主动，得到的专业支持更为深入，这正是民国传统在新时代发展的标志。当代语境下，一批进入电影行业的文人以电影为根据地走向多元的文化产业领域，成长为文化产业的投资人与掌舵者。冯小刚就是一个从文人转变为电影人的例子。他最初不过是一名编剧，1997年，他受时任北京电影制片厂厂长韩三平的贺岁片概念的启发，将王朔小说改编成《甲方乙方》并大获成功。和民国时期的通俗文学作家们类似，他最先以编剧身份进入电影，他的作品也因充盈着浓浓的市民情怀受到了欢迎，他说自己"拍的片子就喜欢一头扎到老百姓里头。这不是一味向观众倾斜，而是在市场经济的条件下必须考虑的因素，否则你拍电影就可能血本无归"。① 城市正是未来中国城乡一体化建设的重镇与文化产业集中的场域，乡民都在进城成为市民，市民一跃成为举足轻重的消费主体。冯对市民的关注也为他今后在大城市从事文化产业奠定基础，这也和民国时期的通俗文学作家们类仿。自2003年开始，中国电影开始全面推进产业化的进程。冯小刚的作品开始释放出张扬恣肆的商业色彩，他的系列电影开创了中国电影内嵌软广告的商业模式先河。2008年后，他更开始探索多元的商业开发渠道，如拍摄广告片、涉足会展经济等。2009年，他以288万股占公司总股份的2.29%的身份成为华谊股东。2012年参与投资华谊公司在海口观澜湖兴建的"冯小刚电影公社"。他已从电视幕后深入文化产业腹地，从电影导演一跃而为文化产业人，成为中国文化产业的著名品牌，体现出文化产业的发展与文人身份的多元融合之间的互动效应。冯的文化产业之路不但是当代文人转型为文化产业人的代表，也是早期中国文化产业传统在当代延续的表征。互联网时代通俗文学依然和电影保持亲密关系，

---

① 余楠：《票房之王：为什么是冯小刚》，《新世纪周刊》，2009年第7期。

通俗文学作家们鱼贯而入电影圈,电影依然是文人身份转化与价值实现的主要渠道,说明只要文化产业存在,通俗文学的电影化趋势就会随着时代的变化呈现出新的特质。

商业化程度较高的城市里,文化产业往往会成为文化人生存范式转型的第一入口。文人从事产业活动是城市化进程、商业社会发展与文人智慧结合的产物。民国时期,通俗文学作家们积极投身丰富的产业实践,如陈蝶仙、陈小蝶父子创办家庭工业社股份有限公司,周瘦鹃是股东之一,并兼任该公司的广告宣传顾问。徐枕亚也在上海交通路130号独资创办清华书局。刘铁冷、张枕绿则经营书店和出版业。徐卓呆经历更加复杂,"到日本去学体育的,回来即随着时代的变迁,什么都有份:译小说、写剧本、演话剧、拍电影、编杂志、做老板、也做伙伴",[①]有着浓郁的文商特点。靠丰富的文艺创作与产业运作经验,他们开始参与电影公司工作。从编剧、编辑转向经理、老板,从参与者转向主事者,从产业边缘走向产业中心,成为他们电影活动的一大特征,显现出清晰的"文人产业化"脉络。相对前人,当代"郭敬明""冯小刚"们从电影产业外围主动进入电影产业内核,从事电影及电影延伸产业的实践工作,更可堪名副其实的文化产业人。从当年的电影人到当代的文化产业人的身份转化是对传统的继承与发展,说明他们在文化产业化链条推动下,通过主动调适和积极应对,已自觉承担起文化产业开路人的角色。通俗文学作家们进入电影产业、文人亲近文化产业的历史事实与当代影响,是不该被忽略的。

第三节 传统留下的启示

启示之一,推进电影类型的多样化建构。当代中国电影业的缺憾之一就是电影类型的单一。票房大卖的电影总是集中于少数的类型之中,电影的生态系统有待完善。民国时期通俗文学带给电影艺术的贡献之一正是类型的多样化。通俗文学的多类型奠定了电影的多类型,多样化的类型生态

[①] 郦苏元:《〈影戏学〉研究》,《当代电影》,1995年第6期,第29—35页。

推动了当时电影的良性发展。当下电影业发展应向历史取经,从创作样态比较灵活的通俗文学处汲取营养建构起多元类型的电影,如网络小说《盗墓笔记》就创造了新的电影类型——盗墓电影。

启示之二,电影艺术发展的动力是人的合作。文化产业发展过程中,人的活跃与活跃的人是不可或缺的。通俗文学作家正是这样的活跃群体。他们积极渗入与参与电影产业的运作,利用自身的品牌影响力为电影产业吸引巨量的观众资源。没有他们的参与和推动,通俗文学和电影艺术的互补互动不可能如此快速和全面。更为重要的是,不是单个的而是一批前后相承、互为照应的通俗文学作家群为电影剧本改编提供了持续和稳定的能源,这才是中国电影产业能在竞争激烈和波动的市场环境下持续进取的要件。他们并非只局限在通俗文学圈里,而是积极连通通俗文学和电影界,建立了作家与影人之间的密切合作,形成了具有强大的文化弹性和商业竞争力的本土电影产业人。如何吸取这批活跃的人的文艺创作的经验和培养更多的类似的活跃的人,是当代电影产业持续进展必须思考的问题。

启示之三,电影艺术发展的窍门之一就是找到同样支撑通俗文学走向市场的核心元素——故事。当代很多电影出现这样那样的问题,某种程度上都是没有找到适合大众口味的故事。这种对故事性的淡漠和对视觉冲击的迷恋的做法遭到不少专家的批评,被称为"景观电影",[1]这批电影炫耀技术,忽视情节,视觉性外延强烈扩张伴随着故事性内核的严重缩水,没有继承通俗文学的叙事传统,反而造成了电影艺术的倒退。好的视觉表达仍然要以故事性为核心,而通俗文学是故事的最大源泉之一。通俗文学和电影艺术的互动互补的传统延续,证明的正是这样一种规律。

从更深远的角度来看,通俗文学和电影艺术互动互补的传统的建构和延续,展示出了当代中国文化产业发展必须重视的几大原则。

原则之一,文化产业的内容创作必须贴近市场。无论是通俗文学,还是电影艺术,它们之所以能互补互动,骨子里都蕴含着一种共同的元素:贴近市场。费斯克认为通俗文化的直白正好是它的优点,正是过度性与浅白性

---

[1] 颜纯钧:《景观电影——电影史的又一个幼稚时期》,《电影艺术》,2006 年第 5 期。

为大众文化的创造提供了丰富和肥沃的资源。它能在文本中留下裂隙与空间,使"生产者式"读者得以填入自身的社会体验。[①] 通俗文学作家们依靠了对媒介的掌控以及对整个大众文化流行趣味的了解,使得他们的文化产品——通俗文学始终贴近、立足市场,以市场认可为自己最大的冠冕。电影艺术从民国时期一直到今天,从通俗文学那里学到的也正是"人民性和传奇性结合"的旨归,[②]从通俗文化中汲取营养不仅是通俗文学发展不可回避的潮流,而且是电影艺术制胜市场的法宝,当然更是当今文化产业顺利发展的动力。

原则之二,文化产业的良性发展必须依靠通俗文学和电影艺术的互补互动。融合、融通是文化产业的本质特征,文化产业就是文化、经济和技术等相互融合的产物。它本质上就是依靠创意阶层的高文化、高技术、高管理和新经济的杂交优势,通过越界促成不同行业、不同领域的重组与合作。其子类型的互相融通正是推动文化产业大系统前进的核心动能。当下文化产业更是进入到了众多子类型复杂互动与交相融合的阶段。通俗文学和电影艺术是两大重要的文化产业子类型。一方面,通俗文学需要同电影产业结合,在电影这个新兴的市场领域里为自己找到新的盈利渠道以扩大生存空间。另一方面,通俗文学是电影产业的内容源泉和题材仓库。文化产业无论在技术创新、商业运行方面发展到何种阶段,在内容上都需得到通俗文学之类的内容产业的支持。从民国时期到当代的电影产业实践都证明,文化产业发展到一定阶段时,莫不把目光投向通俗文学领域。对这种内容资源的呼唤和渴求推动了通俗文学和电影的融合。通俗文学不断与新的媒体结合,持续走向电影这种新兴的文化产业,自身也在这种融合的过程中觅取将新媒体特质与自身艺术发展契合、实现创作风格创新的入口。正是在子类型互动的基础上,更加开放、健康、发达的文化产业大系统才得以建构。

原则之三,文化产业的坚实基础应依托传统文化优势。民国时期的电影从通俗文学那里借鉴最多的正是中国式的意趣、题材与叙写方式。当时

[①] 陈立旭:《过度与浅白:创造大众文化的资源——费斯克关于大众文本特征的另一种视野》,《浙江学刊》,2008年第1期。
[②] 谭政、冯小刚:《我是一个市民导演》,《电影艺术》,2000年第2期。

的通俗文学作家们与传统文化保持着紧密联系。通过他们和电影人的合作，才得以"在欧美电影的巨大压力下创造了一种氤氲古意却又趣味盎然的中国电影"，①建构起鲜明的中国电影风格和气派，为中国电影民族化、本土化之路打下坚实的基础，成为传统文化影响现代文化产业的成功范例。

通俗文学和电影艺术有着各自的发展历史，但二者在民国时期的互动互补显然是建立在中国文化产业发展基础上的，因此可将它们与中国文化产业史联系起来，共同考量，"文化产业的生命形态的演化，取决于历史的需求以及在这种历史的需求过程中人在历史的发展进程中的文化发现与文化需求。"②我们必须重视文化本身和文化历史的理论研究，把对中国文化产业的审视放进深远阔大的历史语境中，立足传统向现代进展的文化变局与历史流脉，搜集、整理、分析本土文化创意产业萌生的机理、幅度、频率与路径，方能理性、清晰、完整地看清当下文化创意产业的状貌与透视它的未来。"只有真正把华夏主义中的核心价值观发掘、整理并加以现代化、科学化、普及化、产业化、网络化，才能真正圆中国文化强国之梦"，③说明文化强国建设除做大做强中国的文化产业之外，更要在核心价值观念方面夯实历史文化基础。当代发展文化产业应注重本土经验，尊重与利用早期中国文化产业史的传统。对早期中国文化产业传统的研究也应该提上日程，不能再唯西方文化产业经验马首是瞻，而不愿正视本国的文化产业发展经验了。

---

① 李道新：《建构中国电影传播史》，《人文杂志》，2007 年第 1 期。
② 胡惠林：《文化产业正义：文化产业发展的历史地理学问题》，《上海交通大学学报》，2009 年第 5 期。
③ 叶自成、龙泉霖：《华夏文明与中国的文化强国之梦》，《中国文化报》，2013 年 4 月 19 日。

四 通俗文学与报纸副刊

（黄 诚）

前言　　现代通俗文学作家对副刊的贡献
　　　　　——以1911至1932年间《申报·自由谈》风格的变化为例　293

第一章　王钝根："游戏其文字"，"救世其精神"　296
　　第一节　王钝根与《自由谈》的创刊　296
　　第二节　编辑方针：趣味·游戏·自由·救世　298
　　第三节　消闲性文艺副刊的栏目设置的基本样态　303

第二章　天虚我生：以《家庭常识》为主干，以提倡国货为主轴　310
　　第一节　"萧规曹随"的吴觉迷与"旧文艺气"的姚鹓雏　310
　　第二节　"国货之隐者"与家庭手工业的探索　313
　　第三节　《家庭常识》《工业须知》《集益录》等系列专栏创立　318

第三章　陈景韩的《自由谈》：新锐与政治文化批评　326
　　第一节　时评入副刊：副刊论政的现代转型　327
　　第二节　专栏：译介西方新知的窗口　332
　　第三节　游记小品中的文化批判　333
　　第四节　照片的中西世界　337

第四章　周瘦鹃时期的《自由谈》：大众美学与家国情思　343
　　第一节　从《自由新语》到《自由谈》：以特约撰述与副刊结缘　343
　　第二节　花样翻新，迎适市民大众的美学趣味　346
　　第三节　根据时令节日设置各种特刊专号　350
　　第四节　内容选择上注重文艺性、时尚性　355
　　第五节　家国情思及其表达方式　365

前言　现代通俗文学作家对副刊的贡献
——以 1911 至 1932 年间《申报·自由谈》风格的变化为例

通俗文学作家除了是小说作家、刊物编辑外，还有一个重要的身份，就是副刊编辑。当时上海著名的大报副刊，都可以看到他们的身影：担任过《时报》副刊编辑的有陈冷血（景韩）、包天笑、毕倚虹、李涵秋等，担任过《申报》副刊编辑的有王钝根、吴觉迷、姚鹓雏、天虚我生、陈冷血、周瘦鹃等，担任过《新闻报》副刊编辑的有张丹斧、严独鹤等，担任过《新申报》副刊编辑的有王钝根、天台山农等，担任过《商报》副刊编辑的有张丹斧，担任过《新民报》副刊编辑的有张恨水等。从 1911 年 8 月的《申报·自由谈》开始，到 1949 年 5 月《新闻报·新园林》停刊止，通俗文学作家编辑副刊的时间几乎跨越了整个民国的始终。《申报》《新闻报》《时报》并称上海三大报纸，在上海市民中的影响极大。当时一般的市民不大关心时政，却喜爱读副刊，好看休闲娱乐版面，因此这些报纸非常"注重副刊，以迎合读者"，"靠着副刊的号召和吸引力"为重要支持，《申报》创造了"号称日销十五万份"的优异成绩，"副刊编辑的地位因而日益提高，外界往往不知道报纸的总主笔为谁，而附刊（当时将"副刊"又称"附刊"——引者注）编辑却成为家喻户晓的著名人士。这时差不多把周瘦鹃作为《申报》的代表"，严独鹤作为《新闻报》的代表，二人被称为"自由之鹃""快活之鹤"[1]，名闻上海，位列"沪上一百名人录"。通俗文学作家所办副刊对市民大众的吸引力，连新文学家都不得不承认："我（按：胡愈之）亲见有许多人，他们从来不留心时事，从来不看报纸里

---

[1] 郑逸梅：《回忆六十年》，《大成》第 195 期，1990 年 2 月 1 日。

的新闻记载,但因为他们要看《自由谈》,要看《快活林》,要看李涵秋的小说,要看梅兰芳的剧评,所以都要买一份报纸看。"①因此,通俗文学作家是中国副刊史不可忽视的重要力量。由于历史上"左"的影响,不仅他们的小说、刊物,就连他们的副刊也被戴上"消遣品"的帽子,甚至为他们戴上"黄色的帽子",认为"消闲性的副张专以引起别人兴趣为宗旨,专登载旧的谐文,消极的提倡复古,与革命相违反,亦当予以根本取缔"②,以致他们在中国副刊史上的贡献和地位得不到重视。今天重新讨论通俗文学作家作为报人的一面,重估他们对中国副刊史的贡献,即是本文研究的宗旨。

通俗文学作家主编的副刊时间跨度长,涉及的副刊和编辑数量大,为了研究的方便,本文将主要选取1911年8月24日至1932年11月30日黎烈文接手编辑之前的《申报·自由谈》为研究对象。原因如下:一是时间边界明确。中国报纸副刊定义和起点存在诸多争议,《申报·自由谈》从一创刊就作为比较成熟的副刊则是学界共识。而黎烈文接手《自由谈》则是通俗文学作家编辑报纸副刊渐走下坡的标志,也是《自由谈》编辑风格前后变化的分水岭。以此为对象,起止时间清晰,且具有象征性意义。二是此时的《自由谈》是通俗文学作家主编副刊的代表。在内容选择、栏目设置、编辑理念上,它代表了若干大报副刊的基本特点,影响着《新闻报·快活林》《新申报·小申报》《商报·商余》等重要副刊的形态与风格。《自由谈》的编辑成绩,自然是通俗文学作家对副刊发展贡献的重要代表。三是此时的《自由谈》能够体现副刊与通俗文学之间的关系。不仅《自由谈》编辑皆为通俗文学作家,而且它是通俗作家作品最为重要的发表阵地之一。通俗文学作家的文学观影响到副刊的整体面貌,副刊的物质形态也影响着通俗文学的内容与形式。因此,本文选取《申报·自由谈》作为主要研究对象,兼及其他大报副刊,来讨论现代通俗文学作家对副刊的贡献是合理的。本文将采用时间先后顺序,以王钝根、天虚我生、陈冷血、周瘦鹃编辑《自由谈》时的风格变化为线索,勾勒其办刊特色和发展变化的历程,辨证

---

① 化鲁(胡愈之):《中国的报纸文学》,《文学旬刊》第44期,1922年7月21日。
② 1927年,湖南全省新闻联合会做出议案。

其风格特色演变与时潮、个人修养、文化立场等方面关系,管窥通俗文学作家对中国副刊风格形成的影响与意义,进而探讨通俗文学与副刊之间的关系。

第一章 王钝根:"游戏其文字", "救世其精神"

第一节 王钝根与《自由谈》的创刊

1947年9月20日,征凡在《申报七十年周年纪念特刊》上撰文,评价《自由谈》的历史地位时说:"报纸上刊载一些诗文小品,原是由来已久,大抵附在新闻后面。1900年出版的《同文沪报》,随报附送《同文消闲录》一种,完全是小报风格,并不是大报的副刊形式。但是正式的副刊的成立,却以《自由谈》为最早。"不仅如此,《自由谈》还是"中国寿命最长久的副刊"。[①] 今天,当我们重新回顾《自由谈》的发展史,讨论它的历史贡献时,不能不提到其创始人王钝根。王钝根(1888—1951),青浦人,原名王永甲,字耕培,古文家王鸿钧之孙。古文本是儒家道统的重要承载,严格的家学训练不仅使他对古代文学的诸种体式了然于胸,而且对儒家以天下为己任的济世情怀有着深刻的体认,也有希望能通过科举实现治国平天下的旧式士子理想。由于天赋颖慧,他16岁考中头名秀才,开始了"学而优则仕"的生涯。但是,随着科举的废除,传统的仕宦之途已然关闭,王钝根只能寄希望于新学,于是他去广方言馆学习,寻找新的人生道路。他刻苦努力,仅一年的时间,就掌握了英语。在外语学习过程中,他接受了欧风美雨的洗礼,了解了西方的先进知识,具备了一定的国际视野,有了新派人士的素养。旧学与新知能让他出入新旧之间。传统的根底与新学的训练能让他在雅俗之间游刃有余。虽然古

---

① 征凡:《卅六年来的〈自由谈〉》,《申报·自由谈》,1947年9月20日。

文传家,但王钝根喜欢看旧小说,"凡旧小说,几无不览",被祖父发现后,尽焚其小说[1],但他看小说的兴趣丝毫不减。中国通俗文学的传统还为他打开了另外一扇窗口,才子佳人、英雄侠义、神魔奇幻和人情社会的通俗小说天地激发了他的文学想象力,为他开启了一个才子的世界。传统士子的济世情怀,新派读书人的现代视野,为王钝根储备了融合新旧雅俗的知识结构和文化资源。这些文化资源是他后来在报刊编辑过程中能游刃有余地调和新旧雅俗的法宝。

传统士子遭遇到过渡时期的中国现实,功名半途而废,新派读书人又未能走出国门,不能彻底拥抱新世界;但才子传统则适逢其时地与现代传媒联姻。为了挽救危机,晚清政府不得不推行新政,大办地方自治,为王钝根提供了一个展示抱负和才华的舞台。为了服务桑梓,传播自治思想,王钝根在青浦创办《自治旬报》,由此开始了他的报人生涯。这次办报的具体情况虽不详,但从席子佩慕名邀请王钝根加盟上海第一大报《申报》,负责创办副刊《自由谈》来看,《自治旬报》的成绩也想必可观。这次办刊不仅为他积累了经验,而且,使得他声名鹊起,为他挺进大上海,创办《自由谈》打下了基础。

1909年5月31日,席子佩正式接办《申报》。为扩大销量,他积极着手改革《申报》,聘请张蕴和为总主笔。在形式上,"改过去的书册式为现代化报纸形式"[2],将其单面印刷改为双面印刷,实现报纸形式的现代化。更为重要的是,他以"'世事日进,人事日繁'为由,宣布改革编辑方针"[3],要求内容"兼顾严肃及活泼",并积极组织文艺副刊。为了办好文艺副刊,席子佩聘请了既有编辑经验又兼通新旧文学/文化的王钝根担任副刊编辑,创办《自由谈》。自后,王钝根还编辑了《自由杂志》《游戏杂志》《新申报》《礼拜六》《社会之后》《工商业月刊》《商报》等报刊,成为上海著名的媒体人。

从1911年8月24日《自由谈》第一期出刊,到1915年3月17日王钝根辞职止,他编辑《自由谈》共三年半多的时间。在这段时间里,为了编好《自由谈》,王钝根不惜牺牲自己的著述时间,"暗中为人润色,所费工夫,无人能

---

[1] 严芙孙:《王钝根》,《全国小说名家专集》,上海云轩出版部,1923年8月,第1页。
[2] 上海图书馆编:《近代中文第一报:申报》,上海科学技术文献出版社,2013年6月,第29页。
[3] 征凡:《卅六年来的〈自由谈〉》,《申报·自由谈》,1947年9月20日。

知也"①,虽然自己撰述的作品少,但是培养了一批作者。对于优秀的作家,"他更是竭诚联络,像天虚我生、独鹤、瘦鹃、丁悚、沈泊尘、程瞻庐、朱枫隐、闻野鹤、朱鸳雏等许多作家,可说都是他选拔出来的"②。这些作家,不仅是王钝根办《自由谈》时期的重要创作队伍——为《自由谈》提供了稳定而高质量的稿源,而且他们其中的不少人,如天虚我生、周瘦鹃、严独鹤等办副刊的理念方针基本上是王钝根《自由谈》办刊思想的发展与延续。天虚我生、周瘦鹃,他们先后主持的《自由谈》和严独鹤后来主持的《新闻报·快活林》,都受到了王钝根的深刻影响。从某种程度上来说,中国报纸副刊从发展到趋于成熟定型,王钝根是重要枢纽。他所办的《自由谈》,无论是编辑理念、栏目设置,还是内容构成,都奠定了中国通俗文艺副刊的基本范式,是中国文艺副刊方阵的重要组成部分。下面,本文将就王钝根的编辑方针、栏目设置与内容构成来讨论王钝根主编《自由谈》时的风格特点及其贡献。

第二节 编辑方针:趣味·游戏·自由·救世

一、趣味:一种话语策略

作为民营性报纸,销量是关系到刊物生存的重要因素。针对市场需求,满足读者需要,是办报人必须考虑的重点。为此,王钝根首先考察读者构成。当时《申报·自由谈》的读者,主要是一般的士夫阶层和工商业阶层人士。这些人或有钱或有闲,对于他们来说,读报是茶余饭后的重要消闲项目。为此,副刊必须办得活泼有趣才能吸引读者。这种正常的市场行为,后来竟被诟病为趣味主义,曾被视为鸳鸯蝴蝶派或礼拜六派作家的固定标签。③ 确实,一看栏目名,如"游戏文章""忽发奇想""付之一笑""海外奇谈"

---

① 严芙孙:《王钝根》,《全国小说名家专集》,上海云轩出版部,1923年8月,第1页。
② 盛俊才:《再谈〈自由谈〉人物:王钝根周瘦鹃两先生近状》,《申报馆内通讯》1948年第2卷第3期。
③ 冯并在《中国文艺副刊史》中写道:"他们赖以生存的共同基础是……趣味主义。"华文出版社,2001年5月,第170页。征凡《卅六年来的〈自由谈〉》也认为,其"内容限于茶余酒后的消遣文字"。《近代中文第一报:申报》:"当时《自由谈》的内容偏重趣味性,文字带有消遣性。"第30—31页。

"慷慨悲歌""缠绵悱恻""尊闻阁杂录""瞎费心思""千金一笑""小说"等,文体有诗词歌赋,奏章八股,论说信札,笑话趣谈,而且化庄为谐,游戏三昧,文人才情玩味其中,读来发噱捧腹。如讽刺武昌起义后,瑞澂逃跑和张彪吓破胆子的丑行,改崔护的《题都城南庄》为:"去年今日此城中,瑞澂张彪相映红。瑞澂不知何处去,张彪依旧泣秋风。"

再看其征文告白:"海内文家,如有以诗词歌曲、遗闻轶事以及游戏诙谐之作,惠寄本馆,最为欢迎。"①简直是在明目张胆地宣言"趣味""游戏"! 然而,《自由谈》何止一个趣味主义就能概括? 即便是趣味,趣味也有高下之分。朱自清说:"趣味究竟还和低级趣味不一样。'低级趣味'很像是日本名词。现在用在文艺上,似乎是两类作品而言,一类是色情的作品,一类是玩笑的作品",而与低级趣味对峙的是"趣味纯正","纯是不杂","正是正经"。②"纯正"应指的是内质,而非艺术手法。有时貌似"趣味",实质乃是反对专制,拥护共和,讽刺清廷官吏的腐败堕落,暗示其灭亡的必然性。新文学作家苛责的"趣味",绝不是通俗作家所谓在失意时的游戏和得意时的消遣,而是针对市民欣赏口味的一种表述方式,是贯彻报刊的进步政治立场的话语策略,是市场、报刊立场和报人个人文化选择三者之间融会的结果。如果考虑到当时作者和读者的知识背景和审美情趣,而不仅做外在形式上的评判,就会有一种历史的理解和同情了。

二、游戏:争取言论自由的方式

那么,是否通俗文学作家就是为了追求趣味而趣味,为了游戏三昧而玩文字游戏呢? 有的文章固然如此,但王钝根曾言:"自由谈者,救世文字,而非游戏文字也。虽或游戏其文字,而救世其精神也。"③这也是他编辑理念最好的阐述。《自由谈》的目的在救世,而实现途径需要经由游戏文字。因为游戏文章有时具正经文所不具备的语言力量:

---

① 申报馆:《征文告白》,《申报·自由谈》,1911年8月28日。
② 自清:《周话》,《语言与文学》,《新生报》,1946年11月25日。
③ 王钝根:《自由杂志·序一》,《自由杂志》第1期,1913年。

> 自来滑稽讽世之文,其感人深于正论。正论一而已,滑稽之文,固多端也。盖其吐词也,隽而谐;其寓意也,隐而讽,能以喻言中人之弊,妙语解人之颐,使世人皆闻而戒之。主文谲谏,往往托以事物而发挥之,虽有忠言谠论载于报章,而作者以为遇事直陈不若冷嘲热讽、嬉笑怒骂之文有效也。故民风吏治日益坏,则游戏文章日益多。而报纸之价值日益高,价高则阅者之心日益切,而流行者日益广。官吏咨其笑骂,讽刺寓乎箴规,则世之所谓俳谐者乃所以警世也。文士读而善之,欲假文字之力挽颓靡之世局,上之则暗刺夫朝廷,下之则使社会以为鉴。虽有酷吏力无所施,言者既属无罪,禁之势有不能,则其心自潜移而默化。故其大则救国,次足移风,而使奸人得借以为资而耻,至悟其罪过,痛改以成良善之民而后已。①

这段文字中,包含着对王钝根时期《自由谈》功能的洞见。它深刻认识到,滑稽文字,"隽而谐","隐而讽",使人在享受妙语解颐的同时,达到救国济民、移风易俗的目的。副刊名字曰"自由谈",顾名思义,就应言论自由。但这只是一种期望。清末,政府颁布《报律》,加强舆论控制,酿成了著名的"苏报案"。辛亥革命成立后,袁世凯篡夺革命果实,在镇压二次革命后,亦加强了对舆论的管控,关闭了大批报馆,造成了"癸丑报灾",以致"约法虚设,所谓言论自由"形同虚设,而知识分子"或徇于党见,或困于生计,或屈于威权",不能正常发声,"虽有慷慨激昂之士,欲为诛奸斥佞之文,在势有所不能,在情有所不便,乃不得已而托于游戏文字"②,"拉杂集记,舌敝唇焦,笔秃墨枯,以杞人之忧天,发过虑之危言……以伸言论自由之权"。③ 面对清末的言论控制,童爱楼在《勖平川民告捷书》中支持四川保路运动,痛斥赵尔丰的暴行:

> 川民无罪,保路乃其罪也。不得愿违国有政策,宁可辜负先帝纶

---

① 济航:《游戏文章论》,《申报·自由谈》,1917 年 10 月 6 日。
② 王钝根:《自由杂志·序一》,《自由杂志》第 1 期,1913 年。
③ 新少年等:《自由谈》,《申报》,1912 年 2 月 13 日。

音,所以格杀勿论。威行无极,自残同类,师出有名也。我国皇猷允塞,武烈维扬,凤宣弧矢之威,驯致辑櫜之化,六七作宗功祖德,受禄自申三百年,厚泽深仁,视民如子,本屠户恭膺简命,久任封疆,秉节钺以视师,佩韬铃以瓒武,曾在大江南北,调教雄军,必使西蜀东西一无遗类,具泰山压顶之势,有沸汤沃雪之威,十万貔貅,御强邻虽然不足,数千豺虎,残同种却已有余,故数日行军,已奏凯之,续一朝捷报,爰书露布之文,折首有嘉。①

这篇文章活用告捷书文体,本身就是对清廷屠杀无辜平民视为大功的愤慨和讽刺。文章中处处以盛大煌煌之词来反讽赵尔丰凶残镇压手无寸铁的百姓,而怯于御外的丑恶嘴脸。看似是报捷书,实则是历陈罪状。

在言论管控比较严厉的情况下,副刊以游戏文字的方式,能够避开专制政府的压制,达到为民众代言,表达市民诉求的目的。游戏文章主要盛行于清末与张勋复辟前后。张勋复辟失败之后,北洋政府逐步陷入派系斗争的旋涡,对全国缺乏强有力的统治,对舆论的掌控力减弱,于是,陈冷血时评式的杂感逐步取代游戏文章。

三、救世:《自由谈》的现实关怀

游戏文章是实现言论自由的桥梁,是《自由谈》之所以能够"自由谈"的话语策略,但是《自由谈》的终极目的在于救世。救世从哪些方面入手?正如涤骨所言,"《自由谈》如晨钟,一鸣而天下醒;《自由谈》如暮鼓,一响而四边静;《自由谈》如药石,一服而恶疾除;《自由谈》如炸弹,一爆而国贼死;《自由谈》如照妖镜,一出而鬼蜮惊;《自由谈》如毛瑟枪,一射而敌人退;《自由谈》如阴骘文,一读而冷汗淋;《自由谈》如嘉言懿行,一见而良心现"。②

虽有若干过度溢美之词,但生动形象的比喻也道出了《自由谈》在当时确发挥了积极的效果。综而言之主要有:揭露政府的专制与腐败;宣扬民主

---

① 爱:《剿平川民告捷书》,《申报·自由谈》,1911年10月10日。
② 涤骨:《自由谈之谈话室》,《申报·自由谈》,1912年3月19日。

共和;扫除成规陋习,改良社会道德。讽刺政府的专制与腐败,是《自由谈》一贯的立场。他们作游戏文章《捕虎者言》,讲述浙江虎患成灾,但官厅不让五人以上携带火器捕杀。通过捕虎者的话,揭露"官党以众众多者,恐假御虎以为抗专制之政府也,携火器者,恐持利器以杀不德之官吏也",以致"虎殆官所养以食人也"。① 官厅的行为,是晚清政府专制及其极度害怕百姓的表征。为了批评官场恶习,它将官员八个不同瞬间所表现出的八种不同嘴脸刻画出来:"见大臣胁肩谄笑。见银钱伸手死要。见外人曲意奉迎。见妻妾眉花眼笑。见属员叱咤风云。见百姓行凶霸道。见参摺嘴脸青黄。见革党魂灵飞吊。"② 读来如观讽刺漫画。辛亥革命爆发后,《自由谈》积极声援武昌革命。武昌革命爆发后不久,紧追作《宝塔诗四首》:

听/黄兴/革命军/大众一心/武汉早已倾/荫昌与萨镇冰/奉命南征各统兵/不知其能否拼性命。

凶/协统/黎元洪/统兵鄂中/革命冲先锋/警耗急电进宫/举朝大臣毛骨悚/日望荫昌马到成功。

真/瑞澂/扮贫人/逃出城门/携眷住兵轮/上谕革职留任/带兵四百去攻城/回顾六十一连自身。

慌/端方/住宜昌/探听四旁/尽是革命党/闻兵变手足忙/统带新军非不刚/惟恐其也是心向黄。③

这四首宝塔诗生动形象地刻画了武昌对峙双方的状况,寥寥几笔点出朝廷和端方惊恐焦虑的心境,有利于打击清廷士气,鼓舞革命斗志,颂扬武昌首义精神。譬如,在辛亥革命后,部分遗老遗少和愚昧百姓不愿剪辫子,他们作打油诗:

可憎烦恼八千丝,发辫垂垂亡国思。今日秃除豚尾尽,免教污秽老

---

① 爱:《捕虎者言》,《申报·自由谈》,1911年9月26日。
② 康逵:《官场之八见》,《申报·自由谈》,1911年9月25日。
③ 紧追:《宝塔诗四首》,《申报·自由谈》,1911年10月18日。

头皮。

　　被发多年作满奴,今朝还我好头颅。漫言一发千钧重,留发甘心再媚胡?

　　多少汉儿入彀中,尚教带发效清忠。存亡之间不容发,断送胡儿气运终。

　　身体发肤不可伤,腐儒借口重纲常。亦知世界全球上,长发都为奴隶邦。

　　改观面目若重生,莫漫靦颜事满清。毛之不存皮尚在,群称头等最文明。①

这首打油诗将剪辫子的卫生意义和文化意义讲得清楚明白,里面充满着文明与落后,传统与现代,民族主义与忠诚爱国的辩证,读来朗朗上口,却能引人深思。从上面的例子,我们可以看出,这些游戏文章活用古代文体,或诗词,或古代论说文。诗词歌赋、骈散奏疏等文体,这是当时作者、读者们所熟悉的文体,二者通过这些文体建立一种感情联系,共抒感时忧国的情怀,同享古典文学变体再生中文人才情的趣味。古为今用,化庄为谐,文章看似幽默游戏,实则践行救世的目的。

第三节　消闲性文艺副刊的栏目设置的基本样态

　　为了贯彻"游戏其文字""救世其精神"的编辑方针,王钝根除了在文体和内容上做了探索外,还在栏目的设置上大费心思,以至于"阅报者先看自由谈",然后才看大总统令、专电要闻等。后来继任王钝根编辑《自由谈》的吴觉迷总结其受欢迎的原因:"其变幻则层出而无穷,其理想则新奇而尽妙。有笑骂文章也,读之令人畅快。有海外奇谈也,读之令人解颐。有爱情侠情怪奇小说也,读之令人愁烦顿消。有诗词歌曲,足资骚人雅士之研究传诵。有遗闻轶事,足征正史之阙漏,野史之可信不可信。更辟自由谈话会栏,各

---

① 亦汉名:《剪发诗》,1911年12月13日。

表所见,为时局痛下针砭。戏评一门,为由周郎癖者,讨论沪上各伶声容台步。一言以蔽之曰:有庄有谐,无美不备。《自由谈》之内容既如此,则其受人欢迎也,非幸也,宜也。"① 吴觉迷仅是从读者的角度上谈了《自由谈》栏目受欢迎的原因。

一、栏目"奇变百出"与"济世精神"始终如一

王钝根认为,针对时世,《自由谈》的内容虽然"立谈之顷,奇变百出",但"济世"的精神就像一条红线一样贯穿始终:

> 自由谈先生,他是老生常谈的后嗣。十年前,老生常谈害了痰火,病死了。他便脱了家庭专制的羁束,整顿精神,要做一个新国民。特命儿子海外奇谈出洋游学。他自己本来能言善辩,出口多滑稽谈。时常合着几个知己朋友,在家里尊闻阁榴花轩内,抵掌而谈国事,真有高谈四座惊的气概。他又到处演说,立谈之顷,奇变百出,有时慷慨悲歌,有时缠绵悱恻,有时忽发奇想,使人破涕为笑,却从不肯咬文嚼字,瞎费心思,只一味的心直口快,没有一些期期艾艾的怯招儿。这么样几年一来,他的雄谈伟论,只管进步了。他的夫人妙谈,是女子大学的总教。他的女公子美谈,就是牛皮大王的福晋,他虽有这门高亲,却不喜趋附权贵。他的族长清谈,现任国务大臣,性耽逸乐,一天到晚,只管挥麈击壶的混闹,自由谈先生骂他是误国奸贼,不通问候。先生有侄子叫狂谈,贫窭像乞丐一般,先生却很契重他,常教他来家,扪虱而谈,言多微中。先生的族分狠繁,再有情谈趣谈笑谈怪谈,都是他的弟兄辈,虽然也狠健谈,他却嫌他们一知半解,太多无稽之谈,有时和他们随便谈谈,不过付之一笑而已。他的从弟剧谈,是一个戏迷,镇日价喊唱,却还入调,狠有三分谈派,先生喜他借此讽世,热嘲冷骂,狠可消除胸中块垒,便劝他开了一座簇蕲全新特别维新环球第一新新新舞台,又替他翻出新旧笑史丑史诡史,编成新戏,惩劝世人,补他演说的不及,这也算是谈

---

① 觉迷:《谈自由谈》,《申报·自由谈》,1912年2月25日。

氏族中新人物了。还有一个老谈,是先生的远族兄,学问经济,都了不得,只是郁郁不得志,现当民立报馆主笔,时常做些小说游戏文章消遣,先生常勉励他道,大丈夫应该出死力替国家诛奸戮佞,革故鼎新,专靠着纸上空谈是没有用的,老谈也狠以为然。①

这篇名为《自由谈》的文章,实际上是《自由谈》的早期的栏目介绍书。它介绍了《自由谈》栏目是向西方报刊学习的结果,采用了集纳式分栏模式。栏目内容无所不包,多采取游戏文章的风格。初期栏目"立谈之顷,奇变百出",看似五花八门,种类繁多,实则是初期栏目具有随意性和不稳定性,处于探索期的状态。但从总体上,可以看出《自由谈》栏目有这么几类:谐文类,如《游戏文章》《忽发奇想》;海外奇谈;笔记杂录,如《尊闻阁杂录》《轩渠杂录》;诗词选,如《慷慨悲歌》《缠绵悱恻》;剧谈;小说;漫画等。这些栏目对以后的一些消闲性文艺副刊也颇有参考学习的价值。如1913年12月26日《新闻报·庄谐丛录》、1916年1月3日的《快活林》载谐著、笔记、漫画、剧谈等。《小时报》设有小言、游戏文、游戏诗、曲词、小说等。《商报》副刊《百货陈列所》有闲评、笔记、通讯、趣闻、漫画、小说等。严独鹤在谈如何编好一张副刊时,总结了他编副刊所抓住的三个要领:"其一是每期须有一篇好的短文(言论);其二是须有一幅好的漫画;其三是须有一部好的连载。唯有如此,方能相得益彰,吸引读者。"②这实际上就是副刊的核心的三个组成部分。王钝根时期的栏目设置,已基本具备这个雏形。每天的谐文类即是短文(言论)的一种类型。其二是一幅好的漫画。严独鹤所言的漫画是时事新闻漫画,而《自由谈》在创刊的第二天就有漫画《面面相逢》,后来虽时有时无,但是也算是漫画进副刊的先声。《自由谈》从一开始就有小说,主要是翻译小说的长篇连载,间有时事性的短篇小说。不仅如此,这些小说与言论相互阐发,形成互文关系。如1913年4月16日,王钝根针对国会议员的生活费额度发表观点,认为汤漪提出的每月千元,简直"欲以议员为发财地耶";张丽

---

① 钝根:《自由谈》,《申报·自由谈》,1911年9月10日。
② 严祖佑:《父亲严独鹤散记》,《严独鹤杂感集》,上海远东出版社,2009年,第458页。

曾主张每月二百,是"体恤中国贫困之苦衷"的意见;吴景濂主张折中,以六百为准。如此,参众两院议员月需五十余万,年需六七百万,合其他项,达千万。不由感慨道:"呜呼,我同胞,今而知议员之名贵,今而知供给议员之不易!"①同日,刊载的小说《国会议员》就讲述了议员滥用国帑的丑行。为表示优待北上议员,车站决定对议员免票。结果共免票四百六十二座,男客二百二十,女客三百六十。验票者惊诧中国女子参政权尚未成立,哪来这么多女议员。后来经解释,知道这些女客皆为议员宠幸的妾及妓。面对此荒唐情景,验票员感慨:'若辈去开国会,又不是去开窑子,带这许多女人去做什么?政府殊聩聩,为何也给他免票?'"②

二、《自由谈话会》:从谲谏到直言的转变

《自由谈》的目的在于伸张言论自由,救世济民,无论是游戏文章、小说,还是剧评等,都只是因时因人因地的形式选择。辛亥革命后,虽然中国从专制独裁走向了形式上的民主共和,但是"列强环伺,对外未闻承认;蒙库肆虐,对内未臻统一,而我国民酣嬉如故,我政府因循如故,大好河山,行将改色"③,面对辛亥革命后的颓局,《自由谈》同人认识必须进一步发挥报国利民的作用。但是,"谐文小说,资人玩赏者也。纵有班香宋艳,亦不过使读者击碎唾壶,虽其间嬉笑怒骂,于人心世道,未尝无裨,然究属侧击旁敲,不能当头棒喝"。因此,必须重新整合力量,改变话语方式。因为激情式的嬉笑怒骂于破坏有利,但是于建设无益。民国成立之后,告别革命,建设共和,抵御外侮,是当务之急。因此,济世不再是一味的嬉笑怒骂,冷嘲热讽,而是反映社会诉求,监督批评政府,提出社会问题,并积极向政府建言献策。于是自由谈话会及《自由谈话会》栏目就应运而生。可见时代变了,《自由谈》的整体风格也为之一变。

为了更好地发挥《自由谈》在民主共和建设中的作用,1912年7月29日,青年黄炳南建议将《心直口快》《千金一笑》《纳凉闲谈》《一知半解》《冷嘲

---

① 钝根:《自由谈话会》,《申报·自由谈》,1913年4月16日。
② 是龙:《国会议员》,《申报·自由谈》,1913年4月16日。
③ 率:《戏拟民国新纪元史》,《申报·自由谈》,1913年1月5日。

热讽》等栏目里带游戏文章式短评的作者整合起来,组织"自由谈同盟会",①后冰庵建议改为"自由谈话会"。自由谈话会以"扶掖国家,诱导社会,廉顽立儒,劝善惩恶"为宗旨②。自由谈话会同人必须有"自由思想",具"自由性情",有"自由精神",常"阅我自由谈",③保持一定的发稿量,相互保持联系,以便团结一致,形成一个文人议政的共同体。他们推举王钝根为主持。这个群体以"文字因缘"为情感纽带,以"自由谈话会"为政治和社会理想平台。"文字因缘"是诗词唱和,在现代媒体上组成了一种情感的想象共同体。"自由谈话会"则突破了此前的游戏文章式的文人趣味,在《临时约法》言论自由条款保障下担任起知识分子的使命。因此"自由谈话会"的栏目,打破游戏谐文一味"诙谐"局限,提出"可以庄,可以谐"的文风,在功能上,除了强调"可以讽"外,更强调"可以劝",做到"不以寒蝉贻讥,不以飞蝗畏祸,既可为时局之鉴,尤足伸言论之权",④即打破文体和趣味的限制,以言论自由为重,以劝导政府和引导社会风气为旨归。

与革命时期坚持民主共和理念,激烈反清政府时的态度不同,进入到共和建设时期的《自由谈话会》,一开始就明确:"民国肇造,还我自由,撞破自由钟,一声声党同伐异,照彻自由镜,一个个怪状奇形,白璧黄金,结满自由之果,粉白黛绿,开遍自由之花,桑间濮上,结婚自由,钻刺夤缘,运动自由,呜呼,自由,假汝名以行罪恶者多矣,我愿今之读自由谈者,知自由之宗旨,不偏激,不争胜,不阿党,不徇私,斯可谓自由之真谛。"⑤一切以有利于共和建设为出发点,理性而不偏激,保持公正立场,来评判政治和社会事件。对官场的腐败,他不仅批评在朝的官场,也批评在野的革命先驱孙中山。他们既赞扬爱国商人在蒙藏危机中捐财捐物的义举,也批评中国商界普遍存在的店主虐待学徒工的恶习。相对于对官场冷嘲热骂、嬉笑怒骂的游戏文章,以及自晚清以来的逢官必骂,见吏即讽的"仇官"心理,《自由谈话会》坚持不偏激而理性的精神,要求"谈话会诸君,议论当世人物臧否,当

---

①② 黄炳南等:《纳凉闲谈》,《申报·自由谈》,1912年7月29日。
③ 嘉定二我:《自由谈》,《申报·自由谈》,1912年9月28日。
④ 橘木子:《自由谈话会》,《申报·自由谈》,1913年4月9日。
⑤ 热庐:《自由谈话会》,《申报·自由谈》,1912年10月30日。

以规讽劝勉为主,勿学刘四,专以善骂为高。论其人要使其人见而感泣,或能启其悔悟之诚。若使见而生恶感,则永远陷其人于遂非之域,无复悔悟之望"。① 所以,在"不谅者,日日痛诋唾骂"临时政府腐败的同时,他们承认"临时政府,一年之间,艰难缔造,煞费苦心"②。这种理性的论政精神,面对变革会展示出稳健的立场,对于当今社会的舆情建设,有着借鉴意义。这种不偏不倚,不党不派的中立立场,理性精神,是当时民营报纸办报理念的典范。

话语方式上,由谲谏转为直言。直言既是社会进步和言论环境好转的表现,也是报人论政文章的创新。《自由谈话会》从1912年10月23日持续到1914年10月29日,共400多篇。除了"二次革命""癸丑报灾"一段外,还属于社会环境较安定、言论较自由时期,因而使理性发言、直言论政的方式成为可能。在他们心中,自由谈是"阅报之谈话室""文字之俱乐部""国人之议事厅""地方之宣讲所""言论之监督官"③,如果说《心直口快》《千金一笑》《瞎费心思》等等还是旁敲侧击,多抨击而少建设,多情绪而少理性的话,那么《自由谈话会》则是直陈国事,互动参与的一个类似于公共空间的领域。这些言论文章不再是借鉴游戏文章和奏章书论、序表诔赞、竹枝词、五更调等传统或民间文体,化庄为谐,古为今用,而是以理性精神贯穿其中,洋溢着逻辑的力量,文章虽还是文言为主,但已经是改良式的文言,西方名词的娴熟运用,日常语言的活用,加上修辞手段的修饰,使得它们成为《自由谈》上一道独特的风景线,以至于人们"看《申报》,必先看《自由谈》;看《自由谈》,必先看《谈话会》,爱之切尔不觉其心之偏"④。

《自由谈话会》在游戏文章为代表的谐文之外,开辟了言论的另一条路径。这条路径与后来陈冷血的时评接轨,成为后来副刊言论文章的主流。可以说,王钝根及其《自由谈话会》同人功不可没。

---

① 定耕:《自由谈话会》,《申报·自由谈》,1913年3月3日。
② 热庐:《自由谈话会》,《申报·自由谈》,1913年2月28日。
③ 涤骨:《自由谈中之自由谈》,《申报·自由谈》,1912年3月1日。
④ 槁木子:《自由谈话会》,《申报·自由谈》,1913年4月9日。

《自由谈》的创建,编辑理念的确立,还有栏目的设置及其主旨精神的创设,以及话语方式的出新,这些无不凝聚着王钝根及《自由谈》创刊诸同人的心血。他们作为中国消闲性文艺副刊开创者将为中国副刊史和文学史所铭记。

第二章　天虚我生：以《家庭常识》为主干，以提倡国货为主轴

在讨论天虚我生的《家庭常识》之前，我们有必要先梳理吴觉迷、姚鹓雏二人的编辑状况，因为他们主持《自由谈》言论长达一年半之久，而且都有自己的编辑特点，是讨论前期《自由谈》20年风格流变不可或缺的组成部分，为此本章用第一节简单讨论吴、姚的编辑特色。第二节才梳理实业救国思想在中国的发展脉络，阐述天虚我生的生平及其实业救国思想的缘起及主要内容，此是他创办《家庭常识》《工业须知》《集益录》《新食谱》《杂录·验方》等知识性专栏的主要因缘。第三节讨论其知识型专栏的构成、特点及其对中国副刊的贡献。

第一节　"萧规曹随"的吴觉迷与"旧文艺气"的姚鹓雏

为维护独裁统治，钳制言论，1914年4月与12月，袁世凯先后颁布《报纸条例》和《出版法》，规定以后所有出版刊物须先送一份至当地警察机关备案，规定不准登载有损政体的新闻和言论，并大量查封报馆，至1916年，全国有二十多名新闻记者遭暗杀，多家报馆被查封。曾经致力于直言论政，批评政府的《自由谈话会》栏目于1914年10月29日正式停办。《自由谈》又只能以游戏文章的方式曲折幽微地讽刺时政，为百姓代言了。《自由谈话会》所形成的文人论政的活跃氛围至此变得死气沉沉。随着袁世凯称帝步伐的一步步加快，政府控制言论的手段也变本加厉，至日本试图诱迫袁世凯签订旨在灭亡中国的"二十一条"达到极限。为了表达对袁世凯压制言论的不

满,王钝根于1915年3月17日正式离职,并发表声明:"钝根向在《申报》创设《自由谈》,四年以来,蒙海内诸大文坛相率以诗文词曲小说笔记见寄,且引钝根为文字交,钝根不才,至感且幸。竭来中日交涉,全国恐慌,钝根主张激昂,与主者意见相左,不得已辞职,舍《自由谈》诸神交而去,良用歉。"①钝根去职后,《自由谈》即由吴觉迷接手。

吴觉迷,名中弼,字匡予,又号如是我闻室主人,江苏川沙人②,此时年纪只有27岁。吴觉迷是《自由谈》的重要投稿人,也是王钝根一手培养的年轻作家,见证了王钝根办理《自由谈》的全过程,其办刊思想深受王钝根的影响,因此,其编辑方针基本上是王钝根思想的延续。自1915年3月18日至1916年3月31日,吴觉迷担任《自由谈》主笔仅一年多。但这一年多里,他还是尽一切可能来发挥《自由谈》争取言论自由和济世利民的作用,充当社会良知,市民喉舌。在全国反对日本旨在灭亡中国的"二十一条"的爱国声浪中,吴觉迷走上了《自由谈》编辑的舞台。为了揭露日本帝国主义野心,激发全民的爱国主义热情,吴觉迷继续了王钝根时期的《爱国丛谈》栏目并发扬光大之。1915年2月25日由周瘦鹃辑录《爱国丛谈》10篇。吴觉迷接手后,突破了周瘦鹃《爱国丛谈》的范围,除了积极介绍国外的爱国人士外,还发掘本民族的爱国主义资源。至1915年6月10日止,共发表《爱国丛谈》文章120余篇,记录女英雄冯陆贞、鸦片战争中的陈化成、中法战争中的冯子材等爱国将领的爱国事迹,颂扬他们的爱国主义精神。为鼓荡民气,提倡尚武精神,吴觉迷也继续了王钝根时期的"征求军人诗稿,激发爱国勇气"的征稿启事,登载了张承中将军等军界人士的诗稿,连载了桐城刘雨沛的《西戍途中日记》,记录西北苦寒,状写军旅艰辛,激发民众艰苦奋斗的英雄主义精神。袁世凯积极推行帝制运动,《自由谈》虽没有给予激烈的抨击,但还是曲折幽微地表达了不满。吴觉迷在三篇《民主君主之相形谈》中比较了一系列的称谓:"民主国之人民称公民;君主国之人民称小的","民主国之礼节用鞠躬,君主国之礼节用跪拜",③"民主国之元首自称为本大总统,君主国之元首

---

① 王钝根:《钝根启事》,《礼拜六》,1915年第44期,第63页。
② 远香:《林星甫》,《申报·自由谈》,1913年4月1日。
③ 觉迷:《民主君主之相形谈》,《申报·自由谈》,1915年11月8日。

自称为朕","民主国之官吏称元首为大总统,自称用名,君主国之官吏称元首为皇上,自称用臣或奴才"①,"民主国之妇女参政,君主国之妇女选宫"。②这三篇文字,载于游戏文章栏内,但是语言冷静,毫无诙谐意味,却在客观的比较中,将君主制等级制度,人的被奴役表现出来,读者在阅读中自然而然地感受出君主民主的优劣,从而达到反对复辟,拥护民主共和的政治目的。但是,总体而言,吴觉迷基本上是继承王钝根的衣钵而无创新。

在萧规曹随中,吴觉迷平稳地主持《自由谈》一年多。1916 年 4 月 1 日,由姚鹓雏接手《自由谈》。姚鹓雏是古文家林琴南弟子,著名词章家。由于洪宪帝制的余波流韵,复古思潮甚嚣尘上,旧文艺作为载道之体,亦充斥文坛。姚鹓雏从自己的文化立场出发,大力提倡旧文艺,以南社作家为主干,发表诗词歌赋,诗话词话,游戏文字,一时旧文艺弥漫《自由谈》。这时《青年杂志》于年前创刊,新文化运动的号角已经吹响,姚鹓雏的办刊理念相较而言已经有些不合时宜了。为了延续《自由谈话会》《自由谈之自由谈》的香火,姚鹓雏创办了《自由谈屑》专栏。但是这时的《自由谈屑》已经不再具有《自由谈话会》式的锐气,而是满纸的圣贤处世为人格言,满篇的谈玄参禅,俨然是《幽梦影》《菜根谭》《五灯会元》的后身。1916 年 4 月 4 日,他的第一篇《自由谈屑》谈的是:"死于安乐,不自知其安乐之为安乐也;而且死于忧患,不自觉其忧患之有忧患也;而可得生。心为境转。"③1916 年 4 月 6 日,鹓雏又言:"莲池大师上堂,竖一指曰:大众这个作么会?咄,铁蛇钻入海,撞到须弥山,今日时局,须有此大力量人,铁肩担上来,辣手做来。"虽是对时局发言,但隐晦难懂,如同参禅,是文人声口,难于与市民交流。因此,在半年后的 10 月 30 日,姚鹓雏离开《自由谈》。此时,《自由谈》跌入低谷。

天虚我生临危受命,接办《自由谈》,经过一段时间的摸索,终于以《家庭常识》专栏为《自由谈》的主干,以提倡国货,实业救国为主轴,找到了《自由谈》转危为安的药方。

---

① 觉迷:《民主君主之相形谈(二)》,《申报·自由谈》,1915 年 11 月 9 日。
② 觉迷:《民主君主之相形谈(三)》,《申报·自由谈》,1915 年 11 月 10 日。
③ 鹓雏:《自由谈屑》,《申报·自由谈》,1916 年 4 月 1 日。

第二节 "国货之隐者"与家庭手工业的探索

天虚我生陈蝶仙接办《自由谈》，将提倡国货、实业救国的思想通过《家庭常识》《工业须知》《集益录》等栏目传播到大众中去，掀起了家庭手工业的热潮，第一次使实业救国突破了民族资本家的范围，成为一种全民参与的运动；而《家庭常识》等栏目挟实业救国之威，成为《自由谈》的常设栏目，推动了《自由谈》从低潮走向复兴，促进了现代科学知识与副刊的联姻，使得现代知识成为副刊文艺之外的重要构成因子，增添了副刊的知识性，突破了传统的以言论抨击弊政，监督政府以济世的方式，推动了市民日常生活的现代化进程，成为副刊实现济世利民的另一种手段。

在当时，陈蝶仙作为文化人与实业家的双重身份，在开始担纲《申报·自由谈》时，也经过一番摸索的过程。他先想以文化人的身份办好《自由谈》，但他所感兴趣的一套文化模式在当时一再受挫。这使他想到，何不以实业家的身份，结合他的文艺特长，转型以实业救国，提倡国货来振兴《申报·自由谈》副刊？之所以能有此转型，这也是由于时代大背景的支撑：在鸦片战争之后，帝国主义的经济侵略使中国工商资本和维新人士受到巨大的压力和挑战。维新思想家郑观应提出了"习兵战不如习商战"[①]的设想，而以后汪康年又加以发挥，他总结外国侵略三形式：学战、兵战和商战，"海禁既开，白人竞拓商场于东方大陆，懋迁之所及，即成为势力范围。不费一兵，不遗一镞，即能吸我膏血，握我利权。"而商战为"事常"，兵战为"事暂"，"兵者，备而不必用者也，商者无日而不用者也"。[②] 王韬亦响应这种思想："盖英之立国，以商为主，以兵为辅，商之所往，兵亦至焉。而兵力之强，全在商力之富，以商力裕兵力，二者并行，而乃无敌于欧洲。"[③]英国鸦片战争开路，然后以大量的倾销势必沉重打击我国的民族工商业，因此，郑观应的设想是有一定的道理。这种"重商主义"的思想以后又有了发展，正如张謇所言：

---

① 郑观应：《郑观应集（上）》，上海人民出版社，1982年，第586页。
② 汪康年：《商战论》，转引自陈忠倚《皇朝经世文三编》卷三十，台北文海出版社，1975年，第30页。
③ 王韬：《弢园尺牍》，中华书局，1959年，第124页。

"世人皆言论外洋以商务立国,此皮毛之论也,不知外洋富国强之本实在于工。"①要展开商战,首先要发展民族工业,民族工业才能有力地支撑国货以战胜洋货,所以张謇要在他家乡兴办纱厂。于是一时"实业救国"的思想又成为"商战"之本。风云际会,天虚我生就是在这一大背景下振兴了《申报·自由谈》。

《家庭常识》副刊,是时代大背景与现代知识成功结盟的典范。二者能于此时结盟,首先是天时之利使然。一战时期,西方忙于厮杀,无暇东顾,放慢了侵华步骤的同时,也无暇生产日用物资,增加了国货的出产量与出口量,因此实业救国迎来了发展的黄金期。其次是人力使然。《家庭常识》与副刊携手是文艺与工艺的合作。而此时在镇海试验无敌牌牙粉因官方干预而受挫的天虚我生愤然辞职,接替了《自由谈》的编辑工作。风会之际,文学家而兼实业家的他在实现自己实业报国的理想的同时,也带来《自由谈》的复兴,增添了副刊的提倡国货、抵制仇货的思想内涵与知识联姻,奠定了他在中国副刊史上的地位。

一、家学、气质、教育

天虚我生,原名陈嵩寿,杭州人,世家子弟,自幼受过良好的音韵学教育和诗词训练。天赋甚高,十二三岁就开始作诗,并取得优贡附生的资格。母亲喜欢小说弹词,因而他雅好才子佳人故事,并以此自许,进行创作。1895年,他创作了《桃花梦传奇》和《潇湘雨弹词》,后登在自己创办的《大观报》上。1898年,他又模仿《红楼梦》创作了《泪珠缘》,成为说部名家,享誉文坛。由于他家的书启是《新闻报》驻杭州访员,因此他了解报纸的运作方式,加上才子梦的诱惑,他小时候便喜欢向上海各报馆投稿,成人后,更是积极投身文化事业。20岁左右,他倡办了饱目社,成为当时杭州绝无仅有的图书馆和石印局。不仅如此,他还用石印铅印的机器来办报,这成为他编辑事业的开始。1907年,他又到上海创办著作林社,继续他的编辑事业。1911年,因为许瘦蝶的介绍,他被王钝根聘为《自由谈》特约著述,发表游戏文章、译著及

---

① 张謇:《张季子九录·政闻录》卷一,中华书局,1932年,第20页。

创作《黄金祟》《玉田恨史》等,成为《自由谈》的骨干。

如果说写诗词歌赋的文学家,体察人情的话,那么兼具实业家气质的他,则同时关注的是物理。他从小就对"'格物致知'的所谓'实科'感到趣味,认定一切事物都有发生和发展的原因,中间都有深意存焉"。① 他把探讨事物本源作为消磨时间的方式,专注而投入,这种刻苦钻研的精神,奠定了他在学术和实业上的成就。为了探求科学,在科学尚未昌明的时代,少年的天虚我生只能通过上海格致书院出版的《格致汇报》来学习物理化学的知识。成年后,他在"清和坊开了一爿萃利公司,专运欧西的化学仪器到中国来",并把影戏带到了杭州。虽然这些现代科技为杭州人民打开了一扇接触西方新知的窗口,但是当时在保守闭塞的杭州,天虚我生被讥讽成"洋鬼子",他的传播新知的行为被讪笑为"尽把这种怪力乱神的东西搬到我们杭州城里来"。他的萃利公司在这种"高级黑"的舆论声中破了产。但是,他并没有气馁,而是认识到,要想利用新知,必须通过媒体的力量来传播新知,普及国民常识,破除人们头脑中的偏见,因此他一方面积极学习新知,一方面到上海办报,将新知和报纸结合在一起。这些为他后来办《自由谈》将科学常识加入到副刊中埋下了种子。

此外,他"性喜研究,凡遇一事一物,非至详其源,穷其理不止",这种专心致志的敬业精神,是他成功的重要品质。有人问他成功法宝时,他说"人有千条路,我有'一章经'"。所谓"一章经",又叫"三心两意"。三心,第一是决心,第二是耐心,第三是恒心;二意是自己满意,第二是使人满意。"自从规定了这个三心两意的座右铭后,我就认定目标,专心专志地向这一条路上走去,拿定了主义,抱定了宗旨,不再生出别的三心两意来自讨苦吃。"② 为此,他"每日清晨五时半起身,即为公司一切营业筹划,直至夜分十一时半不辍,他不以实业家的身份,向社会活动。尤不喜酬酢和无谓交际,上海市商会虽一度请他加入,他却说,我平生为人谋无不尽忠诚,但怕开会耳。于是刻一印以自娱,曰:国货之隐者"。③

---

① 俞冶成:《一位文学家兼实业家天虚我生的家庭访问记》,《健康家庭》,1939 年第 3 期,第 17 页。
② 巴玲:《天虚我生的成功史》,《礼拜六》,1935 年第 616 期,第 14 页。
③ 陈定山:《我的父亲天虚我生》,《掌故月刊》,1974 年 8 月第 36 期,第 81 页。

二、实业救国与家庭手工业

适逢大力提倡"工战",于是大力发展民族工业被提上了日程,这也就是实业救国思想的脉络,所以国人抵制洋货,即是此种思想的延伸。天虚我生从光绪末朝,就成为实业救国的积极倡导者,"处心积虑要提倡国货"[1]。作为实干家的他,并不仅仅把"实业救国"停留在空喊口号上,而是积极付诸行动,在行动中逐步总结出自己的国货思想。

他的国货思想与时贤一样,是为了抵制国外商品的倾销,阻止白银外流,振兴民族工业,实现国家富强。但与时贤着眼于棉纱纺织之类大宗商品不同,天虚我生在无庞大资金的情况下,把目标放在看似单价小,但进口总价大的牙粉之类。虽然当时日本的狮子牌和金刚牌牙粉仅三铜板一包,但是仅二者的一年进口"便有二百万之巨,恰当于纱的五分之一"[2]。为了显示抗日决心,他制造的牙粉在未发行前,即命名为"无敌牙粉","包装图案则是:球拍,蝴蝶,玫瑰三种交互组织。其意义球拍是一网打尽金刚狮子。蝶是我父子的本名,父字蝶仙,子名小蝶,而无敌即为蝴蝶的谐音"[3]。在原料和包装上,天虚我生坚持独立自主,决不依靠日本进口。这个理念现在看来,似乎没有世界贸易的眼光,但是积贫积弱的中国,处处受制于人,坚持独立自主,建立本民族自给自足的生产链条,是必然之选。因此,天虚我生又创办了碳酸镁牙粉原料和装潢所需要的太仓薄荷厂、营口滑石粉厂,还有家庭造纸厂、家庭工业印刷厂、家庭制盒厂、无敌牌玻璃厂。正是这些工业相互配套,才有了无敌牌牙粉在国内的长期独存,甚至一度打败日本狮子和金刚牙粉,成为行业翘楚。此后,他又造各种化妆品、造酒、造药、造纸、造汽水果汁、造药沫灭火机等,都有相当的成绩。

生产方式上,天虚我生创办家庭工业社,以家庭为生产单位,坚持手工生产。在机器大工业生产的时代,回到家庭和手工,简直是拉历史倒车的行为。其实不然,天虚我生曾这样解释:

---

[1] 陈定山:《我的父亲天虚我生》,《掌故月刊》,1974年8月第36期,第79页。
[2] 陈定山:《我的父亲天虚我生》,《掌故月刊》,1974年8月第36期,第80页。
[3] 陈定山:《我的父亲天虚我生》,《掌故月刊》,1974年8月第36期,第81页。

> 我不是不会造机器,只是我们不愿机器来压迫我们的工人,使他失业。尤其是我们家庭工业社,二十年来,每一个工人,大都成家生子,他们父母子女都在我们家庭工业社里做工,他们一旦造了机器,拿装粉部分来说罢,一支装粉机的效能,至少可抵七个人,我们的经常开支果然要省得多。但是我们的六个工人失业了,这于国家是一利,还是一弊,从经济原理上讲,很难判断,不过,我以为是对的。①

这背后,恰恰是深具人道主义关怀的资本家的一颗仁心。解决老百姓的吃饭问题,才是最重要的。这种手工作坊式的家庭工业,恰恰是在深刻同情中国现实,不计私利后的大爱结晶。正是有了这颗大公无私之心,他才能把自己辛辛苦苦实验得出的各种发明,毫不保留地贡献出来,让人仿造,甚至还借钱给别人去做。其实,在《自由谈》上开《家庭常识》专栏就是他这颗忧国爱民之心的外在体现。

天虚我生在清末民初,宦游四方,积极探索实现国货救国的道路确是艰辛的。他早期的萃利公司因受旧势力的打击而宣告破产。但是游幕之中,他不忘初心,到处注意提倡手工业。他是监犯生产教育的最早实行者,他每到一处,必介绍自己的弟弟蓉仙管理监狱,从狱中选用能加以技术训练的犯人,创办习艺所。在镇海,他曾尝试制造汽油灯,在淮安他利用当地的稻草造草纸。而办牙粉厂,则是由于在去遂昌做幕宾的路上,看到一路的村镇充塞着舶来的金刚石牙粉,只在兰溪买到过一包杭州西医刘铭之用碳酸镁做的宝星牌牙粉,但是这种国产牙粉因成本较大,资金较少,推销方法不行而很快被市场抛弃,于是他决心试验牙粉。在镇海代理知县时,他偶然发现大量的乌贼骨被弃置,致使海滩成一片白色,于是决心研发,作为监犯习艺所的项目,却因上司的反对而流产。天虚我生一气之下辞职到上海,专心研发牙粉,并发誓"不想再仗一点公家的能力来办任何事业",决定走民营的路子,为无技术无资本无官方背景的平民闯出一条工业之路来。辞职后的天虚我生来到《自由谈》担任编辑,他创造性地将家庭工业与文学性的副刊相

---

① 陈定山:《我的父亲天虚我生》(续),《掌故月刊》,1974年9月第37期,第34页。

联系,挽救了《自由谈》的颓势,也走出了一条文学兼实业的救国之路。

第三节 《家庭常识》《工业须知》《集益录》等系列专栏创立

天虚我生担任《自由谈》主笔以后,面对困境,他积极探索新的编辑思路,从《新自由谈》《老申报》到《家庭常识》系列,经历了从文人办刊到实业家办刊的过程,因此《家庭常识》专栏的设立有一个历史性的过程。

一、文人办刊:游戏的《新自由谈》与怀旧的《老申报》

1916年10月31日,天虚我生编辑伊始,即发布游戏文章《召请投稿家》,相当于征稿启事:

> 一心召请滑稽雅客,谈笑鸿儒,偶然下笔千言,博得哄堂一噱,本来面目,无非识字酸丁,绝妙形容,有似登场小丑,于嬉戏笑,远追苏玉局文章,近法缪莲仙,如是诙谐入妙之流,诸位先生等众,惟愿承《申报》力,仗《自由谈》,后日明朝,齐来投稿云云。
>
> 一心召请,中年才子,小说名家,全凭阅历工夫,半是牢骚著作,荣枯局面,不由上帝安排,生死关头,竟替阎王发落,于戏却说再提双面到,美人名士一身兼,如是稗官野史之流,诸先生等众,惟愿承《申报》力,仗《自由谈》,后日明朝,齐来投稿云云。
>
> 一心召请,中华学士,外国通人,欢迎福尔摩斯,熟识科男达利,马丹麦歇,专工儿女言情,凯撒苏军,却说帝王历史,于戏读者须知来路货,看官非复外行人,如是博通中外之流,诸位先生等众,惟愿承《申报》力,仗《自由谈》,后日明朝,齐来投稿云云。
>
> 一心召请,再生元白,转世苏黄,夙工七五之言,尤擅短长之句,填成小令,无须七宝装成,演作长篇,好用三弦弹出,于戏祖述总夸风雅颂,名家合数宋明清,如是吟风弄月之流,诸位先生等众,惟愿承《申报》力,仗《自由谈》,后日明朝,齐来投稿云云。

四 通俗文学与报纸副刊

  一心召请,通今博士,掌故专家,搜罗海外奇谈,邀集坐中佳士,多闻多识,居然纪事之珠,载笑载言,赛过留声之器,于戏小品齐登新说苑,大家争续旧聊斋,如是谈今说古之流,诸位先生等众,惟愿承《申报》力,仗《自由谈》,后日明朝,齐来投稿云云。
  一心召请,明眸师旷,聪耳周郎,皮黄梆子,皆精科白弓儿,并擅墨池雪岭,竟成菊部春秋,檀板金樽,偶涉花丛月旦,于戏评论不离生旦净,党争只在贾梅冯,如是审音识曲之流,诸位先生众,惟愿承《申报》力,仗《自由谈》,后日明朝,齐来投稿云云。①

从这篇游戏文章式的征稿启事来看,天虚我生一开始,仅仅着眼于自己的才子身份,从文人情趣出发,步王钝根最初的编辑思路。其专栏设计仅有谐文、小说、诗词歌赋、诗话词话、戏评、笔记掌故等栏目。而且作者都是天虚我生,前几期基本上可以看作是天虚我生的个人专栏。可见创作阵营不强大,稿源不足。从专栏的变化来看,天虚我生还是积极寻求破局之途的。

他于11月10日,在《申报》第5张新增第二副刊《新自由谈》。天虚我生本身就是制谜高手,他把这种文人的奇思妙想运用到办刊中来。他在《小说谜》栏目的小序中说:"兹创一格,为小说谜,先由一人撰成半部,揭载本栏,请人赓续,至多以三千字为限,润资照常加倍,如有佳作,取额不限一篇,情节务取复杂离奇。如三千字不能结束者,不妨更留余步,让人再续。兹拟侦探半篇,请阅者注意,如蒙赓续,务于一星期内投寄,本馆凡投稿家亦得仿照此例,试撰言情社会半篇,寄由本馆悬赏征续,但作前半篇者,酬润照常。"②从中可以看出,《小说谜》基本上是小说加谜语加集锦小说的组合拳,完全是一种文人斗智赛巧的文字游戏,表现出文人的审美趣味。此外还有游戏问题、笔记等。从审美上而言,《新自由谈》完全是《自由谈》的翻版,从栏目设计上看,《新自由谈》是第二《自由谈》,是一种重复建设,无所谓"新"。而此时正处于新文化崛起的当口,《新自由谈》"换汤不换药"的做法,自然抓不住

---

① 天虚我生:《召请投稿家》,《申报·自由谈》,1916年10月31日。
② 天虚我生:《小说谜》,《申报·新自由谈》,1916年11月10日。

新读者,也因一味因循而使老读者失去兴味。因此,他把目光投向怀旧。

《新自由谈》的"旧"抓不住新读者,老口味吸引不了旧读者。于是,天虚我生将目光投向《申报》的起点,假"老"《申报》四十年来的精华,来打造一个怀旧的园地,以此化旧为新,新瓶装旧酒的方法来解决稿源和读者的问题。1917年1月26日,《申报》发布《本馆启事》:"本馆启事:本报自今日起,将《新自由谈》并入《自由谈》内,于第五张另辟一栏名曰《老申报四十年来之回顾》,摘取本报四十年来所载奇闻异事以及政治风俗诗歌游戏等类,以饷阅者,其气味与近时作家大有不同。足以觇文字递嬗之风,亦足以当笔记丛谈之资材,谅为阅者所欢迎焉,谨启。"①摘取四十年来《申报》中的诗词歌赋,奇闻异事,看似是观文风之变迁,实际上是提供一个时光隧道,将美人名士圣贤英雄的作者和崇拜者囊括其中:"报纸之经历,即全国全世界人之经历也。"其内容皆是"当世圣贤英雄美人名士所愿闻"和"崇拜圣贤英雄美人名士者所乐阅"②的,以此稳住《申报》副刊的阵地。因此,其内容有"四十年前之铁路""尊闻阁笔记""花丛谈屑""文苑"等,在这里,大家可以回顾过去的人事轮转,器物变迁,品评花丛美人,欣赏才子诗文,感受今昔之变,留住时光,在剧烈的时代变动中感受"不变"。这种栏目因稿源充足,抓住老读者的阅读心理而具有旺盛的生命力,一直持续到1918年10月10日。后来陈冷血接编《自由谈》后,将其并入《自由谈》成为其中一个栏目。

《新自由谈》名新而实旧,抓不住读者;《老申报》倚老卖老,却赢得了老派读者的心。它们代表了《自由谈》在某段时间风格的演变,对研究《申报》及中国副刊史是有价值的。但是真正推动中国副刊发展的,则是将现代知识引入到副刊的《家庭常识》系列专栏。

二、实业家办刊:《家庭常识》系列专栏

作为才子,以审视人情为专长,天虚我生立足于此,增刊《新自由谈》,虽把准了时代趋新的脉搏,但是旧才子无法打造出真正的新文化的平台,因而

---

① 《本馆启事》,《申报》,1917年1月26日。
② 尊闻阁选:《老申报四十年来之回顾·缘起》,《申报》,1917年1月26日。

《新自由谈》人气寥寥；经过一段并不成功的摸索之后，他反观自身，自己还是个实业家，何不利用《自由谈》的平台，"介绍实用的科学智识"①，不仅可以创新专栏，而且能够以家庭工艺，实现自己国货救国的理想。1916年12月1日，天虚我生在《新自由谈》添设《家庭常识》一栏，第一次将实用的科学知识作为专栏内容纳入到副刊的范围，这不能说不是一个创举。周瘦鹃若干年后谈到这一事时还兴奋地说："《家庭常识》与《益智录》当时大受读者的欢迎"，"这真是《自由谈》一页很有荣光的历史啊"！②周瘦鹃知道，当时的报纸倡导实业救国，正是当年大众的期盼。

天虚我生在《自由谈》《新自由谈》上介绍现代科学知识的系列专栏共有五个，起止时间如下。《家庭常识》：1916年12月1日至1918年10月29日。《新食谱》：1917年1月31日至1917年5月31日。《杂录·验方摘要》：1917年3月2日至1917年10月18日。《工业须知》：1917年4月18日至1918年9月14日。《集益录》：1917年4月11日至1918年9月9日。其中《家庭常识》一栏"逐日选刊，切于家庭实用之件"③，如1917年3月1日，《家庭常识》介绍防鼠之法："碗橱中置花椒，可以逐鼠，如地板上有鼠所出入之洞穴，则用破布浸水中，渍花椒其上，塞于洞口亦可却鼠。"诸如此类不一而足。他们为现代家庭生活提供了知识指导，有利于提高现代生活的质量。《新食谱》专载"中西餐品方法"④。如1917年1月31日，天虚我生介绍了西米布丁和香蕉布丁的做法："珍珠粉即西米，用水浸透，沥去水，入牛乳鸡蛋及糖，于文火锅上搅成极厚之粥，倾入油锅煎之，起锅后加以柠檬汁一滴。香蕉布丁：干面包屑两杯，香蕉一杯半，葡萄半磅，用磁盘一只，以纸厚为栏，中铺面包屑一层，上加葡萄一层，香蕉一层，再加面包屑盖面，调鸡蛋及牛乳浇上，蒸半点钟即成。"1917年4月10日，《新食谱》又介绍玉兰片的做法："玉兰片即木笔花，近日方盛开，采取纯白无瑕之瓣，用面粉和鸡蛋清搅成浆，加白糖少许，将花瓣蘸满麦浆入油锅炸之，香脆可口，市上所售，系用茨菇片代，味苦无香，不足拟其高一

---

① 俞治成：《一位文学家兼实业家天虚我生的家庭访问记》，《健康家庭》，1939年第3期，第18页。
② 周瘦鹃、黄寄萍：《本报六十年来之鳞爪》，《申报·自由谈》，1932年4月30日。
③④ 天虚我生：《家庭常识汇编第一集之内容及预约之办法》，《申报》，1917年5月21日。

也。"这些美食的介绍,增加了家庭生活的乐趣,有利于培养现代家庭健康的饮食习惯,更有利于中西饮食文化的交流。但更与实业有关的是《工业须知》,专载"工业上应用各种制造方法"①。《工业须知》中介绍了洋烛、肥皂、人造象牙、捕蝇纸、蓖麻油、火漆、桑皮纸、电镀金银、甘蔗糖、冰淇淋、摄影法等工艺的做法,详细而具体,既介绍材料,又介绍工艺步骤和注意事项。如人造冰的做法:

> 人造冰之简易法:(一)煮沸水清水一百份,挽入食盐二份,煮之数滚,入桶悬于井中(如无井亦可不必,惟成冰稍缓耳),迨冷即可应用。(二)制造手续:水槽二重,外盛清水,内置沸过之冷水(按,即上述煮沸迨冷之水),将生寒剂(配合法录后)投入外槽水中,夺去内水之热,越三四小时即凝成坚冰,所出之冰与天然者无异,寒冷性亦可稍减。(三)生寒剂之配合硝酸铔(按:即硝酸安母尼亚,仪器馆购,每半磅约一元),四份与食盐,八份溶解于五十份水(按:即外槽所容之水)中,效力甚强,成冰亦速,(注意)硝酸遇热易炸,用时且宜留意。②

这份制造方法含配料、手续、相关制剂的做法及注意事项,完全可以操作,而且成本低,完全人工,可以用家庭作坊的方式进行生产,符合天虚我生的实业理想。此外,他拓展了工业的边界,将中国纺织业重要构成的桑蚕业纳入其中。比如1917年5月2、3、4、5、6日,连续五天介绍育蚕简法,作者分析了中国桑蚕实业退步的原因,主要在于"劳守旧法,不讲新理,饲育不得其法"。这不能不让人联想到茅盾《春蚕》中的老通宝不讲新理,迷信保守而致使蚕业受损的情节。为了阐明新理,作者将养蚕从器具的准备,蚕种的选择,到蚕种的培育步骤及注意事项条分缕析,共拟成21条,可以作为养蚕人的秘笈。对破除当时江南地区养蚕中的封建迷信,将中国桑蚕实业推向现代化具有重要意义。《集益录》"专为学术上之研究而设,此问彼答,以收集思广

---

① 天虚我生:《家庭常识汇编第一集之内容及预约之办法》,《申报》,1917年5月21日。
② 一帆:《工业须知》,《申报·自由谈》,1917年7月2日。

益之效"①。《集益录》是《家庭常识》的延伸。此栏采用问答的方式,在读者和报刊之间形成一种良性互动,使得介绍的知识有针对性,在问答中将知识引向深入,为读者答疑解惑的同时宣传现代科学知识。如1917年4月11日该栏创办时,即有三个问题,这里仅就第二个问题为例进行论述。问题为:"铜质茶壶中装置茶叶之孔胆瓶时被茶叶浸成黑色,且黏有类似烟煤之黑屑,从龙头中流出,其体极轻,全浮于茶碗面上,有无善法以除其弊。"②4月20日,即左丹君来函给予解决方案。左丹的回答将时常生活中的化学现象解释得清清楚楚,并教读者如何运用化学知识来更好地运用器具,类似于一个个生活小妙术。而且,《集益录》的这种问答方式,是一种开放式平台,充分利用了现代传媒的力量,打破了个人知识的局限,延展人的交际范围,搭建了现代生活知识的"BBS",同时增加了《自由谈》的活力。《杂录·验方》专载"曾经实验有效之各种治疗方药"③。如1917年3月15日的《验方摘录》中关于治疗误食砒霜、鸦片的方子:"用铜绿五钱、胆矾五钱、黄连四分,研为极细末,每用一分许,男左女右,用笔管吹入鼻中即呕。始呕后似中风瘫痪不能动,转即用甘草四两煎服之,立愈。"④实际上,这个专栏打造了一个虚拟的临床验方空间,大家将药方的使用情况拿出来分享,验证其是否有效,能否改进,对于疾病的防治有着重要的意义。同时,这个栏目背后,蕴藏着现代实证主义精神和中医重视经验的传统理念。

这些栏目在刊出后,大受读者欢迎,于是"《家庭常识》刊成专册发行,不到半月,所印的十万册,统统销售完结,可见当时一般人对于陈先生的信仰了"。⑤内容涵盖各种实验,治疗药方,中西食品烹调方法,工业应用各种制造方法,全书分八集,有家庭医库两集,医学常识、家庭医术、学医捷径、家庭细菌学、家庭教育、儿童教育鉴、最新园艺法、最新艺树法等。可以说是一部家庭生活与家庭工业的万宝全书,至1930年3月,该书已经印刷达14版,前

---

① ③ 天虚我生:《家庭常识汇编第一集之内容及预约之办法》,《申报》,1917年5月21日。
② 紫骏:《集益录》,《申报·自由谈》,1917年4月11日刊。
④ 乐禅堂主人:《验方摘录(续)》,《申报》,1917年3月15日。
⑤ 郑文汉:《手工业全才天虚我生传略》,《教育与职业》,1941年第194期,第47页。

后发行"多至百余万部,开出版界之新纪录"①。这些专栏及后来的汇编,不仅为国民生活决疑解惑,而且普及了现代科学知识,推动了日常生活的现代进程。它直接促成了天虚我生"家庭手工业式"的实业救国理想的实现。有一次,读者问到"用牙粉擦面,可去烟容油光,但是眉毛要脱落,有什么补救方法?陈先生又介绍用碳酸镁牙粉,只因为当时碳酸镁售价极贵,而且做牙粉手续也不简单,所以有人纷纷的要求他制造出售"。② 在读者的鼓励下,他将稿费作为资本,开始创造牙粉。由于《家庭常识》等专栏为他培养了一大批各地的遥从弟子,这些人成为他家庭工业社的会员,将他的家庭手工业的思想带到全国各地,辅助实践。虽然过程艰辛,但是在天虚我生及其追随者的努力下,家庭工业社的资本从开始的一万元,到一二·八时期,已经达到60万元,活动资金在150万元以上。天虚我生还将《家庭常识》专栏的成功经验复制到其他刊物上,推动家庭手工业思想的传播,如《机联会刊》《自修》《健康与家庭》都成为他的宣传阵地。此外,他还影响了《申报》增刊《常识》的设立。自《家庭常识》系列专栏广受追捧后,追求知识性成为副刊的又一大特色。现代知识普及在中国现代性进程中的地位亦逐步得到重视。因此,1920年6月1日,《申报》正式设立《常识》增刊,此增刊一直持续到1927年3月23日,保持了旺盛的生命力。它不仅直接继承了《家庭常识》系列专栏,而且扩展了《家庭常识》专栏的边界,将常识与国民性的养成相联系,将道德、法律、卫生、经济都纳入到常识的范围,认为"道德为共和国之根本","法律为保障人民之具","卫生为强种强族之要","经济为国家与人民生活之源泉"③。《常识》从实业救国拓展到中华民族全面走向现代的高度,不能不说是对天虚我生实业救国及《家庭专栏》的继承和发展。从现在看来,天虚我生的实业,不过是小打小闹,但中国清廷积弱多年,冰冻三尺非一日之寒,当时的中国在实业救国的路上,正像一个孩提的学步,而天虚我生就想做一个学步孩提的保姆,做一个"国货之隐者"。或者说,他在办实业上也不过是个"儿童",只不过他在中国当时幼年性的实业发展上,能做一个有自己

---

① 华清波:《书天虚我生》,《小工艺》,1940年第2卷第5—6期,第3页。
② 俞治成:《一位文学家兼实业家天虚我生的家庭访问记》,《健康家庭》,1939年第3期,第18页。
③ 《发刊词》,《常识》,《申报》,1920年6月1日。

想法的"孩子头"而已。小打小闹是一个必经的阶段,因此他也有自知之明:名之曰:"家庭手工业社",这种普及而又实用的知识却非常受到广大市民读者的欢迎。

第三章　陈景韩的《自由谈》：新锐与政治文化批评

1918年10月9日，天虚我生因为家庭手工业社的事务渐趋正规，无暇分身打理《自由谈》的编务，遂辞职。史量才一时找不到合适的继任人选，只好由总主笔陈景韩暂时代编《自由谈》。从1918年10月10日至1920年3月31日，陈景韩负责《自由谈》的编务，但从1919年5月起，陈景韩已将实际编务交周瘦鹃代理，不过这是周瘦鹃的"实习与考察期"，名义上还是由陈景韩主编"自由谈"。因此，本章重点讨论1919年4月30日之前半年多时间内，陈景韩主持的《自由谈》。当然，在1920年4月1日正式聘任周瘦鹃之前，他还得有所关涉。

在陈景韩主持期间，新文化运动蓬勃展开，反思传统文化，重估一切价值，努力向西方学习，求新求变，成为时代主潮。新文化阵营的报刊如《学灯》《觉悟》《新青年》等对青年读者有着极大的吸引力，而且他们挟西方理论的力量，对通俗文化阵营展开猛烈的抨击，通俗文化的趣味、消闲和继承传统一下子变成了反动、落后的东西，于是《自由谈》的处境相当尴尬。通俗作家靠卖文为生，市场是他们的生命线，而青年读者纷纷流向新文化刊物，更让他们感到前景堪忧。于是，顺应时潮，以改革求发展，成为他们必须面对的现实。而在此前，姚鹓雏等人主编时的旧派风格，即已经让《自由谈》一度陷入困顿。天虚我生《家庭常识》系列栏目的引入，一度缓解危机，实际上是对市民生活现代性及实业救国时潮的正确用药，但以五四前夕的形势也不一定相符了。作为报界元老的陈景韩，一上台，就开始了《自由谈》的改革。结合前人的成功经验教训，正确把脉时潮，从自身文化资源和《申报》的现实出发,推动《自由谈》顺应时潮,追求新锐。陈景韩积极废除游戏文章等传统文人论政的方式,将时评引入副刊,开创主笔个人专栏,实现副刊论政的现代性,适应新时代副刊引导舆论的需求,增强了副刊的政治文化批判功能;他以现代人的游记、科普小品等文学品类来替代传统的诗词歌赋、笔记、笑话等文类,用现代文体承载现代知识,在比较中探视中西国民性,从内容和形式上实现了副刊文学的现代转型;他将照片引入到副刊,开辟了摄影专栏,传播中西物质文明成果,将副刊带入到"读图时代",拓展了副刊新的审美元素。无论是摄影,还是专栏设置和副刊主题内容,多采自西方,很多都是译介西方现代事物。因此,陈景韩主编《自由谈》的时代,是传统文人色彩薄弱的时代,是《自由谈》积极追求新锐的时期,是最具社会文化批判的时代,也是西方情调和现代特征比较彰显的时代。

第一节 时评入副刊:副刊论政的现代转型

《自由谈》从设立伊始,即力求争取言论自由,因为当局的压制,《自由谈》常常成为"不自由谈",只能采取游戏文章等方式发表政见,监督政府,为市民代言。同时,游戏文章等方式亦兼顾作者和读者所同具的传统文人的审美情趣,因此,游戏文章自1911年8月24日至1918年10月9日,一直作为《自由谈》乃至其他大报副刊的首席栏目,充当着副刊政论角色。这种游戏文章的模式,虽然符合了当时的言论环境和市民审美需求,但是随着新文化运动浪涛的逼近,读者市场和文化环境的趋新求变,北洋政府对舆论管控的力不从心,游戏文章作为副刊政论的话语方式显得越来越不合时宜。而此时,陈景韩将其"时评"带上了《自由谈》舞台,实现了副刊论政的现代转型。

一、陈景韩及副刊时评

陈景韩(1878—1965),笔名景、景韩、冷血、冷、不冷等。江苏云间人,即今之上海松江人。早年思想激进,为求救国救民真理,主动放弃科举之路,考入武昌武备学堂,戊戌政变后因受唐才常起义事牵连,东渡日本,加入兴中会,参与反清革命。1902年到上海,担任革命报纸《大陆报》记者,积极从舆论上宣传武装反抗清王朝的反动统治。但陈景韩"政治立场似乎游移在革命与改良之间",他思想驳杂和性格冷峻理性,使得他"思考或处世的周全"①,能够很快地超越党派,于1904年投入到维新派狄平子(楚青)创办的《时报》担任编辑,以不党不私的立场,公正地发表言论,为大众代言。正是这种公正的立场和职业化的新闻素质,使得他自20世纪初投入到报界开始,先后担任《大陆报》《时报》《申报》等报纸的编辑或总编辑,从事报业工作达三十余年,俨然是报界常青树,对中国新闻报纸事业做出了重要贡献。他写作时评达26年,近万篇,创造了与梁启超"新民体"齐名的"冷血体",对胡适、鲁迅等人都产生过重要影响。胡适在《十七年的回顾》中曾言:"《时报》的短评在当日是一种创体,做的人也聚精会神地大胆说话,故能引起许多人的注意,故能在读者脑筋里发生有力的影响。……这种短评在现在已成了日报的常套了,在当时却是一种文体的革新。用简短的词句,用冷隽明利的口吻,几乎逐句分段,使读者一目了然……这确是《时报》的一大贡献。我们试看这种短评,在这十七年来,逐渐变成了中国报界的公用文体,这就可见他们的用处与他们的魔力了。"②作为此类文体在中国的首创者,陈景韩在《申报·自由谈》的改革中,又用了这种冷隽明利、近乎格言式的短评,为《申报·自由谈》撰写时评,主持舆论,在不同的时代又发挥了引领舆论的作用。但是学界对陈景韩的研究主要集中在陈景韩对《时报》的贡献及其对中国现代杂文的影响,忽略了他的时评对《申报·自由谈》副刊政论格调转型的贡献,进而忽略了他在新文化运动前夕革新《自由谈》的努力。

二、副刊时评的创立与主笔个人专栏

1918年10月10日,陈景韩在《自由谈》发表了他的第一篇《自由谈之自由谈》:

---

① 陈建华:《陈冷:民国时期新闻职业与自由独立之精神》,《东吴学术》,2014年第1期。
② 胡适:《十七年的回顾》,《胡适思想录(四)》,中国城市出版社,2013年,第1—2页。

《自由谈》今日又复自由改革矣。

今日自由谈之自由改革,悉以自由主意为主意,以每日闻见思想所及之自由及投稿所得之自由,集以编辑,不拘定格,故每日之《自由谈》有每日自由之象。此今后自由谈之自由也。①

这实际上是陈景韩改革《自由谈》的宣言书。文中明确地重申《自由谈》改革的旨归在于"以自由主意为主意"。第二天,他又在《自由谈之自由谈》中进一步阐明中国人的三大不自由:"世界各国所谓三大自由,中国人或不能享,集会有禁词也,报纸有查封也,不犯法之身体,有羁押也。"指出破坏自由的三大罪魁:"军令可自由听否也。会计可自由增减也。法律可自由制造也。官职可自由选择也。"②武人当道,不听中央号令,割据混战;政府腐败,财政收支缺乏监督,随意挥霍;议会混乱,贿选成风,不依法定程序颁布法律甚至宪法。这里的潜台词即是欲实现三大自由,须先恢复政治秩序,而破坏政治秩序的三大罪魁祸首在军阀、政府、议会。实际上,陈景韩短短的两篇时评,基本上框定了自他至以后周瘦鹃主持的十余年《自由谈》政治批判的对象。

代议制政治是民主政治的重要组成部分。但是,北洋政府统治时期的议会已经变成黑金政治的罪恶渊薮,陈景韩批评臭名昭著的安福俱乐部时说:"安福俱乐部五字不知何人所题,是何命意。论其实际,不过一政党之招待所耳,然而以今观之,此五字实字字相反。势既分裂,不得为俱;互相愤恨,不得为乐;脱离中止,不得为安;终无良果,不得为福;号令不行,不得为部;故与其为安福俱乐部,毋宁为危祸各恨散也。"③武人凶残,政府贪婪,是北洋政府的两大毒瘤,陈景韩痛斥道:"近今有二大患,武人与文人,武人之患,人多知之;文人之患,鲜有注意者,不知政治之浑浊,社会之龌龊,皆由是二'人'来也。"④简短几句话,将中国政治的弊端点得清清楚楚,语句短小精悍,且用判断性语言,观点犀利,读来痛快。

---

① 不冷:《自由谈之自由谈》,《申报·自由谈》,1918年10月10日。
② 不冷:《自由谈之自由谈》,《申报·自由谈》,1918年10月11日。
③ 不冷:《自由谈之自由谈》,《申报·自由谈》,1918年10月15日。
④ 不冷:《自由谈之自由谈》,《申报·自由谈》,1919年1月5日。

与政论相比,副刊时评略带诙谐,简洁明快,语言活泼。陈景韩将时评引入副刊,不是简单地将社论式的议论进行照搬,而是基于他对论说和副刊时评的特别认知。早在《时报》创刊之后,就紧接着发表《论日报与社会之关系》,将论说(政论)与批评(时评)做了区分。批评即时评的内容可大可小,重点在于指出其中的得失即可,目的是耳提面命;而政论的内容则限于国家大事,重点在于分析国家大政的来龙去脉,目的在于朝夕警醒国民。陈景韩担任《申报》的总主笔兼副刊主笔,每天必须在报纸新闻版写一篇政论或社论(按:陈冷接任总主笔后,逐步改为"时评",这里依然叫政论,以免与《自由谈之自由谈》的时评混淆)和一篇《自由谈之自由谈》。其政论全是国政大事,涉及南北议和、内阁更迭、总统选举、大员任免、对外借款、蒙藏问题等内容,而《自由谈之自由谈》的时评则既有政治批评如上述的国政大事,又有社会文化批评如新旧文化论争、中国国民性问题、人生感悟、家庭问题、妇女问题、劳工问题、交通物价等,可以说是大到国家大政方针政策,小到细民日常生活,信手拈来,"耳提面命,随时以提撕我国民者也"。这些内容,多在《通俗文学作家的时评杂感》一章中已有涉及,此处不赘。除内容之外,最主要的是话语方式不同,政论的话语方式是"长而详",时评的话语方式是"简而明"。如同是谈大总统徐世昌赦免张勋,政论如是评说:

> 赦张勋而又使之平鲁匪,不可也。赦张勋,原亦不可,特以与张勋同罪者,俱赦,故张勋亦未始不可赦,不赦张勋而又不能明正张勋之罪,与赦张勋无异,故曰:赦张勋可也。
>
> 特是张勋所以敢冒大逆者,以其有兵权也。张勋以后所以可患者,亦恐其有兵权也,津浦之间,受张勋兵害者,尽人而能知也,不必论其复辟之罪也,今若赦张勋,而又令之平鲁匪,是复授以兵权也……由前之说,我为北派将领羞,由后之说,我又不能不为主持此事者之命意有所怀疑矣。①

---

① 冷:《张勋与平匪》,《申报》,1918年10月26日。

赦免张勋是总统姑息养奸,今又使其重新掌兵,更是放虎归山,遗患无穷。他进而借此抨击武人为祸皆在兵权,有兵权就可不听中央号令,才导致张勋演出复辟闹剧,纵兵为祸的惨剧。假此张勋被赦一事,将政府与军阀一并痛斥。在同一天的《自由谈之自由谈》中,陈景韩说:

> 张勋本称为张大帅,现在又经东海(徐东海即徐世昌——引者注)大赦,可改为张大赦,大帅大赦一而二,二而一者也。
>
> 复辟与大辟同为一字,不在何意?张勋因复辟而几至大辟,岂同字之意乎?张勋复辟不成,故大辟亦不成。①

大帅可大赦,指军阀特权,政府颟顸;复辟而不遭大辟,亦指军阀骄横,政府颟顸。政论与时评的意思一样,但是表述方式相异。政论重在分析张勋的可赦免与不可赦免,试图通过分析原因来点出中国的祸害在军阀拥兵自重,政府滥作为;而时评则是以判断句的方式,点出大帅大赦一而二,二而一;复辟不成,故大辟亦不成,明利干脆。风格上,因为政论在新闻第一版,须正大庄重,故态度严肃,逻辑严密,语言冷峻,文长而透辟;而时评在文学性和娱乐性较大的副刊版,态度须略带诙谐,文学性强,语言活泼,感情稍稍外露。前者署名"冷",后者署名"不冷",正是风格的某种表征。此种例子很多,在这里就不一一列举。

与游戏文章相比,副刊时评态度纯正,文体更现代,读来更加明白痛快。在求新求变的时潮和相对宽松的舆论环境下,游戏文章终不免被淘汰的命运,代之以更现代的时评体。从外在看,时评比游戏文章更严肃。从接受效果上看,时评比游戏文章更明快,更符合都市快节奏生活下的阅读习惯。1918年1月28日凤公的《登百级债台记》用近2 000字的文章仿古游记,来讽刺政府借债度日,百姓苦不堪言的情形,以此痛斥北洋政府不顾国家权益,靠抵押国家资源来借债挥霍,无异于饮鸩止渴。而陈景韩则云:"昔人为借,责人为债,故借债者必与人有关系也。然昔人云者,戒人自今以后,不当

---

① 不冷:《自由谈之自由谈》,《申报·自由谈》,1918年10月26日。

复借也。责人云者,谓苟或借债必受人责也。然而中国历来之政府,无日不借债,而又不畏人责,彼造字者亦无可如何矣。"①通过债和借的构字,指出借债人必担责,日后应该慎借甚至不借,但政府视若无睹。

与以往的《自由谈之自由谈》主要以投稿为主相比,陈景韩的时评基本上属于主笔个人专栏。副刊主笔基本都是文坛名家,他们亲自主持副刊时评,有利于提升副刊言论的高度和格调。陈景韩作为报界元老,时评大家,他创设《自由谈之自由谈》个人言论专栏,大受欢迎,开风气之先,报界同人纷纷效法,大报副刊纷纷设置主笔个人专栏。副刊开始有了个人专栏,特别是主笔担任专栏作家,主持时评短论。如随之而起的严独鹤在《新闻报·快活林》的《谈话》,毕倚虹、李涵秋在《小时报》的《小言》,周瘦鹃在《自由谈》上的《随便说说》《三言两语》等,张丹斧在《百货陈列所》的《闲评》等,甚至影响到小报的个人专栏,如张丹斧在《晶报》的《小月旦》等。

第二节 专栏:译介西方新知的窗口

陈景韩革新《自由谈》的手段除了开创副刊时评和主笔个人专栏外,他还增加关于西方新知译介的栏目,继续增强《自由谈》的知识性,使其成为译介西方新知的重要窗口。

一、栏目变化简介

从王钝根到陈景韩,《自由谈》的栏目除了言论、小说连载及间或的漫画外,其他栏目的增删都处于动态变化中,这是《自由谈》长盛不衰的重要原因。到陈景韩接手时,他首先从自己的本行出发,将传统的言论专栏改为两个:一个是《时谈》,以投稿为主;一个是《自由谈之自由谈》,类似主笔个人专栏。《时谈》属于游戏文章废除前的过渡期,有"慨时诗",有主客问答式的"百问",有"感时联",有"闲评",基本是投稿人评论时事和社会百态的。如《旧店又新开》:"民国七年中,内阁更迭八九次,一般内阁人才,换来换去,总

---

① 不冷:《自由谈之自由谈》,《申报·自由谈》,1919年2月27日。

不外十八罗汉转劫。譬之戏场生末净丑有名的角色,不过寥寥数人,今日这个上台,明日那个上台,唱的做的,终看不出一曲真正拿手好戏,令人索然寡兴矣。或犹曰:此新内阁也,吾视之,依然一旧内阁而已。"①

这类文章虽然内容与形式都有可取处,但是因为陈景韩主笔个人专栏的设计,最后还是废除了。为了趋新,《老申报》《文虎识略》这些带传统文人审美情趣的栏目也都废止了,代之的有《常识》《学识》《科学闲谈》等介绍西方知识的小品,如有《新谈》《游欧杂记》之类的游记散文,有介绍西方风俗的《杂录》等。此外,他还积极利用照片普及之便,开设照片栏目,从中国山水风物、古代名器,到西方现代建筑,一一展示。它们为市民大众打造了一个集物质文明和精神文明、集文字和图像于一体的中西知识空间,借此讨论中国文化建设的未来。

第三节 游记小品中的文化批判

陈景韩时期《自由谈》的新锐还体现在游记小品中。通过游记小品对中西国民性展开对比与评论。

一、游记里的国民性观察

游记古已有之,多记山水及风土人情,历久不衰。至晚清,除记述山水之外,游记亦承担了介绍西方知识功能,甚至是使臣外访汇报西方情况的重要工具。前者如王韬的《漫游随录》《扶桑游记》;后者有斌椿的《乘槎笔记》,张德彝的《航海述奇》等。这些游记多记载西方先进的器物文化和制度文化,成为中国人了解世界的重要途径。此时,新文化运动勃兴,新文学家引进西方文化,重估传统价值,批评国民劣根性,影响巨大,各方纷纷发表文章,参与讨论,成为一时潮流。为了参与新文化运动,陈景韩发表了驻美使馆外交官王一之的《旅美观察谈》②《上海观察谈》《济南观察谈》等一系列文

---

① 小孤山人:《旧店新开》,《申报·时谈》,1918年10月20日。
② 王一之的《旅美观察谈》自1919年2月4日至1919年7月19日连载,共142天次,于1919年由申报馆结集出版,名为《旅美观察谈》,共274页,分上、下两部分,上部分名为《彼美人兮(上)》,下部分为《彼美人兮(下)》。

章,将美国文化"与吾国习尚互相比例",总结各自的"优劣利弊之点",①作为未来文化重建的借鉴。王一之(1887—?),字惕微,浙江杭县人,美国华盛顿大学毕业,长期担任驻外使领馆官员,此前正担任驻美外交官。《旅美观察谈》是其在美国生活游历时的记录。不同于以往"输入欧美国情者,政治为多,其外则为一切学艺,而社会风俗之事不兴",《旅美观察谈》则"专注意于彼邦之社会风俗"。以社会风俗为主,是陈景韩特别赞赏的一点,也是他介绍西方文化的立足点,因为"一国之政治学艺,其大端每与其国之风俗有密切之关系,故不知其国之风俗,而兴兴谈其国之政治学艺者,犹之不识其人之性情习惯而徒谈其人之言貌也"②。文章发表后,引起了读者极大的关注,周瘦鹃回忆陈冷主持《自由谈》时,特别提到,"更有王一之先生的《旅美观察谈》,也是脍炙人口之作"。③ 因为王一之先生文章中更是倾注了作者"发扬国光,涤除国耻之气力"。④

《旅美观察谈》以游历为线索,记载社会风俗及其与国民性、政治学艺的关系。他认为美国人喜欢运动,特别是篮球、网球、游泳、滑冰诸戏,所以身体健壮,"灵活敏妙"。而中国人性喜静,缺乏体育教育,所以麻将流行,身体不健壮,动作不协调。⑤ 后来他在《上海观察谈之一节》中继续阐发此观点,将缺乏运动导致中国人身体不协调描写得更具体:"其一再进行时,头部向前,上体向左右倾,肩背微曲,仿佛旧历元宵前后,儿童持之龙灯,可分一体数节也;其二,举足向前,而身首肩臂——麻木无姿势,海外华侨,大抵同犯此病,庞然一物,木立而前,又若旧俗出丧时之开路先锋,能行不能动,显分'行'与'动'为两事也。"⑥除身体上美国人健壮外,其国民性亦有可观处。首先表现在他们政府工作人员的敬业精神上。作者一次汇款2美角到纽约订报,但报社地点转移,作者的亏款执照早已丢失,但是银行工作人员"竟恳切查询,费执笔费时间,不以其款之小而忽之,卒至款能照领而后已。以视我

---

① 张竹平:《旅美观察谈·序三》,申报馆,1919年。
② 陈冷:《旅美观察谈·序二》,申报馆,1919年。
③ 周瘦鹃、黄寄萍:《本报六十年来之鳞爪》,《申报·自由谈》,1932年4月30日。
④ 史量才:《旅美观察谈·序一》,申报馆,1919年。
⑤ 王一之:《旅美观察谈》,申报馆,1919年,第5—7页。
⑥ 一之:《上海人精神之表面观》,《上海观察谈之一节》,1919年7月2日。

国内地包裹处邮政局员之恃势凌人,故意挑剔,其程度之相去,诚不可矣道里计也"。① 除地方邮局外,美国中央政府除了遵守世人皆知的清、慎、勤信条外,而"爱"与中国的"仁"一致,"只是中国之仁近代渐为一'伪'字掩没殆尽耳"。② 其次,美国的国民性还体现在尊重时间上。其国民"务疾速,重时间"。所以,"美国各街市行人,无论因事外出,或安步遣兴,均有一种准直向前之势,苟非专注一物而暂驻足,自更无东张西望,行止不定之态度"。惜时还体现在饮食方式上。为了避免耗费时间,美国人主要选择自助(Automat)饭店,自便(Self-service)饭店就餐。作者还兴致勃勃地详细介绍了自动餐厅和自便饭店的运营模式及其节省时间的原因。即便饮茶,也只有酒盏大小的茶杯,"虽欲缓饮长谈,亦若必不可能矣"。③ 再次,自立而无依赖性。这与美国人处理身后事的风俗相关。为了培养子女独立,富人一般不将遗产悉数传给子女;而是将遗物捐给博物馆,遗产则营"一种伟大之社会事业",或建美术院、博物院或办教育,使得人人得其实利。而为社会谋福利,不仅国人重之,而且受法律保护。④ 而中国的巨商大贾们则"因蓄妾多而子姓甚繁,盘剥重利,较量锱铢,积其辛苦所得,而付之子若女,任令挥霍无度,演成种种伤风败俗之举,不啻一生为子女忙。而为之子女者,御钻戒,驾机车,炫饰美服,辉耀人前,而以为甚荣也。扑克之会,缠头之费,一掷万金,不稍吝惜,而以为甚豪也"⑤。美国人的国民性还体现在尊重女性上。女子可以参政,担任议员时,能"敷陈己见,挥洒自如,全场顿露整齐严肃之容,或则力挠众议,声泪俱下,致旁坐侧身倾耳而听",原因在于"美民尊重女权,男子咸礼让自居"。⑥ 男女交往中,只要女性不愿意,男性则尊重女性自便。美国尊重女性,其重要原因在于,美国女性多从事中小学教育,尊重教师与尊重女性教育在美国人从小就同时进行,长大后形成习惯。美国人的国民性还体现在对伟人的崇敬上。美国人崇敬华盛顿、格兰将军、李将军,他们身

---

① 王一之:《旅美观察谈》,申报馆,1919年,第131页。
② 王一之:《旅美观察谈》,申报馆,1919年,第132—133页。
③ 王一之:《旅美观察谈》,申报馆,1919年,第53—56页。
④ 王一之:《旅美观察谈》,申报馆,1919年,第33页。
⑤ 王一之:《旅美观察谈》,申报馆,1919年,第37—38页。
⑥ 王一之:《旅美观察谈》,申报馆,1919年,第4页。

上体现出美国人"积极行动而富勇气"的特点,他们能以坚强不屈的浩气,履险无畏的大勇,与其坦白无私,中正无偏之积极行动,以御外侮,以弭祸患于发端之始,使得美国建国后从未被侵略。同时,作者反思中国的爱国主义,多崇敬如屈原这样的孤忠亮节,富于爱国情的人,而缺乏像华盛顿、格兰将军这样能有积极爱国行动的伟人。作者希望中国的爱国主义教育能够"永葆感情上之所长而兼蓄夫美利坚立国精神之勇与气"。①

作者也指出了美国及美国人的消极面。美国虽然工业发达,城市文明程度极高,但污染严重,如芝加哥"为美国第二大城,终日烟雾蔽天,自街心仰望云霄,犹堕深井而翘首向地面,只一狭长之空隙耳"。② 社会贫富差距大,阶级明显。城市里有明显的富人区和贫民窟。富人锦衣玉食,穷人与黑人则整日劳作,不得温饱,过着非人的生活。美国人虽强调独立不依赖,但有时矫枉过正,在社会保障体系不完善的情况下,子女又无必须赡养父母的责任,许多老人晚景凄凉。因为信息不发达和报刊的不负责任,美国人对中国人有着深深的误解和歧视,作者举了唐人街外的一个陈列馆:

> 唐人街门外,尝有不伦不类之壁画,即最恶劣之布景。视其布景处,仿佛置身陋巷间。其本有之唐人街,实无若是之陋地。观其壁画,大抵诬捏中国侨民之怪现状,如大西洋城 Allantde City 所见者,几疑在此地下层,别有怪异小说中之魔窟,令人莫不发生一种好奇心。如纽约 Bronx park 夏期万国教育陈列会所见者,左壁为赌窟,右壁为烟窟。一若烟赌两大害,为我中国人所特具者,宁非我华商极大之耻欤?若降阶而进之观客,毫妙肖之处,彼之所谓中国人,均系烂泥粗制之塑像,旁置各用器,无一二不尘垢灰败,令人置身其间,几疑其中为万恶源泉,野蛮窟宅,察其塑像,所呈诸面相,男貌狞恶,女貌皆蠢陋,尤与我好和平之文明华胄,实际相反。其各塑像大抵区别列为若干小间,秽浊与昏暗极类前清时各州县之旧监狱,游人于栅栏外驻观,尚有引导人,逐步演讲,

---

① 王一之:《旅美观察谈》,申报馆,1919年,第184页。
② 王一之:《旅美观察谈》,申报馆,1919年,第26页。

穷形尽相而出之,诚可谓恶作剧矣。各陋室中所陈列,有饰殴妻状者,有饰烟赌状者,有饰润测字算命状者,而其终局必以一死了之,则饰设棺待殓之状况矣。此其内容之大概,亦以一"怪"一"奇"字酿成之也。①

这种蔑视的心理,使得发行十万份以上的《大世界》等报刊的漫画笔记,炮制了中国人猥陋粗鄙的形象,使得在全美人民眼光中,"以丑恶粗劣四字,赅括我华人矣"。这种凝视中国的东方主义思想,让作者愤慨,连言"此而可忍,孰不可忍!"

此外作者还介绍了美国如何预防疫病的方法,讨论了中国丝、茶、瓷在美国市场上份额的下降及其原因,这些都为我们后世研究疫病史和中美贸易史留下了宝贵的史料,丰富了当时中国人预防疫病的知识体系,也为中国商人的商贸决策提供了参考。

反思中国人的劣根性,一直是王一之游记的核心议题。他从1919年5月14到1919年7月9日,共发表了22则《上海观察谈》,1919年8月20日至1919年8月30日,发表了8则《济南观察谈》,指出上海人、济南人的一系列特性:无目的性、性急误事、轻易冲动、赶热闹、唯恐不好名、杨花水性、到处隔膜、同化力最可惊、诸事不求甚解、导创功能、时存非分之想、恣情放纵、只知模仿、好为大言、不自然、为己不为人、行乐无限制、有主张无办法等,透过上海、济南一隅来反思整个中国国民性。

王一之的"观察谈"系列,以亲身游历为依据,借此反思国民性,假《自由谈》的传播平台,参与到当时的新文化运动中去,成为反思国民性之一瞥。《自由谈》也因为这一系列关于国民性的专栏,而成为国民性讨论的重要阵地,提高了文化品格。这些游记夹叙夹议,情理并茂,替代传统诗词成为《自由谈》的重要文体,实现了其叙事方式的新变。

第四节 照片的中西世界

自王钝根起,《自由谈》就零星刊有图片,只是断断续续,不成规模。至

---

① 王一之:《旅美观察谈》,申报馆,1919年,第90页。

天虚我生后期,为继续增加开启民智的知识含量,《自由谈》增设了《益智新画》,但其图片往往为手绘,而且比较简单。

1918年10月29日,陈景韩发布《征求各地古迹照相片》的征稿启事:

> 中国为数千年之古国,各地研究照相之人,现亦甚多。本报因有征集各地古迹照片之愿,如有相片明显,而未见于外间印本者,斯为上等,每张酬洋二元,如相片明显而曾见于印本者,斯为中等,每张酬洋一元,如为印刷物而非原片者,不取,取者每日录其姓名于本栏,如有同式者,后到之相片寄还,不再奉酬,相片之后,须将古迹之历史略记之。①

经过几个月的征集,于1919年2月4日,《自由谈》刊出了第一张风景照。从此,《自由谈》就初具读图时代的特征。《自由谈》的照片主要分四个部分的内容:一是中国古迹图,主要是1919年2月4日到1919年6月5日连载的110帧古迹图;二是中国文物图,主要是1919年6月6日到1919年7月1日的25帧瓷器和北魏石刻图;三是欧美的建筑风景图,其代表作为1919年9月19日至1919年8月16日的27帧"世界伟观"建筑图,1919年9月4日至1919年9月17日的17帧意大利奇诺弗造像,1919年10月1日到1919年12月1日的56帧新大陆美景;四是从1919年12月23日至1920年1月18日的22幅世界运动照片。此时《自由谈》以照片的形式,直观地展示了中国悠久而辉煌的历史,在环球旅行还不发达的时代,它们真实地向国人介绍西方的物质文明成果,也及时向国人介绍世界运动赛事,给人以一种在场的感觉。作为一种新的艺术形式,照片进入《自由谈》,无论是内容的中西古今对比,还是形式的直观真实,都丰富了《自由谈》的审美符号,提升了其文化品位,有利于其实现富国利民的济世情怀。

在内容的选择上,这些照片让国人在古今中西的对比中,正视过去与现在的关系,正视中国与西方的关系,从而更好地进行中国的复兴与建设,从某种程度上,它是国人穿越古今中外物质文明的窗口。中国历史五千年,创

---

① 不冷:《征求各地古迹照相片》,《申报·自由谈》,1918年10月29日。

四 通俗文学与报纸副刊

造过灿烂辉煌的物质文明,这些物质文明不仅是一种视觉景观和旅游资源,其本身也是中国强盛过去和悠久文化的表征。在新文化运动强烈否定过去的历史语境下,征集这些照片,背后不无再现中国源远流长、灿烂辉煌文化的企图。为此,照片侧重展示中国繁盛的传统文化,体现历史的辉煌和悠久。这些照片中有4月30日的《虞帝二妃之墓》,展示远古历史与爱情生活。2月22日的《古枚里》讲述了大汉诗赋文化的辉煌。5月22日的《兰亭》和5月24日的《柯亭》诉说了兰亭雅集和蔡邕抚琴的风雅往事。3月12日的《四川成都薛涛井》让人联想薛涛的诗才和浪漫的爱情。3月5日的《文公书院》再现了朱熹讲学之所的清幽,折射出宋明理学的盛况。2月24日的《白帝城》、3月15日的《张飞墓》、3月28日的《玉泉寺》、4月25日的《武侯洞》共同演绎了三国时代英雄的慷慨悲歌和桃园结义的死生友谊,折射出传统道德的魅力。2月11日的《漂母墓》、2月19日的《韩侯墓》、2月22日的《戏马台》透视中国英雄文化和报恩文化的深厚内涵。2月13日的《温州江心寺》、4月2日的《山神庙》、4月5日的《庐山东林婆媳塔》、4月13日的《庐山西林塔》、4月16日的《镇江金山寺》、5月2日的《宜兴南岳寺》、5月10日的《文风塔》、5月11日的《北京西山岫云寺》等再现了中国源远流长的佛教文化。4月26日的《广东潮州湘子桥》,桥长百丈,每石一块,长五六丈,厚二尺余,为广东古代最大建筑物,它与4月28日的《荆山桥》、5月1日的《赵州大石桥》,一起展示了中国传统建筑文化的伟岸。拱北楼的铜壶滴漏"造于元延祐三年","凡四壶分上下四层,位置上三壶底,皆有细孔以滴水,筒笺承之,以次递注入箭壶中,有浮箭随水之高下而浮出水面,箭上刊勒时刻,分数如卯时则露一卯字,午时则露一午字,观图中浮箭可以知之"。精巧异常,"前明西人利玛窦精于制造仪器者,欲仿其式无从着手",以致"凡欧美人游历,无不造观焉"。① 其工艺体现出中国古人计时技术的高超。25帧古代瓷器与石刻,如6月11日的《宋磁天字坛》、6月12日的《宋宣和戏鹦图》、6月16日的《宋钧窑一号花鼓大滴》、6月27日的《康熙素三彩琵琶镈》、7月1日的《明法花天字坛》等,以文物的形式分别诉说了中国陶瓷工艺的发达和中

---

① 《拱北楼之铜壶滴漏》,《申报·自由谈》,1919年5月9日。

国一丝不苟的工匠精神。这些图片共同为我们展示了中国古代辉煌灿烂的物质文明和精神文明,这些都是中国人走向现代的起点,也是实现现代化的物质和精神资源。它们是真实的历史存在,对此,不能采取历史虚无主义的态度,一概忽视甚至否定。这些照片及其解说词中,也透露出对中国文化在近世衰落的隐忧。110帧古迹图中,有三处昭明太子读书馆,一处在湖北襄阳,另外两处在乌镇和青镇。昭明太子读书馆主要是为了纪念昭明太子喜文事,编《文选》的文化功绩,蕴含着对传统文化的尊重和敬畏。青镇的昭明太子读书遗迹图,则是"荒烟蔓草,景物全非,不复当年之盛况,仅存古迹数处,而墙圮屋漏,修葺无人,叹文物之日衰,嗟帝子兮何在,徘徊遗址,令人生无穷之感"①。此外,被誉为"粤城最古之名胜"的拱北楼也面临着因修筑马路而被拆毁的命运。这些无不隐喻着中国传统文化在现代滚滚车轮声中随时被碾碎的危机。

传统的优秀文化是中国走向现代的宝贵资源,西方的物质文明也是我们取法的榜样。《自由谈》介绍了25幅世界伟观图,通过建筑物的宏伟形式和造价之巨,来展示资本主义上升期的伟力。作为新兴的资本主义大国,美国的建筑创造了许多世界之最,而第一大城市纽约则是其中的代表。《自由谈》选取的"世界伟观"主要集中在纽约。纽约市的渥夫大厦,是当时世界最高的建筑。其地长152英尺,宽197英尺,屋高750英尺,自地面起,共55层,基筑于地下深自110英尺,至120英尺,全部建筑费美金1 500万元。纽约的布鲁克林桥,是世界最大桥,长3 537英尺,广85英尺,经过此桥者人有50万,车有5 000辆之多。纽约的税关,自1901年至1907年建成,造价达美金720万,以石砌成,雕刻甚精,结构宏壮,为全球冠。图片还通过建筑展示了美国发达的金融、新闻、文教、交通、娱乐事业。《纽约华尔街》照片以整体的方式展示了华尔街高楼林立,行人密集匆忙的场景,照片主体左为证券交易所,右为39层高的金库银行托拉司建筑。《纽约高架铁路》再现了高架铁路的雄伟壮观,其高5层楼,设有车站,以升降机资旅客。此外,纽约的河底铁路,旧金山树下隧道,都是美国交通业发达的表征。"纽约时报大楼"坐落

---

① 《昭明太子读书馆》,《申报·自由谈》,1919年4月17日。

于纽约最著名繁盛区域,适当百乐汇街第七大路及42号街之交叉点,为纽约屹峙摩空之一高屋,不仅如此,纽约第一流大报,大抵具此伟观,在彼殊不足异。可见,其报业资金雄厚,业务发达。哥伦比亚大学藏书室占地26英亩,历时10年建成,建筑费达1 300万美元。纽约公立图书馆造价900万美元,藏书160万卷,杂志陈列7 000卷,这些都折射其文教事业的规模宏大。娱乐事业主要体现在大剧院的规模,纽约城至大剧场为世界大剧场之最,座位5 200个,舞台深110英尺,阔200英尺。百老汇的麦迭孙广场更是大旅馆、剧院荟萃之地。其水族馆以大玻璃为蓄养池,几乎拥有当时所有水族,全天候开放,也是娱乐的好场所。此外,照片还通过巴黎的望多姆广场、巴黎集合广场、巴黎亚历山大三世桥及大旅馆、埃菲尔铁塔、巴黎国家音乐大学院、巴黎国库银行,来展示巴黎作为世界大都会的繁华。英国的圆桥大学,瑞士的蒲恒大桥、巫城、双柏陇隧道,都是欧洲经济文化发达的象征。这些建筑背后,彰显的是工业文明的发达,经济实力的雄厚。此外,它还通过意大利奇诺弗的造像、意大利崩碑邑(按:即庞贝城)、雅典卫城等照片,来展示欧洲悠久的历史和灿烂的文明。《自由谈》以照片的方式真实再现了欧美的过去的辉煌和现实的繁荣,为我们立体呈现了一个文明延续的欧美。它突破了文字的局限,更加直观,符合在大都市快节奏生活下人们的阅读习惯;与手绘画比,它更加真实客观,能够产生身历其境的审美感受。其高楼大厦,桥梁隧道,大学图书馆,巍峨高耸,均给国人以强大的视觉冲撞力,激发国人迈向现代化。让读者在图像的世界里,真实地感受中西古今文明的变化,在奋斗中前进,以恢复历史的荣光,迈进世界强国之林。

除了展示西方物质和文化上的辉煌过去和繁荣今天外,《自由谈》还介绍了中外的运动,如中国精武会的技击,西方的滑雪、跳水、踢球等运动方式,向国民输入体育方式,实现日常生活的现代性。

结语:时评入副刊,实现了副刊论政格调的现代转型,副刊的特殊载体又影响了时评的变化,推动了中国杂文的发展。游记和科普小品,突破了传统报章介绍西方时的猎奇心理与休闲美学,"正说"西方现代文明,为市民大众提供真实可信的西方世界;作为消闲文化与摄影技术的普及,引照片入副刊，丰富了副刊的审美符号，假图片介绍中西文物，宣扬中国辉煌的过去的同时，号召向先进学习，既反对民族虚无主义，又强调向西方学习的必要性。从某种程度上，陈景韩主编时的《自由谈》是对新文化运动的一种回应，是前期《自由谈》最富现代色彩和西方色彩的一段。

第四章　周瘦鹃时期的《自由谈》：
大众美学与家国情思

1920年4月1日,经过一年的考察,史量才决定把《自由谈》的主编一席交给年轻的周瘦鹃。但实际上,周瘦鹃于1919年5月就受陈景韩之邀,代其主持了《自由谈》,正如上述提及的这是他的"实习期",从特约撰述之名,经一年的考察,周瘦鹃正式接受聘书,成为上海第一大报纸《申报》的副刊主笔,年仅25岁。这是周瘦鹃实现人生理想的一次重大跨越。若干年后,在回忆当时的情景时,他还自豪地说,"我得意洋洋地走马上任,跨进了汉口路申报馆的大门,居然独当一面地开始做起编辑工作来","这在我笔墨生涯五十年中,实在是大可纪念的一回事"。① 自此至1932年11月30日黎烈文接手《自由谈》,周瘦鹃开始了他12年又7个月的《自由谈》岁月。他上任后,认真吸收前面五任编辑的经验教训,从市民大众读者的阅读需求出发,探索栏目,并不断花样翻新,回归副刊内容的文艺性,展示都市的时尚性,处处体现市民大众的审美趣味。与此同时,他运用时评杂感、讽刺漫画和特刊等方式,积极监督政府,反映百姓心声,抒发市民大众的家国情思,展示了都市媒体人爱国进步的一面。

第一节　从《自由新语》到《自由谈》：
以特约撰述与副刊结缘

在周瘦鹃笔墨生涯50年中,《自由谈》占据了其中五分之一长的时间,

---

① 周瘦鹃:《笔墨生涯五十年》,范伯群主编《周瘦鹃文集(珍藏本)》(下卷),文汇出版社,2015年,第582页。

与之可谓因缘殊胜。在这 12 年又 7 个月的时间里，周瘦鹃通过自己的努力，使《自由谈》达到了前 20 年未有的高峰，他也因这一平台获得了"自由之鹃"的美名，成为沪上报界闻人，甚至跻身海上一百名人之列。周瘦鹃能取得如此成绩，除了时势及性情、教育外，更重要的是他从 1916 年至 1919 年担任副刊特约撰述期间积累了丰富的经验，初步形成了自己的编辑理念。

周瘦鹃生于 1895 年，6 岁丧父，家里靠着母亲做女红养家糊口，尝尽了苦日子的艰难，他后来说："那时我们一家的生活，简直是比黄连还苦啊。"但母亲平时教导他"要争气，要立志向上"。为了努力向上，他从学校毕业，任短暂的教员后，就决心"下文海"，努力写作，像一部"写作机器，白天写写停停，晚上往往写到夜静更深，方始睡去。像这样大批生产，大批推销，当时就被称为多产作家，而在文艺界中站稳了脚跟"。① 年轻的周瘦鹃，不仅刻苦，还谦虚友善，在文艺圈积累了广泛的人脉，如天虚我生、包天笑、王钝根、王西神、陈景韩等前辈，也对他不遗余力地提携，是他顺利成长的重要援助；严独鹤、张碧梧、毕倚虹、江红蕉、范烟桥、郑逸梅、姚鹓雏、江小鹣、范君博、程小青、李涵秋、朱鸳雏、沈泊尘、钱瘦鹤、丁慕琴等海上文艺界名家与他交往密切，为他担任文字与漫画工作，使他能顺利组稿，蓄积了稳定的作者队伍。

他于 1916 年由中华书局邀请任编辑，实现了他由"文字劳工"向上海文化生产组织者的转变。同年 11 月 21 日，他担任《新申报》副刊《自由新语》的特约撰述。王钝根"因为兼营商业，暇晷极少，便委托我襄理一切"，周瘦鹃一边为《自由新语》写稿，一边代理编辑，居然做得像模像样，开始了他"破题儿第一遭尝试副刊编辑的生活"，自此与副刊编辑结缘。其实，周瘦鹃的副刊情缘，在读书期间即已结下：

> 我与报纸副刊结缘，足足有二十年了。在学校中读书的时代，除了正课不容放松外，余下来的工夫，就喜欢看小说和杂书，而尤喜欢看报纸的副刊。每天打开报纸来，那天来大的军国大事，可以付之不见不

---

① 周瘦鹃：《笔墨生涯五十年》，范伯群主编《周瘦鹃文集（珍藏本）》（下卷），文汇出版社，2015 年，第 580—581 页。

闻,惟有后面那张谈天说地、不关重要的副刊,却不可不读,真有一日不可无君之慨。不但是读过了就完事,并且一篇篇的剪下来,齐齐整整的黏贴在簿子上,分门别类,积久成帙。当时如申、新、时、民呼、民立、民吁、民权、舆论、太平洋、生活诸报的副刊,都是我的恩物,凡有小品佳作,无不什袭珍藏,当作宝贝一样的。①

正是基于这份对副刊的热情,他在担任《新申报》特约撰述期间,踊跃投稿,共发表文章 133 天次,其中小说 16 篇,计 14 篇为言情,如《情诠》《二十年之阔别》,小品文有介绍西方逸闻趣事和现代新知的《海客小谈》系列②,介绍西方爱国轶事的《老爱国家》等③,这些文章有小说,如滑稽幽默的《片语解颐录》④,还有传统的诗话。这些文章或译或著,内容涉及男女婚恋,旧学新知,注重兴味,雅俗共赏,强调时尚,注重文学性,语言精炼活泼,初步形成了周氏后来著作与编辑的基本取向。一年后,王钝根离开《新申报》,周瘦鹃也结束了《自由新语》的特约撰述生涯。由于这些稿件满足市民大众需要,符合此类大报副刊要求,加之文章能保质保量,周瘦鹃在副刊界声名鹊起。1917年1月1日,严独鹤要求他担任《新闻报·快活林》的特约撰述。他一如既往地投入热情,在《快活林》"谈天说地,花样百出"⑤,介绍逸闻趣事,登载格言谚语,述说情史艳迹,阐发莳花技艺,不一而足,相比《自由新语》,风格一致,但内容更加扩宽,如小说理论文章《小说谈屑》,欧美名人格言等,这些都为他担任《自由谈》的编辑作了演练。

他曾自述,他父亲在去世前,恰逢八国联军侵华,"老人家在病中忽作呓语,高呼'兄弟三个,英雄好汉,出兵打仗'","这一句话给了我一个十分深刻的印象"。⑥周瘦鹃走上文坛后,积极用笔执行父亲的"遗嘱",鞭挞帝国主义的罪行,参与反帝爱国的运动。他写作了《亡国奴之日记》《卖国奴日记》等

---

① 周瘦鹃:《我与报纸副刊》,《报学月刊》,1929 年第 1 期,第 56 页。
② 瘦鹃:《海客小谈》,《新申报》,1919 年 1 月 10 日—1 月 18 日。
③ 瘦鹃:《老爱国家》,《新申报》,1918 年 12 月 1 日。
④ 瘦鹃:《片语解颐录》,《新申报》,1916 年 11 月 21 日—11 月 26 日。
⑤ 周瘦鹃:《笔墨生涯五十年》,范伯群主编《周瘦鹃文集》(下卷),文汇出版社,2015 年 1 月,第 582 页。
⑥ 周瘦鹃:《笔墨生涯五十年》,范伯群主编《周瘦鹃文集》(下卷),文汇出版社,2015 年 1 月,第 580 页。

一批反帝爱国小说,宣扬爱国主义。担任特约撰述之后,他积极利用副刊平台,对帝国主义的罪行进行口诛笔伐,支持进步运动。可以说他就是在担任《新申报》和《快活林》特约撰述后,踏着五四的鼓点进入《申报》见习的岗位。5月31日他在《申报》上发表了他见习期的第一篇文章。从1919年6月4日至1919年9月2日,以"五九生"为笔名,写作了14篇《见闻琐言》,报导上海于6月3日的罢工与罢市,鼓舞民气,并追踪报道学生的爱国反帝运动,号召大家"永远把'五月九日'四字刻在心上,不可忘却"①,以此激励大家牢记国耻,爱国图强!他积极支持爱国学生运动,于1919年6月11日,作小说《晨钟——为北京幽囚之学子作》,声援学生,他将学生运动比作爱国的晨钟:"唤大家牺牲一切,救可怜的中国!"②他成为主笔后,更是积极利用《自由谈》的舆论阵地,投入到爱国运动中去。爱国文除了反帝,还含有抨击政府腐败,反对军阀混战等文章。因为只有澄清的政治,政府才能领导国民对内搞建设,对外反帝,中国才能走向独立富强。因此,从反帝爱国到抨击民国乱政一直是周瘦鹃创作和编辑的重要价值取向。

在特约撰述的时期,周瘦鹃不仅积累了编辑经验,而且初步形成了自己的编辑风格和价值取向,积极求新求变,将《自由谈》带入到一个新阶段。

第二节 花样翻新,迎适市民大众的美学趣味

《自由谈》的风格一直是处于变动中的。王钝根、吴觉迷、姚鹓雏基本上坚持趣味、游戏和言论自由。至天虚我生,趣味性减弱,知识性增强;至陈景韩,引进时评,展开政治社会文化批评,参与国民性讨论,趣味性进一步减弱,批判功能增强,呈现出新锐严肃的特点。但周瘦鹃更侧重于关注市民特有的美学趣味。作为民营报纸,必须以市场为导向,满足大众阅读需求,方能保持销售量,求得生存与发展。作为大报副刊,必须以读者为本位,向他们提供有趣味的作品,成为他们日常消闲娱乐的重要内容,以此调动他们的

---

① 五九生:《见闻琐言》,《申报·自由谈》,1919年6月4日。
② 瘦鹃:《晨钟——为北京幽囚之学子作》,《申报·自由谈》,1919年6月11日。

阅读兴趣,进而实现报纸经营赢利和寓教于乐的目的。周瘦鹃的文风和专栏花样翻新,处处彰显时尚性和文艺性,突出兴味,不仅吸取了天虚我生和陈景韩的关于知识性和批评性的优点,又避免了他们减弱趣味性的不足,这也是史量才选择周瘦鹃主持《自由谈》的重要原因之一。

一、市民大众的趣味美学

周瘦鹃的兴味美学是以市民大众为本位,以读者的需求为轴心,随时调整栏目变化,彰显时尚与文艺,突出其消闲娱乐功能,活跃市民大众的生活,同时又提高市民的审美能力。作为副刊的编辑,他从知识性、休闲性、娱乐性与可读性的角度考虑市民读者的需求;而一个大报,在这些方面既要有吸引力而又不可低俗。在这将近一年中,周瘦鹃动足脑筋开了几个不定期的"专栏"。例如,他连载了15篇《影戏话》,电影当时在中国就称为"影戏",这显然是一种新兴的时尚娱乐方式,周瘦鹃就抓住上海市民趋向于追求时尚的癖好,高格调地介绍具有时尚特质的"影戏"知识。他的《影戏话》是中国最早的系列影评。在当时,中国的"本土电影"基本上处于"余兴"阶段,大多是一种片段的5分钟短片,离艺术片还有一大段距离。但周瘦鹃已看出电影这种新兴的综合艺术有着巨大的发展潜力。因此,他认真借鉴外国电影的经验,加以倡导。他在《影戏话》中开宗名义提出:"盖开通民智,不仅在小说,而影戏实一主要之锁钥也。……英美诸国,多有以名家小说映为影戏者,其价值之高,远非寻常影片可比。……吾人读原书后,复一观此书外之影戏,即觉脑府中留一绝深之印象,甫一合目,解绪纷来,书中人物,似一一活跃于前,其趣味之隽永,有匪言可喻者。"①他在这15篇《影戏话》中,对侦探片、滑稽片、言情片一一作了介绍,如卓别林的成名史,名导格里菲斯的导演风格,名演员丽琳·甘许的演技等都做了推荐。他专文《影戏话·十三》)介绍格氏的《世界之心》,说明其主旨是写欧洲大战之惨状,斥德国统治者之残酷。格氏率全体演员亲赴前线,在药云弹雨中,险乃万状,历时18个月才摄成此片。演之世界各大都会,备受欢迎。英国首相称此片实为"人道

---

① 周瘦鹃:《影戏话》,《申报·自由谈》,1916年6月20日。

之保障",使人人知"爱国爱家忧人之义"。这又是周瘦鹃对历史巨片的高度赞扬。这一专栏不仅扩大了上海市民的眼界,也倒逼了中国国产电影以后能考虑如何提高国产电影的水准问题。周瘦鹃还开设《小说杂谈》专栏,共刊登17篇文章。他历数外国诸文豪,指出"凡此诸子,均与一代文化有莫大之关系,心血所凝,发为文章,每一编出,足以陶铸国民新脑。今日欧美诸邦之所以日进于文明,未始非小说家功也"。[1] 他对小说家的社会责任也有所论及:"小说家之笔,犹社会中之贤母,往往能产出一二英物,为世称颂。"[2]在市民读者中介绍国外的小说名著,也算是高格调的知识与启蒙。其他专栏如《艺文谈屑》《紫罗兰庵随笔》等均有佳作。其时,社会上正在讨论男女"社交公开""恋爱自由"之新风尚,周瘦鹃开了两专栏,一是《名人风流史》,一是《情书话》。这里的"风流",是"数风流人物"之"风流",介绍的是欧美名人如雨果、拜伦、白朗吟(英国大诗人)、伊丽莎白(俄罗斯女王)、惠林顿(英国名将)等人的恋爱史;而《情书话》则介绍伏尔泰、拿破仑、雨果等人的"情书",在当时也大受欢迎。这种名人乃至伟人的"风流"与"情书"可以使时代青年将自己的神圣恋爱提高档次,也可作一种典范。这些专栏与那种社会上的蝇营苟且不可同日而语,对社会风俗之转型,对新风的传播,也很有作用。可见,在实习期间,周瘦鹃一上手,就显出他的编辑能力之不凡。既时尚又高格,一点也不沾那些老气横秋的套路。于是《申报·自由谈》除了中老年喜爱的专栏与文章,他的《小说杂谈》《影戏话》《名人风流史》《情书话》等又为《申报》吸引大批青年读者。再加之他写的《见闻琐言》与《晨钟》等爱国小说,我们说他是"踏着五四的鼓点步入《申报》",这句话绝非空洞之言。作为全国第一大报,"聘书"是不好拿的。但年轻的周瘦鹃的见习期是可打一个优等的分数的。

同时,周瘦鹃也使副刊的内容贴近广大普通市民的生活,如张舍我的《湖滨随感录》,以闲话的方式,披露上海的嫖与赌的恶,以提倡健康高雅的市民日常休闲生活。又如周瘦鹃以紫兰主人为笔名作《花生日琐记》,他与

---

[1]《小说杂谈》,《申报》,1919年5月31日。
[2]《小说杂谈(六)》,《申报》,1919年7月2日。

市民分享自己喜紫罗兰的日常爱好,寥寥几句勾勒出紫罗兰的西方文化脉络,营造一个充满着花、诗、情的日常世界。这样的版面就令各类市民都有他们所喜爱的文章,他会在"众口难调"中协调众口。

兴味追求不是低俗地迎合大众,而是情趣、理趣和自然的真趣,以此来陶冶市民情操。1921年2月15日,他将《自由谈之自由谈》改造为《余沈》,表示该栏目以后"刊载有趣味之零星杂作"①。这种专栏改造是副刊美学的重要表征。《余沈》里有个人对季节变换的感受:"花瓣辞枝,飘然纷坠;碧草怒长,生意益然,一若骄残花无力者,此暮春夏初之景象也。"引孟浩然诗:"林花扫还落,径草踏更生。"评价曰,"一扫字一踏字便将此景活泼泼地画出"②。传统的诗境在满眼钢筋混凝土的都市中别是一番趣味,自然而有真趣。现代都市的拜金主义他也进行了批判:"金钱万恶,金钱万能,仅易其一字,而义旨之相去遂不可以道里计。吾谓此二语正不难互相发明。盖多财之人,为所欲为,此谓之万能。为所欲为即无恶不作,此谓之万恶。虽然恶亦魔也,能亦魔也。是惟魔力二字足以括之。故又曰:金钱魔力。"③《余沈》自1921年5月21日持续到1922年6月30日。后《余沈》改为《杂说》,内容则继续这种趣味,而多一丝现实的评说,多一些文字的智慧。如程瞻庐的《圆》:先从躺在床上吸雪茄,嘘出的"烟痕个个作圆形"写起,进而思考"宇内自然物,其形皆圆,水泡也,露珠也,木纹也,波痕也,无非圆也。形而下者如是,形而上者亦复如是",进而再指向现实中那些军阀们混战不休,忽得忽失,不过是水泡、露珠也。④ 说理层次分明,虚实结合,隽永有味。

兴味,还常常跟"小"连在一起,是精致之美,是都市快节奏生活下的话语策略。1921年6月11日,他将《新闻拾遗》栏目撤去,改为"有趣味之零星小品,如小智囊,小笑话,小问答,小常识等"⑤。他不止一次这样说:"《自由

---

① 《启事》,《申报·自由谈》,1921年2月15日。
② 一沤:《余沈》,《申报·自由谈》,1921年5月7日。
③ 吴秉恬:《余沈》,《申报·自由谈》,1921年8月22日。
④ 瞻庐:《圆》,《杂说》,《申报·自由谈》,1922年11月27日。
⑤ 《启事》,《申报·自由谈》,1921年6月11日。

谈》自今日起,略改体例,拟多登轻倩有趣味之文字。一切沉闷艰深之作,悉行拒绝。"①"轻倩趣味",小而有趣。甚至他还在征稿启事中,注明字数要求:"字数勿过五百,以二三百字为最佳"②。可见"小"之于周瘦鹃有特殊的意义。他说:"我所爱好的物体都是属于小型的";词爱小令,诗好绝句;工艺品爱低于二寸的。③"小"是一种精致。"小"是"趣"的内涵之一。"小"不是简单,"小"背后是巧,是现代都市所因应的一种知识表述方式。因为在都市社会中,生活节奏快,日常生活逐步碎片化,长篇大论的文字就显得沉闷,最好还是"段子"式的精彩,格言般的精警,问答式的明快。又如从1923年1月4日开始,到1925年9月28日结束,共连载245天次的《一知半解》栏,纯为知识介绍,如:"纸烟一支,其所含毒分,足以毙雀二十尾。"④

将烟的毒害变得形象可感。此类专栏还有《座右铭》《谈屑》等,也是"小"而巧。周瘦鹃是深得其中三昧的,他在1932年8月5日的《自由谈》改造方针上甚至直接提出"一二百字深刻而警惕或滑稽有趣的小品文字,及三五十字标语式的语句",都属"小"而隽永,显示了智慧的结晶。

1924年2月10日,读者范凤源说:"《自由谈》虽是一张小小的报纸,却负着以艺术来调剂安慰吾们烦厌的一个大使命呢!他在社会上,好比种几棵艳丽秀媚的花枝,供大众的欣赏;他在人们暗淡的生活中,好比唱数叠清新的歌曲,来慰藉大众的心灵。每逢星期日,他又出张专号,好比请住惯城市都会的,去游戏乡村别墅;吃惯肥鱼大肉的,去尝尝春韭秋菘,多么调剂得好啊!"⑤《自由谈》所营造出的这种趣味的功能就是以艺术的方式,制造出美而简朴的趣味来,抚慰现代都市人的心灵。

第三节 根据时令节日设置各种特刊专号

在五彩斑斓,眼花缭乱的都市文化空间中,上海的文化娱乐潮起潮落,

---

① 《特别启事》,《申报·自由谈》,1923年5月14日。
② 《〈自由谈〉投稿新例》,《申报·自由谈》,1926年4月8日。
③ 周瘦鹃:《苏州小摆设》,《姑苏书简》,新华出版社,1995年5月,第154页。
④ 赓夔:《一知半解》,《申报·自由谈》,1923年3月28日。
⑤ 范凤源:《我对于〈自由谈〉的新希望》,《申报·自由谈》,1924年2月10日。

四 通俗文学与报纸副刊

上海的文化工作者们开动脑筋,不停变换口味,为市民大众提供文化精神食粮,以防读者出现审美疲劳。作为上海第一大报的《申报》的副刊,要避免大众出现审美疲劳,长期维持高销量,这十几年中,周瘦鹃可谓是费尽心血,不断求新求变。他曾这样总结编辑经验:

> 自由谈的体例、格式,十年来也屡有变更,前几年间……遗闻轶事,是我们所特别欢迎的,所以至今还是时有所见。每逢旧历令节,前几年总得出一张特刊,自觉很有兴味……春节花朝上巳清明端午七夕重阳,差不多都有一个特刊,别报也都仿行……插画一项,也已变不一变,最初有钱病鹤君的讽刺画游戏画,继次赵藕生君的新闻画,去年才换了中国第一画社的滑稽画,改造博士啊,毛郎艳史啊,陶哥儿啊,赞美的极多,反对的也有,见仁见智,各有眼光,这是无可如何的。①

可见,要想保持读者的新鲜感,调动读者的阅读兴趣,栏目的推陈出新是重要手段。他栏目的求新求变主要体现在两方面:一方面是根据市场与时潮,随时增加专刊、特刊,在消除读者的审美疲劳的同时,介绍新知,提高《自由谈》的文化品位,隔三岔五地刺激读者的阅读神经。

如果说日常栏目的调整是一朵朵小浪花,那么特刊专号则是因时因事因势而激起的一次次大潮。特刊是周瘦鹃对《自由谈》的发明。虽然新历已经颁布,但是作为文化积淀的传统节日,却并没有因为公历的推行而废止,依然是维系市民大众情感的重要纽带,是市民大众消闲娱乐的重要时光,在市民大众的日常生活中依然发挥着重要的作用。周瘦鹃敏锐地捕捉住这一大块消闲内容,在接手《自由谈》后不久就是端午节,他迅速出手,推出他办刊以来的第一个节令专号——端午节专号。1920 年 6 月 20 日,《自由谈·端午号》发行。内容有张碧梧的《端午闲话》、姚鹓雏的笔记《众醉记》、周瘦鹃的《端午杂缀》、程瞻庐的感时小说《菖蒲剑》、周瘦鹃的《自由谈之自由谈》。这期专号假端午节议政,将纪念屈原、喝雄黄酒、插菖蒲等节令习俗化

---

① 周瘦鹃:《我与报纸副刊》,《报学月刊》,1929 年第 1 期,第 58 页。

作抨击腐败政府的利器,扩大甚至发展了传统节令的政治文化内涵。张碧梧的《端午闲话》,从屈原谈到现实:"今日东方之毒日亦云烈矣,携其炎威灼我肌体,吾人又将何以避之?国内则分裂几如战国,行为不必同屈原。而与之同抱一忧国之志者,能有几人?吾草端午闲话,殊不能无感矣!"①姚鹓雏的《众醉记》则为身处湖南数郡的军阀混战中的人们呐喊。程瞻庐的《菖蒲剑》希望炎黄子孙喝了雄黄酒,树立英雄志,以菖蒲剑斩杀祸国殃民的厉鬼。从此,假节令议政,成为一个传统。除了假节令议政外,消闲娱乐也是特刊特号的重要内容。1920年9月26日,恰逢中秋节,周瘦鹃作了令他多年后仍津津乐道的事:

> 点缀令节,忽然心血来潮,想把版面排成圆形,以象征一轮团圆的明月。待向排字工友提出这个意图时,工友们都有难色,说从来没有排过这样的版面,不但费工费料,时间上怕也来不及。我因报头画和插画都是为了排作圆版面而设计的,早已准备好了,非在报上让读者赏月玩月不可。于是急匆匆地跑下三层楼,赶到排字房里去,凭三寸不烂之舌,向工友们说了不少好话,几乎声泪俱下;并且以我本人通宵守候着帮助排版,亲看大样作为条件,终于说服了工友们,立即动起手来。这一晚拼拼凑凑,拆拆排排,工友们费了很多工夫,尽了最大力量;我也实践诺言,通宵随侍在侧,直到东方发白,版面上出现了一轮明月时,这才感激涕零的,谢过了工友们,兴高采烈地回家去睡大觉了。这一页《自由谈·中秋号》,我至今珍藏着,今天捡出来看时,见有朱鸳雏的笔记《妆楼记》、程瞻庐的谐著《月府大会记》、李涵秋的小说《月夜艳语》等九篇作品,钱病鹤的插画《姮娥夜夜愁》……②

除了上文说的谐著、小说、诗文、笔记兼备外,还有云舫的《闲话爱月谈》、宣的《中秋剧谈》、丁戌的《中秋词隽语》、枫隐的歌谣《最团圆夜是中秋》。形式

---

① 碧梧:《端午闲话》,《申报·自由谈》,1920年6月20日。
② 周瘦鹃:《笔墨生涯鳞爪》,范伯群主编《周瘦鹃文集(珍藏版)》(下卷),文汇出版社,2015年,第587页。

上,左上角是名画家丁悚的一只玉兔,踏着流云;右上角是奔月的嫦娥在斜倚着圆月,正中间一个圆圈中一幅嫦娥抱着兔子,立在广寒宫前面,极富古典美。用传统的诗词歌赋和国画中的风雅、谐著小说中的滑稽幽默,共同打造既有古典美,又具人间烟火气的中秋夜。但是,在这个精心打造的市民消闲娱乐的中秋文化"盛宴"中,周瘦鹃没有忘记报纸副刊的济世功能,在钱病鹤的插画《姮娥夜夜愁》中,通过嫦娥的愁态悄悄地将中秋的娱乐消闲引向对现实黑暗政治的批判。所以几十年后《大公报》的张友鸾在香江发文《周瘦鹃中秋献月》来回忆这次盛事。

夏日漫漫,骄阳似火,溽暑难耐,周瘦鹃还创办消夏专号,为市民大众送上精神上的清凉剂。1923年7月22日,他在消夏特刊中说:"日来暑甚,令人如处烘炉中,浮李沉瓜,不足以驱炎威,庐山之瀑,莫干山之风,间尝涉想及之,而劳人草草,又弗克去,爱拓自由谈一日之地,作消夏特刊,聊以自娱,兼娱读者。"①为了帮读者更好地度过炎炎夏日,他一连为大家准备了四期"消夏特刊"。范烟桥在《瓜》一文中如数家珍地讲述瓜的种类、典故,极具趣味,还讲"小儿女好以西瓜去瓤,刻镂成灯,光惨绿有如囊萤"的乐事,在炎炎夏日中博大家一笑。②天鸥在《消夏杂话》中为大家介绍了极具风雅的消夏法:"夏夜月朗风清,携樽载酒,驾瓜皮艇子,泛舟至芰荷塘深处,清风徐来,波平如镜,出水芙蕖。亭亭者妙年好女,于是举酒畅饮,引吭高歌,栖鸦宿鹭,皆惊起拍翅飞去,快快!"③简直是一幅消夏国画图。觉则为大家分享《炎天乐事》:"溽暑困人,百无聊赖,忽有良朋过访,品茗谈心。竹林深处,茅屋半椽,清风徐来,围棋一局。月明星稀之夕,与意中人同坐纳凉,伊唱歌,我以梵哑铃和之。"④品茗谈心,风中对弈,月夜琴歌,为都市火炉中的人们想象出一件件消闲乐事,送来心灵的清凉。《自由谈》还介绍赏荷观花,取龙井置荷花心泡茶的韵事;对比古今人避暑的妙法;送上词语构筑的冰雪世界,"冰山 雪窖 雪花 冰肌 雪肤 冰人 雪客 冰柱 雪宫 冰罩 雪栏

---

① 瘦鹃:《消夏特刊》,《申报·自由谈》,1923年7月22日。
② 烟桥:《瓜》,《申报·自由谈》,1923年7月22日。
③ 天鸥:《消夏杂话》,《申报·自由谈》,1923年7月29日。
④ 天鸥:《消夏杂话》,《申报·自由谈》,1923年7月29日。

冰室　雪室　冰鼠　雪蛆　冰囊　雪线　冰梅　雪藕　冰糖　雪枣　跑冰　踏雪　著冰　腊雪　抱冰　嚼雪"。①在消夏上做足文章。周瘦鹃爱花，一生低首紫罗兰，自然不会放过花朝之类的佳节，专门准备了《花朝特刊》。在《花朝特刊》上，他用《祝百花生日词》《花朝闲话》《花朝花语》《花朝词》《撷花集》《餐英记》等编织了一部《花雨缤纷录》，打造了百花齐放的花雨世界。

周瘦鹃是"一个爱美成癖的人，宇宙间一切天然的美，或人为的美，简直是无所不爱。所以我爱霞、爱虹、爱云、爱月。我也爱花鸟、爱虫鱼、爱山水"②。因此，他能在传统节令中阐发美，在百无聊赖的漫漫夏日找出美和趣，还能在日常生活的小事物中发现美。在樱桃成熟的季节，他"瞧着那白磁盆中，盛着一颗颗珊瑚珠似的樱桃，何等的鲜艳可爱，就联想到美人儿的嘴唇，叫做樱唇，即是以樱桃作比，也足见樱桃是果品中的尤物了。昨夜读词，偶得'红了樱桃，绿了芭蕉'的妙句，更觉得樱桃的可爱，案头恰有几位文友谈樱桃的作品，便合起来，给樱桃做了一个偶然的特刊"③。为此，周瘦鹃组织了五篇以樱桃为题的文章，阐发樱桃的美与文化。周瘦鹃见到如"水晶丸"般的荔枝，联想到苏东坡和杨玉环关于荔枝的典故，汇编四篇文章，为荔枝出专刊。④除了果品之外，他还为花作偶尔的特刊，他喜荷花"出污泥而不染的操守"，爱荷花"亭亭玉立"如"高洁的绝世美人"的风姿，于是在荷花生日的1924年8月25日那天，编辑了一期以"莲"为名的"偶然的特刊"等。

节令和美的日常事物是他办特刊，调动市民大众兴味的依凭。时潮也是触发他办特刊的重要因缘。民初风云变幻，时潮迭起。作为通俗文化界代表人物的周瘦鹃，面对新文化运动对他的批判，他的策略不是直接反击，而是圆融理性地面对，希望融合新旧雅俗，积极参加新文化运动，同时假此满足老百姓求新的阅读需求。他认为参加新文化运动与符合市民大众趣味的审美观念能并行不悖。于是，他在1921年1月9日的《自由谈·启事》中

---

① 徐碧波：《冰雪因缘》，《申报·自由谈》，1923年8月12日。
② 瘦鹃：《〈乐观〉发刊辞》，《乐观》月刊，1941年第1期。
③ 鹃：《偶然的特刊：樱桃·小引》，《申报·自由谈》，1924年5月14日。
④ 鹃：《偶然的特刊：荔枝·小引》，《申报·自由谈》，1924年7月15日。

宣布"《自由谈》自本年起,于每星期日改为小说特刊,以助读者兴趣"。① 在1921年1月9日到1921年8月7日期间,共推30期"小说特刊",介绍国外小说思潮、外国小说家,展开小说批评,刊载短篇小说创作。这30期"小说特刊"不仅是研究中国现代小说史的重要文献,而且在当时,回应了时潮,介绍了西方的小说思潮、经典小说家的介绍乃至照片,满足了大众追求新锐、追逐文化明星的心理,所以亦符合趣味的要求。因此,自1923年3月25日,继续推出"小说半月刊",至1924年12月14日,共35期。主要刊登短篇小说,与《人间地狱》等长篇小说交相辉映,共同满足读者的小说阅读需求。开辟《家庭周刊》栏目,固然是回应社会问题。但是,周瘦鹃除了关注社会问题外,亦照顾读者的阅读兴趣,他在《紧要启事》中说:"《自由谈》自每星期日改刊小说特刊以来,颇蒙读者欢迎,兹拟翻新花样,以助兴趣,特于三十号暂为结束,改作'家庭周刊',门类分论文、闲话、笑林常识、杂记、小说、琐录、谈屑等八门,以有关家庭范围者为限,务希读者于一星期以内,踊跃惠稿,以期美备,如有关于家庭有趣味之插图或照片,亦所欢迎。"②在《家庭周刊》和《家庭半月刊》他也关注寓教于乐,比如1921年8月14日,《家庭周刊》创刊号上,既有论文如张舍我的《吾之改革家庭法》,也有程瞻庐的滑稽之作《婆媳列传:家庭烦恼史之一》,还有张碧梧的小说《家庭危险的动物》。将家庭改革问题以多种文体、多种文风表达出来,充满理趣和乐趣。

第四节　内容选择上注重文艺性、时尚性

栏目翻新花样,不停地刺激市民大众眼球,保持了人们对《自由谈》持久的阅读兴趣。光有栏目的变换花样,如果不装上老百姓喜欢的内容,那么这些栏目也将是空洞的能指。因此周瘦鹃在把握副刊趣味时,准确把脉市民大众的阅读期待。纠偏天虚我生、陈景韩过于重视知识性、批判性而忽视文艺性的倾向,积极扩充《自由谈》的文学体量,增强其文学性,既提高其文化

---

① 《启事》,《申报·自由谈》,1921年1月9日。
② 《〈自由谈〉紧要启事》,《申报·自由谈》,1921年8月8日。

品位,又满足读者需求。周瘦鹃亦不满足于《自由谈》过于老派的倾向,认真把握社会新风尚,融入流行元素,让充满文人气的《自由谈》也刮起一阵阵时尚风。

一、文艺性:小说名家名作荟聚与漫画的兴起

周瘦鹃一接编《自由谈》,就极力增加其文艺性。他达成此目的的方式主要有二:一是约名家名作,撰写高质量的小说、诗词、随笔;设置小说特刊,参与小说界的讨论,增强其文学性。优秀作家的优秀作品更是招揽读者,扩大销量的重要砝码。李涵秋、张恨水先后成为《快活林》的台柱子。周瘦鹃主持《自由谈》时,也积极寻找名家名作,并且成绩斐然,他后来说:"十年以来,我这副刊生活,总觉苦多乐少,然而有一件事足以自豪的,就是这十年中曾得到许多名作,替我张目。毕倚虹先生的《人间地狱》,程瞻庐先生的《众醉独醒》,包天笑先生的长短篇小说,都曾脍炙一时人口;而亡友朱鸳雏、李涵秋二先生的笔记,也是不可多得的佳作。"① 有了这些明星作家的经典作品镇场,《自由谈》的文学性一下子提升。程瞻庐素有"今之淳于东方"之称,"所为文多突梯滑稽之作。虽一极平凡事,而得君灵笔为之抒写,便觉诙谐入妙,读者每笑极至于泪泚",其《新旧家庭》"脍炙人口久矣"。程瞻庐的家庭题材与滑稽风格,既契合时潮,又符合市民大众的阅读趣味,因此,程是周瘦鹃心中理想的作家人选。周瘦鹃担任《自由谈》编辑后,"即以说部属君,不旬日,君以《众醉独醒》来"②,逐日排印,从1920年4月1日连载至1921年9月10日,共429天次。《众醉独醒》写刘邦平自小爱财如命,为钱六亲不认,笃信"不杀贫人,不成富翁"的祖训,疯狂地剥削穷人,吸着贫人的血汗,发家致富,被人称为刘剥皮。狡诈、凶残、专制是他锦绣"钱"程的法宝。他以此看社会变化,看新事物,认为新学校的"教科书,都是迷人本性的狂药",教员是"强人喝酒的酒保",将学生教得稀里糊涂,他认为这就是被学术教得"醉"了。他认为自己是个"醒"者。他将这种思想作为传家宝一样强加给子

---

① 周瘦鹃:《我与报纸副刊》,《报学月刊》,1929年第1期,第58—59页。
② 周瘦鹃:《众醉独醒·序一》,程瞻庐著《众醉独醒》,自由杂志社,1924年版。

女。而他的大儿子却能接受新思想,自愿放弃遗产,被他视为愚蠢和大逆不道。在程瞻庐看来,似"醒"实"醉"的刘邦平恰恰是这个社会旧势力的缩影,唤醒他们,社会才有希望,因此程瞻庐"欲以泪清之","欲以小说醒之"①。小说通过人物的自我表演,把歪理邪说讲得一本正经,"博人笑噱,而弦外之音,自可玩味得之",看似滑稽,实则痛心,从某种意义上说,《众醉独醒》的滑稽是含泪的笑,发挥了文学审美和教化的双重功能。《众醉独醒》闭幕后,恰逢毕倚虹寄来"《人间地狱》之首四回来,雒诵一过,觉其情文并茂,不同凡俗,而所制回目,尤有字里飞花之致,因为之钦服靡已"。② 但毕倚虹病体违和,一再拖延,直至1922年1月5日才开始连载,至1924年5月10日载完,六十回,共343天次。与《众醉独醒》以家庭写社会不同,《人间地狱》则是以"海上倡家为背景,以三五名士美人为线索"③,"叙述近五年来,上海社会变迁的状况,及当代名流轶事"。④ 小说中主干写柯连荪与清倌人的"爱恋",折射出鸨母和娼妓制度的罪恶,又透过名士美人之恋,将官场、商场、革命界、新旧学界等社会各层面纳入其中,具有言情小说、狎邪小说、社会小说相互融合的特点。读者可以从中找到各自的兴趣点。而且小说格调高雅,在描写各界丑恶时,不是带着玩味的态度,而是包含着人道主义的同情。文笔高妙,"妙在写实,每写一人,尤能曲写其口吻行动",如柯连荪的才子痴情,秋波的清倌人的纯情与娇憨,诸名士的风流潇洒或落拓不羁,惜春老四作为老鸨的狡诈与功架,都能"至于一一逼肖,掩卷以思,即觉其人跃然纸上,栩栩欲活,盖已极文章之能事矣"⑤。小说刊载后,大受读者欢迎,袁寒云称道其"《儒林外史》《品花宝鉴》《红楼梦》《花月痕》之长,海内读者,亦交口称誉该书之价值"。⑥ 六十回后,由于《人间地狱》在读者中的影响,极具号召力,因此由包天笑赓续二十回,《人间地狱》(续)自1927年2月6日连载至1928年1月18日。程瞻庐、毕倚虹后,周瘦鹃为了继续维持《自由谈》长篇小说的高

---

① 程瞻庐:《众醉独醒·自序》,《众醉独醒》,自由杂志社,1924年版。
② 周瘦鹃:《人间地狱·序五》,娑婆生著《人间地狱》,自由杂志社,1930年再版。
③ 陈瀓一:《人间地狱·序七》,娑婆生著《人间地狱》,自由杂志社,1930年再版。
④ 《娑婆生著绘图〈人间地狱〉出版》广告词,《申报》,1924年10月9日。
⑤ 周瘦鹃:《人间地狱·序五》,娑婆生著《人间地狱》,自由杂志社,1930年再版。
⑥ 《娑婆生著绘图〈人间地狱〉出版》广告词,《申报》,1924年10月9日。

人气,决定聘请文坛老将包天笑担任中长篇特约撰述。包天笑先后为《自由谈》写作了中长篇小说《海上蜃楼》(1924年5月14日至1925年8月11日,共20回,196天次)、《诱惑》(1925年10月2日至1925年12月31日,共44天次)、《恩与仇》(又名《多情的女伶》)(1926年1月17日至1926年5月7日,共69天次)、《富人之女》(1926年5月29日至1926年6月26日,共29天次)、《情的贸易》(又名《风流少奶奶》)(1926年6月27日至1926年8月31日,共48天次)、《两个女同学》(1926年8月15日至1926年9月13日,共30天次)、《穷人之女》(1926年9月14日至1926年11月27日,共69天次)、《空门忏语》(1926年11月28日至1927年1月28日,共58天次)、《幽谷莺声》(1928年1月28日至1928年6月6日,共69天次)、《盲目的爱情》(1928年12月18日至1929年7月2日,共124天次,24章)。从1924年至1929年,包天笑承包了《自由谈》中长篇小说的连载。虽然,包天笑没能写作出像《众醉独醒》《人间地狱》这样的名篇来,但是以包天笑的名气和创作力,加之江红蕉、求幸福斋主人、秦瘦鸥、顾明道等一批小说名家的短篇小说纷纷亮相,也为《自由谈》小说增色不少。此外,名家笔记有况蕙风的《餐樱庑漫笔》(1924年8月11日至1926年5月20日,202天次)、陶行知的《不除庭草斋夫谈荟》(1931年9月2日至1932年1月29日,98天次)、天虚我生的《栩园随笔》等,亦为其文学性增色不少。

其二是通过滑稽连环画的连载,来增添其艺术元素。《老上海漫画志》记载连环漫画史:"连环漫画作为漫画中一独立品种的出现,始于1928年。"鲁少飞的《改造博士》率先连载于《自由谈》,这"在漫画史上具有开创意义"。① 独具慧眼的周瘦鹃可以说有功于斯。1928年1月1日,《自由谈》发布《本馆特别启事》:"本馆近鉴吾国报纸,对于增加阅者兴趣及愉快之滑稽画,尚少提倡,爰自民国十七年一月一日起,采用《改造博士》滑稽画一种。"②正是这则启事,拉开了连环漫画在副刊上登载的序幕。《改造博士》自1928年1月1日连载至8月6日,共164次。马博士"通六十六国文字,环游过地

---

① 上海图书馆:《老上海漫画图志》,上海科学技术文献出版社,2010年7月,第133页。
②《本馆特别启事》,《申报·自由谈》,1928年1月1日。

球二十三周,在九十三个大学里毕过业,什么学问技艺都专修过,我生平最喜改造社会上各种事物,因此人家称我为改造博士"[1]。漫画讲述了马浪漫博士改造日常生活事物的趣史。博士看到太太甘碧女士睡觉没盖被子,于是想着改造自动棉被,使棉被根据温度升降自动添减,结果很成功。改造结束后,博士倦极,入眠。忽觉身上沉重,醒来发现三条被子加身。原来是太太购回冰淇淋,导致室内温度降低,三条被子自动加到博士身上。[2] 上海面临外敌入侵,某参谋邀请博士破敌。博士发明一种光线,能使一切金属软化。面对敌人进攻,博士与参谋登高,以软化光将枪械、大炮、军舰纷纷软化,成功地击退敌军。回家后,博士为向夫人炫耀,将光照向正在床上的夫人,结果铁床软化,夫人掉到地上。接着又朝夫人嘴里一照,夫人的金牙软化,不小心吞到肚子里。夫人大骂,拿软化光朝博士脸上一照,结果博士的金边眼镜顿时软化。[3] 可见马博士性急,急于成功,忽略所改造事物的弊病,以至于常常出现闹剧。漫画脚本由徐卓呆编写,在简单的故事中,成功塑造出一两个主要人物,如改造博士的执着与急躁,夫人甘碧的泼辣与强悍,徒弟樊彤君的愚蠢和颟顸。漫画用笔严谨,画面安排布局合理,画面之间的衔接疏密得当,留白和着墨处恰到好处;旁白亦简练、精到。整部漫画滑稽幽默,且极具艺术性,因此很受读者欢迎。在连载164天后到1928年6月6日,暂告一段落。由于读者要求赓续的呼声强烈,于1928年11月6日开始续登,至1929年结束,至此,《改造博士》前后登载了217天次。《旅行家》自1928年8月7日连载至1928年9月25日,共50天次,讲述了旅行家鲍德凯和仆人旅行过程中的趣事,充满了讽刺意味。旅行家在医院,护士给他吃粥,旅行家发现粥里有蚊子,于是批评医院不讲卫生。护士反驳以旅行家打过预防针,吃一两个蚊子决不会生病。旅行家幽默道:"那末索性弄一盆苍蝇炒蛋来做粥菜吧!"[4]旅行家还机智捉弄了势利的和尚。通过和尚的前倨后恭,把佛门败类的虚伪、势利表现得淋漓尽致。《毛郎艳史》于1928年3

---

[1] 《改造博士启事》,《申报·自由谈》,1928年1月18日。
[2] 中国第一画社:《改造博士》,《申报·自由谈》,1928年1月1—4日。
[3] 中国第一画社:《改造博士》,《申报·自由谈》,1928年2月3—8日。
[4] 中国第一画社:《旅行家》,《申报·自由谈》,1928年8月28日。

月2日连载至1928年8月2日,共94天次,讲述了毛郎追求温馨诗女士情史,其中与其父温逊、其弟四官发生冲突而闹出种种笑话。毛郎那种忽而喜、忽而沮丧的神情,讨温馨诗女士欢心而做的种种趣事,都让人捧腹。毛郎的无赖、执着、狡黠,温父的保守、固执,温四官的顽皮、胡闹等,都塑造得栩栩如生。《陶哥儿》于1928年8月3日连载至1929年2月4日,共142天次,是记录顽童陶哥的顽皮趣事的连环漫画。还有童话《象兄猴弟》自1929年3月3日连载至1929年3月30日,共29天次,讲述了象兄猴弟趣事。连环漫画虽然连载时间仅一年多,作品仅四部,但是其滑稽的故事,高超的艺术水准,都丰富了《自由谈》的艺术性。

二、时尚性:明星、影戏、舞蹈、时装、美食等的追踪报道

在上海这一大都会中,时尚永远是大众津津乐道的话题。而明星、影视、时装、美食、新娱乐项目等永远都是都市时尚的宠儿。周瘦鹃深知时尚对于市民大众的号召力,在栏目中加入时尚元素,引领都市的流行风向标,是保持刊物吸引力的利器之一。周瘦鹃的时尚元素主要有:专门报道剧界明星的《梅讯》和《红氍毹》,刊登舞讯的《舞蹈特刊》,介绍美食的《食物特刊》,展示时装的《女子新装图》及其说明等。

梅兰芳艺术精湛,姿容优美,"十九岁初赴上海,各界推崇备至,拟为天人","以二十七万余票被举为伶界大王",[①]在京剧界拥有众多的"粉丝",他们亲切地称梅兰芳为"梅郎"或"畹华",自称"梅党"。梅兰芳每次南下,都能在上海娱乐界带来轰动,其消息的报道自然也是各大媒体招徕读者的好题材,因此也成为各大媒体争相追捧的对象。深谙"名人效益"之道的周瘦鹃接手《自由谈》半个月后,恰逢梅兰芳南来,他立马请梅党重要人物春醪写作《梅讯》,为梅兰芳在上海期间演出交游乃至生活细节做"起居注"。此次《梅讯》自1920年4月14日至5月26日,共42则。记录了梅兰芳从北京等车到离开上海前四处辞行的全过程。《梅讯》中有梅兰芳的衣服神采:"畹华衣

---

① 南山:《梅兰芳小传(上)》,《申报·自由谈》,1923年10月31日。

鼻烟色华丝葛棉袍,并御玄缎马褂,小别三年,丰神不减,依然俊丽。"①有他一天的生活,如农历二月二十六日从早上十点三十分到剧场,演出《思凡》,然后参加叶绍文宴请,晚间八点后,至后台,从帘缝处观盖叫天的《三岔口》,被群众窥见,全场轰动的趣事。也写到梅兰芳因为演出,以至于不能如愿到龙华观桃花的憾事。为大家展示了一个敬业可爱可亲的梅郎。还介绍了梅兰芳与吴昌硕、况蕙风及何诗存等海上名士的交往,为梅郎打造了一个高级的文化交游圈,无形抬高了梅兰芳的文化品位。还讲述了梅兰芳因商家单方面增加临别纪念演出的票价而几乎拒绝演出的故事:梅兰芳得知商家的伎俩后,"勃然大怒,立即告假不唱,谓此临别纪念,何得忽然加价",虽经调停而勉强演出,但"心中终觉怫然也"。② 诸如此类故事,在1922年5月29日至7月11日的34次《梅讯》中,亦屡见不鲜。经过《梅讯》的宣传,树立了梅兰芳德艺双馨,可爱可感,重情重义的公众形象。梅党们通过《梅讯》拉近了与偶像的距离;而登载《梅讯》的《自由谈》作为梅郎与梅党之间交往的桥梁,不仅获得了梅党的欢迎,而且增加了自身的时尚元素。

  名票名流也是社会明星,在时尚界有着极大的影响力。《红氍毹》栏目从1927年7月29日连载至1930年6月6日,主要介绍京剧名伶名剧及名票等。《红氍毹》中介绍了坤伶青衣冯梦云、冯素莲、王宝莲、琴雪芳等的身世、演技及其生活的八卦新闻,满足了京戏迷们追星的心理。除名伶外,名票也是《红氍毹》上的常客。其中还介绍名票如陆小曼在妇女慰劳会上的表演《汾河湾》的精湛技艺:

  小曼女士之柳迎春,做工细腻,使腔新颖,出窑只身段,表情周到,潇洒可喜,可谓其美无极,貌丰腴而端庄,眸子尤精明,"儿的父……"一段,歌来如珠走玉盘,宛转可人,"还不见娇儿回来",由高渐低,令人生无限情感,快板一段,玲玲如振玉,累累者若贯珠,不可胜赞。窑中对白,咬字极爽利,"有志气,有心胸"两句,间以薄怒,悲怨之气,悉能传

---

① 春醪:《梅讯(一)》,1920年4月14日。
② 春醪:《梅讯(四十二)》,1920年5月26日。

出,以鞋戏薛郎时之表情,娇憨可爱,楚楚动人,及知丁山打雁身亡数句振板,如飘风急雨之骤至,闻者鼻酸,女士能将全剧之喜怒哀乐描写得入木三分,可嘉也。①

1927年7月30日,紫在《红氍毹》上介绍了爱美剧《少奶奶的扇子》的演出盛况,特别介绍了"交际界夙著声誉之唐瑛女士饰少奶奶",与戏剧协社洪深、钱剑秋诸子的合作,"璧合珠联,不可多得"。艺界新闻也是《红氍毹》介绍的重要内容,如洪深、欧阳予倩等为"联合忠实剧艺之同志",实现辛酉剧社、南国社、戏剧协社合并,振兴话剧,在大西洋菜馆召开话剧中兴大会的情况。名伶、名票与名流素来都是时尚先锋,他们"加盟"《自由谈》,自是成为市民的"樽边谈片",时尚新闻。

20世纪20年代以后,电影在中国迅速传播开来。上海作为"东方第一商埠",一时"影院林立",明星名片大受追捧。看电影、追明星一时成为时尚。作为影迷的周瘦鹃,继续其《影戏话》的专栏,在《自由谈》开辟专门谈影的《影戏谈》。该栏目自1921年11月4日至1924年12月20日止,共发表谈影文章51篇。《影戏谈》就明星、名片、电影类型、功能、现状及存在的问题都展开了讨论,对引导正确的影戏观具有积极意义。文章分享了观看最新美国历险长片戏的心得体会,介绍了如绮莲薛维克主演的《钻石之王》、高田氏主演的《生死》及《奇戒案》的主题思想、表现技法。《钻石之王》的现实意义在于告诫大家,不要"沉迷于不正当之权利,而图发横财者"②。《影戏谈》还指出影片的社会功能,如侦探片至《钻石之王》"屏斥虚幻之理想,趋重自然的事实",日益成为"补通俗教育之唯一妙法"。③滑稽片因"其义明显而通俗,易引起观众只兴味","尤能陶悦性情"。文中描述了却泼林的《孩提》在美国上映的盛况。除了介绍欧美大片外,还介绍了国产片如《海誓》《李大少》,并能指出国产片化妆上存在的缺陷,光影上有模糊处。④指出中国电影

---

① 鄂吕号:《红氍毹上说曼鹈》,《申报·自由谈》,1927年8月7日。
② 心:《影戏谈(二)》,《申报·自由谈》,1921年11月5日。
③ 一心:《再记〈钻石之王〉》,《影戏谈》,《申报·自由谈》,1921年11月24日。
④ 鹃:《记〈海誓〉》,《申报·自由谈》,1922年2月4日。

事业发展缓慢的原因：兵荒马乱,时局不靖；资本家裹足不前,创办人得不到社会信任；摄制人才缺乏等。

跳舞在当时的上海,已经"成为社会流行的一种新娱乐,每逢朋友问起近日作何消遣,总高声回答道：跳舞！以为不曾踏进过跳舞场,便不算时髦呢"①。关于跳舞,上海各界是有争论的,不少人认为舞厅是堕落之窟；但周瘦鹃的看法较与世界时尚接轨,他以为在欧美的上流社会,甚至国家庆典中都有跳舞这一项,是一种高尚的活动,但也应有道德底线,舞厅不能为荡子妖姬所盘踞。为了更好地引导这种新型娱乐,周瘦鹃开辟《跳舞特刊》,首先为跳舞正名,通过舞女的现身说法,消除人们对跳舞的误解。人们以为"男子和女子成双搭对,偎抱蝶群,体面何存,并且各各禁止小姊妹们,不许和我往来,竟把我当个毒蛇猛兽。……假使以跳舞为万恶的媒介,那末未有跳舞场以前,也不见得个个女子是贞洁,风俗怎样的善良吓"②。进而指出跳舞"完全为一种艺术化,于性灵、于身体,均有莫大之愉悦"。为了提高舞客在跳舞中的舞技,文章介绍了正确的舞姿。还介绍著名的舞场,如大华饭店舞场"地板既光可鉴人","灯光尤极柔和之致,乐师所奏之音乐亦不同凡响"；巴黎饭店舞场"屋顶张以锦幔,四壁饰以花纸,亦极尽富丽堂皇之意",③是跳舞的理想场所。为了消除社会对舞女的污名化,特刊介绍了巴黎的舞女爱丽丝"舞姿于刚劲中寓有柔和之意","花式之繁多,步履之纯熟","能表现音乐之神韵",极具艺术性,虽然她是华人,但在巴黎大受尊重。④《自由谈》纠偏各种对跳舞的误解,将其上升到艺术的高度,对这种新型娱乐活动的健康发展起了推动作用。

除了娱乐外,时装、美食也是都市生活的重要时尚。《自由谈》通过介绍时装、美食的时尚,既丰富了市民大众的消闲生活,又提高了市民的审美趣味和生活品位。从1927年9月25日起,《自由谈》开始刊登《女子时装图》及其说明,积极加入女性时装潮。根据时令、年龄来展示服装图,介绍女子新

---

① 刘恨我：《舞倦归来》,《申报·自由谈》,1928年2月26日。
② 寄涯：《一个舞女的哀音》,《申报·自由谈》,1928年3月10日。
③ 微尘：《上海之跳舞》,《申报·自由谈》,1928年3月10日。
④ 微尘：《上海之跳舞》,《申报·自由谈》,1928年3月10日。

装的颜色、长短及饰品的搭配。针对当时的初秋时令,亦鹏建议秋装的颜色"宜服淡黄色或水灰薄绸","上衣外衬以灰色半臂,长微过膝,半臂两顾,连接处极狭,右肩上及右襟,下缀以白纱结,对称有致,下摆及领襟配以墨色阔边,图案益显调和淡雅"。① "深秋则长袖束口,扇形领,斜直襟至左肋下,垂深色绸带结,下摆到膝盖,四周缀以绢制菊花,清雅无伦。"② "初冬晚装宜不束散的长袖,左肩佩绢花,御素绸半臂,前后绣飞雁图案,既能御寒,又对冲冬日的肃杀,在晚间更显亮丽,因此美艳绝伦。"③ 色调、款式因时而变,与时令相得益彰,在时尚的背后,体现出生活的美学。服饰美因时令而变,亦随年龄不同而异。这里着重介绍少女装。少女服饰"简朴清雅,衣襟袖口下沿及鞋头等处均饰以调制之菊,花大小不一,疏落有致,领口微呈喇叭式,左腰襟下悬以深色丝带,绕成结与右上襟大菊花相称,更显特殊之美"。④ 活泼而不轻佻,素雅简朴而不寒酸,符合少女的身份与特点。从图到解说,周到而体贴,向市民普及服饰的生活美学,提高其审美素养,看来这位名为亦鹏的人是一位女性衣饰的时尚顾问。"食"是人类永恒的话题,在消闲文化盛行的上海。吃什么,怎么吃,怎样吃得健康,吃得有品位,则初步演绎成为一种时尚文化。周瘦鹃是著名的美食家,他开辟了《饮食特刊》,介绍美食,引导健康、时尚的饮食生活。美食首先得注重选材,作为老牌"吃货"的金君珏如是说,盐城的虾、南宿州的油鸡,皆一时之选;食材的搭配也决定最终的味道,"以镇江之醋,食阳澄之蟹。扬州之酱油,烹珠湖之鱼。如以簪花之字,写温馨之诗,相得益彰"。⑤ 河豚是上等美味,其最美味的有三处:"曰西施乳,曰油渣,曰嘴唇。乳嫩,油鲜,唇肥,皮亦肥美。"但其"子、血、惊有大毒,能杀人"。如何趋鲜美而避毒害,王谷漪介绍其做法:"烹河豚者,去此三物务净,尤以背上之搭子血为最毒,一入腹中,顷刻发作,最难药救,故宜用清水漂洗,至少须换水三次,宜多煮,宜少用鲜笋以配其味,宜多用青菜以祛其

---

① 亦鹏:《新装说明》,《申报·自由谈》,1927年9月25日。
② 亦鹏:《新装说明》,《申报·自由谈》,1927年11月27日。
③ 亦鹏:《新装说明》,《申报·自由谈》,1927年11月13日。
④ 亦鹏:《新装说明》,《申报·自由谈》,1927年10月23日。
⑤ 金君珏:《饕餮余话》,《申报·自由谈》1929年4月28日。

热,食时宜用黄酒解腥。"①精细的烹调妙法的介绍背后,是营养、食材科学和生活美学的底色。此外,还介绍了茶叶的历史及饮茶的妙法等等。应该看到周瘦鹃编《自由谈》,一是要吸引一批青年读者,同时也在照顾一批老读者的品味。在上海当时,中产阶级的数量也是极可观的,生活也较为富裕,因此,这些时尚、休闲的专刊,也迎合了这批人的需求。

第五节 家国情思及其表达方式

如果说以兴味为中心,不断翻新栏目花样,注重文艺性和时尚性,打造一个市民审美和消闲的文化空间,是《自由谈》侧重审美与消闲的一面的话,那么,时评杂感与时政讽刺漫画里寄予的政治追求,体现出其社会良知的一面。而在《家庭特刊》中蕴藏的健康和谐家庭的理想,也能彰显出其家国情怀。

一、时评杂感与时政讽刺漫画

反帝爱国与抨击民国乱政,一直是周瘦鹃编辑活动的重要价值取向。周瘦鹃是踏着五四的鼓点走上编辑之路的。因此,他接手《自由谈》之后,就充分利用舆论的力量,将自己的政治理想付诸实践。他延续了陈景韩的个人时评专栏的风格,发表了大量的时评杂感。1920 年 4 月 3 日至 1921 年 8 月 7 日,发表类似副刊主编按语的《自由谈之自由谈》318 天次;1922 年 7 月 1 日至 7 月 22 日,发表《一片胡言》12 天次,这栏目的名称当然是反语,在当时环境下不过是一种遮眼法;1922 年 7 月 6 日至 12 月 31 日,发表《随便说说》136 天次,这栏目的名称貌似冲淡平和,实际上是为其中的某些激烈言论打掩护;1923 年 1 月 4 日至 1926 年 3 月 27 日,发表《三言两语》528 天次;1931 年 6 月 19 日至 9 月 2 日,发表《点滴》9 篇;1931 年 9 月 24 日至 10 月 20 日,发表《痛心的话》26 篇。这些时评杂感,抨击民国政府的腐败统治,揭露议会贿选的丑陋行径,痛斥武人干政和军阀混战,呼吁建立廉洁高效、民

---

① 王谷漪:《说河豚》,《申报·自由谈》,1929 年 4 月 28 日。

主和平的共和国。周瘦鹃不仅自己写时评杂感,还另辟专栏如《谈屑》《杂话》《余沈》等,鼓励有识之士踊跃投稿,发表时评杂感,与自己一道批评时政。周瘦鹃此类批评时政的短文的内容,在本书《通俗文学作家的时评杂感》一章中当有详细论述。

与时评杂感相配合的是讽刺漫画,1920年3月1日开始在《自由谈》上连载。一个月后,接任主笔的周瘦鹃继续讽刺漫画的连载,直至1925年5月9日停止,持续时间达五年又两个月。与上述的滑稽漫画不同,讽刺漫画的内容以时政为主,对北洋政府的贪腐、帝国主义的侵略、军阀混战、议会的黑暗进行了辛辣的讽刺。从直皖战争、南北的战争与和平、江浙大战,到直奉战争、浙奉战争,这些漫画汇集在一起,就是一本北洋军阀战争连环画史。内容还涉及北洋政府的内阁更迭、财政危机及总统选举、新旧议会的斗争等重大历史事件,重在讽刺其腐败黑暗,简直就是一本漫画版北洋政府乱政图史。画面线条清晰,人物表情传神,寓讽刺于趣味之中。

本文以曹锟贿选题材的漫画为例,透视时政讽刺漫画的家国情怀。1922年,为做总统,曹锟先以《临时约法》的法统赶走了徐世昌,迎黎元洪上台。后来为了尽快做上总统,曹锟逼迫黎元洪下台。无兵无权的黎元洪,只好动用国会,召开制宪会议,通过宪法来保障自己的权利。但是议会腐败,黎元洪贿赂议员,以此交换他们能出席制宪会议。于是,就有了1923年6月4日的漫画《神通广大之佛法》:罗汉堂门口,一群小和尚,欢欢喜喜拿着供养,跟在一个大和尚后面,大和尚手往前作引导状,而众罗汉注视着钱,而漠视大罗汉的指引。旁白小字为:"制宪、罗汉堂、每位千金。""神通广大之佛法"掌握在大和尚手里,众多和尚嫌钱少,拒绝听大和尚指挥,不参加佛事活动。罗汉堂中的佛事款千元尚嫌少,区区二十哪里够?议员的唯利是图通过盯着钱的眼神一览无余,总统的无奈则是以表情的沮丧来传达。读者结合现实在解画时,自然会心一笑,进而鄙夷中国政坛的龌龊。随后,《自由谈》又以漫画《自相矛盾》[①]来揭示罗汉堂事件的本质,不过是黎、曹二者为总统之位拿宪法对付彼此的权谋罢了。民国宪法不维护民权益,反而沦落

---

① 崔:《自相矛盾》,《申报·自由谈》,1923年6月7日。

为当权者争权夺利的工具。《自相矛盾》的漫画一下子消解了所谓民国所谓民主宪政的正典意义。第二天,钱病鹤又发表名为《最高问题的形势》①,漫画指出总统之争背后黎、曹、议会三方角力的形与势。漫画中,曹锟手握军刀,象征其手握重兵;其肚子大,个头高,一脸蛮横,象征其势力最大;在正前方,说明其是正面出击。而黎元洪则是侧面形象,象征其斗争策略是企图利用宪法迂回作战;手握香烟,作悠闲状,表明他一贯故作超然的姿态,与恋战的现实形成对比,更显其伪善;而议员则鬼鬼祟祟地屈身在曹锟的屁股后面,捏着曹锟的尾巴,意在表明,曹锟企图在法理上名正言顺地做总统,而这个小尾巴握在形容龌龊的无耻议员之手。议员鬼鬼祟祟,背后动作,怎能体现神圣的宪法? 此处说明了曹锟所谓的法统正派的总统诉求,不过是一场自欺欺人的虚妄之事罢了。6月19日,逼宫戏上演,黎元洪无奈,必须出走,漫画《逼宫剧之新写真》揭露了黎元洪的下台,是各恶势力共同驱逐的结果。漫画上,一个菩萨,后面三个人驱赶:兵摇旗呐喊,旗上大书"驱";匪拿刀,刀上写着"快走";小鬼拿着扇子,上面写着"逐"。军阀、警察的威逼,临城劫匪事件的压力,议会"小鬼"们的捣乱,将民国总统逼走。一幅漫画将民国政坛乱象描绘得入木三分。6月22日的漫画《逼宫戏内幕》则以金刚、小鬼分元宝,暗示着他们逼走黎元洪,都是曹锟背后使用金钱收买的结果。曹锟的总统之路,从一开始就是金钱铺就的。6月27日,漫画《文武京戏之最近观》中,一武人,正面挺立,左手执刀,右手拿金元宝;一议员卑躬屈膝侧侍于右,左手作请字状,右手抱民意状。寓意为,曹锟为首的军阀,用武力恐吓与金钱收买的方式,强使国会选举自己登总统位置。9月19日,漫画《可笑之引诱》,讽刺曹锟为拉拢议员,不惜动用妓女来色诱。9月21日,漫画《招财进宝》:议员躺在安乐椅上,前后左右摆满金元宝,元宝上书有出席费、年费、冰敬、炭敬诸名目。讽刺曹锟为当选,不惜挥霍民脂民膏,大肆许诺议员以各种好处,把民国总统选举搞成一场买卖交易。9月29日,漫画《苦乐之不匀》:两幅图,一幅图是议员们面对出席大选丰厚的出席费,而不能取,苦不堪言;另一幅图则是铜元兑现处人头攒动,大家拿着票据乐不可支。两幅图

---

① 崔:《最高问题形势》,《申报·自由谈》,1923年6月8日。

片对比,讽刺议员渎职于公事,以受贿搂钱为乐。10月6日,曹锟贿选成功,漫画《倒行逆施》:一军人双手撑在圆饼上,双脚朝天,饼上书:京中唯一选手;一议员模样的人,双脚朝天,双手撑在金元宝的两角上,隐喻以选票和金钱做交易的总统选举,简直是倒行逆施。10月9日,漫画《满载而归》:一个猪头人身的人背着五千元的袋子,离开猪窝,讽刺议员如同猪仔。10月10日,病崔的漫画画了两头猪给军人投票。旁白:"阴历岁逢癸亥,无怪猪仔纵横。民国十三双十,纪念贿赂公行,病崔写意。"通过"猪仔议员"和"猪仔总统"为这场无耻的贿选闹剧定性。《自由谈》以漫画的形式记录了曹锟贿选中一个个滑稽可耻的场景,整个看起来,就是一场丑史和闹剧,进而抨击了民国所谓民主宪政的荒谬。不仅如此,漫画还和时评《三言两语》相互配合,形成互文。如9月24日,漫画《应时考试之新食品》:军阀大佬拿着一个团团的大饼,上书"中秋节礼,饼敬",两个议员卑躬屈膝,口角流涎,一副贪婪丑相。《三言两语》则言:中秋节最当令的是这个"团"字,总统、军阀、阁员、参众两院议长议员,"死力的争夺,仔细追求,大概都要多得几个团圆的大洋钿,团圆的大洋到了手,就下台也可以做个面团团的富家翁了"。[①] 6月22日的漫画《逼宫戏内幕》讽刺逼黎元洪下台是金钱的力量。当天的《三言两语》是:"这些军阀官僚政客警吏……们掀风作浪,为的是什么东西,就是这个'墨西哥'(按:墨西哥指鹰元,泛指大洋)吓,就是什么车夫团,乞丐团,妓女团和逼宫的议员们,通电开会,摩拳擦掌,威风凛凛,也是为这'墨西哥'仁兄。"[②]《自由谈》用图和文共同构筑了论政空间,讽刺民初的政治腐败、军阀混战和议会贪婪,展现了对民主政治、和平和廉洁的政治图景的极大热情,体现出其家国之思的情怀。

二、"家庭特刊":改造社会,从"家"开始

周瘦鹃曾说:"当年的《礼拜六》作者,包括我在内,有一个莫大的弱点,就是对于旧社会各方面的黑暗,只知暴露,而不知斗争,只有呐喊,而没有行

---

① 立德:《三言两语》,《申报·自由谈》,1923年9月24日。
② 徐絜:《三言两语》,《申报·自由谈》,1923年6月22日。

动;譬如一个医生,只会开脉案,而不会开药方一样。"①其实,这是周瘦鹃在新文学已经取得正典地位,鸳鸯蝴蝶派已经被逐步扫进历史垃圾堆时,为维护自身文学价值的一种话语策略:自己曾认真揭露过旧制度的黑暗,只是找不到政治上的出路方向罢了。周瘦鹃不是革命者,开不出革命的药方,但是他对社会问题,绝不是"只会开脉案,而不会开药方",相反,什么样的脉案,就会开出什么样的药方。于是,周瘦鹃在《自由谈》上特辟《家庭周刊》,打造一个介绍新观念,批判旧家庭罪恶的平台,亦提供一个讨论如何建设家庭的平台。《家庭周刊》从1921年8月14日持续到1923年3月18日,共80期;1923年4月1日,改为《家庭半月刊》,至1925年1月11日结束,共36期,二者共116期。

"家庭者,组织社会之主体,人类归束之地点也。"②"家庭问题,为中国社会中最重大问题之一,亦为社会中复杂问题之一。"③文中指出,家庭问题是社会的细胞,是社会问题的窗口。它关涉父子、夫妻、兄弟等伦理问题;也关涉妇女解放问题、奴婢问题、妻妾问题等。关注家庭问题,实际上是回应社会问题最重要的方式。家庭问题是每个个体必须面对的,不仅精英阶层关注家庭,市民大众亦关注,只是着眼点不同。

揭露和批判旧家庭的罪恶,是《自由谈》建设新家庭,改造社会的第一步。他们认为,旧家庭的弊病主要有:"蓄妾制",妻妾制度,是造成家庭不和,导致妾乱伦出轨等隐患的重要原因。"遗产制",造成子孙依赖性,不利于其经济独立,甚至"近年来我国武人官僚政客奸商,所以贪而不止者,皆欲积财以贻子孙耳"。"早婚制",过早有家累,无法自立;过早成为父母,而无知识教育子女;过早频繁的性生活,不利于身体健康。④旧家庭一般是大家庭,几世同堂,父子兄弟叔侄同住,是典型的"复级家庭,以杂糅故,家庭往往呈不宁之象,姑媳交谪,兄弟阋墙,致社会家庭感受绝大之影响"⑤。旧家庭

---

① 周瘦鹃:《闲话〈礼拜六〉》,范伯群主编《周瘦鹃文集(珍藏本)》(上),文汇出版社,2015年,第360页。
② 沈雏鹤:《改革旧制度商榷》,《家庭周刊》第2号,1921年8月21日。
③ 张舍我:《吾之改革家庭法》,《家庭周刊》第1号,1921年8月14日。
④ 枫隐:《改良家庭之要点》,《家庭周刊》第4号,1921年9月4日。
⑤ 谷剑尘:《父母对于子女之重大责任》,《家庭周刊》第10号,1921年10月23日。

制度不良，必须改造，这已经成为一种共识。

建设新家庭则被提上了议事日程。关于新家庭的建设，有两条路：一条是改良旧家庭，去其弊端，保留其优良传统；二是建设小家庭。前者认为旧家庭中，"父母兄弟夫妇子女团聚之乐"，有利天和；而"新家庭，惟夫妇之爱而已"，因此，仿效股份公司制的方式，大家分工明确，经济相对独立，把旧家庭变成一个大公司，既保持个人的相对独立，又保持旧家庭的天伦之和和彼此扶助。后者认为，小家庭是中国未来的方向。其要点如下：在家庭结构和家庭制度上，首在独立平等。同居之人经济独立，精神独立，夫妻结合，纯属对等之地位，固无尔尊我卑之阶级。其次，厉行一夫一妻制度，使家庭关系简单。再次，父子分居，但子女对父亲有扶助之责。"若双亲无力生活，而精神健全，则为人子者，当然贴以养活之费，若使残废多病，使当迎养省视。"在现代社会中，经济和人口流动，造成了传统血缘关系在社会组织中的功能减小，小家庭成为社会的主体，是现代社会发展的必然。建设好小家庭，本身就是构建现代国家重要的一环。《自由谈》通过抨击旧家庭制度，呼吁和指导建设小家庭，内里显示着一种深深的家国之思。

余论

1932年11月，周瘦鹃离开了他主持12年又7个月的《自由谈》，结束了通俗文学作家主持《自由谈》的历史。黎烈文着手改革《自由谈》，引入鲁迅等新文学作家作品，将《自由谈》纳入到新文化运动的轨道。但是市民社会还在，市民大众的需求依然不可忽视，不久后，史量才又请周瘦鹃在《申报》另辟"一个新副刊，各显神通"。于是《春秋》诞生，周瘦鹃使出浑身解数，把"十八武艺，全都搬了出来"，将《自由谈》的兴味美学和家国之思贯彻下去，以文艺性和时尚性的内容为市民大众提供一个消闲娱乐和参与家国想象的文化空间，延续通俗文学作家时代《自由谈》的精神命脉。

《春秋》的创刊意味着市民大众文化需求的不可忽视，意味着消闲性副刊是当时报界不可忽视的力量和存在。与市民大众血脉相连的通俗文学作家在担任消闲性副刊主笔时，其在办刊宗旨和栏目设计上有着共通性。他们主动迎适市民读者，不断探索符合市民大众审美趣味的栏目和内容，在满足市民大众消闲娱乐的同时,传达出市民大众的家国情思,体现出市民爱国进步的一面。他们追求通俗,但拒绝低俗,而且以中西方文化资源中的优秀因子,在提高刊物文化品位的同时,试图提升市民大众的审美趣味。他们在消闲性副刊栏目内容设置和编辑方针上的探索乃至定型,都做出了重要贡献。这些贡献在前20年的《自由谈》中自不待言。在其他具有影响力的民营性大报副刊如《新闻报》副刊、《时报》副刊、《商报》副刊、《大共和日报》副刊,乃至从副刊中独立出去的"小报之王"《晶报》中都有体现。《新闻报》副刊自1911年创刊起,就一直掌握在通俗作家手中。1914年8月15日之前,编辑主要是张丹斧。1914年8月15日之后,即由严独鹤主笔,直到1949年5月21日,《新闻报》副刊终刊。张丹斧主笔期间,《新闻报》副刊名目不断变化,栏目名称举凡怪谈、寓言、纪异、简章、扬嘲等,五花八门,不一而足,其内容不外游戏文章、谈奇说怪之类,体现出探索期的特点。虽以消闲为主,但是其中不乏针砭时弊的意蕴。由于读者的兴趣不敌《自由谈》,于是自1914年8月16日,改由严独鹤主笔。长期担任《自由谈》特约著述的严独鹤,深受王钝根编辑的影响。接手后,将《庄谐丛录》改名为《快活林》,将栏目固定为谐著、小说、笔记、漫画这几类。其中谐著(1919年6月5日,改为《谈话》)、小说、漫画等,后来成为严独鹤编辑《快活林》《新园林》的核心栏目,也成为后来一般民营性大报副刊的核心栏目。《新闻报》的《谐著》《谈话》,主要负责副刊言论,既有政治批评,也有社会文化批评,它和讽刺性漫画一起体现了《快活林》的家国情思,对市民大众寓教于乐,引导市民大众的舆论导向。不仅如此,《新闻报》副刊的《谐著》和《谈话》与《自由谈》的《游戏文章》和《自由谈之自由谈》一样,都经历了从众人投稿到主笔专栏的过程。《小时报》的《小言》,《大共和日报·附张》的《清言》,《商报·百合陈列所》的《小月旦》,《晶报》的《小月旦》《俏皮话》《游戏文》等,作为主笔个人专栏,主导着副刊的言论导向,展示出爱国进步的一面。无论是辛亥革命、袁世凯称帝、张勋复辟、五四运动、五卅运动,还是抗日战争时期,他们都从不同的角度,抨击专制政治,倡导民主共和;支持爱国进步运动,反对帝国主义侵略;积极引导市民大众投入到爱国进步运动中去。这些在本书《通俗文学作家的时评杂感》一章中有详细论述。漫画作家主要有马星驰、钱病鹤、丁悚等名家,他们以滑稽幽默的笔触,揭露政治腐败,斥责军阀混战,批评陈规陋习,与副刊言论一起,在消闲中,引导市民的舆论导向。小说是当时市民大众生活中不可或缺的精神食粮,也是副刊号召读者的重要手段。小说名家名作纷纷为各大副刊所争聘。《快活林》在这方面的成绩斐然。严独鹤接手《快活林》后,即将当时享有"小说之王"称号的李涵秋聘入《快活林》。李涵秋的《侠凤奇缘》《战地莺花录》《镜中人影》《好青年》《梨云劫》《并头莲》等名作均发表于《快活林》;李涵秋殁后,严独鹤又将张恨水罗致《快活林》,其《啼笑因缘》发表于《快活林》,轰动大上海,创造出上海报载小说的奇观。李涵秋和张恨水先后成为《快活林》号召读者、增加销路的台柱子。争聘通俗文学名家名作,是这些副刊共同的策略,李涵秋不仅出任《小时报》主笔,还为《小时报》写作《怪家庭》;张丹斧主持的《大共和日报·附张》和《商报·百货陈列所》则分别聘请李涵秋写作《广陵潮》、贡少芹写作《新照妖镜》等;《晶报》则请李涵秋作《爱克司光录》、包天笑作《一年有半》等。名家的知名度增加了副刊号召力,名作的思想和艺术又提升了副刊的文化品位,进而提高市民大众的审美趣味。追求时尚是市民文化生活的重要内容,因此,作为不同时期不同文化阶层时尚的各体诗词、电影、京剧,在副刊上此起彼伏。猎奇是人类的天性之一,市民大众亦不例外,通俗文学作家在副刊中,引入中西笔记、谈奇说怪、谈瀛说海,但是不停留于奇与怪的表象,而是借奇与怪来指摘陈规陋习,破除封建迷信,假奇与怪来介绍西方新知,传播西方先进文化,所以,谈奇说异是消闲的表征,亦是寓教于乐的手段。言论、漫画、小说、笔记等成为副刊的体制性构成部分固定下来,是通俗作家主持副刊过程中,不断摸索的结果,是他们对中国副刊重要贡献的具体体现。更重要的是,他们立足市民大众精神文化需求,以通俗而不低俗的市民语言,既彰显副刊侧重于消闲趣味美学,同时又体现出爱国进步的文化立场,在满足市民大众精神生活需求的同时,引导市民大众的舆论导向,走出了一条不同于《学灯》《晨报附镌》等新文化副刊之路。由于市民阶层的广泛存在和巨大的文化需求,更因为市民大众需要适合自己审美趣味、为自己代言的副刊阵地,侧重于消闲性副刊自晚清而民国,延绵不绝。改革开放以来,随着市民社会的重新崛起,侧重于消闲性副刊亦随之复兴,这是不争的事实。因此,我们今天回过头来,重新梳理晚清民国时期通俗文学作家主持的副刊的发展脉络,不仅具有循枝振叶、沿波探源的学术价值,而且可以鉴往知来,对于我们当下副刊的发展,及其发展的变相——网络自媒体如何积极健康有序生长,都有积极的意义。

五 通俗文学与期刊·画报

(汤哲声 胡明宇等)

| 前言 | 378 |

第一章 《礼拜六》 379
第一节 休闲娱乐的商业性模式 379
第二节 编辑理念与期刊特色 382
第三节 周瘦鹃的《礼拜六》实践 385

第二章 《小说月报》(1910—1920) 388
第一节 恽铁樵的《小说月报》实践 388
第二节 编读互动 虚怀若谷 有问必答 394

第三章 市民大众的需求与《小说世界》的创刊 396
第一节 "市场化"的定位 397
第二节 《小说世界》的作者基本队伍 399
第三节 国难小说与反战小说 402

第四章 "彩色系列""方型刊物""条型刊物" 405
第一节 红色系列：《新声》《红》《红玫瑰》 406
第二节 紫色系列：《半月》《紫罗兰》《紫兰花片》 408
第三节 彩色系列：《珊瑚》 410
第四节 "方型刊物""条型刊物"：《万象》《大众》《乐观》《紫罗兰》(后) 411

第五章 读图时代的开启 415
第一节 中国近现代画报发展历史分期 417
第二节 画报的图像生产与社会转型 420

第三节　贴近大众生活，迎合市民文化情趣　　　　422

第六章　《点石斋画报》　　　　429
第一节　开启近代雅俗共赏的"画报"体式　　　　429
第二节　确立晚清画报的基本模式　　　　438
第三节　装帧设计与灵活的促销手段　　　　440

第七章　《良友》画报　　　　443
第一节　中国现代文化的一个重要标志　　　　445
第二节　《良友》画报中的通俗文学　　　　449
第三节　文学广告与商业运行　　　　452

第八章　《北洋画报》　　　　456
第一节　民国画报的"北派巨擘"　　　　457
第二节　女性形象　　　　460
第三节　《北洋画报》中的商业广告　　　　465

前　言

中国现代通俗文学随着中国现代报刊而兴起和发展。新闻性是中国现代通俗文学重要特点。中国是个诗文大国，读书人大多有雅士情怀，因此中国的新闻报刊中的文艺副刊特别发达。既可观览天下大事，又可吟诵心底情怀，中国式的读报本来就是一件雅趣之事。然而。副刊毕竟附于正刊之后，篇幅所限，阅读零碎，于是，一种专门将副刊文字聚集在一起的印刷文本出现了，那就是文学性期刊。据现有资料，最早的中国文学性期刊是1872年11月11日创刊的《瀛寰琐记》。《瀛寰琐记》是1872年4月30日创刊的《申报》文学杂志版。刊物主要刊登各种诗文和文人间的唱和。值得一提的是，这份期刊从第3期开始连载蠡勺居士翻译的外国小说《昕夕闲谈》，而且是白话体。1892年2月1日，韩邦庆个人办的文学期刊《海上奇书》创刊。《海上奇书》刊登了韩邦庆创作的小说《海上花列传》，杂志还开创了运用插图的先例。自1921年1月《小说月报》被沈雁冰接编，并使之成为了文学研究会的会刊，中国文学期刊分为新文学期刊和通俗文学期刊两大系列。本章所论是中国现代通俗文学代表性期刊。

中国的画报同样是随新闻报刊而来。最早时是绘画画报，进入20世纪20年代以后，随着摄像、摄影技术的发展，中国画报进入了影像画报的时期，特别是电影事业的迅猛发展给画报带来丰富的题材，图文并茂，色彩斑斓，中国画报的发展相当的强劲。本章所选取的画报既考虑到画报的历史性，也照顾到地域的分布性，算是一个中国现代画报的掠影。

现代通俗文学期刊和现代画报是现代新闻的衍生品，它们是现代大众文化的产物。同样，它们也给中国现代大众文化增添了活力和色彩。二者相辅相成，互为渲染。

第一章 《礼拜六》

民初通俗文学杂志《礼拜六》是"礼拜六派"的代表性期刊,从 1914 年至 1923 年,先后经历创刊、停刊、复刊、终刊,前后共出刊 200 期。《礼拜六》内容以言情和社会生活为主,多见于长篇、中篇小说,主要作者有周瘦鹃、程小青、陈小蝶、王钝根、许指严等。

第一节 休闲娱乐的商业性模式

《礼拜六》是民国初期印量最多、最流行的时尚周刊,创刊于 1914 年 6 月 6 日。《礼拜六》的办刊形式受美国周刊《礼拜六晚邮报》的影响,成为上海市民周末休闲阅读的重要读物。《礼拜六》发行量很大,最多时一个礼拜能出售两万份,而同类期刊一个礼拜只能售 1 000 至 2 000 份。"每逢星期六清早,发行《礼拜六》的中华图书馆门前,就有许多读者在等候;门一开,就争先恐后地涌进去购买。"①《礼拜六》是凭借市场生存的带有商业性气息的休闲娱乐型期刊。

《礼拜六》"休闲娱乐"的观念体现在《礼拜六》的发刊词上:

> 或问:"子为小说周刊,何以不名礼拜一、礼拜二、礼拜三、礼拜四、礼拜五,而必名礼拜六也?"余曰:"礼拜一、礼拜二、礼拜三、礼拜四、礼

---

① 周瘦鹃:《闲话〈礼拜六〉》,魏绍昌、吴承惠编《鸳鸯蝴蝶派研究资料(上)》,上海文艺出版社,1984 年,第 182 页。

拜五皆从事于职业,唯礼拜六与礼拜日,乃得休暇而读小说也。"①

这段文字清晰地表达出读小说是一种现代周末的休闲娱乐方式。读小说与传统的休闲方式相较,有其自身优势:

> 且买笑、觅醉、顾曲,其为乐转瞬即逝,不能继续以至明日也。读小说则以小银元一枚,换得新奇小说数十篇,游倦归斋,挑灯展卷,或与良友抵掌评论,或伴爱妻并肩互读,意兴稍阑,则以其余留于明日读之。晴曦照窗,花香入坐,一编在手,万虑都忘,劳瘁一周,安闲此日,不亦快哉!故人有不爱买笑,不爱觅醉,不爱顾曲,而未有不爱读小说者。②

读小说的目的是休闲娱乐,《礼拜六》的创刊理念与当时同类杂志创刊理念基本一致。例如 1915 年 3 月《小说新报》发刊词曾云:"东方曼倩,说来开笑口胡卢;西土文章,绎出少蟹行鹘突。重翻趣史,吹皱春池。画蝴蝶于罗裙,认鸳鸯于坠瓦。"③1915 年《小说大观》例言也提到选稿的娱乐性:"无论文言俗语,以兴味为主,凡枯燥无味及冗长拖沓者皆不采。"④1920 年《游戏新报》发刊词也有游戏一说:"堂皇厥旨,是为游戏;诚亦雅言,不与政事。"⑤此类种种,不胜枚举。休闲娱乐的商业性模式是此时通俗文学期刊的共同的创刊理念。

《礼拜六》休闲娱乐的商业性模式有其形成的深刻社会原因。

第一,资本商业化的发展,带来了新的阅读需求。鸦片战争爆发后,上海作为通商口岸之一,在被迫通商之后,以一个新兴的大都市开始"流放异彩"。它是中国第一个由外国人控制的"租界"之地。"租界"是把双刃剑,它是帝国主义对我国的侵略,是一种经济的掠夺。从客观上来说,"租界"的建立也促进了中西文化的融合,由此上海文学也发生质的转变——由农耕文

---

①② 王钝根:《出版赘言》,《礼拜六》第 1 期,1914 年 6 月 6 日。
③ 《小说新报》第 1 期,1915 年 3 月。
④ 《小说大观》第 1 期,1915 年 8 月。
⑤ 《游戏新报》第 1 期,1920 年 12 月。

学向现代资本工商业文学的转变。商业的熙攘与繁华兼容,使一切都卷入了商业市场的大潮,文学也不例外,这大大刺激了当时人民消费的欲望,文学的商业性就显得更为突出,市场的消费促进了文学创作理念向消费型转变。在消费型文学观念促进下,文学的写作就发展成了职业,出现了职业作家,职业作家的出现同时又进一步促进了小说创作消费性理念的发展,正如鲁迅所表达的那样:"近商者在使商获利,而自己也赖以糊口。"①

第二,市民阶层的迅速发展为期刊的休闲娱乐作品提供了稳定充足的读者群体。上海从鸦片战争后中外通商以来,城市化进程加快,从全国而来的移民也日益增多,市民阶层不断扩大。市民阶层是上海这座城市的主体力量。这类群体有他们自己的追求,但这并不意味着他们脱离政治,在国家需要他们的时候,他们仍义无反顾地奔走呼告。在特殊时期,他们用自己的方式表现爱国情怀,但是在平时,他们更注重的是自身的生活质量和品位。可以说,上海的商业化精神使他们更务实、讲究实际利益,在实际生活中他们不会空谈理想和未来。商业化和现代化也使市民阶层的生活在高压和紧张中度过,他们想在空暇之余去寻找自己感兴趣的文化方式休闲,以此减压。因此,如何休闲娱乐就成为他们所追求的一种重要精神指向。以休闲娱乐为主的通俗文学符合了市民们的客观需求。可以这么说,《礼拜六》就是迎合市民阶层休闲娱乐的需求而产生的文学刊物。

第三,传统文人身份的转变,出现了职业作家队伍。在 20 世纪之前,中国的传统文人只能通过科举考试来寻求出路,他们唯一的出路就是读书、应试、做官。然而 1905 年科举被废后,传统文人的最佳出路被堵塞了,他们失去了往日的"仕途官道",在新的时代背景之下开始逐渐分化。有一些旧式的文人转型给十里洋场里的外国人当助手,还有一些投身于商业,成为著名的商人,当然还有一部分创办报纸、杂志或投身于报社、杂志社当了报人和编辑。这些报人、编辑逐步地成为卖文为生的职业作家。职业作家们拼市场而存活。他们用自己手中的"笔"尽情地发挥自己的才华,来养活自己和

---

① 栾廷石:《"京派"与"海派"》,《申报·自由谈》,1934 年 2 月 3 日。

家庭，解决了生活中的困乏。职业作家的出现给文学创作带来了繁荣，也增强了文学创作的商业化氛围。职业作家要创作出接地气的作品，就需要了解新兴市民阶层的生活、思想状况和文化消费需求。市民的日常生活及其喜怒哀乐都与作家的创作素材紧紧地联系在一起，给他们以灵感和启迪，使得他们中的很多作家拥有平民情怀，关注市民日常生活叙事，他们脱离了传统文人的思想和心态，实现了传统知识分子向现代文人和市民作家的华丽转身。另一方面，为了迎合读者，卖个好价钱，他们的创作也给市场带来了很多泡沫，甚至是糟粕。

资本主义商业化的产生，带来了新的阅读需求，这是《礼拜六》产生的社会氛围；市民阶层的扩展提供了稳定充足的读者群体，这是《礼拜六》存活的坚实的土壤；一支职业作家队伍是《礼拜六》发展的涌动活力。《礼拜六》休闲娱乐的商业性模式应运而生、应时而动。

第二节　编辑理念与期刊特色

《礼拜六》期刊之所以能成功与其编辑理念密不可分，素有"才子之称"的两任编辑——王钝根和周瘦鹃更是功不可没，其编辑理念主要体现在以下几个方面：

一、重视杂志的商业化运作

《礼拜六》的编辑人员非常重视杂志商业化的运作。杂志商业化运作体现在诸多方面，比如迎适杂志的接受群体，讲究杂志的插图、封面等。

一份杂志的创办能否成功首先取决于其接受群体是否坚实。固化杂志的接受群体就成为杂志成功商业化运作不可或缺部分，《礼拜六》也不例外。在观照《礼拜六》接受群体过程中，应重点考察接受群体的地域、身份、年龄以及文化层次等纬度。从接受群体地域和身份方面来考量，《礼拜六》将其接受群体定位在上海，它以上海为中心再与外界形成广泛的联系，在满足上海市民阅读需求的基础上，利用上海国际大都市的优势辐射到其他地区，提高杂志的知名度。上海市民很多是有稳定收入的上班族①、在校学生、各色各样中小资产阶级阶层。这些接受群体应该具有相当的文化层次,他们有较高的文化程度以及较强的求知欲,他们受过西方文化的熏陶,或是受过新式学校的教育。从《礼拜六》的一些雪花膏、花露水的小广告中可以看出,《礼拜六》还将接受群体对准广大女性,当然,她们不是一些社会底层的女性而是一些生活在上流社会的太太、小姐们。从接受群体的年龄和文化层次来看,《礼拜六》的接受群体大多以年轻人为主,这主要可以从刊登在《礼拜六》的作品内容可以看出,其作品大多以男女之间的情感生活为主,而这些言情的题材小说比较适合年轻人的口味。

《礼拜六》的成功商业运作与其封面和插图的设计排版也有密切的关系。一本杂志首先让人们看到的就是它的封面,美丽精致的封面能够强烈吸引读者的眼球。《礼拜六》的封面追求时髦的特征,以仕女画像为主,当然其中也掺杂着卓别林、圣诞老人、小丑等一些画像,这些别出心裁的封面设计与《礼拜六》的内容相得益彰。仕女封面大多为时尚女郎、俏皮村姑,她们的神态风韵别具一格,她们的服饰及面貌代表了当时的时尚,引领了读者的审美潮流。可以说这些封面的图画迎合了当时市民的审美口味,对市民的追求时尚生活起到了很大的推动作用。另外,这些封面也有讽刺和滑稽的意味,如卓别林、小丑等封面也显得风趣幽默,总之图面要千姿百态,给市民的精神生活添加无穷乐趣。插图也是商业成功运作的主要因素之一,插图在《礼拜六》中与文字形成了互补关系,这种图文并茂的形式迎合了市民们的心理需求。《礼拜六》中的插图大多是铜版照片,这种照片常常插入每期的封面与正文中,其主要以国内外的名人肖像为主,如孙中山、梁启超、拿破仑等,此外还掺杂着一些普通民众与儿童的照片等。将照片插入文字使刊物图文并茂,是当时期刊最流行的形式,比如《月月小说》《小说林》中都有类似的图文。总体来说,《礼拜六》中的插图不仅开阔了人们的视野,还增强了杂志的通俗性和趣味性,同时也反映了编者对西方历史、时事介绍的热情。

---

① 当时上海租界华洋杂居,西方人七日一休息的作息制度,对在洋行工作的华人、与洋人打交道的华人产生很大影响,他们在洋人休息时,也同步休息,这样的作息制度在租界内逐渐普及。

二、推出名家作品，注重品牌效应

编者王钝根曾说："诸小说家夙负盛名于社会，《礼拜六》之风行，可操券也。"[①]事实如此，《礼拜六》作品的类型多样，有长篇小说、短篇小说，原创小说、翻译小说等；题材也不仅仅是言情，几乎包罗万象；杂志上的作家主要有周瘦鹃、王钝根、徐半梅、程小青、李涵秋、天虚我生、包天笑、陈小蝶、叶小凤、刘凤生、幻影女士等，此外还有一些外国作者和生活在国外的华人，比如日本的滕若渠、美国的傅彦长、法国的江小鹣等。《礼拜六》广求小说名家名作，让名家发挥自己的特长特色，一方面，出现了一大批有影响的作品，如《我为谁》《爱国之妻》《沉醉》《静香楼笔记》等等；另一方面，让名家发挥自己创作的长处，彰显各自的创作特色。如程小青创作的侦探小说，周瘦鹃创作（翻译）的言情小说，王钝根创作的社会小说等等，都被读者所认可，尤其是周瘦鹃创作（翻译）的言情小说影响最大。

三、娱乐、消遣、游戏的期刊特色

《礼拜六》在创刊之时，编者就曾表达过向社会提供"轻便有趣"的小说，让大众获得休闲和娱乐的办刊宗旨。《礼拜六》从传统中吸取传奇因素，以寄托美好理想。中国的传统小说，多以志怪、传奇与神魔为主，而《礼拜六》的作者以"奇"字为中心，多写奇人奇事、奇情奇景。如《鬼新娘》《黑衣女郎》《孤宵遇幻记》等有志怪、神魔气息的文稿。此外，《礼拜六》中还掺杂着来自异域的娱乐元素。从晚清时期引进异域小说开始，侦探小说就得到了翻译家的钟爱，如《恐怖窟》《孽海疑云》《秘密之府》都是当时的流行之作。这种悬念离奇的故事符合了中国传统的观念，它又结合异域的娱乐元素，给读者带来了新鲜感。杂志中的那些别具风情的社会系列小说也能触及某些社会问题，有时也能让人们有所思考。在这些社会系列小说中，也常呈现出"滑稽"的特点，能够让人们在阅读中会心一笑。

---

① 王钝根：《出版赘言》，《礼拜六》第 1 期，1914 年 6 月 6 日。

第三节　周瘦鹃的《礼拜六》实践

《礼拜六》最重要的主编是王钝根,影响最大的作者是周瘦鹃。周瘦鹃只在后 100 期担任较短时期的主编,但在《礼拜六》前后 200 期中,周瘦鹃的大名出现的频率最高,他可称作为"《礼拜六》巨子"。周瘦鹃的《礼拜六》的文学实践基本能代表杂志的创作风貌。

在《礼拜六》杂志中,周瘦鹃创作的作品大多是以哀情为题材,这与他年轻时自身不幸的爱情经历有着密切关系。除了哀情,爱国题材小说所占分量也有不少。在前 100 期的译文中,他善用夸张的手法和华丽的辞藻营造浪漫的氛围,而在后 100 期的译文中,他更多关注平民百姓的生活,语言上采用近乎白话文的形式,文字更为质朴平实。在前后 200 期中,他共发表了 159 篇作品,其中自行创作 75 篇,翻译 71 篇,改编 6 篇,存疑的有 7 篇。在这些作品中,以短篇小说为主,读者几乎每期都能看到他的作品,像《一诺》《父子》等颇受读者喜爱。在《礼拜六》的前 100 期中,周瘦鹃是刊物创作上的台柱子,而在后 100 期中,虽任主编的时间不长,但还是发表大量作品。关于自己的创作身份,他曾说过:"我是编辑过《礼拜六》的,并经常创作小说和散文,也经常翻译西方名家的短篇小说,在《礼拜六》上发表的。所以我年轻时和《礼拜六》有血肉不可分开的关系,是个十十足足、不折不扣的《礼拜六》派。"①可以说他是凭借杂志《礼拜六》而成名,同时,《礼拜六》也因为周瘦鹃的编辑和创作而更加享有盛誉。

周瘦鹃在创作方面成绩卓著,从小说内容分类来看,他的小说则可分为哀情、伦理、爱国、社会四大类。周瘦鹃的哀情小说,沿着徐枕亚的《玉梨魂》路子,描写的是爱情中的悲哀无望的结局。此类小说情调婉约,境界凄清,结局悲惨,内容描写的是青年男女之间的缠绵与哀伤,如《恨不相逢未嫁时》《遥指红楼是妾家》《午夜鹃声》等都是他的哀情小说的代表作。《恨不相逢

---

① 周瘦鹃:《闲话〈礼拜六〉》,魏绍昌、吴承惠编《鸳鸯蝴蝶派研究资料(上)》,上海文艺出版社,1984 年,第 181 页。

未嫁时》里的男主人公辛惕是个画家,年幼丧父,只能和母亲、妹妹相依为命。辛惕与崔小姐相爱,但是崔小姐的家庭早已为她订有婚约,婚后崔小姐被婆婆欺负,而丈夫留恋花丛并不疼惜她。辛惕经常去看她,并给予安慰,奈何好景不长,夫家迁徙,最终两人只得遗憾那"恨不相逢未嫁时"。小说情节细腻真切,作者把爱情中的悲哀无望情绪发挥得淋漓尽致。周瘦鹃的伦理小说,涉及的是伦理道德,以塑造正面人物形象为主,达到教化世人的目的。比如《守信》《旧约》都是教育世人讲究信誉的。除此以外,周瘦鹃提倡孝道,如《孝子贤媳》从反面讽刺非孝。周瘦鹃还关注妇女贞操的问题,《十年守寡》就是对这一问题的诠释,在此基础上,他提出了新的伦理标准。《礼拜六》虽说是一份休闲娱乐的期刊,但在民族危亡之际,周瘦鹃毫不含糊地发表了一系列的爱国小说,如《新年好梦》《中华民国之魂》等,都表达了他的爱国主义情怀。他的爱国小说又常常与个人的爱情命运联系起来,男女主人公既柔情似水又豪情万丈,爱国情怀一直贯穿作品的始终,在爱国的大义面前,个人的爱情取舍要绝对服从于爱国的大义,所以他爱国小说中男女主人公身上多了一份爱国者悲壮的英雄气概。在《真假爱情》中男主人公郑亮为了参军和未婚妻发生冲突,心意已决的郑亮舍弃了未婚妻而去参军,他的爱国情怀却赢得了另一女孩的真心。郑亮的爱情只有在爱国的前提下,才能焕发出新的生命力。他的社会小说大多以当时人们的现实生活为基础,表现民生疾苦,揭示社会存在的不公,以引起有识之士深层的思考。如《脚》《血》《吉期》等。周瘦鹃的这四大类小说有深刻的时代和社会主题,自叙色彩浓厚,情调哀婉凄艳是他的艺术底色。

除创作之外,周瘦鹃在《礼拜六》上还发表了大量的翻译作品。在《礼拜六》前100期中,周瘦鹃翻译作品有45篇之多,占刊物上翻译作品总数的三分之二左右。当然,在翻译作品中,"情爱"依然是主题,这类译作和他创作的哀情小说归属于同类题材。其代表译作有《郎心何忍》《玫瑰有刺》等等。这些翻译之作对周瘦鹃原创有着借鉴作用。比如翻译的小说《断肠日记》和他的原创小说《珠珠日记》就有异曲同工之处。他对外国小说的接受,更多地表现在哀情的制造和写作技巧的学习。例如周瘦鹃根据法国施退尔夫人所著的《柯琳娜》(Corinne)翻译而成哀情小说《无可奈何花落去》,译者于译后记说:"比来予为说部颇多言情之作,而哀情处其泰半,朋辈都谓吾每一着笔,辄带死气,赚人家几行眼泪,毕竟何苦来? 然而结习难除,亦属无可奈何,杜鹃本天生愁种子,杜鹃而啼得瘦其苦更可知矣,瘦鹃伤心人,殊弗能禁其作伤心语也,至此《无可奈何花落去》一篇,读之亦足令人无欢,诸君姑忍泪观之,下期更作一《似曾相似燕归来》篇以忏悔,何如?"[1]"瘦鹃伤心人",将外国作品中的哀情放大,并在自我创作中借鉴,这是《礼拜六》时周瘦鹃文学实践的重要特色。从人物塑造的角度来看,周瘦鹃的翻译吸取西方小说技巧,注重人物心理描写和用自然景物去烘托人物形象。比如在作品《守信》中,作者对林三在追捕时的心理活动就采用细致描写。正是因为心理描写让林三这个人物显得更加鲜活和逼真。《旧恨》中塑造慧园师太的形象就是用景物烘托完成,"那太阳已在西天沉下去……此时变作天堂一角了"此段景物描写,从侧面烘托了慧园师太当时的先纠结后宁静的复杂心情。从叙述时序上来看,中国传统小说大多是从时间顺序对故事进行陈述,缺乏情节跳跃的设置,而此时周瘦鹃的创作在叙事方法上却常有突破。他并不按照传统时间和空间的顺序,而是采用倒叙、插叙等手法,使情节变得跌宕起伏,从而推动了传统小说叙事模式的革新,给予当时读者新鲜的阅读感受。他的这些手法在当时中国作家创作中表现得很前卫,显然都来自外国小说的滋养。

周瘦鹃在《礼拜六》中的翻译作品,会根据自己的爱好带些随性元素。他喜爱遵循自己的习惯对作品进行改写,有些翻译作品实际上是周瘦鹃对作品进行的二次创作。如译作《空墓》,其原创作品是个团圆的结局,却被作者改成了悲剧。此外,有些学者认为,周瘦鹃在翻译外国作品时滥用传统骈文华丽的词汇,让许多翻译作品失去了原有的韵味,从而没有办法达到原作产生的美感和联想。这确实也是周瘦鹃翻译作品中存在的问题。

---

[1] [法]施退尔夫人著:《无可奈何花落去》,中华瘦鹃译,《礼拜六》,1915年第3期。

第二章 《小说月报》(1910—1920)

《小说月报》1910 年在上海创刊,1932 年因淞沪战争停刊。先后共出 22 卷,262 期(包括增刊 4 期)。创办之初,由王蕴章编辑,第 3 卷第 4 期起改由恽铁樵主编,而第 9 卷至第 11 卷,仍由王蕴章编辑。1920 年 11 月,沈雁冰(茅盾)接手担任主编后对刊物进行全面改革之后,成为新文学家最初聚结的大本营。在茅盾接编之前《小说月报》是通俗文学的代表性期刊。

1902 年,梁启超提出"小说界革命",以文学(小说)启蒙民众,从而达到政治改良目的。他在《论小说与群治之关系》一文中声称:"欲新一国之民,不可不先新一国之小说。"①从此小说被看作启蒙和新民的政治工具。1910 年创刊的《小说月报》正是秉承着梁启超的文学主张进行文学启蒙。新文学登上文坛之后,《小说月报》最先进行文学变革,并于 1921 年成为了新文学的代表性期刊。所以说,《小说月报》是中国现代文学中跨流派的文学期刊。

第一节 恽铁樵的《小说月报》实践

《小说月报》于 1910 年 8 月创刊,第一任主编王蕴章(号西神残客,简称西神,1884—1942),无锡人,南社社员,常被选为《南社丛刻》的编辑员,长于骈文,书法家,精通英语,曾在商务印书馆参与《辞源》的编纂,颇得文名。但编《辞源》与编《小说月报》性质有些不同,编《辞源》是靠"内才",编辑《小说月报》除内才外,还要联系一批作者和广大的读者。在这方面西神还有所欠

---

① 梁启超:《论小说与群治之关系》,《新小说》,第 1 卷第 1 号,1902 年。

缺,因此第1、2卷的《小说月报》成绩并不显著。主要靠林纾所译的两部长篇《双雄较剑记》和《薄幸郎》为主要支撑。但西神为《小说月报》定下的宗旨是很不错的:"移译名作,缀述旧闻,灌输新理,增进常识。"后来,他因友人之邀到南洋去经商了。从3卷1期起,直至第8卷均由恽铁樵主编,这应该是前期《小说月报》的黄金期。1917年底,王西神从南洋回国,恽又还"政"于王,王西神接编第9卷至第11卷。此为《小说月报》前期。从第12卷起由茅盾全面革新。

恽铁樵(1878—1935),名树珏,字铁樵,以字行,别署焦木、冷风、黄山民。江苏武进人,1903年考入南洋公学(交大前身),其间熟练地掌握了英语,在1909年创刊的《小说时报》上以翻译长篇言情小说而闻名于文坛。说他办刊乃《小说月报》的"黄金期",当然并非没有缺点。但有一点很值得称赞,"恽铁樵奖掖后进",[1]人称他为"慧眼伯乐"[2]。

恽铁樵接编办刊物后,强调刊物要编得"雅洁而不艰深,浅显而不俚俗,可供公余遣兴之需,亦资课余补助之用"[3]。恽铁樵崇尚"雅洁"的编辑理念。杂志封面多选取中国山水画和国外名人和职业女性画像,刊内插图绝不刊登当时通俗文学期刊常用的时尚妓女照片。他认为,"小说对于社会有直接之关系,对于国家有间接之关系"。[4]又说"所贵乎小说者,为其设事惩劝,可以为教育法律宗教之补助也。惟如是,必近情著理,所言皆眼前事物,善善恶恶,皆针对社会发挥"[5]。他的小说创作理念不仅仅是传统的劝善惩恶,而是透过小说描摹人的心理活动,表达人生感悟,反映社会现实,有人说他把小说看作是大说。作为编辑,他发表了鲁迅的第一篇小说《怀旧》,并予以高度的评价。他为《怀旧》作了十则夹注式的评语,还加了一个总评。下面选几则夹注评语:"接笔不测从庄子得来","用笔之活可作金针度人","转弯处俱见笔力","写得活现真绘声绘影","不肯一笔平钝,故借雨作结,解得此法

---

[1] 郑逸梅:《恽铁樵奖掖后进》,《郑逸梅选集》第2卷,黑龙江出版社,1991年,第186页。
[2] 转引自陈江:《慧眼伯乐——恽铁樵》,见陈应年等编《商务印书馆九十五年》,商务印书馆,1992年,第600页。
[3] 见《小说月报》"第4卷第1期《特别广告》"封二。
[4] 《本社函件撮录:翰甫君与恽铁樵通信》,《小说月报》,第6卷第5号,1915年5月25日。
[5] 恽铁樵,《答某君书》,《小说月报》,第8卷第2号,1917年。

行文直游戏耳","状物入细","三字妙,若云睡去便是钝汉","余波照映前文,不可少"等等,总评是:"实处可致力,空处不能致力,然初步不误,灵机人所固有,非难事也,曾见青年才解握管,便讲词章,卒致满纸饾饤,无有是处,亟宜以此等文字药之(焦木附志)。""饾饤"者,即堆砌词藻。恽铁樵将青年鲁迅的处女作视为青年人作文的典范。可惜的是他在 1935 年逝世前也不知道鲁迅的处女作是由他签发的,当时鲁迅文章用的笔名是周逴。而鲁迅的《集外集拾遗》出版时谈及此事已是 1938 年了。恽铁樵发表的另一位青年作者的作品,是后来成为新文学大家的叶圣陶的《旅窗心影》。叶圣陶回忆:"《旅窗心影》原来是投给《小说月报》的。当时主编《小说月报》的是恽铁樵。恽铁樵喜欢古文,有鉴赏眼光,他认为这一篇有可取之处,可是刊登在《小说月报》还不够格,就收在他主编的《小说海》里(《小说海》是他 1915 年主编的《小说月报》的副牌——引者注)。他还写了一封长信给叶老,谈这篇小说的道德内容。"①叶老在回忆时还提及恽铁樵对鲁迅《怀旧》的评语,说恽"指出他所见到的妙处"。但叶老这篇小说发表时用的笔名是叶允倩,不知恽铁樵是否知道允倩就是后来成为新文学大家的叶圣陶。在《怀旧》发表的同年,在蒙藏垦殖学校念书的张恨水也向《小说月报》投稿。张恨水回忆,他看到《小说月报》的征稿启事,"我很大胆的,要在这里试一试……在三日的工夫里,我写了两个短篇,一篇是《旧新娘》,是文言的,约莫有三千字;一篇是《桃花劫》,是白话的,约四千字。前者说一对青年男女的婚姻笑史,是喜剧。后者写了一个孀妇自杀,是悲剧。稿子写好了,我又悄悄地付邮。……事有出于意外,四五天后,一个商务印书馆的信封,放在我寝室的桌上,我料着是退稿,悄悄地将它拆开,奇怪,里面没有稿子,是编者恽铁樵先生的回信。信上说,稿子很好,意思尤可钦佩,容缓选载。我这一喜,几乎发了狂了。我居然可以在大杂志上写稿,我的学问一定很不错呀!"②张恨水还与恽铁樵通过两次信。以后稿件虽然没有发表,但恽铁樵对青年张恨水的鼓励,大大增强了他以后对创作的自信心。但张恨水的投稿

---

① 吴泰昌:《忆五四,访叶老》,《艺文轶事》,安徽人民出版社,1981 年,第 197 页。
② 张恨水:《写作生涯回忆》,张占国、魏守忠编《张恨水研究资料》,天津人民出版社,1986 年,第 20—21 页。

用的是张心远的名字,也不知恽后来是否知道张心远即张恨水。张从寄稿到收到回信仅隔四五天;而鲁迅的稿件是由周作人从绍兴寄出,仅隔了六天就收到恽的录用信件:一是可知恽能悉心培养青年作者,二是可以显示他的鉴赏水平与编辑能力,三是体现出了他的敬业的精神。另外,恽铁樵还培养过程小青;顾明道还在中学生时期就与恽有了通信关系,他提出的问题,也得到恽的回信。他编刊的原则是质量第一:"佳者虽无名新进亦获厚酬,否则虽名家亦摈弃勿用"。① 例如林纾在1913年后的译作,文章质量下降,他老是向商务高层汇报诉苦,但林纾以前的译作已成为一个文化名牌产品,用不用他的稿件,要由商务高层决定,因此高层总是回答:"稿多只可收受。惟草率错误应令改良。"② 这证实了一点,当年恽铁樵正掌握着一个有全国影响的大刊,对作者与读者而言,他可谓"身居要津",但他甘愿为他人作嫁衣裳,他出于文心,重视质量,把关甚严;也出于公心,从来没有什么门派观念,特别热心扶植文学青年,悉心指导,使《小说月报》真正成为一个有全国影响力的期刊,欢迎八方来客,使之成为文学作者们的"公共园地"。

恽铁樵主掌《小说月报》后,自己在本刊上发表作品并不多,但是每一篇作品均很扎实、醇厚,甚至智机。但见到凡内容很好的小说,即使文字稍差,他也从不放弃,他为之"润文"的稿件却也不少。当他自己发表作品时,一篇有一篇的分量。他在第3卷第1期上发表《新论字》,写一个落魄的拆字先生与"余"在茶馆里的一度精彩的对话。"我"问,能卜时局否?拆字先生说能。"我"连续提了三个问题:1.革命能成功否?2.清朝之命运若何?3.今联军攻金陵能克否?每提一问,就随手写一个字,叫他拆来(因当时繁体字,难于复述情节)。但此人有急才,"余写一字他就边拆边侃,间不容发,对答如流,受他的吸引,围观者渐多,对他的妙答报以掌声。"这哪像是拆字?这简直是一场巧构的革命宣传。恽铁樵借一场"街谈巷语",反映民心所向,表达了鲜明的倾向性。在第4期,他以笔名焦木发表社会小说《血花一幕》,认为辛亥革命对普通民众影响甚微。辛亥革命尽管摧毁了清王朝的统治,结

---

① 转引自陈江:《慧眼伯乐——恽铁樵》,见陈应年等编《商务印书馆九十五年》,商务印书馆,1992年,第600页。
② 转引自东尔:《林纾与商务印书馆》,《商务印书馆九十年》,商务印书馆,1987年,第540页。

束了中国两千多年的封建帝制,然而中国底层百姓没有得到什么利益,生活却日益艰难。以赵先生为代表的地方官员豪绅等投机者都想窃取革命成果,趁乱分得一杯羹,他们想尽办法谋取私利。恽铁樵在1912年发表如此深刻的时事小说,他在实践着启蒙的理念。

恽铁樵的翻译作品也有很强的社会启蒙意识。首先在对军事战争小说的翻译方面,1916年正处于世界第一次大战期间,恽铁樵希望通过军事战争小说的翻译来唤醒国人,激发民众的爱国之情。恽铁樵在《小说月报》第7卷第1号上翻译了俄国的《爱国真诠》:在巴尔干山的一处有个叫胭密里的村庄,村庄里有个伊斯兰教教堂,村民都是伊斯兰教教徒。有对耶稣教教徒的夫妻,他们是俘虏。男的叫史托恩,女的叫辣杜尼侪。一晚,女子手中抱着小孩,丈夫对妻子说,等他们杀我的时候你就把孩子杀了,我不忍心看他在敌国长大,接受他们的思想,妻子伤心不已。不一会儿,总督对他们进行了一番审问,叫他们去做间谍,两人不肯。总督拿他妻子和孩子威胁他,让他好好考虑。女子让丈夫不要这么做,为他们报仇就好了。女子和孩子被关起来,小孩饿得直哭,一个士兵拿着饼干给孩子吃。女子和士兵说了话,女子忍痛想要杀死自己的孩子。士兵听后震撼不已,晚上就偷偷地撞开了门,放女子逃跑。当晚有几个哥萨克骑兵在巡逻,到天空泛白的时候,听到了孩子的哭声便去一看究竟,看到了辣杜尼侪已经冻僵却仍保护着孩子。士兵把孩子带回了军营抚养,让他以后为国效忠。身为社会底层的妇女,面对敌人的威胁而勇不屈服,决不做卖国贼的节操让人为之震撼,他们很好地诠释了"国家兴亡,匹夫有责"的爱国精神。

恽铁樵也积极响应五四青年爱国运动,1919年6月,他还曾上街散发罢课公启的传单。此事被人告到商务高层领导处,商务高层倒也很开明,认为这是个人的自由,不应予以干涉。恽脱离《小说月报》编务后,仍在商务编译所工作,但他发现已被某些同事视为"保守分子",在1920年前后,他感到自己已不宜再在商务编译所生存了。

在编刊时,他曾利用业余时间研究医学。因他的爱子误于庸医致死:"民国五年丙辰,先生三十九岁,长公子阿通年十四病白喉殇,先生乃奋志治医。"[①]

---

① 章巨膺:《恽铁樵先生年谱》,《药庵医丛书·第一辑·文苑集》,新中医出版社,1948年,第17页。

"其时他的子女数人,因病误于庸医,他愤极了,就自己研究医学。博览群书,艺乃大进。后来他的幼子,忽得重症,中西名医都回绝了。他自己试开一方,果然一帖而愈。最初他并不悬牌,后来一般亲友前来求医的渐多了,他才宣告以医济世。他的医学很有精密的见解。对于幼科更有心得。钝根、芙荪家的孩子病重已到最危险的地步,都经他从死神中把两条小生命夺了回来。"①他从此忙得应接不暇。他想自己既被视为文坛"保守分子",不如干脆悬壶济世。因为他耳朵失聪,求医者要用耳筒向他大声讲述病情,所以有"神聋医"之称。他成了中医的改革先锋。他长于古文,对中国古代医典心得特深;又懂英文,善于吸取西医之长。他曾办过文学杂志,转业就创办中医函授学校,创刊医学杂志,培养了数百名学生。直到他 1935 年逝世之前,他办了 20 期《铁樵医学月刊》,被誉为"我国医学革命之创导者"②。他"诊余著述甚勤,晚年所著尤多,学说多折衷中西,凡所发明,皆有实验。形能之说,卓然成一家言。近年来国医日处于风雨飘摇之中,同人咸知革新以应潮流。先生实为之先导,一介寒儒,卒成医林一代宗匠,不亦伟哉!"③他留下几百万字的一部 8 卷本《药庵医学丛书》,和 1 册《国医馆与恽铁樵往来之文件》。很难相信,一个文学界的"顽固堡垒"④的"守门神",能突然到医学界去放一异彩。无论在文学编辑任上,还是在医学改革上,恽铁樵的敬业精神是令人肃然起敬的。

至于后三年的《小说月报》,王西神办得并不出色,再由于《新青年》杂志吸引了大量青年读者,有全国性影响的《小说月报》竟跌到只能月销两千册。王西神也就辞职到沪江大学去做教授了。茅盾的革新是很必要的,说明在当时新文学界的新锐已经结集,"文学研究会"已经能在中国文坛上发挥重要的作用。

---

① 芙荪:《全国小说名家专集·恽铁樵》,云轩出版社,1923 年,第 1—2 页。
② 何公度:《悼恽铁樵先生》,《铁樵医学月刊》第 2 卷第 8 号,《恽铁樵先生哀挽续号》,1935 年,第 1 页。
③ 章巨膺:《恽铁樵先生年谱》,《药庵医学丛书·第一辑·文苑集》,新中医出版社,1948 年,第 15 页。
④ 茅盾在《革新〈小说月报〉的前后》中说:"十年之久的一个顽固派堡垒终于打开缺口而决定了它的最终结局,即第十二卷起的全部革新。"《我走过的道路(上)》,人民文学出版社,1981 年,第 173 页。

第二节　编读互动　虚怀若谷　有问必答

恽铁樵从《小说月报》第6卷第3号开设《本社函件最录》栏目（见表）供读者交流阅读感受，表达自己的文学见解。主编恽铁樵对读者反馈十分重视，尤其是对刊物的批评意见。增加编读互动平台，既能够提高读者的阅读兴趣，培养并扩大稳定的读者群，又便于编辑与作者了解读者的喜好，使刊物更加贴近读者的需求。

表　《小说月报》第六卷、第七卷《本社函件最录》栏目登载文章

卷数	号数	本社函件最录	卷数	号数	本社函件最录
6	3	陈通君致本社书	6	8	张君起南来函
	4	答刘幼新论言情小说书		12	复茅塞先生书
					许与澄先生来函
	5	翰甫君致本社记者书	7	1	陈光辉君来函
		答翰甫君书			复陈光辉君函
		答醒吾俊书		2	答某君书
	6	论言情小说撰不如译		3	再答某君书
					答林君书

第六卷首次开设《本社函件最录》栏目，但尚处于探索期，且不是每期都刊登读者来信。但是从上表仍可看出第6卷中已经有6期刊登读者来信。到了第7卷，读者来信就相当密集了，几乎每期都有。《小说月报》在刊登读者来信同时一并刊登编者的答复，形成读者与编者一问一答的形式，拉近读者与杂志的距离。读者对《小说月报》杂志建设表现出极高的热情，他们表达自己的文学见解、阅读感受，对杂志提出许多建设性意见，有的直接被编辑采纳。主编恽铁樵相当重视读者来信，他在一些建设性意见的来信文末附注道"此函对于敝报能针砭痼疾，除明年酌量改良外，不敢没善，敬公布于此"①。

---

① 恽铁樵：《许与澄先生来函·附注》，《小说月报》第6卷第12号，1915年12月25日。

在第6卷第4号《答刘幼新论言情小说书》一文中向读者阐释了《小说月报》不刊登国内一般言情小说的原因：1912年徐枕亚的《玉梨魂》出版以后，风行一时。于是"东施效颦"者纷起，形成一股写哀情小说的潮流，而且愈写愈雷同。恽铁樵对此种现象，很不满意。因此他在与刘幼新讨论言情小说时说："爱情小说所以不为识者欢迎，因出版太多，陈陈相因，遂无足观也。去年本报几屏弃不用，即是此意。"他甚至提出"言情小说撰不如译"的观点："外国言情小说，层出不穷，推原其故，则彼邦有男女交际可言，吾国无之；彼以自由结婚为法，我国尚在新旧嬗变之时。……是故欧洲言情小说，取之社会而有余，我国言情小说，搜索枯肠而不足。"但是他并非一概否定言情创作，而是积极为它开拓新路，提出了"社会言情小说"这一概念："言情不能不言社会，是言情亦可谓为社会。"他将言情小说引向社会言情小说的广阔天地中去。这种回答读者来信时显示的真知灼见，的确令人信服。但某些文学史将前期《小说月报》定性为鸳鸯蝴蝶派刊物。试问，恽铁樵曾将言情小说屏弃不用，那么怎么可将《小说月报》定性为鸳鸯蝴蝶派刊物呢？既然恽铁樵办刊的宗旨中有"雅洁而不艰深，浅显而不俚俗"等语，并且为之实践，那么应该将前期《小说月报》定性为一个正正派派的通俗文学期刊才对。

第三章 市民大众的需求与《小说世界》的创刊

在中国的 20 世纪 20 和 30 年代中,文坛中的两件大事,值得注意,一是 1921 年茅盾接编《小说月报》,1923 年商务重新出版另办通俗文学杂志《小说世界》。又,1931 年黎烈文接编《申报·自由谈》,《申报》又另办通俗副刊《春秋》。这种"接编""另办"模式,说明了什么呢?那就是书局与报纸的老板一方面要表示自己迎合时代潮流,另一方面他们绝对不会放弃市民大众读者。无论某些新文学作家如何用不是文艺批评该用的语言加以痛骂,也不能改变这个"接编"与"另办"模式。例如,荆生的《意表之中的事》一文中诬蔑性地说:

> 商务印书馆搜集了一点上海"文氓"的文章(?),出了一册《小说世界》,大家大惊小怪的嚷了起来……其实这是极平常的意表之中的事;值得什么惊怪。
>
> 商人是以什么为终极的目的?曰赚钱。文氓是以什么为终极的目的?曰赚钱。那么只要有钱可赚,他们便是去制造贩卖"排泄物"给人吃,也正是当然的事……①

《小说世界》在某些新文学作家的斥责下,也刊出了七个年头。

当《小说月报》由茅盾接编后,"世界书局"聘请严独鹤等编辑多种通俗刊物,"大东书局"聘请周瘦鹃等编辑多种通俗刊物。这两个书局过去不过

---

① 荆生:《意表之中的事》,《晨报副刊》,1923 年 1 月 23 日。

是小书局，又大量出版通俗小说，其业务量却很快与业界老大哥商务拉近了。商务高层才感到通俗期刊之不能少，市民读者不能全推到"世界"与"大东"去。因此，不是通俗作家想做"还乡团"回到商务去，他们已有很广阔的天地，发挥自己的才能，而是商务要再办一个通俗文学刊物，将若干市民读者再拉回来。为了争夺通俗文学的市场，1923年商务印书馆创办《小说世界》。《小说世界》编者为适应新的读者市场，使《小说世界》具有"雅俗合参"市场化、综合化的特点，在文坛上再放一光彩。

第一节 "市场化"的定位

在以读者为主导的文学市场语境下，《小说世界》呈现出"市场化"的特征。20世纪20年代初，读者的文化审美品位发生了很大的变化，一份期刊的发行与销量，主要取决于读者的知识结构、阅读水平和鉴赏趣味，所以"市场化"已成为通俗文学期刊要继续生存下去就必需有所改革的动因。

除了刊登内容丰富之外，《小说世界》的封面和插图具有强烈的市场意识，与之前的通俗文学刊物封面和插图的大多注重"时髦美人"的审美趣味大相径庭，《小说世界》的封面和插图时间跨度包蕴过去和现在，甚至还涉及将来，尤其注重满足读者对新知和外部世界的好奇与探索，充满着强烈的市场意识。《小说世界》从第9卷开始，延续到12卷，1925年全年共52期的封面图，为三色版所制的全球52种人种图。这52种人种之中，既有文明国度的美人，也有特殊信仰国家的首领，还有偏僻地区奇形怪状的种族，形形色色，皆为当时国内读者所鲜见。每期封面配有千余字的说明，有的还附插图数张，说明该族人种的风俗、特性以及种种有趣的事迹。读者欣赏封面上的三色图，读该期的说明，再加之详细的插图，无异于亲游其地，全年读过，就好似到世界旅游了一周。

《小说世界》新设的栏目《银幕上的艺术》[①]，从第3卷第4期开始，紧跟

[①]《银幕上的艺术》到了第12卷第1期出了《银幕特刊》，中间经常脱期，从第12卷第9期改名"银幕世界"。

时代潮流,所登载的文字插图,都是关于影戏一类的事。影戏在当时虽然不大发达,但从艺术层面上来说,是一种有发展潜力、最直观、最锐敏的艺术形式。无论大人小孩,受教育程度高低,都有直接深刻的接触。据说,"银幕"一词的来源,起自这个栏目。栏目除了电影剧本梗概,还有评论、明星传记等,内容丰富。《银幕上的艺术》开始还能正常登载,后来经常断期,以至于读者经常抱怨,望眼欲穿,尽管有印刷成本高、准备不充分等多方面干扰,但因为读者喜欢,仍一直坚持到12卷13期。《银幕上的艺术》向读者打开了通向国门外的一扇窗户,与《世界文坛杂讯》《欧洲最近文艺思潮》《世界了望塔》①等栏目一起,无疑在读者面前呈现出五色斑斓的世界万花筒,这足以证明《小说世界》以读者市场为旨归的创新和努力。

《小说世界》上的广告同样不可忽视。《小说世界》里的医药广告利用真人疗效做宣传,香烟广告宣传爱国者必购买国货,化妆品广告宣传现代女性应追求美丽,保健品广告提倡注重生活品质,与20世纪20年代之前的通俗文学刊物的广告比较,少了许多花前月下、卿卿我我、诗词歌赋之类的广告形式,而在积极适应市场和时代需求,努力探求新的广告模式。虽然改版后的《小说月报》与《小说世界》在文学作品的刊登上走的是雅俗两条不同路线,但是它们的老板都是商务印书馆,所以两个刊物上的广告却是并行不悖。一、两份刊物同时刊登有名的医药广告威廉大补丸、婴孩自己药片。二、同时刊登商务印书馆出版的杂志广告。三、两份杂志都刊登了对方的杂志广告。如:《小说月报》14卷1号,就刊登了《小说世界》的出版信息,"《小说世界》出版,每周一册,第1期在十一年十二月廿五日发行。特价:在十二年三月底以前照定价对折发售。国内现代小说名家的杰作,不论是语体、文体、编的、译的,无不博采兼收;所以内容能极生动瑰奇之妙,更有补白小品、精美插图、趣味无穷。并与诸名家特约撰稿,已承允许,尤为读者之幸。"而

---

① 《世界文坛杂讯》与改版后新文学刊物《小说月报》同类栏目相较,在介绍信息的同时,还注重趣味性,所以有这样的文字:"日本文坛上,最有名的小说家有岛武郎氏于本月六日被人发现在轻井泽自己的别墅里,和情人波多野秋子一块儿自杀了,死时是在被发现前一月。"这种趣味性还体现在《世界了望塔》栏目,如介绍"外国的有辫子的人民"。《欧洲最近文艺思潮》主要登载忆秋生翻译与介绍的欧洲最近文艺理论性文章,如《新罗曼主义的效果》《欧洲大战与法国文学》等。

《小说世界》第12卷第10期则刊登了《小说月报》第17卷的内容预告。两份性质截然不同的刊物,同样刊登通俗且市场化的广告,显然是商务印书馆为吸引读者群体攫取利益的互惠共赢之举。在市场语境下承载着通俗文学期刊转型的重任,《小说世界》中的广告尤其能呈现出明显市场特色,它几乎涵盖现代各个广告的类别。通过各种丰富的广告形式,运用多种广告技巧,从语言、思想内容等多角度将中国传统文化融汇到现代产品广告中,或者将两者完美结合,追求真正的相得益彰,我们今天透过《小说世界》里的广告,能够轻易管窥出一些上海时尚的都市文化景观。

第二节 《小说世界》的作者基本队伍

但是不论封面如何花哨,插图如何精美,像《银幕上的艺术》以及《世界文坛杂讯》《欧洲最近文艺思潮》《世界了望塔》等栏目如何创新,刊物还是要靠自己有一支基本队伍,同时也要尽量吸引优秀的外稿。《小说世界》从1923年创刊至1929年终刊,共出版了264期。先后由叶劲风和胡寄尘主编。但它自始至终的灵魂人物却是胡寄尘。胡寄尘,南社诗人,辛亥革命中曾与柳亚子合办《警报》,郑逸梅曾回忆他"喜读书而家贫,赖卖文为活。于书无所不读,然君自言其生平学问,以诗为最。……近自新文学流行以来,名人胡适之氏,以新诗称于世,而君尝持其缺点,为之改削,而扬之报端,于是君之诗名,益大著于时。……君复治小说之学,常以老庄仙佛之旨,发挥于小说中,故其所作,往往别成一格,与众殊其体"[①]。胡寄尘著作等身,主要成就其一在于编写国文教科书,普及知识与教育;二在于对于新诗的研究和批评;三在于对《小说世界》的编辑与创作。《小说世界》的编辑从初创时的叶劲风变为胡寄尘后,很难再看到一二十年代通俗文学刊物莺莺燕燕的面目。刊物有大量内容反映社会底层人物的遭际与命运,充满批判讽刺色彩,在新时代背景下,有一定社会责任感和担当。在264期刊物中,胡寄尘除了

---

① 郑逸梅:《胡寄尘》,芮和师、范伯群等编《鸳鸯蝴蝶派文学资料(上)》,知识产权出版社,2010年,第340页。

他所写的《编辑部报告》之类的文字不算外,他的作品足足在200篇以上。而《小说世界》还有几位供稿的主要人物,那就是徐卓呆、程小青、范烟桥和何海鸣。这四位作者都有他们的专属的第一流的特长。徐卓呆在《小说世界》中共有70多篇稿件,他的长篇《万能术》连载16续、译话剧《茶花女》连载14续均算一篇。他晚清民初在《小说月报》上发表的《卖药童》和《微笑》等,都是优秀的短篇小说,与后来新文学作家的短篇相比,也是毫不逊色的。但在《小说世界》中他的风格有了一定的变化,以滑稽色调为主,他的这些小说不仅讽刺性极强,而且有的小说也饱含生活哲理。程小青在该刊发了40多篇作品,他的侦探小说可说是独步于中国文坛的。范烟桥在该刊发表作品30多篇,他在文史掌故上可算是佼佼者了,他在该刊上就发挥这方面的才能。而何海鸣也有近30篇作品,他无论写长篇还是短篇都有较高的成就。他在《小说世界》第8卷第1期上发表的短篇小说《先烈祠前》就是一篇佳作。《先烈祠前》揭露民国新军阀——某镇守使对缔造民国的先烈的大不敬,从而告诉读者军阀们是怎样起家的。当年民国法令规定每逢10月10日"双十"节各地均要举行祭奠先烈的典礼,可是这位反革命起家又一字不识的镇守使对姨太太说:"说了半天,原来说的是革命党,我生平最讨厌这种人,有好几次在前敌上,也不知由我杀的多少。今天叫我去祭他,配吗?"这位能文墨的姨太太是他在娼门中买来的,全衙门的笔墨,外靠师爷,内就仰仗这位姨太太做读公文的机器。用他的话说:"没有你,我这个官简直做不来。"可是这位姨太太却是烈士之女,就因父亲为革命牺牲后,才被逼沦落娼门的。她再三解释饮水思源的道理,但所得的回答是:"你真是迂夫子,你猜政府果真尊重什么先烈吗?如今做大官的,哪一个没有杀过革命党!"但当他知道自己的岳丈也是先烈时,他惊讶了一阵后说:"看你的分上,我丈人总不能不认,明天,我一定准去磕几个头,尽一尽我当女婿的孝心。"可是当他带着列队的士兵到了先烈祠前,有烈属请愿要求抚恤时,他又像疯狗一样咆哮:"卫队们,拿刺刀和枪托子开这些东西!"经他的姨太太劝说,并愿变卖自己的首饰去周济遗孤时,他又理解为做好事,积功德。说不必变卖首饰,由他来拨款,并要大家高呼"谢太太恩典",出尽了洋相后;

> 镇守使特跑到神座前,撑起那昏花老眼,向那一方方的牌位细细寻找,又喃喃自语道:"她姓李,那个李字我还认识。这里有三四座姓李的牌位,究不知那一位是我真正的岳丈。"她在旁听明白了这句问词,瞟了她丈夫一眼,微微苦笑道:"你不要发痴了,我虽已认出来,却断断不能告诉你。我还要替我那做烈士的父亲留一点面子,不愿叫人家听了当笑话说呢。"

读这篇小说,往往使我们想起鲁迅的《头发的故事》中的话:"他们都在社会的冷笑恶骂迫害倾陷里过了一生;现在他们的坟墓也渐渐在忘却里平塌下去了。"更可悲的是,他们抛头颅、洒热血换来的民国,它的不少统治者竟是仇杀他们起家的反革命刽子手。何海鸣的这篇小说是思想内容的深刻性与艺术的完整性兼具的。

由于新文学的某些刊物把关甚严,因此,有些外稿也流到《小说月报》中来。这里只举一部连载了8续的长篇小说《恋爱与义务》。作者是罗琛女士。小说前有一篇蔡元培写的"叙",这里只录"叙"中的一小段:

> 罗琛女士,华通斋先生之夫人也。原籍波兰,长于法国。兼通英德俄诸国语及世界语。工文学。居北京既久,于治家政外,常尽力于慈善事业;尤喜为有益社会之小说。近日以新著《恋爱与义务》小说汉本见示。余方养病医院,受而读之,心神为之一振。其叙事纯用自然派手法。……1921年12月31日蔡元培叙。①

这里的"自然派手法"是指现实主义手法而言。罗琛女士嫁给一位留法的中国高级工程人员,久居北京。曾翻译过鲁迅的《阿Q正传》。她的小说既了解中国的伦理规范,又参之于外国的道德准则,故事曲折动人,人情又练达,读了令人既感动又信服,真是难得的好作品,无怪连蔡元培也要"心情为之一振"。其他的外稿这里就不一一介绍了。

---

① 蔡元培:《〈恋爱与义务〉·叙》,《小说世界》,第1卷第6期,1922年2月9日。

当然，一份期刊的风格与编辑的编辑理念有很大关系。无论是前期叶劲风还是后期胡寄尘编辑期间，《小说世界》在延续着前期《小说月报》发挥通俗文艺之于国人教育及启蒙责任的同时，能够运用市场语境下的营销理念，用浅近有兴味的文字，演绎较深的理论，一方面供人欣赏，一方面指导社会，补助通俗教育。

第三节　国难小说与反战小说

《小说世界》登载大量的爱国小说，而以叶劲风创作的小说最具有代表性，如《时代之花》《十年后之中国》《午夜角声》《我们的国旗》《北京的石头》等。

《我们的国旗》即是爱国之情真诚的流露，著者炽热情感洋溢在字里行间，还有不少爱国名言，警惕国人读之。叶劲风的《租界》更能引起读者的沉痛共鸣，如江都的马潘知在《交换》栏目中这样设身处地谈自己阅读感受："我是旅居汉口的一分子，华人受印捕打骂，时常可以看见，不要说是乡下人，就是上等的商人，在洋街河边走着，就有大口的干涉，张老头子说这不是天堂么？我说是中华民国国旗的破裂呢！也是中华民国地图上的污点呢！"①这批国难小说与反战小说，彰显了传统文人的品格，弘扬了民族气节中的大义，在国家民族大义面前，作家不分新旧，爱国不分地位高低，任何小节都应服从大义。叶劲风在创作这批小说的时候，抱着真挚热情和迫切的希望。登载后反响强烈，读者有赞叹，有批评，还有更深层次的讨论。能引起普通读者的注意和共鸣，足以证明这些小说的时代价值。

《十年后的中国》（叶劲风）、《社会主义者》（求幸福斋主人）、《自由之代价》（胡寄尘）等作品曾被斥之为"游戏地骂人，游戏地空想，游戏地记录"②。《十年后的中国》是叶劲风发表在"没有发刊辞，没有宣言，没有体例的说明"③的《小说世界》上的第一篇文章，加之编辑的身份，因此格外引人注目，

---

① 《交换》，《小说世界》，第4卷第12期，1923年12月21日。
② 华秉丞：《关于〈小说世界〉的话》，《文学旬刊》第62号，1923年1月21日。
③ 疑古：《"出人意表之外"的事》，《晨报副刊》，1923年1月5日。

读者在赞叹"理想固属奇特""刺激之强烈""感动力之伟大"和"心里觉得痛快之极"之余,仍"不敢承认他在艺术上有什么价值"。①

作者叶劲风早已意识到这个问题,"近来责问我个人的函件很多。愧感得很,我只要有一点功夫,就专心在自己的创作上用力。这一篇《牺牲者谁》算是做完了,不过我的精神上很痛苦,很不愿意将这种草率的作品刊登出来。还有三篇,已经起草。(一)小雇工;(二)暗示;(三)抚州的一夜。我这时候还是在赛跑场上,刚刚起步,深望诸君,严厉指导。"②

与前面被读者批评内容空洞,缺乏真实性不同的是,叶劲风的《梦魂中的香港》,称得上为数不多值得一看的作品。历史上的香港,名属于中国,其实即为英国的殖民地。作品成功渲染出一种失地之"痛"和盼归之"愤"交织的情绪:彼时所失的土地,除了香港,还有旅顺、台湾、胶州湾等地,加上国势日弱,内乱严峻,悲痛有加,土地既被人强占,所希望遥遥无期,只有激励国人力谋恢复,呐喊睡梦中的同胞。

《小说世界》侧重在道德层面上爱国,关注读者市场是它一贯的追求,编辑叶劲风适时地在创作和翻译之间进行调适,"本刊近来几期译品登得多一点,因以前我们收到好几封忠实的劝告说'与其登载幼稚的创作,不如多登译品'。这时候又收到好多信札说'译文读了令人生厌,不如多载创作'。以后我们只得采一种折中的办法。"③这种折中方法,鲁迅曾指出"中国人,所擅长的是所谓'中庸'"④,但又何尝不是通俗文学期刊为赢得大多读者群体的认同而做出的努力和尝试。

综上所述,《小说世界》构建了一个集合市场化、综合化等特征的世俗文化世界,为我们了解20世纪二三十年代市民生活风貌和透视二三十年代的文学状态提供了文化视角。《小说世界》丰富的作品缓解了人们日常的生活压力,赢得了读者群体的认同并显示出强大的生命力,杂志的封面展示了都市发展中生活和审美的趋势,杂志中的广告以其趣味性、消遣休闲的艺术特色迎合了市民生活的文化需要和趣味。通俗文学的优势是读者群体广,新

---

① 《交换》,《小说世界》,第3卷第1期,1923年7月6日。
②③ 编者:《编辑琐话》,《小说世界》,第3卷第3期,1923年7月20日。
④ 唐俟:《通信:唐俟君来信:关于"小说世界"》,《晨报副刊》,1923年1月15日。

文学的优势是时代气息浓郁。在西方思潮影响下时代变革之际,《小说世界》根据读者新的阅读需求,杂糅了新文学的时代特色,着力追求一个新的境界——雅俗合参。

第四章　"彩色系列""方型刊物""条型刊物"

1921年1月,沈雁冰接编《小说月报》。《小说月报》是通俗文学的标志性杂志。这一变革对通俗小说作家的确是一打击。但是有市民大众的存在,通俗文学是不可能沉寂的,它们另办了若干刊物,成为了与新文学期刊并列的另一条系列。

为什么通俗文学期刊能够在此时兴盛呢?原因有两个。

一个是通俗文学期刊的自我价值的合理定位。1929年,《红玫瑰》主编赵苕狂曾对《红玫瑰》的来稿做了个统一要求:

主旨:常注意在"趣味"二字上,以能使读者感得兴趣为标准,而切戒文字趋于恶化和腐化——轻薄和下流。

文体:力求其能切合现在潮流,惟极端欧化,有所不采。

描写:以现代现实的社会为背景,务求与眼前的人情风俗相去不甚悬殊。

目的:在求其通俗化、群众化,并不以研求高深的文艺相标榜。

内容:小说、随笔、游记、各地通讯、学校中的故事、感想录等项并重,务求相辅而行,并不侧重某一项。

撰述:聘定基本撰述员二十人至三十人。由主编者察其擅长于何路文学,并适应读者的需要,而随时请某人写某项文字。

变化:对于内容及体裁,当时适应于环境而加以变化,不拘泥于一格。

　　希望：极度希望读者不看本志则已，看了以后一定不肯抛了不看，一定不肯失去——换一句话：每篇都有可以一读的价值，那，读者自然会一心一意地想着它，不愿失去一期不看的了。①

从这段文字中可以看出此时通俗文学期刊的自我定位：(1)要求所载作品反映"现代现实社会"，反映"眼前的人情风俗"；(2)在表现风格上，追求趣味性、通俗性和群众性，既反对"轻薄和下流"，也反对"极端欧化""研究高深"；(3)有很强的市场意识，他们视读者为刊物的生命线；(4)有意要形成自成一格的队伍。此时通俗文学期刊的定位明显地显示出了世俗化的特点，它们反映的是正在不断壮大的市民阶层的价值观和美学观，反映的是市民阶层的日常生活，并以市民阶层作为稳定的读者群。

第二个原因是书局的推动，其中以大东书局和世界书局最为卖力。

此时通俗文学期刊的主体性和自主性明显加强。与新文学作家组织文学社团不同，通俗文学期刊实际上已成为连接通俗文学作家的重要纽带。在一份期刊周围往往聚集着一群创作风格相近的作家，期刊的办刊方针规定着作家的创作风格，作家的创作又强化着期刊的个性。在期刊方针和作家创作的相互作用下，此时通俗文学期刊大致上分红色系列、紫色系列、彩色系列三大群类。

"方型刊物""条型刊物"是40年代的通俗小说刊物。由于这些刊物的开本大多是方型，或者是条形，因此，又称作为"方型刊物""条型刊物"。40年代一批通俗小说的新进作家涌现了出来。这些新进作家大多接受过高等教育，他们很善于捕捉现代人生的社会情绪，并将其纳入通俗小说的美学范围之中去，大大提高了通俗小说的审美层次。在期刊的运行体制中，工商业的介入已成为了主流体系。刊物的广告插页虽然多了，运作却相当灵活。

第一节　红色系列：《新声》《红》《红玫瑰》

《新声》《红》《红玫瑰》。这是前后相继的三种文学杂志。1921年1月施

---

① 赵苕狂：《花前小语》，《红玫瑰》，第5卷第24期，1929年。

济群仿"上海大世界"的小报《大世界报》办起文学杂志《新声》,"上海大世界"是个游乐场。由于此时正是《小说月报》为新文学作家接编之时,通俗文学作家纷纷投向《新声》杂志。创刊不久的《新声》杂志以其强大的阵容很快成为了通俗文学的一份代表性刊物。1922年1月《新声》出至第10期被世界书局接编,并于1922年改名为《红》杂志。《红》杂志几乎全盘不动地照搬《新声》杂志,只是资金充足了,将《新声》杂志的月刊改为《红》杂志的周刊。《红》杂志结束于1924年7月,共出100期,又纪念号1期,增刊1期。1924年7月4日《红玫瑰》接着《红》杂志继续发行,由严独鹤为名誉编辑,赵苕狂为编辑。《红玫瑰》同样是周刊。1928年时改为旬刊,出至1931年止。整个期刊的出版时间共达7年之久,是现代通俗文学期刊中寿命较长的期刊之一。

从《新声》杂志到《红》杂志,再到《红玫瑰》,讲述"红色系列"的前生后世主要是要说明这个来自游乐场游戏小报的期刊系列最重要的特色是很强的世俗化的倾向,它们是通俗小说的"通俗读物"。

刊物也关心中国的社会政治,但所取的视角却相当世俗化。例如,包天笑是位对时事政治比较关心的老作家,他在《小说画报》等刊物上曾发表了多篇相当严肃的爱国小说,然而同样是爱国小说,发表在《红玫瑰》上的却是写妓女生病的《倡门之病》。小说这样描述:妓女翠芳病了,各路好友送来各国的好药,吃下去均无效,最后翠芳自己服了一贴中国的藿香正气丸,病也就好了。作者生怕读者看不懂作品中的含义,最后发表议论说:"梁翠芳之言可以增吾国外交,若英若美若日若俄,无不于吾国示爱,而欲起我沉疴,吾国亦不敢不表示其感谢之忱,然若在昏沉,则医药杂投,反促其无,吾国民安得如梁翠芳之自觅其正气丸乎?噫嘻。"将爱国的精神比作是妓女吃"中国的藿香正气",不可思议,但是却符合刊物的风格。

世俗化的倾向使得"红色系列"中的通俗小说更加追求故事化、情节化。作为刊物来说,当然是为了更加吸引读者。对通俗小说来说,创作风格也越来越趋向平民化。平江不肖生(向恺然)的《江湖奇侠传》从政治化转向江湖化,对现代武侠小说产生了重要的影响,揭露黑幕和讲述故事相结合的姚民哀的"会党小说"在通俗小说中自成一格,劝俗劝善、淳正世风的程瞻庐的小说散发出浓厚的民风民俗……通俗小说在 20 年代完全向市场转型,"红色系列"起了很大的作用。

世俗化的重要特征就是游戏性。"红色系列"中这种游戏性小说相当多,表现得最为突出的是"集锦小说"。所谓"集锦小说"是指近十人一人接一人地连续写一部小说。由于写作者只关心怎样合理地续写以及怎样给后续者增加难度,整篇小说缺乏统一的构思,缺乏合理的布局,只能胡编乱造,但是胡编乱造之中却充满了游戏的乐趣。集锦小说在《新声》上就很多,到《红》杂志和《红玫瑰》时期,越演越盛。"红色系列"中另一种小说是"专号小说",即用小说的形式来纪念有意义的日子,如"国耻号""国庆号""新年号""春季号""夏季号""伦理号""妇女心理号""百花生日号"等,甚至还有"少年恩物号""因果号"等等。

清末民初时通俗文学期刊封面一般是山水画,取其典雅,而《红》杂志开始到《红玫瑰》的每一期都是近似漫画的水粉画,取其滑稽。刊物栏目十分繁杂,小说、诗话、笔记、笑话、影评,甚至还有一些科学实验。有必要说明的是,刊物编辑的态度都十分认真,特别是编辑赵苕狂,几乎每一篇重要作品之前都有他的评点和推荐;每一期的后面都有他的《编辑琐话》。考虑到《红玫瑰》的出版周期,仅此一项就可以看出赵苕狂的工作量了。

第二节　紫色系列:《半月》《紫罗兰》《紫兰花片》

《半月》《紫罗兰》《紫兰花片》。《半月》,半月刊,1921 年 9 月创刊,1925 年 11 月停刊,共出 4 卷 96 期,周瘦鹃编辑。《半月》最初是中华图书馆总经销,自第 5 期始被大东书局接编发行。《半月》停刊后,周瘦鹃续办《紫罗兰》半月刊,仍由大东书局发行,创刊于 1925 年 12 月 16 日,到 1930 年 6 月停刊,也出了 4 卷 96 期。《紫兰花片》是周瘦鹃的个人刊物,月刊,1922 年创刊,1924 年停刊,共出版 24 期。《紫兰花片》所载作品均为周瘦鹃个人的译、著,每期约有 30 篇左右的作品。

与"红色系列"一样,"紫色系列"同样立足于市民阶层;与出生于游戏小报的"红色系列"不一样的是,"紫色系列"在追求趣味性和通俗性的同时,还带有较浓厚的名士作风,所以"紫色系列"可以说是通俗小说的"精英读物"。

曾是《礼拜六》的主要作者和编辑之一的周瘦鹃,将《礼拜六》时感时劝俗的主题带到了他所编辑的刊物之中来了。"紫色系列"的作品大致上分四种类型:一是国难小说,以周瘦鹃的寓言小说《亡国奴家的燕子》最有影响。二是"问题小说",主要有毕倚虹写妓女问题的"北里小说"和童养媳问题的"家庭小说"。张舍我的都市传奇也颇具特色。三是知识分子小说。新文学作家写知识分子侧重于人生价值的失落和追寻、理想道路的构造和幻灭,通俗文学作家写知识分子侧重于讽刺他们的卑劣行径及精神空虚的人生胡调史。徐卓呆的《小说材料批发所》、汪仲贤的《言情小说家之奇遇》、张秋虫的《芳时》《烦闷的安慰》都是很有代表性的作品。四是侦探小说。经过了清末民初大量的翻译之后,中国的侦探小说进入了创作期。"紫色系列"开设的"侦探之页"开始刊载中国作家创作的侦探小说。这些侦探小说虽然质量不高,却是中国作家最早的实验地。《紫兰花片》是个人刊物,作品的个性化很强。小说《老伶工》明写老伶工劳作的一生,实写"文字劳工"的自我,十分感人。

作为一个名士,周瘦鹃以爱美而出名。他的爱美的风格在刊物装帧上表现得十分充分。"紫色系列"的装帧是通俗小说期刊中最具美感的。《半月》是细长型的小16开本,《紫罗兰》先是方型的20开本,后是长型的16开本,《紫兰花片》则是64开本,只有手掌那么大。《半月》的封面仅是一幅加色的素描画,《紫罗兰》的封面则是一张完整的背景画,而且每幅画下都有两句诗,例如"再三珍重临行意,只在横波一转中","低头只作枯禅坐,莫把双眸注妾边"等等,算作是封面画意题解吧。长型16开本的《紫罗兰》封面更为精致,封面画还是时装仕女,但却用镂空的形态表现出来,即第1页将仕女的形态镂空,第2页插入画面将仕女的形态从镂空处露出来。《紫罗兰》中有一个《紫罗兰画报》的栏目,是一种彩色的折叠式的开本,很有特色。《紫兰花片》的封面也是一幅时装仕女画,每期的题签均由他的好友轮流题写,包天笑、袁寒云、王西神、何海鸣、徐树铮等人均在其上留下了题签手迹。看得出来,周瘦鹃是将期刊的装帧当作为工艺品来对待。

第三节 彩色系列:《珊瑚》

《珊瑚》,半月刊,1932年7月1日创刊,至1934年6月停刊,共出48期。主编范烟桥,由上海民智书局发行。在创刊号上,主编范烟桥作了《不惜珊瑚持与人》的发刊词,文中提出了两条办刊方针,一是明确提出刊物的中心思想是:"以美的文艺,发挥奋斗精神,激励爱国的情绪,以期达到文化救国的目的。"二是提出了刊物的用稿态度:"珊瑚的颜色,有红有白有青有黑,这小册子的文艺也是五光十色,什么都有一点。""爱国"和"包容"这两条办刊方针在刊物中得到了充分的体现。

《珊瑚》创刊于1931年九一八事变和1932年的一·二八事变之时,爱国小说在该杂志中占有相当大的成分。这些爱国小说大致上分为两类,一类是写"亡国之痛"的"国难小说",代表作有王天恨的《失落》、徐卓呆的《食指短》;一类是写"爱国事迹"的"抗争小说",代表作有程瞻庐的《不可思议》、顾明道的《国难家仇》。除此之外,该刊还发表了很多有关国难的纪实文学。在第1、3、6号上,分别载有含凉生的《国难中的苏州》、王峰寄客的《国难中之昆山》、叶慎之的《国难中的太仓》以及郑逸梅的《沪变写真》,作品用纪实的笔法写了一·二八事变中日本侵略者在上海的烧杀抢掠和苏州、昆山、太仓等地的难民的情况。一·二八事变以后,民间自发流传着一些爱国传单,称之为"爱国连索"。主编范烟桥将其主要内容刊载在第9期上,号召刊物的三千订户以此实行。那"爱国连索"的主要内容是:一、永远不买日本货,二、永远不要卖东西给日本,三、对日本要存报仇雪耻的决心,四、永远要团结精神,一致与日本绝交。《珊瑚》杂志只发行了两年,始终保持着很强的爱国主义的精神。

《珊瑚》的主要作者除了主编范烟桥之外,还有陈去病、柳亚子、胡朴安、邵力之、顾明道、叶楚伧、包天笑、周瘦鹃、何海鸣等人。从这张名单中就可以看出他们大多是南社中人,是一些江南名士。名士气息也给杂志带来了名士色彩:一是杂志中诗文较多,柳亚子的《亚子近作》、金鹤望的《天放楼近诗》、包天笑的《钏影楼诗话》等作品均占有相当的篇幅;二是学术性较浓的考古文章较多,徐碧波的《中国有声电影展望》、潘心伊的《书坛话堕》、胡寄尘的《文坛老话》、孙东吴的《八股文废话》、凌景埏的《〈再生缘〉考》、范烟桥的《沈万山考》以及陈去病编订的《孙中山家世表》、柳亚子的《柳亚子自传》《苏玄瑛正传》等,这些文章都有相当的学术价值。

《珊瑚》认为文学创作不分新旧,自我是多彩的,是新旧兼容的。从13期开始,《珊瑚》专门开辟了《说话》的栏目,表明自我的文学态度并对当前的文学创作展开批评。这些署名"说话人"的文章共18篇,既批评新文学作家的作品,也批评通俗文学作家的作品,摆出了一副超然的模样。但是新文学作家却批评《珊瑚》是旧文学杂志,对此他们深为不满,在20期上专门发表了彳亍的文章《新作家的陈迹》,揭了鲁迅、刘半农等人的"老底",说他们本来就是旧文学作家出身。

《珊瑚》的装帧很朴素,虽然刊名题签也是名人逐期更换,封面的色彩仅是一色。有特色的是每期集中对一位作家介绍,并对下期主要作家作品进行预告,称之为《结网者言》。在刊物中还集中刊登名胜风景、文物书画、裸体美女的照片,作为"刊中刊",称之为《珊瑚画报》。

第四节 "方型刊物""条型刊物":《万象》《大众》《乐观》《紫罗兰》(后)

这些"方型刊物""条型刊物"大致上可分为三种价值取向。

《万象》,月刊,创刊于1942年7月27日。第1期的版权页上标明,编辑人:陈蝶衣;发行人:平襟亚;出版者:万象书屋;发行者:中央书店。到第3年第1期(1943年7月1日),柯灵接替陈蝶衣编《万象》月刊,一直编辑到1944年12月第4年第6期。最后1期第4年第7期是由万象月刊社编辑的,但拖到1945年6月1日才出版。该刊共出版43期。《万象》的主要作者是胡山源、赵景深、周贻白、孙了红、范烟桥、程小青、王小逸、冯蘅、平襟亚、徐卓呆等,到了后期,又增加了芦焚、师陀、张爱玲、叶圣陶、丰子恺、俞平伯等人。《万象》一出版就十分抢手,第1期在第1个月内竟再版3次。在第1年第11期时,销量已达到2.5万册,而当时杂志能销5千册已经是奇迹了。

《万象》销量之大,在40年代是首屈一指的。

编辑者没有什么办刊宣言,但从编辑的言谈和刊物的创作实际中可以看出杂志的办刊方针。编辑者一方面强调要"不背离时代意识",要"忠于现实",另一方面又为自己在这纷乱的年代有一个安逸的文学阵地而窃喜:"在这样非常时期中,我们还能栖息在这比较安全的上海,不能不说是莫大的幸运。"[①]这些话反映出编辑者办刊的基本取向:他们试图在"非常时期"之中写出"忠实现实"的文字。"现实"不是什么民族矛盾和阶级斗争,而是激烈的民族矛盾和阶级斗争之下的急遽慌乱的人生。用一种消闲、趣味的笔调写出当今的人们生活之艰难,生活之技巧,《万象》杂志所载作品大致如此。

值得提出的是《万象》在1943年开展了一次"通俗文学运动"。陈蝶衣、丁谛、危月燕、胡山源、予且、文宗山等人专门作文对通俗文学的性质、定义、群众基础、美学特征、社会效应等方面进行了阐述。他们强调打破新旧文学的界限,将中国文学集中在"通俗文学"的旗帜之下,建立起一种既有思想性又有艺术性和广泛读者基础的新型的中国文学。在对中国文学的性质进行讨论的40年代,这也是一种声音。

《万象》刊载了不少文艺性知识随笔,内容包括人物传记、散文知识随笔、生活回忆录以及世界文化风情描写。其中世界文化风情描写尤其出色,在通俗文学期刊中是不多见的。

与《万象》办刊方针基本一致的是《春秋》月刊和《茶话》月刊。

代表着40年代通俗小说期刊第二种价值取向的是《大众》月刊。《大众》月刊由大众出版社主办,钱须弥主编。《大众》月刊1942年11月1日创刊,至1945年7月1日停刊,共32期。《大众》月刊不提"小花草"或"忠于现实",而提出"永久的人性"。在《发刊献辞》中,他们提出:"我们愿意在政治和风月之外,谈一点适合于永久人性的东西,谈一点有益于日常生活的东西。"《大众》月刊的最重要作家有潘予且(潘序祖)、丁谛(吴调公)、孙了红。他们都在其上发表了数十篇作品。潘予且几乎在每一期上都有一部中篇小说,每部小说的篇名均称为"记"。这些小说主要写人的情感和欲望与社会

[①] 陈蝶衣:《通俗文学运动》,《万象》,1943年第4期。

道德之间的关系。丁谛的小说主要写淳朴的人性与社会的污染之间的矛盾,代表作是《野性的复活》。孙了红是侦探小说家,他此时的侦探小说在社会批判的同时,挖掘人性的根源,很见深度。除了他们以外,包天笑、徐卓呆、秦瘦鸥等人的名字也常见于其上。

《大众》月刊上与小说创作并重的是散文随笔。张一鹏的《不知老之将至斋随笔》、包天笑的《秋星阁笔记》、屈弹山的《绝望日记》、胡朴安的《病废闭门记》、丁福保的《余之书籍癖》、张叔通的《余之记者生涯》、范烟桥的《寄琐散叶》、郑逸梅的《蕉窗砚滴》《谈艺胜笔》《负疴散记》《销寒漫笔》等,都是连载其上的散文随笔。这些作家都是些老文人,或忆人,或记事,或读书心得,或感怀人生,人事、知识、识见融为一体,充分显示出了他们的人生履历和文化修养。《大众》月刊还刊载了通俗文学作家写的一些"美文",这是其他通俗文学刊物上少见的。这些"美文"以孙了红写得最好。

大众出版社的前身是国学书室,所以《大众》月刊上专门辟有《国故新知》的栏目。此栏目主要由唐文治、胡朴安两位先生主持,他们几乎每期均发表一篇讲演经学的文章,文言写作,古朴而艰涩。

和其他通俗小说期刊一样,《大众》月刊每期刊四页铜版画,主要是一些中外名画或人体画。突出的是广告铺天盖地,每一期上都有十数页广告。

40 年代的周瘦鹃是十分忙碌的。他此时主编了两种刊物:《乐观》和《紫罗兰》(后)[称《紫罗兰》(后)是为了与周瘦鹃二三十年代编的《紫罗兰》相区别]。这两份刊物开本细长,被称作为"条型刊物"。周瘦鹃是中国现代文学史上的编辑大家。他所主编的两份刊物显示了此时通俗文学期刊的第三种价值取向。受上海九福制药公司的委托,周瘦鹃于 1941 年 5 月 1 日创办了《乐观》月刊,至 1942 年 4 月 1 日停刊,共出版 12 期。《乐观》停刊不久,在出版商的怂恿下,周瘦鹃于 1943 年 4 月 1 日复活了他的《紫罗兰》。该刊为月刊,出至 1945 年 3 月停刊,共 18 期。这两份刊物的编辑方针,从周瘦鹃写的《乐观发刊词》上就可以看出,他说:"我因爱美之故,所以对于这呱呱坠地的《乐观》也力求其美化,一方面原要取悦于读者,一方面也是聊以自娱。"看得出来,40 年代的周瘦鹃唱起了唯美主义的论调。从刊物的实际来看,周瘦鹃的唯美主义表现在两个方面,一是写爱情生活的酸甜苦辣,一是刊物装帧的精细美观。

在周瘦鹃主编的这两份刊物上,除了自己和包天笑等人的作品外,青年女作家是主要的创作队伍。张爱玲小说的处女作《沉香屑·第一炉香》就连载在《紫罗兰》(后)第2期至第7期上。这些作家都接受过高等教育,可以说是时代的新女性了。她们的小说题材基本一致:对"幸福追寻"的描述、疑问和反思,在情爱的生活中细腻地表现出女性的性爱心理。在《紫罗兰》(后)上周瘦鹃也发表了两部轰动一时的作品,一是长篇小说《新秋海棠》,为秋海棠、罗湘绮、梅宝找到了一个美好的结局;二是《爱的供状》一百首诗词,记叙了他"一段绵延三十二年的恋爱史",作为他"五十自寿的纪念文字"。写哀艳的文字是周瘦鹃的擅长之处。这两部作品一时赚取了读者不少的眼泪。

两份杂志的装帧保持着周瘦鹃一贯的作风"求其美化"。《乐观》的开本比32开本更狭小些,每一期的封面均为一幅电影明星的彩照。《紫罗兰》(后)更为讲究,每期封面上是一枚形态不同的紫罗兰花,袁寒云的题签衬托在其中,显得挺秀妩媚。目录上用紫罗兰花镶边,显得花团锦簇。每一期上都有一个小专辑,如《春》《小天使》《母亲之页》等等。14期以前,每期还有四页的《紫罗兰小画报》,主要刊载风景和影星的肖像或剧照。整个杂志犹如苏州的园林一样,园中有园,景中有景,显得精致而有序,充分显示出编辑者独运的匠心。这样的装帧与那些"甜蜜"文字相配合,的确是一份很有魅力、很有个性的消闲杂志。

第五章　读图时代的开启

吴福辉的《插图本中国现代文学发展史》开篇第一节的标题即为"望平街—福州路：文学环境的转型"，他在书中写道："选择从上海望平街这条中国最早的报馆街（相当于伦敦报业中心所在地的舰队街）开始，来作现代文学史的叙述，是为了强调以后延绵一百多年的文学，当年已是处于一个与古典文学不同的时代环境里了。这个环境除去经济生产力的水平之外，对文学来说最重要的是思想界的急剧变动和物质文化条件的重新构成，而这两方面都可集中体现在现代报刊出版业的兴起上"。① 画报是典型的现代报刊样式之一，是一种以图画为主、文字为辅、受众喜闻乐见的媒介样式，是"以刊载摄影图片、绘画为主要内容的期刊。它用形象的直观的图像传播信息和知识"②。画报是"画"（绘画与摄影）、"报"（新闻性与文学性）和印刷"三位一体"的大众媒介。陈平原认为，"所谓'画报'，首先应该是'报'，而后才是有'画'的'报'。也就是说，新闻性应是第一位的。"③ 据不完全统计，在1872年到1910年的38年间，中国出版的带有时事画性质的画报画刊，共有160多种。初创时期的画报画刊多为绘画镂版，工序繁琐，成本极高，时效性不强，继而渐渐被石印画刊取而代之，工序简化，成本降低，时效性增强。后期出现了照相铜版画刊，不但时效性增强，图像的印刷质量也大为改观，设置可以直接印制新闻图片了。民国初年，由于西风渐浸，新知识、新文化在社

---

① 吴福辉：《中国现代文学发展史（插图本）》，北京大学出版社，2010年，第2页。
② 《中国大百科全书·新闻出版》，中国大百科全书出版社，1990年，第149页。
③ 陈平原：《晚清人眼中的西学东渐——以〈点石斋画报〉为中心》，《晚明与晚清：历史传承与文化创新》，湖北教育出版社，2002年，第180页。

会上盛行。在沿海沿江的大城市,由于人们渴望新知的要求强烈,图像出版业发达起来,各种画报画刊如雨后春笋般涌现。1911至1926年期间的画报画刊,目前可见名录的有两百多种,其中1911至1919年期间出版的有一百多种。[①] 但由于这一时期(1911—1919年间)多数画刊属于一人办刊或一人办多种刊物,刊行的时间比较短,没有造成一定的影响,史料上也只是闻其名,没有更多的信息。很多刊物由于出版资源有限,出版几期就难以为继了,只得停刊。

陈平原在《图像晚清:〈点石斋画报〉之外》一书中,撰写了20则短文,介绍了1884年至1911年间(晚清最后近30年)28种晚清画报。他选择画报的标准是,"一是当年重要,二是存世较多,三是制作精美——当然,这只是相对而言。至于撰文立场及选图策略,我希望兼及史学、审美以及价值判断。换句话说,此读本是编给今人看的,故多选晚清社会生活、教育文化、民俗仪式等画面,关注重大历史事件的呈现,还有今人很可能依然感兴趣的景观或建筑。至于当年颇为流行的因果报应、神鬼故事、科学新知以及西洋景观等,则暂时搁置。"[②] 这28种晚清画报具体包括:一、《飞影阁画报》与《飞影阁画册》,二、《启蒙画报》,三、《时事画报》,四、《赏奇画报》,五、《北京画报》与《北京时事画报》,六、《星期画报》,七、《开通画报》与(新)《开通画报》,八、《人镜画报》,九、《醒俗画报》与《醒华日报》,十、《益森画报》,十一、《日新画报》与《正俗画报》,十二、《时事报馆戊申全年画报》,十三、《时事报图画旬报》,十四、《图画日报》,十五、《醒世画报》,十六、《燕都时事画报》与《神州画报》,十七、《民呼日报画报》,十八、《时报附刊之画报》,十九、《浅说日日新闻画报》与《浅说画报》,二十、《平民画报》与《菊侪画报》。陈平原给上述28种晚清画报,每种画报配了10至20幅图像,图文并茂,对读者了解晚清画报的基本面貌,不无裨益。

彭永祥在其编著的《中国画报画刊:1872—1949》[③] 一书中,列举了1872年至1949年间出版的近800种画报画刊,分为五个时间段(即1872—1910年、

---

① 彭永祥编著:《中国画报画刊:1872—1949》,中国摄影出版社,2014年,第63页。
② 陈平原:《图像晚清:〈点石斋画报〉之外》,东方出版社,2014年,序第1—2页。
③ 彭永祥编著:《中国画报画刊:1872—1949》,中国摄影出版社,2014年。

1911—1926年、1927—1936年、1937—1945年以及1946—1949年)——进行了介绍。该书系统整理了1872至1949年中国画报画刊的出版历史,展现了丰富的近现代画报、画刊、照片等珍贵资料,有不少资料在国内还是首次披露。

画报作为一种全新的传播媒介,构建了一个全新的文学生产和传播场域,文学真正进入了大众化的生产和传播时代:题材时事化、插图常态化、传播大众化、数量规模化等等,呈现出文学大众化传播的新模式。近代文学大众化传播的一个全新载体就是晚清时期出现的画报,如《点石斋画报》(1884)、《飞影阁画报》(1890)、《启蒙画报》(1903)、《北京画报》(1906)、《图画日报》(1909)等等。这些画报大多为时事画报,以刊载时事、传播新学、启发民智为办刊宗旨。其最基本的特征是图文并茂、图主文辅,大力开掘图像的叙事功能,由此催发了大众的读图风潮,可谓是"图像时代"的新纪元。这些画报中,有诸多画报在刊载时事之外还配图刊载各种文学作品,其中尤以改编小说最为特别,形成一种画报体文学形式,开拓出近代文学传播中以画报为载体、以图像传播为主导特征的大众化文学传播模式。

第一节 中国近现代画报发展历史分期

印刷、摄影技术明显划分了中国近代画报的历史分期。阿英在1940年1月《良友》画报第150期上,发表了一篇《中国画报发展之经过》,其中从中国画报发展史的角度阐述了《良友》画报的地位。阿英认为,中国的画报发展,从晚清开始到40年代,经历了四个时期:第一个是以镂版为技术特征的"中国画报的萌芽时代",其中以光绪元年(1875)创刊的《小孩月报》和光绪三年(1877)印行的《瀛寰画报》为滥觞。第二个时期为"西法石印"时代,以光绪十年(1884)创刊的《点石斋画报》和光绪十六年(1890)创刊的《飞影阁画报》为代表。第三时期为铜锌版时代,以1907年创刊的《世界》和1911年创刊的《真相》为象征。第四个时期是以1926年2月创刊的《良友》画报为中坚的影写版时代。①

---

① 阿英:《中国画报发展之经过》,《良友》画报第150期,1940年1月。

也有学者从画报内容的角度(包括绘画技巧、画报样式),把晚清上海画报的历史,分为三个时期:

(一)萌芽期。这一时期的代表性画报是《小孩月报》《瀛寰画报》和《画图新报》(1880年5月在上海创刊,美国传教士范约翰主办)。有研究者从内容等角度进行分析,认为这一时期这三种画报有着三个方面的共同点。一是内容以转录外国宗教或世俗故事为主。《小孩月报》以很大篇幅宣传基督教义,讲述《天路历程》《圣经古史》等内容和知识。《瀛寰画报》和《画图新报》介绍的建筑、风景名胜、人物多为欧洲、美国以及印度、日本的。二是主持人多为外国传教士。三是绘画所用技法,是西方的而不是中国的。以上述三条为标准,研究者将1884年《点石斋画报》问世以前的时期,称为晚清上海画报的萌芽期。[1]

(二)成型期。这一时期的重要标志是1884年5月《点石斋画报》的创刊。《点石斋画报》由中国画家吴友如主持,在绘画技巧、画报样式等方面,均不同于西方;内容方面也有很大的变化,表现内容多为市民喜闻乐见。《点石斋画报》问世以后,风行一时,在全国各地设立了近二十个分销点,供不应求。为适应需要,吴友如在1890年和1893年分别又创办了《飞影阁画报》和《飞影阁画册》。从《点石斋画报》到《飞影阁画报》再到《飞影阁画册》,以吴友如为线,画法、风格一脉相承,确立了晚清画报的基本模式,标志着晚清上海画报进入成型期。[2]

(三)繁盛期。1900年庚子事变以后,中国民族危机空前深重,这一时期的画报被赋予救亡、启蒙的重任。代表性画报是1901年在上海创刊的《图画演说报》和1902年在上海创刊的《飞影阁大观画报》,这些画报的内容更贴近社会生活,用语浅显易懂。这一时期画报的另一个突出的特征是,画报作为一种独特的现代刊物样式,影响了日报的版面编辑和版面安排,一时间,几乎所有大的日报,都有画刊增刊,《时事画报》《民呼画报》《民立画报》等均为日报的增刊。除了大报附印画报,上海还出版了以图画为主的日报

---

[1] 熊月之主编,熊月之、张敏著:《上海通史·第6卷·晚清文化》,上海人民出版社,1999年,第479—480页。
[2] 熊月之主编,熊月之、张敏著:《上海通史·第6卷·晚清文化》,上海人民出版社,1999年,第480页。

《图画日报》。这一时期,画报的出版地点也从上海扩大到天津、北京、广州、成都等地。天津的《北洋画报》1926年创刊,1937年闭刊,历时十年,见证了中国社会堪称"黄金十年"的发展过程。不管是惊天动地的巨变,还是潜移默化的渐变,《北洋画报》都巨细无遗地记录下来,"通过呈现不同群体的各种生活方式和行为,媒体提供了有关生活方式和意识形态的详细资料。"① 这既是画报这一媒体主要功能的体现,也集中反映了这一时期画报的繁盛。

表　晚清上海画报录要②

名称	创刊时间	名称	创刊时间
小孩月报	1875	瀛寰画报	1877
图画新报	1880	点石斋画报	1884
飞影阁画报	1890	飞影阁画册	1893
图画演说报	1901	奇新画报	1903
集益书画报	1903	时事插画	1904
国粹学报画报	1905	时事画报	1907
民呼画报	1907	图画新闻	1907
戊申全年画报	1908	时事报图画杂俎	1908
神州五日画报	1908	社镜画报	1908
图画日报	1909	时事报图画旬报	1909
舆论时事报图画新闻	1909	新世界画册	1909
民呼日报图画	1909	民吁日报画报	1909
民立画报	1910	神州日报画报	1910
神州杂俎	1910	申报图画	1910
图画报	1911	时事新报星期画报	1911

① [美]戴安娜·克兰著,《文化生产:媒体与都市艺术》,赵国新译,译林出版社,2001年,第18页。
② 史和等编:《中国近代报刊名录》,福建人民出版社,1991年。

第二节 画报的图像生产与社会转型

画报是一种视觉文化，它以画面为媒介，沟通作者与读者的关系。比起普通以文字为主的报刊，它具有生动、直观的特点，可表达一些用文字无法表达的意境。诚如袁祖志（仓山旧主）评论晚清画报所说："画报创自泰西，非徒资悦目赏心，矜奇炫异也。有一事焉，图而绘之，可以增人之见识；有一物焉，摹而仿之，可以裨人之研求。缘人世间之事与之物，有语言文字所不能详达者，端赖此绘事极形尽态，以昭示于人。矧近今五大洲万国为一家，事之离奇，物之诧异，倏忽变易，层出不穷，非有画报补日报之缺略，不足以称美备"。① 比如，报纸上天天说到李鸿章，但李鸿章究竟长得什么模样？没见过李鸿章的人，任你怎么说他还是不清楚。报纸上常常说到上海某处装了电灯，有了电话，这些东西怎么怎么神奇。但是，从未见过电灯、电话的人，即使你说一千道一万，他还是不知道电灯、电话是什么样子。有了画报，情况不一样了，李鸿章画像一登，天下皆识李中堂。电灯、电话的形状一登，辅以文字介绍，如何神奇、如何便捷，一目了然。②

从历史发展的过程来看，由于中国文学与绘画艺术长期处于疏离状态，作为文学与绘画相结合的文学图像，即纯粹意义的文学性图像的涌现，并不算久远。③ 魏晋南北朝时期，随着人的意识初步觉醒，人的观念从两汉的具有神学性质的谶纬宿命论支配中舒展出来，一部分画家的创作突破传统题材，开始直接取材于文学作品。④ 传为顾恺之所作的《女史箴图》《洛神赋图》，分别取材于张华的《女史箴》、曹植的《洛神赋》，已经具有插画的性质。另一方面，南北朝以降的隋唐时期，随着佛教的兴盛与在民间的传播发

---

① 袁祖志（仓山旧主）：《新闻报馆画报目录叙》，转引自阿英《晚清文艺报刊述略》，上海古典文学出版社，1985年，第96页。
② 熊月之主编，熊月之、张敏著：《上海通史·第6卷·晚清文化》，上海人民出版社，1999年，第481页。
③ 金宏宇：《文本周边：中国现代文学副文本研究》，武汉大学出版社，2014年，第144页。
④ 张长虹编著：《中国古代美术史纲》，上海大学出版社，2007年，第66页。

展,作为佛教绘画艺术的变相以及与之相配合的讲经艺术——变文讲唱,在"化俗"的同时也不断地"俗化",并最终对宋元话本的插图产生了深远影响。

有学者指出,中国文学与图像的真正结合,应该在宋代以后。① 虽然"在现存宋代插图本中,宗教宣传品所占比例仍然最大"②,但是宋元城市商品经济的发展与市民文化的兴起,宋元的世俗图书插图也获得高度发展,已然能够和佛教插图相提并论。在宋元的世俗图书插图中,"最精彩、艺术水平最高的是小说插图,这主要是因为宋元小说、戏剧获得大发展。宋代小说插图以《列女传》插图为代表,元代小说插图以《平话五种》插图为代表,都是中国现存最早的小说插图"③。

由于明代中后期资本主义生产关系在江南地区的萌芽和市民阶层、市民娱乐文化(以小说、戏曲为代表)的进一步发展,雕版印刷技术的进一步提高,明代的文学插图获得更大进步,大大突破了宗教宣传与政治教化的范畴,将中国的文学图像艺术推向了顶峰,有学者认为,"明代插图不仅是中国插图史上的高峰,也代表了明代绘画的最高水平"④。清代中前期,由于战乱导致的江南市民经济凋敝和统治阶级文字狱的高压,中晚明以来一度盛行的市民文化受到严重摧残。与之相关,此期文学创作相对沉寂,其中插图的数量与质量都难与明代相比。郑振铎曾说:"清人所刊之小说传奇,多半没有插图,即有之,亦愈益趋于简陋,几无一可观者。乾嘉以上,尚略有明人遗规,乾嘉以后,则几乎所作者,人不像人,兽不像兽,如玩童之涂墙,如初民之随意勒石之作;至于论及全画之神韵,全局之布置,人物之情态,描状之精工,则非所语于此时代。"⑤鸦片战争后,中国进入近代社会。西方机械工业催生的现代摄影与印刷技术涌入中国后,其生产的廉价、高质、巨量复制图像,比中国传统的雕版印刷更为迅速更为广泛地向民间传播,图像艺术于是

---

① 金宏宇:《文本周边:中国现代文学副文本研究》,武汉大学出版社,2014年6月,第144页。
② 薛冰:《插图本》,江苏古籍出版社,2002年,第21页。
③ 祝重寿:《中国插图艺术史话》,清华大学出版社,2005年,第43页。
④ 祝重寿:《中国插图艺术史话》,清华大学出版社,2005年,第45页。
⑤ 郑振铎:《插图之话》,《漫步书林》,中华书局,2008年,第132页。

日益失去了它的独一无二性和"灵光",也即失去了它的宗教崇拜仪式价值,凸显了其展览价值(展演价值)。① 同一时期,中国的近代文学(中国市民大众文学)由于商业化影响也更为浅白通俗,于是走向大众的美术与文学,以前所未有的热烈姿态拥抱在一起,在此时,出现了大量以刊载"时事画"为主的画报,以至形成一股画报热,就不难理解了。由于画报文字的文学性质,画报本身的图画也就具有了文学图像的意义。

如上文所述,画报的图像生产与社会转型,与这一时期市民阶层的壮大,与市民阶层的"读图需求"有着密不可分的联系,图像本身也参与了媒体的叙事。社会转型期画报(特别是《点石斋画报》)的巨大成功,反过来又影响了后世的其他文学杂志。由于商业利益与"改良群治"等多种原因的驱使,无论像《聊斋志异》这类文言小说,还是像《新小说》《绣像小说》《月月小说》《小说林》《新新小说》这类近代文学杂志,其刊行无不注重插图等图像因素的配合。

第三节 贴近大众生活,迎合市民文化情趣

石版印刷技术的广泛采用大大降低了出版成本,提高了这一时期图像新闻的出版效率;另外,画师成为了第一作者,他们会"经常根据报纸消息、通讯、传闻以及现场采绘作出图画,大部分反映了当时的社会情景"②,只有这样,"图像"参与报道"时事"才真正走入可能。而摄影技术的采用更是为图像新闻的采编提供了真实而又迅捷的手段。如此一来,各种"时事画"在当时中国开放的城市就兴盛起来,一些画报更是将"新闻性""时效性"作为办刊的宗旨。

美查在《点石斋画报》创刊时写了一篇序言,自称创办此报有三个目的:一是改变中国没有画报的历史,二是向人们提供茶余饭后的谈话资料,三是赚钱。③ 想赚钱,就必须向人们提供茶余饭后的谈话资料,这是市民的阅读

---

① [德]瓦尔特·本雅明著:《迎向灵光消逝的年代:本雅明论艺术》,许绮玲、林志明译,广西师范大学出版社,2008年,第68页。
② 韩丛耀等:《中国近代图像新闻史 1840—1919(第2卷)》,南京大学出版社,2012年,第421页。
③ 详见《点石斋画报》发刊词,第1号。标点本见阿英:《晚清小报录》《晚清文艺报刊述略》,中华书局,1959年,第99—100页。

兴趣所在。要迎合、满足市民的阅读情趣，除了奇事、异事、战事、洋事、洋物、流氓、妓女、和尚、塾师、天灾、惩恶扬善、因果报应这些市民们茶余饭后在饭桌上、茶馆里、厨房里共同谈论的永恒主题外，还要在"新闻性"和"时效性"上做文章。《点石斋画报》一个最明显的特点也是内容贴近大众生活，讲究时效性，"国际新闻"是其十类内容中的一类，其他九类内容还包括：中外交涉与战事、人物介绍、风景名胜、风土人情、盛大庆典、社会治安、道德风化、水旱灾荒以及奇闻趣事。

晚清上海的画报中，比较重要的有两种，一是《点石斋画报》，二是《图画日报》，而且《图画日报》正好处于以手绘图画报的繁荣期。作为中国近代出版史上最早出现的画报类日刊，《图画日报》由环球社编辑发行，于1909年8月16日（清宣统元年七月一日）创刊，1910年8月停刊，共发行404期。《图画日报》虽然只存在了一年多，但作为日刊类画报，较之稍早的《点石斋画报》，新闻性更强、信息量更大、涉及面更广。作为清末一份有重要社会影响的新闻类画刊，《图画日报》设有12个栏目，大多与时事新闻和社会问题有关，描绘了当时的社会生活和民间习俗，十分贴近时代。既有《大陆之景物》《上海之建筑》《上海著名之商场》这样的景观介绍，又有《新智识之杂货店》《营业写真》《上海社会之现象》《俗语画》这样的市井百态，还有《时事新闻画》《绘图小说》《曲院现象》内容，记录了国内外社会生活的方方面面。《新智识之杂货店》栏目，主要以寓意画、寓言画、滑稽画、讽刺画、警世画、感时画、想象画等十多种漫画雏形为载体，对社会不平等、官场昏庸腐败等社会弊病进行批判。第2期《缠足不缠足之比较》中有两位女子，一位撑着洋伞悠闲散步，一位以手扶墙痛苦地抚摸小脚。整个文体除标题外不着一字，但作者的意图全然凸显，以通俗易懂的漫画形式，揭示缠足对女性的身心迫害。

与同时期的其他画报相比，《图画日报》的影响也更大，蕴含了更多的晚清史料（且并不仅仅局限于上海一地），包括时事新闻、民间习俗、营业写真、社会恶习、官场黑暗、新旧建筑、名人介绍、知识普及、列强侵略等等。另外，编辑发行《图画日报》的环球社还特设调查部，负责辨别稿件的真伪，所以其刊登的内容可信度还是较高的。

创刊于1907年的《图画新闻》(其初名叫《时事报图画旬刊》,采用石印技术印刷,每月出三册,随时事报馆发行的《时事报》赠送订阅者,并同时零售)题材上就是以时事新闻为主。从地域特点上来说,《图画新闻》的内容总体分国内及国外两部分;从绘画类型上来讲有讽刺画、景物画和人物画等;从题材上说以时事新闻图画为主,同时连载图画小说,如《自由镜》《碧血巾》《工界伟人》等。它以图文并茂的形式忠实记录了晚清时期工、农、商、学、兵各界的要闻奇趣,上至朝廷,下至百姓,内至邻里,外至欧美,无所不包的大小新闻轶事,通过一千三百多个画面生动地展现在我们面前,堪称一幅真实的清末民初的历史风俗长卷。由于《图画新闻》起点低,容易为当时广大民众所接受,因此它是当时中国拥有众多读者、颇有广泛影响的新闻画刊之一。对于当时的普通老百姓来说,它是了解社会、了解外界的一个便捷途径,因此,该报所刊登的内容五花八门,无所不包,甚至专门设有一名为《海外奇谈》的栏目,刊登一些国外先进的技术或社会奇谈,以便为读者开辟一个了解世界的窗口。①

创刊于1926年2月的《良友》画报也十分注重内容的"新闻性"与"时效性"。有新闻价值的名人(如当时广东政府的风云人物)、好莱坞电影近况和国产电影介绍以及全国足球锦标赛、远东运动会、奥运会都是《良友》画报重点的报道内容。生活方式(女子时髦的饰品、妇女流行时装发布)、时兴的娱乐,还有当时正在风行的言情小说,也构成了以后《良友》画报的组成部分。对新闻性、时效性信息的关注,符合《良友》画报的读者定位和内容特色。20世纪20年代末到30年代,电影等新兴的大众媒体,在人们的生活中开始产生广泛的影响。新的大众媒体带给人们新的时尚和新的生活方式,而首先关注和投入到这些新起的大众媒体中的,都是一些具有一定文化、思想活跃、眼界开阔的年轻人。

除了"新闻性"和"时效性",这一时期的画报还体现出鲜明的"文学性",且三者常常杂糅在一起。在晚清的诸多画报中,刊载文学作品较多,构建出文学生产与传播的新模式的以《点石斋画报》为代表。《点石斋画报》是《申

---

① 韩丛耀等:《中国近代图像新闻史 1840—1919(第2卷)》,南京大学出版社,2012年,第605页。

报》的附刊,旬刊,光绪十年(1884)创刊,光绪二十四年(1898)停刊,是中国最早的时事画报,刊行时间长达14年,计有绘图作品四千余幅。画报刊载各种中外时事新闻风俗逸事,本身并未刊载文学作品,为了增加读者兴味,促进销售,画报曾增添附录,内容以文学作品和地图为主,免费赠阅读者。其中文学作品主要是小说连载,如从第6号(1884年6月底)到第122号(1887年10月),附录了第一部小说,即王韬作的《淞隐漫录》,由吴友如和田子琳等配图。之后刊载的还有王韬的《淞隐续录》《漫游随录》,李渔的《风筝误》以及女子作品合集《闺媛丛录》、徐家礼的《蔼园谜胜》、何桂笙(墉)的《乘龙佳话》(共有《下第》《牧龙》《传书》《屠龙》《还宫》等八出)。除此之外,《点石斋画报》还刊载了唐朝以来传奇故事的一个合集《点石斋丛钞》,共有约三百个故事,刊载时间从1892年7月到1895年6月中旬。①

1892年2月,点石斋石印书局出版了由韩邦庆创办的《海上奇书》,共出版了15期,每期20页,设栏目三个:《海上花列传》(占14页)、《太仙漫稿》(占2页)和《卧游集》(占4页)。《海上奇书》是中国文学史上第一本专门的小说期刊,"按其体裁,殆即现今各小说杂志之先河"②,并且配图刊行,是"图文并重的文学刊物最早的一种"③。其中《海上花列传》即为韩邦庆自撰,吴友如绘图,是中国报刊连载的第一种本土原创长篇小说。《太仙漫稿》一栏则刊载了韩邦庆自撰的12篇文言短篇小说,承继"聊斋"传奇志怪之小说笔法。而《卧游集》一栏则转载前人所作短文26篇,大致可分为两类:一是明末清初来华耶稣会士南怀仁《坤舆外纪》中记载的世界"七奇",一是前人创作的杂记小说,所刊载者,皆"各小说中可喜可诧之事"④。《点石斋画报》下属的附录和《海上奇书》,"杂糅外国画报之内容,与中国传奇小说之插图画法与内容,而成点石斋式之画报"⑤。

近现代画报中,图文结合,新闻性、时效性与文学性三者杂糅,且"文学

---

① 赵宪章、顾华明主编:《文学与图像(第二卷)》,江苏教育出版社,2013年8月,第242页。
② 王俊年:《中国近代文学研究文集》,中国社会出版社,1988年,第217页。
③ 阿英:《晚清文艺报刊述略》,中华书局,1959年,第13页。
④ 韩邦庆:《〈海上奇书〉告白》,《申报》,1892年2月4日。
⑤ 萨空了:《五十年来中国画报之三个时期》,《萨空了文集》,上海科学技术出版社,2002年,第368页。

性"较突出的还有《上海画报》。《上海画报》,1925年6月6日创刊于上海。开始由毕倚虹主编,出版了81期后,毕倚虹病逝,以后由周瘦鹃正式接任《上海画报》主编,直至第431期后才移交给钱芥尘,①五百余期后终刊。《上海画报》为上海艺术界的主要媒介,介绍了上海各种艺术节、艺术展览、艺术教育机构新闻、文学活动等,但是也刊载文艺界主要人物的"八卦新闻",将文学艺术最近动态跟当时的文艺界与社会人士结合,塑造全面艺术形象。画报创刊不久即标榜"文学叛徒胡适""艺术叛徒刘海粟",似乎为"时尚"添了个"先锋"的脚注。不仅这两位"教主"般身影频频见报,其他如徐悲鸿、田汉、邵洵美等"新派"人物也在画报中频频闪亮登场。该报创刊之初,曾登载了一些有关五卅运动和爱国学生运动的照片、文章,在社会上引起较大的反响。该报图文并重,先后连载过倚虹的《极乐世界》《新人间地狱》,漱六山房(张春帆)的《九尾龟》,百花同日生(张秋虫)的《银海春潮》,张恨水的《春明新史》《天上人间》等长篇小说。其他作品还有,陈冷血的小说《荡儿》、张冥飞的剧本《云葬娘》、包天笑的《钏影楼笔记》等。主要撰稿人除编者外,还有杨云史、陈小蝶、火寅等。《上海画报》出版之前,即先于《申报》《新闻报》《时报》《民国日报》等十余家报纸上广泛发布广告,在出版当日又请上海开洛公司用无线电台广播出版消息。为此,画报在创刊号上自豪地称:"中国报纸出版,由无线电话宣传的,本报是第一家。"②

"杂糅外国画报之内容与中国传奇小说之插图画法与内容"进行大众化的传播,新闻性、时效性与文学性相结合,画报开创了近现代文学中一种全新的文学生产与传播形式。而"互文性"是这种全新的文学生产与传播形式的突出特点。

"互文性"的概念有所谓狭义与广义之分,"对于文本不同的界定,形成了不同的互文性概念。狭义的互文性指一个文学文本与其他文学文本之间可论证的互涉关系,结构主义者热奈特就持这种观点;广义的互文性指任何文本与赋予该文本意义的知识、符码和表意实践之间的互涉关系,这些知

---

① 范伯群主编:《周瘦鹃文集》,文汇出版社,2011年,第480页。
② 《上海画报》创刊号,1925年6月6日。

识、符码和表意实践形成了一个潜力无限的文本网络,后结构主义者克里斯蒂娃和巴特的互文性概念都属于广义的互文性。狭义互文性联系的文本仅限于文学文本,而广义互文性却包括非文学的艺术作品、人类的各种知识领域、表意实践,甚至把社会、历史、文化等等都看作文本"。① 可见,从广义的角度说,"互文性"不仅体现在语言文字的文本(科学的、文学的)中,还体现在各种门类的文本中。

  需要指出的是,互文性不是文本自发的性质,它必须通过读者的阅读和阐释才能激活和实现。具体而论,互文性包括以下种类:最明显的是引用,引用包括直接引用(引用的内容置于引号中)和间接引用(不用引号的转述);另外还有母题、原型、典故和套语;同一文本在不同语言之间的翻译和不同艺术门类及传播媒体间的改编;严肃模仿和滑稽模仿(反讽、戏拟);两个文本分享共同的故事情节、人物形象、叙事结构;作者对同一文本的修改;对另一文本的应答和评论;一些特殊的文类中的互文性,譬如,图片新闻中的文字与图片,摄影文学中的摄影与文学等等,种类繁多。② 从这个角度来讲,关注近现代画报文字与图片的互文,画报中报道的新闻事件(新闻人)与同一时期创作的文学作品题材之间的互文,对于丰富文学研究的视野,将文学研究扩展到文化研究,具有重要意义。刘云若小说创作的题材,很多来源于《北洋画报》关注的人和事,就是一个很好的例证。

  刘云若不仅是《北洋画报》第三任主编,也是最为出色的通俗社会言情小说家。陈艳在《〈北洋画报〉时期的刘云若研究》一文中指出,"考察刘云若与《北洋画报》的关系,会对理解其小说创作大有裨益。事实上,他的第一部长篇章回体小说《春风回梦记》于1930年春连载于《天风报》,不久他就从《北洋画报》辞职,由此可见主编《北洋画报》与小说创作在时间上的紧密衔接,甚至可以说《北洋画报》的主编生涯直接促成了刘云若由记者编辑向通俗小说大家的转型。"③对于初出茅庐的刘云若而言,《北洋画报》提供了一个很好的起点和发展平台,首先就体现在因《北洋画报》同人在天津非常活跃,

---

①② 程然:《语文符号学导论》,苏州大学出版社,2014年,第179页。
③ 陈艳:《〈北洋画报〉时期的刘云若研究》,北京大学中文系、天津师范大学文学院编《三四十年代平津文坛研究》,北京大学出版社,2013年,第228页。

刘云若借此获得大量人脉资源,并很快融入天津主流文化圈。日后对于刘云若转向小说创作关系重大的《天风报》创办人沙大风,因编辑《北洋画报·戏剧专刊》而与其结识。另外,刘云若离开《北洋画报》后能够主编《天津商报》副刊《鲜花庄》,并创办《天津商报图画周刊》,也与在《北洋画报》期间和《商报》的密切合作不无关系。1928年9月,刘云若担任主编不久,《北洋画报》就与《商报》开展联合订阅活动,共同拓展发行业务,并于1929年初与商报馆合办铜锌版制版所,解决了《北洋画报》在制版方面的自立问题。[①] 不仅如此,由于早期《北洋画报》囊括了众多天津文化名流,袁寒云、方地山、张缪公、王小隐、冯武越、唐立厂等同人之间频繁的交游唱和让刘云若迅速为文化界所熟知。

在《北洋画报》接近两年的职业生涯为刘云若积累了宝贵的经验和资源。陈艳在《〈北洋画报〉时期的刘云若研究》一文中认为,"这不仅指人际交往,也体现在刘云若后来创作小说的许多题材,都来源于《北洋画报》时期所关注的人和事。"[②]《换巢鸾凤》的男主人公任笑予,其原型是20年代末在天津走红的所谓"革命画家"萧松人,《北洋画报》于1929年11月9日刊发了"松人作品专刊",介绍他第一次来天津开画展的种种情况,其中萧松人的一张奇装异服照片在小说中被反复借用,成为推动情节发展的重要线索。40年代曾在天津引起巨大轰动的长篇小说《旧巷斜阳》,以女招待为题材,其实早在1928年刘云若就发表过短文《招待的热手》,是较早关注这一社会现象的《北洋画报》记者。由于《北洋画报》以"提倡艺术"为三大口号之一,各路明星来津演出,送电影票、戏票以求得宣传版面的络绎不绝,刘云若正是利用这个便利,在此期间对影戏界有了深入的接触和了解,《红杏出墙记》中林白萍兴办电影公司,振兴华北电影的诸多想法,《粉墨筝琶》中穿插的女伶在平津的走红经历,都可以从这一时期的《北洋画报》中找到蛛丝马迹。

---

① 陈艳:《〈北洋画报〉时期的刘云若研究》,北京大学中文系、天津师范大学文学院编《三四十年代平津文坛研究》,北京大学出版社,2013年,第229页。
② 陈艳:《〈北洋画报〉时期的刘云若研究》,北京大学中文系、天津师范大学文学院编《三四十年代平津文坛研究》,北京大学出版社,2013年,第230页。

第六章 《点石斋画报》

《点石斋画报》是石印画报的代表,由上海《申报》老板英商美查创办,英文名称为 The Illustrated Lithographer,创刊于1884年5月8日,即光绪十年四月十四日,终刊时间大致有三说,即1894年、1896年和1898年。《点石斋画报》一共出版了多少期,说法不一。根据近年的研究成果,学界多认为《点石斋画报》共出版44集528号,终刊于1898年8月,即光绪二十四年六七月间。① 15年间,共刊出四千余幅带文的图画,这对于今人之直接触摸"晚清",理解近代中国社会生活的各个层面,是个不可多得的宝库。②

第一节 开启近代雅俗共赏的"画报"体式

1884年5月8日的《申报》头版,登出了第一则《点石斋画报》广告。

> 本馆新创画报,特请善画名手选择新闻中可惊可喜之事,绘制成图并附事略。由点石斋刷印,每月定期数次,每次八图,由送报者随报出售,每本收回工料洋五分。其摹绘之精,笔法之细,补□之工,谅购阅诸君自能有日共赏,无俟赘述。上海除卖《申报》人兼售外,申昌书画室亦有出卖,外埠则随报分寄,就近取阅可也。兹准于四月十四日第一卷书成发兑特布。③

---

① 袁进主编:《中国近代文学编年史——以文学广告为中心(1872—1914)》,北京大学出版社,2013年5月,第24页。
② 陈平原:《新闻与石印——〈点石斋画报〉之成立》,《开放时代》,2000年第7期,第61页。
③ 原载《申报》,1884年5月8日。

这一期的《点石斋画报》上也有美查所撰的《点石斋画报缘启》：

> 画报盛行泰西，盖取各馆新闻事迹之颖异者，或新出一器，乍见一物，皆为绘图缀说，以征阅者之信，而中国则未之前闻。同治初，上海始有华字新闻纸，厥后《申报》继之，周谘博采，赏奇析疑，其体例乃渐备，而记载事实，必精必详。十余年来，海内知名，日售万纸，犹不暇给，而画独阙如，旁询粤港各报馆亦然。于此见华人之好尚，皆喜因文见事，不必拘形迹以求之也。仆尝揣知其故。大抵泰西之画，不与中国同。盖西法娴绘事者，务使逼肖，且十九以药水照成，毫发之细，层叠之多，不少缺漏。以镜显微，能得远近深浅之致。其傅色之妙，虽云影水痕，烛光月魄，晴雨昼夜之殊，无不显豁呈露。故平视则模糊不可辨，窥以仪器，如身入其境中。而人物之生动，尤觉栩栩欲活。中国画家拘于成法，有一定之格局，先事布置，然后穿插以取势，而结构之疏密，气韵之厚薄，则视其人学力之高下，与胸次之宽狭，以判等差。要之，西画以能肖为上，中画以能工为贵，肖者真，工者不必真也，既不皆真，则记其事又胡取其有形乎哉？然而如《图书集成》《三才图会》，与夫器用之制，名物之繁，凡诸书之以图传者，证之古今，不胜枚举。顾其用意所在，容虑夫见闻混淆，名称参错，抑仅以文字传之而不能曲达其委折纤悉之致，则有不得已于画者，而皆非可以例新闻也。虽然，世运所至，风会渐开，乃者泰西文字，中土人士颇有识其体例者，习处既久，好尚亦移。近以法越构仇，中朝决意用兵，敌忾之忱，薄海同具。其好事者绘为战捷之图，市井购观，恣为谈助，于以知风气使然，不仅新闻，即画报亦从此可类推矣。爰倩精于绘事者，择新奇可喜之事，摹而为图，月出三次，次凡八帧，俾乐观新闻者有以考证其事。而茗余酒后，展卷玩赏，亦足以增色舞眉飞之乐。倘为本馆利市计，必谓斯图一出，定将不翼而飞，不胫而走，则余岂敢。
>
> 光绪十年暮春之月尊闻阁主人识。①

---

① 《点石斋画报》发刊词。标点本见阿英：《晚清小报录》，《晚清文艺报刊述略》，中华书局，1959年，第99—100页。

结合上引两段文字,可看出《点石斋画报》办报之初的一些特点和宗旨。

首先是画报的发行方式。发行是出版物出版的重要一环,直接关乎出版物的生存问题。《点石斋画报》主要发售方式是与《申报》同时销售,有夹带发售的特点,但也可以单独购阅,比如上引广告中的申昌书画室代售以及发往外埠随报分寄等。其实申昌书画室亦为美查与人合创,而负责画报的点石斋也是其在1878年创立的。点石斋本身在画报问世之前就已经以其先进的石印技术在印书局中十分有名,在《申报》《新闻报》等报纸上常常可以看到点石斋印书局图书的广告。多样化的销售、发行方式和印刷质量的保证使得《点石斋画报》销量极好,最初每号可到三千份以上,以后销量更高。除了发行方法外,美查还采取了一系列策略提高其产品的"中国性"以及它在中国出版文化中的可接受程度,这和他以前增加其早期画报中的"西方"特征的方法是一致的。画报纸张的质量很高,很柔软,采用的是在中国本地购买的无酸竹浆纸,而不是从瑞典进口的经过漂白的纸——那种纸被上海西文报纸的出版商以及《寰瀛画报》所采用,并且讽刺的是,它同时被上海道台于1874年为与《申报》竞争而创办的《汇报》所采用。[①] 画报的印刷是按传统的方法,纸页的一端是折叠起来的。在当时的中国,"期刊"的概念仍很新颖。实际上,当时大部分的西方期刊甚至报纸都把自己视为书的一部分,单独的每一期最后都可以装订在一起。出于对最终长期加以保存的形式的预期,它们都有内部的编号系统,可以有助于最终的装订。

第二是画报的出版周期以及装订方式。就出版周期来讲,《点石斋画报缘启》提到画报为旬刊——每月出版三次。就装订方式而言,《点石斋画报》也与申报馆以前出版的刊物一样,宣称读者可以集齐每一号,最后装订成方便的卷册。点石斋的六部分"收藏"分别采用了不同的编号系统("集"),前两部分采用十天干与十二地支,接下来则从八音("金石丝竹匏土革木")到六艺("礼乐射御书数")再到文人的四德("文行忠信")以及周易("元亨利贞")。每一类中的每一项,比如一天干,可以包含96或97张双页的画,装订成一册,前面再加上最后一号中所附的全部画的目录。单独每号上印有

[①] 刘东主编:《艺术与跨界》,商务印书馆,2014年6月,第416页。

刊名和时间的封面采用的是绿色或红色的薄纸,质量较差,在装订时将被抽走,这同时也就抽走了与这些画相联系的特定日期和事件背景。现存大多数卷册其当年的收集者都确实抽走了封面,这样在很短一段时间过后单独的一号就只有依靠不受时间因素影响的趣味和吸引力而流传;因为缺少了封面,要重新确定单独一号的时间在技术上就相当困难。①

也有研究者提出,这种装订形式印证了《点石斋画报》本身的两个提法,即在出版时是及时的新闻画,而一旦新闻背景消失也能作为有趣和吸引人的观赏、阅读材料得以保存。这份画报的老号在古籍书店中以及从晚清、民国直到新中国成立后,跳蚤市场上持续不断的吸引力证明了这是一种成功的策略。②

第三是画报内容中,"图"与"文"的关系。《点石斋画报》与以往画报不同,并非以图衬文,而是以文衬图,以图为主。在《点石斋画报》之前已有《小孩月报》《瀛寰画报》和《画图新报》三份所谓"画报"。但如阿英所说:"因为《小孩月报》,实系一种文字刊物,附加插图,目之为'画报',是不大适当的。《瀛寰画报》内容,也只是些世界各国风土人情的纪载,缺乏新闻性。……无论其为《小孩月报》,为《画图新报》,为《瀛寰画报》,其图皆出自西人手,制图亦皆用镂版。"③而《点石斋画报》如广告所言是国人画手作画,以新闻趣闻为画题,又是以图为主,所以应该算是中国第一份画报——同时凸显了"画"和"报"两种特点。但这并非说所有的画报中的画都是以图为主,例如画报报道缅甸战争时,全是文字;又如一部分游记采用了一半图一半文字的方式,中间用线隔开——不同于用文字补白的方式。④

第四,纪历形式遵循中国传统。上述引文中虽未明确画报的纪历形式(只知一个月出版三次),但是查阅《点石斋画报》,我们会发现,在纪历的形式上,《点石斋画报》遵循了中国的传统,封面上的纪年是按光绪的年号,纪日也按阴历,每十天的出版则是按旬来的。有学者指出,"这同样应被视为

---

①② 刘东主编:《艺术与跨界》,商务印书馆,2014年6月,第427页。
③ 阿英:《中国画报发展之经过》,《阿英美术论文集》,人民美术出版社,1982年,第75—76页。
④ 袁进主编:《中国近代文学编年史——以文学广告为中心(1872—1914)》,北京大学出版社,2013年5月,第26页。

这份刊物在中国环境中的文化适应的一种努力"。① 当时,西历在上海传播得很快,对城市人群生活影响最大的就是引入了星期的观念,星期天被充作了休息和娱乐的日子。按道理说,西历这种纪历形式会在很大程度上影响《点石斋画报》的纪历形式,因为作为消遣性的读物,它正是要填充这种新形成的空间。《申报》在这个问题上的政策变了好几次,最终则是在报头上同时采用两种纪历。相对于《申报》,《点石斋画报》是明确拒绝了西历的。有研究者指出,《点石斋画报》对于纪历形式的选择"试图结合最好的现代石印技术与传统文化特征,从而表明这份刊物完全是中国的事务。美查考虑的可能是更广阔的中国市场,而这些地区在当时还根本没有星期和休息日的观念"。②

第五,《点石斋画报》本身的兴趣点在"可惊可喜之事"。《点石斋画报》第1期第1幅画就是《力攻北宁》,是一个战争报道。如《点石斋画报缘启》中美查所强调的,战争无疑是当时市井气氛中的一个兴奋点。值得注意的是,《点石斋画报》在报道战争时所采取的视角,即所谓"其好事者绘为战捷之图,市井购观,恣为谈助,于以知风气使然,不仅新闻,即画报亦从此可类推矣",似乎编辑者并不在意战争本身的状况,更关注的是市井阶层对战争的态度。迎合市民需求,这是画报面向中下文化层次的市民的定位使然。

第六,《点石斋画报》一个最明显的特点,是内容贴近大众生活。上文我们曾经简要提到,《点石斋画报》大致包括十个方面的内容。综合《点石斋画报》表现的内容,这十类内容具体包括:③

1. 国际要闻。如《英国地震》(甲四)、《轮船搁浅》(甲五)、《水底行船》(甲一)。

2. 中外交涉与战事。如《基隆征寇》(甲十一)、《法犯马江》(乙一)、《甬江战事》(丙九)。

3. 人物介绍。如《曾袭侯像》(甲三)、《格兰脱像》(丁五)、《英君相像》(戊四)、《岑宫保(毓英)像》。

---

① 刘东主编:《艺术与跨界》,商务印书馆,2014年,第427页。
② 刘东主编:《艺术与跨界》,商务印书馆,2014年,第428页。
③ 熊月之主编,熊月之、张敏著:《上海通史·第6卷·晚清文化》,上海人民出版社,1999年,第485页。

4. 风景名胜。如《帝京胜景》(甲九)、《蓬莱仙境》(金十)、《岳坟铁像》(土七)。

5. 风土人情。如《追踪屈子》(甲六)、《盂兰志盛》(辛六)、《赛马志盛》(甲二)。

6. 盛大庆典。如《万寿盛典》(乙一)、《普天同庆》(乙十)、《感谢天恩》(丙一)、《寓沪英人望祝英君主陟位五十载庆典》(癸八二至八八)、《赛灯盛会》(木五七至六五)。

7. 社会治安。如《宦舟被劫》(乙十一)、《监犯越狱》(丁九)、《尼庵被盗》(乙八)。

8. 道德风化。如《和尚冶游》(乙二二)、《鼻之于臭》(戊二三)、《贞节可贵》(丙十二)、《烈妇殉夫》(丁十五)、《贤妇卫夫》(寅十一)。

9. 水旱灾荒。如《洪水为灾》(甲八)、《饥民戴德》(丁一)、《悉力捕蝗》(丁十二)。

10. 奇闻趣事。如《杀狐取祸》(乙十二)、《猪胎志异》(丙四)、《杀蛙生蛙》(辛二)、《美人蛇》(辰三七)、《苗妇变虎》(辰三三)、《两头鹅》(忠十七)。

需要说明的是，十个方面的内容，并不是平均安排版面。其中，占比例较大的是"风土人情""社会治安""道德风化"和"奇闻趣事"。四个方面至少占80％的比例。这说明，当时上海市民文化情趣主要是这些方面。在道德风化、奇闻趣事方面，比较多的又是关于上海妓院生活、僧尼逸事方面。诸如《佛门罪人》《和尚寻欢》《行窃寻欢》《大闹妓院》《妓客同逃》《六根未净》《左道惑人》等题材，几乎每期都有。

对于当时中国平民生活，尤其是上海市民生活，《点石斋画报》有许多具体的描绘，如赛龙舟、盂兰会、赛马、赏菊、观看马戏；对于上海的各种新奇事物，如马路、楼房、马车、电灯；对于上海的各色人等，如租界官员、印度巡捕、摩登女郎、买办、工人、乞丐、流氓，等等，均有描绘。[①]

熊月之认为，《点石斋画报》为了解晚清上海社会，提供了相当丰富的史

[①] 熊月之主编，熊月之、张敏著：《上海通史·第6卷·晚清文化》，上海人民出版社，1999年9月，第486页。

料。他在《上海通史·第 6 卷·晚清文化》一书中提到,"比如,行集第 4 期第 32 页《为夫忏悔》,描述了上海一小康之家的家事,对室内装潢、摆设、人物衣着,描绘得相当细致,阔门,盆景,长条地板,红木家具,中堂挂的是松鹤图,两边对联是'如意珠悬仁寿镜,称心花现吉祥云'"。"辛集第 9 期第 68 页《西乐迎神》,述上海粤商在天后宫举行迎神赛会,讲究排场,雇用西洋乐队助兴,画者以为这是不伦不类,其实,这是商人争取社会地位的体现。画中出现的广东人多富裕之家,苏北人多贫困之户,这也是当时上海移民生活的写照。"①

午集第 10 期第 79 页《同占灭顶》,讲述一人力车夫与一坐车人同时堕入新开河一事,从画面可见当时房屋建筑式样、人力车式样、车夫与坐车人装束,也能看出交通拥挤状况,从文字说明中,更可见当时上海交通工具之一斑:

> 洋场车子之盛甲天下。除马车、小车、东洋车外,工匠之车为最多,次为煤栈运煤运木柴之车,余则洗衣作有车,送牛乳有车,送西人点心又有车。此外如修道石子车,一日两朝之垃圾车,洒尘之水车,其隔数日而一涤污泥,与不准经行于西人习行之马路者不计焉。其纵横交错于四叉路五叉路口者,令人目为之眩、心为之震,故游洋场者恒惴惴有戒心。上灯以后,做工之车已停,载物之车亦歇,马车与小车亦较日间为稀少,惟东洋车班分昼夜,依然驰骤于大街小巷,而戏园门口尤拥挤不开。说者谓出力者谋饮啄,出钱者节辛劳,两相益无相损也。不谓八月初,新开河内得两尸,车一辆,其如何失足毕命于此,无人知晓,然则险生不测,更有出人意料之外者矣。②

同期 78 页《客从何来》,也是说的一起交通事故,从文字说明中可以看出当时上海人乘坐马车的情况:"马车至本埠而极盛,至今日而极侈。蓬车轿车行之已久,最后为船式两轮四轮,皆以木为,今且有钢丝之雇价惟倍,且

---

① 熊月之主编,熊月之、张敏著:《上海通史·第 6 卷·晚清文化》,上海人民出版社,1999 年,第 486 页。
② 《点石斋画报》午集第 10 期,第 79 页。

辆数不多,故木轮未能遽废。人则可多可少,天则宜雨宜晴,如舟晃漾而愈平,有马奔腾而不觉,故无论为官为商为士民,男也女也老也少也,无不乐乘之。因是车行愈开愈夥,而生意益愈盛。"①寅集第1期第1页《巡捕戴枷》,描述法租界巡捕侯阿二犯禁,参加赌博,被枷责一事,说明即使巡捕犯禁,也要惩罚,租界是个法治的社会。画中,巡捕被戴枷示众,有人张望,有人围观,有人询问,说明此事颇引人注目。癸集第11期第82页至88页《寓沪英人望祝英君主陟位五十载庆典》,为一组图画,凡7幅,系统描述了寓沪英人放礼炮、做礼拜、放焰火、水龙会、玩杂技、水塔点灯、作喷泉等情景,从中可见庆典规模之盛。木集第8期第57至65页《赛灯盛会》,也是一组图片,凡9幅,记述1893年上海开埠50周年之际,各界庆祝盛况,包括大会场景、水龙会、上海广东帮宁波帮舞龙灯、街头演戏、各大洋行牌灯等,特别是华商高擎的"通商大庆"的牌子,很能反映当时上海人对于通商开埠的态度。② 这一盛况在孙玉声的长篇小说《海上繁华梦》中也有所反映。

《点石斋画报》也为后人展示了晚清时期大众的"异域观"。可以这样说,在中国古代社会,中国中心思想一直是我们处理中国与异域国家和民族事务的基本态度。中国为世界的中心,似乎一直是一个基本常识,没有人会怀疑,甚至没想到还可能有其他的说法。一直到明代,异域人一直是以"边缘人"的身份存在于我们的观念中,他们是野蛮的、没有文化的人。③ 晚清时,西方人真的来到了我们的眼前。这一天,人们突然发现"想象中"的西方人活生生地站在我们面前,并与我们前在的异域认知模式产生了冲突。人们会怎样解决这两者之间的矛盾冲突呢?伴随着西方强大的军事力量和先进的科学技术一齐涌进中国的西方文化,使得人们的异域观发生了很大的变化。尤其是沿海口岸地区报刊传媒的出现和普及,使得人们有机会了解西方的文化和科技。在这种情况下,很多人开始崇拜西方,在很多方面,人们无限夸大了西方科技,甚至将西方科技,包括西医都"神话化"了。例如,

---

① 《点石斋画报》午集第10期,第78页。
② 熊月之主编,熊月之、张敏著:《上海通史·第6卷·晚清文化》,上海人民出版社,1999年9月,第487页。
③ 《北大讲座》编委会编著:《北大讲座第20辑》,北京大学出版社,2009年5月,第174页。

有报道说,北京的一位少年,突然得了疯病,用利刃刺破了自己的肚子。霎时间,五脏迸出,血流如注。家人急忙请来了英国医生,只见英国医生"取凉水二盏,徐点脏七,遂觉渐渐收入;少顷,吸一口水,狂噗甲面,甲一惊,而脏悉入矣。医遂取针线,细缝甲肚。甲呻楚之时作,竟性命之无虞"①。

从《点石斋画报》开始,画报便是深受读者欢迎、影响相当广泛的读物。《点石斋画报》在停刊多年后,所出旧报还一再重印,很有销路。上海集成图书公司在1910年、1911年两次重印,当时一则广告写道:②

> 《点石斋画报》系大画家吴友如先生主稿,布景立局,卓然名家,至今海内流传,无不奉为秘宝。去年本公司预约重印……一售即罄。如东瀛美术馆订购十部,及京师诸名公之函购在后者,均无以应,深以为歉然。兹因徇东友之请,续印百部,仍售预约券,以免向隅而广传布。计全书五千余页,装订八十八册,自第一号至末号,原原本本,故曰大全。纸墨精良,装潢精美,购置案头,既可当画谱摹临,又可作说部披览。丹青家、美术家谅有同好,尚且注意速购。

对于《点石斋画报》,成年人爱看,儿童更爱看。包天笑回忆他小时候看《点石斋画报》的情形:

> 我在十二三岁的时候,上海出有一种石印的《点石斋画报》,我最喜欢看了。本来儿童最喜欢看画,而这个画报,即是成人也喜欢看的。每逢出版,寄到苏州来时,我宁可省下了点心钱,必须去购买一册。这是每十天出一册,积十册便可以装成一本,我当时就装订成好几本,虽然那些画师也没有什么博识,可是在画上也可以得着一点常识。因为上海那个地方是开风气之先的,外国的什么新发明、新事物,都是先传到上海。……后来在上海办杂志,忽发思古之幽情,也想仿效《点石斋画

---

① 《点石斋画报》子集之《收肠入腹》。
② 《民立报》,1911年6月17日。

报》那样办一种,搞来搞去搞不好,无他,时代不同,颇难勉强也。①

"从纸张质量、印刷和装订,以及绘画、布局和文化取向所体现的精工细作上,可以看出《点石斋画报》的设计是在每一处可能的形式上都与传统的中国市场贴近,同时又坚持所表现的一切都绝对是现代的、及时的事务,以形成一种冲击力。它被设计成一种连载形式的书,每一次问世都是及时的;但由于其质量和趣味性又注定会长期存在,并吸引不同的读者群"。②《点石斋画报》开启了近代雅俗共赏的"画报"体式。

第二节　确立晚清画报的基本模式

《点石斋画报》问世以后,风行一时,在全国各地设了近二十个分销点,供不应求。求吴友如作画的人也越来越多。为适应需要,吴友如在1890年又创办了《飞影阁画报》,画法、风格与《点石斋画报》一脉相承,售价也是5文。1893年,《飞影阁画报》出满100期后,吴友如将它让给画友周慕桥接办,自己另编《飞影阁画册》,月出2册,以人物仕女、仙佛神鬼、鸟兽鳞介、花卉草虫、山水名胜、考古纪游、探奇志异等为主要内容。

陈平原在《图像晚清:〈点石斋画报〉之外》一书中,从画师的角度分析了吴友如独立创办《飞影阁画报》的原因。陈平原认为"谈论晚清画报,以下四因素不可或缺:西学大潮的涌动、都市生活的形成、报章及石印术的引进、画师参与传播新知。前三者牵涉甚广,乃晚清新学迅速崛起的前提,第四点则是画报的特殊性决定的。从1884年《点石斋画报》开启以图像讲述新闻的先例,到1912年照片叙事为主的《真相画报》创刊,中间这三十年,最为本色当行的画报画师(或曰插图画家)非吴友如莫属"。③他列举置于各号画报上端的"谨白"为例,认为"为什么画家非另起炉灶不可,其中可能蕴含商业利益或人事纠纷,但更重要的,或许是艺术家的自尊心"。④这份"谨白"的具体

---

① 包天笑:《钏影楼回忆录》,香港大华出版社,1971年,第112—113页。
② 刘东主编:《艺术与跨界》,商务印书馆,2014年6月,第428页。
③④ 陈平原:《图像晚清:〈点石斋画报〉之外》,东方出版社,2014年8月,第1页。

内容是：

> 画报昉自泰西，领异标新，足以广见闻，资惩劝。余见而善之，每拟仿印行世，志焉未逮。适点石斋首先创印，倩余图绘。赏鉴家佥以余所绘诸图为不谬，而又惜夫余所绘者，每册中不过什之二三也。旋应曾太宫保之召，绘平定粤匪功臣战绩等图，图成进呈御览，幸邀称赏。回寓沪，海内诸君子争以缣素相属，几于日不暇给，爰拟另创《飞影阁画报》以酬知己。事实爰采乎新，图说必求其当。每月三期，每册十页，仿摺叠式装成，准九月初三为第一期，逢三出版，并附册页三种，约百兽图说、闺艳汇编、沪装士女。①

这份"谨白"，置于各号画报的上端，随时间迁移而略有增删，如"曾太宫保"改为"曾忠襄公"，"幸邀称赏"改为"由是忝窃虚名"，"日不暇给"改为"应接不暇"等，后面所署年月，也随着发生变化。

与这则"谨白"相对应的，是《飞影阁画册》卷首小启。为何舍弃"画报"而改作"册页"，就因为在吴友如及时人看来，后者更能显示画家的才华。"小启"借读者来信口吻，表达自家的艺术理念：

> 蒙阅报诸君惠函，以谓画新闻，如应试诗文，虽极端揣摩，终嫌时尚，似难流传。如绘册页，如名家著作，别开生面，独运精思，可资启迪。何不改弦易辙，弃短用长，以副同人之企望耶！②

陈平原认为，所谓"改弦易辙"，说白了，就是与新闻脱钩，将"画报"变成"画册"。如此更改，使得原本作为附录的"册页"，逐渐占据主导地位。③

相对于《点石斋画报》在迎合、满足市民阅读情趣方面，选择了奇事、异事、战事、洋事、洋物、流氓、妓女、和尚、塾师、天灾、惩恶扬善、因果报应等市

---

①② 转引自陈平原：《图像晚清：〈点石斋画报〉之外》，东方出版社，2014年，第2页。
③ 陈平原：《图像晚清：〈点石斋画报〉之外》，东方出版社，2014年，第2页。

民永远感兴趣的话题,《飞影阁画报》和《飞影阁画册》,从另一个角度满足了当时一批市民的文化需要。《飞影阁画报》除了刊载时事新闻画以外,还增加了"百兽图说""闺艳汇编"和"沪妆仕女"等内容。"百兽图说"介绍各种野兽,每期一种,如海马、绵羊等。"闺艳汇编"所绘多是中国历史上的风流才女,如红拂、宠姐等,多采自《天宝遗事》等稗史。"沪妆仕女"所绘,则为上海各种摩登女郎,如第1期所绘,为身着时装的上海女子;第45期所绘,是正在打高尔夫球的四个上海女子。这些内容,也是一般市民所喜闻乐见的。《飞影阁画册》所绘历史人物,多是平民百姓日常熟悉的、津津乐道的,如"红楼金钗""饮中八仙""竹林七贤"等。① 从《点石斋画报》到《飞影阁画报》再到《飞影阁画册》,以吴友如为线,接续相连,风格一致,确立了晚清画报的基本模式。以后画报,多以此为楷模。②

第三节　装帧设计与灵活的促销手段

点石斋书局的成功和中国画报市场的摸索,使美查相信"中国主题和情感与西方印刷技术的结合在经济上是合理的,在文化上是可行的"。③ 因此,他改变洋画册和《瀛寰画报》所强调的"见所未见"的西方特征,从纸张、开本、装订、装帧到题材、图式、发行周期,采取一系列策略加强《点石斋画报》"见所习见"的中国特色,争取中国读者的持续关注。比较二者的创刊号,可以发现,《瀛寰画报》的题材基本上是"见所未见"的外国风土人情,而且都是英国画师所绘;而《点石斋画报》关注的是国人"见所习见"的社会新闻与新知发明以及正在发生的中法战争,而且图画是中国画家画的,虽受西洋画法的影响,但本质仍是中国的写实白描画法,符合国人的审美趣味。《点石斋画报》初刊本采用的纸张是中国南方用嫩竹手工制成的竹纸——连史纸,纸

---

① 熊月之主编,熊月之、张敏著:《上海通史·第6卷·晚清文化》,上海人民出版社,1999年9月,482页。

② 熊月之主编,熊月之、张敏著:《上海通史·第6卷·晚清文化》,上海人民出版社,1999年9月,480页。

③ [德]鲁道夫·G·瓦格纳:《进入全球想象图景:上海的〈点石斋画报〉》,《中国学术》,2001年4月,第19页。

质细嫩,纸色洁白,而《瀛寰画报》和上海西文报纸所采用的是从瑞典进口的经过漂白的洋纸。①

虽然《点石斋画报》采用当时先进的西式石印技术,但是却按中国传统古籍的方法印刷、装订、装帧:对折单面印刷,折页齐栏线订,并以线装的形式进行装帧设计。画报封面、封底采用红色、绿色、黄色三种薄纸,封面正中黑色印刷题签,长方形的粗框内以隶书题写刊名"点石斋画报",左右各以楷书题有画报的发行信息和广告文案。为增加文化韵味,第一号画报还有扉页,由问淳馆主人沈拱之用篆书题写"点石斋画报",并且有署名和钤印。②

除了装帧设计突出"见所习见"的中国特色外,《点石斋画报》也采用了更为灵活的运作方式和促销手段。《点石斋画报》为面对中国市场,采用洋老板和华人主笔的运作方式,并在1884年6月首创中国报刊界稿酬制度,以"每幅酬资两元"的高价长期征集画稿。③ 除吴友如外,画报招揽了不少画家为之供稿,金桂、张志瀛、符节、何元俊、田英、马子明、顾月洲、周慕桥等人构成了画报稳定而实力雄厚的作者群。洋老板和华人主笔的运作方式,使《点石斋画报》"处于一种非常奇特的境地:挂的是洋招牌,说的是中国话,中国官府想干涉,他就抬出洋老板;外国公使、领事要干涉,他就推给华人主笔"。④ 而且,上海官府与西人负责的报纸之间形成默契,报纸出事以后中国官府便"设法追究华人主笔的个人责任,并不追究报纸本身"。⑤ 晚清上海的文化管理政策使《点石斋画报》在夹缝中赢得了灵活的运作空间。在销售渠道方面,《点石斋画报》最初是上海地区由申昌书画室发售,外埠由卖申报处分售,此后由点石斋书局的全国网络销售。点石斋除上海总局、分局外,外埠亦有分庄。各省分庄多开设于省会,而且很多在贡院前。由于省会是文人学士汇集之地,一般而言,购买、阅读书报的需求自然高于此省的其他地

---

① [德]鲁道夫·G·瓦格纳:《进入全球想象图景:上海的〈点石斋画报〉》,《中国学术》,2001年4月,第30页。
② 郭秋惠:《商业与文化的整合:〈点石斋画报〉的经营与设计》,《装饰》,2008年第11期,第88页。
③ "请各处名手专画新闻启",《申报》,1884年6月4日。
④ 熊月之:《〈点石斋画报〉案与苏报案》,《档案与史学》,2000年第5期,第72页。
⑤ 马光仁主编:《上海新闻史(1850—1949)》,复旦大学出版社,1996年,第67页。

区。各省会举行乡试时,各地的贡生前来应试亦会购买书报,拉动画报消费。画报还以影响更大的媒体《申报》为宣传平台,从第 1 号到第 473 号定期发布出售告白,在晚清中国画报市场始终占据首席地位。[①]

[①] 郭秋惠:《商业与文化的整合:〈点石斋画报〉的经营与设计》,《装饰》,2008 年第 11 期,第 89 页。

第七章 《良友》画报

《良友》画报创刊于1926年,它不是由一般的出版机构编辑出版的,而是由当时坐落在上海北四川路鸿庆坊的一家印刷厂——良友印刷公司推出的。由于这家印刷公司以前并没有自己的出版物,所以和经销书刊发行的部门没有业务联系。第1期刊物印出以后,由印刷所的职员自己在公司附近的马路上及电影院(印刷所附近就是奥迪安电影院)门口推销,初版3 000份很快就销完。与此同时,这本杂志还引起广州、香港等地书商的兴趣,纷纷前来要货。于是,再版、三版,第1期竟销出了7 000份。对于一个刚诞生的杂志来讲,这是个了不起的成绩。

第1期出版后,虽然各方交相赞誉,但在内容上,不仅今天看来是相当粗糙的,就在当时来说,无论是材料或编排,也远不能称为完善的。有些篇幅编排得杂乱无章。例如第6页刊了两张新闻人物的照片,却在下面放上一张与这些人物无关的中山舰,还添上一张乡村儿童乐团。又如第11页刊载文明与野蛮的服饰对比中,却夹进一张平常的海上帆影照片。再如第17页刊上一张当时被国民党反动派暗杀的廖仲恺遗像,旁边刊了一张廖的女儿的半身照片;而在同一页里,却放进了几张彼此都全无联系的照片,一是澳门风景,一是男女交际舞,一是女子健身运动的美术照片,还有一张是没名没姓的男伶,可谓不伦不类。所以《良友》画报第1期出版后,立即有读者来信提出意见:"你们的《良友》印刷虽然好,但是搜罗的材料未免太杂。不独你们搜罗不甚审慎,而且编排也没有什么秩序。你们印刷虽然美满,价钱虽然便宜,苟使你们《良友》内容不佳,类别不分,未免美中不足了……"①画报创办人和时任主编伍联德虚心接受读者的意见,这封措辞使人看了有损于画报声誉、切中要害的读者来信,却就在第2期赫然登在最引人注目的第一页上。② 从这一件事可以看出伍联德坦荡真率、不为自己护短、虚心接受读者意见的性格。在其后的短短几年中,他以《良友》画报为起点,很快地发展了出版事业,使良友图书公司成为举国注目的出版机构,上述性格应是他成功的因素之一。

《良友》画报自1926年2月创刊到1945年10月出版最后一期结束,为时20年,总共出版了172期。其中1941年10月出版了第171期之后,由于太平洋战争的爆发,上海沦陷,杂志遭日军查封,被迫停办。直至抗战胜利后的1945年10月才复刊续出,但仅出一期就结束。作为一本大型的综合性图片杂志,其维持时间之长,出版的期数之多,在国内是绝无仅有的。《良友》画报自第2期之后,销量直上1万,第37期起销量达到3万,第45期后印数上升到4万以上,并且远销到香港和南洋。③

朱维铮认为:"大概地说,晚清上海的都市文化,到十九世纪的最后十年,已趋于定型。而上海都市文化的成熟应是在20世纪二三十年代。"④李欧梵在《上海摩登——一种新都市文化在中国(1930—1945)》一书中,从文化和文学两方面透视摩登上海的形形色色。在著作伊始,他引用了茅盾的著名小说《子夜》的开头,提出了两个核心问题"是什么使得上海现代的?是什么赋予了上海中西文化所共享的现代素质?"最后,他将视线转向了西方物质文明的入侵。确实,上海自1843年开埠后,转眼从一个偏地小邑一跃成为远东第一大都会,并享有"东方的巴黎"之称,外国物质文明的影响力在此毋庸置疑。上海的崛起自然是从租界开始,在那黑暗动乱的年代,租界仿若隔离的另一世界,独特的政治制度衍生出了稳定的经济发展,造就了地域性的繁华和开放。接着,先进的外国资本主义和民族资本主义闻风而至,一

---

① 转引自赵修慧、马庸子编:《马国亮与赵家璧》,青岛出版社,2014年,第106页。
② 赵修慧、马庸子编:《马国亮与赵家璧》,青岛出版社,2014年,第106页。
③ 余汉生:《〈良友〉十年以来》,《良友》画报,1934年12月第100期。
④ 朱维铮:《晚清上海文化:一组短论》,《复旦学报(社会科学版)》,1992年第5期。

个拥有着浓厚商业氛围的大都会渐渐显形。愈是潮流,愈是使人艳羡,进而仿效和追赶,上海也因此独树旗帜,成了现代都市文明的典型,适时而出的《良友》画报便是这种现代都市文化的具体体现。正如李欧梵所说:"《良友》画报的编辑敏感到大众在日常生活层面可能需求一种新的都会生活方式,于是对此做了探索。很自然,这种需求由画报来满足是最合适的。"①

第一节 中国现代文化的一个重要标志

《良友》画报诞生的年代,实际上是上海一个黄金时代的开始,是上海由经济发展到社会繁荣的发展时期。可以这样说,新的、发展了的生活,促进了关于新生活的媒体的出现;新的媒体又积极反映了新的、发展了的社会生活。从伍联德自己主编的最初几期杂志来看,《良友》画报主要有这几部分的内容:一是具有新闻价值的名人(如当时广东政府的风云人物)。以后这个栏目经过加强和发展,成为《良友》画报很重要的时事部分。二是好莱坞电影近况和国产电影介绍。电影一直是《良友》画报报道的重点,虽然不久以后,良友公司新创办了一份专门报道电影方面情况的《银星》,但电影部分始终是杂志关注的热点。1934年12月《良友》画报还专门出版了一期电影专辑。三是体育。最早是报道全国足球锦标赛,以后远东运动会、奥运会都是《良友》画报重点的报道内容。生活方式(女子时髦的饰品、妇女流行时装发布)、时兴的娱乐,还有当时正在风行的言情小说,也构成了以后《良友》画报的组成部分。②《良友》画报有"上海地方生活素描"系列文字和图片发表,马国亮先生在回忆录中也有极生动的文字,当年,请曹聚仁写流行的回力球场,请茅盾写证券交易所,请穆木天写上海的弄堂,请郁达夫写上海的茶楼,请洪深写上海的大饭店,这些著名作家为《良友》画报撰文,描写五光十色的大上海,十分生动传神。

这里以穆木天写的上海弄堂和郁达夫写的上海茶楼为例。所谓"弄

---

① 李欧梵著:《上海摩登——一种新都市文化在中国(1939—1945)》,毛尖译,人民文学出版社,2010年,第5页。
② 熊月之主编,许敏著:《上海通史·第10卷·民国文化》,上海人民出版社,1999年9月,197页。

堂"，是上海人对于里弄的俗称，它是"四四方方一座城，里面是一排一排的房子，一层楼的，二层楼的，三层楼的，还有四层楼的单间或双间房子，构成了好多好多的小胡同子，可是，那座小城的围墙，同封建的城垣不一样，而是一些朝着马路开门的市房"。① 最早期的弄堂大约出现于1850年前后，是专门供给租界内华人居住的房屋，因为租金少，所以施工简单，且为木板结构，后来才为石库门建筑所替代。石库门的格局一般进门就是小天井，天井后为客厅，之后又是天井，最后是灶台和后门。天井和客厅两侧是左右厢房，还有"亭子间"，它处于灶间之上、晒台之下的空间，十分狭小，大多用作堆放杂物，或者居住佣人，可以说是石库门房子里最差的房间。在这样一个四外都是房子、瞅不见任何自然的地方，却聚居着最多数的上海人。正因格局拥挤，这里永远热闹非凡，穆木天先生在文章中幽默生动地称之为"马桶文明"，因为一清早家家就开始洗马桶，上演着马桶合奏乐，如跑马场的奔驰声音，如庙里的木鱼声，又如日本东京清早的木屐响声。待你起床出门，家家的主妇或女仆在后门外，正同卖菜者争讲着，吵闹着。日中，各种小摊子不断地涌向弄堂中，馄饨担子、卖小孩子玩具的小车、卖油炸豆腐的、卖酒酿的，形形色色的叫卖声也在各条弄堂中响彻回荡，营造了一种浓浓的弄堂生活气息。晚上，尤其是夏天，女人们穿着黑香云纱裤子，手拿着鹅毛扇，团团聚坐着，到处都是人浪。②

和弄堂同样热闹的地方还有茶楼，市民们最愿上茶楼，因为价廉物美，只消有几个钱，就可以在茶楼待上半日，见到许多友人，发些牢骚，谈些闲天。而且，上海的水陆码头，交通要道，以及人口密聚的地方的茶楼，顾客大抵是帮里的人。上茶馆里去解决的事情，第一是是非的公断，即所谓吃讲茶；第二是拐带的商量，女人跟人逃走，大半是借茶楼作出发地的；第三是一般好事的人去消磨时间。③ 茶楼俨然成了市民们的娱乐空间和社交空间，特殊的场所环境和人群聚集使一种茶楼文化慢慢成形。

《良友》画报不仅把关注的目光放在上海，放在国内，其还具有开阔的国

---

① 穆木天：《上海地方生活素描之二：弄堂》，《良友》画报，1935年10月。
② 穆木天：《上海地方生活素描之二：弄堂》，《良友》画报，1935年10月。
③ 郁达夫：《上海地方生活素描之四：上海的茶楼》，《良友》画报，1935年12月。

际视野和丰富的海外信息。《良友》画报百期纪念的时候,马国亮甚至自豪地说:"若你能把一百期的良友也存起来,那么你便无异存有了一本范围最广博的、最可靠的历史,这话并不夸大,至少这百期的良友,便是一本中国的,甚至可以说是世界的,近十年的历史……近十年来的世界政治舞台的变迁、近十年各国的变乱……都可以在这百期中了如指掌。"①

政治新闻是《良友》画报最为关注的一类国际新闻题材,诸如法国总理白理安辞职、德国社会党人反对发还德废皇财产、法国新政府成立、世界妇女运动领袖爱伦凯逝世、欧战休战纪念日的纪念活动、罗马尼亚皇殁及新皇即位、美国第十七次国会开幕、日本第一次普选各党之竞争、印度革命近况、阿根廷革命之成功、罗斯福当选与国际形势、爱尔兰民族运动高涨、英俄邦交发生裂痕、德意志的排犹运动、巴勒斯坦阿拉伯人与犹太人发生民族冲突、德法争持之萨尔、希特勒当选德国总统等国际政治事件在《良友》画报上均有报道。② 其他诸如美国的金融风暴、各国航空事业近讯、南洋锡矿参观写实、美国的复兴运动、世界小麦生产过剩、美国制成流线式电气火车、欧洲几国协议之动植物、煤油大王洛克菲勒等国际经济新闻;英国最近之罢工大风潮、世界和平纪念日各处纪念典礼、瑞典皇子皇妃参观日本明治天皇陵墓、日本铁路覆车惨剧、德国总统之子开眼镜店、伦敦市饥民暴动、纽约失业工人集会要求冬季津贴、法国油船大西洋号焚毁、美国最大飞艇加亚龙号为雷电击中遇难、美一医生接生三千五百多人、英王婚姻问题等国际社会新闻在《良友》画报上也均有报道。

《良友》画报的国际视野不仅反映在报道题材上,也直接反映在创办之初伍联德对杂志的定位上。早在良友的印刷事业走上轨道之际,伍联德已经把眼光投到下一步的发展上。他希望办一份自己的杂志,他的计划遭到同伴的反对。同伴觉得应该尽力维持处于上升势头的印刷业务,不应当冒险去投资于没有把握的新领域,搞得不好会拖累印刷业务。但是,伍联德认为办杂志不仅是自己的兴趣,也是个极好的商业机会。伍联德的想法是受

---

①② 转引自刘永昶:《传媒与现代性的流动——论民国时期〈良友〉画报的国际化视野》,倪延年主编《民国新闻史研究》,南京师范大学出版社,2014年,第182页。

到当时《伦敦新闻画报》(Illustrated London News)等杂志的影响,①而后来的人们认为《良友》画报同亨利·鲁宾逊·卢思稍后创刊的《生活》(Life)杂志更相像。《良友》画报的国际视野也可以从一个小细节中看出来。《良友》画报从来不把国内的其他杂志作为竞争对手。1928年4月起,《良友》画报调整零售价格,从原来的2角增加到3角,它援引的例子是由商务印书馆代理的美国杂志《礼拜六晚邮报》(Saturday Evening Post),因为其定价从1928年2月起从原来的5美分涨至4角。② 1927年4月,就在《良友》画报创办才一年时,伍联德为了进一步提高和改善杂志的质量赴美国考察。考察回来,伍联德对杂志的印刷和编辑有诸多改进。《良友》画报也经常注意国外同类杂志的进展,如选登一些像美国《君子》(Esquire)这类杂志的有关内容③。1934年12月,与伍联德共同创业的伙伴余汉生在为庆祝《良友》画报100期纪念专刊而写的《良友十年以来》一文中,以杂志"于编辑方面印刷方面,亦堪与世界先进国家之画报一较其高下"而骄傲。

《良友》画报的现代性还体现在其始终以"普及教育,开导民智"为宗旨,不仅以消遣为目的,所以相较于大多画报,它具有更强烈的现实感。《良友》画报常刊登一些中外各界名人的传记或者回忆录,包括罗斯福、冯玉祥、鲁迅、托尔斯泰、黄柳霜、徐悲鸿……它的出发点是想以名人的事迹鞭策、启迪那些在现实社会中彷徨迷惘的人们。它还有一个栏目深受读者欢迎,那就是良友摄影团游记。良友摄影团由伍联德、梁得所、张沅恒等人组成,他们在国内游历,通过摄影和文字记录向社会传播不为人们所了解的一些地区的风情民俗。在摄影团归来之后,又组织了读者旅行团延续他们的足迹。此外,当1937年日本侵华战争爆发以后,良友图书公司虽也遭受重创,但在全面抗战时期,仍不忘以出版事业服务国家民族,为抗战作大规模的宣传,民族意识可见一斑。虽然《良友》画报标榜自己是一份休闲的杂志,其在创刊第2期的"卷头语"中写道:

---

① 赵家璧:《话说〈良友画报〉》,《香港文学》,1995年1月号。
② 熊月之主编,许敏著:《上海通史·第10卷·民国文化》,上海人民出版社,1999年9月,第194页。
③ 《良友》画报,1939年11月第148期。

作工到劳倦之时,拿本《良友》来看了一躺,包你气力勃发,作工还要好。

常在电影院里,音乐未奏,银幕未开之时,拿本《良友》看了一躺,比较四面顾盼还要好。

坐在家里没事干,拿本《良友》看了一躺,比较拍麻雀还要好。

卧在床上眼睛还没倦,拿本《良友》看了一躺,比较眼睁睁卧在床上糊(原文中即为"糊",作者注)思乱想还要好。

虽然人们可以任何随意的姿态来阅读《良友》画报,但"至少,这里有一点艺术,有点科学的知识,有点人生实用的常识。务使读者于趣味中得获实益,于不知不觉中仿佛读饱了许多实际有益的书籍一样"[①]。《良友》画报已经成为中国现代文化的一个重要积累和标志。

第二节 《良友》画报中的通俗文学

纵观上海良友图书公司的发展,除了创办《良友》画报,伍联德还试图在图书出版和销售上再有作为。1932年秋,良友图书公司建立了文艺书出版部,聘请赵家璧主干其事,曾编辑《中国新文学大系》(1917—1927)、《良友文学丛书》、《良友文库》及《中篇创作新集》、《一角丛书》、《万有画库》等进步的文学系列书和单行本,计二三百种,均装帧精美,独创一格。作者有鲁迅、茅盾、老舍、巴金、丁玲等,成为那个时代上海最具特色的出版机构之一。

之前的研究者往往着眼于新文学与良友图书公司之间的关系,忽视了《良友》画报中通俗文学的内容。前4期《良友》画报是伍联德亲自"操刀"的,他独自包揽了编、写、印所有事项。第5期开始,他邀请在上海文化圈里赫赫有名的周瘦鹃来担任《良友》主编之职,自己则抽身去开拓一片新天地。当时的周瘦鹃也曾坦白道:"在下本来挑着几副担,已挑得曲背伛腰,筋疲力尽了。如今平白地又加上了一副,如何应付得来。但是伍君的一片厚意,又

[①] 马国亮:《读者与编者》,《良友》画报,1933年11月。

不可辜负。且把肩背挺上一挺,试试这副担的重量,一面请诸文友助我一臂,免得使在下压死在重担下。"①而伍联德之所以极力邀请周瘦鹃,除了他的名气、编辑经验以及社会关系,更因为他是鸳鸯蝴蝶派的代表性人物。20世纪20年代的海上文坛,"鸳鸯蝴蝶"派无疑是很大的一股文化势力。

周瘦鹃自第5期担任主编后,开始将这个仍显杂乱的青涩画报慢慢编排丰富起来,使《良友》画报展现出一本刊物应该拥有的面貌。另外,鸳蝴派作品的刊登、连载也为《良友》画报开辟了更广大的读者群。而这些,对于一个尚刊行不久的杂志来说,都是难能可贵的。

周瘦鹃对《良友》画报的稳定成长起到了很大作用,但是,《良友》画报是一份画报式刊物,而周瘦鹃对于图画的采集和编排并不擅长。相对于图画,他更注重文字方面,并且刊登的大都为"礼拜六派"文章,范烟桥、刘恨我、程小青、卢梦殊等人的名字屡屡出现。但当时周瘦鹃除主编《良友》画报外,同时担任《申报·自由谈》《紫罗兰》等刊物的编辑,还要负责一些著译的工作,精力有限,故从第12期起告退了《良友》主编之负担。虽然周瘦鹃离任了,但鸳鸯蝴蝶派仍在很长一段时间内都占据着《良友》画报文学的主要部分,这与当时读者大众的整体趣味是相适应的。吴福辉认为,"《良友》画报是标准的海派刊物,能从中听到市声,窥到市影。"②也有研究者指出,"鸳蝴文人游戏、消遣、趣味的文化性格,也曾以通俗的内容和形式,以及小报的传播途径,占领市民读者市场,建构了大众文化的运行机制,推进了都市文化的大众化衍变。这种在文学史和文化史上的贡献,是不可抹杀的。《良友》画报休闲和娱乐的刊物性质,在很大程度上得力于鸳蝴文人的通俗基调"③。

《良友》早期刊登的长篇小说仅《鬼火烹鸾记》和《春梦余痕》两篇,且均未连载结束就终止了,原因是读者不满。有读者在来信中写道:"可是在一月刊,尤其是月刊的画报,所登这种'上不到天,下不到田'断续的文字,十个阅者中说不定有没有一个看的,画报白费篇幅,著者白费精神,何等不上算!

---

① 周瘦鹃:《向读者诸君说几句话》,《良友》画报,1926年5月。
② 吴福辉:《都市漩流中的海派小说》,湖南教育出版社,1995年,第137页。
③ 吴果中:《〈良友〉画报与上海都市文化》,湖南师范大学出版社,2007年3月,第76页。

所我以为多登短篇,至于长篇的倒不如依卢梦殊君于《鬼火烹鸾记》最末的一句说'以单行本与世人相见'较为高明些。"①而在《良友》第10期"致阅者"一栏中,编辑就提到"关于文字我们接过好几位良友的信,都觉得长篇连续小说颇不适宜,我们觉得有改良之必要,本期长篇(不能一期登完)的文字,都不登载;文字多取短篇而有味的"②。

除了长篇小说外,《良友》画报还刊登了大量通俗作者创作的短篇小说,具体有:范烟桥《变态心理的一例》、张碧梧《海上荡魂记》、听潮生《未来的公馆》、张毅汉《红色的豆腐——一个印象》、徐冷波《绅士的诞辰》、绡鹃女士《颤动的心弦》、许吟华《娼门之袜》、金智周《魂游记》、异观《脸之变化》、许茸余《难乎其为母》、曹梦鱼《司的克语》、月侣女士《一件礼物》、孙似媚《游沪记》以及顾醉萸《重九之夕》等。相对于小说,这一阶段的《良友》画报中,随笔和散文方面汇集了更多有代表性的"礼拜六"派的作家,如周瘦鹃、范烟桥、郑逸梅、范菊高、徐碧波、王天恨等等。

《穿珠集》是周瘦鹃任主编后开的专栏,共刊载了7期。周瘦鹃本人在专栏开头交代道:"前岁邮购世界短篇小说杰作集二十卷于英伦,采辑之广,殆十倍于吾业刊。夜中偷得余暇,辄簦灯读之,并选其短峭有思致者若干篇,从事移译,汇为一编。盖尤掇拾明珠无数,而乙乙穿之也,因名之曰穿珠集。"③《穿珠集》的内容主要是一些优秀的外国小说,由周瘦鹃翻译。其中包括了英国许丽南女士的3篇,法国邹度女士的2篇,英国培来潘恩的2篇,且以婚恋主题为多。而这些言情小说,将男女关系更单纯化,宣扬的是健康开放和相互平等,这不仅在文学上表现了一种进步性和现代性,而且在读者中也引起广泛议论,并倍受推崇。《亭子楼琐记》(作者许也夫)在《良友》画报刊载过4期。作者围绕着他居住的亭子楼,写了楼内居民发生的一些琐碎之事,有新式青年男女同居后的分手,有作者自己的恋爱故事,还有房东太太与其童养媳之间的问题,近似于随感录。④

---

① 《编辑者话》,《良友》画报,1926年9月。
② 《致阅者》,《良友》画报,1926年10月。
③ 周瘦鹃:《穿珠集》,《良友》画报,1926年5月。
④ 详见余慧娴:《〈良友〉画报中的文学与社会视野》,苏州大学2015年硕士学位论文。

这一时期,相对于旧式"鸳鸯蝴蝶派"的作品,《良友》画报中的"礼拜六派"作家们已经开始有所转变:形式上,他们不断开辟新的小说模式和各种文学样式,表现出了更多样化的类型;内容上,他们也常抨击社会的黑暗、歌颂或赞扬仁人志士,反映当时社会男女不平等、贫富不均等种种弊端。但是,他们仍无法快速摆脱早已熟稔的写作方式,惯常的思维决定了他们短期内不能实现更深一步的变革。而此时,新文学的势头日益旺盛,他们将矛头对准这些通俗作家,把他们看作是新文化的对立面、文艺革命的对象,并把新文学奉为正宗,这让"礼拜六派"作家们的境地更是雪上加霜。在这种艰难的文化背景下,"礼拜六派"作家们不畏流言,依旧坚持着自己的道路,继续自己的创作,也正是这份坚忍,才让我们看到了文学的完整性和多样性。

第三节　文学广告与商业运行

《良友》画报以及良友图书公司在一开始就按照商业化的经营方式运作,伍联德曾明确表示,"以商业的方式而努力于民众的教育文化事业,这就是我们的旨趣"[①]。《良友》画报非常重视读者的市场,从第2期开始,读者来信、意见就被置于杂志的首要地位。前文曾提到,《良友》画报早期刊登的长篇小说仅《鬼火烹鸳记》和《春梦余痕》两篇,且均未连载结束就终止了,原因是读者不满。《良友》画报直接把读者的来信在画报上刊登出来,足以看出它对读者的重视。它也非常注意杂志的形象包装,无论是版式还是纸张,在制作上它总是精益求精,成为当时印刷得最为精美的一份杂志。许多读者首先是被这精良的形式所吸引,而且感到与其他杂志比起来,《良友》画报更物有所值。[②]

《良友》画报也非常重视广告宣传的作用。前期的研究者可能更多地关注画报上的商品广告。事实上,《良友》画报刊载了大量的文学广告,从文学广告的角度,诠释伍联德"以商业的方式而努力于民众的教育文化事业,这

---

① 伍联德:《再为良友发言》,《良友》画报,1929年4月第37期。
② 详见《良友》画报1926年第2期的读者来信。

就是我们的旨趣"的观点,是合适、贴切和有趣的。

民国时期,由于通讯、交通事业的不发达,出版社的图书不能及时地传送到读者的手中。图书广告有助于沟通读者与出版社的联系,保证图书发行渠道的畅通。这一时期,出版社之间的竞争也相当厉害,只有以一定的宣传手段,大力推销本版图书,才能在出版界站稳脚跟。赵家璧曾兼管他所编的出版物在社内外报刊上的广告设计和内容介绍等,在图书宣传方面积累了丰富的经验。赵家璧的女儿赵修慧回忆说"父亲是中国出版史上值得记忆的一个编辑。他踏入编辑行列时年纪比较小,不到30岁就达到了自己事业上的第一个高峰;他联系作家的面比较广……他喜欢编成套的书,在他编辑的书籍中,许多已成为可以传世的'长命书'"。① 1928年,在上海光华大学读书的年仅20岁的赵家璧,受上海良友图书公司老板伍联德之邀,主编《中国学生》杂志,以半工半读的形式跨入编辑行列;1931年,身为大四学生的他开始主编综合性的"一角丛书",该丛书皆为64开袖珍本,售价1角,方便携带,投放市场后广受欢迎。1932年,大学毕业的赵家璧正式成为良友图书公司文艺部主任,他开始策划编辑《良友文学丛书》,志在收集国内一流作家新作,予以精良装帧,皆用32开米色道林纸,软布面精装,售价一律9角,各书循序编号。赵家璧先生在回忆录中曾说:"这也许和我中学时代担任总编辑的校刊《晨曦季刊》时兼任该刊广告主任有关,这一经历使那个校刊,既能用高级道林纸印刷,在当时各校校刊中具有自己的特色,又能靠广告收入使校刊收支平衡。这一早期的经验,才把我培养成长大了能懂得广告的重要意义和作用的一个编辑。"②

赵家璧善于利用报纸、杂志、书影等多种媒介和形式进行出版物广告宣传。其早期主编的《一角丛书》开始问世后,便陆续在《申报》上刊登有关该丛书出版消息的广告:"中国出版界前所未有,定期出版售价低廉之名贵丛书赵家璧主编一角丛书"(1931年9月20日);"赵家璧主编一角丛书,最近出版新书五种"(1932年1月25日);"赵家璧主编一角丛书,第二辑完全出

---

① 赵修慧编著:《他与书同寿·赵家璧》,中国出版集团(东方出版中心),2009年第12页。
② 赵家璧:《编辑生涯忆茅盾》,《文坛故旧录:编辑回忆续录》,三联书店,1991年,第56—57页。

齐"(1932年4月14日);"赵家璧主编一角丛书已出三十种"(1932年6月15日);"赵家璧主编一角丛书新书四种"(1932年7月29日);"良友一角丛书第二年最近新书"(1933年3月31日)等。《良友文学丛书》问世后,赵家璧同样利用《申报》广为宣传。20世纪30年代,《良友》画报月销量已达4万多份,除风靡上海及附近地区外,还行销重庆、桂林、昆明等地,远销港澳与东南亚地区,在国内外具有较大的影响。1931年9月,《一角丛书》刚问世,当月出版的第61期《良友》画报便刊登了《一角丛书》的书目,还配以"我们为什么出版定期丛书呢?"的说明。在第62期《良友》画报的封二,刊登了最初出版的《一角丛书》的书影和预告书。此后,几乎每期《良友》画报都有《一角丛书》出版消息的广告。赵家璧先生编辑的《良友文学丛书》、《木刻连环画故事》、《中国新文学大系(1917—1927)》、《爱眉小札》影印本、《良友文学丛书特大本》、《苏联版画集》、《中篇创作新集》、《二十人所选短篇佳作集》、《世界短篇小说大系》、《中国版画史》等均在《良友》画报上刊登过宣传广告。书影有助于读者辨别该版图书,作者头像有助于读者对作者的了解,作品选登则起到了介绍该书内容的作用。赵家璧也善于在广告中配以书影,使得广告内容具有直观性强的特点。《一角丛书》第一辑刚问世时,赵家璧便在第62期《良友》画报的封二刊登了《沈阳事件》《今日四大思想家信仰之自述》《不开花的春天》《史太林传》《生命知识一瞥》《被当作消遣品的男子》等6本书的书影,并说明《一角丛书》的特点,以供读者识别。

当然,良友公司能做到"以商业的方式而努力于民众的教育文化事业",是有其强大的经济基础的。良友公司从创立到发展,伍联德看准时机,大胆创业扩张。公司是股份制的形式,第1期招股4万元,主要从事印刷,称良友印刷公司。试办《良友》画报成功,1926年9月又创办了《银星》杂志。为了适应业务拓展的需要,公司扩股6万元。1926年底将公司迁至北四川路20号B(商务印书馆对面、伊文思书局隔壁),增添机器,加设出版部,称为良友图书印刷公司,并且开始编辑出版其他书籍。1927年以后,良友公司又陆续创办了《体育世界》(季刊)、《中国学生》、《今代妇女》等多种杂志和一系列图书,渐成规模。到1931年,良友已经成为国内一家知名的文化机构。1931年10月,良友公司又一次扩充资本,向社会公开招股。此次同样招股

1 000股(每股100元),40％向老股东定向募集,60％面向社会。① 经过这一系列扩张,公司的实力大大加强。而《良友》画报正是凭着雄厚的实力不断改进、提高,领时代风气之先,长期保持稳定的读者群,保持着广泛的影响力。

---

① 《1930年8月15日上海良友图书印刷有限公司第二次公开招股简章》。

第八章 《北洋画报》

《北洋画报》于1926年7月7日在天津创刊，1937年7月29日因抗战爆发而终刊，共出版1587期，是民国时期北方持续时间最长、出版期数最多的综合性独立画报，堪称北派摄影画报的代表，与上海《良友》构成现代画报的南北双峰。近现代中国画报历经石印、铜版照相和影写凹版三个时期，《北洋画报》为"铜版时代"之佼佼者。[①]《北洋画报》的影响主要在北方地区，覆盖京津及河北、河南、山东、内蒙、东三省的各大城市。1927年底，《北洋画报》销量为8 400份左右[②]，刘云若主编后继续稳定上升，最高大概万余份。《北洋画报》创办人冯武越，广东番禺人，出身外交官家庭，曾长期在欧美学习航空和无线电技术，归国后在京津摄影新闻界相当活跃。他于《北洋画报》的发展居功至伟，参与了经营管理、采写编辑等方方面面，尤其是1928年6月《北洋画报》社正式成立之前，"本报系冯君武越独立经营，于今二载，内部由冯君一手主持"[③]。1933年初因家庭变故，冯武越把《北洋画报》售与天津同生照相馆主人谭林北，谭接手后尚能保持其特色。《北洋画报》前后共有包括刘云若在内的五任主编，五位主编各有所长，《北洋画报》的定位和风格自然也随之调整，在不同时期呈现不同面貌。《北洋画报》以"传播时

[①] 参见《五十年来中国画报之三个时期及其批评》，祝均宙、萧斌如编《萨空了文集》，上海科学技术文献出版社，2002年，第367—368页。阿英则认为在这三个时期之前，还有镂版印刷时期，主要代表为《小孩月报》(1875)和《瀛寰画报》(1887)，参见《中国画报发展之经过》，《良友》画报，1940年1月第150期。

[②] 据《北洋画报第六次悬赏大竞赛揭晓》："此次所收答案一千八百余件，约合读本报者全数七分之一点五，洵称盛事。"《北洋画报》第144期，1927年12月7日。

[③] 《本报重要启事》，《北洋画报》第197期，1928年6月13日。

事、提倡艺术、灌输常识"为口号,兼及"报"的新闻性与"画"的形象性,为研究1926至1937年间天津及北方的社会文化氛围提供了图文并茂的珍贵史料。

第一节 民国画报的"北派巨擘"

作为大众文化出版物,《北洋画报》上的"时事""艺术""常识"主要着眼于现代市民读者的需要,带有强烈的娱乐和消费色彩。20世纪二三十年代的天津素称"夜上海",已经是开放、时尚、繁华的大都市,笙歌夜夜,灯火通明。从19世纪下半叶开始,因优越的区位条件和与北京不可替代的地缘关系,天津成为列强与清政府对话的前沿阵地。《北京条约》和《天津条约》签订后,天津成为中国北方最大的通商口岸,成为中西文化交汇的前沿。许多国家在这里设立租界,租界总面积仅次于上海。清政府的遗老遗少、政界要员、军阀、买办、民族资本家、商人、金融家、教育家、文人墨客纷纷移居天津,天津逐渐发展成中国北方最现代的城市。到20世纪20年代,天津成为北方最大的工业和金融中心。经济的崛起促使天津成为近代中国北方的教育中心、新闻中心、经济中心,成为引导潮流的时尚都会。城市呈现空前的繁荣,天津市民也享受着繁荣的城市生活。"以上经济的与文化的生产语境,一方面影响着在这种环境中大众读物创办者的文化理想和精神旨趣,另一方面也培育了大众读物的具有特定阶级背景和文化偏好的消费群体,共同制约大众读物的城市文化生产路径。《北洋画报》的问世,为这种近现代城市风格作了最佳诠释。"[①]

《北洋画报》的创办人冯武越,是中国银行总裁冯耿光之侄,其妻为张学良妻子"赵四小姐"赵一荻之姐。冯曾长期在欧美学习航空和无线电技术,是"受欧风美雨熏陶的新派士绅",[②]爱好摄影和收集、研究画报,立志创办报刊,试图借助文化企业的经营,表达其文化理想。《北洋画报》的办刊宗旨由创刊号上可见一斑:

[①] 吴果中:《传统与现代双重变奏的视觉表达与图像呈现——〈北洋画报〉及其城市文化生产》,《新闻与传播研究》,2013年第5期,第118页。
[②] 张元卿:《读图时代的绅商、大众读物与文学——解读〈北洋画报〉》,《天津社会科学》,2002年第4期。

举凡时事、美术、科学、艺术、游戏,种种的画片和文字,画报均应刊登,然后才能成为一种完善的报纸。这样组织完备的画报,中国还没有一个,所以同人按着这个宗旨,刊行这半周刊,将来发达以后,再改为日刊,也说不定。①

由此,冯武越精心选拔人才,五任主编均是天津的精英、名士,受此影响,《北洋画报》选取"时事、艺术、科学"六字作为口号,提出"传播时事、提倡艺术、灌输知识"的刊物旨趣,追求"最新""现代"的媒介风格。刘云若是五位主编中唯一的天津人,其平民化倾向却使《北洋画报》在现代和高品位的特质下增添了市民生活的本土气息。

《北洋画报》被誉为"天津及华北第一份铜版画报",开北派画报先河,"印刷精美,为北方巨擘"②,是近现代中国画报"铜版时代"之佼佼者③。相比于天津早期画报《醒俗画报》的石印技术,摄影技术的突破性进展,消除了石印技术"不能传真,仅传其意而已"④的弊端,运用照片所能表达的"真实感""现场感"和写实风格,很容易为《北洋画报》的读者带来全新的感官经验和美的视觉享受。同时,摄影技术快速、迅捷和高容量的优势,能提供丰富的、捕捉历史变迁进程的画报内容,呈现中国社会的立体面相。当时,有位以"君宜"为笔名的评论家认为,"按画报图文并重,非仅鼓吹风雅,为调剂精神,作茶余饭后之消遣;其有助于艺术之提倡,尤为更重大之使命。又画报之所以为画报,即须有'画'与'报'……《北画》向重新闻片,且其登载从不落人后,有时且较日报捷'手'先登"⑤。《北洋画报》将时事、社会活动、美术、科学、艺术、游戏、风景名胜等一一付诸图文,在内容上相较天津早期画报《醒俗画报》《人镜画报》等均有新的改进。

值得一提的是,在先进技术的表象下,《北洋画报》仍保持着中国传统作

---

① 《北洋画报》创刊号。
② 刘凌沧:《中国画报之回顾》,《北洋画报》第 888 期,1933 年 1 月 31 日。
③ 参见《五十年来中国画报之三个时期及其批评》,祝均宙、萧斌如编《萨空了文集》,上海科学技术文献出版社,2002 年,第 367—368 页。
④ 武越:《画报谈》(上),《北洋画报》第 18 期,1926 年 9 月 4 日。
⑤ 君宜:《由北画九周纪念谈起》,《北洋画报》第 1266 期,1935 年 7 月 7 日。

坊式的作业环境。天津同期《益世报》副刊《语林》主编吴云心写道:"当年这个报社(指北洋画报社,引者注)的设备与编辑情况,简陋得令人难以想象!"他具体地描述道:

> 今日在和平路滨江道路口以东一条狭窄街道转角处,有一所小楼,楼下一间(当年是23号),就是《北洋画报》编辑部。后面工厂有一副五号字字架,半副三号字,一台八页平版机。有几位工人,没有制铜版的车间,铜版由外面制版厂代制。编辑部有一位编辑兼校对员,加上冯武越本人,还有一个交通员兼勤杂。全部报社人员就这么多。①

现代技术与传统作坊的糅和,是近现代中国报刊史上一种有趣的文化经营现象,是西风东渐过程中仍含本土要素的生动体现。不过,摄影技术和铜锌版印刷技术已使《北洋画报》的现代化取向日益强势。② 从媒介内容来看,《北洋画报》包括时事政治、文教、体育、戏剧、电影、书画艺术及中外史地知识、风景民俗、考古文物等方面的各种社会活动、重要事件和人物;刊物以照片、图片为主,兼有文字;副刊专载长篇小说、笔记杂文、诗词、名画、漫画等:

> 以最精美、最有价值或最与时事有关系的图片登于封面上方中部。第二页登新闻照片、时事讽刺画及与时事有关的人物风景照片,小品文字亦取切合时事者编入此页内,是可名为动的一页。第三页登美术作品,如古今名人书画、金石雕刻、摄影名作、艺术照片,如戏剧、电影、游戏、闺秀及儿童等照片,文字则取合于艺术方面的,是可为静的一页。第四页即底封面,刊科学发明、长短篇小说等,遇有重要时事照片,必需

---

① 转引自吴果中:《传统与现代双重变奏的视觉表达与图像呈现——〈北洋画报〉及其城市文化生产》,《新闻与传播研究》,2013年第5期,第119页。
② 吴果中:《传统与现代双重变奏的视觉表达与图像呈现——〈北洋画报〉及其城市文化生产》,《新闻与传播研究》,2013年第5期,第119—120页。

赶速刊入者,则牺牲广告,登封面广告地位内。①

据统计,1587期《北洋画报》、两万余帧图片中,时事新闻、各种社会活动及相关时事人物照片占一万余帧,如"两张将军督战南口"(11期)、"日军在济南暴行之真相"(193期)、"侵我领空之日军飞机抵达天津八里台上空之情景"等济南惨案专刊(195期)的图片报道;"美国选举总统当选之罗斯福与夫人、公子合影"(1485期)、"西安事变被难之军政要员返京合影"(1499期)的报道等。《北洋画报》上有电影人物照片三千余帧,金石书画、艺术摄影等美术作品图片六千余帧。如自319期起设置"时人影传",详细介绍十多位当世社会各界名流如前驻比公使王景岐、新闻记者及文学家王小隐、商学士赵国煌、小说家赵焕亭、胶东勇将刘珍年、天津特别市市长崔廷献等。又自972期至1586期设置"电影专刊"共107期。

媒介主导者(画报主编)欧风美雨的现代色彩与中国士绅的传统意味的杂糅、现代技术与传统作坊的糅和均呈现于《北洋画报》的文化意表之中。

第二节 女性形象

受冯武越"打造现代都市刊物,提倡现代生活方式"以及资产阶级中上层消费群体的文化旨趣和传播理念的指引,《北洋画报》还更多地关注西洋女子奇异习尚(32期)、西妇的奇异装束、天津女明星剪发热(33期)等与女性相关的话题及大量的女性形象,留下了丰富而珍贵的史料。《北洋画报》中呈现的女性形象,无论是文字层面的,还是图像层面的,也集中体现了"传统"与"现代"相杂糅的特征。

一方面,20世纪二三十年代的女性多数仍然受着传统观念的束缚,被定义为传统的家庭妇女,她们以男性为中心,依附男权生存,没有自己的声音,社会上对于女性的评价也往往带有封建色彩,认为优秀的女性必须具备贤妻良母的品质。《北洋画报》上有一位作者的言论就代表了这样的观点,这

---

① 《北洋画报》第22期"编辑者言",1926年9月18日。

位名为"老宣"的作者,其文章内容都是围绕女性来谈的,他说:"男子发誓永不爱妇人,与发誓永爱一个妇人,是相同的"①;"女儿与死鱼是不可久留的。爱情之施于妇女,如太阳对于花,能使她们增加美丽,增添光泽;假若太激烈了,必定使她们枯萎,使她们凋谢"②;"恋爱是妇女一生的历史,在男子不过是一段插文而已。妇女一生的苦乐全以被人爱的期限与程度而论"。③ 从父亲的角度而论,嫁出去的女儿是泼出去的水,留在家里一无是处,所以与死鱼无异;从情人角度而论,恋爱的主动权掌握在男子手里,爱情是男子对女子的施舍,女子能否被男子所爱决定她一生的幸福。"老宣"的这段话放大了女性的脆弱,夸大了爱情的重要,把男女之间的感情放在一个不平衡的天平上。"老宣"指出,男子要警惕女子的好奇心,因为从夏娃到今天的妇女,好奇是使她们堕落的最大原因;男女之间不可能存在纯洁的友谊,总有一方会不自觉地越过界限;结婚前的女子和结婚后的女子判若两人,男子需要睁一只眼闭一只眼。他还特别强调容貌是女子有形的财产,是天赋的妙法,女子之于男子应以柔克刚,而不以刚制刚,只要温柔一笑,无论对方是英雄豪杰还是强盗凶犯,都会拜倒在女人的魅力之下;贫困而美丽的女子更需提防,因为贫困引诱她自己,美色引诱别人。在"老宣"的笔下,女性显然成了危险的符号,她们代表脆弱、奢侈、欲望,被男性观赏、玩味和掌控。《北洋画报》第7期上名为"越"的作者和"老宣"类似也妄谈妇女:"对于新彩画的墙壁必要小心,对于涂脂抹粉的妇女要格外谨慎……有些女人对于她丈夫的话多半不肯留心听,单单对于她丈夫说梦话的时候,反倒非常的注意……女子有两副眼泪,一种是'悲泪',一种是'诈泪'。"④把女子作为谈论和取笑的对象,"越"的最终目的不过是为了博读者之一笑,可见当时的女性是被观看、被娱乐和消费的。这些言论大概在《良友》画报中是不会有市场的,也是不可能被刊载的。

另一方面,20世纪二三十年代的天津,涌现了一批"新女性",她们受过

---

① 老宣:《妄谈(续)》,《北洋画报》,1926年8月14日。
② 老宣:《妄谈》,《北洋画报》,1926年9月15日。
③ 老宣:《妄谈(续)》,《北洋画报》,1926年9月18日。
④ 越:《妄谈妇女》,《北洋画报》,1926年7月8日。

良好的学校教育,拥有一定的知识水平和文化水平,试图撕去传统身份的标签,转身成为文明的、独立的、自由的现代都市女性。

"新女性"的崛起,是20世纪中国文化的一大景观,早在晚清就已经有相当有影响的妇女解放思潮为20世纪"新女性"的成批涌现开辟了道路。①从五四时期一批女作家(如冰心、庐隐、冯沅君、凌叔华)登上文坛,到20世纪30年代又一批"左翼"女作家(如丁玲、草明、谢冰莹、萧红)的迅速崛起,以及在一批男作家笔下涌现出的"新女性"形象(如茅盾《蚀》三部曲中的慧、孙舞阳、章秋柳,《虹》中的梅行素;巴金《雷》中的慧;蒋光慈《冲出云围的月亮》中的王曼英等),都显示了在五四精神的影响下,一部分女性追求个性解放、妇女解放的新浪潮。她们不再满足于过去狭小的生活圈,而是勇敢地走进城市生活的中心,饭店、影院、商场等公共娱乐场所里有她们活跃的身影,报纸、杂志、电影、海报等大众传媒上闪现着她们的名字。社会交往活动的增加,对女性的影响是全面而深刻的,突出表现为两个方面:穿着打扮摩登化和恋爱婚姻自由化,这两方面的内容也直接在《北洋画报》内容中得以鲜明的表现。

20世纪二三十年代,天津女性的穿着以旗袍和宽袄为主,或单件式,或上短下长的两件式。尤其是旗袍,贴身的剪裁凸显出了东方女性的独特韵味,但是它也有掩盖不住的缺点,过长的下摆限制了人的自由行动,丝绸的质地又不利于透气,因此人们开始把眼光投向了外国女性的穿着,借鉴洋服饰的优点,对传统的服饰进行系列改革。改革的方法大致有三种,第一种是"截",即缩短衣服的长度。《北洋画报》曾刊登一幅时式新装,画中女子肩膀祖露在外面,袖子短到了关节,右手摇着把蒲扇,看起来甚为惬意,图的旁边配有文字:"黑色宜于冬而不宜于夏,此稍俱知识者所共知者也;盖黑色吸收阳光,而能保存温度,白色反是,故夏白而冬黑,举世胥如是也"②,这是运用物理学原理选择衣服的颜色。第119、129、132和135期同样载有内衣装束的图片,但袖子消失了,上身只剩下镂空的肩带加束胸。第二种是"添",即

---

① 关于晚清妇女生活与思想的新变,可参见夏晓虹《晚清女性与近代中国》,北京大学出版社,2004年。
② 《装束杂谈》,《北洋画报》,1926年8月14日。

增加衣服的配件。在衣领、袖口、裙摆处缝上波纹,或者在腰际悬挂坠件,42期就专门介绍了西式的皮手套和毛领子,为天津女性的装扮注入了一种摩登的气息。第三种是"松",即拓宽下摆的弧度。33期和56期刊载了当时最流行的大衣斗篷和披风,款式和图案既新奇又时髦,不少人争先仿效。

在这场轰轰烈烈的服装改革运动中还爆发过一个小插曲,主要是针对小衫保存与改良的问题,反对人士与赞成人士展开了激烈的争论。反对派站在考据学立场上提出了小衫保存的原因:小衫历史悠久,《左传》中早有记载,隋炀帝诗曰"宝袜楚宫腰",指的就是肚兜,作为祖宗留下的文化遗产是不可废除的;古时"妇人以乳高为羞,用此紧阑胸部"①,穿小衫是妇女习惯,没有了小衫的遮护易于诱导男性,有伤风化。赞成派则站在生理学的角度批驳了小衫落后的因素,"自贵妃之后,习为束胸,是戕贼天乳者,贵妃也"②,认为小衫是封建社会的产物,是女性为了取悦男性的工具,这种畸形之美给女性造成了伤害。"女子束胸,直接影响于女子的康健,间接地就影响到家庭的快乐,子女的健全,以及社会的发达种种,不一而足。所以这个问题,简直是个社会问题,是个女子解放中的一个应先决的大问题"③,赞成派认为,小衫改良势在必行,因为它关乎下一代和社会的长远发展,出于健康和卫生的考虑,多数人还是赞成小衫改制的观点,于是小衫就从肚兜变成了"胸衣",在人群中被逐渐推广开。《北洋画报》93期、98期和99期连载了《中国小衫沿革图说》,据这位"绾香阁主"介绍,最初的小衫形象像一只盾,穿在人的正面,背面靠带子系住,在绣货店里可以买到,而且男子也可用来防寒,后来小衫慢慢演变为抹胸,用一块方巾横裹至腰际,也需要两根带子固定防止滑落,最后小衫发展成了马甲(北方称"坎肩"),与现在的背心差不多,一排西洋小铁扣紧束胸部,领口缀以宽花边,实用又美观。

旧时在恋爱问题和婚姻问题上,女性是没有自主权的,她们受制于封建家长制和封建礼教,成为维护家长权威和扩大家族利益的牺牲品。五四新文化运动提倡婚姻革命,要求打破旧道德、旧习俗,建立男女平等、自由结合

---

① 绾香阁主:《关于小衫的考据》,《北洋画报》,1927年5月25日。
② 悦之:《束胸典故》,《北洋画报》,1934年2月6日。
③ 绾香阁主:《妇女装束的一个大问题——小衫制应否保存》,《北洋画报》,1927年5月4日。

的婚姻制度,以个人本位易家庭本位,实现女性的自我觉醒与个性解放,对封建父权、夫权造成了冲击。

在文明思想的洗礼下,20世纪二三十年代的天津掀起了一股西式婚礼热潮,天津女性纷纷披上了美丽洁白的婚纱。除了洁白的婚纱,新式婚礼的特点首先还包括结婚简单、透明化了。女性将自己结婚的消息公开在报纸上:"朱桂莘总长之第二公子,与本埠徐建侯氏之女公子订婚,不日迎娶,已有先锋队到沪市布置一切,盖婚礼将在沪举行云。"[①]婚礼往往是中西合璧或完全西式的,与繁琐的中式婚礼大大不同,民国以前天津妇女结婚要讲一系列的规矩,男方先到女方家说媒,正式提亲后得拿女方的名字去换帖,八字相合的话男方会送给女方戒指作为定亲信物,两家人再商定一个结婚的吉日,俗称"提日子",正式迎娶的那一天,新娘要经历开脸、铺房、饿嫁、戴绒花、别亲酒、戴凤冠、照轿、熨轿、起担、进门等礼俗;民国以后人们不再拘泥于六礼,婚礼一般安排在饭店,邀请亲朋好友参加,有时社会上的名流也会来捧捧场,例如吴子玉将军的儿子吴道时和张敬舆总理的女儿张义先就是在福禄林饭店举办他们的结婚仪式的,"礼堂设福禄林大厅内,陈设缤纷美丽,中西参用……四壁五彩纸花,四角银色纸钟四架,彩纸绕之,连绵不断,洋味十足"[②],场面气派,来宾济济,政界要人均数到齐,有总理颜惠庆、顾维钧、龚心湛,政党领袖王揖唐,部长曹汝霖、温树德、罗文轩,议长吴景濂,省长李济臣,大将王为蔚,车水马龙,堪称一时之盛。

结婚西式,简单、透明化的同时,离婚也自由、合理化了。《离婚新语》一文谈到离婚问题时指出,保守的人士是批评离婚的,第一结发夫妻不可以离婚,第二书香门第不可以离婚,第三还没生儿子的人不可以离婚,与女子离婚不仅败坏门风,更为重要的是会妨碍到传宗接代,作者王郎嘲笑他们的守旧:"观今之男女,十九都是鸭屁股。试问这发从那儿结起。"[③]《北洋画报》也常通过介绍国外的新闻故事,论证离婚的自由和合理化,认为,离了婚的女子可以改嫁,死了丈夫的寡妇仍有权利追求自己的幸福。《北洋画报》就

---

① 皇:《沪滨杂讯》,《北洋画报》,1926年11月20日。
② 吴秋尘:《吴道时张义先结婚记》,《北洋画报》,1928年1月11日。
③ 王郎:《离婚新语》,《北洋画报》,1928年4月21日。

曾介绍过一位外国寡妇。她的丈夫是美国汽车厂主道治,是一位大富豪,死后给她留下了7 500万元美金,这位年近五旬的寡妇最后与一位名伶结为连理。寡妇再嫁的行为遭到天津保守人士的抵制,认为此种作为有违伦常,大逆不道,万万不可模仿,但是反对归反对,离婚再嫁的大有人在,恋爱无罪、结婚自由、离婚有理俨然成了新女性的共识。

《北洋画报》中再现的各种"现代、时尚"的女子形象是一种"媒介想象"。几乎是同一时期的《上海画报》也以追捧女性为其一大特色。那些唱京昆名伶自不消说,还大量刊登了名门闺秀、演艺明星以及各行各业的职业女性、新女性,如陆小曼、吕碧城、潘玉良等。"新女性"典范陆小曼既有冲决罗网、追求个人幸福的勇气,又虚心好学,醉心于传统文艺。她正式登场是在1927年6月6日《上海画报》"二周年纪念号"头版上的大幅照片,只见陆小曼两手托腮,面带微笑,发际簪一朵花,既有名门淑女的清秀典雅,又不失妩媚动人。从此,这位来自"北方"的"名媛领袖"便成为《上海画报》的常客。其玉照出现在头版的频率,远远超过当时大腕级的公众人物胡蝶、阮玲玉、唐瑛等。《上海画报》记录了徐志摩、陆小曼从结婚到徐志摩早逝的整个感情旅程。

这种由画报建构的"媒介想象",直接转化为了现实生活。从服装的简单实用到摩登时尚,从日常生活到舞台表演,婚姻恋爱方面的变化,均折射出这一时期女性审美观念的变动。

画报中的女性形象除了折射出女性审美观念的变动,有时也被赋予了"政治内涵"。陈艳在《〈北洋画报〉研究》一文中分析画报的封面女郎形象时提到,在"禁剪风波"中,《北画》以刊登短发女星封面和天津名媛闺秀们去上海剪发的"小道消息",曲折地"消解了'剪发禁令'的严肃性"。[①] 这样看来,《北洋画报》中封面女郎等女性形象,就不再是单纯的时尚信息的传递者,而被赋予了"政治内涵"。

第三节 《北洋画报》中的商业广告

广告为商业发展之史乘,亦即文化进步之记录。画报广告不仅支撑了

[①] 陈艳:《〈北洋画报〉研究》,百花文艺出版社,2012年。

画报业的生存与发展,更反映了其所承载的文化价值、消费观念与生活方式。广告"把消费者整合到一张充满复杂的社会身份和符号意义的大网里","被消费者用在'建构'其生活方式上"。①

天津报刊登广告的传统由《时报》创立,之后《益世报》《大公报》《庸报》和《北洋画报》相继打起经营算盘。铺天盖地的广告图画、广告标语透露出了天津二三十年代浓厚的消费气息与商业氛围,反映了市民迫切的心理需求与消费欲望,通过它们能够想象并构建出一个现代天津市民日常消费的物质轮廓。现代生活方式和娱乐休闲方式在《北洋画报》广告中也得到透彻的视觉表述。"破天荒·纯西式·最华贵"的大华饭店、春季赛马之大华饭店(第455期广告)、回力场球赛广告(第951期广告)、高尔夫球场广告及其打法介绍(第60期封面)、第583期高尔夫专号、第615期"美记小高尔夫球场广告"、舞厅及影院广告等,折射出天津市民生活方式的西化和时尚,也足以证明天津城市文化的多元与开放,现代消费文化的意念在天津逐渐成形。

《北洋画报》的商业广告在建构天津市民日常消费物质轮廓的同时,其内容也集中体现了画报"传统"与"现代"双重变奏的图像呈现的突出特点。

俗话说"吃尽穿绝天津卫",天津人对穿着达到十分执着的程度。从天津人耳熟能详的顺口溜就可以看出他们对老字号情有独钟:

> 要穿鞋,日升斋,美花鑫的都认买。仁义和,靴鞋庄,物彩华的真是强。要戴帽,北德馨,马聚源的也时兴。售品所,北东门,龙亭商场万寿宫。瑞林祥,瑞蚨祥,绫罗洋布绸缎庄。祥谦益,范永和,栏杆广货带绫罗。②

顺口溜中几乎汇集了天津老字号和知名传统品牌。此外,庆祥号、瑞兴号、德和号、源合时、广义永、华盛号都分布在北马路的估衣街,这条街最兴盛的时候有110多家店铺。

---

① [美]苏特·杰哈利著,《广告符码:消费社会中的政治经济学和拜物教现象》,马珊珊译,中国人民大学出版社,2004年,第43页,第9页。
② 来新夏主编:《天津历史与文化》,天津大学出版社,2013年9月,第97页。

20世纪二三十年代服装行业的繁荣从《北洋画报》上的广告中也可以窥得一二。248期老九章绸缎庄的美人画醒目地贴在头版淑媛名闺的左边,期期不落,其标语简明而有意境,"朔风起兮雪飞扬,制备冬衣请到老九章";338期敦庆隆强调高品质,"统办环球各国、中华各省名厂丝绵毛麻织品",并承做外埠函购事务;487期元隆提倡国货,"推销土产,实事求是,发扬商德";海京毛织价格低廉,"出品完全用纯毛织造";同升和式样精美,帆布通帽"确能胜于舶来品"。

天津人爱喝茶,他们"上茶馆喝茶,开会时喝茶,打架讲理也要喝茶;早饭前喝茶,午饭后也要喝茶。有清茶一壶,便可随遇而安",[①]喝茶是天津人典型的生活方式之一,茶叶承载了天津人丰富的情感寄托。《北洋画报》第826、852期有天津正兴德茶庄的广告。正兴德茶庄是20世纪30年代天津最知名的大叶茶品牌,它创制的"绿竹牌"商标,意在取竹正直高洁之意,象征为国人竭诚服务的原则。在它礼品茶的茶罐上修饰着五彩斑斓的几何图案,边侧的宣传语写着:"助消化,佐清谈,增君美满生活","品质——无丽不臻,装潢——有美皆备",广告画面中萦绕着一股清雅的文化气息。

相对于《北洋画报》中部分广告内容钟情"老字号"、集中体现了"传统"的特点,画报中还有大量的广告则直接"再现"了现代时尚的生活方式,比如画报中的咖啡广告。比起茶叶的敦厚温润,咖啡多了一丝罗曼蒂克风情,誉满津门的起士林咖啡馆曾吸引不少消费者前去品尝。20世纪30年代的起士林由德国威廉二世的御用厨师阿尔伯特起士林创立,最初去喝咖啡的都是一些水手和外国兵,后来寓居天津的政客、名流、买办、职员对咖啡这种新奇的洋口味也产生了兴趣,"喝起来苦苦的咖啡与各样新兴生活消费行为一道成为了天津中上阶层中的流行风。"[②]起士林的冰淇淋更是受各个阶层的喜爱,青年男女约会时专挑起士林,"摩登男女,嚼雪餐水,图口腹之愉快,忘却身上尚穿皮大衣者,比比皆是也",[③]《北画》第501期广告列出的冰淇淋的口味多达16种,如杨梅、西瓜、苹果、可可、香草、奶油、脆梨等,丝毫不比北

---

① 由国庆:《老天津的风俗》,天津人民出版社,2010年,第83页。
②③ 凤凤自平寄:《由米激凌谈到北平的咖啡馆》,转引自由国庆《老天津的风俗》,天津人民出版社,2010年,第83页。

平西单、东安市场里的差,当时天津天祥市场一带还出现了专吃冰淇淋的"冷香室",光听名字就知道是个消夏的好去处。起士林咖啡馆的威名一直从30年代的天津延续到了40年代的上海,在上海南京西路附近的黄河路上,张爱玲在她的卡尔登公寓里回忆起士林对她生活的影响:"在上海我们家隔壁就是战时天津新搬来的起士林咖啡馆,每天黎明制面包,拉起嗅觉的警报,一股喷香的浩然之气破空而来,有长风万里之势,而又是最软性的闹钟,无如闹得不是时候,白吵醒了人,像恼人春色一样使人没奈何。有了这位'芳'邻,实在是一种骚扰。"①虽是"骚扰",但咖啡馆的香气确实为她的笔端注入了灵感,在这里张爱玲写下了电影剧本《不了情》《太太万岁》与小说《十八春》。咖啡从城市生活的点缀、西方流行做派变成了文学灵感的来源和年代的生活情调。

《北洋画报》广告中"再现"的"现代性"也常常暗示了现实生活中的阶层差异。《北画》第2期上有两幅广告。第一幅广告中的主人翁是一对夫妻,妻子指着座钟对丈夫说:"你看现在几点了!明天你快到英中街克隆洋行买只衣特纳手表,就不致再误事了!"这位丈夫身穿西服,手拄拐杖,头上戴着一顶高礼帽,认真聆听着妻子的叮嘱;第二幅广告中的人物是一对主仆,留着齐耳短发、身着旗袍的太太正从扎着长辫子的丫鬟手中接过一串项链,房间里的地毯印有中式花纹,太太背后还有一面西式的梳妆台。两则广告透露的消费信息是十分相似的。钟表、珠宝都是奢侈品,它们代表了人们对生活的高品质追求,但是这种高层次的物质欲望不是每个人都能承受的,只有像图中那种资产阶级新贵和风气开化、家底丰厚的太太才可能购买,天津城市居民的消费能力因阶级身份存在较大差异。《北洋画报》第562期是利华公司展览的瑞士手表和巴黎钻石,面对这些运自国外、设计独一无二的艺术结晶,普通市民也只能望而却步。

《北洋画报》以"传播时事、提倡艺术、灌输常识"为号召,从它的整体版面而言,基本上是与它的"口号"相符的,但就它的广告而言,却也反映了天津的阶层的分化是很严重的。当时,天津租界林立,洋化的氛围甚浓,又毗

---

① 张爱玲:《谈吃与画饼充饥》,赵阳编《张爱玲散文》,中国戏剧出版社,2003年,第127页。

邻北京,政坛的不少大佬们在天津都有小公馆,这是他们在周末到天津来享受洋化生活的乐园。再加上在军政界被迫下野的大佬们也都以天津租界为"隐居地",或是策划东山再起的根据地。《北画》的广告大都是奢侈品,当然以豪门和上层人士为主要服务对象,这就与它们号召的"传播时事,提倡艺术,灌输常识"混搭在一起了。

六　通俗作家与早期翻译

（禹　玲）

前言 473

第一章　周桂笙：近代翻译史上的先驱者 487
　　第一节　翻译观念的前瞻性 488
　　第二节　多种文体翻译的引领性 494

第二章　包天笑：新教育视野的翻译家 502
　　第一节　合作与改译的翻译模式 503
　　第二节　教育小说的翻译与创作 507

第三章　陈景韩：现代翻译风尚的探索者 518
　　第一节　翻译文本的"味"与"益" 521
　　第二节　虚无党小说的翻译 527

第四章　周瘦鹃：近代翻译史上的先行者 532
　　第一节　从传统到现代翻译观念的蜕变 533
　　第二节　翻译文学的生活化——胡适与周瘦鹃翻译风格的
　　　　　　共性 542

第五章　程小青：侦探小说翻译与创作的领军者 547
　　第一节　侦探小说的翻译观与创作观 548
　　第二节　从《福尔摩斯探案》到《霍桑探案》 553

结语 566

六 通俗作家与早期翻译

前　　言

（一）

"近现代通俗文学作家群"所指涉的人物,是曾被新文学家们在文学史上称为旧派通俗小说作家的那一群体。他们大体活跃于清末与民国时期。本文中所提出的"近现代通俗文学作家译群"则是这些旧派作家中有过西方文学作品翻译经历的文人集约体。

近现代通俗文学作家译群的翻译活动参与人数多,开始时间早,持续时间长,翻译作品数目亦多。早在五四前,这一译群中就曾有三十多位作家用多种方式进行过翻译活动,他们是：周桂笙、包天笑、陈景韩（冷血）、徐卓呆、许指严、王蕴章（西神）、李涵秋、张春帆、恽铁樵、周瘦鹃、贡少芹、张毅汉、徐枕亚、严独鹤、胡寄尘、程瞻庐、陈蝶仙、李定夷、程小青、叶小凤、李常觉、陈小蝶、朱瘦菊、陆澹庵（安）、姚鹓雏、刘铁冷、陈蝶衣、赵苕狂、毕倚虹、张舍我、姚民哀、许瘦蝶、吴绮缘、王钝根、顾明道、闻野鹤等人[①]。如果我们稍微仔细去研究这张名单,就可以发现,它基本上是按照这些译作者第一次发表译作的时间排定的。最早的是在1900年,周桂笙在吴趼人主编的《采风报》上译载《一千零一夜》[②],这与林纾译介《巴黎茶花女遗事》仅一年之差；而包天笑在1901年就在苏州参与了《励学译编》的编辑工作,并在该译编上发表他与蟠溪子合译的《迦因小传》,这与林纾、林长民、魏易主编的在杭州出版

[①] 范伯群、汤哲声、孔庆东:《20世纪中国通俗文学史》,高等教育出版社,2006年,第93页。
[②] 1900年前《采风报》就有广告宣传过他的译作,但本论文以可以查证到的1900年刊发出的译作为准。

的《译林》是同年出版的①。更令人惊讶而感动的是,当时苏州还没有现代化的印刷厂,包天笑到苏州观前街毛上珍刻字店去接洽,由刻字店承担印行木刻版的杂志,到12期结束时,这部《迦因小传》也就连载了12期。上述名单中所提到最后一位闻野鹤,他于1918年3月25日出版的《小说月报》第9卷第3号上与张舍我合译的短篇小说《噬脐》。因此,他们在1919年五四前的翻译成绩实在是有目共睹的。但是这个翻译群体往往被中国近现代翻译史所忽略。在五四以后,在整个民国时期,他们自始至终都有不少译作发表于期刊上或出版单行本。如周瘦鹃和程小青直到20世纪40年代后期,仍活跃于译坛。例如周瘦鹃于1947年在上海大东书局出版了四卷本的《世界名家短篇小说全集》,共收欧、美、亚、非作家小说作品80篇。至于近现代通俗作家译群的总翻译数量,还没有确切统计,但据笔者梳理现有资料,本文所要重点介绍的五位最有代表性作家的译作的不完全统计数量分别为:周桂笙79种;包天笑141种;陈景韩77种;周瘦鹃513种;程小青154种。在1900年至1947年期间,他们五位的翻译数量总和是964种,可见近现代通俗文学作家译群完成的翻译数量还是相当可观的,称该译群为中国近现代翻译史上的重要方面军是恰如其分的。

目前对通俗作家翻译活动的研究存在着一些误解,最大的一个误解是近现代通俗作家译群的翻译常常被理解为他们仅对西方通俗文学有兴趣,例如有学者曾提出,20世纪中国翻译文学史中有四种翻译模式,其中之一是"通俗文学模式"。该模式就是指以商务印书馆的《小说世界》为阵地,集合了一批鸳鸯蝴蝶派的中坚文人或与之趣味相近的译家,以通俗文学的翻译为主。② 通俗文学作家的翻译文本中的确是侧重于西方通俗文学翻译,如侦探、言情小说等等,但这并不影响或者降低他们对西方经典文学作品的翻译和鉴赏,这一群体中的有些译者也是西方文学经典名著翻译的先头部队,如周桂笙、陈景韩、包天笑和周瘦鹃在这方面均有不俗的表现。如目前笔者收集到的周瘦鹃的译作为513种,其中公认的经典文学作品为217种。周瘦

---

① 这两个译刊,皆是在1901年创刊,《译林》是3月份出版第1期,《励学译编》则为4月份创刊。
② 王友贵:《意识形态与20世纪中国翻译文学史(1899—1979)》,《中国翻译》,2003年9月第24卷第5期,第11—15页。

鹃所翻译的作品涉及英、法、美、俄、德等国家,原著者包括托尔斯泰、狄更斯、莫泊桑、高尔基等世界著名的作家。他说过:"吾们做小说的人,一见了欧美名家的著作,仿佛老饕见了猩唇熊掌,立刻涎垂三尺。"①1917年11月,鲁迅和周作人共同为周瘦鹃的译作《欧美名家短篇小说丛刻》撰写评语,称其译作"用心颇为恳挚,不仅志在娱悦人之耳目,足为近来译事之光",还以"昏夜之微光,鸡群之鸣鹤"为喻,以彰显此书"搜讨之勤,选择之善"②。周氏兄弟皆是译界行家,故能在其评语中指出所收的意大利、西班牙、瑞典、荷兰、塞尔维亚等国的小说译作,都是首次介绍到中国来的。他们之所以不吝用如此高级别的词语推荐《丛刻》,建议教育部予以褒奖,是因为他们觉得周瘦鹃的译作与他们昔日的未遂之志有着许多共同点。就在八年之前亦即1909年,周氏兄弟的心血结晶《域外小说集》第一集仅行销21册,第二集仅售出20册,却因寄售处的一场大火而灰飞烟灭,他们移译外国优秀作品的宏愿,换得的仅是久久的郁闷。当他们看到周瘦鹃作为这一宏愿的后继者的成绩时,怎能不为之眼前一亮?何况这位"五百年前同一家"的周氏的译作中,还回响着若干弱小民族的呼声呢!

通俗文学作家译群另外一位代表人物陈景韩,在其译作中有俄国普希金、安特莱夫、契诃夫,法国雨果、萨尔杜、大仲马,英国戏剧家萧伯纳等人的作品。陈景韩在译者附言中,对这些作家的评价往往是比较中肯的。如译俄国作家痕苔(现译名安特莱夫)的作品《心》时,他在"痕苔小传"中写道:"其所著小说有《沉默》……《苏生之美》,为文均极悲壮抑郁,每于不知不觉间使人毛骨悚然,诚希世杰作也。"③这与鲁迅的"安特莱夫式的阴冷"④的评语是切近的,正因为"阴冷",才会使读者在不知不觉间有"毛骨悚然"之感。

---

① 瘦鹃:《噫之尾声》,《礼拜六》第67期,1915年9月1日。
② 《欧美名家短篇小说丛刊》评语,载1917年11月30日《教育公报》第4年第15期,此系鲁迅任"通俗教育研究会"小说股主任时,决定为该书授奖所写的评语,由周氏兄弟共同拟议后,由周作人执笔。转引自《鲁迅佚文集》,四川人民出版社,1979年,第115页,文后注释《欧美名家短篇小说丛刊》原书名为《欧美名家短篇小说丛刻》。
③ [俄]痕苔著,冷译:《心》,《小说时报》,1910年第6期。
④ 鲁迅:《〈中国新文学大系〉小说二集序》,《鲁迅全集》第6卷,人民文学出版社,1991年,第239页。

近现代通俗文学作家译群里,徐卓呆被称为"戏剧翻译先驱",程小青被称为中国的"西方侦探小说译著权威"①,张毅汉积极提倡语体文译介作品②。正是译群中不少成员积极进取的姿态,实现了翻译从传统思维转向现代思维,从文言转向白话,从意译转向直译,从情爱角度转向普世关怀,体现出近现代通俗文学作家译群与时俱进的特点。

(二)

我们所选的五位近现代通俗作家除了在翻译工作中卓有成就之外,还各有其令人称道的个人特色。

近现代通俗作家译群身处从"传统文人"过渡到"现代职业文人"的转型期,他们为不同类型的报纸和通俗期刊服务,使得他们的译作有着商业化、世俗化的特征,因此有的学者就轻视其译作的价值,甚至有人认为短期流行的文字根本没有研究的必要。当然,我们应该承认这是处于幼年期的译界,随心所欲和缺乏规范是必然会存在的现象。上文我们曾提及他们以"多种方式"进行翻译活动,例如其中也有一定数量的译作者自己并不懂外文,就像林纾一样采取与人合译的方式。由于没有统一的标准与规范,翻译活动中错译、重译,甚至伪译等各种混乱现象也较普遍。有些译者标示的名称可谓五花八门,例如有译述、译意、意译、戏译、译补、述译、助译等。而且绝大多数没有注明原著及出处,我们也永远不可能去对照原作,以弄清这些译作的真伪或注入了多少"水分",或将原作歪曲到了何种程度。不过因为当时的报刊很欢迎翻译作品,所以就有人甚至以自己的创作去冒充翻译,这种鱼目混珠的现象,使译界急于去规范自己。大家虽普遍关注这些乱象,但如何提出具体改进的方案一时也束手无策。而周桂笙作为《月月小说》总译述就率先在刊物上提出了一个加强自律和统一规范的大胆设想,说明了他对一个纯净而规范的译界抱有极大的期望,从中显示出他的敬业的精神与高尚

---

① 郑逸梅:《人寿室忆往录——侦探小说家程小青》,香港《大成》第123期。
② 郑逸梅:《张毅汉提倡语体文》,《清末民初文坛轶事》,中华书局,2005年,第292页。

的文格。他在《月月小说》第1号上倡导成立"译学交通公会",在序言中周桂笙指出当时小说翻译存在的种种问题,并有针对性地列出了具体的章程。在周桂笙的积极推动下,译书交通公会正式开始运作,在第2、3、5号《月月小说》上先后刊出三份公告,列出在译或确定要译的作品名称。但因为译学交通公会仅是一个倡导自律的机构,而当时的译界还缺乏普遍的自律精神,所以公会的宗旨难以顺利实现。在《月月小说》第7号上,译书交通公会就不得不宣布暂行停办,周桂笙倡议发起的规范翻译行为的活动就此画上了句号。这宣告了周桂笙尝试的失败,但这毫无疑问是属于一位勇敢者的失败。

周桂笙很坦然地面对失败,他认为"凡事必度福祸而后行,则天下无可行之事"[1],只是自己"惟是志愿虽宏,才力绵薄"而已。正因为周桂笙有这种精神,所以后世对他的评价是很高的。1945年杨世骥在《文苑谈往》一书中称周桂笙为中国翻译界的先驱者,[2]而时萌在1986年的《中国近代文学论稿》中称他为翻译界的开拓者。[3] 周桂笙的确是译界的拓荒者之一。他自觉地实践译文能够真正发挥"觉世牖民,开智启慧"[4]作用的信念。周桂笙是我国最早能虚心接受西洋文学之长的,他能爽直地承认欧美文学本身的优点。[5] 他的译作涉及的领域非常广泛:就文体而言,有寓言、童话、笑话、小说等;就题材而言,有侦探、教育、冒险、滑稽等;在文体使用上,从文言、新文体到白话;体式有长篇、中篇、短篇小说和小品、札记。周桂笙的翻译活动中还常用别具一格的译、论相结合的札记形式,为耳目闭塞的国民推开了一扇窗户,使他们可以了解外面的世界,同时结合本国实际,针砭时弊,迎来新思想、新见解、新主张。

广大读者都熟知包天笑是"现代通俗文学界的无冕之王"。可是在他的翻译文字中占数量最多、发挥作用最有力度、在当时最受称颂的是教育类型小

---

[1] 《月月小说》第3号,吴趼人转述周桂笙的话,第222页。
[2] 杨世骥:《文苑谈往》,中华书局,1945年,第10页。
[3] 时萌:《中国近代文学论稿》,上海古籍出版社,1986年,第219页。
[4] 周桂笙:《新庵谐译初编·自序》中说,翻译"要皆觉世牖民之作堪备,开智启慧之助洋洋乎盛矣哉"。见《吴趼人全集》第9卷,北方文艺出版社,1998年,第303页。
[5] 杨世骥:《文苑谈往》,中华书局,1945年,第10—11页。

说。包天笑是一位具有新式教育观念的翻译家。从1905年他译《儿童修身之感情》(上海文明书局出版),到1919年他基本结束教育小说的翻译与创作,这15年里,包天笑在《教育杂志》《教育研究》《中华教育界》《中华学生界》等最有广泛影响的教育杂志上,连载了长篇小说3部,中篇小说7篇,发表了短篇小说5篇。其中最有名的是先在《教育杂志》上连载,后又由商务印书馆出版单行本的"教育小说三记",即《馨儿就学记》①《苦儿流浪记》②《埋石弃石记》③。

包括上述"三记"小说在内的这些教育译作使包天笑赢得社会各界的称赞与嘉许,更因为当时国家教育体制处于一个大变革时期,尤其需要有指导性的书籍来开拓视界,引领方向。所以他的一系列教育小说就格外受重视和青睐。包天笑谈及他的《馨儿就学记》时曾回忆:他出版此书为1910年,正是全国小学大发展之时,"后来有好多高小学校,均以此书为学生毕业时奖品,那一送每次就是成百本,那时定价每册只售三角五分。所以此书到绝版止,当可有数十万册。"④正因为翻译教育小说享有盛名,以至于直到20世纪40年代仍有杂志邀请他写教育小说。⑤ 范烟桥在《中国小说史》中说:"天笑所为长篇小说,以教育小说为最,如《苦儿流浪记》《孤雏感遇记》《青灯回味录》《埋石弃石记》《馨儿就学记》《孤雏泪》,皆载《教育杂志》,得教育部褒奖"。⑥ 范烟桥的评价,一方面点出教育小说在包天笑作品中的重要地位,另一方面又强调了这些获得嘉奖的小说有着非同寻常的社会影响。其实当时翻译小说数量最多,获政府奖励最多的译者不是包天笑而是大名鼎鼎的林纾,⑦为何不把林视为当时教育小说译作的领军人物,独独确定了包天笑呢?原因主要有以下两点:一方面是包天笑这18种文本,不论是翻译还是创作,

---

① 《馨儿就学记》,原著者为意大利亚米契斯(E. de. Amicis, 1846—1908),书名为 *Cuore*。
② 《苦儿流浪记》,原著者为法国埃克多马洛(Hector Malot, 1830—1907)。
③ 《埋石弃石记》,现经台湾天主教辅仁大学跨文化研究所陈宏淑教授查证,原著者为日本作家小泉又一,小说名为《弃石》。
④ 包天笑:《钏影楼回忆录》,香港大华出版社,1971年,第387—388页。
⑤ 《风雨谈》1943年4月创刊,由"风雨谈社"编辑兼发行。在第1期的"编辑小记"上说明了请包天笑为刊物创作教育小说的经过。
⑥ 范烟桥:《中国小说史》,苏州秋叶社,1927年,第293—294页。
⑦ 笔者根据《教育公报》第5年第5期,1914年至1918年受通俗教育研究会嘉奖的译作名称目录整理而得出的结果。

都围绕了一个"教育"的主题,而且他的预设读者群体主要是学生,不像林纾的翻译,主题虽然和教育有关联,可是中心点是有关成人的教化,且是面对了整个社会不同层次的人群;另一方面,包的译作绝大多数都发表于当时占主流地位的出版机构和教育杂志,权威的认可和发行的保证,是其成为教育小说译著领军人物的另外一个关键原因。

从1905年开始翻译教育小说的包天笑,先不过是"无心插柳",偏偏一插就是15年。通过译作为教育界奉献了关于家庭、学校、社会紧密结合的教育背景蓝图,画出了中国未来栋梁之材的人格培养方向,推出了新型教师形象,重构了中国的师生关系。他的翻译,秉持一种严肃认真的态度,衡量了不同译作的不同效用,选取删、减、改的意译方式,营造出一个完全中国化的情境,如果以今天文化转向的翻译研究模式来看包天笑的删、减、改的意译方式,那么与"胡译""乱译"完全是两码事;他的另一种译法是比较忠实的直译方式,目的是希冀完整呈现原本国内教育不曾有的观点和理念。1914年至1918年,包天笑在《教育杂志》上刊发了自己创作的长篇白话章回小说《青灯回味录》。包天笑在小说中塑造出的小主人公孙聪玉,作为新式教育下成长起来的少年,拥有健康活泼的心态,求知欲旺盛,视界开阔,善于思考,完全不同于从前旧教育制度下被各种教条束缚的儿童形象。教师也一改旧的"冬烘先生"的面貌,不再以死记硬背、棍棒教育为法宝。在他笔下,中西文化融合一处,一个新的借鉴西方而又无损于中国民族美德的现代教育蓝图得到初步的展现,由此称包天笑为新式教育的代言人与旧式教育的叛逆者并不为过。

陈景韩是一位现代翻译风尚的执着追求者。他的译文不仅仅重视社会功用性,同时也强调艺术性。在《小说与社会之关系》一文的上篇,他论述了小说必备的特征:

> 小说之能开通风气者,有决不可少之原质二:其一曰有味,其一曰有益。有味而无益,则小说自小说耳,于开通风气之说无与也;有益而无味,开通风气之心,固可敬矣,而与小说本义未全也。①

---

① 冷:《论小说与社会之关系》(上),《时报》,1905年6月29日。

陈景韩提出的小说之"味",是指"其(小说)立格也奇,其运思也巧,其遣词也绮丽明达"①,小说之"益"指小说具备促进社会改良的功能。陈景韩的这种理念比梁启超的小说理念更全面,因为后者仅仅强调小说的政治功能,忽视了小说本身的艺术价值。作为一位具有同盟会政治立场的作家,他的译作的政治性其实比梁启超激进得多。凭着"驱除鞑虏,恢复中华"的宗旨,他所选择的翻译作品是以俄国早期革命家的革命实践活动题材而著称。他的矛头当然是对准清廷。这种题材往往使他的译作中充满着紧张而刺激的氛围,使读者的心弦绷紧,甚至到了喘不过气来的程度;这与梁启超的《新中国未来记》的两个不同政见的人坐而论道,反复辩难达44个来回,是绝不相同的。这种"扣人心弦"就是他此类小说中的"味"。因此,他的译品颇能在读者中受到欢迎的。但也因为他往往不注明原著出处或原作者的姓氏,所以我们有时分不清他的译作究竟是译还是作。关于这一点他也常常受到同行与读者的诟病。

陈景韩的文风在当时很受称颂。作为《时报》的主笔,他的"时评"和文学著译深受读者欢迎。胡适在1921年10月3日的日记中写道:"《时报》于我少年时很有影响;我十四岁到上海(甲辰),《时报》初出版,我就爱看。我同它做了六年的朋友,从十四岁到十九岁,正当一个人最容易受影响的时代。"②除日记之外,胡适还写了《十七年的回顾》一文,回顾17年前对《时报》的"爱恋"感情,而且还专门论及陈景韩的"译笔":"《时报》出世以后每日登载'冷'或'笑'译著的小说,有时每日有两种冷血先生的白话小说,在当时译界中确要算很好的译笔。"③

周瘦鹃的翻译是他文字生涯中的一个极为重要的组成部分。他在给女儿周瑛的信中说:"瑛儿,你知道吗?在我这五十年笔墨生涯中,翻译工作倒是重要一环。"④他的译作在这五位代表作家中是数量最巨的,要问周瘦鹃译作的最可称道之点,那就是他的译风能与时俱进。

---

① 冷:《论小说与社会之关系》(上),《时报》,1905年6月29日。
② 曹伯言、季维龙编著:《胡适年谱》,安徽教育出版社(版权页未注明出版年月),第214页。
③ 胡适:《胡适文存》二集,黄山书社,1996年,第285页。
④ 转引自周瘦鹃著,范伯群主编:《周瘦鹃文集》第4卷,文汇出版社,2010年,第310页。

六 通俗作家与早期翻译

周瘦鹃的翻译从1911年开始到1947年左右结束。作为出现在中国翻译史近现代和现当代这两个临界时段的一位代表人物,他始终坚持对外国文学作品美感的领会和追求。他的翻译风格随社会文化各种因素和自身主观努力的嬗衍而变化,他能选择符合时代要求的标准,规范自己的翻译活动。通过对周瘦鹃的翻译活动研究,可以完整了解传统翻译观念到现代翻译观念的转变过程,可以深切体会一位翻译家在时代的大转折中所表现的前瞻和远见。周瘦鹃对莫泊桑的短篇小说翻译数量是最多的,共有39篇译文。1915年至1918年期间,周瘦鹃的莫泊桑译作有两个特征:首先是用词"浓情热烈",有迎合"俗艳"趣味的倾向;①然后是爱用意译法,在译作中经常添加原作中并未出现的文字,或对原作文意进行夸张描述,借题发挥。② 这与莫泊桑的原作风格并不相符;但发表在1919年7月《小说月报》第10卷第7号上的《私儿》,却体现出一种截然不同的翻译模式。我们根据原著来考察中文译文,发现周瘦鹃已基本上改变了依据原文情节进行扩写的方法。《私儿》的译文颇为忠实原文及其风格基调,尽管偶尔仍有文字上的渲染,但与前期译法相比,已是很不相同。而且周瘦鹃还在"译者言"中表示,要着意体现出莫泊桑作品的原味和精神,他说:"这一篇原名叫做 La Revanche③,体裁像小说又像剧本,很别致的。毛柏霜的笔本很冷隽,这一篇更在冷隽之中带着'Powerful',实在是极好的作品。我译时很着意,不给他走样,但总没有他那种精神呢。"从1919年的《势利》到《私儿》,从1920年的《欧梅夫人》到《报复》,周瘦鹃的翻译风格处于明显的调整改变过程之中。从未脱"俗艳"到摆脱"俗艳",从文言到白话,从意译到直译,是一个"三合一"的互动发展过程。这一过程反映出作为翻译家的周瘦鹃在翻译思想上的提升和成熟,这种提升和成熟恰恰可以印证他作为一位翻译家在时代的大转折中所表现的前瞻和远见。

中国侦探小说史上,程小青作为西方文学作品传播引介的先驱,是侦探小说译著权威,④他给中国文坛带来了真正意义上的侦探小说,他是真正深

---

① 例如1918年1月发表的《芳冢》的译文。
② 例如《礼拜六》第74期(1915年10月23日)所载之《伞》的译文。
③ 为法文,中文意为"报复"。
④ 郑逸梅:《人寿室忆往录——侦探小说家程小青》,《大成》第133期。

谙侦探小说创作并全身心为此投入的中国作家。谁也不会否认这位"中国侦探小说之父"为侦探小说的翻译和创作所做出的贡献。程小青在翻译与创作两种模式间经历了模仿、借鉴、转变、融合的一系列过程,身兼"译者"和"作家"双重职责的他,一方面将创作理念与翻译结合,获得本国读者的认可;另一方面在写作中以译作为蓝本,汲取异域小说之长。这种"一只眼看中国,一只眼看外国"的做法使两种文学活动互为参照,互取所长,有渗透亦有融合,为当时中国侦探小说创作的突破提供了可思考和借鉴的一条新蹊径。

程小青在1916年参加周瘦鹃主持的文言版《福尔摩斯侦探案全集》翻译工作,程小青翻译了全集中的五篇小说。在文言版福尔摩斯探案集的翻译里,程小青的译文整体上比较贴近原著的表达,保留了侦探小说特色。1928年他翻译了《世界名家侦探小说集》,这时的程小青已经是用流畅的白话文进行忠实的翻译了。1930年,程小青应世界书局之邀,主持编译白话版的《福尔摩斯探案大全集》,这次全部为白话文翻译,用新式标点,配上插图,计有54篇,70多万字,程小青翻译了其中的17篇小说。作为侦探小说这一新文类的译者代表,程小青在从文言版本到白话版本的过渡中,已经顺利完成了对此小说模式的理解与接受。将他的白话译文与原著对比可以发现,两者的内容没有差距,侦探小说特有叙事结构和审美价值都得以体现和保留,可以说程小青的翻译风格在1930年时已经确立、成熟。在白话版本里,程小青的翻译不仅准确、流畅,还能体现西方侦探小说原味和精髓。相比1916年文言版本里他对原著尚有不同程度的删改、添加、改造,1930年的白话版本绝对可以担当得起"与原文吻合""不失原文神髓"的评语。在翻译西方侦探小说的同时,他对西方侦探小说发展史和侦探小说创作理论进行深入的研究。范伯群就曾高度评价过其侦探小说创作理论上的建树,称他能为侦探小说"叙历史、谈技法、争位置、说功能"。①

以上这五位近现代通俗作家实际上代表着当时能向先进的翻译理念靠拢,并有着许多可以称道的翻译实践活动,在他们身上我们可以感知中国译

---

① 范伯群:《中国现代通俗文学史(插图本)》,北京大学出版社,2007年,第432页。

界如何从传统翻译的观念到现代翻译观念的动态发展过程,在转型期的译界中取得的最成功的实绩。

(三)

近代西方小说翻译数量最多,影响最为深远的翻译家当属林纾。他虽不懂外文,译书必须与人合作,但是他以古文体译出了180余种外国文学作品,出版163种,牵涉到11个国家98位作家的作品,其中不少是世界第一流的作家,作品大多是第一次被介绍到中国。林译小说大大拓宽了国民的视野,转变了国人对外国文学的观点和看法,尤其是林译小说对当时还处在青少年时期的新文化运动的代表人物基本上都有过深刻的影响,如胡适、郭沫若、周作人、冰心、钱锺书都在回忆中提到过林译小说对他们的启示。

当时中国民间最大的出版机构商务印书馆推出了"林译说部丛书",成了一个文化商品中的著名品牌。在1922年,胡适已是倡导白话文的一位标杆人物,可是他对林纾那种胎息史汉的古文译出的作品,还是赞赏有加的:"平心而论,林纾用古文作翻译小说的试验,总算是很有成绩的了。古文不曾做过长篇小说,林纾居然用古文译了一百多种长篇小说,还使许多学他的人用古文译了许多长篇小说,古文里很少滑稽的风味,林纾居然用古文译了欧文与迭更司的作品。古文不长于写情,林纾居然用古文译了《茶花女》和《迦茵小传》等书。古文的应用,自司马迁以来,从没有这样大的成绩。"①但林纾的译品大概以1913年为界,1913年以后他的译作就显得比较草率,使商务印书馆非常头痛。前期《小说月报》的主编之一恽铁樵原将林纾视为自己敬仰的文坛前辈,但他对林纾1913年后的译作质量下降颇有微词,曾在与钱基博的通信中说:"以我见侯官文字,此为劣矣。"②但林纾的来稿是否录用,不是恽铁樵可做主的。情况反映到商务高层,张元济在日记中多次为此情况大伤脑筋:"竹庄昨日来信,言琴南近来小说译稿多草率,又多错误,

---

① 胡适:《五十年来中国之文学》,朱正编选《胡适文集》,花城出版社,2013页,第37页。
② 转引自东尔:《林纾和商务印书馆》,《商务印书馆九十年》,商务印书馆,1987年,第541页。

且来稿太多。余复言稿多只可收受。惟草率错误应令改良。"①人们当时曾开玩笑说，林纾的书房就像个造币工厂。在非常畅销的文化市场上，他大概为了多赚取稿费（当年创作的稿费最高为千字五元，但商务印书馆给他的译稿的稿费竟达千字六元），就未能在质量上把关。

可是1913年前后，正是通俗作家译群大展身手之时。这五位代表人物都掌握着报纸或刊物等媒体，例如周桂笙是《月月小说》的总译述；陈景韩是《新新小说》的编辑、《时报》主笔，以后更是全国第一大报《申报》的总主笔；包天笑与他合编《时报》外，两人还联袂主编《小说时报》，以后包独自主编《妇女时报》《小说大观》等多种刊物；周瘦鹃是《申报·自由谈》的主编、《礼拜六》的台柱，也曾做过一个短时期的主编，他手下的刊物多多，如后来有《半月》和《紫罗兰》等；程小青也编过《新侦探》等刊物，但他的刊物寿命较短，因为中国没有那么多的侦探小说作家，来填满刊物的篇幅。如上所述，他们能掌控这么多的阵地，当然可以组织大量的译家来发表作品，而自己的译作那当然更不在话下。掌控报刊就可以使译家"群体化""集约化"，发挥群体的力量，也可以有集体的约定俗成的规则。即使他们五人，也可说是一个松散的"无组织团体"。陈景韩、包天笑是《月月小说》的主要译作者，他们向周桂笙投稿；而陈景韩与包天笑又培养了周瘦鹃，使他在文坛上成为"多产译家"；而程小青则又是包天笑刊物的重要著译作者，周瘦鹃的挚友兼合作者。本文开端所提及的一张三十多人的名单，大多都是他们麾下的作者与译家。陈景韩和包天笑早在1909年联合主编的《小说时报》，前后共刊出34期，将刊物办得像一个"译丛"和"译林"。据统计，翻译作品所占页码合计为4510页，占整个杂志近五分之四的篇幅，创作作品页码为1004页，仅五分之一强；1915年包天笑主编的《小说大观》，共出版15期，据统计，发表长篇翻译作品为26部，创作作品为18部，短篇翻译50篇，短篇创作100篇。②他们对翻译作品的倡导可谓是不遗余力的。

周桂笙试图使译作提高质量与遵循规范化而未成，但周瘦鹃等却用自

---

① 转引自东尔：《林纾和商务印书馆》，《商务印书馆九十年》，商务印书馆，1987年，第540页。
② 范伯群主编：《中国近现代通俗文学史》上卷，江苏教育出版社，2010年，第10—13页，第16页。

六 通俗作家与早期翻译

己的模范行动,做出了规范化的榜样。翻译家孔慧怡评价过1916年由周瘦鹃主持、用文言翻译的《福尔摩斯侦探案全集》,她写道:"1916年中华版的《福尔摩斯全集》,就小说翻译的标准而言是一个里程碑,编辑与翻译态度之严谨应该值得评家注意。全集共12册,音译标准化,附有详尽的作者生平及三序一跋;作者生平中所有英文专有名词音译都附上原文;所有故事标题除中译外也附上英文;这当然说明了科南道尔在世纪之交的中国译者及读者心目中地位崇高,但更重要的是,这套书建立了新的小说翻译编辑及出版标准。虽然如此,论者谈小说翻译却并没有提及这套书,原因大概就因为这是侦探小说。"①言下之意是现代新文学家在撰写中国近现代文学翻译史时,就因为它是通俗译品,就觉得不值一顾了。接着就是1917年周瘦鹃独立翻译的《欧美名家短篇小说丛刻》,不仅也按照他在上一年主持翻译《福尔摩斯全集》的规范,而且附有对每位原作者的小传。有些外国作家是首次介绍到中国来的,每写一篇小传,就等于一篇"微型论文",很多篇的资料是经过周瘦鹃的研究而凝成的。因此,鲁迅与周作人才会赞叹:"用心颇为恳挚"。

在当时,许多未来成为新文学作家的,还在童少年时期,他们很多人就是读着《小说时报》《小说大观》和《欧美名家短篇小说丛刻》中的译作,才知道外面还有一个广阔的世界,他们可以也应该接着跟踪去探寻许多国外的优秀小说和先进理念,作为国人的借鉴。因此,近现代通俗作家译群是起着"承上启下"的重要作用的,他们上承林纾等近代译家的前辈,下启新文学作家译群,当新文学作家译群聚集时,他们就大大超越了近现代通俗作家译群的成就。茅盾虽是1917年才发表第一篇译作《三百年后孵化之卵》,但水平提高神速,到1921年他主编《小说月报》时开始系统地介绍西方作家的创作方法和文艺思潮了;这与近现代通俗作家译群的单纯进行作品方面的文化交流,是显然提升了一个台阶。于是新文学家的译群也就从一个方面军进而升格为中国现代译坛的主力军了。

由于新文学家对鸳蝴派和"礼拜六"派也包括对其他旧派小说家的批判

---

① 孔慧怡:《还以背景,还以公道——论清末民初英语侦探小说中译》,王宏志编《翻译与创作:中国近代翻译小说论》,北京大学出版社,2000年,第105页。

十分猛烈,他们的创作就被戴上一顶极不合尺寸的"逆流"的帽子,于是连对他们过去在翻译方面的业绩也加以"屏蔽",即使提到也仅是一笔轻轻带过而已,以至于过去对通俗作家的译群这一重要译界的方面军并未加以认真研究和予以应有的重视。不过随着近年来对通俗文学和通俗作家的重新评价,他们在译坛上的成就开始浮出了水面。例如2010年北京大学严家炎先生在其主编的《二十世纪中国文学史》中专门评价了通俗作家周瘦鹃的翻译活动,认为周瘦鹃是近现代的一位重要翻译家;在谈及《欧美名家短篇小说丛刻》时说:"这是继鲁迅、周作人兄弟翻译的《域外小说集》之后最为重要的短篇小说译本,而其影响则远远超过《域外小说集》。《域外小说集》收录英国小说仅王尔德一篇,法国仅莫泊桑一篇……《欧美名家短篇小说丛刻》正可以成为互补,帮助读者更全面地了解欧美文学。"[1]在这段文字中能用"影响则远远超过"和"互补"等词语,则为过去所未见,却是实事求是和中肯的评语,相信这是一个研究近现代通俗作家译群的良好的开端和信号。

---

[1] 严家炎主编:《二十世纪中国文学史》,北京大学出版社,2010年,第95页。

第一章　周桂笙：近代翻译史上的先驱者

目前在国内论述中国近代翻译活动的文章或专著,尤其是谈及近代翻译活动开端的文字,通常都会提及周桂笙。大部分研究者认为,周桂笙是最早开始西洋文学译介的。周桂笙之所以能被称为中国翻译界的先驱,笔者以为,是因为周桂笙翻译活动体现出的先驱意义,他不仅翻译开始时间早,译作数目多,译作文体类型多;更重要的是周桂笙翻译观念和在西方文学接受态度上的前瞻性,同时周桂笙对于多种文体的翻译,启发了后来通俗文学作家的翻译和创作活动。

周桂笙(1873—1936),字树奎,上海南汇人。幼年入广方言馆,后入中法学堂,专攻法文,兼学英文。周桂笙翻译活动大约于1897年开始,他在1906年的《译书交通公会·序》中曾自述:"鄙人于英法二文,得稍知门径,从事译述,盖十余年于兹矣。"[①]据现在可查证资料,有周桂笙翻译记录的为1899年至1916年,翻译作品约79种。[②] 周桂笙翻译活动可分为三个阶段:第一阶段是1899年至1902年,译作刊发在《采风报》和《寓言报》;第二阶段是1903年至1909年,译作刊发在《新小说》和《月月小说》;第三阶段是1910年至1916年,译作集中发表在《天铎报》和《游戏世界》。周桂笙译作涉及的领域非常广泛,他译介了不同文体的作品,有寓言、童话、民间故事、笑话、政论、小说等,其中的小说题材有侦探、教育、冒险、滑稽、言情、政治、科幻等内容。本文将就周桂笙翻译观念的前瞻性以及对多种文体翻译的引领作用两

[①]《译书交通公会试办简章·序》,《月月小说》,1906年第1号。
[②] 该数据由笔者所做的不完全统计。

个方面来论述他的翻译活动。

第一节 翻译观念的前瞻性

周桂笙翻译活动的前瞻性首先表现为翻译管理机制创建的必要性。他提倡成立的"译书交通公会",是我国翻译史上第一个专门为译者设立的管理机构。

1862年朝廷同意成立京师同文馆,当时此馆不仅是一所培养翻译人才的外国语学校,它同时还教授科学知识,翻译引进西方科技著作,进行印刷出版活动,这就是最早出现的现代意义上的官办出版翻译机构。1868年,江南制造局翻译馆成立,该馆对创办中国的军事工业、传播西方的科学知识做出了很大贡献。北京的京师同文馆、上海和广州的广方言馆、上海江南制造翻译局以及海关造册处及其印字房,全国各地机器局、水师学堂、武备学堂等都有翻译出版活动,它们对中西文化的交流、西方学术思想和科学技术的引进做出了非常大的贡献。在1897年前后的戊戌变法期间,由于上述各译书单位停业,而康、梁维新人士于1897年10月至11月创办了大同译书局,该局以集股方式筹集资金,为民办企业。就在同年10月,译书公会成立于上海,为董康、赵元益、恽积勋等人创办,这同样是靠集股方式筹资的民办翻译出版机构,这些发起人和主要负责人基本上是来自京师同文馆、江南制造局翻译馆里中国籍的专业翻译人员。译书公会翻译的书籍则主要以各国的史地著作为主。大同译书局和译书公会不依靠西方传教士和清政府的力量,为民间集资的民办翻译出版机构。

从西方传教士办出版社组织翻译、确定翻译的选题、开展翻译工作,到由西方传教士主持工作的官办翻译出版机构,再到真正意义上的中国人掌握的官办翻译机构,最终发展到民间出资的民办翻译出版机构,中国终于有了自己掌握的翻译机构。然而同时我们也注意到一个关键问题,即没有哪个机构或者组织给予翻译工作者一种比较清晰的职业说明,制定出科学的管理体制,规范当时各自为政的翻译界。

周桂笙于1906年倡导成立的译书交通公会,正是以翻译家、翻译出版管理者和新闻工作者的多重身份,前瞻性地、客观地揭示了当时文学翻译活动的意义,对于当时翻译界出现的林林总总的问题,开出了一剂有望整治的药方。在译书交通公会成立的序言的第二段,周桂笙分析了翻译界存在的种种问题。当时对于翻译界出现的各种问题,相关人士都很关注。在清朝时,就有不少文献记录了对翻译活动的批评和建议,如光绪二十年(1894),马建忠写了《拟设翻译书院议》,他指出当时的译者大多都没有同时具备原语和译入语两种语言的能力,所以在翻译过程中出现了许多问题。①

1898年至1902年,张百熙分别在《有关京师大学堂附设编译局诸奏疏》②和《覆译新政有关翻译诸奏疏》③里提出急需统一各领域专有名词的问题;光绪二十八年(1902),在《奏陈南洋公学翻译诸书纲要折》中,盛宣怀在关于翻译的四个问题中,也提出要"正文字以一耳目"的措施。④

在周桂笙之前,这些人生经历、教育背景不同的政治家和翻译人员,就翻译而提出的见解是很有见地的,但因为时代的限制,加之当时中国本土翻译人才的缺乏,尚无人关注到对翻译人员进行统一规范管理的必要性和迫切性,人人都提出翻译人才急需培养,翻译界混乱的问题急需解决,可是翻译人员的职业方向、职业规范和职业操守并没有得到明确解释。翻译人员进行翻译活动,选择翻译方向,全都凭借自己的意愿或者听从出版机构的要求。上述关于翻译者水准参差不齐、译名不统一、抄袭假冒、重译乱译等种种现象,都需要在一个大的框架内得到解决,那就是建立起统一科学的管理机构。周桂笙提出建立译学交通公会,或多或少是受了西方现代出版行业管理体制的启发。作为传统文人、翻译家、翻译出版发行者和报纸刊物的主笔,周桂笙比一般政治家和专业翻译人员有更多机会感受其他领域的发展和变化,他期望译文能够真正达到"觉世牖民,开智启慧"的作用,但他也清

---

① 马建忠:《拟设翻译书院议》,张静庐辑注《中国近现代出版史料:近代初编》,上海书店出版社,2003年,第29—34页。
② 张百熙:《有关京师大学堂附设编译局诸奏疏》,张静庐辑注《中国近现代出版史料:近代二编》,上海书店出版社,2003年,第10—13页。
③ 张百熙:《覆译新政有关翻译诸奏疏》,张静庐辑注《中国近现代出版史料:近代二编》,上海书店出版社,2003年,第29页。
④ 盛宣怀:《工部侍郎盛宣怀奏陈南洋公学翻辑诸书纲要折》,朱有瓛《中国近代学制史料第二辑(下册)》,华东师范大学出版社,1986年,第519页。

醒地看到译者、出版机构、读者之间的矛盾和冲突。实际上，在周桂笙的翻译理想中，译学交通公会是作为一个前期运作的机构而存在的。该机构名称里的"交通"二字，就是希望译者首先有"互通声气"的机会，可以互相了解和协作。但是妥善解决翻译界一盘散沙的状况，必定需要走很长的一段路。

周桂笙在《月月小说》第一号上发表倡导成立译学交通公会的"序"后，他列出了具体的章程规定，包括"定名、宗旨、会员、会友、会费、办法、度支、会所"八项内容。其中，"宗旨"规定："本会以交换智识、广通声气、维持公益为宗旨。""办法"为："凡各处会友开译一书，无论正书小说及无论何国文字均须先将原书书名、译定书名及著书人之姓名用中西文详细开列寄交本会书记处注册，按月刊表刊单，分送各会友，俾在会之人详悉某人现译某书，以除重复同译之弊。"①

在周桂笙的积极推动下，译书交通公会正式开始运作，在第2号、第3号、第5号《月月小说》上先后刊出三份公告，列出在译或确定要译的作品名称。第2号中《译书交通公会广告》的通知发布于杂志最后两页。共列出8部小说，其中前7种作品都在中文名称之后，依次附作品英文名、原作者中文名及英文名，《奇》则只注明作品英文名，无原作者，这8种翻译作品的译者都标明是"苏州杨心一"。

第3号中《译书交通公会报告》的通知同样刊发在杂志最后。这次公告篇幅增加到4页，作品总数21种，分属于10位不同的译者。除第一种作品《沉埋爱海》注明"版权已归月月小说社"外，其余20种作品版权都属于"新世界小说社"。相较于《月月小说》第2号公布的一位译者包揽8种小说的现象，本次报告列出作品数和译者数的大大增加，无疑是个不小的进步，由此说明，译书交通公会的活动对当时的翻译界产生了一定影响。

但第3号里《译书交通公会的报告》中暴露了几个问题：首先，列出的21种作品中新世界小说社出版的就占了20种，参与的出版社太少；其次，列出的21种作品中，绝大多数中文题名都没有确定就宣布自己的翻译权力，不仅有抢占翻译资源的嫌疑，还从另一个方面说明不少译者对于翻译缺乏

---

① 周桂笙：《译书交通公会试办简章》，《月月小说》，1906年第1号。

谨慎认真的态度；最后，报告所刊载小说中"《一万九千磅》《偷魂记》二种竟与上次报告杨心一君所译不约而同"，公会提出的办法是"宜若何处置，想原译诸君自能和衷商酌也"。①

第3号公告里暴露出来的三个问题中，最根本的问题是译学交通公会是否具备真正规范的能力。当时译者和出版社间利益的纷争如果单纯依靠道德的约束来解决问题，仅仅凭借"和衷商酌"的方式是行不通的。这些问题如何应对，实际也是译学交通公会存亡的关键问题。

第三次《译书交通公会报告》刊载于第5号的《月月小说》上，是以插页广告的形式发布于杂志的中间位置，用淡红色广告纸，字体也由前两次的竖排变为横排。公告仅一页，列作品12种，分属于5位不同的译者，有作品英文名和原著者英文名，但12种翻译都归属于"启新社"一家出版机构。

译学交通公会发布的几次公告，并未取得理想效果，反而有一些出版社借此公告形式抢占翻译资源，会中重要组成人员之一谢允燮在第三次公告发布前也已经离开月月小说社。② 周桂笙在当时也没有更好的途径和方法继续开展公会的活动，于是自第6号开始，《月月小说》不再刊登译书交通公会的公告。在第7号的《月月小说》里，译书交通公会宣布暂行停办，周桂笙倡议发起的规范翻译行为的活动就此画上了句号。

译学交通公会的活动在发布了三期公告后就戛然而止，这也宣告了周桂笙尝试的失败，但这无疑属于一种勇敢者的失败。周桂笙以他的远见卓识，指明了未来翻译活动努力的方向——以现代制度管理翻译，要真正发展好翻译，译者、翻译出版机构，甚至读者，都要纳入一种科学的管理体系。这不是僵化死板的单调，而是提供了一个互相理解沟通的平台。这种先进管理思想的出现，在晚清是具有开创性的。但是仅凭《月月小说》一个民间刊物，少数几位先行者的力量，是无法完成这一宏愿的，不过也正是因为有周桂笙的尝试，中国现代翻译界管理机制应如何建立，同时译者应有的自律必

---

① 谢强天代白：《译书交通公会报告》，《月月小说》，1906年第3号。
② 第5号《月月小说》封底内页以一则"广告"的形式宣布了这一消息："本社参校及译书交通会书记员谢君翔甫，刻已另有高就，故本社已延张君仁夫以补是缺。嗣后一切事务均归张君管理，与谢君无涉，特此声明。"

要性等方面,启发了无数后学。

周桂笙翻译活动的前瞻性还表现在赞同并且实践"言文一致"的理念,他在翻译活动中最早使用白话文。1868年,黄遵宪发出"我手写我口,古岂能拘牵"的呐喊,呼吁书面语和口头语表达需要一致,这成为近代白话书写的开始。后来裘廷梁、陈荣衮等推波助澜,将文言向白话的转化问题提升至国家社会改革的层面。梁启超在后来也就"言文合一"发表意见说:"文学之进化有一大关键,即由古语之文学变为俗语之文学是也。各国文学史之开展,靡不循此轨道。"①晚清民初的这一白话热潮,影响了近代不少文学家和文论家,确立了近代文学语言通俗化、大众化的走向,促进了近代文学的发展。

不过周桂笙推崇白话文的角度与其他人有所区别——他是以译者的身份,从翻译领域来实践白话文的运用。首先他认为:"泰西言语与文字并用,不妨杂糅,匪若中国文学之古今雅俗,界限綦严也。"按照周桂笙的观点,域外文学已经实现言文合一,不过中国文学至今壁垒森严,雅俗之间界限分明。周认为,西方小说创作实现言文一致使得作品能够最大限度地吸引读者,比如小说中人物对话的呈现就相当有趣:"其叙述一事也,往往直录个中人对答之辞,以尽其态,口吻毕肖,举动如生,令人读之,有如闻其声、如见其人之妙,而不知皆作者之狡狯也。"周桂笙评价说,中国传统小说创作,言文分离,作者文笔"刻意求工","欲以笔墨见长",这样无形中限制了写作空间,这就与西方文学作品无所不写、无所不谈的模式形成鲜明的对比。②

正因为西文的言文一致和汉语言文不一致的两种方式,矛盾的情形也出现在翻译活动中,即"然同一白话,出于西文,自不觉其俚;译为华文,则未免太俗。此无他,文言向未合并之故耳"③。作为译者,周桂笙一方面提出这样的观点,另一方面他也希望在翻译实践中解决这一问题。他采用的方式是将"原文量为变通",以浅易文言(新文体)和白话文来进行翻译。④

现以法国小说译本《毒蛇圈》的开头为例,来分析周桂笙翻译语体的特

---

① 梁启超等:《小说丛话》,阿英《晚清文学丛钞:小说戏曲研究卷》,上海中华书局,1960年,第308页。
②③④《解颐语·叙言》,《月月小说》,1906年第7期。

色,译文如下:

> "爹爹,你的领子怎么穿得全是歪的?"
>
> "儿呀,这都是你的不是呢。你知道没有人帮忙,我是从来穿不好的。"
>
> "话虽如此,然而今天晚上,是你自己不要我帮的。你的神气慌慌忙忙,好像我一动手,就要耽搁你的好时候似的。"
>
> "没有的话。这都因为你不愿意我去赴这回席,所以努起了嘴,什么都不高兴了。"
>
> "请教我怎么还会高兴呢?你去赴席,把我一个人丢在家里,所为的不过是几个老同窗,吃一顿酒。你今年年纪已经五十三了,这些人已有三十五年没有见了,还有什么意思呢?"①

从例子中可以看出,周桂笙在翻译人物对话时,关注了口语表达的特点,尽力向"言文一致"的目标努力。他的译文采用了比较流畅、通俗易懂的白话体,这样就使得更多读者能够接受。在1903年,以类似方式进行翻译活动的译者非常少。作为译者的周桂笙,在翻译领域推行并实践了"言文合一"的理念,后来的研究者杨世骥和时萌都认为,周桂笙是中国最早用白话介绍西洋文学的人。② 事实证明,他对翻译语体的选择是成功的,其通俗易懂、行文简洁的译风,为同行一致称道,受到读者的认同和赞扬。《中外日报》评价周桂笙"译笔简洁,尤为有目共赏"③;时人冯紫英评周的翻译"令人百读不厌,不特为当时译者中所罕有。即今日译述如林,亦鲜有能胜之者"④。

整体而言,周桂笙是在翻译领域中最早明确推行并实践言文一致理念

---

① [法]鲍福:《毒蛇圈》,上海新知室主人译,《新小说》,1903年第8期。
② 参见杨世骥:《文苑谈往》,上海中华书局,1945年,第10—11页;时萌:《中国近代文学论稿》,上海古籍出版社,1986年,第219页。
③ 《月月小说》,1906年第2号。
④ 《月月小说》,1906年第5号。

的人,他白话文语体的译文在当时受到了广泛好评。

第二节 多种文体翻译的引领性

周桂笙第一阶段[①]的翻译基本上收入《吴趼人全集》第9卷中的《新庵谐译初编·卷一》[②]和《新庵谐译初编·卷二》[③]。译作的原著分别来自《一千零一夜》《伊索寓言》《格林童话》和《豪夫童话》等,其中最让人关注的是《一千零一夜》中的十个故事[④]的翻译,因为虽然在此前有林则徐和严复提及此著作,[⑤]可是翻译的滥觞应该始于周桂笙,即他为《采风报》和《寓言报》翻译的《一千零一夜》的故事拉开了国人译此书的序幕。[⑥]

笔者根据目前所查资料认为周桂笙是第一位开始翻译该书的人,而不是关注哪一本译作可以成为第一本《一千零一夜》全本译作的问题。[⑦] 周桂笙于吴趼人任《采风报》和《寓言报》编辑期间,就为这两种报纸提供过译作,吴曾述:"余旅居上海,忝承时流,假以颜色,许襄日报笔政,周子辑为赞助焉。"周桂笙则有回忆说:"(吴趼人)尝出泰西小说书数种,嘱余多译以实其报。余暇辄择其解颐者译而与之。"[⑧]而吴趼人在"丁酉秋冬之间,襄《字林沪报》主政"[⑨],随后"……继办《采风报》,又办《奇新报》,辛丑九月又办《寓言

[①] 这里指的是 1902 年以前周桂笙的翻译活动。
[②] 周桂笙译:《新庵谐译·卷一》,海风主编《吴趼人全集》第9卷,北方文艺出版社,1998年,第303页。
[③] 周桂笙译:《新庵谐译·卷二》,海风主编《吴趼人全集》第9卷,北方文艺出版社,1998年,第334页。
[④] 此处 10 个小故事的名称是对照商务印书馆 1930 年出版的奚若译、叶绍钧注的《天方夜谭》中所列的故事名称而得,《新庵谐译初编·卷一》原本仅有两个标题,一个是《一千零一夜》,包括《缘起》《杂谈》《枣核弹》《鹿妻》和《犬兄》共五个小故事;另一个是《渔者》,包括《记渔父》《记窦本》《头颅语》《四色鱼》和《泪宫记》共五个小故事。
[⑤] 据目前所能查阅到的资料,中国最早关于《一千零一夜》的介绍,是来自林则徐在 1839 年到 1840 年组织译员编译的《四洲志》一书,该书的第六、七章讲述了阿拉伯地区的情况,在第七章结尾时谈到《一千零一夜》;严复所译《穆勒名学》一书中,篇二的第五节"论名有涵义有不涵义"中提到:"《天方夜谭》者,大食志怪之书也。"(出自[英国]穆勒约翰著:《穆勒名学》,侯官严复译,商务印书馆,1912年,第19页。)
[⑥] 目前有研究者质疑周桂笙开始翻译《一千零一夜》的年份,一些研究者认为应该以 1903 年他的《新庵谐译初编》的出版为准。
[⑦] 因为部分学者一直在确认第一本《一千零一夜》较完整译本的译者和时间,至今无定论。
[⑧] 海风主编《吴趼人全集》第9卷,北方文艺出版社,1998年,第301页,第303页。
[⑨] 《吴趼人全集》第7卷,北方文艺出版社,1998年,第207页。

报》……"①《吴趼人哭》中一条:"至壬寅二月辞寓言主人而归,闭门谢客,瞑然僵卧……"②从上述资料可知,吴趼人任《采风报》和《寓言报》编辑的时间上限在1898年7月10日(清光绪二十四年五月二十二日),此日为《采风报》的创刊时间,离开《寓言报》是1902年3月。由此可以确认周桂笙为吴趼人提供译作的时间段应是1898年7月至1902年3月间。

周桂笙大约在1900年前后开始节译《一千零一夜》。《新庵谐译初编·卷一》的作者自序中,周桂笙相当明确地表达了他希望以翻译为手段,输入西方文明,开发民智,拯救中国脱离穷弱状态的意图。所以序中也强调"而有志之士,眷怀时局,深考其故,以为非求输入文明之术断难变化固执之性"③。虽然《一千零一夜》是一部阿拉伯民间故事集,但吸引周桂笙的不仅仅是曲折离奇的情节、绚丽多彩的幻想、生动活泼的语言,他还敏锐地捕捉到了故事中可资读者深思反省的闪光点,如治国的良方、为人处世的准则、道德伦理的构建等,这些平日相当严肃的主题,糅合到一个个诙谐有趣的故事中,使读者能够有机会在愉悦中获得智慧启迪。周桂笙由当初为朋友帮忙译文来填塞报纸空白的被动行为,转化成"余暇,辄择其解颐者译而与之"④的主动行为。

在1900年,周桂笙首译《一千零一夜》。按照我们现在的翻译要求,译文应当忠实于原著。但当时周桂笙却用了许多中国语言习惯上独有的词语,与原文颇有出入,达不到忠实的标准。不过这种翻译策略从翻译史研究"文化转向"的角度而言是可以理解的,即在译入语国家文化与原著所属国家的文化差异大的情况下,译者有意识在译文中增添译入语国家的文化特色表达,最大限度减少译文读者的阅读困难,让尽可能多的读者接受。周桂笙在19世纪与20世纪之交译《一千零一夜》时,当然不会知道以后竟有这样一种翻译史研究方向。他只知道当年中国的读者对外国的国情知之甚少,特别是像《采风报》这种小报,主要是在普通市民中流转,如果采取直译的方法,读者可能无法了解作品的内容,因此他大胆地按照中国普通百姓所能明白的文字,来处理原文。如他将"苏丹"(回教国度的君主)译成"帝皇"

---

①②③④《其他:吴趼人哭(五十七则)》,《吴趼人全集》第7卷,北方文艺出版社,1998年,第231页。

或"贤君";将"维齐"就直接译为"宰相"等等。出现了如"其历代帝皇本纪中载有贤君焉""克尽弟臣之道""躬率百官朝服郊迎""传旨启銮待卫仪从扈跸驾遂行"……。周桂笙的翻译策略完全可以用西方学者的"文化转向"翻译研究模式来解释清楚,他并非是随性、胡乱处理原著的。

在以后数年中,外国作品传入中国的数量激增,当中国风气渐开,读者对外国的情况开始有所了解时,他就不再采取翻译《一千零一夜》时的模式,却大多采用直译的手段,有必要时再加以注释。在1906年《月月小说》中就有紫英的《说小说》一文赞扬了周桂笙的译文之佳妙:"是此书(指《一千零一夜》)开译之早,允推周子为先,而综观诸作,译笔之佳,亦推周子为首,彰彰不可掩也。苍古沉郁,令人百读不厌,不特为当时译著中所罕有,即今日译述如林,亦鲜有能胜之者。"①而后在1901到1902年他译其他童话、寓言、民间故事时,又采取了一种新的策略,那就是在译文后加上了"译者曰""读者曰"等,对译文内容进行评论,以达到他翻译为了觉世启智的目的。

1902年周桂笙为李芋仙主编的上海《寓言报》翻译了15篇童话,全部收在《新庵谐译初编·卷二》里。这些分别选自《伊索寓言》《格林童话》等书中的故事,和《一千零一夜》有异曲同工之妙,都亦诙亦谐,寓理于故事,浅白易懂却又留有供人思索的余地。周桂笙在译这15个故事时,还为其中10篇加了"译者曰"或"读者曰",评点揭示故事中蕴含的哲理,如《狼羊复仇》中讲述了一狼伪装入羊舍,将小羊吞食,反被母羊用计救出小羊,将狼杀死复仇的故事。周桂笙在"译者曰"里写道:"狼性固贪。其死也,固宜然。苟无为虎作伥,助桀为虐,如司务其人者,则狼计不得逞,即狼亦不至遽死也。故死狼者,司务也,非羊也。虽然当司务为狼敷粉时,岂能计及将以死狼也耶?呜呼!可不惧哉。然而若司务者,天下滔滔皆是也。"②这里他谴责了故事中的磨坊司务,如果不是司务一次又一次按狼的要求用面粉帮助伪装,小羊是不会上当开门的。周桂笙在译文中如是写:"司务者不敢不从,亦不问其所

---

① 紫英:《说小说》,《月月小说》,1906年第5号。
② 周桂笙译:《新庵谐译·卷二》,海风主编《吴趼人全集》第9卷,北方文艺出版社,1998年,第334页。

以然,第贸然如法与之,然后挥之使去而已。盖天下圆融人之所为,无不如是也。"①对于社会上这些为虎作伥、助纣为虐之辈,周深恶痛绝,希冀绝之。《猫鼠成亲》一篇的"译者曰":"普天之下,一日之中,熙熙而来,攘攘而往,圆颅方趾中之小事大、强凌弱若此类者,盖不可以胜计也。复何怪乎?此一鼠哉,吾不禁熟视之而为之危也。彼鼠辈之不知自立,强颜倚人,犹其小焉者耳。"②此处周氏一方面感叹世间有无数恃强凌弱之事,另一方面呼吁那些弱者自立自强,摆脱受欺压的状态,这反映了他对当时国家落后局面的焦虑和担忧。《十二兄弟》的译者曰:"友之?若此篇所传之十二兄弟者,已若凤之毛,麟之角,不能常见于世矣。"《某翁》的"译者曰":"天下惟赤子之性最率真,所谓'人之初,性本善'也。"《猫与狐狸》的"译者曰"是"骄兵必败,谅哉斯言。"《乡下女》的"译者曰"是:"天下事兼听则明,偏听则暗。"这些简单却又深刻的话语,分别从人性、道德和哲理方面给读者以启迪。可以说,周的初期翻译,不单单完成了译者的任务,还成功扮演了一位文化和思想启蒙者的角色,以译作促进国民性的改造。

1902年后,周桂笙翻译活动中涉及的文体逐步增多,一方面是侦探小说的翻译,另一方面是杂文的翻译。特别应该重视的是,周桂笙在《知新室新译丛》《新庵译萃》《最新统记表》等栏目中,③延续了对译文内容评论的习惯,形成了以翻译、评论(周自己发表评论)或者加上评点(吴趼人评点)的特殊模式。周桂笙译国外报纸的时闻杂评,结合了本国的状况来讲评议论,能够针砭时弊,发人深省,有相当强烈的人文情怀和社会关照。这些译文的原出处几乎无法核查,是由译者自己在报刊上选取内容,涉及英、法、德、美、印多国。他在《新小说》第20期"知新室新译丛"专栏的弁言中有过交代:

---

① 周桂笙译:《新庵谐译·卷二》,海风主编《吴趼人全集》第9卷,北方文艺出版社,1998年,第333—334页。
② 周桂笙译:《新庵谐译·卷二》,海风主编《吴趼人全集》第9卷,北方文艺出版社,1998年,第332页。
③ 《吴趼人全集》第9卷中收录了《新庵译萃》。其中包括《知新室新译丛》共计20篇,都选入;《新庵译萃》共计67篇,选入59篇;《自由结婚》一题4篇都选入;散作10题11篇选入;《新庵译屑》共收录90题94篇译作,吴趼人加评者33篇,原在《新小说》《月月小说》上署名"检尘子"的评语人,在结集为《新庵译屑》时已改为"趼人氏"。

> 余生平最喜读中外小说,压线之暇,尤好学作小说,移译小说。此凡知我者之所共知也。顾余未能有所供献与吾国人,而仅仅为审译界小说家之一马前小卒,是我负学欤?抑学之负欤?当亦知我者之所同声一叹者矣。此篇,皆平日读外因业报时,摘译其小品之有味者,而拉杂成之。其无条理,无宗旨,亦犹是曩者所译诸篇耳。至何者为英文,何者为法文,则并余亦不能自忆之矣。

这批别具特色的译文有以下几个突出之处。首先也是最突出的是周译、周论再结合吴趼人评点的模式,该模式延续了前期小说翻译中吴趼人和周桂笙互评的做法。但是,这可以称为"译、论和评点"结合的杂文体形式很注重社会效应,密切关注了当时社会的动态,以译他国之事,慨中国现状,评可能改进的方法,醒国人落后思想。如《月月小说》第 14 期,札记小说《自由结婚》中,周桂笙先叙述:

> 近世欧风东渐,自由之潮日盛,奔腾澎湃,骎骎乎灌输及于全国。此亦时势所为,莫可止遏。纵有反抗之人,效力盖亦仅矣。盖反抗之者,不过少数之老迈守旧者流;而欢迎之者,则通国少年,滔滔皆是也。虽然迎之者狂也,拒之者愚也,苟能因势而利导之,亦未始无大益于吾国也。

他在这里指出,对"自由"这一理念,应该慎重考虑,不能采取全盘接受或全盘否定的极端方式,应该根据本国的实际情况,理性地予以对待。"夫自由之道多矣。有宜于我者,有不宜于我者,其事亦至复杂,断非一二言所能解决。矧以专制之国,一旦而欲入自由之域,其抉择之方,岂可不以审慎出之!故自由不难,得自由而善用之,斯为不易耳。"

随后文章中谈到国内关于婚姻自由的问题,年轻人在这一"新风俗"面前盲目地跟从,脱离了社会、家庭的实际,造成了时下不少弊病。首先是这种方式还没有在法律上得以确定,"若夫所谓结婚自由者,非近时人民所自定之一新风俗哉。政府既未默许,国人亦未公认,可谓自由之至矣。"原本因为要革新礼仪,去除繁琐,所以"当其始也,不过一二新学家,有慊于旧俗之繁礼多仪,故创为新法,以省浮华。如盐山刘君千里之于桐城吴小馥女士,其最初见于海上者也(礼成于乙巳八月三日)。然犹假地张园,广邀宾客,堂哉皇哉,当众为之"。发展到后来,"及其继也,遂有某处学堂,男女学生即就讲堂中,仅烧洋烛一对,双双屏拜,便成夫妇。循是以往,将来流弊所届,不可终极。有必非创行者之所能梦见而逆睹者,可断言也。兹事体大,吾人所当加意研求,而不容必轻忽者也。"这样一种完全自由化、得不到任何保障的婚姻形式已经偏离了当初倡导婚姻自由者的本意,必定会有形形色色的问题出现。

此种译、论和评点的杂文模式涵盖范围广,在他的译作中还注重新科技、新发明的译介,并且不乏趣味和新奇。如《月月小说》第4号的札记小说《新庵译萃》中有篇题为《从废物变成戏物》的文章,译文讲述了法国某印字馆主偶然想到工厂中极小无用的圆形纸屑适合代替婚礼上为祝福而撒的米粒,国内因此停止了撒米的风俗,全改为纸屑,店主因而获一项极大收入。译者感叹:"优胜劣败,适者生存,岂区区细微之物,亦不能免自然淘汰之数耶,可不惧哉,可不惧哉!"周桂笙这里感叹的是米粒在风俗中退出,可有趣的是,吴趼人附后的评点为:

> 吾曾见一贫儿至马口铁肆中,乞取其剪下极碎之废铁,扭成各种花样,置纸灯内。热烛其中,则多种花样之影。附于糊灯之纸上,楼台亭阁,花鸟禽鱼,车马人物,无不毕肖,且大有画意。呜呼,吾国岂无巧思之哉,特无人提倡之,遂终不得行其技矣。

在这两者的读后感中,周桂笙想的是社会中淘汰的无情,万物皆遵循此法,吴趼人惋惜的是中国有"巧思之人"却苦于无伯乐的赏识、扶持。

周桂笙这种译西方时闻、结合本国实际评论的杂文模式相当独特,是其区别于其他译者的重要特征之一。这种模式的另一参与者,评点人谴责小说作家吴趼人对他的影响很大,间接促成了文本具有强烈的谴责性,能够与批判现实、改良社会紧密联系。他敢于在文字中大胆立论,提出新思想、新观点。目光锐利的他,能从国外网鱼之新法中,看到"西人科学日精,巧思百出",从而有"吾人对之,亦殊惭悚可畏也"之叹①。在周桂笙心里焦灼的是自己国家的科学不发达,面对他国的进取,不仅是惭愧,更是要畏惧惊恐了。在《新发明之救生艇》中,周桂笙又以他国救生艇的发明使用为例,毫不留情地批判:"吾国人民,涣如散沙,团结之力最为薄弱,既无科学观念,又乏公德存心。偶遇烽火之惊,每每只图自救,不顾大局,卒至纷纷徒扰,同归于尽。"②周桂笙以西方时闻的翻译,关照本国社会落后局面,提供可以改良的策略。译、论、评点三者结合的模式体现出了周桂笙的对现实强烈的批判精神、爱国忧民的情怀。其实这一特征贯穿了周整个翻译生涯,尤其在1912年主持内容以政论为主的《天铎报》时,就体现得更为突出。

我们认为周桂笙译作中的最大的亮点,还是他在翻译侦探小说方面的贡献。阿英历数侦探小说的翻译在中国曾风靡一时:"由于侦探小说,与中国公案和武侠小说,有许多脉搏互通的地方。先有一两种试译,得到了读者,于是便风起云涌互应起来,造就了后期的侦探翻译世界。与吴趼人合作的周桂笙(新庵),是这一类译作能手,而当时译家,与侦探小说不发生关系的,到后来简直可以说是没有。如果说当时翻译小说有千种,翻译侦探要占五百部上。"③周桂笙翻译侦探小说不仅时间早,而且他首先不是在可读性和趣味性上着眼。他之所以要在翻译侦探小说中下如此大的功夫,是因为他对侦探小说能在中国发挥何种作用有更深刻的认识:"侦探小说,为吾国所绝乏,不能不让彼独步。盖吾国刑律讼狱,大异泰西各国,侦探之说,实尝未梦见。……至于内地谳案动以刑求,暗无天日者,更不必论。如是,复安用侦探之劳其心血哉! 至若泰西各国,最尊人权,涉讼者例得请人为辩护,故苟非证据确凿,不能妄入人罪。此侦探学之作用所由广也。"④在周桂笙的脑海里,译介侦探小说,就能在我国吹进一股"人权"与"科学"——重证据的

---

① 知新室主人译述:《新庵译萃》之《网鱼之新法》,《月月小说》,1943年第10期。
② 知新室主人译述:《新庵译萃》之《新发明之救生艇》,《月月小说》,1943年第10期。
③ 阿英:《晚清小说史》,人民文学出版社,1980年,第186页。
④ 周桂笙:《歇洛克复生侦探案·弁言》,《新民丛报》,第3卷第7期,1904年10月23日。

"侦探学"的新风,使讼狱能摆脱野蛮的蒙昧时代,引进西方法制,促进本国社会改良。他既对西方侦探小说有着独到的解读,故此他在翻译时,也特别注意在最大程度上体现原著的风貌。以《毒蛇圈》为例,比照法文原著、英文译文和周桂笙的翻译,①可以讲三者并没有大的差别,周基本采用了直译的方法,《毒蛇圈》的翻译比起他1900年《一千零一夜》故事的翻译,可以看到他善于随着时序的发展与翻译小说品种的不同而作相应的调整。周桂笙虽然在译文中套用了章回体翻译,以中国传统小说的手法描绘主人公的外貌举止,插入一些中国相关事例加强说明,应好友吴趼人的建议,添加原著没有的内容,可是相比他前期的翻译,这部侦探小说的译文更接近于浅易白话,原来未曾介绍的西方社会背景知识,也有了简要说明,如对"蜜月"一词的含义,法国为什么称呼钱币为"拿破仑",西方男女交往风俗等都有说明。相比1900—1902年期间,以中国文字、文化背景来译阿拉伯故事,周桂笙觉得这一刊物的读者与《采风报》的读者有了一定的区别,而随着读者理解程度的逐步提高,此时他已经感到已经可以逐步地采用直译的手段,而那时的译笔亦显得更为游刃有余了。

就整体而言,周桂笙不但在翻译观念上具有前瞻性,他对西方文学的接受态度也同样具有前瞻性。由于自身条件的限制,社会环境的约束,周桂笙的翻译生涯十分有限,但他在翻译史上所做的一切努力和尝试,都为后来者提供了经验和教训。文学翻译刚刚起步之时,周桂笙的同行者并不多,可是他怀有强烈开拓进取的信念,期望翻译能够对中国文学的进步和国家法制的发展有益。周桂笙的翻译工作在当时的文学界是有积极意义和存在的价值的,特别是他对于侦探小说、童话、杂文、谐语等不同文体的文学作品的翻译,在一定程度上启发了近代通俗文学作家的翻译活动,对中国近代文学的发展、异域文化的引入和交流的贡献功不可没,所以称周桂笙为近代翻译史上的先驱者并不为过。

---

① 法文版本,*Margot La Balafree* par Fortune Du Boisgobey, Paris, Librairie Plon, 1884;英文版本,*The Sculptor's Daughter* by F. du Boisgobey, translated by Laura E. Kanda, Georoe Munro, Munro's Publishing House. 1990;周译版本,1903年8月—1905年12月《新小说》8—14号,16—24号,共刊23回。

第二章　包天笑：新教育视野的翻译家

包天笑(1876—1973)，江苏苏州人，原名清柱，后改名公毅，字朗孙，别署钏影、拈花等。包天笑是清末民初新闻界的耆宿、文学翻译界的健将、小说界的先进，被誉为现代通俗文学的"无冕之王"。① 包天笑的翻译活动从1901年开始，到1927年左右结束，翻译作品约141余种。他对翻译事业的关注始于1900年，因为该年他和朋友创办了杂志《励学新编》，以日文翻译为主，内容大多是政治和法律，一时间"轰动吴门文学界"。② 包天笑很谦虚，在《钏影楼回忆录》里讲述自己学日文和法文都是失败的。③ 实际上从其译作中不难看出，包的日文程度是尚可的，因为他独立从日文文本翻译的小说有不少是忠于原著的。

包天笑小说翻译的处女作是《迦因小传》，他与杨紫麟合译的这本小说被林纾称赞为"译笔丽赡，雅有辞况"④。1901年开始翻译后，包天笑陆续出版了大量译作，翻译名声越来越大，最终成就了他在文学翻译界领头人之一的地位。包天笑译作里最让人推崇的是教育小说的翻译，当时民国教育部下属的通俗文学教育研究会还对其七部有教育意义的翻译小说进行了嘉奖，它们分别是《儿童修身之感情》《馨儿就学记》《孤雏感遇记》《埋石弃石记》《苦儿流浪记》《儿童历》和《秘密使者》。⑤ 包天笑的翻译体裁十分广泛，

---

① 栾梅健：《通俗文学之王包天笑》，上海书店出版社，1999年，第1—8页。
② 包天笑：《钏影楼回忆录》，香港大华出版社，1971年，第167页。
③ 包天笑：《钏影楼回忆录》，香港大华出版社，1971年，第174页。
④ [英]哈葛德著，林纾、魏易译：《迦茵小传》小引，商务印书馆，1981年，第1页。
⑤ 《教育公报》第5年第5期，1918年4月20日。

除小说外,他还翻译过剧本和诗歌,但其中以小说翻译成就最高。"各种类型的小说他都翻译,就内容而言,有科学小说、教育小说、侦探小说、历史小说、言情小说、社会小说,就原著国度来讲,有日本、英国、法国、俄国、美国、意大利等。"①作品涉及了契科夫、雨果、大仲马、托尔斯泰和莎士比亚等世界著名文学家。包天笑虽然最开始接受的是传统文人教育,不过因为近三十年翻译活动,他撰写的文学作品也体现出对外国文学作品的借鉴,如新教育小说《青灯回味录》,书信体小说《冥鸿》、系列小说《友人之妻》等,都显示了翻译外国小说对他的创作在内容与体裁上有一定的创新启发。

第一节 合作与改译的翻译模式

1901年,因着很偶然的机缘,蟠溪子(即杨紫麟)开始与他合作翻译了英国作家哈葛德(H. R. Haggard)的《迦因小传》下半部,后来译稿由包天笑进行增删润色,连载于《励学译编》。② 此小说的单行本在1903年(光绪二十九年四月)由文明书局发行,小说标明翻译者是蟠溪子,参校者包天笑,严格讲,包天笑在这里的身份就与吴趼人在《电术奇谈》中作为衍义者相同,即蟠溪子提供了小说的翻译文本,包天笑负责文字修饰或者某些情节的取舍。这里强调《迦因小传》是包天笑翻译生涯的开始,是由于他经历了一个完整的从翻译到刊发的过程,掌握了当时翻译界基本的规范,为他后来的一系列翻译活动打下了基础。如译文中有包天笑为帮助读者理解而写的一段话:

> 天笑生曰:人至愤懑失意无可告语,及思虑过度时,往往有此种境界。脑筋失纽,百骸任行。坐则如针刺毡,立则如虎履尾。熟视无睹,倾耳不闻。迦因以娇茌女郎,久藏深闺犹恐被风吹去。一旦遭此磨折,何能忍此摧辱。我知其郎不遇意中人,其病象亦已流露。然由是而病而死。玉陨花销,汶汶黄土,造物者虽以思迦因,实以酷迦因也。名山

---

① 郭延礼:《中国近代文学发展史》第3卷,山东教育出版社,1993年,第2219页。
② 蟠溪子译,天笑生校:《迦因小传》序言,文明书局,光绪二十九年(1903)四月。

大泽,动多奇态丽景,苍苍者,决不以庸福畀非常人明矣。①

对于文中关涉西方人情风俗的地方,都有小号字体的文字说明,如"西人同名甚多亨利威廉比比皆是","西俗妇女在室不戴帽","密斯"是"尊称未嫁之女"。同时也有进一步解释情节的话,如"意谓如迦因去则彼必杀之而真为屠夫也","两孩实其夫与女因以残废需保持之故云"。②

这本小说"有点像《巴黎茶花女遗事》",译出后深深打动无数读者,成为当时最为流行的小说之一。这样的社会轰动效应和紧紧相随的经济利益,使包天笑选择了翻译作为他文学生涯的开始。③《迦因小传》的半部译本受读者的追捧,让大翻译家林纾动了心,将原著上半部找到,全本翻译了出来。但因为全译本中有迦因未婚先孕并生下私生子的情节,被当时维护封建道德的一批论者大加指责,认为破坏了半部译本已建立的迦因纯洁美好的形象。其中有"爱自由者"和"女界卢梭"之称的金松岑写了《论写情小说与新社会之关系》④一文,认为包和杨的译本删去有违中国传统道德观念的情节,仅突出迦因为爱牺牲自己的幸福,有着高尚的人格,是"为中国社会计"。林纾译本却毁坏了这样一个原本被奉为楷模的好女子形象,给社会带来"女子怀春,则曰我迦因赫斯德也,则贞操可以立破矣"的坏影响。后来不少文章围绕着包、杨译本是出自小说的上册还是下册,到底删除了什么样的情节,与林纾译本相比的异同等等问题展开讨论,当时鲁迅也注意到了两个译本,批评包、杨译本里体现出对封建婚姻观维护的态度。当下的研究者,如范伯群、栾梅健、郭延礼等人分别在不同的文章里提出了自己的证据和观点,主要是根据蟠溪子所说的他只在书铺里购到《迦因小传》的残本;包天笑也说过,当时只买到下半部,"要搜上半部,却无法搜集,也曾到别发洋行去问

---

① 蟠溪子译,天笑生校:《迦因小传》,文明书局,光绪二十九年(1903)四月,第35—36页。
② 蟠溪子译,天笑生校:《迦因小传》,文明书局,光绪二十九年(1903)四月,例子分别出自第43、30、17、118、22页。
③ 包天笑:《钏影楼回忆录》,香港大华出版社,1971年,第173—174页。包天笑自己说:"这不过是一时高兴,译着玩的,谁知竟可以换钱。而且我还有一种发表欲,任何青年文人都是有的,即使不给我稿费,但能出版,我也高兴呀!……从此以后,我便提起了译小说的兴趣来,而且这是自由而不受束缚的工作,我于是把考书院博取膏火的观念,改为投稿译书的观念了。"
④ 寅半生:《论写情小说与新社会之关系》,《读〈迦因小传〉两译本后》,《新小说》第17号,1905年。

过。"但范、栾、郭三位都没有对照过下半部的英文版的原文。

笔者对照了英文下册的原文,包、杨译本中的译者杨紫麟在"译者言"里谈到他所用的是英文本,林纾的搭档魏易所用也为英文本。笔者在此用英文版本和包、杨译本及林纾译本三者进行对比,主要拟解决以下问题:1. 通过包、杨译本直接与原著进行参照,分析包天笑在杨紫麟翻译的基础上究竟做了什么样的修饰与删增,这样可以比原来单纯两个中文版本的对照更有说服力和可靠性;2. 可以在前人研究的基础上进一步探讨两个中文译本翻译策略上的区别,了解不同译者的翻译目的,他们对照当时的风尚做出了怎样的不同选择。

例一:英文版共有40章,经查对,包、杨译本是从第127页第21章 *A Luncheon Party* 开始翻译的,[1]原著谈及迦因有身孕是在第25章,包、杨译文[2]和林译本译文[3]如下:

包、杨译本:故中心所眷念者如日在天中,无日不悬悬心目。虽深不愿儿此人,反增惆怅,然钟情如迦因,此人已深印脑髓,岂能挥之即去者。故柔肠九转,如轴旋轳,萃数刻而为一时,萃数时而为一日,萃数日而为一礼拜。以至数礼拜旁皇局蹐,坐立不宁,无一分钟安定也。

林译本:且近日新有所触,为事至丑,前犹模糊,近乃日形其确,其事初止一身知之,思及后日,则必哄传不可掩讳。方第一日,自觉有身时,夜中焦灼,至不能贴席;思极而哭,或呼天自救,或屡呼享利之名。明知享利为己祸根,而思及恩意,则又热血如沸。既而酣睡,然睡即能酣,而祸根终无自脱之日。刻睡后尚有醒时,忧从中来,如何断绝?自是日中行佣,终以重叠在躬,深形忐忑;迨夜中就枕,心绪弥复潮涌,念此者已无生法,既寡朋俦,亦难告语,终久将为人摈逐,彼钵特又安可示以机密者?如此亦惟有自裁一途。

---

[1] *Joan Haste* by H. Rider Haggard, published by Longmans, Green, and Co, 89 Paternoster Row, London and Bombay. 1902, p127.
[2] 本节中包、杨译文皆出自蟠溪子译,天笑生校:《迦因小传》,文明书局,光绪二十九年(1903)发行。
[3] 本节中林纾译文皆出自林纾、魏易译:《迦茵小传》,商务印书馆,1981年,第162—163页。

例二：原著第 25 章第 157 页的 2、3、4 段话，[①]包、杨译本没有译这些文字，林纾译本仅译其中一段：

> 明日迦因仍如肆。于是迦因至此，凡三易态矣。初见亨利一变，决去亨利又一变，及此乃三变，似海水漫漫中，苍然独立，凡诸苦恼，均一身当之，旁无可告语及援手之人，而所眷眷之人，又复不在其侧，引手无从得援。欲更依亨利，则天良忽动，力掣其所为；谓亨利果可从者，则当日之来此，讵非多事？矧亨利身家所系，讵可付之一掷，吾宁救亨利，不当图自救。如是踌躇至一礼拜之久，康健之体，遂成荏弱，不能更即卑湿之肆行佣。且时已云秋，亦不能朝冒霜露，日涉园次，虽极力排遣，计终有一日为人摈逐，颠顿于道，后此将何自聊？

从上面两个例子，我们可以看到包、杨译本主要采用了典型的改译方式来处理译本。通常情况下全译的方法，能向译入语读者介绍完整的作品。然而，当译者觉得另有一种介绍原作的方式，或者原作有些内容不适合特定读者的阅读兴趣，或者因为出版机构的特定发行目的和社会实际要求等种种原因，译者产生了改造的念头。改造者不可避免地赋予译文以自己民族、时代和本人的个性色彩，在改造之中，有对形式的改变、内容的改变和风格的改变，这种有译有改的创造性地译介国外作品的方法，名之曰"改译"。[②]

那么包、杨译本里主要对内容和形式做了改变。首先，内容的改变遵循了一条原则，即千方百计隐瞒迦因未婚先孕的情节。译者一方面按中国传统道德的模式，改写出一位富有牺牲精神的女子形象，另一方面保留了她不同于中国女子的性格——敢爱敢恨，追求爱情的自由、人格的尊严。前者可以为译文的顺利接受铺平道路，后者可以推动国民对西方民主平等、精神解放的思想的理解和领悟。不少研究者认为包、杨译本在此使用了"误译"的方式，笔者认为，从"改译"这一角度讨论更为合理、恰当。因为杨紫麟是从英文译成

[①] *Joan Haste* by H. Rider Haggard, published by Longmans, Green, and Co, 89 Paternoster Row, London and Bombay. 1902, p157.

[②] 参考自谢天振：《译介学导论》，北京大学出版社，2007 年，第 96—166 页。

的,包天笑负责的是文字润饰工作,杨不太可能凑巧到一遇关于迦因怀孕处就翻译不出来,可其他的译文偏偏和原著没有大的分别。只能解释为包天笑按照传统的道德接受底线,依据实际的社会情境,有意改变小说的情节,这从上面例证可以看出,同时作对比的林纾的译文倒不如人们常常评价的"胡译、乱译",他将大部分有关迦因怀孕的内容都译了出来。可是我们注意到,林纾心里还是有所顾虑的,如例二中关于迦因和亨利私通的情节,他是删除了的。

从翻译史研究的文化转向角度来看,译者群体在翻译活动中,有很大可能性受到当时所处社会的历史、文化、政治、意识形态等条件限制,故不再执着原文意义的发掘,而将翻译重心转向译作在译入语文化中的接受。由此包、杨两位译者在《迦因小传》翻译过程中所采用的改译的翻译策略是可以接受的。因为《迦因小传》原作未婚先孕的内容在清末民初的社会里不仅是"水土不服"的,还会出现排斥的现象。通俗地讲,包、杨版本的改译是对原作有所改变的翻译,改什么,换什么,译什么,都考虑到了中国读者所处的社会环境,所持有的道德价值观。清末民初时期,有着上述翻译策略的译者不在少数,这就提醒研究者不要轻易评价某一译本为"胡译"或"乱译",可能在"胡译"和"乱译"的表象后,有牵涉当时社会、政治、经济等方面的种种缘由。

当年这一场译界的争论,也可说是一大笔墨官司,金松岑大兴问罪之师,参与也争得面红耳赤。但对于包天笑来说,倒得益于这一引起晚清文坛论争的译本,自此他得以和蜚声海内外的大译家平起平坐,接受各方的点评。他的译文被认为并不逊色于林译,就这样,包天笑在时运巧会中,迅速在当时翻译界有了一定名气,获得了当时读者的认同。

第二节 教育小说的翻译与创作

民国初年的新学堂每到学生毕业时都要给学生发奖品,很多学校发送的奖品是包天笑的教育小说《馨儿就学记》。《馨儿就学记》与《埋石弃石记》《苦儿流浪记》合称为包天笑教育小说"三记"。既作为奖品,《馨儿就学记》就成为民国初年发行量最大的小说之一,卖了十几万本,而当时的小说能够卖两三千本就相当不错了。对学校来说,包天笑的教育小说得到过当时教育部的嘉奖,是给学生励志的好奖品;①对学生来说,接受这样的奖品很兴奋,因为他们的课本里有一篇《扫墓》就摘录自《馨儿就学记》,现在能够看到全书,当然高兴;对包天笑来说,一下子就提高了知名度,真是何乐而不为。②

这三部小说出版时都署名"包公毅著"或"天笑生著"③,其实都不是他的创作,只能说是他的译作或者译述。《馨儿就学记》在包天笑教育小说中最为有名,原著是意大利亚米契斯(E. de. Amicis)的 *Coure*。包天笑由日文转译而成。包天笑回忆该小说翻译时曾讲:"日本人当时翻译欧美小说,他们把书中的人名、习俗、文物、起居一切改成日本化。我又一切都改变为中国化。此书本为日记体,而我又改为我中国的夏历,(出版在辛亥革命以前)有数节,全是我的创作,写到我的家事了。"④台湾师范大学翻译研究所的陈宏淑博士目前已经查证,包天笑在1909年翻译时使用的日文版本是杉谷代水的译作《学童日志》。杉谷代水在译者序中说明自己翻译策略时说,书中的国情、风俗、宗教、历史、社会学制与日本不同,所以他采用了增添、删改的方法,如原著中主人公的父母和姊妹给他写信,对主人公进行批评和教育的情节都被删除,是因为日本家庭里这样的方式几乎没有,他还以日本的道义观念来代替原作的基督教精神。仿效着杉谷代水的做法,包天笑在《馨儿就学记》中又对那些日本风俗习惯进行了删改,使其中国化了。⑤

1912年的《苦儿流浪记》是包天笑获教育部颁发奖状的另外一部教育小说。虽然还是写着"包天笑著",但是包天笑在前言中明确指出这是法国文豪爱克脱麦罗所著的"*Sans Famille*",并且将这本书和林纾翻译的狄更斯的

---

① 包天笑说:"民国成立以后的某一年,教育部忽然寄给我三张奖状,那就是奖给我这三部教育小说的。"包天笑:《钏影楼回忆录》,香港大华出版社,1971年,第388页。
② 包天笑说:"但后来改版的高小国文中,却摘取了我《馨儿就学记》中关于扫墓的一节文字,如我本章上文所述的,故在现今年五六十岁的朋友,凡读过商务高小国文教科书的,犹留有印象咧"。包天笑:《钏影楼回忆录》,香港大华出版社,1971年,第392页。
③ 《馨儿就学记》在《教育杂志》上刊发时,题为"天笑生 本社撰稿",小说单行本出版时,题"著作者 吴门天笑生",1917年教育部的嘉奖公文中,《馨儿就学记》书名后题"天笑生著 商务印书馆发行"。《教育公报》第4年第1期,教育部发行,1917年1月20日,第107—108页。
④ 包天笑:《钏影楼回忆录》,香港大华出版社,1971年,第386页。
⑤ 该段论述参考自台湾师范大学翻译研究所陈宏淑的博士论文《译者的操纵:从 Coure 到〈馨儿就学记〉》,2010年。

《块肉余生记》相媲美,指明了这是一本在世界各国广受好评、对青少年的人格修养很有益处的好书。① 包天笑对这本小说的推崇并非夸张,这部1909年开始在《教育杂志》上刊载的译作,1915年由商务印书馆初版发行后,广受欢迎。同年10月再版,销量应超过上万。②

《埋石弃石记》1911年在《教育杂志》上题"天笑生"之名连载,1912年商务印书馆发行了单行本,标明"天笑生著",因此后来不少研究者将它归为包天笑的创作。其实,这部小说同样是包天笑的译作,包天笑自己就说过:"至于《埋石弃石记》,这是日本人所写的教育小说,作者何人,已不记得,总之是一位不甚著名的文学家。其中关于理论很多,是日本人对于教育的看法。好像关于师生的联系,有所论列,那也对于我们中国尊师传道的统绪,若合符节。那书倒是直译的,译笔有些格格不吐,我自己也觉得很不惬意。所以究竟是怎么一个故事,到现在连我自己也说不清楚了。"③这本小说并不像包天笑所讲那样满是理论和条款。它记述了毕业于师范学校的模范生沈宝铨,到一贫困的乡村小学执教。他始终执着于教书育人的事业,甘于清贫,为国家将来之栋梁,尽自己"埋石弃石"的一份贡献,④也因此赢得周围人的感佩。小说中尤其对沈开阔的眼界,爱国的激情,启发式教学,与学生平等友善的品质作了详细的描绘。小说卷末语道:"呜呼!读者诸君,我著是书,未敢以豪杰魁硕望我国民。特描摹此小学教师之模范,以贡献于青年,脱人

---

① 《教育杂志》第4卷第4号,民国元年七月初十日。译作前言里写道:"天笑生曰:余前读林畏庐先生块肉余生述,为之唏嘘者累日,或曰,此书即迭更斯为自己写照,信乎?否乎? 其实文家之笔,善描物状,竹头木屑,咸得其用,一经妙笔煊染,自能化腐臭为神奇。余近得法国文豪爱克脱麦罗所著 Sans Famille 而读之,呜呼!是亦一块肉余生述也,惟法国作家好以流丽之文章引人兴味,不肯为卑近之谈,而伏脉寻流,时时寓以微旨,似逊英人,惟其具一种魔力,能令读此书者堕彼文字之障,非至终卷,不忍释手,是其所以名贵也。是书英德俄日均有译本,世界流行,可达百万部,盖其为法兰西男女学校之赏品,而于少年诸子人格修养上,良多裨益。愧余不文,未能如林先生以佳妙之笔曲曲传神,或且生人睡魔者,是则非原文之过,而译者之罪也。"
② 1933年上海儿童书局出版由林雪清、章衣萍重译为《苦儿努力记》。1957年出了两个译本,分别是沙里从俄文译出,傅辛从法文译出。1987年,尤颂熙和陈莎根据法国阿赛特出版社1978年的最新版本,全本译出。这些译本里,包天笑的译本是最早的,林雪清、章衣萍合译的《苦儿努力记》是影响最大的,该译本当年一年多时间连出4版,到1935年9月已出第6版,1948年6月为止,该书共出23版之多,这个译本还有蔡元培的题词,6位著名学者、艺术家的书评。尤颂熙和陈莎的译本被认为最忠实于原著,它是根据法文原著译出。
③ 包天笑:《钏影楼回忆录》,香港大华出版社,1971年,第387页。
④ 天笑生:《埋石弃石记》,商务印书馆,1912年,第8页。

人能以埋石弃石为心,则国家之基础,乌有不坚者乎!"①"埋石弃石"指小说中校长说的一段话:诸君今日所任小学教员,则即各国之所谓国民教员。为吾辈后一代之国民造就此一班有益于国家之人材。其责任良匪轻也。盖凡国体之尊严,国家之隆运,均操诸君之掌握。窃谓教育家者,犹之建筑屋宇时,埋入土中之础石,更如筑堤时投入水中之弃石也。此决非人目所能显见,而屋宇之坚牢,防堤之完密,则直视此埋石与弃石之功。是则虽未显见于世,而世人终不之湮没。"作者是在赞扬教师的献身精神。

明明是译作或者译述,却在封面上写"包天笑著"。包天笑的这种做法一直为学术界所批评,也成为研究者指责他"随意性翻译"的有力证据。包天笑的翻译作风也一直被作为典型案例,说明清末民初的翻译是如何的"胡译"和"乱译",这种论断一直持续到了当下。② 其实,我们大可不必这样指责包天笑。在清末民初之际,作家们对著、译、编、述并没有现在这样明确的分辨,在他们看来,凡是自己写的文字都可以称作为著。包天笑虽然在作品上写了"著",但是从来都不隐瞒这些作品的来源。对历史人物的评价一定要回到历史现场,用现代的标准评价历史人物,就如指责古人不会用电脑一样可笑。至于说到包天笑"随意性翻译"就更要慎重。改变原文,增删内容等情况,有时与译者的外语水平不高有关,但是更主要的原因还在于当时文学界的风气。自晚清梁启超提倡小说界革命以来,小说就被看作为"新国民"的工具之一。创作小说是为了"新国民",翻译小说同样是为了"新国民"。为此,梁启超还专门写了篇文章《译印政治小说序》,就是要借外国人的口说中国的事情。梁启超翻译的政治小说《佳人奇遇》《经国美谈》等均是译述,包天笑也是这样的思路。他们不是考虑译作是否忠于原著,而是考虑怎样说中国人听得懂的话来教育国民,这就是清末民初译界的现场氛围。

其实,包天笑也有忠于原文、不加增删的译作。我们将他翻译的《苦儿

---

① 《教育杂志》,1912年第3卷第12期,第102页。
② 迄今为止,几本提及包天笑翻译的重要学术书籍里,评价包天笑的翻译策略时,通常都是指其翻译"随意性较大,不太忠实原文","删改、误译之处时见",如陈平原的《中国现代小说的起点》、郭延礼的《中国近代文学发展史》。

流浪记》与1987年尤颂熙和陈莎的译本以及法文原著对照阅读,发现包天笑译本不仅情节完整,而且具体细节也基本符合原著。下面是从文本中随意选取的一个例子:

包译:可民曰:我今于此部书中开卷即告诸君以年岁,盖余时仅九龄耳,余尔时所着眼者,止有一人,此人余假定呼之曰母。每遇我啼泣时,此人即牵我腕,为之拭泪,又频拍我肩令我勿哭。余又每夜必与此人接吻然后就卧,一若非此不能得温甜之美睡。窗外寒风砭骨,玻璃上雪花点点,余则两足欲僵,惟此人拥余两足而眠,呜我令入睡乡,呜呼,凡此歌调仿佛尚留余耳鼓也。①

尤、陈译:我是一个被别人捡来的孩子。八岁以前,我也像所有的孩子一样,以为自己有一个妈妈,因为在我哭的时候,就有一个女人温柔地把我抱在怀里,摇晃着,我也就不再哭了。

当我在小床上睡觉的时候,有一个女人走过来吻我,当十二月寒风把雪花吹落在结有冰花的玻璃上的时候,她一边用自己的双手暖和着我的脚,一边哼着歌曲,这几首歌儿,我至今还得清清楚楚。②

原著:

Je suis un enfant trouvé.

Mais jusqu'à huit ans j'ai cru que, comme les autres enfants, j'avais une mère, car lorsque je pleurais, une femme me serrait si douccment dans ses bras. en me berçant, que mes larmes s'arrêtaient de couler.

Jamais je ne me couchais dans mon lit sans qu'une femme vînt m'embrasser, et, quand le vent de décembre collait la neige contre les vitres blanchies, elle me prenait les pieds entre ses deux mains et elle

---

① 包天笑译文出自《苦儿流浪记》上册,上海商务印刷馆,1915年,第1—2页。
② 尤颂熙译文出自《苦儿流浪记》,世界知识出版社,1987年。

restait à me les réchauffer en me chantant une chanson, dont je retrouve encore dans ma mémoire l'air et quelaues paroles.①

译文忠实原著,连原著的情感、语气都表达了出来,可见包天笑译这部小说时是多么用心。我们目前不能确定包天笑当初依据何种版本进行翻译,但肯定不是法文原本,因为他不懂法文。他如此用心地翻译这部小说可以说明,他对小说中的人物、故事情节,甚至文风、情感的全部接受,认为这部小说可以原封不动地介绍给国人。《苦儿流浪记》写的是一个叫可民的少年在流浪生活中逐步成长的过程。小说始终强调生活虽然贫贱,人格修养却不可丢。小说中有大量的人格修养教育的叙述,包天笑显然被这些文字深深打动,几乎是逐字逐句地翻译了出来:

> 余曰:"师傅将诏我以何者?"老人曰:"可民,汝当知人生一堕尘,实似挟忧苦患难以俱来。唯有随境而安何处无伸眉之日?尽此身涉世仗三分运气,而七分究赖自身之努力。可民,汝当谨记我言。"
>
> 老人曰:"汝性质勤敏,必非笨伯,加以遇事注意,则宁无成功之日。"
>
> "届时我尚携汝渡英吉利,走德意志,回步全欧,以扩眼界。我固不责汝以占毕之生涯,然此眼前之经验,在在皆学问……"②

"提倡新政制,保守旧道德",共和体制应该提倡,旧道德中的传统美德不可丢弃,这是中国通俗文学作家的共识。虽然已经是新学堂教学,中国传统的文化道德还应该是中国学生的精神支柱,这是包天笑一贯的思想。以下是我们整理出的清末民初时包天笑以教育为主题的18种翻译和创作,它们几乎都是写新学堂中的新学生,写如何在教育时展现中国传统道德观,要爱国,要有民族气节,要有孝顺之心,要师生团结,要有崇高的人格,要有不屈不挠、

---

① 法文原著引用出自 Sans famille(《苦儿流浪记》),[法]埃克多·马洛著,陈丽瑜、金俊华编注,外语教学与研究出版社,2007年,第1页。
② 包天笑译文出自于《苦儿流浪记》,中册,上海商务印刷馆,1915年,第43页,第55页,第135页。

六 通俗作家与早期翻译

果敢坚毅和勇往直前的精神等等。当时的包天笑并没有尊重原著的版权意识,无论是对小说的增删,还是基本保持原状,都只有一个目的,就是要用小说表达符合中国的传统美德的思想。这就是包天笑当时翻译小说的历史现场。

包天笑以教育为主题的翻译和创作名目表格如下:

书(篇)名	发行时间和刊物名	内容简介	发表期数	小说单行本出版情况	备注
儿童修身之感情①	1905	述意大利一名儿童只身往北亚美利加州寻母的经过(该故事转译自意大利亚米契斯 E. de. Amicis 的"Coure"中的一个故事)		上海文明书局1905年初版,1917年2月2版,1922年3版	中篇小说,署吴门天笑生译述,获教育部褒奖
爱国幼年会	1906	未见作品		灌文书社《短篇小说丛刊》	
馨儿就学记	1909,教育杂志	述主人公馨儿在学校一年的生活,父母和社会对他成长所起的作用。(该书转译自日本杉谷代水的译作《学童日志》,原著为意大利亚米契斯 E. de. Amicis 的"Coure")	1.1、1.3、1.4、1.5、1.6、1.7、1.8、1.9、1.10、1.11、1.12、1.13	1910年上海商务印书馆初版,1931年10版	中篇小说,署著作者吴门天笑生,获教育部颁奖
孤雏感遇记	1910,教育杂志	述父母双亡的孙国雄获军士金士荃和同村一对母女相助,长大成人,立志报效祖国的故事	2.1、2.2、2.3、2.4、2.6、2.7、2.8、2.9、2.12	上海商务印书馆1913年3月初版,1915年再版	中篇小说,教育杂志上署天笑生,小说单行本署编纂者吴门天笑生,获教育部颁奖

---

① 目前有研究者如台湾学者梅家玲和上海外国语大学张建青博士都认为《儿童修身之感情》是由《三千里寻亲记》更名而得,也有研究者如日本的樽本照雄教授和台湾的陈宏淑博士认为可能不存在《三千里寻亲记》,该名称是包天笑在写回忆录时一个错误的记忆,笔者倾向于第二种判断,因为目前没有任何文献记载了《三千里寻亲记》,或者有除包天笑以外的任何其他人提到这本译作。

续 表

书(篇)名	发行时间和刊物名	内容简介	发表期数	小说单行本出版情况	备注
埋石弃石记	1911,教育杂志	毕业于师范学校的沈宝铨,到一贫困的乡村小学执教。他始终执着于教书育人的事业,甘于清贫,为国家将来之栋梁的培养尽自己的力量	3.1、3.3、3.4、3.6、3.7、3.8、3.11、3.12	1912年商务印书馆出版	中篇小说,署天笑生著,获教育部颁奖
苦儿流浪记	1912—1914,教育杂志	描写了一名叫路美的弃儿,被人收养,后随流浪的老艺人四处卖艺。几经波折和磨难后,他终于找到生母,过上了幸福生活	4.4、4.7、4.8、4.9、4.10、4.11、4.12、5.1、5.2、5.4、5.5、5.6、5.8、5.9、5.10、5.11、6.2、6.3、6.4、6.6、6.8、6.9、6.10、6.11、6.12	1915年3月上海商务印书馆初版,1915年10月2版	长篇小说,署原著者法国爱克脱麦罗,译述者吴县包公毅,获教育部颁奖
儿童历	1913,中华教育界	小说以五个学生家庭为叙述中心,按不同月份描绘了圣布衣学校一年中的各项师生活动	2.1、2.2、2.3、2.4、2.5、2.6、2.7、2.8、2.9、2.10、2.11、2.12	1914年上海中华书局初版,1928年3版	中篇小说,署天笑生,获教育部颁奖
少年机关师	1913,教育研究	叙述少年袁敏一成长为优秀机关师的经过	8、9、10、11		中篇小说,署蛰庵、天笑同著
青灯回味录(创作)	1914—1918,教育杂志	故事发生在中华民国时期苏州桃花坞,以孙佳会为主人公回忆了中国近50年的教育情况,展示了苏州当地的特色风俗人情	6.1、6.5、6.7、7.2、7.4、7.6、7.8、8.6、8.8、9.4、9.8、9.10、10.9、10.10、10.11		长篇白话章回小说,分别署秋星和天笑两个名字,未完成

续　表

书(篇)名	发行时间和刊物名	内容简介	发表期数	小说单行本出版情况	备注
蔷薇花	1914，中华教育界	述女教师对一位顽童教育失败后，放弃了教职，再遇该生，彼此都后悔当初过早地放弃	3.2	后收入胡寄尘编选之《小说名画大观》第1册的教育小说类	短篇小说，署毅汉、天笑，美国伯伦那梨星原著
留声机	1914，中华教育界	述学生为了让老师开心，卖了自己最心爱的留声机，买回饼干送给她，知晓前因后果的老师深为感动	3.7	后收入胡寄尘编选之《小说名画大观》第1册的教育小说类	短篇小说，署毅汉、天笑，美国伯伦那梨星原著
牧牛教师	1914，教育研究	文本不全，大意是讲述"我"在一个偏远地区教书的事情	12、13		署揆、笑同著
教育丛谈	1915，中华教育界	对国内教育界几个问题的关注，如职业教育、幼儿教育等等	第4卷第6期		署天笑
二青年	1915—1917，教育杂志	小说以迦因和付兰却两少年的成长经历为主线，突出体现了贫寒出身的迦因品格的高尚，心性的坚忍、果敢	7.1、7.3、7.5、7.7、7.9、7.10、7.11、7.12、8.7、8.9、9.5、9.6	1917年上海商务印书馆出版	长篇小说，署编纂者吴县天笑生，译文前说明该小说原著出自英国克兰克夫人，由冥鸿女士从日本带来
假装会	1915，中华学生界	未见原文	1.10		短篇小说，署蛰庵造意，天笑润词
童子侦探队	1917—1919，教育杂志	少年迭克在童子侦探队的帮助下，揭露了犯罪	9.1、9.7、10.7、10.8、10.12	上海商务印书馆1920年3月初版，1924	长篇小说，署编纂者吴县天笑生

续表

书(篇)名	发行时间和刊物名	内容简介	发表期数	小说单行本出版情况	备注
		人范登及其同伙人的阴谋,寻回了亲生父亲,恢复了自己的真正身份	11.6、11.7、11.8、11.9、11.10、11.11、11.12	年12月第3版	
双雏泪	1918—1919,教育杂志	两兄弟幼年父母双亡,相互支持,日子过得极为困苦,后为老医生收养,成为名医	10.1、11.1、11.2、11.3、11.4、11.5	上海商务印书馆1919年6月初版	中篇小说,杂志署天笑,单行本署编纂者吴县包天笑
民国四十二年儿童日记①	1943,风雨谈	儿童以日记体形式,记载每月在学校重要的活动以及自身感悟(未完成,该部小说模仿了《馨儿就学记》的形式)	1943年4月第1期刊至7月第4期,未完成	1943年4月上海风雨谈社创刊	长篇小说,署包天笑

　　翻译或创作"教育小说"在清末民初是一种时尚。"教育小说"这一名称在中国使用,就目前可查证的资料,应该始于我国最早的教育刊物《教育世界》,该刊1901年5月在上海出版,由罗振玉创办。《教育世界》1903年7月第53号至1903年8月第57号,以"教育小说"为名,刊发了小说《爱美耳钞》,②即卢梭的《爱弥尔》,这部小说大概可以算作西方教育小说在中国译介的滥觞。③ 随后的几年里,上海商务印书馆和中华书局等出版机构都发行了

---

① 《风雨谈》1943年4月创刊,由"风雨谈社"编辑兼发行。在第1期的"编辑小记"中说:"我们久已想请《馨儿就学记》的作者包天笑先生替我们写一个长篇的教育性小说,承包先生允诺,并在本期发排的时候,把第一章交来,这是我们十二分感谢的。包老先生驰名文坛二十余年,著述丰富,本刊所登载的《民国四十二年儿童日记》,一方面是教育的故事,一方面是理想的小说,这样的作品,我们确已渴望了多少年了。"
② 题"(法)约翰若克卢骚著,(日)山口小太郎、岛崎恒五郎译,(日)中岛端重译"。日本中岛端是用中文作为重译语言。
③ 将这篇小说定为中国的第一本西方教育小说译作,是笔者搜索相关资料,同时参考了宗先鸿的《卢梭与中国近现代文学》、徐秀明的《20世纪中国成长小说研究》、韩永胜的《中国现代教育小说概论》三篇博士论文中的观点。

六 通俗作家与早期翻译

与教育主题相关的小说单行本和小说集,他们先后创办的教育期刊里,通常都有教育小说翻译和创作专栏,在这一翻译和创作"教育小说"潮流中,包天笑成就最高,也最引人注目。

为什么包天笑的"教育小说"的翻译和创作成就最高呢？首先是他对教育极为关注,并且力主改革中国的旧式教育模式。1904 年包天笑创作教育小说《青灯回味录》,这部写了四年并没有完成的小说有 15 章,具有很强的自传色彩。小说写民国时期苏州的桃坞村,小主人公孙佳会进私塾求学,参加科举考试,游迎神赛会,看盂兰胜会等等故事情节,都可以从包天笑的自传《钏影楼回忆录》中找到对应的原型。小说对私塾教育体制下的教学方式、教学目的极为不满,对新学堂的新式教育极为推崇。他写道:"从前小孩子念书只是盲读,不和他讲解,要读得烂熟,背诵如流……因此佳会最痛恨的是背书,最喜欢的是讲书。"[①]"我听得外婆讲过,从前的先生凶得狠,动不动就要打手心,学生们见了先生宛如老鼠见了猫一般,吓得牵也弗敢一牵。"[②]"这种野蛮教育在当时却不足为奇。如今,说与你听你还不信咧。"[③]我们可以看到,包天笑对旧式教育体制是多么不满。相比较下,包天笑在小说中塑造出的小主人公,在新式教育体制下有着健康活泼的心态,有着求知欲旺盛、视界开阔、善于思考的素质,尤其他还是个道德高尚的人。既要有新的知识,又要具有道德规范,这就是包天笑育人的教育思想,包天笑将之称为"教育道德"。[④]

除了主观原因之外,包天笑"教育小说"的翻译和创作声誉很高,还有外部原因。包天笑借《迦因小传》享译界大名后,被推荐到山东青州府督办新式学堂。当时商务印书馆为了响应政府号召,推动新学的发展,编印出版了很多中小学教材,并且准备发行《教育杂志》这一刊物。既有翻译经历又有正在督办新学堂的经验的包天笑成为了最合适的人选,他被商务印书馆相中,邀请他译或写教育小说。由此,包天笑自然就成为了当时译、作"教育小说"的领军人物。

---

① 《教育杂志》第 9 卷,第 8 号,商务印书馆,1917 年。
②③ 《教育杂志》第 6 卷,第 1 号,商务印书馆,1914 年。
④ "教育道德"一词来自包天笑与毂汉合译的短篇小说《蔷薇花》。该小说前序里写道:"此篇其摹绘儿童之性情,可谓妙肖。则于教育道德不无小补也。"胡寄尘编《小说名画大观》中华书局,1916 年,第 1 册,第 28 页。

第三章　陈景韩：现代翻译风尚的探索者

陈景韩出生于江苏松江县（今属上海）一个塾师家庭，父亲陈菊生是位典型的中国传统文人。陈景韩的古文学根底就来自他父亲的教导。陈景韩从事翻译的时间为 1903 年至 1915 年，据不完全统计，他的译作共约 77 种。

他人生道路上有两个人对他影响极大，一是雷奋，一是钮永建。雷奋（1871—1919），字继兴，松江县人，是陈菊生的入室弟子。后来雷成为陈景韩的姐夫，他们一起研新学，赴湖北武昌武备学堂学习，一起留学日本，做《大陆报》编辑，后在《时报》供职，但陈景韩专注于报纸新闻，雷奋执着于政法。陈景韩通过雷奋结识了许多名人，包括日后在他报业生涯中占重要位置的史量才和黄远庸等。

钮永建出身书香世家，父亲和他都是举人，但甲午之役后钮放弃科举，研究"新学"，弃文从武，两家离得不远，一直有交往。1897 年，因钮永建推荐，陈于此年入湖北武昌武备学堂学习。与陈景韩致力于新闻文字事业不同，钮注重以行动来实现理想，他引导了陈景韩年轻时期的奋斗方向，陈接受了他重视武学和军事的思想，专注军事小说和侠客小说的翻译与创作。

1897 年，陈随钮去张之洞创办的湖北武昌武备学堂求学，陈和钮在学堂被张之洞幕僚梁鼎芬并称为"二雄"。① 戊戌变法失败后，知识分子联合民间秘密组织，成立革命党会，两湖成为最活跃的地区。在此氛围下，陈景韩加入革命会党，1899 年陈因此被张之洞通缉。为脱逃此祸，1899 年底，陈景韩

---

① 吴稚晖在其《吴稚晖文存·总理行宜》中提到："其时钮先生，以书院有名的学者，与后来《申报》的主笔陈冷血——梁鼎芬所称为二雄，亦受到张之洞看重……"转引自伍立杨：《心系千秋犹未了——孙中山先生：人格魅力及政治理念》，《贵州文史天地》，1999 年第 4 期，第 21 页。

六 通俗作家与早期翻译

与雷奋同往早稻田大学留学,雷奋读政法,陈选了文学。陈在日本时,认识了狄楚青等一批知名人士。

在东京时,雷奋所参与编辑的《译书汇编》《国民报》在学生界很有名,陈景韩也非常想尝试。在陈景韩1902年回国后,作为《大陆报》①主笔的雷奋把他介绍进了编辑部。《大陆报》对俄虚无党及相关主题小说的推介,对陈景韩有很大影响,因此他陆续翻译了虚无党的系列小说。阿英论当时虚无党小说翻译时,称陈景韩为"最热心于虚无党翻译"的翻译家。②

1904年至1912年,陈景韩参加《时报》工作,同时在《新新小说》《月月小说》《小说时报》等刊物上刊载小说,实际上他绝大多数的翻译和创作都产生于此阶段。陈景韩近30年的报人生涯,使《时报》一度具有极高的声誉,而后来又成为中国最有影响的《申报》的总主笔,可以说是中国新闻史上具有相当成就的报人。但是其近14年的创作翻译生涯的成就也非同小可,特别是翻译的作品77种,远多于41种的自著小说数。③ 在他前后同期的作家里,仅有寥寥几人可与之相比。

陈景韩的翻译不但多,而且在当时社会影响甚大,尤其是他的语言风格,在当时享有"冷血体"(又为"冰血体")的美誉,与梁启超的"新民体"并行小说界,为许多人所模仿。胡适曾在《十七年的回顾》中特别提到了陈景韩和他的《时报》:"冷血先生的白话小说,在当时译界中确要算很好的译笔……用很畅达的文字,做很自由的翻译,在当时最为适用……"④由此可见,陈景韩的作品在当时是颇受好评的。鲁迅的前期翻译作品,如《斯巴达之魂》《哀尘》《月界旅行》和《人造术》等,均或多或少受到过陈景韩的"冷血体"的影响。周作人在给陈梦熊的信中,曾说:"承录示《哀尘》一篇,此确系鲁迅所译,……因其文体正是那时的鲁迅的,其时盛行新民体(梁启超)和冰血体(陈冷血),所以是那么样。译者附言更是有他的特色。"⑤陈景韩的"冷

---

① 《大陆报》光绪二十八年(1902)十一月初十创刊。
② 阿英:《小说闲谈·小说四谈》之《翻译史话》,上海古籍出版社,1985年,第38页。
③ 李志梅:《报人作家陈景韩及其小说研究》,华东师范大学博士论文,2006年,第22页。
④ 胡适:《十七年的回顾》,《时报》,1921年10月10日。
⑤ 陈梦熊:《关于鲁迅译述〈哀尘〉、〈造人术〉的考说》,《〈鲁迅全集〉中的人和事》,上海社会科学院出版社,2004年,第2页。

血体"是受到当时翻译界认可并赞许的翻译语言风格之一,遗憾的是关于他翻译作品的研究却为数不多。

研究陈景韩的翻译很有现实意义的。他具有编辑新闻报刊的特殊身份,他的翻译,能够反映出报刊编辑文人群体的共同特征和心态。对于他的翻译的研究,应考虑到译者、出版机构、读者等因素的诸多影响,把翻译活动放入一个大的文化背景里去加以探讨,如此得出的结论,才会比较客观公正。

陈景韩从1903年开始翻译,到1915年左右结束。在此期间他在几个不同的报纸任职,如《大陆报》《时报》和《申报》,他得以在不同编辑方针、读者定位均不相同的报纸期刊上坚持自己的观点——不论翻译与创作都应有益于社会,重视文学艺术价值的体现,促进国民性改造。他毫不动摇自己的决心与毅力,特别是作为《时报》主笔时,他利用当时给他提供的自由空间,以译文为契机,掀起社会道德、社会热点问题探讨的热潮,希望能够提高国民素质。他负责的《时报》小说栏,成为了推介法国、俄国名家名著的重要阵地之一,培养了一批高素质的译者群体。① 通过翻译,陈景韩对西方短篇小说的特征了解比较全面,能体会其"横断面的截取""片断化的写作"等关键之处,这使得他创作的短篇小说也能在当时崭露头角,别有风姿。而且他与"小说栏"另一重要撰稿人包天笑携手打造"小说悬赏征文"活动,身体力行地参与了翻译与创作,极大地推进了近代短篇小说的接受与发展。

一直有不少研究者评价说陈景韩的翻译有删减过多,不忠实于原著等等问题。实际上这些观点的形成有两个方面的原因:一是他们仅从原著中心论来评价,忽略了译本以及影响翻译的整个译入语文化背景;二是研究者没有能全面阅读译本,没有掌握陈景韩翻译方式选择的双面性。陈景韩对于符合改良社会和推崇侠义观点的作品,采用异化翻译;对和他观点有距离的作品,仅取能够表达思想的部分,即用的"归化"的方式。当然,以现时的规范来看,陈景韩的翻译有不少不尽如人意的地方,尤其是他具有报人的特

---

① 如蟠、东亚病夫、雨等。

殊身份,而且办报是他第一事业,①所以其翻译受到报刊性质的影响也在情理之中。但陈景韩能够利用报纸期刊的有利条件,坚持小说改良社会,推广世界名著,不忘记文学艺术价值的理念,同时能把翻译的经验体会用于创作,促进本国小说的发展,这样的见识与作为远远超出了他那一时代许多文人。确实,陈景韩没有留下什么可传世而诵的译作,但没有他,近代翻译史上某些领域必定会减少色彩,缺少生气与活力,甚至会延迟发展的步伐。尽管他一生低调为人,②过世后没有留什么传记,但他在期刊、报纸上所译所作的一切,足以把生命的意义延续很久很久。

第一节 翻译文本的"味"与"益"

陈景韩在《小说与社会之关系》一文中论述了小说创作和翻译所持的理念,即小说必备的特征为"有益"和"有味"。我们在"前言"中简略地提到他认为小说之"味",是指"其(小说)立格也奇,其运思也巧,其遣词也绮丽明达",小说之"益"当然是指小说应具备促进社会改良的功能。陈景韩的这种理念比梁启超等人的小说理念更全面,因为后者仅仅强调小说的政治功用,回避了小说本身的艺术价值。基于他独特的文学创译观和期刊报纸编辑兼投稿人的身份,我们有必要先考察一下陈景韩于 1903 年至 1916 年间,在不同期刊报纸的翻译中的表现如何,他真的能够在复杂多变的出版环境里自始至终坚持他对小说"味"和"益"的追求吗?他的这种追求对其翻译模式的选择有什么样的影响,体现出什么样的译作特色呢?

1904 年 4 月至 1912 年底,陈景韩一直在《时报》主持工作,同时在此期间,他还先后在《新新小说》(1904.8—1907.4)任编辑,为《月月小说》(1907.10—1908.9)投稿,在《小说时报》(1909.9—1917.7)与包天笑轮流任编辑。在此,我们就以他在这三刊一报中的译文为例作系统分析,从而可以得出比

---

① 实际上他翻译、创作仅在 1903 至 1916 年间,以后的重心便在办报。
② 他曾在《二十年来记者生涯之回顾》一文的最后这样说道:"余此题与此文,颇似不伦。然苟述二十年间之历史,则已悉载诸报,何待重述;苟述二十年间记者个人之历史,则又平常简易,且与人无涉。"《最近之五十年·申报馆五十周年纪念》,申报馆,1922 年,第 461 页。

较客观的结论。

首先是《新新小说》,该刊创刊于 1904 年 8 月,终于 1907 年 4 月,共出 10 期。阿英在《清末小说杂志略》上,把它列于《新小说》《绣像小说》《月月小说》和《小说林》之后,并特别声明说:"又《新新小说》一种,……以翻译为主。……此刊兼丛书性质,各期皆题'第一集世界侠客谈之部'字样。其以对翻译最有关系,创作殊少建树,故不列入'四大'之内。但'四大'之外,当以此种为重要。恐有以不举为遗憾的,特附记于此。"①

据考证,阿英的《晚清文艺报刊述略》、上海图书馆编《中国近现代期刊篇目汇录》(1965—1984)、范伯群主编的《中国近现代通俗文学史》等,都认为陈景韩为编者之一,另一位编者是龚子英。②

陈景韩在《新新小说》上共发表 19 种作品,其中 10 种为小说。除《刀余生传》《路毙》《刀余生传二》为自著外,其他 7 种为翻译小说。第一次任刊物编辑的陈景韩,秉承了创刊宗旨:"纯用小说家言,演任侠好义、忠群爱国之旨,意在浸润兼及,以一变旧社会腐败堕落之风俗习惯。"③可见他的"小说必须有益于社会"的目的在《新新小说》得到了彻底的执行,其所载作品的类型定名有《社会小说》《政治小说》《历史小说》《军事谈》《侠客谈》等栏目,内容严肃,而且在第 3 期还有一个《本报特白》:

> 本报发始不过为一二友人戏作,后为见者怂恿,因以付刊。故一切定名等类皆近游戏。现虽仍旧不背此义,然自本期始,以筹足资本,认定辑员,按期印行,不再稍误。且本报拟定十二期为一结束。十二期中所出各书,先后出毕,至十二期后乃再出他书,又以十二期为一主义。如此期内则以侠客为主义,故期中每册皆以侠客为主,而以他类为附,至十二期后,乃再行他主义。凡此数语,皆当预告,以代信誓。

于是"侠客主义"就成为《新新小说》第一年出版物的共同主题。陈景韩

---

① 张静庐:《中国近现代出版史料·近代初编》,上海书店出版社,2003 年,第 110 页。
② 李志梅:《报人作家陈景韩及其小说研究》,华东师范大学博士论文,2006 年,第 72—76 页。
③ 三楚侠民:《新新小说叙例》,《大陆报》,第 2 年第 5 号,光绪三十年(1904)五月二十日。

原本就有爱国、忠群、侠义之心，于是他不论是译还是著，都紧紧围绕这一主题。如译作《食人会》叙述人吃人的故事后，他还有一批解，感叹"吃人"之事："我译此篇，我知西人仅有此思想，而我国饥馑之岁，赤地千里人相食时有所闻又为之一感；我译此篇，我知食人之事虽不多见，然世界物竞无一非食，食人名誉，食人财产，食人事业，食人心思、才力者无时蔑有，又为之一感，我译此篇而我诸感交集，试问读者！"①译者谈到自己国家真有食人之事，但就整个世界而言，物竞天择更无情冷酷，隐晦地流露出一种忧国忧民的思想。

《圣人欤盗贼欤》中的主人公阿罗，是有着双面性的人物，亦侠亦盗，亦善亦恶，原著为英国小说家爱德华·布威·利顿（Edward Bulwer Lytton）的 *Eugene Aram*，现译为《龙金·阿拉姆》，是罪犯小说，但陈译小说塑造了一位极富矛盾特质的侠士隐者。《义勇军》《巴黎之秘密》②和《错恨》描述的虽是普通民众的生活，但无一不与爱国保国有直接或间接的联系。最明显的是《虚无党奇话》和《兄弟》，直接放在"侠客谈"的栏目下，前者主人公是来自俄罗斯的英勇的"虚无党成员"，后者是分别称为"大仁"和"大义"的兄弟俩。

《新新小说》虽然是陈景韩编辑期刊的"处女作"，但因为《新新小说》没有太强的为利之心，正是在这样的前提下，陈景韩才得以有足够的空间表达自己的小说理念。作为《新新小说》的编辑，他以翻译和创作小说为社会求"益"之利器，表达了崇尚任侠好义、忠群爱国的思想，赋予了《新新小说》独特的魅力与风格。

1907年，《新新小说》出版第10期也即该刊的最后一期时，正值《月月小说》停刊又复刊。其时，陈景韩刚受聘成为《月月小说》的特约撰稿人，《月月小说》为新聘到几位大作家而向读者期许今后将大加改良："刻复聘订著名大撰译家冷血、天笑，二君为当代所欢迎。自第十期起大加改良，庶不负诸君殷殷之期望。"③这样，陈景韩自编《新新小说》虽然停刊，但他正好在《月月小说》中继续贯彻他的著译宗旨。

---

① 杜痕：《新新小说》，冷血译，1904年第1卷第1期。
② 原著出自法国19世纪中叶著名小说家欧仁·苏的小说《巴黎的秘密》。
③ "本社广告"，《月月小说》第9期，光绪三十三年（1907）九月。

《月月小说》里陈景韩作品共六种,虽没有注明译或作,但参照他在《新新小说》中的格局为对比,大部分应该还是翻译。其中四种标为"虚无党小说",还有另外两种短篇小说,也都和"任侠好义"的主题相关。作为总译述的周桂笙,对他的译述主题颇为赞同。笔者以为,其中的原因有以下几点:第一,陈景韩当时已经小有名气,译笔颇受读者喜爱。第二,周桂笙开始翻译的目的也是"觉世牖民",这与陈把小说看作教化的工具,赋予小说以崇高的历史使命的宗旨是完全一致的,所以周桂笙并未要求陈景韩改变他延承自《新新小说》的译作主题。

1909年9月,陈景韩和包天笑共同编辑《小说时报》,《时报》在1909年9月7日刊登有关《小说时报》即将出版的广告,并且强调"本报乃冷血、天笑两先生为笔政主任,所登之件,两先生之稿居十之七八"[1]。可见他们二位的著译对读者是有极大的号召力的。但《小说时报》与《新新小说》的宗旨有所不同。首先《新新小说》是非营利性的,而《小说时报》是由《时报》兼有正书局的老板狄葆贤发起的,虽说狄葆贤(即在日本时就相识的狄楚青)确实是近代提倡小说最有力的重要人物之一,也是当时颇有影响力的小说理论家,他曾在《新小说》发表过一篇重要论文《论文学上小说之位置》,提出过"小说者,实文学之最上乘也"[2]的观点,并发表了不少关于小说的评论;可是身为老板,理所当然要注重刊物的发行量,要求有所获利。

《小说时报》不再奉梁启超所鼓吹的"小说新民论"为圭臬,不再着重强调小说作者必须承担启智民众的社会使命感。《小说时报》的主要宗旨是迎合普通市民的阅读口味,因此要求题材大众化、通俗化,娱乐性、趣味性也需大大增强,弱化了小说的政治功利。比如《小说时报》刊登的图片,就不再是取用风景画或名人画像,它大量刊用时装、美女照,其中包括了名妓的照片;小说种类也极其多样,并且侧重于搜罗奇闻逸史,以吸引读者的目光。[3]

这种改变当然与陈景韩一直坚持的理念不相容,可是很让人意外的是,这被郑逸梅在《民国旧派文艺期刊丛话》中称为鸳鸯蝴蝶派的第一个刊物,

---

[1] 《〈小说时报〉目录》广告,《时报》,宣统元年(1909)九月二十四日。
[2] 《新小说》,第7号,光绪二十九年(1903)。
[3] 栾梅健:《通俗文学之王包天笑》,上海书店出版社,1999年,第17—20页。

却容纳了一位"离经叛道"的大编辑,使他游离在期刊所追求的游戏化、通俗化规则之外。在《小说时报》里,陈景韩的译与著,主题固守着改良社会的方向,内容都与国家和社会有关。同时,他在《小说时报》刊发的译文,原著大多出自名家之手,这些作家的作品通常就是以弘扬爱国、关注底层人物命运为主题的。如俄国蒲轩根(普希金)、痕苔(安特莱夫)、屈华夫(契诃夫),法国嚣俄(雨果)、柴尔时(萨尔杜)、大仲马,英国戏剧家嚣氏(萧伯纳)等人的作品。

陈景韩在《小说时报》上的翻译可分为四类:

第一类是各国时闻以及杂谈翻译,这部分内容倾向于国外流行的社会热点事件,这当然能吸引读者的注目;并且每一篇基本上都意有所指,如《伯爵虎化记》是讲俄伯爵斯脱硁不堪暴政之虐化装为虎逃离国家一事。文后有"冷曰,古语有之苛政猛于虎,俄国之苛待党人,岂特猛于虎哉。虎且百倍有德矣。夫虎之所以谓猛者,以其恃力而无理也。俄之官吏恃行政之力,而强冤人以党人。其无理与虎等。而搜索严密,其难逃又甚虎百倍。斯脱硁伯爵至恃虎足以脱大难。其想甚大奇,其心亦大可伤矣。人性之不道,不几甚于禽兽"①。《俄国之侦探术》和《怪美人》是赞扬虚无党组织严密,行事机警,但不伤害或累及无辜。

第二类是长篇名著翻译,并且大部分都完成了连载,如法国大戏剧家萨尔杜的《祖国》,是他大力推荐给读者的作品。其《叙言》写道:"此篇为法国有名剧学家柴尔时所著,系历史上之大悲剧,其角色为十七八世纪时,今之比利时国尚未与荷兰分裂,称为弗郎门国,屡为西班牙所侵掠,国之志士慨然奋起,计挽天之力,不意事与愿违,终上断头台以死。此全篇大略也。中间以新旧两教之纷争为骨,描写暴虐无道之敌将、沉勇慷慨之志士,以及为恋爱之故卖国卖夫之大奸妇,为国家之故如花似玉之美少女,于豪壮之里写恋爱,于悲惨之中发光明。其波澜,其变幻,其布置极周详,诚西欧文坛一大佳构也。"②陈景韩对该剧作的剧情和写作都给予了很高的评价。故事讲述

---

① 冷:《伯爵虎化记》,《小说时报》,1909年第1期。
② [法]柴尔时著:《祖国·叙言》,冷译,《小说时报》,第1年第5号,宣统二年(1910)。

了弗郎门国的爱国党领袖利贞伯爵,为了使祖国脱离西班牙的统治,决定暗地领兵起义,后因其夫人甘姑告密,伯爵被捕,为祖国英勇牺牲的悲壮故事。陈景韩对于描述爱国志士抗击外国侵略的作品,一向都是非常推崇的。剧作里主人公利贞伯爵为国不惜抛头颅,洒热血的英勇精神深深打动了他,他仅用《小说时报》第5、第6两期,便将这一长篇剧作连载结束。

其他如言情小说《赛雪儿》,陈景韩在"译者识"中强调了大仲马善于描绘情感,打动读者的特征:"盖大仲马善写哀情,而此本尤妙。脍炙人口,实非偶然事也。"①

第三类是短篇小说翻译,实际上他的短篇译文有两类,一类是原著本身即短篇,如《生计》《兄弟》《神枪手》等;另一类是他节译了某长篇小说的一段,为方便比较,姑且暂时归于短篇小说。如《聋裁判》和《卖解女儿》是出自雨果的《巴黎圣母院》。陈截取吉普赛少女梅儿第一次在小说中出场时的一系列事件,突出表现了她的美丽与善良,译成了《卖解女儿》;《乞食儿女》出自长篇小说《梅花落》(包天笑后曾翻译过全篇)里的一段情节。实际上,他的这种节译从某种角度而言,完全吻合了短篇的定义,即取人生的一横截面来展示说明整体的特征。

总之,陈景韩始终坚持了改良社会和欣赏文学艺术性的小说理念。从《新新小说》《月月小说》到《小说时报》,陈景韩不论是长篇或短篇的翻译,都注重名家名作,作品追求社会反响,如《拿破仑》的剧本翻译完后,他特意写上"是剧现时当行出色之佳著也,新剧家宜注意之"。相比前期翻译中注重译作对社会"益"的作用,在《小说时报》里,陈景韩的译作也比较完整地体现了原著本身的文学美感,也就是"味",即艺术性的特征。他对世界名著推荐的力度大大增强,可以说明其对小说美学价值的重视与肯定,改良社会和欣赏文学之美在他的思想中是可以相提并论的。这种对"味"和"益"的重视,也带动了他的搭档包天笑,基于他的影响,包天笑在《小说时报》上的译作也有一批选自西方名著。当然与陈景韩相比,包更倾向于刊物大众化、通俗化和娱乐化。笔者以为,包天笑这种折中的方案,加上陈景韩自身对"味"与

---

① [法]大仲马著:《赛雪儿》,毋我、冷血译,《小说时报》,1911年第11期。

"益"的执着,以消闲为主导的《小说时报》也由于陈景韩而放一异彩。

第二节　虚无党小说的翻译

　　1904年陈景韩开始翻译虚无党小说,他曾被阿英称为最热心译介虚无党小说的人。"虚无党"即无政府主义,概念始于法国普鲁东,确定于英国的葛德文和德国的施蒂纳,该概念是一种小资产阶级的社会政治思潮,也可以说是信奉无政府主义的一种政治力量。19世纪后期是无政府主义在俄国广泛传播阶段,部分受无政府主义影响的激进民粹主义者组成了民意党,反对沙皇专制政府,但往往以暴力暗杀等恐怖活动为手段,号召推翻专制,要求民主自由。① 陈景韩对虚无党有比较全面的了解出自两个主要原因。第一个原因是有过日本留学经历。日本早在1878年11月,明治的报纸《东京曙新闻》就有了"虚无党"的用语。② 1882年左右,西川通彻翻译《露国虚无党事情》,而后与虚无党相关的书籍大量进入日本。所以在日本的陈景韩对此有所了解是理所当然的。

　　第二个原因是1902年开始发行的《大陆报》。《大陆报》在1903年前后就已经以大篇幅来刊发关于俄罗斯虚无党的传记和事件。如在第7期的"史传"一栏中就有《俄罗斯虚无党三杰传》,第9期"史传"一栏的《弑俄帝亚力山德者传》,还附有《民意党实行委员上俄帝书》等。作为刊物记者的陈景韩或者是阅读了这些材料,或者也可能就是他本人组织刊发了这些文章。另外当时中国其他不同团体或者出版物,也在陆续介绍虚无党,这就是现时研究者论虚无党发展过程中的第一阶段,即在国内有片段介绍和在国外中国留学生中的传播阶段(1901年至1911年)。③

---

① 参考陈建华:《"虚无党小说":清末特殊的译介现象》,《华东师范大学学报(哲学社会科学版)》,1996年第4期,第67—73页;黄佳:《无政府主义的传入与辛亥革命时期的暗杀风潮》,《湖南大学学报(社会科学版)》,2000年6月,第14卷第2期,第60—63页;李怡:《近代中国无政府主义思潮与中国传统文化》,华中师范大学出版社,2001年。
② 李艳丽:《晚清俄国小说译介路径及底本考——兼析"虚无党小说"》,《外国文学评论》,2011年第1期,第210—222页。
③ 李怡:《近代中国无政府主义思潮与中国传统文化》,华中师范大学出版社,2001年,第1—7页。

作为一名爱国的、有着传统教育背景的革命人士,陈景韩对于虚无党(或称无政府党)的兴趣不在该政治思潮对资本主义政治经济制度的激烈批判,也不在于对未来大同世界的向往和追求。他通过翻译一系列虚无党人政治复仇主题的文学作品,把一种个人复仇的方式引申、扩大,提高到以卫国保国为目的的复仇行为,从而使得虚无党小说的翻译行为寄托了译者的一种政治理想。这种政治理想是指期待建立一个真正实现民主、平等、自由的国家,①实际上矛头是对准专制统治的清廷,借小说中革命者的勇敢、百折不挠和不怕牺牲的精神,以鼓舞当时的反清志士。

陈景韩所译的虚无党小说据查多从日译本转译,如 1904 至 1907 年陈译《虚无党奇话》,所据本应为松居松叶译《虚无党奇谈》,原著者为英国作家 William Le Queux;1904 年陈译《虚无党》,所据本为渡边为藏、田口掬汀译《鲁国奇闻虚无党》,原著者为英国作家柯南道尔,发表于 1903 年 12 月《文艺俱乐部》第 9 卷 16 号。② 陈主要的虚无党译作还有《爆裂弹》《杀人公司》《俄国皇帝》《女侦探》等,这些虚无党人小说的主题皆为虚无党人和专制统治者之间的斗争。

小说《爆烈弹》在开端细致描写了俄国侦探对虚无党人严密的探查,为了可以向上级邀功,他们还采取诬陷和贿赂等方法,使得无辜之人也被捕入狱而送了性命。这些侦探因为要获取虚无党的情报,采取各种极端的方式,如小说中圣彼得堡侦探长派他的干儿子呵叶到虚无党内部探听消息,为获得虚无党信任,指使呵叶杀掉既是同事又是好友的名侦探批奴。小说里评价俄国侦探吏的行为是:"俄谚有云,残忍又酷烈,俄国虚无党;残忍又残忍,酷烈又酷烈,俄国侦探吏。"③从这样的评价里,已经流露了译文原著者一种观点:虚无党的残忍和酷烈在很大程度上是因为俄国侦探的逼迫,如果他们

---

① 这种政治理想代表了当时一大批知识分子的想法,如曾朴在《孽海花》(新世界出版社,2013 年,第 59 页)中写道:"他立这会的宗旨,就要把假平等弄成一个真平等,无国家思想,无人种思想,无家族思想,无宗教思想;废币制,禁遗产,冲决种种罗网,打破种种桎梏,皇帝是仇敌,政府是盗贼,……他的分派,也分着许多,最激烈的叫做'虚无党',又叫做'无政府党'。"
② 李艳丽:《晚清俄国小说译介路径及底本考——兼析"虚无党小说"》,《外国文学评论》,2011 年第 1 期,第 210—222 页。
③ 《月月小说》,1943 年第 16 号,第 56 页。

选择不抵抗,可能就没有生存的空间了。《俄国皇帝》揭露统治者专制程度时写道:"俄国的情形却不如此,自由平等的名分丝毫也不能保守。有人苟寄一信与那俄国的朝廷,俄国的朝廷不问这信真实与否,其事虚无与否,便派了侦探警察将那人捕了来再说。既捕之后,也不明白审问,又将那人送了牢狱里去,再或则充了军再说,或则刎了头再说。你想那人受了这般冤抑,迨至一日逃了出来,到了那时,随你何人,你想要用那炸弹不要?"俄国人民在无法忍受专制政府迫害的情况下,选择奋起反抗,所以就有双方展开持续不断的斗争。需要注意的是虚无党人有其理想和志愿,并非盲目行动。"虚无党的志愿第一爱我国家;第二救我同志的人,被这政府无端冤抑;第三哀我国里的数百万同胞兄弟,为那法律的牺牲,租税的奴隶。"①在虚无党人而言,他们的行动是出于爱国的目的,因为国家在腐败黑暗的政权下已经濒临灭亡,一定需要有人勇敢站出来,采取拯救的行动,所以《虚无党奇话》中主人公露仇说:"我们俄罗斯帝国的现在,这精神上,这财政上,实是万万不能再不改革了,如欲改革,是万万不能不推倒现在的俄罗斯专制暴虐政府了,欲推倒这政府,实万万不能再爱惜生命了。""诸君愿为专制国的人民,还是愿为自由国的人民?诸君试平心静气自思罢了。"②

陈景韩虚无党小说的翻译和他的译作《窟中人》(大仲马著《基督山伯爵》)是有着共同点的,即都具有复仇情节。不同之处在于,《窟中人》是一部纯粹的复仇小说,典型的个人复仇主题(主人公在遭到诬陷后入狱14年后逃脱后,充分利用财富、金钱和法律的力量,向三个仇人报仇)。虚无党小说是"非纯粹"的复仇小说。实际上,译者是借用虚无党小说的翻译,体现出复仇观念的延展和对政治理想的寄托。复仇观念的延展是指从个人复仇、家庭复仇、宗族复仇转变到了国家复仇。俄国虚无党人提倡的复仇与私人恩怨没有牵连,他们号召的是要推翻政权的专制制度,实现一种获得自由平等权利的理想。陈景韩借虚无党人反抗专制的活动,就是要突出他们不为私

---

① 《月月小说》,1907年第19号,第16页。
② 冷血译:《虚无党奇话》,《新新小说》,1904年第1卷第3期。

利的奉献精神,这些虚无党人义无反顾的奉献,不是求私利,而是为大多数人的利益,为了有可能实现国家的真正的自由和平等。陈景韩是赞同复仇的,他尤其期待民众有着国家复仇的理念,有了国家复仇的理念,才可能在当时国难重重的情况下有所作为。基于这样的考虑,陈景韩译虚无党小说,实质还是在回应译作《窟中人》的感慨,"个人复仇难,国家复仇更难",国家复仇更难的最主要原因是民众普遍没有国家复仇的概念,①所以通过虚无党译作,传达出复仇观的扩大化,突破原本私怨复仇的范围,转而关注国家这个大概念的复仇。陈景韩认为,国家复仇理想的培养,对于当时国家的救亡是必要,也是必须的。

虚无党小说本身的文学价值并不高,之所以能够在清末民初兴起译介的热潮,最大的原因就是它契合了中国政治的需要,满足了中国革命者反对清朝专制统治的热情和激进革命的设想。阿英对虚无党小说在中国的热潮评论说过:"侦探小说的主要来源是英、美、法,虚无党小说的产生地则是当时暗无天日的帝国俄罗斯。虚无党人主张推翻帝制,实行暗杀,这些所在,与中国的革命党行动,是有不少契合之点。因此,关于虚无党小说的译印,极得思想进步的智识阶级的拥护与欢迎。"②中国虚无党小说主题的翻译和创作所反映的无政府主义理论,基本上是被中国化的概念,即无政府主义理论与民意党人的恐怖主义紧密结合,③体现了中国革命者迫切希望革命速成的想法。当然,无政府主义和民意党人恐怖手段的结合是将革命形式过于简单化,该观点认为通过暗杀暴力手段就能消灭推翻专制的政府,其中代表人物刘师复就提出过"酋长造国论",他认为国家是少数枭雄创造,杀掉枭雄式的皇帝、大臣等人,国家就会自然灭亡。④ 他们没有意识到暗杀活动仅仅在特定环境下作为革命辅助手段才有意义,而且也只能作为辅助手段,否则

---

① 不少学者都论述过,在中国民众心目中,"家"和"宗族"的概念远远重于"国"的概念。
② 参见阿英:《翻译史话》,《阿英全集》(第5卷),安徽教育出版社,2003年,第789页。这里阿英把虚无党小说的产地归在俄国的说法有待商榷。晚清不少虚无党小说的原著作者不是俄罗斯人,而是英国人或者法国人。
③ 张全之:《从虚无党小说的译介与创作看无政府主义对晚清小说的影响》,《明清小说研究》2005年第3期,第136—147页。
④ 葛懋春等:《无政府主义思想资料选》,北京大学出版社,1984年。

就会衍变成一种社会的恐怖主义。① 但细察中国革命党人推崇这种恐怖暴力的手段,很大程度是受了当时落后的经济和政治条件限制的。林㦬在《国民意见书》里总结做刺客的好处时说:第一成功最易,第二不花钱,第三不至若外人干涉,第四不至累地方多杀人命,第五可以杀一儆百。② 他的看法说明了革命党人急功近利、侥幸取胜的心理。

当然晚清民初时期,也有许多知识分子,并没有简单地认为只要靠恐怖暗杀的手段革命就能成功,他们借助虚无党小说的形式,表达对国家前途命运的思考,探索救国的可能方案。这些爱国知识精英的思考并非成熟完善,或只是一种处于萌芽状态的观点,但值得肯定的是,他们以不同角度对虚无党小说的译介,展示晚清译界对西方文学作品解读的多样性,体现了近代文化启蒙阶段知识精英群体思想转变的丰富、复杂和曲折。

---

① 吴玉章:《辛亥革命》,人民出版社,1963年,第98页。吴玉章在书中说:"我们怀着满腔的热情,不惜牺牲个人的性命去惩罚那些昏庸残暴的清朝官吏,哪里知道暗杀了统治阶级的个别人物并不能推翻反动的阶级统治,尤其是不能动摇它的社会基础呢!"
② 张丹、王忍之编:《辛亥革命前十年间时论选集》(第1卷),三联书店,1960年,第914—918页。

第四章　周瘦鹃：近代翻译史上的先行者

周瘦鹃（1895—1968）的翻译从 1911 年开始到 1947 年左右结束，约有 513 种翻译作品。他作为中国近现代翻译两个史临界时段（辛亥革命和新中国成立）的一位代表人物，始终坚持对外国文学作品中对爱国主义的褒赞和对其美感的领会和追求。他的翻译风格随社会文化各种因素和自身主观因素的嬗衍而变化，他能选择符合时代要求的标准，规范自己的翻译活动。通过对周瘦鹃翻译活动的研究，可以完整了解传统翻译观念到现代翻译观念的转变过程，可以深切体会一位翻译家在时代的大转折中所表现的前瞻和远见。

周瘦鹃，原名国贤，别署紫罗兰庵主人、泣红、怀兰等，江苏苏州人。他一直认为在他的数十年笔墨生涯中，翻译工作占着极重要的位置。笔者统计的翻译作品 513 种还不包括周瘦鹃以杂谈形式刊出的外国小故事，如他常用的《闺秀丛话（杂谈）》形式，就连续刊登过若干外国小故事。[①] 周瘦鹃在《礼拜六》期刊中翻译作品就有 69 篇。其中的 12 篇翻译小说收入他的《欧美名家短篇小说丛刻》译作集。

《欧美名家短篇小说丛刻》这本译作集获得了当时在教育部任职的鲁迅的褒奖，但遗憾的是周瘦鹃直到 1950 年才知道奖状是出自鲁迅的推荐。1956 年 10 月 5 日，周作人一篇回忆曾写道："总之他（指鲁迅——引者注）对于其时上海文坛的不重视乃是事实，虽然个别也有例外，有如周瘦鹃，便相当尊重，因为所译的《欧美小说丛刊》三册中，有一册是专收英美法以外的

---

① 参考自范伯群：《周瘦鹃论》，《中山大学学报》，2010 年第 4 期，第 50 卷，第 36—52 页。

作品的。……他看了大为惊异，认为'空谷足音'，带回会馆来，同我会拟了一条称赞的评语，用部的名义发表了出去。"①周瘦鹃自己也说过："欧陆弱小民族作家的作品，我也喜欢，经常在各种英文杂志中尽力搜罗，因为他们国家常在帝国主义者压迫之下，作家发为心声，每多抑塞不平之气。"②此外，周瘦鹃还翻译了福尔摩斯系列侦探小说，有《雷神桥畔》《匍匐之人》《吮血记》等，后由中华书局整理收入《福尔摩斯新探案全集》。长篇小说译作有《福尔摩斯别传》《犹太灯》《蛇首》《鱼雷》《情祟》《水天艳影》《红颜知己》《翻云覆雨》等，均以单行本出版，在1947年又出版了《世界名家短篇小说全集》（全4册）。

周瘦鹃的译作为我们展现了一片流光溢彩的西方文学天空，他的翻译取材范围极广，涉及英、法、美、俄、德、意、匈、西班牙、瑞士、塞尔维亚、芬兰等国家，还选译了许多弱小民族的作品；托尔斯泰、狄更斯、哈代、大仲马、莫泊桑、高尔基、欧文等世界著名的作家都是他重点关注的译作对象。同时他也通过翻译吸取异域文学之长，以提高自己的创作能力。周瘦鹃的翻译深深影响了他的创作，但他的翻译同样也深深被创作所影响。周瘦鹃可以算作近代文学现代化转型时期一位典型而突出的代表，是一切转变特质具体而微的缩影。

第一节　从传统到现代翻译观念的蜕变

法国作家莫泊桑的小说大概在1904年就有了中译本，周瘦鹃翻译莫泊桑小说最早是在1915年。周瘦鹃不是莫泊桑小说最早的翻译者，却是早期中国翻译莫泊桑小说最多者。他对莫泊桑小说的翻译一直持续到1947年，共翻译了39篇。从他对莫泊桑小说的翻译中我们可以清晰地看到他的翻译观念的蜕变。现根据查阅的资料，将周瘦鹃对莫泊桑小说的译作列表如下：

---

① 周遐寿（周作人笔名之一）：《鲁迅与清末文坛》，上海《文汇报·笔会》，1956年10月5日第3版。
② 周瘦鹃：《世界名家短篇小说集》，转引自郑逸梅《书报话旧》，书林出版社，1983年，第53—54页。

译作发表时间	译文名	译文原作者署名	译者的署名形式	发表的刊物(书)
1915年10月23日	《伞》	毛柏霜（Guy de Maupassant）原著	周瘦鹃译	《礼拜六》第74期"滑稽小说"栏（短篇名家滑稽小说）
1916年	《月下》	大小说家毛柏霜著	瘦鹃译	《春声》第5期
1917年12月	《鹦鹉》	法国名小说家毛柏桑原著	瘦鹃译	《小说大观》第12集"奇情小说"栏
1917年12月	《心照》	法国大小说家毛柏桑原著	瘦鹃译	《小说大观》第12集"言情小说"栏
1918年1月	《芳冢》	法国大作家毛柏桑原著	瘦鹃译	《小说新报》第4年第1期（哀情小说）
1918年2月	《手》	法国大作家毛柏桑原著	瘦鹃	《小说新报》第4年第2期（怪异小说）
1918年1月	《懊侬》①	法国名小说家毛柏霜原著	瘦鹃译	上海中华书局出版的《瘦鹃短篇小说》下册
1918年9月25日	《面包》	法国大小说家毛柏霜原著	瘦鹃译（文前有作者介绍）	《小说月报》第9卷第9号
1919年5月25日	《势利》	瘦鹃译法国毛柏桑氏原著	瘦鹃译	《小说月报》第10卷第5号
1919年7月25日	《私儿》	法国毛柏桑氏原著	瘦鹃译	《小说月报》第10卷第7号

---

① 经查证,《懊侬》于1918年1月已经收入上海中华书局出版的《瘦鹃短篇小说》下册。

六 通俗作家与早期翻译

续 表

译作发表时间	译文名	译文原作者署名	译者的署名形式	发表的刊物(书)
1919年8月4日至8日	《乞人》	法国名家毛柏桑原著	吴门周瘦鹃译	《晨报》1919年8月4日到8日连载完毕
1919年9月12日至14日	《谁之罪》①	法国名家毛柏桑原著	瘦鹃译	《晨报》1919年9月12日到14日连载
1920年4月25日	《欧梅夫人》	法国毛柏霜 Guy de Maupassant 著,原名 Madam Hernet	瘦鹃译	《小说月报》第11卷第4号
1920年9月25日	《报复》	法国毛柏霜原著	瘦鹃译(文后有译者评)	《小说月报》第11卷第9号
1920年12月	《一百万金》	原著者 莫泊桑	译者 周瘦鹃	《游戏新报》第1期,该小说后收入1947年大东书局的《奴爱》
1921年2月10日	《试验》	法国莫泊三原著	瘦鹃	《东方杂志》第18卷第3号
1922年4月8日	《猫妒》	法国毛柏桑短篇小说之一	周瘦鹃	《礼拜六》第156期
1922年4月22日	《难问题》	法国毛柏桑短篇小说之二	(本馆)周瘦鹃	《礼拜六》第158期
1922年4月29日	《鬼》	法国毛柏桑短篇小说之三	(本馆)周瘦鹃	《礼拜六》第159期
1922年5月6日	《奴爱》	法国毛柏桑短篇小说之三(应该为之四,期刊印刷错误)	(本馆)周瘦鹃	《礼拜六》第160期

---

① 有些资料记载是托尔斯泰的《谁之罪》,如王智毅的《周瘦鹃研究资料》里,称该文刊发于《瘦鹃短篇小说》下册,目前没有看到原本,但《晨报》上可以确定是莫泊桑的小说译作,译名为《谁之罪》。

续 表

译作发表时间	译文名	译文原作者署名	译者的署名形式	发表的刊物(书)
1922年5月10日	《幸福》	原著者 莫泊桑	译者 周瘦鹃	大东书局《紫罗兰集》下册,后收入1947年大东书局的《奴爱》
1922年5月20日	《海上》	法国毛柏桑短篇小说之五	(本社)周瘦鹃	《礼拜六》第162期
1922年10月20日	《吾友的一家》			《游戏世界》第17期
1924年2月10日	《英雄之母》		周瘦鹃	大东书局《紫罗兰外集》下册
1924年2月19日	《新年的礼物》	法国名家毛柏桑原著	周瘦鹃译	《半月》第3卷第11号
1924年4月4日	《新婚第一夜》	法国毛柏桑氏杰作	周瘦鹃译	《半月》第3卷第14号
1924年6月16日	《寡妻》	法国毛柏桑原著	周瘦鹃译	《半月》第3卷第19号
1925年10月18日	《莲花出土记》	法国名家毛柏桑	周瘦鹃译	《半月》第4卷第21号
1925年11月1日	《亡妻的遗爱》	法国毛柏桑原著	周瘦鹃译	《半月》第4卷第22号
1925年11月30日	《恋人之尸》	法国名家毛柏桑著	周瘦鹃译	《半月》第4卷第24号
1926年1月28日	《惜余欢》	法国名家毛柏桑原著	周瘦鹃译	《紫罗兰》第1卷第4号
1926年6月10日	《酷相思》	法国名家毛柏桑原著	周瘦鹃译	《紫罗兰》第1卷第13号
1927年8月27日	《蝶恋花》	法国名家莫柏桑原著	周瘦鹃译	《紫罗兰》第2卷第16号

六 通俗作家与早期翻译

续表

译作发表时间	译文名	译文原作者署名	译者的署名形式	发表的刊物(书)
1927年9月	《旅行者言》	法国名家莫泊桑氏原著	周瘦鹃译	《旅行杂志》第1卷秋季号
1927年10月10日	《于飞乐》	法国名家莫泊桑原著	周瘦鹃译	《紫罗兰》第2卷第19号
1928年9月14日	《自杀者》	法国名家莫泊桑氏原著	周瘦鹃译	《紫罗兰》第3卷第12号
1947年2月	《云发》	原著者 莫泊桑	译者 周瘦鹃	《奴爱》(莫泊桑短篇小说全集)
1947年2月	《墓志铭》	原著者 莫泊桑	译者 周瘦鹃	出自大东书局《奴爱》(莫泊桑短篇小说全集)
1947年2月	《情之所钟》	原著者 莫泊桑	译者 周瘦鹃	出自大东书局《奴爱》(莫泊桑短篇小说全集)(即《情量》)
1947年5月	《短弦》		译者 周瘦鹃	大东书局《世界名家短篇小说全集》第2册

莫泊桑(1850—1893)作为19世纪后半期法国优秀的批判现实主义作家,一生创作了6部长篇小说和356篇中短篇小说,被誉为与俄国契诃夫(1860—1904)、美国欧·亨利(1862—1910)齐名的世界短篇小说之王。莫泊桑短篇小说题材具有很强的现实性,有对当时堕落社会的嘲讽,有对贫民艰难生活的同情,还有描述当时的普法战争的小说,反映了法国人民的爱国情绪。他很擅长从平凡寻常的生活中截取典型意义的场景或片段,以小见大地反映出生活的真实。现实的生活,巧妙的构思,跌宕的情节,生动的描写,莫泊桑的小说对正在努力走向现代化的清末民初的中国翻译家有着很强的吸引力,成为了当时外国翻译小说的热点作家之一。周瘦鹃为什么会

对莫泊桑如此青睐有加呢？除了与其他作家共有的原因之外，还有他个人的原因。周瘦鹃自己曾经说过："因为我生性太急，不耐烦翻译一二十万字的长篇巨著，所以专事搜罗短小精悍的作品，翻译起来，觉得轻而易举"①。这样的说法只能解释他为什么喜欢翻译短篇小说，却难说明他为什么喜欢莫泊桑。如果我们将周瘦鹃对莫泊桑小说的翻译文本与其他作家的翻译文本对比起来看，就会发现周瘦鹃内心的秘密。周瘦鹃显然对莫泊桑的爱情题材和那些以爱情题材为中心的家庭伦理题材的小说更感兴趣，从他译本的名字就可以看出，如《情之所钟》《酷相思》《惜余欢》《蝶恋花》《芳冢》《奴爱》等等。周瘦鹃为什么喜欢莫泊桑的爱情题材的作品呢？我们似乎可以从他个人的爱情生活中寻找到答案。

周瘦鹃在少年时期曾与一位女孩深深相爱，此人的英文名字为 Violet（紫罗兰），重感情的周瘦鹃对于没有结果的初恋终身为憾，一生无法释怀。他在苏州居所名为"紫兰小筑"，其书室称"紫罗兰庵"，主编刊物取名《紫罗兰》《紫兰花片》，有文集名《紫兰芽》《紫兰小谱》《紫罗兰庵小丛书》，宅中花园叠石为台作"紫兰台"，更有丛丛紫罗兰花环绕四周，平日自称"紫兰主人"。甚至连写文章的墨水都用紫色。

这样牵魂萦魄的爱情追求和伤魂失魄的感情遗憾使得周瘦鹃对莫泊桑的爱情题材的小说特别喜欢。爱情题材的小说很多，为什么他钟情于莫泊桑呢？这和莫泊桑小说的风格有很大关系。轻灵、飘逸、隽永，是莫泊桑小说的风格。"他喜欢描写人生底丑恶方面，而且持一种极端悲观的态度……他的文章的风味……则很轻逸简单，好像不用一点力气，然而我们读完之后，乃时常感到轻轻的刺激，经过许多时候不已；……他的（作品）乃是苦味，虽淡而极永的蓝浆。"②莫氏笔下男女之间的爱恋过程曲折，结局出人意料，在浓郁的浪漫的风情里，可以发现人性共有的善恶美丑。周瘦鹃感情失意，内心抑郁的心境，很容易被莫泊桑作品中流露出的对爱情充满热望却又"极端悲观"的人生态度所感动，另外，莫氏文字的"轻逸简单""虽淡而极永"的

---

① 周瘦鹃：《我翻译西方名家短篇小说的回忆》，《雨花》，1957 年 6 月 1 日。
② 刘延陵：《十九世纪法国文学概观》，《小说月报号外 法国文学研究》，商务印书馆，民国十三年（1924）四月，第 16 页。

风格又深为周氏所激赏,所以周瘦鹃对莫泊桑的作品才如此偏爱。

周瘦鹃翻译莫泊桑作品的风格,在1915年至1918年前后为一个阶段。总体而言,此阶段他的译作有两个突出的特征:首先是用词"浓情热烈",有迎合"俗艳"趣味的倾向;第二个特征是爱用意译法,在译作里对原作文意进行夸张描述,借题发挥。无论是用词"浓情热烈"还是夸张意译,周瘦鹃都是要对原著情感描写加强渲染,一方面是受到当时读者趣味、市场需要和译界风气的影响,另一方面也是周瘦鹃借莫泊桑作品的解读抒发压抑的心情。借莫泊桑的小说而抒情,在1918年达到了顶峰。1918年8月26日至9月1日期间,他在《先施乐园报》上连续刊发了三篇注明"拟毛柏霜体"的短篇小说,以致后来一些研究者把它们归为莫氏的创作。① 莫泊桑是周瘦鹃唯一公开标明模仿其创作的西方作家,周瘦鹃这三篇模仿莫泊桑的小说的确有着莫氏短篇小说的韵味。

从1919年的《势利》《私儿》到1920年的《欧梅夫人》《报复》,周瘦鹃的翻译风格开始调整。此时的周瘦鹃不仅仅是选择爱情题材,还开始关注所译作品取材的文学性。从他发表在此时的《紫兰小筑九日记》中可以看到他对一些原作"品味"的描述:"读英译法兰西大文豪都德氏A. Daudet《巴黎三十年》(Thirty Years of Paris)一章,此书述其三十年间之文学生活,滋有意味。(该处即指都德)氏著作等身,为当年法国文坛祭酒……","夜读英国名作家琼士冬女士M. Johnston所作《郎德兰》(Audrey)说部,词旨华赡,不啻一长篇散文诗也。""滋有意味""长篇散文诗",周瘦鹃显然是对西方作家作品意境、用词、体裁等都有了领会和感悟,从此时起,他希望自己能更准确地呈现原作的内在之美。周瘦鹃此时翻译风格的变化与他此时的译作获得的名望是分不开的,自从他的《欧美名家短篇小说丛刻》出版后,他成为了当时中国文学界令人瞩目的翻译家。周瘦鹃就不能仅仅借外国小说来抒情了,他必须要以质量说明自己的内涵和译作的质量,注重文学性成为了他证明自己译作水平的重要的取向。周瘦鹃翻译风格发生变化也就成为了必然。

---

① 三篇小说为:《贫富之界》,载《先施乐园报》1918年8月26日—27日;《街角》,载《先施乐园报》1918年8月28日—29日;《鸣呼平民》,载《先施乐园报》1918年8月31日—9月1日。

1920年后,周瘦鹃对莫泊桑小说的翻译慢慢定位在较严谨的直译上,对于原作的意义尽量表达完整,轻易不做添加删减;即使在某些细节处有所改变,也是非常谨慎的。如莫泊桑的小说 The Grave 写的是一位律师极为思念已故的情人,在她下葬后掘坟求尸的故事。这是一则一见钟情、相爱一生的感人爱情故事,这样的故事对周瘦鹃而言有切身之感,显然深深打动了周瘦鹃,周瘦鹃翻译了两遍。第一次翻译是 1918 年 10 月,他的译作名为《芳冢》,文笔极为浓情艳丽:

> 彼之颦笑足以蛊吾而感吾,彼之音吐,妖媚若黄莺,足以移吾神志。彼之一身更无美弗臻,直足以夺吾心慧想,使成一无知无觉之木偶。吾虽与彼为第一次邂逅,而自觉相识已久,觌面非复一次,吾身之精神似亦寄寓彼姝之身,宅居彼姝芳心深处,温馨无匹……①

1925 年,周瘦鹃重译了该篇小说,译名改为《恋人之尸》。同样是这一段,他的语言是:

> 伊的姿态迷惑了我,伊的声音沉醉了我,我只瞧着伊这个人,就有无限的快乐,我倒像先前曾见过伊,并且和伊结识了很久,我的精神分明寄在伊的躯壳中了。②

不变的是对莫泊桑这部小说的钟情,变的是翻译语言。对照英文原文,可以看出 1918 年的译本原文意义固然未被歪曲,但是根据原文抒发感情的文字极多,可以说是借莫泊桑的"壳",显周瘦鹃的"魂"。对照 1925 年的译本可以看出不但极为达意,而且相当的明白晓畅,周瘦鹃将自己的情感完全地隐藏在莫泊桑的小说之中了。这个时期,周瘦鹃对莫泊桑短篇小说的翻译,不仅考虑能否体现原作精炼的语言特色,还常对其独有的长处加以评论,他常常加上一段"译者前言"说明自己对莫泊桑小说的印象和评价。他总结出莫

---

①② 出处见前表。

泊桑写作的特色是"冷隽",说自己还不能译出作品真正的内涵并感到遗憾。这说明周瘦鹃对莫泊桑的小说有了真正的感悟,感悟之中有着更多的知己的灵魂相通。

爱情的追求和感情上的遗憾成为了周瘦鹃翻译莫泊桑爱情小说的动力,而莫泊桑爱情小说的翻译又直接影响着周瘦鹃的文学创作。他的创作取向与他的翻译取向一样,侧重于爱情以及爱情生活所引发出来的伦理。他的诗歌、散文几乎都是感情的抒发,最有名的是他的《爱的供状》100 首。①这 100 首诗歌记叙了他"一段绵延了三十二年的恋爱史"。他将其连载于《紫罗兰》上,并作为他"五十自寿的纪念文字"。写哀艳文字是周瘦鹃的拿手绝活,这 100 首诗歌曾经赚取了不少读者的眼泪。与诗文比较起来,他的文学创作中最负盛名的还是言情小说。

周瘦鹃的言情小说主要创作于民国初年。民初大约有近百部言情小说先后出版,文坛上一片哀怨悲啼之声。这些小说都是以恋爱婚姻作为情节中心,其表现形态大致上分为三种模式:一是以徐枕亚的《玉梨魂》为代表的"文化模式";二是以吴双热的《孽怨镜》为代表的"请命模式";三就是以周瘦鹃的言情小说为代表的"离别模式"。所谓"文化模式"是指中国传统文化与人物感情的冲突,小说有着更多的文化的思考;所谓"请命模式"是指中国传统的婚姻制度与人物感情的冲突,小说向父母"请命";所谓"离别模式"是指现实生活中的离别与人物感情的冲突,小说在生与死间做文章,将感情揉碎了写。周瘦鹃的"离别模式"的代表作品是《留声机片》和《此恨绵绵无绝期》。《留声机片》写了一个叫情劫生的人情场失意后,到"恨岛"整整度过了八年,临死前将自己的思念之情录在留声机上,寄给了他的情人。这段断断续续的临终遗言,一片爱意,一片恋情,极为酸楚。他的情人听了这段遗言后不能自已,终于在自忏自艾中死去。《此恨绵绵无绝期》写的是新婚两个月的新郎在战场上受伤,回到家中死去,新娘深闺忆郎而亡的故事。小说从新娘的角度写作,新郎未死之前写新娘的念夫之情,新郎死后写新娘的悲夫

---

① 《爱的供状——附:〈记得词〉一百首》发表于 1944 年 5 月、6 月、8 月、9 月、11 月《紫罗兰》月刊第 13—17 期,在之前注释已经提及。周瘦鹃在该文里回忆了自己和周吟萍的恋史。

之情,特别是新娘临终之时的声声呼唤更是凄楚之极。生死离别,生死呼唤,其中穿插着极为哀怨的人物的心理描写,周瘦鹃将翻译莫泊桑小说的基本风格运用到自己的创作中来。他的言情小说曾经引起民初文坛"同声一哭"。仔细推敲周瘦鹃的这些言情小说就会发现,他的小说情节均比较生硬,如果将这些小说与他的莫泊桑小说的译作对比起来分析,就可以看出他实际上是从莫泊桑等人的爱情小说的翻译中寻找灵感,然后再铺演些中国人的生活和自己的感受而写作。由于他是从莫泊桑小说寻找创作启发,而不同于徐枕亚的"文化模式"和吴双热的"请命模式"在中国传统文学中寻找创作源泉,因此他此时的言情小说创作显得很前卫,很特别。民国初年的周瘦鹃创作的言情小说数量巨大。当时通俗文学作家陈小蝶就曾评价他说,"瘦鹃多情人也,平生所为文,言情之作居十九,然后多哀绝不可卒读",并作了两首诗送给他:"弥天际地只情字,如此钟情世所稀,我怪周郎一支笔,如何只会写相思";"细写柔情泪未干,滴来纸上太心酸,鲛绡揾后还重揾,啼杀红鹃夜欲阑"。① 如此的专情,如此地写情,周瘦鹃就有了"言情巨手""哀情巨子""哀情巨擘"和"哀情小说专家"等称号。

第二节 翻译文学的生活化——胡适与周瘦鹃翻译风格的共性

把胡适和周瘦鹃并列一处讨论,好像是有些突兀的安排。胡适是现代著名学者、诗人、历史家、文学家、哲学家,1910 年考取庚子赔款第二期官费生赴美国留学,因提倡文学革命而成为新文化运动的领袖之一。胡适历任北京大学教授、北大文学院院长、美国国会图书馆东方部名誉顾问、北京大学校长等职。周瘦鹃是通俗小说大家,是著名的翻译家和文学编辑,作为通俗小说大家,为当时鸳鸯蝴蝶派的先锋人物之一。前者是新派文人,后者是"旧"派文人。按理说,在文学的认识和趣味上,二人应该没有什么特别交汇之点。但有关资料显示胡适和周瘦鹃有过一些交往,而且在他们都颇有建

---

① 陈小蝶:《午夜鹃声·后记》,《礼拜六》,1915 年第 38 期。

树的翻译方面,两者有相似看法和观点。

胡适曾亲口对周瘦鹃说过,周瘦鹃编辑的《上海画报》他每期都看。他曾对周瘦鹃所译的《欧美名家短篇小说丛刻》表示赞赏:[①]周瘦鹃在《上海画报》中写到胡适与其谈话中,提到"往岁中华书局出版之拙译《欧美名家短篇小说》谓为不恶"。在周瘦鹃笔下自谦地说的"不恶",即胡适口中所说的"很好"。《上海画报》还刊登了某日胡适和周瘦鹃就翻译问题畅谈了两小时。那是一次周瘦鹃到胡适的家中去拜访,原文如下:

> 当下我们讲到短篇小说,胡先生捡起一本《新月》杂志来送给我,指着一篇《戒酒》道:"这是我今年新译的美国欧亨利氏的作品,差不多已有六七年不弹此调了。"我道:"先生译作,可是很忠实的直译的么?"胡先生道:"能直译时当然直译,倘有译出来使人不明白的语句,那就不妨删去,即如这《戒酒》篇中,我也删去几句。"说着,立起来取了一本欧亨利的原著指给我瞧道:"你瞧这开头几句全是美国的土话,译出来很吃力,而人家也不明白,所以我只采取其意,并成一句就得了。"我道:"我很喜欢先生所译的作品,往往是明明白白的。"胡先生道:"译作当然以明白为妙,我译了短篇小说,总得先给我的太太读,和我的孩子们读,他们倘能明白,那就不怕人家不明白咧。"[②]

胡适关于直译与意译的观点暂且不提,我们感兴趣的是他着重强调的一种译文要"明明白白"的表达方式。胡适的译文既要让他妻能理解——她仅随胞兄在私塾读了一两年书,后来自修到可以读金庸小说;[③]更要让家中十余岁的稚子接受,真是很不容易。如果不是文字简单流畅,通顺易懂,意义表达清晰明了,贴近生活的真实,胡适这些国外小说的译文是无论如何也不能被妻小明白的。因为这里面还存在一种异质文化的交流问题,他的译文叙述的是西方国家的事件,传达的是西方人的情感,如果他的翻译文字不

[①] 周瘦鹃:《记许扬之婚》,《上海画报》,第334期,1928年3月21日。
[②] 周瘦鹃:《胡适之先生谈片》,《上海画报》,第406期,1928年10月27日。
[③] 易竹贤:《胡适传》,湖北人民出版社,1987年,第106页。

用一种大众化、生活化的传达,以在旧式家庭中长大的妻子和不谙世事的孩子的文化程度,如何达到"明白"的层次呢?

胡适在1919年自己《短篇小说第一集》发行后,于1933年又出版了《短篇小说第二集》,在"译者自序"里,他说:"《短篇小说第一集》销行之广,转载之多,都是我当日不曾梦见的。那十一篇小说,至今还可算是近年翻译的文学书之中流传最广的。这样长久的欢迎使我格外相信外国文学的第一个条件是要使它化成明白流畅的本国文字。其实一切翻译都应该做到这个基本条件。但文学书是供人欣赏娱乐的,教训与宣传都是第二义,决没有叫人读不懂看不下去的文学书而能收教训与宣传的功效的。所以文学作品的翻译更应该努力做到明白流畅的基本条件。"[1]

前文胡适自己提到过的美国欧·亨利的小说《戒酒》译者自序中,他认为"有时原文的语句本不关重要,而译了反更费解的"。所以胡适就"删去不译"[2]。

周瘦鹃作为通俗文学的代表译家之一,对作品创作的大众化、生活化、读者的审美趋向,一直是相当了解与重视的。这种作品要贴近时代、贴近人心的观点一直渗透到他的翻译文字里。所以他对胡适讲:"我很喜欢先生所译的作品,往往是明明白白的。"可见他们二人对翻译作品要达到大众化和生活化方面的翻译观是存在着共性的。

周瘦鹃翻译作品生活化的特点主要体现在两个方面:

一、主题思想的生活化

创作上周瘦鹃是以"哀"见长的。民国初年,西方文明之风涌入中国,传统伦理观受冲击,其中婚恋自由的呼声越来越高,国人对追求个性独立、婚姻自主的行为很是向往。当时生活中的无数青年男女,很少有不被这种没有心灵束缚的坦诚的爱情所吸引,所打动的。他们大部分因为种种现实的阻碍,无法得到理想中美满婚姻,所以希望从文学作品里能获得阅读的快

---

[1] 胡适译:《短篇小说集》,安徽教育出版社,2006年,第87页。
[2] 胡适译:《短篇小说集》,安徽教育出版社,2006年,第114页。

乐,得到一种心理补偿。周瘦鹃以爱情生活作为译作的主要题材与主题,这不仅仅是作者主观上的一种选择,也与当时社会人群生活情态与兴味取向有极大的关联。

除了大量有关男女爱情为主题的译作,周瘦鹃还翻译了以社会伦理、侦探、爱国为主题的小说。这些不同文类,多视角的译作,依然关注着人们生活中的热点问题。如反映社会伦理的《郎心何忍》《孝女歼仇录》《酷相思》;读者追求有惊险刺激情节的侦探小说,如:《情海祸水》《亚森罗苹之劲敌》《亚森罗苹之失败》《余香》《怪客》;从平常人角度阐述爱国之情的爱国小说,如:《大义》《英雄之母》《无国之人》等等。

不论是言情、社会伦理、侦探小说或者爱国小说的翻译,周瘦鹃关于原作的主题选取都关注了读者实际生活中的需要,虽然这里面包含有他自身主观的影响,也牵涉出版机关的商业运作的需求,但主题生活化的表现迎合读者的需求心理,贴近了他们的实际,关怀了大多数读者的情感,所以能够受到欢迎是理所当然的结果。

二、翻译语言的生活化

周瘦鹃的译文基本上遵循着"文言—半文半白—白话"的语言转变模式。但不论是文言,文白相杂或者白话的译作,都绝不会"晦涩难懂,诘屈聱牙"。他的译文不仅晓畅易读,而且注意使用归化的手法,在译文的表达中添加中国传统的描述方式,有时为了突出某一人物的行为特征或加强情节的叙述,会在原作的基础上加入"中国制造的油和醋"。如译莫泊桑短篇小说《伞》[①]一文中的例子。

(1)……精神上受了无限痛苦,仿佛剜了她一角心儿似的。

(2)……旁的人也不知道她到底忙些什么,单见她苍蝇杀了头似的,只在屋子里乱撞。

---

① [法]毛柏桑(今译"莫泊桑")著,中华瘦鹃译:《伞》,《礼拜六》1915年10月30日,第74期"滑稽小税"栏。收入1917年3月上海中华书局初版《欧美名家短篇小说丛刊》中卷。

(3) ……只算自己是个聋子……就拼命放大了鼠胆,……马丹乌利尔吃他聒噪不过,居然也大发慈悲,……

(4) ……一定把这伞儿献宝似的献给人家瞧,……

(5) 但怕公司中人大都是眼儿生在额角上……

(6) 马丹见那总理还不懂她的意思,牙床骨顿时落下来……

这些例子中的"剜了她一角心儿似的""苍蝇杀了头似的""只算自己是个聋子""放大了鼠胆""吃他聒噪不过""大发慈悲""献宝似的""眼儿生在额角上""牙床骨顿时落下来",在英文版和法文版原著中是没有出现的,而且英法两种语言中也没有这样的表述方法。周瘦鹃在此是以归化的方法,用典型的中国式表达消除相异文化碰撞时带给读者的陌生感与疏离感,由中国民间俗语或谚语衍变而来的词句使文章充满了生活的气息。这样的译文是能顺利地融进译入语社会,容易被译入语读者接受的。

我们看到,前文胡适提到的"妇孺能够明白"的翻译方针,和周瘦鹃的翻译作品采用的生活化策略,都是为了消除读者与译作间的障碍,拉近两者间的距离,有利于东西文化的交流。尽管周瘦鹃按照自己的意愿在译文里添油加醋,但他还是在尊重原文的基础上进行文意的发挥和扩展。正是因为周瘦鹃能够尊重原意,尽量不失原意,并考虑读者的需求,减少他们的阅读障碍,因此得到专家的肯定与读者的欢迎。

第五章　程小青：侦探小说翻译与创作的领军者

程小青是中国的"西方侦探小说译著权威"①，中国侦探小说创作第一人。他与侦探小说结缘于年少之时，他对当时著名侦探小说作家的作品都有涉猎，如埃·伦坡(E. Allan Poe)、柯南·道尔(A. Conan Doyle)、弗莱丘(J. S. Flecher)、杞德·烈斯(Leslie Charteris)、勒勃朗氏(M. Leblane)、范·达痕(S. S Van Dine)、奎宁(Ellery Queen)、克丽斯蒂(Agatha Christie)等。尤其是他全面介绍了古典侦探小说，对该流派的特征理解到位，并有独到的见地。程小青的翻译和创作大约从1914年开始，到1947年接近尾声，翻译作品数目约为154种。程小青的侦探小说创作脱胎于翻译的影响，而后一步一步在中国传统文化和西方侦探小说创作理念的影响下兼收并蓄，形成自己的风格与特色。新中国成立后，虽然因国内外复杂的政治因素，国家在总的文艺方针上对文艺的社会功能、政治功能过分强调，影响到了创作主体的创作观念，但程小青依然没有放弃对侦探小说的热爱，于1956年至1957年出版发行了《她为什么被杀》《大树村血案》《生死关头》《不断的警报》四本惊险反特小说。

程小青在写作方面有近七十年的历史，他创作出的侦探主角"霍桑"，一向被誉为东方的"福尔摩斯"，新中国成立前不仅曾风靡全国，而且在港台、海外也具一定的影响力。"如侨居海外的老作家李云飞先生一九八六年十月间在美国出版的华文报《世界日报》上撰文《侦探小说作

---

① 郑逸梅：《人寿室忆往录——侦探小说家程小青》，《大成》，第133期。

家程小青》里说的,'其中全力译著侦探作品成名,锲而不舍,一二十年如一日,无论长短篇,均表达中国社会风格,且与西方名著可平分秋色,为文坛同道共许者',还要首推程小青先生。……三十年代由当时东吴大学美国传教士许安之(D. L. sherctg)介绍其友人译成英文在美国出版,即今也仍在香港及东南亚各国流行"。① "《霍桑探案》,读者遍及大江南北,在东南亚一带也拥有相当数量的读者。"② 2007年,夏威夷大学出版社出版了由黄宗泰(Timothy C. Wang)翻译的霍桑探案,译书以 Sherlock in Shanghai: Stories of Crime and Detective 为题,收有包括《江南燕》在内的六个霍桑探案故事。

程小青的《霍桑探案》,目前可搜集查阅到的篇数为74篇,共计三百多万字,探案这一系列,使得他赢得了"中国侦探小说第一人"的美誉,也标志着中国真正意义上侦探小说的诞生。但我们无法回避与忽略的是,他小说的整个创作历程都有翻译活动的相伴。这种如影随形的不同作品译介,在不同的阶段给予他的创作活动不同的滋养,来自他国的创作思维、创作理念、创作风格与程小青自身中国传统文学素质互渗互动,奇妙融合,成就了东方"福尔摩斯"的侦探形象的产生。

第一节 侦探小说的翻译观与创作观

西方侦探小说引入中国的确切年份是1896年。近代中国重要报刊之一的《时务报》于第1期(1896年8月9日)登载了《英国包探案访喀迭医生奇案》,由张坤德翻译。③ 侦探小说在中国的风靡也是由张坤德的四篇福尔摩斯探案系列的翻译而引发的。④ 从这四篇福尔摩斯故事的翻译,我们能

---

① 吟蜂:《霍桑探案集编后》,程小青著,《霍桑探案集》第13册,北京群众出版社,1988年,第315—316页。
② 郑逸梅:《郑逸梅选集》第2卷,黑龙江人民出版社,1991年,第205页。
③ 译文讲了伦敦的一个医生制造毒药,谋杀了一个富商,又为了掩盖自己的罪行,害死其他人的案件。这篇原作不明,它不太像小说,更像犯罪实录或者新闻特写,而且从情节上来看也肯定不属于福尔摩斯探案集之列。
④ 1.《英包探勘盗密约案》,连载时间为1896年9月27日至10月27日(第6—9册),原作 The Adventure of the Naval Treaty(刊登在英国《海滨杂志》1893年10月—11月号),今译《海军(转下页)

清晰地看到中国译者(同时也是读者)对侦探小说这种中国没有的新文学类型的接受过程:先是不理解侦探小说原有的结构,从而将其错误地改造;其后开始意识到了它们这样安排的妙处,虽然还只是初步阶段,但预示对该文学类型开始有正确的理解,随后还将这样的理解融入自身的创作之中。

晚清小说地位提到了前所未有的高度,他们注重的是小说的教化功能而非文学价值。所以对于侦探小说的翻译,中国的智识之士开始关注它的介绍西方法制、传达民主思想、输入科学知识等方面。[①]当然早期的评论者和译者也有对于侦探小说的认识基本上停留在小说的"奇"上:离奇曲折的情节、怪奇隐密的人物、神秘诡异的事件等,而对于侦探小说的推理演绎、心理分析等不甚了解。[②] 当初最早刊发侦探小说的《时务报》,是以益强智国为目的,把侦探小说作为政治小说或者科普教物。在《新小说》刊物里,侦探小说是有益人心,可助国家发展的政治工具。呼吁"小说革命"的梁启超认为侦探小说"足以开国民智识,开导文明进步",他完全没有意识到或关注侦探小说这一文类原本所独具的文学价值和艺术价值。于是当侦探小说自身的通

(接上页)协定》(均按群众版译名)。2.《记伛者复仇事》,连载时间为1896年11月5日至25日(第10—12册),原作 The Adventure of the Crooked Man(刊登在英国《海滨杂志》1893年7月号),今译《驼背人》。3.《继父诳女破案》,连载时间为1897年4月22日至5月12日(第24—26册),原作 A Case of Identity(刊登在英国《海滨杂志》1891年9月号),今译《身份案》。4.《呵尔唔斯缉案被戕》,连载时间为1897年5月22至6月20日(第27—30册),原作 The Adventure of the Final Problem(刊登在英国《海滨杂志》1893年12月号),今译《最后一案》。

① 俞明振《觚庵漫笔》中说:"侦探小说,余甚佩《夺嫡奇冤》一书,即一名《枯寡妇奇案》者,不仅案之反覆曲折处见长,即搭司官之裁判时,其审度宽严,折衷至当,实足令人五体投地,且有裨于临机断事处不浅。"1916年,刘半农说:"彼柯南道尔抱启发民智之宏愿,欲使侦探界上大放光明","柯南道尔于福尔摩斯则揄扬之,于莱斯屈莱特之流则痛挞之,其提倡道德与人格之功,自不可没"。(《福尔摩斯侦探案全集·跋》)中国老少年在《中国侦探案弁言》(1906)中写道:"侦探手段之敏捷也,思想之神气也,科学之精进也,吾国之昏官、聩官、糊涂官所梦想不到也。吾读之,聊以快吾心。或又曰:吾国无侦探之学,无侦探之役,译此以输入文明。而吾国官吏徒意气用事,刑讯是尚,语以侦探,彼且瞠目结舌,不解云何。"

② 1905年发表在《新小说》中的《小说丛话》是近代第一篇众家评点小说的论文。在这篇论文中,侦探小说受到了高度的重视。侠人说:"唯侦探一门,为西洋小说家专长,中国叙此等事,往往凿空不近人情,且亦无此层出不穷境界,真瞠乎其后乎。"定一说:"吾喜读泰西小说,吾尤喜泰西之侦探小说,千变万化,骇人听闻,皆出人意外者","层出不穷""千变万化""出人意料"隆乎其后"。顾燮光在《小说经眼录》中评《补译华生包探案》(1903)称:"情节离奇,令人炫目。……机械变诈,今胜于古,环球交通,智慧愈开,而人愈不可测。得此书,怅触之事变纷乘,或可免卤莽灭裂之害乎?"

俗文学本质、娱乐性质显现,掩盖了梁启超原来强调的"教化功能"时,梁启超便在1915年《告小说家》中严厉指责侦探小说,把它由新小说里剔除出去,成为了"诲盗"一类的书籍。

程小青和前人一样强调侦探小说的教化功能,提出"侦探小说是化装的科学教科书"的观点;①可是他吸取前人对侦探小说叙事理论、叙事结构、布局特点和美学问题的观点,结合自身翻译和创作过程中的心得体会,探讨侦探小说创作的系列美学理论,如自叙体的运用、结束与开端的设计等等;②他认为文学界应该给予侦探小说恰如其分的评价,承认此文类独有的艺术性;③程在《红玫瑰》第5卷第11期《谈侦探小说(上)》一文里说道,侦探小说固然有好坏、高下之分,好的侦探小说,当然合得上文学的条件,那坏的自然也不可一例而论,所以,小说有没有文学价值,应当就小说的本身而论,却不应以体裁或性质来限制。尤其可贵的是,最终程小青没有回避侦探小说的娱乐价值,他说:"因为侦探小说不是教科书。它不是以严肃的方式来指导青年的,而是使青年从趣味和喜爱的濡染中,不知不觉地、自然而然地接受的。"④

周作人在《日本近三十年小说之发达》中谈道:"中国讲新小说也二十多年了,算起来却毫无成绩,这是什么理由呢,据我说来,就只在中国人不肯模仿不会模仿。……真心的先去模仿别人。随后自能从模仿中,蜕化出独创的文学来。"⑤程小青这位少有的西方文学作品的模仿者,直接借用或化用西方各派侦探小说的技法,一步一步由"模仿"而逐步达到"中国化",寻找中国传统小说文体功能向现代小说文体功能转换的契合点。以霍桑为主角的系列侦探案使程小青赢得了"中国侦探小说第一人"的美誉,也标志着中国真正意义上侦探小说的诞生。在此过程中,不同风格的侦探小说翻译为程小

---

① 程小青:《从"视而不见"说到侦探小说》,《珊瑚》,13号,1933年1月。
② 上海文华美术图书公司出版的《霍桑探案》第二集中,程小青在以《侦探小说的多方面》为题目的前言里,追溯了侦探小说发展史,谈及了侦探小说创作的系列美学理论,如自叙体的运用,结束与开端的设计等等。
③ 《侦探小说在文学上之位置》,《紫罗兰》,第3卷24号,1929年3月。
④ 《文汇报》,1957年5月21日。
⑤ 周作人:《日本近三十年小说之发达》,《新青年》,第5卷第1号,1918年7月。

青的这种努力提供了参考范本与理论基础。①

中国侦探小说在几十年的发展中从来没有走出外来模式的巨大阴影，没有真正形成自己的性格和特征，仅仅是外在形式上的借鉴和仿效，没有突破性的创造和革新。究其原因，首先是清末民初侦探小说翻译的对象就局限在黄金时期的古典派的范围，创作侦探小说的人不断减少，基本上在1920年前后，真正坚持创作的就只有程小青、孙了红②了。创作者不多，而且都是由作家独自打拼，没有类似于英国侦探小说家们的侦探俱乐部（The Detection Club）③的组织来引导作家，培养接班人。对于侦探小说的批评，从晚清一开始就只是一篇篇评论文章，或者出现在小说序言、弁言中的，专书的评论还没有。在20世纪30年代之后就逐渐由仅存的从事侦探小说写作的作家写评论了。前面提过的坚持创作的孙了红又只重翻译与创作，对评论不感兴趣，那么就仅有程小青苦苦支撑局面。这样，我们看到，引介、翻译、创作、批评就重叠在非常少数人的身上。这种情况必定导致侦探小说创作缺乏新的活力与新思维，没有激发创作进步的原动力。

程小青继承并努力在创作中实践古典侦探小说的艺术成就，没有关注到新侦探小说家流派在侦探小说社会结构的拓宽、主角形象塑造以及布局的复杂等方面的探索与成就。程小青列举出符合文学条件又具有永久价值的作家作品，如"埃伦坡 E. Allan Poe，安尼格林 Anna K. Green，柯南道尔 A. Conan Doyle，弗莱丘 J. S. Flecher，杞德烈斯 Leslie Charteris，玛列森氏 A. Morrison，华拉司 Edgar Wallace，勒勃朗氏 M. Leblane，范达痕 S. S Van Dine，奎宁 Ellery Queen，克丽斯蒂 Agatha Christie，赛耶斯 Dorothy L. Sayers"等等，全部都是古典侦探小说家。

作为一位西方侦探小说的知名译家和中国本土侦探小说的大作家，程小青不只是独独痴迷古典侦探小说而忽略后来崛起的硬汉派侦探小说，这

---

① 程小青除翻译柯南·道尔的《福尔摩斯侦探案》外，1929年后，程小青陆续翻译了《斐洛凡士探案》系列、《陈查礼探案》系列、《圣徒奇案》系列、《柯柯探案》等，他的译作不间断地与读者见面，在1947年时，还有译作发表在周瘦鹃创办的《乐观》杂志上，为英国作家克莉斯蒂的名作《波谲云诡录》。
② 孙了红，20世纪30年代中国侦探小说作家，因创作侠盗鲁平这一形象而出名。
③ 1928年，英国侦探作家俱乐部（the Detection Club）成立，此组织对于经典推理小说进行了长期且完善的管理与保存工作。而一手创办这个机构的人，就是安东尼·柏克莱（Anthony Berkeley）。

主要是由他的翻译观与创作观所决定的。他特别崇尚"智取",而力戒"力与血"的比拼。或者是按他在《谈侦探小说》里讲的"假使把这种作品,和英美所流行的廉价侦探小说比较,自是不能同日而语"①。1929年《紫罗兰》的第3卷第2期24号,程小青的《侦探小说在文学上之位置》再次强调优秀古典侦探小说的永久之价值,可对于出身于通俗杂志的硬汉派侦探小说,他说:"然在英美流行之一角小说(Dime Novel)及六便士小说(Six Pence Novel),也多侦探性质者,其价值自不能与前者相提并论。"也就是说程小青对硬汉派小说的评价是不高的,这可能就直接造成了他错过了此类小说中具有相当文学价值的结果。其实程小青儒雅、淡泊和与世无争的性格特征,还有从小所受到的传统伦理道德的教导,也是他偏好古典侦探小说中的重逻辑推理,不太接受硬汉派侦探小说里血腥和暴力的一个原因。

程小青一方面固守古典派侦探小说的阵营,另一方面他虽然接受了外来的文化产物,进行着新文类的写作,可他的思维方式仍旧是秉承了传统的思想,作品强调的往往还是公理正义。程小青笔下的霍桑有着福尔摩斯的办案手法,科学勘查、逻辑推理能力,精神的内涵却与中国公案小说里的清官相近。这样产生的作品就如黄永林在《中西通俗小说比较研究》一书里总结的:"中国的侦探小说从模仿西方侦探小说开始,由于它产生于中国的土壤,必然要掺入中国的土产,它描写中国的社会内容,反映中国式的社会意识和价值观念,在不断创新和发展过程中形成了独具中国特色的侦探小说。"②程小青"独具中国特色"的作品代表了同时期和后期一大批侦探小说的写作取向,如孙了红的侠盗鲁平,还有一度介入侦探小说创作的俞天愤的金蝶飞、陆澹庵的李飞、张碧梧的宋悟奇等等。东方的福尔摩斯和东方亚森罗蘋的形象,除了西方侦探小说解谜得趣的主旨,注入了思想教化的功能。

在中国侦探小说史上,程小青作为西方文学作品传播引介的先驱,侦探小说译著权威,③他给中国文坛带来了真正意义上的侦探小说,是位真正懂

---

① 《谈侦探小说》有两部分,分别载于世界书局印行的《红玫瑰》1929年5月11日的第11期和21日的第12期。
② 黄永林:《中西通俗小说比较研究》,文津出版社,1995年,第115页。
③ 郑逸梅:《人寿室忆往录——侦探小说家程小青》,《大成》,第133期。

得侦探小说创作并全身心为此投入付出而无悔的中国作家。谁也不会否认这位"中国侦探小说之父"为创作霍桑探案系列小说所做出的努力,人们现在怀念的更多的也许就是他认真执着的写作精神,感动于"在这寂寞万状的中国侦探小说之林中,他难能可贵,值得珍重的踽踽独步吧"。① 他的作品,"只要读过它们的人,就会同意它们今天仍然能够吸引大量的读者。若以情节的精彩取胜来说,它们的故事绝不亚于今天在各处流行的侦探小说家像 Agatha. Christie,Dorothy. L. Sager……其文笔的明洁流畅,叙事的清楚,分析推理的缜密周致,在同时代的作者里更是不作第二人想"②,直到今天依然有可欣赏的价值。

程小青在翻译与创作两种模式间经历的模仿、借鉴、转变、融合一系列的过程,许多当时的通俗文学作家都有过,如包天笑、周瘦鹃等等,这是他们共同的特征之一。身兼"译者"和"作家"双重职责的他们,一方面将创作理念与翻译结合,获得本国文学的认可;另一方面在写作中以译作为蓝本,汲取异域小说之长。这种"一只眼看中国,一只眼看外国"的做法使两种文学活动互为参照,互取所长,有渗透亦有融合,为当时中国文学创作的突破提供了可思考和借鉴的一条新蹊径。

第二节　从《福尔摩斯探案》到《霍桑探案》

程小青第一篇翻译侦探小说是 1915 年 4 月 1 日在《小说海》1 卷 4 号上刊发的文言短篇小说《鬼妒》③,即程小青译自英国夫妇 Alice and Claude Askew 所著,名为 *Aylmer Vance：Ghost-Seer* 一书中的一个短篇。

在《鬼妒》刊发后,程小青陆续登载了一批小说,名称列表如下④:

---

① 姚序、程小青:《霍桑探案袖珍丛刊之十八　难兄难弟》,世界书局,1944 年,第 3 页。
② 柳存仁序、程小青:《霍桑探案集》,群众出版社,1997 年,第 3 页。柳存仁系程小青好友,对各国侦探小说研究造诣尤深,原为澳大利亚坎培拉大学东方文学系教授。
③ 其实在 1914 年的 7 月的《中华小说界》第 1 卷第 7 期中刊发的《左手》,是一篇有外国人名和背景的小说,但仅注明作者是"小青",笔者也没有可以确认的英文原著作对比,只能以注明"小青译",且有原作者名的《鬼妒》为第一篇翻译作品。
④ 该表内容按原刊相关信息整理,如有缺失,为原刊如此。

序号	刊物名称	刊发时间	小说名称	著者或译者	语体和内容
1	小说大观	1915年第4集	牺牲	小青	言情小说/国外背景
2		1916年第5集	X与O	英国当代名家维廉勒荀著/半侬 小青同译	侦探小说/文言
3		1916年第6集	铜塔	英国维廉勒荀著/半侬 小青同译	侦探小说/文言
4		1916年第6集	花后曲	小青	侦探小说/文言/国外背景
5		1916年第7集	瓿钮		侦探小说/文言/国外背景
6		1916年第8集	司机人	小青	侦探小说/文言/国外背景
7		1917年第9集	角智记（1）	小青（创作）	侦探小说/文言
8		1917年第10集	角智记（2）	小青（创作）	侦探小说/文言
		1919年第14集（9月）	石上名	小青	侦探小说/文言
9	礼拜六	1915年第46期	国与家	小青译	国民小说/文言
10	小说新报	1918年（第4年）第3期	铁窗晓梦	小青	醒世小说/文言/国外背景
11	小说时报	1915年8月第30号	红别墅中之圣节	小青	短篇名译/奇情小说/文白夹杂
12		1915年12月第31号	幕面舞（原名：A Masked Ball）	法国大仲马原著/小青译	短篇新译/名家哀情/文白夹杂
13		1916年8月第33号	怨	小青	短篇名译/侠情小说/文言
14		1916年8月第33号	古金钱	小青	短篇名译/侠情小说/文白夹杂
15	小说海	1917年1月第3卷第1号	鬼窟	小青	文白夹杂

续 表

序号	刊物名称	刊发时间	小说名称	著者或译者	语体和内容
16		1917 年 1 月第 3 卷第 1 号	诈犬	小青（疑似创作）	文言
17		1915 年 7 月第 1 卷 7 号	情囚	小青	短篇小说/文言
18		1916 年 2 月第 2 卷 2 号	黑衣娘	小青	短篇小说/文言
19	中华小说界	1916 年 6 月第 3 卷第 6 期		小青	爱情小说/文白夹杂

这一批小说，清楚注明为译作的有四篇，确定为创作的是《角智记》，其他所有的小说情节和人名地名都为国外背景，使用了文言或浅易白话，但是无法确定是否为译作。这种未提翻译，而实际有可能是翻译的作品应该存在于程小青的翻译文字里。该现象对于一定时期的兼有作家身份的译者，特别是作品与期刊关系紧密的作者群，有突出的代表性。我们可以把此时期的这批作品归于程小青翻译的练笔和自身创作的前期积累与准备。程小青通过这些或译或作的小说，熟悉了侦探小说这一中国没有的新文类的特征，了解到它写作的技巧。如在 1916 年 3 月和 6 月与刘半农合译英国 Le Queux 的侦探小说《X 与 O》和《铜塔》，均发表于《小说大观》上。Le Queux 虽是英国间谍小说写作范式的奠定人，可他对错综复杂犯罪行为的描写能力让人惊叹，但他从不美化罪恶。他的犯罪小说中注重道德教育，在他的小说世界中，道德是简单的，他认为，对金钱的欲望是一切犯罪的根源。

程小青在《侦探小说的多方面》中讨论了侦探小说取材离不开偷盗与凶杀，而更深层的动机便源自"财""色"二字，芸芸众生的一切动作，追根究底都受了这两个字的驱策，所以才有了种种悲欢与离合的上演。这与 William Tufnell Le Queux 的"金钱欲望"为万罪之根有相呼应之处。

程小青在 1916 年参加周瘦鹃主持的用文言翻译《福尔摩斯侦探案全

集》工作,程翻译了福尔摩斯的五篇小说。① 通过分析《福尔摩斯侦探案全集》里十位译者的译文,对比英文原著,我们发现,这些译者是尽力朝着"与原文吻合""不失原文神髓"的要求努力的,尤其是程小青、周瘦鹃和刘半农,他们翻译的一些译文是相当精彩的。这与他们本身深厚的文学素养和开放的接受心态有很大关系,其余七人的翻译对原著的结构和叙述方式均有不同程度的改动,而且部分文言用词并非浅易。但即使是程小青、周瘦鹃、刘半农的译文和原著间仍然可以发现改造的痕迹。② 如程小青的《海军密约》,原著开头第一段 223 个字的内容被删除,华生对于将要讲述的案件的来由所作的说明省略了,译者直接从第二段开始小说翻译。程小青这样处理应该是认为第一段的内容与小说没有什么紧密联系,在 1916 年前后,大部分的译者都持有这样的观点,凡是不合传统小说结构和表达的文字都有可能被删除和改动,如西方小说中的风景描写、心理描写或者译者认定影响小说情节发展的阐释等等,这也是清末民初翻译界的缺憾之一。可是程小青五篇译文整体上比较贴近原著的表达,保留了侦探小说的特色。

1919 年,程小青发表了相对前期创作比较成熟的一篇文言侦探小说《江南燕》,此小说也揭开了以"霍桑"为主人公创作系列侦探小说的序幕,中国"福尔摩斯"的形象就在此悄悄出现,并一步一步走向丰满、完整。

在这一篇故事中,霍桑生平来历已有简略交待,他"性格顽强,智睿机警,记忆力特别强,推理力更是超人,而且最善解人意,揣度人情",他"好学,偏专于理科,对于旧学,不分家派,比较重义理而轻训诂,觉得儒家思想的'格物致知'和近代的科学方法十分相近,心中最佩服,平时都能亲自加以实践;同时又欣赏墨子的'兼爱主义',长时期受到墨子的那一种仗义行侠的熏陶,养成他痛恨罪恶,痛恨为非作歹,见义勇为,扶助贫困,压制强权的品格"。对于西方学术的探索,他认为"应该取其长而丢弃他的短处,为自己所

---

① 翻译了《罪薮》(The Valley of Fear)、《魔足》(The Devil's Foot)、《希腊译员》(The Greek Interpreter)、《海军密约》(The Aduenture of the Naval Treaty)、《驼背眃人》(The Aduenture of the Crooked Man)。
② 本章节中程小青译文出自《福尔摩斯侦探案全集》,中华书局,1916 年;本章节现译中文都出自《福尔摩斯探案全集》,阿瑟·柯南·道尔著,中国致公出版社,2006 年。

用,绝对不能缘木求鱼,刻舟求剑,盲目的跟随"。譬如说侦查时,就要根据中国的实际情况,按事实,随机应付,不能生搬硬套西方的固定标准。① 程小青在这一篇小说中,明确地将"霍桑"以"东方福尔摩斯"的形象来塑造,但还并没有要将侦探小说写成"化装的科学教科书"的意愿,可是他对传统美德是维护的。程小青这篇《江南燕》中提及"我听说古时燕赵民风一向敦厚,现在却完全相反,一般京都的风气,礼多而多半虚伪,大家趋向浮夸,民众也习惯于诡诈狡猾"。作者借"霍桑"之口,表达了对当时世风不古、人心趋狡等恶俗情态的不满,表明了对传统纯朴、善良品质承继延续之心。

在1919年到1928年间,程小青的翻译和创作一直平稳发展。在1923年1月,他于《游戏世界》第20期第一次发表新语体短篇小说《孽镜》,从此时起,他小说文体便趋向于使用白话文。这明显是受由晚清至五四白话文运动的影响,而1922年全国教材采用统一国语、报纸杂志均以白话刊行的事件,更促使程小青用新文体创作。1930年,程小青为世界书局主持重新编译《福尔摩斯探案大全集》,这次全部为白话文翻译,用新式标点,配上插图,计有54篇,70多万字,程小青翻译了17篇小说。② 近15年翻译经验积累,尤其是1916年参与《福尔摩斯侦探案全集》的翻译工作,使程小青完全有能力担当起这套白话版译本的主译工作。将他的译文与原著对比可以发现,两者内容没有什么差别,侦探小说特有的叙事结构和审美价值都得以体现和保留,文字流畅,用词准确,完全合符当时社会推行的白话语体标准。可以说程小青的翻译风格在1930年时已经确立,并显得相当成熟。我们以程小青世界书局的白话版译文与中华书局的文言版译文和英文原著相比较,可以清晰地勾勒出他翻译语体转化的过程,尤其是文言版本的不同译者的译文与程小青白话版本的译文相比较,能够归纳出不同时期的译者对相同

---

① 程小青:《江南燕》,世界书局,1936年,前言。
② 17篇译作为:《赤发团》(*The Red-headed League*),《贵新郎》(*The Noble Bachelor*),《火中秘》(*The Norwood Builder*),《蹄痕轮迹》(*The Priory School*),《诈者》(*Charles A. Milverton*),《六个拿破仑》(*The six Napoleons*),《三学生》(*The Three Students*),《石桥女尸》(*The Problem of Thor Bridge*),《可怕的纸包》(*The Cardboard Box*),《吸血妇》(*The Sussex Vampire*),《专制魔王》(*Wisteria Robge*),《网中鱼》(*The Maqarin Stone*),《郡主的失踪》(*The Disappearance of Lady Francoes Carfax*),《怪教授》(*The Greeping Man*),《为祖国》(*His Last Bow*),《血字的研究》(*A Study in Scarlet*),《古邸之怪》(*The Hound of Baskervilles*)。

小说采用的不同翻译策略,不同翻译策略的选择又受到社会背景、出版机构和读者多方面的制约与影响。

例一:常觉、小蝶合译本(中华书局文言版本,《福尔摩斯侦探案全集:怪新娘》)与程小青译本(世界书局白话版本,《福尔摩斯探案大全集:冒险史之十贵新郎》)小说开头比较。

常觉、小蝶译文:圣西门贵爵结婚之事,及其奇异之收束,社会上若已忘之久矣。良以四年以来,人事变幻,日居月诸,遂将此事,渐渐遮没,终至无声。然其内容,予实知之颇详,若夫街巷之谈,则不过十之五耳。然此事之轰动,实吾友福尔摩斯居功最多。故予不得不为记载,以公天下之人,令知吾友敏妙之思想,实无伦比也。

程小青译文:那圣雪门贵族的婚事,和那奇异的结局,起先曾经引起过那些贵族社会的注意的,此刻却久已淡忘了。原来这一件戏剧式的事情,已隔了四年之久,社会上新发生的奇闻异事,和那些足以传谈的资料,已夺取了那件事的地位。但据我所知,这件事的全部的事实,还没有在社会上宣露过哩。这事的收束解决,我的朋友歇洛克福尔摩斯实居大功。因此我觉得我若不把这一篇小小的纪录披露出来,他的对于社会的报告,仍算不得是完全的。

常觉和小蝶的文言版本与程小青的白话版本内容上并没有大的出入,文言版本表述简洁,没有翻译英文原著中的细节;白话版本是对照原著,忠实地进行了翻译。

例二:桐乡严天侔[①]译本(中华书局文言版本,《福尔摩斯侦探案全集:火中秘计》)与程小青译本(世界书局白话版本,《福尔摩斯探案大全集:归来记之二火中秘》)比较。严天侔的文言版本将小说英文版开头5段近405字,译成307个字,5个段落的次序被译者调换为4-5-1-2-3。英文原著第1、2、3段的对话作为小说开端,第4、5段话用了倒叙的方式说明主人公

[①] 严天侔生平资料目前没有查找到。

过去几个月的生活情状。严天侔可能自己考虑到读者不接受这种欧化的小说结构,所以大刀阔斧地改造一番。其实早在1903年10月《新小说》第1卷第8期,周桂笙译法国小说家鲍福所著《毒蛇圈》的文首就特意介绍了其有异于西方小说开头新颖的写作技巧,批评中国传统小说开头"陈陈相因,几于千篇一律,当为读者所共知"。① 这一引介很快得到作家吴趼人的响应,在《新小说》第1卷第12期,吴著的小说《九命奇冤》的开端便模仿了此种对话开头的欧式结构。② 但是程小青的白话版本是依照英文原著忠实翻译的。

例三:周瘦鹃译本(中华书局文言版本,《福尔摩斯侦探案全集:血书》)与程小青译本(世界书局白话版本,《福尔摩斯探案大全集:血字的研究》)比较。

周瘦鹃译本:一千八百七十八年,予既得伦敦大学医学博士之学位,即往奈得莱习军医。学成遂入瑙瑟姆勃莱轻步兵第五营为副军医。时是军方驻印度,予犹未赴营,而第二次之阿富汗战事遽起。当予抵孟买登陆时,即闻吾营已穿山道行进,深入敌境。予因与一般迟来之军官追之,得安抵甘达哈,入军履新职。

程小青译本:当一八七八年,我在伦敦大学里得到了医学博士的学位,随即往纳脱篮去,继续研习关于军医的学科。我在那里卒业以后,便进了第五拿森兰快枪联队,充当军医的助手。那时这联队驻扎在印度,不意在我赶到驻地以前,第二次阿富汗战争忽又发生。我在孟买登陆的时候,闻得我隶属的队伍已穿过了山径,深入敌人的境界,那时有几个和我一样迟到的军官,和我一块儿追上前去,幸而安然达到了闻达海境。等到找得了我的队伍,我便立即接受我的新职。

---

① 《新小说》第1卷第8期:"我国小说体裁,往往先将书中主人翁之姓氏来历叙述一番,然后详其事迹于后;或亦有用楔子、词章、言论之属以为之冠者。盖非如是则无下手处矣。陈陈相因,几于千篇一律,当为读者所共知。此篇为法国小说巨子鲍福所著,其起笔处即就父女问答之词,凭空落墨,恍如奇峰突兀,从天外飞来;又如燃放花炮,火星乱起。然细察之,皆有条理,自能入手,不敢出此! 虽然,此亦欧西小说家之常态耳! 爰照译之,以介绍于吾国小说界中,幸弗以不健全讥之!"
② 吴趼人小说《九命奇冤》开头:"唉! 伙计! 到了地头了! 你看大门紧闭,用甚么法子攻打?""呸! 蠢材! 这区区两扇木门,还攻打不开么? 来,来,来! 拿我的铁锤来!""砰訇! 砰訇! 好响呀!""好了,好了! 头门开了! ——呀! 这二门是个铁门,怎么处呢?""袭!"

从例三可以看出，周瘦鹃和程小青文言版和白话版的区别在于文字表述的不同，至于内容没有大的差别，皆可称为符合原著的意味。

例四：陈霆锐①译本（中华书局文言版本，《福尔摩斯侦探案全集：獒崇》）与程小青译本（世界书局白话版本，《福尔摩斯探案大全集：古邸之怪》）比较。

陈霆锐译：华生曰：福尔摩斯操心虑患人也。当有事时，恒终夜无寐。故有迟起之习。某日晨，福在膳室中，方用早餐，余立炉旁毡上拨火自热。反身忽见一精致之木杖乃昨晚之来客所遗者。杖美而坚，首端作圆形。其下围以银圈一直径，可及一寸许。圈之表面镌有"一千八百八十四年，CCH 敬赠于国家外科医院乾姆史马帖满先生"字样。细玩其形状，知此为老前辈物也。

程小青译本：密司脱歇洛克福尔摩斯已坐在他的早餐席上，他除了有时终夜不睡直坐到天明以外，早晨的起身，常比我迟些。那时我站在壁炉前的毡毯上，取起上夜里我们来客所遗的一根手杖来细瞧。那是一根坚木制成精致而圆头的手杖，这杖有一种俗称，叫做"配奈的律师"。在那圆端的下面，有一条约摸一寸阔的银箍，箍上刻着："C.C.H. 的朋友们，敬赠于国家外科医学校学员乾姆司毛铁麦"，下面还有"一八八四年"的年期。这种手杖就是那些老式的家庭医士所常揣的。故而非常庄重坚实，并且也切於实用。

陈霆锐译文的开头实际上是当时译界一个相当具有代表性的对原著的理解和翻译的处理方式。福尔摩斯小说绝大部分是从华生的视角叙述的，

---

① 吴县陈霆锐的生平资料：1890—1976，江苏吴县（今苏州）人。笔名霆锐、霆公（均见 1914 至 1919《中华小说界》《大中华》《中华实业界》等）。室名浩然堂（有《浩然堂文集》）。1911 年入上海中华书局任编纂，后参加梁启超主持的《大中华》杂志编辑部。1920 年毕业于苏州东吴大学。留学美国密歇根大学，获法学博士学位。1923 年回国，历任东吴大学、暨南大学、群治学院、中国法政学院教授。并执业为律师及《申报》《新闻报》政法专论特约撰写员。五卅惨案后，任遇难学生代表，控诉上海工部局巡捕房。八一三沪战后，不为伪威胁利诱，弃家赴渝，继续执律师业，任国民参政员。后为"国大代表"。1948 年去台湾，仍为律师。1954 年任东吴法学院院长。1956 年移居美国。1974 年返回台湾。病逝。引自陈玉堂《中国近现代人物名号大辞典》，浙江古籍出版社，1993 年版，第 534 页。

即所谓"第一人称叙事情境"中的"目击者类型",这种目击者类型能与侦探朋友一同参与侦探活动,加强了故事的真实性。其次,"目击者类型"的设置拉近了小说与读者的距离,使读者最大程度地投入到小说情节中。再次,"目击者类型"中的"我"还起着保留秘密、掩盖真相的作用,从而增强了故事的悬疑性。但是第一人称的叙述不符合中国读者的阅读习惯,所以有些译者会改为第三人称,如陈霆锐的开头是"华生曰:福尔摩斯操心虑患人也"。这里似乎要以第三人称来讲述故事,可后面紧接出现"某日晨,福在膳室中,方用早餐,余立炉旁毡上拨火自热"的句子,将"华生"的身份转成了第一人称的"余"来继续。从这里完全体现了译者的犹豫和随意添减,可以推测,当时不论译者还是读者,对外国小说叙事技巧的接受始终持有保留的态度。如当代学者陈平原曾说:"对于新小说来说,最艰难、最关键的变革不是主题意识,也不是情节类型或者小说题材,而是叙事方式。前三者主要解决'讲什么',而后者则必须解决'怎么讲'。'讲什么'之间的差异容易被发现,也容易有一方的模仿来弥合;而'怎么讲'之间的差异则一时很难把握,即使想模仿也很难不夸张变形。"①

从上面四个例子,我们可以看到文言版本中两种类型的翻译者,一种是周瘦鹃和程小青为代表的,对于新文类的了解,接受比较顺利。另一种类型是以陈霆锐、严天俫为代表的,采用归化的翻译,完全把原有的西方小说结构转变为国人熟悉的传统小说表达方式。

作为侦探小说这一新文类的译者代表,程小青从文言版本到白话版本的过渡中,已经顺利完成了对此小说模式的理解与接受。将他的译文与原著对比可以发现,两者的内容没有差距,侦探小说特有叙事结构和审美价值都得以体现和保留,文字流畅,用词准确,完全合符当时社会推行的白话语体标准。在白话版本里,很能体现西方侦探小说原味和精髓。相比1916年文言版本里他和其他译者对原著不同程度的删改、添加、改造,1930年的白话版本绝对可以担当得起"与原文吻合""不失原文神髓"的评语。

这种转变的原因是多方面的,但最主要是得益于他主动积极的探索求

---

① 陈平原:《二十世纪中国小说史》,北京大学出版社,1989年,第15页。

知。1924年,程小青在美国某大学函授学习了"罪犯的心理学"和"侦探学",广泛涉猎各门自然科学知识,五四前后《学生杂志》上就发表了他以浅显易懂的白话文来阐释科学知识的文章,如《怎么样试验空气的压力》(1921年3月8卷3号)和《人类学上的新发现》(1922年9月9卷9号)等。同时他还在《学生杂志》上发表不少译述作品,他曾译美国红十字会救生队队长W. E. Longfellow著的《泅泳新术》,刊在1921年1月第8卷第1号中;A. Bemington原著的《人类何以不能长生》,载1921年2月8卷2号等等。

因为翻译的原因,程小青对国外侦探文学创作的美学特征也有较完整的把握。他把这种感悟融合到小说创作中,经过实践,总结出了自己侦探小说创作的美学理论。他认为侦探小说与其他文类的不同,乃是在"移情"之外,还能"启智"。虽然仅是很简单的四个字,但其内涵是十分丰富的。在"移情"上,可以包括使读者坚信正义与公理必然会得到申张,而对犯罪者说来则是天网恢恢,疏而不漏;同时也包含了侦探小说的紧张刺激,令人手不释卷,能使读者亢奋愉悦,带来天下大白的信念。至于"启智",对西方读者说来,侦探小说并不是一种通俗文学,而是知识分子用来测验自己智力与逻辑推理能力的很有益处的文类。只有中国新文学才将侦探小说划入通俗文学的领域。"启智"指培养读者细致的观察力,使自己有一种洞幽烛微的能力,同时结合情节,也会增加自己的科学知识与调查研究的能力。这是一种"美"与"智"相结合的美学观。而程小青还认为翻译或创作侦探小说的作家一定要有丰富的科学知识。有的侦探小说之能破案,就缘于侦探利用了他特殊的科学知识解决案子的焦点。

程小青翻译作品时,常常注意到这些国外的侦探小说大家的学识背景都相当优良,其中不少人在关于法律、历史、医学、新闻等跨专业领域方面均相当精通。这也就从一方面说明,侦探小说创作不仅仅对作者的文学功底有要求,更对作者在自然科学及心理学、犯罪学和经济、法律等社会科学领域的学养造诣有高标准,这种广博精深的多学科知识要求,也就是程小青所推崇的《麦格路的凶杀案》中体现的侦探常识要求,确实浇灭了许许多多作家投身侦探小说的热情。在《侦探小说的多方面》一文中,程小青列举了我国侦探小说作家作品,他指出:"可惜这许多作家都是'乘兴而作,兴尽而止',他们的努力,不久便变换了别的方向,不能始终其事。"《侦探世界》编辑之一赵苕狂在最后一期刊物(第 24 期)里,写过一篇《别矣诸君》的文章,其中说明刊物难以为继的原因之一也是侦探的作品太少。同时期的刘半农、范烟桥等人也有大致相似的见解。

创作侦探小说固然是有无限诱惑力的,但投入创作的过程却十分艰辛,这是侦探小说家少有能坚持下来的原因。但是侦探小说作为通俗文学,作品的可读性、趣味性绝不可缺,因此写作的技巧很重要。程小青不仅总结了侦探小说的美学特征,而且深刻地剖析了福尔摩斯与华生搭档之间各自的职能,从而建立了《霍桑探案》的创作规律,也即架构《霍桑探案》的技巧:

> 譬如写一件复杂的案子,要布置四条线索,内中只有一条可以达到抉发真相的鹄的,其余三条都是引入歧途的假线,那就必须劳包先生的神了,因为侦探小说的结构方面的艺术,真像是布一个迷阵。作者的笔尖,必须带着吸引的力量,把读者引进了迷阵的核心,回旋曲折一时找不到出路,等到最后结束,突然把迷阵的秘门打开,使读者豁然彻悟,那才能是尽了能事。为着要布置这个迷阵,自然不能不需要几条似通非通的线路,这种线路,就须要探案中的辅助人物,如包朗、警官、侦探长等等提示出来。他提出的线路,当然也同样合于逻辑的,不过在某种限度上,总有些阻碍不通,他的见解,差不多代表了一个有健全理智而富好奇心的忠厚的读者,在理论上自然不能有什么违反逻辑之处的。①

读了程小青有关侦探小说的技巧的论述,我们能感到他真是把福尔摩斯与华生搭档的技巧三昧给吃透了。他认为侦探小说中的主从搭档,"主者"当然是一位虽非万能,却是智慧与勇毅的化身;"从者"当然在"主者"遇到难解的问题时,有时也能给"主者"以启迪,但"从者"的主要任务有三:一、他是阐述者,"主者"不能自吹自擂,有赖于他来叙述全案的过程;二、他是

---

① 程小青:《侦探小说的多方面》,芮和师、范伯群等编《鸳鸯蝴蝶派文学资料(上)》,福建人民出版社,1984 年,第 72 页。

"主者"忠心耿耿的助手,全力帮助"主者"一起破案,不惧艰难险阻;三、他还是一位"误导者",将"好奇心的忠厚的读者""误导"到迷阵的核心中去,为"主者"让读者"豁然开朗"作好铺垫。因此,程小青的确是采用了柯南·道尔侦探小说的模式,可是他的本领就在于在这一模式中,去制造故事情节的最大限度的"陌生化"。正如范烟桥所评价的:霍桑"是纯粹的'国产'侦探"。①

1929年后,程小青陆续翻译了《斐洛凡士探案》系列、《陈查礼探案》系列、《圣徒奇案》系列、《柯柯探案》等,他的译作不间断地与读者见面。在1947年时,还有译作发表在周瘦鹃创办的《乐观》杂志上,为英国作家克莉斯蒂的名作《波谲云诡录》。此时程小青的创作风格已经形成,但因为他本人一直抱有精益求精的创作态度,又翻译了不同于前期欧洲古典侦探小说的其他流派侦探小说,所以程小青慢慢尝试在写作中运用新的模式、理念,尽量跳出小说上模仿的窠臼,同时又能跟上侦探小说创作发展的潮流。

程小青的小说创作前期以事情推理见长,心理推理方面的内容几乎没有。但从1932年开始翻译《斐洛凡士探案全集》后,他意识到小说人物心理的推理与探讨的重要性,在《斐洛凡士探案》译作的序言中,程小青总结说:"那主角斐洛凡士所运用的侦探方法,也偏重于心理的分析方面。这是种新兴的科学,以前的侦探小说,虽然间有采用过,若使和他比较,那自然也不能同日而语了。"范达痕笔下斐洛凡士"重视罪犯的心理和动机,主张以心理分析为中心的分析推理法",这种当时侦探小说创作刚刚兴起的写作理念在程小青的作品中得到运用。例如在他这一时期的小说《王冕珠》中,霍桑为了确认佛像上的珍珠究竟是四个人中的哪一个偷去并藏于香炉中,假意要求检查他们的手指,并称偷窃者手指甲中必定留了香炉灰的痕迹。这样的暗示,直接让窃贼有了心理压力,心虚之际不由自主将手往衣服上去拭擦,从而将自己暴露出来。相反,其余三个无辜者因为"未做亏心事,不怕鬼敲门",故而坦坦然没有任何动作。于是霍桑就成功运用心理推理达到了确认真正罪犯的目的。

---

① 范烟桥:《民国旧派小说史略》,魏绍昌《鸳鸯蝴蝶派研究资料》,上海文艺出版社,1962年,第240页。

另一个案件《两粒珠》讲述的是少年姜宝群因为恋爱问题而莽撞行事引起的一场风波。在这个案子里面，霍桑破案的主要方法不是来自物证收集和现场的勘探，而是根据青春期少年的独有的心理特征分析来破案的。霍桑破案时不仅仅对一个处于青春期少年的心理进行了合情合理的分析，还从心理学角度分析了小说中两位受珠人不同心理状态而产生的不同结果。在银楼当过差的宋伯舜和姜宝群的恋人陈秀梅都一样拿到宝珠，前者以假当真，后者立刻分辨出是赝品，这样的结果就是完全出于"心理作用"的原因。宋伯舜得珠时，出于意料之外，满脑子想的就是珠子的来历问题，所以它的真假分辨就被忽略过去了。但陈秀梅不一样，她早就知道情人会赠珠，于是得珠后肯定细细品鉴和欣赏，这样在不同心理状态下就产生了决然不同的结果。出乎读者的意料之外但又在情理之中，既体现了心理推理对拓宽侦探小说逻辑分析的范围的作用，也为侦探小说创作提供了新思路和新方法。

程小青这一段时期除了对心理推理方式运用外，还接触到了《圣徒奇案》，"它不像福尔摩斯典型的严正的侦探小说，又不像神出鬼没的亚森罗频一流的反侦探作品，它是介乎二者之间又兼有二者之长的一种新型的创作。"①还有内容离奇变幻，设想新颖独特，案情错综复杂，破案出人意表的陈查礼探案。

中国侦探小说的产生、发展与兴起是建立在翻译、模仿、学习和借鉴西方侦探小说基础上的。程小青不仅仅是西方侦探小说传播的先驱者，又是中国本土化侦探小说创作的第一人，还尝试于侦探小说理论的建树、阐释与归纳，故此称程小青为中国侦探小说翻译与创作的第一人并不为过。

---

① [英]杞德烈斯：《赤练蛇》，《圣徒奇案》系列，程小青译，世界书局，1946年。

结　语

我们已考察了在清末民国时期通俗作家群体中的五位有代表性的译家。在当年他们都属于江苏省人（在清末民初，上海没有成为特别市之前，也属于江苏省）。周桂笙是南汇人，陈景韩是松江人，今皆属上海市；包天笑、周瘦鹃与程小青都是苏州人，或是终身定居在苏州的。但是这五位译家都活跃于开埠后的上海。一方面，上海当时是外国殖民者入侵中国的滩头阵地，但另一方面也是中外文化交流最为活跃的地区。他们之所以能成为译群的代表人物，与地域的优势也有一定的关系。这五位又都是报人或刊物的主要编辑者，与林纾等近代文学译家有差异的地方是，林纾的翻译在知识分子中影响很大；但他们则是通过报刊与若干通俗杂志，在市民大众中产生了很大的影响，为市民大众了解他们过去所不熟悉的外部世界做出了贡献。当然，在清末民初，中外文化交流主要是单向的，中国现代文学的作品还很少有向外国输出的。在他们身上我们可以清晰地看到中国翻译文学逐渐走向成熟的印记，这应该是中国现代翻译史上的一块"活化石"，体现了现代翻译史的曲折发展历程。不少外国的文学新思潮、新观念与新技巧最早是通过他们传入中国的。如包天笑在翻译过程中，国外的教育制度对他大有启发，他就创作了《青灯回味录》，对比中外教育制度的不同，对中国的新教育制度的建立产生了一定的影响。又如周瘦鹃，他对莫泊桑的作品特别感兴趣，这是基于他的生活与创作与莫泊桑的作品的题材发生了感应作用，于是莫泊桑就成了他译作的主要对象。这虽然只能谓之曰"交流"，不能名之曰"互文"，但其中也有一种"你中有我，我中有你"的"感应借鉴作用"。至于程小青，他的确是模仿了柯南·道尔的福尔摩斯、华生"模式"，但他移植过来后所写的是中国的故事,因此他的每个故事不仅没有被"模式"套死,对读者说来都有可喜的"陌生感"——或者称之为"新鲜感"更为妥帖吧。至于早期就翻译侦探小说的作家周桂笙,他将翻译侦探小说与中国的法制和典狱制度的黑暗联系了起来,在清末就吹进了一股"人权"与"科学"的新风。这股新风也可以看成五四"德先生"与"赛先生"步入中国的先头部队。这些翻译家以文艺为利器对中国的教育改革和法制改革都发挥过一定的作用;至于对国外的优秀作品的译介,更是他们的责职之所在。但是这个译群在过去的文学史或现代文学翻译史中往往被忽略了,甚至被湮没了。应该看到他们与以林纾为代表的近代文学译群是在差不多的时段中就有了较为广泛的翻译活动,而在民国时期他们又与新文学作家译群共同活跃于翻译领域之中,参与并见证了中国本土翻译文学现代化的进程。这是一个起步很早,坚持时间很长,人数也较多的译群。这三大译群都有自己的特点并有他们各自的重点服务对象,例如通俗作家译群大多兼有报人的生涯,他们与另两个译群相比,在商业化与世俗化方面表现较为突出。但商业化——将作品作为商品,这是所有作家或多或少都具有的共同点,作品的商品化使作家能谋取其生活资料,世俗化的特点则使他们深深扎根于广大市民群众中,这应该看成是他们的强项,普通的老百姓也应该有他们的文化生活,也应该了解外面的广阔世界。因此,某一个译群不可能包办为中国全民服务的职能。我们认为这三大译群在翻译史上都应该得到相应的地位,对过去常被忽视,甚至被湮没的通俗作家译群的研究也必须放在我们的研究日程之中。应该看到,过去在现代翻译史上对这一译群,我们是曾欠了一笔"研究债务"的,那么今后去进行深入的研究,补上这一课,应该是现代翻译史界的义不容辞的职责。

七 通俗文学的营销策略

（石 娟）

前言　571

第一章　副刊连载小说的文学生产与消费
　　——以《啼笑因缘》的轰动为中心　575
　　第一节　编辑的充分参与　577
　　第二节　作家自身明确的媒体选择策略　584
　　第三节　读者参与创作　589

第二章　商业运作视角下副刊与小报连载小说创作差异比较
　　——以《啼笑因缘》和《亭子间嫂嫂》为中心　594
　　第一节　副刊与小报连载小说生产方式差异之比较　595
　　第二节　《啼笑因缘》与《亭子间嫂嫂》轰动之比较　600

第三章　期刊与单行本的"合谋"
　　——以《江湖奇侠传》的轰动为中心　608
　　第一节　平江不肖生《江湖奇侠传》之轰动　608
　　第二节　沈知方的"生意眼"：作者发掘和选题策划　610
　　第三节　世界书局的整体推广与多维介入：观念植入与广告营销　614

第四章　周瘦鹃"个人杂志"的"投降"
　　——以《半月》《紫兰花片》和《紫罗兰》为中心　628
　　第一节　《半月》：从个人办杂志到被大东书局收编　629
　　第二节　《紫兰花片》：大东书局创办的周瘦鹃"个人小杂志"　639
　　第三节　《紫罗兰》：市场需求与个人小杂志的结合　644

结语　649

七　通俗文学的营销策略

前　言

　　文学出版的市场运作行为并非始于近现代,它随着商品经济及文化事业的繁荣和印刷技术的发展而出现,早期几乎完全集中于图书的生产与流通领域,且多以"广告"形式为主。现有研究表明,唐代便已有为招徕客人前往购买而打出的书业广告的雏形①。至宋代,随着印刷术的普及和商品经济的发展,书业广告从形式到内容都有了重大突破,设计和位置都非常灵活,或印在扉页,或印在序后卷末,字体也多粗大醒目,周围饰以种种花边栏框,以吸引读者。内容上广告文字大量增加,用语也更加讲究,已具有吸引读者产生购书欲望的功能。② 到了明代,除了在封面设计、字体、装订等方面大幅改进外,已经有书商为了吸引顾客而找人在写作大量序跋。

　　现代意义上的文学/文化市场运作行为主要有如下三方面标志性变革:1. 现代意义上的文学/文化市场运作行为主要是基于近代西方印刷技术传入之后因载体变化而产生的,以企业为单位,内涵与古代私人刻书有本质的不同。2. 文学作品尤其是小说的出版变为以在报刊上连载为主,经过读者阅读的检验之后再修订出版单行本。无论创作模式还是文本内容,都与古代直接出版单行本的单一形态有根本差异。3. 现代意义上的文学/文化运作行为是全方位、立体且多角度的,涵盖了从报纸、期刊、图书到电影、戏剧

---

① 唐至德二年(757),成都卞家印《陀罗尼经咒》首行印有"唐成都府成都县龙池坊卞家印卖咒本"字样。唐咸通二年(861)前,长安李家刻本《新集备急灸经》一书前有"京中李家于东市印"字样等。见肖东发:《中国编辑出版史》,辽宁教育出版社,1996年12月,第270页。

② 宋刻《诚斋先生四六发遣膏馥》,目录后的牌记云:"江西四六,前有诚斋,后有梅亭,二公语奇对的,妙天下,脍众口,孰不争先睹之。今采二先生遗稿刊于急用者绣木一新,便于同志披览,以续膏馥,出售幸鉴。"见肖东发:《中国编辑出版史》,辽宁教育出版社,1996年12月,第272页。

等各种媒介,形式更为丰富,推广的介质更为多样。总的说来,近现代通俗文学的市场运作,专指由编辑/出版商发起,以报纸赢利为目的的各种文学/文化生产活动,既包括编辑/出版商的策划、组织、编辑、推介行为,也包括读者与作者、编辑,读者与读者,作者与编辑之间的对话与互动以及在商业运作过程中出现的一系列现象和产生出的耀眼火花。应该说明的是,"市场运作"这一文学/文化生产领域的概念,不限于某一种媒介,无论是纸质载体(如图书、期刊)还是视觉图像载体(如电影、戏剧),以及声音载体(如广播),只要是以赢利为目的的,由出版商、媒体人发起的文学/文化组织、生产、出版、推介及作者与读者的互动等,一般都属于市场运作范畴。

以报刊连载小说为例。印刷资本的介入,报刊文学的种种运作,改变的不仅是文学叙事模式(如何写)、创作观念(为谁写)和创作方式(如何发布)的问题,它更使得一个完整的文学活动由传统的"作者-读者"的"创作-接受"二维模式变为"作者-编辑(也包括出版商)-读者"的三方参与。因了编辑的介入,读者的意愿、编辑意愿、出版商的意愿,不同程度地在文学文本中得以呈现,晚清到民国时期的新与旧、雅与俗、传统与现代等种种令人炫目的时代景观,在以市场为生存条件的生产与消费机制下,在如上种种变革中,得到了丰富的书写。以市场为旨归使得报刊连载小说形式与内容之间具有不可分割的互文性,载体形式改变了中国传统小说的叙事结构和叙事策略,却也增加了小说文本的叙事容量和叙事张力。

而书局的市场运作行为,更是以积极的主动出击的方式,以谋利为目的的文学推广,主要以广告文本为主。在这一过程中,符合出版商谋利目的的作家特质、文本,都不同程度地以广告形式得到放大,而与出版商或读者需求不匹配的作家内在的潜能在一定程度上受到压制或遮蔽。至于类型小说的成熟、各类型小说代表作家的出现以及以各个书局出版商为中心的文化场域的形成,时时处处都有市场运作行为参与其中,并发挥作用。这一切,都规约了近现代通俗文学的发展脉络和运行轨迹。文化资本的全面介入对于小说更为深刻的变革在于,它改变了传统小说创作中创作与接受的关系、文本的结构方式以及文本的接受形态,更深刻地改变了作家的创作和成长方式,张恨水、严独鹤、平江不肖生、周瘦鹃、程小青……都是在这样的境遇中起步与发展,一切通俗概莫能外。

应该说,市场运作是文学进入现代之后的必需环节,任何一部作品,都需要依靠此环节才能走向读者,完全没有广告、宣传介入的作品要想走向最广大的读者,几乎难以想象,当然不是完全没有这种可能,但如果有,也必定是偶然事件。而对于以市场为生存命脉的中国近现代通俗文学而言,几乎所有的文学活动都发生在市场运作活动的全过程中,文学载体与媒介——大报副刊、期刊、小报、单行本、视听传媒,文学活动的各方——出版商/编辑、作家、读者乃至于诸多流行过并最终经典化的文学文本、文学活动、文学事件、文学形象……无不与此息息相关。按照热奈特的说法,"出版商的内文本、作者名、标题、插页、献词和题记、序言交流情境、原序、其他序言、内部标题、提示、公众外文本和私人内文本"[1]都属于副文本范畴,而从文学广告到序跋再到编辑点评……一切都有效地"包围并延长了文本",有力地"保证了文本……在场、'接受'和消费……"[2]这些市场运作过程中的种种细节,不仅仅还原了历史现场,更揭开了民国经典通俗文学文本生成过程,厘清现代通俗文学文本中的现代性因子,为近现代通俗文学的价值评估提供依据。因此,研究文学的市场运作,就是在梳理、还原、剖析文学活动的历史现场,并从中发现通俗文学自身的活动规律、价值体系和评价标准,以此作为对裹挟于资本和媒介活动中的作家及其创作活动的评价依据,厘清每一部通俗文学文本中参与市场运作的各方之间的关系、它们在文本中的功能和对文本的贡献、近现代通俗文学的发展轨迹,还原它们的本来面目,确立不同媒介文本的评价标准,它们对于传统的继承与发展,对于西方的吐故与纳新,以及作家被资本裹挟过程中的幸与不幸、坚守与退让、气节和情怀、得意与失意,这些,文学的市场运作问题研究可以作为理论出发点,将其各个击破。这是近现代通俗文学的独特性、复杂性所在,却也是近现代通俗文学研究中极富魅力之处。

"文变染乎世情,兴废系乎时序"[3],文学与商业的结合,是时代与科技发

---

[1] 转引自金宏宇:《文本周边:中国现代文学副文本研究》,武汉大学出版社,2014年,第2—3页。
[2] 转引自金宏宇:《文本周边:中国现代文学副文本研究》,武汉大学出版社,2014年,第3页。
[3] 刘勰:《文心雕龙》,中国友谊出版公司,1997年,第180页。

展的必然,如时人所言,这种事实使文学形成了一种赤裸裸的"竞卖"关系。中国文学的现代性特质是与其媒介性相伴相生的,这使得近现代文学不得不被时代的洪流裹挟进印刷资本有目的扩张的商业行为中,使市场运作行为成为文学活动的重要组成部分,并贯穿文学活动的始终。然而一个十分有趣的现象却是,现代文学在现实中,一方面与书局、报馆的盈利目的以及广告等市场行为紧紧捆绑在一起,一方面又因文学对自由灵性抒发的追求与市场、资本之间发生了诸多抵牾,这些冲突和抵牾,构成了现代文学特有的矛盾与张力,并由此形成了复杂而多元的现代文学景观和文学生态。文学与市场、资本的关系改变了中国文学内部本然形成的相对稳定的活动模式,改变了文学创作的方式,使文学在极短的时间内迅速变得躁动不安却又充满活力。资本的干预,使文学及文化的活动成为"三千年未有之大变局"中极富生机与活力的部分,却也备受争议。自此,文人从古代那种"优游删润,以求尽美尽善"[①]的从容创作者急转成为"文字劳工",为了五斗米急于"广声誉,得润资",这些令转型期有识之士忧心忡忡的具有时代特征的文学变革形成的一个核心原因就在于现代文学的生产方式以及运行机制的根本改变。这种改变,从创作到接受,从理论到实践,从内容到形式,使现代文学内部形成了一道殊于以往的景观:一方面,文学生产方式的变革带来了参与者身份与彼此关系的变化:书局老板(出版商)、编辑、作者、读者之间并非单线的"创作—阅读"关系,而是以生产和消费的名义将整个创作能量在彼此之间互相传递和流动;另一方面,观念变革的脚步却缓慢而细碎,理论界的认知与接受很难与文学实践达成同步,并由此而引发的一系列关于文学本质、作家责任、创作方式、作家立场、社会价值以及服务对象之类文学内部种种热烈的讨论、事件乃至运动,以其行为的丰富性、内涵的独特性以及价值的多元性,构成了现代文学内部诸多魅力十足的现代性命题。

---

① 解弢:《小说话》,中华书局,民国八年(1919),第116页。

第一章 副刊连载小说的文学生产与消费
——以《啼笑因缘》的轰动为中心

1930年3月16日,严独鹤在《新闻报》副刊《快活林》的"谈话"栏目中发表了一篇《对阅者诸君的报告》的文字,隆重推出了张恨水和他的《啼笑因缘》①,称张恨水对"长篇小说,尤擅胜场","久为爱读小说者所欢迎",他的《啼笑因缘》,"兼有'言情''社会''武侠'三者之长,材料很丰富,情节很曲折,而文字上描写的艺术,又极其神妙",因而"预料必能得到读者的赞许"。张恨水的小说能够得到上海读者的喜爱,严独鹤是有所预期的,但是,《啼笑因缘》在《快活林》发表之后在上海引起的巨大轰动,却是大大超出了严独鹤以及当时文坛的想象。王德威先生称"1931年不妨称为张恨水年",因为《啼笑因缘》中几位主人公之间的恩怨情仇,"牵动无数男女的心思"。②《啼笑因缘》的秘诀何在?是不是文本中容纳了"言情""社会""武侠"三个元素加上丰富的材料和曲折的情节,甚至文字上描写的艺术,以及写作手法的改良,《啼笑因缘》就会取得这样的成功?除却这些反复被言说的理由之外,是否还隐藏着让人更为讶异的原因,驱使着无数读者为之着迷,无数商家趋之若鹜,以及后面引发的一系列版权之争和笔墨官司?

《啼笑因缘》之所以能够取得如此成绩,与报纸这一媒体的全方位利用

---

① 《对阅者诸君的报告》中小说题名原为"啼笑姻缘",大概由当时通俗文学文坛普遍流行的"姻缘"概念而来,可见此时严独鹤对张恨水的创作意图并不十分清楚,对小说主旨知之甚少,更彰显出"造势"之意。

② 王德威:《文学的上海——一九三一》,《如何现代,怎样文学?:十九、二十世纪中文小说新论》,麦田出版城邦文化事业股份有限公司,2008年2月,第276页。

是密不可分的。接受美学的代表人物姚斯、伊瑟尔以及后来继承马克思主义美学传统的瑙曼阐释接受美学的时候都认为,一个完整的文学活动包括了作家、作品、读者三个层面,一部文学作品在没有人阅读的时候还是不完全的文学作品,还不是文学作品的实现。① 在报纸出现之前,读者对文学文本的阅读与阐释难以直接反馈,进入创作者的视野比较难,作者的创作相对纯粹,读者基本处于"失语"状态。近代以来,文学与印刷资本结合以后,以报纸为平台,一个完整的文学活动还应加入编辑这一维,也就是说,一部文学作品从创作到接受要由作家、编辑、读者三个方面完成。这样一种文学活动模式可以见下图。

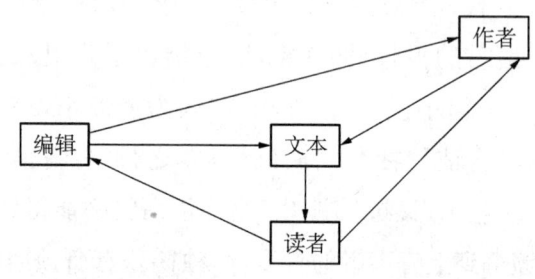

以报纸为媒介的文学活动模式

在这一过程中,印刷资本拥有者(包括编辑)出于对利润的追求决定了编辑对文学作品择选的标准(这种标准,既包括商业标准,也包括报纸定位、国家权力、地域背景、时代观念等一系列内涵),而编辑则凭借着他们对读者阅读水平及趣味的把握参与了文学作品的创作过程,读者的意见及阅读趣味决定了这种文学创作的走向以及能否完成。在这几重关系中,读者是整个文学活动的旨归,因为无论是印刷资本的拥有者、主编、主笔还是作者,其参与文学活动的最终目的都是以报纸的发行量为根本的,而自 20 世纪初开始,"正是上海渐渐盛行小说的当儿,读者颇能知所选择,小说与报纸的销路大有关系,往往一种情节曲折,文笔优美的小说,可以抓住了报纸的读者。"② 报纸的销路,只有在读者这里才能实现。这使得此时文学活动中读者

---

① [德]H·R·姚斯,[美]R·C·霍拉勃著,周宁、金元浦译:《接受美学与接受理论》,辽宁人民出版社,1987年。
② 包天笑:《钏影楼回忆录》,大华出版社,1971年,第318页。

的阅读不再是以往单向度的被动行为,在报纸这一媒介中,读者的阅读与这种阅读活动的效果及对作品的阐释完全可以与作者的创作同时展开,因此,作者在创作过程中可以随时采纳读者的意见,从而不断改进自己的写作。如果作家事先没有一个从容的完整的架构,待作品最终完成时,可能就会面目全非,《太平花》就是一例。① 长篇小说连载于报纸,当作者、编辑以及读者的作用在作品连载的过程中都得到充分发挥之后,也就是一个完整的文学活动得以实现之时。《啼笑因缘》从创作到接受,就满足了这几方面的条件。

第一节 编辑的充分参与

在副刊上,编辑的位置非常敏感。他是连接读者与作者之间的桥梁。可以说,如果没有严独鹤和严谔声,《啼笑因缘》或许会红,却不一定会如此轰动。严独鹤和严谔声之于《啼笑因缘》最重要的贡献在于,他们充分调动了另外两个维度——作者、读者——从作品创作到实现过程中的积极性,使得《啼笑因缘》在整个连载过程中呈现出动态格局。

一、设计连载方式

对于作者,众所周知的是编辑首先看中了他作为一名报人的经验,向他约稿。连载不久,又"再三的"请他写两位侠客。除此之外,在连载形式上,严独鹤还做了很多重要工作,其中一项内容便是为每天连载的《啼笑因缘》分节。经过严独鹤的整理,《啼笑因缘》每天连载的内容,都成为一个相对独立的、完整的故事,给予读者相对完整的阅读体验,这与《世界日报》副刊《明珠》连载的方式,完全不同。以《新闻报》副刊《快活林》中《啼笑因缘》最初连

---

① 《太平花》于1931年9月1日在《新闻报》副刊《快活林》(1932年一·二八事变之后更名为"新园林")连载,连载到1933年3月26日止。连载期间发生了九一八事变。张恨水本意是为内战导致的民不聊生写一篇"非战主义"的小说,表达人道主义和对穷兵黩武的反对。待战事发生,小说前部分未连载完,作品依旧按照"非战"主题连载了七回,一直连载到11月27日,受到读者指责,张恨水只得迅速调转笔锋,转而将主人公李守白送到抗日战场上。连载是为了满足读者当下阅读的需求,从正本看来,就显得非常突兀,因此作品在连载结束出单行本时,分别于1933年和1945年进行了两次改写,算上连载版,共三个版本。

载的 17 天的故事内容为例,即可看出:

(3月17日)樊家树出场→(3月18日)听说天桥并来到天桥→(3月19日)天桥风物→(3月20日)进入茶馆→(3月21日)→关寿峰出场→(3月22日)二人相识→(3月23日)关秀姑出场→(3月24日)二人相识→(3月25日)关寿峰与樊家树把酒话身世→(3月26日)沈凤喜出场→(3月27日)唱大鼓→(3月28日)赠酬→(3月29日)致谢,情愫暗生→(3月30日)樊被说服去北京饭店→(3月31日)舞场规矩及舞者心理→(4月1日)跳舞着装→(4月2日)何丽娜出场

经过严独鹤的悉心整理,每天连载于《快活林》上的《啼笑因缘》片段,故事显得相对完整。《啼笑因缘》中的几个主要人物:樊家树、沈凤喜、关秀姑、何丽娜,读者等了 17 天才陆续见到。然而在这 17 天中,并非无意义的冗长的拖沓,而是从对背景及人物身份的铺陈中,将人物一一牵出。回目在这里的作用,与传统章回小说有了很大的不同。传统章回小说观认为,章是长篇故事的自然情节单元,回目对本回内容具有提纲挈领的作用。长篇章回小说就是由这些情节组成的一个完整的艺术构思。① 然而在现代报纸这一载体上,回目对每天登载内容的连缀功能要远远大于对本回整个内容的提纲挈领功能,它是作者预设的一条轨迹,保证了每天连载的内容都有相对独立的情节以引发读者的趣味,却最终能够沿着预设的轨迹行进。当然,这种效果能够实现的一个重要前提就是作家张恨水在《啼笑因缘》中对写作手法进行了变革——"先行布局",这样,"全书无论如何跑野马,不出原定的范围"。读者在阅读过程中,只在第一次见到回目的时候会借助回目对故事的发展予以猜测,但在接下来的阅读中,关注的重点则停留在每一天那些相对独立的情节的阅读中了,那些相对独立的情节,恰似一篇篇"短篇小说",交代着一个个相对完整的内容,报载章回体小说至此时,每一回目似乎就是为了连缀一个个"短篇小说"而设置。这一点,与小报连载小说非常相似,却与传统

---

① 陈美林、冯保善、李忠明:《章回小说史》,浙江古籍出版社,1998年。

的章回小说创作有了非常大的不同,它大大扩展了传统小说回目的功能。即作者不仅仅是为了连缀小说整体构思而写回目,还为了连缀每天一个小小的情节和故事以吸引读者而写回目,同时保证不能离主题太远。也就是说,回目在小说中的作用不仅仅连缀了小说的主题,还与每天的一个个情节发生关系,以回目为中心,上辐射到《啼笑因缘》的主题,下辐射到每天的情节,在结构上,形成了"珠花"。每天登载的内容,都可以成为一个完整的部分单独阅读,不是交代风物、习俗,就是交代人物、事件。这一个个相对完整的段落,成为一颗颗"串珠",沿着樊家树的经历,一一展现出来,却都没有脱离作者最初设定的"一男三女"的故事情节,从而真正实现了曾朴期待的"珠花式"结构产生的效果——"时收时放,东西交错"①。每颗"串珠",既可独立成篇——故事,也可连缀成文——回目;既解决了每日讲述的当下性、独立性问题,又解决了每回情节的连贯性问题。这恰恰是编辑严独鹤和同为报人的作家张恨水充分利用了报纸"单日的畅销书"②的特质。也就是说,编辑和作者共同努力使每一天的即时性内容都能够畅销,当这种畅销成为一种"场"的时候,报纸的商业意义即显示出来——蜂拥而至的读者本身即是广大的市场。此时,《啼笑因缘》已不仅仅是一部单纯的文学作品,它更成为现代社会商业模式下文学与媒体、市场结合的成功典范。

除此之外,严独鹤对于小说的分节还有一个非常重要的特点,即每天故事的结尾,都会留一个悬念,手法同今天的电视连续剧一样。其实这一办法,并非始自《啼笑因缘》,在《荒江女侠》连载之时,严独鹤便已经有意识地加以运用。如《荒江女侠》连载第一天内容的结尾为:

> 少女立定脚步,略一踌躇,轻轻蹑足走到近窗处,做个丁字挂帘式,从屋脊上倒挂下来,一些也没有声息,便把小指向窗上戳个小孔,一眼偷偷窥进去,见里面乃是一个陈设精美的闺房,靠里一张紫檀香床,芙

---

① 曾朴:《修改后要说的几句话》,转引自陈平原《中国现代小说的起点——清末民初小说研究》,北京大学出版社,2005年9月,第129页。
② [美]本尼迪克特·安德森:《想象的共同体:民族主义的起源与散布》,上海人民出版社,2003年,第34页。

蓉帐前,正有一个十八九岁的女郎,背□娇躯,方在□□襟解之际,忽的走向后房去了。①

读者随着女侠的视线,看着那十八九岁的女郎的背影走进后房,那么,后房又有什么事情呢?故事到此戛然而止,一个悬念就此而设,一个传奇故事就此开始。张爱玲曾经说过:"中国观众最难应付的一点并不是低级趣味或是理解力差,而是他们太习惯于传奇。"②每天连载结束后设置的悬念,恰恰是传奇故事一个非常重要的叙述技巧。难的并不是在完整故事的叙述中设置悬念,而是在报纸上每天连载的几百字中,既要保证当天故事的相对完整,又要在结尾将悬念恰到好处地交代出来。一部小说凭借高超的描写艺术、新的创作理念、生动的情节打动读者,是作家的功劳,然而,将一个完整的生动的故事分割开来,仍然能够让读者天天追随人物经历起伏,这便是编辑的本领。严独鹤1914年便进入新闻报馆任副刊《快活林》主笔,首开"集锦小说"先河,又在《快活林》上陆续推出李涵秋的《侠凤奇缘》《镜中人影》《战地莺花录》,平江不肖生的《玉玦金环录》等众多作品,都受到了读者的欢迎。至连载《荒江女侠》之时,严独鹤已经在《新闻报》担任了15年的副刊编辑。在编辑副刊的同时,严独鹤还从事创作,除了长篇小说《人海梦》之外,在《红》杂志一百期上就发表了45篇短篇小说。1924年,世界书局出版《独鹤小说集》,收其中6部短篇。小说创作的经验和体会加之十几年的副刊编辑经历,使严独鹤深谙小说连载之道,并将其直接实践于《快活林》和《新园林》的长篇连载之中,使其深受读者喜爱。

二、组织点评,为作品造势

连载结束之后的第二天,严独鹤就借张恨水之名,呼吁读者为《啼笑因缘》撰写批评文字,内容没有约束,"或单提一事,或列举各条,或讨论全书,凡有意味,有价值者,均所欢迎"。其实,这实际上是严独鹤为单行本出版发

---

① 顾明道:《荒江女侠第一章黑夜剑光(一)》,《新闻报》副刊《快活林》,1929年4月17日。
② 张爱玲:《〈太太万岁〉题记》,金宏达、于青编《张爱玲文集》第4卷,安徽文艺出版社,1992年,第262页。

行策划的第一次有目的的运作行为。尽管称张恨水愿以文会友,但更重要的目的恐怕是三友书社希望借此"获攻错之益",因为读者批评稿件都要"寄快活林编辑部,注明'啼笑因缘批评'"字样,读者的好处是"酌量刊登",而身为副刊主编兼三友书社老板的严独鹤则可以将这些批评文字在单行本出版过程中"俾供商榷"。① 读者的参与,本身就是最好的宣传。同时,严独鹤还约通俗文学界的同人为《啼笑因缘》作评,为单行本造势。仅1930年12月到1931年12月间,在《快活林》上就发表了《啼笑因缘》评论文章13篇,值得注意的是,三友书社的《啼笑因缘》单行本出版于1931年1月11日,从1930年12月7日到1931年1月11日之前一个多月间就发表了将军《啼笑因缘趣屑》、戈恩溥《啼笑因缘概评》、谭若冰《评啼笑因缘》、严独鹤《啼笑因缘序》、虞山燕谷老人《题啼笑因缘(和浩然韵)》5篇文字,频率如此之高,造势之意不言自明。

在刊出的13篇来稿之中,尤以严独鹤的《啼笑因缘序》最为有名。严独鹤本人就曾创作过长篇小说,短篇小说一直笔耕不辍,同时又担任了十几年的副刊编辑,对小说批评经验非常丰富。该序连载于1930年12月24日、25日、26日《快活林》,恰在《新闻报》连载结束之后,单行本出版之前,这篇序言现在已广为人知,然而,鲜为人知的是在该序发表之后,同样得到了评论界的高度肯定,甚至被当作小说批评的范文:

> 得一好小说难,得一好小说之批评家尤难。《石头记》固佳矣,而《石头记》之批评家,类皆自郐以下,不足为本书生色。《啼笑因缘》因恨水之妙笔而著,因独鹤之妙评而尤著。独鹤虽仅有一序,但其序文甚长,且于《啼笑因缘》之作法及书中之妙谛,摘发无遗,可当总评,相得益彰,殉说苑中之佳话也。余每逢诸生采问小说作法,辄曰盍购《啼笑因缘》作小说范本,有恨水之妙笔,又有独鹤之妙评。鸳鸯绣出从君看,恨水之作品也;更把金针度与人,独鹤之评语也。诸生闻余语,各购《啼笑因缘》一部,悉心研究,于是思路与笔法,日臻进益,谢余指导之功。余

---

① 独鹤:《关于〈啼笑因缘〉的报告(二)》,《新闻报》副刊《快活林》,1930年12月2日。

曰:"不须谢我,当谢恨水,尤当谢批评恨水作品之独鹤。"①

程瞻庐也是《快活林》重要供稿人之一,对严独鹤的评价难免偏心,但他认为好作品配上好的批评,才能相得益彰的观点,还是比较客观的。程明祥②在《快活林》发表《读了〈啼笑因缘〉以后》一文时,也直接引严独鹤的序作为参照,予以说明。③ 可见,严独鹤对于《啼笑因缘》的贡献,从形式到内容,给予了前所未有的关注,投入了大量的精力。《啼笑因缘》之所以能够取得成功,严独鹤功不可没。他充分发挥副刊编辑优势,策划系列活动,同时将副刊的宣传功能与单行本出版的资本运作不露痕迹地糅合在一起。只有严独鹤才有这样的天时、地利与人和,也只有严独鹤能将这些优势发挥得淋漓尽致。

至1931年9月,荣记广东大戏院、明星影片公司以及大华电影社之间关于《啼笑因缘》电影、戏剧改编权与公映权的是是非非几乎每天都在《新闻报》上发布,这本身又成为非常好的电影广告。所以,《啼笑因缘》从1930年开始连载,到1932年同名电影放映,近两年时间里,翻开《新闻报》,从连载到单行本再到改编成舞台剧、电影,读者目光所及之处尽是《啼笑因缘》,这样一种宣传攻势,观众想拒绝都难。

三、进行读者调查

在出版社的编辑系列里,有两类编辑,一类是文字编辑,专门从事文字编校工作,另一类是策划编辑,专门策划图书选题。前一类编辑要求有非常扎实的文字基本功,而后一类编辑,则要对市场有非常敏锐的信息加工处理能力和较强的人际沟通与交往能力,对市场需求能够准确预测和判断,从而能够抓住先机,策划好选题。在报社中,由于报纸出版周期非常短,所涵盖

---

① 程瞻庐:《〈啼笑因缘〉与小说范本》,《申报·自由谈》,1931年5月7日。
② 按:程明祥为程瞻庐之子,专业为理科,受其父影响,喜读小说,对于文学,亦有深造。
③ 原文为:"诚如独鹤先生序中所说的:'《啼笑因缘》是于描写的艺术方面,和著作方法的操练纯熟,而博得了一般读者的共鸣。'但我却还有几句话要说,介绍给一般的读者。"程明祥:《读了〈啼笑因缘〉以后》,《新闻报·快活林》,1931年7月20日、7月22日。

的内容求全不求深,因此编辑的这两类职能常常合而为一。《啼笑因缘》从连载到出版单行本再到改编成电影的过程,充分体现出了编辑的策划及运作意识。除发表读者的疑问之外,严谔声还有意识地利用副刊调动读者的参与热情。在《啼笑因缘》未结束之时,严谔声发起了一次"《啼笑因缘》的结局如何 大家猜猜看"的调查活动,①四天之内就收到了117封读者来信,对于四位主人公的结局给予不同的猜测。有趣的是,一个多月之后,四位主人公的结局恰与读者猜测意见最多者一致。②张恨水在三友书社出版的《啼笑因缘》单行本末尾《作完〈啼笑因缘〉后的说话》一文中,在"几个重要的问题的解答"部分,一一回答了读者关于几个主人公下落的问题,恰好与严谔声发起的这次活动互为呼应,仅用"巧合"来解释这一现象未免不足以服人。

在单行本发行之后,1931年9月19日,三友书社及三益书店又发起了"《啼笑因缘》悬赏征文活动",奖金高达两百元,直接将征文名称确定为《啼笑因缘补》,要求仍采用"小说体裁。不论新体旧体……但仍以语体文为限",并请"天虚我生、王钝根、程瞻庐、李浩然、周瘦鹃、严独鹤、程小青、顾明道、陈达哉诸先生为评判员",同时得奖者"姓氏地址均在本报发表",显然,这是三友书社有意识的一次促销活动,然而这次促销活动,却指向另一个目的——三友书社已经在酝酿如何运作《啼笑因缘》的"续书"问题。在《啼笑因缘》单行本书后,张恨水在《作完〈啼笑因缘〉后的说话》一文中,援引《西厢》和《鲁滨逊漂流记》的例子,证明乱续的后果只能相形见绌,张恨水不愿"自我成之,自我毁之",因此,"不能续,不必续,也不敢续"。然而,身在《新闻报》馆的严独鹤和严谔声,同时身为三友书社的老板,面对纷至沓来的要求作续书的读者来信,不可能对读者的需求视若无睹。读者有需求,作者又不同意,怎么去解决? 于是发起征文活动。其实,这次征文活动与严谔声在《本埠附刊》上一年前发起的"《啼笑因缘》的结局如何 大家猜猜看"的调查

---

① 见《新闻报》副刊《本埠附刊》,1930年10月13日。
② 按:在1930年10月13日的统计结果中,共117位读者,猜测樊家树与何丽娜结婚的人数最多,共43人;而三人结局,猜测最多的分别为沈凤喜最终因疯而死、关秀姑流走江湖、何丽娜另嫁他人(这条排除了何丽娜与樊家树的结合情况,但终归是"嫁")。

活动是一个模式。这样做有两个好处：首先，可以了解读者的意图。倘若在这中间张恨水改变了初衷，决定续写，那么就可以给作者提供一个非常具体的市场调查结果，作者可以根据这一结果明确书中人物的走向。其次，如果张恨水决心不再续写，倘若条件允许，也可以将评奖征集的稿件汇成《啼笑因缘补》，既不违作者初衷，又可满足读者需求，借《啼笑因缘》余温再赚一笔。从这一点上看，严独鹤和严谔声不仅是非常优秀的副刊主编、作家，更是非常灵活的文化商人。这三种身份使得他们能够有意识地积极开展《啼笑因缘》的商业运作，同时又能够利用大报副刊有效调动读者的参与意识，在以盈利为目的的前提下，调动了文学活动中其他两方——作者与读者——之间的互动，从而使得《啼笑因缘》从创作到接受始终以积极的姿态呈现到我们面前。

可见，编辑这一职业，自印刷资本诞生之日起，在文学活动中，就应该而且始终应该是不可或缺的一维，是近现代文学活动中一个非常有力的声部，他们参与了中国近现代文学的建构，也是近现代文学现代性特征中与作者、读者同等重要的组成部分。

第二节　作家自身明确的媒体选择策略

张恨水是作为一位文学家而被载入中国现代文学史册的，但他同时又是一位职业报人，这一职业身份对他的写作产生了十分重要的影响。他的小说，绝大多数都连载于报纸，他产生的轰动与影响，也多由报纸连载而来。从这个意义上说，连载形式本身，便是张恨水小说的重要意义所在。张恨水的成功，恰恰在于他对于媒体（尤其是报纸）特征的准确把握，以及这一特征在文学创作中恰到好处的利用。以往研究者对于《啼笑因缘》的研究多数停留于单行本层面，注重对文学作品审美形态的研究，却忽视了作者在创作《啼笑因缘》的过程中对报纸这一现代传媒的利用，而这一点在认识张恨水作品价值的过程中，恰恰是至关重要的一个课题，只有理清了这一问题，才能呈现出张恨水作品的独特价值。

20世纪二三十年代的通俗小说，多是先连载于报纸之上，在取得轰动效应后,才以单行本形式予以发行。这样做有两方面最显著的好处:一是降低了出版商的出版风险,通过报纸发行过程中受众的反应来决定是否投入成本来出版图书,避免了因先期投入而造成的资源浪费;二是可以使作者及时了解读者对作品的反应,及时调整写作思路,以互动的方式成就连载小说的成功。正如安德森所说,报纸是"书籍的一种'极端的形式'",是"单日的畅销书"。① 正是这样一种"极端的形式",带给了创作者十分巨大的言说空间和最有时效性的读者反馈,从而使得作者在写作过程中与读者互动。在以市场为创作导向的通俗文学作家这里,这一特征尤为明显。严独鹤之所以一经钱芥尘推介便约定张恨水为《快活林》创作小说,看中的,就是他多年在大报副刊连载小说的创作经验以及大报副刊编辑经历,这一经验,使得他较其他作家更懂得如何在创作中既保持自己创作上相对独立,又能够契合读者的阅读心理。张恨水曾说过:"我既是以卖文为业,对于自己的职业,固然不能不努力;然而我也万万不能忘了作小说是我一种职业。在职业上作文,我怎敢有一丝一毫自许的意思呢?"② 这一段话透出张恨水对于他的创作有两点认识:1.作小说是他谋生的手段,为了谋生,他的创作必须直接针对文化市场;2.他是职业作家,对于小说创作,他不能自满,其中既包括对读者意见的尊重,也包括在小说创作上该力求有所突破。

一、尊重读者的地域特点、审美趣味和意见——为读者创作

对于读者的态度,张恨水一直非常尊重。这一点,从创作构思到创作过程中,处处可见,众所周知的就是小说中多角恋爱和感情纠葛以及关寿峰、关秀姑这对侠义父女的出现与严独鹤与张恨水通信中阐明的上海洋场章回小说"武侠神怪"和"肉感"两大特点以及南方读者要看"噱头"之间的必然联系。可见,读者的阅读趣味直接决定了《啼笑因缘》创作题材和主要人物的设置,这与新文学的社会题材小说为了主题而塑造人物在创作目的上有根本性的不同。

---

① [美]本尼迪克特·安德森:《想象的共同体》,上海人民出版社,2003年,第34页。
② 张恨水:《〈啼笑因缘〉作者自序》,张占国、魏守忠编《张恨水研究资料》,天津人民出版社,1986年10月,第240页。

作为中国第一批开埠的通商口岸,上海物质生活之充裕,在20世纪二三十年代,为中国其他任何地方望尘莫及:电灯、电报、电话、电车、自来水、汽车、香水、雪茄、高跟鞋、化妆品、饭店、俱乐部、咖啡馆、跑马场、回力球场、电影院……在物质与现代观念层面,"在20世纪30年代,上海已和世界最先进的都市同步了"①。或许就是由于在物质极大丰富的现代事物中浸淫日久,20世纪30年代的上海人,对于上海之外的世界,有着令人惊讶的丰富想象和异乎寻常的好奇。翻开当时《新闻报》的副刊《快活林》,苏州、杭州、嘉兴、芜湖、天津、北平、西北、东北、华北以及世界各国的时事政治、文坛通讯、人情风物、消闲娱乐方式……几乎充斥了每天的版面。上海人在这些异质文化中反复玩味,津津乐道,这成为《快活林》深受读者喜爱的原因之一。对上海人的这一阅读特点,张恨水在小说的一开始就予以关注。《啼笑因缘》第一回的开篇,张恨水花了大量笔墨来描写南北反差中的北平:

> 这里不像塞外那样苦寒,也不像江南那样苦热。三百六十日,除了少数日子刮风刮土而外,都是晴朗的天气。论到下雨,街道泥泞,房屋霉湿,日久不能出门一步,是南方人最苦恼的一件事。北平人遇到下雨,倒是一喜。这就因为一二十天,遇不到一场雨。一雨之后,马上就晴。云净天空,尘土不扬,满城的空气,格外新鲜。北平人家,和南方人是反比例,屋子尽管小,院子必定大。天井二字,是不通用的。因为家家院子大,就到处有树木。你在雨霁之后,到西山去向下一看旧京,楼台宫阙,都半藏半隐,夹在绿树丛里,就觉得北方下雨,是可欢迎的了。南方怕雨,又最怕的是黄梅天气。由旧历四月初以至五月中几乎天天是雨。可是北平呢?依然是晴天,而且这边的温度低。那个时候,刚刚是海棠开后,杨柳浓时,正是黄金时代……因为如此,别处的人,都等到四月里,北平各处的树木绿遍了,然后前来游览。就在这个时候,有个很会游历的青年,他由上海到北京游历来了。②

---

① 李欧梵:《上海摩登——一种新都市文化在中国:1930—1945》,北京大学出版社,2001年,第7页。
② 恨水:《啼笑因缘(一)》"第一回 豪语感风尘倾囊买醉,哀音动弦索满座悲秋",《新闻报》副刊《快活林》1930年3月17日。

张恨水用"失去了首善之区"来描述北平在当时的位置,在承认了上海的急速现代化使得北平略显逊色的同时,笔锋转而描述北平的"好":好天气、好民居、好景致,还有就是北平悠久的文化底蕴——"伟大的建筑"和"很久的文化成绩"。"雨""庭院""树木"三个意象,是张恨水用来彰显反差的道具:"雨"对于南方,"道路泥泞""房屋霉湿""日久不能出门一步",令"南方人最苦恼",而对于北平人,"倒是一喜"——"尘土不扬",空气新鲜;北平的庭院恰恰"和南方人是反比例","屋子""小","院子"却大。"天井"在南方的民居建筑中,是特有的称谓,用来形容院子只有井口望天般大,而在北平,"是不通用的"。因为院子大,于是树木多。而树木一多,春天里由清新的色彩错落而成的美景,烟雨江南望尘莫及。寥寥五百余字,吊足了对上海之外的世界异常向往和想象力异常丰富的上海读者的胃口。就在这样一个时候,樊家树——一个江南青年,就在北平最美的季节,带着上海人的眼睛来看北平了——一个江南青年在北平的情感故事就此开场。

二、叙事模式的继承与变革——"重于情节的变化"与"少用角儿登场"

张恨水在《我的小说过程》一文中曾说,"鉴于《春明外史》《金粉世家》之千头万绪,时时记挂着顾此失彼,因之我作《啼笑因缘》,就少用角儿登场,仍重于情节的变化。"[①]这句话以白描笔法形象地勾勒出了《啼笑因缘》继承与变革的轨迹。

情节是传统章回小说最重要的叙事策略。情节贵曲不贵直,讲求变化,是章回小说魅力所在,它符合中国读者的阅读习惯和审美心理。章回小说只有"曲"才能有味儿,正如邹弢评《青楼梦》第一回时就说:"作书亦曲,不曲则直率无味矣。观此回之历证诸名妓以陪章幼卿出来,何等郑重,何等笔法。"[②]《三国演义读法》也说:"假令今人作稗官,欲平空拟一三国之事,势必劈头便叙三人,三人便各据一国,有能如是之绕乎其前,出乎其后,多方以盘

---

① 张恨水:《我的小说过程》,《上海画报》,1931年1月27日—2月12日。
② 俞达:《青楼梦》,百花洲文艺出版社,1991年,第1—2页。

旋乎其左右者哉？古事所传，天然有此等波澜，天然有此等层折，以成绝世妙文。然则读《三国》一书，诚胜读稗官万万耳。"①但张恨水的"重于情节的变化"又并不仅仅限于这一种原因，它还有媒体原因。如前所述，由于报纸连载的形式要求，情节变化恰恰可以满足报纸"单日畅销书"目的的实现。因此，"重于情节的变化"这一传统章回小说的叙事策略之所以被保留，是张恨水从报纸的市场特征和读者传统审美习惯两方面予以考虑的结果。

如果说"重于情节的变化"是对传统的继承，那么，"少用角儿登场"就带有了明显的变革意味。五四前后，有人曾劝张恨水改写新体，张恨水没有赞同，坚持写章回体小说。但这不表示他会拒绝新的叙事策略和写作手法。"少用角儿登场"可以将大量的笔墨用来写人，而对于"人"的浓墨重彩，恰恰与新文学对于"人"的重视不谋而合。是新文学影响了张恨水还是张恨水主动迎合新文学，他的"赶上时代"到底暗含了哪些内容，这些都是很难说清的历史遗留问题。唯一可以证明的是，"少用角儿登场"使得《啼笑因缘》可以留出大量笔墨将风景描写、心理描写以及小动作的描写纳入章回小说，写活了《啼笑因缘》中的几个角儿。在这一个节点上，很有趣的是张恨水从来没有说过他的这些创作手法是学自新文学，直到50岁时仍说是"得自西洋小说"②，而且明确说过林译小说给了他很大的影响——"在这些译品上，我知道了许多的描写法，尤其心理方面"③。也就是说，张恨水承认自己的创作是中西结合，至于新、旧的问题，他显示出一种刻意的回避。其实，20世纪30年代，上海的文化市场已经发育得非常成熟，无论是通俗文学还是新文学，都各有自己的市场。有了资本的保障，通俗文学与新文学之间尽管多有抵牾，却仍然能够各得其所，市场机制为彼时的文学创作提供了一种非常健康的文学生态。在这样的文学生态环境下，所谓的新与旧、雅与俗不仅可以互

---

① 毛宗岗：《读〈三国志〉法》，见北京大学中文系古代文学教研室选编《中国文学史参考资料简编（下册）》，北京大学出版社，1989年，第482页。
② 恨水：《总答谢——并自我检讨》，张占国、魏守忠编《张恨水研究资料》，天津人民出版社，1986年10月，第280—281页。
③ 张恨水：《写作生涯回忆》，张占国、魏守忠编《张恨水研究资料》，天津人民出版社，1986年10月，第16—17页。

相攻击,同样可以互相渗透,也就是新、旧文学间的对立与同一,在此时均显著地呈现出来。无论是曾虚白的《真美善》中的翻译问题①,还是范烟桥主编的《珊瑚》,以及严谔声主编的副刊《茶话》,都呈现出了这一特点。张恨水此时创作手法上能够变革,与彼时文学生态的大背景是密不可分的,张恨水对《啼笑因缘》的继承与革新,恰是与当时的文学生态同步的。如果以这样的态度来看待这一问题,也就不必对他的创作变革资源到底是来自新文学还是西洋文学如此咬文嚼字。重要的,是张恨水的《啼笑因缘》呈现出了一种"新质"。

第三节 读者参与创作

读者在文学作品中发声,是现代报刊诞生之后对于读者与作者之间关系的一次重大调整,它是中国文学现代性的重要特点之一。这种发声,体现为多种形式,或者是在作品中呈现出读者的价值观念,或者是作品迎合了读者的审美趣味,或者是读者借助报刊特点直接参与作品创作,等等。前两者都是隐性参与,而直接参与创作则是显性的。连载,恰恰为读者直接参与作品创作提供了某种可能。《啼笑因缘》从连载到出版单行本再到改编成电影以后,一直有很多读者来信。《本埠附刊》自1929年起,开始刊登读者的来信,由副刊主编署名"小记者"的严谔声予以解答。接到读者关于《啼笑因缘》的来信后,严谔声将这些信件选出一部分有意识地在《本埠附刊》上刊登出来,让读者与读者之间、读者与作者之间、读者与编者之间对作品公开予以讨论。《啼笑因缘》刊载到凤喜被刘德柱强占之后,刘德柱跪地乞求时,凤喜嫣然一笑。这一笑,到底意味着凤喜是虚荣的,还是无可奈何而为之,读者无法弄清楚。这之后《啼笑因缘》连载了很多天,沈凤喜也没有出场。有一对夫妻,为凤喜到底是否虚荣而争论不休。为了找到答案,这对夫妻给《本埠附刊》署名"小记者"的严谔声来信,让他告知。结果严谔声卖了一个关子:"一个问题,越等待到长久,越觉得有趣味。凤喜姑娘问题,自未便贸

---

① 虚白:《翻译的困难》,《真美善》,第1卷第6号,1928年1月16日。

然奉告。欲知究竟如何,且看下文分解。"①读者在严谔声这里找不到答案,当然要继续在《啼笑因缘》中找答案了。十分凑巧的是,就在这个问题提出两天后,即 9 月 1 日的《啼笑因缘(一六六)》十五回中,很久没见的凤喜与家树就这样偶遇了:

> 及至那人走下车来,大家都吃一惊,原来不是赳赳武夫,也不是衣冠整肃的老爷,却是一个穿着浑身绮罗的青年女子。再仔细看时,那女子不是别人,正是凤喜。家树身子向上一站,两手按了桌子,啊了一声,瞪了眼睛,呆住了作声不得。凤喜下车之时,未曾向着这边看来。及至家树啊了一声,他抬头一看,也不知道和那四个护兵说了一句什么,立刻身子向后一缩,扶着车门,钻到车子里头去了。接着那四个护兵,也跟上车去,分两边站定,马上汽车呜的一声,就开走了。家树在凤喜未抬头之时,还未曾看得真切,不敢断定。及至看清楚了,凤喜身子猛然一转,他脚踏着车门下的踏板,穿的印花亮纱旗衫,衣褶掀动,一阵风过,飘荡起来。因衣襟飘荡,家树连带着看到他腿上的跳舞袜子。家树想起从前凤喜曾要求过买跳舞袜子,因为平常的也要八块钱一双,就不曾买,还劝了他一顿,以为不应该那样奢侈,而今他是如愿以偿了。在这样一凝想之间,喇叭呜呜声中,汽车已失所在了。②

尽管作者没有明言凤喜是否虚荣,但读者可以从凤喜的装扮和家树的心思中,看到些许痕迹。或许是张恨水有意与读者多兜两个圈子,到了 9 月 2 日《啼笑因缘(一六七)》中,大家讨论凤喜的为人时,家树偏偏给她找了借口开脱:

> 世上的事,本来难说定。他一个弱女子,上上下下,用四个护兵看守着他,叫他有什么法子?设若他真和我们打招呼,不但他自己要发生

---

① 《凤喜姑娘怎样——夫妇间所见不同》,《新闻报·本埠附刊》,1930 年 8 月 30 日。
② 恨水:《啼笑因缘(一六六)》第十五回,《新闻报·快活林》,1930 年 9 月 1 日。

危险,恐怕还不免连累着我们呢!①

张恨水的故设玄机,引发了读者的另一轮争论。9月6日的《本埠附刊》,又有两位读者来信讨论凤喜的问题。署名"希文"的读者认为,凤喜这样一个贫家姑娘,慕了虚荣也情有可原,因为她心底还是爱家树的,她那样做,是迫于刘德柱的淫威,并且还举出了作品中具体的细节来加以论证。而署名"荣挹泉"的读者认为,凤喜与家树一定不能成眷属,并且告知张恨水在前面已经通过家树回南前,凤喜末次弹琴时的情形暗示过。②就在第二天,即9月7日连载的《啼笑因缘(一七二)》中,关秀姑留下了"风雨欺人,望君珍重"的字条,至此,读者一直关心的凤喜是否虚荣、是否忠于爱情的问题已经明了。

如果说作家没有正面回答,通过文本与读者对话,还是一种猜测,那么,张恨水对读者疑问的答复,便足以明确作家在创作过程中对读者所持的开放的对话的态度。1930年9月19日的《本埠附刊》刊登了名为"宋冲"的读者的疑问:

> 书中之主人翁樊家树,负笈北京,明明是一学生,但是樊家树自到北京之后,由春至秋,并未投考任何学校,不知其在何校读书?
>
> 关寿峰深夜挈领徒弟,往刘将军府救凤喜,越墙碎窗而入,痕迹显然。刘将军府发觉之后,仅加警戒。(秀姑二次往探路径所见)八面威风之刘将军府,竟有飞贼破窗而入,似有行刺将军之嫌,如此重大案件,刘将军竟不追究何也?
>
> 住在大落院之关秀姑大姑娘,所见皆是乡村风味,自非何丽娜可比。此次往说凤喜,在刘将军府居然以电话与家树传音。大姑娘何时用过电话,或者在医院中见过,但惜未曾用过耳。③

---

① 恨水:《啼笑因缘(一六七)》第十五回,《新闻报·快活林》,1930年9月2日。
② 希文、荣挹泉:《凤喜姑娘问题——两个不同的猜测》,《新闻报·本埠附刊》,1930年9月6日。
③ 宋冲:《啼笑因缘几个疑问》,《新闻报·本埠附刊》,1930年9月19日。

虚构是小说的重要属性。这些问题,张恨水完全可以一笑而过,但张恨水还是做了十分谨慎而诚恳的答复:

(一)樊家树游北京,为夏历四月间,去考期已远。夏间既有爱人,又回里探母,故亦未入何校补习。秋时二度北上,始考大学本科。十九回已补叙之矣(在宋冲提问之后)①,因无关大体,故暗写之也。

(二)北京闹贼必飞,为至寻常事。寒如敝庐,亦飞贼光顾二次。盖北京房瓦,皆用泥嵌,结实可行,间有灰房之顶,则如平地,跑马亦可也。惟其为刘将军之家,故闹贼即加警戒,在平民则警戒亦不必矣。

(三)大落院,非乡村之谓、贫民窟之谓。秀姑在北京多年,昔曾与伯和同胡同,继迁后门,亦邻闹市,岂有不见电话之理?且北京电话,多至数万部,几于触目皆是,小油盐店中亦有之,非贵重之物也(北京附郊数百里亦有电话)。

宋先生所问,恨水虽可答复,然书至二十万言,决不能无漏笔败笔。未发现之疑问,恐为数尚多,读者如能加以指正,俾于出单行本前能加以修理,实其幸也。

恨水附识。②

其实,由于报载小说连载过程本身即是一种未完成时态,写作与发表中间隔的时间非常短,几乎是写完即发,甚至尚未写报社即在催。像张恨水这样的知名作家,忙的时候一天要为几家报社赶小说,与单纯写单行本创作方式不同,作家根本没有时间对笔下的内容精益求精、反复推敲,也无法对刚刚写完的内容予以修改(因已经发表),所以出错在所难免,他后来在《新闻报》连载的《太平花》即出现了明显的失误,即使到了出单行本时,也未能予以纠正。③像这样的情况,在通俗文学作家中极为常见,严独鹤也曾因连载

---

① 按:括号里内容为笔者添加。
② 张恨水:《啼笑因缘几个疑问——敬答宋冲先生》,《新闻报·本埠附刊》1930年10月12日。
③ 关于《太平花》的纰漏,刘少文先生在他的《大众媒体打造的神话——论张恨水的报人生活与报纸化文本》(中国社会科学出版社,2006年)一书的第九章,对此已详加论述,不再赘述。

中出现前后矛盾专门写了一篇文章向读者致歉并予以反思。[①] 尽管张恨水在此次回答中,还没有出现严独鹤那样的尴尬,[②]但是,对于文中前后矛盾以及因创作的仓促而产生的种种问题,他是担心的,因此,在《世界日报》再次连载《啼笑因缘》时,他便对其进行了改写。[③]

应该看到,报纸的即时性在给予张恨水创作以时效性压力的同时,也给予了他难得的机遇——可以在第一时间了解读者的欲求,从而在与读者对话的过程中(无论直接对话还是间接对话),可以有效牵引读者的好奇心,为读者设疑,使其质疑,并最终满足读者的阅读渴望。从这种意义上说,在《啼笑因缘》创作的过程中,读者同样参与了文本的创作。

以报纸为载体和平台,编辑、作者与读者共同参与,共同完成一部小说,作为编辑和出版商的严独鹤本人即谙熟创作之道,而身为作家的张恨水也担任了多年的副刊主编,相似的报人身份和创作经历,使得二人得以有条件、有机会发挥所长,同时以开放的姿态适度容纳了读者的声音。这种创作模式,比传统意义上的单行本写作,要开放得多,在当时的历史条件下,它成为一种最开放的写作,与当下的网络写作非常相似,即以作家的一支笔,容纳了众多的声音——编辑、读者的和作家自己的[④]——并最终呈现在报纸副刊这一文学载体上。至此,《啼笑因缘》再不是我们看到的那个单行本,而是一个动态的鲜活的创作现场,使我们清楚地看到了现代报纸诞生后通俗文学从发生到创作再到实现的动态的多维互动的全过程。《啼笑因缘》不是一部单纯的作品,它更是一种媒体与文学之间互动的、立体的、全方位呈现的文学事件、一种文学现象。认识到这一点,我们就有可能拓展研究视角,超越文本本身,对现代文学发展过程中的各种现象,给予合理的解释和客观的定位。

---

①② 见严独鹤:《我之自讼》,《红杂志》,第 2 卷第 82 期,1924 年 3 月 14 日。
③ 见拙作:《〈啼笑因缘〉的两个版本——〈新闻报〉与〈世界日报〉之间的一段公案》,《新文学史料》,2010 年第 3 期,第 166—170 页。
④ 应该看到,这种对话具有两面性,一方面彰显了读者和编者在文本创作中的地位,另一方面,也消解了作者在传统创作模式中的主体性。然而,这种消解恰恰是报纸这一媒体为中国文学现代化转型带来的最有意味的变革。

第二章 商业运作视角下副刊与小报连载小说创作差异比较
——以《啼笑因缘》和《亭子间嫂嫂》为中心

现代传媒是现代文学赖以存在的物质载体。报纸和期刊诞生之后,直接导致了现代文学与古代文学从形式到内涵之间的差异,对长篇小说而言影响尤为深远。蒲松龄撰《聊斋志异》,动机是"雅爱搜神","闲则命笔","储蓄收罗久矣","年五十始写定";①曹雪芹写作《红楼梦》,"于悼红轩中批阅十载,增删五次"②,"字字看来皆是血,十年辛苦不寻常"……而自报纸、期刊出现之后,小说一转而变为连载,"朝甫脱稿,夕即排印,十日之内,遍天下矣"③,作者在写作时难有古人那种"优游删润,以求尽美尽善"④的从容态度,转而成为"文字劳工",急于"广声誉,得润资"。对于这种情况,早在1902年,梁启超就在《〈新小说〉第一号》中忧心忡忡地提出了当世小说创作的"五难"⑤,毫不掩饰地表达了自己对小说品质的担忧:

> 一部小说数十回,其全体结构,首尾相应,煞费苦心,故前此作者,往往几经易稿,始得一称意之作。今依报章体例,月出一回,无从颠倒

---

① 鲁迅:《中国小说史略(插图本)》,上海古籍出版社,2004年,第186页。
② 鲁迅:《中国小说史略(插图本)》,上海古籍出版社,2004年,第205页。
③④ 解弢:《小说话》,中华书局,民国八年(1919),第116页。
⑤ 在《〈新小说〉第一号》(《新民丛报》1902年第20号)中,梁启超指出:小说"结构之难,有视寻常说部数倍者"。"名为小说,实则当以藏山之文、经世之笔行之。其难一也。""新小说之意境,与旧小说之体裁,往往不能相容。其难二也。""今依报章体例,月出一回,无从颠倒损益,艰于出色。其难三也。""按月续出,虽一回不能苟简,稍有弱点,即全书皆为减色。其难四也。""……不得不于发端处,刻意求工。其难五也。"

损益,艰于出色。

同时,梁启超还指出,报刊连载小说的时效性对长篇小说部分与整体的关系也产生了非常深远的影响,古代长篇小说"最为精彩者,亦不过十数回,其余虽稍间以懈笔,读者亦无暇苛责",而连载小说"按月续出,虽一回不能苟简,稍有弱点,即全书皆为减色";古代长篇小说由于顾及结构的完整,常常先抑后扬,"篇首数回,每用淡笔晦笔,为下文作势",而报刊连载小说出于分段阅读的需要,"不得不于发端处,刻意求工",①使其载体成为"单日畅销书"②,从而盈利。应该说,梁启超在20世纪初即已经关注到以报纸为代表的现代传播载体出现以后现代长篇小说与古代长篇小说的本质差异,他所忧虑的由于载体和创作行为改变而带来的小说质量下降的问题,一直贯穿于中国现代长篇小说始终,成为现代文学活动从创作到接受整个过程中最具有普遍性也最难解决的问题之一——由于寄生于报刊之上而必须面向市场的现代长篇小说究竟该如何克服载体的限制而呈现生机,如何在载体、市场与文学审美之间寻求一种平衡,或者说挣脱载体之"累"而赢得现代长篇小说对于文学本质的追求和灵魂的回归,这不仅是印刷资本诞生之后出版者(主笔、主编)与创作者一直努力破解的"达芬奇密码",更是20世纪文学研究界有待持续关注的学术生长点。在民国时期所有的印刷媒介中,报纸的时效性更强,周期最短,相对于期刊而言,报纸在这一问题上的矛盾更为突出。而报纸与长篇小说之间,又有一种无法撇清的共存关系③,因此,报刊连载小说这一非常具有现代性特征的文本形态,为我们进入这一领域的思考提供了一种可能。

第一节 副刊与小报连载小说生产方式差异之比较

很多研究者在面对通俗小说文本时,常常以单行本为参照予以分析,这

---

① 梁启超:《〈新小说〉第一号》,《新民丛报》,1902年第20号。
② [美]本尼迪克特·安德森:《想象的共同体》,上海人民出版社,2003年,第34页。
③ 包天笑说,自20世纪初开始,"小说与报纸的销路大有关系,往往一种情节曲折,文笔优美的小说,可以抓住了报纸的读者。"包天笑:《钏影楼回忆录》,大华出版社,1971年6月,第318页。

里面就忽略了近现代通俗小说因了现代传媒而具有的一个非常重要的形式特点——连载。分析近现代通俗小说的一系列问题，必须进入连载形式本身对小说结构予以思考，"连载"，是近现代长篇通俗小说非常重要的文体特征，它直接影响到了小说的文本结构方式。长篇小说在连载的过程中，创作不再是作家个人密不透风的行为，它因了媒体的参与而具有了开放性，同时媒体的差异又直接为长篇通俗小说的走向提供了多重可能。通俗文学的长篇小说，通常是连载于各类文艺期刊、大报副刊和小报上，如果在连载过程中作品非常受欢迎，就会有出版商考虑将作品以单行本的形式出版。一般来说，文艺期刊的出版周期要比报纸长得多，同时，又由于期刊每期上面留给长篇小说的版面较多，而报纸由于版面限制，一部小说每天只能连载几百字，所以，单从外观上看，期刊上的连载小说与报纸连载小说即有很大不同，这是由于载体差异带给小说的差异。但大报和小报都属于报纸，除了大报对开版面，且版面众多，[①]而小报一般只有四开大小，且一般只有四版[②]这样一种形式差异外，二者每天连载的小说从外观上看具有非常大的相似性，比如每天均连载几百字，连载的时间都比较长，作家创作体验常常支离破碎[③]……然而，梳理并跟踪它的文本生产过程，我们可以发现，大报副刊连载小说与小报连载小说相比，从形态及结果上看，有非常大的差异。与小报连载小说"未完成时态"特点[④]对比而言，大报连载小说常常呈现出"完成时态"[⑤]。也就是说，相对于小报连载小说，大报副刊刊载的长篇小说连载结束之后刊行单行本的作品数量比例较高。《新闻报》副刊《快活林》和后来的

[①] 《新闻报》《申报》在20世纪30年代版面最多时可达三十几版。
[②] 如以英寸记，《申报》宽二尺八寸，高一尺十一寸，《新闻报》宽二尺十寸，高一尺九寸半强，《时事新报》等宽二尺十寸，高一尺九寸半强，《晶报》宽一尺九寸半，高一尺三寸半，故西方人又称小报为"蚊子报"。（见丹翁：《报纸尺寸》，《晶报》，1931年4月9日）
[③] 由于每天给不同的报刊写稿，而每天报纸或刊物只连载几百字，所以许多通俗文学作家都要同时为几家报刊写稿，对一部作品的创作感受常常是片段化的，如1933年5月间，张恨水同时在《新晨报》上连载《水浒别传》，在《新闻报》上连载《现代青年》，在《晶报》上连载《锦片前程》，在《申报》上连载《东北四连长》（杨柳青青），在南京《新民报》上连载《旧时京华》，在《旅行杂志》上连载《秘密谷》。而张恨水本人在回忆录里也专列出一节称其为"忙的苦恼"。（根据刘少文《大众媒体打造的神话——论张恨水的报人生活与报纸化文本》书末附表2《张恨水中长篇小说的初版刊载情况》整理，中国社会科学出版社，2006年5月。）
[④] 李楠：《晚清民国时期上海小报(插图本)》，人民文学出版社，2006年，第296—297页。
[⑤] 为与小报连载小说相区别和比较，本概念特借用"未完成时态"，由其改用而来。

《新园林》上连载过的李涵秋的《侠凤奇缘》《镜中人影》《战地莺花录》,向恺然的《玉玦金环录》《留东新史》,顾明道的《荒江女侠》《荒江女侠续集》,张恨水连载于《新闻报》的几乎全部的小说如《啼笑因缘》《太平花》《现代青年》《夜深沉》《满江红》《纸醉金迷》等作品,在连载结束后都很快即出版了单行本。以 20 世纪 30 年代的印刷水平而言,《啼笑因缘》在《新闻报》副刊《快活林》上 1930 年 11 月 30 日连载结束,一个月之后,1931 年 1 月 11 日即由三友书社出版了单行本,这样的出版速度在信息化的今天也是令人瞠目。相较而言,小报连载小说单行本出版率要低得多,这里面固然受小报连载小说数量多、基数大的影响,但从载体层面分析,更重要的原因莫过于大报副刊具有充足的条件,如人力、资本、时间、稿源、发行渠道及发行量等,可以对于连载于其上的小说进行充分的商业运作。

与小报比起来,大报的资本可谓非常雄厚。周天籁曾描述过小报编辑部的情况:

> 因为主办的人须有才学,又能干,可以吸引一部分读者。自己拉稿,自编自写,手下只用一个助手、一个校对、一个茶房,广告又有把握拉拢,白报纸可以打个保单给纸头行家做账,否则每天用多少买多少,买半令、买一令都可以,印刷又可以先付一半,还有一半到月底再结,或者五天一结,都可以。编辑部设在一个亭子间内,自己家里不怕小团烦,更加好。一张写字台足够派用场。助手的薪水,打他三十只老羊;一个校对,打他十五只老羊;一个茶房,打他十只老羊。①

相对于小报编辑部的简陋与寒酸,大报可谓"财大气粗"。1908 年,新闻报馆在"汉口路买基地一方,新建四层楼房一幢。1909 年从山东路单开间门面迁至新屋办公,全馆职工由数十人增至二百余人",福开森"向美国购得二层卷筒机一部,每小时可印报七千份"。为保证报纸来源,汪汉溪向通商银行贷款,"将报馆地基、房屋、机器固定资产及纸张、油墨等物料、生财、动产,全部

---

① 周天籁:《一张小报出版的经验》,《上海生活》,第 4 卷第 2 期,1940 年 2 月。

抵押",一下子就购进了六年的存货。① 而且在 1924 年之前也就是创刊 30 年之后就全部还清了债务。报馆内除编辑部之外,在 1923 年,还设置了发行部、广告部、制版部、铸字部、铜牌部等部门,功能齐备,分工明确。大报的资本之雄厚,小报是望尘莫及的。再加上小报版面只是大报版面的一半,每天一般只有四版,其生存几乎全部依靠报纸的发行量,因此,一旦纸张价格有了风吹草动,就会直接影响报纸定价。《东方日报》曾刊出《本报增加售价二分启事》,解释报纸售价增长原因为"欧战影响,白报纸价格飞涨,较前超过五倍以上,以致亏蚀颇巨","经全沪小型报同业公议,议决自本日起每份售价,暂增二分"。② 而大报在售价上则少有这样的敏感。20 世纪二三十年代的《新闻报》,每份报纸定价是三分六厘,除去报贩的利润,报馆实际上每份只得不足一分八厘。再扣去邮局的运输费,《新闻报》每销出一份,每份报纸要亏本二分左右。③ 而《新闻报》发行量最高之时,销数达到 15 万份。这样算来,如果像小报那样完全依靠发行量,那么发行越多,亏损也越大,《新闻报》岂不是一天也生存不下去? 其实不然。与小报不同,大报的利润主要来源于广告。为了登载更多的广告,大报常常想办法增加版面。在《新闻报》上,"以日出五大张计算,广告所占版面约为三大张"④,占到报纸全部版面的 60%。而广告价格又因位置不同而分为四等:

  特等:新闻栏中计四十字为一行,三行起码,每日每行九角;一等:报名旁上封面一小版,每日每版洋二百六十元,自下封面起至评前止,计八十字为一行,二行起码,每日每行一元八角;二等:紧要分类每行二十字高为限,至少四行,至多一百行,每行每日三角;三等:本埠副刊分类,计二十字为一行,四行起码,每日每行二角。⑤

---

① 汪仲韦(徐耻痕整理):《我与〈新闻报〉的关系》,《新闻研究资料:第 12 辑》,展望出版社,1982 年,第 127—157 页。
② 《本报增加售价二分启事》,《东方日报》,1939 年 9 月 10 日。
③ 福开森:《新闻报之回顾与前途》,《新闻报馆三十周年纪念增刊 一八九三—一九二三》,新闻报馆,1923 年。
④ 陶菊隐:《我所了解的新闻报》,中国社会科学院新闻研究所《新闻研究资料》编辑室编,《新闻研究资料:1 辑》,新华出版社,1981 年,第 107 页。
⑤ 《本报广告刊例》,《新闻报》,1930 年 6 月 30 日。

这一笔巨大的利润,使得《新闻报》在广告上面投注了巨大的热情。不仅给予广告公司以二成的回佣①,而且想尽办法增加版面,逢到节假日,几乎一个多月之前就早早刊出节日广告刊例,待到节日当天,版面便大量增加,甚至多至一天增加十版,与副刊的节日特刊一起,和广告混合着撑满篇幅,而报纸并不加价。②所以,《新闻报》增加发行量的真正目的在于吸引商家在报纸上做广告,以广告收入来弥补发行上的亏损。发行量越高,报纸的广告收益就越高,报馆效益就越好。

  小报则没有这样的版面优势与资本基础。由于发行量决定了小报生存,所以,小报上刊载的内容能否受到读者欢迎就显得至关重要。又由于连载小说具有的商业价值,小报非常重视。③ 为了满足读者不同的阅读口味,争取更多的读者,很多小报都尽可能多地刊登连载小说,甚至一天同时刊载几部小说④。这就决定了小报对于小说的需求非常迫切,而"小报稿费素来菲薄,大都朋友帮忙性质,主办人常常请请客、喝喝老酒,也有不计稿费的","稿费打他一块钱一千字,已经算了不起了。"⑤由于这些原因,很多小报编辑在择选稿件的时候常常慌不择路,小说的仓促构思以及质量粗糙便很难避免了。

  相对于小报在长篇小说择选上的"仓促应战",大报则显得沉稳许多。长篇小说也是《新闻报》增加发行量的法宝之一⑥,由于直接牵涉经济利益,所以,在副刊上登载的小说,上至报馆老板,下至副刊主编、编辑都非常重视。与小报比较而言,大报无论在资金还是稿源方面,都有明显的优势。《新闻报》不仅对选入其中的小说都严格按字数支付稿费⑦,又由于可选择余

---

① 汪仲韦(徐耻痕整理):《我与〈新闻报〉的关系》,《新闻研究资料:12 辑》,展望出版社,1982 年,第 133 页。
② 郑逸梅、徐卓呆编著:《上海旧话》,上海文化出版社,1986 年,第 64—65 页。
③ 《亭子间嫂嫂》在《东方日报》上连载之时,由于深受读者喜爱,刊载三个月后,报纸发行量即由三千份增至两万几千份,以致周天籁要求结束时,报社老板邓荫先立即写信"坦白诉陈,报纸即赖该文支持"。见周天籁:《亭子间嫂嫂》,《逍遥逍遥集》,文汇出版社,2008 年,第 125—126 页。
④ 如《东方日报》1939 年 7 月 18 日第二版一个版面上就连载了周天籁的《亭子间嫂嫂》、大雷的《乱世春秋》以及路中天的《风云龙虎》等小说。
⑤ 周天籁:《一张小报出版的经验》,《上海生活》第 4 卷第 2 期,1940 年 2 月。
⑥⑦ 郑逸梅:《书报话旧》,《郑逸梅选集》(第 1 卷),黑龙江人民出版社,1991 年,第 915 页。

地较大,对于小说的甄选也较为严格。由于稿源较多,主编对于来稿刻意"挑三拣四",对于一些好作品,也只好忍痛割爱。严独鹤就曾专门向小说投稿者道歉:"乃有明明佳作,而或为篇幅所限,如长篇小说投稿者常有佳构,然《快活林》中既载涵秋之作,限于篇幅,后来者遂不得不婉辞谢绝……"①,而张恨水的《啼笑因缘》尽管于1929年5月前后即已约稿,稿子11月张恨水寄给报社后即拿到了部分稿费,却也因为顾明道的《荒江女侠》未连载完而搁置了5个月之久,也就是1930年3月17日才与上海的读者见面②。在这种情况下,报社主笔不仅可以对即将发表的小说提出自己的意见,而且也可以对小说连载的形式予以精心策划,并在小说连载之前,就为其宣传造势。这一切条件,小报都难以企及。

第二节 《啼笑因缘》与《亭子间嫂嫂》轰动之比较

《啼笑因缘》和《亭子间嫂嫂》分别是连载于20世纪30年代《新闻报》副刊《快活林》和《东方日报》的两部社会小说,连载之时,都取得了空前的轰动。对它们连载过程予以比较,即可看出这两种"轰动"产生的原因及结果完全不同。

首先是两部作品构思所花费的心思不同。1929年5月14日,上海日报公会新闻记者东北视察团一行二十余人,从上海出发,考察易帜之后的新东北,归来直达北平。5月26日,由北平新闻界在中山公园的"来今雨轩"设宴款待。经钱芥尘介绍,严独鹤与张恨水相识,并口头约定张恨水为《快活林》写一部以小市民和小知识分子生活为题材的具有北方风味的小说,并特别强调给南方的读者创作的文字,一定要有"噱头"。于是,在构思布局这部小说的时候,张恨水反复推敲:这个故事,既不能太隐晦,又不能太明显,同时,既不能太抽象,又不能太具体。要雅俗共赏,骚人墨客不讨厌它,而不识字

---

① 严独鹤:《十年中之感想》,《新闻报馆三十周年纪念增刊册 一八九三—一九二三》,新闻报馆,1923年,第18页。
② 张恨水:《写作生涯回忆》,见张占国、魏守忠编《张恨水研究资料》,天津人民出版社,1986年,第42—43页。

的老太太也可以听得懂,叫得上来。11月前后,张恨水将初稿寄给严独鹤,严独鹤又特意致信张恨水,"再三"地请他写两位侠客,恰是由于此时上海洋场对章回小说"肉感"和"武侠而神怪"的要求。于是,《啼笑因缘》中出现了沈凤喜、何丽娜、关秀姑与樊家树的四角恋,又出现了功夫了得、路见不平拔刀相助的关寿峰。就在小说开始连载的前一天,也就是1930年3月16日,严独鹤在《快活林》"谈话"栏目隆重推出《啼笑因缘》,对《啼笑因缘》大力推介。① 可见,《啼笑因缘》的诞生,是经过了非常充分的准备与策划的。

与严独鹤和张恨水的苦心经营恰成对照,《亭子间嫂嫂》的诞生却是在《东方日报》的编者软硬兼施之下,周天籁偶然想到的。周天籁后来曾回忆这段经历:

> 当初本报主人托徐大风先生来同我商量时候,那还是民国念(廿)八年的春天,细雨蒙蒙的一个下午,正像这几天乍晴乍晦的气候,徐先生是一常相熟的,这一天他挟了一柄雨伞,手上提了一大包书,笑嘻嘻的跑来,说是有一点事情托我,问我近来书局里的工作忙不忙。我便问他有何事情见教,先生冒雨而来,就是很忙也要替你办到。他就谈起要我替本报担任一部中篇小说,约四五万字,预备二个月结束,并且要我立刻交给他一个题目,预备制锌版。当时我真有点难以答复,因为有几点困难。一,在下是研究儿童文艺的,可说社会小说没有把握,只怕轻易尝试,写不好。二,那时候手边已有三四种特约的书,都是限月限日交卷,如果再接手另外稿子,势必又要耽搁特约的书。三,要立时立刻交题目,按理先有题材而后才有题目,现在急急忙忙的题材根本谈不到,试问这题目何从拟起。当时便告诉徐先生,可否容我一二天的斟酌,或可遵命。但徐先生坐定不开船,而且这一天记得是三月念(廿)九,说是四月一日就要开始刊登我的小说,事情不能不说匆促。在徐先生感情之下我只得勉力答应了下来。于是我胡乱拟了几个题目,以便斟酌,他看看都说不能用。不知如何我脑子里忽然横里飞来一个印象,

---

① 独鹤:《对阅者诸君的报告》,《新闻报·快活林》,1930年3月16日。

便是我那一年租住在会乐里时候,隔壁亭子间里有个私娼叫顾秀珍的,人极精彩,我们都喊她亭子间嫂嫂,她的一段往事我始终印在脑子里,二年以来未曾减忘,如果将她一生事迹写了出来,的确是一部上海社会小说,而且并不是人人都知道的,可说属于另一层阶级的人物。因为我同她做过有二年以上的邻舍,结果她是那样的惨死,我偶一记忆,依然活跃在我眼帘之前……当时我便随意写出"亭子间嫂嫂"五个字交给徐先生,想不到他大为赞成,第二天本报主人就把它刊出预告来了。①

或许时隔近两年之久,周天籁对于时间的回忆与事实有一些出入。其实《亭子间嫂嫂》连载于1939年7月3日,而《亭子间嫂嫂》的预告则出现于7月2日。由此可以断定,徐大风去见周天籁的时间该是在1939年6月30日前后,"细雨"恰是江南六月间的"梅雨",而不是"春雨"。在预告上,只有短短五十几字:"周天籁先生,文坛知名之士,著作甚富。今为本报撰《亭子间嫂嫂》,文笔轻松,故事亦饶有兴味,笑料无穷,固一精心佳构,明日起连续在本报刊载,请读者诸君注意。"②与《啼笑因缘》诞生的过程相比,《亭子间嫂嫂》的出现仓促到令人难堪,不仅题目是在"胡乱拟了几个"不得通过之后而"随意"写出的,而且是在仅仅看到题目之后的"第二天本报主人就把它刊出预告来了"。对于这部描写社会底层私娼血泪命运小说的绍介,编者竟然说"笑料无穷",凭此便足以看出《东方日报》编者此时对于《亭子间嫂嫂》内容的陌生。

在徐大风与周天籁约稿时,尽管周天籁"是研究儿童文艺的,可说社会小说没有把握",连作者自己都担心写不好,徐大风仍"坐定不开船",等到周天籁匆匆写出"亭子间嫂嫂"五个字时,徐大风马上"大为赞成,第二天本报主人就把它刊出预告来了",可见《东方日报》编者对于名家小说创作需求的心情之迫切,择选之草率。而严独鹤与张恨水约稿之时,张恨水已经凭借《春明外史》和《金粉世家》在北方读者中人尽皆知,并且严独鹤对张恨水连载于《小说霸王》上的作品,非常肯定,认为其描写深刻,读来让人觉得隽永

---

① 周天籁:《亭子间嫂嫂外传(一)关于写这篇外传的话》,《东方日报》,1941年4月1日。
② 《长篇连载〈亭子间嫂嫂〉周天籁著》,《东方日报》,1939年7月2日。

有味。可以说,严独鹤选择张恨水为其创作是看中张恨水在大报副刊上已经取得的长篇连载小说尤其是社会言情小说的创作经验,而徐大风对于周天籁的选择则是一次具有冒险性质的"误打误撞"。

其次,小说写作与构思的顺序不同。张恨水在构思《啼笑因缘》之时,已经从创作《金粉世家》的过程中吸取了经验,也就是"先行布局",这样,在连载之时,"无论如何跑野马,不出原定的范围"。在《春明外史》《金粉世家》创作时由于"千头万绪",需要"时时记挂着顾此失彼",因此在创作《啼笑因缘》的时候,张恨水就故意"少用角儿登场",但仍然"重于情节的变化"。① 这些措施的采取标志着在长篇小说创作方面,张恨水已经开始走向成熟,《啼笑因缘》诞生之前作者便了然于胸,即使后面有特殊情况发生,也不会到最后结束的时候发现与初衷南辕北辙。而"少用角儿登场",恰恰是对中国传统章回小说叙述模式的一次具有划时代意义的变革,小说将重心放在写"人",这又与新文学对"人"的发现不谋而合,这决定了《啼笑因缘》从构思起便不会像传统章回小说那样枝枝蔓蔓,因为人物出场众多使得多数人物面目模糊。"重于情节的变化"则与梁启超所言"不得不于发端处,刻意求工"相映衬,是出于对报章连载小说特点的尊重和对日报读者阅读期待的尊重,更是对传统章回小说优点的继承与发扬。"少用角儿登场"和"重于情节的变化"恰恰展现了张恨水20世纪30年代对传统章回小说手法扬弃和继承的蜕变轨迹。这种小说处理模式决定了《啼笑因缘》最终一定会是一部相对完整的"单行本",即便稍有"溜号",也会很快回到原有故事情节的主线中来,不会信马由缰。

周天籁的《亭子间嫂嫂》却完全不是如此。尽管周天籁本人对于小说创作的规则有清醒的认识——"按理先有题材而后才有题目",但是,迫于徐大风的"软硬兼施",只得"勉力"为之。而这部小说之所以在这种情况下能够大受上海读者欢迎,主要有三方面原因:一是人物选择得好,顾秀珍是从农村来到城市迫于生活与社会压力的底层私娼。对于她的生活,"并不是人人都知道的",人们有充足的好奇心和窥视欲。从"乡民"到"市民"的蜕变过程中的种种精神和心理体验,恰恰又可以唤起此时上海多数读者情感上的共

---

① 张恨水:《我的小说过程》,《上海画报》,1931年1月27日—2月12日。

鸣。主人公的"人极精彩",又平添了人物自身的魅力。二是对人物原型非常熟悉——"同她做过有二年以上的邻舍,结果她是那样的惨死",开始连载的过程中不需要费太多的心力。"偶一记忆",人物"依然活跃在我眼帘之前",所以作者对于人物的经历以及故事,只需要一一道来即可。所以,作者在同时有很多文债的情况下,认为这样"二个月左右"的时间,应该是不成问题的。然而,在连载的过程中,"每次到理发店里剪发,到浴室里沤浴,在茶室里品茗,路上碰着了朋友,弄堂口坐一堆人吹风凉"①,人们都在谈论顾秀珍,于是,这样一来,本来预备四五万、两个月就结束的小说持续不断地写了两年,写到了七十万字,可是"本报主人说是还要往下写,一时万万不能放他断"②。于是在作家眼里,这样一部如此受人欢迎的小说就是"随随便便写成的狗屁文字"③。

再次,连载过程中报纸编辑对于两部作品倾注的关注程度不同。在连载过程中,《新闻报》为《啼笑因缘》做了大量的工作。不仅将读者的来信刊载在《本埠附刊》上,严谔声还故意卖关子,"一个问题,越等待到长久,越觉得有趣味。凤喜姑娘问题,自未便贸然奉告。欲知究竟如何,且看下文分解。"④还将读者宋冲的疑问和张恨水的回答以对话的形式全部发表出来,以引起读者注意⑤。但是最有代表性的事件莫过于 1930 年 10 月 13 日《本埠附刊》由编者发起的呼吁读者参与《啼笑因缘》结尾的猜测⑥。数据统计完

---

① 周天籁:《亭子间嫂嫂外传(一)关于写这篇外传的话》,《东方日报》,1941 年 4 月 1 日。
② 周天籁:《亭子间嫂嫂外传(二)关于写这篇外传的话(下)》,《东方日报》,1941 年 4 月 2 日。
③ 周天籁:《亭子间嫂嫂外传(一)关于写这篇外传的话》,《东方日报》,1941 年 4 月 1 日。
④ 《凤喜姑娘怎样——夫妇间所见不同》,《新闻报·本埠附刊》,1930 年 8 月 30 日。
⑤ 见宋冲:《啼笑因缘几个疑问》,《新闻报·本埠附刊》,1930 年 9 月 19 日;张恨水:《啼笑因缘几个疑问——敬答宋冲先生》,《新闻报·本埠附刊》,1930 年 10 月 12 日。
⑥ 严谔声在《啼笑因缘》大结局之前,发起了一次《啼笑因缘》的结局如何 大家猜猜看"的活动,让读者猜 测樊家树最后会与谁结婚,凤喜姑何丽娜三人最终如何结局。四天之内,即收到信函 117 封,在樊家树与何人结婚的问题上,猜与何丽娜结婚者最多,43 人;猜与沈凤喜结婚者 32 人;猜与关秀姑结婚者 21 人;三人同嫁樊家树者 7 人;兼娶秀姑凤喜者 7 人;兼娶秀姑丽娜者 2 人;先娶丽娜继而离婚再娶秀姑者 2 人;樊家树一无所获均不结婚者 5 人。至于猜三人结局,则猜凤喜死者 39 人,疯而不愈者 4 人,依然卖唱者 6 人,遁入空门者 2 人,另嫁者 1 人,流落者 1 人,独身者 2 人;秀姑隐遁他乡或流走江湖行侠作义者 51 人,遁入空门者 8 人,另嫁英雄者 3 人,将云游天下除暴安良遇异人而修成剑仙者 1 人,被擒者 1 人,嫁刘将军享福者 1 人,丽娜另嫁他人者 18 人,因奢华过度而落难者 2 人,自杀者 2 人,独身者 1 人。见小记者:《新闻报·本埠附刊》,1930 年 10 月 13 日。

后,为回应读者的热情,编者对读者的心理又做了一番剖析①。从这篇读者来信的统计结果便可以看出,猜测樊家树与何丽娜结婚的人数最多,沈凤喜、关秀姑、何丽娜三人的结局,沈凤喜最终因疯而死者最多,关秀姑流走江湖者最多,何丽娜另嫁他人者最多(这条是排除了何丽娜与樊家树结合情况以外的结果)。直到一个多月后,《啼笑因缘》大结局,恰是凤喜因疯而去了精神病医院,沈大娘说"这不就是送她进棺材吗"与读者判断凤喜因疯而死非常相似,至于关秀姑和何丽娜的最终结局,也恰与意见最多的结局完全相似,这一切都用作者与读者意见的不谋而合来解释未免牵强。而编者对于读者阅读心理的分析,恰恰为《啼笑因缘》的结局提供了第一手的参考意见。这一调查活动,恰恰是大报副刊编者、读者共同参与的指向作品创作的有意识的运作行为,如果没有这次的调查,或许,故事会是另外一个样子。

《亭子间嫂嫂》则完全不是如此。在《东方日报》连载近两年的时间里,没有刊载任何关于《亭子间嫂嫂》的意见——无论是编者的意见还是读者的意见。尽管周天籁收到了大量读者的来信,但报社并无意参与这部小说的整体筹划以及开展小说与读者的互动。其间只有1941年3月30日和3月31日的两个预告,为《亭子间嫂嫂外传》即将连载予以宣传。此外即便略有文字提及,也与《亭子间嫂嫂》故事本身无关。读者一再来信,要求作者继续写下去,而至于该向何方写,报馆未提供任何帮助,难怪周天籁感觉"苦得要命",仿佛舞台上演一出"独角戏",如果接着演下去,"一定筋疲力尽而昏倒了"②。或许是由于《东方日报》编者人手有限,没有时间予以谋划,或者是由

---

① 严谔声在《啼笑因缘结果猜测》一文中分析道:"猜与丽娜结婚者,大抵以凤喜贪财失节,不足为偶;秀姑西山锄奸,必当隐遁;则舍丽娜莫属。而'景云'君来函云,'凤喜弱女,因贪失败,依旧回家卖唱;秀姑女侠,随父远游,他自得其所;何丽娜文雅大方,宜乎美满因缘。'出语简洁,颇若老吏断狱。猜与凤喜结婚者,大抵以为书名《啼笑因缘》,则'因缘'之由啼而笑必也。凤喜弱女子,被压迫而失节,可得家树之曲谅。谢相箴君函指出十九回家树说:'虽然我不计较他那些短处,他现时不是在人家手掌心里么?果然他回心转意了,又有了机会,我自然也愿意引导他上正路。'所以断其当覆水重收,理由亦甚充足。猜与秀姑结婚者,大抵以秀姑人格最高。康光明君来函,引庵中住持之言:'她现在管着别人的事,将来便会管到自己身上来。'指为伏笔,亦颇可取。至猜三人同嫁家树,或兼娶何沈,或兼娶关沈者,则不脱多妻脑筋。然闵玉峰君猜关沈兼娶,谓秀姑在医院时,家树送《儿女英雄传》,曾联想到他家中莫非已有一张金凤在,则此时秀姑已自况为何玉凤矣。亦颇有见地。"见编者:《啼笑因缘结果猜测》,《新闻报·本埠附刊》,1930年10月21日。
② 周天籁:《亭子间嫂嫂外传(二)关于写这篇外传的话(下)》,《东方日报》,1941年4月2日。

于版面原因,或者是由于报社编辑没有大报副刊那样的文学运作经验……总之,连载过程之中,《东方日报》的编者未能充分利用报纸这一媒介为《亭子间嫂嫂》在读者与作者之间架起一座沟通的桥梁,是不争的事实。所以,尽管《亭子间嫂嫂》(加上《亭子间嫂嫂外传》)共连载了一年零十个月,比《啼笑因缘》连载时间长一年多①,但编辑在其中所发挥的作用,则要远逊于《新闻报》。

第四,二人作"续"的原因不同。就在休息的三个月里,周天籁几乎每天都能收到读者的一两封来信,有的读者疑惑这顾秀珍并无其人,有的说是确有其人;有的读者说不应该让她这样死得苦,有的还要作者宣布这家杀人不见血的产科医院,又有人要求再写一部新亭子间嫂嫂,有人到天韵楼去访问,还有人竟然找到会乐里喊顾秀珍出来开房间……这使得周天籁认为《亭子间嫂嫂》并没有给读者带来正面的影响,于是便"搜集了关于顾秀珍的起初从乡下——嘉兴到上海以及她堕落到卖淫的一大段经过",是为了说明顾秀珍最终的悲惨结局,是与她来了城市之后爱慕虚荣、主观堕落不可分开的:

> 她做过不少的职业,都不能成就,没有一桩是称职的,于是任先生有一句话评定她:是一个天生吃生意饭的女子,她并不否认,足见她早已有下存心。想不到她走上这条路之后,生活竟然一天富丽一天,她现在根本不再想嫁人,不再找事做,她把这二个念头抛到九霄云外去了,这时候可说是她黄金时代起端,也就是她堕落的开始,在她以为沾沾自喜,我却为了她不胜悲伤!②

周天籁要通过"续"来表达他对顾秀珍这个人物的爱憎,并借此警醒世人。这种处理,与张恨水对《啼笑因缘》的"续"完全不同,质量好坏且不论,至少《亭子间嫂嫂》的"续"是周天籁主观愿意的。而张恨水的《续啼笑因缘》则是

---

① 《啼笑因缘》在《新闻报》副刊《快活林》从 1930 年 3 月 17 日开始连载,至 1930 年 11 月 30 日结束。
② 周天籁:《亭子间嫂嫂外传(一五三)》,《东方日报》,1941 年 8 月 31 日。

在"不能续,不必续,也不敢续"①的主观愿望下,三年中迫于三友书社和读者的压力以及其他续作违背本意情况下的"不得不续",以至于张恨水后来回想起来,依旧认为还是"不续的好",要表现抗日的话,"可以另外写一部书"②。这样两种不同的创作初衷和创作态度,必然导向不同的结果。

同是社会题材小说,同是在社会上产生巨大的"轰动",一篇诞生于20世纪30年代初,一篇诞生于20世纪30年代末,时代背景的巨大差异及其对作家产生的不同影响,使得我们无意去评价这两个文本究竟哪一个文学价值更高,哪一个故事更好。但通过对两部小说在不同介质连载过程中以及结果种种差异的剖析,可以看出,相较于《亭子间嫂嫂》产生轰动的"出乎意料",《啼笑因缘》因了《新闻报》从孕育到成长过程中的种种基于商业目的的运作行为,其轰动似乎更在掌控之中。而二位作家对两部作品的"续"的不同处理,又恰恰呈现了市场的双刃剑特质之于作家的种种可能。这使我们可以窥见20世纪30年代初,随着通俗文学市场化程度的日益加深,编辑和作者在载体、市场与小说连载形式之间,不断权衡、调适、实践,使现代通俗文学在"物质现代性"与"审美现代性"之间不断往复并进而寻求突破的种种努力。

---

① 张恨水:《作完〈啼笑因缘〉后的说话》,三友书社,1931年,第181页。
② 张恨水:《我的创作和生活》,魏绍昌编《鸳鸯蝴蝶派研究资料:上卷》,上海文艺出版社,1984年第1版,第256页。

第三章　期刊与单行本的"合谋"
——以《江湖奇侠传》的轰动为中心①

第一节　平江不肖生《江湖奇侠传》之轰动

　　作为一部饱经诟病而又长盛不衰的经典通俗文学作品,《江湖奇侠传》为世界书局带来的回报,不仅仅在于丰厚的利润,更成就了世界书局的一个时代。从期刊连载到单行本出版再到后来二次创作的电影《火烧红莲寺》,每走一步,都在彼时的读者中掀起了巨大的波澜,令同行艳羡的同时,也令新文学作家一再"吃味"②。究竟是什么原因催生了这股延续了几十年之久的狂潮?从彼时直到当下,这个问题一直备受文坛和研究者关注。它的理论意义之所以重要,并不仅仅在于读者范围之广,而在于其恰恰是这部作品饱受争议的关键所在。在新文学一面,茅盾称其为"封建的小市民文艺"③,曹聚仁认为小说中的"人物脆弱得可笑","以浅薄思想为中心"④;在通俗文

---

① 本章仅限于讨论《江湖奇侠传》文本轰动之期的运作行为,至于《火烧红莲寺》之轰动原因,陈墨先生在《中国武侠电影史》中的《〈火烧红莲寺〉系列》一章从电影自身分析了内部原因,笔者拙作《文本之外:〈火烧红莲寺〉轰动的外部原因分析》(发表于《电影新作》2014年第4期)一文则对轰动的外部原因进行了较为详细的剖析,可参看,此不赘述。
② 之所以称"吃味",是因为新文学界诸人的态度虽普遍否定,但情况比较复杂,沈从文晚年回忆就曾说:"所谓平江不肖生的《江湖奇侠传》呢,这些势力非常大,……不仅占有普通那个市场了,甚至于新文学家对他还是有崇拜的。"(沈从文口述,王亚蓉编:《沈从文晚年口述》,陕西师范大学出版社,2003年,第90页)而1932年5月16日丁玲在暨南大学做"关于文艺大众化问题"的演讲时也强调:"我们要借用《啼笑姻缘》(此处遵循原文,为"姻缘")《江湖奇侠传》之类作品底乃至俚俗的歌谣的形式,放入我们所要描写的东西。"(未卜:《丁玲女士演讲之文艺大众化问题》,《新闻报》1932年5月21日《本埠附刊》)
③ 沈雁冰:《封建的小市民文艺》,《东方杂志》,1933年第30卷第3期,第17—18页。
④ 曹聚仁:《江湖奇侠传》,《通俗文化半月刊》,1935年第2卷第3期,第18页。

学作家群中,郑逸梅称其吸引力"多么可惊"①,徐文滢称其"广大的势力和影响可以叫努力了二十余年的新文艺气沮","这影响说明了作者文章的力量,在真正的民间并不小于《三国演义》的写曹操和关公"②;而在读者那里,《江湖奇侠传》则变成了一部"宝典":"阅的人多,不久便书页破烂,字迹模糊,不能再阅了,由馆中再备一部,但是不久又破烂模糊了。所以直到一·二八之役,这部书已购到十有四次"③。很多知名的作家、文史学家、社会闻人孩提时代都曾沉迷其中,如舒芜、徐中玉、杨沫、高阳等等④,时隔多年之后,他们中的许多人对当年《江湖奇侠传》的阅读感受记忆犹新:"我十几岁时,也曾迷在《江湖奇侠传》《荒江女侠》之类上面……我们各以书中某一剑侠自拟,各人弄来一种小镜片、小铜片或者别的反光物体,在太阳下照出一道白光、黄光或者别的什么光,说这就是我的神剑,可以取人首级于百步之外"⑤;"那里面的人,一个个能飞檐走壁,来无踪去无影,劫富济贫;手执拂尘的道士,只须口一张,便有一道白光吐将出来,在对方脖子上一绕,对方的脑袋就搬了家……"⑥近年来的通俗文学研究,已经可以跳出历史的局限,然而,当我们剖析其中的原因时,多数仍专注于作品中的人物谱系、故事结构、叙事策略、创作手法、写作素材乃至作家的精神气质等内部原因。可是,这些文本内部的阐释常常让人若有所失——我们不得不面对这样一个事实:上百万字冗长而拖沓的叙述、散漫的结构、千头万绪的人物以及作家的市场化写作加之读者无意义、无目的的非理性阅读——它们都是文本内部刺眼的"阿喀琉斯脚后跟"。那么,回到历史现场,是否有更有说服力的证据让我们可以正视并理解这一事实?是什么样的力量在一次又一次酝酿、制造着市民读

---

① 郑逸梅:《武侠小说的通病》,芮和师、范伯群等编,《鸳鸯蝴蝶派文学资料(上)》,福建人民出版社,1984年,第135页。

② 徐文滢:《民国以来的章回小说》,《万象》,1941年第6期,第121—126页。

③ 郑逸梅:《武侠小说的通病》,芮和师、范伯群等编,《鸳鸯蝴蝶派文学资料(上)》,福建人民出版社,1984年,第135页。

④ 分别见舒芜:《武侠小说与"读书真空"》,《舒芜集第2卷》,河北人民出版社,2001年,第456页;徐中玉:《六十五年前的中学生活》,季羡林等著《我的中学时代》,福建教育出版社,1999年,第14页;杨沫:《我和书籍》,钟敬文等主编《书香余韵》,中国广播电视出版社,1997年,第239页;高阳:《我的老家"横桥吟馆"》,《高阳杂文》,文汇出版社,1997年,第35页。

⑤ 舒芜:《武侠小说与"读书真空"》,《舒芜集》第2卷,河北人民出版社,2001年,第456页。

⑥ 张微:《天堂小五义》,浙江少年儿童出版社,1983年,第4页。

者心中澎湃的热情?

1948年,徐国桢在《宇宙》上发表《还珠楼主及其作品的研究》一文时,为揭示"《蜀山剑侠传》的魔力",从社会学角度,将《江湖奇侠传》与《蜀山剑侠传》的风行进行了比较,他指出:

> 当年《江湖奇侠传》风行一时,销行甚广。可是,书局方面对于此书的宣传,也很着力。《蜀山剑侠传》的风行有所不同,书局方面未曾有过盛大的宣传,它是在读者互相传说之间,而日益广其流传。①

世界书局的运作的力度在《江湖奇侠传》一纸风行之中的分量显而易见。而《江湖奇侠传》其后的轰动效应不过是一个结果,有诸多元素作用其中:世界书局出版商(沈知方)、编辑(施济群和赵苕狂)、作者(不肖生)甚至读者。事实上,《江湖奇侠传》是世界书局精心运作的文学"产品"。问题就此产生,在诸多元素中,究竟是某一种元素发挥了强大的效能,还是所有元素合力而为之?同样是"产品",它轰动的原因与张恨水的《啼笑因缘》完全相同吗?如果存在不同,差异何在?而对于这一问题的思考又将我们推向了另一个维度:《江湖奇侠传》既不是第一部,也不是唯一一部通过期刊连载之后出版单行本并予积极推广的长篇小说,为何它就能够给予世界书局以如此惊人的回报?追踪《江湖奇侠传》从酝酿到单行本出版完成之前文本生产全过程,我们或许能够找到答案。而对这一问题讨论的意义不仅仅在于它可以为当下的文学/文化生产提供积极的借鉴,从文学发展史角度而言,它更是一次关于现代文学"现代性"问题的系统查考。实际上,在现代文学史中,《江湖奇侠传》的现代价值远远超出了文本内部。

第二节 沈知方的"生意眼":作者发掘和选题策划

基于现代传媒而诞生的现代文学,出版商之于作家的意义不言而喻。

---

① 徐国桢:《还珠楼主及其作品的研究》,《宇宙》,1948年第3期,第58—63页。

纯粹以写作为生的作家,因依赖稿酬或版税,都不得不受制于出版商。而与作家比起来,出版商的优势在于他们懂得市场,非常了解某一时期某一类读者的口味与风尚。当他们出于盈利目的将自己所掌握的读者信息加之于作者并与之达成某种共识之时,这类作品即便不赚钱,也一定不会赔钱。当然,以市场为旨归的创作策划行为是一把双刃剑,它在帮助作家更接地气的同时,某种程度上也遮蔽了作家个人的特点和创作意愿。依托于市场生存是现代文学与古代文学根本区别所在,而中国现代文学作家尤其是通俗文学作家在创作中产生的心理上的抵牾,也多出于此:张恨水一面痛苦于自己"文字劳工"的身份,一面又骄傲于自己"不用人间造孽钱";白羽凭《十二金钱镖》出名后,1939年写《话柄》时,一面自薄自己的"无聊文字"是"华北文坛的耻辱"[1],一面又发出"淋漓大笔写荆蒿"[2]的豪气。作家只能在这种抵牾中尽力寻找一种平衡,此时出版商的"选择"便发挥了相当重要的作用。"一位出版家的理想在于找一个'俯首帖耳'的作者"[3],而优秀的出版商能够找到一位合适的作家,摆脱预设的诸多风险,请他为自己"代孕",继而通过自己谙熟的"市场法则"放大作品的"功效",激发作家潜在的天资,挖掘出作家储备的资源。从这个意义上讲,出版商其实在作家那里埋下了一颗种子,发挥了伯乐和助产士的双重功能。沈知方在酝酿《江湖奇侠传》之时,便发挥了这两方面的双重功用。

据包天笑回忆,沈知方听说不肖生彼时恰在上海时,难掩心中狂喜,称不肖生为"宝藏者",然后"极力去挖取向恺然给世界书局写小说,稿资特别丰厚。但是他不要像《留东外史》那种材料,而要他写剑仙侠士之类的一流传奇小说",多年后包天笑评价沈知方此举"不能不说是一种生意眼"[4]。那么,沈知方的"生意眼"从何而来?以包天笑的判断,这一想法是沈氏的独出

---

[1] 白羽在自传《话柄》自序中说:"一个人所已经做或正在做的事,未必就是他愿意做的事,这就是环境。环境与饭碗联合起来,逼迫我写了些无聊文字。而这些无聊文字竟能出版,竟有了销场,这是今日华北文坛的耻辱。"白羽《白羽自传:话柄》,正华学校,1939年。

[2] 白羽:《话柄》封面,《白羽自传:话柄》,正华学校,1939年。

[3] [法]罗贝尔·埃斯卡皮著,于沛选编:《文学社会学——罗·埃斯卡皮文论集》,浙江人民出版社,1987年,第43页。

[4] 包天笑:《钏影楼回忆录》,大华出版社,1971年,第383—384页。

心裁,包天笑认为"那个时候,上海的所谓言情小说、恋爱小说,人家已经看得腻了,势必要换换口味,好比江南的菜太甜,换换湖南的辣味也佳"①。事实是,沈知方的这个"生意眼"来自他对市场和读者需求的了解。在1922年前后出版的通俗读物中,文学江湖上早已遍刮"武侠"风。《新闻报》仅在1922年6月前后,就有《绿林剑侠大观》(中华图书馆)、《江湖秘诀》(东亚书局)、《义侠小说大观》(大陆图书公司)等武侠书目广告,令人目不暇接,而《血滴子》《七剑八侠》等作品同时被改编成戏剧在舞台上反复上演。因了时局关系,彼时众多书局在宣传推广时,多喜将侠义小说塑造为震奋民气、增长阅历以及鼓舞斗志的爱国小说,为武侠小说的存在寻找合法身份。交通图书馆1922年3月9日刊出的一则"要看小说最好看侦探小说与侠义小说"的广告称:"吾国民气,萎靡不振,看侦探小说与侠义小说,有振起精神、浚瀹心胸之功用;吾国社会,奸诈谲伪,看侦探小说与侠义小说,有增进阅历、辨别邪正之功用;吾国外侮,纷至沓来,看侦探小说与侠义小说,有巩固民心、洗雪国耻之功用;吾国外债,日加无已,看侦探小说与侠义小说,有激发慷慨、将输救国之功用"②,同时在该广告语下列出了20种侠义小说书目③。由此不难看出彼时武侠小说之风尚:一方面固然是源于题材及故事本身给读者以新鲜的阅读体验,但更根本的原因恐怕在于从晚清到民国到二次革命再到军阀混战,多年的社会动荡致使百姓民不聊生而生发的心理诉求。由此便不难理解为何彼时无论是通俗文学还是新文学,都给予了武侠题材作品以合法身份④,在这样一种大背景下,武侠风迅速遍刮"文坛"和"文摊"。

---

① 包天笑:《钏影楼回忆录》,大华出版社,1971年,第384页。
② 《要看小说最好看侦探小说与侠义小说》,《新闻报》,1922年3月9日。
③ 20种侠义小说书目按赠品不同被分成甲、乙两类,甲种侠义小说为《〈改订宏碧录〉〈清代轶闻〉龙虎春秋》〈《中国侠盗》黄金满小传〉侠客奇闻》〈江南三大侠〉〈侠女恩仇记〉》,乙种侠义小说为《〈风尘奇侠传〉剑侠骇闻》〈武侠大观〉〈侠义小史〉〈侠士魂〉〈关东红胡子〉〈双侠破奸记〉〈青剑碧血录〉〈辽东侠隐记〉〈满清十三朝〉武侠汇刊〉〈九十六女侠奇闻〉〈清雍正朝〉八大剑侠〉〈续八大剑侠〉血滴子〉〈七剑八侠〉》。
④ 华盛顿大学亚洲语文系的韩倚松教授在研究霍元甲形象建构过程时发现:1916年第1卷第5期的《青年杂志》刊出了《大力士霍元甲传》和《述精武体育会事》两篇文章,其中《大力士霍元甲传》与向恺然的《见闻录》中的"霍元甲传""大同小异,甚至是同样文章的不同版本","作为国术历史上大事之实录,又作为武侠小说开山作品之渊源","同一篇文章不仅于《青年杂志》上登载,又作为《侦探世界》小说之基本素材",其原因和意义有待进一步探究。韩倚松:《为〈近代侠义英雄传〉中霍元甲之事追根》,《苏州教育学院学报》,2012年第1期,第12—17页。

此等商机,世界书局和大东书局自然不甘落后。1922年7月2日,大东书局在《新闻报》副刊《快活林》下方刊出了题为"侠义小说十二种大比赛"的广告,并将12种侠义小说具体分类,见表1:

表1 大东书局"侠义小说十二种大比赛"广告书目

书名	类别	广告语		价格
《飞娘喋血记》	南阳山女剑仙	小说回目(略)	以上四种女剑侠小说为别开生面之名著小说,系出名人手笔,与俗本不同,读之精神百倍,巾帼英雄跃然纸上。四种定价一元二角,全购只取大洋六角,奉赠锦盒。	一厚册竞卖一角半
《雪儿复仇记》	九龙山女剑仙	小说回目(略)		一厚册竞卖一角半
《蓉奴刺奸记》	峨嵋山女剑仙	小说回目(略)		一厚册竞卖一角半
《壮姑杀贼记》	武当山女剑仙	小说回目(略)		一厚册竞卖一角半
《甘凤池侠史》	江南大侠客	甘凤池为乾隆时保驾下江南之大侠客,拳打南北两京,脚踢五湖四海,天下无敌。		一厚册竞卖一角半
《白太官侠史》	江南大侠客	白太官,常州人,有九牛之力,生平所向无敌,与甘凤池同时称"江南四侠",赫赫有名。		一厚册竞卖一角半
《燕子飞侠史》	江南大侠客	燕子飞,亦四侠之一,身轻如鸿毛,身重如泰山,力大无比。生平侠史,大有可观者。		一厚册竞卖一角半
《吕晚娘侠史》	江南女侠客	吕晚娘,一弱女子出生入死不以为奇,为吕晚村之孙女,为祖复仇,手刃至尊。		一厚册竞卖一角半
《七剑十八侠》	绿林豪杰			一册竞卖只收大洋二角
《关东马贼奇观》	红胡大盗			一册竞卖只收大洋二角
《雍正剑侠奇观》	刀光血影			一册竞卖只收大洋二角
《四十八女剑侠》	巾帼英雄			一册竞卖只收大洋二角

到7月11日再次刊出此则广告时,题目则变成了"新出版武侠剑仙小说十二种大比赛",从侠义小说到武侠剑仙小说,而且都是女剑仙。而所有侠义小说出版中,最为卖力的却是世界书局,仅1922年6月至9月,世界书

局就出版了"多情好义四大女侠"(《红线秘纪》《红绡秘纪》《红拂秘纪》《红玉秘纪》)、(女侠小说)《百花娘》《红闺大侠》《中华武术秘传》《八剑十六侠》等众多侠义小说。遍览这些侠义小说,无论侠客也好,剑仙也好,马贼也好,虽然内容十分丰富,但基本上都是依据既有野史或民间故事衍生而来,仍然停留在"旧"侠义小说范畴,还没有出现原创的并且是属于"当代"的武侠故事。这便成了沈知方的"生意眼"。而时至1922年沈氏找到向氏,向恺然已经或正在《中华小说界》上发表《拳术》《拳术见闻录》,在《星期》上发表了《猎人偶记》《蓝法师记·蓝法师捉鬼》《蓝法师记·蓝法师打虎》等文,充分展示了他叙述奇事、谙熟武学等方面的才华。还有谁比向恺然更适合担此"大任"呢?所以一听包天笑说向氏仍在上海,怎能不当成"宝贝"?而向氏方面,他彼时在上海恰处境尴尬,开销甚巨,相较于民权出版部的吝啬小气,沈知方的"稿资特别丰厚"无疑会让向恺然欣欣然"俯首帖耳",最后直接受雇于世界书局。强强联手,孕育出来的,必定是一枝文坛"奇葩",而这枝"奇葩"日后枝繁叶茂,却另有他因。

第三节 世界书局的整体推广与多维介入:观念植入与广告营销

一拍即合,双方即各行其是:向恺然埋首构思与创作,世界书局则"对于此书的宣传,也很着力"①。其实,宣传只是一个方面,其实世界书局对于《江湖奇侠传》,完全是全方位的考量与介入。

一、期刊连载:"施济群评"

与广告相得益彰,《红杂志》连载《江湖奇侠传》时,也不同往常。在22期之前,《红杂志》只有一部长篇连载,即海上说梦人朱瘦菊的《新歇浦潮》,一般都居于杂志最后,单独编页,且每期一回。而《红杂志》推出《江湖奇侠传》时,不仅将一直置于文末的长篇连载置于杂志的第一篇,更别出心裁地推出了

---

① 徐国桢:《还珠楼主及其作品的研究》,《宇宙》,1948年第3期,第58—63页。

七 通俗文学的营销策略

"施济群评",这一评点,对于《江湖奇侠传》的广为流传,同样意义非常。

作为中国传统的文学批评方式,古代小说评点的丰富内涵早已受到学界普遍关注。有学者指出,在明末清初的小说创作中,评点"所起到的作用远远超出了'批评'的范围,形成了'批评鉴赏'、'文本改订'和'理论阐释'等多种格局"①,具有"文本价值、传播价值和理论价值"②。随着近现代新媒体尤其是报刊业的兴起,小说创作方式发生了巨大的改变,由原来的"若干年布想,若干年储才,又复若干年经营点窜,而后得脱于稿"③一变而为"朝甫脱稿,夕即排印,十日之内,遍天下矣"④,评点的方式与功能随之与古代小说产生了很大差异。即便是引导性、广告性、商业性依然存在,但评点方式与功能已经与余象斗、李卓吾、陈眉公、钟惺、金圣叹等人的评点存在根本性的不同——评点行为与作品创作几乎同步,并直接干预作者创作,与作者的创作同步向读者开放,并同时接受读者的点评。而且,面向市场的谋利目的也使得评点者在发挥评点的引导功能时,不再抗拒作品的娱乐性,更有甚者,会帮助读者来感受其中的娱乐性,这是与古代小说评点的本质差异所在。⑤

从《江湖奇侠传》的开篇不难看出,不肖生的确将沈氏"剑仙侠士之类的一流传奇小说"的想法贯彻到了极致,无论是"直耸云表"的高山、"十二个人牵手包围还差二尺来宽,不能相接"的之于山巅最高处的足以遮被了山顶的白果树、传说中隐居其中的明朝遗老,还是"两眉浓厚如扫帚,眉心相接""像个一字""两眼深陷,睫毛上下相交"、高颧骨、"口大唇薄"如鳜鱼却过目成诵、性情古怪的柳迟,等等⑥,都使读者一开始阅读,便进入一个神话世界,意识全为书中之"奇"所左右。而"冰庐主人"施济群的评恰在此处着力,称"作

---

① 谭帆:《古代小说评点简论》,山西人民出版社,2005年,第1页。
② 谭帆:《中国古代小说评点的价值系统》,《文学评论》,1998年第1期,第93—102页。
③ 金圣叹:《第五才子书施耐庵水浒传回评》,王筱云、韦凤娟等编,《中国古典文学名著分类集成 文论卷(3)》,百花文艺出版社,1994年,第21页。
④ 解弢:《小说话》,中华书局,民国八年(1919),第116页。
⑤ 古代小说评点目的在于让读者关注作者之"用心",要"略其形迹,伸其神理",不要耽于情节的娱乐性,而要把握作者创作的情感主旨。让读者忽略娱乐性恰是评点者评点的目的所在。如张竹坡在评点《金瓶梅》时就强调读者不能"只看其淫处",而要看其中的"史公文字"。谭帆:《中国古代小说评点的价值系统》,《文学评论》,1998年第1期,第93—102页。
⑥ 不肖生著,施济群评:《江湖奇侠传 第一回》,《红杂志》,1923年第22期。

者欲写许多奇侠,竟如一部廿四史"。而对于柳迟的描写,又完全是一部"奇人小传",有颇多赞誉之词,诸如"不知费却几许心思,善为布置","传神阿堵,佩服佩服"等等,①为再次发布的广而告之。古人评点小说的目的在于去娱乐化,而施济群此评恰在"强化"娱乐化,这种强化,与其职业身份有根本关系——商业期刊《红杂志》的主编。然而,脱胎于传统文人的施济群并没有完全投降于市场的压力,评点的引导性功能仍在其中发挥着重要的作用,只是这种引导具有了两重面向——一为作者,一为读者。他的评点除了小说技法的引领诸如"草蛇灰线""倒叙"等等,还常借小说中某处细节、某个事件甚或某人之口进行道德说教。如第二回回末他称赞柳迟对于学问的至诚,是"懒惰求学者之当头棒喝"②,第五回回末批评"三家村学究,头脑冬烘,句读未明,便俨然好为人师,贻误青年"③,第六回回末"吾人之所以异于禽兽者,以其能识孝悌,别长幼耳。奈何倡言非孝者之自甘侪于禽兽之列耶?"④等等。这是施济群评点的复杂性所在,更是从"三千年未有之大变局"时代走向市场的传统文人抵牾心态的呈现。而就《江湖奇侠传》这部连载于《红杂志》的长篇小说而言,施济群的评更为重要且根本的作用在于,它弥合了读者阅读与作者写作之间的冲突与陌生,具有三重身份和效能:首先,他的评成为作者创作的动力和灵感、对话之源,如第五回回末他指出"他日争赵家坪之起点,实在此塾师也"⑤,事实也果不其然;其次,编辑的身份使得他的评向作者传递了读者的意见和建议,为不肖生面向市场的创作提供了更为明确的指向,如自第三十六回开始,《江湖奇侠传》每回就不再分两次连载,这就是读者要求的结果,当然也无形中给不肖生增加了创作的压力;再次,充分发挥了"预告"功能,对于作者在文末无法展开的关于下回分解之看点,可以借此向读者道出,让读者欲罢不能。如第二回回末他称"此回为全书一大关键,后文许多事实,即借杨天池、宋满儿口中略略点明"⑥。从这个意义上讲,施济群的评不仅参与了不肖生的创作对话,还协助读者参与创作,更

---

① 不肖生著,施济群评:《江湖奇侠传 第一回》,《红杂志》,1923年第23期。
②⑥ 不肖生著,施济群评:《江湖奇侠传 第二回》,《红杂志》,1923年第25期。
③⑤ 不肖生著,施济群评:《江湖奇侠传 第五回》,《红杂志》,1923年第30期。
④ 不肖生著,施济群评:《江湖奇侠传 第六回》,《红杂志》,1923年第32期。

成为作品受人关注和欢迎的助推器。从中我们不难看出,与金圣叹、张竹坡等人的古代小说评点相比,施济群的评点已经具有了真正意义上的现代意味,这种现代意味不仅表现为为了迎合市场而对于娱乐性的肯定,更表现为评点者的身份——编辑——之于读者和作者之间的双重指向,编辑在文本的创作和阅读当中具备了"主体间性"之功能,称其为桥梁也罢,纽带也罢,总之,现代文学出版中,编辑成为读者与作者之间一条温暖的"边缘地带"①,作者与读者在文本中的冲突与妥协在编辑的评点中得到弥合与交流,对话得以实现,从而在文本连载过程中,使作品在市场需求与文人创作之间通过不断的调整,终寻找到一个适合自己的位置。

二、报纸广告:整体营销

(一)连载广告:议题设置

至20世纪20年代,上海的商业社会形态已然形成,广告之于商品的效力得到社会的普遍公认。1914年,时人曾如此描述彼时广告的情形:"触接于吾人眼帘者,皆各商店之广告也。不宁唯是新闻杂志之中、剧馆电车之内,推及于茶楼酒肆车站等,无处不有广告。"②书业广告更是多不胜数,且多刊于报纸之上,该文在细数广告类型时,书业广告首当其冲。至20年代,报纸上的书业广告几乎泛滥成灾。然而,彼时书业广告数量虽然众多,但多呈模式化、单一化、类同化的面孔。而1917年才告成立的世界书局,却已非常重视书业广告的功效,这要归功于沈知方。据说当时广告界有一位专事设计广告稿件的自称"广告师"的周鸣凤,设计新颖,广告稿版面好看,风行一时,沈知方非常欣赏,不惜重金将其聘请过来。③ 因此,在众多面孔相似的书业广告中,世界书局的广告总是异常醒目,且常常别出心裁,翻开报纸,一眼

---

① 此处借用滕守尧先生在《文化的边缘》中提出的概念,他通过对道家阴阳鱼中间的"S"曲线的解读,认为道家哲学追求"对立两极对话和融合后形成的与生命和自我融为一体的'边缘地带'"。这个"边缘地带"是太极图中的黑白两部分的"遭遇中自然形成的分界线",是"对话意识"的绝妙体现。滕守尧:《文化的边缘》,南京出版社,2006年,第37—48页。
② 致远:《上海各商店广告之种类》,《中华实业界》,1914年第11期。
③ 刘廷枚:《我所知道的沈知方和世界书局》,全国政协文史资料委员会,《文史资料存稿选编:文化第23卷》,中国文史出版社,2002年,第316页。

即可搜检到世界书局的广告。《江湖奇侠传》在《红杂志》连载之前,世界书局便在报纸上刊出广告,与其他期刊广告不分主次地罗列所有内容不同,每期《红杂志》的广告都有明确的主次之分。《红杂志》刊于1923年1月5日《新闻报》上的第22期广告(即《江湖奇侠传》首次连载刊期)即用大字将"请阅不肖生杰作《江湖奇侠传》"几个字醒目地呈现在《红杂志》的广告内,同时加入了大量说明性文字,见图1。若不小心,此则广告很容易被当成《江湖奇侠传》的广告,由此可见世界书局对此作品之用心。

图1　第22期《红杂志》广告

这种广告设计方式,恰恰运用了现代传播学理论中的"议题设置"①策略,也就是说,世界书局在当时影响力和日发行量几乎最大的《新闻报》上,在最受大众欢迎的副刊《快活林》下方,以最容易引起人们注意的方式把即将连载的"《江湖奇侠传》"预先明确地植入了最大范围的读者的脑海中,告诉读者不肖生这部武术小说"何等热闹,何等好看,比《水浒》《三国》还要高上几倍……他的武术小说更是超人一等",提高了读者阅读期待的阈值,并虚拟了"《江湖奇侠传》是好看的"这样一个情境。不管最后结果如何,至少,这样的广告策略已经足以引起最大多数读者的关注。到底有多好看多热闹,则要消费了22期及以后的《红杂志》方可见分晓。

(二) 从"虚幻之奇"到"真实之奇"

世界书局对于《江湖奇侠传》宣传之用心,并不止于在《红杂志》广告中的"议题设置",通过查阅系列广告我们可以发现,世界书局对《江湖奇侠传》

---

① "议题设置"理论最早由麦库姆斯、唐纳德·肖等人于1972年提出。1968年,他们在研究总统竞选中的传播问题时发现,大众传播对某些议题的强调和这些议题在公众中受重视的程度成正比。大众传播具有选择并突出报道某种问题,从而引起大众关注的功能。虽然大众传媒不能决定人们怎样思考,但却可以为人们确定哪些问题是最重要的,从而突出地报道某一事件,公众就会积极议论这一事件,成为舆论。

的包装和运作,竟然是一项历时六年的系统工程。

据不完全统计,单在《新闻报》一份报纸上,自1923年《红杂志》第22期开始连载此文开始直至最后一次世界书局版广告止,《江湖奇侠传》从连载到单行本广告出现了约15次,这还不包括与之相关的戏剧《江湖奇侠传》、电影《火烧红莲寺》以及世界书局大廉价、大促销中的相关广告,更不包括世界书局在自己出版的通俗文学杂志如《红杂志》《红玫瑰》《侦探世界》等处的相关广告。通过整理这些广告文本,我们约略可以整理出一份世界书局对《江湖奇侠传》的运作轨迹。

1959年,金庸在《明报》连载《神雕侠侣》时,由于连载时间较长,为防盗版,曾使用了"普及版之薄本及厚本"的办法,这种办法当时由邝拾记报局采用。所谓"薄本",即将报纸每七天连载为一回装订成一册,"厚本"即将四回普及本合订成一册的"合订本"。① 其实,这样一种出版方式并非金庸独创,20世纪20年代《江湖奇侠传》在出版时即已使用了这一办法。唯一不同的是金庸小说首先连载于报纸,《江湖奇侠传》则连载于期刊。由于期刊与报纸的差异,金庸小说的薄本是每回一本,而《江湖奇侠传》在前七集,则是每十回为一集,到第八集、第九集、第十集都是每八回一集,第十一集则又为十回,均以单行本方式出版。前三集都是每集单独出版,出至第四集时,则一、二、三、四集合订出版单行本。之后五集、六集、七集……也依此惯例出版。出版至十一集即1929年之后,世界书局广告中再无《江湖奇侠传》消息。至此,世界书局版十一集本共计一百零四回。② 我们所关注的广告运作方式及宣传策略,也全部是基于这十一回本而言。而就《红杂志》连载与单行本的关系来看,《江湖奇侠传》单行本在《新闻报》上的第一次广告为一集十回本,刊载于1923年7月5日,彼时《红杂志》正出版到第47期,其上的《江湖奇侠传》刚刚连载到十四回。以当时的印刷能力,出版速度能够如此之快,其中

---

① 邱健恩:《自力在轮回:寻找金庸小说经典化的原始光谱——兼论"金庸小说版本学"的理论架构》,《苏州教育学院学报》,2011年第1期,第2—11页。
② 《江湖奇侠传》的版本众多,民国时期即有世界书局、环球书局、普益书局、中央书局四个版本,回目均有差异。从彼时到当下,关于《江湖奇侠传》内文真伪问题一直说法不一。这里暂且搁置真伪不论,本文所说一百零四回,专指世界书局版十一集本。

必有玄机。经核实比对,一集十回回目与《红杂志》连载版完全一致,甚至连单行本纸型都与《红杂志》完全相同,从中不难推测世界书局在《江湖奇侠传》连载之时,就已经做好了出版单行本的充分准备,即采用《红杂志》纸型,由此便可解释《红杂志》上的长篇小说连载为何单独编页,单独排版,而且字体、字号均为书版,与内文版式完全不同。这些都是世界书局"整体出版"①策略的一部分。而对于这样一部异常受人欢迎的小说,此种连载与单行本彼此呼应的出版方式有一个非常直接的好处——从时间和效率上有效地保护了世界书局的版权。

《江湖奇侠传》的第一集并非独立广告,因为世界书局此次做的是整体策划,即以绘图本方式推出系列名家小说。因此,《江湖奇侠传》单行本的第一集广告连续刊登了两天,采用了"集纳"的手法②推出了三大家作品:不肖生、海上说梦人(朱瘦菊)和李涵秋。而不肖生的《江湖奇侠传》居首。该广告对《江湖奇侠传》的宣传和推广采用了彼时使用最普遍的格式文本:

绘图　江湖奇侠传

● 不肖生　最近杰作

本书系不肖生最近杰作,描写义侠之气概,英雄之性情,可谓出色当行,无独有偶。其内容之曲折,情节之怪诞,宛如生龙活虎,有鬼神不测之妙。另加施子济群之评语,描写入神之插图,不啻画龙点睛,犹觉别有精彩。前登《红杂志》中,大受读者欢迎,引得人人着魔,个个击赏。本局为告慰各界之渴望起见,特赶印第一集单行本三千部,廉价发售,以公同好。

▲ 绘图　特请当代美术家精绘美术风趣画四十幅

▲ 价目　全书洋装一册,原价洋六角,特价只收大洋四角。外部函购,寄费加一

---

① 这里指世界书局在出版长篇小说时,将期刊连载与单行本出版结合在一起并处处予以细致考量的出版策略。
② 为编辑学术语,主要指利用稿件之间的某种共同特征做集中处理,以突出某一主题。编辑在运用集纳时利用的是稿件之间的某种内在联系和共同性来操作的。

广告从内容、技法、评点、插图以及读者反应各个方面对作品予以全面推介,极尽溢美,与当时多数书局广告并无二致,为模式化文本①。如果后面的广告依此套路走下去,估计读者看到即会生厌。待8月4日再次刊出此广告时,除上述广告语外,书局将第一集的回目也罗列出来。不同的是,这一次的广告,是与世界书局的另外一部书——《中华武术秘传》一同刊出的。

此次《江湖奇侠传》的广告除了开头强调的一个"奇"字外,无甚特别,特别的是《中华武术秘传》的内容——"飞剑法""指点定身法""口中飞针法""全身抵棍法""掌拍墙倒法""利刀割臂不伤法""人体吸壁法""跳跃高墙法""人身飞行法""口弹中人法""血脉调和法"等等,但是这些内容并不是自成一体的,而世界书局给此书做广告的目的,也并不是为单纯地卖一本"武林秘籍",当书局把二者捆绑在一起的时候,就创设了一种情境,这种情境会在读者已有知识体系中植入这样一种假设——《江湖奇侠传》中所有的法术、武功都是真实的。这恰恰是世界书局创设《江湖奇侠传》"真实论"的开始。日后的广告,都致力于这一虚构"奇事"之"真实",并一步步将其推向极致。1924年7月14日,世界书局隆重推出《江湖奇侠传》一至四集广告。而这也是自《江湖奇侠传》诞生以来第一次为其单独做的广告,除了继续如上诸种溢美和赞誉之词外,世界书局格外强调"江湖之奇":"立谈之间飞剑取首不算稀奇,死人可以重生复活这终诧异:数千年前的死尸忽然现身石窟,一条辫线能抵挡数万利刃,顷刻之间身轻似燕走万里之远,将病人九蒸九焙其病竟愈,人之肉身能隔数十年竟不腐烂,鱼有什么知觉竟能解得人言,这岂非亘古(难)见的奇事吗?"至十一集时,又直接强调这些奇事之"真实",给读者造成这是不肖生本人经历的幻觉:

> 不肖生究是何等人物,看客当他文弱书生,哪知他是身怀绝技的侠客;书中百余奇侠剑仙,都是他的亲族师友,剑仙"向乐山",就是不肖生的祖父!所以书中都是实事。

---

① 《红杂志》1923年第27期曾刊出陆吕亭的《滑稽广告》一文,讽刺书局广告常常自我吹捧,其中就提及为进行促销,常使用评点、加注以及增加绘图等手段。

> 凭空捏造的小说,一看就讨厌!因为情节真假,一看就看得出。
> 《江湖奇侠传》无半句虚造,所以人人看得津津有味。
> 其中人人所知的几件⋯⋯如⋯⋯
> 火烧红莲寺　张汶祥刺马
> 蓝辛石捉怪　杨继新遇妖
> 以上数种事实,至于出事处仍有证迹。
> 蓝新石钉的一只鸡,至今在宝庆桥下。
> 相隔数十年,仍然活着,用铁钉钉住。
> 一看此书,方知天下之大,无奇不有。
> 包括近代剑侠奇迹,五十余件,件件都是惊奇神怪的实事。且首尾相应,越看越有滋味。①

通过这些文本不难看出,此时世界书局已经发现,如果一直在虚幻之"奇"上做文章,读者极容易厌倦,尤其是那些有一定阅读经验的读者。书局在6月30日的广告中就明言:"老看客说,武侠小说不免有渲染穿插,过甚其辞之处!"于是,将这些奇事变成不肖生本人所见、所闻和所历,就成为书局的新卖点。在接下来的广告中,世界书局在此基础上继续不遗余力地制造幻觉:

> 本书著者不肖生,他就是身怀绝技的剑侠;这书中的剑仙侠客,都是他的师友;这书中神怪的实事,都是他亲身经历的;所以这部书实情实事,与那向壁虚造的小说,根本不同!

这样还不够,书局还特别在各集中找出例子予以说明:

第二集中说:

> 剑客向乐山,把自己头上的辫子一甩,倒伤了几十个山东拳师,辫

---

① 《江湖奇侠传》十一集出版广告,《新闻报》,1929年6月27日。

子上有工(功)夫。阅者不免怀疑,岂知向乐山是不肖生的祖父,这件事湖南人个个皆知。

第三集中说:

剑仙周敦秉,剪纸为刑具,把落水鬼锁住,水鬼现形,人人看见,才救活表兄一命。这件事至今长沙和湘潭两县,人人皆知。如果不信可向湖南人一问。

第五、六集中说:

杨继新在河南遂平县娶了妖人的义女,新娘通法术隐身,岳父以飞剑斩女婿,杨继新逃跳五十里,竹竿上的雄鸡,代他送死,至今遂平县,人人皆知。

剑仙蓝辛石,捉住一个妖怪,妖怪变成一只鸡,蓝辛石就把他钉在宝庆县大石桥下,至今相隔三十年,那一只鸡依然活活钉着,仍旧不死。不信者可问问宝庆人。

第七集中说:

长沙来了一条青蟒,幻化和尚,扬言搭天桥渡人登仙。那蟒从城外□□山顶,把一个舌头伸到长沙西门城墙,人民当他天桥走上去,都卷入肚里吃了。被剑仙吕宣良使两只神鹰,一把飞剑斩了,至今长沙人人皆知。

以上不过述长沙湖南一方的剑仙奇迹,找一位湖南朋友问问,都能证明。其他关于别处的神奇异迹更多,一看此书,方知剑仙侠客,到处皆有。①

长长的一段文字中,出现频率最高的词汇便是"人人皆知",《江湖奇侠传》中诸多奇事,都是"人人皆知"的,既然人人皆知,真实性就毋庸置疑了。

---

① 《江湖奇侠传》十一集出版广告,《新闻报》,1929年6月30日。

至此,从最初的"虚幻之奇"到现在的"真实之奇",世界书局通过系列广告,为《江湖奇侠传》的读者创设了一个"真实之奇"的阅读幻境。在这样的幻境中,一个又一个武侠迷随之进山求道也便不难理解了。

这里还有一点不得不提,那就是"物故"谣言。

向氏自 1923 年开始撰写《江湖奇侠传》,至 1927 年离沪"做官"之后即已停笔,在《红玫瑰》上的连载则至 1929 年方告结束。其间虽经历了赵苕狂伪作案、"物故"谣言以及著作权纠纷及赔偿等等众多纷扰,但这些是是非非并未对世界书局不遗余力的市场运作行为产生任何影响,甚至在某种程度上与世界书局的系列运作行为形成了彼此呼应之态,难怪叶洪生先生要怀疑"不肖生已死"的消息与"世界"不无关系①。但该文有一处出处,即据叶先生查考,1928 年"世界"便将此书版权让与"环球",然而直至 1929 年 5 月,《江湖奇侠传》十一集全本才由世界书局出完并由世界书局隆重推出,彼时尚未见到"环球版"广告,到底是让与"环球"后"世界"再追回版权还是在"世界"全部出版完毕后才让渡版权,其中的细节有待进一步考订。而据徐斯年教授、向晓光先生共同修订的《不肖生年谱》考证,"不肖生已死"消息于 1929 年 4 月 3 日由《晶报》放出②,6 月 27 日十一集本由世界书局在《新闻报》上隆重推出,为有史以来版面尺寸最大的单行本广告,因此,不肖生"物故"谣言由世界书局放出的推测有一定合理之处。因为如果传闻坐实,那么《江湖奇侠传》就成了不肖生的"遗作",身价陡增,意义非比寻常。如果事实真如研究者所推测,那么,尽管有失君子之风,但世界书局对于《江湖奇侠传》用心之切,则不能不令人由衷叹服。

此外,自 1928 年明星公司的电影《火烧红莲寺》掀起观影狂潮之后,世界书局又借彼时《火烧红莲寺》结局未定之机,在广告中让读者在《江湖奇侠传》中寻找结局,这是世界书局的又一着力处。虽然彼时各家书局均已经非常了解市场运作对于一部文学作品的传播与广布重要性,然而,像世界书局

---

① 叶洪生:《答顾臻弟问有关〈江湖奇侠传〉回目内文真伪及版本等事》,《苏州教育学院学报》,2010 年第 3 期,第 10—12 页。
② 徐斯年、向晓光:《平江不肖生向恺然年表》,《西南大学学报(社会科学版)》,2012 年第 6 期,第 95—109,175 页。

这般从选题到连载形式再到推广方式都如此用心恳切细致周到者恐怕并不多见。而这样系统的策划与运作及其产生的超乎寻常的接受效果，足以将《江湖奇侠传》列为文学市场运作的经典文本，运作行为本身即可视为一个文学事件。

走笔至此，我们不得不回答这样一个问题：《江湖奇侠传》之所以能够在读者中取得那样的轰动，出版商、作家、读者这三个维度中，究竟是什么在其中起着决定性的作用？对于这个问题的讨论又不得不让我们将其与另一部同样通过市场运作取得成功的经典文本《啼笑因缘》进行比较，二者之间的差异何在？[1] 如果存在差异，这种差异又说明了什么？

在平江不肖生眼中，尽管《留东外史》在读者中远未取得《江湖奇侠传》那样的轰动效应，但他自己是颇为看重的——"真正费心力处，厥为《留东外史》，是时新从日本留学东归，为了好名，这是处女作，必须一鸣惊人，始能出人头地。"而《江湖奇侠传》则相对要差得多——"时已久寓上海，生活糜烂，终日沉浸于歌楼舞榭酒吧烟馆之中，必须作出长篇小说，才可获得大量稿酬，以供挥霍，而偿付一身负债。"在这样一种写作背景和创作状态下，他创作此书目的在于"不断获得稿酬之欲望"，结局自然"非与著书立说，教人益世可比"。最后他总结根本原因在于"此实由于旧上海十里洋场，金钱世界，使文人走向末路，势不得不如此耳"[2]。尽管其中不免自谦之词，却也道出了部分实情，尤其是《江湖奇侠传》的创作心理。搁置彼时新文学界对于《江湖奇侠传》的评价暂且不论，读者在批评"哀情确乎比武侠好得多"的顾明道"'无可奈何'之下"，"竟成了武侠小说家"的同时，对《江湖奇侠传》也是批评得紧："作者只顾情节惊奇，不问情理如何，思想的退化，是无可讳言的。"[3] 从中不难看出经历了阅读狂潮之后的《江湖奇侠传》在面对知识结构、审美趣味已经更新的阅读者时所遭遇的尴尬处境。综合上述诸种分析不难看出，《江湖奇侠传》这部掀起阅读狂潮的武侠小说，在引致其轰动的诸多因素

---

[1] 关于《啼笑因缘》市场运作方式问题，详见笔者拙文《〈啼笑因缘〉缘何轰动》，《中国现代文学研究丛刊》，2011年第2期，第183—198页。
[2] 余叔文：《江湖奇侠传》，顾国华编《文坛杂忆初编》，上海书店出版社，1999年，第106—107页。
[3] 说话人：《说话（九）》，《珊瑚》，1933年第2卷第9期。

中，书局无孔不入的运作行为以及出版商沈知方的"生意眼"在其中发挥了非常重要的作用，这一作用甚至大大抑制了作者向恺然本人在创作中应有的热情和冷静。需要特别说明的是，我们并不否认向恺然在文学生产过程中的价值和分量，尤其是使武侠小说从"江山"走向"江湖"这一具有现代意味的转型之贡献，然而，我们更在意在从创作到产出的过程中谁居于主体。从自述中不难看出，向氏在《江湖奇侠传》的创作中其实更多是利用了已有的资源（包括题材、技法、创作水准等）执行了出版商沈知方的"生意眼"，相对于《留东外史》，创作的主体意愿不够强烈。至于创作的结果，则全全交给世界书局善后，因此难免有"金钱世界，使文人走向末路，势不得不如此耳"之慨。从创作态度而言，二者最大的不同在于，《留东外史》的创作很大程度上表达了向恺然本人的主观意志，而《江湖奇侠传》则是执行沈知方的意愿，从题材到文本。向氏此时的角色更多是迫于生活压力无奈成为世界书局雇佣的写手，却并非真正意义上的自由创作，创作过程中所受干预颇多。张恨水创作《啼笑因缘》虽然也是受严独鹤之托，并且出于市场的考量接受了严独鹤的诸如"武侠"和"肉感"的意见，但是无论从选材到谋篇布局再到行文，主要还是出于作家个人的考量。作家在创作中并没有完全让步于海派的风尚和趣味，个人的主体性在其中仍发挥着重要的作用，尤其是创作时花费的诸多心思。无论是"重于情节的变化""少用角儿登场"还是"先行布局"，"无论如何跑野马，不出原定的范围"[1]等等，这些努力，终为海上文坛带来一股清新的文风，并继而为北派通俗文学在十里洋场赢得了立足之地。与之相比，《江湖奇侠传》不可同日而语。尽管张氏曾多次声称自己的"得意作"为《春明外史》《金粉世家》，并明确声称"《啼笑因缘》写得并不太好"，"《啼笑因缘》并没有什么好看的"[2]，恐怕这其中更多是缘于个人情感使然。与《江湖奇侠传》相比，作者在创作中注入的心力以及主体地位一目了然。

市场是一把双刃剑，对于进入现代，依存于市场生存的文学而言，其阵痛可想而知，但阵痛之后会是新生。对于向氏的文学实践，也要一分为二地

---

[1] 张恨水：《我的小说过程》，《上海画报》，1931年1月27日—2月12日。
[2] 张伍：《我的父亲张恨水》，春风文艺出版社，2002年，第90页。

看。尽管向恺然曾以谴责小说步入文坛,却又以武侠小说开一代风气之先。沈知方虽然遮蔽了向氏谴责小说的创作意愿,却又为他打开了武侠小说之窗,尽管是时代和文学评判标准使然,对这样的结果,向恺然本人并不满意。现代的文学生产方式、出版体制、创作机制以及文学消费机制成就了向恺然,也为他留下了诸多遗憾和自责。而这样一种复杂的心境,不独属于向恺然,更属于文学商品化之后靠稿酬生存的所有文人,特别是通俗文学作家们,他们在其中痛并快乐着,他们终生的荣辱都系于此。时代与境遇使他们无法也无力摆脱这种心境,他们只好将之归因于宿命。而研究者需要考虑的是,既然客观已然存在,我们该如何用好这把双刃剑,如何理解并确认在文学创作与传播及文本价值确立过程中的功能?其实早在1933年,就已有有识者指出:

> 作者,读者,出版者,是成三角式"循环律"的。在文艺以金钱为代价的现代,不能完全责备作者的不长进,因为出版者总是默察读者的心理,为了适应读者的需求,便向作者征求某种性质的作品。作者为了"生意经",不能不迁就。所以要使小说进步,全在读者的鉴别,有"不盲从""不标榜"严正的批评,使出版者有所取舍,作者亦不至随波逐流。但,我很太息,现在的所谓批评者,不盲从不标榜的,能有几人?①

的确,创作者为了"生意经"都不能不迁就,批评者就没有"生意经"的困扰吗?进入现代生存于市场之中的文学若想有所成就,有所发展,仍要以作者的个人创作意愿为主体,在兼顾出版商、读者意愿的同时,有所取舍。如果能够遇到这样的出版商,是作者之幸,而这样的机缘,却可遇不可求。在现代文学生产方式和市场机制的条件下,成为产品的文学作品,其外在的包装诸如预告、放大、遮蔽等等市场行为,必然在所难免,至于成功与否、水平高下,则体现在出版商对于目标读者的了解与把握的程度与水平,这包括阅读心理、教育水平、价值观念、兴趣品位以及时代风尚等种种因素。因此,作者、读者、出版者之间的冲突、调整与聚合,步入现代,不可避免。

---

① 说话人:《说话(九)》,《珊瑚》,1933年第2卷第9期。

第四章　周瘦鹃"个人杂志"的"投降"
——以《半月》《紫兰花片》和《紫罗兰》为中心

晚清以降,与很多书商以赢利为首要目的不同,文人办刊的首要目的,常常与个人的理想抱负有关,很多时候甚至赔上全部身家也在所不惜,这就是他们创办的刊物常常短命或难以善终的原因,"经营"这个概念,在文人办刊的过程中常常被淡化或者忽略,这一方面是由于中国传统士大夫"君子耻于利""君子固穷"的节操使然,另一方面更与他们思想深处对文人所应承载的社会责任的深刻认同有关。这导致了文人办刊与商人办刊本质上的不同。然而,对于现代商人而言,传统早已失去了无坚不摧的约束力,他们信守的现代商业规约是资本社会内部经济运行过程中建立起来的一系列商业法则智慧。于是,过渡期文人与出版商之间,便出现了一种迷人的张力,这种张力带来的一系列因果,都与文学的现代性诸问题密切相关。

20世纪以降的中国现代通俗文学是在各种禁区的夹缝中生存的文学,相对于新文学期刊,通俗文学期刊有其特有的言说方式和生存策略,因其植根于广袤的土壤,只要有一线生机,就会蓬勃地生长。自报刊诞生至20世纪二三十年代,通俗文学期刊获得了相对充裕的时间和空间,也获得了异常丰沛的养分,发展极快。但是,这里所谓的"发展极快"不过是一个宏观的概念,它是以微观层面上各种刊物之间此起彼伏的创刊停刊为底色的。不难发现,彼时几乎所有在市民中产生广泛影响的刊物,都能够很好地"善终"①。它们都有一个共同特征,即其后都有强大的印刷资本作为后盾。但是,在相似的外表下,世界书局和大东书局的文学期刊出版还有一些细微的差异。在世界书局出版的所有文学刊物,基本上都是由书局精心策划,约请合适的编辑然后出版发行。所有刊物的创刊号广告都异常隆重。大东书局有些不同,除去《游戏世界》《星期》之外,《半月》和《紫兰花片》最初都是周瘦鹃的"个人刊物",而这二者之间还有一些细微的差别:《半月》开始是真正的"个人杂志",与大东书局并无联系,后因资金不足改由大东书局发行,历时四年之后重新创刊《紫罗兰》。《紫兰花片》虽然打着周瘦鹃"个人小杂志"的旗号,却由大东书局一手包揽了从宣传到出版再到发行等诸种事宜,与《半月》几乎同时出版。至《紫罗兰》创刊时,《半月》和《紫兰花片》几乎同时停刊。这三份刊物之间到底有怎样的关系,从个人办"个人杂志"到书局办"个人小杂志",再到周瘦鹃放弃"个人杂志"的理想而全心为书局办杂志,其中的诸多细节,以往并未得到关注。当我们要思考书局的市场运作之于刊物的意义乃至于文学的意义和价值时,对于这些细节的考察,无疑将有助于我们理解文学现代化进程中作家的个人理想与书局商业追求之间的冲突与妥协,其中的矛盾与张力,显然是文学现代性研究中非常引人注目的风景。

第一节 《半月》:从个人办杂志到被大东书局收编

1921年7月17日,《新闻报》第五张第一版刊出了一条"周瘦鹃征求读者"的广告,第一次公布了他即将创办《半月》的消息:

> 瘦鹃现拟独自创办小说杂志一种,每半月出版一次,即定名《半月》。准每月阴历月望与月秒发行,月月如此,决不误期,敦请小说界老前辈与现代名家撰译佳作备为一编,格式、编制、图画、印刷无不力求精

---

① 到完整卷期停刊的刊物,笔者称之为"善终"。比如《星期》,共出版一年,50期;《半月》和《紫罗兰》都出版四年,共96期;《红杂志》共出版100期;《紫兰花片》共出版一年,24期,等等。

美、新颖、特别,至小说杂作等类选择尤精,期有以餍读者之意,每期约五万言,零售大洋二角,兹先征求读者预定为吾后盾,全年二十四册,都一百二十万言,计大洋四元,外埠邮汇(邮费加一),如于一个月内满一千人既当积极进行,不满此数者发还。

代定处上海四马路中市　大东书局
附白　《礼拜六》编辑事仍继续担任①

不同于其他书局的期刊广告,这则广告中有这样几个关键词值得我们关注:1."独自"二字涵义颇深,不仅指策划与组稿、编辑,更包括了出版与发行;2.从"征求读者预定为吾后盾"以及"如于一个月内满一千人既当积极进行,不满此数者发还"中不难看出,《半月》这份令周瘦鹃顾念已久的杂志,虽然万事俱备,只欠资金之东风,要等读者订阅的费用到位才有出版的可能。与书局雄厚的资金实力相比,囊中何等羞涩?从广告中不难看出,周瘦鹃已经做好了无法正常出版的准备:"不满此数者发还。"广告无论从语言、形式到内容,都相当素朴、谦逊而实在,与书局推介时那种隆重的"叫卖"方式形成了鲜明的差异(见图1)。

图 1

其实,以周瘦鹃当时在文坛广泛的人脉以及独到的报人眼光,他出来振臂一呼,必定应者云集,在 7 月 29 日的广告中我们可以看到,彼时"久已不作小说的文学界前辈"如天虚我生、林纾、王西神、王钝根、袁寒云、毕倚虹、叶小凤、恽铁樵等人纷纷出场,当下炙手可热者如李涵秋、江红蕉、海上说梦人(朱瘦菊)、程小青、严独鹤、许指严等也前后接踵,而绘图更有丁悚、江小鹣、张聿光、张光宇等绘画名家加盟。② 放眼彼时,恐难有人可与周瘦鹃这样

---

① 《周瘦鹃征求读者》广告,《新闻报》,1921 年 7 月 17 日。
② 《半月》广告,《新闻报》,1921 年 7 月 29 日。

的号召力与影响力比肩。可是,周瘦鹃毕竟不是商人,中国传统文人的修身之道仍然深深地烙印在他的身上,因此,他的商业行为显得如此羞涩、低调而谦逊。但这不代表他不懂市场,不懂运作,就在当天的《自由谈·小说特刊》上,配合广告,他又刊出《说消闲之小说杂志》一文,不仅再次推介了自己的刊物,解释了自己创办此刊的目的,更展示出他独到的选题艺术及商业眼光:

> 返观海上杂志界,肆力于文艺而独树新帜者,亦不过一二种,足以代表全国;其他类为消闲之杂志,精粗略备,俱可自立。顾予意中尚觉未餍,常思另得一种杂志,于徒供消闲与专研文艺间作一过渡之桥,因拟组一《半月》杂志,以为尝试,事之成否未可知,当视群众之能否力为吾助耳。①

此番话颇堪玩味,回溯到彼时文坛的特殊境遇,我们可以发现一个事实——1921年,《新声》刚刚放弃了"雅俗两栖"的努力,《小说月报》已经全面改版,周瘦鹃虽然此时志已不在沟通新旧,却试图努力沟通"文艺"与"消闲"。这样一种努力与《新声》最初"雅俗两栖"的目的有根本差异——"雅俗两栖"是向上的,希望弥合的是知识界与"文摊"之间的裂隙,是面向文坛的;而"消闲"与"专研文艺"的沟通是向下的,是面向读者的。不难看出,周瘦鹃是把《半月》当成实现将读者从消闲引向文艺之途的事业来做的。因此,在《半月》创办不久,周瘦鹃不仅辞掉了《礼拜六》的工作,还谢绝了沈知方请他编辑《快活》的邀约,决定"聚精会神的做去"②。

7月29日,《半月》创刊号尚未与读者见面,周瘦鹃又刊出了《半月》筹备期的第二个广告③,仅12天时间,各方支持加上读者的踊跃预定,《半月》便可如期付梓,不难窥见周的能量之大。此次广告不仅列出了撰述者名单和部分作品的预告,同时更重要的目的在于刊出三个"征求":征稿、征照、征销员。征稿为征求未作小说读者的"处女作";征照为征求一至五岁小儿之照

---

① 瘦鹃:《说消闲之小说杂志》,《申报·自由谈》,1921年7月17日。
② 周瘦鹃:《〈半月〉之一年回顾》,《半月》,第2卷第1号,1922年9月6日。
③ 其实此次是《半月》出版前的第三次广告,第二次广告刊于《新闻报》1921年7月18日,但内容与7月17日完全相同,故而称7月29日广告为第二个广告,以示内容有所区别。

片;征销员则征求代销人员,公开待遇为"如销出全年五份酬劳一成,多则类推","不愿取资者则赠阅本志半年或全年不等","预定期间亦照此办理"。① 不难看出,此时的周瘦鹃已经充分注意到读者参与的力量之所在——无论赢得市场还是努力扶植新人、培养作者群,这在当时比较超前。同时,周瘦鹃对《半月》的版式采用特别的30开本,选用三色铜版制图,请谢之光绘仕女封面图,等等,在当时都属首创,并引得之后的刊物纷纷效仿。但从这三种征求中同样也可以看出这份"个人杂志"的先天不足——完全没有发行网络。相比于半年后世界书局创刊的《快活》第一期便公布的强大的销售网络②,《半月》实在脆弱得不堪一击。而这一先天缺陷,单靠短期内的人力不可能弥补。事实证明,这一问题的确成为《半月》这一"个人杂志"无法走远的致命伤——到第五期便遇到了"各书坊代发行的账款不能收齐,资本上周转不灵"③的困境,也直接导致了"个人杂志"被大东书局收编的结局。实际上,《半月》杂志第一期问世取得了相当不错的销售成绩,初版即印了一万册,在出版五天前即9月16日的广告中已告存书不多。到10月2日第二期广告刊出时早已售罄,并再版两千册,仍要在三天内"速来购",过期又"恐不可得"。这样一种销售的成绩足证刊物的价值与地位,当然这中间可能存有某些促销的因素,但再版却是事实,而且周瘦鹃也谦逊地说"销售很不恶"④。以当时书商的标准,"以能销三千份为一个本位,倘然第一版能销三千份,就可以不蚀本了,他们的支出与收入,也作三千份计算,假使销数超出了三千份,那就要算赚钱了。以后越销得多,便是越赚钱"。⑤ 而有了世界书局那样强大的销售网络,无论出版什么样的杂志,"最少四五千份是靠得住的"⑥。由此不难看出销售网络之于期刊的重要性,尤其对于《半月》这样被当时《新申报》主笔孙㞧蝯称为"上海杂志中之二霸之一"⑦、在读者中呼声甚高的杂志。这样看来,以《半月》第1期第1版的销数,维持后面的经营应该完全没有问题,但由于没有稳定的

---

① 《半月》广告,《新闻报》,1921年7月29日。
② 彼时世界书局在全国苏、湘、鄂、浙、闽、奉、吉、直、晋等16个省建立了75个代售点,这里还不包括上海本地的销售网点。
③④ 周瘦鹃:《〈半月〉之一年回顾》,《半月》,第2卷第1号,1922年9月6日。
⑤⑥ 包天笑:《钏影楼回忆录》,大华出版社,1971年6月,第377页。
⑦ 《半月》第1卷第4期广告,《新闻报》,1921年10月31日。

代销处,书款无法收回,这一对于刊物生存至关重要的条件却成了周瘦鹃及其兄长①并不擅长的"软肋",几期就让周瘦鹃疲于应付,以致在广告中都忍不住叹息"惨淡经营"②,最后为了杂志的生存,不得不将经营权转交大东书局。

至此,周瘦鹃出版商的尝试终告失败,但从杂志本身而言未免不是好事。11月14日,取得了发行权的大东书局迫不及待地用醒目大字刊出了《半月》发行权归大东所有的广告③。

总发行所已经从中华图书馆、著易堂书局、大东书局三家合售一变而为大东书局,周瘦鹃第4期"附送一种值洋一元的优惠券"的允诺在第5期得到如期执行。但这仅仅是《半月》转交大东书局后所有有利之处的冰山一角。大东书局得到《半月》出版发行权之后,有目的、有计划地采取了一系列措施来积极推销《半月》,这些推广策略呈现出如下特征:

一、广告内容重点突出,大事渲染

《半月》第6期广告焕然一新,不仅所占报纸篇幅有所增加,而且书局的诸多优势诸如雄厚的资本、成熟的推广策略都得到了积极展现,如广告设计的改变——在原广告的基础上留出绝大部分空间重点推介名家小说以及重要篇目,并加以渲染。图2和图3分别是发行权交给大东书局前后的《半月》的广告。

图2

---

① 《半月》由周瘦鹃及其兄长周国祥二人合力创办,周瘦鹃管理编辑上的一切事务,印刷发行以及广告事宜由周国祥负责。见周瘦鹃:《哭阿兄——阿兄去世第二日周瘦鹃和泪作》,《半月》,第2卷第23号,1923年6月28日。
② 《半月》第1卷第5期广告,《新闻报》,1921年11月17日。
③ 《半月》广告,《新闻报》,1921年11月14日。其中声明"周瘦鹃先生主编之《半月》出版以来名传遐迩,编辑印刷并极精美,允为杂志界之霸王。兹于第五期起由本局总主发行事宜,零售批发皆以本局为总汇,各大书坊仍有寄售。所有预定诸君,请仍向原定处取书。外埠定户,亦仍由原定处寄出。恐未周知,特此声明。第五期准十七日出版。上海四马路中市大东书局启"

图 3

从前后两个广告对比不难看出,《半月》第 4 期广告在介绍文章内容时,最多就是"天笑豂公芙孙诸名家的杰作杂作……寒云《泉筒》古色古香"等等,第 6 期则利用字号大小突出了"第六期出版""特刊侦探小说号""页数加一半""铜版图加一页"包装策略,对于文中具体内容,则用大字号突出名家篇目,如新译《福尔摩斯侦探案》之《火车怪客》、寒云的《万丈魔》、瘦鹃之《匣剑帷灯》等等。此外,广告语言中推介及渲染的意味大大增强,评价性语言尤多,如"数月以来唯一杰作""该篇尤不可不读,有插图一幅,奕奕如生""极有趣味""侦探佳构,不可多得"等之类不可胜数。这还在其次,更重要的是在推介及评价这些作品时,还注意了广告语叙事策略的运用,如在介绍《火车怪客》时,强调它是《福尔摩斯侦探案》之一,而且还强调上期的《皇冠宝石》异常受人喜爱,通过揭开一种内在的关联来激发读者强烈的阅读愿望,介绍《万丈魔》时强调其内容"诡异如影戏",借以吸引眼球。

二、对名家采用"包养制"

正如上文提到的,发行权归大东书局之后的《半月》得以从刊物封面的装帧、设计以及内文页数、制版等多个方面获得资金的保障,每一卷的投入都有所增加,从而使周瘦鹃可以有更充足的精力和底气专注于刊物从形式到内容的策划和编辑。然而,大东书局雄厚的资本对于刊物的保障并不仅止于此,它还对知名作家采用"包养制",垄断优势资源,以保障《半月》的与众不同。1922 年 2 月 21 日,袁寒云在《半月》11 期广告的末尾用醒目的大字发布启事,启事中称"不佞自壬戌正月始专任《半月》杂志撰述,其他各报概不执笔,此白"①。宣告了自己"被包养"的事实。问题在于,《半月》名家云集,袁寒云为何独受《半月》以及大东书局的青睐?

这与袁寒云之于《半月》的重要性及其与周瘦鹃的关系有关。

《半月》第1期,袁寒云将其得意之作《泉简》刊载于其上,该文"有古泉拓本十种,均稀世之宝,尤极名贵"②,周瘦鹃对此文也分外珍爱,在广告中多次推介,加之日本人对古泉比较关注,研究者较多,因此使得《半月》一开始便在日本打开了销路。就在《泉简》连载期间,袁寒云几乎每期都要另外刊载一篇小文、书画等等,如侠义小说《侠隐豪飞记》、理想派剧《鸡声》、侦探小说《万丈魔》、考证文字《古逸币制》、"团圆乐"游戏法,等等。除此之外,寒云妻志君女士也常赐稿给《半月》。从第3期开始直到大东书局"收编"之前的几期,袁寒云又担任了《半月》的发行者,可见袁寒云之于《半月》之重要。这与袁寒云与周瘦鹃的个人感情有相当关系。在《〈半月〉之一年回顾》中,周瘦鹃多次提及袁寒云并诚恳致谢。③ 假如《半月》仍是个人杂志,袁寒云的赐稿以及担任发行事只能算朋友间的帮忙,人情关系不可能形成长期、稳定的合作关系,但是,当《半月》隶属于大东书局之后,大东书局以"包养"的形式使袁寒云的所有文字包括他的关系以及社会影响力全部成为《半月》独有资源。从袁寒云一方而言,无论是他与周瘦鹃之间的友情,还是受雇于大东书局这样有实力的雇主,形式上,他的"被包养"与原来的人情赐稿并无太大差异,但大东的"包养"却比原来的帮忙多了一份责任。因此,由于周瘦鹃的缘故,他与大东书局之间不难达成共识。正是基于这样一种关系,《半月》11期广告在刊出袁寒云专属撰稿启事的同时,又刊出了袁寒云专载古器物小品以及附有精美插图的《珠丛类范》以及讲述家族故事的《洹上私乘》都于《半月》13期连载的消息。之后《半月》上袁寒云的文字明显增加,这样一来,忠实于袁寒云的读者便从其他的报刊全部被召到了《半月》的麾下。

这是大东书局出于商业考量的一种举措,从中却折射出作家与印刷资本之间复杂而微妙的关系。其实,当大东书局取得《半月》的发行权时,周瘦

---

① 《半月》第1卷第11期广告,《新闻报》,1922年2月21日。
② 《半月》第1卷第2期广告,《新闻报》,1921年10月2日。
③ 周瘦鹃:《〈半月〉之一年回顾》,《半月》,第2卷第1号,1922年9月6日。

鹃的身份便已由出版商变为编辑,受雇于大东书局,而袁寒云的受雇与之有很大不同——周瘦鹃仍享有在《申报》编辑"自由谈"以及在他处发表文章的自由,袁寒云则专事《半月》一份刊物。事实证明,这种举措对于书局获利无疑是非常有效的,后来在世界书局也得到了积极实践,如向恺然、张恨水、程小青等。从积极一面来看,与作家自由投稿相比,该形式的确给予了作家更稳定的创作保障,弊端却也相当明显——作家的创作自由在很大程度上受到书局的牵制,很多创作非作家所愿。无论到何时,书局都是企业,追求利益最大化永远是企业生存与发展的不二法则。书局的利益追求与作家的精神追求要想达成共识并"生产"出优秀的作品,取决于书局对于作家的精神追求之于市场价值的评估,也取决于作家之于书局的认同。事实却是,多数作家被书局"包养"之后,若书局一味追求生意经,作家创作的主体性就会受到抑制,创作自由便会受到戕害,最终"生产"出失败的文本。很多通俗文学作家被书局"包养"之后多数作品创作质量反而不高一定程度上即与此相关。但也有特例,袁寒云即是明证——虽然被大东书局"包养",却在读者需求与作家的文化追求方面得到了很好的调适,周瘦鹃是关键所在。可见,在现代意义的文化生产中,当出版商的利益追求与作者的创作选择发生冲突之时,编辑是二者之间非常重要的缓冲地带,值得关注。

三、推出"特号"与特载

《半月》被大东书局收编之后,很快即推出了"侦探小说号",以专题的形式推出系列小说。其实,周瘦鹃很早就有推出"特号"的计划,其中第3期的"秋季小说号"即是初步尝试。马二先生(冯叔鸾)称杂志中出"特号"好似打吗啡,周瘦鹃称其譬喻很确。① 的确,出版"特号"的杂志存在一个非常大的问题,就是"特号"在推出时,必须围绕专题做各类文章,而且文章质量整体要求比较高,同时从版式和内容上一般都要增加页数或者扩大版面,才能吸引读者强烈关注刊物,达到"特号"的目的。对于定期出版的期刊而言,这样的运作行为导致的直接后果就是——"特号"之后"非特号"的质量难以得到保证。多数

---

① 周瘦鹃:《〈半月〉之一年回顾》,《半月》,第2卷第1号,1922年9月6日。

杂志推出"特号"无异于饮鸩止渴,难以保证读者对于刊物长期的热情和关注。但是,如果杂志能够保证定期的稳定的高质量的"特号",则又另当别论。

事实上,被大东书局接编的《半月》,一年内连打了六支"吗啡"①,频率非常之高。但就在这样的基础上,周瘦鹃还要在第2卷中,"也想打几针吗啡针,打得更得当"②。第2卷一开始便是"周年纪念号",接着便是"情人号""春节号""美术号""小说号""李涵秋先生纪念号""离婚问题号",全年一下子发行了七个特号;到了第3卷势头有所减弱,发行了"侦探小说号""春节号""娼妓问题号""家庭号"四个特号;第4卷显得乏力,共发行了"武侠号""滑稽号""妻妾问题号""留别纪念号"四个特号。③ 凭借报人特有的问题意识和广泛的人脉,周瘦鹃硬是将一支支"吗啡"打了四年,其中的努力、辛苦可想而知。而要想将这些专号每期在扩大内文页数以及版式的情况下都能有足够的稿源,仅靠周瘦鹃的文坛人脉是远远不够的。因此,第2卷开始后不久,周瘦鹃便提前发布特号的征稿启事,一来为特号提前做了广告,二来也将部分版面向读者开放,以充实内文。从《半月》四卷的整个布局来看,《半月》似乎非常尊重读者意见,无论是征集照片、文稿还是刊物的改版、设计,都及早发布启事,但事实上,《半月》上发表的读者稿件所占比例非常之少,铜版图读者投稿使用率相对高一些,这当然是基于名家市场号召力的考虑,更为根本的原因在于周瘦鹃个人对于美与爱的趣味和追求,这些趣味和追求的实现需要的重要前提——资金,大东恰可以在这方面发挥强大的功能。这些特号以其别具匠心的版式设计、精美的铜版图,成为《半月》招徕读者的"金字招牌"。

可是,"特号"毕竟是一年中的"少数派",它将优质稿件和资源大量据为己有之后,如何避免"吗啡"的恶性效应,"特载"成为一种有效补充。《半月》"特载"的出现缘于偶然,最早刊于《半月》第2期,是"KK先生"撰写的一篇记载上海交际花生活的文字,名为《FF》,周瘦鹃觉得非常新颖,便加上了"特

---

① 它们分别是:"秋季小说号"(第3期)、"侦探小说号"(第6期)、"春节号"(第10期)、"春季小说号"(第13期)、"儿童号"(第16期)、"夏季小说号"(第21期)。
② 周瘦鹃:《〈半月〉之一年回顾》,《半月》,第2卷第1号,1922年9月6日。
③ 郑逸梅在《民国旧派文艺期刊丛话》一文中称《半月》第2卷第24期专号仅有3个——"离婚问题号""春节号""情人号",而第4卷干脆未提专号,这些都与事实不符。见魏绍昌编:《鸳鸯蝴蝶派研究资料 上册 史料部分》,上海文艺出版社,1984年。

载"专栏,孰料刊出后大受欢迎,"特载"的形式由此确立。① 这样一种偶然发挥了出人意料的效果——它有效地消解了"特号"的"吗啡效应",无论是张舍我的《我与中国人之婚姻》,袁寒云的《洹上私乘》《三十年闻见行录》还是包天笑的《甲子絮谭》等等,都深受读者喜爱。

四、通过赠品等方式增加期刊的附加值和影响力

通过赠品增强读者购买的欲望,是彼时众多书局竞相采用的促销手段。《半月》创刊之时,第4期使用了"优惠券"的办法进行促销,但由于资金不足,促销方式非常单一,而且附于第4期广告之后,显得非常不起眼。到第五期出版发行权归大东书局后,1922年2月25日,大东书局隆重地推出了一份别出心裁的赠品予以促销——订购13至24号(半年期)《半月》将赠送号外《紫罗兰集》上下册,并为此专门发布了广告。(见图4)《紫罗兰集》完全是周瘦鹃个人的作品集,全部上下两册容纳了约十万字,包括原创小说、翻译小说以及杂作、补白,有新作,也有旧作。② 封面请当时的名画师谢之光绘制精美的美人画,采用三色版,精装,定价一元。

图4

---

① 周瘦鹃:《〈半月〉之一年回顾》,《半月》,第2卷第1号,1922年9月6日。
② 《紫罗兰集》为《半月》第1卷号外,为个人专辑,分上下两部,全书按"玫瑰小筑""慈母""英雄""前尘""友道""孝""盲乎""家""悬崖""银匙""五年为期""幸福"分为12个栏目,每个栏目2篇文章,全书共24篇文章。

这样的促销虽然多少显得有些迫不及待,却不啻为一种颇有创意且富有刺激性的销售方式。因为当时的促销一般都是年初订购全年杂志时才会推出赠品,《半月》全年定价六元,而预定半年三元即可获得价值一元的《紫罗兰集》,对于读者的吸引力无疑是巨大的。并且,大东书局还细致地考虑到最初订购全年的订户的利益,予以补寄,可谓周到。凭此,大东书局很快吸引了大量读者。这样有效的办法,又是周瘦鹃的个人文集,为何周瘦鹃就没有想到呢?

杂志创办之初,周瘦鹃身兼出版商、编辑双重身份,时间、精力被大量耗在各类杂事上,且以当时《半月》社的实力,能使杂志按期出版已是万幸,遑论这样既需要精力又需要资金的个人文集?但出版发行权归属大东书局后则完全不同。书局有资金,分担掉出版发行事,周瘦鹃可以抽出精力和时间专事创作和编辑。可以说,《紫罗兰集》的出版一方面是出于书局对于利益最大化的追求——除了赠品功能之外,还可以单独发售,为书局赢利的同时也可回馈周瘦鹃;另一方面,也应该是周瘦鹃个人意愿使然,否则,便不会有后面的《月痕》[①]、"紫罗兰庵小丛书"[②]等的相继出现。然而,在所有的出版物中,最能够表达周瘦鹃个人意愿的,莫过于《紫兰花片》。

第二节 《紫兰花片》:大东书局创办的周瘦鹃"个人小杂志"

《半月》发行以及经营权归大东之后,营销体系得以打通,资金得以保障,刊物一系列的运作计划得以实施。作为《半月》的促销策略之一,《紫罗兰集》成为周瘦鹃实现个人文艺理想的现实载体,出版后大受欢迎。这给了

---

① 《月痕》与《紫罗兰集》类似,全书也分为上、下册,为《半月》第2卷号外,作为《半月》第3卷预定全年读者的赠品,也可单独购买,定价仍为一元。内容与《紫罗兰集》相似,也是新旧作并举,共20篇,有小说、译作等作品。值得一提的是《月痕》上的译作非常突出,共10篇,除当时俄国的著名非战小说《红笑》外,其余9篇均为法国著名作家毛泊桑(莫泊桑)的短篇小说译作。卷首铜图有"瘦鹃幽涧听水""毛泊桑小影与签名"、苏曼殊与陈小蝶画、袁寒云书法、毕倚虹诗、丁悚之摄影作品。内容比《紫罗兰集》更加充实。

② 按:该丛书全套8本,分别为《小小说选》《燕子龛残稿》《紫兰小谱》《绿窗艳课》《忆语选》《红蚕茧集》《紫兰芽》《浓情蜜意词》。

大东书局系列出版周瘦鹃作品的信心,也给了周瘦鹃继续实现个人文艺理想的可能。于是,就在《紫罗兰集》尚在印制之时,周瘦鹃的"个人小杂志"《紫兰花片》应运而生。

非常有意味的是,《紫兰花片》的"弁言"与大东的市场行为形成了一种有趣的"背反"。周瘦鹃称此杂志"意在自娱,不解媚俗"①,大东书局却自筹备期开始就不遗余力地"媚俗"——长期持续地推出大量广告:1922年4月11日,《半月》第1卷第15期封底刊出了《周瘦鹃的新计划》的广告,告知读者周瘦鹃即将"创办个人的小杂志"《紫兰花片》,广告中详细告知了刊期、内容以及风格、版式、插图、文章体裁、字数甚至字号等细节②;5月1日,《半月》刊于《新闻报》的16期广告中,在"附白二"中征求订户时单独强调《紫兰花片》"用为《半月》副本"③,表明了二者之间的关系;到5月16日《半月》17期再次征求订户时,则大肆渲染杂志之美:"中有诸名画家精美之图画,周瘦鹃氏隽永之作品,如花中紫兰花,虽小而色香俱备焉"④;6月15日《半月》19期广告附白中则告知了《紫兰花片》创刊号的详细内容,并"预料出版之后定会成为读者的恩物"⑤;至7月3日,《半月》20期广告中仍在"预告",不过这一次预告与之前不同——从文尾的"附白"提到了《半月》的文前(见图5),谦称《紫兰花片》"惨淡经营"了两月之久,从广告中不难看出此时刊物已经定稿,只待发行,其中详细公布了发行日期、篇目及插图的数量、纸张、封面版式、封面等信息,尤为特别的是对于《半月》这一副本,预定全年者还可得到"精巧小锦匣一双",用以藏书,"每匣内并附瘦鹃小影、亲笔签字",⑥可谓细致周到。连藏书的方式都设计得如此精美,加上瘦鹃小影和亲笔签字,对读者用

---

① 周瘦鹃:《〈紫兰花片〉弁言》,《紫兰花片》第1集,1922年6月5日。
② 《周瘦鹃的新计划——创办个人的小杂志〈紫兰花片〉》,《半月》,第1卷第16期,1922年4月11日。
③ 《半月》第1卷第16期广告,《新闻报》,1922年5月1日。
④ 《半月》第1卷第17期广告,《新闻报》,1922年5月16日。
⑤ 《半月》第1卷第19期广告,《新闻报》,1922年6月15日。
⑥ 原文为:"《紫兰花片》惨淡经营已历两月之久,第一集准本月下旬出版,篇目凡二十有八,精美之插画小图数十帧。全书用洁白道林纸精印,三色铜版封面画,卷首并有铜版图数幅。卷帙既小,携带利便,实为杂志界中最精美之作。预定全年十二集价洋二元(外加邮费一成),十二集出齐后预订者得领精巧小锦匣一双,以为藏书之用,每匣内并附瘦鹃小影、亲笔签字,藉留纪念,定书处上海大东书局。"《半月》第1卷第20期预告,《新闻报》,1922年7月3日。

七　通俗文学的营销策略

图5

心之切令人惊叹；直到7月24日,《半月》的22期广告中才告知"《紫兰花片》出版有期,将于阴历六月初七日出版",也就是公历7月30日出版的消息,结果,到了7月28日,又告知最终将于"初十日"也就是8月2日出版的消息。①《紫兰花片》筹备了近三个月,筹备广告也刊登了近三个月,这在当时非常少见。而更为少见的是,《紫兰花片》这份刊物创刊时创造了多个"创始"：专发表周瘦鹃一个人作品的杂志；德国技师制版精印；开本为袖珍小本；首创中页,内为紫色插图；赠送专门存放杂志的锦匣,内薰紫罗兰香,且附赠周瘦鹃亲笔签字的小影。② 一切的一切,都是周瘦鹃式的"唯美"。大东书局为周瘦鹃个人的志趣如此投入,可谓惊人。可是,大东为何愿为此呢？

　　大东是"懂"周瘦鹃的,这个"懂",基于周瘦鹃的"唯美"之于读者的魅力,之于市场的吸引力。在这个层面上,大东的逐利目的与行为才会与周瘦鹃个人的"意在自娱,不解媚俗"发生奇妙的反应。问题在于,上述分析只是这株"名花""开放"之前的判断,至于能够开多久,则完全有赖于杂志诞生之后的市场反应。对于出版之后的《紫兰花片》,大东书局依旧不惜血本,自8月1日至8月4日连续四天在当时日销量几乎最大的《新闻报》上刊登《紫兰花片》第1集出版广告,而杂志也不负大东重望,一版五千册8月17日前后售罄,8月24日前后再版发行；第2集也是半个月左右即告售罄,一周之后再版。这样的销售成绩使《紫兰花片》很快从《半月》副本地位一跃而为大东

---

①②《紫兰花片》出版预告,《新闻报》,1922年7月28日。

书局"四大杂志"之一①,广告不再与《半月》广告合登,而是每集单独发布,虽然后来的广告中偶有"副本"之谓,却主要是出于对《半月》的扶持②。

与《半月》相似,《紫兰花片》每六期即出版一个专号,如"恋爱号""美人号"等。不同的是,《半月》的专号由诸名家合力扶持,而《紫兰花片》完全由周瘦鹃一人操觚。周瘦鹃深谙读者心理与编辑艺术,自第2卷也就是第13期起,别出心裁地将原来的直64开本变为横64开本,封面由时装美人改为古装美人,采用已故名画家潘雅声的"十二金钗图",恰好合一年12期之数。(见图6、图7)这十二金钗图颇为稀有,原件当时存在诸暨县县长汪楚声那里,特别向他借来后制成三色版封面。因此,在14期广告中,特别以大字打出"诸君爱看十二金钗么"九个字,并大肆渲染了这十二金钗图如何之美③。可见,第二年的《紫兰花片》,"十二金钗图"是最重要的卖点,却也折射出《紫兰花片》内容上的疲惫。

图6 《紫兰花片》第十三集封面　　　图7 《紫兰花片》第一集封面

《紫兰花片》出版到1925年④,共出版24期。广告中尽管大肆渲染其如

---

① 《预定大东书局四大杂志之好机会》(大东书局杂志预定广告),《新闻报》,1922年8月30日。
② 《请注意第三卷之〈半月〉》,《新闻报》,1923年8月1日。
③ 《诸君爱十二金钗么?》,《〈紫兰花片〉14集出版预告》,《新闻报》,1923年10月1日。
④ 按:无论是祝君宙先生编的《上海图书馆馆藏近现代中文期刊总目》(上海科学文献技术出版社,2004年6月),还是芮和师、范伯群、郑学弢、徐斯年、袁沧洲先生编的《鸳鸯蝴蝶派文学资料》,都称《紫兰花片》停刊于1924年6月。而据笔者翻阅彼时报刊资料发现,1925年4月8日《新闻报》所刊《紫兰花片》广告为第21期广告,其余3期广告并未翻检到。但可以由此认定《紫兰花片》最后一期当出版于1925年年中,至于几月停刊有待进一步核实。笔者揣测,祝君宙等诸先生之所以认为《紫兰花片》停　(转下页)

何受欢迎,但个人杂志的局限却不可避免。上海第一大报《申报》副刊"自由谈"、《半月》的编辑、撰著事暂且不论,文坛友朋的约稿、交际,编剧,大东书局的出版计划,加之1925年前后的乱世,凡此种种,都成为"意在自娱"的个人小杂志的重重阻力。且看周氏写于1925年的《紫罗兰庵困病记》中的记载:

> 猛想起今天妹倩曾约着九点半钟同去访步林屋先生,而手头还须翻译两足页的《侠盗查禄》小说,又记得今天是老友黄秀峰续弦的吉日,午后在慕尔堂行婚礼,我须得办了礼物,前去道贺的。此外还得上大东书局乐园报社申报馆去……①

这是他忙碌生活的真实记载,在如此众多的事务性工作之外,周瘦鹃个人的闲情逸致已经成为一种难得的奢侈。同时,一人担任一本杂志的撰述和编辑,的确非常有特色,但这也恰是个人杂志最大的弱点——只有展示,没有呼应和共鸣。表面上看,周瘦鹃办个人小杂志遂了他"自娱"的意愿,实际上,以他在读者中的声望和影响力,大东书局出资为其办"个人小杂志"无异于一种温柔的"绑架",正如两年后同样被此法所困的程小青后来所言:"在这一时期,当然没有余力为其他刊物写稿,实际上我终于做了一年的'包身工'。"②两年编辑出版《紫兰花片》的经历,想来周瘦鹃必然从最初的踌躇满志到后来的苦不堪言,而从广告来看,《紫兰花片》出版周期越来越长,后期已经难以保证如期出版。虽曾有广告致歉称因战事之故拖期③,但周瘦鹃个人因事务繁忙难以为继也是其中一个非常重要的原因。此外,"五卅惨案"的发生或许也成为导致周瘦鹃难以"自娱"的一个因素。而《半月》自第4

(接上页)刊于1924年6月可能有两方面原因,一是《紫兰花片》由于拖期严重,本来应于是年是月出版,结果一直脱到了1925年才出版。另外一个原因则可能缘于郑逸梅《民国旧派文艺期刊丛话》中所言"该杂志创刊于一九二二年夏,月出一期……共出两年,每年十二期,先后二十四期"推算得出。事实上,《紫兰花片》第22期的版权页上标明的出版时间是"甲子年八月"(按:甲子年为1924年),如此推算,《紫兰花片》最后一期无论如何也不可能早于22期出版时间。

① 周瘦鹃:《紫罗兰庵困病记》,《半月》,1925年第4卷第23期。
② 程小青:《我和世界书局的关系》,《出版史料》,1987年第2期,第69—70页。
③ 《〈紫兰花片〉二十一号出版》,《新闻报》,1925年4月8日。

卷起也明显走下坡路,此时固然有彼时文学期刊出版蔚为大观而导致读者市场分化的原因在,但周瘦鹃坚持最初的办刊风格少有更易想来是更主要的原因。郑逸梅在《民国旧派文艺期刊丛话》中明确指出,《紫兰花片》的停刊原因是"以精力不济,才告结束"。与其分出诸多精力在《半月》与《紫兰花片》之间却无法求全,莫如投全部心力于一本新的杂志。同样,从大东方面而言,面对着世界书局《红杂志》与《红玫瑰》《侦探世界》蒸蒸日上,而《半月》与《紫兰花片》却日渐萎靡,当然非其所愿。因此,《半月》与《紫兰花片》停刊,隆重推出《紫罗兰》,无论是周瘦鹃还是大东书局,都是箭在弦上,不得不发。

第三节 《紫罗兰》:市场需求与个人小杂志的结合

《半月》停刊于 1925 年 12 月①,《紫罗兰》几乎同时创刊。早在 11 月 26 日,《紫罗兰》就在《新闻报》上隆重发布了《人人艳说〈紫罗兰〉》的创刊广告,广告中详细列出《紫罗兰》的众多特色,如名字与版本的变化,"'二难'并与'四美'具的三色版封面"②,增加《紫罗兰小画报》,小说由名家执笔,全年出版四次以上特刊以及增加杂作和其他类别如"读者俱乐部""侦探之友"等小栏目。从该广告中我们不难发现《紫罗兰》与《半月》的传承关系。1925 年 12 月 2 日,《新闻报》在同一则广告中先后刊出了"《半月》留别纪念启事"与"《紫罗兰》半月刊短期优先特价"的广告,更充分地表达了二者之间的薪火相传关系:

> 现定自五卷起,改组为《紫罗兰》,振刷精神,改良内容,聊以报答诸君子属望之深。此次最后一期出版,并特刊留别纪念号,藉志纪念……江文通有云,黯然销魂者,别而已矣。今《半月》亦将与诸君告别,诸君

---

① 郑逸梅在《民国旧派文艺期刊丛话》中称《半月》停刊于 1925 年 11 月,这是《半月》版权页上的日期,事实上,《半月》的最后一期于 1925 年 12 月 2 日出版。本文所涉同类问题较多,

② "二难"指邀请到了海上名画家谢之光与庞亦鹏共同为《紫罗兰》绘制封面;"四美"指三色版印刷、好画稿、名家执笔以及大东书局的印刷技术。

其亦黯然有感否?别矣别矣,《半月》告辞,紫兰继响,幸诸君善视《紫罗兰》,毋以《半月》为念。①

后面就是《紫罗兰》的预定广告。两个广告清晰地呈现出《紫罗兰》与《半月》的近亲关系,如专号仍旧保证一年四期以上、小说由名家执笔、坚持三色版封面等等,但是,进一步考察我们不难发现,周瘦鹃把他投诸《紫兰花片》的"紫罗兰"情结也带到了《紫罗兰》中,比如刊名"紫罗兰",比如别出心裁的20开本,比如《紫罗兰小画报》中紫色的插画。而从《紫罗兰》创刊后所刊的《我心碎矣》《紫罗兰花》《月下一笑》②等诸多小文中,也不难看到《紫兰花片》的影子。方方面面证明,《紫罗兰》其实是《半月》与《紫兰花片》的合二为一。

但是,仅仅这样解读《紫罗兰》还是远远不够的。它还有大大超出二者之处——杂作以及"小天地""趣味问答""读者俱乐部""妇女与装饰"等诸多小栏目的加入——相较于《半月》和《紫兰花片》,《紫罗兰》清高的名士风已大有收敛,主动降低了门槛,开始增加读者文字,公开与读者对话,变小说期刊为综合性刊物。而《半月》是纯小说期刊,虽然也曾向读者发布征稿启事,但主要目的是征集读者订阅,主要采取征求读者的照片、向读者征求小说稿件以及预告下一期的专题的形式。待到专题出版时,却是以名家作品为刊物的主力,少见读者的稿件。这是由彼时周瘦鹃的文学理想和文学趣味决定的。也就是说,即便《半月》能够采用部分读者的稿件,这些读者也是有一定要求的,即要有一定的文学修养,包括文学创作能力和文学鉴赏能力。《半月》之所以可以如此纯粹,一方面是由于彼时小说期刊种类不多,小说供不应求,为卖方市场;另一方面也是周瘦鹃"徒供消闲与专研文艺间作一过渡之桥"③的办刊目的使然——《半月》承担着引导读者文学趣味的使命。但为何到了《紫罗兰》周瘦鹃会有如此改变呢?

1925年前后的期刊市场,与《半月》初创时期完全不同。经过几年的阅读培养以及期刊市场的细分,读者的阅读需求发生了重大改变,这使得风格

---

① 《〈半月〉留别纪念启事〈紫罗兰〉半月刊短期优先特价》,《新闻报》,1925年12月2日。
② 伊:《最短的小说》,《紫罗兰》,第1卷第2期,1925年12月。
③ 瘦鹃:《说消闲之小说杂志》,《申报·自由谈》,1921年7月17日。

始终如一的《半月》失去了最初"上海杂志中之二霸之一"的地位,大东书局不可能不在意。尽管它对外称"这个刊名用了四年,有点'腻'了"①,其实根本原因是想尽快夺回读者,在激烈的文艺期刊市场站稳脚跟。而周瘦鹃改名的态度则较为复杂,一来与他的"颇思别出机杼"②——办刊策略发生转变有关,二来与他仍想将紫兰情结延续下去有关系。以周瘦鹃在《申报》副刊"自由谈"几年做主编的经历以及对《半月》和《紫兰花片》得失的总结,他非常清楚刊物上直接与读者对话的好处。而降低读者发言门槛的好处,在之前的《星期》中早已得到成功实践,"星期谈话会"即是一例。所以,《紫罗兰》的创刊及转型,可以看做瘦鹃个人理想之于市场的妥协,却更出于大东书局对周瘦鹃情史之于都市文化生产价值的认知。

《紫罗兰》第 1 卷第 2 期刊出的"蓝剑青"所撰写《紫罗兰娘小史》一文,以双关的方式,道出了伊人"紫罗兰"与杂志《紫罗兰》之间模糊而暧昧的互文关系:

> 有这么一个冬季里,记得是大中华民国十四年第一个乙丑的阴历十一月初一罢,上海有一家富户姓罗名大东的富户,就在这天上生下了一位如花似玉的千金小姐,模样儿生得如天仙化人一般,伊的面貌我这支秃笔怎能写得出呢?
>
> 罗大东生下了这位小姐就宝贝得什么似的,所以马上就去替伊雇了一位保姆,又欢欢喜喜地和伊题上了一个名儿叫做"兰儿"。
>
> 说到这位保姆,倒是一位很负盛名的文学家,叫做"鹃娘"。我写到这里,有人驳我道:"你在那里说昏话了!人家堂堂文学家,怎么会情愿去当保姆呢?"我道:"听说鹃娘与罗大东本来有些宾主的关系,这次伊因为见兰儿生得娇小玲珑,天真活泼,所以就自己情愿去做伊的保姆的。"
>
> 罗大东一听了这种好消息,真是求之不得,哪有不欢迎的道理呢?

---

① 范伯群、周全:《周瘦鹃年谱》,范伯群编《周瘦鹃文集》,文汇出版社,2011年,第479页。
② 周瘦鹃:《编辑室灯下》,《紫罗兰》,第1卷第1期,1925年12月。

这样一年一年,由鹃娘小心翼翼地把全副精神来灌输提携下去,又加这位兰儿小姐聪明绝顶,所以到处能受人的欢迎。每逢初一十五二天到社会上来和外界交际,莫不万人空巷的想和伊来行一个握手礼为快。

但是这位兰儿小姐生平最嗜爱的就是那紫罗兰一物,所以伊平时写起字来是用紫色纸儿和紫罗兰的墨水。出外去交际的时候身上着的衣服也是紫罗兰色,伊头上戴起花来非紫罗兰不戴,可见伊和紫罗兰一物的关系了。但是伊又姓罗,芳名又是兰儿,又爱紫罗兰,因此人家后来都不称伊"兰儿小姐"而都改呼伊为"紫罗兰娘"了。而且伊的那位保姆鹃娘也和伊有同癖,他们二人真可说是意气相投啊。

过了不知多少年,我已经由青年经过壮年,由壮年变成中年,到现在我的胡子却早已由花白变成雪白了。但紫罗兰娘却仍如十七妙年华般,生得好似天上的安琪儿,一些都没有鸡皮鹤发的容态,而且受人欢迎的魔力却日渐增加,没有一些儿退步,这真是出人意料之外,使我佩服到五体投地的。

伊的行动却也很大方的,若有人去欢迎伊,伊就不论贫富都肯和人握手,所以一说起"紫罗兰娘"的芳名,不要说全国的二十二行省人都知道,就是远如欧美各国也都知道咧。

保姆鹃娘到了现在年纪虽然一年一年的老起来了,但是伊的精神却从来没有懈怠,始终竭力地培栽紫罗兰娘,所以紫罗兰娘能够驰名海内一半也是鹃娘之功啊。

……

我写到这里却要恭恭敬敬的祝紫罗兰万岁、鹃翁万岁、大东书局万岁了。

到了末了还要顺便祝一声诸同文万岁和读者万岁。

大中华民国 W 年十一月一日

周瘦鹃与紫罗兰之间的情史随着大报、小报甚至周瘦鹃本人投之于刊物的紫兰情结,这种想象与推测随着媒体、编辑、读者再到作者循环往复地复制与再生产,已经成为彼时上海的城市想象。小说伊人紫罗兰娘与杂志

《紫罗兰》时而交叉,时而重合,影射了周瘦鹃与大东合作创办《紫罗兰》的诸多细节,比如"听说鹃娘与罗大东本来有些宾主关系","自己情愿去做伊的保姆",罗大东"求之不得",伊"不论贫富都肯和人握手";而关于紫罗兰,小说中兰儿的出身、嗜好以及称呼等等,明眼人都看得出几乎完全脱胎于伊人紫罗兰,"他们二人真可说是意气相投啊",让人平添了关于这段情史的无穷想象。虚实之间,展示的是大东与周瘦鹃之间达成的某种默契——大东看中的是周瘦鹃这段情史之于杂志的商业价值,而周瘦鹃则出于对伊人的深深缅怀和表达的愿望之迫切。读者并不在乎周瘦鹃与大东之间如何达成这份协议,他们在意的是对"紫罗兰"的无穷期待和继续窥探。在读者那里,伊人紫罗兰与杂志《紫罗兰》之间的边界被模糊了,《紫罗兰》成为进一步讲述鹃翁情史更多细节的媒介,伊人紫罗兰的气质、形象以及周瘦鹃的痴情均托寄于有形的《紫罗兰》身上。读者在真实与虚拟的"紫罗兰"之间来回往复,猜测、杜撰、想象并重组,"紫罗兰"就此具有了多重指向,它内部的诸多意义之间不仅互相关联,而且互相转换,从而再次生产。

不难看出,《紫罗兰》是一种结果,它包含着周瘦鹃个人的文艺理想、办刊得失、情感诉求、市场调适以及与大东书局之间的合作与冲突,坚守与退让,更包含着大东书局基于现代文化生产机制下对读者、编者的利益诉求与文化责任之间种种微妙的碰撞与调适。从《半月》到《紫兰花片》再到《紫罗兰》,我们可以看到一条清晰的个人文艺理想与现代文化市场之间的调适脉络,这条脉络的重要意义在于,当文艺依附于现代生产机制之后,依存于其中的文人无论是否情愿,都必须从封闭走向开放,从一维走向多维,他们在这一过程中的每一份舍与得,每一点失败与成功,每一次自我与外界的冲突与弥合,都在有形的载体——报刊媒介中得以积累与呈现。因此,基于从《半月》到《紫兰花片》再到《紫罗兰》种种细节的梳理与分析,表面上呈现为印刷资本对文人理想以及文本的冲击,实际上,它呈现的是过渡期文人在面对市场这把双刃剑时理想与现实碰撞之后种种复杂的纠葛、冲突与调适,这恰恰建构了现代文学现代性的重要景观。

结　语

中国近现代通俗文学的发生、发展再到繁荣,与印刷资本的介入和以技术引领的大众传媒的出现及繁荣密不可分。可以说,百年中国通俗文学现代性特质的根由之一便在于文学与大众传媒的"合谋"。由此,以上海为中心,中国近现代通俗文学自诞生之日起,便具有了鲜明的市民大众文化特征,尽管这些特征受"大众"在不同时期文化素养及文学接受要求、认知水平的限制不断发生着流变。而近现代通俗文学每一时期的主要特征,便是在大众传媒的"引领"下,以"流行"的方式,在中国近现代以来的市民社会中,呈现出来的"默默的强势"[①]。这一切,归根结底在于那只"看不见的手"——与大众传媒相伴相生的通俗文学的生产与消费机制,以及由该机制必然带来的近现代通俗文学备受指责的"金钱主义""趣味主义""享乐主义"之种种。然而,当时备受指责的"金钱主义""趣味主义"的部分优秀作品,时隔半个多世纪,成为经典,在得到一代又一代读者认同的同时,也终于得到学界认可,进入现代文学史。貌似悖谬的种种现实背后,实则这只"看不见的手"在文学与媒介之间施展魔力,彼此调适,使它竟然可以备受上至学者名流下至贩夫走卒的一致推重,促成百年以来的中国近现代通俗文学一次又一次之"热",并深刻影响了各时期作家的文学创作行为、文体形式、文本内容,读者的阅读和接受、行为和观念乃至社会的文化风尚……

以大报副刊、期刊、小报、单行本为主体的纸媒以及以电影为主体的视

[①] 范伯群:《在"建构中国现代文学史多元共生新体系暨〈中国现代通俗文学史(插图本)〉学术研讨会"上的主题发言》,《多元共生的中国文学的现代化历程》,复旦大学出版社,2009年,第60页。

听传媒在中国近现代文学中的作用与功能,在21世纪以后的研究中,无论在史学还是文学著作中,均已多有论述,它们共同建构了自晚清到民国中国市民社会令人炫目的文化场域。媒介的逐利目的,使文学以生产和消费的名义,摆脱旧有的"雅爱搜神,闲则命笔"的"自娱"功能,迅速担负起描摹"三千年未有之大变局"的历史重任,在"消闲""趣味""娱乐"等种种表象下,在此消彼长的生存竞争中,通俗文学独有的现代性特质,在市民大众从"阅读"到"观看"的漫长岁月里,得以确立。报馆、书局、电影院等文化资本企业,以合作共赢的方式,参与了通俗文学从"流行"到"经典"的全过程。

叶维廉先生说过:"要充分了解我们创作历史的泉源……首要的,便是以全然开放的胸怀,掌握它们在其间全面衍化生成持续的历史意识,明白每一个文化事件、每一个创作行为根生在历史、根生在美学传统的多样化,我们绝不能把这些事件和作品(过去的和现在的)一概投入一种、只一种单面的历史透视里(比如毛式的马列主义)来作偏差的肯定和否定。"[①]载体的改变,给文学带来的,是一种专属于文学现代化进程中的新生。因此,以上这些现象的分析,不光属于《啼笑因缘》和张恨水、《亭子间嫂嫂》和周天籁、《江湖奇侠传》和平江不肖生以及周瘦鹃和三份杂志,同时也属于中国现代化过程中曾在报刊上轰动一时的那些作家们,这其中,既包括通俗文学作家,也包括新文学作家,只是由于个人机缘不同、背景不同、立场不同,所以结果各有差异。而从期刊连载到单行本的变化,恰恰反映了作家、出版商出于市场考虑而做出的某些权衡及其意愿,甚至与读者之间的冲突与妥协。由此再来回顾一些经典文学作品的生产与消费,便不难发现,连载过程中的一个个文学事件,并不是一个个孤立的片段,而是具有了阐释文学问题的史的价值和意义。

---

① 叶维廉:《中国诗学》,生活·读书·新知三联书店,1992年1月,第210页。

图书在版编目(CIP)数据

中国现代通俗文学与通俗文化互文研究/范伯群主编.
—南京:江苏凤凰教育出版社,2017.2
ISBN 978-7-5499-6292-1

Ⅰ.①中… Ⅱ.①范… Ⅲ.①现代文学—通俗文学—文学研究—中国②俗文化—研究—中国 Ⅳ.①I206②G12

中国版本图书馆CIP数据核字(2016)第320170号

书　　名	中国现代通俗文学与通俗文化互文研究(上、下册)
主　　编	范伯群
策划编辑	章俊弟
责任编辑	周敬芝
装帧设计	张金风
出版发行	凤凰出版传媒股份有限公司
	江苏凤凰教育出版社(南京市湖南路1号A楼　邮编210009)
苏教网址	http://www.1088.com.cn
照　　排	南京前锦排版服务有限公司
印　　刷	江苏凤凰新华印务有限公司(电话:025-68037410)
厂　　址	江苏省南京经济技术开发区尧新大道399号(邮编210038)
开　　本	787 mm×1092 mm　1/16
总 印 张	87.75
版　　次	2017年2月第1版
	2017年2月第1次印刷
书　　号	ISBN 978-7-5499-6292-1
总 定 价	260.00元(上、下册)
网店地址	http://jsfhjycbs.tmall.com
公 众 号	苏教服务(微信号:jsfhjyfw)
邮购电话	025-85406265,025-85400774,短信02585420909
盗版举报	025-83658579

苏教版图书若有印装错误可向承印厂调换
提供盗版线索者给予重奖

目　录（下册）

八　中国近现代转型期国情与民风的流变　1

九　通俗小说宏观研究　155

十　中国现代幻想小说　249

十一　通俗作家笔下的散文小品研究　351

十二　通俗文学作家的时评杂感　427

十三　通俗作家文史札记研究　517

十四　通俗作家的新旧体诗歌　627

后记　734

八 国情与民风的流变——中国近现代转型期

（范伯群）

绪　论	近现代转型期通俗文学的文化启蒙与文化承传	4
第一节	梁启超"搭台"吴趼人"唱戏"	4
第二节	应向谴责小说作家"脱帽致敬"	5
第三节	《时报》等报刊的异军突起	7
第四节	通俗小说为文坛吹来一股新风	9
第五节	"脑力劳工"心系"体力劳工"的安身立命	13
第六节	通俗作家是中华传统美德的"守夜人"	14

第一章	国门被砸与烟毒弥漫	18
第一节	阿英定义下的"国难小说"	18
第二节	两篇同名的《黑籍冤魂》	21
第三节	包天笑笔下猖獗的鸦片贩运黑幕	27
第四节	两部同写江浙大战小说的不同视角	33

第二章	从《市声》看晚清与帝国主义的"商战"	38
第一节	"商战"概念的提出与小说对此题材的初步涉猎	39
第二节	《市声》对商战的"概念性"叙述	42
第三节	《市声》实乃《盛世危言》的文学版	49

第三章	移民大都市与移民题材小说	
	——论清末民初上海小说中的移民题材中长篇	53
第一节	移民上海成为通俗小说的一条文字漫游热线	53
第二节	移民的"流向、流量、流速"与城市病的关联	56
第三节	"城恶乡善"公式在小说中的被否定	59
第四节	"洋恶中善"模式的不足为训	62
第五节	通俗世情小说乃市民启蒙教科书	66

第四章　炫耀式消费所拉动的都市畸形风尚　　69
   第一节　"东方巴黎"妓女的"无烟工业"商人意识　　69
   第二节　"捧角"的玩物丧志与官场的"变态挥霍"　　75
   第三节　赌博乃盗匪与贪官的速成制造所　　77
   第四节　"地缘邪恶"的匹配产出畸形怪胎　　81

第五章　通俗作家笔下的中国买办阶级
　　——从吴趼人的《发财秘诀》谈起　　83
   第一节　发洋财广交亡命　充汉奸出卖情报　　83
   第二节　发财秘诀：挖去人心换兽心　　85
   第三节　黄奴买办的"奉洋若神"　　87
   第四节　从"买办商人"到"商人买办"的几点余论　　93

第六章　清末和民国"狭邪小说"内质的演变　　98
   第一节　清末"狭邪小说"从溢美→近真→溢恶　　98
   第二节　民国"倡门小说"中的人道呼吁和人性光芒　　101
   第三节　三位通俗作家合作塑造了一个雏妓形象　　109
   第四节　荆天棘地中流出的一股纯情的清泉　　116

第七章　清末民初出版业的繁荣及其黑幕　　122
   第一节　出版三条件：印刷、纸张、编创的齐备　　122
   第二节　文化市场做大的两个必备条件　　124
   第三节　书商最善于摸准文化市场的畅销点　　128
   第四节　在追求高额利润下的书商与作者之间的关系　　132
   第五节　清末"禁书"的出版与销售渠道　　135

第八章　论早期自由职业文化人对文学现代化的贡献　　138
   第一节　文学现代化从自发到自觉的过程　　138
   第二节　清末新型知识者从旧卵中破壳而出　　141
   第三节　早期启蒙主义者对"白话文学"的贡献　　147
   第四节　清末译介外国文学作品使国人初识外部世界　　150

绪论　近现代转型期通俗文学的文化启蒙与文化承传

第一节　梁启超"搭台"吴趼人"唱戏"

冯梦龙是古代农业文明时代的市民大众文学的代表,到了现代工商文明时代,市民社会更趋成熟,当然应该有新一代的市民大众文学的出现,那就是被某些新文学家称为"鸳鸯蝴蝶派"的通俗文学,他们能与当时的启蒙文学的领军人物进行合作,构成同盟关系。他们的优秀作品在当时的社会中发挥了一定的启蒙作用。

19世纪末20世纪初文学领域中的启蒙者当以梁启超为代表人物,他在小说界革命、诗界革命、文体改革与戏剧改良等方面皆做出了卓越的贡献。他在1902年创办的《新小说》掀起了我国小说刊物现代化的第一波,他的代"发刊词"《文学与群治之关系》是推动小说界革命的标志性文章之一。可是《新小说》办到第8期,梁启超就将这个刊物"交给了"吴趼人,以后的每一期上,吴趼人创作或由他改写和评点的作品几近刊物的一半篇幅,这就形成了梁启超"搭台",吴趼人"唱戏"的局面。知识精英带头做了文学理论上的启蒙工作,却由通俗小说家来发挥他们具有创新意义的创作实践。在《新小说》上影响最大的作品是《二十年目睹之怪现状》等通俗作品,究其原因是知识精英在当时还缺乏自己的一支创作队伍。梁启超们将小说界革命这把火烧旺了,可是锅子里没有东西可煮,梁氏的同门或门生都忙于搞政治,都是些"日无寸暇"的人,好不容易挤出时间来写小说,可是对小说创作的规律并不熟悉,只能以小说去图解政治概念,在《新小说》中被他们最为看重的历史小说与政治小说，竟没有一篇是刊登完篇的，连梁启超自己的《新中国未来记》也难以为继。可以说，他们在文学领域中辛勤栽树，却让通俗文学在树上结出了硕果。

梁启超是有大气魄的，他之所以能与吴趼人等通俗作家合作，因为他觉得这些人是他倡导小说界革命的"同盟军"——启蒙民众的同路人。另一位也是倡导小说革命的知识精英作家夏曾佑，他也同样认识到通俗小说在启蒙大众中的作用。办了72期的《绣像小说》中只发表了唯一的一篇文学理论文章就是他撰写的《小说原理》，在文章的最后他写道：

> 综而观之，中国人之思想嗜好，本为二派：一则学士大夫，一则妇女与粗人。故中国之小说，亦分二派，一以应学士大夫之用，一以应妇女与粗人之用。体裁各异而原理则同。今值学界展宽（注：西学流入），士夫正日不暇给之时，不必再以小说耗其目力；惟妇女与粗人，无书可读，欲求输入文化，除小说更无他途。①

可见当时的知识精英是重视通俗文学的，将它作为一种启蒙大众的利器。因此在五四之前，知识精英作家与大众通俗作家有过一段相当默契的携手共进的历程。

第二节　应向谴责小说作家"脱帽致敬"

20世纪初，也即1903年，被鲁迅在《中国小说史略》中提到的四部"谴责小说"，不约而同地出现在文坛上，它们崭齐地同在这一年开始连载于报刊，这正是鲁迅所说的"群乃知政府不足与图治，顿有掊击之意矣。其在小说，则揭发伏藏，显其弊恶，而于时政，严加纠弹，或更扩充，并及风俗"。这一小说类型的高潮的出现，正是"特缘时势要求"的表现。② 其实谴责小说就是中

---

① 别士（夏曾佑）：《小说原理》，《绣像小说》第3期，1903年6月25日。
② 鲁迅：《中国小说史略·第28篇·清末之谴责小说》，《鲁迅全集》第9卷，人民文学出版社，1981年，第282页。

国通俗社会小说的现代化萌芽,也是中国现代启蒙文学的发端。清末的社会结构错综复杂的现象,与冯梦龙们的时代已大有不同,不仅是国内的社会新象丛生,还有国际间的矛盾也反映到国内而使人更觉眼花缭乱,通俗社会小说的现代化乃势所必然。甲午、戊戌、庚子之后,清末的腐败现象充分地暴露,特别是官场,人民怨声载道,群情激愤,谴责小说就是当时群众情绪的火山喷发口。本来,清朝的文字狱是很厉害的,可是那时上海有租界,这是一块它的势力所不及的"飞地",胡适说:

> 向来人民对于官,都是敢怒而不敢言;恰好到了这个时期,政府的纸老虎是戳穿的了,还加上一种侥来的言论自由,——租界的保障,——所以受了官祸的人,都敢明白地攻击官的种种荒谬,淫秽,贪赃,昏庸的事迹。虽然有过分的描写与溢恶的形容,虽然传闻有不实不尽之处,然而就大体上论,我们不能不承认这部《官场现形记》里大部分的材料可以代表当日官场的实在情形。①

胡适在评价《官场现形记》和《二十年目睹之怪现状》等小说在艺术上的缺陷时是同意鲁迅的意见的,但他对李伯元的处境则更多同情,他认为李伯元本来可以写得更好一些,作者未尝不可以写成一部有风趣的讽刺小说,"但作者个人生计上的逼迫,浅人社会的要求,都不许作者如此做去。于是李宝嘉遂不得不牺牲他的艺术而迁就一时的社会心理,于是《官场现形记》遂不得不降作一部撮拾话柄的杂记小说了"。

> 讽刺小说之降为谴责小说,固是文学史上大不幸的事。但当时中国屡败之后,政制社会的积弊都暴露出来了,有心的人都渐渐肯抛弃向来夸大狂的态度,渐渐肯回头来谴责中国本身的制度不良,政治腐败,社会龌龊。故谴责小说虽有浅薄,显露,溢恶种种短处,然他们确能表示当日社会的反省的态度,责己的态度。这种态度是社会改革的先声。

---

① 胡适:《〈官场现形记〉序》,《胡适文存》第3集,黄山书社,1996年,第385页。

人必须自己承认有病,方才肯延医服药。故谴责小说暴扬一国的种种黑暗,种种腐败,还不失为国家将兴,社会将改革的气象。……在这一个"讳疾而忌医"的时代,我们回头看那班敢于指斥中国社会的罪恶的谴责小说家,真不能不脱下帽子来向他们表示十分敬意了。[①]

胡适很明确地指出了谴责小说家在启蒙大众——浅人社会——中的作用。这也就是说,在 20 世纪初,中国通俗社会小说就是一支参与启蒙的军马。这是梁启超这些启蒙者在文学改良的领域中与这些作家成为"同盟者"的内在原因。而由此也可以看到,胡适既然认为这些谴责小说作家的作品是"改革的先声",这当然是发挥着启迪蒙昧的先头部队的角色。

第三节 《时报》等报刊的异军突起

如果说 1903 年是谴责小说纷纷登台亮相的一年,那么紧接着 1904 年就出现了一张对启蒙舆论很有贡献的报纸,那就是《时报》。报纸的创办人是力主维新变法的,也是追随梁启超发动小说界革命的一员健将。他曾在《新小说》上发表著名的论文《论文学上小说之位置》。此人就是狄葆贤,字楚卿,别号狄平子、平等阁主。他曾参与唐才常的自立军起义,武装起义失败后,他决心转而用舆论启蒙民众。他聘请陈景韩为主笔;陈景韩,别署冷血、冷等,陈又吸收了包天笑与其共事,因此两人在《时报》上的合作皆署名冷笑。陈景韩对报纸做了许多革新的工作,如首创"时评"专栏,还创"教育""实业""妇女""儿童""文艺"等副刊,这里主要谈他们在文艺上做了哪些启蒙工作。胡适曾带着深厚的感情色彩回顾《时报》对他的成长起了很大的作用。他说:

> 我于前清光绪三十年的二月间从徽州到上海求那当时所谓"新学"。我进梅溪学堂后不到两个月,《时报》便出版了……我那年只有十

[①] 胡适:《〈官场现形记〉序》,《胡适文存》第 3 集,黄山书社,1996 年,第 392—393 页。

四岁,求知的欲望正盛,又颇有一点文学的兴趣,因此我当时对于《时报》的感情比对于别报都更好些。……我现在回想当时我们那些少年人何以这样爱恋《时报》呢?……《时报》在当日确能引起一般少年人的文学兴趣。……那时的几个大报大概都是很干燥枯寂的,他们至多不过能做一两篇合于古文义法的长篇论说罢了。《时报》出世以后每日登载"冷"或"笑"译著的小说,有时每日有两种冷血先生的白话小说,在当时译界中确要算很好的译笔。他有时自己也做一两篇短篇小说,如福尔摩斯来华侦探案等,也是中国人做新体短篇小说最早的一段历史。……我们可以说《时报》的第二个大贡献是为中国日报界开辟一种带文学兴趣的"附张"。自从《时报》出世以来,这种文学附张的需要也渐渐的成为日报界公认的了。①

胡适很褒赞《时报》在文学领域内做了许多启蒙的工作,引起了人们的极大的兴趣。其实陈景韩在1904年起还办了一个刊物《新新小说》。我们现在常常提到清末四大小说期刊:《新小说》《绣像小说》《月月小说》和《小说林》。其实《新新小说》也是很有特色的,绝不在这四种小说刊物之下,它之所以取名《新新小说》就是刊物要一个比一个办得有新意,而自己的刊物,则后一期比前一期办得更精彩,即所谓"新新不已"。在这四大小说刊物之外,我认为《新新小说》与黄世仲办的《粤东小说林》(此刊物比上海《小说林》办得早,后来从广州迁往香港,改名《中外小说林》《绘图中外小说林》等刊名)。这六种小说期刊都对文学领域的启蒙工作做出了实绩。

到1909年,狄葆贤手中的印刷力量很充足,技术在国内也算是很精湛的,于是他又办了《小说时报》,由陈景韩与包天笑轮流主编。1909年10月创刊时,不用发刊词,首篇发表冷血的短篇小说《催醒术》。我称它为1909年发表的一篇"狂人日记"。小说写"予"(我)某日被一个手持笔杆的人一指,就像脱胎换骨似的,从此心明、眼亮、耳聪、身捷……一切都变得"豁然开朗"。那时他才看清自己竟是满身尘垢,世人也遍体积秽。他赶快洗清了自

---

① 胡适:《十七年的回顾》,《胡适文存》第2集,黄山书社,1996年,第284—285页。

己,还帮友人们洗涤。他哀叹:"予欲以一人之力,洗涤全国,不其难哉。"可是朋友们根本看不见自己身上的污泥浊水,反而"群笑予为狂"。他听到屋外有可怜人的哀号,赶去救助,可是友人们都听不到,反而"窃窃私语曰,彼殆病神经"。他痛感"何人人咸聋若此"。他觉得世界"秽气触鼻",到处是蝇、蚊、虱、臭虫、飞蛾吸着大家的鲜血,他拼命扑杀,可是人们"安之若素",谈笑自若。小说最后,"我"叹息道:我原以为自己变得耳聪目明,心敏身捷,是自己的幸福,哪里知道反而劳苦到这般狼狈的地步。你既然要点醒人,为什么只催醒我一个?他要去找那个手持笔杆的人,"问彼以故",可是四处寻觅,毫无踪影……小说用象征的手法,写出当时先进分子觉醒后的孤军奋战与内心苦闷。世人反而笑他是狂人,说他患了"神经病"。既然文章放在首篇,那就成了不是"发刊词"的"发刊词",说明了办这个刊物的宗旨就是为了"催醒"——启蒙。

与陈景韩发表《催醒术》的同时,包天笑于1909年2月至1910年2月,在商务印书馆的《教育杂志》上连载《馨儿就学记》,实际上是译述和改写亚米契斯的《爱的教育》。这就带有了想将资产阶级的一套先进的教育方法引进我国的意图,以启发式的教学方法,替代中国"填鸭式"的教育陋规。

第四节 通俗小说为文坛吹来一股新风

中国现代通俗文学就源流而言虽然是继承中国古代小说的传统与技法,但它在现代化的流变之中,也绝不是排外的。梁启超所办的《时务报》上,于1896年9月27日出版的第6册上,刊登了张德坤翻译的《英包探勘盗密约案》之后,柯南道尔笔下的福尔摩斯从此东来,引发了侦探热。这比日本首译柯南道尔作品还早了三年。知识精英们首先引进了侦探小说,可是在五四之后的知识精英作家,对侦探小说变得绝无兴趣,他们将这一小说门类拱手让给了通俗作家去做进一步的开发。可是就在19世纪末20世纪初,有些通俗作家就敏感地嗅出了这一种小说类型在中国的重大启蒙意义。吴趼人的密友、合作者、翻译家周桂笙在1902年就说:

> 尤以侦探小说,为吾国所绝乏,不能不让彼独步。盖吾国刑律讼狱,大异泰西各国,侦探之说,实未尝梦见。互市以来,外人伸张治外法权于租界,设立警察,亦有包探名目,然学无专门,徒为狐鼠城社。会审之案,又复瞻徇顾忌,加以时间有限,研究无心。至于内地狱案,动以刑求,暗无天日者,更不必论。如是,复安用侦探之劳其心血哉!至若泰西各国,最尊人权,涉讼者例得请人为辩护,故苟非证据确凿,不能妄入人罪。此侦探学之作用所由广也。而其人又皆深思好学之士,非徒以盗窃充捕役,无赖当公差者,所可同日语。①

周桂笙是当时翻译侦探小说的最有名的翻译家,他在翻译的过程中,脑海中马上出现了两个词语,那就是"人权"与"科学"——重证据的科学的"侦探学"。侦探小说实际上为中国吹进了"科学"与"民主"之风,对中国无疑是有极大启蒙作用的。那么中国的读者是如何来欢迎这种新兴类型的小说的呢?他们读了之后又有何种感想呢?吴趼人做过"调查":"访诸一般读侦探案者,则曰:侦探手段之敏捷也,思想之神奇也,科学之精进也,吾国之昏官、聩官、糊涂官所梦想不到者也。吾读之,聊以快吾心。或又曰:吾国无侦探之学,无侦探之役,译此者正以输入文明。而吾国官吏徒意气用事,刑讯是尚,语以侦探,彼且瞠目结舌,不解云何。彼辈既不解读此,岂吾辈亦彼辈若耶!"②这就是中国读者在当时的反映。奇怪的是当时的中国读者首先不是着眼于故事的新奇与巨大的吸引力,而是首先对"科学之精准"与"输入文明"有兴趣,对中国的黑暗的甚至是地狱般的司法现状提出了严厉的质询。其实,中国读者并非对侦探小说新颖的逻辑推理不感兴趣,可是他们更关心的还是社会的公平与正义。他们最迫切需要的是"人权"。其次,他们才感到这类小说磁石般的强劲吸力,对它趋之若鹜。中国的作家和读者都能从启蒙视角来看待这种新引进的小说门类。以后,通俗作家又将它"中国化",发挥着"移情""启智"的效应。在1916年的《小说月报》上,恽铁樵与张舍我

---

① 周桂笙:《歇洛克复生侦探案·弁言》,《新民丛报》第55号,1904年10月23日。
② 中国老少年(吴趼人):《〈中国侦探案〉弁言》,上海广智书局1906年版,转引自《20世纪中国小说理论资料·第1卷》,北京大学出版社,1989年,第194页。

八　中国近现代转型期国情与民风的流变

又引进了外国的"问题小说"。张舍我这位通俗作家以后又自己创作了许多"问题小说",以至于在通俗作家圈中为他起个绰号,名曰"张问题"。而1917年,鲁迅与周作人对周瘦鹃的《欧美名家短篇小说丛刻》评价也是极高的,肯定了周瘦鹃在这一译事中所发挥的启蒙作用。在五四之前,通俗作家个人或合作从事各种形式的翻译工作的竟有三十多人。

中国现代通俗作家不仅在社会小说的现代化方面,和在侦探小说的译著方面注重发挥其在大众中的启蒙作用,在办报办刊上强调启蒙的宗旨,而且在语言文体的革新上也做了自己的贡献。1917年1月胡适在《新青年》发表《文学改良刍议》倡导白话文时,陈独秀在这篇重要文章后面加编者跋语说:"白话文学,将为中国文学之正宗,余亦笃信而渴望之。吾生倘亲见其成,则大幸也。"①谁知在胡适发表这篇文章的同年同月,包天笑在上海所办的《小说画报》就是一个通体白话的刊物。陈独秀在写这个"跋语"时也已经身处于"大幸"之中,但是当时他视通俗文学如粪土,所以不屑于"亲见其成"。包天笑在《小说画报》卷首写道:"盖文学进化之轨道,必由古语之文学变而为俗语之文学……自宋而后,文学一大革命即俗话文学之崛然特起。"他在编者《例言》第一条即提出:"小说以白话为正宗,本杂志全用白话,取其雅俗共赏,凡闺秀、学生、商界、工人、无不咸宜。"而《新青年》直到发表鲁迅的《狂人日记》的第4卷第5号,也即1918年5月15日,才全用白话文体。

过去由于对通俗文学的轻蔑和贱视,似乎要将通俗文学与启蒙联系起来,那是无法想象的,但是通过我们上述的罗列,就可以知道它们在中国的启蒙历程是和当时的知识精英作家共同并肩前进的。又由于那时他们的创作力量是很强的,因此在创作的实践中又较为突出的表现。有些后来成为精英作家的人,在童少时代,也曾受惠于他们的启蒙。

五四前夜,知识精英的创作队伍开始在几个大城市中集聚,他们中的骨干主要是"海归派"中热爱文学的一群,他们在海外留学时不仅在思考如何使祖国强盛起来,而且也在认真地考虑文学的改革问题,胡适与鲁迅就是显

---

① 陈独秀在《新青年》1917年第2卷第5号上发表胡适《文学改良刍议》时所加的跋语。

例。这个新生的群体在用他们的文学理论与创作实践发动一场文学革命后不久,遇上了五四,那就像为他们的文学革命插上了翅膀,青年学生的爱国运动与文学革命运动的洪流汇成了强劲的启蒙运动。梁启超们是在戊戌变法失败之后,才开始觉悟到要从启蒙民众做起,但他们当时再也无法发动一次大规模的启蒙运动。他们只是想用办刊、办学与演说作为启蒙的三大"法宝",那只能是像游兵散勇,其力度是无法与五四的大兵团出击所能比拟的。五四一代的精英们将"德先生"与"赛先生"请进来,高举民主和科学的大旗,气势是很壮的。启蒙的大旗再也轮不到梁启超去举了,他早已成了保皇派。一些通俗作家们似乎比梁启超"好"一点,因为他们拥护孙中山先生的民族民主革命。然而他们中的许多人虽然也从事文学启蒙,但他们从来没有在理论上举起过什么大旗。他们参与中国文学现代化的进程只能证明一点,那就是文学现代化是我国文学发展的内在的自身的要求,它主要不是来自外力的推动。中国社会在发展,在前进,文学现代化的问题就必然会提到我们的议事日程上来,因此这是一种"自发"状态的现代化的努力。他们能证明这一点,也是很了不起的,它显示了我们民族自身是有着内在的自我更新的力量的。但五四前后新一代启蒙者就不同了。他们是"海归派",他们向外国的先进文化学习,他们接受国外的先进思潮,他们完全是处于"自觉状态"。鲁迅说:"现在的新文艺是外来的新兴的潮流,本不是古国的一般人们所能轻易了解的,尤其是在这特别的中国。"①周作人也说:"中国现在文艺的根芽,来自异域,这原是当然的;但种在这古国里,吸收了特殊的土味与空气,将来开出怎样的花来,实在是很可注意的事。"②从他们的话中我们能明显地感到,这种启蒙主要对象是中国知识分子和知识青年。中国的老百姓对这种文艺还是隔膜的,因此在1921年茅盾接编《小说月报》时,中国的"老儿女"们的一个强烈反应就是"看不懂"。那么中国的老百姓们总应该有自己看得懂的文学作品的罢?中国通俗小说就是中国老百姓看得懂的文学。

---

① 鲁迅:《关于〈小说世界〉》,《鲁迅全集》第7卷,人民文学出版社,1963年,第308页。
② 周作人译:《在希腊诸岛》,《小说月报》,1921年第12卷第10期。

第五节 "脑力劳工"心系"体力劳工"的安身立命

中国通俗文学的现代化主要表现形态是"都市通俗小说"的兴盛。中国现代通俗作家是在科举制度废除之后,也作为"脑力劳工"到都市里来找寻自己新的社会位置的一族,他们与广大的贫困破产的乡民在本质上是一样的,都是"外来移民",尽管他们不像乡民那样经常挨饿,也不必住"滚地龙"。但作为外乡的"土包子"到了上海洋场上来就要改变自己从小农社会中带来的思想观念,他们到底是有文化底蕴的人,他们较乡民而言,当然接受能力、体悟能力都要快得多,也强得多,他们自己有了体悟,就想将自己的收获告诉乡民,因此他们的"启蒙"主要是针对那些到都市来找生活的乡民们:到了这五光十色、千奇百怪的冒险家的乐园,随处有着很多陷阱与捕机,你们不要为这些诱饵所迷惑,更不要踩上什么"地雷",使自己"粉身碎骨",而你们的思想要从乡民观念转变到市民观念上来,你才能在这个茫茫的人海中找到"安身立命"之地。从乡民转变到市民这也是一个过程,也是一种"启蒙",哪怕被认为是一种"低级"的启蒙。知识精英往往侧重于理想层面、精神层面的追求与探索,而老百姓急于解决的是生活层面、物质层面上的必需。因此,他们对"德先生"与"赛先生"进入中国的重要性,一时还体会不够深刻,他们的头等大事是"安身立命",也就是"吃饭"问题。他们暂时还不懂得只有"科学"与"民主"的问题真正解决了,饭才能吃得更好更安稳;他们暂时还只认那"吃饭第一"的理儿。朱自清看到了这一点,所以他才会写《论吃饭》这样的文章:

> 我们有自古流传的两句话:一是"衣食足则知荣辱",见于《管子·牧民篇》,一是"民以食为天",是汉朝郦食其说的。这些都是从实际政治上认出了民食的基本性,也就是说从人民方面看,吃饭第一。[①]

[①] 朱自清:《论吃饭》,《朱自清全集》第3卷,江苏教育出版社,1988年,第155页。

朱自清接着还讲到相对老百姓而言,知识分子的"吃饭问题"还不太严峻,或者他们也有饥饿的时候,但他们愿为自己的理想去忍受这暂时的饥饿,"不像小市民往往一辈子为了吃饭而挣扎着";因此知识分子总认为"吃饭好像是一个不足轻重的项目了"。朱自清的这番话是讲得很实事求是的,他比较能理解老百姓,那么,也就比较容易了解通俗作家。

中国现代通俗作家的基地是在大都市,而中国大都市的形成与兴建又往往靠大量的移民,以上海为例,清末民初六个市民中有五个是来自外乡。这就意味着大量的乡民拥进都市来讨生活,找饭吃。而中国现代通俗作家应老百姓之需,用自己的作品告诉他们到城市中的安身立命之道,在这个鲜活而畸形的新环境中找到自己的"饭碗"。这些小说也许没有知识精英作家看得那么高远,充满着理想的激情,却是乡民们进入大都市后的"安身立命"的教科书,是从小农思想转轨到市民意识上去的辅导读物。被张爱玲所赞赏的《歇浦潮》和被夏济安认为"美不胜收"的《上海春秋》就是这一路小说。如果说,我们将"启蒙"定位在通过宣传教育,使社会接受新事物而得到进步,那么我认为,这也是一种启蒙。尽管这种启蒙为五四时期高举科学和民主的启蒙旗帜的知识精英作家轻视。

第六节 通俗作家是中华传统美德的"守夜人"

当时通俗作家已不属启蒙主流了,但他们的另一个职能却被凸现了出来,那就是"承传"。通俗作家一贯在内容上以中国的传统心理机制为核心,在形式上也继承中国古代小说的传统模式,在功能上侧重于趣味性、知识性与娱乐性,同时也顾及"寓教于乐"的惩恶劝善效应。这种"承传"在19世纪末20世纪初可以说是通行无阻的,谁也不会去反对他们。可是在五四之后,情况就不同了,在《文学旬刊》改刊为《文学》时,发表《本刊改革宣言》说:

> 以文艺为消遣品,以卑劣的思想与游戏的态度来侮蔑文艺,熏染青年的头脑的,我们则认他们为"敌",以我们的力量,努力的把他们扫出

文艺界以外。抱传统的文艺观,想闭塞我们文艺界的前进之路的,或想向后退走去的,我们则认他们"敌",以我们的力量,努力与他们奋斗。①

他们受到了空前严峻的挑战。那么中国现代通俗作家的对策是什么呢？我认为是坚持承传,而在承传的前提下吸取合理的意见,适度地扬弃传统中的封建性糟粕。我过去对包天笑所说的"拥护新政制,保守旧道德"的评价不高；我现在觉得"旧道德"中当然会有封建的成分,但其中也有中国的传统美德,对照包天笑的作品,我觉得他不是一个坚守封建糟粕的作家。中国现代通俗作家对知识精英中的某些作家否定中国传统美德是大为不满的,如对"孝"和"义"等中国传统美德是坚守的,而对"节烈"等思想是逐渐扬弃的。我想仅用传统美德中的"孝"为例,说明中国通俗作家在承传中不可磨灭的功绩。

知识精英作家对中国传统美德中的"孝"有的人是反感的,甚至认为"万恶孝为首"；有的人对"孝"的态度是暧昧的。周瘦鹃在《礼拜六》第110期(1921年5月21日出版)发表了一篇《父子》,是写一个儿子为了挽救父亲的生命,输血给父亲,最后自己却牺牲了的故事,他的写作意图是"好使人知道非孝声中还有一个孝子在着"。可是这篇小说受到了郭沫若与郑振铎的批评。郭是说周瘦鹃不懂医学,在作品中有常识性的错误。这里姑且不论。郑振铎批评道：

> 在《父子》中,它描写一个理想的儿子,功课又好,运动又好,又是一个新派的学生；他父亲的打骂,他都能顺受不忤。后来他父亲给汽车碰伤了,医生说,流血过多,一定要人血灌入,方能救治。这个孝子听了,情愿杀身救父；叫医生把他自己的总血管割开,取出血来灌入他父亲的身里。他父亲活了,他却因总血管破裂死了。想不到翻译《红笑》《社会柱石》的周瘦鹃先生,脑筋里竟还盘据着这种思想。②

---

① 西谛(郑振铎):《本刊改革宣言》,《文学》第81期,1923年7月30日。
② 西谛:《思想的反流》,《文学旬刊》第4号,1921年6月10号。

周瘦鹃的这篇小说的艺术性并不高,仅是图解"孝"这个概念;从医学角度看,也有不足之处。但郑振铎的批评却是指向"孝"的本身。为此王钝根在《礼拜六》第117期(1921年7月9日发行)写了一篇小说《嫌疑父》进行反驳,而他的按语显然是带有讽刺性的:

> 瘦鹃做了一篇小说《父子》,写一个儿子,把自己的血,补救老子,就有人大骂瘦鹃,不该提倡行孝。我想在这非孝的时代,瘦鹃还是说孝,真太不识时务,所以特地做这一篇,替瘦鹃忏悔。

这是一场关于"孝"的道德规范的论争。其实歌颂孝行的文艺作品最有名的是程瞻庐的《孝女蔡蕙弹词》,连载在《小说月报》第8期第10号(1917年10月25日)至第12号(1917年12月25日)。① 而周瘦鹃在多篇提倡孝行的小说中,有时也曾流露出"愚孝"的因素,可是他在1926年在评论电影《儿孙福》时则明确地说:"平心而论,我们做儿子的不必如二十四孝所谓王祥卧冰、孟宗哭竹行那种愚孝,只要使父母衣食无缺,老怀常开,足以娱他们桑榆晚景,便不失其为孝子。像这种极小极容易做的事,难道还做不到么?"② 在这里我们就可以看到,周瘦鹃在坚守中国传统美德孝行的同时,也注意了分清"孝"与"愚孝"的界限,说明通俗作家在承传的同时,也在不断扬弃与剥离封建性的糟粕。孙中山先生说:"一般醉心新文化的人,便排斥旧道德,以为有了新文化,便可以不要旧道德。不知道我们固有的东西,如果是好的,当然是要保存,不好的才可以放弃。""讲到孝字,我们中国尤为特长,尤其比各国进步得多","所以孝字更是不能不要的"。③ 当然我们要看到知识精英作家中也有许多人是孝子,胡适与鲁迅身上就有很多例子可举,在孝的观念上,他们可以说是矛盾的一代。胡适与鲁迅对他们的尊长的意志是遵循的,是"东方的";但对下一代,他们是"放他们到宽阔的光明的地方去",是"西方的"。知识精英作家在五四前后,有的人是有孝行而不宣扬孝

---

① 详见本书上册第61页。
② 周瘦鹃:《说伦理影片》,《〈儿孙福〉特刊》,大东书局,1926年,第2页。
③ 孙中山:《民族主义·第六讲》,《孙中山选集》,人民出版社,1981年,第680页。

道,即使像冰心与朱自清,在他们的作品中有孝的因素,冰心是从谈母爱的角度切入,而朱自清写出了《背影》这样的名篇,但他们不正面涉及"孝",只是在"爱"与"敬"中隐含着"孝"意。

从上述以"孝"为例的考察中,我们可以知道在五四以后,当"海归派"高举启蒙大旗的时候,我们也必须看到,他们中的有些人也排斥了我们"固有的东西"中好的应该保存的民族美德,而就在这个时候,中国现代通俗作家则是这些民族美德的"守夜人"。我们大陆上是一直等到老人无人赡养而成为一个严重社会问题时,才想到中国过去有孝行一说,还是可以作为一剂药方去医治这个社会病症的,于是就开始宣扬孝道。这是一种"头痛医头,脚痛医脚"的做法,仅为解决社会问题找寻"急救包"而已。就以文化和文学领域而言,我认为,对过去那种彻底排斥通俗文学的所谓新文学的"霸权话语"应该进行彻底的清算,中国现代文学史的学者应该帮助现存的中国现代文学史进行反省,在一团乱麻似的"古久先生"的陈年账簿中进行"正本清源"。历史的事实是,当中国现代通俗作家开始写出具有启蒙因素的作品时,大部分的知识精英作家,即后来被称为新文学家的人们还在童少时代,他们是读着这些通俗作家的创作与翻译成长的。而当他们成为"海归派"或具有与"海归派"同样的思想观点时,在引进国外优秀的文学观念的同时,由于"醉心"而破坏了我们许多固有的好的东西;而将坚守这些固有的好的东西的承传者当作敌人,要把他们扫出文艺界去。知识精英作家的启蒙工作是有意义和成绩的,可是他们只面向知识受众,他们的作品并没有深入到普通老百姓中间去,于是他们一再讨论大众化的问题,这当然也是一种良好的愿望。可是通俗作家不讨论大众化,他们的作品就像水银泻地般深入民间,为什么?一系列的问题都值得我们深思。在今天看来,这些问题中甚至竟会出现常识性的可笑,因此,我认为厘清文化启蒙与文化承传的角色扮演者的分类,是重写中国现代文学史的重要前提。

第一章　国门被砸与烟毒弥漫

第一节　阿英定义下的"国难小说"

鸦片从一种能治病的灵验的"洋药",到成为中国举国痛剿的毒品,是源于鸦片战争中国国门被英帝国主义所砸。它砸中国国门,表面上是为了"通商",但最主要的"商品"就是鸦片,致使烟毒弥漫中国全境,使中国陷入"财尽民废"的颓势,实际上是为后来各帝国主义国家妄图瓜分中国预铺平坦道路,当然作为当年"日不落国"的世界头号强国,它想侵占的份额还会少吗?

这场战争事先并非没有预兆,但昏愦无能的清廷竟还关起门来做着"中国乃世界中心之天朝"的美梦。但鸦片之役的深远影响,也不是帝国主义一手可以操纵的。它使中国从古代社会跨进了近代社会的门槛,当清廷这只纸老虎千孔百疮时,当林则徐被流放后,使英军惧怕的倒是三元里和浙江某些乡间的义民,预示着中国人民与帝国主义百年不屈抗争的序幕已经拉开。

这场战争在通俗小说中得到比较集中的反映是在1906—1909年间。毗陵(今常州)张春帆的《黑狱》(又名《黑暗地狱》,1906年点石斋总发行)、佛山吴趼人的《黑籍冤魂》(《月月小说》第4期,1906年12月出版)、元和(今属苏州市域内)观我斋主人的《罂粟花》(又名《通商原委》,1907年自印本)、长洲(今属苏州市域内)彭养鸥的《黑籍冤魂》(这与吴趼人的小说同名,吴氏的是短篇,彭氏的是长篇,1909年2月改良小说社出版)都涉及了这场"划分代际"的战争及其对中国人民巨大的危害。

八 中国近现代转型期国情与民风的流变

张春帆以《九尾龟》长篇而闻名于时。当然,这是被鲁迅称为"嫖学教科书"①的作品,胡适也说它"只刚刚够得上'嫖界指南'的资格"②。读者虽然众多,成为风行一时的畅销书,但名誉实在是太高而不妙的。但阿英则对他所写的《黑狱》评价极高:

> 漱六山房张春帆所著小说,最为人称道者,为写清妓院生活之《九尾龟》。实则张氏所著之《黑狱》,其价值乃高过《九尾龟》十百倍,乃真可称,然绝不为人所知。
>
> 《黑狱》系写鸦片战争前夜的小说。书凡二十四回……此书之写实性甚强。即书中之事实,足见官民间因鸦片所引起的种种纠纷之日趋严重,而必然引起大的"激变",此"激变",即清醒之官民,必有一日起而拒鸦片之再输入,而不惜种种牺牲以完成之。读此册后再阅其他鸦片战争小说,可知中英鸦片之战,其发生实有悠久之前因。③

《黑狱》的第一回《一声檀板闲将身世话当年,万顷芙蓉从此神州开浩劫》,用一位昔日的红妓因鸦片的毒害堕落成白发乞妇的一段莲花落作为开端,引出了广东烟毒弥漫下的种种惨酷图景。她手拍竹板口吟唱:"脸儿青,发儿枯,肩儿耸,背儿驼。正面儿,是酆都逃出孟婆婆,侧面儿,是道子难描变相图。呀!谁知我,围珠翠,拥绮罗,年少青春,也是个千人见万人爱,一颗明珠?"这主要仅是一个外形的描摹,但接着写的是广东整个社会内里的烂空。上自两广总督贺图、广州知府黄太尊、南海知县史朴,再到吃得最"肥"的海关关督荣华、财主后代梁十五、医生曹鹤舫,下到花农胡阿三、屠户胡某,乃至不知其名的叫花子,都成为吸毒成瘾者。一旦官吏染上了毒瘾,就更为所欲为,草菅人命;百姓民穷财尽就铤而走险,于是盗贼蜂起。被抢被偷的苦主如若报案,官吏、师爷、捕快一道道关卡都要进行盘剥进贡,于是

---

① 2013年国家社科重大项目《百年通俗文学价值评估·阅读调查与资料库建设》的中间成果。鲁迅:《上海文艺之一瞥》,《鲁迅全集》第4卷,人民文学出版社,1981年,第292页。
② 胡适:《〈海上花列传〉序》,《胡适文存》第3卷,黄山书社,1996年,第367页。
③ 阿英:《国难小说丛话》,《小说三谈》,上海古籍出版社,1979年,第1页。

广州当时有一首民谣:"强盗官,一般般,不报案,留一半。"意思是一旦报官,强盗抢剩下来的一半也会被官府给榨光。鸦片毒化了衙门上下,于是逼良为盗,强盗又杀官害民,如此循环往复,愈演愈烈,此为"激变"之根源,也就必然有清醒的官民起而拒绝鸦片的输入,以不惜一切牺牲去完成这一历史使命。小说的结尾写道:"林制台得了代表广东百姓的意见,禁烟的心越发坚定。便同将军抚提司道商量,要实行他的主意。不想招人嫉忌,诖误了功名,还几乎丧了性命,却因此开个亘古未有局面,也是林制台初时万想不到的事。"《黑狱》和《九尾龟》的第一、二集同属1906年出版,张春帆另有小说《宦海》和《政海》也称得上是有良知的作品,可见张春帆也是个既"忧国忧民",又不时沉湎于"花柳丛中"的"两面人"。

接着阿英在《国难小说丛话》中向我们介绍《罂粟花》:

> 看过《黑狱》,可进而读《罂粟花》,一部正面写鸦片战争的中篇小说。出版于光绪三十三年(1907),元和观我斋主人著,别题《通商原委》。……作者所取立场,完全站在林则徐一面,故对朝廷奸佞,屈辱求和之辈,抨击甚为激烈。文字亦甚简洁。惜文学气氛较单弱。①

元和在清代属苏州府。可见作者是苏州人,但生平不详,也没有查到他是否发表过其他作品。全文只有两千七百多字,但却分成了二十五回。小说内容的真实性几乎无可挑剔,人物也大多是真名实姓,不愧是一篇记录鸦片战争的忠实报告,但它不是"报告文学",因为它缺乏文学性。阿英从政治角度对它的评价尚可,但也不得不指出它"文学气氛单弱"。在小说中,战事由广东写起,英军无隙可乘后再图浙江、江苏,以致破镇江,直逼金陵。它详写广东、浙东和镇江战役,略写福建厦门、乍浦吴淞的战事,对鸦片战争作了鸟瞰式的报道。小说虽然说是正面反映战争过程,但当时的作家只对古代的"冷兵器"战争有所参照与了解,对现代化的洋枪洋炮的战争现场还缺乏展示的能力。《罂粟花》的重点是对朝廷臣僚的忠奸与战时的勇毅与无能一

---

① 阿英:《国难小说丛话》,《小说三谈》,上海古籍出版社,1979年,第2页。

一作了评点。通俗小说的强项之一应是特别注重细节的描写,精彩的细节往往令人终生难忘,简直可以铸成百姓的"民间口碑"。但是这篇小说的"文学气氛"所缺的就是这一重要因素。它有时也想涉及细节,但细节不真实,反成了"笑柄"。例如,当时英国议会里曾激辩过是否要对清廷采取军事行动。有良知的议员也曾认为鸦片既是毒品,在国外销售是不道德的恶行;也有的议员考虑到军事行动是否有绝对的"胜算",因为当时清廷的纸老虎形象还未戳穿。后来是在议会中以271票对262票的微弱多数通过,决定采取军事行动。但在《鹦粟花》第七回《英女主拈阄决战,林制台募勇筹防》中却写道:"那英国京城里,向有一座庙,名叫罗占士庙,香火极灵。因此女王令大家一齐到神庙内,做了几十个纸阄,分写了和字战字。当场第一个摸着是个战字,接连第二、第三两个都是战字,因此大家定计决战。"这大概是不懂英国议会制的中国专制国臣民的一个"民间传说",被观我斋主写得有鼻子有眼似的,读了不禁令人哑然失笑。

吴趼人与彭养鸥的同名小说《黑籍冤魂》也是很著名的反映鸦片危害的小说,但阿英没有将它们放在他的《国难小说丛话》中加以评论,这是有他一定的道理的。彭养鸥的《黑籍冤魂》虽然也触及鸦片战争,但这两篇同名小说主要是写鸦片对中国官民的毒害,战争不是作者要落笔的主旨,因此阿英不予置评是很有分寸感的"放弃"。

第二节 两篇同名的《黑籍冤魂》

吴趼人《黑籍冤魂》的正文写在暗夜中一个垂死的"鸦片鬼",送给他一个纸卷,他回去一看,原来是这个抽鸦片成大瘾的人的自述,他的家破人亡,全是鸦片的危害所造成的。但鸦片瘾已使他无法自拔,他只能留下一卷类似自传的"堕落史",诉说鸦片之害,在行将成为"路倒尸"之前,作一番"现身说法",在忏悔中希望人们不至于蹈他的"覆辙"。就这篇自述看来,他倒算是一个"黑籍"中的"冤魂"。但吴趼人却在短篇小说的开端,写了一个"神道设教"般的"引子"。说鸦片是神道为了报复中国人没有向菩萨兑现所许下的"愿心",就托梦给印度的一个和尚,叫他种植罂粟花。以后传播开去,印度人就制成鸦片,贩到中国来,"于是乎把一个偌大中国,闹得民穷财尽",原来就是神道要中国人还那笔"许愿"的"巨款"。如果将这个"引子"斫掉,或许能算是一篇控诉鸦片危害的较好的作品。

而彭养鸥的《黑籍冤魂》则可说是描写鸦片种种危害的最为成功的长篇小说。作者生平也不详,我们只知他也是清代的苏州人,和《罂粟花》的作者观我斋主人是同乡。因为他写小说时具名"长洲彭养鸥"。在清代,元和县与长洲县,还有吴县,皆属苏州府治下。至今我们也查不到彭养鸥是否还写过其他的作品。但就这部二十四回的长篇看来,他的故事非常集中,也尽量想在作品中塑造人物形象,层层深入地细诉鸦片的毒害。若问为什么苏州人会连续写出《罂粟花》和《黑籍冤魂》这样的反映鸦片战争和鸦片危害的小说来?我们不知二位作者的背景资料,无法详解。可是在美国费正清主编的《剑桥中国晚清史》中也提及,据"外事专家包世臣曾宣称,苏州有十万名瘾君子"。① 原来在上海未开埠之前,"当时,长江中下游有两大鸦片集散地,一是苏州,二是汉口"。地处江南的苏州内河网络纵横,可"由苏州分销全省,及邻境之安徽、山东、浙江等处地方"。② 看来,苏州的精英人士们对鸦片这一恶性膨胀的毒瘤是切齿痛恨的。我们只能以此作为答案。当然这仅是一种推断。不过在彭氏的小说封面上,刻有"醒世小说"四字,说明作者以为写这类小说是醒世的当务之急,也算是为这个推断作个佐证。

彭养鸥的《黑籍冤魂》颇有历史的纵深感,他集中写了一个吴姓的"鸦片世家"的五代人的所作所为。小说从道光年代写起,直延伸到光绪后期,通过吴氏五代人的更替,小说的跨度竟达半个多世纪。吴氏鸦片世家,一代接着一代用鸦片作为罪恶的工具,毒害中国人,但此作品也昭示,鸦片在害人的同时也必然会害己,以至于造成吴氏世家一代一代的自我毁灭。小说第一回就写出了鸦片起始作为洋药乃至发展到戕害人民的毒品,吴氏世家当是"罪魁祸首":

---

① [美]费正清编:《剑桥中国晚清史(上)》,中国社会科学出版社,1985年,第193—194页。
② 熊月之主编,陈正书著:《上海通史·第4卷·晚清经济》,上海人民出版社,1999年,第113—114页。

八　中国近现代转型期国情与民风的流变

……这鸦片烟有一种功效,异常灵验,人若作事过劳,精神疲倦,吃了两口烟,顿时精神朗畅,骨节通灵。又如风寒小病,头痛身热,吃了几口烟,自然神清气爽,百病消除,所以叫做洋药。……但这种鸦片的功效,却也稀奇,只有不吃烟的人,偶然呼上一口,才有些灵验;若是吃上了瘾,那就无用了……烟瘾越吃越大,烟毒越受越深,一个人被鸦片束缚住了,任你是拔山举鼎的英雄,铜浇铁铸的罗汉,只要烟瘾一发,顿时骨软筋酥,连一些气力都没有。所以吃烟的,一个个扛肩缩腿,面黄肌瘦,三分不像个人,七分倒像个鬼。把锦绣似的山河,都被这烟气熏得个天昏地黑,日暗无光,简直变成了一个烟鬼世界了![1]

印度人会种烟,英国人会贩烟,但都不吃烟,且亦不许吃烟。他们是己所勿欲,偏施于人。先是以洋药"身份"输入中国。但将洋药变成毒品,却是中国人的"发明"。小说以浓重的讽刺笔调,写出"这吃烟法子,实在是我们中国人的发明的'专利'。但发明这种法子,却也非易,简直与科学一般,其中也有新知识,新理想;而且父作子述,经过几重阶级,方才发明得完全,能离那吃水烟吃旱烟的法子,独立成一种吃鸦片科学"。这种"鸦片科学"就是靠吴氏鸦片世家不怕牺牲,前仆后继,才使其成功而且步上精细化的道路。第一代的始祖是吴廉,他为了嗜烟,已尝试将鸦片熬成了膏,用开水冲服。一次渴饮这种膏水过量,就等于吞服生鸦片过量而一命呜呼。他既是始作俑者的祖师爷,又兼任中国第一个"鸦片鬼"。他的儿子吴慕慈,觉得父亲是吃鸦片不得法而死。问题是怎样另辟蹊径,尝试出一种新方法来,将抽鸦片成为一种人生享受。这第二代人却是"刻苦钻研"的关键一代。鸦片烟膏是流质,他用吃水烟与旱烟的方法都碰了壁。他就不断改良尝试,先发明特制的烟枪与烟斗,接着才知需有加热用的烟灯,再辅以烟扦;但要躺下吸烟,又不弄脏床铺,就得有专用的烟盘。总之他几乎用毕生的聪明才智,配套成龙地不断完善与精细化,直到熬烟膏时怎么去烟渣,而沥出来的渣叫作"笼头灰",这种烟灰的力量却比鸦片力道还足,如此等等,都成了他的一套独门绝

---

[1] 阿英编:《晚清文学丛钞》,中华书局,1960 年,第 107—108 页。

技。于是他洋洋得意,到处宣扬与传授。这种初始令人羽化登仙、终身遗患无穷的"一榻横陈",传播之速,比瘟疫还快。正如小说中所描写的:

> 无奈这吃鸦片法子传染开去,极易极速,不到一年,却已风行海内。你看前后数十年,偌大个中国,弄得来民穷财尽,国势浸衰,坐使黄种飘流,白人猖獗。欧风美雨,日夕惊惶,赤县神州,演出弱肉强吞之惨剧。推原始祸,其酿成今日亚东之时局者,必以鸦片烟为下流之归;而罪魁祸首,多是吴慕慈一人造因布种。①

吴氏世家第一代虽嗜毒毕命,但这究竟是戕害自身。可是他却启发自己的儿子深感父亲的死"惜乎不得其法。我想这鸦片既名为烟,自然只好吸其烟,怎么好把这物质都吃下去?我父亲当时是误了"。于是他发愤继承父亲遗志,使父亲的阴魂不留遗憾,要开辟出一条"新路"来。这条路就是将吃生鸦片的"立即毙命",变为"温柔一刀"的"慢性自杀"。流毒之深广在"乾隆末年吃烟的人已占全数四分之一,广东尤为兴盛"。其连锁反应就是社会的极大的不安定,民穷财尽的必然后果是盗贼蜂起。嘉庆初年、道光初年两度不准鸦片进口,也严办私贩。"这时吴慕慈年已衰老,烟量吃得不可收拾,平时也是个私贩,得了这个消息,怕是逃走不了,捉去当官,受不起责罚,遂将生烟尽吸个饱,瞑目长逝,也做了个鸦片鬼,与他父亲一起往西方乐土去了。"

但这个世家并非就此歇手。吴慕慈的儿子吴春霖见当时吸烟的人日益增多,禁烟入口后,反使烟价大涨,如果能在此时,不像乃父一样,仅是私贩,如能广辟渠道,一定可得厚利,大可发他一注洋财,借此成家立业。他比乃父更进一步的是与外商贸易悉在离埠较远的大洋荒岛上进行,中国法令难以企及;然后买通"快蟹艇"运载;在关隘盘查时,重重贿赂,胥役见钱眼开,哪有不肯舞弊的?因此,表面上盘查得十分严密,但吴春霖开辟出一条万无一失的"畅通渠道",鸦片旺销如故。洋商犹如蚂蝗附膻,内奸好似苍蝇逐

---

① 阿英编:《晚清文学丛钞》,中华书局,1960年,第115页。

臭,吴春霖就成了垄断贩烟的托拉斯,"不上数年,积得家资数十万,自以为子孙万世之业"。

小说写到世家的第三代,林则徐钦差就出场了,其时是道光十八年(1838)。小说称林则徐是我们中国的一个大政治家,他1839年到了广东,就雷厉风行要禁绝鸦片。吴春霖以为在林大人身上多用些银子,万事可以大吉。谁知林则徐铁面无私,他见势头不对,打算躲到洋船上去,暂避锋芒。哪知林则徐以迅雷不及掩耳之势,他还未动身就将他捉拿归案。对他判决时,林公说道:"贩烟之罪,重于吃烟。贩烟之人,勾结洋商,流毒内地,显违国法,隐祸生灵,非枭市不足以警众。吴春霖于三日后即行正法,并密查他的私贩党羽,拿到时一体治罪,不得漏网。"吴春霖在狱中三天没有烟抽,行刑前已是奄奄待毙,刀下之鬼,已是便宜了他。他的财产虽被家人悉数私藏到洋船上去,但林公不仅令包匿吴春霖财产的洋商颠义尽行交出,而且将所有洋商的二万二千余箱的鸦片收缴到虎门。那就是大快人心的"虎门销烟"了。

第三代正法后,第四代的吴瑞庵在鸦片战争之后,又东山再起。当清廷割地赔款,五口通商后,"这鸦片就变成了正项税则,吃的贩的,都是冠冕堂皇,不干例禁了"。原本丧家之犬的吴瑞庵在外国人手下做个"沙文","沙文"也就是外国人的奴才。他凭着小时学过几年洋文,将外国人趋奉得十二分周到。洋人就出来为他说项,说他父亲为贩烟而正法,要算为鸦片而殉难,他的儿子应该获贩鸦片的专利,作为"正当报酬"。于是他在广东城里开设土栈,他做了一个贩鸦片的总管,发财立而可待。但是乡里都晓得他家史,他发的是不义之财;而一般受他盘剥的鸦片贩子,更是妒忌他。作为暴发户的他自感应该吸取父亲的教训,见好就收,另改行业:

> 左思右想,却想不出一个名利双收的生意来。三百六十行生意,有钱皆可做得,但要教人家钦敬,却只有读书行医两种行业。……后来这吴瑞庵却想出一注生意来,这注生意,只要有钱,人人皆可做得,不要学习,不妨半路上出家,不但可以名利两全,并且是荣宗耀祖。……你道是什么生意? 就是做官一行。……一自捐官之例一开,官场风气,遂大

有变动。无论娼优隶卒,龟奴贼盗,一朝发迹,便可拿着几个臭铜钱,去捐一官半职,到官场上去鬼混。……这班人终日终夜,躺在鸦片铺上道遥作乐,哪里懂得什么民情利弊?又哪里讲得什么忠君爱国?……然而做官要是奸滑刁诈四字俱全,会逢迎得上司、垦剥得下民,便算个能员。①

写到这里真是对清廷莫大的讽刺。这讽刺也不能算是彭养鸥的独创。在晚清的小说中不乏此类描写。连官场中人自己也知道做官是最容易的事。在晚清有一个流传得很广的故事:李鸿章每问被保荐来的人,学过何种专业,如有专业经历的,他就将他派到相关的专业部门去,如果说,什么也没有学过,他就说:那就做官去!因此在吴趼人的《二十年目睹之怪现状》第一百回的"回评"中就提到过此事:曾闻诸人言,合肥李文忠恒詈人曰:"天下最易的是做官,连官也不会做,真是无用的东西了。"在李伯元的《官场现形记》中也谈及,做官的利钱也最厚。跑官买官的人是花了大价钱买来的,他到任后的搜刮当然更是凶狠。因此在李伯元的小说中两次提到做官的七字诀:"千里为官只为财。"吴瑞庵眼看祖宗三代都不得善终,于是他就另辟蹊径,以退为进了。他花了十万雪花银买了一个道台,很快就补了缺,做了浙江宁绍道台。

从第八回起一直到第二十四回,作者的写法就为之一变,主要通过许多细节,说明烟民人数之多,烟毒危害之大。宁绍道台原是个海关肥缺,吴瑞庵会几句洋话,他的媚外的奴隶性本是长技。但做了一年,他将买官的本钱收回后,觉得事务太忙,有碍于他的抽烟,自动请求到冷僻的温处道就任。他公事一概交给师爷,自己整天与烟榻为伴。这日有重要公事卷宗送到烟榻上,他竟因烟迷将公事掉在烟灯上烧毁了。闯祸后他就辞了官,回家享他的清福。他将烟室命名为"卧云居",挂上了"烟霞万古"的匾额,又由清客为他集古人诗句:"重帘不卷留香久,短笛无腔信口吹。"每天醒来前,就像个断了气的死尸,要有人为他喷烟,他闻到烟气,才"起死回生"。他长年卧床,得

---

① 阿英编:《晚清文学丛钞》,中华书局,1960年,第128—129页。

了外症,背上生了恶疮,估计是"发背",就这样活活痛死。他的房中连老鼠也有了烟瘾,现今卧云居锁着无人吸烟,老鼠就死了一地。这种死鼠丢在野地里,十里之内都能闻到那腐烂的恶臭,那年广东还因此发生了鼠疫。小说最后的十多回主要写吴氏鸦片世家的第五代,也即吴瑞庵的三子一女都因鸦片的毒害而各各悲惨的下场。有的后代生了孩子,婴儿无缘无故地大哭不止,后来向婴儿吹几口烟,就会转哭为笑,名曰"胎里瘾"。总之,几个子孙的际遇,都各有他们的特色,但综观他们的人生末路,都与鸦片有关,于是烟毒的危害就令人不寒而栗。在作者看来,他们自小就与鸦片为伍,甚至在未出世之前,就染上了毒瘾,可说都是"黑籍冤魂"。通过吴氏鸦片世家的害人害己,也间接控诉了帝国主义用枪炮砸开中国的国门,大肆输入鸦片的险恶用心。

彭养鸥为了劝烟民同胞戒除鸦片,在小说的最后一回《滞魄幽魂不现形惊异类,危言竦论改过望同胞》中竟然写地狱里对烟鬼特别严厉,"冥律不比阳律愦愦",在十八层地狱之外,还有更惨酷的"阿皮地狱",专为烟鬼而设。对烟鬼阴曹决不宽贷。作者用心可谓良苦,但在一篇优秀作品的结尾,用此种笔法表达他"醒世"的宏愿,未免有点"画蛇添足"了。

第三节 包天笑笔下猖獗的鸦片贩运黑幕

清廷原本指定广州是中国对外一口通商的城市;但在鸦片战争之后,条约上制定了"五口通商",这样,上海就很快跃居为中国第一大商埠。上海的地理条件优于广州。中国当时主要的出口货物是丝和茶,它们的产地大多是在上海周边,同时许多内陆的产物也可利用长江顺流而下,成本与售价就会大大低于一口通商时的广州。于是广州各洋行的大班就纷纷来到上海,广潮帮的通事与买办也跟踵而至,先是设立分行,后来连洋行的总部也搬迁到上海。上海在1843年开埠之后,从一个三等县跃居成为世界上都市化最快速的地域之一。而鸦片的销售中心也从广州迁移到了上海。据统计,1871年从上海输入的鸦片占全国输入总量的71%。

对于鸦片的毒害,清朝政府并不是不知,但是严重的财政困难使得它不得不饮鸩止渴。1858年(咸丰八年)为筹措剿灭太平军的经费,朝廷被迫与英美法三国公使额尔金签订《中英通商章程》,从此鸦片得以以洋药名义合法进口。作为回报,清朝政府则可从每箱入口鸦片上收取30两税银。以后这个数字又增加到50两、80两。清廷的这一政策变化在上海也得到了反映。1858年,上海道台吴煦为筹饷设立广潮义捐,得广潮商人助饷83万元,其中的大部分出自广潮土商。作为回报,广潮商人获得上海烟土业的垄断权,以及上海对鸦片的弛禁。从此贩土成为上海潮帮的主业,而上海作为中国最重要的鸦片输入口岸的地位更加不可动摇。①

当然上海所有进口的鸦片不会都在本地消费,但不争的事实是上海实际上是世界最大的鸦片进口口岸,最大的鸦片转口总汇,同时也是最大的消费城市。那时的上海成了世界上最邪恶的都市之一,素有"鸦片之都""东方花都""中国第一赌城"之称。烟、赌、娼三者都居全国之首。这样,在通俗小说中反映烟毒危害的小说内容,目光也由广东转向了上海。

在诸多通俗小说对鸦片危害性的揭露与控诉中,以包天笑的长短篇小说为最著称。他发表这些有关烟毒危害的小说,是在民国时期,表面上已不同于晚清,鸦片的销售已作为犯法的行业。他的长篇小说《上海春秋》(1925年上海大东书局出版)、《甲子絮谭》(1924年10月至1925年7月在《半月》杂志上连载)和短篇小说《金粉世家》(与张恨水的长篇同名小说,1942年《小说月报》第25—27期连载)②都很深刻地接触到了烟毒害国坑民的罪恶。他的笔下既有鸦片贩运的猖獗,也有对烟毒弥漫全国的忧虑;但他更开辟了一个题材领域,那就是除鸦片战争之类的外战,鸦片还引发军阀内战。写鸦片与内战的关系,这恐怕要算包天笑的小说为最生动的了。

在《上海春秋》的第十五、十六回中,他通过鸦片贩子蔡子鹤之口对友人

---

① 熊月之主编,罗苏文、宋钻友著:《上海通史·第9卷·民国社会》,上海人民出版社,1999年,第183页。
② 除《上海春秋》有多种单行本外,《金粉世家》与《甲子絮谭》均收入包天笑著、范伯群编选的小说集《一缕麻》,华夏出版社,2008年。

王桂庭说:"上海滩上吃这黑饭的少说点就有好几万人罢。有大做的,有小做的;有官做的,有私做的;有零做的,有整做的;有外国人做的,有中国人做的。各有门路,种种不同。所以近几年来吸鸦片烟的人越吸越多了。"[1]在这里所谓"吃黑饭"的人,是指各种贩运鸦片的人。这个"约数"是惊人的。王桂庭原是嫁妆专卖店的老板,这爿店是他丈人传给他的,他尽心经营,收入也还能过得去。蔡子鹤偷偷告诉他,他现在是走的"长江路",也就是通过长江赴内地的轮船私贩鸦片,现在连在船上给旅客理理发、修修面的剃头师傅,也做这门子生意,变得阔了起来。王桂庭被他说得心动,他就与蔡子鹤勾搭走上"吃黑饭"的路。第一票就加入300元的股份,只过了10天,他就分到了50多元的利润。从此一个正当的商人也就无心经营他的本行,觉得卖嫁妆只是二分钿的利润,实在没有多大兴趣了。不仅正当生意不做,有了鸦片的大收益,也就食饱思淫欲,一心想弄女人了。包天笑就以这一情节作为一团"酵母",在20世纪40年代出版的通俗刊物《小说月报》上又发表了《金粉世家》,塑造了一个靠贩吗啡起家终成上海女大亨的金太太的形象。她既然嫁给了金姓,又以贩卖白粉为业,小说故名《金粉世家》。

金太太原名史如春,是上海福州路上松春面馆老板的爱女。读过几年书,长成后就在面馆里帮父亲做账房与收银员,凭她的美貌,在收钱付钱时,迷倒了许多食客,说她是"肤似凝脂,手若柔荑"。食客们还对她加了评语,说她"艳如桃李,冷若冰霜",但20岁的年龄,也已到了摽梅之期。她在面馆落市之后,有时也和店里帅气能干的下面师傅金阿松到游戏场里走走。从此阿松就成了如春的情俘,交往既久,一次在酒后竟委身于金阿松。事情总会有暴露的一日,他父亲知道后大为震怒,定要辞退阿松,好让女儿另行高攀。可那时他们不仅正在热恋,而且还怀了孕,女儿就非嫁阿松不可,即使讨饭也要跟他。他父亲也不给她办嫁妆,只给了她500元,叫他们以后不要上他的门。她为了争一口气,钱也不要,与阿松结了婚,租了一个亭子间,成了家,生下一个女儿。阿松虽然还是在另一家店里做下面师傅,但一月20多元的工资,对娇生惯养的如春来说生活也就太清苦了。她看房东太太的

---

[1] 包天笑:《上海春秋》(上),漓江出版社,1987年,第154页。

丈夫倪先生是长江轮船上的三买办,就想请房东太太为阿松荐一个轮船上的茶房,收入可以高一点。可是房东太太与丈夫一商量,说是茶房是很难荐的,但女的倒是需要的,只要态度大方,活泼机智,卖相不推扳就行,就是有点危险性质。房东太太知道这是做"黑佬"生意。后来与如春一谈,说此事是犯法的,得冒着吃官司的危险,让她与阿松慎重商量一下。史如春回答得很干脆:"用不着商量,我自己决定,他也不能阻我。倘然真的弄到吃官司,也是我命该如此,不能怨人。我那种日子,过不下去了,既然倪先生有这条路子,我愿意拼着小身体去试一试。"于是秘密机关的头头对她进行了面试,结果看她性情爽快、仪态大方、敢于负责,几乎可得满分,当即付她100元制装费,服饰与行李是不能太寒碜的。

从此,史如春坐着官舱,今天姓陈,是道尹夫人,明天姓李,是师长太太,后天又是局长小姐,换成各种装束,改乘各种班次,带着吗啡白粉,在长江水道上奔波。一个月跑了三趟,就净分得300多元。有了钱她就慢慢由搭伙头到做股东,不仅是长江道上,就是南洋、北洋、天津、广州,都有她的足迹,到处有她的熟人。她进而成为机关的指挥,坐镇一地,不必亲自出马了。这是一行"末等生意",却有"头等规矩",每次生意收入,均预留公积金;每个"从业"者,也有保险制度。出了问题,自有人代着去吃官司。再用贿赂,大事化小,小事化了,最多代坐几个月监牢,收入更是不菲。贩毒这一行几乎达到了"产业化"的程度。10年下来,金太太手中积下了数十万元。她就离开这一行,开始向别的行业投资。房地产、股票她都试水。

自从她大发之后,就叫金阿松辞掉下面师傅的职业,在家坐着吃闲饭。可金太太一月没有几天在家。年轻的阿松在性欲上打了饥荒,在嫖妓时得了隔阴伤寒,不治而逝。金太太将丧事办得有模有样。但她如此貌美,30岁的人看上去不过二十出头,许多人劝她再嫁,作为一个上海女大亨,她的回答非常有见地:

> 我为什么要嫁人呢?……有许多女人的嫁人,都是为着依赖计,为着生活计,但我自己足以生活,也不必依赖丈夫,我现在那个境地,岂不写意?何必要嫁人,受人家的束缚呢?倘然嫁一个无用的丈夫呢?我

八　中国近现代转型期国情与民风的流变

倒要去豢养他，名分既定，一时倒未便随意丢弃他，反而受了一生的累赘。否则去嫁一个大亨，或是上海的所谓闻人，连我自己也不能活动，倒被人家罩住了，我都有些不愿意。此外我为什么要嫁人呢？倘然为了生育计，我已经有了一个女儿。人家说：女儿终不及儿子好。我却没有这个重男轻女的心思，因为我自己就是一个女儿呀！至于解决性欲的方法，上海地方，不论男女，都很容易；况且我现在对于性欲问题，是很为淡薄呢。如此说来，我们又何必要谈到嫁人问题呀？①

她倒很有点女性主义"先行者"的素质。她的男朋友虽多，这种职业也不能不与男人周旋，但她没有再嫁过人，人家还是叫她金太太。她现在的主要任务是想离开"黑佬"生意，另行投资做正当买卖，洗白她的名誉和好好培养她的宝贝女儿。女儿金漱露高中毕业后，她不让女儿到欧美去受欧化影响，而是送到日本，她要女儿去读美术学院。这是一门有品位的高尚艺术。她女儿比她还漂亮，是美术学院里的校花。金太太自己到日本去陪读，就在日本进行商贸。她们光顾的都是非常贵族化的交际场合。她要为女儿找一位高贵家族出身的乘龙快婿。她自己的门庭也就可以打着"门当户对"的幌子而得以提升。她果然如愿，那是一位日本华侨首富的子弟。男家在上海也有分行分号，结婚后女婿就到自家的上海分行工作。这位公子在日本还有家长的监督，到了上海被一班损友带着纸醉金迷，先玩舞女，再进书寓，继而沉迷于上海的艳窟。不仅自己得了花柳病，还传染给了金小姐。这下事情就闹大了，直到以离婚告终。但金漱露得了80万元的赡养费，加上金太太自己的80万元身价，财产更是可观了。不过女儿从此郁郁寡欢，但她自小一切依赖母亲，自己一无主见，花晨月夕，只是自叹孤凄，这时金太太又对女儿发表她的"譬解"：

男人算得什么？有了钱，还怕找不到男人？譬如你父亲故世的时候，我也正在青春，原可以嫁人。然而我却不再嫁人，便是看破了这班

---

① 范伯群编：《一缕麻：包天笑代表作》，华夏出版社，2008年，第29页。

男子的心肠。以后我们择人,倒不必讲求家世、财产、才学,只要同你父亲一样,肯听话,能服从,就可以了。从前把你嫁与苏家,我原是错了,但到底也收获了80万元。现在尽足自给,慢慢儿的物色人才,你妈只有你这样一个女儿,哪有不替你想法子的呀?①

小说到此就结束了。这篇小说也像包天笑的短篇名作《一缕麻》一样,也可以说是多主题的。一方面,他想写出上海作为鸦片、白粉的最大分销口岸,贩毒既有一个复杂的网状形的庞大地下军团,又是形成了一条龙式的无孔不入的产业化行当,已经达到了水银泻地般的泛滥,漫天际地地向全国辐射。但他不像彭养鸥《黑籍冤魂》那样进行控诉,而只客观叙述。这是因为包天笑还想发挥另一个主题,那就是在上海靠投机倒把、囤积居奇以及各种不正当的,甚至是犯法的行业起家的财主是不在少数的,上海原有"冒险家的乐园"之称,金太太形象的塑造自有她一定的典型性。她在父亲面店里的账桌后面接触各色人等,见多识广;她嫁给金阿松有她性格中执着的一面,是她自己将处女贞操给了阿松,即使她错了,她也敢一身做事一身当,她竟与父亲决裂了。当她在走上贩毒这条路之前,也凭着这股"一身作事一身当"的硬气,敢于去冒风险,就慨然允承了。靠着她应付过各色人等的女账房的经历,借着她的美貌与灵活,她非常潇洒地长袖善舞于这支地下军中,终于涉险成了一个上海女大亨。女大亨与女流氓之间是不一定能画等号的,金太太不是女流氓,她还有知耻的一面,做过"吃黑饭"的生意,一旦发迹,她还想洗白自己的身世。她不过是一个靠犯法生意起家的女强人。在当时的上海,她懂得金钱财富就是她做女大亨的靠山,钱能通神,使她可以自由自在,率性而为,她要有指挥别人、设计自己的自主权。她自以为看透了男人,自以为她这个女大亨高出于男人一头。说她是女性主义的"先行者",并非牵强。在当时包天笑塑造这一类型的人物,自有他的意愿。因此,他只用客观叙述的笔调,使他的多主题呈现于读者面前。当然这部成功的小说也不是没有它的缺陷。这个题名就成问题。张恨水的"金粉世家"也算

---

① 范伯群编:《一缕麻:包天笑代表作》,华夏出版社,2008年,第40页。

是钟鸣鼎食的大家族,彭养鸥《黑籍冤魂》的鸦片世家至少有代代相传的意思;而金漱露处处依赖母亲,根本没有做女大亨的资格,一个只是母女相依为命的家庭,何来"世家"的气魄?题名最多称为《金粉嫂》即可,何必去与张恨水的名著同名呢?

第四节　两部同写江浙大战小说的不同视角

1924年的江浙齐卢大战其根源当然是由北洋军阀直皖两系长期的矛盾积累而成的,但近因却是为争夺贩卖鸦片地盘和获取高额鸦片税金所引起的。这场战争发生在江浙沪这一国内最繁华的地区,损失是更加惨重的。战争使生灵涂炭,大片村镇化为焦土。这场内战也是鸦片之罪。因为江浙军阀就是为了争夺上海这块肥肉——最大的鸦片进口中心、最大的转销口岸和最大的消费城市,不惜让老百姓丧失生命,倾家荡产,妻离子散,过着民不聊生的痛苦日子。

叶圣陶的《潘先生在难中》也以齐卢大战为背景,但他的主旨是塑造潘先生这个"灰色小人物"的典型形象。包天笑写《甲子絮谭》的宗旨不是为了塑造典型,所谓"絮谭","谭"在这里通"谈",所谓"絮谈"就是采取轻言慢语、零星琐碎,而又滔滔不绝地与你"神聊",摆下一个"龙门阵",让你了解当年的社会百态;但却不是客观的叙述,而是愤怒的控诉和揭露。在小说中,包天笑借人物之口说:"上海地方就是那不正当的营业容易发财……现在上海最时髦的就是贩土,其次就是办发财票,再次便是开赌,再其次便是卖假票欺骗人家,开游戏场引诱良家。你想这一次打仗却是为什么打的,谁也不知道?为了鸦片烟土的事,大家要争一个鸦片地盘呢!"[①]这真是一语道破玄机。包天笑的结论也不是孤证,在后来姚鹓雏写的《江左十年目睹记》[②]中也提到这次战争的起因就是为了争"十一太保"的利益,"十一"加起来是一个"土"字,而鸦片就是俗称"土"。但那部小说里只是提及,而没有详细反映

---

① 范伯群编:《一缕麻:包天笑文集》,华夏出版社,2008年,第236—237页。
② 此书原名《龙套人语》。1984年文化艺术出版社将其重印时改名为《江左十年目睹记》。

这场战争。在美国费正清主编的《剑桥中华民国史》中,也曾讲过这个道理:

> 地盘提供可靠基地,再加上税收、物资和士兵。没有地方职权的指挥官必然是别人管区的一个客人。在这种不可靠而危险的情况下,他通常将不得不打仗以夺取地方权利,要不然就接受从属地位或不利的结盟。控制地盘也给予即使最独立专横的军阀以一种合法性……销售鸦片赚得大宗款项;这种毒品的税收中心在禁烟局的伪装下日益增多。①

当然,谁是地盘的统治者,谁就会拥有当地的禁烟局,从而攫取源源不断的大宗税金。据说上海鸦片一年的税金可以装备三个师,这对军阀们该有何等的吸引力啊!

在小说中,包天笑发挥他的轻言慢语、海阔天空的"神聊"本领,让读者在作品开端就领略他的"侃大山"的魅力。通俗小说的丰富性与存真性是不可低估的,优秀或较优秀的通俗作家是站在市民的立场上去透视这个世界的。反映民间疾苦也往往是显示他们有着代表"社会良知"的一面。通过《甲子絮谭》对20世纪20年代齐卢大战时期上海社会的许多黑暗面的描写,能使我们反观20年代上海社会上盗贼蜂起、绑匪猖獗、烟毒弥漫、社会畸形的百态千姿。而军阀们让士兵到战线上去拚命,他们自己则高卧在温柔乡中,纸醉金迷。作者通过主人公周小泉所租住的二房东家的女儿阿凤,反映了军阀在后方的奢侈糜烂生活。阿凤是一名暗娼。她母亲是老鸦片鬼,就是靠女儿出卖肉体赚取她的烟本。一个母亲甚至鼓励女儿去操皮肉生意,人性堕落到何种程度,岂非昭然若揭?但这归根也是鸦片之瘾在操纵。她家原来就是一个暗娼秘窟。因地处租界,战时为了获取高额租金,就将房子租给了从乡下逃来上海的周家。从此阿凤就到各个大旅社中去实行"外卖"。这次她找到了一个包月的大买家,此人就是一个从湖北来的军阀,

---

① [美]费正清编:《剑桥中华民国史(上)》,中国社会科学出版社,1994年,第322页,第325页。

八　中国近现代转型期国情与民风的流变

问他到上海来的公干。他"只说因为江浙战争才到上海来的",但他不肯透露自己是为了帮衬某一方的实力。从这一人物的出现可以知道,这场战争的参与者并非只是江浙双方的军阀,江浙军阀实际上为了取胜于对方,邀请了与他们有密切关系的各地军阀——如湖北与福建的部队都来参战,当然也期许于日后各种优惠的条件。此人住在上海东方大旅社,白天出去办事,参与运筹帷幄;晚上就叫暗娼阿凤上门服务:鸦片与女人一样也不能缺。每当鸦片断档时,即使是深夜也非要阿凤立刻帮他弄来不可,他还惋叹"可惜我家里还有好几百两土,没有带来……我们湖北的烟土价钱又便宜,东西又好。并且这几百两土还是一个钱没有花的"。不仅军阀是吸鸦片成瘾者,阿凤还在东方旅社中听到一个令人惊骇的故事,军阀的兵士们在烽火连天的战场上,也非要席地幕天地狂抽鸦片。

这一番打仗,你们可知道,不吸鸦片烟的还打不过吸鸦片烟的咧。……今天又到了许多福建来的队伍。据说都是吸鸦片的,打起仗来说甚是勇猛咧。……正在开火的当儿,他们却便在这儿过瘾。过足了瘾,精神百倍,他便奋勇异常。你可知道鸦片烟这件东西是个兴奋剂呀!……你刚才说哪里有这许多烟枪烟灯,其实的确有这许多鸦片器具,而且这种东西也都是他们随身带的。不过那种东西实在是简陋得可笑。我先讲他们的烟枪,他们的烟枪大一半自然是皮条枪,取其便于携带。一声令下,开赴前敌。他们把皮条枪向衣袋里一塞,跟着大家跑了。自然是最觉轻便。可是也有许多人是吸不惯皮条枪的,他们就用一种毛竹枪。制作是粗陋得很的嘘(苏州方言),也不能太粗太长,也要衣袋里搁得进。至于烟斗呢,有的果然像一只烟斗,有的你道是什么东西做的?倒也难为他们想得出,原来广东店里有一种卖青盐陈皮的黄沙小罐,牛奶式的也和烟斗差不多大小,那底是尖的,他把那罐口磨光了,尖底的地方戳一个眼儿,装在枪上,就算是个烟斗了。……他们用一块马口铁皮,剪得圆圆儿的。要不就是听头香烟里开出来一个小圆盆儿,也好把半段洋蜡烛烧热了黏在上面,再用一个鸭蛋壳或是鸡蛋壳敲破了两头,在那洋蜡烛上一罩便成为烟灯了。……好在他们的吸烟不择地方,随便哪里可以吸的。……这原是苦吸烟嚄。他们既不能借民房,又不能都有营帐。有战壕的便躲在战壕里面,那战壕又大概不能十分宽阔,只好把身体拳曲了,万一天下了雨,那战壕里又全是水。因此那班吸鸦片烟鬼都不愿意在战壕里,宁可冒着险在平地上,或者有什么隐藏的地方他们把一些稻草在地下一铺,枕头是没有的了,只好把破衣服包上几块砖头睡下来。点上洋烛,罩上蛋壳,抽出皮条枪,嗤嗤嗤地猛吸了几十口烟。那个时候前面怎样的炮火连天,尸骸遍地,他也只好不管。闭着眼睛扛着肩架猛抽他的烟,便是一个炮弹飞过来,连人带他的烟具一古脑儿都变成了炮灰,他也不管的了。只好付之天命。及至过足了瘾,把烟枪袋好在身边,便精神抖擞的起来。呐一声喊,猛冲前去,让前敌的兄弟们退下来过瘾。这时候那种吸烟兵勇猛百倍,一以当十,好似一群野兽,那才厉害呢。这便像机器上加足了油,像皮管里打足了气一般。①

读到这里,我们真觉得是"人"已经被鸦片"异化"了。鸦片既是麻醉剂,也是兴奋剂。鸦片既可腐蚀人的躯体,也可以毒化人的灵魂。"人性"被化为凶残的兽性,"人"蜕化成了战争的机器。"人"已经麻醉成杀人的工具。军阀士兵也成了鸦片鬼,这就意味着他们必然对老百姓的奸淫掳掠更加疯狂,他们的鸦片本钱都是从疯狂的掳掠中获得的。包天笑在小说中既写阿凤的母亲为了自己能抽鸦片而让亲生女儿去卖身;军阀视鸦片为命根,在温柔乡里吞云吐雾,筹划如何杀更多的生灵;而那些军阀的士兵们也能在幕天席地中猛抽鸦片,令我们感到,鸦片既可以使人萎靡不振,也可以弄得人去铤而走险。包天笑就是通过鸦片上瘾者之众多,社会上下各界都有大量吸毒者,以吸毒者的普遍性来说明其中可得利税的超级可观。因此,军阀们就敢冒天下之大不韪,去发动罪恶的战争。一部《甲子絮谭》就是靠这些故事与细节拼凑起一幅鸦片引发的军阀混战的画卷,使人感到烟毒危害的"罄竹难书"。

---

① 范伯群编:《一缕麻:包天笑代表作》,华夏出版社,2008年,第231—232页。

在我们民族耻辱史的第一页上,若干优秀的通俗小说成为正史之外真实而生动的一段"稗官野史":鸦片是当年帝国主义强迫注射在我国肌体上的一支剧毒针剂,欲使中国病入膏肓。回首往事,怵目惊心。

第二章　从《市声》看晚清与帝国主义的"商战"

《市声》是晚清时期唯一一部涉及中外商战这个重要题材的长篇小说。阿英在《晚清小说史》中曾评价道："历来写商人的小说是很少见的。在晚清，只有一部姬文的《市声》。"① 其实写商人的小说是有好几部的，但是写中外商战的却只有《市声》这么一部。大概是物以稀为贵吧，因此这部写得并不算成功的小说却因关涉重要题材而受到研究者的重视。但是这部刊登在李伯元主编的《绣像小说》中的三十六回长篇小说，至今还留下两个"谜团"，一是这部小说的作者究竟是何许人也？是实有一位姓姬名文的作者？可是此人再没有写过第二部小说，在文坛上似乎没有再露过面。那么他一定是某一位作家偶一为之所用的笔名了。第二个"谜团"是这部小说从第一回至第五回，是写一位姓名为华兴的宁波商人，在上海的中外商战中大败而归，几近破产，但他还有豪兴，冀图东山再起，那么小说作者就没有理由将他随意抛弃。可是写到第五回后，连载在刊物上忽然中断，姬文"隐身"达三月之久，他才续写第六回，而在这部小说的后六至三十六回中，再也没有写华兴这个人物趁"豪兴"而"东山再起"的事迹了。在第六回中作者开头就另外写一位扬州来的大豪商李伯正，要为中国人争气，大有要与洋商争个高下的气概，在上海做出一番大事业来。那么这部作品就是任意抛弃一个大可发展的主要角色，硬是"另砌炉灶"，人为地截然将小说分成并不相关的两段，这样的小说是很少见的。问题是第一至第五回也不像一个"楔子"，实际上是

---

① 阿英：《晚清小说史》，人民文学出版社，1980年，第64页。

两部不相关的作品,生硬地拼在一起了。如果是一个普通的投稿者他绝对没有这种"挥手即去",三月之后又"乘兴而回"的特权,那么"姬文"一定是刊内的"自己人",或许"姬文"者,"己文"也。如果不是李伯元或他的助手欧阳钜源,至少是他们的圈内人。至于究竟是哪一位,笔者觉得考据这一问题与本文的宗旨——讨论晚清"商战"无关,因此就不在这里深究了。我们只是觉得没有一个通盘的构思,就贸然动笔,到了写至无以为继时,才再不得不续写另外半部"同名而异主"的小说。姬文何尚不知这就是等于宣告他前五回的失败?在晚清写了半截而有头无尾的腰斩小说也是常有的事,他本可"偃旗息鼓",就让那失败的小说"寿终正寝"。姬文又何必如此执着,一定要再去"借尸还魂"?这似乎冥冥中有一股力量在催促,非要作者去完成这一重要题材不可。这种"硬着头皮,勉为其难",定要写下去的"谜团",倒是能从时代背景中找到缘由的。

第一节 "商战"概念的提出与小说对此题材的初步涉猎

从 19 世纪末到 20 世纪初,商业领域中关于"中外商战"的讨论一度成为一个压倒性的课题。自从鸦片战争失败之后,缔结了不平等条约,帝国主义的经济侵略便可在中国大行其道。从商品倾销到资本输出,大有吸尽中国人民的膏血之态势。洋务运动的倡导者,首先关心的是"坚船利炮",以为此乃救国之本。可是在 1878 年湘广御史李璠却提出了"以商敌商"的概念。因为当时中国的商业资本家和维新人士正受到外资经济侵略的巨大压力,这种"以商敌商"的思想使他们受到启发。郑观应等近代启蒙思想家对此也曾有过大量的考察与研究,觉得当务之急也应重视对付外资之"商战",因此提出了"习兵战不如习商战"[①]的见解,既然在鸦片战争中,我们在兵战上失败了,那么面对经济侵略,我们能否与他们展开一场"商战"呢?从此"商战论"在舆论界就大行其道。郑观应在他的《盛世危言》中指出:"泰西各国以商富国,以兵卫商;不独以兵为战,且以商为战;况兵战之时短,其祸显,商战

---

① 郑观应:《郑观应集(上)》,上海人民出版社,1982 年,第 586 页。

之时长其祸大。""兵之吞并,祸人易觉;商之掊克敝国无形。"①这就是对"以商敌商"的提法的深入与更完整的阐释。而康梁一派中的汪康年也认为外国侵略形式有三,即兵战、商战与学战。学战亦称"心战",系指外人在办学中的勤勉和科学上之精进。而商战则意为"海禁既开,白人竞拓商场于东方大陆,懋迁之所及,即成为势力范围。不费一兵,不遗一镞,即能吸我膏血,握我利权"②。郑观应的《盛世危言》于1894年定稿出版后,由大臣推荐给光绪帝,光绪读后令再刊印二千册,发给属下大臣。如此这种商战的观念也就成了官方的决策参考,政府还新增设立了"商部"。后来张謇又加以发展,他认为:"世人皆言外洋以商务立国,此皮毛之论也。不知外洋富民强国之本实在于工。"③其实这种思想,在《盛世危言》中也已有所反映了:"工艺一道为国家致富之基,工艺既兴,物产即因之以饶裕。"又说:"尤必视工艺之巧拙,有工翼商,则拙可巧,粗者可精。"这种思想继"商战论"后就出现了传播得更广的"实业救国论"。在国外也对这种思潮有同声相应者。郑观应为了显示其"危言"的正确性,在《自序》中就提道:"德相卑士麦谓我国只知选购船炮,不重艺学,不兴商务,尚未知富强之本,非虚言也。"在探讨中国的"病根"时,英国科学史家李约瑟则认为,儒家"向来主张,研究人类的唯一适当对象就是人本身。因此,在整个中国历史上,儒家反对对自然进行科学的探索,并反对对技术作科学的解释和推广"④。这就连带指出了中国教育中之偏差与疏漏,以及儒学内存的弱点与不足。这股强劲的时代思潮,就使小说界必然想要以此为重要题材,在文学上亦应该有所响应,这就是《市声》出版的巨大助推力。《市声》就是郑观应的《盛世危言》思想指导下的文学版。但姬文却没有郑观应那么有底气,郑观应曾在《盛世危言·增订新编后序》中说:"余侧足名利场中,留心中外时事三十年于兹矣。"⑤而姬文却只是靠他的敏感性,觉得这样一个重大题材还没有人去涉足,他虽然对此种生活并不

---

① 郑观应:《盛世危言·商战》,中州古籍出版社,1998年,第292页。
② 《论振兴商务当先兴农业工业》,《东方杂志》第2卷第7期,1905年。
③ 张謇:《代鄂督条陈立国自强疏》,《张季子九录·政闻录》卷一,中华书局,1931年。
④ [英]李约瑟:《李约瑟文录》,浙江文艺出版社,2004年,第100页。
⑤ 郑观应:《盛世危言·增订新编后序》,中州古籍出版社,1998年,第547页。

八 中国近现代转型期国情与民风的流变

甚熟悉,但不妨冒险去一试。

《市声》的开端是写宁波商人华兴在上海与外商进行商战败北后回故乡的情景。原本他"有志做个商界伟人,算计着要合洋商争胜负时,除非亲到上海去经营一番不可。他就挟重资,乘轮北溯"。他与人合开了公司,但因用人忠奸不一,年年亏损,生生把百万家私折去九十多万,只好收拾摊子,剩下五六万两银子,只能作为日后养命之本了。他虽然经受惨败,但豪气还存。他总结失败的教训有二,一是用人不当;二是他看到外国商人手下的工人都是学堂里学出来的,做出来的熟货当然高明。他知道北京已开了什么工艺局,还办了实业学堂,他得到的启发是"只怕我们经商的也要学学才是","我一些不知道其中之蹊径,难怪折阅偌大本钱。我回家去,倒要拼几个财东,开个商务学校才是"。看来他确有东山再起的豪兴。可是回到家中,他的账房先生帮他总结的教训与他自己总结的两条失败的教训截然不同:"东翁,你开口闭口的,要合洋商斗胜负,这是个病根。如今洋商的势力还能斗得过吗?杭州的胡雪岩,不是因此倒下来的么?"这是一种在中国到处迷漫的"中商必败论"。但是华兴"兴华"之心不死,他果然办了"商业学堂,想培养几位商界通材,改革历来的弊病,这是后话"。可是《市声》的一大致命缺点就是从此没有了"后话"。尚有"兴华"之志的华兴在小说以后的篇幅中,再也没有出现过。这"后话"就成了一张"空头支票"。正如阿英所批评的我们可以看到华兴"对当时外货外资侵入的愤慨,以及如何的切望自己民族商业的繁荣,不过姬文如果始终把握住这一主线,始终不脱这一中心写下去,那么《市声》真将成为一部特出的文学作品,也是更有力量的很珍贵的社会史料了。却再也想不到刚接触到这一方面,马上就滑溜过去,发展到别一件事的描写"[①]。

问题在于姬文没有实际生活的本钱,能将一个只剩了五六万两资本的华兴写他几乎是"白手起家",却又能脚踏实地、卧薪尝胆,使自己能东山再起,去与洋商们再度一搏!因此姬文只能"滑溜过去"了。像这种"滑溜过去"的弊病,并非单单出现在华兴身上,而是《市声》每到有新人物在书中出

[①] 阿英:《晚清小说史》,商务印书馆,1937年,第100页。

现,而表示要改革商家历来的弊病时,作者往往并无实例事迹去加以充实,接着就只能王顾左右而言他了。于是《市声》小说的结构模式是,在小说中不断出现新思想的人物,每出一个新人物,就通过这一人物,讲一段"切中时弊"的话,然而接着此人并没有用实干精神为改变这种时弊而去努力奋斗,故事往往就跳到与此时弊无关的情节上去了。

第二节 《市声》对商战的"概念性"叙述

姬文写了五回之后,就没有赓续下去。直等了三个月之后,才抛下华兴,另砌炉灶,续写第六回。他借书后半部中的一个主要人物范慕蠡之口宣告:"如今扬州府出了一位大豪商,家私有个几千万两,诚心合外国人做对,特地放出价钱收买茧子。自己运了西洋机器来,纺织各种新奇花样丝绸等类,夺他们外洋进来的丝布买卖。"当有人不信中国也有这种阔人时,范慕蠡说:"你也太小看了中国人了!只要有钱,那一个不会做豪举的事。譬如有了这么大的资本,怕不合外国的商家争他一争么?"①从他的话中泄露了作者必然要抛弃华兴的原因,姬文认为"只要有钱",才会有从事豪举的可能;因此他一开口就说扬州豪商有家私好几千万两,这才有资格与洋商去争一争。范慕蠡着眼的是资本的多寡,而首先不是一种与洋商争胜的顽强精神与斗志。姬文迟疑了三个月,再次出手,只好放弃了华兴,续写下去。不过这位扬州豪商不仅有钱,却也是有那么一股与洋商决斗一番的精神的。要买来西洋机器开丝绸厂,当然先要收茧子,我们听他收茧子时的气魄,口气就不小:"我的做买卖,用意合别人不同;别人是赚钱的,我是不怕折本。我这收茧子,难道不吃亏么?原是要吃亏才好!我这吃本国人的亏,却教本国人不吃外国人的亏,我就不算吃亏了。……我所以开个茧行,替中国小商家吐气,每担只照市价加五两收下,我有用处。"②这样的话当然是有豪气的,但恐怕也不合正轨商人的商业逻辑,很有点无商业原则的"施舍"格局。谁知他

---

① 姬文:《市声》,上海文化出版社,1958年,第34页。
② 姬文:《市声》,上海文化出版社,1958年,第37—38页。

八 中国近现代转型期国情与民风的流变

下雄心要办南北两个丝绸厂和一个公司的计划刚定下,一个奸诈的商业蛀虫钱伯廉已钻了进来,表示要以勤恳之心为他办厂为名,先贪污了他一万八千两银子。自己成了财主,姘了妓女,立了"小房子"。那么李伯正刚下决心要与洋商斗气,却又重蹈了华兴的覆辙——用人不当。然后,姬文就将李伯正办厂的事放下,专去写钱伯廉如何勾结技师做假药,又得了五万多的进账,进而自己成了财东,开了一爿茶叶店,小说再兼涉他的许多家事,就将李伯正这个巨商的事业"冷"在一旁了。当再要谈及商战的正文时,即第十四回,作者又拉出一位新角色,是从西洋学了工科回国的刘浩三。他学了一身工艺方面的本领,很想为国家出力,可是政府的官僚们并不想用他,还将出国学工业技术的人看成是"大言欺世的无业游民"。好不容易得到湖广总督樊云山的"重视",竟叫他搬进衙门内来,似乎看到发挥才能的机会是指日可待了,但是樊帅因"事忙",竟将他这个人抛到九霄云外去了,他只好回到故乡江西,卖掉了一座祖屋,带了钱到上海去谋事。就在去上海的船上偶遇范慕蠡,谈得相当投缘。刘浩三遇到政府不重视工艺人才而牢骚满腹,发了一大篇宏论:

> 我深悔到外洋去学什么汽机工艺,倒不如学了法律、政治,还有做官的指望哩。但是中国不讲究工艺,商界上一年不如一年,将来民穷财尽,势必至大家做外国人的奴隶牛马。你想商人赚那几个钱,都是赚本国人的,不过贩运罢了,怎及得来人家工业发达,制造品多,工商互相为用呢?难道中国的官商就悟不到,不肯望大处算计么?……譬如国家奖工艺,或是优与出身,或是给凭专利,自然学的人多了,就不患没人精工艺;既有人精了工艺,自然制造出新奇品物,大家争胜,外洋人都来采办起来。工人也值钱了,商人也比从前赚得多了,海军也有饷了,兵船也好造了,在地球上,也要算是强国的了!如今把新政的根源,倒置之脑后,不十分讲求,使得吗?①

---

① 姬文:《市声》,上海文化出版社,1958年,第88—89页。

这是通过刘浩三之口，小说对清末新政的"舍本逐末"，只管向洋人购军火，而不振兴工商业的批评。刘浩三去求见范慕蠡，建议在开办工厂的同时，也要兴办工艺学堂。刘浩三也知道上海并非没有工艺学堂，但是仅教授理论，没有实践。他认为："所以学工艺尽然要在厂里，离了工厂，开不成学堂；不开学堂，又不能改良厂务。工人懂得学问，自然艺事益精，制造品愈出愈奇，才好合欧洲强国商战。"①于是两人去见李伯正，李伯正也赞成，就是要买土地建造校址。于是刘浩三的一些合理的建议表面上是有了着落，但小说却被转移到大谈地皮掮客如何作弊的种种赚钱的勾当。于是从第十五回一直跳到第三十回，我们才见到刘浩三的再次出场。直到此时《市声》的作者才忙于将他还没有讲的一些商战的道理与事迹比较集中地匆匆讲完。在第三十回，小说又出场了一个新角色姜春帆，他想办苏州水电公司，可是与外国人发生了纠葛。他正巧在上海遇见了有一面之交的刘浩三，与刘浩三谈及办水电厂受制于外人的事。刘浩三也对姜春帆发感慨：外国已进入电气时代，而中国却连蒸汽为何物都不知道。两人谈话时开始涉及"优胜劣败"的道理，看来中国不仅会败下去，直至会被淘汰干净。这时姜春帆忽然发愤说，我们不能成为"呜呼党"，乌鸦尚且合群，成群从树林间出入，免受淘汰。"我们有了群，还怕什么呢？"这句话就成了《市声》后面六回的"关键词"。刘浩三就准备次日将姜春帆介绍给范慕蠡，继而去拜会李伯正。那六回书中不断出现有新思想的角色，是倡导"合群"的一个"群"的雏形。也就是中国未来在"商战"中的希望。

这时正当范慕蠡与刘浩三合作创办的工艺学校的校舍在李伯正的资金的支持下已经落成。刘浩三还乘机向范慕蠡建议，成立"劝业公所"，将以后学堂制作出来的器物就陈列在公所内，并对外出售。这个工艺学校取名"尚工学堂"，也开始招生。那时一位农民余知化带着两个儿子来报名。余知化是一位土生土长的农机工艺能人，他家"世代务农，到知化手中，偏喜做工"。他自己设计并制成一具耙车，一具割车，一天能割百亩麦子，还能把田里耙得干干净净。一位有学问的周梦公曾称他为"孔明再生"，"孔明会造木牛流

---

① 姬文：《市声》，上海文化出版社，1958年，第93页。

八 中国近现代转型期国情与民风的流变

马运粮,你会造车子割麦"。从此余知化的"赛孔明"的外号也传开了。他的割麦车也被称为"孔明车"。范慕蠡与刘浩三十分重视,还亲到余知化家去参观,见他的家中贴满了各种图纸,非常钦佩。刘浩三甚至想请他到尚工学堂当教员。但余知化还是要在家从事农业生产。他甚至又发明了舂米机,一天能舂七八十担米。他平时钻研的还有外文的数学书。真所谓"乡间出了一个奇人"。这启发了范慕蠡,种田也可以开公司。但小农经济是无法适应办公司的条件的,他想在乡间买几千亩地,创办种田公司。在余知化出现后,又来了一位东京职工学校的卒业生杨必大。他久仰范慕蠡和李伯正的大名,先期拜访了范慕蠡。他的高论是中国的实业还达不上欧美的百分之一。"学界的口头禅,都说现时正当商战,据兄弟看来,其实是工战世界。工业兴盛,商战自强……朝廷立了农工商部,虽说逐件振兴,但这些事靠定政府的力量,还不足恃,总要人民能自己振兴才是哩。"范慕蠡听了这番高论后连连称是。但杨必大此次拜访并非要与范慕蠡合伙办什么公司,不过胸中有这些"拙见"要向志同道合者一吐为快。另外他向范慕蠡与刘浩三提出两个建议,一是开一个"工品陈列所",民间只要做成了一件器物就可以到所中陈列,定价批发。这样能使民间对尚工产生兴趣,大家会在做工上争奇斗巧。第二是成立"工业负贩团",这是杨必大介绍的日本经验。凡是负得动的物品可以由负贩团成员到各处负贩,而负不动的东西就放在工品陈列所展销。这样也可使"苦业界"的人有个出路。负贩团有了驻地,大家结成团体。先行到各处贩卖,得了赢利,再付伙食等费用。范慕蠡听了很为赞成,李伯正为此拿出20万元,作为筹办几处负贩团的驻地等费用,范慕蠡也出资10万元,准备50万元作开办费,准备作几年办负贩团的资本,为此还纠合一个名叫"商界劝工团",尚缺的20万元希望各商界同仁慷慨解囊,凑成此数。刘浩三还作了长篇演说,但不少与会的商界不过在捐助簿上签上十两八两,合起来的总额也不过千元上下。有的财东听到要捐助,就滑脚溜之大吉,这也看到当时的商界中许多商人的短视。至于杨必大本人并不参与到这些建议的事业中来,他的志愿是要在杭州办职工学堂,他欲多开半日制学堂,工界人来读书可采行"半工半读"的形式,半天读书,半天做工。范慕蠡听杨必大的这些建议与办法,真感到津津有味。由此看来,杨必大的出场就是来发一大通议论的,他只提出合理化建议,但并不想直接参加到这个"群"中来。

如果《市声》能将三十回后半回至三十六回这六回半小说作为它的整体结构,再加以生活实例,特别是发挥"群"的"抱团取暖"功能,那么它就是一部很成功的反映在"商战"中开始形成萌发力量的长篇小说。尽管由于清廷政治的腐败,社会上保守势力的思想滞后与顽固,即使到最后还是失败了,但也虽败犹荣,说明我国有一部分先进的人正在觉醒,知道与外国侵略势力之间"商战"的重要性。但可惜的是小说从总体结构而言,旁叙闲文形成喧宾夺主的格局。从第一回至第五回,将一个还有雄心东山再起的华兴弃若敝履。如果此人能与后来出场的刘浩三成为搭档,从小事做起,逐渐壮大,倒不失为一种可以考虑的构思设想。作者从第六回起,就决定"换马",可是扬州豪商李伯正在小说中并没有施展什么雄才大略。他在第六回说了几句豪言壮语之后,到第十一回才再次露面,却去信任一个专事贪污作弊的钱伯廉,未经考察就将一个偌大的北厂总办全权委托给了这条商业蛀虫。以后他多次出场,都是由范慕蠡去找他,拟办什么"维新事",他都能慷慨解囊,很爽快地拿出大笔资金来,他有的是钱嘛。结果他除了用人不当之外,整个事业由于他的创新乏术,也失败了。作品通过余知化的口说:

> 现在的买卖,渐渐显出优劣来了。外国人天然占了优胜的地位,中国人虽说商务精明,只能赚取巧的钱,实业上竞争不过人家,终归失败的。你看李伯正先生何等精明,他的资本又丰富,现在南北两厂,连年折本,差不多支持不下。但是此人一倒,商界上大受了影响。……工艺上的事,全靠会翻新花样。李先生别的做法,通都精明,只这翻新上斗不过外国人,因此货色滞销,本利上都吃了大亏,大凡买卖做得大,折本更是容易,不知不觉,几百万折下去不足为奇,要想恢复时,资本没有了……①

---

① 姬文:《市声》,上海文化出版社,1958年,第214页。

八 中国近现代转型期国情与民风的流变

那么现在上海的实业界就靠范慕蠡一人了。如此我们就得研究范慕蠡这个形象是如何在书中"站"起来的。在前五回中,范慕蠡就出场了。他是华发铁厂的"小开",原是个富二代。他与几个朋友合伙做蚕茧生意,大家推他到无锡去收茧子,他为人"素性是慷爽的",爽快地答应了下来。可是从上海到了苏州,他在一个老相好的妓女家中住下,就乐不思蜀了,拖三落四,再也不启程到无锡去了。最后是贻误了商机。收到的茧子既价高、量少又质差。他回上海却对同伙夸下海口说,赚钱大家分,亏本由我一人承担。不是李伯正的加五两收茧子,他非大亏本不可。书中说他是大少爷做生意的派头。后来既然将他视为实业界的希望,这就得将书中前五回留下的不良印象给扭转过来。在第三十四回中,作者是这样写他的转变的:"原来慕蠡本是富家公子,平时嫖赌吃喝,没一件歹事不干的;这时遇着几位有学问有思想的人,谈的都是正大话,渐渐把他旧习惯暗中移换了,专意研究实业。"又通过余知化之口说:"我佩服的只一位大实业家,果然比众不同,现在上海。"

> 我说的是范慕蠡先生。他虽然说袭了父亲的余业,却全亏他能信有学问的人的话,办的事业,总在实业上面。即如他开的工艺学堂,办的劝工所,真是有条有理,日起有功。将来中国的实业,在他一人身上发达。好在他费用并不多,造就人利益人却不少。如今上海那些文明桌椅,新巧器具,美术玩物,人还当是东西洋来的,其实都是工艺厂制造。就这上面,慕蠡也很赚几文。只因销场极好,抵得上外国器具的原故。①

从范慕蠡身上,前后可说是有了一百八十度的转变。总结他的经验就是"他能信有学问人的话",与李伯正的用人不当有了大差别。其实,他的这些成功都是靠着刘浩三为他策划与经办的。但我们总觉得一个"平时嫖赌吃喝,没有一件歹事不干"的人,要成为中国实业界未来希望之星,还是缺乏说服力的。作者在前五回中将他写得太坏了。后来单凭余知化为他吹嘘的

---

① 姬文:《市声》,上海文化出版社,1958年,第215页。

话,他似乎是担当不起的。

在这部长篇中,写得最好的我们以为是刘浩三这位"大工师"。他先是怀才不遇,后来他遇见了"贵人"范慕蠡,他也没有好高骛远。他有制造汽机的大本事,但他还是与范慕蠡合作从小事做起。踏踏实实将一个尚工学堂先办好,生产的产品,可以与进口货相竞争。虽是"小本经营",却是良好的开端。中国民间的实业也只能从小事做起。难道这一形象与只有剩下五六万两资本的华兴不能与之共事吗?何必要"换马",再出一个失败的"大豪商"呢?李伯正的失败,说明问题并不在于资金的多少,"家私有个几千万两"不是成败的关键。而是要有"真才实学+脚踏实地+创新精神"。在中国民间,当时的实业家只能从文明桌椅、新巧器具和美术玩具做起,才有从小到大的可能。正如书中所说的一是不能做"呜呼派",二是不能一心只想"速成"。如果作者脑中真有这样的精神,那又何必抛弃华兴呢?

至于余知化这一人物,我们应该肯定农民中确有发明新式农具的能人,但在小说中这一人物是被神化了的。例如他能读"西文算学书"之类,实际上脱离了这个形象的可能性与真实性。小说的最后,是由余知化说服了一个上海某布厂的总收支许晴轩,由许晴轩去运动出一位大实业家,纠合了一个公司,购定许多荒地,大兴垦务。晴轩入股不多,谁知新法耕田,其利十倍,不上数年,晴轩连利连红,竟分到十多万两银子。

> 自此中国人也知道实业上的好处,个个学做。要知我国人的思想,本自极高明的,只要肯尽心做去,哪有做不过白人的理?却被一个穷极无聊的刘浩三,一个乡愚无名的余知化,提倡实业;工商两途,大受影响,外国来货,几至滞销,都震惊得了不得。市上的现象这般好,做书人也略慰素心,不须再行絮聒了。①

这就是《市声》匆促的结尾,而且完全是一种廉价的虚夸。刘浩三确是这部长篇中唯一写得较为真实的人物,但光凭他与余知化在晚清社会中奋

---

① 姬文:《市声》,上海文化出版社,1958年,第218页。

斗,四周的保守势力却是占着绝对的优势。在小说中也有实例可循,例如在小说的第四回中,一个名孙新、表字拙农的人物宣传外国,特别是日本的养蚕的种种先进经验,"人家是国家有人替百姓经理的,我们只得自己留心,怎奈乡愚再也不肯听信人的话,随你说得天花乱坠,他总有个牢不可破的见识",当时,范慕蠡也在场,可是"慕蠡、陶安只觉得他说来全不切当,暗道:'关我们收茧子什么事呢,这个真上个迂儒,唠叨可厌!'便佯佯的不睬他,拙农见大家爱理不理,自觉空发言论,来得无趣,只得搭讪着告辞而去"。又例如,在小说的第五回中,有三位潮州人,来找茶商张老四。他们希望能联合起来"开个制茶公司。如今中国茶业日见销乏,推原其故,是印度锡兰产的茶多了,他们是有公司的,一切种茶采茶的事,都有公司里派人监着,况且他那茶是用机器所制,外国人喜欢吃这种,只觉得中国茶没味。我记得十数年前,中国茶出口,多到一百八十万九千担,后来只一百二十几万担了,逐渐减少,茶商还有什么生色呢?……最坏是我们茶户专能作假,绿茶呢,把颜色染好;红茶呢,搀和些土在里面……难怪人家上过一次当,第二次不敢请教了。倘若合了公司,户商一气,好好监视,这种弊病先绝了。茶能畅销外洋,这不是商家的大幸么?素知贵东焙茶出名,特来合他商议,请教各事,能合股更好……"可是被钱伯廉推说找不到张老四老板,就回绝了。这就是当时社会整体性的守旧面貌。在这样的社会保守氛围下,光靠刘浩三与余知化是挑不起把中国推上"实业救国"的道路,以至于在商战取得整体性胜利的重担的。这样的重任非要在先进的政体政制下,整个社会变得健全与清明,全体人民的创造性都有施展的余地,才会有实现的可能性。在清末社会中,能有一部分最先进的具有维新思想的人能加以"合群倡导",期盼拯救这社会于颓势,就算是尽了当时先进分子的职责。正像郑观应研究中外政、商、工等各事30年,才能用自己的著作向社会宣告,发表他的改良主义的设想,以至于使康有为、梁启超和孙中山都受过他的影响。

第三节 《市声》实乃《盛世危言》的文学版

我们在上文之所以说《市声》是《盛世危言》的文学版,是因为小说中许多维新人士所发的议论,大多是相同于《盛世危言》中郑观应所提出的论点。可以推断,在姬文写了前五回之后,"短视"地觉得无法用华兴这个人物将小说续写下去,他在停顿的三个月中,在探索如何续写的策略时,他就以当时在社会上风行一时的《盛世危言》作为小说的新导向,用这部书中的见解作为小说人物议论的主心骨。可是郑观应曾不无自负地说过:他留心中外时事30年之久,《盛世危言》在当时确实是风行一时,而且舆论界关于"商战"的理论都是以他文中的主张为基调。郑观应在19世纪70年代就发表过《救时揭要》,80年代又出版了《易言》,到1894年《盛世危言》才脱稿。从19世纪70年代至90年代,他一再深化自己的救世思想,直到《盛世危言》,可说这是他30年来救世思想之集大成之作。因此,他才有底气在《盛世危言·增订新编后序》中说:他做了30年的有心人,才能深察古今盛衰之故,粗知宇宙利病之情。这是他经过30年的悉心研究,再以丰富的人生阅历为佐证的浓缩的结晶。经中外比较,从善如流,有的放矢,才能振聋发聩。就《市声》而言,姬文虽是根据了当时有关"商战"的思想与理论,但他没有足够的生活实例与事迹的支撑,光凭作品中的人物发表的言论,就显出小说内容的空泛了。而他小说中的议论,是变相的一种抄录。例如《盛世危言》中,一再谈到宜设工艺学堂的重要:"闻泰西工艺院急于文学院,以工艺一事,非但有益商务,且有益人心。"所谓"有益于人心"的理由是"……中国向无工艺院,故贫民子女无业谋生者多,倘各处设院,教其各成一艺,俾糊口有资,自不至流为盗贼";"中国生齿日繁,生计日绌,所以工艺学堂亦今世之亟务也"。①于是这些论述就成了《市声》中成立尚工学堂的根据。《盛世危言》中又论及:"工艺一道为国家致富之基。工艺既兴,物产即因之饶裕。""独是商务之盛衰,不仅关物产之多寡,尤必视工艺之巧拙。有工以翼商,则拙者可巧,粗者可精。"②这些都是《盛世危言》所一再强调的工商必须相互为表里的论点。而这一"以工翼商"思想,结合当时张謇的见解,在《市声》中则于第三十三回中由日本留学回国的杨必大予以发挥:"但合五洲比较起来,中国的实业跟

---

① 郑观应:《盛世危言》,中州古籍出版社,1998年,第68页。
② 郑观应:《盛世危言》,中州古籍出版社,1998年,第394页,第293—294页。

不上欧美百分之一。学界的口头禅,都说现进正当商战。据兄弟看来,其实是工战世界。工业兴旺,商战自强。实因商人是打仗的兵卒,工人是打仗时用的克虏伯炮,毛瑟枪,那兵卒没有器具,那里打得过人家呢?……兄弟来的意思并不是想合慕翁合公司,创实业,只不过胸中有这些愚拙的见识,要合慕翁谈谈罢了。"杨必大在小说中不过是一个"言论小生",发表了这篇高论就此在小说中"失踪"了。杨必大所谈的工战在中国当然是重要的,但中国当时的现实是工业实在太幼稚了,还是首提商战,"以工翼商"更为贴近中国的现实。至于设立工品陈列所、兴办公司等也同样受到《盛世危言》的启发,如讲到外国"尤其设商务学堂、博物院、赛珍会,以为考究之所","赛会者,所以利导之也;公司者,所以整齐之也。"[①] "德于数十年前师法英人,设商学以教贸易,并立博物院罗致各国货物,以藉资效法而广见闻,故商学堂中人才蔚起,而德之商务大兴。"[②]在国家说来当然应该举办赛珍会、博物馆等大型活动与设施,但在民间只能是用小型的工品陈列所取代赛珍会,倡导一种人人可以学习,以启发参观者个人的创新思维。至于余知化这一人物,恐怕也与《盛世危言》中提及的"华人心思素多灵敏,自造新器古不令人,如江慎修先生制木牛耕田,以木驴代"等说有关。可见我们说《市声》乃《盛世危言》的文学版,就是根据《市声》中的言论,再加上当时学界的流行语而凑成的,而作者没有深入到生活中去领略这些言论的实践者的所作所为,因此小说只能以发表议论为主了。至于为什么在这样的小说中一定要采取"大团圆"的结局,一定要说中国商战中取得了全胜不可,这完全是一种不切实际,实际上也是一种陈腐的创作思想。其实只要有若干先进分子能合群"抱团取暖",就是中国未来的希望了。在当时只要写出"星星之火"就可以了,至于"燎原之势"还得等百年之后呢!

就《市声》全文而言,作者应是一位写谴责小说格局的熟手。此言并非否定谴责小说的历史功绩,而是说该书的作者搜集了大量社会上应受谴责的生活资料,构成了《市声》的主体,而冲淡了原本可以跳出谴责小说窠臼的

[①] 郑观应:《盛世危言》,中州古籍出版社,1998年,第397页。
[②] 郑观应:《盛世危言》,中州古籍出版社,1998年,第309页。

以商战和工战为内容的新颖的小说题材。例如写商业蛀虫式的人物钱伯廉在商场上专以各种手法中饱私囊,以后又钻进李伯正所办的绸缎北厂的总办,也是造成李伯正绸缎厂经营亏损的重要原因之一,而李伯正与范慕蠡要办厂办学,为建房需要购买土地,土地掮客汪步青就从中套取大量暴利,他得暴利后又设法花钱捐官希望能得道台的官衔,而又引出购买官职的"官照"的真伪问题。作者又花大量笔墨写了一个被称为粪太太的因拥有收粪贩粪的专利,为她奇蠢的丈夫阿大利也捐了同知衔候选知县的官职;与此同时也就写一个花匠王香大也捐了三品衔候选道,然后再写这两家为了摆官架子而出尽洋相。另外还用了好几回的篇幅写地方军阀为了制办军火军装,派人到上海向洋商采购,结果被骗去了大量的金钱。正因为以谴责小说的框架构成了小说的主调,使作品直写到三十回才匆匆涉及有志于使中国在商战与工战上有所建树的几个人物,开始在事业上有了结合的志向,开始有"抱团"与"开公司"的愿望。直到最后一章还出了一个新角,是一个倒闭的织布厂的总收支许晴轩,在工厂停工后,到处运动,终于被他运动出一位大实业家,纠合一个公司,购定许多荒地,大兴垦务以致十倍其利。而这位支持许晴轩办公司发大财的"大实业家"在小说中姓甚名谁,也不知道,更不知他对办农业公司有何见解,用这样虚幻的人物,再加上刘浩三与余知化的提倡实业,而草草地虚构了"外国来货,几至滞销,都震惊得了不得"的"精神胜利法"般的结局。

就总体而言,惯写谴责小说的作者姬文,对当时学界的商战与工战的一些见解,是有一定"敏感性"的,看准这是一个新鲜有独创性的题材,但他缺乏写这部商战题材的充分准备,贸然动笔,于是只好用书中人物之口照搬学界的一些理论,却用与题材主旨并无关联的谴责内容杂凑其间。在艺术上只有刘浩三这个人物显得有几分真实感外,其他人物的真实性就乏善可陈了。如此看来。他虽以题材的"物以稀为贵"而在文学史上可以被提上一笔,但掩盖不了小说在艺术性上的败绩。

第三章　移民大都市与移民题材小说
——论清末民初上海小说中的移民题材中长篇

第一节　移民上海成为通俗小说的一条文字漫游热线

在传统社会中,城市社会结构的变动往往只是静态的微调。可是在鸦片战争后,有的带海襟江的一些小县城被辟为商埠,有的小渔村被建成码头——上海、天津、青岛、大连、汉口等地都开始在城市化的过程中脱颖而出,天时地利使它们改变了昔日的面貌,纷纷跃升进入都市的行列。青岛原先不过是个荒岛——黄海之滨、胶州湾上的五个小村;大连也仅是个60户人家的半农半渔的村庄;汉口,明清时曾是镇的建制,属江夏县治;天津在1860年开埠后,城市面积竟超过了旧城厢的八倍;上海开埠前是一个属于松江府的仅有十条街的三等县,可是它很快取代了广州的地位成为中国最大的外贸中心,并一跃而为中国第一大都会。据1927年统计,人口超百万的中国都市依次是上海、武汉、北京和天津,除北京是老大帝都外,其他都是雄踞于江海要津的城市,特别是上海已经拥有人口260万,它在中国的都市化中更具典型性,值得作为移民城市中的一个"精品"加以解剖。

所谓非常态的"都市化"实际上就是在工商发达的大背景下移民潮所形成的人口爆炸——都市里的新式企业创造了数以万计的工商就业职位;而在中国的农村与小城镇中,人们又往往饱经连年战乱和灾荒的煎熬;但在清末民初的太平天国、中法战争、八国联军、日俄战争、辛亥革命、江浙战争中,上海的租界当局,却都以中立的姿态出现,在内地的滚滚硝烟中,租界仍然在风平浪静中生息繁衍。于是在国人的心目中,上海就成了避难所与淘金场,大量的投资者、手工业者和农民就涌入上海。上海成为国内最典型的一座移民大都会。当时上海的租界沿袭西方城市习尚,没有户口登记管理制度,人口流动更是频繁。统计数字惊人地告诉我们,1885 年,移民约占上海人口的 85%,1930 年占 78%。① 我们今天俗称的"乡下人进城"这个概念还不能概括"移民潮"的全部内涵。因为在当时"难计其数的逃难者,投资者,冒险者,躲债者,亡命者,寻找出路者,追求理想者,有文化的,没文化的,富翁,穷汉,红男,绿女,政客,流氓,都向上海涌来。上海成了容纳五湖四海各色人等的人的海洋"②。以上所列举的均属国内移民;可是在这个国际大都市中,还有数量不小、能量超群的国际移民。这些国内、国际的移民使上海处于不间断的裂变之中,酿成种种惊天奇观,对它的了解,不仅要靠经济学、政治学、社会学等一系列科学著述去勾勒其面容,而且也需要有文学作品对它作形象的反映。与其他的大都市相比,上海这个特大的移民城市似乎有着更丰厚的积累——在清末民初的文学中有着大量的反映当地"移民"题材的通俗小说,特别是众多的中长篇,将当年的"移民"生活的图景"定格",形成一道永不消逝的风景线,不仅使我们后代能形象地了解历史,而且还可"借昔鉴今"。但是这份丰厚的宝藏却长期被忽视、轻视,甚至蔑视。我们从来没有从移民的角度去开掘这座富矿,提炼出对我们今天也极有参照意义的借鉴。

最早反映这股移民潮的是 1892 年开始连载,1894 年全书出版的长篇小说《海上花列传》,它的第一回就是《赵朴斋咸瓜街访舅,洪善卿聚秀堂做媒》,写的是赵朴斋这一"乡下人进城",而他的舅舅洪善卿则是一个久居上海的商业移民。小说中有众多的移民形象:投资经商者,为官为吏者,文人清客,流落海上的娼妓……形形色色,不一而足。从此写移民生活,成了通俗小说的一条文字漫游热线。《发财秘诀》写广州人到上海,《海上繁华梦》《人海潮》和《甲子絮谭》写苏州人进上海,《恨海孤舟记》写北京学生南下上海,《人海梦》写宁波人到上海,《人间地狱》写杭州人到上海,《市声》中则是

---

① 邹依仁:《旧上海人口变迁的研究》,上海人民出版社,1980 年,第 112—113 页。
② 熊月之:《上海通史·第 1 卷·导论》,上海人民出版社,1999 年,第 72 页。

写扬州人、无锡人进上海,《上海春秋》除写苏州人到上海之外,扬州人到上海也占了相当的篇幅,而在《上海大观园》和《黑幕中之黑幕》中则写了国际移民的多种面目。这些人到上海或投资办厂、经商,或做买办、通事,或避难躲灾,或读书而后又将上海作为留洋的跳板,或办报办学传播知识,或挥金如土浪游纵乐,当然极大多数是成为出卖劳动力的工人苦力,甚至沦为卖笑的娼家。应该说,这些通俗小说家抓住了对城市发展至关重要的移民生活,通过这一具有典型意义的窗口,让读者看到了当年上海的众生相。我们还应该看到,有些通俗小说家并非是与这一重要题材偶然相遇,相反,他们对反映移民生活是有着很强的自觉欲望。在网珠生(即平襟亚)的《人海潮》的小说中写了两位乡村知识者,他们都曾是中学生,又是一对恋人。少女湘林称赞迭更司(今译为狄更斯)的一支笔仿佛一面显微镜,能把社会上的一针一芥放大几千倍,描摹刻画入木三分。由此他们谈到社会小说的作者非要有阅历,有胸襟,有文采,要有读千卷书、行万里路的修养与阅历,能深刻洞悉社会者才能胜任。湘林说:写社会小说在乡村街坊有三处材料总批发所,那"便是小茶馆、小酒店、燕子窠(鸦片馆——引者注)"。可是她的男友沈衣云说出了一番更有见地的话:

> 我有一处人们注意不到的小说资料,要比你说的三处地方来得有趣味、有统系,写出来一定有刺激性,能够哄得人笑啼并作。……这块地方小虽小,却是流动的,普遍在各乡各镇,便是一艘驳船。这驳船每天清晨开往塘口,接上海小轮上的搭客,驳送到各乡镇;垂晚又把各乡镇往上海的搭客,驳到塘口小轮,每天满载一船。这其间,男女老幼,哭的、笑的、叹的、忧的,千态万状,哀乐不齐。哭的,无非夫妻勃谿、母女口角,一时气愤,遁迹海上;笑的,赢获巨金,衣锦还乡;叹的,入得宝山,赤手空回;忧的,身怀私货,中心彷徨。这是现面的事,细究内幕,更不少伤心黑暗的资料。(第八回)[①]

---

① 网蛛生:《人海潮》,上海古籍出版社,1991年,第138—139页。

这席话说明当时的一些通俗作家已经自觉地意识到"乡下人进城"这一题材有着不少深刻的社会内容可供开掘。作家看到了这一条条小小驳船每天连接着塘口(苏州所属的一乡镇,每天有班船开往上海)的小火轮,使上海周边的乡镇与中国第一大都市发生千丝万缕的联系,它满载着乡民们的喜怒哀乐,从中可以探索他们在上海的种种遭遇,进而深究上海种种社会内幕。于是湘林称赞衣云说:"你的形容也绝妙的了,照你说,这艘驳船内,确有不少小说材料。"平襟亚的这部《人海潮》共五十回,前十回写苏州农村,后四十回写这些苏州的各色人等到上海的种种际遇,有的定居下来成了上海移民,有的带着心灵的创伤又乘着这条驳船回到了农村,这样的构思,却是有着它的独到之处。

第二节 移民的"流向、流量、流速"与城市病的关联

当通俗作家的小说中出现大批农村劳动者流向城市时,他们能清晰地反映出这些下层移民的窘况:那就是他们在城市中几乎没有任何可以利用的社会资源;而他们的农业耕作技术在大都市已无用武之地,他们缺乏城市所需的技能与职业培训,除了自己的体力之外,别无长物。于是他们只能在城市里从事苦力劳作,妇女则成为家庭佣工。即使是能出卖劳力,他们中的有些人也就觉得心满意足了。如清末上海周边的农村"妇女贪上海租界佣价之昂,趋之若鹜,甚有弃家者,此又昔之所未见者也"[①]。这种前所未见的情况,在《人海潮》中就有所反映:"现在乡间女子,真不比往前了,只要心中稍受委曲,便走这条路,上海商埠,仿佛专为她设的。自从有了上海,丈夫父母便不好责备妻女,否则便是驱雀入渊。等到身入繁华之地,简实没有还乡之望。"但是农村移民仅靠肯出卖"劳力"这点资源是远远不够的。《人海潮》中写乡村小皮匠小春到上海,沦为乞丐。难道他不能仍旧靠做小皮匠的技能为生吗?他的确这样做过,可是要在上海的里弄口摆个皮匠摊又谈何容易?上海随便做什么是要有自己的"地盘"才能立足的。小春说得好:"上海

---

① 黄苇、夏林根编:《近代上海地区方志经济史料选辑》,上海人民出版社,1984年,第336页。

地方来寻饭吃,倘使只该一双空拳,不识字、不熟路、没力气、没荐保,简直乞丐公会里好预定一个位置,不走这条路不行。除非要有'亏得'两字,亏得朋友……亏得亲眷……亏得女儿……亏得妻子……平空可以发财。"①那意思就是说,识字者,找职业的路子要比文盲宽些,道路熟至少可以去拉车,有力气才能干苦力活,而随便去就何种职业,都得要有"殷实铺保"。而小春即使做乞丐也是拜了师傅的,他在乞丐师傅的荫蔽下才有一块可以乞求的"地盘"。在他的一席话中我们可以知道,这些下层的移民除了他们的体力之外,也只有亲戚、朋友、族人、同乡作为他们的社会资源了。所以他说了这么许多"亏得"。而亏得"女儿"和"妻子"可以"平空发财",那就是可怜到只能靠出卖妻女的肉体作为资本了。所以除了体力之外,肉体就成了一些女性可怜的"资源"。在《人海潮》中的衣云有这样的议论:"一乡中只要出一个在上海青楼做鸨母的,一乡中的优秀女子,便断送她一人手中。鸨母回乡,能够哄动合村的虚荣心,她安坐在家里,魔力比大学、中学登报招生还大。入她那所无额学校好在不须试验,大批满载而去。"②毕倚虹的《人间地狱》的开端,就是写鸨母兰阿奶,从杭州将薇琴带到上海从事淫业,在兰阿奶的嘴里是:"上海的日子好过,比杭州要便当得多了。你在杭州随便怎样做,老实说人是糟掉,一辈子也不能出头。我帮你到上海来。只要你……"鸨母回乡"招生",抹掉女性的羞耻心,加固女性的虚荣性,发扬女性不劳而获的精神,然后将这些女性推入火坑,过着万劫不复的"人间地狱"的生活。但有的女子沦为娼妓,并非是由于鸨母的"勾引",她们是出于被生活所胁迫,在走投无路中只好饥不择食。《人海潮》中的银珠就是生活胁迫与父亲金大的"亏得"的合力所塑成的娼妓。银珠曾很沉痛地叙述:"我吃这碗饭,也叫末着棋子,养活爷娘是顶要紧。当初爷娘弄得六脚无逃,我没有法想,只得老老面皮,踏进堂子门。平心想想,总不是体面生意经,结底归根,对不住祖宗,没有面孔见亲亲眷眷……"③她逃荒刚到上海时,进了妓院做大姐(佣工),她不是妓女却也要受无耻嫖客的调戏。于是就去做刺绣女红,绣了四整天仅得了四毛钱,被她嗜酒的父亲金大讨去只够吃了一顿酒。金大眼看女儿手上

---

①②③ 网蛛生:《人海潮》,上海古籍出版社,1991年,第260页,第139页,第541页。

被绣花针刺出的鲜血,他一边喝酒一边流泪,觉得对不起女儿。他盘算了一夜,"亏得"两字冒上了头:"女儿面貌身材也不差,做手工总弄不好,自己酒又不能不喝,拿她手工钱喝酒,委实不忍。非替她计划一番大事业,让她吃一碗省力饭不行。"①其实以后银珠的生活才是血泪的生活。但这种血泪生活在恬不知耻的鸨母嘴里却另有一种说法:

> 你现在一切功架已是不差,一张嘴还欠圆活一点。因为你做小先生(指不与嫖客发生性关系的雏妓——引者注),更加要圆活,否则大少爷难为了许多钱,瞧些甚么颜色呢!天下世界,千穿万穿,马屁弗穿。老话说得好,打杀人要偿命,骗杀人弗偿命。你对付客人,专靠一张花言巧语的嘴……你只要打定主意,店底货弗卖好了。……这件宝贝,就是你一生一世靠着它吃着不尽的一只金饭碗。只是现在做小先生,用不着它,只消靠上头两爿嘴唇皮。便是将来用得着金饭碗时,也不好随处乱用。……只要在紧要关子上献一献宝,你越小气,人家越要来转你念头。②

这部《人海潮》的开端第一回就写乡村赤贫者金大到小镇上千方百计想赊酒吃。到"亏得女儿"才使这位嗜酒的醉汉有酒吃,而到了小说的末一回写银珠"衣锦还乡"探亲,而她的父亲金大现在已阔极阔极,屋宇连云,呼奴使婢了。这种笑贫不笑娼的观念使小说中的主人公沈衣云惋叹不止,也算是这部写善良的移民——失意者沈衣云的生活时,与之对比的一条线索。

通俗作家惯写移民中的娼妓生活,也与他们接受狭邪小说的传统有关。但出卖"底货"的生活,却又是女性移民挣扎在死亡线上的血泪写照。据1920年工部局的调查统计,上海娼妓总数为60 141人。③而据《第一次中国劳动年鉴》统计,民国初年上海的人力车夫却只有50 000人。娼妓的人数竟

---

① 网蛛生:《人海潮》,上海古籍出版社,1991年,第251页。
② 网蛛生:《人海潮》,上海古籍出版社,1991年,第342—343页。
③ 王书奴:《中国娼妓史》,上海生活书店,1934年,第331页。

然比整天在大街小巷中辛劳奔波、招手即可雇到的、几乎遍地皆是的"黄包车夫"还多,岂不令人惊悚!

通俗作家在涉及下层移民题材时,除了指出他们几乎不占有任何社会资源之外,还非常客观地强调,这个孤苦无告的群体也必然会带来一个严重的后果——城市中出现一支庞大的失业大军。而在无业群体的无序膨胀的"流向"中,如果"流幅"与"流速"失控,就会导致严重的城市社会问题。这个问题在清末民初的通俗小说中反映得最为典型的是自然灾害时的灾民与战乱时期的难民"潮涌",随之而来的城市不安全因素大增。包天笑的长篇小说《甲子絮谭》就是反映1924年的江浙战争时的难民潮。"流向"是非常集中的——弹丸之地的上海租界,其"流幅"之宽,"流速"之快,使租界无法有序消化。包天笑首先反映的是"房荒",但他没有止步于这个浮面的层次上;接着他写了上海的下层移民被军阀拉去作"民夫"的惨象。但包天笑重点指出的是,"流幅""流向"的失控,无业游民的激增,使租界变成了盗匪横行的世界,偷窃抢掠随时发生,百姓财产没有保障,生命也缺乏了安全感。小说的第六回"棘地荆天坦途匪易,枪声灯影广市不宁"就是写的持枪抢劫案,写出了"越货伤人成惯技,可怜群盗正如毛"的都市混乱局面。而第十八回与十九回"掌上失明珠竟成恶谶,眼前留匪窟大有疑踪";"驱驰逆旅肉券赎娇儿,挥斥家财泪珠抛阿母"就是写租界上的绑票案。

第三节 "城恶乡善"公式在小说中的被否定

在描写下层移民居于都市受苦受难的惨状时,有些作家很容易犯的一个片面性,那就是坠入"城恶乡善"的模式而不能自拔:片面地只强调城市是罪恶的渊薮。可是也有不少通俗作家在当年就自觉地舍弃了这个片面模式,而是全面看待城市在国计民生中的重要地位与作用。正如包天笑在《上海春秋》的"赘言"中非常有分寸感地指出的:"都市者,文明之渊而罪恶之薮也。觇一国之文化者,必于都市,而种种穷奇梼杌变幻魑魅之事,亦惟潜伏横行于都市。"他认为中国最大的都市上海在这两方面都是极具代表性的。

在1904年,欧阳钜源写长篇《负曝闲谈》时就指出上海是维新派的根

据地:

> 原来,那时候上海地方,几乎做了维新党的巢穴。有本钱有本事的办报,没本钱有本事的译书,没本钱没本事的全靠带着维新党的幌子,到处煽骗,弄着几文的,便高车驷马,阔得发昏。弄不了几文的,便筚路蓝缕,穷得淌屎。他们自己跟自己起了一个名目,叫作"运动员"。①

他的小说则侧重于揭露假维新派的"运动员"们的丑陋面目。到1907年吴趼人所写的中篇《上海游骖录》中,从乡下来的政治避难者辜望延一心想到上海找革命党:"上海租界上革命党最多,我何妨先到上海去访问革命党。"他到了上海读了许多新书,包括当时的禁书《革命军》,可是辜望延在生活中并没有找到革命党,遇见的只是"谭味辛"(空谈维新者)之流。于是他想到日本再去进一步求索:"那几个谈革命的行为,倘与他们同了一党,未免玷污了自己。左想也不是,右想也不是,且待到了日本,看看那边中国人的人格再定主意。"

在欧阳钜源与吴趼人笔下,只是提及了上海是维新派与革命派在国内的大本营,也是一个大造革命舆论的中心。但是在他们的小说中没有出现真正的革命者的形象。尽管当时像蔡元培、章太炎、邹容、吴稚晖等革命派作为外地的移民汇聚在上海,办起了爱国学社,在张园频频举行爱国集会,鼓吹反清革命。

在通俗小说中正面反映辛亥革命前后革命党的种种活动的是姚鹓雏的《恨海孤舟记》。小说反映的是知识移民,其中有不少革命党人或革命的同情者,汇聚在上海,利用租界的"缝隙效应",从事舆论宣传,策划革命暴动,直至掌控辛亥以后的革命政权。小说中的不少出场者都是实有的历史人物,如陈髦公(陈其美,浙江湖州人)、张樵江(宋教仁,湖南桃源人)、庄乘伯(章太炎,浙江余杭人)、花吴奴(叶楚伧,江苏吴县人)、杨平若(柳亚子,江苏吴江人)、赵栖桐[其中部分事迹是作者自况,江苏松江人(现属上海市)]……

---

① (清)蘧园:《负曝闲谈》,中国文联出版公司,1996年,第64页。

小说是以写北京大学生南下上海为开端：辛亥年八月十九日，北京风声鹤唳，说是当晚要严闭内城搜杀汉族，而且要从已经剪辫子的人杀起。京师大学堂(北大前身)和译学馆当然首当其冲。纷扰得学校只好停课，学生也相继离校回家。赵栖桐到了上海，还未返里，就被《东海日报》的花吴奴聘为编辑："请你替我编两版中央要闻吧，带做一个时评。磐磐大才，只好暂屈。我今日便说定了。"在上海没有成为大都市之前，它的文化底蕴是并不深厚的。但在开埠之前，特别是科举废除之后，中国的士人们为了要找寻新的出路，在社会上为自己重新定位，就纷纷到上海做"知识劳工"：

> 上海在开埠以后二三十年中，已逐渐形成一个新型知识分子群。这些人主要分布在出版、教育、新闻等文化事业中，到戊戌维新时期，上海新型知识分子已颇具规模。戊戌政变以后，各地知识分子纷纷汇聚上海，如容闳在政变后逃出北京后来到上海；张元济因参加维新被革职而南下上海；蔡元培在政变后辗转来到上海。1900 年北方战乱，又驱使一批新型知识分子进入上海。……据估计，到 1903 年，上海至少汇集了 3 000 名拥有一定新知识的知识分子。……这批人中产生了许多中国杰出的教育家、出版家、翻译家、名记者、国学大师、文学大师、小说家、诗人、律师、政治家等。[1]

在 1903 年已有约 3 000 人，何况是在 1905 年科举废除之后呢？《恨海孤舟记》就是在一定程度上反映了外来的知识移民对上海成为文化中心与革命前哨所做出的贡献，特别是在反对袁世凯吞噬革命成果、妄图恢复帝制时，上海的革命党人的英勇斗争与献身精神。小说中反映了袁世凯在 1913 年和 1916 年先后阴谋刺杀革命党领袖人物宋教仁与陈其美的两大事件，为历史留下了形象化的史料。当然他也用了很大的篇幅续写谢柏山(蔡锷)如何逃脱袁世凯的软禁，到云南高举反袁义旗。《恨海孤舟记》打破了那种浅薄的"城恶乡善"模式，显示了在清末民初上海这个城市发挥着文明新知的

---

[1] 熊月之：《上海通史·第 1 卷·导论》，上海人民出版社，1999 年，第 23 页。

重镇与堡垒作用。姚鹓雏后来对自己这部小说是一再表示不满的,这是因为他用了很多的篇幅去叙述赵栖桐接连两次在妓院堕入情网;作为一个知识者,他在找不到出路时,消极颓废,遁迹空门,不知所终。但这部小说写了那么多的历史事件与历史人物的活动,还是有其一定价值的。

比《恨海孤舟记》更进一层的是严独鹤的《人海梦》,它的视野更为阔大。小说的主要定位是将上海作为一个传播新知、培养革命者的摇篮,并将青年送出国门,使他们成为反对清廷的健将,也为辛亥革命输送了干部。小说以写宁波人进上海为开端,主人公华国雄与表兄钟温如到上海求学,进入了假道学的官僚所开办的腐败的正谊学校读书,看到学校中形形色色的怪事;但他们却是追求正义与真理的青年。一天学校当局以迅雷不及掩耳之势,突袭搜查学生有否私藏革命书刊,查出他们的宿舍里有《党人魂》《革命军》和《自由血》等禁书,学校当局"竟要一面通禀上宪,一面将他们送往上海县中拘押起来,听候治罪"。以此事为契机,华国雄去日本留学,加入了同盟会,步入了他的职业革命生涯。在辛亥革命成功后,国内正急需革命骨干时,立即回到上海,成了沪军都督府的一位科长。小说除了涉及他们的故乡宁波之外,主要写上海、日本还有南京这三处地方,而写南京则又是华国雄及其女友——也是一位革命奇女子冯蕊仙,与两江总督方制台之间的多次机警智巧的斗争。

在这些清末民初的通俗小说中,上海被描写成反抗清政府和北洋政府的进步人士的活动基地,也在它的移民中培育了大批革命中坚分子,大大树立了上海的正面形象。

第四节 "洋恶中善"模式的不足为训

清末民初的上海小说中出现过一些外国移民的形象。通俗作家从爱国的立场出发,对帝国主义的侵略是义愤填膺的,可是他们一般不从狭隘的民族主义的立场出发,一味去丑化外国人。中国的一些小说家当时就已经跳出了"洋恶中善"的模式。如在李伯元的《文明小史》中就有非常好的传教士,拯救被清廷迫害的一群文士,然后以负责到底的精神将他们送到上海租

八 中国近现代转型期国情与民风的流变

界,摆脱了清廷政治迫害的魔掌。

在孙玉声的《海上繁华梦》中已出现了外国侨民,不过只是在堂子里看到他们的身影。但是在他的《黑幕中之黑幕》中却进而出现了多种类型的外国移民。孙玉声为小说中的人物取名时,往往使你一眼就可以看出这个人的性格,如毛藻人,此人的性格就非常急躁;而钟厚丞则是个很地道的忠厚人,如此等等。因此他笔下人物的性格常常显得单一而类型化。他为外国移民取名时,也用的同一种手法。如这部小说中出现了佛力哥、麦克麦克、麦乃来和毕的生斯等四个外国人的形象。这其实都是用的当时上海的"洋泾浜"英语的译音。其中毕的生斯是个没有国籍的无业流氓,不仅品德恶劣,而且与中国的骗子相勾结,靠着一张白种人的面孔,到处胡作非为。毕的生斯就是英语中的 Empty Cents,即不名一文的穷光蛋。当甄朗之在上海开珠宝店时,几个中国骗子怂恿他请一个外国人做"出面东家",此人不要出什么资本,只领一份干薪,但店里遇到麻烦时,就要仗着他是外国人的势力从中吓唬对方。当时上海的有些新闻媒体,也请外国人做出面东家,在舆论上触犯了清廷时也往往可作"保护伞"之用。可是毕的生斯却存心不良,珠宝店开业不久,他就伙同中国骗子到店里来"鸠占鹊巢",以开业广告上曾刊登他的名字是"东家"为根据,就将甄朗之等中国投资人强行赶出店门。当时外国骗子在中国横行,是很普遍的事,下面是外国人自己的一个调查数据:

> 据工部局1864年9月的报告,英美租界内有360名"下流的外国人",其中260个没有任何职业。他们除了机智和冒险精神外,别无长技和财产。他们蔑视一切法律和权威,来上海的唯一目的就是尽快发一笔横财,然后离开。……一位在上海发迹的外国强盗说:"我爱上海,甚于爱我的祖国。在上海,我是一个绅士。"其原因就是他"在本乡是一个不值一文钱的坏家伙"。①

---

① [英]爱狄密勒著,包玉珂编译:《冒险家的乐园》,上海文化出版社,1956年,第12页,第224页。

这样的骗局在通俗小说中是司空见惯的。在《市声》的第二十六回至第三十回，就是写中国各地军阀为培植自己的武装势力，纷纷到上海采购军火与军装。广西和直隶来采购军火与军装的大员在中外骗子的合谋下，都上了钓钩；二品衔直隶候补道鲁仲鱼一下子就被外国骗子穆尼斯骗去银子五万两。

但在孙玉声的笔下，正派的外国人也是有的。如甄朗之被毕的生斯逐出店门后，就只能诉诸法律。他们先找到名律师佛力哥，这是英语中的 Vary good 的译音。孙玉声写道："说那佛力哥的历史，为人刚方正直，矩步规行，先前在外国曾做过法部大僚，因年老致仕，游历至华。在上海办理律师事务。……在上海律师里头可算是铁中铮铮，庸中矫矫。"他听了甄朗之的陈述，认为他证据不足，必败无疑，不愿接这个案子。尽管甄朗之愿意付大笔律师费。后来改请麦乃来，麦乃是"钱"的译音，这个律师只要你肯付钱，什么案子也肯接，当然他是无法胜诉的，只是以拿原告的钱为目的。最后甄朗之只好向外国商人麦克麦克求助，那也是英语的 Make Make 译音，表示赚钱很多颇为富有的意思：甄朗之走投无路时，有人为他想到了一个与他们曾有杯酒往还的麦克麦克，"他正是光明正大的洋商，与毕的生斯大不相同，从来说正能克邪，况且同是外人，可与他讲外邦法律"。后来麦克麦克基于中国常说的"侠义"之心，为甄朗之出场。麦克麦克先是怒斥毕的生斯："好个不要脸的毕的生斯，人家拿出资本，请你做出面大班，你公然喧宾夺主，竟把公司占为己有，我们外国人的体面，被你削尽了。今夜我正为此事而来。你若稍有羞耻之心，快把公司依旧让还朗之……若有半个不字，可与你法律相见。"毕的生斯哪有羞耻之心，而且他也知道对方没有法律上的证据，他请麦克麦克不要多管闲事。后来还是麦克麦克说甄朗之开公司的钱是向他借款的，他有告他的权力，并且以"驱逐"他出境相威胁，使毕的生斯不得不考虑后果。经过讨价还价后，赔偿麦克麦克五千两银子的"损失"。麦克麦克将这笔钱如数交还了朗之，也分文不受报酬。他算是外国正派商人中的佼佼者了。孙玉声笔下的上海外侨虽然写得较为类型化，但至少出现了外侨中的各式人等，也反映了上海当时的若干现实。

在通俗小说中，也有写外国名人行状的长篇，如 1924 年出版的乌目山人的《海上大观园》就是写当年上海首富犹太人哈同(Silas Aaron Hardoon 1849—1931)的发迹史。小说没有用真名,男主人公名为"罕通",写他如何从一个低级职员到成为上海首富的暴发简史。小说写他娶了罗迦陵(螺蛳姑娘)后,时来运转,专做"地皮烟土,土价日涨,罕通年年赚钱,地皮亦然。果真娶了螺蛳,天然配合,日渐发迹"。为了加入英国籍,他独资修某大马路:"'路固归我修,我可要从此入籍,算英国人了。'合局赞成……罕通从此为英国籍,且为公共租界领袖董事。"小说中一再颂扬罕通是位忠厚长者,写他对螺蛳是唯命是从的。他热心慈善事业,也大力支持罗迦陵的各种善举和推动文化事业的举措。小说用大量的篇幅写他出资80万元,由乌目山僧黄宗仰(书中名慧眼山僧)设计建筑规模宏大的海上大观园(即爱俪园)。在较为详细地写了园中整体的格局后,又突出"一乘大桥临前,桥上造起牌楼,题'西风东渐'四字"。

> 围墙之外,即后买之一百余亩,拟开辟"罕通路",作官路,路西造数十条弄,拟取名"民德里",约有千余幢房屋出租,中间造小菜场……
> 总计园中共有楼八十,台十二,阁十六,亭四十八,池沼八,小榭四,十大院落,九条马路,七乘桥,大小树木,约八千有奇,花数百种,真是洋洋大观。①

罕通俨然成为上海房地产巨商。书中的种种情节有一定的纪实性,也为外国侨民兴建海上大观园——爱俪园留下了形象资料。可惜小说以罗迦陵为第一主角,她的事迹写得非常详尽;相比之下,罕通的经商与生活实录却显得不足。这恐怕与小说作者在爱俪园中所担任的角色有关。作者乌目山人被有些人误认为是鼎鼎大名的黄宗仰。其实乌目山人与乌目山僧虽只有一字之差,却完全是两个不同的人。据香港《大成》杂志上载文考证,作者乃郭某,是园中所办的学校中的一位国文教员。因此,他对办学过程、成立"广仓学会"、为考试而设"广仓文会"、行古礼、奏古乐、著老会等事写得较为详细。

---

① 乌目山人:《海上大观园》,上海古籍出版社,1991年,第84页。

但从小说中我们也可以看到罕通虽花了大量金钱委托罗迦陵资助中国文化事业,不过复古的气息实在太浓,且有姬觉弥(书中名周儒檀,号意君)的不懂装懂和好大喜功的成分在内。不过有人在《大成》杂志上评论说:"书中描写的,也许有一半以上是近乎事实的。"①看来清末民初的小说家的视野还是宽阔的,他们不仅反映了中国移民的生活,也兼及了外国侨民在上海的行状。

第五节　通俗世情小说乃市民启蒙教科书

通俗小说再现了上海早期的移民生活,它们得到了当时广大移民的喜爱。其中一个重要的原因是它们能告诉移民们,上海虽然是"文明之渊",可是千万不要忘记它也是"罪恶之薮",种种魑魅魍魉都潜伏横行于其间。移民到了这个新兴的大都市中,若想安身立命,就得有一双火眼金睛,要能识破各种鬼蜮伎俩,且莫踩上那些骗子们预先埋下的"路边炸弹",否则不仅不能安身立命,反而会遭到粉身碎骨的厄运。因此不少通俗小说写了大量的陷阱与骗局,例如在孙玉声的《海上繁华梦》中,在包天笑的《上海春秋》中,在朱瘦菊的《歇浦潮》中,张春帆的《九尾龟》中……真可谓不胜枚举。不少小说均指出酒色误人、赌局翻戏、人口贩子等等皆是坑人的陷阱,再加上什么"仙人跳""放白鸽"之类的"专用名词",简直层出不穷。关于这类小说历来是有争论的。一种意见认为这些乃是"罪恶教科书""嫖学教科书"。这一种意见也是有一定道理的,如果一些作恶者想从中学到骗人的法门,或是对付妓女的手段,岂非就会成了教唆工具。但是从另一个角度去观察,对广大的民众说来,他们并不想去学那些犯罪作恶的歪门邪道,他们只想从中学到自卫和防范的必要警惕,那么这些小说就会发挥积极的效果。因此应该用两分法去看待这些小说,如果作者以炫耀为能事,也许消极作用会大些。但是有些作品,如我们上面所提到的孙玉声的《黑幕中之黑幕》,在盲目地反对"黑幕小说"的中国,名声是一直不大好听的。可是这是一些没有看过这部

---

① 以上两处提到《大成》杂志的材料,均见该刊第255期上哈同邻的《罗迦陵与姬觉弥》一文。

小说的人想当然的"先验"结论。其实这部小说是写了一个非常有超前意识的好题材。它是写在租界内,一些中外骗子会利用中国居民缺乏外国法律知识的弱点,钻空子实行连环的骗局。例如先用女色勾引甄朗之,发展到赁屋同居的热度,买了高档家具,骗去了不少首饰,然后女方的"丈夫"出现了。双方诉之法庭。"丈夫"在法庭上出示事先准备好的结婚证书,女方还保留了以她为名的买家具发票。在租界的法庭上是很重证据的。于是甄朗之人财两失,反受牢狱之灾。接下来骗子就是问他要不要"取保候审",结果却没有为他办成,又被骗去不少金钱。取保候审未果,继而为他设计,要不要装病取得"保外就医"的机会,于是又伙同滑头医院与医生进行骗财的种种机巧。总之,他们以西方法律程序的种种规章制度,别有用心地一步一步地从中捞取大量的不义之财。除了这种连环骗局称为"黑幕中之黑幕"之外,还有的就是"螳螂捕蝉,黄雀在后",也是一种黑幕背后还有黑幕的写法。应该说,上海居民的法律意识要比其他中小城市的居民略高,这与上海的客观环境以及这些通俗小说的教育是有关系的。

"有人说,晚清上海市民意识是'读'出来的。""除报刊、出版和学堂之外,晚清上海还拥有众多贴近民众的,更为通俗化、大众化的大众艺术样式,如画报、戏曲、小说、电影、曲艺等等,它们以自己独具的魅力吸引着读者和观众的视线,成为他们增长见识和休闲解闷的另一种渠道。……不少学者认为各种大众化的艺术样式就是市民文化。就其功能而言,主要体现在两个方面:一是娱乐消遣,丰富市民的闲暇生活;二是以市民喜闻乐见的形式有效地灌输近代意识……其实,云蒸霞蔚的大众文化,并不仅仅具有娱乐消遣的功能,对绝大多数城市民众而言,它更是近代市民意识萌生与滋长的触媒,或者说是近代市民的启蒙教科书。"①

"问题的另一面是大众文化的兴盛又意味着文化向中下层社会的

---

① 熊月之主编,周武、吴桂龙著:《上海通史·第5卷·晚清社会》,上海人民出版社,1999年,第387页,第394页。

全面开放,它在一般性地满足中下层社会的娱乐消费需求的同时,又从多方面改变和塑造着中下层社会,是上海人从乡民转变为市民的又一座'引桥'。"①

从这一新视角来观察问题,我们应该对这些上海的移民题材的小说"刮目相看",它们以世情小说为主流而言,应该得到这样高度的评价而当之无愧。

---

① 熊月之主编,周武、吴桂龙著:《上海通史·第5卷·晚清社会》,上海人民出版社,1999年,第395页。

第四章　炫耀式消费所拉动的都市畸形风尚

清末民初近现代转型期间,北京、上海、广州、天津等大城市的都市风尚,在历史沿革、地缘因素和国制国情变迁的大背景下,各有特色。上海过去仅是松江府治下的一个县城,由于它襟江带海、内陆腹地物产丰饶的地理优势,在1843年开埠后一跃而为国内第一大都会,成了全国的"工商中心",它的都市风尚的变异最为显著;而作为老大帝都的北京,它在清廷和袁世凯北洋政府的统治下,仍是所谓"政治中心",它相对还是比较保守,但也由于国体的改制,特别是它的官场也发生了一定的变易;广州原有清朝对外"一口通商"的显赫地位,但在南京条约后,五口通商的新情况下,它的贸易额很快被上海赶超,对外通商的势头迅速被上海一马当先,但它在地缘上又因靠近香港和澳门等殖民地以及与南洋各地密切联系的历史沿革,有它自己的色调;天津是"北方的上海",一度曾号称有九个国家的租界,但在洋场氛围之外,它又靠近北京,许多大官僚在天津租界均有他们的豪华别墅,同时它又是许多军阀官僚下野后妄图东山再起的避难所与安乐窝。它们的都市风尚的变迁及其特色,在晚清、民初的通俗文学中都有着形象化的反映。

第一节　"东方巴黎"妓女的"无烟工业"商人意识

上海在1843年按《南京条约》中的五口通商条款被辟为商埠。外国侵略者于1845年与清廷订立《上海土地章程》,允许英国人在黄浦江畔的380亩土地上开辟纯由外国人租用的居留地,当时是以"租借"的形式订定的,但外国侵略者用各种手段从"租借"发展为"租界",乃至在华洋杂居后单方面霸道地建立外国政权,成为从清廷手中"割让"的"国中之国"。到1895年,英、美、法三国的租界面积竟达到了33 503亩之数,加上还在不断地越界筑路,面积竟达到最初的380亩的百倍之巨。总之,侵略成性者得寸进尺,而清廷则一再退让,奴颜婢膝,丧权辱国。于是上海形成了"一市二制三治"的半封建半殖民地的局面。"一市"是当时统称为上海市,"二制"是封建制度与资本主义制度共存,"三治"是上海老城厢由清廷管辖,英美租界当时已合并为公共租界,由英、美人治理,法租界则由法国人统治。当侵略者形成"国中之国"之后,在清末民国的历次动乱之中,他们皆以所谓"中立"面貌出现,以收"渔翁之利"。他们宣称:租界"平时为大商埠,乱时为极乐园"。于是"上海,上海,成了万商之海"。1892年开始连载到1894年出版全书的《海上花列传》是较为成功地反映上海洋场的典范之作。在韩邦庆这一作品的第一回,就反映了乡下人进城的情节。在工商发达的前提下,它必然会迎来一个人口大爆炸的特大移民潮,而人口大爆炸来源主要就是靠大量的破产的赤贫农民进城,成为后备的劳动大军。当移民潮的流速之快、流量之多、流幅之宽超过都市容纳量的极限时,又会形成一支失业大军。韩邦庆在第一回中就涉及这一乡下人进城的问题:赵朴斋咸瓜街访舅。赵朴斋从农村到上海来寻访他的舅舅洪善卿,希望在上海为他找一只"饭碗"。而洪善卿乃老商业移民,已在上海经营一爿参店。当时的咸瓜街行栈林立,人烟稠密,洪善卿的参店就开在大商埠的这一闹市区。赵朴斋初到上海就一头扎进了上海最令人眼花缭乱的繁华地,作品中写他迷恋上海的繁华,有若干细节为证。当洪善卿知道侄子赵朴斋在上海不务正业,与人打架,受伤住进医院后,还要他去付医药费,于是就责令他回乡,为他购好船票之后,还派店员押他上船。店伙完成任务后回店交差,赵朴斋趁船即将解缆启航时,又一脚跳上了岸,他宁可沦落在上海滩拉黄包车。后来赵朴斋的妹子赵二宝与母亲到上海来找他,赵二宝也为上海的声色所惑,甘愿在上海挂牌为妓,这对过去的农村少女来说是匪夷所思的,宁可讨饭也不愿失贞,这一情节说明在当时的上海"笑贫不笑娼"的颓风已经成形,也就谈不上"羞耻"二字了。《海上花列传》另一特色是将商人作为小说的主角,文人才子们在小说中只扮演了"清客"的角色。这在过去中国的传统小说中是绝无仅有的新特色。过去中国传统的"士农工商"的排行,商人不过是"四民之末",但是在这万商之海的上海,商人的社会地位迅速飙升,竟成为"四民之首"。原来曾将"老大嫁作商人妇"看成一种人生的遗憾与末路,现在却将在妓院中肯挥金似土的商人尊为上客。

社会制度变了,物质基础变了,思想观念也随之而变。在万商之海的大都市中,为了猎取财富,社交的功利色彩也变得更加浓郁,社会的互动之频繁超乎上海原住民的想象。中国传统社会的交友准则原是以"义"为重,在这种新环境下,人际关系天经地义地变成了以"利"相趋。而且社交活动主要不再是一种休闲的方式,而是一种谋生与谋利的手段与策略。现在称之为"公关",实际上是"攻关"——攻开金钱盈利之门。在这种时代风尚面前,社会思想观念也必然大起变化。例如,过去社会崇尚节俭,以此为传统美德,可是在那时却反传统美德之道而行之,认为节俭是"无能之辈"的生活守则。只有拼命地花钱才能大把赚钱,于是炫耀式的消费成了社交场中的新宠,成了富豪身价的耀眼标志。越是有钱或装成有钱的人,社会上的信誉度就越高,争相与他交往的人就越多,而炫耀式的消费是经济实力强劲的一种表现,至少是一种暗示。于是挥霍消费就成为某些商人的一种经营理念。追求时髦,奢华豪侈所刮起的一股歪风令人眼花缭乱,嫖妓、豪赌、抽鸦片、进舞厅、看戏捧角,成了与官场勾结或商业交易中的黏合剂和媒介手段。妓院、赌场、戏馆、舞厅、茶楼如雨后春笋,节节攀高,纷纷向穷侈极奢的豪华型发展。于是上海就得了"东方巴黎"的"美誉",其他大都会也纷纷向它的炫耀性消费看齐。

今天一听说是妓院,就觉得这是"性交易"场所。但是妓院在清末民初时,主要功能还是一种"交际场所",特别是高等妓院,先是称为"书寓",后来又称为"长三堂子"的。当时将书寓与长三作为商业谈判、官场应酬、文人雅集的交谊场所。这些高等妓女少有陪宿,只有彼此交情特别契腻时,才偶然留宿。急色儿想留宿,因没有足够的交情而只能搭"干铺",即没有妓女相伴。所以平襟亚的《人海潮》中说:"要听歌选色,该入妓院;要发挥欲性,非入肉林不可。"何谓"肉林"?就是妓女中最末一等的"野鸡"。在《海上花列传》中写了殷实富户的一对兄弟朱蔼人与朱淑人，弟弟只有16岁，还是个在"捉蟋蟀"玩乐的年龄段。他哥哥朱蔼人就带他进妓院了，朱蔼人对弟弟进行一种炫耀消费的独创教育法，他要带弟弟到这种场合中去"历练历练"，增强他的抵抗力。因为在他们这些为官为商阶层中的人是经常要泡在妓院里的，或广交朋友，或谈货物交易，或结识权贵，或享受温柔乡的滋味，这是他们生活中一个不可缺少的有机组成部分。所以他说："倪住家来里夷场浪，索性让俚眛白相相，从小看惯仔，倒也无啥要紧。勿然，一逤关来眛书房里，好像蛮规矩；放出来仔，来勿及个去白相，难末倒坏哉。"在这些殷实富户看来，炫耀消费是必修课，但如果从小不见惯就会像未套笼头的野马，就有倾家荡产的危险。总之，他带弟弟到这种场合中去，是"恐淑人年轻放荡，难于防闲，有心要试试他"。可见当时的商人觉得这种地方并不可怕，越多接触，也就越无所谓。长兄若父，这是若父的长兄的特殊教育法。他大概要弟弟在"历练"中对这些地方有一颗"平常心"。哪知他的弟弟被一个雏妓勾引住了，当这位雏妓不甘做妾，定要做大老姆的愿望没有得逞时（这对殷实富户家庭来说，是根本不允许突破的"底线"），雏妓就一定要逼他弟弟一起"殉情"，服毒自尽。她先将一杯生鸦片一吞，明知对方定会请医生来急救，但这个苦肉计一施，使朱蔼人大为紧张，经谈判，最后是赔偿这个雏妓一万元才算了结。一万元在当时是个巨大的数目，到那时朱蔼人才"始而惊，继而悔，终则懊丧欲绝"。

德国叶凯蒂女士在研究清末民初的上海妓女时，说上海妓女是中国第一代的女商人。我认为这一论点是十分中肯的。在万商之海中的妓女是上海"无烟工业"的一支商业娘子军。胡适对《海上花列传》中的一个典型例子非常欣赏，那就是卫霞仙如何对付她的客户姚季莼的正妻姚二奶奶到她长三堂子里来兴师问罪的一幕。如果在封建社会中，姚二奶奶带了这么几个健壮的女仆上门，在兴师问罪之后，非要将她的堂子打得落花流水不可。正当大家七嘴八舌地婉劝姚二奶奶息怒时，卫霞仙一声大喝：

"勷响，瞎说个多花啥！"于是霞仙正色向姚奶奶朗朗说道，"耐个家主公末，该应到耐府浪去寻哕。耐啥辰光交代拨倪，故歇到该搭来寻耐家主公？倪堂子里倒勿曾到耐府浪来请客人，耐倒先到倪堂子里来寻耐家主公,阿要笑话? 倪开仔堂子做生意,走得进来的,总是客人,阿管俚是啥人个家主公! 耐个家主公末,阿是勿许倪做嗄? 老实搭耐说仔罢: 二少爷来里耐府浪,故末是耐家主公,到仔该搭来,就是倪个客人哉。耐有本事,耐拿家主公看牢仔,为啥放俚到堂子里来白相? 来里该搭堂子里,耐再要想拉得去,耐去问声看,上海夷场浪阿有该号规矩? 故歇勤说二少爷勿曾来,就来仔,耐阿敢骂俚一声,打俚一记! 耐欺瞒耐家主公,勿关倪事,要欺瞒仔倪个客人,耐当心点! 二少爷末怕耐,倪是勿认得耐个奶奶唲!"①

胡适称赞卫霞仙的口才,说她一席话说得"轻灵痛快"。其实卫霞仙有鲜明的个性还在其次,她敢于朗声回击,主要是她吃透了她从事的是一门"生意",上海洋场上是承认她是一门正当的营业的,她开堂子,按规定交捐纳税,租界当局正式发给她营业执照。她是受租界的法律保护的。她作为特种"女商人"出卖的物品是色相,进堂子的人是她的顾客,就是来买这种货色的。这种炫耀性消费所拉动的畸形风尚,她认为是"冠冕堂皇"。她的"新"观念已是洋场上公认的"规矩",她有恃无恐;而这位"妆饰入古"的姚二奶奶在封建社会中可以对她"兴师问罪",在洋场上就只能大哭而归了。

既然是"女商人",就以取得最大的利润为目的。过去将商人看成是俗物,对士人和官吏是有点尊敬之情的,对商人是看不起的,可是到了上海成为万商之海之后,妓女是欢迎商人来光顾的。

> 现在上海的客人,大约要分两种:一种是官场,一种是商界。论起来,自然是商界的客人好做,既肯花钱,又不闹什么嫖劲,倌人们看着银钱面上,也不得不敷衍他些。但是也有一样难处,那些商人平日之间寸铢积累,刻薄成家,看得那银钱十分郑重,你若要起他的钱来,比要他的命更加刻毒,万一浪费了他一文半钞,更是一生的切骨之仇。独独到了

---

① 韩邦庆:《海上花列传》,齐鲁书社,1993年,第111—112页。

堂子里头挥霍起来,一日千金绝无吝色,面子上装得甚是大方。①

这当然是对商人的属性的一个概括的分析。于是在商人与妓女之间就有一番尔虞我诈的较量。一方为征歌选色,一方为多榨银钱。有的为了征服客人,竟在客人的食物中放泻药,客人"病"倒在妓院后,妓女又衣不解带地日夜服侍,令客人十分感动。有的竟答应娶她做妾。于是嫖客就帮她还债,为她赎身,可是一旦娶回家去,她过了一段时候,毫不客气地将嫖客丈夫的钱财一卷而远遁,在妓界名之曰"淴浴",即洗清爽她的前债,就像洗了个澡一样。

而所有的妓女都想使自己"红"起来。只有"红倌人",大家才会趋之若鹜,大家才会一起来捧。当时小报界流行搞花界选举,先是选状元、榜眼、探花,后来就流行选总统、副总统与总理。选举结束后就登报,还编什么《海上群芳谱》的小册子,弄得热闹非凡,弊端百出。妓女与小报编辑勾结起来,搞贿选,买选票,无奇不有;更有那袁总统的总统府来提出抗议,说总统是很庄严尊贵的,怎么给你们用到妓界去糟蹋呢?但是即使在这样狂热的你争我夺的选举中,通俗小说有时还不忘写出妓女们的斑斑血泪。例如在《人海潮》所写的花界选举中,还有"总统登基训词"的新玩意。那位"副总统"的训词云:

> 今朝承情唔笃诸位少爷、老爷选奴做副总统,奴面孔浪是笑出来,心底里是要哭出来。为啥呢?俫想像伲格辈人,吃爱碗饭也叫呒说法,好像从小跌进陷马坑里,做一日生意,熬一日苦头,要想早点跳出陷马坑,只是呒不格种机会。现在诸位少爷、老爷,弗情愿救起我伲来,翻要叫我伲做大总统、副总统,那末奴自家想想,好像田鸡跳进井里做皇帝,快活也是有限得势格哉。奴弗会说话格,要请唔笃诸位弗要动气,原谅我一点。②

---

① 张春帆:《九尾龟》第二十六回,《说瘟生平心论嫁娶 评嫖客谈笑骂官商》。中国文史出版社,2003年,第180页。
② 网蛛生:《人海潮》,上海古籍出版社,1991年,第331页。

上文讲了妓院在当时的主要功能,也讲了妓女在这种炫耀式消费中对嫖客的态度与若干手法,再谈了捧红妓女的种种社会怪相,其中也有被捧红的妓女所发出的血泪斑斑的倾诉,也能看出妓女的光鲜外表后面的内心痛楚。

第二节 "捧角"的玩物丧志与官场的"变态挥霍"

炫耀式消费之一表现是看戏捧角。看戏本是一种娱乐,或者说得再高尚一点,是一种艺术享受。可是在现代化的大都市看戏,与炫耀式的消费一联系起来,就堕落成一种玩物丧志的荒唐举动。上海在开埠之前原是一个县城,它的捧角现象与国内捧角最突出的北京相比,当然是属于低水平的。而作为帝都北京,以宫廷中的慈禧老佛爷捧角为标杆,影响社会上的捧角畸形风尚是令人舌挢不下的。捧旦角、捧坤角、捧童伶,无奇不有。因此,要谈捧角的炫耀消费,当以北京为最甚,特别是北京的官场。官场对角儿的大捧特捧的背后就是"玩角",那就更为乌烟瘴气。张恨水的《春明外史》可算是揭露民初官场捧角最淋漓的长篇了。在第二十八回《惜玉笑量珠舞衫扑朔,献花染同指捷径迷离》中,写总次长们在旦角的家中聚赌:

> 牌九推到十二点钟就歇了手,算一算胡春航赢了五千,钱青化输了两千,卢南山输了一千八,孔亦方输了五千开外,金善予却只赢几百块钱。除赢家而外,得了头儿钱三千八,胡春航将筹码子放在桌上分了一分,划出三千八百元来,指着小翠芬道:"这是你的,拿去买一辆车罢。"小翠芬听了这话,眯着眼睛一笑,站起来退了一步,对着五个人,共总请了一个安。笑着说道:"谢谢您哪。"胡春航对孔亦方道:"怎么样?这汽车不是你送的吗?"……孔亦方抽了一张信笺就着桌上的笔墨,行书带草的写道:"即付来人大洋五千六百元整,某年月日亦方。"……多的一千六百块钱,算送给你的,你买珠花也好,买宝石也好……小翠芬原来也认得几个字,看看那张信纸,只写五千元,又没有图章,又不像个发票,便问道:"凭这个就能拿钱吗?"胡春航道:"连你这么一个红角,难

道这一点小事还没有经过不成?"这句话说出来,臊得小翠芬满脸通红。①

其他的人走了,胡春航却在那里"一直闹到天亮,到了下午一点钟,胡春航要出席阁议,才坐着车到国务院去了"。这不是捧角的目的是"玩角"吗?但张恨水的笔不屑去直接实写那龌龊的勾当。

红角的这轻描淡写的一问,显得"红角"的无知,眼界还太小。同时看到总长们手面之大,一张两指宽的白条,就能顶上 5 000 多元巨款。这炫耀性的捧角就算是北京的"官场模式"了。

当时北京的北洋政权是全靠军阀支撑局面的,因此军阀的气焰甚嚣尘上,而他们在北京的玩妓与官场相比更为畸形。张恨水在《春明外史》中还写大军阀将领到的 5 万元军费随手作玩妓的"豪举",一夜就花个精光。在第八十回《满座酒兴豪锦材夺美,一场鸳梦断蜡泪迎人》中,写手下有数十万大军、挟天子以令诸侯的大军阀关督理,到京来向总统要 85 万元军饷,结果只弄到 5 万元现款。他非常不痛快,要将弄到的钱在今晚"花掉拉倒",也许这是发泄对总统不满的一种方式。在与军阀、官僚、政客的大型宴会上,他用 18 辆汽车,拉来四五十个妓女,在一个个得重赏后,还要来一个所谓"余兴"节目。他拉另外的三个大帅一起做临时新郎,找四个雏妓做临时新娘,点起红蜡烛,买下这四个雏妓的"初夜权"。北洋时期的军阀能将军费如此挥霍,却又使总次长们"相形见绌"了。他们参与这样的大型宴会,也只能做军阀应声虫的角色。

在通俗小说家叶小凤的《如此京华》中也写了北京的官场捧红倌人的丑闻。名伶青儿在南方也唱红过。但在民初她却到北京去"弃伶从妓",改名挹芬。人家说她:"你戏唱得很好,何必改业上窑子呢?"她自有一番见解:

一时有一时的机会,前儿的北京,把窑子瞧得是下等人走动的地方。如今光复了,南方来的不是元勋,便是伟人,北京的眼光慌忙兜转过来……戏子是产在北京的,窑姐是出产南方的,现在北京人心理不把

---

① 张恨水:《春明外史》,江苏文艺出版社,2004 年,第 240 页。

八 中国近现代转型期国情与民风的流变

同戏子比肩的官吏放在眼里,却把窑姐同乡的革命党抬到天边,我又为什么定要守着旧例,去上戏园呢?①

她认为到北京去做红妓,要比在南方唱红风头更健,顶要紧的是赶上"一时有一时的机会"的浪头。从她这番高见出发,就另辟码头,重打天下,凭南妓北上的时尚风光,果然使北京的名公大卿趋之若鹜。挹芬的门前车水马龙,自有一番盛况。翻出她家的账簿,不是某王爷的堂差,就是某总长、某督办的花酒,都是些了不得的大官僚,瞧不出一间斗大的屋子,倒像这国务院的签名簿呢。既然这些大吏将他们的办公室搬到挹芬的家中似的,他们就在此商谈"国家大事"。连她家的龟奴也有资格大吹法螺:

你道我不过是个乌龟罢!同你说句亮话,我这乌龟可比候试知事强多哩!……此龟非寻常小龟,乃京中特别之龟。……论事呢,不要说一个绿豆般的知事,就是大几倍的,也只消我家姑娘一语。②

至于他家的姑娘则更加"海"了:"那一个替国家办事的人,不借窑子做过签押房来?前天那位什么秘书长,在我那里请客,来的说都是内阁大臣外阁大臣的,听他们一个菜还没有上,把什么内务总长外务总长的事议妥了。"

与上海相比,北京相对要保守些,炫耀性消费还是由官场独占鳌头,不像上海商人的后来居上。但是像军阀的霸气冲天,公然将到手的军费全"挪用"作嫖妓之资,倒是一种政权只能靠军阀支撑的新佐证。再说炫耀性消费"人才"的倒流:南方的妓女北上,使嫖客豪门化;而北京的名角南来,在上海逐渐掀起捧角的新高潮,也算是一种拉动都市畸形风尚的新交流。

第三节 赌博乃盗匪与贪官的速成制造所

在炫耀式的消费中,使人们乐此不疲的还有一个"赌"字。牌九、扑克、

---

① 叶小凤:《如此京华》(上卷),进步书局,1927年,第59—60页。
② 叶小凤:《如此京华》(上卷),进步书局,1927年,第79页,第82页。

麻将,还有其他形形色色的花样,如广东的"花会"与上海的"打诗谜"等等,不一而足。打麻将始盛于清朝,也是转型期中的一种主要的"娱乐"形式,起初会此道的人也不多。在通俗小说中常写到学打麻将的事。农村或小城镇上的人,还是要来到大城市后,才能受到麻将的"启蒙教育"。《广陵潮》与《海上花列传》中皆有此类情节。当时,上海有各种"总会",北方有各种"俱乐部",广东有各种"赌馆",可以让人们献赌技、过赌瘾。可见,嗜赌是各地都有的歪风。张春帆的《宦海》是从广东的赌风写起:

> 只说我们中国南洋一带,广东是个最紧要的口岸,最富庶的地方。百姓也甚是开通,市面也十分兴旺。只有两件不好的事儿,却是赌风最盛,盗匪最多。……广东省城里头更是赌馆如林,不分昼夜……弄得那广东全省的人都像发了迷的一般,有了钱就跑到赌馆里头去赌,赌输了把身上的衣服剥下来再赌,赌到那无可如何的时候,就索性去做起强盗来。所以广东一省盗匪最多,每每的白昼抢劫不算什么事情。这个赌馆,就是那制造强盗的机器厂一般……①

赌虽各地都有,却以广东为甚。特别是广州。它曾作为清廷对外贸易的进出口,占着"一口通商"的垄断地位,对外关系特别密切。而靠近它的香港、澳门的赌场也是它们的"近水楼台"。特别是澳门,1874年就已有赌博合法化的法令,赌场专营,并由政府开设,吸引大批华人去澳门豪赌,其中以广东人占多数。这种赌风当然也会传染到广东,于是在本地也大开赌馆。再说,广东也是通过港、澳向外洋贩卖华工的基地,有些不法之徒专门引诱贫困国人参赌,甚至主动借赌资给他们,说是为他们铺一条致富的捷径;专等他们输光欠债,就逼迫他们卖身。他们靠向外洋输送"猪仔"发财,因此,广东除了豪华的赌场以外,还有许多下等的赌馆,与其说是赌馆,不如说是"陷阱"。在吴趼人的《发财秘诀》里就写了惯偷花雪畦在走投无路时,先到新安赌场里去做看门的,看到有人输急了,欠了大笔赌债后,他就花言巧语骗他们到香港去

---

① 林鲤主编:《中国历代稀珍小说(第三卷)》,九洲图书出版社,2000年,第671页。

找猪仔行的阿元哥,说是不仅能赖掉赌债,还能为他另谋职业。实际上是踏进了猪仔行,就永远休想再逃出来了。

在孙玉声的《海上繁华梦》中,是很写了几场赌局的,里面还讲有人靠赌为生,有人竟是"翻戏党",也即写尽了赌中的弊端百出,无非是要人们以此为乐,在乐不思蜀中倾家荡产。作者还借人物之口,痛陈赌博之害:

> 世界上"吃""着""嫖""赌"这四个字……"吃""着"两字究竟花消尚小,"嫖"是无底洞了,却还不像"赌"字的为害最大。譬如一人有了数十万的家业,吃、着是一世吃、着不尽的了,就是嫖娼宿妓,差不多也要十年八载工夫,方能渐渐消磨。只有这个"赌"字,一掷千金,莫说数十万家私,就有数百万、数千万的资财,也可立时荡尽。何况赌字里头的弊端最多,摇摊、抓摊、牌九、麻雀,处处有弊,防不胜防。①

说起弊端,就是在赌博时做手脚的"翻戏党"。孙玉声也是在小说的几个场合中叙述过的,如麻将中的"抽心、挖角、砌夹四、捞浮尸、仙鹤吃食"等等;牌九中的"砌小头、双劈开、双别十、拍多张、抢过门、拗龙头、退龙梢"等等,他虽然没有详说种种细微末节,但光看这一堆名词,就令人觉得黑幕重重、险象环生了。还有各种切口、赌诀,还要识牌练眼光,简直是一门学问,无怪有人可以靠赌为生。包天笑的《上海春秋》中就写了一个靠赌为生的人:

> 人家说他每年的春天总要到天津地方去一次。因为上海的赌局还没有天津大,天津每年在正月底二月初的时候,终有几场大赌。有好几个俱乐部都是豪赌的场所,在租界里面索性连外国人也通过的。到那里赌的人都是那些阔军阀、阔官僚,每一场赌总有几十万上下……②

既然阔军阀、阔官僚皆如此全身心投入,就必然有人混迹其间,甚至可

---

① 孙家振:《海上繁华梦》,齐鲁书社,1995年,第77页。
② 包天笑:《上海春秋》(上),漓江出版社,1987年,第235页。

以靠此升官发财,还可以靠赌博来公行贿赂,办成获利千百倍的大事。那就要看何海鸣的《十丈京尘》中的郝筱泽等赌徒的拿手好戏了。郝筱泽真可说是个靠赌博起家的人。他是在民国元年靠赌友的介绍,才在司法部里谋到个办事员的小差使。平时在官僚们的赌圈中混些小油水。正巧,前财长和当任的币法局总办正想物色一个精于赌博的做顾问,认为他有入选的资格。于是他就在币法局总办的家中做清客。他是专门服侍总办赌博的,被大家戏称为"赌博仕"(小仕系日本的僮仆)。先是只配管"赌筹",并立在总长、总办身后看牌,有咨询时,也参加些意见;后来在总长、总办要抽大烟时,临时代搓几副牌;再发展下去是在三缺一时,也充当一个角色。于是登堂入室,先是从司法界转到更有油水的财政界,白天上班,晚上仍然侍候大官僚们赌博,渐渐做了贴身秘书,终于成为这两个大官僚身边的第一等红人。最后在两个大官僚的政治交易中令他代表两人的利益而做了一个叫作"满顺银行"的行长。银行开张时,有人送来一副对联庆贺。上联是"顺子同花六七八九十",下联是"满和倒蜡东南西北中"。既将"满顺"两字嵌在其中,也对他的出身有所讽刺,可算是绝妙佳联了。两位大员靠他这个银行出面借外债与内债,再把借来的钱借给财政极度困难的北洋政府。在这一手包办中,便将优厚的利息,两头的折扣,经手的佣钱,一起落到他们的手中去了,真是大大的"肥水不流外人田",做的是无本万利的勾当。

何海鸣还写了某省要有自制钱币的权力,就去贿赂币法局总办,用的是"赌博行贿"的办法。在赌博中一副牌就送给币法局总办5万大洋。这个人情还要送得非常有技巧:在牌局中,似乎无意地先请这位总办所得宠的一个妓女坐在送贿人的后面观局,让她作为见证人,看他是如何将总办"喂"成一副好牌,他在总办上家,自己不和,却让总办"满和倒蜡"。散局后,请这位妓女向总办委婉说明。其时,总办还沉醉在这副难得的好牌的"胜利"之中。等到妓女隐约透露了真相,经过总办的回味后,也不得不承认他的一番美意:

>便捻了捻短髭须,微微笑道:"这个人真有些小聪明,连我都被他蒙住了。这样看起来他求我的事,也必得替他帮忙了。不过改天还得同

他大大打一场牌,并不许他弄鬼,要叫他知道我打牌的真本事,不一定是要求人暗中帮助的。"①

赌徒好胜心强是必然的,总办不承认他是靠别人暗中帮忙才大赢特赢的,但他毕竟笑纳了别人的"赌博贿赂"。他回报人家的何止百个"5万"、千个"5万"呢!至此,我们可以深深体会到这炫耀式消费中拼命花钱的目的是为了拼命地赚钱。而坐在牌桌上,也不是为了休闲与消遣,而是为了社交,而社交的目的是"求生",更是为了求得大大的盈利。

第四节 "地缘邪恶"的匹配产出畸形怪胎

何海鸣还在他的《十丈京尘》中将天津靠近北京的地缘大做文章。天津又是北京大官僚们纳宠藏娇之地,更可在天津获取洋场的一切享乐,于是每逢星期六下午,必要乘火车到天津度星期日,到星期一再从天津返回北京。有一个司法部名叫贡济川的小官天天做着升官发财的美梦,但他无背景又无靠山,只靠"单相思"是跨不过道道"铁门槛"的。但他灵机一动,一不要媒介的介绍,二不要看阔人门房的脸色,别出心裁,另辟蹊径,居然靠单枪匹马,毛遂自荐,也做到了"人上人"的地位。你道他用的什么奇妙方法?说来却又平常:

> 他每逢星期六的日子,必定搭那下午四点多钟的火车,由北京到天津去走一趟。而且还不惜小费,总买的是头等车票。因为在京城里够得上做阔人的人,天津租界上一定都有洋楼公馆。一星期内在京办了六天公事,在这些惯于享福的阔人看来,实是为国勤劳,疲乏得不堪了。好容易遇着星期日是放假的日子,可以休息一天,便都不约而同在星期六搭下午那班火车,全凑合到天津去。表面上说是回天津公馆料理私事,其实却把工夫全用在嫖赌玩耍上……济川利用这个机会,每次都在

---

① 何海鸣著,范伯群编:《倡门画师:何海鸣代表作》,江苏文艺出版社,1996年,第248页。

这头等车里盘桓。见着头等客厅散座上的阔人随从及仆役之类,不揣冒昧,径自上前去送名片,问姓名,拉交情;并常常向饭厅里叫些茶点,买些纸烟,殷勤款待,托他们带领到阔人包房中去觐见。见面之后,他本来为人机警,善于言词;又预先探听各阔人性情怎样,癖好如何,分别出种种言语去迎合。①

当时从北京到天津火车要三个小时,对阔人说来,像贡济川这样一个清客作为消遣品,也觉很对胃口。阔人下车时若问你到天津何事,他说没有什么要紧的事要办。如果阔人邀他,"那就一起到我公馆里去玩玩",他就做了"跟屁虫";如果没有人邀他,他就到小旅馆过夜,星期一早晨再跟阔人们同车回京。他见机行事,不时与阔人来往,就眼看他一帆风顺,官运亨通,由司法部的小差使而到财政部,由主事而秘书,由秘书而新议员,又由新议员回到财政部任顾问,还兼任了些银行董事之类的阔差使。后来有人知道了他往来京津之间的秘密,就给他取了一个绰号,叫他"礼拜六"。

天津与北京毗邻,一方是洋场,一地是官场,但各有专长与优势,各有各的用处。贡济川吃透了它们的特性和地缘之便而利用之,果然取得了大效果。在作品中能出现这样的情节,真可谓说尽了清末民初时期,这两大城市乃是畸形双胞胎。

仅就上面的若干实例,我们就能感知通俗小说是一座映像国情、官风、民俗的富矿。上海、北京、广州、天津等四大城市,有它们各自的历史沿革、地缘优劣,它们在近现代转型期中,它们的官场、商场都有着自己独特的变异形态,而清末民初官商们的炫耀式消费却又是它们的共同特点,中国的传统美德被他们肆意践踏;一幅都市畸形风尚的长卷,足供我们对这些丑陋的历史图景,作一番形象化的观览,为清末与北洋军阀时期的社会显形。

---

① 何海鸣著,范伯群主编:《倡门画师:何海鸣代表作》,《"礼拜六"贡济川》,江苏文艺出版社,1996年。

第五章　通俗作家笔下的中国买办阶级
——从吴趼人的《发财秘诀》谈起

第一节　发洋财广交亡命　充汉奸出卖情报

吴趼人在1907年11月至1908年2月发行的《月月小说》中发表了《发财秘诀》(又名《黄奴外史》)这篇反映中国买办阶级如何起家及其"奉洋若神"(曾国藩语)的行状的中篇小说,在当时可算是独具只眼的最新颖的开拓性题材。晚清小说研究权威阿英对这篇小说的评价是很高的:"这是当时反买办阶级的一部代表作,所写的人物,是吴趼人最痛恶的人物。……汉奸的买办阶级的无耻,中国官僚的昏庸,外国人的威势,没有不被痛诋的。在末章,他借一个看相的人的话作结骂道:'你若要发财,速与阎罗王商量,把你本有的人心挖去,换上一个兽心!'这一班买办阶级,为着个人的利益,不惜为虎作伥,出卖民族利益,在吴趼人看来,简直是一副兽心肠。"阿英的结论是:"《发财秘诀》简直可以说是当时一班洋奴的照妖镜,写他们的心肝肺肾,无耻与忘本。要说缺点,那就是吴趼人自己指出了的,缺少描写成分,在艺术上不能算是成功之作。但他的'嫉恶如仇'的心怀,在这部小说里是反映得很强烈的,即此可以想见反买办阶级,其发动的时期,是早在晚清,后来买办的势力,虽继续增长,但在文学上却很少反映。"[①]阿英对这部中篇的艺术上的不足的评价是源自吴趼人的自评:"生平所著小说,以此篇为最劣。"其自述理由是:"盖章回体例,其擅长处在于描摹,而此篇下笔时,每欲有

---

① 阿英:《晚清小说史》,人民文学出版社,1980年,第71—72页。

所描摹,则怒眦为之先裂,故于篇首独写一区丙,篇末独写一雪畦,自余诸人,概从简略,未尽描摹之技也。虽然,读者已可于言外得之矣。"①也就是说,他的爱国志士的政治态度,影响了他对人物和事态作客观冷静的描绘。从吴趼人的这一番自评中,我们可以知道,吴趼人是懂得小说创作规律的。如果他在写这部小说时,能"尽描摹之技",而不是单靠篇中人物"口述"买办的种种罪恶,那么《发财秘诀》真可以成为一部出色的长篇小说的格局。

这部中篇章回小说一共是十回,前五回反映的地域背景是广东和香港,独写一个区丙,此人开始不过是个乡愚,他的发迹有极大的偶然性。他在香港贩卖一种能吹出"乒嘣"作响的玻璃"料泡"时,使英国人很感兴趣,问他卖多少钱一个,由于语言不通,他伸出一个指头,意思是"一文钱一个",而英国人却给了他一元钱。这种"料泡"对不谙吹法的人来说,一吹就破,英国人见破了就屡屡再买了做新的尝试,因此他每次能销出几百个。当英国人掌握了吹奏法之后,他又去贩卖广东石湾出产的窑货小人儿,这种小人不过枣核般大小,却做得须眉欲活、栩栩如生,除了小人儿之外,这种窑货品种繁多,除各种动物外,甚至还有房屋、桥梁、宝塔之类,是中国人制盆景时作点缀之用,但英国人却视为是一种艺术品,有人还大量采购寄回英国去贩卖或作赠品。这次区丙伸出两个手指,英国人就给他二元买一个。他每次销出上千个。区丙在算计他所赚的银洋时,已经多到无法数清的地步,只能用大秤来一一过秤,最后他估算大约不止五万两之巨。在第一回的回评中,吴趼人还说小说将"区丙痴呆之状描摹尽致";可到第二回的回评中就改变了口吻,评区丙能"潜窥默察,投其所嗜好者"。他能从贩"料泡"到发现石湾窑货能对英国人有吸引力,这是他从"痴呆"的乡愚逐渐变得"开窍"的一个征兆。此后区丙买了上万元的田产,又将二三万元作存款生利,他在香港闹市中环开了一家"丙记"杂货店,又在广州藩台衙门前开了一家"丙记"洋货字号,俨然成了区大爷。而香港的"丙记"杂货店,专门有一间楼作接待朋友之用,其中就有一些在广东犯了事,逃到香港来避罪的,凡来投奔者他也来者不拒,简

---

① 吴趼人:《〈发财秘诀〉总评》,《月月小说》第 14 期,1908 年 2 月,第 100 页。

直有"小孟尝"之风。有一个从内地犯了法的亡命之徒关阿巨,在他店中吃了很久闲饭后,忽然失踪,直至一年多之后,又来见区丙说:"今有一注横财来送与区兄,不知肯受不肯受。"原来阿巨已做了英国兵舰上的密探,现在英军欲攻下广州城,他要区丙帮英军搜集情报。每月坐支薪水50两,以后每搜集一个海防情报,皆酬银50两。区丙居然大喜从命,回到广州店内做起为英军搜集情报的汉奸来。那就是第三回的"开店铺广交亡命,充汉奸再发洋财"。他的洋货店就开在省城衙门前,衙门的师爷们常到他店里谈天。"于是几时佛山办团练,几时黄浦修炮台,虎门添了若干兵,四方炮台添了几尊炮……"种种对英军极有价值的情报都通过关阿巨送到了英舰大帅的手中。他还将昏愦糊涂的广东总督叶名琛的迷信活动——扶乩判出的"十五日前无事"的吉凶信息,告诉了英军。于是英军十三日开炮攻城,十四日就攻破了广州。原本清廷是不许洋人进城的,交易只能在城外进行。自此店里也常来了洋人照顾他生意。区丙见洋人的听差陶庆云能讲外国话与洋人会话,非常羡慕。他忽然想到,他虽然得了50两一个情报的报酬,可是其中不知被关阿巨捞去了多少好处,克扣的金额想必更为可观,如果他能通外国话,不是会发更大的财吗?于是他就叫自己的儿子向陶庆云询问,如何才能学会外国话。这第四回中,吴趼人并没有交代区丙的儿子学英语有否学成,实际上作者不过将前四回做一个楔子,他将第四第五回作为过渡章节,然后要将情节转入他的正题上去,以陶庆云为引子,去正面写这批买办的"黄奴"嘴脸。在后五回中就再也没有了区丙和他儿子的身影了,完全是写的另一帮人物,而没有将前者的父子与后者的一帮买办有机地编织成一个整体,使小说具有一个完整的结构,这在小说的艺术性上也不能不算是一个大缺陷。

第二节　发财秘诀:挖去人心换兽心

在吴趼人心目中后五回才是他作品的重点与正题。而且他将后五回的场景也搬到了远离广州的上海。这一场景的转移倒是说明吴趼人是完全熟悉买办阶级从起家到发迹的过程的。因为自从1757年乾隆皇帝下诏关闭其他外贸港口,只允许广州"一口通商"以后,广州就有了得天独厚的通商优势。但是到了1842年签订《南京条约》后,允许"五口(上海、宁波、福州、厦门、广州)通商"后,上海于1843年11月就正式开埠。当时中国主要的出口货物是生丝与茶叶,而上海离生丝与茶叶的产地远比广州近得多,大大节省了运费。生丝的价格竟比广州降低了35%。而且在外商看来,上海更是以后打通长江沿岸各埠,以便将货物渗透到中国广大腹地去的最好的基地。因此,财大气粗的洋大班们,在上海开埠之际,就不失时机地于当年(1843年)年底立刻带了一批买办来到了上海。据史料记载,当时融和洋行、宝顺洋行、怡和洋行、和记洋行、仁记洋行、义记洋行的大班、沪行经理、合伙人等都来到了上海。不上十年,到了1853年,上海就迅速取代广州,成为中外贸易的中心。要写"黄奴外史"最好的地域背景当然要借重于上海这座城市。作者虽说后五回独写一个雪畦,其实这句话是并不准确的。花雪畦并不是买办,他曾是一个偷猪贼,受到过"追月"的惩罚。"追月"是一种广东惩罚小偷的游街私刑。先将小偷的上身剥光,在队伍前一个人拿一面大锣,小偷后面一个人手持一根藤条,每敲一响锣,就用藤条狠狠地抽一下小偷的光背,随着是小偷的一声惨叫。有人将这面锣比作月亮,挖苦地给这种刑罚取了一个"雅号"——"追月"。但花雪畦是个有经验的惯偷,当游街队伍一散,他马上就找一个厕所,用屎尿擦洗伤痕,据说会很快痊愈。他连一句外语也不会说,与买办是完全挂不上钩的。独写他一个与"黄奴外史"又有何干?吴趼人不过通过他去串联一批买办群像,这批买办群体教会花雪畦一个买办们公认的"真理":"须知世界上不狠心的人,一辈子也不能发财。"让这个心狠手辣的花雪畦变得更像一头吞噬同伙连骨头也不吐的野兽。花雪畦先到香港,与香港的一个专贩猪仔的招工馆的阿元交上了朋友,懂得了怎么将人骗到招工馆去,然后由阿元将他们贩卖到外国去做猪仔——劳役苦工。他当然能得到可观的分成。他就先到新安的赌馆里去觅了一个看门人的角色。看哪个赌徒输急了欠了一身赌债,他就与他们拉拢关系,骗他们到香港去找阿元,一是为躲债,二是可代谋职业。可是进了招工馆就如入了天罗地网一样,贩到外国去做苦役是唯一的归宿。他从阿元处分肥后钱囊也充盈了,就自己开了一个赌馆,这样骗人就更容易了。一次新安县知事的公子来赌钱,输了几百两银子,这笔钱是公款,公子不敢回去见他老子,花雪畦也将他骗到香港去找阿元。知事的公子失踪后,渐渐查出他是教唆指使者,就要抓他。于是他将所有存款三千元一卷逃到上海,在旅馆里他打听到,他过去的朋友陶庆云跟洋大班到了上海后得意得最快。那陶庆云就是区丙非常羡慕他能与洋大班对话那个小听差,现在已升为台口洋行的副买办了。他就与陶庆云接上了关系,然后混入了买办的圈子,去做发财秘诀的"见习生"了。因此,作者说他后五回独写一个花雪畦是对自己作品的一种"误读"。

第三节 黄奴买办的"奉洋若神"

从第五回起就写陶庆云与他的兄长秀干计谋如何跟大班到上海去,或许会有大发展的机会。陶庆云曾骗区丙父子说他是在洋行写字间办公。其实他只是一个洋行打杂的小跑腿。他的文化程度也不过是能看《粉妆楼》《五虎平西》的水平,可是他学外国话倒是非常用心的。但他却不识英国文字,他的学习办法是在一本外语书中都密密麻麻地用中国字"注音"。而他学外语的老师之一是咸水妹。所谓咸水妹就是外国水手的姘妇。外国船一进港,水手上岸就会找他们的"老相好"。大概沾上了水手身上海水的咸味,于是将她们俗称"咸水妹"。她们白天的职业往往是在洋人家中做佣工。陶庆云不懂的外语就问咸水妹,咸水妹就去请教洋主妇。如陶庆云问"饥荒"外国人怎么说,洋东用纸片给她写了"Kilong Famine"。咸水妹说叫"番棉"。陶庆云就将"番棉"两个中国字注在外文的下面。陶庆云告诉人家,你要懂外国话学三年也学不出山的,我就只学杂话,就是平日的日常会话与商业用语。吴趼人是知道这些买办的外语水平的,他们是"通洋话者十之八九,兼识洋字者仅十之一二"。这些洋行中的打工仔在一起时,

秀干忽对庆云道:"方才我听见说大班日间要到上海,不知可曾对你说起来?"庆云道:"我也听见说,不知确不确。"……秀干道:"阿枢总

是不肯留心,须知我们既然得了这种好事,总不宜轻易丢了。"①

可是庆云并不服气,他反驳说:"这是家兄瞎操心。老实说,敝东和我就同一个人一般。凭他到上海,到下海,怕他少得了我?我们这样人,老实说谁见了谁欢喜。你看和我们一辈的人,那一个不是一年换两三个东家,顶多了不得的做了一年也要滚蛋的了。我从在澳门跟了敝东,直到此时,足足三个年头了。那一天他不赞我两句?"②他的确为东家能做一切的事。据他的另一个朋友魏又园耳语告诉花雪畦,而作家却又不肯写明——凡是这样神秘的样子,非是丑事不可告人者,在中国只有做"断背山"之类的事了。大概那时他"敝东"的夫人还留在本国呢!陶庆云不仅自夸一番,还传授如何取得洋东喜欢的经验:

老实说,像兄弟这几年,倘不是说话灵通,任凭东家怎么好,也到不了这个地位。对了洋人,第一要会揣摩他的脾气,第二要诚实,第三也轮到说话了。倘使说话不能精通,懂了以上两层,也是无用的。我此刻虽算是东家赏脸,然而也要自己会干会说话,才有今日啊!③

他的第一条经验就是要"会看洋东的颜色"行事,要对洋东俯首帖耳,"奉洋若神";第二条是要诚实,那是对洋东一个人才诚实,其实这也是只当洋东的面才诚实,因为他第一次领洋东到区丙店里购物时,就向区丙说明他是要回扣的,不过不是当洋东的面拿回扣,而是事后到区丙店里去索取;第三就是他特别强调要懂洋话,不懂洋话,前面这两条经验就等于"作废"了。这在当时真是经验之谈,吴趼人就是要写出买办在当时之所以是在"中外悬隔的夹缝中滋生出一种新的社会力量"④,就是因为洋商在中国市场上要有所作为非要靠懂洋话的居间代理人为他们说合不可,洋商吃亏在"一是语言障碍;

---

① 吴趼人:《发财秘诀》,天津古籍出版社,1986年,第34页。
②③ 吴趼人:《发财秘诀》,天津古籍出版社,1986年,第36页,第43页。
④ 熊月之主编,周武、吴桂龙著:《上海通史·第五卷·晚清社会》,上海人民出版社,1999年,第302—303页。

二是人地生疏,对上海以及内地的经济情况、社会习俗包括商务惯例都茫无所知;三是与上海及内地商人彼此间还没有建立起信用关系,还需要一个了解对手信用状况的过程;四是中国原有的货币制度、度量衡制度十分庞杂,刚刚来沪的外商很难把握"①。为了解决这些困难,他们非找可靠的中介人不可,否则也用不到秀干与陶庆云兄弟随他们来上海了。陶庆云这批买办就是靠此在中间大发横财,成为暴发户的。正如王韬所说的,"沪地百货阗集,中外贸易,惟通事一言,半皆粤人为之,顷刻间千金赤手可致"("通事"只是作为中介,代为翻译,一笔生意做完,就与洋商无涉了;买办是洋行雇佣的雇员,是帮洋商管理洋行内部事宜或兼做译员。陶庆云就是这样的"人才")。② 但是,吴趼人还通过叙述这样的情节,说明买办主要不是赚洋商的钱,而是残酷地剥削本国的商人。在第八回的《花雪畦领略狠心法》中,也是在买办们的宴会中,由陶庆云口述了买办们的一套"暴发户"经验:"赚外国人的钱是有数的,全靠赚山客的钱。"他介绍了他的本家免臣兄长的"发财秘诀",此人身兼五家洋行的买办,都是他自家钻路子弄来的。他也不管前任买办是亲戚还是朋友,把他们的席位挤掉以后,不管亲戚朋友以后如何落魄,如何潦倒,必要有了如此这等的手段,他才能在十年中积起财产五六十万。现在他在新茶上市期间,到汉口去办茶栈了。免臣的妻舅霭兰讲一个茶市能赚十万,席面上大家听了都舌挢不下。他们敛财的经验是狠命地盘剥山客:

> "山客是从山里贩茶出来的,到了汉口,专靠茶栈代他销脱。要赚他们的钱,全靠权术。他初到的时候,要和他说得今年茶市怎样好怎样好,外洋如何缺货,洋行里如何肯出价。说得他心动了,把货捺住,不肯就放手。一面还要向洋行里说谎话,说今年内地的茶收成怎样好,山客怎样多,洋行自然要看定市面再还价了。把他耽搁下来。耽搁到他盘缠完了,内地有信催他回去了,这边市面价钱,却死命不肯加起来。闹得

---

① 熊月之主编,陈正书著:《上海通史·第四卷·晚清经济》,上海人民出版社,1999年,第228—229页。
② 王韬:《瀛壖杂志》,上海古籍出版社,1989年,第8页。

他没了法子,那时候却出贱价和他买下来,自然是我的世界了。"……庆云道:"岂但吃亏? 自从霭兰这样一办,那山客投江的、上吊的、吃鸦片的,也不知多少,那个管他! 须知世界上不狠心的人一辈子不能发财。"①

陶庆云的一席话,使花雪畦听了默默领会:"暗想他们的手段比我拐卖猪仔还要利害,从此倒要留心学着他们呢!"

从这个情节中,我们至少能知道两个重要的信息,一是外国侵略者果然以上海为基地,进而开发沿长江的中国内地的广阔市场。他们步步为营,先镇江,继九江,此时至少已将黑手伸到了武汉,想来重庆被"占领"也为时不远了。二是说明了两湖茶叶的产量是惊人的,据史料统计,年产达七万吨之巨。外国侵略者和买办正因为看中了这块"肥肉",就拼命去榨取茶农的血汗。像免臣这样在上海身兼五家洋行买办,很难离开上海一步的人,也得分身去搏一下,这种暴利对他来说是有强劲的磁场吸力的。但是在这个宴会上只能仅靠"口述"情节,如果换成用描摹的手法,成为章回体中的有机情节,那不就更精彩动人,更令人惊心动魄,通过情节的描摹,更显得买办的罪行罄竹难书。而第十回的"舒云旐历举得意人"等等节段,也是犯了只"口述"无"描摹"的缺点。看来吴趼人自评"生平所著小说,此篇为最劣",并非是谦词了。如果他能用"描摹"的手法,替代"口述",这篇《发财秘诀》定是一部长篇小说了。

也就在陶庆云口述这个情节之后,传来信息,他的洋行中的正买办死了。同伙就拍手欢呼:"妙啊! 恭喜! 庆云这个正买办是做定的了,我们各贺一杯!"于是在合席庆贺之后,轰饮起来,尽醉方散。这群人是惯于将自己的欢乐,建筑在别人的痛苦之上的。即使同伙死了,不仅无惋惜之情,反而以啃同伙的尸骨为乐,真令人不寒而栗了。

但是吴趼人在这部中篇中,对清末上海开埠以后巨变的视野也还是较为开阔的。在小说中他所写的舒云旐是当时上海倒卖土地的贩子。从中也使我们看到上海开埠后的某些重要信息。在第六回中,陶庆云与花雪畦正

---

① 吴趼人:《发财秘诀》,天津古籍出版社,1986 年,第 56 页。

在谈论做生意最有赚头的行业时,陶庆云认为最好不过是卖洋货,而做土货最好是贩米:"在芜湖贩米回广东,利钱是稳的。"

> 正说话时,忽然外面一个人高声答嘴道:"做土货最好是买地皮。"说声未绝,人已进来。庆云起身招呼,一面告诉雪畦道:"这是同乡舒云旃先生。"①

为什么贩卖地皮算是最好的"土货"呢?因为上海开埠以来租界不断扩大,特别是从1853年上海小刀会起义开始至1864年太平军三次攻打上海为止。一批地主、巨商和附近城乡的难民纷纷涌进租界,打破了过去华洋分居的局面,1853年仅500人居住的租界,人口激增至50万,一度还曾达到70万之数。于是租界不断扩大,而土地的价值也随之飞涨。美国卜舫济的《上海简史》中写道:"最初的租界是以黄浦江、洋泾浜和今北京路、河南路为四至边界的150亩的地盘,这里的土地上大部分是耕作得很好的农田,部分是低洼沼泽地。许多沟渠、池塘横亘其间,夏季里岸柳盖没了低地,无数坟墓散缀其间。"②这就是开埠以前,上海县城北的田园风光。可是过了不到30年,昔日宁谧的田野,而今"四围马路各争开,英法花旗杂处来。怅触当年丛冢地,一时都变作楼台"③。当时租界的外国人曾为是否开放租界,允许华洋杂居,也有过很大的争论。但是最后还是从实际利益出发,默认了现实。因为拚命造房,立即可以取得30%—40%的暴利。外商就大量地购地造房。过去中国居民造房,都是按照自己的需求,各自为政,形式也就多种多样。现在房地产就成了一种暴利的产业,中国的房地产作为一种产业,也就是在那时才开始形成。外国商人投资房地产简直达到了疯狂的程度。由于租界人口的激增,于是就出现了连排的单一式的连片房屋,那就是上海里弄的石库门的千篇一律、千人一面的格局。当时主要的房地产主当然是由外商霸占。中国商人舒云旃之类就看红了眼,在这波投机高潮中,就在靠近租界的

---

① 吴趼人:《发财秘诀》,天津古籍出版社,1986年,第44页。
② [美]卜舫济:《上海简史》,五洲传播出版社,2008年,第3页。
③ 上海竹枝词,载《申报》1872年6月13日。

地盘中买地皮,也想在房地产业中分得一杯羹。但是却遇到了产权问题的纠纷,而纠纷就必然会使自认也有产权的居民不肯搬迁,现在就叫作"钉子户"。当舒云旃向陶庆云求救,请他托人出来和"钉子户"转圜调停时,陶庆云在第六回的"一条妙计财主仗洋人"中就教舒云旃一招妙法:快去转道契。所谓转道契就是到英国领事馆去登记,取得该地产的永租权。外国人也当然高兴,因为这就等于帮他们扩大租界。"转了之后,他敢说半句不搬,由外国人出面,写一封信到上海县去,一面枷枷他起来怕他不搬?"这使舒云旃才去如法炮制。这使旁听的雪畦也恍然大悟:"原来外国人的势力如此利害,怪不得他们巴结外国人了。"

使花雪畦知道外国人势力能通天的事也不止这一遭。接着他去拜访魏又园时,又给他上了一课。魏又园是他过去认识的一个穷朋友,因为叔父在上海打工,就想从广东到上海找寻生活出路。花雪畦打听到他住在三马路叔叔家中,就想去叙旧。看到在三马路上一家有一块铜牌,上面刻着魏公馆的字样。他也不知是否是魏又园的住处,硬着头皮敲门,开门的竟就是他的朋友魏又园。刚坐下就请教他的叔父是什么官衔,能挂这么有气派的公馆铜牌。可是魏又园却回答说:家叔的官衔就是铜牌上写的 Chii toy,便是厨子。家叔在总里做大司务,何尝做甚么官。这使雪畦愕然,那公馆牌子,可以随便用的么?魏又园大大咧咧地回答:"你还当上海和广州城一样呢,挂公馆的牌子有什么稀奇,吃了洋行饭,莫说用公馆牌子,就是衙门也可以称得。"而魏又园却还没有找到一只饭碗,只是靠隔壁一个咸水妹介绍,在她的东家——一个在洋船上做大副的洋人家里打工,却只是白吃饭而没有工资。虽然魏又园当时穷极无聊,可是他在叔父的传授下正在勤学洋泾浜英语。而且他叔父还传授给他一套洋奴哲学:"我叔父时常教我,情愿饥死了,也不要就中国人的事。这句话真是一点也不错。依我看起来,还是情愿做外国人的狗,还不愿做中国的人呢!"这是魏又园经叔父教导后自己的心得与体会。一个中国人听到这样的话,正如吴趼人所说的,当然会"此篇下笔时,每欲有所描摹,则怒眦为之先裂"。但对花雪畦来说,经过了先后的换道契和为外国人做厨师,神通就可宛如衙门,就更感到外国人在中国竟有着如此不可一世的权势,更是五体投地了。做大副的洋东看魏又园做事十分卖力,对这样的"忠实的走狗"当然是十分赏脸和十分信用的,就让他到船上去做管事。后来福州的福山洋行缺了个买办,东家就推荐了他去,穷愁潦倒的魏又园就"一步升天",而后来又被荐到上海有利银行来。正如陶庆云所说的:这批人同在香港时,虽是人人巴望有今日,却不敢说是一定有今日,此时都巴望着了。一旦做稳了走狗,他们的得意之色,真可谓容光满面了。而花雪畦虽然还是不懂外国话,但在这批专门传教"狠心法"的师傅的熏陶下,也交出了一份可说像是"毕业论文"似的答卷。既然陶庆云说过,做土货最好是贩米:"在芜湖贩米回广东,利钱是稳的。"那他就与人合伙开了一家米行。他贩猪仔只赚了三千元,合伙人却出资七千元。恰好那年上海闹时疫,合伙人染病死在店中。合伙人的家属还在广东,他就将原来与合伙人订的合同用火烧了,又寻出了好些股票和钱庄存折之类,一并收入自己的腰包里。等合伙人的儿子赶来,他还说合伙人亏空了数百元,逼着要父债子还。合伙人的儿子与他争论时,一伙陶庆云之类的狐朋狗友,都靠着外国人的势力恫吓他。合伙人的儿子只好忍气吞声扶了灵柩回了广东。花雪畦安安稳稳地干了一注巨款,店就开得更大了,他也成了发财朋友。这是学习狠心法的一次实践与活学活用。在小说的结尾,知微子与冷雁士算命时将这种"狠心法"翻译成冷雁士能听得懂的语言:"你若要发财,速与阎罗王商量,把你本有的人心挖去,换上一个兽心。"冷雁士闻言登时满心透彻通明。他佩服知微子痛斥这般黄奴的"狠心哲学"太深刻了。当然这也是吴趼人对这一群黄奴本质的揭露。后五回实际上是用花雪畦这一"追月贼"串联起一个黄奴的群体。

第四节 从"买办商人"到"商人买办"的几点余论

吴趼人在这部中篇中,的确将买办的本质揭露得十分深刻。但是我们还应该在这个前提下作一些"余论"。诚如阿英所评论的"这是当时反买办阶级的一部代表作"。但是我认为这篇小说还有着一个大缺点,那就是吴趼人狠批了陶庆云之类的买办,却放松了对区丙之类出卖情报的汉奸的痛斥。区丙出卖有关国家机密的军事情报,就像他将料泡和石湾小人儿卖给英国人一样自然。虽然在中篇的开端写道:"风气风气,甚么叫做风气。据诸公说,自然是文明学问了。不知非也。据小子看来,只一个利字,便是风气。而且除利字以外,更无所谓风气者。"但是区丙的出卖军事情报,一个广州城之所以如此快的陷落,除了清廷官员的腐败无能之外,区丙也是脱不了干系的。应该说他的情报是起了大作用的。英国侵略者得了这些情报,对广州的兵力与内情,可谓了如指掌。这还能用"利"字来概括吗?区丙的个性是完全可以由吴趼人去塑造的,但是他罪恶的勾当,至少也应该得到像陶庆云们一样的声讨。但是吴趼人却没有做到最起码的批判。他只反买办阶级而没有痛斥汉奸。再说,我甚至认为区丙这五回是否可以在中篇中删去,也无损于"这是当时反买办阶级的一部代表作"。但是吴趼人舍不得这么一个发洋财的故事,却反而使中篇出现了如此不可不提出的大缺陷。此为"余论"之一。

吴趼人在自评中还说:"一部《发财秘诀》,所叙诸人,吾皆知之。"他熟悉最早的中国买办阶级是如何起家的。而且那时有些买办是从一些洋行中最低级的职役中,经洋大班的考察得以提拔的。但是到了1843年上海开埠之后,洋大班所带到上海的一批买办,却不应该是陶庆云之流了。上海"开埠初期立即派遣来沪的阿李、阿龙、阿三(Asam)、阿陶(Atow)、阿福(William affo)等,在开埠前就长期活动于福州、厦门、宁波等地,早已与这些口岸,特别是宁波的商人声息相通,早已熟悉了江南社会习俗及商情,熟悉了上海的门径。这是怡和洋行能迅速在上海市场上站稳脚跟,拓展营业的重要前提"①。这批"阿字辈",曾帮助那些洋大班疯狂地走私鸦片、偷税漏税和掠卖苦力,立下过"汗马功劳",从而使洋大班大发横财,使中国深受鸦片的毒害。可是陶庆云之流就没有这样的一段经历,与阿李这班"阿字辈"相比,就相形见绌了。再说,吴趼人只写了陶庆云和魏又园之流"忠心如狗",可是他们与疯狂走私鸦片、偷漏税饷等竟毫无瓜葛,这是不可想象的。那么吴趼人对买办罪恶的揭露也并不算是十分深刻和全面的。这是"余论"之二。

许多洋行到了上海之后,对聘请买办也有了新的要求,从过去的"买办商人"换成了另一种名叫"商人买办"的人物,就是他们首先是一名上海的商人,对上海商情要比从广州带来的"阿字辈"的人物更为熟悉,那就更易于深

---

① 熊月之主编,陈正书著:《上海通史·第4卷·晚清经济》,上海人民出版社,1999年,第213页。

深切入上海的商业圈子,更能左右逢源。有的洋行大班还讲究聘请在上海商圈中著名的商人出任买办。如湖州丝商陈煦元,他在上海经过打拼已成为华商群中颇有影响的新人了。此时,"旗昌洋行沪行大班金能亨千方百计地拉拢他,费尽心机地聘请他到旗昌洋行做了买办。而琼记洋行大班侯德之所以十分嫉妒金能亨,也正是在于他得到了像陈煦元这样有'面子'的商人做买办"①。洋行大班之所以如此争取这些上海的巨商做买办,另一个原因就是外商要争取"商人买办"的投资,所以他们往往成为外商拉拢的对象。从上面这些事例看来,像陶庆云之类的买办,到了上海他们也逐渐会成为"淘汰货"。应该说,《发财秘诀》是吴趼人将广州早期买办的故事放到上海这个新环境中,好像也没有反映上海买办新的变化。吴趼人在《发财秘诀》中所写的早期到广州的商人在历史上往往被称为"港脚商人",他们是一群与广州最早从事贸易的人,是一些经过东印度公司特许的英国和印度的散商,大多是鸦片走私的贩子,曾被称为"穷恶人"。开始是由他们垄断中英贸易。这些散商先被英国本土政府与商人所蔑视。但当他们因从事鸦片走私而成为百万富翁时,其势力就不容小觑了。到那时,他们与英国本土的工业资本财团也有了密切的联系,并且被视为对华贸易的鼻祖。这批洋商都是一些发动鸦片战争以打开中国贸易大门的鼓吹者,而鸦片战争时英军的作战方案和《南京条约》的重要条款都深受他们的影响。他们手下的走狗就是那些陶庆云之流。但到了上海,逐渐从"买办商人"发展到"商人买办"时,商人买办首先是有自己从事独资商业的一块领地的,他们是兼做买办角色的。他们首先是中国的民族资本家,情况与陶庆云之流就有所不同了。他们对洋商的依赖性,就不像陶庆云那么单一了。当然"商人买办"做买办后就更扩大了他们的商业业务领域,也能从中得到许多便利,为自己敛得可观的资财。据1925—1926年统计,上海"总商会百分之四十五的董事和百分之二十二的会员拥有双重身份:既当买办,又当老板"②。至于陶庆云在《发财秘

---

① 转引自熊月之主编,陈正书著:《上海通史·第4卷·晚清经济》,上海人民出版社,1999年,第232页。
② 黄逸峰等:《旧中国民族资产阶级》,转引自卢汉超著,段炼、吴敏、子羽译《霓虹灯外》,上海古籍出版社,2004年,第45页。

诀》中曾一再强调"懂说话"的重要性,到了上海开埠以后,学外语的夜校据说比上海的公厕还要多,大街上满是补习英语之类的广告,陶庆云的"优势"也就不再了。由于在上海社会中,买办虽然能赚到大量财富,但"买办"这个职业是被视为"卑鄙的洋奴"的代名词,因此也有些"买办"想洗白自己,在社会上就去投资民族工商业,逐渐也就转入民族企业家的行列,他们中有一部分人或者也从事慈善事业,或者出资办学。总之,他们做出了贡献,洗白了自己,用赚到的大量财富,作为洗白自己的肥皂和清水,他们就跳出了旧圈子,从洋奴蜕变为主人。他们用从外商那里学到的新型商业知识,如制订工商发展计划和科学的管理经验,将这些财富、知识与经验,用到开发自己的商业机构中去,他们就成为"中国早期工业的投资者,又是无可替代的管理者,成为集投资者与管理者双重角色于一身的新型人物。……对中国近代工商业的萌生、发展起了不可低估的作用"[1]。可见当时在上海的情况与初期的广州的变化与发展略有不同,买办的形式也成为多种多样的角色。此为"余论"之三。

吴趼人虽然没有反映这些多样发展的前景,但他似乎也看到了一些新的苗头。他在第八回中突然通过一个妇人之口,讲了一个原型似乎是叶澄衷的人,此人是靠诚实发财的。他贫穷时做各种小生意,很肯吃苦。为了生活,他甚至提了篮子"雇了一只小船,带了些洋肥皂、小毛巾、吕宋烟之类,摇到吴淞口,跑到外国兵船上或公司船上去卖。他走得多了,那船上的外国人也认得他了。有时外国人手边钱银不便,叫他记账,到下次去收,久而久之,这记账也成了老例了。有一只公司船的外国人,不知怎样欠了他十多块洋钱,一回他去讨账,恰好那公司船已经起锚要开行了。那外国人匆匆给了他一卷小洋钱。……他便匆匆下了小船回来,打开那小洋钱要点数,谁知不是小洋钱,竟是一包金四开"[2]。作为听众的花雪畦听到这里暗想道:"果然发了财。"但此人没有动那包洋钱,等下次公司船再来时,他还是去原璧奉还。那外国人非常感动,说他老实,知道他没有力量开店铺,就支持他开了店铺;

---

[1] 熊月之主编,周武、吴桂龙著:《上海通史·第5卷·晚清社会》,上海人民出版社,1999年,第317页。
[2] 吴趼人:《发财秘诀》,天津古籍出版社,1986年,第59—60页。

还到处介绍他生意,并在外国的报上刊登了他的事迹。很多洋商知道他是有信誉的商人,即使他店里没有的货物,也会托他去代办。这下他可真发了财。花雪畦听了只是不信世界上有这等人。这个故事近乎叶澄衷的事迹:一次有一外国人因急事便搭叶的小船上岸,却将一个大皮包忘记在船上,里面有巨款和股票之类等等。叶一直在码头上等到天黑,才看见外国人匆匆返回,他就将包里的巨款原物奉还。那外国人是经营煤油的巨商,见叶为人可靠,就聘请他做代理人。我们很难说叶本人就是买办,但有一些书上也将他归入买办一类中去,因为他总是靠了做"洋油"的中国代理商才会发大财的。叶澄衷后来出资兴办义学,又办了新式的澄衷学堂,培养出大批英才。还有上海买办虞洽卿、朱三葆等人,即使对辛亥革命也都有一定的贡献,而且对慈善事业也能做尽量的付出,俨然成为上海的社会名流;再有如买办郑观应所写的《盛世危言》对晚清的政治、经济、军事、外交、文化诸方面都能提出自己的改革方案,连康、梁和孙中山也都受过他的影响。他就被史上视为从买办转化为民族资产阶级的最典型的代表人物。可见,对这些变化和发展的新情况,我们也不能不予以关注。这应该算是我们的"余论"之四。

第六章 清末和民国"狭邪小说"内质的演变

第一节 清末"狭邪小说"从溢美→近真→溢恶

鲁迅在《中国小说史略》中为反映妓家的说部取了一个专用名词——"狭邪小说"。"狭邪"从字义上解释就是泛指"狭路曲巷"。古代诗词小说提及"狭邪女"或"狭邪家"就是指妓女和妓院,因此,将写娼妓生活的小说称为"狭邪小说"是非常贴切的。鲁迅在《中国小说的历史的变迁》中以最简练的笔墨为清末狭邪小说的历史发展作了高度的概括:"作者对于妓家的写法凡三变,先是溢美,中是近真,临末又溢恶……"①这真是概述"史略"的大手笔,仅用"溢美""近真"和"溢恶"这六个字就涵盖了清末狭邪小说的发展轮廓与运行轨迹;而且还在为数众多的这类小说中选出了三部代表作——《青楼梦》《海上花》和《九尾龟》。

《青楼梦》是溢美谀媚的代表作。鲁迅写书中的主人公金挹香完成了封建士人以为最高的人生理想:那就是金挹香"取吴中倡女,以发挥其'游花国,护美人,采芹香,掇巍科,任政事,报亲恩,全友谊,敦琴瑟,抚子女,睦亲邻,谢繁华,求慕道'(第一回)之大理想,所写非实,从可知矣"②。这个大理想的第一步是使自己成为宝玉再世:"我金某如花间蝴蝶,赏遍名花,此中佳景甚觉可喜。"写他与相识的36个妓女之间的"痴情"。在享受了粉薮脂林的艳福后,第二步是追求功名,高中之后,就花银子加捐一个同知衔,做了一

---

① 鲁迅:《中国小说的历史的变迁》,《鲁迅全集》第9卷,人民文学出版社,1981年,第339页。
② 鲁迅:《中国小说史略》,《鲁迅全集》第9卷,人民文学出版社,1981年,第261页。

任邑宰,说是爱民如子,得到皇帝的赞赏,他以任政事"镀金"后就辞了官,而皇帝便"钦加挹香为尽先题补道,恩赐二品封典,其父诰授荣禄大夫,母封一品太夫人,正室钮氏亦封二品夫人,其余四妾俱封恭人……这旨意出来,挹香的公私恩情俱可报答"云云。这也就完成了报亲恩,对父母和妻妾都有了个交代。进而第四步是将子女的前程与婚姻大事也安置妥帖,最后就"谢繁华,求慕道",遂使金家两代人皆白日飞升,成了神仙。这部像痴人说梦般的溢美小说,充满着教训色彩,为封建士大夫树立一个高不可攀的标杆,演算了一个封建文士的"高大全"公式。直到20世纪30年代鲁迅还不忘对这部"谀媚"的作品进行一番讽刺:这类"闻鸡生气,见月伤心"的才子"去嫖的时候,可以叫十个二十个年青姑娘聚集在一处,样子很有些像《红楼梦》,于是他就觉得自己好像贾宝玉;自己是才子,那么婊子当然是佳人,于是才子佳人的书就产生了。内容多半是,惟才子能怜这些风尘沦落的佳人,惟佳人能识坎坷不遇的才子,受尽千辛万苦之后,终于成了佳偶,或者是都成了神仙"。① 这一批评中有的话就是指的这部小说的内容。

"近真"的代表作是《海上花列传》。鲁迅认为书中的"妓女有好,有坏,较近于写实了"。对这部作品曾有中国的四位文学大师级的作家予以好评。最先评价它的是鲁迅。鲁迅说该书的作者"固能自践其'写照传神,属辞比事,点缀渲染,跃跃如生'(第一回)之约者矣"。那是作者在第一回开宗名义,自诩他的小说要能达到这16个字的标准,而鲁迅认为他的确"自践其约"了。也就是说小说在人物塑造上、在事件描写上、在情节设计上均能发挥到淋漓尽致的程度,使人觉得进入了"跃跃如生"的神境。鲁迅对此书的另一评价是"平淡而近自然"②。在这里"平淡"二字并非是贬低。在中国的传统美学范畴中,平淡就是王安石所说的"看似寻常最奇崛,成如容易却艰辛"。而苏东坡则说:"大凡为文,当使气象峥嵘,五色绚烂,渐老渐熟,乃造平淡。其实是非平淡,乃绚烂之极也。"③

---

① 鲁迅:《二心集·上海文艺之一瞥》,《鲁迅全集》第4卷,人民文学出版社,1981年,第277页。
② 鲁迅对《海上花列传》的评价,均引自《中国小说史略》,《鲁迅全集》第9卷,人民文学出版社,1981年,第264—267页。
③ 这里对"平淡而自然"的理解,皆参照英国汉学家卜立德的《一个中国人的文学观——周作人的文艺思想》(陈广宏译),复旦大学出版社,2001年,第100—102页。

而"自然"应作"浑然天成"解。

胡适曾为1926年东亚版的《海上花列传》作序,也对小说大加褒赞。认为这是第一流文人完全用苏白所作的小说,"如果从今以后有各地的方言文学继续起来供给中国新文学的新材料,新血液,新生命——那么,韩子云与他的《海上花列传》真可以说是给中国文学开了一个新局面了"①。刘半农则评价《海上花列传》中的人物塑造不是"平面"而是"立体"的。作为一位语言学大师,刘半农还特别提出:"我们知道要研究某一种方言或语言,若单靠了几句机械式的简单例句,是不中用的;要研究得好,必须有一个很好的文本(Text)做依据……如今《海上花列传》既在文学方面有了代表著作的资格,当然在语言学方面,也可算得个很好的文本:这就是我的一个简单的结语了。"②

而几乎不可思议的是张爱玲在晚年用将近十年时间,两译《海上花列传》,先是译成英语,后又译成普通话。通过两次翻译,可以说对《海上花列传》的每一个字她都做了"掂量"。因此,如果说鲁迅、胡适、刘半农是评价《海上花列传》,那么张爱玲是侧重于"理解"和"阐释"《海上花列传》。她说,《海上花列传》的"主题其实是禁果的果园"。"禁果的果园"五个字可说是点穿了全书的奥秘。张爱玲接着解释道:"盲婚的夫妇也有婚后发生爱情的,但是先有性再有爱,缺少紧张悬疑、憧憬与神秘感。"③说白了就是中国的男子缺少谈恋爱的经历,但在男女禁隔的社会中,要找"红粉知己",想备尝恋爱的滋味"只有妓院这脏乱的角落里也许有机会",因为只有妓女在那个年代里,能扮演"大众情人"的角色。如果有人竟胆敢到这禁果的果园中去品尝"恋家之果",那是非常危险的。人类的祖先为了偷吃禁果,不是被上帝赶出了伊甸园吗?而中国的某些男子拼死去吃禁果,也是当时他们的矛盾人生吧?但是也像"围城"一样,在风月场中尝到禁果苦涩的人弃城而出,而在城外的人却还想夺门而进,他们还在幻想这园中的旖旎风光……

《九尾龟》被鲁迅视为溢恶的代表作,而且认为它是"可以做嫖学教科书去读"。无独有偶,胡适也有类似的批评:"《海上繁华梦》与《九尾龟》所以能

---

① 胡适对《海上花列传》的评价见于《胡适文存》第3卷,黄山书社,1996年,第352—369页。
② 刘复:《半农杂文·第1册·读〈海上花列传〉》,星云堂书店,1934年,第247页。
③ 张爱玲:《国语本〈海上花〉译后记》,上海古籍出版社,1995年,第636页。

风行一时,正因为他们都只刚刚够得上'嫖界指南'的资格。"这两位超一流的文学大师是从它的消极影响着眼,当然是劝大众不必去读这种有负面影响的书。但是《九尾龟》却非常畅销。秦瘦鸥曾回忆道:"我清楚地记得,抗战前不久,走进上海那些大学或中学的宿舍,还可以在不少同学的枕边发现这部'巨著'。其影响之深且远可以见矣!"他认为有两个原因使它流传甚广,一是"《九尾龟》这个书名怪得好";二是"这部小说情节很热闹,人物也多,故易于抓住读者……"①一部晚清的小说,到20世纪20年代末或30年代初,居然还有不少读者对此感兴趣。但是读它的人不一定是嫖客。他们可能作为了解社会中的"尔虞我诈"的书去读,由此增加一些社会人生的阅历;或者以一种"窥探欲"的角度,以好奇心去看某些人为了发泄性欲而跌入陷阱的可笑事例。但鲁迅对章秋谷的分析却是很深刻的:"这些书里面的主人公,不再是才子+呆子,而是在婊子那里得了胜利的英雄豪杰,是才子+流氓。"②章秋谷自以为有本事,兼有文才,即"万斛清才""一身侠骨",跳出来去惩戒那些"坏妓女",为嫖客们泄私愤长"志气"。鲁迅认为这"才子+流氓"的形象是颇有典型性的,甚至侵入了20世纪30年代的上海银幕:

> 现在的中国电影,还在很受着这"才子+流氓"式的影响,里面的英雄,作为"好人"的英雄,也都是油头滑脑的,和一些住惯了上海,晓得怎样"拆梢","揩油","吊膀子"的滑头少年一样。看了之后,令人觉得现在倘要做英雄,做好人,也必须是流氓。③

第二节 民国"倡门小说"中的人道呼吁和人性光芒

但本文重点要阐释的并非是清末的"狭邪小说",而是所谓"鸳鸯蝴蝶

---

① 秦瘦鸥:《闲话"狭邪小说"》,《小说纵横谈》,花城出版社,1986年,第75—76页。
②③ 鲁迅:《二心集·上海文艺之一瞥》,《鲁迅全集》第4卷,人民文学出版社,1981年,第292页。

派"的作家在民国时期的"倡门小说"。它们与清末的"狭邪小说"发生了哪些变化。他们并不去用鲁迅所创的"狭邪小说"的名称,虽然写的是同一类反映妓女生活的小说,但早在鲁迅于20世纪20年代在北大的课堂讲义《中国小说史略》之前,鸳鸯蝴蝶派的作家早将此类小说叫作"倡门小说"了。"倡门小说"这个名词是出现在"狭邪小说"之前。评价晚清"狭邪小说"时,只是用"溢美""近真"和"溢恶"这三个词语去衡量小说描写客观事物的真实性,但到了民国时期,优秀的通俗小说家却将"妓女"的存在,作为一个"社会问题"去加以研究和反映了。他们之中的优秀作品既客观地反映妓女生活,同时在作家主观上对妓女有着强烈的人道、人情和人性的关怀。

在晚清,妓院并不等于发泄性欲的场所,特别是高级的妓院,它主要是一种社交场所。当时妓院的等级有书寓、长三、幺二和野鸡之分。书寓曾有所谓"卖艺不卖身"的规矩。高等的妓院主要是官吏(先前清廷是严禁官吏嫖娼的,后来禁令也逐渐松弛了)、富商和文人骚客流连的地方,或官场应酬,商场贸易,大多涉及政治或商业交易,而文人骚客则表示自己倜傥风流,才显他才子与名士本色。上述各类人物都借此场合集会交谊。长三"从传统的书寓转化而来……客人须是熟人或经名人介绍方可入内,留宿者更严"①。当然在这些高等妓院中并非没有性关系,但要有一定的恋意交情之后或掂量身份与身价之后,才有可能。当时盛行早婚,青年男性对"性"早已失去了神秘感,但在当时男女禁隔的社会中,他们或许想到妓院这个"大众情人"的地域中去寻求"恋爱"一场的滋味。"'婊子无情'这句老话当然有道理,虚情假意是她们的职业的一部分。不过就《海上花》看来,当时至少在上等妓院——包括次等的幺二——破身不太早,接客也不多……女人性心理正常,对稍微中意点的男子是有反应的。如果对方有长性,来往日久也容易发生感情……"②在这种情况下,留宿也就可以视为平常了。

但是情况是会发生变化的。在民国初年,或许还会延续清末的封建信条;随着西风东渐,男女的禁隔也逐渐被冲破了,男女公开交友,自由恋爱,

---

① 熊月之主编:《老上海名人名事名物大观》,上海人民出版社,1997年,第323页。
② 张爱玲注释:《国语本〈海上花〉译后记》,《海上花落》,上海古籍出版社,1995年,第363页。

渐渐成为常态。这"迟到的中国浪漫",使男子不必再一定到"禁果的果园"去偷吃禁果了。于是妓院的功能也就有了变化。过去只有低级的野鸡们才专门主动拉客出卖肉体,供人发泄性欲,因此才有妓院与"肉林"之分。民国以后随着社会的变化,而使妓院成了专业的性交易所。作为一个社会问题的性质就更突现出来了。专门有一批女性可以为金钱出卖自己的肉体,特别是一些穷人家的女儿因家长在生活无着、走投无路时,将女儿卖给鸨母,任人践踏与蹂躏,过着毫无人的尊严的痛苦生活,使自己成为一个非人的"性工具",听从鸨母去与嫖客谈交易。一些作家因同情这些被侮辱与被损害的女性,探求如何解决这个带有罪恶性质的社会问题。在现在看来他们所设想的种种方案或许是非常幼稚可笑的,但他们那同情弱者的精神却是可敬的。在他们作品中的呼吁也是感人的。这些作品与晚清的"狭邪小说"的基调也是不同的。最主要的特色应该看到这些作品中有着一股人道主义的呼吁,投射出强烈的人性光芒。我们也选出三位有代表性的作家,一一加以介绍。这三位作家就是何海鸣、毕倚虹和周天籁。何海鸣的《十丈京尘》是一部优秀的长篇小说,但主要不是专门涉及妓院生活的,因此我们略而不论。那么就以他的中短篇"倡门小说"为论述对象。毕倚虹的倡门短篇中也有佳作,但他的代表作乃是长篇《人间地狱》,刊登在上海的大报《申报》上。何、毕二位的佳作可以代表20世纪20年代的倡门"领军小说"。周天籁写的"倡门小说"代表作是《亭子间嫂嫂》,则刊登在20世纪30年代末的上海小报《东方日报》上,在20世纪40年代初刊印单行本,可以说它是民国倡门小说的绝唱了。

何海鸣在1921年初曾在周瘦鹃所编的刊物《半月》上发表《求幸福斋主人卖小说的说话》:

> 我很想与几个小说界卖文的同志先将短篇小说认真地作几篇,成一种现代中国短篇小说的完成作品……慢慢地由此抬高现代中国短篇小说的价值,紧挨上世界文坛上去……我们做小说出卖的人倘若肯大大地努力,将小说的价值抬高,教国人知道这是一种重要的文学,人生都应该有这种东西来安慰……我既然想做小说界努力向上的一份子,

我此后的出品,第一、每篇有每篇的用意,不肯毫无所为而做;第二、不肯敷衍多凑字数。①

当时通俗小说家都以长篇小说为自己的"强项",而何海鸣"下文海"时却以短篇小说作为他的竞技项目,他决心要去扶植通俗小说中的"弱项",不避短而要努力"补短",在当时也算是有眼光与有抱负的志向了。他的倡门小说短篇代表作是1921年发表在《半月》上的《老琴师》。这篇他用白话体试作的小说刊出后,"颇得阅者赞许,即新文学家亦有赞可者。我遂决心为小说家矣"②。

《老琴师》是一篇以一位老琴师的视角,去描写"美"的毁灭的哀歌,写出了北京八大胡同"歌舞升平"中无血的杀戮。老琴师原为北京八大胡同各家清吟小班里教曲子最有名的老师爷。三年前在一家"南边班子里收下一个极有天赋的只有十二三岁的女徒弟。在老琴师的和蔼可亲的悠扬的琴声中,她肯尽心尽意地学"。这个名叫阿媛的女弟子那种天然的美和人生的真,直打入老琴师的心坎内,竟喜欢得要掉下泪来,所以他将毕生的歌剧艺术,传授给了这位女弟子。三年学成后,老鸨给她第一步的人生责任就是出堂差条子,在酒宴上唱曲子给人家听。老态龙钟的老琴师则整日颤巍巍地拿着一把胡琴紧跟在女弟子身后。阿媛虽不愿意唱给那些侮辱和玩弄她的俗物听,可是当她"高唱入云的时候,自己对自己得着一个很大的安慰。她唱得高兴,自然就会自己安慰自己,说这是唱给我自己听的,或者是师傅听的,再或者是邻座姐妹们听的,他们都道好,自己也觉得真不错"。③ 当她唱红了一年之后,歌剧艺术的完美又使她的身体出落得更美丽了,于是这老鸨与急色儿的嫖客就"要在这盛名之下的艺科名妓的洁净的肉体"。"那位老领家妈妈不懂得什么叫做女子的贞操,更不懂得什么叫做艺术家的人格,她只知道娼妓卖身是法律上许可的商业买卖行为。"于是将那处女的贞操像拍卖一样给出价最高的军官。他"在那国库支出的兵饷内克扣了一笔,约末有

---

① 何海鸣:《求幸福斋主人卖小说的说话》,《半月》第1卷第10号,1922年1月。
② 何海鸣致编者周瘦鹃的信,《半月》第1卷第7号,1921年12月。
③ 何海鸣著,范伯群编:《倡门画师:何海鸣代表作》,江苏文艺出版社,1996年,第125页。

八　中国近现代转型期国情与民风的流变

五千多银子,悉数拿出来孝敬这位老领家妈妈,便如冲锋陷阵慷慨赴义一般,得了这注头标,足够北京全城政学军商各界的冶游家,不约而同地发生一种羡慕与妒忌"。① 就只隔了这蹂躏的一夜,这女孩子的嗓音就变了,由清脆变成了粗浊。"咳! 这个天生的女艺术家,给昨晚一宵轻轻地毁了,可怜她人生问题中的两个重大部分——贞操和艺术,都被万恶的金钱断送给那军官大爷了。"②而老琴师呕尽心血教成的女弟子从卖唱生涯一变而为卖皮肉的生涯了。当阿媛被折磨得病势沉重时,那军官大人硬逼着她要唱得高耸入云,她万分支持不下时,军官咆哮如雷,准备唱死她。

> 阿媛刚刚唱了一句,在那尾声上一口气接不上来,心里一急,哇的一声吐出一口鲜血来。恐怕被人看见,一只手用手巾遮住嘴一只脚便在地毯上乱擦,想擦碎那块鲜血。老琴师一清二楚地看在眼中,心里如刀割的一般,蹦的一声,——上帝呀,他看在上帝的面上,拿出一百二十倍的勇气,做出一种有重大价值的破坏——是世界上公理、正义、人道所许可的——哎呀,这老头儿老泪交流,下了一个决心,把他恃为生活的一根琴弦,竟故意儿弄断了……老领家妈妈急忙跑过来,叫了声:"师傅,快点儿接了弦再拉。"老琴师发出一种极悲惨的冷笑,轻轻说道:"这是要人性命的勾当,我老头子不干了。"把胡琴往地上一扔,立起来就走……老琴师跑出院中,还在那里痛哭流涕地直嚷,说他们在那里杀一个无罪的人,我救不了她,我也不能眼睁睁地看她死。完了,完了!我不干这个造孽的事,不吃这门害人的饭了。说完就此出去,便没人知道他的下落……③

作品的结尾使我们感到,通俗作家对社会问题的见解也是那么锐利与深刻,它并不亚于新文学作家。也许是作者初试小说创作,在篇章中自己站出来评论稍多了些,可是这是一篇闪烁着人道主义光芒的佳作,也是一篇描

---

①②③ 范伯群主编:《倡门画师:何海鸣代表作》,江苏文艺出版社,1996 年,第 126 页,第 128 页,第 130—131 页。

写真善美被残酷地毁灭的哀歌,是一篇对不义的金钱肆意践踏艺术的血泪控诉,也是一曲老琴师用生命去抗争那些蔑视人尊严的恶势力的颂歌;是作者用一种激越沉痛的声音,用自己的爱憎去镌刻的一篇力作。

何海鸣的倡门中篇代表作是《倡门红泪》。这篇曾被视为"研究型"的小说是受他听到的一个故事的启发,希望以这篇小说作为他研究这一社会问题的一个答案。在《求幸福斋丛话》中他简述了这个故事:

> 有粤妓二,姐妹行也。其姐适一银行买办,尝受种种之苛虐。其妹愤焉。立誓不嫁人,出资购一幼童。蓄之别室,延师授之读,禁其出入。偶得暇,则就视之,嘱其呼己曰姐。为敬烟茶,执弟礼。拟俟其成人时,则以身嫁之。其未嫁时,则为候补与预选之丈夫。质言之,则为其主权所有之奴隶。如往古母系制度中所蓄之男奴。此妓之思想超越,真在寻常女子之上。欧洲学者,恒谓女子脑力弱,无发明心,然此妓发明此特殊丈夫制度,诚奇女子也。①

根据这一故事何海鸣构思成了一个中篇,于1926年出版了单行本。作品中的女主人公是妓女春红二小姐,男主人公是一位作家,他常被同行称为"描写倡门疾苦的第一圣手"。这当然是有点何氏自画像的成分,不过也不等同于他在写自传,不过作品人物在气质上与他有某些相似而已。这是一位曾经有过妻子而现在独身的男子,自称是"精神恋者"。他说:"可怜中国的人男女社交不许公开,我是向来在平康队中寻些男女交际的乐趣。"但他对妓女是"只尽义务,不求权利",也就是"清游"而已。他将自己的感情完全倾注在春红身上,他不是去玩弄女性,而是站在友谊的立场上对这位具有美质女子从培育入手,他愿自己扮演成一位"雕塑家",要将这位"出脱得十分浓艳"的女子,雕塑得"叫人越看越爱"。这是他一手造型的一个艺术杰作,是他爱和心血的一个结晶品。春红也万分愿意嫁给他,他却由于种种原因不能娶她(什么原因,作品中并没有提及)。却又再三劝她择人而从,解决娼

---

① 何海鸣:《求幸福斋丛话·第2集》,大东书局,1922年,第45—46页。

妓的人生终身大事——从良。后来她看中了一位外交官,在出嫁的前夕,她一再打电话要他去"送嫁",其实是欲向他作第一次也是最后一次的"献身"。交往有年,明朝却是"陌路人"了。

  草草吃完,筵席自有散时候,我会了钞,便欲告辞。但是只有怎么一次见面了,多谈一会算一会,多看几下是几下,明天就是萧郎陌路,后会无期。我在此紧要关头,那里有这般勇气轻易舍割,一说便走呢?阿红的娘寻我开心,故意儿说道:"二少今天就不走了吧。"阿红也默默不语,含睇而立。我想了想道:"不可,我做了四年君子,要傻就应该傻到底,况且伊已是别人家的人了,我又何苦在这末一次的把晤中,去践踏伊,蹂躏伊,难道是怎么一次的自持,我竟办不到吗?"随即走向前与阿红握那末一次的手,说道:"阿红,我们就是这样散了吧。"阿红道:"老二……"可怜底下竟继续不出话来。我又道:"我们大家往后都保重些。"便又大胆无理的上前亲了一个末一次的热吻。恰好伊有点眼泪落下,我就将那滴泪咽在腹中,头也不回,就此走了,隐隐听着阿红的哭声,不知是伊不是伊……

  可是春红婚后并不幸福,高等妓女本是一种包着金色外壳的贱业,再加上外交官一直怀疑春红与这位作家还在往来,种种的不如意使她最终成了逃妾。社会上不分青红皂白统称之为"淴浴"。这"淴浴"者的名誉是很难听的,意思是妓女平日生活奢侈,欠下大笔债款,就以从良为名,叫嫖客拿出大笔钱款,为她赎身和还债——意思是洗清了她的身体。他们做了短期的"人家人",就席卷丈夫的大笔财产而逃遁。但春红的逃妾是属于被男方逼走的,可是她也不想再在北京存身。她孤身出走,到了上海,连昔日莫逆之交的作家也不知她的下落。在上海历尽各种险境,又飘流至济南、青岛、天津等地。身上总背着"淴浴"的罪名,在社会上的人看来这是个"含有毒素而不可惹的人"。她休想再嫁人,难道她只配做妓女终其一身?她不甘心,于是在天津实施了一个秘密的计划——她要自己来培养一个"童养夫",以完成她真正从良的心愿,她要培养的对象条件有三:

一要无爹无娘并无六亲的孤儿,二是年纪不得超过14岁以上,三要资质聪敏多少读过些书。

唯有这种小孩子,年纪轻轻的天性全在。既因处境很穷,被我收留下来,将好吃的好穿的给他享用,容易感我的恩,领我的情。我一面把他的心买好,一面又施于教育,使他成为一个有学问有艺能的人。到相当时候,我嫁给他。

女人家的结果,无非是嫁人。淴过浴的妓女,没得好人要,只好自己费力特别制造一个好一点的人来做丈夫了。世界上有一种童养媳,你大概总知道的,我就仿这个法子,来找一个童养夫。

这个"秘密"计划,真是荒诞不经而又想得"合情合理"。于是她为他请了教书先生,又雇了老妈子,既是伺候他,又兼有监督他的用意,不让他在外面胡乱跑,她希望他不受社会上恶浊氛围的熏染。这孩子开始时确有感恩之心,可是这种长期封闭式的教育使孩子由反感乃至于叛逆,这种监狱式的生活,使他非采取革命式的行动不可。于是他不别而行,还留下了一封措辞很激烈的信。这伤透了她的心。她的"丈夫养成所"就这么垮了台。于是春红几乎变态:"从来女人们受男子的欺负,也不止一天了;我今天偏要弄一个男子来欺负欺负,替我们女子出出气。"这种想法倒有点近乎外国小说中玩弄男子的女性了。当时,春红还有一条路可走,那就是有人劝她,买几个女小孩培养培养,将来自己做龟婆。但这条路阿红死也不愿意走。她受尽了痛苦与侮辱,她能再去制造别人的痛苦与侮辱?而外面却纷纷传言,阿红违背人道,强占一个小孩做姘头,这使春红气得几乎发疯,她大病了一场。作品的结局还是由这位与阿红重逢的作家来收拾残局。他承认阿红是经受了一次"有价值有光荣的失败",并鼓励她自己"创造一个命运"。不是嫁人,更不是倚从嫖客的钱袋,而是要使自己有一种自立的能力,取得经济上的独立与自主。他们在西山脚下盖了草庐,买了意大利孵鸡器和法国葡萄树苗从事生产,过着一种"新村"式的生活。他们跳出世俗间夫妻制度的框架,"红粉疗愁,青山偕隐"。这位"描写倡门疾苦的第一圣手"写道:

以名山胜水作背景,以旷野平原为舞台,比以前倡门斗室酒绿灯红歌筵舞席上,那般局促杂乱,实不只天上人间的分别,简直是天堂地狱的异同。古人携妓东山,传为佳话,虽也是别有怀抱,但谢安所携的是妓女,我所陪伴的是女友;谢安心中有妓无妓,我虽不能断定,然而他总是带着浪漫派的色彩;我们却是精神结合,互相各自尊重自己的人格,在神圣重大的生存意义上,为此组织,并非仅为娱乐起见,自信可以说得上前无古人咧。

何海鸣就是听得一个故事,然后再加上自己乌托邦的幻想,什么"青山归隐"之类;还配上自己的一点"倡门小说家"的气质,竟写出这样一篇"研究型"的小说来——研究如何解决这一社会问题。书上的这个计划如能实现,西山还容得下那么多"归隐"的妓女吗?但是我们不得不承认,何海鸣是在"思考着",将妓女问题作为一个社会问题在"思考着"。不仅在小说中,在1922年,他还撰文"预测"《五十年后的娼妓》;1924年还发表《废娼之我见》等随感式的文章,皆是《倡门红泪》等小说的理论化。如他喊出了"妓女也是一个人"的呼声:"速行筹划女子生计,使女子生计均得安全后,然后才能为普遍之废止。"①

第三节　三位通俗作家合作塑造了一个雏妓形象

民国倡门长篇小说当由毕倚虹与周天籁执牛耳。毕倚虹的长篇小说《人间地狱》可代表20世纪20年代在大报上连载的倡门小说的最高水平,而周天籁的《亭子间嫂嫂》则在20世纪30年代在小报上连载的倡门小说中最为火红。

打开《人间地狱》,开宗明义的一段话就能知道这位作者既机智又有思想,并且在文字上绝对可以代表当时通俗小说的最高水平,真可谓起笔不凡:

---

① 何海鸣:《废娼之我见》,《半月》第2卷第16期《娼妓问题专利号》,1924年5月。

话说天堂地狱这两个名词,原是佛教中劝惩人类的一句话。究竟天堂是怎样的快乐,地狱是怎样痛苦……也没有游历回来的人做个报告书……有一种绝顶聪明的人,下了一个解释……天堂地狱的滋味也不必人到死后方能领略……凡世人所受用的苦恼即是地狱,快乐就是天堂。地狱天堂不过是一种苦乐的代名词。……但是其中也略略有个分别,有的明明是瞧着他快乐,仿佛如在天堂,不知人所感受的痛苦,比堕落在地狱中还要难受……即如最热闹的功名富贵也不知包含了多少铜柱油锅;最旎旖的酒阵歌场,也不知埋伏了多少刀山剑树;交际场中,也不知混杂了多少牛头马面;绮罗队里,也不知安排了多少猛兽毒蛇……因此,在下发下一个愿心,将这些人间地狱中的牛鬼蛇神、痴男怨女、狞狰狡猾的情形、憔悴悲惨的状态一一详细地写他出来,做一幅实地写真。①

这是很标准很纯粹的白话,但读起来却如此铿锵婉转,且含有并不深奥而平头百姓都能懂得的哲理。

《人间地狱》中的狎客却与《海上花列传》有所不同,他们不是"万商之海"中的商人,而是上海的另一个群体。陈瀣一曾用两句话就涵盖了这部五十多万字的长篇的梗概,指出它是"以海上倡家为背景,以三五名士美人为线索"②,勾勒出一幅幅活地狱现形的写真。在小说中的人物以苏曼殊(苏玄曼)、包天笑(姚啸秋)、叶小凤(华稚凰)、姚鹓雏(赵栖梧)和毕倚虹自己(柯莲荪——可怜生之谐音)等人为原型。这是一个知识圈里却大多又是撰写通俗小说的作家。《人间地狱》的主干故事,就是柯莲荪与姚啸秋等在青楼中竟对妓女动真情;而妓女也以这些"恩客"为日后从良的终身依托。柯莲荪与秋波之恋,就不是企望肉欲的欢宴,而是纯精神之恋。姚啸秋与碧嫣的感情也从不来自色欲,而是讲究佛家所谓的一个"缘"字。这些名士派雅客在秦楼楚馆中风流倜傥,妙语连珠。文人名士加上恬静派的佁人,使整部

---

① 娑婆生:《人间地狱》(第一集),自由杂志社,1924年,第1页。
② 陈瀣一:《人间地狱·序七》,《人间地狱》,自由杂志社,1924年,第1页。

小说格调显得极其高雅。他们是在封建婚姻之外对红粉知己的一种感情宣泄，也是对这种高等妓院烟花地狱的本质的揭示，毕倚虹采取的是非常含蓄而深沉的揭露。不是写物质生活的匮乏，皮肉的痛楚，而着重写"人情"的被扼杀，"终身"的无依托，人生归宿的渺茫无际。当柯莲荪钟情于"小先生"（即雏妓或称清倌人，处女也）秋波后，鸨母惋春老四这个心狠手辣的鸨母，想在柯莲荪身上敲一笔大大的竹杠。因为要狎客为雏妓"梳拢""开苞"，即得到初夜权，那是要花大价钱的。这是中产之家的柯莲荪的经济能力所无法承受的。鸨母在表面上是温馨笑语，骨子里防柯莲荪如防贼，处处监视，也唯恐秋波的"情"之泛滥。作品妙在写出无形的枷锁，心灵的监禁。在柯莲荪和姚啸秋眼中，直是瞧他们的红粉知己"在脂粉地狱里熬刑"。毕倚虹要读者在读作品时"大彻大悟"：这只用金丝编织的鸟笼，是扑杀"人情"的阴曹地府："悟来纸醉金迷地，正是烟花地狱场。"

雏妓秋波的出场也是在一个吃花酒的场面中，却被毕倚虹写得如此"书卷气"。即使在这种场合中，也不失在雅谑中显得如此隆重，定下了以后柯莲荪与秋波"精神之恋"的基调。对狎客说来，他们心中自有钟情的对象，而妓女对这位客人如果中意，也会被视为"恩客"，甚至是日后从良依托终身的候选。介绍人是苏玄曼，就是鼎鼎大名的苏曼殊。那时柯莲孙正对一位名叫谢翠红的妓女有些意思，但苏玄曼看不上眼，却点名叫了秋波来侑酒，并且将秋波推荐给了柯莲荪。在长篇第二十回是这样写这个场面的：在柯莲荪的眼中的玄曼上人是："虽说是自称和尚，但见他诗酒风流，酒色不忌，性情孤洁，语言雅隽，并且文擅中西，诣兼儒佛，实在算得如今一位硬里子的名士了。"[①]接着写玄曼上人在叫堂唱时点了秋波，于是写秋波第一次出场时的光艳照人了："果然见一个十三四岁窈窕流丽的女郎，脸上含着笑容，带一半矜持，一半娇羞的样子，走了进来，一双晶莹如露如电的眼波，向四座一射，盈盈的向玄曼身边一坐，叫了一声苏老。"[②]其时柯莲荪叫的堂唱谢翠红刚离席而去，苏玄曼就将秋波转介绍给柯莲荪。在毕氏笔下，竟是一段绝妙的精彩文字：

---

①② 娑婆生：《人间地狱》（第二集），自由杂志社，1924年，第43页，第45页。

苏玄曼见谢翠红去了,忙对柯莲荪道:"我看你快些将倚翠偎红的心思收拾干净吧。这一种翠,这一种红,谢谢罢。大可不必倚,不必偎呢!"莲荪听着也笑起来道:"你简直在这里将谢翠红三个字,拆散了做文章呢。"玄曼说:"谢翠红我也瞧得出是不生问题了。老老实实一句话,秋波这孩子这般光艳明秀,确是出类的人材,我一见就赏识他。尤其好的是天真未凿,颦笑之间还夹着三分稚气,两分憨态。这点稚气憨态,女儿家只有十四五岁的时候有。过此以往,光艳有余,娇憨渐去。这个时候正是极好的时代,所谓好花看在半开时。不过有一件可虑与可惜的事。她不幸在那悗春老四(悗春老四为鸨母——引者注)的手底下讨生活,所闻所见全是浮滑轻佻,还学得出什么好样子?娟娟此豸,如不及早振拔,未免可怜可惜。我是衣钵云游,行踪飘忽,不能常在此地。你既常在上海,可以随缘调护,也不枉山僧饶舌。"①

好一个"随缘调护",这简直是大法师"点化"柯莲荪做了个"护花使者",使那天然光艳之花不要为俗物淫风所摧残糟蹋。他要柯莲荪去呵护那天生的"美"质,这里哪容得风月场中的半点轻浮?这样的介绍,哪是"推荐"一个妓女,这是佛家的一种"振拔",简直是要柯莲荪永葆她美的青春,青春的美!柯莲荪难道不知其中的分量吗?于是在《人间地狱》中就是写名士们的"清游风味",是对美的鉴赏,也是对美的膜拜,在狭邪场中显示了他们的文雅风流,人情佳话。

小说中写柯莲荪与秋波真所谓情投意合时,秋波突然得了当时极为可怕的传染病猩红热,得了这种可怕的传染病真可谓九死一生。秋波虽是鸨母的"摇钱树",但更怕传染于她,当然不敢去接近病人。这时只有柯莲荪站出来冒死相救。他将秋波送到一个姚啸秋相熟的郊区医院之中,并常去探望。一次柯莲荪在一个凄风苦雨的日子里探病归来,在马车里对姚啸秋说了一段"痴情话"。可见毕倚虹是将这"歌阵酒场""旋旖风光"简直是看"透"了,看"穿"了:就在秋波病情濒危时,柯莲荪在风丝雨片的悲凉中,他对姚啸

---

① 娑婆生:《人间地狱》(第二集),自由杂志社,1924年,第49—50页。

秋说,万一秋波香消玉殒,他要向老鸨收买秋波的遗骨:

> 我觉得在青楼中买人,远不如在青楼中市骨。买人的结果,平添了许多烦恼……像我这买骨的痴想:我觉得一抔黄土,郁郁埋香。春秋佳日,冢次低徊,怀想其人,永远不能磨灭。脑筋里有些永久的悲哀,便存了些此恨绵绵之想,岂不甚好。那种意境,远在金屋春深,锦衾梦暖之上。①

这是"情"的极致,也是对"情"的杀手最悲愤的控诉。一切肉欲皮相的东西,都会在这股情的激流的面前,自惭形秽。这"不能生致其人,但能死有其骨",与"在青楼中买人,远不如在青楼中市骨"是两种很不相同的境界。人生阅历的深浅是不可同日而语的了。由于柯莲荪的悉心照顾,秋波终于转危为安。《人间地狱》这部连载也好评如潮。刊发这部长篇小说的编者是周瘦鹃,他作为第一个"读者",用饱蘸深情之笔写道:"每写一人,尤能曲写其口吻行动,至于一一逼肖。掩卷以思,即觉其人跃然纸上,盖已极文章之能事矣。"②周瘦鹃还盛赞他的文字功力是上上乘的,由于毕氏又以诗词见长,因此,在长篇中所制的回目尤有字里飞花之致,读者为之击节叹赏。周氏誉为"隽妙可喜"之佳品。严独鹤说:"予事甚冗,于报纸所载长篇小说,未暇一一浏览。独于《人间地狱》则逐日披阅,无或间断,其感人深矣。"严氏对毕氏小说的结论是:"予与朋辈,恒推倚虹为文坛唯一健将。"③而袁寒云则誉毕氏为"今之小说无敌手"④。通俗文坛前辈孙东吴则力称:"清末民初的社会小说,《孽海花》外,当推《人间地狱》可屈一指。"⑤毕倚虹自己也曾谈及读者给予他很多鼓励:"乃《申报》刊布后,友朋知好,盛加推许;艺林评论,时致褒词;更有友人辗转告语,谓时流席上,每以人狱为樽边谈片。余受兹宠,

---

① 娑婆生:《人间地狱》(第六集),自由杂志社,1924年,第48页。
② 周瘦鹃:《哭倚虹老友》,载《紫罗兰》第1卷第13期"呜呼毕倚虹专号",1926年6月。
③ 严独鹤:《人间地狱·序四》,《人间地狱》,自由杂志社,1930年,第1页。
④ 转引自陈瀣一:《人间地狱·序七》,《人间地狱》,自由杂志社,1930年,第1页。
⑤ 转引自郑逸梅:《毕倚虹与臧伯庸》,载《大成》第148期,1986年3月1日,第54页。

益不敢草草执笔。"①毕倚虹在当时全国读者心目中的确算得上著名作家了。

《人间地狱》于1922年1月5日在《申报·自由谈》副刊上开始连载,在1924年5月10日发表娑婆生(毕写《人间地狱》时用的笔名)的启事:"春来多病,时有缀作,歉仄尤深,兹拟于六十回后,暂告一结束,稍资休息。"但毕倚虹于1926年就逝世了,年仅35岁。他以后并没有再赓续这部小说。但在他编的三日刊《上海画报》上连载过二回《新人间地狱》,也脍炙人口。

故事是写另一妓女白莲花联合其他三个北里小姐妹逃离妓院,争取人身自由、婚姻自主的故事。我们并不以写不写反抗题材为衡量文学作品好坏的标尺。我们赞赏的是毕倚虹笔下写活了一个有决断、讲义气、办事周密、性格刚烈的妓女形象,这是一个与秋波不同类型的有个性有血肉的女性。用鸨母的话说:"讨人造反,这还了得!"因此也可以说,这是一个"了不得"的妓女。白莲花急于向学过法律的柯莲荪问道:"我先问你堂子里老鸨顶凶的就是捏着讨人的一张卖身契纸头,因此,讨人无论怎样凶,强不脱她的手掌。究竟老鸨捏着卖身契,要紧不要紧?"这就像祥林嫂对"我"的一问类似,也令人震悚。当然,白莲花的叛逆只能是在上海滩上找一位"护花律师",保护自己作为人的起码权益。但是,在毕倚虹则能写出一个曾受封建愚民政策"污染"过的活生生的可爱的灵魂。在作品中作者善于用细节刻画出这一形象的多侧面的"综合"素质,令人叹服他有如此多的细节,足以表达他人物的多面性:白莲花在逃离妓院时,为了怕鸨母诬她卷逃,一切金玉珠宝、贵重饰物皆不带,只穿了随身的旧衣裳出走。但她却在出走前夕,"处心积虑"地在半夜偷运出一个包袱来,待打开一看,柯莲荪等人都目瞪口呆。里面竟是几十双各色旧鞋子和一团平日梳头梳下来的头发。她说,潜逃后鸨母一定恨之入骨,必然要报复她们。而这些东西沾染了本人的人气与汗水,仇人拿去,连同时辰八字一起交给专门阴损别人性命的道婆,作起法来,迟则一二月,快则七天,便能伤人性命。一方面既写出了一个"色相女奴"的自发反抗,另一方面则又写出了她们身上受封建愚昧制约的沉重心理负担,勾勒出十里洋场这个半封建社会特有的民俗文化背景。

---

① 娑婆生:《人间地狱·著者赘言》,《人间地狱》,自由杂志社,1930年,第1页。

在毕倚虹逝后，包天笑为《人间地狱》又续写了二十回（第六十一—八十回），其中的一个重要成就，就是将白莲花写得更加有声有色，以致白莲花在作品中喊出了这样的声音：

> 我也不要别人帮忙。我早已打定了主意了，拼着一条小性命，给他们上一上。我先给他们一个脚底板看看。成功就成功，不成功我就向黄浦江里一跳。本来我们这种性命，也不值什么钱，死了也只算死了一条狗。让她一万八千去讨价，看她可以得着一个大钱。

如此抱着必死的决心去与鸨母斗争，也就是她们必胜的资本了。

包天笑虽然为《人间地狱》续写了二十回（即第六十一回至八十回），但秋波这一人物的故事也并没有结束。这在中国读者看来总觉还没有圆满。毕倚虹的一位老友——天虚我生陈蝶仙之子陈小蝶（定山）在台湾定居后，续写了秋波这一人物的结局。正因为他是毕倚虹的老友，就完全能贯彻当年毕氏写小说时之初衷。这部长篇名《黄金世界》，先在台湾《中华新报》上连载，于1955年由世界文物出版社出版单行本。长篇中的另一条主线是写穆庸（以杜月笙为原型）的发迹史。陈定山笔下的秋波最后是为了反抗鸨母扼杀纯真的爱情而"殉情"。过去读者未能得到满足的是包天笑的《人间地狱续集》并没有结局，在《黄金世界》中按照人物性格的发展与情节的推进，得出了这一结局，虽然是很悲惨的结局，却能使读者久久回味沉思。陈定山写《黄金世界》，将秋波之恋作为小说的主线之一，这件事情的本身就说明，秋波还活在陈定山的心中，他还希望通过他的写作，让《人间地狱》也在人们的记忆中唤醒，也让《人间地狱》这样一部优秀的通俗长篇小说能长久活在读者的心中，成为通俗小说中的一部经典之作。

陈定山笔下的秋波，既有毕倚虹小说中的娇憨与天真，却又随着年龄的增长而多了一份刚烈。小说主要情节是四川来了一个贩鸦片的军阀——曾兆凤师长，他愿出大价钱给鸨母惋春老四，为雏妓秋波"梳拢"，买下破她贞操的初夜权。贪财的惋春老四当然求之不得。秋波为此向柯莲荪求救。他们在尚公馆（尚宫保在书中是影射盛宣怀）的密谈被穆庸（也就是作品另一条线索中的杜月笙)的亲信范森听到,义形于色地向穆庸求援。结果穆庸以黑社会老大的身份向曾兆凤打招呼,又出了一大笔钱给惋春老四,才得以使秋波冲出"重围"。穆、范将柯莲荪与秋波双双送到杭州。此时,柯莲荪虽然可以"合法"地享受秋波的灵与肉,但他对她的"处子美"视为神圣,似乎还应该有什么庄严的仪式或等一个吉日良辰似的。谁知他们刚游览嘉兴回到杭州旅馆时,惋春老四已先期等在那里。后来她趁柯莲荪出外时,就不告而别,携秋波而去。她们一到上海,就从火车站直奔十六铺码头,上了去武汉的长江轮船。秋波为了反抗作为色情女奴的命运,怨恨万分,愤然投江而死。惋春老四毒如蛇蝎,为了推卸罪责,托人在上海方面造谣,说秋波嫁给了同船去武汉的淮海海军副司令柯凤荪了。其实这位同船的青年军官倒是一位南方革命党人的同情者,他不仅与秋波没有瓜葛,还趁出差之便,将秋波的灵柩运回上海,在兵荒马乱中找到了柯莲荪,倒是暗合了他"市骨"的夙愿。《黄金世界》就在这样的悲剧氛围中结束了。秋波至死还是一个处女。在《黄金世界》里,除了秋波原有本色之外,陈定山好像又为她嫁接了《新人间地狱》中白莲花反抗性的刚烈,写得合情合理,是人物随着情节的深化的一种必然的发展。但陈定山始终贯彻毕倚虹的"清游风味",将这部"倡门小说"始终满溢着人情和人道的韵味。

一个雏妓的形象被持续塑造了30多年,小说起步于大陆,终结完成于台湾,历经了通俗文学的三位大作家之手,凡此皆可作为通俗文坛上的佳话,经久流传。

第四节　荆天棘地中流出的一股纯情的清泉

周天籁的代表作,洋洋百万言的《亭子间嫂嫂》1938年连载于《东方日报》,于1942年出版单行本。《东方日报》原是一张濒临倒闭的小型报,每天只印3 000份,自从连载这部长篇3个月后,销路就猛增到两万几千份。因此有"一部小说救活一张小报"之说。小说连载一年后已有50万字,作者准备"杀青"。但报社获知消息后,"急来坦白陈诉,报纸即赖该文支持。因又写30万字,共80万字要求结束。又来阻止。至100万字时,一切不顾,将女主角'饮恨而殁','全书完'付之"。这部写私娼生活的作品可以说是民国倡门小说的压卷之作了。作者曾说,这是一部穷10年、20年也写不完的"怪书",它是要通过一个私娼的经历,和盘托出一个广阔的社会。他可以无限制地增添人物,只要这情节能让读者看清社会某一阴暗的角落。全书另一个奇怪的设计是不分章节,百万字洋洋洒洒,一气呵成。在"卷前语"的结尾,作者写道:

现在且把我那册密密层层写着亭子间嫂嫂的生活记录打了开来,这里我告诉你们一个卖淫妇的斑斑血泪,使你知道一切神女非人生涯的痛苦,亭子间嫂嫂只不过恒河中砂砾之一粒而已。请读下面全文。①

亭子间嫂嫂自我介绍说:"我叫顾秀珍,清秀的秀,珍珠的珍。"她从嘉兴农村到大上海来当女工,工厂倒闭后一向在姐妹淘家里,但不能长此以往,肚饿要吃,身冷要穿,家中还有一个残废而吃"黑饭"(鸦片)的父亲,要她养活与供给。于是她"只好把心一横,答应姐妹淘介绍我到一家生意上做包账,我第一夜出门去做,只是落眼泪,我几乎昏过去,她们都替我可怜……"她的唯一的"雄厚"资本就是她的"貌美"。作者借用多个嫖客之口盛赞她是"标准美人""精致美人""人间尤物""丽若天人""秀色可餐"。这个来自农村没有文化的年轻女子,以她优越的"自然条件"作为不可抗拒的"魅力",加上她机灵的应对能力,颠倒过不少嫖客。用吃报馆饭的吴成铺的话说:

秀珍这个女人,可惜当初没有给她读政法,尽管给她读,毕业出来可以当一个名律师,因为嘴巴厉害,人又聪明,推事也要给她驳倒,再加上她一口官话夹苏白,说来悦耳动人,又可以介绍到电影公司做有声片,说起她这一副台型,拍电影只有绰绰有余,蝴蝶、顾兰君一批虾兵蟹将,统统打倒……②

---

① 周天籁:《逍遥逍遥集·亭子间嫂嫂》,台北星光出版社,1983年,第166—167页。
② 周天籁:《亭子间嫂嫂》(上),岳麓书社,2014年,第209页。

可见她的外表美"超凡脱俗",而且她人聪明,伶牙俐齿,丰富的社会经验,使她对于各色人等,均能应付裕如。她有时静若处子,熨帖温顺;有时又狠若泼妇,一拳来,一脚去,对付得体。她善良:"我秀珍虽不幸沦为妓女,到底一颗心还没有坏……"她出卖自己,一旦生活宽裕了安定了,她就会规劝嫖客:

> 我这里终久并不是好地方,客人来得总要花费的,现在寻钱何等困难,像你芮先生,一天奔投到夜,寻来的钱可说铜铜血汗,还跑到我这里来送掉,太不知惜。我很不赞成你有这个漏洞,还是劝劝你守守心吧……
>
> 你出来白相我,也无非白相我一颗心,我待你也无非以一颗赤心,其余全是黄六的……茜萍,你现在还年青,还没有结过婚,前途岂可限量,那能可以专事在外面荒唐为正经呢?……茜萍,你如果今夜听了我这一番苦口婆心的话,明天能够悬崖勒马,我一定喜欢得比什么都开心,生平之愿已达,死也眼睛闭了!茜萍,茜萍,我只问你一句闲话:你还是当我一个淫妇看的,还是当我一个情妓看?你说,你说……①

这是她对"恩客"茜萍的一席劝诫。作者巧妙地有时用全知全能持视角,有时用她的邻居,一位从安徽流荡到上海,靠卖文为生的"写手"朱道明——"我"的眼光去看顾秀珍非人的生活景况。这位"写手"家乡有"一家大大小小十二口,都要靠'我'一支笔上下来过活"。他受雇于一个书局,每天要写八千到一万字,因此,"一天写到晚,弯腰曲背到手一二只洋,只合几角钱一千字"。一个是落魄文人,一个是风尘女子,相顾为邻。作家设计这样一个角色:他有家有室,生活不堪重负;他内心充满同情,却很难有相助的经济实力。但人总是有七情六欲的,朱道明一次与秀珍对酌时,借着酒盖脸,几次扑上去要借顾秀珍发泄他久抑的性欲。可是被顾秀珍婉拒了。她懂得,他们是同为天涯沦落人。她尊重朱道明,不能让他捅破这层道德的

---

① 周天籁:《亭子间嫂嫂》(中),岳麓书社,2014年,第518—519页,第523页。

"白纸";她也尊重她自己,他们两个人都应该有自己的人格与底线。作家写一个"人尽可夫"的私娼,她被嫖客看成是一个"物"——"泄欲的器物",但她觉得他们两个都是"人",是"人"应该清白相处。她应该对得起作为"人"的邻居;在她的婉拒中她也表示她在"器"之外,她还是一个"人"。作家用这样一个情节,就让我们看到在荆天棘地的黑暗世界中,流出了一股人性纯情的清泉;展示出低贱职业中另有一种"人"的德行,这是漆黑社会中的一束人性与人情的强光。顾秀珍是一个集"美""灵""义""善""邪"与"厉害"于一身的活生生的有血有肉的人物。她平时在她的"闲话"中常会渗出她的"处世哲学"。如她对教师钱中廉说:

> 教书的人总归清苦的,辛苦赚来的钱,应该带回去养家活口,才是正道。我不希望你到我这里来,你不能同别人比。我顾秀珍虽身为妓女,可是同一般普通妓女不同,很够朋友交情,有的客人因为没有资格出来白相,给我一阵劝诫之后,也就此不来了。我并不是不敲客人竹杠,不开客人条斧,但是我会生眼睛看,我看来这客人实在有血的而且瘟生样子的,我才敲,才开他条斧,因为你不敲他,他别一家去白相,也是要给人家敲的。不过老举的客人,我又不放他过门,越是老举,我越是同他较斤两,不说敲,也要一丝不肯吃亏,不然他会吃你的肉,反给他折了一票去,这是真真要留意。上海滩坏人多,忠厚之辈未始没有,不过坏人去认作忠厚的人,就要上当。①

从这席话中我们看出她是复杂而多面的一个独具个性的形象。可是在小说中,她也是一个窗口,是读者透视大千世界的窗口;她也是一根红线,串联起上海滩上中下三等几十个人物。有几位客人还是值得提一提的。一类人是有着特殊的身份,一类人是亭子间嫂嫂的人生驿站,但可以因小见大,真所谓"一沙一世界,一花一天国"。例如儿女成群、道貌岸然的大教育家沈梦白,她将他的名片骗到手,上面印着"沪×某大学校长、国×图书馆馆长、

---

① 周天籁:《亭子间嫂嫂》,岳麓书社,2014年,第324—325页。

商×××编审所主任"等头衔,他一再要亭子间嫂嫂为他保守秘密:"因为他是上海很兜得转一个办教育事业的人,平日往来都是社会上有名人物,大家都把他认为一个前辈教育大家的,当然不会有嫖妓宿娼的事情。"当他感到名片落在亭子间嫂嫂手中不甚妥当,而偷翻她的皮夹子时,竟然发现皮夹子里有一张他大儿子的半身照片,更无巧不成书的是,当亭子间嫂嫂因患花柳病住院时,与她同院"同病相怜"的也竟然是这位大教育家。

亭子间嫂嫂非常向往的出路,甚至是唯一的出路就是结婚——终身有靠,当然她要物色一个对象是有钱的人物。她终于做了大富翁石春波的"六姨太",当他们两人敲定下来时,马上到哥伦比亚首饰公司里去买首饰,一次就花了25 800元,真可谓一跤跌在青云里,大富大贵了。可是"侯门深似海",自由惯了的亭子间嫂嫂觉得关在这样大的花园洋房里,简直是"无期徒刑",于是她就与教她书的教师调情了。石春波杀鸡用牛刀,为教六姨太识字竟请了"江南第一才子""江南一支笔"的鼎鼎大名的唐大郎。六姨太为表示与老师定情,送一枚戒指就值一万元。事泄后,石老头子干脆将她丢在一边软禁起来。于是亭子间嫂嫂只能走卷逃这一条路了。这一切说明了什么呢?这只能说明她的环境太恶劣了,将她熏染成一个虽想以结婚为出路,但能符合她条件,又能让她过着游手好闲的生活的人,只能是家有三妻四妾的阔佬,阔佬将她作为玩物,而她已过不惯这种豢养的日子了。她最终还只能回到她的亭子间里来。亭子间嫂嫂从石家逃了出来,恢复了一段自由生活后,不知怎的,她怀孕了,可是谁是这未来孩子的爸爸呢?她自己也不知道。于是她千方百计要为孩子找一个爸爸,来承担不是他责任的责任。顾秀珍还是想通过找替身爸爸,成立一个温馨的小家庭。她不是不负责任的人,如果不找替身爸爸,只要将孩子往育婴堂里一送就可完事的。但要找这样的"替身"是要付大代价的。她找到了一个画花鸟的画家江韩汀,她想付出的代价是她的一颗心:"我现在拿出良心来对你,不怕你将来不也拿出良心来待我。"可是一世聪明的顾秀珍,这一次为了"责任心",为了自己的终身,却看走了眼。江画家只是大笔大笔地"挨她的血"。等到她从石家卷来的钱花光了之后,江韩汀也失踪了,在孩子临产前,亭子间嫂嫂的日子过得像在油锅里煎一样,那时不是有没有替身爸爸的问题了,这问题现在并不重要了,重要的是她已经当尽借绝,每天只能以吃山芋皮存活了。顾秀珍的可怜之处在于她是活在一只肉眼看不见的无形笼子里,旧社会已将她塑造成一个不能靠双手劳动的人,她卖淫,却万分厌恶这个职业,但是旧社会限制了她,使她只能像一只苍蝇,扇动着翅膀想奋飞,飞出那个厌恶的职业的笼子,可是她飞了一圈,她还是停在那老地方——那个出卖自己肉体的亭子间,一直飞到她飞不动为止,到她生命终止为止。顾秀珍难产死了。那时恩客茜萍在香港发迹了,寄来500元,要她作路费到香港去,可是顾秀珍这位"情妓"永远闭上了她聪慧的眼睛。她的义兄"排门板哥哥"要为她报仇,那位作品中的"我"——朱道明说:

"你要替她报仇,恐怕你排门板一人的力量不够。"
"为什么不够,我手下有三千徒弟!"
"你有三万徒弟也无所用,你要替她报仇,除非先从改良这万恶的社会着手,否则你免开尊口。"①

百万字的小说就是得出了这样一个结论。周天籁的结论也是不错的。可是他与作品中的朱道明一样,这个结论的"路口"在哪里呢,它又将通向何方呢?他也像朱道明一样,又何尝说得清道得明呢?

但这部对一位私娼抱着极大同情的小说的影响是巨大的,读者口碑载道。在出版单行本时有五篇序言,一致同声赞扬其描摹真切,文字通俗。在请人写序时,有人回答说:此书无需有序,因吾国不论长幼,凡识文字而阅日报者,皆知是作之妙,心中早已有其不成文序矣。有人认为最近小型报上的所载长篇,以此篇小说最红。社会上,上中下等人都关心"亭子间嫂嫂"的遭遇,今天看过,明天非得一早去买报来看不可。到抗战胜利后,销路仍畅。居然还有囤户,索价昂贵。大概可算是民国"倡门小说"最后的压卷之作了。自这部小说出版后,也许我们与民国"倡门小说"只能说一声"后会无期"的"再见"了。

---

① 周天籁:《亭子间嫂嫂》(中),岳麓书社,2014年,第672页。

第七章　清末民初出版业的繁荣及其黑幕

第一节　出版三条件：印刷、纸张、编创的齐备

近现代通俗小说是映象社会千姿百态的一座富矿。本文要透视的是千姿百态中的一态，即清末民初现代出版业由萌发而逐渐得以兴旺的局面，但在繁荣中也出现一些丑陋的黑幕。

现代文化市场是在清末民初时才逐渐形成的，它的初建，在硬件上有赖于印刷机械的引进和造纸业的革新；在软件上当然是依托新型编辑人才和书商等管理、印制人员的栽培与养成。上海开埠以来，先是由教会传教士感到必须引进西方先进的印刷机械，以便扩大传播宗教圣书的传播范围与加快它的传播速率。这样，中国开始有了石印与铅印的机械设备。这种机械的运转最早的动能还是用牛力，逐渐才发展为运用蒸汽机为动力。按传教的需要，最初的石印书是《圣谕详解》，还有多种版本的《圣经》，其中还不乏初期的各种拼音方言《圣经》。以后才逐渐扩大至广泛的文化领域，如当时使书商获巨利的是《康熙字典》的翻印。"第一批印四万部，不数月而售罄。第二批印六万部，适逢北京举行会试，参试举子道经上海，见书美价廉，每人购置五六部，以作自用或赠人之需，因此数月又告售罄。"[①]可见精美的工具书使书商获利无数。当时，以徐润兄弟创办的同文书局出版的书印刷最为精良，字迹清朗，装帧精美，于是学界将此种版本命名为"同文版"。据民国《上海县志》记载，徐氏兄弟"以欧西石印法于文化事业裨益颇多，创同文书

---

① 引自熊月之、张敏著：《上海通史·第6卷·晚清文化》，上海人民出版社，1999年，第92页。

局,影印《图书集成》,及广百宋斋铅印书局,印刷书籍,艺林诧为创举。凡所规划,皆为中国所未见,而事事足与欧美竞争"①。

其次是纸张问题。据国外的发明,19世纪30至40年代,廉价的白报纸(新闻纸)开始出现,它的普及给出版事业开拓了更广阔的空间,使书籍的成本大大降低,平装书一般的定价仅需10美分左右,使购买力较低的读者也能问津,文化市场就易于做大,文化教育事业也更趋普及。而在中国,1891年李鸿章设伦章机械造纸厂于上海,到1924年,较大型的机械造纸厂已有21家,其中10家就在上海及其附近的县市。上海发达的印刷厂与造纸厂配套构成了一个现代化的文化市场的硬件环境。

硬件具备了,软件还需跟上,最急需亦最难培养的是编辑与创作人才。在起始,编辑与创作人员往往是合一的。而晚清于1905年废除科举制度,大量的知识分子需重新找寻自己的出路,到大城市去做"文字劳工"是一条新的"安身立命"之道。但是要做"文字劳工"是要经过一番培训的。有一个现象值得我们注意:自从1843年上海开埠之后,直到1872年才有第一张供华人阅读的报纸《申报》,到1892年才有反映现代化的上海的小说《海上花列传》,直到19世纪与20世纪之交,优秀的文艺小说才大量涌现。鲁迅指认的《官场现形记》《二十年目睹之怪现状》《老残游记》和《孽海花》等四大"谴责小说"都是1903年这一年同时在上海登场的。那时距开埠已过了60年。这一"时间差"就是一个培训所需要的时间段。当然,这种培训不是办什么类型的"学习班",而是一个耳濡目染、心领神会的过程,或者说这些由记者、编辑而作家的都是上海这个"社会大学"中的优等生。他们在报社或书局中做访员(记者)或编辑,在自己负责的版面上也亲自动手写文章,继而刊登连载小说,从记者到名记者,从编辑到名编,直至以卖稿取得丰厚的报酬,乃至成为名作家,终于找到了自己新的社会定位。例如孙玉声,他是"沪人写沪事",自然有他的有利条件。他在1893年创办的《新闻报》中先做了三年本埠采访主任,后来又做了八年总主笔,他才有"底气"写他的《海上繁华梦》等长篇小说;而包天笑则先在上海三大报之一的《时报》编过"地方新

---

① 引自熊月之、张敏著:《上海通史·第6卷·晚清文化》,上海人民出版社,1999年,第92页。

闻",他在《上海春秋·赘言》中说,"愚侨寓上海者将及20年,得略识上海各社会之情状",他才执笔写《上海春秋》。正因为他们在报社这个"近水楼台"中,才有机会更熟悉上海的生活百态,并以此为小说原料,作品才能得到社会的欢迎。因此,在清末民初,记者、编辑与作家往往是"三位一体"的。总之,这些编创人才,是要先自己经过"培训",才有资格像"导游"一样,使读者领略上海风光。原来的上海县文化底蕴并不深厚,但开埠以后,商贸的发达,经济结构的锐变,需要信息传播加速运转,而先进印刷条件的具备,客观的需求就使它有那种吸纳四方八路人才的海纳百川的气魄,于是"文字劳工"们纷纷到上海聚结应聘,使上海很快成为全国出版业的中心。

印刷、纸张、编创三者要素齐备,现代化的文化市场就有了其中的软硬件的支撑。而文化市场的建构,还需要读者——广大的读者群体。

第二节 文化市场做大的两个必备条件

读者是一个多样化的广大群体,其中包括多个阶层,既有知识精英,也有工农大众。但要将现代文化市场做大,就非要向中下层的普通读者敞开大门不可。而现代文化市场的现代性标志,就是它所传播的信息一定要具有当今的时代精神。例如,对精英读者而言,当然是大力传播维新或革命意识,希冀他们成为改变当前屡弱、委琐、沉滞现状的强大动力;对中下层读者而言,当然也有传播维新或革命意识的重任,但对大量的中下层移民来说,则还有一项针对性的使命,那就是要促使他们从乡民观念转化为具有自由民的市民观念,也即"乡民市民化",辅导他们如何在全新的环境中能"安身立命"。这对他们来说也是"及时雨"。而中下层移民得到了较为稳定的生活资料来源,就能使都市秩序相对安定,这是间接治愈"城市病"的良方。总之,读者是时代的读者,读者是生存于时代中的受众。但是读者既需要文化市场去"迎适"与"顺应",同时,读者也是可以"培养"与"诱导"的。文化市场既有赖于他们而生存与做大,但文化的功能也可以将他们提升为合格的时代"产物",而这些"产品"——新观念的人——再反过来提升城市的品位与文化市场的新格局。鲁迅用两个概念评价"谴责小说",说出了建立现代文化市场的关键所在:一个叫作"特缘时势要求",一个叫作"以合时人嗜好"。后者是指的要"迎适"与"顺应",前者是读者也需要"培养"与"诱导",这才能生产出符合时代要求的新型的人。鲁迅说:

> 光绪庚子(1900)后,谴责小说之出特盛。盖嘉庆以来,虽屡平内乱(白莲教、太平天国、捻、回),亦屡挫于外敌(英、法、日本),细民暗昧,尚啜茗听平逆武功,有识者则已翻然思改革,凭敌忾之心,呼维新与爱国,而于"富强"尤致意焉,戊戌变政既不成,越二年即庚子岁而有义和团之变……其在小说,则揭发伏藏,显其弊恶,而于时政,严加纠弹,或更扩充,并及风俗。虽命意在于匡世,似与讽刺小说同伦,而辞气浮露,笔无藏锋,甚且过甚其辞,以合时人嗜好,则其度量技术相去亦远矣,故别谓之谴责小说。其作者,则南亭亭长与我佛山人名最著。
>
> 然臆说颇多,难云实录,无自序所谓"含蓄蕴酿"之实,殊不足望文木老人后尘。况所搜罗,又仅"话柄",联缀此等,以成类书;官场伎俩,本小异大同,汇为长编,即千篇一律。特缘时势要求,得此为快,故《官场现形记》乃骤享大名;而袭用"现形"名目,描写他事,如商界学界女界者亦接踵也。①

鲁迅的论述中有几层意思:一、谴责小说是时代的产物,是"翻然思改革"的具体反映,对当时的现实是有"敌忾之心"的,是"特缘时势要求"而盛产的;二、读者是可以培养的,从"啜茗听平逆武功"到"政府不足与图治",而因"揭发伏藏,显其弊恶"使读者能"得发为快",这是一种读者口味的大变化;三、这些小说在读者中影响极大,不仅作者"骤享大名",而且模仿者"亦接踵也";四、但这些小说的艺术性很差,不可望《儒林外史》之项背,因此,不能以讽刺小说相称,鲁迅特为它命名为"谴责小说"。从以上的几点看来,鲁迅对"谴责小说"既有肯定,也有批评。但总的说来,鲁迅是站在精英立场上,反映的是精英观点。

---

① 鲁迅:《中国小说史略·第28篇·清末之谴责小说》,《鲁迅全集》第9卷,人民文学出版社,1981年,第282—284页。

胡适对"谴责小说"评价的角度与鲁迅有些不同。在评价《官场现形记》时,胡适提出了两个概念,一个是"社会史料",另一个是"浅人社会"。他事先是知道鲁迅的观点的,但胡适是一个非常"圆通"的学者,这两个概念一提出,他既不会与鲁迅的观点发生顶撞,又能很好地表达自己与鲁迅不同的意见。先谈"社会史料"这个概念,他说:

> 《官场现形记》是一部社会史料。它所写的是中国旧社会里最重要的一种制度与势力——官。它所写的是这种制度最腐败,最堕落的时期——捐官最盛行的时期。……虽然有过分的描写与溢恶的形容,虽然传闻有不实不尽之处,然而就大体上论,我们不能不承认这部《官场现形记》里大部分的材料可以代表当日官场的实在情形。那些有名姓可考的,如华中堂之为荣禄,黑大叔之为李莲英,都是历史上的人物,不用说了。那无数无名的小官,从钱典史到黄二麻子,从那做贼的鲁总爷到那把女儿献媚上司的冒得官,也都不能说是完全虚构的人物。故《官场现形记》可算是一部社会史料。

胡适同意谴责小说的艺术性是较差的,但作为"社会史料",《官场现形记》就有不可磨灭的历史价值。接着胡适又分析从第四十三至四十五回这三回中写了一大群"佐杂小官",就艺术性而论,是全书最精彩的部分了。他总觉得李伯元是有写一部讽刺小说的才能的。如果按照这三回小说的格局,以这批小吏为全书的主人公,"这部书未尝不可以做成一部风趣的讽刺小说。但作者个人生计的逼迫,浅人社会的要求,都不许作者如此去做。于是李嘉宝遂不得不牺牲他的艺术而迁就一时的社会心理,于是《官场现形记》遂不得不降作一部搛拾话柄的杂记小说了"。胡适接着说:

> 讽刺小说之降为谴责小说,固是文学史上大不幸的事。但当时中国屡败之后,政制社会的积弊都暴露出来了,有心的人都渐渐肯抛弃向来夸大狂的态度,渐渐肯回头来谴责中国本身的制度不良,政治腐败,社会龌龊。故谴责小说虽有浅薄,显露,溢恶种种短处,然他们确能表

示当日社会的反省的态度,责己的态度。这种态度是社会改革的先声。……我们回头看那班敢于指斥中国社会的罪恶的谴责小说家,真不能不脱下帽子来向他们表示十分敬意了。(编者注:着重点是原有的)①

胡适评论的标尺是以社会效益、史料价值和平民视角为基点。反过来,胡适对《儒林外史》却有自己的见解。他认为此书只是在文人圈内流行,在"浅人社会"则无多大影响。"况且书里的人物又都是'儒林'中人,谈什么'举业'、'选政'都不是普通一般人能了解的。因此第一流小说之中,《儒林外史》的流行最不广,但这部书在文人社会里的魔力可真不少!……《儒林外史》没有布局……这个体裁最容易学,又最方便。因此,这种一段一段没有总结构的小说体就成了近代讽刺小说的普通法式。"②

胡适对谴责小说的评价,既"曲折"而又"圆通",实际上是两位超一流的学者的一场论辩,他们既有共同点,也有因视角各异而显露不同点。我们从中可以得到许多启发。但胡适之所以看重像《官场现形记》此类艺术性欠缺的通俗小说,因为它确是包含着许多击中要害的史料的一座反映社情的"富矿"。

这样,我们将话再说回来,应该看到,现代化的文化市场就要靠像《官场现形记》《二十年目睹之怪现状》等通俗小说的广泛流传,才能做大。只有"特缘时势要求""以合时人嗜好",现代文化市场才能扩大地盘,繁荣兴旺。清廷是兴起过多次文字狱的专制统治者,但在上海租界这块飞地里,可以痛快淋漓地痛骂与谴责,老百姓读了觉得解气、痛快。他们就像有了一种烟酒以外的"嗜好"一样,愿意自掏腰包,买这样的小说读,这对现代化文化市场的大发展是很有裨益的。只要看当时出版的像《海上花列传》《官场现形记》此类小说的"袖珍本",每本只有二三回,就告诉我们,这不是在书斋里摇头晃脑地苦读,或密圈密点地去钻研做官"敲门砖",而是老百姓随身带在口袋里,以便随时"过瘾"的畅销读物。读者固然是上帝,但地上的上帝与天上的

---

① 胡适:《官场所现形记·序》,以上有关胡适的引文均见《胡适文存》第 3 集,黄山书社,1996 年,第 383—393 页。
② 胡适:《五十年来中国之文学》,载《最近之五十年——申报馆五十周年纪念》,申报馆,1923 年,第 164 页。

上帝不同,地上的"上帝"也是可以"培养"的,培养的目的就是为了推动社会的现代化。谴责小说不能不说是也参加了对晚清的掘墓。

第三节　书商最善于摸准文化市场的畅销点

在建构现代化文化市场时,读者固然重要,但还有一只看不见的手,甚至可以起着"指挥棒"的作用,那就是书商。书商们特有的灵敏嗅觉,善于摸准文化市场的畅销点,从而取得高额的利润。他们觉得畅销点在何处,就收此类稿件,甚至不惜出高价收购。受读者欢迎的程度就是畅销点之所在,但在畅销点上也不能否认他们的炒作与哄抬作用。过去书商觉得"制艺"的书最好卖,所谓"制艺"也就是科举考试的"辅导参考书"。读书人要做官,荣宗耀祖,就得去赶考,而这种书也被视为高中功名的"捷径"。就像现在要考高一级的学校,教辅参考书是必不可少的"扶梯"。但当科举废除之后,这类书就形同废纸。与此同时,政府提倡兴办学校,于是教科书就特别好销。在李伯元的《文明小史》第三十六回《下乡场腐儒矜秘本,开学堂志士表同心》中就反映了此类出版动向。山东开书铺的商人想以出版教科书发财:

> 就有好几家做书铺买卖的人,想因此发财,不惜重价,购买教科书稿本,印行销售,于中取利。无奈山东一隅,虽近海岸,开化较迟,那些读书人还不甚知道编教科书的法子。恰好有十几个从南方来的当教习的,都是江浙一带的人,见过世面,懂得编书的法子,就有些蒙小学的课本编出,每编成一种,至少也要卖他们几十两银子,刻出板来,总是销售个罄尽。因此编书的人,声价更高了。如没得重价给他,他断断不肯轻易把稿出售的。①

在清末的维新浪潮中,又通行引进外国的著作了。书商也就敏锐地嗅到了这种风气。译书得要翻译人才,但懂洋文的不一定会译书,而文字上有

---

① 李伯元:《文明小史》,江西人民出版社,1996年,第284页。

点功力的宿儒,在洋文面前又两眼抹黑。店主人就开风气之先,比林纾与人合译文艺小说还先走了一步,请了留学生来译书,译成的书再经名宿的修改,成书后又到租界衙门去立案,搞个"版权所有",这套生意经在书商手里,运用得非常娴熟。这在《文明小史》第十七回《老副贡论世发雄谈,洋学生著书夸秘本》中也有详尽的描写:

> 店主人道:"近来通行翻译书籍,所以小店里特聘了许多名宿,另立了一个译书所,专门替小店里译书,译出来的书,小店里都到上海道新衙门存过案,这部书的版权,一直就归我们,别家是不准翻印的。"
>
> 店主人道:"……所以往往一本书,被(留学生)翻了出来,白话不像白话,文理不成文理,只要经他的手,勾来勾去,不通的地方改的改,删的删,然后取出他那本秘本来,一个一个字的推敲。他常说翻译出来的东西,譬如一块未曾煮熟的生肉一般,等到经他手删改之后,赛如生肉已经煮熟了。然后不下油盐酱醋各式作料,仍旧是淡而无味,他说他那本书,就是做书的作料,其中油盐酱醋,色色俱有。"[①]

原来此人在书中就姓辛,名名池(新名词之谐音),他的这本秘本就是将各种外国传来的新名词分门别类地抄起来,平时秘不示人,书店老板要买他这本书,他开价一千元。辛名池还给自己的书取了个书名——《翻译津梁》,后来又改为《无师自通新语录》。这样译出来的书也可想而知,绝不会高明到哪里去,但这确是早期文化市场之一瞥。

可见书商是最善于利用时潮,炮制畅销书的。另外当一个时尚的小说题材发展到极致时,当它在读者中产生审美疲劳时,他们就会琢磨读者新的兴趣点,诱导并炒作新的时尚题材,以转换读者的关注度,从而达到利润的新高度。因此,现代文化市场得遵循潮起潮落的规律,旧潮平歇就必然会掀起新潮头。在通俗小说中,平襟亚的长篇小说《人海潮》以行家里手、业内人的资格,向我们展示了出版界的种种潮起潮落的内幕。

---

① 李伯元:《文明小史》,江西人民出版社,1996年,第141—142页。

平襟亚是从家乡常熟穿了一件旧竹布长衫到上海来闯荡的,以编著《中国恶讼师》等猎奇畅销书赚得第一桶金,然后从小书商做起,直到成为著名的大出版商,在上海孤岛时期,主持过《万象》杂志,风光一时,在文学史上也得提他一笔。他在小说中揭示了上海出版界是一个大鱼吃小鱼的钩心斗角的场域,在1965年他自己曾写过一篇《一本书发家史》,其中也坦陈自己怎样以"小鬼跌金刚"的招数立足于出版界。因此,他可以如数家珍地揭出上海出版界的种种怪现象:

> 上海出版潮流千变万化,这并不是书贾的欢喜变化,是阅者的眼光变化。书贾无非想赚几个钱,不得不随阅者的眼光转移,迎合阅者心理,投其所好,利市十倍。像这种"恨""怨""悲""魂""哀史""泪史"的名目,还在光复初年,轰动过一时,以后潮流就转移到武侠一类。有人说武侠小说足以一扫萎靡不振之弊。因此大家争出武侠书。甚么《武侠丛谈》《武侠大全》《侠义全书》《勇侠大观》,没有一部书不出风头。后来越出越多,闹翻了,做的人也实在太拆烂污,甚至一根烟杆子刺杀,一百二十八个好汉;两柄宝剑,鼻子里进去,屁股里出来。简直像说梦话一样,看的人也就没有兴味了。书业潮流,便转移到黑幕上去。大家说黑幕不比武侠小说向壁虚构,这是揭破社会的秘密,实事求是,很有来历,因此坊间大家争出黑幕。说也奇怪,上海洋场十里,百千万言也揭它不尽,甚么《黑幕大观》《黑幕汇编》《黑幕里的黑幕》,这是笼统的,还分门别类,甚么《姨太太黑幕》《大小姐黑幕》。后来越出越多……从此不到几时,那张牢不可破的幕也就揭穿。后来潮流又转到财运上面去,财是大家贪的,见报上登着广告说,看了这种书,立刻可以发财,有哪一个阿木林不欢喜发财,因此甚么《财运预算法》《财运必得法》风行一时,上海地方差不多瘪三叫花子手各一编……(第三十二回)①

书上虽然说这是随着阅者的眼光而转移的"书潮",其实读者只不过是

---

① 网蛛生:《人海潮》,上海古籍出版社,1991年,第533—534页。

对前一种"书潮"产生了审美疲劳；而书贾就想出新法来炒作，所谓"大家说"，还不就是书商的"广告"在说？直到后来由炒作再到"走火入魔"的境地，于是一个新的落潮期又加速到来。

其实一个新潮头的兴起，开始还是有它的客观原因的。"魂"与"泪史"等名目的小说的出现，是由于当时的社会不容许青年有婚姻的自由，也歧视寡妇的再嫁。《玉梨魂》和《雪鸿泪史》就是在这种社会氛围中使不少读者为此一洒同情之泪，那是作者与读者内心的共鸣。于是《玉梨魂》一版再版三版，竟销了近30万册。但是当同类的书趁潮而起直到泛滥时，就令人生厌了。当时《小说月报》的主编恽铁樵就明确宣布："爱情小说所以不为识者所欢迎，因出版太多，陈陈相因，遂无足观也，去年敝报中，几屏弃不用，即此意。"①当上海《时事新报》1916年10月10日发起征答黑幕时，何尚不是义正词严地宣告："上海五方杂处，魑魅魍魉群集一隅，名为繁盛之首区，而实则罪恶之渊薮，魔鬼之窟穴而已。……本报本其救世之宏愿……共除人道蟊贼，务使若辈无逃形影，重光天日而后已。"②可是在刊登过程中，渐渐走入邪路，趋向下流，简直成了犯罪之教科书。正如叶小凤所斥责的："黑幕二字，今已成一海淫海盗之假名。当此二字初发于某报时，小凤奉之若神明，以为得此慈善广大教主，将地狱现状，一一揭布，必能令众生目骇心惊，见而自戒。及见其渐近淫亵，则喟然叹曰：洪水之祸发于此矣。"③包天笑也在《小说画报》上发表一篇题名为《黑幕》的小说，揭露有些书商是心安理得地毒害读者的。包天笑写他一位友人，著了一部高等数学书，很有学术价值。他在许多书局间"周游列国"。可是得到的回答是本书局只收黑幕小说，其他一概不收。有一位书局的经理还鼓励这位数学家改行写黑幕小说，说他们书局特别喜欢收这类稿子："上海的黑幕，人家最喜欢看的是财场所里的黑幕，烟窟里的黑幕，堂子里的黑幕，姨太太的黑幕，拆白党的黑幕，台基上的黑幕，还有小姐妹咧，男堂子咧，咸肉庄咧，磨镜党咧……"这位经理也毫不讳言地说："我们也知道唤做吗啡出版物……虽然到将来毒发，受它大害，可是

---

① 恽铁樵：《答刘幼新论言情小说书》，《小说月报》第6卷第4号，1915年4月。
② 载上海《时事新报》1916年9月1日第3张第4版《报余丛载》栏"征稿启事"。
③ 叶小凤(楚伧)：《小凤杂志》，上海新民印书馆，1935年再版，第31页。

卖药的人出门不认货,却就不管了。"①为了高额盈利,昧心的书商是不择手段的。

在平襟亚的《人海潮》中,还揭露了书商之间的相互倾轧,但书商间的钩心斗角归根结蒂是使读者遭受损害。

> 其尤甚者,影戏剽窃,统做得出,你新出一种书,风行一时,他们连忙赶出一部大同小异的来抢你生意。譬如你出一部单行本,叫《中国文学史》,他便放大范围,出一部《中国历代文学大观》把你罩住;假如你出的大部著作《中华全国名胜志》,他摘取菁华出一部《中国名胜要览》,你卖三块钱,他只卖三毛小洋。报纸上广告比你登得大,牛皮比你吹得足。你就给他打倒。这还算正当的竞争。其次,你倘出一部《诸葛亮全史》,他跟出一部《孔明全史》,你文言他白话;你倘出一部《武侠大观》,他跟出一部《武侠巨观》。你定价二元,他定价二角。更有你叫"公民书社",他叫"百姓书社"。……说不尽形形色色,怪怪奇奇。你先出版多时,他跟着你出了,登报时反而郑重声明说:"近有无耻之徒,出版同样书籍,在市上鱼目混珠,务请阅者注意。"你的原本被他们抄袭了,他们登报反说:"请注意翻版抄袭,在外混售,男盗女娼,雷殛火焚。"(第四十四回)②

这种种令人惊诧莫名的手段,大概就算是"小鬼跌金刚"的战术了。但其结果是令读者良莠不分,莫衷一是,在茫茫的书中不知哪种书是货真价实的有益读物。

第四节 在追求高额利润下的书商与作者之间的关系

在本章的第二节谈到地上的"上帝"可以"培养"和"诱导",而第三节主

---

① 包天笑:《黑幕》,《小说画报》第14期,1918年7月。
② 网蛛生:《人海潮》,上海古籍出版社,1991年,第718—719年。

要讲的是地上的"上帝"又是可以被出版商"忽悠"的。除了以上出版业中书商与读者的关系之外,在通俗小说中我们还能看到书商与作者多种多样的关系。在现代文化市场的初期,作者与编者往往是合一的。书贾居高临下,视雇员如草芥。在《人海潮》中,作者借人物之口,为当年的若干书贾画像,听了令人沉痛莫名:

> 书贾雇用文人,奴畜隶养都弗如。文人一到书贾旗帜下,凭你本领大,发威不出,唯有肝脑涂地。你瞧海上几家大书局,每年辞歇一批旧编辑员,另聘一批新编辑员。猜他们用意,差不多当编辑员一段甘蔗,他们简直是一部榨甘蔗的榨床,直把你甜汁榨尽,便丢到你垃圾桶里,绝不留恋。①

只要看周天籁所写的《亭子间嫂嫂》中亭子间嫂嫂的邻居朱道明,作为书局的雇员,他一天到晚,弯腰曲背,要写八千到一万字,但只合几角钱一千字,一天到手一二只洋,他要养家糊口,只能在文化市场中靠摇笔杆吃饭,真是备尝甘苦的了。

后来是编辑与作者分了家,文人就靠卖文为生。对不合畅销书标准的寒士卖文,不论你的学问有多大,要煮字疗饥,是会到处瞧出版商的脸色和品尝闭门羹的。在《人海潮》中作者写了一个真实的故事,此人就是南社的著名人物之一朱鸳雏。在作品中作者将他化名为洪幼凤。朱鸳雏在南社曾因论诗与柳亚子闹成僵局,被柳亚子逐出南社;后柳亚子为当时的意气用事非常后悔,撰文表示歉意。朱鸳雏著作亦丰,尤以诗歌著称,算得上是当时的一位青年才俊。可是他投稿到处碰壁,生活艰辛,22岁即早逝。他常感慨"卖文不如卖淫"。在《人海潮》中平襟亚写他临终前向小说的主人公沈依云倾诉:"想我半生卖文,不能庇家荫室,长使母冻妻饥,便是活在世上,也负疚良深。现在脱离人世,别无愿望,只求阎罗王来生不再使我做个文人,备尝千般苦况。"他逝世后,夫人因过度悲伤,不到一月也香消玉殒。朱鸳雏的事

---

① 网蛛生:《人海潮》,上海古籍出版社,1991年,第544—545年。

迹在报刊上传开后,忽然又成一"潮",一夜间成了热门人物,说他清才隽永,妙笔回环,是王实甫再世,曹雪芹复生。有人学着他的笔路,杂凑成章,署上"幼凤遗著",卖给书贾,稿费加倍。过去不愿买他的稿子,现在书贾从乱纸堆里好不容易翻找出来,就用三号字排版,奇货可居。

不少书商就是为高额利润而生成一双势利眼。凡是能为书商获取高额利润者,就往往受到书贾的"包围"。平江不肖生向恺然带了一部《留东外史》回国,到处兜售,也没有书商能接受,后来以五角钱一千字的低价为书商所收购。虽然销路好得出乎意外,但那时他的名声还平平,在上海做寓公,也没有多少人请教。后来包天笑找到了他,约他给包天笑主笔的《星期》写稿。向恺然用文言写了一篇《猎人笔记》,内容是湘西猎户狩猎的种种惊险故事。这股新鲜味道给世界书局的老板沈子方闻到了,很是羡慕。下面是包天笑的一段回忆:

> 后来为世界书局的老板沈子方所知道了。他问我道:"你从何处掘出了这个宝藏者。"于是他极力去挖取向恺然给世界书局写小说,稿资特别丰厚。但是他不要像《留东外史》那种材料,而要他写剑仙侠士之类的一流传奇小说。这不能不说是一种生意眼,那个时候,上海的所谓言情小说、恋爱小说,人家已经看得腻了,势必要换换口味,好比江南菜太甜,换换湖南的辣味也佳。以向君的多才多艺,于是《江湖奇侠传》一集、二集……层出不穷,开上海武侠小说的先河。后来沈子方索性把这位平江不肖生包下来了。所谓"包下来"者,就是只许给世界书局写,而不许给别家书局写,就像上海戏馆老板,到北京去包了名伶来唱戏是一个典型。①

至于沈子方"包"张恨水也有许多耸人听闻的"八卦",小报上形容沈子方与张恨水谈判,仅十几分钟就"搞定",一下子给他八万元。但据张恨水自己的回忆:沈子方要他将北京的《春明外史》的纸型毁掉,由他出版,四千元

---

① 包天笑:《辑小说志》,《钏影楼回忆录》,大华出版社,1999年,第491—492页。

稿费一次付清；《金粉世家》稿费也是四千元，分四次付清。另外约他为世界书局写四部新作，稿费每千字八元。张恨水自己说，总数相加是"一万数千元"，这在当时是很大的一笔巨款了。

将作家这个"自由职业"变成"不自由职业"是当年出版业中常有的事，不过大多是口头协议、君子协定；但像后来世界书局沈子方将这种方法行诸公开文字，却并不多见。苏州作家程瞻庐是位多产作家，而且是文学创作的多面手，大可洋洋数十万的长篇连载，短至补白一则仅数行，还能兼及多种体裁，皆能饶有趣味，无不成为各种报刊的抢手货。于是也被沈子方看中，聘为世界书局的特约撰述，成为世界书局办的《红》杂志与《红玫瑰》的大台柱。这两本周刊就需要大量的稿源，而且规定必须有四期存稿，并向读者做出决不脱期的承诺。因此，每一期上程瞻庐都有一个长篇连载，还要加四五篇短文。在《红》杂志第22期（1923年1月出版）的《编辑者言》中沈子方公开宣布："本杂志主任严独鹤先生及特约撰述程瞻庐、陆澹庵诸位先生，所有作品，概在本杂志披露，其他杂志一概谢绝投稿。"

书贾要赚钱，无可非议，可是那种冰火两重天的情景，大概以当时为最盛。这也是出版商与作者之间的多重复杂的利害关系了。

第五节 清末"禁书"的出版与销售渠道

在晚清的出版业中，还有一个特殊的现象值得关注，那就是当时的所谓"禁书"——革命书刊的出版销售问题。这在清末是一件很神秘的事。在知识精英文学中也有所描写，如冰心在20世纪40年代写《关于女人》中，讲到她母亲如何秘密地传递这类禁书的：

> 母亲对于政治也极关心。三十年前，我的几个舅舅，都是同盟会的会员，平常传递消息，收发信件，都由母亲出名经手。我还记得在我八岁的时候，一个大雪夜里，帮着母亲把几十本《天讨》，一卷一卷的装在肉松筒里，又用红纸条将筒口封了起来，寄了出去。不久收到各地的来信说："肉松收到了，到底是家制的，美味无穷。"我说："那些不是书吗？……"

母亲轻轻地捏了我一把,附在我的耳朵上说:"你不要说出去。"①

冰心写的是很真实的事情,可以想象,弄不好是要杀头的,因此事情干得紧张而神秘。可是在通俗小说中却告诉我们,在当时文化市场上很容易买到禁书,而且可以批发,书商为此可以赚大钱。对此情况,在严独鹤的《人海梦》中有比较详细的描写。他写一个绰号叫"野鸡大王"的书贩,平时总在茶楼里兜售各种书籍,以小说为最多,新旧小说他都齐备,手头没有的你只要说出书名,马上可以设法去取,而且价钱又比书坊为廉。如果悄悄地问他,有没有革命书籍,如什么《革命军》《西太后》《兴汉灭满论》《革命小史》等等,他都可以为你办到。而且将发行渠道也能说个大概。下面是他被捕后的一段招供:

> 刘光汉道:"如今不说别的话,我先问问你,你所有关于革命一类的书籍,到底多不多?"野鸡大王:"怎么不多呢?实对你讲,眼前只有这类书,销路最好,获利也最厚。薄薄的一本书,批价只有一角左右,卖给人倒可以照定价取个五六角。要看的人,见是禁书,便不管价钱,也不问内容,都抢着要买。我近来在这上面倒很赚了一注钱哩。"
>
> (刘光汉:)"我且问你,你既然批发得到这许多书籍,也一定知道来源,我想这些书籍的编辑、印刷、发行都一定有个地点,你可能告诉我么?"野鸡大王道:"说到这句话,你就是外行了。老实讲,在上海发行的革命书籍,固然也有真正革命党人所做的,然而却是最少数,其余不过因为这些书销路最广,胡乱出上几本好赚些钱就是了。所以编辑人的名字,除了《革命军》这一部书,大家知道是邹容所作,已经吃了官司而外,其余大概都是捏造的。至于编辑人员到底是谁?有没有编辑所又何从考查?就是印刷,也无非托几家小印刷所暗地代印,断不会有什么大张旗鼓的革命书籍印刷所。讲到发行,更不必谈,无非是秘密出版,秘密售买,随便在书上印着一个某某书局的字样便了。你若真个要按

---

① 冰心:《关于女人》,中国青年出版社,1995年,第19页。

八 中国近现代转型期国情与民风的流变

图索骥,去找这些书局,只怕走遍了上海,也找不到哩。"①

这就是侦探头子审问野鸡大王的一番交代。读来先以为这是为了迷惑侦探的烟幕。后来在冯自由的《革命逸史》中看到了一节《野鸡大王徐敬吾》,才知道严独鹤写的还是真人真事呢!"大王专以出售革命书报为业,是时各种革命书报虽受社会欢迎,但各书局制于官力,咸有戒心,不敢直接出售……大王恒挈其女公子宝妞出入于福州路青莲阁等茶馆,叫卖各著名犯禁之书报,如《革命军》《黄帝魂》《驳康有为政见书》《孙逸仙》《沈荩》《自由血》《女界钟》《俄罗斯大风潮》《猛回头》《警世钟》《扬州十日记》《孔孟心肝》《苏报案纪事》《三十三年落花梦》《二十世纪大舞台》等书,不下数百十种,行人趋之若鹜,至为畅销。"②这里冯自由写得似乎太公开了,当时,虽在租界,但销售也需隐晦一些才是真情实况,不过这个书籍小贩看来还是实有其人的。从这个情节中也反映出当时的人心所向,清廷的末日也为期不远了。

通俗小说反映社情的林林总总是多方面的。本文仅就通俗小说中所反映的清末民初现代化文化市场建立过程中之一侧面,作一概略的介绍。就通俗文学作品的艺术质量而言,的确是参差不齐的。像严独鹤的《人海梦》就是质量较高的小说。而像《官场现形记》一类作品,艺术质量就较差。但胡适认为,它们是可以作为"史料"而长存,通过《官场现形记》可以认识中国旧社会里最重要的一种制度与势力——官与官场。而从本文提及的若干反映清末民初出版业的面面观,也可以从中懂得许多我们所不知道的史实。从胡适的论点以及我们所引用的平襟亚的《人海潮》等作品都可以证实,通俗小说确是一座反映社情的富矿。

---

① 严独鹤:《人海梦》,春风文艺出版社,1997年,第105—106页。
② 冯自由:《革命逸史·初集》,中华书局,1981年,第123页。

第八章 论早期自由职业文化人对文学现代化的贡献

第一节 文学现代化从自发到自觉的过程

《〈海上花列传〉：现代通俗小说开山之作》一文中提出，中国文学从古典型转轨为现代型起点的标志是1892年开始连载、1894年正式出版的《海上花列传》。韩邦庆的这部长篇小说从题材内容、人物设置、语言运用、结构技巧，乃至发行渠道等多方面都显示了浓郁的现代气息；另外它还说明了一个重要问题：那就是中国文学的现代化是中国社会推进与文学发展的自身内在要求，是中国文学运行的必然趋势。它证明了中国文学即使没有外来文艺思想的助力，也会走上现代化之路的，尽管当时像韩邦庆等作家对文学现代化的推进尚处于不自觉状态。

可是到1898年前后，我国的知识分子对文学现代化的推进就开始进入自觉状态了。这一初具自觉状态的群体大约由三部分人所组成：一是早期的海归者，二是戊戌失败后的流亡者，三是中国早期的自由职业知识分子。早期海归者可以严复为代表，他翻译了《天演论》等重要的著作，成为启蒙的有力工具；他写出了《本馆附印说部缘起》等文章，被梁启超誉为"雄文"。流亡者当然是以梁启超为代表的维新人士，他在国外办起了《新小说》杂志，他写出了《论小说与群治之关系》等倡导"小说革命"的文章，而且在"诗界革命""文体革命"的"戏曲改革"方面，都提出了一系列革新文学现状的主张。以上这两部分人促进文学现代化事业的功绩是抹杀不掉的。但是中国早期的自由职业知识分子的贡献却往往为我们所视而不见，至少是大大低估了。

那就是以李伯元、吴趼人和包天笑为代表的中国早期自由职业文化人。本文要重点论述的就是这一新兴阶层对文学现代化的贡献。

1903年清廷开考经济特科。当时有人保荐李伯元和吴趼人去参考，可是被他们拒绝了。吴趼人在李伯元逝世后为其写一小传，其中说道："光绪辛丑（辛丑为1901年，年代有误，应为癸卯，即1903年——引者注）朝廷开特科，征经济之士，湘乡曾慕涛侍郎以君荐，君谢曰：使余而欲仕，不俟（及）今日矣。辞不赴。"①

当时对这种人往往尊称为"征君"（旧称曾经朝廷征聘而不肯就职的隐士）。可是吴趼人表扬了李伯元，却没有透露自己也是被人推荐而不赴者。李葭荣的《我佛山人传》中曾提及此事："先是湘乡曾慕陶（涛）侍郎饫耳君名，疏荐君经济，辟应特科，知交咸就君称幸，君夷然不屑曰，与物亡竞，将焉用是，吾生有涯，姑舍之以图自适，遂不就征。"②以上材料日本学者樽本照雄教授在《李伯元和吴趼人的经济特科》一文中有详细考证。③ 对吴趼人只谈李伯元的经济特科事，而没有提及自己也同时被推荐，有人说这是吴趼人品格高尚而自谦，有人说他表扬了李伯元，也就等于表扬了自己，或者说二者兼而有之。但樽本先生的结论是很重要的：

> 对于知识分子来说，当时在上海除了做官以外，还有别的方法、别的世界可以维持生计。李伯元和吴趼人选择了新闻界。他们大概在新闻界已经做了很多事情并且充分体会到生活的价值。不用说他们也是在经济上独立的。事已至此，他们完全不想到北京去投考。李伯元和吴趼人不去投考经济特科这件事，也象征着新闻界在上海已经形成了。

新闻界在上海的形成是有一个过程的。在戊戌维新以前，左宗棠等人诋毁报人为"江浙无赖文人之末路"，认为新闻记者是极尽挑拨离间之能事

---

① 吴沃尧：《中国近代小说家李君伯元》，《月月小说》，第1年第3号，1906年12月30日。
② 李葭荣：《我佛山人传》，载1910年《天铎报》，转达引自胡寄尘《虞初近志》卷六，广益书局，1913年，第34页。
③ 见樽本照雄：《清末小说研究集稿》，陈薇译，齐鲁书社，2006年，第127—146页。

的一伙人。因为过去的信息与舆论是掌握在少数统治者之手,现在有印刷品面向市民大众,构成了一个"公共空间",市民也就有了参与意识,甚至成为社会舆论(民情)的主体,这种"垄断权"被打破,民众成了信息与舆论的"共享者",使统治者甚为恼火,因此报人的地位也被有意地打压得很低。但是从戊戌维新开始,康有为、梁启超的《时务报》问世,"乃为上海报界放一异彩……前此贱视新闻业因而设种种限制之惯习,复悉数革除"。报纸主笔、新闻记者、特约通讯员之类的人也扬眉吐气,受社会之重视。上海报业之盛,又是因为托足租界,可以免受国内的政治暴力,所以舆论上也有了相对的自由度,社会信用有所增高。① 但李伯元、吴趼人所编的小报则仍被视为"戏报"与"花报"。可是自从吴趼人成了《新小说》的台柱,李伯元被国内最大的私营出版机构商务印书馆聘为《绣像小说》的主编之后,他们的档次得到了大大的跃升,他们成了很有名望的人物。过去的读书人以科举考试作为荣宗耀祖的捷径,能破格推荐他们去参与经济特科的考试,当然是特别看得起他们的意思,正像吴趼人的"知交"都纷纷向他祝贺,"咸就君称幸",可是他们却不屑参加特科的考试。过去的"征君"是隐士,可是他们不是隐士,他们是中国早期资本社会的"自由职业者"。"自由职业者"阶层在知识分子人群中的日益扩大,是一股新的社会中产阶级制造舆论的力量。

这批自由职业者,收入也颇为可观。当时清政府废科举办学校,山东青州府请包天笑去办学堂(教员也是自由职业者),"我的薪水,是每月白银五十两……五十两银子,恰好是一只元宝,在南方可以兑换银元70元左右。我自从受薪以来,以每月束脩二元始,至此亦可算是最高阶级了,私心窃喜,学佛者也不能戒除这一个贪字呢"。② 他在青州大约两年时间,后来1906年到了上海,他在《时报》的工资是每月80元,"小说林编译所"又请他兼职,薪水每月40元;编辑《小说时报》他不拿编辑费,但稿费照算,千字2元;他还为商务印书馆写教育小说,千字3元。他还给《新新小说》等多种报刊写稿,还要到学校去兼课,忙当然很忙,可是收入也比青州更加可观。如此看来,

---

① 从左宗棠语至此的观点,可参看姚公鹤《上海闲话》,上海古籍出版社,1989年,第128—132页。
② 包天笑:《钏影楼回忆录》,香港大华出版社,1971年,第279页。

李伯元、吴趼人根本不想去考特科,也不是他们的清高。一方面,他们经济上有较丰厚的收入;另一方面,他们在新闻工作中看到了自己的人生价值。当他们眼看"当今之世,国日贫矣,民日疲矣,世风日下,而商务日亟矣"的现实时,他们作为自由职业的报人,可以率性"以痛哭流涕之笔,写嬉笑怒骂之文"。① 而吴趼人也是为了"舍之以图自适"。这"自适"并非是做什么"逍遥派",而是发挥最适合自己人生价值的才能。

人们的价值取向不同了。李伯元与吴趼人在写作具有现代性作品的自觉意识方面也与韩邦庆不同了。这两位具有自觉意识的专业报人与作家,写出了我国最早的现代型通俗社会小说,轰动一时。他们具有现代性的通俗社会小说除了有一定的文学价值之外,也是当时的一种启蒙的利器。因此我认为,中国文学的现代化是由三部分人吹鼓而形成气候的。但能将启蒙力量穿透到社会中下层去的,倒还是要靠这些土生土长的自由职业知识分子笔下的通俗小说。过去我们对这些作家的成就的估价却是远远不够的。

第二节　清末新型知识者从旧卵中破壳而出

我们强调这批自由职业者的重要性是为了说明清末已有一批新型的知识分子正从旧卵中破壳而出。他们所写的小说中已有着明显的现代性。在当时,还没有后来所称谓的"新文学作家";但是这些后来被称为"旧文学作家"的人已在传统小说的外壳中显示了自己作品的新质,那就是时代的启蒙精神。他们兼报人与作家于一身,以启蒙中下层民众为己任。鲁迅对他们的启蒙的社会效应是很肯定的。

这些小说能将热衷于听"平叛武功"的"细民"转变他们的注意力,去关注时政的弊恶,让群众知道"政府不足与图治",而且"呼维新与爱国",这难道还与"启蒙"无缘吗?但后来对他们的评价却很低,大概与鲁迅对他们在艺术上粗糙的评论"太经典"有关:"辞气浮露,笔无藏锋。""终不过连篇'话

---

① 李伯元:《论〈游戏报〉之本意》,载《游戏报》第 63 期,1897 年 8 月 25 日。

柄',仅足供闲散者谈笑之资而已。"①这样将他的"掊击""纠弹"之类的评价都冲淡了。自从鲁迅在艺术上对谴责小说作出了评价之后,胡适与阿英等人都"委婉"地提出了不同的看法。胡适认为鲁迅是站在精英立场上,没有考虑到这些小说主要是针对"浅人社会"的要求而写作的。② 阿英则认为:

> 而这时的清政府,对外则屈辱投降、奴颜婢膝,对内则贪污腐化、苛敛暴征。生活在这样愤怒不遑的情况之下,"辞气浮露,笔无藏锋",是不易避免的,不但小说,就是诗词也很少例外。这与当时的局势是有关系的,不能说只是"度量"与"素养"的问题。所谓"嗜好",也只是标帜着人民对政府、对帝国主义憎恶的深度而已。

所描写的"话柄",主要取材于当时的"官场"和"洋场"。在一定限度上,反映了腐朽的封建统治与半殖民地国家所特有的生活堕落与道德败坏的现象。

《二十年目睹之怪现状》,在当时是"妇孺能道之"(汪维甫:《我佛山人笔记叙》),在读者间影响之大,可以想见。而数十年来流传迄不衰,亦足证其真价。盖虽未达艺术高峰,却一定深度地反映了当时现实也。所述"话柄",据蒋瑞藻《小说考证》引《缺名笔记》,大都有所本。③

所谓"话柄",按照《辞海》上的解释是"被他人当作谈话资料的言论或行为"。我认为"话柄"与"情节与细节"是很难分别的。范进中举后吃了一只猪油手的一个大耳光才被打醒,严监生临终前的"两根灯草",都是可以作为"话柄",被他人当作谈话资料的言论或行为。讽刺小说中出现较多"话柄",

---

① 鲁迅的有关谴责小说的评价参见《中国小说史略·第28篇·清末之谴责小说》,《鲁迅全集》第8卷,人民文学出版社,1956年,第239页,第244页。
② 对于胡适与鲁迅的不同看法可参看范伯群《特缘时势要求,以合时人嗜好——以评议鲁迅、胡适的有关"谴责小说"论点为中心》,《苏州科技学院学报》,2005年第1期。
③ 以上阿英的话见阿英:《小说三谈》,上海古籍出版社,1979年,第202、213、220—221页。

八 中国近现代转型期国情与民风的流变

是常有的事,至于深入到妇孺皆知,是否也算是被"闲散者"作为谈笑资料?我以为也是难以分清的。不过阿英所说的"未达艺术高峰"这一评价倒是可以落实的。

过去我们是将"反帝反封建"作为鉴定是否是现代文学的一个重要标准,但是这一标准定得是否妥当,还可以讨论。现代文学是靠其现代性而有别于古典作品的。但是如果我们姑且拿这个"反帝反封"标准去衡量李伯元与吴趼人的作品,也倒非要承认它们是非常合格的"产品"不可。当阿英谈及《官场现形记》的广泛影响时说:

> 无论是在政治上抑文学上,还是很大的。揭露了封建统治的腐朽,揭露了帝国主义的阴谋,也鞭挞了社会许多不合理现象,反对科举制度等等,从而提高了中国人民的觉悟。就由于这部小说的诞生,与时势的要求,逐渐形成了晚清谴责小说的高潮,在相当深度上反映了当时社会的现实:"山雨欲来风满楼"的革命前夜的现实。是谴责小说中的典范之作。①

这确是一部不同于古代市人小说的、具有现代性的中国现代通俗社会小说。李伯元不仅在自己的创作中能显示出这种现代性,而且在他所编辑的文学杂志中也展现了期刊现代型的面容。在他主编《绣像小说》的发刊缘起中就宣称:"远摭泰西之良规,近挹海东之余韵,或手著,或译本,随时甄录,月出两期,藉思开化夫下愚,遑计贻讥于大雅。呜呼!庚子一役,近事堪稽,爱国君子,倘或引为同调,畅此宗风,则请以此编为之嚆矢。"他完全要以"嚆矢"——"林中的响箭"般先行者的姿态出现;另一方面,它又不像梁启超办的刊物,处处只求表现他的"专欲发表区区政见,以就正于爱国达识之君子",而是一本"正宗"的文学刊物。《绣像小说》的"看家作品"是《文明小史》,它从第1期连载至第56期,阿英曾给予高度的评价:

---

① 阿英:《小说四谈》,上海古籍出版社,1979年,第212页。

《官场现形记》诚然是一部杰作,但就整然的反映一个变动的时代说,《文明小史》是应该给予更高的估价的。……特殊是写湖南的十多回,可说是全书最精彩,也是作者笔力最酣畅,最足以表现创作力的高强的表征。写个人的性格,写群众的活动,写官僚的媚外,写豪绅的作恶,真是旧话所谓"极尽绘声绘色之妙"。出现于这部书里的人物,一般的说,虽止官僚、维新党、帝国主义三方面,但各有其姿态,各有其性格,各有其不同的活动,是并不使读者有"重现"之感的。至于全书采用讽刺与幽默的笔调,也可算是一种独特的特色。①

阿英将《文明小史》视为"在维新运动期间,是一部最出色的小说"。他对《文明小史》开端的十几回的艺术性也予以充分的肯定。除了主编者自己拿出优秀的作品来之外,其他的来稿中可圈可点的也是不少的。如从第7期起,刊出了《邻女语》这样的优秀之作。蒋瑞藻引《清代轶闻》中语:"《邻女语》一书,记庚子国变事颇详确,文笔清隽可喜,实近日历史小说之别开生面者。"②所可惜的是全书未能续成。而《绣像小说》第9期又推出了《老残游记》,此书在后代的评价中已是有口皆碑。在《老残游记》第一回的回评中说:"举世皆病又举世皆睡,真正无下手处。摇串铃先醒其睡,无论何等病症,非先醒无治法。具菩萨心,得异人口诀,铃而曰串,则盼望同志相助,心苦情切。"刘鹗作为一位"业余"作家,他的小说能写到这一地步,真可谓是"天才"。《绣像小说》佳作迭出。李伯元还用多种办法,显示其刊物的现代性。在第1期上有一篇特别的稿子,名曰《京话演说:振贝子英韬日记》,连续刊登了38期。这是清朝大员振贝子出使英伦贺英皇加冕的日记,他由英而法,由法而美,由美而日,给中国人讲了许多外国的政、军、经、法、农、商、文教等等的新鲜事。其实它根本不是振贝子自己的记录,而是他的随员唐文治的日记。唐文治是一位大学问家。他曾任南洋公学(交通大学前身)监督14年之久,后来主持无锡国专。他当年是作为四品衔外务部主事随贝子

---

① 阿英:《小说四谈》,上海古籍出版社,1981年,第131—132页。
② 蒋瑞藻:《小说考证10卷,续编5卷》,古典文学出版社,1957年,第326页。

爷出使的。这是较早走出国门的一次考察活动,日记也可以是每天的流水账,但在这篇账目里却能呼吸到五湖四海的新鲜空气。李伯元不但刊登唐文治的日记,而且自己在第 1 期中以讴歌变俗人为笔名,写了三种作品:一、"俗耳针砭弹词第一回"(从第 2 期起,第二回即改名为"醒世缘弹词");二、"经国美谈新戏";三、"时调唱歌"。阿英对这种民间的文艺形式非常关注,特别是对"时调唱歌"。他说:"这些时调、开篇、道情,都是发表在杂志《绣像小说》上的,还不是真正流行在民间的作品,但却反映了当时人民的愤慨、伤感与热望。其他刊物,除《月月小说》偶登一两篇外,是不收这一类的作品的,大概是因为'太不高雅'吧。"[①]李伯元从《绣像小说》的创刊号起,就启用了如此多的文艺形式,这说明了什么呢?那就是他是当年上海市民文化中的面向中下层的启蒙主义者。而用精英立场去评价其作品,难免有不合口径之处。

至于吴趼人,他也是像李伯元一样,向"官场"与"洋场"的黑暗面开刀。他的反对"媚外",痛恨"汉奸"的程度,恐怕比李伯元更激烈。在中国人民反对美帝国主义华工禁约运动中,吴趼人其时在汉口《楚报》工作,就因为此报是美国人所经营,他就辞职返沪,对反帝运动多所尽力。就吴趼人而言,他常自称是"旧道德"的拥戴者,但"旧道德"与"封建道德"是不能画等号的。记得鲁迅在《为了忘却的记念》中谈及柔石时,曾说过:"无论从旧道德,从新道德,只要是损己利人的,他就挑选上,自己背起来。"[②]可见鲁迅对旧道德中的"先天下之忧而忧,后天下之乐而乐"的精神,即使是损己而利人,也自甘承担的风尚也是非常欣赏的。当吴趼人在写《恨海》时,写到棣华最后的悔恨,不是将吴趼人恪守的"旧道德"(张棣华以前恪守的是封建道德)击个粉碎吗?他们这对未来的小夫妻在逃难时,处处怕"越礼之罪",始终不肯同坐一车,"徒步相随,方才散失,以致今日。这明明是女儿害了他"。而到这时,棣华竟亲口为病入膏肓的伯和哺药,这应该是她冲破了"越礼"的禁锢,表示自己的忏悔:"自己把药呷在口里嚼住,伏下身子,哺到伯和嘴里去。看他咽

---

① 阿英:《小说二谈》,中华书局,1960 年,第 196 页。
② 鲁迅:《为了忘却的记念》,《鲁迅全集》第 4 卷,人民文学出版社,1963 年,第 371 页。

了,再哺。一连哺了二十多口……这些来人,无非是店里打杂、出店之类,都知道伯和是个未成亲的女婿,棣华是个未出嫁的女儿。今见此举动,未免窃窃私议。有的说难得的,有的说不害臊的,纷纷不一。"(《恨海》第十回)这不是吴趼人在用他笔下的人物在批判他"旧道德"中的封建成分吗?这也就是在批判他自己头脑中的封建因素啊。我们也许可以说这就叫作"现实主义的胜利"。在这个转型的社会中,要坚持地地道道的封建道德也只有那些顽固不化的花岗岩脑袋才能办到。一般说来,像吴趼人等人所坚守的"旧道德"中也是有若干合理的民族美德在内的。而其中不合理的封建的规范,也会由生活来教导它们,说明它们的不合时宜,乃至害人害己。就像棣华的"忏悔",最后,她的行动甚至比"新人物"还走得更远。

现在再看包天笑,他 1901 年在苏州办了一个木刻版的《苏州白话报》,它的第 1 期中的第 1 篇就是"论说",题目是《国家同百姓直接的关系》,开头说道:"今日是《苏州白话报》第一次的议论,吾要把吾们中国第一紧要的道理,演出来讲与大家听听。那一样是紧要的道理呢?就是我题目上表明的,国家与百姓有直接的关系便是。你们看这白话报的,自从小的时候,都听着父兄老辈的说话,他们见了国家两个字,便要说道:我们是小百姓,与国家不干涉的。他们见了国家的政事,便道:这是官长的职役,我们小百姓是无份的。虽则是谨慎小心的意思,然而讲到那真道理便大错了。大家要晓得,国家究竟是甚么物事做起来的呢?便是合拢那些小百姓做起来的,倘若除去了小百姓,便那里去寻出国家来?"①读了这一段议论,我们可以知道初期白话的形态,更可以知道文章是在倡导民权,它简直将个皇帝老儿放在一旁了。这显然是受了梁启超《清议报》上文章的影响:"国者何?积民而成也。"他首先提出"国民"这个概念,认为中国几千年来只知有"国家",不知有"国民",无国民,则只有奴隶。包天笑在开宗明义第一篇文章中就灌输一个重要的思想,那就用"国家"取代"朝廷",用"国民"取代"臣民";宣扬的是"天下为公"的思想。应该说,他们是一批正在转型中的还没有挣脱儒家传统的平民主义者。但他们在文学的现代性上,却非常鲜明,他们正在为平民制造一

---

① 包天笑:《国家同百姓直接的关系》,载《苏州白话报》第 1 期,1901 年 10 月 21 日。

种"启蒙"视野。他们不再是去依附"朝廷"的,而是已具有一定独立性的一群知识分子。在当时,上海是中国现代化的中心城市。这种环境正在吸引、培育和支持着一批新的过渡性人物。在这批人的身上,新的思想观念、新的生活方式、新的自我理解的价值法则正在形成,他们是这个现代化都市中哺育出来的新型知识分子阶层,也使上海较早地出现了有别于古代市人文学的现代型的市民文化。他们是中下层市民社会的启蒙者,是社会转型的参与者,也是政府的监督者,但他们还不是革命的鼓动者。而上海现代化的机械印刷和现代出版业,通过它们印刷的报纸和其他出版物,又逐渐渗透到中国内地去。包天笑身在苏州,但他就受了这股时潮的感染,他的《苏州白话报》以其启蒙精神也成为文化现代化的实践者。

第三节 早期启蒙主义者对"白话文学"的贡献

五四文学革命是从提倡白话文学开始的。可是在过去,即使是读汉语言文学系的学生又有几个人知道裘廷梁这个名字的呢?又有几许人知道在胡适于1917年1月发表《文学改良刍议》时,于同年同月在上海出版了一本通体白话的文学刊物名叫《小说画报》的呢?凡此种种,都是被文学史"遮蔽"之列的内容。但是从"将20世纪文学作为一个整体来进行研究"的设想提出之后,这些被"遮蔽"的内容正逐渐浮出"20世纪文学史"的水面。黄修己教授主编的《20世纪中国文学史》中就有了态度鲜明的论述:

> 五四文学革命,是从提倡白话文学开始的。而提出用白话写诗的主张,却可追溯到半个世纪之前。黄遵宪在1868年就提出"我手写我口",1888年左右写成的《日本国志》中,又进一步提出了"言文合一"的问题,可谓发近代白话文运动的先声。梁启超在戊戌变法前后也是"言文合一"的鼓吹者。晚清白话文运动中最引人注目的人物则是裘廷梁。1898年,他在《无锡白话报》发表《论白话为维新之本》,该文痛陈文言之流弊,细诉白话之优长,旗帜鲜明地提出了"崇白话而废文言"的主张。其崇白话的立足点固然在开通民智,但把文言置于白话的对立地位,丝

毫不给文言一席之地,这种断然决绝的态度与五四新文化运动中胡适、陈独秀等人的主张已没有什么根本的区别。……五四时期之所以能确立白话文学的地位,除了新文学运动的先驱以优秀的作品树立了典范外,也是与在此之前经过了十多年的宣传、实践、探索分不开的。晚清的白话文运动,既是时代的要求,也是整个民族觉醒的产物,它与五四白话文运动实有一脉相承的内在联系,早期启蒙主义先驱推动"白话文学"诞生的贡献,是不可抹杀的。①

中国最早的白话报刊确是《无锡白话报》,据《中国近代期刊篇目汇录》上介绍:"《无锡白话报》1898年5月(光绪二十四年闰三月)创刊,在无锡出版。5日刊。从第5期起,改名《中国官音白话报》……为无锡裘廷梁(可桴)及其侄女裘毓芬(梅侣女史)所倡办和主编。为我国最早的白话刊物。"②裘廷梁在《无锡白话报·序》中说:"古今中外变法,必自空谈(这里的"空谈"应作"大造舆论"解——引者)始。故今日中国将变未变之际,以扩张报务为第一义。阅报之多寡与爱力之多寡有正比例,与阻力之多寡有反比例。"裘廷梁曰:"欲民智大启,必自广兴学校始,不得已而求其次,必自阅报始,报安能人人而阅之?必自白话报始。"他在序言中谈起1897年7月,他到上海去"力请汪君穰卿增设浅报,穰卿事冗不遑也"。当时汪穰卿(即汪康年)正与黄遵宪、夏曾佑办《时务报》,延请梁启超为主笔。由于汪无力他顾,而裘就自办《无锡白话报》,但他又觉势单力薄,因此呼吁:"然区区一二人之力不足应天下之求。余又以为必每县自设一报,浸淫遍于十八行省而后民智大开耳。……以话代文,俾商者、农者、工者及童塾子弟,力足以购报者,略能通知中外古今及西政、西学之足以利天下,为广开民智之助。他县有踵行者乎?余日望之。光绪戊戌正月,裘廷梁。"创刊号的第二篇文章是裘毓芬的《劝看白话报》:"这报是专门捡各样有用处的书,与各种报上新奇有益处的

---

① 黄修己主编:《20世纪中国文学史(上卷)》,中山大学出版社,1998年,第26—27页(该段执笔者为张海元)。据有人统计,清末民初的白话报刊共有170多种,见黄霖:《近代文学批评史》,上海古籍出版社,1993年,第417页。
② 上海图书馆编:《中国近代期刊篇目汇录(1)》,上海人民出版社,1980年,第922页。

事情,一齐演成白话,叫大家一点心思不费,一看就可以知道古往今来的事迹;又可以知道各国的一切的情形,还可以知道现在世界上的形势。所以无论念书人、生意人、乡下种田人,与女人小孩。这白话报总不可不看的。"于是这张报纸的性质也就一目了然了,它主要是一张将"文"译为"话"的报纸。不过它也有本埠新闻,名曰《无锡新闻》栏。第1期就有一篇《白话大行》的新闻:"无锡做白话头一个人,是吴举人名眺,号叫稚晖。他两三年前,做出好几种白话书,个个看了佩服,可惜都未做完。现在城里举人、秀才,个个想做白话书……这十几个人,都是有学问有名声的,有几个说要做公法律例书,有几个说要做格致工艺书,做成白话,都叫本馆代刻。这白话风气开了,以后做白话的,越出越多,可以做到中国四万万人,个个有见识有学问。白话的功劳,比文理极好的书还大,这都是天下人的福气。"①我们引用这些难得一见的资料,是可以从中知道无锡确有一帮倡导白话的"志士"。

1901年杭州出现由林獬等人主持的《杭州白话报》,同年苏州才出现了由包天笑等主持的《苏州白话报》,1903年在上海的宁波同乡会发行《宁波白话报》,等等。这些冠以市县域名的白话报不知是不是响应裘廷梁的"每县自设一报"的号召,但有一点却可以肯定,早期启蒙者在白话文的倡导中也起了先头部队的作用。而第一个纯用白话的小说期刊则是1917年1月由包天笑创办的《小说画报》。包天笑在1901年就编《苏州白话报》,为什么迟至1917年才办白话小说刊物,这其中相隔竟有16年之久。关于这一个问题说来话长,需要专文论述。但在包氏主笔的白话小说杂志的卷首短引就写道:"盖文学进化之轨道,必由古语之文学变而为俗话之文学……自宋而后文学界一大革命,即俗话文学之崛然特起。"在编者《例言》的第一条,他就表明:"小说以白话为正宗,本杂志全用白话体,取其雅俗共赏,凡闺秀、学生、商界、工人,无不咸宜。"②当然,包天笑只提"小说以白话为正宗"。与同年

---

① 以上所引《无锡白话报》的文字,均见该刊第1期,但因是线装刊物,页码甚难标清。在《中国近代期刊篇目汇录》的《无锡白话报》目录上,不知为什么竟没有《无锡白话报·序》和《劝看白话报》这两篇重要文章的目录,是否该报第1期有两个版本?这里只能存疑。在文中也不免多摘录几句这两篇文章的内容,以供读者参考。
② 包天笑:《小说画报》第1期,1917年1月出版,第1页。

同月胡适在《文学改良刍议》中所提出的白话文学"为中国文学之正宗",是有一定差距的。正因为是"文学"之正宗,胡适才迎难而上,在"白话诗"创作中进行了勇敢的尝试。但当年胡适、陈独秀等高举"文学革命"大旗时,就开始有"遮蔽"昔日的先驱者的"嫌疑":他们对过去白话文的倡导者的功绩是不计入其内的。为此包天笑是很有看法的,他在1926年的一篇文章中说:

> 倡白话文,今人均知为胡适之。其实奔走南北,创国语研究会有远在胡适之前者。如吾乡陈颂平先生即其一也。颂平先生……服官于教育部。当民国元二年,时即为提倡国语之运动。至沪时,首来访余。欲求于报纸上任宣传之责。故余之创《小说画报》,即秉此请。……故《小说画报》开风气之先,纯粹用白话文也。时胡适之先生,方为章秋桐之《甲寅》杂志译短篇小说曰《柏林之围》,则纯用文言体;而创"她"字之刘半侬先生,佐余《小说画报》中撰一章回小说曰《歇浦陆沉记》也。数年来,诸公之思想,丕然一变矣。①

类似的话包天笑是说过不止一次的,他在《钏影楼回忆录》中还忆及20世纪初不少人开风气之先,创办白话报:"其时创办杭州白话报者,有陈叔通、林琴南(林琴南有否参加了创办,待考;但林琴南于1901年在杭州创办了《译林》——引者注)等诸君。写至此,我有一插话:后来林在北大,为了他的反对白话文而与人争论,实在成为意气之争,有人诟他顽固派,这位老先生大为愤激,遂起而反唇也。至于反对白话文,章太炎比他,却还激烈。再说:提倡白话文,在清季光绪年间,颇已盛行,比了胡适之等那时还早数十年呢。"②他对历史的不公正提出了自己的意见。

第四节 清末译介外国文学作品使国人初识外部世界

至于文学翻译,从1899年林纾(冷红生)与晓斋主人(王寿昌)合译《巴

---

① 天笑:《钏影楼笔记——白话文之始》,载《上海画报》第115期第3版,1926年5月27日。
② 包天笑:《钏影楼回忆录》,香港大华出版社,1971年,第168页。

黎茶花女遗事》产生巨大的影响之后,中国从此逐渐开始了规模性的文学翻译工程。这期间有梁启超的倡导译印政治小说等等的号召;但是远不及林纾翻译一百多部外国小说的影响,是他,通过译介,几乎培养了一代知识精英作家。当时,中国即将成为第一代"新文学"的作家还很年轻,他们许多人都受过这些译作的熏陶。周氏兄弟、郭沫若、冰心、李劼人、钱锺书……都受过此类译作之恩惠。尽管后来的现代文学史上大多将林纾描绘成"新文学"的头号敌人。就主观而言,林纾的思想确有倒退之嫌;但在客观上,也有人指出化名王敬轩者们"设套"——预设陷阱,逼着林纾出丑,连胡适也觉得他们如此做法是不合文学界正常的"游戏规则"的。"林纾与五四新文化的冲突,实在说,更像是一出喜剧——年近70的颠顸老人,独自与一群偏激少年鏖战。林纾的种种失态,首先是他的不智,但也实在有点被'逼'的意味。"①

我认为将这个客观因素计算在内,才能得到公允的评断。文学历史上总有将这场论争进行一次澄清的必要。至于谈及林纾的翻译,文坛上还有一种说法:林纾竟然连小说与戏剧也分不清,他"将小说和剧本混为一谈,如莎士比亚、易卜生的剧本(《亨利第四》《群鬼》等),竟以小说形式出现,面目全非"。据日本研究清末小说的专家樽本照雄教授的考订,这种说法的最初"创造者"是郑振铎先生。林纾逝世于1924年10月9日。郑振铎先生在1924年11月10日出版的《小说月报》第15卷第11号上,发表了一篇纪念林纾的文章,题目是《林琴南先生》,这篇纪念文章原意是想为林纾说几句公平话的,目的是要大家公允地评价林琴南。可是郑先生在文中有这么一段话:

> 还有一件事,也是林先生为他的口译者所误的:小说与戏剧,性质本大不同。但林先生却把许多的极好的剧本,译成了小说——添进了许多叙事,删减了许多对话,简直变成与原本完全不同的一部书了。如莎士比亚的剧本,亨利第四,雷差得纪,亨利第六,凯撒遗事以及易卜生的群鬼(梅孽)都是被他译得变成了另外一部书了——原文的美与风格及重要的对话完全消灭不见……

---

① 杨联芬:《晚清至五四:中国文学现代性的发生》,北大出版社,2003年,第123页。

樽本先生列出一张长长的名单,指出郑振铎的这一说法在中国一直被援引至今天。但樽本先生找到了林纾翻译时所据的原本：那是奎勒·库奇(Quiller Couch)出版于1899年的 *Historical Tales From Shakespear*。因此,樽本先生认为林琴南的责任只是没有注明"林译,原奎勒·库奇改写莎士比亚作品"。而"郑振铎等评者未探索林琴南翻译所采用的版本",因此误说成了林纾是连小说与剧本也分不清的人,以致常常被人们引为笑谈。同样,樽本先生还找到了林纾译易卜生的《群鬼》(梅孽)的原本,那是杰克得·德尔(Draycot M. Dell)改写易卜生的剧本为小说。樽本先生证明了林琴南所翻译的都是小说而非剧本。由于没有追根究底地查对就加以"指责",以致在文坛上传为"笑柄",真有点将林纾小丑化、妖魔化了。樽本教授的结论是"根据以上证据,即可判定自1924年郑振铎发表论文之后,83年来批评林琴南将剧本译成小说的定论,是不能成立的"①。有关林纾的种种公案,樽本照雄教授出版了一部长达418页的专著《林纾冤罪事件簿》,可以参看。②

除了林纾等少数翻译者外,在五四之前,通俗作家在译介方面也承担了大量的工作。粗略统计一下,大概也有三十多位通俗作家与翻译文学作品是能挂得上钩的。最先受林纾影响而开始翻译外国小说的是包天笑与杨紫麟,他们于1901年合译了《迦因小传》。在1903年,包天笑译科学小说《铁世界》;同年陈景韩译《明日之战争》和《侦探谭》。这一年精英作家方面,鲁迅译《斯巴达之魂》《哀尘》《月界旅行》《地底旅行》等。1904年,包天笑译地理小说《秘密使者》,而周作人则译《侠女奴》。1905年包天笑译《法螺先生谭》,鲁迅译《造人术》,周作人译《玉虫缘》。1906年徐卓呆译《大除夕》,而胡适译《暴堪海舰之沉没》。这是从1901年至1906年的一篇不完全的翻译账。

而在当时,与吴趼人合作办《月月小说》的翻译家周桂笙,译作也很多。特别应该指出的是,周桂笙以译侦探小说著称,在19世纪20世纪之交时,侦探小说在中国的确起过一种特殊的作用。通过这些侦探小说与我国当时的法制与典狱的现状相对照,例如与《绣像小说》中的连载小说《活地狱》相

---

① 樽本照雄：《林琴南冤狱——林译莎士比亚和易卜生》,载[台北]《政治大学中文学报》第8期,2007年12月。
② 樽本照雄：《林纾冤罪事件簿》(日文),[日本]清末小说研究会发行,2008年3月。

对照,科学、人权、民主、文明等新思想就借体于侦探小说为媒介,像一股清新的风吹进了闭塞和暗无天日的中国。这应该看作是五四时期热烈欢迎"德先生"与"赛先生"的先声。侦探小说用文艺的形式让科学、民主、人权和文明之风先对我国的民众进行了初步的启蒙。

1909年陈景韩与包天笑合编《小说时报》,这本刊物共出了33期+1(临时增刊1期),翻译几乎占了五分之四,几乎像一本"译林"杂志。1915年,包天笑办大型季刊《小说大观》,前后共15期,其中共发表短篇创作100篇,短篇翻译50篇;长篇创作18部,长篇翻译26部(笔记、补白均不计入其中)。在陈景韩的翻译中最值得注意的是他所译的俄国虚无党小说。"虚无主义"并不是我们现在所定义的否定一切和持怀疑、颓废观的人生哲学;在19世纪是俄国一部分民主派和知识分子用"虚无主义"一词表示他们反对农奴制度和封建思想的批判态度。虚无党小说实际上是反映当时俄国革命民主主义者对封建专制的沙皇统治的前赴后继、不怕牺牲的革命活动。陈景韩所翻译和创作的这类小说在当时是有鲜明地鼓舞反对清廷的革命立场的。

在1914—1917年出版的前100期《礼拜六》周刊中,周瘦鹃发表了88篇作品,其中翻译48篇,创作33篇,另外改写外国电影故事5篇,还有2篇是翻译还是创作尚存疑。后100期出版于五四之后,译与作两两相比,也近一半对一半。周瘦鹃将1917年之前在《礼拜六》等刊物上的译作都收入了《欧美名家短篇小说丛刻》,而鲁迅与周作人对该书予以高度的评价。

另外还值得一提的是1916年前期《小说月报》上,恽铁樵与张舍我首次引进了外国的"问题小说";而程小青等人的侦探小说的翻译,也触及了许多社会问题,赢得当时人们的好评。总之通俗小说家的翻译工作的成绩也是相当可观的。据不完全统计,在1901年至1919年间,他们出版翻译的单行本有139部,在刊物上翻译单篇小说368篇,其中连载的是85篇,大多是中长篇小说。当然,中国早期译风也有不少问题与局限,由于篇幅关系这里就不能加以论述了。但这么许多早期翻译,在五四以后也大多是被"遮蔽"的。正因为被"遮蔽",所以每当谈及通俗作家的时候,总将他们看成是"三家村"的冬烘先生,一脑袋的封建思想。其实,他们中不少人的翻译是带着启蒙目的的,如像周瘦鹃,他对翻译被压迫的弱小民族国家的作品就很重视。他说过:"欧陆弱小民族作家的作品,我也喜欢,经常在各种英文杂志中尽力搜罗,因为他们国家常在帝国主义者压迫之下,作家们发为心声,每多抑塞不平之气。"①

以上我们从上海初萌的一批都市新型的知识分子阶层正在旧卵中破壳而出谈起,论述了他们所写的作品和所办的刊物已经具有了明显的现代性的内容,这是一个为中国文学的现代化铺路的新群体。而在白话文的倡导与初期文学翻译方面,他们也是先驱式的人物,这一段历史是不容遮蔽的。笔者对"五四断裂论"是这样理解的:某些新文学作家将五四当作一把刀,他们一刀切下去,将五四之后,他们的作品就称为"新文学";而五四前的"非我族类"就是"旧文学"。他们对清末民初的文学领域中的先行者都有若干微词,或者是想将"开拓之功"全记在自己的账本上,或者是没有查清原始资料,而对前辈做出不符实的评价(郑振铎对林纾译作的指责即为适例);再将这些遮蔽与指责形成文学史的"定论",于是形成了"合群的自大",意思是五四这个"坎"你们是爬不过去,也休想超越。但历史的事实告诉我们,中国文学的现代化进程是起自清末民初,当我们考察了中国早期自由职业文化教育人对文学现代化的贡献之后,我们中国现代文学史的起点是否应该"向前位移",也是一个值得再慎重探讨的问题。

---

① 周瘦鹃:《世界名家短篇小说集》,大东书局,1936 年,转引自郑逸梅《书报话旧》,书林出版社,1983年,第 53—54 页。

九 通俗小说宏观研究

（张 蕾 范伯群）

第一章　中国古今"市民大众文学链"　　　　　　　范伯群
　　　——冯梦龙们—鸳蝴派—网络类型小说的发展轨迹　　　157
　　第一节　市民大众文学的前天——农耕文学时代冯梦龙们的市民
　　　　　　文学　　　　　　　　　　　　　　　　　　　　157
　　第二节　市民大众文学的昨天——工商机械时代"鸳蝴派"的市民
　　　　　　文学　　　　　　　　　　　　　　　　　　　　162
　　第三节　市民大众文学的今天——信息化时代的"网络类型小说"
　　　　　　　　　　　　　　　　　　　　　　　　　　　　168

第二章　现代通俗小说对古典小说的承传　　　　　　张　蕾　176
　　第一节　现代通俗小说家对古典小说的接受　　　　　　177
　　第二节　一种互文关系：现代通俗小说文本中的古典小说　184
　　第三节　"民国红楼梦"　　　　　　　　　　　　　　　193
　　第四节　承续之书：《水浒别传》和《水浒新传》　　　　208

第三章　论现代通俗小说的章回文体的演变与更新　　张　蕾　219
　　第一节　现代通俗小说的章回体写作　　　　　　　　　220
　　第二节　故事集缀：现代通俗小说的突显文体　　　　　226
　　第三节　回目制与"四不象"　　　　　　　　　　　　235
　　第四节　章回体的变革与趋新　　　　　　　　　　　　241

第一章　中国古今"市民大众文学链"
——冯梦龙们—鸳蝴派—网络类型小说的发展轨迹

范伯群

第一节　市民大众文学的前天
——农耕文学时代冯梦龙们的市民文学

只要看看《清明上河图》就能知道北宋汴京是何等繁华的一派景象。当时的汴京是中国第一个人口超百万的城市。市民阶层的人口在宋代的比重已日益增大。由于宋代官方对商业的管制比唐代显得宽松,在城市中也不再将商业区与居住区严格分开,商业网点深入到了居民的稠密区,更是兴旺便捷;而且宋代又取消了民间的宵禁制度,因此不仅有了早市、晚市,且有深宵的夜市,呈现商贸兴盛、市声鼎沸的喧嚣。相应的是酒楼、茶馆、瓦肆林立,而瓦肆中表演的"说话"也成为民间最普及和喜闻乐见的娱乐之一。听众当然是以市民为主。到了元代,它一改过去汉族将商民视为"四民之末"的积习,不仅重商,而且在文化上也与汉族的一贯重视诗文的传统相左,过去被视为"小道"的戏剧与小说的地位有了显著提升,元代杂剧曾辉煌一时,出现了像关汉卿等大师;而元末明初又出现了通俗小说的伟大杰构《三国志通俗演义》和《水浒传》。中国小说命名中加"通俗"二字是始于《三国志通俗演义》,而古代对"演义"界定是"以通俗喻人,名曰演义"。因此"通俗演义"者,就是"双重"强调作品面由大众。而用口语——白话——写的文学作品,也从元代开始出现。它们是杂剧的某些曲词、散曲和若干通俗小说,其中通体用白话书写最为彻头彻尾的是《忠义水浒传》。因此,在元末明初出现了我国通俗小说创作的第一个高潮。

都市的兴盛,市民意识的增强,说话人"话本"的流传,通俗小说伟大作品的出现,用白话写小说迎适市民阶层的需求……这是冯梦龙以崭新的姿态出现在晚明文坛上的历史渊源,为他的搜集、整理和创作"三言",开拓白话短篇小说"新纪元"奠下了基石。但是就冯梦龙之所以有如此之成就,除了历史渊源之外,还有其地域优势。晚明的江南是资本主义初萌的发祥地,特别是苏州乃江南最繁华的都会,不仅商贸发达,而且手工艺精湛,更是当时的时尚之都。明代有一位可与徐霞客比肩的著名人文地理学家王士性对苏州十分崇仰。此人自述除福建省外,"余已遍游海内五岳与其所辖之名山大川",他不仅足迹遍全国,而且每到一地,还特别关注当地的风俗人情及经济状况,他在《广志绎》中对明代的苏州作过较为详细的描述:首先指出明代当局对苏州的赋税特重,他非常同情"东南民力良可悯也"。但他又指出苏州之所以没有被压垮的原因在于商贸发达,"毕竟吴中百货所聚,其工商贾人之利又居农之什七,故虽赋重不见民贫"。而对苏州手工艺之精湛,王士性则赞不绝口:"姑苏人聪慧好古,亦善仿古法为之,书画之临摹,鼎彝之冶淬,能令真赝不辨;又善操海内上下进退之权,苏人以为雅者,则四方随而雅之;俗者,则随而俗之。其赏识品第本精,故物莫能违。又如斋头清玩、几案、床榻,近皆以紫檀、花梨为尚,尚古朴不尚雕镂,即物有雕镂,亦皆商、周、秦、汉之式,海内僻远皆效尤之,此亦嘉、隆、万三朝为盛。"①生活在万历年间的冯梦龙就是居住在这个农业文明的通邑大都会中,当然也会受到更强烈的时代氛围的熏染,因此,他的"三言"一改过去的小说模式,昔日反映的大多是帝王将相和才子佳人的故事;而在他笔下出现了大量的他所熟悉商民、店员、小贩、作坊主、工匠等形象。而当时,"明末时的苏州,是全国重要的出版中心之一……明末苏州的书坊(书林),共有六十七家,集中在阊门一带的就有三十九家之多。……冯梦龙的著名'三言',就是'应贾人之请'而编纂起来的"②。深受冯梦龙影响的"二拍"的作者凌濛初也明确说过,他的《初刻拍

---

① (明)王士性:《广志绎》卷二,中华书局,1997年,第33页。
② 范培松、金学智主编:《苏州文学通史》,江苏教育出版社,2004年,第873页。

案惊奇》也是应出版商贾之请而撰写结集的。他还说:"贾人一试之而效,谋再试之。"①他的《二刻拍案惊奇》就是这样诞生的。可见在晚明出版业已成为一种产业,这也是冯梦龙们的"拟话本"能大量出版,加上与冯、凌同类的作者已形成了一个"拟话本"的流派。以上可算是冯梦龙能编纂"三言"的地域优势。

在思想上冯梦龙与晚明的哲学家李贽同调。从传统势力看来,他们都是为当时新兴市民阶层代言的异端文人,开始对过去的统治思想进行挑战。在晚明,随着城市的扩展,商贾们已不再有昔日的自卑自贱的心态,他们看到自己在城市中所扮演角色的分量,因此就颇有点自豪感,懂得经商亦是善业,并非贱流。在这种形势之下,必然会有异端思想的潮涌。在哲学思想上的代表人物是李贽,他是商人的后代,当然是站在市民意识的最尖端:"且商贾亦何可鄙之有?挟数万之赀,经风涛之险,受辱于关吏,忍诟于市易,辛勤万状,所挟者重,所得者末。然必交结于卿大夫之门,然后可以收其利而远害……"②言下之义对社会的压力,愤愤不平;对官府的勒索,切齿心头。这是市民意识在当时民间增强的一种具体反映,说明商贾的势力正在形成一股反拨的力量。明朝从朱元璋开国后,就严厉打击富民与整肃知识者,特别在苏州更是变本加厉,因为苏州是他的政敌张士诚盘踞的大本营;明代的扼杀异端思想也是极端凶残的,李贽就是被关进狱中又不甘屈辱而自杀的。但冯梦龙就是服膺李贽这一套"妖言邪说",在明代许自昌的《樗斋漫录》卷六中就提及冯梦龙"酷爱李氏之学,奉为蓍蔡"。李贽认为儒家的朱程理学是伪道学,而冯梦龙在《山歌序》中也曾明确表达他的反叛的思想意识:"借男女真情,发名教之伪药。"他将当时统治阶级所信奉的"理学"封建道德,视为"伪药",这与李贽的思想体系是匹配的。

朱元璋和他的儿子虽然使出残酷的整肃手段,但是市民这一新兴阶层正处于日益强势之中,镇压也是无法持久的,从明代正统时期起,经济从明初的破坏中已逐步得到恢复。到弘治、嘉庆、万历年间已逐渐走向富庶。正像今天,世界已成"地球村",再要闭关锁国是不可能的一样,改革开放必然

---

① 凌濛初:《二刻拍案惊奇·小引》,《二刻拍案惊奇》,章培恒整理,王古鲁注释,上海古籍出版社,1983年。
② 李贽:《焚书·续焚书》卷二《又与焦弱侯》,岳麓书社,1990年,第48页。

成为不可抗拒的潮流。李贽虽遭迫害致死,但他的被禁的作品,不几年又在社会上流行。这一切都说明,市民阶层的力量逐渐壮大,已成不可扼制的势力,并且会渗透到文化领域中来;而冯梦龙的出现也显示了市民文化的日益强势。综观冯梦龙所搜集、整理和创作的"三言",在两个方面突出地表现了当时的市民意识。一是对男女诚挚淳真的爱情大加歌颂,对人的正当的欲望也加以肯定。他是"存天理,灭人欲"的对立面。他坚信"情之所钟,正在我辈",认为人生除三种永存之事即"立德、立功、立言"之外,还应加上"立情"。情死则虽生犹死,情在则虽死犹生。因此,宁做有情之鬼,不做无情的人。他写道:"余少负情痴,遇朋侪必倾赤相与,吉凶同患。闻人有奇穷奇枉,虽不相识,求为之地。或力所不及,则嗟叹累日,中夜辗转不寐。见一有情人,辄欲下拜。"可见,他对"情"的理解是广泛而普世性的,大大超越男女之情,因此,他说:"我欲立情教,教诲诸众生。"他将"情"上升为一种教义的高度:"万物如散钱,一情为线索。散钱就索穿,天涯成眷属。"① 这"情教"当然为"理学"所不容。他在"三言"中的第一篇《蒋兴哥从会珍珠衫》中就发挥了冲破一切"理学"的"三纲五常"的樊篱。把"理学"中的所谓"贞操"戒律击得粉碎。这篇"拟话本"虽出自宋懋澄的《九籥别集》,情节也大致相同,但却是冯梦龙用他的"情教"点化过的,使读者信服二人破镜重圆的可能性与真实性。在冯梦龙的"整理"中,他加上了蒋兴哥的心理活动。蒋兴哥知道他妻子不贞后,先是怒火冲天,急急地赶回家乡。看来一场暴风骤雨在所难免。等到他"望见了自家门首,不觉堕下泪来。想起:'当初夫妻何等恩爱,只为我贪着蝇头微利,撇他少年守寡,弄出这场丑来,如今悔之何及!'在路上性急,巴不得赶回。及至到了,心中又苦又恨,行一步,懒一步"。② 在这段思想活动中,过去的"情"成了浇灭怒火的一场"人工降雨",他有了自责的一面:觉得自己为"蝇头微利"而长期离家,"撇他少年守寡",就等于承认少妇有"欲"的生理需求的一面。冯梦龙加了这段重要的思想活动,就使蒋兴哥以后在处理休妻过程中的种种合情合理的做法,处处留有余地。他留"情",

---

① 以上关于"情"的论述,均见冯梦龙:《情史类略·叙》,《情史类略》,岳麓书社,1984年。
② 冯梦龙:《喻世明言》,岳麓书社,1989年,第15页。

他的妻子也领了他的"情",这才日后表露出对他的"义",肯"救"蒋兴哥一命,而使他能重会"珍珠衫",在这里"珍珠衫"就成了他的妻子的"代名词"了。这一场"大团圆"的结局还是"情"的恩赐,也令读者信服。冯梦龙在小说中加重"情"的分量,就是用"情"去战胜"理"的"三纲五常"。这也是李贽的"好货好色是人的本性"的理论在冯梦龙脑中发挥作用的明证。在"三言"的首篇他已经将全书的主调定了下来,蒋兴哥重视的是自己财富的增加,表现了"好货"的强烈愿望,即所谓"商人重利轻别离";而他的夫人三巧儿却不愿"秋月春风等闲度",她在薛妈妈和陈大郎的强烈诱惑下,也显露了"好色"的本性。当然,冯梦龙也不会如此"深思熟虑",在"三言"首篇有意定下全书的主旨,但作为市民意识的代言人,有两点是深深地嵌在他心间的,那就是:市民对财富的不倦追求,只要通过正当的手段去获取的,就应得到赞许;而男女真挚纯洁的爱情,其中包括爱情达到一定高度的欲的需求,也应该得到充分肯定。他的这种观点不仅表露在普通市民的身上,连为官的乔太守也会理解"人欲"在某种特定的情势下的不可抗拒性,才会导演出那场"乱点鸳鸯谱"的喜剧来,竟然能与朱程的"存天理,去人欲"的"伪药"相悖。

正因为冯梦龙是站在为新兴市民阶层服务的立场,"三言"用纯熟的白话体也就理所当然的了。他处处宣扬用白话写"拟话本"的优长:"话须通俗方传远,事必关风始动人。"①通俗能使广大市民看得懂,而"关风"的"风"当然指"风化"而言的,他的"风"当然不会是"三纲五常",而是人应该张扬个性,并有正常欲求。他认为文言是只能在士大夫间传播,而白话则能深入民间。他在《喻世明言》中说:"大抵唐人选言,入于文心,宋人通俗,谐于里耳。天下文心少而里耳多,则小说之资于选言者少,而资于里耳者多。"而在《醒世恒言》中也强调:文言"尚理或病于艰深,修词或病于藻绘,则不足以触里耳而振人心"。

在农业文明时代的都市中,冯梦龙与积累型的长篇小说《三国志通俗演义》和《水浒传》以及文人独创型的《金瓶梅》共同创造了小说世界的辉煌,他的历史功绩在于使中国古代短篇白话小说进入成熟境地。这些长篇和短篇小说都能代表农业文明下的市民文学的最高成就。冯梦龙在中国文学史中

---

① 语出冯梦龙:《警世通言·卷十二·范鳅儿双镜重圆》,福建人民出版社,1981年,第138页。

被作为通俗短篇小说大家载入史册。

第二节　市民大众文学的昨天
——工商机械时代"鸳蝴派"的市民文学

农业文明的都市中的近代化资本因素的发展,必然会迎来一个工商文明的现代化的都市转型,而上海的开埠又成了我国都市现代化的加速器,许多沿海沿江的城市也接踵跻身工商化都会的行列。自晚清至民国初年,工商文明都市中的新型市民社会正在发育与成长。在文化方面这些城市肯定应有冯梦龙的接班人,也即有适应工商社会新型市民文学的诞生。可是在中国的现代文学史中,有知识分子的文学(一度曾被定性为资产阶级和小资产阶级的文学),在1942年后,有毛泽东大力倡导的"工农兵文学"(往往被定性为无产阶级的文学),但中国的现代文学中却独缺现代工商社会中的市民大众文学。有新型的市民社会,却没有相应的属于它的文学,这可能吗?要破解这个似乎费解的难题,还得先要从界定何谓"市民"作为"破题",因为中国的"市民"的概念实在是太模糊了。中国的"市民"一般就是指居于城市里的本国公民,它好像只用来与乡居的"乡民"形成对称的名词。它就似乎无所不包,涵盖了城居的各个阶层。但是在我们文学界,却另外有一种"称谓",那就是在现代的"蒋兴哥"头上,加上一个"小"字,名之曰"小市民",他们倒是有"文学"的,那就是"小市民文学"。而这种文学却被认为是"封建或半封建性"的,于是它们就没有资格进入"现代文学"的"排行榜"了。在某些新文学家看来,有的人身体虽然跻身于现代社会,但脑袋还在封建社会之中:"一九三〇年,中国的'武侠小说'盛极一时。……武侠小说和影片是纯粹的封建思想的文艺。"其理由是"这种'武侠狂'的现象不是偶然的。一方面,这是封建的小市民要求'出路'的反映,而另一方面,这又是封建势力对于动摇中的小市民给的一碗迷魂汤。"① 我们不能否认,当时是有人看了武侠小说就想到深山去学道,以便学会一套超人的本领回到社会中来"除暴安

---

① 茅盾(沈雁冰):《封建的小市民文艺》,《东方杂志》第30卷第3号,1933年2月。

良",但是相信这种"出路"的毕竟是极少数,甚至是个案现象。至于"迷魂汤"就是让小市民"他们各自等待着英雄,都各自坐着,垂下了一双手。为什么? 因为:'济贫自有飞仙剑,尔且安心做奴才。'"①或者等待"青天大老爷"来救民于水火。"小市民文艺另有一种半封建的形式,那就是《啼笑因缘》。……这部小说的读者大部分是小市民阶层中的成年人。并且对于群众心理的作用上,《啼笑因缘》和《火烧红莲寺》也截然不同。《啼笑因缘》是感伤的气氛多,因而血气方刚的青年人就觉得远不如《火烧红莲寺》那样对劲了。"②从上述的议论,我们就可以知道,所谓"小市民文艺",就是指那些面向文化水平较低的中下层市民的通俗读物,如武侠小说和言情小说之类。当时某些新文学作家已给它们戴上"鸳鸯蝴蝶派"或"《礼拜六》派"的帽子。"小市民"这个称谓或许是源于高尔基所写的剧本《小市民》,剧中的主人公别斯谢苗诺夫是个庸俗而空虚的角色。而我们又在"小市民"的头上冠以"封建"二字,大概就是精英分子对狭隘、保守、自私、无聊、迷信的庸众的一种蔑称。由此,我们可以得出一个结论,中国的现代文学史上之所以没有"市民大众文学"的提法,是因为它已被"鸳鸯蝴蝶派"和"《礼拜六》派"这两个称谓所代替。那么问题是武侠小说难道就只有消极的"迷魂汤"作用,或者只期待"飞仙剑"和"青天大老爷"来给予小市民以"出路"? 这样的看法是有偏颇的。读者中有些人是将武侠小说视为"成人童话";而武侠小说是最讲究分清"邪正善恶"的,这种正义感立场倒是有着积极因素的,它可以鼓励人们去"见义勇为",能"路见不平,拔刀相助"。我们当代有一种"见义勇为"奖,但是古代好像没有听说有过这种品种的奖励。这是因为当代出现过一些"路见不平,冷漠旁观"的令人心寒的现象,因此,我们设此奖倡导并发扬社会"正义感"。而古代人却因为读过或听过许多侠义故事,"大义凛然"的民族美德常深烙心间,因此,"鲁智深们"从来没有申请过要得"见义勇为奖"。

我们认为,被贬称为鸳鸯蝴蝶派的作家,如包天笑、李涵秋、张恨水、刘

---

① 笑峰(瞿秋白):《吉诃德的时代》,《北斗》第1卷第2期,1931年10月。
② 茅盾:《封建的小市民文艺》,《东方杂志》,第30卷第3期,1933年。

云若、周瘦鹃、严独鹤、毕倚虹、向恺然、李寿民、宫白羽、程小青、孙了红、蔡东藩、许指严等等一大批拥有大量市民读者的优秀或较优秀的通俗作家,其实他们就是冯梦龙们在现代工商文明都市中的嫡系传人。这些鸳鸯蝴蝶派作家在现代工商社会中用自己的文学作品发挥了如下三大功能并对市民文学做出了一大贡献。

一是它发挥了满足市民大众的娱乐功能。一般说来,中下层市民大众在清苦的物质生活之外,用在精神娱乐方面的消费额度是极有限的。他们想进电影院或戏院也属奢望。为了适应他们有限的娱乐消费水平,上海的里弄里有许多小小的租书摊,租一本小说消磨工余的闲暇时光,是当时最廉价的娱乐享受。据上海《社会日报》1917年调查,这样的租书摊上海市区就有3 721个。新文学主要的读者群是知识阶层,而此类小书摊中的大量的通俗文艺就是面向广大中下市民大众的读物。他们就是通过其中的若干"世情小说",在潜移默化中得到"寓教于乐"的效应。

据研究"上海学"的历史学家论证,这些小说在"乡民市民化"的现代化系统工程中,发挥了很大的作用。这是市民大众文学的第二个功能。上海开埠后,人口的增加是"爆炸型"的。在晚清和民初天灾频发或军阀混战的日子里,大批乡民流落上海避难求生,怎么才能让他们早日融入市民社会,是一种对乡民的人文关怀。即使是上海的"原住民",在这"一市二制三治"(二制即资本主义制度和封建主义制度,三治是清政府、公共租界、法租界三地界不同的治理法规)的人口多元、法律多元、文化多元、价值观多元、生活习俗多元的复杂环境中,也难免不一头雾水,也需要扩大自己的"知识半径",去应付这千变万化的动态社会。而在这些通俗的世情小说中,形象地向他们讲述都市生活的文明习俗、作为市民应承担哪些义务才能享受若干权利,告诉他们多种市政新设施的功能与运用途径,怎样从只关心家庭或家族的利益过渡到具有都市公共集体意识,解释契约社会的新型人际关系,洞悉资本社会的新价值观,熟练地掌握工商生产的内在规律;让市民们知道,虽然你生活在中国的土地上,但在租界里受着西方法律的约束;另外,这些世情小说还会着重告诉乡民,城市虽是文明之都,却也是罪恶之薮,有多少陷阱与圈套会等着乡民去"自投罗网",有多少骗局像埋在路边的炸弹会将新移民炸得五花粉碎……通过阅读,可以逐渐懂得这个新型的市民社会,知道应该如何去驾驭,才不至于"翻船"而在黄浦江畔遭受灭顶之灾。这才真正叫作"寓教于乐"。历史学家们研究了这些通俗文化在上海社会的发展过程中所起的作用之后,得出的结论是:"晚清上海市民意识是'读'出来的。""除报刊、出版和学堂之外,晚清上海还拥有众多贴近民众的;更为通俗化、大众化的大众艺术样式,如画报、戏曲、小说、电影、曲艺等等,它们以自己独具的魅力吸引着读者和观众的视线,成为他们增长见识和休闲解闷的另一种渠道。……其实,云蒸霞蔚的大众文化,并不仅仅具有娱乐消遣的功能,对绝大多数城市民众而言,它更是近代市民意识萌生与滋长的触媒,或者说是近代市民的启蒙教科书。"①这些世情小说不仅使上海的居民得益,而且对其他城市的居民或广大乡民说来也有参考价值,作为自己的知识储备,也许"今天"还用不上,但或许可作自己"明天"的不时之需。

市民大众文学的第三个功能是他们作为"报人",用他们所写的政论构成了市民大众看得懂的"杂感天地",成为引领平头百姓的政治舆论导向。这个功能过去被长期遮蔽着,为研究者所忽视。其实他们除创作和编刊物之外,不少市民大众文学的作家的第二身份是"新闻工作者"。他们当时自称为"报人",例如晚清和民初的上海三大报"申、新、时"(即《申报》1872年创刊,《新闻报》1893年创刊,《时报》1904年创刊)的副刊的主编,都是市民大众文学的作家,《申报·自由谈》的主编有王钝根、陈蝶仙、陈景韩和周瘦鹃等人;《新闻报》副刊曾用名《庄谐录》,主编是张丹斧,后改名《快活林》(抗战后改名《新园林》),后者除日寇占领上海时除外,主编皆是严独鹤,《时报》中的《小时报》主编是包天笑、毕倚虹和李涵秋。另外,如叶小凤、何海鸣、姚鸳雏、张恨水、贡少芹……都做过"报人"。据统计,周瘦鹃在《申报·自由谈》发表过1 046篇杂感;而据《解放日报》前总编陈念云的估计,严独鹤在《新闻报》上发表的政论杂感有近万篇之多。② 严氏是在1914年入主《新闻报》,主

---

① 熊月之主编,周武、吴桂龙著:《上海通史·第5卷·晚清社会》,上海人民出版社,1999年,第387页、第394页。
② 陈念云:《纪念新闻界前辈严独鹤先生》,载《严独鹤杂感集》,上海远东出版社,2009年,第438—439页。

编副刊达30年之久,直到1949年5月《新闻报》停刊。笔者根据陈念云的指点,系统查阅了严独鹤1915年在袁世凯称帝、1917年张勋复辟、1919年五四、1923年曹锟贿选、1925年"五卅"、1926年"三一八"惨案直到抗战和蒋介石政权崩溃过程中的近三千篇杂感随笔的主要内容,认为可以根据这些白纸黑字来证明他们能用平头百姓喜闻乐见的形式和语言,成为平头百姓政治舆论导向的引领者,发挥了"社会良知"和"市民喉舌"的作用。过去有的批评家说,他们只能供给"小市民"些茶余饭后的谈资。其实谁没有个"茶余饭后",除非他是不食人间烟火的神仙。能在"茶余饭后"谈出一个正确的政治导向来,又何可挑剔之有?我们就举1923年曹锟贿选为例:那时严独鹤在《快活林》上几乎每天一篇文章揭露贿选丑闻。曹锟把黎元洪赶出北京,黎元洪拉了一批议员到了天津,这样议员投票的法定人数就不够了,怎么办呢?贿选本是军阀政府的老花样,这次曹锟的出价特高,五千元一票。可是黎元洪说,不参加投票的他给八千。史称这批议员为"猪仔议员"。有些猪仔议员先到天津拿八千,然后躲进北京的妓院,投票当天串通警察来抓他们,然后押进会场,再去领曹锟的五千。军警当天开着汽车到处抓议员。生病的用担架抬进会场。会场墙上还开了许多小洞,让瘾君子议员过瘾。这是一次丑态百出、乌烟瘴气的贿选。周瘦鹃也在《自由谈》上尖锐地将猪仔议员比作妓女,说他们拿了钱就会向曹锟打情骂俏大肆献媚了。由于报人们的尖锐揭露,这些贿选的细节披露后成为平头百姓"茶余饭后"的谈资,老百姓目击军阀政府的腐败无能。可以说,北伐能如此摧枯拉朽,和这些政论杂感发挥导向作用也是有一定的关系的;而我们后人又可以从中看到比历史教科书上更丰富的知识。①《新闻报》日销量最高达20万份,《申报》日销量最高是15万份,影响之巨大可想而知。"报人"们的"杂感天地"的作用是无论如何也不能抹杀的。

在20世纪20年代初,市民大众文学不仅被贬称为鸳鸯蝴蝶派,而且受到新文学界的猛烈的批判。虽然在清末民初,它们曾辉煌一时,俨然是文坛

---

① 详细参见范伯群、黄诚:《报人杂感:引领平头百姓的舆论导向——以〈新闻报〉严独鹤和〈申报〉周瘦鹃的杂感为中心》,载《中国现代文学研究丛刊》,2013年第8期。

上的庞然大物。但是在迎来新文化运动高潮后,在理论交锋上,市民大众文学作家当然不是以"海归"为主的新文学家的对手。市民大众文学家的对策是不争中心,不争主流地位,也不争领导权,他们只争读者。对他们这些职业作家来说,读者是他们的衣食父母。在新文学家的"相克"中,努力争得"相生",那就需要有更多读者的拥戴:一是要留住原有的读者群,二是要吸引新的读者的青睐。这就需要苦练"内功",使自己的作品能更符合读者的"胃口",这就必须具有强劲的吸引力;另外要不断开辟新的增长点,用新的套路来吸引新读者群的眼球。于是市民大众文学家笔下的各种"类型小说"就各显神通。在冯梦龙们的拟话本中,小说的类型化还不是很明显的;但是在冯梦龙的嫡系传人们手里,许多小说的"类型",都得到了定型。这是他们苦练"内功",在新文学家的"相克"中,要求得"相生"的对策;这也就是他们超越冯梦龙,为市民大众文学做出的新贡献。在他们的圈子里,每种小说类型都有自己突出的代表作家。例如,民国武侠小说的奠基人是向恺然(平江不肖生),他的《江湖奇侠传》在改编成电影《火烧红莲寺》前就已大红大紫。据郑逸梅说:"据友人熟知图书馆情形的说,那个付诸劫灰的东方图书馆中,备有不肖生的《江湖奇侠传》,阅的人多,不久便书页破烂,字迹模糊,不能再阅了,由馆中再备一部,但是不久又模糊了。所以直到一·二八之役,这部书已购到十有四次,武侠小说的吸引力,多么可惊咧。"(东方图书馆是1926年开张的,到1932年初被日寇炸毁不过开办了近六年时间)①而平江不肖生的《近代侠义英雄传》中的主角霍元甲至今还"活"在银屏上。武侠小说的第二波领军人物李寿民的《蜀山剑侠传》在20世纪三四十年代,更是风靡一时。侦探小说是从国外引进的一个新的生长点,程小青主攻侦探小说,使他的《霍桑探案》成为市民大众文学中的一个名牌。他曾说:"我所接到的读者们的函件,不但可以说'积纸盈寸',简直是'盈尺'而有余……他们显然都是霍桑的知己——'霍迷'。"②到张恨水出现于市民大众文学的文坛上时,新文学读者的边界已开始为市民大众文学所"蚕食"。张恨水的社会言情小说,

---

① 郑逸梅:《武侠小说的通病》,载《小品大观》校经山房1935年版,转引自芮和师、范伯群等编《鸳鸯蝴蝶派文学资料(上)》,福建人民出版社,1984年,第135页。
② 程小青:《霍桑探案袖珍丛刊之七·舞后之归宿》,世界书局,1947年,第1页。

风行大江南北。社会、言情、武侠、会党、侦探、滑稽、宫闱、历史、反案等等类型小说都是在清末和民国时期,由市民大众文学作家来定型的。这又是他们对通俗文学的历史性的一大贡献。

某些新文学家往往将新文学与市民大众文学视为相互"势不两立"的敌我矛盾。但历史学家则认为:"上海作为现代中国西化的橱窗这一形象经常遮掩住了'小市民'日常生活中传统的持续性。尽管西方的事物差不多成为上海人日常生活的一部分(虽然并非每一个人每天都能用到它们),上海人还是乐于保持和改进了很多旧的习俗和生活方式。尽管西方的影响从表面上看是城市的主流且被中国的上层社会所渲染夸大,在遍布城市的狭隘里弄里,传统仍然盛行。而且,变化往往与传统的持续性共存、结合或纠缠在一起。如果说中西文化在上海这个交汇之地谁都不占优势,那么,这不是因为两种文化对峙而导致的僵局,而是因为两者都显示了非凡的韧性。对很多人来说,这个城市的魅力正是来自这种文化的交融结合。"[①]那也就是说,精英与通俗两种小说的共时性存在并非是文学中的僵局,而是精英文学与平民文学的多元格局满足上海多元人群的需求,显示上海能使精英人群与"小市民"读者各得其所,这正是上海文学魅力之所在。有一位著名戏剧家曾有一句名言:我们是良性"海派",不是恶形"海派"。同样的道理,我们所赞扬的是"良性通俗小说",而不是"恶形庸俗小说"。对市民大众文学也应作如是观。这些"良性通俗小说"努力生发出如此多的类型小说,发挥了满足市民大众的阅读需求的功能,他们在文学史上的创造性业绩应该得到肯定。

第三节 市民大众文学的今天
——信息化时代的"网络类型小说"

本文的主旨既然是要论述中国古今市民大众文学的"文学链",我们在

---

① 卢汉超著,段炼、吴敏、子羽译:《霓虹灯外——20世纪初日常生活中的上海》,上海古籍出版社,2004年,第274页。

上文已经谈及鸳鸯蝴蝶派是冯梦龙的嫡系传人;那么现在就得进一步论证网络类型小说与鸳鸯蝴蝶派的血缘关系。

时序进展到了当代,我们的通俗文学经过了30年的断层,在改革开放之后,当允许金庸和琼瑶等小说作为"无害"的作品登陆之后,引起了一股文化旋风,被"八个样板戏"霸占着所有纸面媒体和银屏而几乎无其他文艺作品可读的广大读者和观众,他们好像在沙漠里觅到一泓清泉,那些港台的既有趣味,又通"人性"的通俗小说和文化快餐,使他们读得废寝忘食,欲罢不能。与此同时,那些年长的读者依稀记得在三四十年前,我们的向恺然、李寿民不就是金庸们的老祖宗吗?我们的张恨水与刘云若不也是社会言情小说"大家"吗?既然允许金庸与琼瑶"登陆",那就必然会允许我们自己"翻印"那些老祖宗的作品!于是"登陆热"引发了"翻印热",一股通俗文学的"回潮大浪"在大陆掀起。那时我们多么盼望在通俗文坛上能再出现向恺然、李寿民、张恨水、刘云若那样的大家。但是从70年代末、80年代初,我们一直等到90年代,好像还没有耀眼的通俗文学作家出现。

正在我们久久盼望与等待的时刻,海外的中国学子们却在20世纪90年代初开始捣鼓着一种叫作"网络文学"的新鲜玩意儿。但那时还与市民大众文学无关,或许他们仅是想通过"网络"抒发他们的乡愁,而又带有一点文学的色彩而已。但是当这套互联网的"新技术"传到了中国,于1995年就在大陆神奇地开始发酵,它逐渐被运用到了文学领域中来。最早也不过是文学爱好者业余时间的"个人狂欢",但网络这一平等自由的平台使他们很快聚集起来。90年代末,在国内几个高校内部的BBS、网络聊天室、论坛上相继出现了可以相互交流的文学版块。到2000年前后,电子阅读的文学网站雨后春笋般涌现出来,一些大的文学网站亦初现峥嵘,而其时中国网民还不足一千万。2003年10月起中文网将网络小说VIP付费阅读制度确立下来,2004年血红的《升龙道》便创下了月收入过万的记录。当文学网站具有了文化产业链的潜质时,网络写作就变得炙手可热起来,及至blog被引进中国,博客写作更是掀起了"全民写作"的热潮。由于这个新领域可以"低门槛准入",只要有一定的文化基础,又有点写作的欲望,还能捣鼓电脑,花两分钟的时间注册个笔名就能跨过低门槛,进入过去视为神圣的创作殿堂。即使绝大多数在网络上写作的人并没有稿费,但能挂上网去,总有一种精神上的愉悦,况且还有机会遇见知音,每天在"检查"点击率时不免有一种意外的惊喜。随着VIP付费阅读制度的逐渐健全与普及,不少书商注意到网络文学的经济效益,纷纷与文学网站合作,为网络作家提供畅通的出版渠道,很多写手"网而优则纸",得到了出版的机会;接着又因"网优而'触电'",作品能热播于银屏。"网络小说已进入'全版权运营'时代,涉及项目包括图书出版、在线付费阅读、无线内容提供、影视(话剧)授权和报纸杂志授权等等。""2011年5月发布的《2011年中国电影产业研究报告》显示,60.1%的受访者会观看根据自己喜欢的网络小说改编而成的电影。中国互联网络信息中心网络文学用户调研数据显示,79.2%的网络文学用户愿观看网络文学改编的影视剧,43.3%的用户愿购买网络文学实体出版的书籍,37.8%的用户愿意玩网络文学改编的网络游戏。"[①]甚至出现了"网络作家富豪榜"高悬的盛况,网络文学这个新生儿像得了魔法一样很快疯长成一个巨人,2013年7月17日中国互联网信息中心刚刚公布的《第32次中国互联网络发展状况统计报告》显示,仅2013年上半年,网络文学的受众已超过24 837万人,在中国各类网络应用的使用率高达42.1%。据说竟有350万位写手在网上游弋。[②] 有数量就会有激烈的竞争,有竞争就会"呼唤"质量。在这批广大的写手中就有可能出现"候补"的张恨水、向恺然、刘云若和李寿民。这就在中国的大地上迎来了一次市民大众文学无比壮观的"文艺复兴"。

这支网络写手的大军与鸳鸯蝴蝶派是有"血缘"关系的。如2012年"网络作家富豪榜"的前三甲。榜首状元"唐家三少"在"初高中时期看金庸、古龙、梁羽生、黄易"大感兴趣,而于2004年开始涉足网络文学,由于取得成功,在2006年成为专业的网络作家。榜眼"我吃西红柿"曾说:"我童年生活在乡下,喜好看武侠小说,很是痴迷,抱着小说能看得忘记白天黑夜。小说看多了,找不到新的好看的小说,无聊之下开始自己写小说。"探花"天蚕土

[①] 引自《网络文学飞速发展 高学历人群成为主要读者》,《中国青年报》,2011年11月10日。
[②] 350万这个数字引自吴义勤:《沉潜稳进又一年——我对2012中国文学发展状况的认识》,载《作家通讯》,2013年第5期。

豆"也回顾自己"对武侠小说有别样的感情"。① 在他们成长的过程中,武侠小说是他们写作的"启蒙老师"。武侠小说的情节紧张而富有悬念,的确可以使人忘记白天或黑夜,可以令人废寝忘餐。而武侠与玄幻两种类型小说又是很难分清的,这些网络作家的想象力应该是靠武侠小说的催生而蓬勃,例如唐家三少的大部分作品都具玄幻风格。这批网络作家还都很年轻。据2012年公布,唐家三少31岁,我吃西红柿25岁,天蚕土豆23岁。据业内人士透露,网络写作是一门"青春饭",网络文学作家年龄大多集中在18至35岁的区间内,超过40岁的几乎没有。② 这是一门"青年市民"的大众艺术。我国的许多艺术品种,如京剧、昆曲、评弹……为了得到青年人的青睐,要花多少精力去做普及工作,常常要到大学里去义演,似乎得到大学生的喜爱,这一"艺种"就有了希望,就有了"欣赏"的接班人。可是"网络小说"却用不着如此辛苦,它天然是一门年轻人愿意全身心投入的艺术。年龄大了,每天要更新几千或上万字,精力就不够;年龄大了,要在网上去读一部几百万字的长篇,目力也吃不消。但当从网络走向纸面,从网络登上银屏时,也可同样为中老年人"解馋"。当然,它不仅是市民大众喜闻乐见的艺术,由于它的通俗性和吸引力,农村人也是同样可以为之入迷的,正如我吃西红柿童年时在乡间痴迷武侠小说一样。既然它是青年作者和读者喜爱的一门文艺,它的前途应该是无量的。

我们之所以认定网络小说与曾被称为鸳鸯蝴蝶派的市民大众文学有血缘关系,那是因为被鸳鸯蝴蝶派所定型的类型小说都得到了网络类型小说的继承与发展。中国古代的小说主要是分为"英雄""儿女"与"神魔"三大类;到鸳鸯蝴蝶派时,就号称有四大类型,即社会、言情、武侠和侦探。但是还有一些类型也时常出现在小说中的,如神魔、科幻、宫闱、倡门、反案、历史演义、黑幕小说、滑稽幽默、别裁小说等,更小的类别还可举出集锦小说、悬赏小说、"一句话小说"等等。集锦小说就是现在的接力小说或称接龙小说,悬赏小说就是现在的多结局小说,"一句话小说"还值得现在的手机小说好

---

① 以上唐家三少、我吃西红柿和天蚕土豆的话均引自《20名作家5年"敲"出1.77亿》一文,《姑苏晚报》,2012年11月27日。
② 《网络写手生存状态调查:有收入者可能仅一成》,2012年4月18日,东方网。

好学习。又例如现在取名"穿越小说"的,过去虽然没有这个名称,但是此类小说还是大量出现过,而标示类型时则分属在"幻想小说""理想小说"和"寓言小说"等等的名下。它们与当代新兴的历史"穿越"可说是"同质而异向"。当代的穿越往往是一个普通的、无名的人物,带着今天的知识与见解穿越到过去一个典型的有名的时代中去,比如黄易《寻秦记》便是穿越到秦代。其中较为流行的有穿越到汉、唐、宋、明、清及民国等时期,尤其是清代康、雍、乾三朝代;在女性言情小说中甚至单独发展出"清穿"的分支。在这些穿越文中,主人公或是发挥了在当代无法施展的才能,"醒掌天下权,醉卧美人膝";或是得到幻想中陶醉于爱情生活的机遇,与历史名人来一段千古绝恋;甚至是通过参与政事,实现振兴中国扭转历史走向的宏愿。而晚清民初的穿越小说则往往是借用一些过去已经很成功的文学作品中的典型人物穿越到现代来,这即是"异向"。比如贾宝玉、孙悟空、宋江……来到现代。吴趼人的《新石头记》是比较完整、极具代表性的一部。这部小说,最初在1905年第28号的《南方报》开始连载,署名为"老少年"。1908年又署名"我佛山人",以《绘图新石头记》为书名,由改良小说社出版单行本。全书共40回,讲述贾宝玉历经几世之后想酬补天之愿,便蓄发下山,巧遇在上海经商的薛蟠,共游晚清上海:看新报,吃西餐,参观炮弹厂、锅炉厂、水雷厂、画图房、洋枪厂、铸铁厂等,大开眼界。后来到北京,时值义和团大闹北京,看到义和团民诸多丑态和骗人伎俩。冬尽春来,宝玉回到上海,听演讲;到汉口谈维新,被官府缉拿。被朋友救出后,北上游历,走入一个乌托邦世界的"文明境界"。经老少年介绍,见识众多先进科学发明:他乘空中猎车,获大鹏鸟;坐猎艇,过太平洋,遇人鱼,得海鳅;到南极,取海貂、珊瑚等宝物;还参观了学校、工厂、市场等等,最后见到文明境界的缔造者东方文明,实为故人甄宝玉,已偿补天之愿。还有一位写此类"穿越"的名作家是陆士谔,他有一篇很有名的作品,前总理温家宝也曾经提过的《新中国》。陆士谔在这本小说中预言了上海开发了浦东,筹办了世博会,完成了梁启超在《新中国未来记》中未竟的事业。他还不止一次演绎三国故事,陆士谔让孔明、周瑜等人登上晚清社会改革舞台,引入维新变法、富国强民的思想,表达自己对现实社会政治改革的种种看法,绘出心目中的模范立宪国的理想模式。陆士谔在《新野叟曝言》中就预言中国人多为患,中国面临人口爆炸和资源匮乏的棘手问题。中国人多物少,求过于供,生计艰难。因此提出要计划生育,改良农业,使粮食增产十倍;又兴办试验公宅,以节约耕地。文素臣还率领子孙,全数迁居木星。当年中国遍地大荒,皇上派飞舰一百艘到木星去装运谷子,不料归途中与彗星相撞,一百艘飞舰全都成了碎片。从此航路被毁,地球和木星失去了联系。当时的小说家大量吸收科幻因素,幻想的空间扩展到宇宙,这类小说面向未来,主要是"文明镜像"式的想象,新颖奇特,充满了瑰丽神奇的色彩。陆士谔还写过一部有关经济改革的"穿越"小说《新水浒》,他写林冲、鲁智深等英雄得知朝廷已经维新改革,梁山也要改变依靠"打家劫舍"来维持的"八方共域,异姓一家""不分贵贱""无问亲疏"的大锅饭政策,于是吴用提议成立梁山会,宋江则指派众会员下山,各骋所长,经营各种新事业。个人所得利益,提二成作为会费,二成作为公积,余六成即为本人薪金。可以看出吴用所建议的改革模式,近似承包责任制,无疑具有极大的超前性。实际上此类"穿越小说"已包含着科幻和同人小说的因素。在鸳鸯蝴蝶派兴盛时,现在的"同人小说"那时取名为"反案小说"。反案小说是指某位作家的作品颇受读者的欢迎后,现在由另一位写手借用他小说中的主要人物,为他重构一个新的背景和事件,让他在新的环境中活动,那时主人公是会做出怎样的反应,也就是说为他重新编一个故事。由于这种畅销小说受众很多,因此读者抱着好奇的心态,会很喜欢看他们在另外的新环境与新事件中的种种表现。比如《啼笑因缘》就有很多反案小说。在这些反案小说里,人物还是樊家树、沈凤喜、关秀姑等等,但他们在新的"难题"或"机遇"中,他们在新的"案子"中会有怎样的新发展,这就是当年"反案小说"的格局。

至于网上的言情小说、武侠小说和侦探小说就更是承传过去的类型而加以发展。社会小说却在今天被细化了,如官场小说在过去就是通俗社会小说中的一个分支,如有李伯元的著名小说《官场现形记》和张恨水的畅销作品《五子登科》等等;而校园小说、盗墓小说等也涵盖在当年的社会小说之中(其实"细化"也是一种发展,如"校园小说",过去的学生是不屑于写通俗小说的,他们至少也得写"施济美式"的雅俗合璧、中西融会的作品,虽然他们的刊登地盘却都是在通俗刊物上)。而鲁迅所称的"狭邪小说",过去名为

"倡门小说",而现在则叫作"新青楼";即使是"耽美小说",我们也曾有著名的《品花宝鉴》;鲁迅在《中国小说史略》中将它归入"狭邪类",其实它是一部写"断臂"的男同性恋小说。而"宫斗小说"过去名为"宫闱小说",但那时的"宫闱"往往侧重于写帝皇的荒淫糜烂,而现在则侧重于宫斗争宠。就凭这类型小说的两两相对的"合榫",也可以作为一个重要的论据,证实网络类型小说是鸳鸯蝴蝶派这一市民大众小说的嫡系传人。

但是由于时代不同了,后人的眼界往往比先辈更阔大。当代的网络小说有许多因素也是参照了国外类型小说的产物。其实"同人小说"和"穿越小说"等名称也有来自国外文化影响的因素。"同人"这一词来源于日本,原指同好者,也即是有共同爱好的人。后来又因日本的动漫中同一个著名的原型出现在不同背景与事件中,于是就有了"同人小说"的名称。而"穿越"也与国外的"时间隧道"之类的题材有关。因此,现在的网络类型小说是中国传统的通俗类型小说与日本动漫文化与欧美流行文化相融合的产物。关于这一点有不少网络作家已经有了自觉的体认,正如2013年获得广东省鲁迅文学艺术奖的网络作家阿菩所说的:"网络文学驳接上了中国旧小说的传统,沿着变文、评书、明清小说、民国鸳鸯蝴蝶派和近世以金庸、琼瑶为代表的港台通俗文学的轨迹一路走来,并嫁接了日本的动漫、英美奇幻电影、欧日侦探小说等多种元素。就渊源之深远复杂而论,其实并不在严肃文学之下。当然网络文学也有自身的弱点,如过度强调更新速度和泛娱乐化倾向等等。"①这一段话是说得很到位的。至此,我们也已论证了"冯梦龙们—鸳鸯蝴蝶派—网络类型小说"乃是古今市民大众文学的有血缘关系的一条"文学链"这一论断。这一"文学链"也是与科学的发展同步的,从冯梦龙们的木刻雕版,到鸳鸯蝴蝶派的机械化媒体,再到网络小说的去纸张化与去油墨化,这使市民大众文学的道路愈走愈宽广。

实践证明,经过近20年的迅猛发展,"中国传统文化完全可以在新的历史条件和新的语境中得到创造性转化、创新性发展;充分说明中国文学完全

---

① 马季:《网络:雅俗共赏,推陈出新——广东网络文学作品研讨会综述》,载中国作家协会主办的《作家通讯》,2013年第5期。

可以做到"互联网+"与现代科技和现代传播结合,实现借梯登高、借船出海;充分说明中国网络文学完全可以与传统文学借鉴融合,共同发展、各美其美、美美与共;充分说明中国文学完全可以走向世界,成为与美国好莱坞大片、日本动漫、韩国电视剧相媲美的文艺样式;充分说明中国网络文学完全可以涌现经典之作、传世之作、世界之作"[①]。目前优秀的网络小说作家也正以弘扬社会主义核心价值观作为自己的努力目标,以体现社会主义主流价值观作为自己当仁不让的责职,从而创作出具有中国特色的市民大众文学,并在人民大众的文化生活中,产生愈来愈大的积极影响。

---

① 陈崎嵘:《第二届中国网络文学论坛·开幕词》,《文艺报》,2016年10月12日。

第二章 现代通俗小说对古典小说的承传

张 蕾

现代通俗小说是古典小说发展衍变的结果,也可以说是古典小说现代化的呈现形态。现代小说和古典小说之间的关系,已有不少学者做过相关研究,但两者联系最直接的,非通俗小说莫属。不仅因为现代通俗小说和古典小说一样,都被时人看成是一种通俗文学,具有共通的"通俗"属性,在当时文坛都被排斥在"边缘"或"不入流"的地位,还因为在小说形式和思想观念方面,现代通俗小说都表现出对古典小说明显的继承关系。章回体的写作,对"世道人心"的倚重,都可以见出两者的显在关联。

范伯群有论道:"就现代'俗'文学作家而言,他们在19世纪与20世纪之交时形成了一个'继承改良派',韩邦庆是其中优秀的社会言情小说家;而李伯元、吴趼人则是文学现代化途程中早期重要的通俗社会小说家。他们继承《三国》、《水浒》、《西游》、《红楼》、《儒林》、三言二拍和《聊斋》的传统,在19世纪末至20世纪初,试图描绘以新兴大都会生活为主轴的五光十色的画卷,从而达到认识、劝惩和消遣的多重目的。他们代表了大都市中的市民大众的情趣。他们的后继者是徐枕亚、包天笑、向恺然、张恨水、刘云若等等。在五四前后,'雅'文学的主流作家,代表文学界的知识精英,他们构成了一个'借鉴革新派'。这借鉴是指他们向世界文学的精华学习,从而在本民族掀起一场文学革命运动,以便使本民族的文学与世界文学接轨,并争取成为世界文学之林中的佳木。"[①]现代通俗小说"继承改良"古典小说传统是和新

---

① 范伯群:《多元共生的中国文学的现代化历程》,复旦大学出版社,2009年,第268—269页。

文学"借鉴革新"西方文学经验相对的,各有其价值意义。现代通俗小说如何"继承改良"了古典小说,即是本文的立意所在。

第一节　现代通俗小说家对古典小说的接受

现代通俗小说家对古典小说有着较明晰的认识。他们不仅耳濡目染于古典小说的优秀传统,有的还是古典小说研究家。这对他们创作通俗小说影响甚大。

晚清《新小说》杂志上的"小说丛话"专栏较早关注古典小说。或者评价艺术价值,如论《金瓶梅》道:"《金瓶梅》一书,作者抱无穷冤抑,无限深痛,而又处黑暗之时代,无可与言,无从发泄,不得已藉小说以鸣之。其描写当时之社会情状,略见一斑,然与《水浒传》不同。《水浒》多正笔,《金瓶》多侧笔;《水浒》多明写,《金瓶》多暗刺;《水浒》多快语,《金瓶》多痛语;《水浒》明白畅快,《金瓶》隐抑悽恻;《水浒》抱奇愤,《金瓶》抱奇冤,处境不同,故下笔亦不同。且其中短简小曲往往隽韵绝伦,有非宋词元曲所能及者。又可征当时小人女子之情状,人心思想之程度,真正一社会小说,不得以淫书目之。"①这是为《金瓶梅》"正名"之论。又如评《儒林外史》道:"社会小说,愈含蓄而愈有味。读《儒林外史》者,盖无不叹其用笔之妙,如神禹铸鼎,魑魅魍魉,莫遁其形。然而作者固未尝落一字褒贬也。今之社会小说夥矣,有同病焉,病在于尽。"②《儒林外史》的地位至现代被抬得很高。有用西方或者现代眼光重新阐释古代小说:"理想为实行之母,斯言信哉。周桂笙屡为余言:《封神榜》之千里眼、顺风耳,即今之测远镜、电话机。《西游记》之哪吒风火轮,即今之自行车云云。近闻西人之研究催眠术者,谓术至精时,可以役使魂灵,魂行之速,与电等云。果尔,则孙行者之筋斗云,一翻身可达十万八千里者,实为之母矣。我为之母,而西人为子。谓他人父,谓他人母,固可耻,此谓他人子,毋亦赧颜乎。"③这是从传统寻找现代根源,以壮气势的。还有为古典

---

① 平子:《小说丛话》,《新小说》,1903年第8号。
② 浴血生:《小说闲评录》,《小说丛话》,《新小说》,1905年第17号。
③ 蚌:《小说丛话》,《新小说》,1905年第19号。

小说排名次:"《水浒》《红楼》两书,其在我国小说界中,位置当在第一级,殆为世人所同认矣。然于二者之中评先后,吾固甲《水浒》而乙《红楼》也。凡小说之最忌者曰重复,而最难者曰不重复。两书皆无此病矣。"①可以说,《新小说》杂志的"小说丛话"专栏初步营建了古典小说在现代的价值意义,为现代通俗小说的写作奠定了根基。在《新小说》上连载的《二十年目睹之怪现状》《痛史》《九命奇冤》等作品,不但显示了早期现代通俗小说家如吴趼人辈的创作实力,也能显现出他们的创作和《儒林外史》《三国演义》等古典小说之间的关联。

民国初年,解弢在《小说话》中为古典小说排了一个座次:"甲等三种:第一《红楼梦》,第二《水浒传》,第三《儒林外史》。乙等八种:《西游记》《封神演义》《金瓶梅》《品花宝鉴》《隋唐演义》《七侠五义》《儿女英雄传》《镜花缘》。丙等二种:《花月痕》《荡寇志》。"②这一排位对后来谈论和评价古典小说影响不小,可以看出古典小说经典化的痕迹。对此排位持不同看法的是南社成员、《民权素》主编蒋箸超,他在《古今小说评林》中说道:"《隋唐演义》《七侠五义》《儿女英雄传》《花月痕》《荡寇志》诸书,其价值且不及《东周列国志》,犹得于审定会占一席地,《三国》竟致不第,亦未免好为奇论矣。……至以《金瓶梅》之荒谬,而堂堂列之于乙等第三,吾不知彼之所谓小说审定会者,将以端阅者之趋向乎?"③《三国演义》作为历史小说,对其文学价值评判集中于虚实比重之上,《金瓶梅》历来被目为"淫书",看取它的尺度更难以把握。解弢与蒋箸超的分歧正在于这两部小说的特殊性质。现代通俗小说承袭《三国演义》历史叙事的一面创新不足,成就因此也不醒目。但叙述历史能借古喻今,讲述时事能使之历史化,却也颇可观。《金瓶梅》作为"淫书"的部分被优秀的现代通俗小说过滤了,它对于世情的生动描述则被有效吸纳。所以这两部书依然影响了现代小说的创作,但比起《红楼梦》《水浒传》《儒林

---

① 曼殊:《小说丛话》,《新小说》,1903年第8号。
② 解弢:《小说话》,中华书局,1919年,朱一玄、刘毓忱编:《〈西游记〉资料汇编》,中州书画社,1983年,第276页。
③ 张冥飞、蒋箸超、何海鸣等:《古今小说评林》,民权出版部,1919年,朱一玄、刘毓忱编《三国演义资料汇编》,百花文艺出版社,1983年,第515页。

外史》来,确实稍逊一筹。

沈从文描述过民国初期古典小说的阅读氛围:"当时旧小说的流行,应当数《水浒》《三国演义》《西游记》《封神榜》《说唐》《小五义》《儿女英雄传》《镜花缘》《绿野仙踪》《野叟曝言》《情史》《红楼梦》《聊斋志异》《今古奇观》……书虽同时流行,实在各有读者。前一部分多普通人阅读。有些人熟习故事,还是从看戏听书间接来的。就中读《三国演义》《水浒》,可满足人英雄崇拜的愉快。读《西游记》《镜花缘》,可得到荒唐与幽默综合的快乐。读《封神榜》照规矩,必然得洗洗手,为的是与当时鬼神迷信习惯相合。后一部分多书生和闺阁仕女阅读。有的人从书中发现情人,有的人从书中得到知己。"①沈从文的描述,一方面可以见出古典小说在现代社会的影响力,另一方面也可以见出当时中国人的阅读嗜好。这种嗜好不是一朝一夕可以改变的。长此以往,中国人的精神不得进步。所以新文学革命要改变这种阅读状况,而另一方面现代通俗小说家也在尽他们的责任。

张恨水就十分明确地表示他写作章回小说的立场:

> 我觉得章回小说,不尽是可遗弃的东西,不然,《红楼》《水浒》,何以成为世界名著呢? 自然,章回小说,有其缺点存在,但这个缺点,不是无可挽救的(挽救的当然不是我);而新派小说,虽一切前进,而文法上的组织,非习惯读中国书,说中国话的普通民众所能接受。正如雅颂之诗,高则高矣,美则美矣,而匹夫匹妇对之莫名其妙。我们没有理由遗弃这一班人,也无法把西洋文法组织的文字,硬灌入这一班人的脑袋,窃不自量,我愿为这班人工作。有人说,中国旧章回小说,浩如烟海,尽够这班人享受的了,何劳你再去多事? 但这有两个问题:那浩如烟海的东西,他不是现代的反映,那班人需要一点写现代事物的小说,他们从何觅取呢? 大家若都鄙弃章回小说而不为,让这班人永远去看侠客口中吐白光,才子中状元,佳人后花园私定终身的故事,拿笔杆的人,似乎

---

① 沈从文:《小说与社会》,《沈从文文集》第十二卷,花城出版社、生活·读书·新知三联书店香港分店,1984年,第131—132页。

要负一点责任。我非大言不惭,能负这个责任,可是不妨抛砖引玉(砖抛甚多,而玉始终未出,这是不才得享微名的缘故),让我来试一试。而旧章回小说,可以改良的办法,也不妨试一试。我向来自视很为渺小,失败了根本没有关系。因此,我继续的向下写,继续着守着缄默,意思是说不必把它当一个什么文艺大问题,让事实来试一试,值不得辩论。若关于我个人,我一向自嘲,草间秋虫自鸣自止,更不必提了。[①]

张恨水希望尽他的力量来改变中国普通老百姓的阅读时尚,同时又尊重他们的阅读习惯。所以他坚持写作章回体的通俗小说,来满足现代读者的阅读需求。他的写作既继承了古典小说传统又有所创新。

张恨水的创作成就来源于他对古典小说的熟谙。还在十二三岁的时候,就"两个月之内,看完了《西游》《封神》《水浒》《列国》《五虎平西南》。而我家里,又有上半部《红楼梦》,和一部《野叟曝言》,我一股脑儿,全给它看完了"[②]。"我就这样读了不少章回小说,无形中对章回小说的形式和特点有了一些体会。"[③]"这个毒,是《聊斋》和《红楼梦》给我的。《野叟曝言》,也给了我一些影响。""我那书桌上,除了这部残本《聊斋》外,还有《唐诗别裁》《袁王纲鉴》《东莱博议》。上两部是我自选的,下两部是父亲要我看的。这几部书,看起来很简单,现在我仔细一想,简直就代表了我所取的文学路径。"[④]选择通俗小说体式,注重作文笔法,讲究辞章意境,这就是张恨水"所取的文学路径"。他的早年阅读当然不只上列作品,毫无疑问,古典小说给他的印象之深,濡染之切,融会到了他的文学创作中,成就了张恨水在文学史上的独特地位。

伴随着创作生涯,张恨水写有《小说考微》《〈水浒〉人物论赞》《〈儿女英雄传〉的背景》等文字,谈论了他对古代小说的看法。其中《小说考微》共三

[①] 张恨水:《总答谢——并自我检讨》,张占国、魏守忠编《张恨水研究资料》,天津人民出版社,1986年,第279—280页。
[②] 张恨水:《写作生涯回忆》,张占国、魏守忠编《张恨水研究资料》,天津人民出版社,1986年,第14页。
[③] 张恨水:《我的创作与生活》,《写作生涯回忆》,江苏文艺出版社,2012年,第139页。
[④] 张恨水:《写作生涯回忆》,张占国、魏守忠编《张恨水研究资料》,天津人民出版社,1986年,第14—15页。

十篇,连载于1931年《晨报》上,颇带研究性质。第一篇说道:"予不自量,曾拟作一中国小说有统系之考证,补已往作家之未尽,友朋闻之,亦多怂恿其成,顾佣书苦忙,参考书苦少,着笔辄止者三四。北平晨报同人,近索予小笔记,因就便将所知末屑,随笔录若干则应命,读者或不仅茶余酒后之助欤?"① 张恨水不但喜读古典小说,还有研究志向;可忙于创作,而学术研究终不是他的所长。《小说考微》的每一篇都写得十分简略,对古代小说的考证并不深入。如第九篇道:"《封神》作者,向不详其人,鲁迅《小说史略》,亦未及之,郑振铎于《小说月报》考《三国演义》,言及《封神》为许仲琳作,予特函询,出自何典,蒙复谓于日本见明刊本,有作者姓名,其他未详。予乃索然。去岁,偶于小书堆中,见乾隆版一部,第六回下,刻有钟山逸民许仲琳编次,竟陵钟伯敬评订字样,大喜欲狂,以重价购归,郑氏之言,可以证实矣。"② 此篇后他继而撰文,分别简述了许仲琳的籍贯、成书时间和钟伯敬其人。张恨水写《小说考微》之前,胡适、鲁迅、郑振铎等人早在古典小说考证研究方面做出了很大成绩,和这些专业学者相比,张恨水的一点心得只能算是兴趣使然。虽然他对古典小说研究没有多大贡献,但这点心得和兴趣是他创作现代通俗小说的重要源泉。对古典小说的喜好了然于心,使他在现代小说创作中处处显现出继承和取鉴的痕迹。

张恨水是现代通俗小说家热衷古典小说的一个典型例子。其他通俗小说家也都是对古典小说心领神会,才能继续通俗小说的写作。包天笑回忆儿时看小说看成了近视眼:

> 当我在八九岁的时候,文理已经略通,便喜欢看小说书,而这些小说书,又都是那种木刻小字的书,有的是那种模糊不清的麻沙版,看起来是很费目力的。我记得我的外祖家中,有一间屋子,他叫做东书房的,这里有一口书橱。有一天,我在这书橱中,翻出几本书来一看,全都是小说,有《封神榜》《列国志》《说唐》《隋唐》《岳传》之类,发现了这个奇

---

① 张恨水:《小说考微》,《张恨水散文全集·写作生涯回忆》,时代文艺出版社,2015年,第85页。
② 张恨水:《小说考微》,《张恨水散文全集·写作生涯回忆》,时代文艺出版社,2015年,第87页。

秘,大为喜悦,好似后来人家发现了敦煌石室一般。因此不到外祖家则已,去了,总是躲在东书房里看书,而这个东书房甚为黑暗,夏天蚊虫成市,我总是不声不响,在里面看书,这定然与我的眼睛有关系。①

这种陶醉于古代小说的经历,是他日后成长为小说家的资本。武侠小说家宫白羽也谈到过类似的经历:"同学们大大小小三四十个,能自看所谓《三国》的,不过五六个人,而我连《聊斋》也可以模模糊糊的看了。大学长颇以为异,便找到我家门口,和我畅谈;他才知我有不少的小说。在那时,学生是不能看闲书的,我的专馆先生却开通;以为这也可以益智,诱导我自看瓦岗寨、施公案之类,他还给我画小人。""于是大学长找我借小说,二学长找我借小说,甚至于私塾先生也找我借书。"②这些现代通俗小说家都是古典小说的嗜好者。他们虽然对古典小说心领神会,但却研究不深,多像张恨水那样作评点式的谈论。写作长篇通俗小说《恨海孤舟记》的姚鹓雏就写有《稗乘谭隽》《小说阐微》《小说杂咏》《说部摭谈》《饮粉庼笔语》等文论,其中对古典小说的评述都是片段零碎的。如说:"《石头记》一部大书,线索却在甄士隐发端佛火蒲团,霜钟清磬中,吐露出浮华草露之感。"③"《儒林外史》如倪迂水墨,萧疏跌宕,结构却极谨严。渲染皴擦,无法不用,却无一毫痕迹,神品也。"④这类评论延续的是晚清《新小说》上"小说丛话"的特点,或者可以说是延续了古人评点小说的传统。

对古典小说有专门研究的,除鲁迅、胡适、郑振铎等学者外,通俗小说家中应推范烟桥。1927年范烟桥的《中国小说史》出版,在当时学界有其特色。芮和师概括其特色有二:一是"范著的内容宽泛,远远超出'小说'的界域"⑤。书中不仅论列小说,也把戏曲弹词纳入其中,"故较以前一切中国小说史书为广漠"⑥。二是"在清末之后,增入'最近之十五年'一节,其中还特

---

① 包天笑:《钏影楼回忆录》,香港大华出版社,1971年,第40—41页。
② 白羽:《话柄》,正华书局,1939年,第44、45页。
③④ 姚鹓雏:《稗乘谭隽》,《春声》第1期,1916年1月。
⑤ 芮和师:《集创作与史评于一身的多面手——范烟桥评传》,汤哲声编校《演述江湖帮会秘史的说书人姚民哀》,南京出版社,1994年,第228页。
⑥ 范烟桥:《引》,《中国小说史》,苏州秋叶社,1927年。

地论列了戏曲和电影"①。把小说史写到当下,这是范烟桥《中国小说史》的一大贡献。但其特色还不仅止于这两点,仅就此两点还不能看出范烟桥对中国古代小说的研究成绩。

范烟桥谈《中国小说史》的写作道:"去今两年之冬,天奇寒,不出户,以架庋说部为遣,默念此总总者,虽历数千百十年,较圣经贤传为不可磨灭,其间非有精微伟大之力不至此,乃思探索其源流沿革,察其变化递邅之迹象,以著其绩,于是有《中国小说史》之作。"②从1925年冬天开始写作至1927年夏天完稿,中间时写时辍,范烟桥说:"核实计之,殆费一百五十余日。"③对于一部小说史来说,这个写作时间不算长。如果不是熟稔于心,深谙就里,是不会以如此速度和较高质量完成写作的。《中国小说史》的出版后于鲁迅、胡适、郑振铎的小说史研究,所以范烟桥在他的书中经常会引述到这几家的观点。不仅如此,《中国小说史》的一个显明特点是辑录诸家言说,较少作者的自家评判。胡寄尘说:此书的"价值,是能够网罗极丰富极丰富的材料,给我们,我们读了这书,不得不感谢烟桥先生的厚惠"④。"网罗极丰富极丰富的材料"即是辑录诸家之说。江红蕉说:"烟桥的学术见解,是不会偏激的,他的著作,一定也是如此。关于小说史一类的作品丰赡的固然少,公正的也没有,在饥不择食的读者,应当要有温和而无激烈的东西去供给,否则难免要止渴而饮鸩。"⑤"温和而无激烈"即是不露自家评判。这应该是严肃的史家应有的写作姿态。而任何一部史家著述,又都无法完全隐藏作者取向,正若春秋笔法,寓意自含其中。

《中国小说史》讲《金瓶梅》即是一例。先有一句总评:"即所谓'银字儿'之小说,亦较前代为怒发,盖已渐渐离去因袭,而有创作之精神矣。就中以《金瓶梅》最有名。"⑥叙述的是文学史,同时也为《金瓶梅》确立了地位。之后引一段小说原文,引几则关于小说作者的考评,再引述对于小说的评价,最

---

① 芮和师:《集创作与史评于一身的多面手——范烟桥评传》,汤哲声编校《演述江湖帮会秘史的说书人姚民哀》,南京出版社,1994年,第228页。
②③ 范烟桥:《引》,《中国小说史》,苏州秋叶社,1927年。
④ 胡寄尘:《中国小说史·序一》,范烟桥《中国小说史》,苏州秋叶社,1927年。
⑤ 江红蕉:《我的感想》,范烟桥《中国小说史》,苏州秋叶社,1927年。
⑥ 范烟桥:《中国小说史》,苏州秋叶社,1927年,第141页。

后说:"《文学大纲》云:'此书叙写家庭琐事,妇人性格,以及人情世态,莫不刻划至肖。'又云:'如删去了这些违禁的地方,却仍不失为一部好书。'故商务印书馆有所谓《真本金瓶梅》者,即删除后之复印也。"①《文学大纲》是郑振铎的著述,范烟桥选此作为论讲《金瓶梅》的结语,可见他本人对《金瓶梅》的看法应与郑振铎相似。"家庭琐事""人情世态",这些都是以范烟桥为代表的通俗小说家所欣赏和热衷的小说取材范围,所以除了违禁之外,《金瓶梅》"仍不失为一部好书"。

对古典小说的研究,会潜移默化地影响创作。范烟桥不擅于长篇,但所作"三言体"②小说就是他"耽读旧小说,寝馈其中已年深日久"③的结果。现代通俗小说家对古典小说的好尚,自然会在他们的创作中得到显现。

第二节 一种互文关系:现代通俗小说文本中的古典小说

就文本而言,现代通俗小说对古典小说的承续主要表现在文体形式、叙事语法、故事选材、思想境界等方面。文体形式上,章回体的运用是通俗小说从古代至现代发展演变的标识。现代中长篇通俗小说用章回体写作,而章回小说是古典小说的经典范式,章回体写作就成了两者承续关系的明显标志。章回小说有其叙事成规,例如"楔子"的导入、全知叙事艺术、以白话为主的说书话语等等。现代通俗小说沿袭这套成规,在叙事语法上继承了古典小说的传统。故事选材方面,才子佳人、英雄儿女、现实神怪、历史演义等,都可以用来归类古典和现代的通俗小说题材。这些题材的思想境界也是贯通的,不仅是娱乐消闲,也要有功于世道人心。《海上繁华梦》作者《自序》道:"因作是书,如释氏之现身说法,冀当世阅者或有所悟,勿负作者一片婆心。是则《繁华梦》之成,殆亦有功于世道人心,而不仅摹写花天酒地,快

---

① 范烟桥:《中国小说史》,苏州秋叶社,1927年,第143页。
② 在范烟桥所作《陆青天祝寿紫花布》题下注出有"三言体"。所谓"三言体"指的是冯梦龙编撰的《喻世明言》等三部话本小说。范烟桥的短篇小说模仿了古代话本短篇的写法。
③ 芮和师:《集创作与史评于一身的多面手——范烟桥评传》,汤哲声编校《演述江湖帮会秘史的说书人姚民哀》,南京出版社,1994年,第226页。

一时之意,博过眼之欢者欤?"①这种说教古今小说可谓一以贯之。

能够从现代通俗小说中寻到古典小说影响的明显痕迹的是小说文本的互文指涉。现代通俗小说在叙事过程中常会提及一些古典小说文本,或者用来和所叙故事相参照,或者直接发议论,以阐明小说主人公或隐含作者的观点。经常被提及的古典小说有《红楼梦》《水浒传》《儒林外史》《三国演义》《西游记》《金瓶梅》《品花宝鉴》等等,它们成了现代通俗小说写作的魅影,时隐时现,挥之不去。可循时间线索,引几处文本,谈谈古今小说的互文联系。

晚清著名小说家吴趼人对《红楼梦》《三国演义》等小说都有他的看法,他的小说《新石头记》《痛史》等都明显承续古典小说而来。1906 年《恨海》出版,被誉为"区区十回,独能压倒一切情书,允推杰构"②。第八回"论用情正言砭恶俗"中论《红楼梦》的一段文字,十分惹眼:

> 众人有了钱,又有那班商人应酬,那花柳地方,自然不免要涉足。到了那些地方,少不免要迷恋。仲蔼虽然也随众同往,却只淡然漠然。有人佩服他少年老成,也有人笑他迂腐。仲蔼道:"少年老成,我也不敢自信;迂腐,我也不肯认。我自信是一个迷恋女色极多情之人,却笑诸君都是绝顶聪明之辈,无奈被一部《红楼梦》卖了去。"众人都问:"此话怎讲?"仲蔼道:"世人每每看了《红楼》,便自命为宝玉。世人都做了宝玉,世上却没有许多蘅芜君、潇湘妃子。他却把秦楼楚馆中人看得人人黛玉、个个宝钗,拿着宝玉的情对他们施展起来。岂不是被《红楼梦》卖了去?须知钗、黛诸人,都是闺女,轻易不见一个男子;宝玉混在里面用情,那些闺女自然感他的情。此刻世人个个自命为宝玉,跑到妓家去用情,不知那当妓女的,这一个宝玉才走,那一个宝玉又来,络绎不绝的都是宝玉,他不知感那一个的情才好呢!那做宝玉的,才向这一家的钗、黛用了情,又到那一家的钗、黛去用情,也不知要多少钗、黛才够他用,岂不可笑!"众人道:"照这样说,你是无情的了?"仲蔼道:"我何尝无

---

① 孙玉声:《自序》,《海上繁华梦》,上海古籍出版社,1991 年,第 4 页。
② 寅半生:《小说闲评》,《游戏世界》1906 年,魏绍昌编《吴趼人研究资料》,上海古籍出版社,1980 年,第 134 页。

情?但是务求施得其当罢了。"众人又道:"若必要像宝玉那等才算施得其当,也就难了。"仲蔼道:"宝玉何尝施得其当?不过是个非礼越分罢了。若要施得其当,只除非施之于妻妾之间。所以我常说,幸而世人不善学宝玉,不过用情不当,交了痴魔;若是善学宝玉,那非礼越分之事,便要充塞天地了。后人每每指称《红楼》是诲淫导淫之书,其实,一个'淫'字,何足以尽红楼之罪!"众人笑道:"如此说,尊夫人是享尽阁下之情的了。"仲蔼笑道:"不敢说。内人虽已聘定,却还不曾迎娶,又从何享起?"内中一个说道:"阁下在外,不肯滥用其情,留以有待,这便是享了。"说得大众一笑。(第八回)①

仲蔼是小说主人公,遭逢庚子之乱,父母惨死,兄长南行,未婚妻也不知去向。他一人在外谋生,和同僚应酬时有了这段关于《红楼梦》的对话。仲蔼认为世人沉迷青楼,是想学宝玉坐拥钗黛之间。这是"红楼之罪"。仲蔼心念未婚妻王娟娟,不愿与这些人为伍,又谋他途。后来在一次聚会中,发现娟娟已堕入青楼。仲蔼的这段议论和小说结尾适成反讽,是小说构思之妙,可以"允推杰构"的一个所在。

时人对第八回的这段文字评论道:"《红楼梦》自是绝世妙文,谓为诲淫导淫,真冬烘学究耳。夫冬烘学究,何能读绝世妙文者?"②对仲蔼的议论颇不认同。晚清人对《红楼梦》的评价很高,特别是用"西律"来衡量中国小说,似是而非地发现了中国古典小说的"现代"价值。仲蔼把世人沉迷青楼归为《红楼梦》的罪过,当然会引起不满。这可见出吴趼人本人相对保守的思想。但另一方面,仲蔼的议论并非没有洞见。鲁迅在谈"清之狭邪小说"时说道:"《红楼梦》方板行,续作及翻案者即奋起,各竭智巧,使之团圆,久之,乃渐兴尽,盖至道光末而始不甚作此等书。然其余波,则所被尚广远,惟常人之家,人数鲜少,事故无多,纵有波澜,亦不适于《红楼梦》笔意,故遂一变,即由叙

---

① 吴趼人:《恨海》,中州古籍出版社,1985年,第67—68页。
② 《舰庵漫笔》,《小说林》1908年第10期,魏绍昌编《吴趼人研究资料》,上海古籍出版社,1980年,第133页。

男女杂沓之狭邪以发泄之。"①鲁迅认为,《红楼梦》影响广远。但平常人家,不像《红楼梦》中的大家族那样有那么多人事可写,所以作家把文笔转向青楼,青楼中的男女情事承袭了《红楼梦》的"笔意"。《中国小说史略》初版于20年代初,而1906年的《恨海》已经述及了这个意思,"把秦楼楚馆中人看得人人黛玉、个个宝钗",可以说,吴趼人早已通过主人公的议论传达出自己对文学史承续的看法。从《红楼梦》到狭邪小说,这是中国小说史发展的一条线索。

但《恨海》并非狭邪小说,而被归为"写情小说"。吴趼人对写情自有看法,小说对《红楼梦》的评论也可以纳入到"写情"的看法之中。小说开篇叙道:"我提起笔来,要叙一段故事,未下笔之先,先把这件事从头至尾想了一遍。这段故事叙将出来,可以叫得作写情小说。我素常立过一个议论,说人之有情,系与生俱来,未解人事之前,便有了情。大抵婴儿一啼一笑都是情,并不是那俗人说的'情窦初开'那个'情'字。要知俗人说的情,单知道儿女私情是情;我说那与生俱来的情,是说先天种在心里,将来长大没有一处用不着这个'情'字。但看他如何施展罢了。……俗人但知儿女之情是情,未免把这个'情'字看得太轻了,并且有许多写情小说,竟然不是写情,是在那里写魔;写了魔还要说是写情,真是笔端罪过。"②"写情小说"不仅写儿女之情,而仲蔼谈及的青楼世态是"写魔",无怪他表示出反感。《红楼梦》的儿女故事可以归入"写情"之列,可以和《恨海》互照来读。但《恨海》传达的是"情之所钟",而非贾宝玉的多情善感。所以吴趼人写《恨海》有矫时弊的意思在。晚清狭邪小说的"滥用其情"正是《恨海》反对的。《红楼梦》虽然是《恨海》身后的魅影,却也为《恨海》所非议。

民初小说家姚鹓雏的作品也映现出《红楼梦》影响的痕迹。徐枕亚评姚鹓雏《燕蹴筝弦录》道:"《石头记》为千古言情之祖,其佳处即在于能辨明情欲二字。……姚子此作,芳馨悱恻,真欲托影《红楼》,而纯粹处深刻处似又过之。……其胸中不必先有一部《红楼》在,亦不必竟无一部《红楼》在。能

---

① 鲁迅:《中国小说史略》,《鲁迅全集》第9卷,人民文学出版社,2005年,第271页。
② 吴趼人:《恨海》,中州古籍出版社,1985年,第1页。

善读《红楼》,而不为《红楼》所囿,其思想乃能突过之。"①民初小说家受《红楼梦》影响十分深切,故悲情之作充斥民初文坛。到 20 年代,《红楼梦》"言情"影响的一面渐向"人情"转换,姚鹓雏 20 年代小说代表作《龙套人语》就体现出《儒林外史》社会人情的面目来。这部小说 1929 年连载于《时报》,记叙了姚鹓雏"十年白下幕府时的见闻"②。小说第六回开首道:"著者这一部书,虽统是自嚼闲天,全无价值,却也标榜着记载南方掌故,网罗江左轶闻。说句旧话,便是野史稗官,聊以备方志国书的考证。"小说述及的现实人物有张謇、梁启超、康有为、胡适、张之洞、梅兰芳、吴梅、章太炎、宋教仁、张作霖、吴佩孚、黎元洪、梁士诒、刘师培、李叔同等等,还包括姚鹓雏自己。当然,这些人物出现在小说里都用了化名。所以《龙套人语》可谓记录了清末民初时代的风云变幻,是一部当之无愧的"外史"。

小说第一回开篇就提到《儒林外史》对"河房风月"的叙述:

在去今六七年前的今日,那时南中名胜,一片秦淮,还在军阀铁蹄之下。说什么"珠香玉笑""水软山温",简直成了浊水淤渠,无穷荒秽。若是拿《板桥杂记》、《儒林外史》中所铺张的"河房风月""旧院笙歌"来对照一下,那才要叫人笑掉了牙呢。咳!究竟是古时的人善于说谎,还是今人之不自爱惜?……就可以把《西游记》里的猪八戒偏说是个卫玠、潘安;《水浒传》里的哑道童,硬派他个苏秦、张仪。真是死的变成活的,臭的变成香的。那小小秦淮河名不副实,还成什么一回事呢!在下眼里只见现在的秦淮河,那就只可冤枉《板桥杂记》、《儒林外史》作者一下子,加他一个"文人好事"的罪名罢了。③

《龙套人语》开篇于秦淮河畔,就不免提到之前对秦淮河的著名描述。于是《板桥杂记》《儒林外史》便进入追溯的视野。《儒林外史》第二十四回有一段对秦淮河的描写,水歌画船,甚是动人:

---

① 徐枕亚:《跋》,姚鹓雏:《燕蹴筝弦录》,小说丛报社,1915 年,第 1—2 页。
② 范伯群:《序言》,《姚鹓雏文集》(小说卷上),上海古籍出版社,2008 年,第 5 页。
③ 龙公(姚鹓雏):《江左十年目睹记》(原名《龙套人语》),文化艺术出版社,1984 年,第 1—2 页。

城里一道河,东水关到西水关,足有十里,便是秦淮河。水满的时候,画船箫鼓,昼夜不绝。城里城外,琳宫梵宇,碧瓦朱甍,在六朝时,是四百八十寺;到如今,何止四千八百寺!大街小巷,合共起来,大小酒楼有六七百座,茶社有一千余处。不论你走到一个僻巷里面,总有一个地方悬着灯笼卖茶,插着时鲜花朵,烹着上好的雨水,茶社里坐满了吃茶的人。到晚来,两边酒楼上明角灯,每条街上足有数千盏,照耀如同白日,走路人并不带灯笼。那秦淮到了有月色的时候,越是夜色已深,更有那细吹细唱的船来,凄清委婉,动人心魄。两边河房里住家的女郎,穿了轻纱衣服,头上簪了茉莉花,一齐卷起湘帘,凭栏静听。所以灯船鼓声一响,两边帘卷窗开,河房里焚的龙涎、沉、速,香雾一齐喷出来,和河里的月色烟光合成一片,望着如阆苑仙人,瑶宫仙女。还有那十六楼官妓,新妆袨服,招接四方游客。真乃"朝朝寒食,夜夜元宵"!①

这样的情景到20世纪初大为不同。《龙套人语》第一回描述了秦淮河灯油水腻的情景:"到于今历时更久,这河水的原料愈加沉浸秾郁,也就不问可知。望过去黑沉沉胶腻腻一片清波,大约西洋人发明铺马路的柏油,也不过如此。每当夕阳西下,画船成阵,酒香汗气蒸腾如雾之间,那一股非兰非麝的水味儿,也就乘间发射。风过处,端的使人肠胃翻身,五脏神也要溜之大吉。"②这段语含讥讽的景物描写之后,小说叙道:"可是与《儒林外史》上所说的'河房里焚的龙涎、沉、速,香雾一齐喷出来,和河里的月色、烟光合成一片'有些不同。"《儒林外史》第二十四回中的话被小说直接移入,和小说叙述情形作对比,旧时南京城动人的景色,到了《龙套人语》的时代,早已情味不再。小说开头对秦淮河的丑恶描写,暗喻小说所叙人物故事不会是光彩鲜亮的。《儒林外史》如果还存有文人士风的话,至《龙套人语》文人不再是书斋中的儒者,在朋党倾轧、污浊不堪的乱世,只能留下一片"埋骨空山气不平"(第廿三回回末诗)的怨恨。

---

① 吴敬梓:《儒林外史》,黄山书社,1986年,第230—231页。
② 龙公:《江左十年目睹记》,文化艺术出版社,1984年,第4页。

《龙套人语》最后一回,刊录了一份"东南文坛点将录",用《水浒传》人物来品第对照小说中重要人物。但小说没有提到《水浒传》而又强调了《儒林外史》:"恰好在下这部小说信手拈来,拉杂已极,正苦没有一个结束,何妨把他抄在下面,便如《儒林外史》终卷的一张赐进士榜一般。小说家言,总归是陈陈相因,在下自然也未能免俗。"①开篇结尾点明《儒林外史》,结构布局乃至构思用意都仿照《儒林外史》,《儒林外史》对姚鹓雏小说创作的影响十分显然。姚鹓雏说"小说家言,总归是陈陈相因",这不是托辞于因袭,而是感念于传统。在现代通俗小说家身上,传统的力量显得格外深厚。

30年代初,姚民哀在《箬帽山王》开篇"本书开场的重要报告"里也论及了《儒林外史》:"譬如《四海群龙记》,已有了个小结束,就算它完了吧,如今再来做这《箬帽山王》了。不过名称虽异,内容有许多地方,同《四海群龙记》,依旧遥相呼应,息息相关的。以后如其再做……仍依着草蛇灰线例子,彼此互有迹象可寻,直至说完这五十余众男女秘密党人轶史为止。这叫作连环格别裁小说。实在呢,乃是脱胎于《儒林外史》,它不是也若断若续,似联非联的一段一段儒林佚闻,凑合成为一部外史的吗?"②这是从结构方面说明小说和《儒林外史》之间的借鉴联系。这种联系和《水浒传》也相仿佛。所以《箬帽山王》"本书开场的重要报告"里同样提及了《水浒传》。"因为在下一不能缀珠成串,拼为《水浒》般一类大著作,又不愿鸡零狗碎,胡诌如干短篇用掉它。掐指一算,拢总尚有五十多位秘党男女英俊,多干过吊民伐罪,与现在革命工作上略有关系的事实,足堪一记的。……预定做一种分得开,拼得拢,连环格局的武侠会党社会说部。"③《水浒传》前半部写各路英雄聚义的故事有些"缀珠成串"的意味,后半部征辽、擒方腊等故事也是集缀起来的,这种结构和《儒林外史》有些相似,只不过姚民哀使用这种方法来串联小说,成为"连环格别裁小说",即系列小说,而不是像《儒林外史》或《水浒传》在一部小说内部集缀故事。

不仅在结构上效法古典小说,内容上的相仿也处处显露踪迹。20年代

---

①③ 龙公:《江左十年目睹记》,文化艺术出版社,1984年,第261页。
② 姚民哀:《箬帽山王》(第一回),《红玫瑰》第6卷第1期,1930年3月。

姚民哀的《山东响马传》就和《水浒传》联系密切。小说在叙事过程中，时常提及《水浒传》，把小说中人物和《水浒传》里的人物情景相比较。如第七回里草莽英雄周天松说道："莫怪我们抄袭吴学究相邀卢员外的法儿，也许要大闹大名府哩。"这是引用《水浒传》"吴用智赚玉麒麟"的故事，以此来强邀小说主人公孙美珠落草。第八回周天松又对孙美珠说道："因此上我们屡次会议，想举一个替大众担负责任的头儿，像梁山上的宋三爷那么一位执管总柜钱粮，实在我们自己伙伴里头拣不出这样一位竖大拇指的角色。"这是想请孙美珠上山任头领的意思，就和宋江的地位一样。第十四回道："郓城县属之梁山泊也在其内，这是盗匪历史上有名险要，港汊交错，芦苇丛生，又是天生的土匪安乐窝，况且自古迄今，该地的居民最最强悍。"这是谈小说人物落草的地理环境，和《水浒传》里的梁山泊都属山东地界，"是天生的土匪安乐窝"，所以会有"山东响马"的故事。

《山东响马传》里的人物故事随处都可被《水浒传》点化，涉及落草，涉及江湖，现代武侠小说和《水浒传》的关系也就十分密切。有学者认为：《山东响马传》"很难纳入姚民哀所熟谙的《水浒传》式传奇性文体"，"所以当姚民哀把'孙美珠传'写成一篇'现代宋江传'或'现代卢俊义传'时，人们强烈地感受到了'现在'与'水浒时代'之间的'时间差'，远远满足不了心理上的期待"。[①] 这或许就是现代武侠会党小说和《水浒传》的区别。姚民哀"熟谙"《水浒传》，但是《山东响马传》并没有具体叙述"响马"打家劫舍或除暴安良的故事，只是写了主人公孙美珠为何以及如何上山落草的经过，把笔力集中于一人。现代小说，即使是通俗小说，也不再是传统小说的简单翻版。现代小说可以映现古典小说，可以和古典小说作互文性阅读，但毕竟现代小说有其自身特点，在引述古典小说的同时，表达了现代的意思。

《西游记》《三国演义》《金瓶梅》等小说也经常在现代通俗小说中显露身影，当然它们的现身是为了现代小说的意义表达。现代通俗小说借用《西游记》叙述故事的首推40年代耿小的出版的《新云山雾沼》。小说主人公即是孙悟空、猪八戒、沙和尚，他们上天入地，经历种种难题，最终克服成功。"孙

---

① 范伯群主编：《中国近现代通俗文学史》（上卷），江苏教育出版社，2000年，第417页。

悟空从赎罪的行者,变为拯救社会的'超人',这一变化深深地印烙着耿小的的社会观"①,用一种寓言式笔调来表达社会理想。《西游记》的神魔传统和对动物的拟人化处理,使它天生适合寓言体的写作。《新云山雾沼》可以和张恨水的《八十一梦》同读,都是借用《西游记》的寓言体写作文本。

　　作为历史小说的《三国演义》对现代通俗小说的影响主要表现在历史演义的写作上。当然在小说行文中也常会提及这部历史小说。40年代王度庐的武侠名作《卧虎藏龙》第十三回说道:"宅中这些日都由鲁太太主持,鲁太太是读过《三国志》的,平日智谋多端、刚愎自用,什么飞贼大盗,她都没放在眼里;可是如今她也消极了,也躲避到娘家去了。鲁宅里只留下了光杆的一位大少爷,临时募集的打手、新请的护院把式,都已给资遣散。大门终日紧闭,景况顿然萧条,可倒是从此平静无事了。"②鲁太太读《三国志》,可以代表当时人的一种阅读喜好。把"飞贼大盗"和《三国演义》连在一起,可见《三国演义》和武侠小说之间是有关联的。作为一部武侠小说,《卧虎藏龙》写的是晚清故事,对于小说写作的40年代已成为"历史",现代武侠小说也会常写历史故事。所以在武侠小说中提及《三国演义》,可以看成是文类融合的一种表现。

　　但通俗小说家还是倾向于引用和所写故事相一致的小说类型来作衬托。如40年代刘云若的《旧巷斜阳》叙述了声色场中的女性生活。第二回提及《金瓶梅》:"原来她是要玉珍学着《金瓶梅》上,潘金莲在吃紧的时期对西门庆常叫的那个销魂称呼。玉珍听了噗哧一笑,好在那三个字在她喉咙中并不感觉生涩,就咬着牙向浦珠耳边低低叫出。"③玉珍和浦珠都是"女招待",玉珍请浦珠代自己去陪客,浦珠就要玉珍叫声好听的,于是提到了《金瓶梅》中潘金莲和西门庆的把戏。《金瓶梅》的情色故事正合《旧巷斜阳》中女主人公们的从业身份,她们金迷酒醉的情色生涯最终会给她们带来无尽苦楚。

　　古典小说在现代通俗小说文本中的现身,说明通俗小说家对古典小说

---

① 范伯群主编:《中国近现代通俗文学史》(下卷),江苏教育出版社,2000年,第273页。
② 王度庐:《卧虎藏龙(上)》,北岳文艺出版社,2015年,第469页。
③ 刘诺:《旧巷斜阳》,团结出版社,2007年,第23页。

的熟稔和念念不忘。题材类型可以相似,故事内容可以借鉴,人物描写可以参照,结构体例也可以沿袭。但这种互文性写作不仅表明两者之间的影响继承关系,对现代通俗小说而言,也表现出对古典小说的批评和反抗。正是在影响继承和批评反抗中间,现代通俗小说才具有了自身价值。

以下两节,分别以现代通俗小说大家张恨水的作品为代表,具体评析其小说和古典小说之间的关系。两者间的关系可以分成两极:一极是把古典小说设置为写作背景,在此基础上重构现代小说的新图景,《金粉世家》当为典型例子。另一极是和古典小说相重合,续写古代故事,但用的是现代笔调,借古写今,《水浒别传》和《水浒新传》当为代表。《红楼梦》和《水浒传》这两部被现代人认为最优秀的古典小说,都在张恨水的笔下被还魂,转换成为现代小说的动人之作。

第三节 "民国红楼梦"

张恨水的《金粉世家》于1927年2月至1932年5月连载于《世界日报》上,1933年2月世界书局出版了单行本,共一百十二回,另加有"楔子"和"尾声"。在张恨水的创作中,《金粉世家》的销行"始终是列于一级的","它始终在那生活稳定的人家,为男女老少所传看"。[①]

40年代,徐文滢在历数民国年间的章回小说时,对《金粉世家》评价甚高:

> 承继着《红楼梦》的人情恋爱小说,在小说史上我们看见《绘芳园》、《青楼梦》等等的名字,则我们应该高兴地说,我们的"民国红楼梦"《金粉世家》成熟的程度其实远在它的这些前辈之上。……作者所有作品中也惟有这部是用了心血的精心杰构。作者对于大家庭内幕的熟悉和社会人物的口语之各合其分,使这书处理得很自然而真实。既没有谩

---

① 张恨水:《写作生涯回忆》,《新民报》1949年,张占国、魏守忠编《张恨水研究资料》,天津人民出版社,1986年,第42页。

骂小说的谩骂,也没有"鸳鸯蝴蝶"的肉麻,故事的发展也了无偶然性和夸大之处,使我们明白"齐大非偶"和世家之没落有他必然的地方。这种种都是以大家庭为题材的许多新文艺作家们所还未能做到的好处。①

《金粉世家》被誉为"民国红楼梦",主要是因为这部小说以大家庭为题材,在现代文坛十分引人注目。巴金的《家》、老舍的《四世同堂》都是以大家庭为题材的现代小说,而《金粉世家》唯独获得了"许多新文艺作家们所还未能做到的好处"。小说叙写了国务总理的家庭故事,这种贵族豪门的题材不为世人多见,普通读者对此充满好奇。张恨水说"普通民众""需要一点写现代事物的小说"②,这是他做章回小说的意义。《金粉世家》以其百万言的篇幅记述了以家庭结构变化为基础的现代人的生活故事。民国以前,没有这样的社会问题存在,而"自今以后的社会,也不会再有"③这样的故事发生。《金粉世家》展示出了一代人生活的终结和一代人生活的开始,其现代品格正在于这种"终结"和"开始"之间。

国务总理金家的豪华气派可以借女主人公冷清秋初进金府时略得大概:

清秋留心一看,在这大门口,一片四方的敞地,四柱落地,一字架楼,朱漆大门。门楼下对峙着两个号房。到了这里,又是一个敞大院落,迎面首立一排西式高楼,楼底又有一个门房。门房里外的听差,都含笑站立起来。进了这重门,两面抄手游廊,绕着一幢楼房。燕西且不进这楼,顺着游廊,绕了过去。那后面一个大厅,门窗一律是朱漆的,鲜红夺目。大厅上一座平台,平台之后,一座四角飞檐的红楼。这所屋子周围,栽着一半柏树,一半杨柳,红绿相映,十分灿烂。到了这里,才看

---

① 徐文滢:《民国以来的章回小说》,《万象》,第 1 年第 6 期,1941 年 12 月。
② 张恨水:《总答谢——并自我检讨》,《新民报》1944 年 5 月,张占国、魏守忠编《张恨水研究资料》,天津人民出版社,1986 年,第 280 页。
③ 张恨水:《写作生涯回忆》,《新民报》1949 年,张占国、魏守忠编《张恨水研究资料》,天津人民出版社,1986 年,第 42 页。

见女性的仆役,看见人来都是早早地闪让在一边。就在这里,杨柳荫中,东西闪出两扇月亮门。进了东边的月亮门,堆山也似的一架葡萄,掩着上面一个白墙绿漆的船厅,船厅外面小走廊,围着大小盆景,环肥燕瘦,深红浅紫,把一所船厅,簇拥作万花丛。……燕西又引着她转过两重门,绕了几曲回廊,花明柳暗,清秋都要分不出东西南北了。①(第十二回)

就像林黛玉进贾府一样,用冷清秋的眼睛看到的是一所中西合璧的大住宅。"西式高楼"显示出金家并非是一个保守的家庭,而是具有现代气息,家中的父母姊妹都是出过洋的。"四角飞檐的红楼"以及"游廊""船厅""盆景"等都意味着金家很看重中国传统的文化底蕴。冷清秋的气质很符合传统文化底蕴,因此她能够顺利走进金府,获得家长金铨的肯定。不过,也因为清秋偏于传统气质,缺乏西化色彩,使她终究不能融入金家,以致产生后来的婚姻悲剧。

生活在这样一个中西合璧的大家庭,不是容易的事情。首先维持两方面的花费开销就需要有效张罗。小说写到两次家庭结账,很能说明问题。一次是在第五十四回,快过年了,照例是盘查账目的时候。"原来金家的账目,向来是由金太太在里面核算清楚,交由凤举和商家接洽。结完了总账之后,就由凤举开发支票。"此时,绸缎庄王掌柜来到金家,拿出一份账单来,上面列有:"太太项下,共一千二百四十元。二太太项下,共二百七十三元。三太太项下,共四百二十元。大爷项下,共二千六百八十元。二爷项下,三百六十八元。三爷项下,五百零五元。四小姐项下,二千七百零二元。五小姐项下,二百十二元。六小姐项下,一百九十元。七爷项下,一千三百五十元。八小姐项下,五十八元。"这种账目盘查在《红楼梦》里面也是能看到的。而这份账单很能显示出金家成员在家庭中的地位。金太太是总理金铨的正妻,主持管理家庭事务,她的账可以视为公账,花费多些是没有人可以干涉的。二太太是金铨的偏房,虽然来金家的时间很长,并且生了孩子,有了资历,但为人老实,从没有非分之想,所以花销有限。三太太翠姨年轻漂亮,很得金铨宠爱,她没有二太太的资历但花费比二太太多些,且及不上大太太和

---

① 本章节中《金粉世家》选文均选自张恨水《金粉世家》,长江文艺出版社,2008年。

几位少爷小姐,也是说得过去的。一来翠姨是三姨太,地位较低不敢造次;二来金铨常私下里给翠姨置物添款,公开账目上面也就不宜表现出来。大少爷凤举是家中长子,是有身份的人,花费也大。这一账目上的款额已为王掌柜处理过,否则还要多。凤举对此有些吃惊并感到不安,他没有料到自己竟然支出如此之大,担心该如何结清这笔账,害怕长辈妻子查问。二爷鹤荪和三爷鹏振的花销很能摆在账面上,鹏振的花销稍多,可能是因为他捧戏子的缘故,鹤荪花销不多很大程度上是因为有妻子慧厂的管束。四小姐道之花销最多,是因为她全力为七爷燕西筹备婚事,只是记在了自己账下。道之是家中长女,已出嫁生子。这时虽住在金府,但自己经济独立,并且出过洋,说话很有些分量,金太太很能听进道之的意见。所以道之的账目数额虽然最大但是花销有理,无可厚非。五小姐敏之和六小姐润之都待字闺中,同样是出过洋的。她们花销不多,一则本来就无所大花费,二则她们不像哥哥们那样有工作收入,还需要父母抚养和为她们预备嫁妆,所以不好过于奢侈。七少爷燕西花费多,是因为交际多,要谈恋爱,同时他是父母最小的儿子,最受家里宠爱,多花钱也能被家里容忍。八小姐梅丽年龄小,还是一个学生,花销也最少,因为是二太太生的孩子,要表现不错以得家里人的喜爱,当然相对于大太太生的哥哥姐姐们在经济方面需要收敛和节制。媳妇们的花费不在账单上列出,可能出于两种原因,一是她们把账目都记在了丈夫的名下,二是这份账单只记录了金家太太和儿女们的出账。账单不仅显示出金家成员的家庭地位,更直接地表明了金家的经济实力。需知这只是一份绸缎庄上提供的账单,其他的花费也就可想而知。

金家权势庞大,资财厚足,除了家里少爷小姐、媳妇姨太太人数很多外,仆人更是呼之即来,手脚众多。据社会学观点,"家庭规模与'户'的规模是两个既有联系,又有区别的概念"。家庭规模指的是家庭成员的数量,户的规模既包括家庭成员也包括住在一起的仆佣数量。"政府统计常以'户'为单位,根据1936年全国选举区户口统计",当年初全国"户均人口大约为6.06人"。[①]

[①] 陆汉文:《现代性与生活世界的变迁——20世纪二三十年代中国城市居民日常生活的社会学研究》,社会科学文献出版社,2005年,第155—156页。

金家的"家庭规模"本已高出这个数额,加上所用仆妇的"户的规模"更是可观。所以,无论从资财还是人口上看,金家都是豪门大户。

金家对其众多仆人们的态度很宽松,这可以从丫头小怜身上集中表现出来。小怜是一个可爱的形象,这一形象得自于《红楼梦》中香菱、晴雯、紫鹃之长。小怜不但在仆人中间被描述得很突出,而且也是小说里一个重要角色。一些学者认为,小怜对于整部小说起到结构性的作用。她在金家风光之日离开金府,到金府萧条败落的时候回来,可以说,小怜见证了金家由盛而衰的景况,把小说前后部分很自然地贯穿呼应起来。不仅如此,小怜的存在还能很好地诠释那个时代新的主仆关系,或者说人际关系。小怜是大儿媳吴佩芳的丫头,在佩芳手下,小怜出落成了一个既会绣花女红亦能读书写字的伶俐姑娘。把丫头教养成一个读书识礼的人,这是不多见的事情。凤举有一个比喻,说:"你和你大少奶奶,比那一对爱情姊妹花,我比着你手底下绣的爱叶,你看怎么样呢?我倒是很愿意做一片爱叶,衬托着你们哩。"(第十八回)小怜正绣着花,凤举就诌出这样一个比喻,调戏小怜。不过这个比喻不能说完全是胡诌,在历来的文学文本里,丫头不是受主人的欺压,便是聪明伶俐的好帮手,女主人和自己得意的丫头经常以姊妹相称。凤举把佩芳和小怜当姊妹看并不令人奇怪,只是其中含有了婚姻的暗示。女主人的丫头常常有很大可能被男主人收房,成为妾,特别是那些陪房丫头。凤举存有这种想法,可佩芳绝不同意。一来小怜是她一手带出来的,能有如今的成绩很不容易,真想当作妹妹一般给她找一个合适可靠的人正正经经出嫁;二来佩芳是不能容忍丈夫另有所欢的,这是新的婚姻观念。而知书识文的小怜也不愿意为人做妾,凤举奈何不了她。这时候的仆人已经有了自我权利意识,不再是主家的奴隶了。

除了凤举对小怜有所企望外,金家其他人对小怜都很友好,特别是小说主人公金燕西。小怜命运的转折在第十五回八小姐梅丽带小怜出席同学婚礼。这已是不把小怜当仆人看待了。小怜出席婚礼是以金家远房姐妹的名义,她在公共场合的出现招来了富家子弟柳春江的热烈追求。让人欣慰的是,柳春江并不因发现了小怜的真实身份就放弃自己的爱情追求。小怜在凤举的纠缠和佩芳的问难下终于离开金府,投向柳春江,出走时留下一封辞别信,就此轻而易举地摆脱了仆人的身份。这在从前是不太可能做到的。第九十七回,小怜成了柳夫人,衣锦回金府。金府上下非但没有责备小怜的出走,反而以亲戚相待,小怜终于堂而皇之地成为金家的姐妹。这不能只用小怜高升金家败落来解释。从冒充姐妹,到被比喻成姐妹,再到真的成为姐妹,一种新的主仆或人际关系被呈现出来。虽然不能说民国时期主仆拥有平等的权利,但这种新的关系已经抛弃了从前仆从的隶属地位,逐渐向平等观念演进。中西合璧的金家正很好地诠释了这一点。

家庭成员之间特别是父子之间也呈现出了类似的松动关系。《金粉世家》中,金铨首先是以父亲的角色处在众多家庭成员之上,也就是说,承续着中国历来的伦理道德规范,作为父亲的金铨享有着在金家的最高权力。金家的妻妾、八个子女以及儿媳们都对金铨十分恭顺,不敢在他面前有违拗的表示,甚至不敢多说话。父亲的威严是充分彰显了出来,但在这威严背后起作用的不仅仅是"父为子纲"的传统规训,更是金铨国务总理的身份。"从功能观点来看,父母和子女的关系广泛地和家庭控制子女以后的命运(或社会地位)的能力(或无能力)联系在一起。"[1]家庭为子女的前途能够提供何种保障,既是家庭承担的一项重要责任,也构成子女对家庭的依仗。家庭越是有能力提供有效保障,子女对家庭的依赖性也就会越强。金家子女对金铨的恭顺很大程度上在于金铨的社会地位能为他们谋得优厚的职业和生活。凤举、鹤荪、鹏振三人即是借着金铨的能量在政府部门获得了清闲的高位。在这种情形下,青年人依靠家庭庇护不思进取,坐享其成。金铨清醒意识到了金粉之家的流弊,可是他疏忽了他能管住子女的正是大家庭的权势。

金燕西借着父亲让他在家读书的名义,整日在外闲游。小说第一回,燕西带着他的仆人在阳春时节策马驰行,回首间遇到了小说的女主人公冷清秋。于是燕西租房子结诗社以认识清秋,进而追求成婚。一般研究者都会这样来概括小说的主要故事情节:"《金粉世家》的真正主角,是金家的不孝子金燕西,一位'时装贾宝玉',一位现代颓废都市青年,一位显赫家族的纨

---

[1] [法]让·凯勒阿尔等:《家庭微观社会学》,顾西兰译,商务印书馆,1998年,第91页。

绔子弟,以及他对出身寒微、才貌双全的女学生冷清秋始乱终弃的故事。"①

这位"时装贾宝玉"和"才貌双全"、清高自怜的冷清秋的婚姻涉及三个在当时的社会来说十分重要的问题,即:自由恋爱结婚、门第观念和离婚。清秋是在燕西穷追不舍的爱情攻势之下屈服了。小说第十三回,香山上的一番对话很能说明两人对这场婚姻的态度:

> 燕西道:"你这是多虑了。婚姻问题,是我们的事,与他们什么相干?只要你爱我,我爱你,这婚约就算成立了。况且我们家里,无论男女,各人的婚姻,都是极端自由的,他们也决不会干涉我的事。"清秋道:"我问你一句话,府上有人和贫寒人家结亲的吗?"燕西道:"有虽然没有,可是也没有谁禁止谁和贫寒人家结亲呀!婚姻既然可以自由,那我爱和谁结婚,就和谁结婚,家里人是不能问的。况且你家不过家产薄弱一点,一样是体面人家,我为什么不能向你求婚?"清秋道:"你说的话,都很有理,我不能驳你。但是我不敢说府上一致赞成。"燕西道:"我不是说了吗?婚姻自由,他们是不能过问的。只要你不嫌弃我。这事就成立了。漫说他们不能不赞成,就是实行反对,他还能打破我们这婚约吗?你若是拒绝我的要求,就请你明说。不然,为了两家门第的关系,将我们纯洁的爱情发生障碍,那未免因小失大。而且爱情的结合,只要纯正,就是有压力来干涉,也要冒万死去反抗,何况现在并没有什么阻碍发生呢?"清秋坐在那里,依然是望着水出神,默然不做一声。(第十三回)

燕西对自己和清秋的婚事很有把握,理由很简单,两人相爱就能成婚,不干家庭的事,这是爱情至上的自由婚姻观念,在当时的时髦青年中间十分流行。五四以后,传统的父母之命、媒妁之言的婚姻方式越来越为青年人所不齿。据1927年的一项问卷调查,"100%的人反对婚姻'宜完全由父母或其他尊长作主',80.6%的人赞成由'本人作主,但须征求父母的同意'"。②

---

① 宋伟杰:《老灵魂/新青年,与张恨水的北京罗曼史》,《中国现代文学研究丛刊》,2010年第3期。
② 彭明主编,朱汉国等著:《20世纪的中国——走向现代化的历程》(社会生活卷1900—1949),人民出版社,2010年,第338页。

燕西信誓旦旦的话表明对自己的自由婚姻有十足把握,不容家庭干涉,但具体操作起来,依然是要征得父母同意的,因为清秋毕竟是要嫁入金家。燕西一味强调"自由",是为了让清秋解除顾虑,表明他对清秋的爱情绝对真诚与纯洁。

在认识燕西之前,清秋还是个情窦未开的少女,似乎还没有想到过婚姻的事。小说曾多次提到清秋"年轻",婚姻对于还在上中学的清秋来说确实来得有些早了。据统计,20世纪40年代,"中国城市居民的平均初婚年龄为19.2岁",而在"1937年以前结婚(主要是20世纪20年代后期至1937年)的女性中,77.0%的人在20岁以前结婚",清秋就属于二三十年代在20岁之前结婚的年轻女性。虽然这是当时多数女性的婚姻状况,但就当时的调查表明,"晚婚至少已成为城市年轻精英中占主导性的观念",因为人们开始意识到"城市生活变化很快,年轻时正是学习、适应与提高的关键阶段,早婚会使人失去很多发展机会,影响生活质量的提高"。[①] 清秋还没有觉察到自己的早婚就匆匆嫁入金府,事后出现的婚姻危机不能不说是他们夫妇太年轻导致的结果。

在婚前乃至婚后,令清秋困扰于心的并非自己和燕西都太年轻,没有成家立业和独立生活的能力,而是金冷两家门第悬殊。所谓"齐大非偶",金家的奢华富贵不免让寒素出身的清秋产生顾忌。清秋的顾忌担心主要出于两点:一是怕金家反对,二是自己在婚姻中很有可能得不到平等地位。

第一重担心可以由婚礼上金铨的一席话平息过去。小说第四十九回金铨在燕西和清秋的婚礼庆典上当众阐说了他对于门第观念的看法。在一般人眼中,金冷两家存在门第差别,金铨用当时的时髦术语"阶级"来形容这样的差别。不过他强调这种门第观念和阶级意识是不可取的,就本人来讲,燕西不如清秋,他们俩的婚姻打破了常人的门第之见,应该得到支持和提倡。众人面前的这一番演说,就像给清秋写了一份保证书,可以让她心安了。可清秋不是一个时髦女子,她的"不新不旧"(第九回)的思绪和根深蒂固的观

[①] 陆汉文:《现代性与生活世界的变迁——20世纪二三十年代中国城市居民日常生活的社会学研究》,社会科学文献出版社,2005年,第150—152页。

念不能完全消除干净,纵然表面的门第观念可以打破,但是内在的权力分配却引导着自尊心格外敏感。清秋是一个知识女性,有着知识者惯有的清高姿态。当"攀高枝婚姻"得到实现,"夫妇间的权力分配"也就能显出清晰成效。① 在这种婚姻中,攀高枝的一方总是处于劣势地位。这不是打破传统门第观念就可以解决的问题。就像存在于社会斗争中一样,权力也存在于夫妇经营的家庭生活中,并不能随着时代思想的更新就消失掉。清秋自嫁入豪门的那一刻即决定了她在婚姻中的地位。她无法干涉燕西婚后的一切行为,甚至不容她有商量的余地。燕西在小说后半部被写成了一个毫无人情可言的富家浪荡子,成了一个符号化的可恶之徒,金家几乎所有的人都对燕西怀着失望和不满。清秋被迫做出了最后的决定:"凭我这点能耐,我很可以自立,为什么受人家这种藐视?人家不高兴,看你是个讨厌虫,高兴呢,也不过是一个玩物罢了。无论感情好不好,一个女子做了纨绔子弟的妻妾,便是人格丧尽。她一层想着逼进一层,不觉热血沸腾起来。心里好像在大声疾呼地告诉她,离婚,离婚!"(第九十回)

离婚是清秋和燕西婚姻的最终结局。"民国时期,受传统观念及道德风俗的影响,离婚率极低。""但值得注意的是,城市离婚事例中,女性主动提出离婚者较多。"②这反映出一种新的时代婚姻观,特别是女性,她们有权利以婚姻或者解除婚姻的方式来实现自己更好的生活品质。婚姻自主权和离婚的权利已经被写入民国法律。清秋的离婚虽是最后的无奈之举,但她的主动求去的确表达出了民国女性的绝大勇气和独立人格。

有意思的是,清秋离婚的途径很富有诗意。她先是"独上高楼",把自己封闭在小楼上照顾婴儿,伴着青灯读佛经。接着金家失火,清秋的小楼烧成灰烬,清秋和她的婴儿失踪不见。多日以后,正当金家人为清秋的生死忧心忡忡的时候,清秋来了一封信,表明离开的志向,并说此信可当"绝交之书,离婚之约"(第一百七回)。自此,小说主人公清秋和燕西不再有瓜葛。一封普通信件可以成为离婚证书,这在当时是行得通的。因为"1934年发布的民

---

① [法]让·凯勒阿尔等:《家庭微观社会学》,顾西兰译,商务印书馆,1998年,第21页。
② 陆汉文:《现代性与生活世界的变迁——20世纪二三十年代中国城市居民日常生活的社会学研究》,社会科学文献出版社,2005年,第153页。

法只有理论上的价值。确实,它在一个家庭的不同成员之间确立起西方式的关系,但是很难实行,因为没有婚姻登记和法律程序,很难解决诸如继承纠纷之类的问题"①。只要得到公认,婚姻中的各类事务包括婚姻的缔结和解除便能奏效。清秋和燕西的婚姻经历生动地演示了民国时期的婚姻在法律和观念上的进程。

《金粉世家》的大气魄决定了它的包容性。就婚姻问题而言,小说除了写燕西和清秋的爱情婚姻故事外,还有金家几个兄弟姊妹的婚姻也构成了家庭生活的基础。敏之、润之和梅丽还处在恋爱阶段,其他人则都已成婚。鹤荪与慧厂、鹏振与玉芬的婚姻正如很多平凡夫妻一样有恩爱也有吵闹。小说对鹏振和玉芬着笔稍多,因为由玉芬还牵连到表妹白秀珠,燕西的亲密女友。在某种程度上,秀珠成了燕西和清秋婚姻破裂的重要因由。婚姻之外另有过从亲密的女友,这在当时的青年人看来是一种交际上的时髦,但事态的发展往往不由他们掌控。相似的问题发生在凤举夫妇和道之夫妇身上。他们对于婚外情感的处理方式要比燕西传统很多。燕西和秀珠的交往是男女平等的社交场合中的公开行为,有时髦的风气作支持,不会影响一夫一妻的婚姻形态。而凤举和道之的情况有了不同,他们原有的婚姻形态都发生了改变。

凤举因为追求小怜不成,十分气闷,去花街柳巷寻求安慰,认识了妓女晚香,遂娶晚香为外室。这一行为非但令妻子佩芳十分伤心和生气,也令金家其他人感到恼火和不赞成。但事情既已发生,也不得不承认下来。同样,道之和丈夫刘守华留日期间,守华娶了一位日本下女回国,事情既成,金家也无话可说。这两桩事件均导致了婚姻形态的变化,原有的一夫一妻成了一夫多妻。民国婚制虽然"在法律上只承认一夫一妻制,但纳妾制度在城市中依然存在",据30年代左右的一项调查,"广州河南区3 200户家庭,含人口19 200人,其中妾为1 070人,平均每3户有妾1人"。② 妾的存在即承认了一夫多妻的婚姻形态。民国法律禁止纳妾,却对纳妾行为没有给出惩罚,

---

① [法]安德烈·比尔基埃等主编:《家庭史》(三卷),袁树仁等译,生活·读书·新知三联书店,1998年,第321页。
② 彭明主编,朱汉国等著:《20世纪的中国——走向现代化的历程》(社会生活卷1900—1949),人民出版社,2010年,第343页。

很大原因就是纳妾不是个别现象,法不责众。由于传统婚习的影响,人们一时还不能改变历来的婚姻观念。受文明新风影响的青年人固然对纳妾不齿,但当他们遭遇到情感问题或者生育问题时,传统婚习又成为退而可持的行为依据。风举和守华的纳妾行为不关涉生育,而是对婚姻情感的一种补足。不过两人所得的结果有很大不同,晚香最终卷逃而去,日本妾樱子依然留在守华夫妇身边。两种结果导源于多重因素,其中之一是妻子的态度,佩芳是不容丈夫另结新欢的,道之却能和樱子相处融洽。风举后来还是回到佩芳身边,而樱子则是个从不表达个人意见的外国人。

能够充分体现中国传统的一夫多妻婚姻形态的是金铨和他的三位夫人。金铨是受过西学影响的人物,他娶了三位太太,这映射出了金家的中西合璧性质。金家能够实行多妻婚姻,主要还在于金家具有雄厚的权力和财力资本。就经济学家的眼光来看,婚姻不仅是男女两性的结合,更因为男女双方能够在婚姻中获得比单身更多的收益。"如果男人有较丰富的资源和更充足、有效的生产功能,那么,妇女们可能还乐意与这些一夫多妻的男人们结婚。也就是说,妇女们宁愿选择一部分'成功者',而不愿选择一个'失败者'。"①二姨太嫁给金铨就是选择"成功者"的例子。三姨太太翠姨同样如此。她要比金太太和二姨太年轻很多,几乎和金铨的儿女们差不多大。小说没有写她是如何嫁给金铨的,据金铨去世后翠姨的表现来看,她嫁入金家很大程度上是因为金铨的总理身份,金家能够为她提供舒适的生活。一旦金铨不在了,金家开始败落,年轻漂亮的姨太太便要想法另谋出路。民国法律虽然没有惩罚纳妾,却也没有给妾以合法地位,妾是得不到法律保护的。当金铨去世,恩宠不再时,没有保护感的翠姨与其寄人篱下,不如选择离开金家。一夫多妻的婚姻形态最终不能长久维持。

金铨去世是小说的大关键。在七十七回之前,金家虽已有种种问题出现,却因一家之主金铨的存在把一切都压制下去了。七十七回之后,金家因金铨的去世处在混乱无序的状态。儿子们的仕途开始发生动摇,特别是燕西,依然在外寻欢作乐,金家支出不济开始辞退大批仆人,家院着火,清秋和

---

① [美]加里·斯坦利·贝克尔:《家庭论》,王献生、王宇译,商务印书馆,1998年,第109页。

她的孩子不知所踪,翠姨离家,金太太长住西山礼佛……一户豪门世家转眼萧条冷落下来。小说借昔日丫鬟小怜嫁给柳春江后重回金府的眼睛,来描绘金家的衰败情形:

> 小怜到大门口的时候,还不觉察到情形有什么不同,及至走到大楼下那个二门边,只见两旁屋子里不像从前,已经没有一个人。大楼下的那个大厅,已经将门关闭起来了,窗户也倒锁着。由外向里一看,里面是阴沉沉的,什么东西也分不出来。楼外几棵大柳树,倒是绿油油的,由上向下垂着,只是铺地的石板上,已经长着很深的青苔。树外的两架葡萄,有一大半拖着很长的藤,拖到地下来,架子下,倒有许多白点子的鸟粪。架外两个小跨院,野草长得很深。……于是向金太太这边屋子来,一看那院子里,两棵西府海棠,倒长得绿茵茵地,只是四周的叶子,有不少凋黄的。由这里到金铨办公室去的那一道走廊,堆了许多花盆子。远望去两丛小竹子,是金铨当年最爱赏玩的,而今却有许多乱草生在下面。那院子静悄悄的,不见一个人影。金太太住的这上边屋子里,几处门帘子低放着,更是冷静得多。(第九十八回)

这和当初清秋第一次到金府所见的景象有绝大不同。繁华已逝,荣光不再,金家的一草一木看上去都毫无精神。阔别多月回到金府的小怜自有一番深切的感怀。

小说通过两个可爱女子的眼光来写金家的繁华和衰败,有其深意在。清秋和小怜都在金家生活过,这段生活经历对她们的一生都万分重要,然而她们都离开了金家。她们既是金家里的人又外在于金家,由她们的眼睛看到的金家必然十分清晰真切同时又充满情感。小说是以充满情感的笔调来叙述金家由盛而衰的故事的。"家"是小说真正的叙事中心。张恨水道:"而我写《金粉世家》,却是把重点放在这个家上,主角只是作个全文贯穿的人物而已。"① 金家里人物的来来往往,分分合合,全是因为有这个"家"在。小说最

---

① 张恨水:《写作生涯回忆》,张占国、魏守忠编《张恨水研究资料》,天津人民出版社,1986年,第40页。

后,当金太太站在西山上眺望北京城,发出"人生真是一场梦"(第一百十一回)的感叹时,原本聚合在一起的金家人已快各奔东西,大家庭的故事就此收场。

　　大家庭的悲剧《红楼梦》是个开端,但《金粉世家》自有其对悲剧原因的探求。导致金家人分走,冠盖之家不复存在的因由,除了金铨猝亡,金家衰落外,分家是更直接的原因。小说七十七回之后,便围绕着令金家人最关心的问题——分家——展开笔墨。这个问题是由金太太提出来的,金铨去世,她就成了家里的主事之人。金太太提出分家,首先是因为家里存有的财产不能满足金家众多男女的日常开销,她不能眼看着儿女们坐享其成,坐吃山空;其次儿女们已有自立的能力,不用再依赖这个大家庭了;再次分家也是凤举他们十分希望的,只是不敢说出口,金太太心知肚明,自替儿女们作了打算。金太太在谈分家问题时打了一个比喻:"我好比一只燕子,把这一窠乳燕都哺得长着羽毛丰满了。那末,这一个燕子窠,也收藏不下,大家可以分开来,自己去筑巢,自己去打食。老燕子力有限,不必再来为难它了。哺长大了一窠燕子,老燕子已经去了一春的心血,也该让它休息一下。自己会飞自己会吃,还要老燕子一个一个来哺食,良心也不忍吧?"(第一百四回)父母的责任已尽,即使不谈回报,儿女也不应再仰仗父母了。换言之,一个大家庭能成立,父母是主心,父母一旦卸去责任,家庭便容易涣散分离。中国传统大家庭就是长辈持有话语权力的组织,金太太是通达明理之人,不愿专揽权力,也不愿为权力压折心力,自去西山,让儿女们独立出大家庭。

　　金家儿女对于分家都赞成,他们想早些得到金家的一份财产,供自己自由支配,不必再受父母管束。金家的分家不像很多家庭那样兄弟姊妹间求多争少,而是和和气气,呈现出当时人理想的分家形态。其实,在金家儿女同住一起的时候,他们已有些各自为政了。不但每对夫妇各住一个小院,自己有自己的账户,就连吃饭也是分开吃的。大家各吃各的饭,虽然住在同一屋檐下,共处的机会并不很多。直到要分家,也不觉怎样不适应。小说最后,金家人都搬离了金家大宅,自立门户、自谋生路去了。

　　《金粉世家》是一部叙写大家庭由聚而散的小说。在这个意义上,把它和《红楼梦》相比,不算抬高了这部小说的价值。然而《金粉世家》和《红楼梦》对于大家庭兴衰叙事的着眼点不太一样。《红楼梦》在回顾往昔的繁华岁月时带有浓重的释道意味,过往的富贵世家生活只是一"梦"而已。《金粉世家》不乏含有这层意味,这与张恨水对佛学的偏爱有很大关系,但张恨水写《金粉世家》更着眼于现实社会。张恨水说:"受着故事的限制,我没法写那种超现实的事。""小说有两个境界,一种是叙述人生,一种是幻想人生,大概我的写作,总是取径于叙述人生的。""写社会小说,偏重幻想,就会让人不相信,尤其是写眼前的社会。《金粉世家》,我是由蜃楼海市上写得它像真的,我就努力向这点发展。"①张恨水看重现实,作为社会小说的《金粉世家》也就力图描摹出现实情态,即使其中带有空幻的念想,却以反映现实为叙事的基础。所以《金粉世家》写出的大家庭由聚而散的故事,不能用"人生如梦"感叹而过去,这个故事正是民国社会家庭变迁的特别写照。

民国社会的家庭结构发生了很大变化,核心家庭的比例日益上升。所谓"核心家庭"是指:"由父母及未婚子女组成的家庭。"②这是一种新型的家庭结构,在20世纪世界范围内呈现出显著发展的趋势,而不仅仅是中国。核心家庭之外,还有主干家庭、联合家庭的区分。主干家庭是指:"由两代或两代以上夫妻组成,每代最多不超过一对夫妻,且中间无断代的家庭,如父母和已婚子女组成的家庭。"联合家庭是指:"父母和两对或两对以上已婚子女组成的家庭,或是兄弟姐妹婚后不分家的家庭。"③金家在分家之前是典型的联合家庭,这也是中国传统的大家庭结构,父母和已婚子女们住在一起。可这样的居住形态在民国年间发生了变化,青年人开始感觉到大家庭的束缚,想要离开家庭,各种各样的离家故事遂出现在文学革命之后的小说中。然而大家庭被拆散的情况并非如此简单。据潘光旦1926年进行的调查,在"317名城市居民中,有266人不赞成大家族制度,占总数的71%,但反过来又只有126人赞成采取欧美的小家庭制,占40.5%,59.5%的人反对。64.7%的人认为欧美小家庭制可以采用,但祖父母与父母宜由子孙轮流同居共养"④。

---

① 张恨水:《写作生涯回忆》,张占国、魏守忠编:《张恨水研究资料》,天津人民出版社,1986年,第40页。
②③ 邓伟志、徐新:《家庭社会学导论》,上海大学出版社,2006年,第43页。
④ 彭明主编,朱汉国等著:《20世纪的中国——走向现代化的历程》(社会生活卷1900—1949),人民出版社,2010年,第344页。

不赞成大家庭生活方式不等于就赞成小家庭（核心家庭）结构。赡养父母作为中国社会的传统道德观念不会因家庭生活方式的改变而消失。由于核心家庭不能体现出赡养父母的义务，所以金家儿女虽然都希望能够分家独立，却不敢把自己的想法直说出来，担心说了出来会让金太太产生子女要弃她而去的误解。所幸金太太自己提出要分家，于是慧厂才说分了家，大家依然要尽照顾母亲的责任，照顾的方法就是母亲愿意在哪家住就到哪家住。金太太住在她一位子女的已婚家庭中，即构成了主干家庭，这是当时多数人认可的家庭结构，主要就是考虑到了赡养问题。但金太太没有照儿媳慧厂的委婉提议做，她搬到西山依靠自己的积蓄解决养老问题。于是金家儿女纷纷独立出那个大家庭，其中凤举夫妇和鹤荪夫妇的家庭是典型的核心家庭，因为这两对夫妇都拥有了自己的孩子。小说没有具体叙述小家庭生活的情景，只留下了令人想象的空间，这个空间需要更多的社会生活与家庭生活实践去填充。

张恨水说："这样的题材，自今以后的社会，也不会再有。国家虽灾乱连年，而社会倒是进步的。"①这话的意思即是大家庭在中国会越来越少，写大家庭故事的小说也不再多见。在张恨水的意识中，大家庭的减少或者小家庭的增多能说明社会在进步。这种推论是否恰当可存而不论，但变化总是在发生。《金粉世家》的故事就是在叙述一种变化，而叙述故事的方式也体现出变化的含义。

小说的"楔子"和"尾声"与一百十二回的正文既相联系又能独立开来。正文部分叙述大家庭的聚散故事已很完整，加上的"楔子"和"尾声"主要做了两件事：一是交代正文故事的来历，二是提示主人公后来的生活境况。"楔子"和"尾声"比正文多出一个重要人物"我"。"我"偶然遇见了一位知书识文的中年妇人，"我"的一位朋友告诉了"我"她的故事。"我"把故事写了出来成为一部小说，也就是《金粉世家》的正文。这一叙事套路是晚清以来的章回小说喜欢采用的，即在具体故事开头交代故事来源，但"我"的出现在第三人称叙事的章回小说传统里却显得分外惹眼。叙述者"我"的感喟多少

---

① 张恨水：《写作生涯回忆》，张占国、魏守忠编《张恨水研究资料》，天津人民出版社，1986年，第42页。

能够代表对正文故事的一种理解。

冷清秋离开金家以后的生活虽然贫寒,却自食其力。"楔子"中,她卖字为生,向"我"介绍她自己时,仍以"姓金"自谓。几年以后的"尾声"中,清秋的儿子已经长大,"我"在电影院里和他们邂逅。电影没有终场,清秋他们便离开了。走时,清秋还流着泪。原来电影里的主角正是金燕西扮演的。燕西去德国留学,学习电影,回国成了演员,所演的电影故事和燕西过往的生活经历十分相似。"我"于是有了一番感慨。因为演电影在当时看来并不是一个体面的职业,富家公子出身的金燕西成了电影演员终究是要让人叹息的。"再说,大家庭制度,固然是不好,可以养成人的依赖性。然而小家庭制度,也很可以淡薄感情,减少互助,弟兄们都分开了,谁又肯全力救谁的穷呢?我的思想是如此的,究竟错误了没有,我也不能够知道。"(尾声)燕西当演员,是否由于他的哥哥姐姐们都没有帮助到他,他只能自谋生路?进而联系到家庭结构的变迁,"我"不认同大家庭的生活方式,也对小家庭生活不很赞赏,因为各自独立容易淡薄手足亲情。清秋依然承认自己姓金,是金家的人,对燕西和过去的婚姻生活心怀感伤,这不由得说明大家庭生活仍有其令人温暖的一面。然而时代变迁,社会生活发生变化,留下的只能是感伤而已。

第四节 承续之书:《水浒别传》和《水浒新传》

《红楼梦》之外,张恨水小说受《水浒传》影响也很明显。如果说《金粉世家》是"民国红楼梦",叙述的是现代故事,那么《水浒别传》和《水浒新传》则是续写《水浒传》,叙述的是古代故事,却饱含小说家的现实关怀。这正可以代表古典小说影响现代通俗小说的两端。

《水浒传》影响后世小说创作,最明显的表现是续书。清代陈忱《水浒后传》和俞万春《荡寇志》是《水浒传》续书中较为著名的两部,但都没有很好延续《水浒传》的精神,甚至是"反水浒"的。鲁迅认为《水浒传》精神所及至《三侠五义》渐趋衰微。[①] 晚清借"水浒"之名写作的小说有:陈景韩的《新水浒

---

① 鲁迅:《中国小说史略》,《鲁迅全集》第9卷,人民文学出版社,2005年,第287页。

之一节》(《时报》1904)、包天笑的《新水浒之一斑》(《时报》1906)、西泠冬青的《新水浒》(彪蒙书室1907、中华学社1909)、泖浦四太郎的《新水浒》(《申报》1908)、陆士谔的《新水浒》(改良小说社1909、1910)等。①《水浒传》等古典小说在晚清用新的眼光被重新评价,《新水浒》等小说也可被看成是用新眼光被重新续写。这些小说和评价在晚清掀起了一股对古典小说接受的热潮,融合了变革时代的观念印迹。但晚清的"拟旧""翻新"小说价值并不高,在其落潮之后,能够续写《水浒传》并能弘扬《水浒传》精神的作品当推张恨水的《水浒别传》和《水浒新传》。

《水浒别传》1932年至1934年连载于北平《新晨报》,《水浒新传》1943年在重庆出版。两部小说所叙故事不同,但和晚清"拟旧""翻新"类小说相比,能看成是严格意义上的续书,行文语气也和《水浒传》一脉相承。张恨水谈《水浒别传》的创作道:"这样的忙法,有了一年,而北平《新晨报》又改组。主持人全是极好的熟友,没法子,我给写了一篇《水浒别传》。这书是我研究《水浒》后,一时高兴之作,写的是'打渔杀家'那段故事。文字也学《水浒》口气。这原是试试的性质,终于这篇《水浒别传》,有点成就,引着我在抗战期间,写了一篇六七十万字的《水浒新传》。"②《水浒别传》和《水浒新传》所叙故事虽然不同,但在创作上是有一些关联的。因为《水浒别传》发表后颇受关注,才鼓励了张恨水在抗战时期再续《水浒传》。更重要的是,张恨水对《水浒传》颇有研究,一部《水浒别传》并不能完全抒发他的研究心得,于是又写了一部更为可观的《水浒新传》,方才酣畅。这也正是张恨水不续其他古典小说,专为《水浒传》作续的原因。

张恨水喜好中国传统小说,不但从小阅读,耳濡目染,后来"收买旧书,尤其是中国的旧小说",成为他的一种"消遣"。③ 张恨水说:

---

① 据吴泽泉《晚清翻新小说考证》(《中国社会科学院研究生院学报》2009年第1期)文末附表。
② 张恨水:《写作生涯回忆》,北平《新民报》1949年1月1日至2月15日,《张恨水散文全集·写作生涯回忆》,时代文艺出版社,2015年,第41页。
③ 张恨水:《写作生涯回忆》,北平《新民报》1949年1月1日至2月15日,《张恨水散文全集·写作生涯回忆》,时代文艺出版社,2015年,第37页。

> 我读书有两个嗜好。一是考据一类的东西,一是历史。为了这两个嗜好的混合,我像苦修的和尚,发了个愿心,要作一部《中国小说史》。要写这种书,不是在北京几家大图书馆里,可以搜罗到材料的。自始中国小说的价值,就没有打入"四部""四库"的范围。这要到那些民间野史和断简残编上去找。为此,我就得去多转旧书摊子。于是我只要有工夫就揣些钱在身上,东西南北城,四处去找破旧书店。北京是个文艺宝库,只要你肯下功夫,总不会白费力的。所以单就《水浒》而论,我就收到了七八种不同的版本。例如百二十四回本的,胡适先生说,很少,几乎是海内孤本了,我在琉璃厂买到一部,后来又在安庆买到两部,可见民间的蓄藏,很深厚的呀。①

因为时代、精力等各种原因,《中国小说史》没有写成。但在搜集小说史资料的过程中,《水浒传》的版本资料他获得不少,甚至用所搜集资料可以反驳胡适"孤本"的说法。胡适是《水浒传》研究大家,张恨水论及胡适,足见他自己对《水浒传》研究也是下了功夫的。

张恨水写有《水浒地理正误》等文,对《水浒传》做过一些考证研究,而更突出的研究成果是1944年4月在重庆出版的《〈水浒〉人物论赞》。此书分为"天罡篇"(三十三篇)、"地煞篇"(二十三篇)、"外篇"(三十二篇),另有两则附篇,一共九十篇文字,最后三篇评论了《荡寇志》、罗贯中、施耐庵和金圣叹,其余是对水浒人物的评论。这些评论文字不是写于同一个时期。较早的写于1927年和1928年间,发表在北平的《世界晚报》上。张恨水说:"以言原意,实在补白,无可取也。后读者觉其饶有趣味,迭函商榷,予乃赓续为之。旋因予辞职,稿始中止,然亦约可得三十篇矣。"②写《〈水浒〉人物论赞》原是为报纸"补白",这不是张恨水的自谦。但也是因为他对《水浒传》颇有心得,对水浒人物十分熟悉,才会想到用水浒"论赞"去补白。所以写出来

---

① 张恨水:《写作生涯回忆》,北平《新民报》1949年1月1日至2月15日,《张恨水散文全集·写作生涯回忆》,时代文艺出版社,2015年,第38页。
② 张恨水:《序》,《〈水浒〉人物论赞》,重庆万象书屋,1944年,《张恨水散文全集·写作生涯回忆》,时代文艺出版社,2015年,第173页。

"读者觉其饶有趣味"。1930年,张恨水辞去《世界日报》和《世界晚报》职务,"论赞"写作暂停。1936年,他在南京和张友鸾创办《南京人报》,重新刊载了之前写的《〈水浒〉人物论赞》,新添写了十余篇。1943年,万象周刊社编辑刘自勤在重庆找到了《南京人报》合订本,和张恨水商量要出《〈水浒〉人物论赞》单行本。"予因去岁作《水浒新传》,读《水浒》又数过,涉笔之余,颇多新意,遂允其议,再增写半数共得九十篇。因人物分类,列为天罡、地煞、外编三部。虽取材小说,卑之毋甚高论。但就技巧言,贡献于学作文言青年或不无小补云尔。"①《〈水浒〉人物论赞》用文言写成,张恨水希望它对青年人学写文言文有所助益。更重要的是,"论赞"的写作伴随着张恨水辗转于北平、南京、重庆三地的人生经历。完成这九十篇,始于撰《水浒别传》之前,终于《水浒新传》成书之后。可以说,从20年代末至40年代中期,张恨水都心系《水浒传》,并有所成就。

《水浒别传》的写作先于《水浒新传》,是张恨水第一次为《水浒传》作续书。此时的张恨水对《水浒传》已有所研究,应朋友之邀,写了这部小说。但写续书不是件容易的事,张恨水谈道:

> 我这部书,为什么又叫《水浒别传》呢?这也有两个原因:其一,是不敢攀援古人的正传、续传、后传;其二,我的书中主人翁乃是《水浒》以外的萧恩。他不过认识梁山人物,书里因之有些《水浒》人物作陪衬,所以在这里不正式写《水浒》人物。《水浒》的是非,我书里都不管,我只注意我书中主人翁的言语与行动。别者,有别于正传、续传、后传也。我这部书虽是借着《后水浒》一线根源,但是也差不多另起炉灶。所以尽管没法子写得像《水浒》,也不至于有佛头著粪的大罪,也并不是用狗尾去续貂。②

借一点因由,"另起炉灶",这样就能和《水浒传》相区别,即使写得不好,

---

① 张恨水:《序》,《〈水浒〉人物论赞》,重庆万象书屋,1944年,《张恨水散文全集·写作生涯回忆》,时代文艺出版社,2015年,第173页。
② 张恨水:《序》,《水浒别传》,《水浒系列小说集成》,黑龙江人民出版社,1997年,第253—254页。

读者也不能以《水浒传》的标准来要求《水浒别传》了。所以张恨水写《水浒别传》是较为小心翼翼的,不敢与传统经典相牾。

陈忱的《水浒后传》谈到了李俊等人故事,特别是第九回"混江龙赏雪受祥符　巴山蛇截湖征重税"和《水浒别传》的核心故事有些相似,张恨水说两者是有"一线根源"的。而"另起炉灶"则是对京剧《打渔杀家》的借用。张恨水说:"我常看到《打渔杀家》这出戏,觉得很有意味,写豪杰之落魄,官吏之敲诈,都不是平常编旧剧的人所能梦想得到。戏里的萧氏父女,我们并不知道出自何书。可是混江龙李俊,这是很熟的《水浒》人物,而且道白里面有个花荣之子花逢春,更可以证明这戏与《水浒》有关。我为这个,曾下一番考证功夫。"①张恨水考证的结论是:《打渔杀家》这出戏由《水浒后传》里的故事而来;《打渔杀家》应是京剧《庆顶珠》中的一部分。张恨水的考证结论成为后来的一种普遍认识,他的研究也成为小说《水浒别传》的由来。张恨水说:"有这样现存的假设故事,写上一段,岂不可以减小若干布局命意之苦? 好在小说我总是要做,于是我就不踌躇地来利用这个故事。"②

《打渔杀家》的主人公是靠打渔为生的萧恩。女儿萧桂英和花荣之子花逢春定亲,婚姻信物是一颗庆顶珠。萧恩交不上渔税,被当地恶霸强逼,恼羞成怒,杀死了恶霸。萧桂英和花逢春最终团圆。张恨水喜欢看戏,对《打渔杀家》尤为熟稔。他写过《〈打渔杀家〉之两谬点》③,谈戏词问题。张恨水认为萧恩是戏剧故事新增添的人物,在《水浒传》《水浒后传》《荡寇志》等水浒小说中都找不到,所以《水浒别传》借用《打渔杀家》故事,以萧恩为主人公,相对于水浒小说就是"另起炉灶"的。但有一说认为:萧恩就是隐居埋名的阮小七。《水浒别传》没有用这个说法,小说中只有李俊、童威、童猛是《水浒传》一百零八位英雄中的人物,其他相关人物则被笼统地称为"梁山旧人"。

《水浒别传》开篇叙道:"却说大宋宣和七年,徽宗在位,虽然蔡京、童贯依然掌着大权,政治没有起色,但喜得田虎、方腊、王庆次第削平,梁山众英

---

①② 张恨水:《序》,《水浒别传》,《水浒系列小说集成》,黑龙江人民出版社,1997年,第254页。
③ 张恨水:《〈打渔杀家〉之两谬点》,《世界日报》,1927年4月6日。

雄死的死,散的散,并没有什么人敢和朝廷为难。"①这是对《水浒传》百回本、百十回本、百十五回本或百二十四回本等本子的接续,张恨水收藏有这些版本。这些版本结尾,"梁山众英雄死的死,散的散",因此《水浒别传》就基本抛开《水浒传》故事,别开一天地。小说第二回借"梁山旧人"何清的足迹,把小说故事引向江南。

> 这日,半空里烟雾似的细雨,随风飘荡,并没有一些雨点声。这太湖风景端的和梁山水泊不同,只看一片汪洋的大水,远处和天相接,那水里头断断续续高出许多山峰。山半腰里雾气腾腾,出来的云气和天混合成了一片,有时在云雾里露出一片山影来,如图画一般的秀丽。何清顺着水边,走到了一个湖汊所在,这里有二三百户人家,背了湖汊的岸,列成街道。有两家水阁子在水面上架楼成屋,敞了窗户。在河岸这边,看到水阁子里列了许多座头,正是卖酒的人家。渡过一条板桥,见那水阁子前面,左是柜房,右是厨灶,却有妇人靠了柜台做女缝。心里便想着,江南这地方,事事都和北地不同。②

烟雨江南,太湖人家,这种景致在《水浒传》里是找不到的,《水浒传》也很少有这样恬静的风景描写。这是张恨水的水浒故事不同于《水浒传》的地方,虽然在语言行文方面,和《水浒传》声气相接。

萧恩和女儿萧桂英就生活在一个小渔村里,因抗渔税,被逼杀了丁子燮一家。小说第十三回"下山虎黑夜杀仇家"对萧氏父女潜入丁宅杀人复仇的叙述和《水浒传》里武松"血溅鸳鸯楼"类似,都是手起刀落的豪爽,体现出"武侠"气概。萧恩父女的侠客行为,激怒州府吕志俅,李俊等人便和萧恩父女杀入常州城。第十八回"闹州署亲手刃贪官",萧恩杀死吕志俅虽是痛快淋漓,却也血腥味十足。

---

① 张恨水:《水浒别传》,《水浒系列小说集成》,黑龙江人民出版社,1997年,256页。
② 张恨水:《水浒别传》,《水浒系列小说集成》,黑龙江人民出版社,1997年,第273—274页。

只一声,刀朝下落,吕州尉成了两个半个,那上半段还在萧恩手上揪住,索性两手抓定,血淋淋地,用力向井中直摔下去。当萧恩杀吕志俅时,旁边有几个男女看着,都吓呆了。这时见吕志俅被杀投井了,才醒悟过来,抬腿便要逃走。萧恩用刀尖指着那些人道:"有谁敢逃走的,先吃我这刀。"那些人看着,团着舌头道:"我们走,不走。"萧恩冷笑道:"你这班狗男女,仗了吕志俅势力,无恶不作,今天也是你们恶贯满盈,哼!回去罢。"他这般说时,便是提了刀向前,将那些男女,一阵乱砍!霎时,血花飞溅,全都了结了。①

　　这段叙述很得《水浒传》真传。很难想象这是出自贯写儿女故事的张恨水之手。小说第十七、十八两回能够充分显示出张恨水的雄健笔力。这两回叙述众英雄常州城之战,用了《水浒传》"英雄传奇"的写法。

　　小说共二十回。第十九回写萧恩之死,是英雄末路。第二十回何清护送萧桂英到潼关和花逢春团聚,夫妇俩一同为国征战去了。小说结尾诗云:"英雄亦儿女,一事足千秋。"张恨水还是为他的故事加上了些儿女情长的意味,这在《水浒传》里是没有的。固然这也是得自于《打渔杀家》,但张恨水却别有怀抱。他说:"《庆顶珠》的故事,应该在宣和七年到靖康建炎之间,那也正是权奸在位,内忧外患,国亡无日的当儿,假使真有那样一件事,真有那样几位英雄,我们再闭眼想想现在的中华民国,那岂不是可以用借镜一照的吗?"②张恨水为《水浒别传》写《序》,署明的日期是"东三省亡后一年",足可见他抒发"内忧外患,国亡无日"感叹的现实所指。所以《水浒别传》的写作可谓是"借古讽今",并不仅仅是他研究《水浒传》的一种成果,也有心系现实的寄托。

　　七八年之后,张恨水写作《水浒新传》,表意就更加明晰。《水浒新传》写于重庆,但最初连载于上海《新闻报》。1941年底,上海全部沦陷,《水浒新传》停止刊载。这时张恨水已写出小说的四十七回。1942年,张恨水听说上海某家小报请人续写《水浒新传》,张恨水怕被人篡改原意,就自己把小说写完,共六

---

① 张恨水:《水浒别传》,《水浒系列小说集成》,黑龙江人民出版社,1997年,第450—451页。
② 张恨水:《序》,《水浒别传》,《水浒系列小说集成》,黑龙江人民出版社,1997年,第255页。

十八回,1943年在重庆出版了单行本。在小说《自序》中,张恨水谈了写作用意:

> 我感到要在上海发表小说,又非谈抗战不可,倒是相当困难。到了1940年,我就改变办法,打算写一本历史小说。而在这本小说里,我要描写中国男儿在反侵略战争中奋勇抗战的英雄形象。这样对于上海读者,也许略有影响,并且可以逃避敌伪的麻烦。考量的结果,觉得北宋末年的情形,最合乎选用。其初,我想选岳飞韩世忠两个作为主角,作一部长篇。却以手边缺乏参考书,而又以《说岳》一书在前,又重复而不易讨好未敢下笔。后来将两本宋史胡乱翻了一翻,翻到张叔夜传,灵机一动,觉得大可利用此人作线索,将梁山一百八人参与勤王之战来作结束。宋江是张叔夜部下,随张抗战,在逻辑上也很讲得通。《水浒传》又是深入民间的文学作品,描写宋江抗战,既可引起读者的兴趣,而现成的故事,也不怕敌伪向报馆挑眼。这个主意决定了,我就写信向《新闻报》编辑人商量。他们正有欲言不敢的痛苦,对我这种写法,非常满意,复信促我快写快寄。不久,我就在重庆开始写《水浒新传》了。①

所以《水浒新传》的写作用意十分明确,是为了抗战而写的。如果说《水浒别传》还因为写了萧恩自刎、李俊遁海显得感叹有余反抗不足,那么《水浒新传》则是一部全力抗争的作品。借水浒英雄的抗金来鼓舞中国人民的抗日,极富有时代价值。

小说从"梁山泊众头领,在忠义堂上宣誓,结为一百零八名生死兄弟"(第一回)开始述起,把《水浒传》七十回之后征辽、征方腊和征田虎、征王庆的故事都舍弃,重写梁山众英雄受招安的经过和全体抗金故事。所以《水浒新传》当得上是《水浒传》的续书,却和《水浒后传》《荡寇志》等续书全然不同,开了一片新境界。

张叔夜是《水浒新传》里的一个重要人物。他智勇双全,招安并收编了梁山泊全班人马。而在《水浒传》七十回后,张叔夜只是一个太守,协助宿太

---

① 张恨水:《自序》,《水浒新传》,北岳文艺出版社,1993年,第1—2页。

尉招安了梁山。张恨水对张叔夜的看重在他《〈水浒〉人物论赞》评宋江的时候也表现了出来。小说第十回"张叔夜计退梁山兵"张叔夜正式出场,第十一回和第十二回,他战胜卢俊义,并说服卢俊义,全伙招安了梁山泊。此后,梁山英雄便在张叔夜麾下抗击金兵。

小说主要故事围绕两次保卫都城东京展开。第一次解了东京之围,第二次东京陷落,众英雄大都殉难。小说叙述宋江和李逵服毒自尽之事,和《水浒传》异曲同工。《水浒传》写宋江之死是奸臣赐毒,《水浒新传》是汉奸逼迫。《水浒新传》对英雄之死的叙述相对于《水浒传》更是悲壮有余。第二十六回"风雪遮天舍生献计 战袍染血复命成仁"写朱武和石秀为回营报信,风雪杀场,几乎流尽最后一滴血,不辱使命。第五十二回"请诏书耿南仲进谗 闻潮音鲁智深坐化"写鲁智深之死甚是感人。

> 又过了一日,智深却睡在床上未起。史进走到床前,握了他手道:"师兄十分病了,待我向镇上请个医生来。"智深道:"洒家一生不省得生病,理他怎地?"正说时,半空中一阵哗哗啦啦之声。智深突地由床上跳下来,大吼一声,拿了枕头边那柄六十二斤重的水磨镔铁禅杖在手,起身就向外走。史进挽了他一只手臂道:"师兄哪里去?"智深道:"你听,兀的不是金兵,和我军马厮杀声音?"史进道:"师兄错也,这是海潮音。"智深哪里肯听?拖了史进,奔出茅庵外来。向前一看,哪里有金兵,海湾子外,海阔天空,几片白云,在蔚蓝色长空里飞奔。那西来风,卷了茅庵前十几棵老松树,枝叶像波涛一般声音汹涌。智深将禅杖挂在地上,站着又吼了一声,就在拦门那凳子上坐下。史进看时他直挺了身子,却低了头,闭了眼,另一手扶在大腿上。史进道:"师兄且进去将息。"智深并不言语,史进连道了几声,他依然不言语。手牵他时,却似生铁铸的,动也不动。史进大惊,摸他鼻孔时,一点气息也无,竟是坐化了。史进走下台阶,向他拜了四拜,唱个喏道:"师兄端的是个罗汉转世,怎等爽快地去了!愿师兄早升天国。"说毕,流下泪来。①

---

① 张恨水:《水浒新传》,北岳文艺出版社,1993 年,第 593—594 页。

九 通俗小说宏观研究

鲁智深为解东京之围,舍生忘死,立下大功。但奸臣当道,众英雄为朝廷所不容,鲁智深便想回归佛地,史进伴送他离开。来到登州,在面海山脚收拾出一所荒废的茅庵,鲁智深觉得这就是他的落脚之地了。没过几日,便在此坐化。可以对比《水浒传》对鲁智深之死的描述。百回本《水浒传》的第九十九回"鲁智深浙江坐化 宋公明衣锦还乡"中叙道:

> 且说鲁智深自与武松在寺中一处歇马听候,看见城外江山秀丽,景物非常,心中欢喜。是夜月白风清,水天共碧。二人正在僧房里睡,至半夜,忽听得江上潮声雷响。鲁智深是关西汉子,不曾省得浙江潮信,只道是战鼓响,贼人生发,跳将起来,摸了禅杖,大喝着,便抢出来。众僧吃了一惊,都来问道:"师父何为如此?赶出何处去?"鲁智深道:"洒家听得战鼓响,待要出去厮杀。"众僧都笑将起来道:"师父错听了,不是战鼓响,乃是钱塘江潮信响。"鲁智深见说,吃了一惊,问道:"师父,怎地唤做潮信响?"寺内众僧推开窗,指着那潮头叫鲁智深看,说道:"这潮信日夜两番来,并不违时刻。今朝是八月十五日,合当三更子时潮来。因不失信,谓之潮信。"鲁智深看了,从此心中忽然大悟,拍掌笑道:"俺师父智真长老,曾嘱付与洒家四句偈言,道是:'逢夏而擒',俺在万松林里厮杀,活捉了个夏侯成;'遇腊而执',俺生擒方腊。今日正应了:'听潮而圆,见信而寂。'俺想既逢潮信,合当圆寂。众和尚,俺家问你,如何唤做圆寂?"寺内众僧答道:"你是出家人,还不省得?佛门中圆寂便是死。"鲁智深笑道:"既然死乃唤做圆寂,洒家今已必当圆寂。烦与俺烧桶汤来,洒家沐浴。"寺内众僧,都只道他说耍,又见他这般性格,不敢不依他。只得唤道人烧汤来,与鲁智深洗浴,换了一身御赐的僧衣,便叫部下军校:"去报宋公明先锋哥哥,来看洒家。"又问寺内众僧处,讨纸笔写下一篇颂子。去法堂上,捉把禅椅,当中坐了。焚起一炉好香,放了那张纸在禅床上,自叠起两只脚,左脚搭在右脚,自然天性腾空。比及宋公明见报,急引众头领来看时,鲁智深已自坐在禅椅上不动了。①

---

① 施耐庵、罗贯中:《水浒传》,人民文学出版社,1990 年,第 751 页。

《水浒传》中,鲁智深死于征剿方腊全胜之后,宋江率残余英雄进京受赏之前。鲁智深生擒方腊,军功已了。而进京受赏,却不是梁山英雄都愿意的。燕青、李俊等人都另寻出路去了。鲁智深之死可以看成是功成身退的一种表示。同样是坐化,《水浒传》的描述显得隆盛热闹很多,鲁智深周围有宋江众人的看护,有名川大寺的超度,还有十刹禅师的诵经收殓。而《水浒新传》的描述则显得悲凉寂寞。虽然《水浒新传》对《水浒传》有所因袭借鉴,但张恨水的笔力同样雄健,在情感投射方面甚至超越的了《水浒传》。

张恨水写《水浒新传》是心怀一部《水浒传》的。他为《水浒新传》写了十五条《凡例》,其中十四条谈及《水浒传》,另一条表明时间,是依据《宋史》。由《凡例》可知,《水浒新传》接续《水浒传》而来,不脱原书精神,却处处体现出张恨水的创造。如《凡例》中一条道:"笔者写小说,好以细腻出之。《水浒》文如柳柳州,却佳在简练,笔者一变故态,学之不像,自在意中。唯涉笔成趣有时略加小动作及风景描写,推敲以后,亦不删去。因此虽原传所寡有,但颇可增文字姿势,在不伤原传精神情形下,似不妨听其存在。"①古代章回小说叙述有余描述不足,张恨水在他的章回小说创作中,有意加上"小动作及风景描写",提升了小说的艺术感觉。就上引鲁智深之死的段落来看,"小动作及风景描写"确实渲染了氛围描画了人物,更能动人。

《凡例》另一条云:"古代战争,虽有斗将一法,然不常用。中国旧小说所叙战斗,恒以将为主,《水浒》未能例外。其实两军胜败,决于数将百十回之交锋,实无是理。此种错误,不宜再蹈,故本篇力避此种叙述。"②《水浒传》写两军对垒场面,基本以将领对战决胜负,张恨水认为这是不合理的。《水浒新传》写战争虽突出将领,更表现众人,众英雄全力抗金才是小说的主旨。《水浒新传》汲取了《水浒传》"英雄传奇"的精神,着笔于英雄征战,对战争场景的描述宏阔激烈,可以说,是一部名副其实的"英雄传奇"。在现代小说中,张恨水的《水浒新传》直接继承了《水浒传》传统,显得难能可贵和不可多得。

---

① 张恨水:《凡例》,《水浒新传》,北岳文艺出版社,1993年,第2页。
② 张恨水:《凡例》,《水浒新传》,北岳文艺出版社,1993年,第2—3页。

第三章　论现代通俗小说的章回文体的演变与更新

张　蕾

晚清以来，现代通俗小说的优秀部分集中于长篇，而长篇通俗小说大都用章回体写作。张赣生《民国通俗小说论稿》"凡例"第一条道："本书研究之范围仅限于1912—1949年间之长篇或中篇章回体白话小说。"也就是说，书名中的"通俗小说"指的就是"章回体白话小说"。"凡例"第二条又道："本书所论作品，不拘泥于回目形制是否合章回体例，专取其实质。"①这也就是说，书中所论的"章回体白话小说"不一定都是用了回目的，而"其实质"依然是章回体。张赣生意识到了现代章回小说形制上的变化，但这些小说还是"通俗小说"，它们没有脱离章回小说的序列传统。张赣生还说："民国的通俗小说，作为中国通俗小说发展历程上的一个环节，它一方面继承了明、清小说的传统，另一方面又适应时代的变化而有新的发展，这两方面合起来就构成了它的基本特征。而这决定着或继承或发展的运动轨迹的不是别的，只在于保持'通俗'。"②所以，现代通俗小说用章回体写作，可以看成是继承传统章回小说的结果，也可以看成是现代通俗小说家的一种文化取向和文化关怀，和新小说家的借鉴西方表现出明显的不同姿态。

尽管姿态不同，现代通俗小说的章回创作取得了令人瞩目的成绩。《金粉世家》《啼笑因缘》《江湖奇侠传》《蜀山剑侠传》等等小说作品，都成了现代

---

① 张赣生：《民国通俗小说论稿·凡例》，重庆出版社，1991年。
② 张赣生：《民国通俗小说论稿》，重庆出版社，1991年，第3页。

文学史上的经典或有代表性的作品。因此，有必要对现代通俗小说的章回文体问题做出梳理和总结，并由此呈现出现代作家变革章回小说的努力。

第一节　现代通俗小说的章回体写作

阿英在《晚清小说史》开篇对晚清小说的数量做出这样的统计："晚清的小说，在中国小说史上，是一个最繁荣的时代。但其间所产生的小说，究竟有多少种，却始终没有很精确的统计。书目上收的最多的，要算《涵芬楼新书分类目录》，文学类一共收翻译小说近四百种，创作约一百二十种，出版期最迟是宣统三年(1911)。杂志《小说林》所刊东海觉我《丁未年(1907)小说界发行书目调查表》，就一年著译的统计，有一百二十余种。《东西学书录》(1899)只收三种，《译书经眼录》(1905)较多，然亦不过三十种。梁启超《西学书目》(1897)不收小说，《新学书目提要》(通雅书局，1904)只存文集。孙楷第《中国通俗小说目》(北平图书馆，1933)，所收创作，亦只与《译书经眼录》数量相等。实则当时小说，就著者所知，至少在一千五百种上，约三倍于涵芬楼所藏。"[①]从中国古代小说史的脉络来考察，阿英认为晚清小说"最繁荣"。这首先表现在数量方面。晚清小说很多都被记录保存了下来，有据可考者要比古代小说更为确实。而这些小说中的长篇基本都是章回体。例如《二十年目睹之怪现状》《官场现形记》《老残游记》《孽海花》诸作在文学史上都留下了经典价值，而吴趼人、李伯元等人则成为晚清著名的写作章回小说的作家。

对于晚清小说的研究，陈平原《中国小说叙事模式的转变》、王德威《被压抑的现代性——晚清小说新论》堪称代表。两部著作都从"变"的角度来论述晚清小说和古代小说的不同及其在现代小说史上的发端地位。例如"1906年群学社刊行符霖创作的《禽海石》，在中国文学史上第一次用章回小说的形式描述自我的生活经历，把第一人称叙事方法真正运用于'新小说'

[①] 阿英：《晚清小说史》，上海：商务印书馆，1937年，第1—2页。

创作中"。① 传统章回小说的"说书人"叙事在晚清开始被变革。在内容方面,"某些作家对历历成规了然于胸,从而游戏其间,并创造出似是而非的复制——一种亦真亦假的谐仿。例如刘鹗(1858—1909)的《老残游记》(1907)逆转了公案小说的内容,声称贪官可恨,清官更可恨;李宝嘉的《官场现形记》告诉我们,所谓清官,其实好不过自称处子的妓女;吴趼人的《二十年目睹之怪现状》将人间比诸魑魅魍魉的世界;曾朴的《孽海花》(1905)则编造赛金花与八国联军统帅瓦德西的韵事,大谈其为国'捐躯'的神话"②。这些章回小说的故事内容是变乱时代的生动反映,其发人深省的观念在根深蒂固的传统帝制时代是不可想象的。

在众多晚清小说中,史家特别推崇1894年出版的《海上花列传》一书。范伯群称之为"现代通俗小说的开山之作",是"中国文学古今演变的'换乘点'的鲜明标志","是中国现代文学的起步点"。③ 这部作品一共六十四回,是一部吴方言小说。胡适对这部小说的文学价值评价很高,也认为它是一部"开山"的"第一流"作品,并说:"如果从今以后有各地的方言文学继续起来供给中国新文学的新材料,新血液,新生命,——那么,韩子云与他的《海上花列传》真可以说是给中国文学开一个新局面了。"④对于《海上花列传》而言,"新材料,新血液,新生命"既指它的题材,也指它的叙事方式和语言,这部小说记录下了晚清时代一类人物鲜活的生命轨迹。作者韩邦庆为这部小说写有一篇《例言》,自叙所作之书的不同凡响处。其中一则道:"或谓书中专叙妓家,不及他事,未免令阅者生厌否?仆谓不然。小说作法与制艺同:连章题要包括,如《三国》演说汉、魏间事,兴亡掌故,了如指掌,而不嫌其简略;枯窘题要生发,如《水浒》之强盗,《儒林》之文士,《红楼》之闺娃,一意到底,颠倒敷陈,而不嫌其琐碎。彼有以忠孝,神仙,英雄,儿女,赃官,剧盗,恶鬼,妖狐,以至琴棋书画,医卜星相,萃于一书,自谓五花八门,贯通淹博,不

---

① 陈平原:《中国小说叙事模式的转变》,北京大学出版社,2003年,第70页。
② [美]王德威著,宋伟杰译:《被压抑的现代性——晚清小说新论》,北京大学出版社,2005年,第35页。
③ 范伯群:《〈海上花列传〉:现代通俗小说开山之作》,《中国现代文学研究丛刊》,2006年第3期。
④ 胡适:《〈海上花列传〉序》,《胡适文存》(三集),亚东图书馆,1924年,第739页。

知正见其才之窘耳。"①《海上花列传》只写妓家故事,而《红楼梦》等书写闺阁故事却又添上很多"琴棋书画,医卜星相"之类的文章,才能使全书丰厚起来,相较而言,《海上花列传》更见出作者运筹之才。韩邦庆从他独到的角度以古代经典章回小说作衬托来推崇自己的作品,表现出足够的自负与自信。而《海上花列传》与古代小说相比,确实显示出种种新意,当得起作者和评论者对它的赞誉。

民国初年的章回小说,一方面继续晚清小说谴责暴露的写法,长篇累牍地叙述时代社会污浊纷乱的景象,另一方面则以哀情之风,用典雅的文言辞章来表达痴男怨女不满与无奈的心绪。前者如朱瘦菊的《歇浦潮》、向恺然的《留东外史》乃至李涵秋的《广陵潮》,后者如徐枕亚的《玉梨魂》、吴双热的《孽冤镜》、李定夷的《霣玉怨》。对于《歇浦潮》等作品,学界一般把它们归为"黑幕小说"。徐文滢在40年代初写的《民国以来的章回小说》一文中说道:"由谴责而流于黑幕,大概是始于《留东外史》罢。由冷静的幽默的讽刺而变为泼妇叫街的漫骂,更下而变为洋场罪恶的教科书,这其间每下愈况真是可惊。民国以来较这种黑幕小说更下流的也有得是。"②对"黑幕小说"的评价一向不高,主要是因为这类小说满纸记录着罪恶故事,不利于道德教化。但从另一方面看,这类小说又未尝不能揭露出世情的某种真相。沈从文就对《留东外史》颇有好感,他说:"这个作品连缀当时留日学生若干故事,用章回谴责小说体裁写成。一般来说,虽然因为对于当时革命派学生行动也带有讽刺态度,常常被人把它称为'礼拜六派'代表作品,亦即新文学运动所致力攻击的'黑幕派'作品之一看待。然吾人若能超越时代所作成的偏见来认识来欣赏时,即可知作者一支笔写人写事所表现的优秀技术,给读者印象却必然是褒多于贬。且迄今为止,即未见到其他新作品处理同一题材,能作更广泛的接触,更深刻完整的表现。"③沈从文道出的好处是《留东外史》等作品近年来受到学界重新看重的主要原因。沈从文说这些作品"用章回谴责小说

---

① 韩邦庆:《例言》,《海上花列传》,人民文学出版社,2006年,第3页。
② 徐文滢:《民国以来的章回小说》,《万象》第1卷第6期,1941年12月。
③ 沈从文:《湘人对于新文学运动的贡献》,《沈从文文集》(第十二卷),花城出版社,1984年7月,第195页。

体裁写成",一方面表明了《留东外史》等民初小说和晚清小说之间的承接关系,另一方面也指出了这些小说的文体特点。《留东外史》共九十章,《歇浦潮》一百回,《广陵潮》一百回,都是篇幅很长的通俗小说。《留东外史》以"章"替代"回",每章标题依然是一个对句,还是遵循了章回小说的基本格式。

徐枕亚的《玉梨魂》等小说是风行于民初文坛的哀情之书。这类小说用文言写成,每章也设标题,但不都是对偶回目,例如《玉梨魂》每章的题目是两个字。史家们依然把这些民初文言小说列为章回小说,并对此评论道:"民国章回小说的代表作之一——徐枕亚的《玉梨魂》,也用二字作回目。""不过,这种回目形式虽然言简意赅,但既缺少七字对或八字对的那种形式上的对称之美,也缺少摇曳多姿的变化之美。""所以这种回目字数的变革并没能推广。这在一定程度上也说明章回体经过较长时间的探索、变革,已形成的模式不但有一定的合理性,而且缺少内部再创新的余地了。"① 二字回目在民初文言小说中有集中表现,可是不能说二字回目就比不上七字或八字的对偶回目。这是章回小说变革过程中的一种尝试,民初以后章回小说在回目方面还有更多变化姿态,不能说章回小说"缺少内部再创新的余地"。传统章回小说的"模式"也会变得僵化以致成为桎梏,晚清开始出现的各种现代因素能够促成通俗小说文体从形式到内质的改变。

关于现代通俗小说的章回体研究,当首推徐文滢《民国以来的章回小说》一文。此文分析总结了民国初年到 40 年代初通俗小说创作的基本情况,是较早的研究现代章回体通俗小说的专文。文章道:"民国以来的章回小说是继承着晚清小说的两种气味:社会人情的讽刺小说和恋爱小说,理想幻奥的神怪小说和侠义小说。"② 关于"讽刺小说",徐文滢论述了从《官场现形记》《二十年目睹之怪现状》以来的几部作品:《广陵潮》《留东外史》《歇浦潮》《海外缤纷录》和张恨水的《春明外史》。"恋爱小说"主要谈论了张恨水的《金粉世家》,认为:"作者所有作品中也惟有这部是用了心血的精心杰

---

① 陈美林、冯保善、李忠明:《章回小说史》,浙江古籍出版社,1998 年 12 月,第 187、188 页。
② 徐文滢:《民国以来的章回小说》,《万象》第 1 卷第 6 期,1941 年 12 月。以下引自此文的引文不再加注。

构",这部小说的很多好处是"以大家庭为题材的许多新文艺作家们所还未能做到的"。评价非常高。属于"神怪小说"一路的有《江湖奇侠传》《蜀山剑侠传》《青城十九侠》,属于"侠义小说"的则有《近代侠义英雄传》《奇侠精忠传》《英雄走国记》等作品,并认为《英雄走国记》的成就"在《七侠五义》《儿女英雄传》之上"。徐文滢在文章开头阐明了写作此文的原因:"现在章回小说的潜势力不但仍然广大的存在着,它握有的读者群且确是真正的广大的群众。我们不能把它的势力估得太低。《啼笑因缘》《江湖奇侠传》的广销远不是《呐喊》《子夜》所能比拟,而且恕我说实话,若以前代小说的评衡标准来估价,民国以来实在不乏水准以上的章回作品,而我们的小说史中列着的新文艺作家们,何尝没有不成熟的滥竽充数的劣品!"在新文学兴起后通俗小说受到新文学家"轻蔑"的语境下,徐文滢撰写此文显然是在为通俗小说作声援。民国以来的通俗小说不但占有不可低估的读者市场,且确实不乏优秀之作。在新文学家们大谈"'文艺大众化''文艺通俗化'的时候",徐文滢建议应该"注意到这个的确深入民间占有了很久很广的一个力量——章回小说"。徐文滢的文章虽然有其明确的写作目的,但依然可以作为研究现代章回体通俗小说的重要文献来看待。文中述及的章回作品,以及对这些作品的分类研究,呈现出了民国年间通俗小说章回体创作的总体成就。

另一位为民国通俗小说撰写重要研究论著的现代学者是范烟桥。范烟桥在他的《中国小说史》和《民国旧派小说史略》二书中都梳理了现代通俗小说的创作情况。初版于1927年的《中国小说史》第五章第二节"最近之十五年",记录了民初至1927年小说、戏曲等方面的文学成就。书中道:这一时期"'章回小说'与'短篇小说',乃特见进展。惟以世界思潮如阵云四合,有一时代与一部分起强烈之感应,几使中国小说呈一裂痕,至今未有吻合之可能,或者须经若干时期,乃有统一之局面"①。作为身历其境者,范烟桥看到了现代雅俗文学的分野,但他在谈论"章回小说"与"短篇小说"的时候,主要把视野放在通俗文学方面,只对文学研究会的创作稍有述及,足可见出其文学趣向。显现在范烟桥"章回小说"视野中的有李涵秋、毕倚虹、张春帆、向

---

① 范烟桥:《中国小说史》,苏州秋叶社,1927年12月,第267页。

恺然、叶小凤、朱瘦菊、包天笑、程瞻庐等人的作品,范烟桥对这些作家和他们的作品都是熟知的。《民国旧派小说史略》是范烟桥30年代在东吴大学授课的讲稿,60年代初整理后被编入《鸳鸯蝴蝶派研究资料》。《史略》开篇说道:"这里说的民国小说,是指的旧派小说,主要又是章回体的小说。"①不像在《中国小说史》中列数通俗小说作家和作品,范烟桥在《民国旧派小说史略》中主要运用分类方法来论述民国年间通俗小说或章回小说的创作情况。言情小说、社会小说、历史传奇小说、武侠小说、翻译小说、侦探小说以及短篇小说是被分出的几种类别,民国通俗小说创作的主要题材类型基本被囊括其中。通俗小说被报纸杂志特别是晚清的报纸杂志刊登连载时,常以题材类型被标识。例如曾朴《孽海花》在《小说林》连载时标以"社会小说"名目,吴趼人的《两晋演义》在《月月小说》连载时标以"历史小说"名目,这种小说分类法既简便又清晰,多为通俗小说研究者所采纳。

  范伯群主编的《中国近现代通俗文学史》即分列社会言情、武侠党会、侦探推理、历史演义、滑稽幽默等类型,对每一类型的创作流变做详细论述,以形成其文学史的叙述方法。这部研究著作中论及的通俗作品,很多都是章回体小说。范伯群著作的《中国现代通俗文学史(插图本)》的述史方法正好和《中国近现代通俗文学史》相对。这部研究著作是以时间为线索,在论述某一时段的通俗文学时最突出类别特征。例如谈论20年代文学,就列出了狭邪小说、武侠小说、社会小说、侦探小说等几类分别阐述。同样,这部文学史中论列的通俗小说大部分也是章回小说。20年代张恨水的《春明外史》、30年代刘云若的《春风回梦记》、40年代王度庐的《卧虎藏龙》等名作都在书中被详细分析。范伯群说:"通俗文学作品是有精品的。我们在写20世纪20年代通俗社会小说时,写到严独鹤的《人海梦》时,最后曾发出这样的赞叹:'《人海梦》在思想上、艺术上都很有可取之处。无论从文化递进的角度,还是从增加感性知识的角度,都给我们以有益启迪,以致我们不禁会问自己,为什么我们过去没有发现这样一部,可以称得上精品的小说?'"②《人海

---

① 范烟桥:《民国旧派小说史略》,魏绍昌编《鸳鸯蝴蝶派研究资料》,上海文艺出版社,1984年7月,第268页。
② 范伯群:《中国现代通俗文学史(插图本)》,北京大学出版社,2007年1月,第582页。

梦》即是一部章回体小说,是现代"可以称得上精品"的通俗小说的代表。范伯群等学者对现代通俗文学史和通俗小说的研究,可以呈现出现代章回小说的艺术魅力和文学史价值。

从晚清至40年代末,章回体通俗小说一方面被大量创作,另一方面也开始了现代化变革。它和新文学之间的关系、时代变迁和西方文化对之的影响,都使得通俗小说的章回文体在晚清以后显示出不同于传统的面貌。其中"故事集缀"型小说的兴起成为现代通俗小说的一道独特景观。

第二节 故事集缀:现代通俗小说的突显文体

"故事集缀"型章回体小说是现代通俗小说呈现出的特殊形态。其基本特征是:一部小说由多个相对独立的故事构成,故事之间没有连贯情节和必然联系,叙事焦点的移换是故事各自成形的原因,而小说则为故事的涌现提供了存在空间。这里的"故事"和"小说"是两个既不同又相关的概念。"故事"突出的是事件的原生态性质,把一件事从头至尾按自然状态讲述出来。对于章回体小说而言,讲述故事是其自产生以来形成的一个传统,进而养成了中国读者的期待视野。"小说"能够对"故事"作各种加工转换,在西方,"小说"是一个现代概念,兴起于18世纪末。"故事集缀型小说"同样是一个现代概念,故事在这类小说中可以保持原生状态,然而它们一旦被聚集起来,也就脱离了原先单个故事的性质,成为现代小说,成为现代通俗小说十分显眼的构成部分。

故事集缀型小说兴起于晚清,不可否认,古代中国小说也存在类似现象。《水浒传》就由多个人物故事构成,直到梁山泊聚义才把各种人物汇集起来。《西游记》中的取经受难故事也是多一个少一个,不影响整部小说的意义表达。石昌渝把古代小说的这种结构类型称为"联缀式"[①]。但《水浒传》《西游记》等章回体小说都是世代积累成书的,所以这些小说出现故事"联缀"的痕迹是自然的事情,正如一些话本小说集,看起来像一个整体,实

---

① 石昌渝:《中国小说源流论》,生活·读书·新知三联书店,1994年,第32—33页。

则每一回或者数回叙述一事,是"合集",并非一家之独创。真正开了故事集缀型章回体小说先河的是《儒林外史》。这部小说显示出文人独创小说的新体式,对于晚清以后章回体通俗小说的创作影响重大。

总体来看,故事集缀型章回体小说可以分出两种结构类型:一种是把几个或多个故事并置起来,这些故事在小说中的地位是平等的,不分主次;另一种是有一个主要故事,在其周围聚集着很多次要故事,即这类小说里的故事有主次之分。前一种类型里还存在两种情况,一是几个或多个并置的故事所叙述的是几个或多个人的故事,中间没有一个可以贯通这些故事的人物;二是由一个贯通小说的人物来串联起小说中的各个故事。

《儒林外史》属于第一种类型里的第一种情况,《海上花列传》也属于这种情况。但鉴于《儒林外史》乃至晚清《官场现形记》《文明小史》等小说结构松散的现象,采用线索人物来串联故事,是故事集缀型章回体小说常会用到的一种形式。晚清谴责小说中,《老残游记》是典型代表。二三十年代,姚民哀的《荆棘江湖》以朱鹤皋为线索,叙写江湖故事;徐絮庐、绣虎生的《沪滨神探录》以魏彪、焦得魁为线索,讲述一系列案件的始末。40年代,张恨水的《八十一梦》以"我"贯串各种梦中故事;徐卓呆的《李阿毛外传》以李阿毛贯串社会上的瞎骗奇谈……更有作品会在叙述中明确点出线索人物及其功能。1919年,程瞻庐在《小说月报》上发表他的成名作《茶寮小史》。这部小说的续集第一回说道:"要续这部小史,轶千却是重要的采访员。他又不向小子支取薪水,完全是担任义务。采访不采访,小子无权干涉。惟有停着笔儿,眼巴巴盼那义务采访员,重到茶寮,替吾书增添材料。直到端阳左右,轶千果然请假返里,又到这片茶寮里去喝茶。轶千一进茶寮,小子便不愁没有文章了。"王轶千是《茶寮小史》里的线索人物,他的功能是进到茶寮里把其中的见闻故事告诉叙述者"小子",如此小说就有了成书的来由,发生在茶寮里的琐琐碎碎的故事也不显得杂乱无章。

故事分出主次的故事集缀型小说里的主要故事可以说就是小说主人公的故事。这个主人公与线索人物不同,虽然两者都贯穿小说文本,但线索人物的故事并不是小说的叙述重点,小说在乎的不是王轶千个人的事,而是他的见闻。有主次故事之分的小说却主要叙述了主人公的故事,在主人公故事周围的次要故事或者和主要故事相关,或者毫无联系,都不会影响到主要人物故事在小说中的地位。这一结构类型的故事集缀型章回体小说吸纳了非故事集缀型小说的叙事方式,是对第一种类型的有意识调整和改进。张恨水在谈他的成名作《春明外史》时说道:"《春明外史》,本走的是《儒林外史》《官场现形记》这条路子。但我觉得这一类社会小说犯了个共同的毛病,说完一事,又递入一事,缺乏骨干的组织。因之我写《春明外史》的起初,我就先安排下一个主角,并安排下几个陪客。这样,说些社会现象,又归到主角的故事,同时,也把主角的故事,发展到社会的现象上去。这样的写法,自然是比较吃力,不过这对读者,还有一个主角故事去摸索,趣味是浓厚些的。"①《春明外史》的"主角"是杨杏园,小说的主要故事是杨杏园在北京的生活经历,"几个陪客"指的是杨杏园的朋友、朋友的朋友,也包括他的恋人。杨杏园的故事使小说有了主干,其他人物的故事使小说的叙事范围得到扩展,一部《春明外史》可以照见20年代北京城的社会风貌。不只《春明外史》,张恨水的其他小说,如《京尘幻影录》《斯人记》等等都用这一结构类型,把主人公和纷繁的社会故事联系起来。张恨水自称其作品"以社会为经,言情为纬者多"②,正是对故事集缀型章回体小说结构的另一种概括。

故事集缀型章回体小说的产生具有现实性。它们涌现于晚清以后的中国文坛,在承续《儒林外史》及中国古代小说传统的同时有变化创造,现代性的文化生产机制促成了它们的兴盛。随着印刷出版业的发展,小说的传播途径大为改观,报刊成了小说面世的首要载体。故事集缀型章回体小说正是由报刊的生产机制带来其特出的体式。

"随写随刊"是小说诉诸报刊的突出现象。整部作品不是完成后才逐期登在报刊上,通俗小说的作者常常是写出一段便交去发稿,仓促之间缺乏全局运筹,不出错已经难能可贵。平江不肖生在写作轰动一时的《江湖奇侠传》时说道:"以带着营业性质的关系,只图急于出货,连看第二遍的工夫也没有。一面写,一面断句,写完了一回或数页稿纸,即匆匆忙忙的拿去换

---

① 张恨水:《写作生涯回忆》,张占国编《张恨水研究资料》,天津人民出版社,1986年,第33—34页。
② 恨水:《总答谢——并自我检讨》,张占国编《张恨水研究资料》,天津人民出版社,1986年,第280页。

钱。"①这样的写作方式是晚清以后报刊连载小说的一个普遍现象。晚清已有人指出其中存在弊病:"朝脱稿而夕印行,一刹那间即已无人顾问。……近时新出诸书,所见已不下百余种,求其结构谨严,可称完璧者,固非无其书,而拉杂成篇,徒耗目力,阅之生厌者,不知凡几。"②"拉杂成篇"容易造成故事集缀的现象,把手边材料写进小说,不管连贯与否,只要能应付当日的索稿便可以了事。这样的作品,质量存在很大问题:受到读者欢迎的就会不断续写下去,像《江湖奇侠传》那样写了一百六十回并不稀罕;而得不到响应的或者报刊停办了,小说也就容易成为断篇,不了了之。现代通俗小说因此遭到不少批评。但故事集缀型小说的产出能达到机器复制时代市场需求的速度。

  刊发传播是一个方面,故事来源是另一方面。登在报刊上的新闻轶事、笔记琐语成了故事集缀型小说方便得来的写作材料。包天笑回忆他曾向吴趼人请教做小说的事,吴趼人给他看了一本贴满"报纸上所载的新闻故事"的笔记,③《二十年目睹之怪现状》可以说就是连接各种社会官场上的新闻故事所得的产品。这次请教把包天笑引入了门径,包天笑以后的长篇著作不乏得自吴趼人的经验。1924 年,包天笑在《半月》杂志上开始连载《甲子絮谭》。这部小说以周云泉一家逃难到上海的经历为主线,写了军阀混战时期的上海见闻。一日,周云泉翻看《申报》,看到一则告白疑似亲戚杨士远登的,果然杨士远正陷在一宗绑架案中。当时《申报》多有这类告白文字,包天笑把它们移入小说,既可以引发出一段故事,也是充分利用了时事新闻的素材。小说中的《申报》和现实中的《申报》可以说没什么两样,从故事集缀型章回体小说中能读出现代社会的样貌来。

  对于包天笑等现代作家,除了写《留芳记》《甲子絮谭》《上海春秋》等故事集缀型小说外,他们还兼有报刊编辑的身份。包天笑向吴趼人请教如何做小说的时候,他正在上海时报馆编辑新闻,无疑,这种编辑生涯为他创作故事集缀型小说提供了便利。《时报》之外,包天笑还主编有《小说时报》《小

---

① 平江不肖生:《江湖奇侠传》,《红玫瑰》第 3 卷第 1 号,1927 年 11 月。
② 寅半生:《〈小说闲评〉叙》,《游戏世界》1906 年第 1 期。
③ 包天笑:《钏影楼回忆录·编辑杂志之始》,香港大华出版社,1971 年,第 358 页。

说大观》《小说画报》《星期》等杂志,编辑的交游面和视野域有利于社会故事的采集,他们写作小说时,这些手边材料自然涌现笔端。另一位写出过《春明外史》《八十一梦》等故事集缀型小说的章回大家张恨水,同样是位忙碌的编辑。写作《春明外史》之前,张恨水已经积累了较丰富的报业经验。在写《春明外史》的时候,他正编辑《世界晚报》和《世界日报》,奠定他文坛地位的八十六回《春明外史》就连载于《世界晚报》上。之后,张恨水又编《立报》《南京人报》,抗战期间编辑《新民报》,充满奇异色彩的《八十一梦》即发表在上面。

　　身为编辑的小说家既要编辑新闻、采集逸事,又要在他们自己或者别人编辑的报纸杂志上面连载小说,两种工作各行其是会分外劳碌,难以应对,两者结合则相对轻松些,这也是报人小说家自然而然采用的工作方式——以编辑新闻故事的经验来写作小说。袁进在谈中国近代文学的变革时,即指出了报人小说家的写作特点:"这些作家身上有着报人的优点:关注时代,解决具体的实际问题,尖锐激烈,慷慨激昂。但是报人毕竟不能涵盖一切写作,当一切写作都变为社论、新闻时,报人的缺点也就显示出来。他们太关注于具体的实际问题,缺乏系统深入的哲学思考,尤其是缺乏超越具体实际问题,进入人生层面的哲学思考;他们缺乏对艺术的深入理解和不懈追求,把罗列种种耳闻目睹的事实,揭出黑幕,寻求舆论监督,作为写作者的使命。"①从艺术性和哲理性角度来看待报人小说家,来衡量他们写出的故事集缀型章回体小说,似乎有些偏差。由现代报刊催生出的并且也同报刊紧密联系着的故事集缀型小说确实存在问题,但与其把"罗列种种耳闻目睹的事实,揭出黑幕,寻求舆论监督"看成是缺点,毋宁看成是特点来得更为客观。故事集缀型章回体小说不太讲究艺术性和哲理性,而看重具体实际的社会问题,这已为它们的存在提供了理由。

　　就实际社会问题而言,可以从故事集缀型小说中的人物故事来审视。经常出现的人物故事大致有五类:文人故事、官僚故事、商人故事、妓女故事、优伶故事。并不是小说家们特别偏好叙写这五类人物故事,而是当时

---

① 袁进:《中国文学的近代变革》,广西师范大学出版社,2006年,第35页。

的社会或者说城市生活把这些人物和他们的故事突显在小说家面前，很多社会问题正因为这些人物的行为纠葛而产生。于是耳闻目睹，笔之于书。

20年代标明"社会小说"的《新儒林外史》写的是学界故事。小说第一回叙述者道："在下幸而生在一个现在的时代，更大幸而为现在时代的一个学界中人，眼瞧着这许多簇崭新鲜的大人物，天天忙着解放改造、破坏建设，忙的连喘气的工夫都舍不得。那千奇百怪的事儿，把在下瞧得眼也花了，震得耳朵也聋了，只好抱着一支秃笔，把它一齐写下来。"科举废除，新学制推行，心态的变化造就文人言行措置无当，既不愿蜕却传统风雅，又必须适应现代节奏，所以"千奇百怪的事儿"难免发生。在叶小凤的《前辈先生》里，从江湖医生变成省视学的顾东、在苏报案里留得名姓的小学教员徐焕文、投资办学的邱太太等等，在现代学校和学制的创建过程中，显出了钻营面目与可笑姿态。

另一类经常出现的学界中人是留学生，他们在晚清才进入中国社会。晚清官派留学生是洋务运动的组成部分，初时晚清政府在各国设有监督制，以辖制中国留学生的思想。1916年北洋政府颁布《选派留学外国学生规程》，革新清制，放宽了对归国学生的要求。可以说，去往日本、欧美的中国学生晚清以来没有中断过。陈辟邪的《海外缤纷录》、陈春随的《留西外史》写的均是留学欧洲的中国学生故事，不肖生的《留东外史》及其续书写的主要是留日中国学生的故事。《留东外史补》第一章说："到了民国八年十二月，不肖生因个人事业上的关系，重渡日本，旧游重到，物是人非。回想五年前，留学生和亡命客的盛况，不禁发生无穷的感慨。五年前的留学生，公费自费合算起来，人数将近两万，亡命客来来去去，虽不能有个确定的数目，然大的小的，连带的附属的，以及投降袁世凯后仍顶着亡命客头衔，充老袁私家侦探的，总共算起来，也有三千人左右，不可谓不是极一时之盛了。"① 先述事实，再讲故事，明显的，故事就带有了社会历史的色彩。

写官僚故事最著名的当数晚清《官场现形记》《二十年目睹之怪现状》

---

① 不肖生：《留东外史补》，《星期》，第32号，1922年10月8日。

《老残游记》《孽海花》等谴责小说。胡适即认为："《官场现形记》是一部社会史料。它所写的是中国旧社会里最重要的一种制度与势力——官。它所写的是这种制度最腐败，最堕落的时期——捐官最盛行的时期。"①谴责小说之后，官场故事依然是小说家的好材料，不仅为了满足时人嗜好，也因为这类故事依然层出不穷，可以编入小说，存一份历史见证。姚鹓雏在《龙套人语》第六回说道："著者这一部书，虽统是白嚼闲天，全无价值，却也标榜着记载南方掌故，网罗江左轶闻。说句旧话，便是野史稗官，聊以备方志国书的考证。"《龙套人语》又名《江左十年目睹记》，写的是江南的官宦人物故事。叶小凤的《如此京华》、张恨水的《京尘幻影录》、毕倚虹的《十年回首》、何海鸣的《十丈京尘》……写的则是北京的官场故事。姚鹓雏、叶小凤、毕倚虹、何海鸣等人都有从政经验，他们的经验丰富了创作，使小说越过了从社会现实到文本虚构的障碍。

　　1903年8月清政府正式设立商部，1904年1月《商律》开始颁布施行，1904年《商会简明章程》出台，标志着商人社会群体的合法化呈现。以此为背景，把《海上花列传》看成"现代通俗小说开山"的范伯群评论道："上海开埠后成为一个'万商之海'，小说以商人为主角，也以商人为贯串人物……在这个工商发达的大都市中，商人的社会地位迅速飙升，一切以'钱袋'大小衡量个人的身份。"②由此形成一种新世风。《商界现形记》开篇说道："吾海上之种种人物思想不古，趋于下流，寡廉鲜耻，义薄少信，习哄骗作生涯，奸诈为事业……其唯商人乎！"③以不免夸大的言辞表明出对时世的一种认知态度。

　　更突出展示商界黑幕的是《交易所现形记》。这是一部以交易所的创办、经营、风潮、衰落为始末的故事集缀型章回体小说，在中国现代小说史上难得一见，即便是《子夜》也没有它展现出那么多匪夷所思的内幕故事和交易所在中国出现与衰败的过程。小说发表于1922年到1923年间，在此之

---

① 胡适：《〈官场现形记〉序》，《胡适全集》（第3卷），安徽教育出版社，2003年9月，第550页。着重号为原文所加。
② 范伯群：《〈海上花列传〉：现代通俗小说开山之作》，《中国现代文学研究丛刊》，2006年第3期。
③ （清）天赘生：《商界现形记》，上海古籍出版社，1991年，第1页。

前，中国金融界恰经历了一次巨大的"信交风潮"，《交易所现形记》不无这次风潮的影响。

这部小说的开头，叙述了一个十分简短的故事："罗炳生投海，就是在取引所做投机，在棉纱上失败的一分子，害得多情的妓女蒋老五，也吞烟殉情，传为佳话。"商人身边有妓伶做伴，是当时社会常见的事。《交易所现形记》接着叙述了郁谦伯、祝锐夫等人在一起吃酒谈生意，其间发生了一点小意外，郁、祝二人差点儿为一个妓女月痕大打出手。事后双方都怀恨在心，本来是朋友，竟成了商界敌人。郁谦伯办了支那交易所，祝锐夫开了公债交易所，互不相让。这是《交易所现形记》里的主要故事。

讲商人故事、文人故事、官僚故事的通俗小说或多或少会涉及倡优。倡优是当时社会群体的组成部分，也俨然构成一个社会问题。据上海工部局1920年统计，上海妓女人数为60 141人；广州社会局1926年统计，共有妓女1 362人（另有私娼约2 600人）；1929年北京妓院共332家，3 752人。① 这些数据当然不足以说明问题的严重程度，因为娼妓业的盛行实际还关系到卫生、疾病、道德、经济等诸多方面，并不仅仅是妓女本身的问题。虽然有一时间"废娼"呼声强烈，但反对禁娼者大有人在，其间不乏文人、官僚、商人的各自所需。因此在《海上花列传》《海上繁华梦》《九尾龟》《人间地狱》《新山海经》《人海潮》《上海春秋》《春明外史》《如此京华》等故事集缀型通俗小说里，但凡写晚清民国社会情形的，都会让风韵多姿的妓女们出场亮相。

优伶故事同样是故事集缀型小说的常用题材。张恨水的《斯人记》就是由一个叫芳芝仙的女伶起头引出一系列故事的。芳芝仙上台唱戏，与台柱子梅少卿斗气。另一剧界名伶华小兰力捧芳芝仙，于是芳芝仙与华小兰之间生出了情感故事。华小兰、芳芝仙的故事即是梅兰芳、福芝芳故事的影射。大多数故事集缀型小说叙述的伶人故事，所重者不在他们的舞台技艺而在私人生活。在《梨园外史》这部寻踪剧界传统的小说里，也不乏名伶王绚云和达官文索之间的亲昵神态。曹心泉序《梨园外史》道："戏剧之道，至

---

① 参见王书奴编著：《中国娼妓史》第六章第四节《民国以后之娼妓》，生活·读书·新知三联书店，1988年，第329页。

于今日可以谓之极盛。然其衰弱之机,即于此中伏焉。盖缘伶人举动,大都以意为之,而于先正典型,不求甚解,遂致技艺有退无进,不亦大可悲乎。"①剧坛情形之衰微缘于伶人举动之失察,故事集缀型小说写这类故事,不是出于率性的虚构。清代已经形成一股捧旦之风,民国时期充任旦角的不仅是男性,女伶人数开始增多。"到1919年前后,出现了京剧旦角艺术重于生角艺术的特殊状况,饰演青衣、花旦的演员拥有更大量观众。"②这一现象幕后蕴藏的故事正为故事集缀型小说所擅长。《海上繁华梦》把"花四宝、金小桃及谢湘娥等各女伶"同"林黛玉、陆兰芬、金小宝、张书玉等有些名望的妓女"并叙,其意味不言而喻。

故事集缀型通俗小说叙述的人物故事有一个共同特点,即群体的而非个人的活动。这与五四文学传统所要求的个体或个性的表现是不同的。

所谓"群体(group)",是作为心理学概念被提出的。1895年法国学者勒庞推出了他的经典之作《乌合之众——大众心理研究》。这部著作的惊世骇俗之功在于其"最大挑战对象,便是18世纪以后启蒙哲学中有关'理性人'的假设"③。勒庞的研究对象是一直为西方主导文化无视或者排除在外的非个人、非理性的一面,勒庞以"群体"名之,用群体力量来冲破理性脆弱的肌体。其实这不光是对18世纪以后启蒙哲学的挑战,也是对整个西方人文主义传统的挑战。20世纪20年代,弗洛伊德在《群体心理学与自我的分析》中,肯定地评价了勒庞的著作,他的研究在很大程度上取鉴了勒庞的观点。"群体"概念虽然在现代中国有着具体情境下的含义,但就理论意义而言,与"社会"不可分。相对于五四文学,故事集缀型通俗小说明显地表现出了对社会群体的认同。

首先,这类小说的多故事本身就包含了故事群集的意思。小说中的每个故事都会涉及一个主要行动人,故事集缀起来即为小说提供了人物的群体。在故事分主次的集缀型小说里,主人公固然是小说的主要叙述对象,但

---

① 曹心泉:《梨园外史序三》,潘镜芙、陈墨香:《梨园外史》,京华印书局,1925年,第1页。
② 吴乾浩:《20世纪中国戏剧舞台》,青岛出版社,1992年12月,第24页。
③ 冯克利:《民主直通独裁的心理机制》,[法]古斯塔夫·勒庞著,冯克利译:《乌合之众——大众心理研究》,广西师范大学出版社,2007年9月,第212页。

众多次要的人物故事同样构成了小说不可或缺的重要维度。《春明外史》如果只叙述杨杏园的故事,就会成为一部讲杨杏园和两个女子之间情感纠葛的爱情小说,不太容易拉伸到百万字篇幅,更不能展现20年代北京社会的宽广图景。张恨水道:"《春明外史》的人物,不可讳言的,是当时社会上一群人影。"①对人物群体的叙述是无论哪种结构形式的故事集缀型小说都具有的特点,其中士、官、商、妓、伶又是小说经常涉及的五类群体。"腐败的官僚政客,纵情声色的颓废名士,风尘沦落的妓女,刁钻逢迎的势利小人,见利忘义的投机商贾,畏惧权势、羡慕虚荣、听天安命、逆来顺受的形形色色的小人物"②,他们的个性特征已经消融在了群体的面目中。

多数小说评论者都会对这种群体的或者类型化的人物描述给予否定评价,因为这样的描述是不典型的,非个性的。如果撇开历来形成的艺术标准的偏见,只作客观论述,那么故事集缀型通俗小说为中国现代小说史、文学史提供的群体叙事确能平衡五四传统对于个人话语的专注。须知,在个人的身后存在着的是芸芸众生的创伤背景。故事集缀型小说的作者大概没有意识到他们所写的社会故事的意义,他们只是把闻见与想象到的故事写下来。然而,这样的创作却十分重要,一个独立的社会空间被创建出来以安放群体故事,或者,因为有了这些群体故事,社会空间才被构置出来,它的成熟能够促进一直被五四传统以及学界所强调的"个人"与"国家"的成长。

第三节 回目制与"四不象"

章回小说的现代变革在晚清已经开始。晚清《海上花列传》每回之前已经不用"话说"起头,而用"按"字引领下文;每回结束也没有下场诗、"且听下回分解"之类的套语,而用"第几回终"来表示一回叙完。民初《留东外史》也不设下场诗,回末以"且俟下章再写"收尾,与传统章回体小说虚置的"听说"

---

① 张恨水:《写作生涯回忆》,张占国编《张恨水研究资料》,天津人民出版社,1986年10月,第38页。
② 刘扬体:《鸳鸯蝴蝶派作品选评·前言》,四川文艺出版社,1987年,第22页。

场景有了分别。20年代《京尘幻影录》的回末也只有"请看下回""下回交代"等简洁字样。30年代《蜀山剑侠传》大部分段落的回前回后都自然起结,不再见有套语。如此渐趋演化,到40年代便呈现出《八十一梦》《秋海棠》这样一批蜕却了章回体传统外形的通俗小说。

从回目制的变化,可以看出章回体通俗小说的现代化进程。在以诗文为中心的传统文学序列中,小说乃小道,不登大雅之堂,回目的制订多少能抬升小说的身价,使其和诗文产生联系,作者也可由此证明不只是个小说家,也会吟诗弄文。然而这种观念在晚清以后发生巨变,小说和诗文一样获得了文学的正宗地位,甚至小说的地位更加显赫。小说不必再借诗文来抬高身价,回目的修饰作用就变得无足轻重。

修饰功能越来越显得没有价值,联句回目也就逐渐成为一种套式,和小说本体渐相脱离。回目不必做得像诗一样对仗工整,与其吃力不讨好地经营回目,不如把联句改成章题,既保留了回目提示内容的主要功能,又能和流行的新体小说接轨,同时写来也省事省力,可谓一举三得。30年代,一向对章回小说很关注的郑逸梅写了一篇《章回小说之回目》的文章,对清末民初以来章回小说的回目作了大致的扫描与品评。其中一段道:"章回小说,大都称第一回第二回,而王小逸君为《金刚钻报》撰《天外奇峰》,则称第一峰、第二峰,洵属生面别开。《东方日报》香艳长篇《夜来香》,称第一夜、第二夜,作者署名捉刀人,实则亦出于小逸君之手笔也。"[①]王小逸在20年代写有《春水微波》三十二回,连载于《紫罗兰》上,此书为他赢得了声名,《天外奇峰》等小说当是对他先前章回体创作的一种发展。到40年代,王小逸刊登在《万象》上的《石榴红》则更连"第一回""第一峰"也干脆省略了,只留有用于分段以标示内容的小标题。此间可见出传统章回小说回目的渐变行程。郑逸梅把这些变化了的格式都归入章回体,则表现出时人看待章回体小说的开放态度。由回目而章题,中国传统章回小说受西洋小说和新文学小说影响,完成了自我修整。其间所经历的转变不但表现在实际创作中,也表现

[①] 郑逸梅:《章回小说之回目》,魏绍昌编《鸳鸯蝴蝶派研究资料》(上卷),上海文艺出版社,1984年7月,第196页。

在观念认识上。

这可以从通俗小说大家张恨水对章回小说的看法中得到显著反映。从民国初年到新中国成立后的50年代,张恨水创作出版了一百多部作品,其中大部分是章回体小说。杨义总结张恨水对文学史的贡献道:"作为一个文学家的典型,他既是旧派章回小说艺术的集成者和改良者,又是章回小说蜕变期在探索和扬弃中获得新的生命之一人。"①茅盾在20世纪40年代也说过类似的话:"在近三十年来,运用'章回体'而能善为扬弃,使'章回体'延续了新生命的,应当首推张恨水先生。"②作为通俗小说家的张恨水不但创作了大量的章回小说,也改良了章回小说的传统形态,使这一古典小说文体在现代焕发出了新的生命力。

张恨水对章回小说的看法在《我的小说过程》(1931)、《总答谢——并自我检讨》(1944)、《写作生涯回忆》(1949)、《我的创作与生活》(1963)等文中有十分清晰的呈现。张恨水还专门写有谈论章回小说的文章。《章与回》(1928)、《且听下回分解》(1928)、《小说考微》(1931)、《泛论章回小说匠》(1942)、《章回小说的变迁》(1957)等文,都直接传达出张恨水对章回小说的认识,以及认识的变迁。另外,从张恨水为其小说写的序跋文字中也可以见出他的章回小说创作观。

张恨水的这些文章是对其写作经验的总结和深省。其他现代章回小说作家没有像张恨水这样对自己所选择的小说写作样式有如此清晰的有意识的认知。张恨水对于写作章回小说持有执着态度。《春明外史》发表后,张恨水一方面赢得了引人注目的声誉,另一方面也招致了批评。"有人说,在五四运动之后,章回小说还可以叫座,这是奇迹。也有人说这是礼拜六派的余毒,应该予以扫除。但我对这些批评,除了予以注意,自行检讨外,并没有拿文字去回答。在五四运动之后,本来对于一切非新文艺、新形式的文字,完全予以否定了的。而章回小说,不论它的前因后果,以及它的内容如何,当时都是指为'鸳鸯蝴蝶派'。有些朋友很奇怪,我的思想,也并不太腐化,

---

① 杨义:《中国现代小说史(下)》,《杨义文存》(第二卷),人民出版社,1998年11月,第756页。
② 茅盾:《关于〈吕梁英雄传〉》,《中华论坛》第2卷第1期,1946年9月。

为什么甘心作'鸳鸯蝴蝶派'。而我对于这个,也没有加以回答。我想,事实最为雄辩,让事实来答复这些吧!"①文学革命的成功,使得新文学成为文坛的话语主导。章回小说是旧体小说,是旧派文学,当然被新文学划为对立的方面。况且新文学之前统领文坛的鸳鸯蝴蝶派也采用章回体式创作小说,张恨水于1924年4月推出章回小说《春明外史》,和新文学的主张明显不同甚至互成反调,并且《春明外史》的才子气和哀怨情又多少承袭了鸳鸯蝴蝶派,招来非议当不可免。张恨水对此缄默,理由是:"事实最为雄辩。""事实"是什么?张恨水的章回小说当然不是新文学,也不同于民初鸳鸯蝴蝶派小说的哀情叙事,张恨水本人也不同意自己被划入鸳蝴派或礼拜六派。事实是他依然继续章回小说的创作,他的章回小说越来越受到众多读者的关注和喜爱。

张恨水坚持章回小说创作,是有意识的行为。虽然在备受批评的时候他没有申辩,但若干年后,当文坛乃至政界领导人都来肯定张恨水成就的时候,张恨水终于在文章中清晰表明了自己坚持写作章回小说的理由。"我为什么这样缄默?又为什么这样冥顽不灵?我也有一点点意见。我觉得章回小说,不尽是可遗弃的东西,不然,红楼水浒,何以成为世界名著呢?自然,章回小说,有其缺点存在,但这个缺点,不是无可挽救的(挽救的当然不是我);而新派小说,虽一切前进,而文法上的组织,非习惯读中国书,说中国话的普通民众所能接受。正如雅颂之诗,高则高矣,美则美矣,而匹夫匹妇对之莫名其妙。我们没有理由遗弃这一班人,也无法把西洋文法组织的文字,硬灌入这一班人的脑袋,窃不自量,我愿为这班人工作。有人说,中国旧章回小说,浩如烟海,尽够这班人享受的了,何劳你再去多事?但这有两个问题:那浩如烟海的东西,他不是现代的反映,那班人需要一点写现代事物的小说,他们从何觅取呢?大家若都鄙弃章回小说而不为,让这班人永远去看侠客口中吐白光,才子中状元,佳人后花园私定终身的故事,拿笔杆的人,似乎要负一点责任。我非大言不惭,能负这个责任,可是不妨抛砖引玉(砖抛甚多,而玉始终未出,这是不才得享微名的缘故),让我来试一试。而旧章回

---

① 张恨水:《写作生涯回忆》,《新民报》1949年,张占国、魏守忠编《张恨水研究资料》,天津人民出版社,1986年10月,第36页。

小说,可以改良的办法,也不妨试一试。我向来自视很为渺小,失败了根本没有关系。因此,我继续的向下写,继续的守着缄默,意思是说不必把它当一个什么文艺大问题,让事实来试一试,值不得辩论。若关于我个人,我一向自嘲,草间秋虫自鸣自止,更不必提了。"①

可以归结出张恨水坚持写作章回小说的几点理由:第一,章回小说"不尽是可遗弃",因为《红楼梦》《水浒传》是公认的名著,它们就是章回小说;第二,"普通民众"不能接受新派小说的行文方式,却因"习惯读中国书"而乐意阅读他们熟悉的章回小说,张恨水"愿为这班人工作";第三,旧章回小说的内容已经不合时代了,需要新的写现代故事的章回小说出现以满足现代读者的需求;第四,可不必拘泥于章回小说固有的写法,传统章回小说是可以改良的,是可以使之现代化的,如此也就不存在守旧的问题,也就"值不得辩论"了。前两点实际谈的是章回小说在现代社会还占据读者市场的原因。一方面章回小说的艺术魅力不减,另一方面它在中国老百姓的眼中是"可读"的,不像新派小说用欧化句法而"不可读"。张恨水犀利地指出了当时阅读的实情。五四以后,当新文学家怀着高潮过后的失落心情去回省新文学成绩的时候,便发现了读者方面存在的问题。"匹夫匹妇"正是新文学的理想读者,可他们读不懂新文学,失去了这些平民读者,新文学向谁"启蒙"?三四十年代,文学大众化通俗化运动,正是为了解决读者问题,章回小说也不再成为被排拒的文学样式了。从这点来看,张恨水极具先见之明。后两点理由实际谈的是章回小说的改良问题。内容方面应该写现代故事。"侠客口中吐白光,才子中状元,佳人后花园私定终身的故事"亦即梁启超归纳的"诲淫诲盗",是不应为现代作家所齿的。现代作家有责任为他们的读者提供新的"现代事物"。形式方面也可吸收新派小说、西洋文学以及其他艺术之长,以使传统章回小说蜕变成现代小说。张恨水的这种观念,基本可以代表写作章回小说的现代通俗小说家的共识。

但在小说写法上,张恨水有意识地取法其他文学艺术样式,实验对章回

---

① 恨水:《总答谢——并自我检讨》,《新民报》1944年5月,张占国、魏守忠编《张恨水研究资料》,天津人民出版社,1986年10月版,第279—280页。

小说的改良。1931年初,他为《上海画报》撰写《我的小说过程》,第一次回顾了他的写作生涯,并在文中特别谈到小说写作的取法来源。"中国的文学书里,并无小说学,这是大家知道的。我对于外国文,又只懂一点极粗浅的英文,谈不到看书。所以我研究小说并没有整个儿由小说学的书上得来,虽然近代有小说学的译品,可是还不是供我们参考,所以我于此点,索兴去看名家译来的小说了。名家小说给我印象最大的,第一要算是林琴南先生的译品。虽然他不懂外国文,有时与原本不符,然而他古文描写的力量是那样干净利落,大可取法的。此外我喜欢研究戏剧,并且爱看电影,在这上面,描写人物个性的发展,以及全部文字章法的剪裁,我得到了莫大的帮助。关于许多暗示的办法,我简直是取法一班名导演。所以一个人对于一件事能留心细细的观察,就人尽师也。"① 翻译小说、戏剧(当然包括传统戏曲)、电影,张恨水从这些艺术门类中取镜的,不仅仅是艺术表现形式,还有故事设置情境。而这些艺术门类中所蕴含的西洋技法也启发了张恨水改良章回小说的思路。

1944年,张恨水在《总答谢》中十分清晰地解释了来自西洋小说的改良思路:"关于改良方面,我自始就增加一部分风景的描写与心理的描写。有时,也特地写些小动作。实不相瞒,这是得自西洋小说。所有章回小说的老套,我是一向取逐渐淘汰手法,那意思也是试试看。在近十年来,除了文法上的组织,我简直不用旧章回小说的套子了。严格的说,也许这成了姜子牙骑的'四不象'。"② 从西洋小说得来的改良思路包括风景描写、心理描写、小动作的叙写,还包括西洋小说的文体格式。张恨水对传统章回小说熟稔非常,对传统小说表现手法的不足也是了然于心,而这些不足可以从西洋小说、翻译小说和新文艺小说中吸取经验,取长补短。他逐渐改换了章回小说的"老套"。西洋小说和新文艺小说是不分回,不加回目的,章回小说是否也可去掉分回标目的旧格式呢?从张恨水40年代创作的不少作品如《八十一梦》《纸醉金迷》等,可以看出张恨水去回目的实践是有成效的。他把这种不

---

① 张恨水:《我的小说过程》,《上海画报》1931年,张占国、魏守忠编《张恨水研究资料》,天津人民出版社,1986年10月,第274—275页。
② 恨水:《总答谢——并自我检讨》,《新民报》1944年5月,张占国、魏守忠编《张恨水研究资料》,天津人民出版社,1986年10月,第280—281页。

标回目的小说自嘲为"四不象"。因为不标回目,就和章回小说的标准格式不同;因为"文法上的组织"或者白话小说的注重故事讲述,和新文艺小说又不完全一样。可以说,张恨水以他五十年辛勤的笔耕生涯实现了章回体小说的现代蜕变。

第四节 章回体的变革与趋新

在张恨水的辛勤耕耘之外,时代环境、文化氛围也从另一个方向,对现代通俗小说的文体革新产生重要的推动力。1920年代初,《文学旬刊》上有一组关于"新旧文学"的讨论文字,所谓"旧",即指以"礼拜六派"为代表的通俗文学。郑振铎坚持新旧文学不可调和,表明了新文学家的立场。他说:"上海滑头文人所出的什么《消闲钟》、《礼拜六》,根本上就不知道什么是文学,又有什么可调和呢?""新与旧的攻击乃是自然的现象,欲求避而不可得的。除非新的人或旧的人舍弃了他们的主张,然后方可以互相牵合。然而我们又何忍出此。"①身为新文学的骁将,郑振铎坚决护卫新文学的地位,和"旧文学"划清界限。参与这场对旧文学的声讨的还有叶圣陶、郭沫若等人。《礼拜六》等刊物及在这些刊物上发表作品的通俗作家是新文学之前的文坛把持者,把它们/他们驱出文坛,新文学即为自身发展扫除了最大的障碍。所以20年代初的新文学家特别是文学研究会的成员,对此事特别着意。

作为新文学首席理论批评家的沈雁冰在当时发表了一篇著名长文《自然主义与中国现代小说》②,直接指出了代表着"旧文学"的章回小说所存在的观念和艺术上的一系列问题。文章开篇说道:"中国现代的小说,就他们的内容与形式或思想与结构看来,大约可以分作新旧两派,而旧派中又可分为三种。"茅盾一开始就把小说分出新旧来,其观念语境就是20年代初的"新旧文学"之争。茅盾认为新旧两派小说的区别可以从"内容与形式或思想与结构"方面明晰表现出来,他列出并评析了旧派小说的三种类型,就是

---

① 西谛:《新旧文学的调和》,《文学旬刊》第4期,1921年6月10日。
② 沈雁冰:《自然主义与中国现代小说》,《小说月报》第13卷第7期,1922年7月。以下引文出自此文的不再标注。

从思想内容和结构形式两方面入手的。"第一种是旧式章回体的长篇小说。"茅盾认为"章回体的弱点"有这样几处：一是形式"呆板牵强"；二是必交代清楚书中人物的来龙去脉；三是叙述事件像"劣手下围棋"；四是只会记录每一个动作，不懂得分析和描写。茅盾在批判旧派小说技术方面的"错误"时，还特别突出"描写"的问题。属于茅盾所说旧派第二种类型的是章回小说的变体：有形式上不分章回但实质依然是章回体小说的，有把西洋小说的布局方法混合到章回体式中去的。前者如民初《玉梨魂》等哀情小说，后者如晚清小说《九命奇冤》。第三种类型是短篇的通俗小说，其艺术价值比不上长篇章回小说，就更为茅盾所否定。

除了艺术方面存在明显"缺陷"外，思想内容方面，茅盾用一句话概括旧派小说道："思想上的一个最大的错误就是游戏的消遣的金钱主义的文学观念。"在今天看来，这个判断也是有偏颇的，但多少反映出了旧派文学家的某种生存状态。就章回小说而言，可以从茅盾的评论中归结出两点：第一，章回小说属于旧派文学，与新文学相对立；第二，章回小说的观念和形式都存在严重缺陷。仅此足以致使现代章回体通俗小说遭受新文学家的严厉批判。

30年代对章回小说的批评还突出表现在语言方面。代表性的看法是：章回小说的白话是旧白话，虽然"采取这种话可以使群众勉强懂得"[①]，但终究不是现代的"大众语"。不可否认，章回小说属于"大众文艺"，只是此一"大众文艺"并非30年代所提倡的更具意识形态色彩的"大众文艺"。因此当大众文艺倡导者们讨论该用何种语言写作时，流通在民众中间的章回小说的语言是他们首先要辨析清楚的。他们的思路是：因为章回小说属于旧文学，其语言当然是旧白话，所以章回小说的白话不该是现代的大众文艺可使用的语言。

新文学家对章回小说及其文体、语体形式的诸多批评，从一个相反角度，使通俗小说对自身的文体问题日益关注起来，章回小说家由此加深了对自身创作的认识。章回小说家的认识主要表现为两方面。一方面，离析出

---

① 史铁儿（瞿秋白）：《普洛大众文艺的现实问题》，《文学》，第1卷第1期，1932年4月。

章回小说的好处,以反驳所受到的指摘。如说:"章回体小说所以历六七百年而不废,就是因为他的特点,能够把书中的人物个性,从对话动作等处,描写得'栩栩欲活'。背景完全合于现实生活的情状,不是在亭子间里幻想劳动阶级,一派哲理话的隔膜。"①章回小说擅长叙说故事、表现人物,贴近民众的日常生活,符合常人阅读小说的习惯……凡此种种使之在现代文坛占据着不小的势力。所谓"在亭子间里幻想劳动阶级,一派哲理话的隔膜",指的是新文学家创作的缺失。他们没有斗争生活的经验,仅靠着得来的一点先锋理论来勾画文学图景,自己还没有理解通透,何况读者,结果只有隔膜。

另一方面,即如范烟桥日后写作《民国旧派小说史略》所持的观点。这篇长文是用来回忆总结当年创作的,颇具史书意味,因此在叙述上就尽量显得客观。在文中,范烟桥特别谈到了"新"与"旧"的历史际会。

> 五四运动以后,新文学为壮大自己的力量,扫清前进道路上的障碍,曾经对旧派小说施以猛烈的打击。可是,由于它的源远流长,在社会上已经有了一定的基础,故一时不易衰败……这种章回体的旧派小说,起自民间,从口头文学发展为纸面抒写,内容、形式,颇为群众所喜闻乐见。而在民国时代,电影、戏剧、评弹以及其他曲艺,都采用这种故事性传奇性较强的小说作为素材以改编脚本,在表演说唱,这就更加在群众中扩大了它的影响。……到民国二十六年(一九三七年)七月,日寇的侵略战火烧到上海,上海文艺界组织了"文艺协会",联合文学、戏剧、曲艺、电影及出版界一致行动,大敌当前,新旧两派小说的作者在政治上携手同行了。②

范烟桥描述了从20世纪20年代前后新派对旧派的敌视到抗战时期"新旧两派"友好合作的过程。其间,"章回体的旧派小说"因为一批有尊严的作家的坚守,保证了质量,"更加在群众中扩大了"影响,而一部分旧派小说则"日趋

---

① 说话人:《说话》,《珊瑚》,第2卷第7期,1933年4月。
② 范烟桥:《民国旧派小说史略》,魏绍昌编《鸳鸯蝴蝶派研究资料》(上卷),上海文艺出版社,1984年,第269—271页。

没落,不能自拔"。范烟桥用了一大段文字来描述没落的表现。旧派小说中有"黑幕小说""黄色小说""哀情小说""社会小说""武侠小说",一潮又一潮,"总之,内容愈杂,流品愈下"。① 因此,这部分作品是不足观的。旧派小说被批判,也应从自身寻找原因。范烟桥以史家眼光来看章回体通俗小说,得出的结论正合章回小说后来的发展路向。因为章回小说"流品愈下",所以亟待变革;因为有质量的章回小说在民众中影响很大,所以还可继续保持。如何协调两者,既变革又保持,变革什么,保持什么,在40年代才最终获得了解决。

40年代,围绕章回体通俗小说,主要出现了三次集中讨论。首先是1940年前后的"民族形式"论争,这场论争承接着30年代文艺大众化运动而来,涉及文学遗产、利用旧形式等问题,章回小说成了这些问题的关注点。第二,1942年10月《国民杂志》"志上聚谈"专栏的"小说的内容形式问题"讨论,这是中国现代文学史上直接针对章回小说与新文艺小说关系的一次讨论。第三,同样在1942年,《万象》杂志发起了"通俗文学运动",章回小说的面貌在这份通俗杂志上极大改观。三次讨论的结论几乎是一致的,都为章回小说指明了出路。

文学艺术如何大众化在40年代是个重要问题,民族形式论争是对这个问题的反映。章回小说,作为受到民众欢迎的中国传统小说形式,就在此次讨论中被屡屡涉及。巴人说道:"中国旧文学的遗产,是否全都应该抛弃呢?不,我们可以坚决的说,其间有很多的优秀的作品,是值得我们学习的。……《红楼梦》《水浒》《儒林外史》描写人物的逼真与记述的生动……是我们应该继承的遗产。"②这样,古典章回小说就被作为文学遗产得到郑重看待。从文学遗产中学习民族形式可资借鉴的因素,是当时较为一致的看法。只是文学遗产和民族形式之间到底该如何沟通,其间表述却不尽相同。有直接把古典小说与民族形式相等同的,③也有重新诠释后再与民族形式相联

---

① 范烟桥:《民国旧派小说史略》,魏绍昌编《鸳鸯蝴蝶派研究资料》(上卷),上海文艺出版社,1984年,第270页。
② 巴人:《中国气派与中国作风》,《文艺阵地》第3卷第10期,1939年9月。
③ 例如柯仲平说:"《水浒》、《三国演义》、《红楼梦》之类……就可以说是真正多数人的民族形式;……我的意思,并不是说,今后再也不能创造出比《水浒》等更优秀的民族形式了。我说,比这更好更好的都能创造。"柯仲平:《论文艺上的中国民族形式》,《文艺战线》,第1卷第5期,1939年11月。

系的,①总之,古典章回小说不仅属于文学遗产,也不仅有值得学习的写作技巧与方法,而且从这些古已有之的优秀的"民族形式"代表作中,或许能够看到将来文学的方向。

利用旧形式,这一话题也涉及章回小说。延续了 20 世纪 20 年代的看法,民族形式的谈论者一律把章回体归入旧形式范畴。在谈利用旧形式时所言的章回小说指涉的主要是创作于现代的作品。二三十年代对现代章回小说的批判,没有制止住这类小说的创作,相反其在读者中间的势力不可小觑。这就值得思考了。章回小说靠什么来吸引住读者?是否可以从这种吸引力中获得现代文学发展的借鉴?到底民族形式应如何创造?一种较无疑议的方案是:"以五四以来的新小说的水准为基础,去掉其不适合民族趣味的部分,而从旧形式里汲取其语法、章法、篇法及叙述、描写上的特长,融合外来影响的进步的要素,而创造出新的民族形式的小说。这种新形式将是章回小说和目前新小说的变体。"②也即是说,民族形式的来源是多方面的,章回体通俗小说是来源之一。章回小说必须发生变化,与新文学互补短长,才能产生出新的民族形式。

1942 年 10 月,《国民杂志》第二卷第十期的"志上聚谈"专栏征集了九篇关于"小说的内容形式问题"的讨论文章,讨论的焦点还是如何使小说大众化、通俗化。这些文章是:上官筝《答国民杂志社问》、杨六郎《答述"关于小说内容形式问题"》、鲍司《应问》、新钞《答》、陈逸飞《应创造民众小说》、杨鲍《关于小说内容形式问题》、而已《关于小说内容形式问题》、楚天阔《过去,现在,未来》和知讷《关于小说的形式》。《国民杂志》是日伪时期北平的一份刊物,固然不能摆脱办刊的殖民政治色彩,但因为杂志中文艺栏目很多,刊发文章可以借文艺避开政治的敏感和纠缠。

---

① 如茅盾认为:"要向民族文学的遗产中学习民族的形式",应当注意《水浒传》、《西游记》、《红楼梦》这三部作品。"作为一千年前'民族民主革命'文学的代表作而言,《水浒》是值得我们学习的民族文学的民族形式。""《西游记》是幻想的寓言文学作品之中国民族形式的代表。""《红楼梦》提出了问题,并没有得出正确的答案,然而它不失为从思想上对于儒家提出抗议的一部杰作。我们可以把《红楼梦》看作中国文学的问题小说之民族形式的代表。"茅盾:《论如何学习文学的民族形式——在延安各文艺小组会上的演说》,《中国文化》,第 1 卷第 5 期,1940 年 7 月。
② 光未然:《文艺的民族形式问题》,《文学月报》,第 1 卷第 5 期,1940 年 5 月。

显而易见的是,这些应答文章虽然把章回小说和文艺小说分开谈论,实际上并不把二者作为不可调和的对立双方看待,而是以较客观的立场评判二者的是非功过,以求得将来的发展道路。如说:写新文艺小说"的人都用小品文的笔法来写小说,描写有余,故事太差,一个个都是语柔骨媚的二八佳人,没有一个性悍语直的山东大汉,鼓励不起读者兴趣,实在理想之中"。"章回小说虽受民众的欢迎,但它本身发展到现在,还未达尽善尽美的程度,最大的毛病是故事缺乏剪裁。"①两种小说都是有缺点的,但富有意味的是,仿佛过去对章回小说的批判失多,此次征答显见为章回小说辩护的倾向。如谈道:"可试看清末民初时代小说,较之五四时代章回小说,那里面已羼入不少新兴文学,若再以今日章回小说比较,则不难看出读者已随时代文艺的变化提高了阅读的水准,只是收功极渐,难如新文艺作者的期望而已。"②章回小说在变化,不是只停留在想象当中的那种传统形态。辩护者把捉到了现代章回小说的新变处,并以此来肯定其存在价值。

既然在变,变化趋向又应如何,这些文章的想法较为一致。"仅把最进步的章回小说形式改变一下,如分段写述,省去冗文,加入时代思想(所谓言中有物)便够了,这种小说是介乎章回与文艺之间的,可以叫'民众小说'或'大众小说'。"③"目前流行着的章回小说……已经接近了文艺。将来渐渐完全脱离章回旧套,我想一定可以成功。"④"通俗小说是应该提倡一下的,因为现社会太需要藉通俗的形式传播一些知识思想的,其目的是教养低的读者,但应注意的切不可迎合低级趣味。"⑤无论是"民众小说""大众小说"还是"通俗小说",都可以成为章回体通俗小说变革的方向,即章回小说应蜕却原来的形态,与文艺小说相化合,汲取两者之长,成为"介乎章回与文艺之间"的作品。

40年代的上海,也有一场"通俗文学运动"谈论了现代小说的走向问题,

---

① 陈逸飞:《应创造民众小说》,《国民杂志》,1942年第2卷第10期。
② 杨六郎:《答述"关于小说内容形式问题"》,《国民杂志》,1942年第2卷第10期。
③ 陈逸飞:《应创造民众小说》,《国民杂志》,1942年第2卷第10期。
④ 知讷:《关于小说的形式》,《国民杂志》,1942年第2卷第10期。
⑤ 杨鲍:《关于小说内容形式问题》,《国民杂志》,1942年第2卷第10期。

其结论和"小说的内容形式问题"讨论可谓南北呼应。《万象》杂志是这场"通俗文学运动"的集结地。《万象》也是一份战时沦陷区的刊物,但没有《国民杂志》那样浓重的日伪殖民色彩。其两任主编陈蝶衣和柯灵,前者是上海报刊界的活跃人物,后者则和新文艺界有诸多联系,加上杂志的发行人是上海中央书店的老板平襟亚,一位通俗文学作家,《万象》就成了一份兼具通俗和严肃特点的刊物,在40年代的上海表现出了独具的使命感。

"通俗文学运动"专号分为上、下两期,分别刊发于《万象》第二年第四期(1942年10月)的十月号和第二年第五期(1942年11月)的十一月号上,正值陈蝶衣任主编期间。十月号上刊登了三篇文章:陈蝶衣《通俗文学运动》、丁谛《通俗文学的定义》、危月燕《从大众语说到通俗文学》。十一月号上也刊三篇文章:胡山源《通俗文学的教育性》、予且《通俗文学的写作》、文宗山《通俗文艺与通俗戏剧》。这六篇文章构成了"通俗文学运动"的主体。在此之前,《万象》第一年第六期(1941年12月)十二月号上发表了徐文滢《民国以来的章回小说》一文,可以看成是"通俗文学运动"的先声。

《万象》当时主编陈蝶衣发表的长文《通俗文学运动》对这一"专号"具有指导意义。文章首先辨析了新旧文学,指出两者都有优缺点,然后提出观点:"通俗文学兼有新旧文学的优点,而又具备明白晓畅的特质,不但为人人所看得懂,而且足以沟通新旧文学双方的壁垒。"[①]这是"通俗文学"最重要的功能。民族形式论争、"小说的内容形式问题"讨论所希望文学达成的目标在这里简明了当地用"通俗文学"一词涵盖了。

陈蝶衣把章回小说列入这种"通俗文学"的范畴,指出其悠长的古代渊源,然后谈及现代创作:

> 长篇章回小说始终继起不衰,直到现在还有人在写,不过内容和形式方面都已有了显著的变迁。从内容方面说,则"讲史书"话本体裁的演义小说已不大受读者的欢迎,《金瓶梅》和《红楼梦》的出现,使读者的趣味转移到社会生活和家庭琐屑上去,以后一脉相传,从李伯元吴趼人

---

① 陈蝶衣:《通俗文学运动》,《万象》,第2卷第4期,1942年10月。

> 一直到李涵秋张恨水,无不以描写社会的小说称雄一时。从形式方面说,则现在的几个写长篇章回小说的人,虽还都蹈袭着章回的体裁,但已多半不用对偶体回目,在每回的开头,也不再用"话说"二字,结尾也不再用"欲知后事如何,且听下回分解";不过中间还多半不分出段落来,不免是一大缺点;但照这样发展下去,渐渐有和西洋体裁长篇小说合流的可能。①

陈蝶衣看到了现代章回小说发生的变化,以及将来可能的趋向——"渐渐有和西洋体裁长篇小说合流的可能"。无论是变化还是趋向,均不离开"通俗文学"之宗。一方面新文学要通俗化,另一方面章回小说要适合现代需求,两相融会,达到的即是章回小说和新文学的化合品——通俗文学。

其余五篇文章的论述各有重点,但所持观点都呼应了陈蝶衣的《通俗文学运动》。如丁谛的《通俗文学的定义》主要对"通俗文学"概念做出解释。危月燕的《从大众语说到通俗文学》从语言文字角度谈通俗问题。胡山源的《通俗文学的教育性》认为有教育性的文学才是好的文学,而通俗文学最易使读者受到教育。这些文章论述角度不同,观点十分一致:章回小说的形式是可以利用的,内容却需要更新。而新文学固然内容进步,但并不大众化。文学发展的方向应该是章回小说和新文艺小说的融合,新旧之间打通壁垒,取长补短,共促"通俗文学"的诞生。这里的"通俗文学"和晚清以来的创作已是两个概念,它是通俗小说文体变革和观念变革的产物。从中可以审视通俗小说现代化的重要面向。

---

① 陈蝶衣:《通俗文学运动》,《万象》,第2卷第4期,1942年10月。

十　中国现代幻想小说

（冯　鸽）

绪　论　　　　　　　　　　　　　　　　　　　　　252

第一章　世纪初的强国梦　　　　　　　　　　　262
　　第一节　政治改革　　　　　　　　　　　　　269
　　第二节　国民启蒙　　　　　　　　　　　　　274
　　第三节　科学救国　　　　　　　　　　　　　277

第二章　幻想小说之"新"　　　　　　　　　　287
　　第一节　想象资源之新　　　　　　　　　　　287
　　第二节　虚构指向之新　　　　　　　　　　　290
　　第三节　美学特质之新　　　　　　　　　　　292

第三章　晚清幻想小说中的"续书"现象　　　297
　　第一节　续书的创新　　　　　　　　　　　　297
　　第二节　续书之代表：《新石头记》　　　　　299
　　第三节　续书想象的展开　　　　　　　　　　307

第四章　武侠的幻想世界　　　　　　　　　　310
　　第一节　江湖的幻想　　　　　　　　　　　　310
　　第二节　武功的幻想　　　　　　　　　　　　317

第五章　科学幻梦　　　　　　　　　　　　　324
　　第一节　论科幻小说　　　　　　　　　　　　326
　　第二节　中国科幻小说的发展　　　　　　　　331

第三节 想象的经典之作——刘慈欣《三体》 336

第四节 中国科幻小说的精英叙事——以王晋康《生死平衡》为例 341

结　语 347

绪　　论

近些年来,幻想小说频频出现在各类媒体中。《哈利波特》《指环王》《鬼吹灯》《盗墓笔记》……诸如此类的作品大行其道。其实,在瑰丽美妙的中国文学中从来就不缺乏翩翩幻想的闪光羽翅。从屈原对神女仙界的求索到吴承恩对人神变幻的描绘,从蒲松龄的精灵神怪的讲述到现代人对未来科幻世界的展示,幻想小说,以文字(当然影像图画等形式晚近越来越多)表述着人类对自由的追求,对自我的突破,对自身的反省。面对现今流行的大量仙魔、武侠、神怪以及荒谬的幻想小说创作和阅读,我们将试图从传统小说叙事的角度对此加以整理、分析和讨论。

一

中国的幻想小说古而有之,幻想是中国小说的传统之一。"中国小说一向以'志怪''传奇'为主。"[①]其源远可以追溯到上古神话。小说在先秦时期,依附于神话寓言文体;在汉魏晋南北朝依附于史传和志怪文体,小说由神话的纯粹幻想发展到自觉创作,还结合了古史、佚闻、神话、传说等诸多要素;到了唐宋,小说文体基本成熟,也还是离不了传奇志怪,从世俗宗教幻想的志怪到文人艺术幻想的传奇创造,是古代小说幻想艺术的一个飞跃。高度发达的神仙方术幻想和灵怪幻想是唐代小说的主体,带有较浓厚的信仰色彩而崛起的讽谕小说则显示出作家幻想中的理性自觉,如《枕中记》《南柯太

---

① 朱自清:《论严肃》,《朱自清全集》第3卷,江苏教育出版社,1996年,第139页。

守传》等,佛教变文则带来了异域的神魔故事《降魔变文》等,它们与道教方术幻想相结合,成为后代神魔小说的滥觞。现存初盛唐传奇从《古镜记》到《任氏传》等和早期话本《唐太宗入冥记》《叶净能话》等全系设幻之作,中唐虽出现了一些写实小说,但也杂用幻笔,如《长恨歌传》《霍小玉传》等。此为魏晋六朝之后幻想小说又一繁荣期,其数量和质量都超越前代。及至明清,中国古典小说达到了"文备众体"的高度综合的成熟状态,幻想小说亦借助神魔小说的形式达到了巅峰状态,出现了一批以古代神话、传说、民间故事为蓝本的文学作品,如《西游记》《镜花缘》《聊斋志异》《封神演义》等。这些作品不仅具备了幻想小说的基本要素,记载了中华民族的古老文明,而且已经呈现了幻想小说所必备的自由浪漫神奇的幻想精神。

从干宝记录六朝人笃信不疑的神鬼故事的《搜神记》,南北朝时刘义庆的佛释宣教小说《幽明录》,到唐传奇中写龙女的《柳毅传》、写魂魄的《离魂记》和写鬼魅的《任氏传》,宋话本中的《西山一窟鬼》《钱塘梦》《碾玉观音》,及至明清小说创作,可见中国小说在对众多主流文体的依附、吸收、融合中逐渐形成的叙事成规和文体特点,其中非写实的幻想叙事习规始终伴随着小说文体的发展而发展。

中国最早的书面小说是仿神话传说的文人故事,如《汉武故事》《列仙传》《洞冥记》等,就是"仙道术士之志怪";鲁迅在《中国小说史略》中论述道:"中国本信巫,秦汉以来,神仙之说盛行,汉末又大畅巫风,而鬼道愈炽;会小乘佛教亦入中土,渐见流传。凡此,皆张皇鬼神,称道灵异,故自晋迄隋,特多鬼神志怪之书。"① 魏晋时期的志怪笔记,如《搜神记》等记录了大量荒诞不经的鬼神灵异行径,"幻设为文,晋世固已盛"②;唐宋传奇和话本中超现实的轮回转世、因果报应等故事就更多了,虽"不甚讲鬼神,间或有之",讲鬼神的还是多数,虽然"这还是受了六朝人的影响……然而毕竟是唐人做的,所以较六朝人做的曲折美妙得多了"。③ 宋代"虽云崇儒,并容释道,而信仰本根,

---

① 鲁迅:《中国小说史略》,《鲁迅全集》第9卷,人民文学出版社,1981年版,第43页。
② 鲁迅:《中国小说史略》,《鲁迅全集》第9卷,人民文学出版社,1981年版,第70页。
③ 鲁迅:《中国小说史略》,《鲁迅全集》第9卷,人民文学出版社,1981年版,第315页。

夙在巫鬼,故徐铉吴淑而后,仍多变怪谶应之谈"①,鬼怪神仙幻设的故事频频出现;明清长篇章回小说中神魔亦大肆流行,《西游记》自是不用说,《聊斋志异》也"不外记神仙狐鬼精魅故事"。② 于是孙悟空、白娘子、狐狸精、仙女等纷纷游走在中国小说世界里。一个个花妖狐魅、精灵幻化的奇异世界,一幕幕仙魔斗法、鬼神混杂的热闹场景,表明了神话传说中那种无意识的、不自觉的虚构想象逐渐发展成为文学中有意识的、自觉的虚构想象。只有当虚构想象成为小说家一种有意识的、自觉状态的行为,才会以生活经验进行再创造,从而使想象虚构蕴含了文学意味和价值。文学的虚构想象直接来源于这种带有人类原始天性的思维模式。《西游记》这类小说与神话传说的关系自不必说,就是《红楼梦》这部被视为中国古典现实主义的经典中也有女娲补天传说的演化和种种巫术幻梦的描写,如神瑛使者对绛珠仙草的灌溉致使下凡以后发生了贾宝玉和林黛玉的爱情悲剧这一情节设计,包含了仙女下凡、轮回转世、因果报应等神话故事的原型结构模式。这些曲折生动、富有想象力的故事,反映了人类对自然或生命的发展节奏的呼应模仿,是人类提高语言能力、增强记忆、表现好奇心和求知欲,积累并改进生活经验、表达理想、突破现实局限的一种方式,《封神演义》中哪吒的"风火轮"就是对现在的火车的想象;土行孙的"土遁"含有对地下交通的一种向往;《荡寇志》中的"奔雷车"就是对坦克的想象。当然,这些幻想中所表达的各种观念也包含有极强的宗教意识,佛教的缘起论、色空观、轮回说以及生命无穷、变化无限的学说,道教的万物有灵和神仙谱系等多种因素相互融合影响,形成了富有民族特色的幻想世界和方式,丰富了人们对于事物因果关系的理解和解释,开拓了人们的幻想视域。

神话影响小说的创作思维方式和叙事习规,其具体表现就是用想象虚构来书写故事。传统小说的开头往往是"自从盘古分天地……"或者"鸿蒙开辟,混沌初开,天地始分,民人诞养……"。《西游记》开头就是"混沌未分天地乱,茫茫渺渺无人见。自从盘古破鸿蒙,开辟从兹清浊辨"。接着表述

---

① 鲁迅:《中国小说史略》,《鲁迅全集》第9卷,人民文学出版社,1981年版,第101页。
② 鲁迅:《中国小说史略》,《鲁迅全集》第9卷,人民文学出版社,1981年版,第209页。

关于宇宙时空的原始世界观,然后又是:"感盘古开辟,三皇治世,五帝定伦,世界之间,遂分为四大部洲……"《红楼梦》开始也是大讲宇宙开辟,地陷东南,女娲补天。这种开篇方式继承了传统史诗和史传的叙事方式,以人物事件的神性因缘来表达宿命报应等认知评价。这种神话故事讲述方式不受现实逻辑的束缚,不必依傍正史,说假如真,令人解颐,以幻为真,幻设为文,即是非写实叙事的开端,影响中国小说,形成了一种悠久的、独具魅力的非写实的叙事传统。非写实叙事习规的存在是神话思维对文学影响的重要表现,也始终是中国小说家观察世界、表达思考的一种重要艺术方法,在叙事结构上也有很多具体的影响,比如人与自然的斗争以神鬼人之间的矛盾冲突来表现,后世凝固成一种降妖伏魔的故事模式;野遇、离魂等都是从神话中来的故事模型。

幻想小说在神话中诞生和发展的同时,小说从空灵奇幻世界逐渐走向实在的人世民间,写实的历史人情小说也开始发展。可以说,幻想小说是中国小说的母亲河。因为中国文学价值观带有浓重的史学色彩,重视历史真实性,因此,使小说这种边缘文类为了获得主流文学的认可,不得不采用大量的写实性叙事习规来掩饰其虚构性,比如在中国古典小说中有常常反复交代故事来源的叙事模式,这就促使小说从纯粹的非写实逐渐过渡到对现实的摹写上,诱发历史小说、世情小说等的兴起。然而,非写实小说满足着人们挣脱现实的心理需求,作为人们的想象潜能释放的空间,始终存在于中国小说的创作形态之中;作为一种叙事习规,必然影响着后世的小说创作。这种叙事习规绵延千年的存在,使我们相信它必定满足了人类的探询天性和心理的基本需求,在读者接受中展示自己的再创造,从而获得了自身的历史价值和文学地位。

二

在 20 世纪初为了救国图强而发起的"小说革命"运动中,文化精英们努力将"小说"这一文类置于社会意识形态诸种形式的主导地位,提倡"小说为文学之最上乘"①,夸大这一文类"发起国民政治思想,激励其爱国精神"②的教化作用,把小说作为"开启民智""裨国利民""唤醒国民"的政治启蒙、道德教化甚至知识教育的利器。小说从边缘文类一举成为主流文类。这种来自文学之外的力量对小说的发展产生了非常复杂的影响。毋庸置疑的是,中国小说的叙事习规开始发生急剧变化,从异域文学中获得了丰富的营养,加速实现了向现代小说的转型。那么,这一系列的文学及社会革命,对小说传统非写实的叙事习规施加了怎样的影响?

非常突出的一个创作现象就是在辛亥革命前,井喷出了大量的幻想小说,而且呈现出迥异于传统小说的创作面貌和新趋势,尤其是出现了大量描绘未来社会的幻想小说,如《新中国未来记》(梁启超,1902)、《新中国》(陆士谔,1910)、《未来教育史》(悔学子,1905)、《未来中国之图书同盟会》(徐念慈,1906)、《新苏州》(1910)、《未来世界》(春帆,1907)、《乌托邦游记》(萧然郁生,1906)、《新纪元》(碧荷馆主人,1908)、《新少年》(剑雄,1907)、《月球殖民地小说》(荒江钓叟,1904)等等;还有很多以古代小说为原本进行续书的创作,构建了丰富多彩的理想社会国家的图景,戏说社会现实。虽然内容新鲜奇特,以时事政治为核心,但叙事上依赖的依然是传统的非写实习规。

中国晚清现代幻想文学的发展是以翻译西方(包括日本)的幻想小说拉开序幕的。译介出版的幻想小说总数大约在百部以上。1900年,中国世文社出版了由逸儒翻译、秀玉笔记的《八十日环游记》[即《八十天环游地球》,(法)儒勒·凡尔纳],这是目前有史可查,中国发行的第一部科幻小说作品。1902年,《新小说》杂志创刊,第一期就刊登了由卢藉东译意、红溪生(真实姓名不可考)润文翻译的《海底旅行》[即《海底两万里》,(法)儒勒·凡尔纳]和饮冰子(梁启超)翻译的《世界末日记》两篇科幻译作。其他较知名的译作还有:《十五小豪杰》[即《两年假期》,(法)儒勒·凡尔纳,饮冰子(梁启超)和披发生(罗孝高)合译并缩写,《壬寅新民报》,1903];《铁世界》[(法)儒勒·凡

---

① (未署名)《新小说第一号》,原载《新民丛报》第20号,日本横滨,1902年,引自陈平原、夏晓虹《二十世纪中国小说理论资料》第1卷,北京大学出版社,1997年,第56页。
② 新小说报社:《中国唯一之文学报〈新小说〉》,原载《新民丛报》第14号,1902年,引自陈平原、夏晓虹《二十世纪中国小说理论资料》第1卷,北京大学出版社,1997年,第59页。

尔纳著,包天笑译,文明书局,1903);《电术奇谈》[一名《催眠术》,(日)菊池幽芳著,东莞方庆周译述,我佛山人衍义,知新主人评点,《新小说》,1903—1905];《月界旅行》[(法)凡尔纳著,中国教育普及社(鲁迅)译,日本东京进化社,1903);《地底旅行》[(法)凡尔纳著,鲁迅译,《浙江潮》南京启新书局单行本,1903];《法螺先生谭》、《法螺先生续谭》[天笑生译,上海小说林社,1905]等等。即以1903—1905年为例,以发表先后排列:1903年有包天笑译《铁世界》,陈景韩(冷血)译《明日之战争》,鲁迅译《月界旅行》、《地底旅行》;1904年有包天笑译《秘密使者》,周作人译《侠女奴》(即《天方夜谭》中的《阿里巴巴和四十大盗》);1905年有鲁迅译《造人术》等等。从题目上就可知道这些故事的幻想虚构性。这不仅是一个可以幻想的时代,而且是一个科学迅猛发展的时代,而幻想与科学结缘,就产生了科幻小说。当晚清引进了西方科幻小说类型和叙述方式后,非写实小说的幻想资源由古代的神怪仙魔逐渐趋向现代科学技术。尽管在小说界革命中,中国传统小说被视为"吾中国群治腐败之总根源"①,一无可取,但是当幻想资源更新为"西学""新学",接受舶来新思想之后,就成为启发民智的"新小说"而广为流行。非写实叙事可以无拘无束地用幻想表达出迫切变革的焦灼,把现代性的社会形态、外国近代历史、新式教育、科学知识、伦理观念以及西方生活方式等等,以这种传统的、易被接受的叙事方式介绍给中国读者,也就开创了一个陌生新鲜的小说世界。小说创作与现代文明接轨,形成了与古典小说迥异的类型,如"政治小说""科学小说""理想小说""社会小说""冒险小说""侦探小说""滑稽小说""航海小说""虚无党小说"等等,显示出中国小说获得现代性的种种萌芽,具有非常鲜明的时代特征。

虽然晚清的幻想小说创作受外国科幻小说影响很大,但是幻想小说的发展却是来自中国本土需要。在一个急需变革的时代,百废待兴,尽管当时原创性中国小说中的幻想常常缺乏深厚的科学学理的依据和严密的客观逻辑,常常将读者引向玄虚和神秘,依然表现出某种神话色彩,但是这类科幻

---

① 饮冰(梁启超):《论小说与群治之关系》,原载《新小说》第1号,1902年,引自陈平原、夏晓虹《二十世纪中国小说理论资料》第1卷,北京大学出版社,1997年,第53页。

小说所展示的科学技术、工艺技术的想象,以其合理性和实用性显示出巨大的现实意义。晚清是中国人谋求改变国事衰微现实的时期,而"科学"则作为现代社会的价值标准而为中国社会所接受。此类科学狂想小说的出现可说是正逢其时,既满足了中国人的想象力,又满足了晚清国富民强的现实愿望,从而使这类带有科学色彩的幻想小说能够如此迅速地在中国本土上立足发展起来,形成了一个幻想小说创作的高潮。

三

写实性叙事,由于人们对现实生活的兴趣日增而逐渐发展起来,移向了创作的中心地带。来源于明之人情小说和清之讽刺小说的写实社会小说,成为近现代小说的主要门类,因其"极摹人情世态之歧,备写悲欢离合之致"①,在当时纷杂动荡时代变迁中逐步具备了发展的各种条件,成为一种创作主流;尤其是社会黑幕小说,主要用的是写实笔记手法,曾经大行其道。虽然非写实小说的涌动,表现出人们对改革抱着由衷的厚望和幻想,然而现实却是令人失望的。辛亥革命的发生对整个社会并没有带来巨大的改变,洪宪称帝与张勋复辟,却使"共和国"的成果朝不保夕。随之而来的"五四"爱国学生运动和新文化运动带给人们的启示,是要用实际斗争,争取"德先生"与"赛先生"在中国"落户扎根"。毕竟,在国家政权无力的混乱年代,沉浸在无极幻想中逃避现实是自欺欺人。伴随着中国的现代化运动,文学的现代化,也就是文学的自觉,必然要面对现实并承担起推动时代变革的重任。因此,随着社会的发展,缤纷的幻想很快就被现实冲击得七零八落,非写实热潮渐渐冷却。

此后,虽然小说创作日渐繁盛,但是非写实小说却日遭冷落了。即使有鲁迅的《故事新编》、沈从文的《阿丽思中国游记》、张天翼的《鬼土日记》、老舍的《猫城记》、张恨水的《新斩鬼传》及《八十一梦》、王任叔的《证章》、钱锺书的《灵感》及《魔鬼夜访钱锺书先生》、许钦文的《猴子的悲哀》、周文的《吃

---

① 姑苏笑花主人:《今古奇观·序》(明)抱瓮老人编,顾学颉校点,浙江古籍出版社,1998年。

表的故事》等所谓"异类"的创作，但因对它们难以使用"现实主义""浪漫主义"或"现代主义"等这些西方学术范畴和用语来进行归纳评说而少有论及，从而对这类具有传统非写实叙事特征的作品出现了批评失语状态。

及至20世纪80年代中期，在经过十七年小说个性与政治联姻的尝试和"文革"期间极端的一元化限制的挣扎之后，大量幻想小说重又闯入人们的阅读视野，才引起人们对于这类作品的叙事习规的关注。这一时期是五四以来东西方思想又一次的大交融、大碰撞的时代，文学从禁锢中挣脱，放飞的现代性想象肆无忌惮。对民族的思考，对思想自由、人格平等、人的独立与觉醒的追求，对日常生活的审美，对道德失范的忧虑，对社会现代性弊端的批判，对宏大叙事的颠覆，对历史的碎片化与主体的消解，等等，纠缠于一处，导致超越现实的非写实叙事以无禁忌、无限制的想象回归文坛，表达着这一时代的种种声音。

从20世纪末开始，出现了一大批新型幻想小说，如宗璞的《泥沼中的头颅》，谌容的《减去十岁》《人公鸡悲喜剧》，范小青的《出门在外》，刘心武的《白牙》，陈村的《一天》《美女岛》，余华的《河边的错误》，洪峰的《湮没》，韩少功的《爸爸爸》《归去来》，斯好的《出售哈欠的女人》，王安忆的《小鲍庄》，扎西达娃的《西藏，系在皮绳扣上的魂》《世纪之邀》，马原的《冈底斯的诱惑》《叠纸鹞的三种方法》《虚构》，莫言的《透明的红萝卜》，残雪的《苍老的浮云》《山上的小屋》，孙甘露的《访问梦境》《请女人猜谜》，格非的《褐色鸟群》，叶蔚林的《五个女子和一根绳子》，多多的《大相扑》，贾平凹的《烟》《太白山记》……这类充满了荒诞、神秘现实、魔幻、戏谑和象征寓言意味的非写实幻想叙事作品。它们以先锋试验、文化寻根、历史虚构等叙事姿态凸现在世纪末的文坛中，开启了新世纪文学多元化叙事对现实书写的超越和对文学想象力的释放。同时，以金庸为代表的武侠小说等非主流创作也极为张扬地伴随着商业性运作而进入到人们的阅读视野。

随着新世纪的到来，网络的蔓延，小说创作在多元化的语境中想象翩翩，更加张扬了对语言的游戏化和个人化的叙事，反叛了以往的写实主流叙事传统，消解了社会性的深度意义，小说创作由具有责任感、忧患感的社会意识的表现，转为自娱自乐的个体体验的表达，甚至开始面向市场消费，成为商品。小说创作者的立场随之逐渐走向个性化，以多元化的创作开启了文学创作的新时代。至此，"小说"这一文类从 20 世纪初教化民众的"大说"又回归到人们茶余饭后的消遣性娱乐艺术的地位。虽然小说不再对社会生活产生所谓的"轰动效应"，但是小说的虚构想象力得以展示，充满趣味的消遣娱乐性的回归使小说艺术走向了更为丰富的开阔境界。世纪末那些被称之为"寻根小说""先锋小说"等充满了想象的作品，以其对汉语言的审美回归和现代性思维的表现，直接开启了多元化的文学叙事，遏制并改变了自五四以来的写实主义主流叙事，将小说从"大说"导入到小说娱性娱情的文学本位，同时以其创作实践为此后的小说创作提供了新的经验。应该说这在小说史上具有非常重要的意义，使文学脱离意识形态的控制，走向了自律和独立。

当今，虽然我国现代幻想小说并没有把中国式的幻想传统很好地继承下来，无论是在理论还是内容上，大多尚处于模仿西方幻想小说的阶段，也未出现非常有影响力的幻想小说，但是幻想小说的繁荣已经不可小觑，无论是网络上还是纸质媒体上，幻想小说都占有重要的一席，并且借由影视媒体将幻想小说推向更为广泛的受众。长期以来，幻想小说在一些批评家那里被"种族隔离化"了，在他们等级森严的文学概念中，幻想文学或等同于儿童文学，即被视为幼稚化的故事；或被看成无聊的通俗文学，即消遣化的娱乐文字。这种偏见所制造出的氛围致使幻想小说的写作和认可变得非常困难，由此而对文学整体造成危害：幻想力的缺失。我们认为：作为一种文学类型，幻想小说具有该文类的文化烙印，并对"小说"这一文类的发展产生着极为重要的作用。

观其创作，现代幻想小说从内容上大致可分为科幻、奇幻和魔幻三类，很容易识别却很难定义。科幻小说通常都具有科学精神和逻辑推理以及哲学思考，带有较大的科学成分；奇幻小说中，则充满了魔法、巫术、神力，主人公通常拥有超凡的法术、战技、武功或者拥有罕见的神器法物，富有古典浪漫主义的英雄气质；魔幻小说来自于 20 世纪拉丁美洲的魔幻现实主义小说，始于 30 年代，其特点是把各种触目惊心的现实和迷离恍惚的幻觉结合在一起，通过极端夸张和虚实交错的艺术笔法来叙事，描绘和反映错综复杂的历史、社会和政治现象。魔幻小说与其他幻想小说的最大区别就是,它通常会以现实为基础,但是通过反现实的逻辑来表达荒谬非现实感,比如马尔克斯的《百年孤独》,中国 20 世纪 80 年代的先锋小说的创作等都是这类。从来源上看,大致可分为西式魔法幻想、中国神话幻想以及现代都市幻想等类,但是这些幻想小说的中国本土化程度还远远不够,模仿西方幻想小说的意味还是很明显。实际上,中国本土幻想资源非常丰富,无论是悠久的历史传承还是繁复的神话体系,无论是广阔的自然辽域还是神秘的古代遗迹,都是优厚的幻想资源宝库。我们完全有理由期待,在小说观念回归到文学本位之后,幻想小说将会有一个灿烂的未来。

第一章　世纪初的强国梦

20世纪伊始,"小说界革命"使小说一跃成为文类之大宗,小说的写作、刊行、流通蓬勃发展,充满了前所未有的活力。小说家也表现出极为强烈的变革意识和极大的信心,他们宣称"20世纪系小说发达的时代"[①],"当20世纪,为小说发明时代"[②],"20世纪开幕,为我国小说界发达之滥觞"[③],小说奔涌而出。众所周知,1898年维新运动以及其他一系列政治事件推动中国社会变革,思想界也随之发生急剧变化。文人开始从八股中解放出来,接受外来多种影响,"我们要讲中国近代文学的变迁,实在这个时候真是中国文学有显明变化的时候"[④]。一个文学转型发展的时期来到了。

在戊戌变法(1895)至辛亥革命(1911)期间,两千多种千奇百怪、新旧杂陈、雅俗不分、多声复义的小说涌现出来,蔚然大观。[⑤] 1902年至1916年,创办的文学期刊有57种,1917至1927年则达到143中。其中小说所占的比例最大。以"小说"命名的杂志,在1902至1917年间,就曾出现过29种(包括2种报纸)。[⑥] 其中最为有名的《新小说》(1902—1906)、《绣像小说》(1903—1906)、《月月小说》(1906—1908)、《小说林》(1907—1908)四种杂

---

① 计伯:《论二十世纪系小说发达的时代》,《广东戒烟新小说》第7期,1907年。
② 邯郸道人:《〈月月小说〉跋》,《月月小说》第1卷12期,1908年。
③ 耀公:《小说与风俗之关系》,《中外小说林》第2卷5期,1908年。
④ 陈子展:《中国近代文学之变迁》(1929年4月中华书局初版),上海古籍出版社重印本,2000年,第6页。
⑤ 赖芳伶:《清末小说与社会政治变迁1895—1911》,台湾:大安出版社,1994年,第62页。
⑥ 陈平原:《二十世纪中国小说史》第1卷,第3章"商品化倾向与书面化倾向",北京大学出版社,1989年,第80—81页。

志,都是在清末十年间刊行的。按照日本学者樽本照雄《新编清末民初小说目录》(1998)的统计,晚清1840—1911年间小说出版了2 304种,其中创作1 288种,翻译1 016种。要说明的是,当时的翻译常常是意译、改写,带有极强的原创性,可见其创作之盛。其中,据《中国通俗小说总目提要》的著录,在1840—1900年间出版的小说是133部,平均每年只有2.2部,但是在1900—1911年间却产生了529部,平均每年达48部。根据对晚清时期小说统计所得的结果,晚清小说在1902年起十年之间的作品占清朝末期小说总数量的88%。这说明这个时期在小说创作中,作家参与的广度和读者队伍的规模都是前所未有的。

1902年以后,作品不仅数量锐增,①而且呈现出极具时代气息的新风貌。仅就1902年的9部小说来看,除《李公案奇闻》是传统的公案小说之外,其余的8部小说如《殖民伟绩》《新中国未来记》《洪水祸》《东欧女豪杰》等都取材于近代各种社会变革活动。而在1902年之前,虽有创作的小说,然仍属旧小说形式,如《儿女英雄传》《绣球缘》《小五义》《彭公案》等,与古代小说没有本质区别,翻译小说亦仅寥寥几篇未成气候。1903年的39部小说更是有了极大的发展,几乎全是新小说。② 这些小说迥异于古典传统小说,其内容和形式都出现了前所未有的变化,透出了强烈的新时代气息。由此可见,新世纪伊始是中国小说创作的一个重要转折点。

作为新小说最早的理论倡导者和创作实践者梁启超,在新小说诞生之际拟定自著书目时宣称:"政治小说者,著者欲借以吐露其所怀抱之政治思想也。其立论皆以中国为主,事实全由于幻想。"③用幻想小说来写政治思想,其虚构指向非常明确,虚构方式非常清楚,强调创作的幻想之性质。他的新小说开山之作《新中国未来记》,就是以非写实叙事作为创作之笔,先声夺人。他曾在《新小说》的广告中披露其创作计划:《新中国未来记》写今后五十年的强盛中国,《旧中国未来记》写未来中国的悲惨情形,《新桃源》(一

---

① 参见林佩慧:《晚清戏剧小说系年目及统计分析》,台大图书馆学研究所硕士论文,1988年,第38页。
② "新小说"是指在"小说界革命"中产生的、具有不同于1902年梁启超在日本横滨创办《新小说》之前传统小说特质的那些小说作品。
③ 新小说报社:《中国唯一之文学报〈新小说〉》,《新民丛报》第14号,1902年8月。

名《海外新中国》)写逃到海外的国人新建之国家,全是非写实的。这些著述计划虽未全部实现,但其主张和创作对后来的小说创作还是产生了极大的影响,非常显著的一个例证就是幻想性题材大为流行,成为晚清小说创作中的一种潮流。可以说,幻想新小说是新小说的先锋,是幻想叙事开启了中国小说的现代性叙事。

在晚清新小说浪潮中,小说经由大报纸、游戏小报、杂志、成书等出版媒介在社会上广为传播,不仅数量几达空前,而且在创作中表现了极大的创造力和丰富的想象力。这时的小说,从革命到言情,从武侠到纪实,从科幻到侦探,从古代到未来,从现实到乌托邦,五花八门,无所不包。既有对外来作品的摹仿,也有对传统经典的颠覆,这在小说题名中频繁使用的"新"上就可以看出其放肆地突破成规的创作姿态,如四大古典名著的续书《新三国》有2部,《新石头记》有2部,《新水浒》有3部,《新西游记》有2部,这还不包括以其他名称命名的续书,如《也是西游》《无理取闹西游记》之类。在求新求异的创作中,除了写官场和狭邪之类的题材之外,最受青睐的题材就是科幻奇谈和乌托邦社会狂想,机器人、飞行器、导弹、换心术、洗脑术、月界旅行、海底探险、繁华强盛的未来中国、万国博览会、地狱世界等稀奇古怪的东西纷纷呈现在这些小说的叙述中,而这类题材的表现主要依赖的就是非写实叙述习规。以《中国通俗小说总目提要》的著录为例进行统计,1900—1911年间529部小说中,非写实性特征明显的小说有101部,占20%,这不包括具有非写实功能片段的小说创作。虽然非写实小说在创作数量上远不及写实性小说,但是其创作风貌的新鲜、新奇、新颖,充分体现了与传统小说的差异,集中表现出新小说之"新"特质,因而深得时代之精髓。这些小说创作中只有极少数是传统意义上的神怪小说、公案小说,如《七因真果传》等,其余都是具有迥异于传统非写实特征的新非写实小说。新思想、新观念、新知识、新追求促使小说的创作发生了巨大的变化。新小说家们在亦幻亦真的无稽之谈中,穿梭于宇宙的未来与现在时空里,书写着迫切的渴望与难抑的愤激,寻求着种种可能与不可能,宣扬着知识与梦想,用科学和理想启蒙着民众,带给读者一个陌生化的新世界,不仅折射出现实的危机,也寄寓着无奈、期待和探索。

20世纪初最早出现的新小说,是梁启超的新小说《新中国未来记》,这也是他唯一的一部小说创作。这部小说原载《新小说》第1、2、3、7号,1902年至1903年出版,标"政治小说",稿本未完,只有五回,其中第五回是否为其所作尚待考证。《新中国未来记》的故事开始在1962年正月初一,是中国维新五十年庆典之日。这时的中国强盛无比,万国太平会议在南京召开,万国友邦皆派军舰前来祝贺,甚至"英国皇帝、皇后,日本皇帝、皇后,俄国大统领及夫人,菲律宾大统领及夫人,匈加利大统领及夫人,皆亲临致祝。其余列强,皆有头等钦差代一国表贺意……"(第一回)[①]。在上海开设大博览会,"各国专门名家、大博士来集者不下数千人,各国大学学生来集者,不下数万人,处处有演说坛,日日开讲论会,竟把偌大一个上海,连江北,连吴淞口,连崇明县,都变作博览会场了"(第一回)。这是作者想象中的盛大图景。然而,这种描述在未完的五回小说中只是开头楔子几段文字,小说的叙述重点落在回顾大中国的发展历程中,以孔觉民博士"中国近六十年史"的演讲作叙事框架,把强国之路分为预备、分治、统一、殖产、外竞、雄飞六段,来探讨现实中国的发展道路。

小说叙述以自我安慰的强国梦开始,着眼点却离不开现实中国。通过孔觉民的演说,描绘出一个备受列强欺凌,就要被瓜分、危在旦夕的国家,人民不觉醒,当道者崇洋媚外,昏聩无能,无心治国。"那时不但那旧党贪污鄙贱,形同禽兽,就那号称民间志士的,也是满肚皮私欲充塞,变幻狡诈,轻佻浮躁,猜疑忌刻,散漫乱杂,软弱畏怯。"(第二回)而百姓是"没心肝、没脑筋、没血性的人民,昏作一团"(第二回)。小说中对令人悲痛伤感的过去的述说就是当时清末社会现实的真实写照。于是,一些志士仁人为了拯救民族危亡进行艰苦卓绝的努力,其中代表人物是黄克强。黄和好友李去病同赴英国留学,后又到德、法学习,探索救国之路。他们一边考察各国的社会科学,一边关注国内的局势,在义和团运动爆发、八国联军入侵时,黄奋笔疾书,写成《义和团之原因及中国民族之前途》,译成英、德、法文,发表在欧洲各报,产生极大影响。后取道俄国回国,路见中国人民备受凌辱,更激起强烈的救

---

① 梁启超:《新中国未来记》,百花洲文艺出版社,1996年,第3页。

国热望。他们在旅馆大谈救国之道,关于是改良立宪还是激进革命进行了激烈争论,相互驳难四十四回合,共一万六千余言。此为小说的核心之处。作者以此来阐发自己的改良主张。全书除楔子之外,四回目中有两回是演讲,一是孔觉民历数立宪党的章规与纲领,二就是这里的"革命"和"改良"之论争。后他们路遇爱国青年陈猛,三人志同道合。分手后,黄去上海寻找同道之人,参加"拒俄大会"等。故事到此没有了下文。参考作者在小说广告中所早已拟就的故事大纲可知,"其结构,先于南方有一省独立,举国豪杰同心协助之,建设共和立宪完全之政府,与全球各国结平等之约,通商修好。数年之后,各省即应之,群起独立,为共和政府者四五。复以诸豪杰之尽瘁,合为一联邦大共和国。……举国国民,戮力一心,从事于殖产兴业,文学之盛,国力之富,冠绝全球。寻以西藏、蒙古主权问题与俄罗斯开战端,用外交手段联结英、美、日三国,大破俄军。复有民间志士,以私人资格暗助俄罗斯虚无党,覆其专制政府。最后因英、美、荷兰诸国殖民地虐待黄人问题,几酿成人种战争,欧美各国合纵以谋我,黄种诸国连横以应之,中国为主盟,协同日本、菲律宾等国,互整军备。战端将破裂,匈牙利人出而调停,其事乃解。卒在中国京师开一万国平和会议,中国宰相为议长,议定黄白种人权利平等、互相亲睦种种条款,而此书亦以结局焉"。[①]变法强国,进而称霸世界,实现世界大同,是这部小说所幻想的人类未来。

  由此可见,小说重在以长篇大论的演讲直截了当地叙述当时政治家的主张和纸上的思考,进行说教,为的是从现实出发,开启民智,灌输立宪革新的思想。其政治思想极为集中,政治内容极为具体,政治目的也极为明确。小说总批言云:"此篇论题,虽仅在革命论、非革命论两大端,但所征引者,皆属政治上、生计上、历史上最新最确之学理,若潜心理会得透,又岂徒有益于政论而已。吾愿爱国志士,书万本、读万遍也。"非常鲜明地指出长篇大论的叙事意义所在,"既欲发表政见,商榷国计"。作者在"绪言"中坦言:"兹编之作,专欲发表区区政见,以就正于爱国达识之君子。"所以,对表达的"似说部非说部,似稗史非稗史,似论著非论著,不知成何种文体",并不在意,"自顾

[①] 新小说报社:《中国唯一之文学报〈新小说〉》,《新民丛报》14号,1902年8月。

良自失笑"。可见,这是政治家的小说,作者关心的是政治而不是文学艺术。因此有论者指出,此小说的翻译及创作是失败的。①

但是,这部重议论、轻描写、没有完成的小说具有非常重要的开启意义。它开启了一代关注国家民族兴衰的新小说的宏大叙事传统,也开启了非写实小说的新叙事,把传统超时空的神鬼仙魔的非写实叙事引向一种有时间指向的未来叙事。这种"未来完成式"②的叙事,按照进化论的时间观,预先设定了一条历史发展的必然轨迹,把国家在未来某个阶段应该有的样子在小说中描绘出来,消除了历史发展多种可能性的存在。未来在等待着我们,所以叙述隐含着急切的焦灼感、紧迫感,仿佛别人(先进发达国家)都到了目的地,而我们(中国)却还没有找到搭乘的汽车。毕竟,作者当时面对的是中国的贫弱和各强国的繁荣昌盛。在对现实的描绘和对未来的幻想之间,小说留下了叙述的空白。这个空白,是作者正苦苦探索的而无法落实到文字的苦闷。但是,叙述空白并没有影响这种叙述将读者带入到未来的想象中。对小说而言,重要的是这种未来叙事,打破了传统的非写实小说固有的文化资源、时间观念、叙述话语,展示出一个迥异于传统的陌生新鲜的幻想世界。由此,开始出现了大量幻想未来的非写实小说,不仅从政治,而且从更广泛的社会、文化、科学等方面展示出对未来的想象,发展出众多非写实小说类型,如科幻类小说。

通常,虚构叙事总是要说服读者接受有关真实世界的某些明确的意识形态内容,或道德标准,或政治主张,或人生体验等,而晚清非写实小说产生于新旧交替、复杂动荡、风雨飘摇的社会,自然会浸染着时代的酸甜苦涩。"中国近代思想潮流很多,很复杂,而且多变,变得多变得快,但就其主流来看,都是围绕着爱国、救国和治国而展开的。"③晚清小说因其社会功利性的叙事目的,必然将"救国图存""强国保种"思潮作为表现的中心内容。这种

---

① 参见王宏志:《"专欲发表区区政见"——梁启超和晚清政治小说的翻译及创作》,王志宏编《翻译与创作——中国近代翻译小说论》,北京大学出版社,2000年,第172页。
② 参见[美]王德威著,宋伟杰译:《被压抑的现代性——晚清小说新论》,北京大学出版社,2005年,第343—345页。
③ 丁守和:《中国近代思潮论》,广东人民出版社,2003年,第179页。

现代文化属性和精神品质不仅是当年梁启超和鲁迅所呼吁的"群治""疗救国民"的小说内涵,也是20世纪乃至今天小说这一文类所具有的重要文化基因。正是这种启蒙、政治煽情动员等社会功用的极致发挥,成就了中国现代小说的荣耀光辉。20世纪初,非写实小说亦是如此,以理性科学的态度来认识世界,关注社会历史进程的重大主题,寻求力挽狂澜的革命英雄力量的叙事,开启了追求理想社会和国家民族富强的现代小说的宏伟叙事,引发了现代小说对社会命题的巨大兴趣,体现出中国知识分子关心国家民族、关注社会进步的"铁肩担道义"的传统人文精神,引领着中国小说从传统走向现代,彰显出现代小说所具备的参与到社会文化思潮之中以对人类生活产生历史性影响的文化品质。阿英总结了晚清小说有几个主要特征:第一,充分地反映了当时的政治社会情况,广泛地从各方面刻画出社会的每一个角度。第二,当时的作家,意识的以小说作为了武器,不断对政府和一切的社会恶现象抨击。第三,是大家既知清室不可与图治,提倡维新爱国,因此也有许多人,利用小说的形式,从事新思想新学识的灌输,作启蒙运动。[①] 这些特征基本勾勒出了晚清小说的主题。小说家感时忧国,"政治"是其念之写之的中心对象。

20世纪的中国现代小说是由现代政治精英和文化精英为了促进社会文化变革而共同呼吁和建构起来的文体,是政治和文化得以沟通、结合的共同话语方式,充当着社会生活和日常生活的记录者、反映者,始终参与着建构现代民族国家的政治理想,活跃于社会文化思潮和文化发展中,这就决定了小说叙事的精英立场,赋予了"小说"这一文类在中国超越艺术范畴的重要社会功能。在此创作观念的浸习下,晚清非写实小说集中呈现出对强盛国家的幻想和期待,性别、民族、梦幻、仙魔、科技等种种议题在笔下交锋,形成了众声喧哗的场面。细分之下,其创作内容主要涉及"政治改革"、"科学救国"、"国民启蒙"三个时代论题,笔者就此详加论述。

---

① 此外,尚有第四项特征:描写两性私生活的小说,在此时期不为社会所重。由此可知,晚清小说创作多以反映社会问题为内容重心。参看阿英《晚清小说史》(1937年5月商务印书局印行),人民文学出版社,1980年,第5—6页。

第一节　政治改革

　　政治改革是晚清的时代主潮,自然会成为小说包括新型非写实小说的表现主题。在这些非写实新小说中,一方面是对未来"乌托邦"文明理想世界的呈现,一方面是对黑暗社会的种种腐败现实的揭露。在民族危机中,小说家激愤地痛斥列强的侵略和专制政府的无能腐败,急切地表达着自己所想象的种种国家规划、社会规划,在虚拟世界中用文字鼓吹政治改革,探索救国救民之路,从《新中国未来记》等小说中慷慨激昂的演讲到《新石头记》等小说中的乌托邦描绘,几乎没有小说不发表关于救国政见的。关注政治改革几乎是本时期所有小说的中心话题。

　　由于政治立场与思想观念的不同,晚清的政治改革运动产生了"立宪"与"革命"两种思潮。这两种思潮是中国近代兴起的保守主义与激进主义对峙的产物。戊戌变法失败之后,康、梁流亡海外,拒绝与孙中山为首的革命派联合,保守与激进分野营垒始现。1899年康有为在加拿大创立保皇会,宣传君主立宪,反对民主共和。1905年前后立宪派梁启超的《新民丛报》与革命派的《民报》的论战,标志着中国激进主义——革命派和保守主义——立宪派两派阵营的正式形成。立宪派在清末的宪政化历程中扮演了主角的角色,而革命派则在辛亥革命之后成为自由主义宪政试验的主角。这两种思潮几乎同时在甲午战争之后兴起,都是否定专制政治,主张民主政治的。不同之处在于实现宪政之手段和政体选择上。立宪派主张要以和平方式,在中国推进君主立宪;革命派则要靠暴力革命手段走民主共和的道路。而在清政治改革中,决定保守主义与激进主义的分界线是民族主义,是否主张狭隘民族主义——排除清朝皇帝是区别立宪派和革命派的唯一标准。在温和与激进、改良与革命、建设与破坏的分歧中,彼此思想观念有着极深的矛盾,导致晚清的政治改革运动就在立宪与革命的斗争中开展。这两种政治理念,影响了晚清小说在创作上呈现出不同的政治诉求,形成了支持立宪运动与鼓吹革命运动的两大小说流派,阿英就在《晚清小说史》中将此分为"立宪运动两面观"和"种族革命运动"两项。在非写实新小说中亦如此。

在吴趼人的《新石头记》中有这样的描写:

> 适值又有人上了条陈,说照这样模糊影响的行新政,是不能见效的。必要立宪,方才有用。不然,但看日俄交战,日本国小而胜,俄国国大而败。日本人并不曾有什么以小敌大的本领,不过是一个立宪,一个专制。这回战事不算以小胜大,只算以立宪胜专制罢了。这个陈条上去,朝廷也感悟了,思量要立宪,只是没个下手处,于是就派了五位大臣,出洋考察宪政。五位大臣分头出洋,去了多时,把各国一切窍要,都查考明白了。在京里设了个宪政局,五位大臣每日到局,各把考来的宪法互相比较……斟酌尽善了,便布了宪政。(第四十回)①

这里"派五大臣出国考察"的情节与当时清政府迫于无奈在1905年,派遣"考察政治五大臣"分赴外洋考察宪政之事几乎如出一辙。1906年,清廷依据五大臣出国考察的报告,下诏"预备仿行宪政"。在小说中,"布了宪政"之后"中国就全国改观了"。史实进入到小说叙事中,融合到虚构情节里,以虚拟的美好结果来证明这种行为之正确,可见,"立宪胜专制"已被广为接受,成为普遍的信念,人们相信立宪确能使中国骤然富强。由此,激发出小说家丰富的想象,急切地描绘出立宪之后的强势中国。仅吴趼人就发表了《庆祝立宪》(1906)、《预备立宪》(1906)、《立宪万岁》(1907)等多部以立宪为主题的小说,其中《立宪万岁》讲述因地界光绪预备立宪影响到玉皇大帝也要在天界立宪,派孙行者、神行太保戴宗、列御寇、雷公、哪吒去下界外国考察。新党留学生猪八戒带领他们到处参观,回来后群神换了官名就算完成了立宪,讽刺现实中立宪的形式化。春帆的《未来世界》开头第一句就是"立宪!立宪!速立宪!这个立宪,是我们四万万同胞黄种的一个紧要的问题,一个存亡的关键"(第一回)②,最后又呼"我不得不祝立宪万岁,立宪自由万

---

① 吴趼人:《新石头记》,江西人民出版社,1988年,第404页。
② 春帆:《未来世界》,董文成、李勤学主编《中国近代珍稀本小说》第10卷,春风文艺出版社,1997年,第395页。

岁！我自由之立宪国民万岁！"（第二十六回），论述立宪之重要。作者认为解救中国之危机，"除了变法自强，是没有别的法儿了"，所以作者"看着那立宪以前的社会，想着那立宪以后的国民，所以做这一部小说出来，但愿看官看了在下的这部小说，都把自己的人格，当作个立宪以后的国民，不要去学那立宪以前的腐败，这就是在下这部《未来世界》的缘起了"（第一回）。小说想象中国自从实行立宪以后多年，"民智开通，民权发达，居然成了个帝国的规模，复了那自由的幸福"（第二回）。但是，在立宪后，有许多问题，特别是国民素质需要通过教育提高。小说通过塑造三位资产阶级改良派的理想人物表达立宪理想。一位是民智学校总教习陈国柱，他每个星期天都向公众演讲立宪学说，并且打赢了和洋人的官司，维护了国人权益；一位是积极倡导普及教育、推行文字改革的方知县；一位是振兴女学的宗夫人，来解决立宪中的问题。《宪之魂》则想象国势颓微的阴曹地府里的阎王决心立宪，把阻止立宪的大臣送到刀山地狱治罪，通过普及教育，兴办矿务，筹办民债，编查户口，清丈田亩，制造武器，奖励工艺，惩罚游民等等改良举措，强国富"鬼"。鬼魂们如枯木逢春，团结一致，增强军力，打败入侵的狮子国、劫化国，收回被夺去的主权，成了一个君主立宪强国。吴趼人的《新石头记》也有一段情节描绘由梦境推演立宪后的情景，"果然立宪的功效，非常神速，不到几时，中国就全国改观了"（第四十回），此时中国俨然居万国之首，非但收回以往的不平等条约，并且工商繁荣、交通发达，中国皇帝更被推举为万国和平会会长！《新纪元》与《电世界》两部小说也是以立宪之后的未来中国为背景展开故事情节叙述的，刻意强调立宪政体的存在，将立宪政体与强盛的国势画上等号。其他关于立宪的非写实小说还有陆士谔的《新中国》、萧然郁生的《乌托邦游记》《新镜花缘》、大陆的《新封神传》、报癖的《新舞台鸿雪记》、想非子的《天国维新》等等，都描绘立宪之后的中国，成为与欧美各国并驾齐驱的强国。立宪派非写实小说比较乐观，常常借由对未来美好世界的想象来激励民心。

在温和的"君主立宪"群声中，少数激进派的革命主张，响亮而尖锐地表达着决绝的牺牲精神，"诸君，革命！诸君，独立！革命死，不革命亦死，与其迟死,不如早死;与其弱死,不如硬死"①,给人以极端的印象。与立宪派对未来美好憧憬想象不同,革命派因其要彻底消灭现存一切而重在揭露现实政治的腐败,他们挞伐统治阶级的腐败,呼告民族存亡的危机,揭露清廷投降卖国的苟安,以激起国人同仇敌忾的斗争士气。对晚清社会腐败政治的揭露并不是非写实小说的强项,但是其笔墨之间无不激荡着对此种现实的愤恨,《月球殖民地小说》叙述湖南湘乡的反清志士龙孟华因受国内黑暗现实的逼迫逃亡南洋的一系列奇妙经历,关于社会现状就写道:

> 近来国事日坏一日,都是几个权臣在里面主持……论起这三位大员个个都是科甲出身,到了晚年做到位极人臣的地步,也算是很有场面的了,但他们却天不怕地不怕,只怕两个人:一个是外国人,无论英、法、德、美,只要他头上没有头发,手里撑一根打狗棒,脚底下吱咯吱咯的走来,便屎尿都登时吓出,千说千依,万说万好。一个是里头当差的都太监……那三个老头儿也安心安意的为他使用,弄到钱财都要孝敬他好几分,至于国家的存亡,百姓的死活,一向是丢在脑后的。②(第24回)

把朝中权臣压榨民财,崇洋媚外的丑恶嘴脸入木三分地勾画了出来。《女娲石》写一群女豪杰的革命行径,就将亡国的矛头指向了当政的慈禧,揭露其骄淫奢侈、罔顾民生的享乐,"好贼婆,我四万万同胞何罪?今日活活断送你一人之手?久想生食你肉,今日还不下手,更待何时?"③,如此激愤之语,代表了所有革命者共同的心声。《自由结婚》用倒叙讲述黄祸和关关的爱情故事,回顾"爱国"(影射中国)的强盛之路。作者焦灼地用"爱国"的现状折射中国现实,用洋人的口吻表明在"爱国"洋人趾高气扬,拥有特权,"你可知道我们现在有要你死就死,要你活就活这样大权吗?""爱国人一点儿没

---

① 海天独啸子:《女娲石》,董文成、李勤学主编《中国近代珍稀本小说》第3卷,春风文艺出版社,1997年,第91页。
② 荒江钓叟:《月球殖民地小说(续)》,《绣像小说》第37期,1904年,第2页。
③ 海天独啸子:《女娲石》,董文成、李勤学主编《中国近代珍稀本小说》第3卷,春风文艺出版社,1997年,第27页。

有道德心"讨好外国人,无所不用其极,甚至将妻女送给他们,以致让洋人鄙夷地认为:"并且现在你们国里通商埠头,外国人都是主人,独独你们爱国人只好做做西崽,通事那些不上台盘的行业,倒还不知羞耻,反而虐待自己国里的同胞,做出狠如羊、贪如狼、猛如虎的面目。"①痛斥这是一个奴颜婢膝的异族政府,卖国求荣,割地赔款,百姓也奴性十足。作者还用无鬼城内一个腐败学堂,论述"这样奴隶学堂,何以他国没有,我国独有?……就是因为我国是专制体罢了。因为我国还不是一个好好的专制政体,一切政体都落在非我族类之手罢了。……我们要鼓吹自由,推倒专制,一定要先从政体着手"(第十二回),将批判的锋芒直指专制政府。

在革命的激愤中,种族问题被凸现了出来。"夷夏之辨"是其刻意强调的论点,"仇满排满"成为革命宣传的一种口号。1894年,在檀香山兴中会创立之初,革命派就提出了"驱除鞑虏,恢复中国"②的以种族革命为号召的革命宗旨。邹容在《革命军》中指出:"我同胞处今之世,立今之日,内受满州之压制,外受列国之驱迫,内患外侮,两相刺激,十年灭国,百年灭种,其信然夫!"并认为"西人之侵入,皆满族有以启之也",将帝国主义的侵略归罪于清朝的种族压迫,提出了"欲御外侮,先清内患"③的革命方针。因此在宣传资产阶级民主思想的非写实小说中常见排满言论,如宣传资产阶级民主思想的小说《卢梭魂》中就有这样的情节:让法国启蒙思想家卢梭和中国的黄宗羲、展雄、陈涉等人聚在一起,共同追求自由平等,推翻专制统治。书叙"唐人国"被"曼珠人"(谐音"满族人")统治二三百年,受尽压迫。英雄朱胄、东方英、武立国情同手足,要光复唐人国,力主"夺回唐国地,驱尽曼殊人",其中"唐人国"寓"中国","曼珠人"寓"满族人"的寓意显豁明白。我们无意对此思想的历史价值进行评说,只是要指出这种时代思潮在非写实小说中的涌动,以阐明小说涉及的幻想皆指向现实世界的社会问题。

---

① 张肇桐:《自由结婚》第七回,见章培恒等编《中国近代小说大系》(东欧女豪杰卷),百花洲文艺出版社,1991年第1版,第168页。
② 《檀香山兴中会盟书》,《孙中山全集》第一册,中华书局,1986年,第20页。
③ 邹容:《革命军》,丁守和主编《中国近代启蒙思潮》(上),社会科学文献出版社,1999年,第379页。

在浓烈的爱国激情鼓动下,无论是向往立宪后的未来或是推翻当前的政权,无论是温和的改造或是激进的暗杀,都表达了对于现实专制政体的不满,"立宪、革命两者,其所遵之手段虽异,要其反对于现政府则一而已"①。非写实新小说用魑魅魍魉的野蛮世界想象描绘了腐败专制的黑暗现实,也用革命和立宪之后的"乌托邦"文明世界表达了对于政治改革的种种探索和对未来的美好期待,还要肯定的是小说对立宪和革命思潮的普及推动,起了一定宣传作用。

第二节 国民启蒙

五四以来的新文学因其鲜明的启蒙特征而被我们称为改造民族灵魂的文学,实际上,对于国民性的思考早在晚清就已经开始了。19世纪末20世纪初,洋务运动、维新变法的破产和一系列战争尤其是甲午战争的失败,迫使进步知识分子认识到国家民族的竞争归根结底是国民素质的竞争,"今日世界之竞争,国民竞争也","在民族主义立国之今日,民弱者国弱,民强者国强"。② 同时,严复等人宣传的社会进化论和社会有机体论以及"民权运动"时期日本国民性改造运动的成功都给中国知识分子改造国民性的要求以有力的支持。于是,在1901年前后形成了对中国国民性的批判思潮。首先是对奴性的批判,邹容就认识到"中国人无历史,中国人之所谓二十四朝之史,实一部大奴隶史也"③,这种对中国国民奴隶性的论述就是当时的启蒙主话语,启蒙者希望唤醒国民意识来激发国民的爱国心和责任感以救国。严复在《原强》,梁启超在《国民十大元气论》《中国积弱溯源论》《新民论》等一系列文章中,和其他启蒙者一同,尖锐而广泛地批判中国人的"奴性"和自私、虚伪、愚昧、麻木、空谈、旁观、好古、保守、无独立性、无自治力、无冒险精神、无尚武精神等所谓的劣根性,并且以西方近代国民为标准,提出塑造具有现

---

① 梁启超:《新民说·论政治能力》,《饮冰室合集·专集》第6册,中华书局,1989年影印版,第161页。
② 梁启超:《新民说·就优胜劣败之理以证新民之结果而论及取法之所宜》,《饮冰室合集·专集》第6册,中华书局,1989年影印版,第7页。
③ 邹容:《革命军》,丁守和主编《中国近代启蒙思潮》(上),社会科学文献出版社,1999年,第383页。

代性的"新民"形象,"苟有新民,何患无新政府,无新制度,无新国家!"①以期能挽救中国,实现强国之梦。

在晚清非写实小说中,小说家以多种"疾病"的想象意象寄寓了这种对于国民性的批判,以激发人们认识救国保种的必要与紧迫;如《女娲石》中的洗脑院、《介绍良医》中的换内脏、《月球殖民地小说》中的"八股病"、《新法螺先生谭》中的造人术等等,都是对再造国民性的寓言性想象,后文将于第二章第一节对此详加论述。

同时,小说家又深情地细述祖国的悠久历史和灿烂文明,来激荡人们的民族自豪感,增强对未来光明前景的自信心,借以提振消沉的社会民气。这种救国的急迫感与民族的自豪感相互交织、自卑与骄傲轮番显现的特点,正构成晚清文学想象的奇特图景。面对屡战屡败、物质实力处处落后的国家现实,人们只有从优越的文化传统中寻求支撑民族自尊自重的心理基础,"用国粹激动种姓,增进爱国的热肠"②,因此中华民族悠久的历史与丰富的文化遗产,成为重振民族自信的根据。小说家借助丰富的想象力,憧憬中国未来的美好,"根源于既往之感情,发于将来之希望,而昭于民族之自觉心"③,在虚构的乌托邦中夸张地渲染中国之威,甚至成为世界霸主。如《新纪元》这样描绘1999年的中国:

> 原来这时中国久已改用立宪政体,有中央议院;有地方议会;还有政党及人民私立会社甚多。统计全国的人民,约有一千兆……所有沿海、沿江从前被各国恃强租借去的地方,早已一概收回。那各国在中国的领事,更是不消说得,早已于前六十年收回的了。通国的常备兵,共有二百五十万。若遇有战事,并后备兵一齐调集起来,足足有六百万。国家每年的入息,有两千三四百兆左右,内中养兵费一项,却居三分之

---

① 梁启超:《新民说·论新民为今日中国第一急务》,《饮冰室合集·专集》第6册,中华书局,1989年影印版,第2页。
② 章太炎:《东京留学生会演说词》,载《民报》第6号,转引自陶绪《晚清民族主义思潮》,人民文学出版社,1995年,第188页。
③ 飞生:《国魂篇》,《浙江潮》第3期,转引自吴雁南、冯祖贻、苏中立主编《清末社会思潮》,福建人民出版社,1990年,第68页。

一,所以各国都个个惧怕中国的强盛,都说是黄祸必然不远,彼此商议,要筹划一个抵制黄祸的法子。无如中国人的团体异常固(团)结、各种科学又异常发达,所有水路的战具,没有一件不新奇猛烈,这个少年新中国,并不是从前老大帝国可比!①(第一回)

诸如此类的叙述在各个乌托邦中成为一种必不可少的叙述元素。中国的强盛在《新野叟曝言》中超越了地球发展到了星际空间,"老大帝国"在《新纪元》中成了各国恐惧的"黄祸",世界被迫接受使用黄帝纪元;《未来世界》中的中国人在大街上怒斥俄罗斯人,俄人也不敢回嘴;《痴人说梦记》中,中国军队甚至还将大批俄军赶进黑龙江淹死。这种与现实相反的虚拟中国,虽然虚张声势,但是可以产生一定的补偿心理给人以安慰,建立了对于改革前景的乐观信心。而对中国传统文明的自信则不是无根据的空想,《新石头记》由论"醉酒",推演出民族的优越感,认为中国进化得比那些"自称文明国的"早,先天就有了礼法,而后开化的就是"野蛮底子",这种道理实在有些牵强,十足是一种自夸,饱含了强烈的种族优越感。《新野叟曝言》则干脆直接将中华民族的智慧聪明提高至万国极点,其云:

万国人的智慧聪明,本以中国为最。因中国人的脑部独大,思想独高也。你们欧洲各种学术,其源尽出于中国。如地质学原于禹贡,理财学原于大学,即官民之际,中国以官为民之父母;欧洲以官为民之仆役,其说似不相同,实则官为民役之说,唐人柳宗元早经说过。柳宗元送薛存义序云:"凡吏于土者,若知其职乎?盖民之役,非以役民而已也。凡民之食于土者,出其十一,佣乎吏,使司平于我也。今我受其直,怠其事者,天下皆然,岂惟怠之,又从而盗之。向使佣一夫于家,受若直,怠若事,又盗若货器,则必甚怒而黜罚之矣。"欧洲所谓国民主义,岂不就是剽窃这两句柳文么。此外各种学说,若欲一一提出,则盈篇累牍,亦不

---

① 碧荷馆主人:《新纪元》,《痴人说梦记》,江西人民出版社,1989年,第439页。

能尽,可见中国人的聪明胜于万国没有可疑的了。①(第十四回)

这种论述虽有自大之荒谬,但却与小说整体的非写实夸张风格非常和谐,不显突兀和生硬,反而给人以乐观情绪的感染。

即使小说家以忧国忧民之心,用蕴含深意的各种想象意象绘制未来中国,沉浸在虚拟时空中自我安慰,但他们时刻也没有忘记中国落后的现实,没有忘记中国的国民在愚昧和无知中沉睡,恨不能用笔墨文字作手术刀,顷刻之间唤醒国人,积极奋进,重现辉煌的大国风范。因此,启蒙的话语渗入在字里行间,也表达着启蒙者自身的焦急无奈孤独的痛苦,如《催醒术》《介绍良医》这类小说所表达的。

第三节　科学救国

在非写实小说表达富国强民的主旨时,有一部分作品重点叙述了对于科学技术的憧憬和展望,对未来社会中的交通、医疗、城市建设等进行具体规划,成为中国现代科幻小说②的肇始。回顾现代科幻小说的发展,它的产生应该是在19世纪工业时代,科学和技术开始融合,科学知识开始大规模普及,新技术、新发明不断出现,进入到人类日常生活,使人类感受到科学技术带来的苦恼和欢乐,人类不禁要想:这些新科技的发展会为我们的明天带来什么?我们将会走向何方?惶恐和希望交织着产生了表达这种科学想象的文学。而在中国,晚清非写实小说中这种科学因素的介入,主要是为了启发民智,普及科学技术知识,破除迷信和愚昧,同时也反映了当时国人对科学技术的认知程度,更重要的是表达了强烈的救国意图。

鸦片战争之后,西方列强以坚船利炮为先锋叩关,打开了大清帝国的大

---

① 参看陆士谔:《新野叟曝言》,上海改良小说社,1909年。
② "科幻小说"(science fiction)得名于美国著名通俗小说杂志出版家兼编辑雨果·根斯巴克(Hugo Gernsback, 1884—1976)1908年创办的杂志《现代电气学》中所辟的《科学小说》栏目。"科幻小说"概念应该具有"小说""幻想"和"科学"的因素,其中描自然描始终是受科学事实或科学逻辑制约的。而晚清非写实小说关于科学的超自然因素不受甚至超越了科学事实乃至科学逻辑,多是没有科学依据的狂想,是"科幻奇谭"(science fantasy),而不是严格意义上的"科学幻想小说"。

门。中国人直接感受到他们强大的就是技术科技的先进,尤其是武器优势的威胁,因而,中国为了寻求军事国防的保障,开始学习西方先进技术,购置和制造船舰枪炮,派遣留学生学习造船与驾驶,开发矿产与建造铁路,以巩固国防,抵御外侮。然而,甲午战败,有识之士渐渐觉悟到徒有船炮不足以自强,政法制度、国民素质才是立国的根本,这就促使国人从急功好利的军事目的走了出来,开始关注工、商、矿等实业,朝厚植民生的方向努力。加上帝国主义在中国大肆掠夺资源和各种利益,使实业建设成为救国的要策。1899年光绪谕令中就说道:"即如农工商及矿务等项,泰西各国讲求有素,夙擅专长。中国风气未开,绝少精于各种学问之人。嗣后出洋学生,应如何分入各国农工商等学堂专门肄业,以备回华传授之处。著总理各国事务衙门,详细妥定章程,奏明请旨办理。"①于是,国人纷纷主张设立农工商总局及矿务局来总理产业建设,奖励民生工业生产,并主张广开工厂,发展民营产业。现实需求刺激着国人对科学技术的追求,其追求行为又透露出强烈的科学救国的企图。

发展科学技术首先就必须学习先进知识。随着一系列不平等条约的签订使中国对外通商口岸越开越多,传播机构的设立如新式学校、教会医院、翻译馆、报社、出版社等也越来越多,西学传播的范围越来越广,人们普遍开始接受认同西学。确实,面对具有巨大优越性的西方物质科学技术,中国人对它产生了高度信任感,似乎西方科学技术无所不能,无所不包。1876年创办的《格致汇编》科学杂志,设有"互相问答"一栏,专门回答读者提出的问题,从第1卷开始刊载,到1892年停刊共有320条,如问火柴头、铅笔是用什么材料造的?西国人能不能辨鸟语兽音?石灰落入眼中西国有没有妙法可治?……包括应用技术、自然常识、基础科学、医学等等五花八门的各种问题。从这些问题中可以看出时人对西学的粗浅认知程度和盲目崇拜的心理状态②。基于这样的认知水准,小说家关于科学技术的想象不可能以科学成

---

① 光绪:《谕总理衙门议定出洋学生肄业事宜》,沈桐生辑《光绪政要》,文海出版公司,1969年,第1468页。
② 参看熊月之:《晚清社会对西学的认知程度》,王宏志编《翻译与创作——中国近代翻译小说论》,北京大学出版社,2000年,第28—42页。

分为主,像凡尔纳的创作那样充满了科学资料和知识,而只能以幻想成分为主,凭空捏造,天马行空。

荒江钓叟所著的《月球殖民地小说》,1904年起连载于《绣像小说》,已刊三十五回,未完,是中国最早的科学狂想小说中的代表作,充满了关于科学技术的新鲜想象。小说讲述湖南湘乡的反清志士龙孟华因报仇杀人而流落南洋,巧遇驾气球的日本人玉太郎,以寻妻为线索,随其飘游世界,游历美国、欧洲、非洲、印度等地,见识各地奇风异俗,甚至梦游月球,最后与妻儿团聚。故事带有西方冒险小说的成分,展现出一系列奇幻的带有魔幻色彩的科学想象,有一些是当时已有的技术产品如电灯、电话、铁路、照相、X光、千里镜(望远镜)、带电气花的自来灯(手电筒)等在日常生活中得以运用的描写,有一些是令人匪夷所思的东西的想象,如帮助龙孟华寻妻的玉太郎、濮玉环夫妇自行设计、制造、驾驶的气球,豪华舒适,瞬息万里,穿梭在印度、美洲、欧洲等地之间,非常神奇。还有印度老人哈克参儿医师神奇的外科医术,开胸破膛,取出心来用药水洗过,又放回去,"看那心儿、肝儿、肺儿件件都和好人一般,才把两面的皮肤合拢,也并不用线缝,口袋里掏出一个小瓶,用棉花蘸了小瓶的药水,一手合着一手便拿药水揩着,揩到完了,那胸膛便平平坦坦,并没一点刀割的痕迹"。[①] 被狮子咬掉的手臂被重新装上,"竟同平时没甚两样"。开颅手术也很神奇,"哈老振起了精神,拔出七寸长的匕首,从脑袋上开了一个大窟窿,用药水拂拭了三五次,在面盆里洗出多少紫血,揩抹净了;合起拢来,立刻间已照常平复"(第三十三回),还有杀伤力极大的绿气炮,晶莹夺目、光彩陆离的电光衣等[②]。最后甚至想象到与月球人交朋友,到月球去游学,幻想造一个大气球,带着四万万同胞离开污秽不堪的地球,开拓新的生存空间。在这些叙述中,我们既可以寻出嫦娥奔月、偃师造人、肢体再造、神医妙手回春等古代神话传说的痕迹,也可以明显看到西方先进的发光、爆破、透视、通讯、交通等科学技术在想象中的生发,甚至还有许多地方对所想象事物的原理有合乎逻辑的解释。西方科幻小说的分

---

① 荒江钓叟:《月球殖民地小说》,《绣像小说》,1904年第30期。
② 荒江钓叟:《月球殖民地小说》,《绣像小说》,1904年第21—24、26—40期,1905年第42、59—62期。

子和中国传统的神怪小说的因素混合在一处，表达了对于知识真理的兴趣和对梦想传奇的热情。在《女娲石》《新石头记》《新法螺先生谭》《新纪元》《新中国》等非写实小说中关于科学技术的应用、发明的叙述皆是如此。

尽管科学技术的想象丰富多彩，离奇新颖，但在小说叙述中主要集中于国防、农业、交通、医学等关系到国计民生的方面，表达了小说家忧国忧民的救国意识。

早在1847年太平天国起事前就有俞万春所著的战争小说《荡寇志》，对军事科技和器械发明充满了浓厚兴趣，描绘了像奔雷车、沉螺舟、螺匣连珠铳、飞天神雷、陷地鬼户等稀奇古怪的新式武器，在传统的行军布阵、请仙降妖之类的神怪叙述中，力图引进一种先进的科学兵器概念，加入了科技的因素。1899年的《年大将军平西传》亦如此，有升天球、造地行船和借火镜之类的军事武器的描写。到了1908年的《新纪元》这部战争小说，文学想象推陈出新，更是描写了花样繁多的武器发明。小说讲述西历公元1999年，国富民强的中国政府决定第二年改用黄帝纪年4709年。白种各国召开万国会议抵制黄种人的势力扩张，于是发生了战争。战争以多国部队失败求和告终，中国威震四方，成为世界霸主。此时的小说作者已经具备了一定的科学知识，有了现代性科学理念，想象的武器有了相当程度的科学原理。作者就曾多次强调，"从前遇有兵事，不是斗智，就是斗力；现在科学这般发达，可是要斗学问的了"（第三回）。这里的"学问"已经不是传统的文韬武略，而是科学知识。"十九世纪以后的战争，不是斗力，全是斗智。只要有新奇的战具，胜敌可以操券……今日科学家造出的各种攻战器具，与古时小说上所言的法宝一般，有法宝的便胜，没有法宝的便败。设或彼此都有法宝，则优者胜，劣者败"（第八回）。可见，对于科学技术在战争中的应用，先进武器的重要性，小说家有着深刻的认识。因此，《新纪元》中黄白种族大战的主要架构，就是武器的拼较。当我军以新式战具连破敌军水雷部署与潜水雷艇后，敌军用绿气炮毒杀中国气球队，于是，各种新式武器如升取器、水上步行器、大小气球、避电衣、泅水衣、软玻璃面具、海战知觉器、流质电射灯、日光镜、化水为火药水、电器网、冰房等等轮番上场，请来的救星是化学教习刘绳祖，烧敌舰是用化水为火的科学方法，烧敌人的气球是用日光镜通过聚焦日光产生热量来进行的。虽然总体上看,作者的想象还是相当随意狂放的,但是对物理化学原理的依据令人信服,而且在战争双方彼此的胜负消长的描写中,凸显了科学发明对于科技战争巨大的影响力。高阳不才子的《电世界》中也有一场战争。西历2009年的强盛中国有一个"电王"黄震球,以陨石炼出一种金属原质,可在空中发电,背在身上即可飞行,瞬息万里。此时西威国派出飞行舰队要灭尽黄种,于是电王用这种物质发明了"电翅"与"电枪",凭一人之力,就可抵御进犯的敌舰,不但射落千只飞行舰,还将西威都城烧成焦土,大显神威。由此可见,在小说家的想象中,科技的发展,改变了传统的战争形态,科学技术和发明成为主宰战争胜负的关键。

除了保障国防安危的科幻武器之外,在日常生活的各个层面,也有非常神奇的科学幻想。首先,是对于农业的幻想。中国在传统上是一个农业国家,以农立国,农业是民生经济的基础。然而,自清中叶以后,人口激增,人均耕地面积严重不足,[①]农业生产因袭着落后的耜耕方法与独立耕作方式,于是,西方农业科学的技术与经营方式,成为晚清农业改革的借鉴,郑观应就曾主张派人"赴泰西各国,讲求树艺农桑、养蚕、牧畜、机器耕种、化瘠为腴一切善法"[②],因此开发农业新地,改变传统经营方式,并引进机械耕作与科学种植技术成为当时农改要务。《新石头记》就想象了以合成公司,同种同收的新经营方式,配合机械耕作,并改良地质,使得稻麦生产一年四熟,又讲究养蚕方法,广增野蚕利权(第三十五、三十八回);《新野叟曝言》则要广辟农地,遵循"相土得宜"的科学原则,"辨土之性以下种"以求增加农产品的丰收,并采用自来水灌溉替代水车车水旧法(第三回)。《电世界》的想象更为奇妙,电王飞至南极,招欧工采金矿。他发明了"钼灯","发出的光热犹如太阳一般",使南极变成"永远不夜,而且永远不冷,植物动物长得茂盛硕大,合南洋群岛差不多"的天府之地,人人向往,不能去的反而要罢工。北极也冰雪尽化,成为一年两熟的耕地(第六、九回);"电犁"也出现了,"二十世纪以前,中国用牛耕田翻土,不过一尺深浅,空气的和入不多,地利所以不厚。如

---

① 罗尔纲:《太平天国革命前的人口压迫问题》,包遵彭、李定一等著编《中国近代史论丛社会经济》,正中书局,1958年,第16—87页。
② 郑观应著,王贻梁评注:《盛世危言》,中州古籍出版社,1998年,第404页。

今改用电机做犁,只消一人管机,可以入地七八尺深,一耕便可二三百亩,每天每部机至少要耕五六千亩"(第九回)。还有"电气肥料",在"翻土的当儿,把空气中的电气,用一种发电带引电气散布地中,植物得了电力,他的发育不比寻常,笼统计算起来增加十倍还不止哩",以致植物随之进化,产量大增,不但供人食用有余,连带影响牲畜也因为食料丰盛而硕大繁滋,连"金华的白毛猪"也硕壮如"印度的驯象了"。这些想象营造了一个富饶的农耕社会,描绘出一个个现代"桃花源",引领人们对科学化的现代农业充满神往。

其次,在交通方面,众多飞行器的意象频频出现,反映了人们对于时间的重视和技术发展的关注。晚清小说中的"飞行器",摆脱了传统非写实小说中借助超自然神力"腾云驾雾"或"骑凤凰""骑鹤"等飞上天的想象。晚清小说中的飞行,则努力借用人工智慧,按照科学原理来设计制作。虽多有荒唐之狂想,但是带给了读者新鲜的科学常识,消除了他们对新科技的陌生恐惧感,激发了国人对发展科技的兴趣。类似于此,在晚清小说的幻想中,地底隧道、高速火车、潜水艇等高科技的交通运输工具以及各种先进武器和生活用品的发明层出不穷,"飞行器"意象正是这一系列科技发明想象的代表。学者陈平原也曾注意到"晚清带有幻想意味的小说,往往出现飞翔的意象,并将其作为'科学'力量的象征"[①],他以"飞车"为中心,着重考察了晚清小说家通过翻译小说、外交官员的海外游记、传教士所办的时事和科学杂志、平民画报、古代传说的激活和重新阐释等获得了写作科学小说所具备的兴趣和能力的各种来源方式。

这些意象的发生自然离不开中国传统的月宫神话、海外奇谈、神魔仙境、列子御风之类的启迪和人类在19世纪末的科学技术背景,但更应归功于西方科幻小说的影响。在"小说界革命"中,很多有识之士认为传统小说"喜借荒唐之事,显幽怪之情,子虚乌有,盖属寓言,是以东方朔之《十洲记》,郭宪之《洞冥记》,魏伯阳之《参同契》,葛洪之《神仙传》,干宝之《搜神记》,王嘉之《拾遗记》,类皆缒幽凿险,多不经人道之语,以惊世而骇俗。唐、宋以

---

① 陈平原:《从科普读物到科学小说——以"飞车"为中心的考察》,王宏志编《翻译与创作》,北京大学出版社,2000年,第248页。

后,著作益多,搜奇录怪者,更不一而足。读《杜阳杂编》,则知罗浮先生之有分身术;读《幻异志》,则知殷七子之有留声法。《水浒传》之写戴宗也,则夸其两足之神行;《西游记》之演孙悟空也,则称其有七十二般变化。至于冷于冰之发掌心雷,左瘸师之作五里雾,哪吒太子之乘风火轮,土行孙之遁走地中,则见之于《绿野仙踪》及《平妖传》《封神榜》等书。离奇怪诞,莫可究诘",充满了迷信,"明明为天空之闪电也,而《酉阳杂俎》则以为介休王之旗幡十八叶,《述异记》则以为撞石鼓于八方之荒,而雷公电母之瞽谈无论矣。明明为环绕地球之卫星也,又必虚构一广寒宫,而姮娥窃药、吴刚折桂之说,则散见于各稗史矣。明明为无数恒星聚成此星团也,则称之曰'天河',而有牵牛、织女架桥渡河之附会矣。明明为日光折入雨点,对映而成虹也,则以为龙王投水所致矣。明明为海水化汽而成雨,空气冲突而成风,则巫指为雨师所司、风伯所掌矣。明明为七十二原质以化合此肉体也,则称之为黄土抟人矣。呜呼!物理学之不明,生理学之不讲,心理学之不研究,乃长留此荒谬之思想于莽莽大地、膻膻群生间,其为进化之阻力也无疑"。① 把旧小说中的种种想象归结为"荒谬",认为旧小说传播迷信,让人听于天命,不积极进取,如"无烟毒炮、无形砒霜,以昏我脑灵,而阻碍进化之进步也"②,因而要改良小说,提倡科学。

再次,就是对西方医学观念的接受。晚清非写实小说中有大量神奇的医学发明,反映了国人卫生观念受西方医学影响而发生的种种改变。西洋医学自明末清初就已随传教士输入中国,据黄伯禄《正教奉褒》记载,早在1693年,清圣祖染疟疾,西士洪若、刘应等,进西药金鸡纳治之,结果痊愈,大受赏赐。然而,随着西教被禁,西医输入也停滞。直至鸦片战争之后,西方医学同其他学术文化再次涌入中国,自此西医医院与医科学校遍设各地,西医书籍更是大量译出。最早的西医医院于1835年,由美国传教士帕克氏(Peter Parker)在广州设立,鸦片战争后,西人更在中国开设大批的医院与诊所,教会医院快速增加,"据不完全统计,在1919年,全国已有教会医院

---

① 《论科学之发达可以辟旧小说之荒谬思想》(未署名),《新世界小说社报》,1906年第2期。
② 棠:《中国小说家向多托言鬼神最阻人群慧力之进步》,《中外小说林》,1908年第2卷第3期。

250多处"①。英国宣教医师合信(Ben Hobson)著述的《西医略论》《内科新说》《妇婴新说》《全体学新论》等在中国开始流传,尤其《全体学新论》是中国近代第一部系统介绍西方人体解剖学的著作,论述了人体的主要器官,首创了"脑气筋"这个词,被梁启超、谭嗣同等人运用到著作中广为传播。洋务运动时期,江南制造局翻译馆也翻译了大量的西医西药书籍,②之后,许多教会医院陆续设立,也多在医院内附设学校,招收中国学生,教授医学。中国也开始自办医科学校。最早的西医教学应该是开始于1896年北京同文馆的科学系聘杜琼氏(Dudgeon)为教授讲授西医。此后,随着西医在中国的传播,因其疗效显著也被广大民众接受。由此,西医被先进的知识分子视为一种新兴的科学,受到梁启超等人士的大力提倡。光绪在变法章程中,明令专设医科,将西方医药科学纳入维新变法的内容中,成为救国方策之一。

西医为我国医学界带来了新观念、新知识和新技术,解决了一些中医无法解决的医学难题,促进了医学进步。比如对传染病的认识。中国传统上将传染病称为"疫",历代都有发生,是令人恐惧却无能为力的大灾祸,以晚清为例,1890年广东高州等地受鼠疫侵袭,1910年鼠疫又在东北各省重演。而中国人传统上将其多归因于鬼神作祟、瘴气或胎毒之类,可是自西方医学传入,人们就普遍了解了微生物才是传染病的根源。《新野叟曝言》就指出"凡人之病,大都缘风寒暑湿侵入而成者半,缘微生毒物传染而成者半"(第四回),《电世界》也指出疾病成因"一种是天气寒暑不时;一种是空中飞扬霉菌"(第十一回),这说明微生物致病的观念在当时已为一些进步的人们所接受。不仅如此,《新野叟曝言》还详细描绘了活体培养法制取疫苗的过程:

> 其法如欧洲种牛痘相似,先以痨症喉痧伤寒急痧等微生毒物,设法取下,再用刀布种余畜类身上,病发而死,再传种于强健的畜身上,辗转传种,必至所种之畜病发而不死方止,然后收取其浆,移种人的身上,此

---

① 徐泰来主编:《中国近代史记1840—1919》中卷,湖南人民出版社,1989年,第326页。
② 按照《江南制造局译书提要》的分类,翻译馆所出160种书籍中,医学类占了11种,其数目仅次于兵学、工艺和兵制类。其中《西药大成》是当时最大的一部西药书;《法律医学》则是近代中国第一部系统介绍西方法医学著作。参看熊月之著《西学东渐与晚清社会》,上海人民出版社,1994年,第500页。

人被种后即可永远不染此等毒症。(第四回)

《电世界》也讲述了用气味来杀菌的方法(第十一回)。这些描写表明了现代性的医学理念已经在中国传播。

在小说中还有很多医学仪器的发明想象,尤其是各种"透视镜"。《月球殖民地小说》中有"透光镜",能够透视内脏,"向病人身上一照,看见他心房上面蓝血的分数占得十分之七,血里的白轮渐渐减少,旁边的肝涨得像丝瓜一样,那肺上的肺叶一片片的都憔悴得很"(第十二回);第三十二回还有"电气折光镜"可以诊视头脑。《电世界》中的医生也有类似仪器,"看人体时,常用一种电气分析镜,将那人全体细细照验"(第十一回)。《新石头记》则有更多,"验骨镜""验髓镜""验血镜""验筋镜""验脏腑镜"(第二十四回),可以观察全身的器官,而且还有验全体的"总部镜"和分验各器官的"分部镜",甚至连无形的"性质"与"通身呼吸之气"都有"测验性质镜"与"验气镜"来检验。

这种想象意象的产生应该和1895年底,德国物理学家伦琴公布X射线的发现有密切联系,因为仅隔一年梁启超就在《读西学书法》中提到了西人"去年新创电光照骨之法",将X射线的发现公诸国人。这一发现引起了关注科技发展的中国人极大兴趣,1898年出版的《光学揭要》对X射线的发现、特性和用途做了简单介绍,是X射线理论知识在中国最早的记载;次年,江南制造局翻译《通物电光》一书,刊有X光照相图片35张,还专门介绍了X射线在医学上的应用,[1]此后许多书刊对X射线陆续加以介绍,[2]将X射线的理论及时且详细地传入中国,可见,时人对X射线具有普遍的认知。将这种先进的科学知识运用到小说创作中,表现了当时国人对科技的关注和重视,对新知的浓厚兴趣以及迫切走向世界的开放心态。

小说中的各种科学知识的介入,说明国人渐受现代科学启蒙而萌发了现代科学观念,并且将此开始实践于日常生活中。尽管这些想象不尽正确、

---

[1] 参看谢振声:《吴莲艇与中国第一台X线诊断机》,《中国科技史料》1992年3月,第34页。
[2] 如《透物电光机图说》附图解说X射线及X射线机的使用法。《知新报》载有《X光新器说》;《岑学报》有《坚伦镜说》等。参看邹振环《首传X射线知识的〈光学揭要〉》,《影响中国近代社会的一百种译作》,中国对外翻译出版公司,1996年,第109—112页。

准确、合理，带有极大的狂想性质，但是正是晚清非写实小说中这些大量似是而非的科学狂想引发了"科学幻想"小说在中国的发展，引领人们学习科学知识，将各种科学理念灌输到民众头脑中。虽然时代使然，科学因素对小说的介入具有极大的功利性，但是科学幻想对小说的艺术表现无疑具有补充和拓展的意义，而且以其驰骋的想象，昭示着小说的审美价值所在。

第二章 幻想小说之"新"

翻开晚清最后十年的小说,迎面扑来的就是一股"新"气息,《新中国》《新天地》《新纪元》《新党现形记》《新法螺先生谭》《新水浒》《新三国》《新西游记》《新石头记》《新镜花缘》……据《中国通俗小说总目提要》所录篇目来统计,单是以"新"字开头的小说就有近六十部!光绪二十八年十月(1902年11月),《新小说》杂志在日本横滨创刊,梁启超不仅鲜明地提出了"欲新民,必自新小说始"的口号,而且以其创作《新中国未来记》来实践其理论,竖起了"新小说"的旗帜。从此,"新小说"成为区别于古典传统小说的一个指称,指那些在小说界革命中产生的、不同于创办《新小说》之前的传统小说的作品。这里,我们且不论这一指称的内涵和外延,仅就其所指的"新"来看,至少说明了一种时间上的前进,相对于过去,其"新"必然具有过去的小说所没有的因素。对"新"的追求,体现了一种创造精神,一种求新求变的现代性特征。[①] 晚清小说对"新"的热情追求,形成了挥别过去、奔向未来的文学时间观念和以西方为核心的世界范围的文学空间概念,促使中国文学从古典向现代转型,使小说从内容到叙述方式发生了整体性变化。

第一节 想象资源之新

这些小说之"新",首先是想象资源的推陈出新,不再局限于来自中国民

---

① 参看有关现代性内涵的论述,谢立中:《"现代性"及其相关概念词义辨析》,《北京大学学报》(哲学社会科学版),2001年第5期;河清:《现代与后现代——西方艺术文化小史》,香港三联书店,1994年,第23页。

间传说和传统宗教信仰的精怪、梦幻、鬼神,写人神遇合、生死轮回、仙魔斗法、腾云驾雾等幻异故事,而更多的是借着西方文学作品(尤其是借日本这座桥梁了解到)的灵感,通过时空置换,从先进的西方世界取材来进行想象虚构,把迥异于中国千年封建社会的西方历史政治、现代社会形态、新教育理念和模式、人性伦理道德观念、文明化的生活方式、地理环境、风俗习惯、科学知识、侦探推理、冒险传奇等等融入小说想象中,特别是承袭凡尔纳、威尔斯(Wells)、贝拉米(Bellamy)的小说叙事,展开一系列的科学论述,对器械工作原理常常加以详细说明,多了一层知性色彩,给读者以新鲜的陌生化的审美体验。如对上天入地的想象,中国古代小说中有吃神药、施魔力法术之类的讲述,晚清小说则多是借助"飞空艇"(《乌托邦游记》)、"气球"(《月球殖民地小说》)、"空行自由车""水行鞋""水底潜行船"(《新中国》)、飞车、水靴、潜水猎艇(《新石头记》)这类工具来实现。吴趼人在《立宪万岁》中借天上玉皇大帝和众神仙的立宪闹剧讽刺清政府的立宪改革,让玉帝、菩萨、哪吒、孙悟空、猪八戒等读者熟知的人物和外国的礼拜堂、耶稣、升高机器(电梯)、哲学家苏格拉底、卒业文凭、天足会、女学堂等新鲜事物发生联系,产生各种奇妙的想象,使人感到新鲜滑稽。虽然晚清小说家自身的自然科学知识与见识普遍浅陋,甚至对西方世界一些已经存在的事物也用幻想的笔调来描述,但是对长期封闭、对国外世界所知甚少、习惯于传统神怪公式的清末读者来说,这些未尝不是超出他们生活经验的虚幻事物,应该是一种极大的刺激。

萧然郁生的《乌托邦游记》(1906年《月月小说》1—2号载,未完)写好游的主人公梦中受人指点至何有乡乘船前往乌托邦游历。虽然故事在没有进入乌托邦之前就中断了,但是已经为读者展现了先进的文明世界:平等的船舱,藏有世界各国典籍的藏书楼,分动物、植物、矿物陈列的博物房,可以娱乐、做实验、制造机器的俱乐部,分格物、哲理两大部的讲习班等等,俨然就是一个质朴简单的西方文明社会的翻版。1910年的陆士谔《新中国》[①](又

[①] 陆士谔:《新中国》,章培恒等编《中国近代小说大系》(中国进化小史 刺客谈 艮岳峰卷),百花洲文艺出版社,1996年。

名《立宪四十年后之中国》)更为详尽地描绘出一个1951年的文明世界。这新中国"马路筑的异常宽广,两旁店铺鳞次栉比,……又见马路中站岗的英捕、印捕,一个都不见了"(第一回),表明中国已经强盛无比了。海外法权、领事裁判权已经收回,租界取消,国债全数还清,自行集资建厂,留学毕业生回国创业,"洋货已被国货淘汰了"(第一回)。这一切来自科技的发达。不仅如此,社会风气好,讲诚信,讲效益,禁毒禁赌,电车上给女士让座,路不拾遗,夜不闭户;路面改造的想象十分实际,有下雨时使用的"雨街",晴闭雨开,通光不漏雨;没有地面电车,"把地中掘空,筑成了隧道,安放了铁轨,日夜点着电灯,电车就在里头飞行不绝"(第三回),就是我们现在的地铁吧。电汽车类似我们现在的出租汽车。街景洁净文明,娱乐舒适雅致。尤为称奇的是作者想象出了上海开发浦东,"见一座很大的铁桥,跨着黄浦,直筑到对岸浦东"(第3回),不就是浦东大桥吗?1991年,中国最大的斜拉桥南浦大桥全线贯通,徐浦大桥、杨浦大桥也随后建起,三座大桥把浦东浦西连为一体,实现了陆士谔的梦想。不仅如此,要开办万国博览会,"为了上海没处可以建筑会场,特在浦东辟地造屋","现在,浦东地方已兴旺的与上海差不多了",还有海底隧道,这描绘的不就是现在的浦东的吗?现实让我们惊讶于一百年前小说家的预言想象。而且他还想象到国家法制严明,开办教育。汉语成为"世界的公文共语",中国货行销世界各国,工人个个小康,"我国人创业,纯是利群主义。福则同福,祸则同祸,差不多已行着社会主义了"(第四回),出现了一个新鲜、平等、富裕的理想社会。如此富有创见性的合理想象与推断,完全不同于传统小说中奇幻的仙界神境。

  这些想象带有对异国风情的描绘,对文明化的生活方式的展示,对先进物质技术的向往,对科学知识的好奇,对超自然力的惊叹,让读者获得崭新的阅读体验。但是,要说明的是,这时期小说的想象不是纯粹的科学想象或者传奇虚构,而是因为有感于中国民众对科学文明之隔膜而要普及知识,宣传文明,把中国的神话、传奇、话本等多重因素结合在一起,加以科学的分子、离奇的冒险等因素来探讨中国社会的发展,其形成的心理动因是探索救国救民之道路。而传统非写实小说想象的形成主要源于对长生不老的迷信追求和对各种神灵崇拜的民间宗教信仰。晚清非写实小说中新鲜奇异的想象为中国读者打开了与世界接触的窗口,促使国人走出传统,走向现代。

第二节 虚构指向之新

新非写实小说的想象虚构指向是迥异于传统的。想象力本身是人类与生俱来的潜能,是无方向的、散漫的、随意的、变化多端的,包括所有白日梦之类的空想,要在文学作品中表现出来,必须经过一个文学自觉的虚构化过程。文学虚构化行为所激发出的想象蕴含着一种指向目的,表达出这种想象的内在需求,也就形成了想象叙事的目的。正是这种想象虚构目的构成了非写实小说的叙事目的。中国传统非写实小说无论讲述的是侠客义士、神魔妖怪还是历史传说、市井人情,都集中体现着小说"娱心娱情"的游戏消闲功能,其虚构指向的是创作奇幻诱人的景象和传奇生动的故事,满足人们天生的好奇心和创造欲,是个人化的。千百年来,这种虚构指向在大众审美狂欢中形成了模式化的叙事方式和叙事话语,迎合着世俗道德价值和审美心理的需求,宣泄着世人被压抑的情感和想象。这种虚构指向以满足读者审美快感来实现小说的审美价值,从未有本质性的改变。

然而,晚清新幻想小说的虚构指向是一种国家集体性的,为了服从新小说传播新知、开通民智这一"启蒙""醒民"主题而产生的,指向的是中国的政治叙事,以探索强国富民的道路。这种"群治"的功利性新虚构指向,导致非写实小说叙事的兴趣集中在理想国家、政治改革、教育强国等宏大题材上,而漠视个人化的内容。现实的焦灼与变革的热情始终制约着小说的想象,把轻盈的想象翅膀胶粘在现实的危机感中。显而易见,晚清非写实小说主题的集中正是这种虚构指向所致。也正出于这样的虚构指向,叙述者不再关心读者的审美感受,而更急于表达自己的思想、见解及理想等,感时忧国,以高于读者的启蒙者的姿态来进行说教宣传。众多关于换心术、洗脑术、催醒术甚至造人术之类的想象无不基于改造国民性的迫切渴望,对各种民权村、自由村、仙人岛之类的想象也无不表达了对未来理想国家的急切期待。也正因此,新非写实小说的叙事形成了一种模式:在想象虚构的时空中,针对现实进行大段的演说,酣畅淋漓地表达政见。如在《新中国未来记》

中两位爱国志士44回合、共一万六千余言的政治论辩。这种大段议论挤压了虚构叙事的空间,必然削弱了小说的故事性,这也是晚清小说的一大特色。

以吴趼人的《新石头记》来说,这是一部名著续书。《红楼梦》自乾隆五十六年(1791年)刊印以来,续书不断。陶祐曾曾描述过:

> 自曹雪芹《石头记》出现后,大受社会之欢迎,纸贵洛阳,名驰东岛。而吾国一般操觚之士,心焉美之,不虑贻讥,亦靦然续貂而学步,后先迭出,名目渐繁(如《风月梦》《红楼再梦》《红楼重梦》《红楼绮梦》《红楼圆梦》《续红楼梦》《后红楼梦》《疑红楼梦》《疑疑红楼梦》之类)。试调查其内容,非记潇湘馆主之返魂,即称怡红公子之还俗。况言辞错杂,事迹荒唐,陈陈相因,毫无特色,较之曹著,不啻天渊,似俚似文,殊乖体例。有如此之好材料,而运用不得其当,良可惜已![1]

可见红楼续书之多。但都是"非记潇湘馆主之返魂,即称怡红公子之还俗",继续演绎宝黛钗的爱情故事,满足读者大团圆和轮回因果的期盼心理而编造种种情节。且不论这些小说得失成败,单就其虚构指向来看,这种对原著故事结局的想象是模式化的"陈陈相因,毫无特色"的传统的虚构指向所致,用各种荒诞不经的情节弥补着读者对宝黛爱情的遗憾。而在新的虚构指向下,晚清时期以吴趼人的《新石头记》为代表的续书则无意为原著续结局,无意对原著情节进行更改弥补,无意对原著人物说三道四,只是借用原著的神话架构,贯注感时忧国的历史意识,表达对时事的观点见解,以旧瓶装新酒,重在新内容的表现。作者让贾宝玉在历经几世几劫修行之后,周游清末中国,访问一个理想的"文明境界",感受各种新奇事物,抒发政治理想和思考。在这种新的虚构指向下,另一部南武野蛮的《新石头记》也是如此展开情节,讲述贾宝玉和林黛玉留学于日本,宝玉发表维新演讲,黛玉做了哲学和英文教授,努力学习西方文化知识的故事。同样,晚清的《新三国》

---

[1] 阿英编:《晚清文学丛钞·小说戏曲研究卷》,中华书局,1960年,第460页。

《新金瓶梅》《新水浒》等小说创作都摆脱了传统的想象叙事,而关注于新时代的改革立宪,或讽刺时政,或暴露阴暗。由此可见,新虚构指向对小说创作带来的新鲜内容。

晚清幻想小说的新虚构指向对象是中国,而关于这个"中国"的想象有两个子方向:一个是夸张地想象中国之贫之弱之丑怪之腐朽之没落之黑暗,参照的是现实中的中国现状;一个是想象未来的中国之先进之伟大之强盛之富裕之民主之自由,参照的是那时候的西方世界强国。所以,新非写实小说不是描绘未来中国的科技发达,社会文明,物质富裕,军事强大,人性善良,世界和平,万国统一的美好,就是夸张想象无可救药的腐朽世界。这些都是中国传统非写实小说几乎没有描绘过的内容。

第三节 美学特质之新

在审美趣味上,新非写实小说的想象凸现出了荒诞戏谑性的美学特质。这里所指的"荒诞性"不是西方现代派反传统的那种用象征手法或超现实手法表现出的资本主义社会中的生存荒诞感,而是指来源于中国古代小说中以荒唐怪诞的人事来折射社会现实的那些作品中呈现出来的寓言特质。有一些古代文学作品把抽象的哲理寓意化为极度夸张和变形的寓言故事来阐述,比如《庄子》中的蝴蝶梦,《吕氏春秋》中的黎丘奇鬼,以及我们熟知的叶公好龙之类的故事,都是荒唐无稽、怪诞不经、影射人间世情的荒诞故事。传统非写实小说比较注重"奇幻"性,写人神相恋,鬼神相搏,梦幻奇遇等,用新颖奇特的想象来满足读者的扬善抑恶的道德倾向和审美需求,以怪异炫人为能事,奇幻性是其主要的美学特质。然而,在晚清新非写实小说中,出于强烈的讽刺目的而使荒诞谐谑性在众多作品中被鲜明地呈现出来。小说中,古今人物交会于同一时代,贾宝玉、薛蟠、孙悟空、猪八戒等都来到繁华的上海游历,《水浒传》中的众英雄纷纷经商、办学、治军,《三国演义》中的人物也开始实施新政,锐意改革;就是在阴曹地府里,阎王爷和众鬼神也开始实行立宪政治,实施新法。这种戏拟叙事手法在非写实小说中大展身手,使想象虚构不再抒情曼妙,虚无缥缈,充满了奇幻色彩,而是充满了滑稽可笑的混杂,古今与未来共时,中外并置于同一空间,互相映衬比较,形成错位倒置,产生荒谬感、滑稽感,给读者带来浓厚的趣味性。

新非写实小说所具有荒诞感最直接地来自晚清小说中虚构出来的一个混淆传统价值,颠覆正常审美观念,解构道德评判的奇异世界。这个怪诞世界,在陆士谔的《六路财神》[①]中以一个野财神当道来表现。野财神的发财原则是"只要有利可图,就不管卑污不卑污,龌龊不龌龊,屈身下贱,舔痔吮痈,无有不为,无有不做"(楔子)。玉皇大帝因其办事得力而封他为新路财神,统领东西南北中五路财神,以致世界"昏天黑地"。作者受五路财神之托将野财神的鬼蜮伎俩写成了小说,在神州古国香海这个繁华之地,演绎了一幕幕丑恶的发财闹剧。发财方法是害死东家之子,娶了东家之妻,占了东家家产,贪污赈灾款,贩卖人口,卖假药等,更为奇妙的是现在商业社会中通行的种种商业运作也在小说中栩栩如生地展示了出来,比如找一片园子举办展销会"香海物产会",赚取商家的入场费和顾客的门票费,"并且里头更好弄几处哄骗人家钱财的所在,总要花样新翻,引人入胜为妙"(第一回);甚至应用了"美女经济","要引起游人之兴味,莫如利用女子"(第三回);通过行贿把银行弄倒闭;售彩票牟取暴利;做军火生意等,不管国家死活,敌我之分,以致义士鸣不平用刀戳其心竟不得死,因为他们"良心早已丧尽,胸口头本系空空洞洞"(第7回)。可见这正义之力式微。最终,这些无赖一个个皆发财成功,"彼此谈起发财秘诀,异曲同工,都是'没良心'三字"(楔子)。寓言式的故事情节无疑是这部小说的重要叙事特色,其讽刺意味昭然若揭。这个荒诞丑恶的繁华世界在小说中以作者梦境呈现,但无处不直指现实世界的社会弊端,道德沦丧,金钱至上,反映出晚清这一转型社会时期的社会秩序的混乱和传统道德价值观念在商业社会中的崩溃。《新鬼世界》干脆不再假托梦幻,以鬼怪世界直接寓人间百态。阴间要预备立宪就派鬼王爷带领五个小鬼到上海考察。考察的地方不过是花园、酒馆、妓院、剧场等,所做之事无外乎喝酒吃饭、见洋买办、聊官场诸恶习、嫖妓之类,展现的社会现象和谴责小说中的种种官场叙事几乎无二致,只是人换作了鬼,以鬼寓人,荒诞

[①] 陆士谔:《六路财神》,《大乔式羽》,百花洲文艺出版社,1993年。

中讥讽之意鲜明凸现。陈景韩的《新西游记》则让《西游记》中的几位人物到晚清的上海游历了一番。当唐僧被困妓院,本领高强的孙悟空束手无策,而身穿洋装的猪八戒一出现就吓得人们惊慌失措,救出了师父,颠覆了传统观念中对孙悟空和猪八戒的人物形象认知。在商业社会中,道德沦丧,人们的脸皮很厚,连救火的水管都是人皮做的!这种滑稽、笑料百出的对晚清社会各种之"怪现状"的尖刻讽刺,在非写实小说中比比皆是。

睡狮的《马屁世界》[①]别具一格,讲述了一个绝顶荒谬的故事。京城几位大红人因善拍马屁而富贵至极,后辞官不做搬家到上海,打算开创事业,因为"我看于今时风,简直是个马屁世界,无论何人何事,总不离了这个手段。这真是人生紧要学问,当务之急",是升官发财的秘诀,所以决定开设一所"马屁学堂"。陕西书生单卜信听说上海文明全国第一就来上海考察。当盘缠用尽无计可施之际,被引入马屁学校。马屁学校的学生要先学钻狗洞,丢掉自己的人格、人性、尊严、良心,要养成几种性质:"第一狐媚性,第二狼毒性,第三蜂虿性,第四蛇蝎性,第五鲸吞性,第六鹰扬性。"(第二回)。马屁学生毕业后身怀利器,无往不利,马到成功。可是单卜信结业成绩是下等,不会拍马屁,只好卖文度日。当有人因受马屁客的愚弄而发起拒绝马屁大会后,马屁教习随机应变,改良马屁技术,于是马屁客又重新嚣张起来。因为拍马屁,中国人"被拍马屁的拍得昏昏迷迷,和小孩子睡在摇篮里一般。唉——怪不得人家外国人说我们中国是个睡国,常年梦梦,这却如何是好?必要想个法子,提醒提醒才是"。故事最后是单卜信参加灭绝马屁大会,请来外国留学归来的马屁维新家,监禁拍马屁者,查抄马屁学堂,自然是禁绝了马屁,"自此中国公道大行,国势日盛"(第十回)。小说通过"马屁学校"极为夸张变形地生动演绎出危害社会的弊病。如此极端的想象在这些小说中以戏谑的笔调夸张地表现出来,令人不禁怀疑自己生活其中的世界的正常性。

小说的奇思妙想在现实中获得了合理性是其荒诞感产生的来源。第

[①] 睡狮:《马屁世界》,章培恒等编《中国近代小说大系》(中国进化小史 刺客谈 艮岳峰卷),百花洲文艺出版社,1993年。

一,作者将"教书育人"这一神圣的事业和"拍马屁"这一龌龊无耻的行径结合于一处,为此寻找到"富而可求,虽执鞭之事,吾亦为之"依据,符合圣人之道,具有理论合理性。第二,教员都是富有丰富实践经验的拍马屁专家,不是坑蒙拐骗的样子货;第三,生源广泛,无人不想升官发财;第四,就业渠道五花八门,各行各业,无不需要;第四,学员毕业后收入丰厚,加倍回馈学校,办学收益高。由此可见,马屁学堂的存在合情合理。荒唐的事情在社会中的合情合理表现的是现实社会的荒谬,小说的讽刺意义顿显。新非写实小说就是这样用光怪陆离的荒诞故事演绎着中国现实的话语,影射中国社会种种弊端,其寓意明朗显豁,令人叫绝。

  新非写实小说的荒诞想象,比较集中地表现在寓言性的批判上。海天独啸子的《女娲石》讲述众多女豪杰从事革命事业,建立了一个"洗脑院",希望用药洗去民众脑中功名利禄的思想,用科学的口吻讲述荒谬之事,"原来我党领袖,姓汤名翠仙,因见我国人民年灾月难,得下软骨症来,所以许下齐天大愿。若得我国病愈,愿洗四万万脑筋奉答上帝"①,表达再造国民精神的迫切愿望。《月球殖民地小说》中也描写了十分荒谬的病症:"我听见有人说起,中国有种什么文章叫作八股,做到八股完全之后,那心房便渐渐缩小,一种种的酸料、涩料,都渗入心窝里头,那胆儿也比寻常的人小了几倍。所以中国一般的官员都是八股出身,和我们办起交涉来,起初发的是糊涂病,后来结果都是一种胆战心惊的病。"(第十二回)形象地揭示出八股与中国人性格的某种联系。东海觉我的《新法螺先生谭》中幻想有一名叫黄种祖的老翁有四万万儿女,这些儿女或者昏睡不醒,或者永远处于童稚混沌状态,而且中了一种毒,意志消沉,体格羸弱,多病短命,没有可能成长。为了重塑国民,小说想象出一种"造人术",把新鲜脑汁注入一个"头发斑白、背屈齿秃之老人"的颅内,则老人生命回转,成为一个黑发青年。这些荒诞的病症的描写极为夸张地表达了对国民性的批判和改造的急切性。更为直接的一篇小说就是陈景韩的《催醒术》,小说写"予"有一天被一个手持笔杆的人指了一

---

① 海天独啸子:《女娲石》,董文成、李勤学主编《中国近代珍稀本小说》第3卷,春风文艺出版社,1997年,第69页。

下,就变得眼明心亮,这时才发现自己和世人遍体污垢,就洗了自己,又洗朋友,不禁哀叹:"予欲以一人之力,洗濯全国,不其难哉!"可朋友们却嘲笑他;他救助弱者,世人嘲笑他是精神病;他扑杀害虫,可人们"安之若素"。这个荒诞的故事写出了觉醒的启蒙者孤军奋战的境遇,非常直接鲜明地表达出启蒙意图:"中国人之能眠也久已。复安用催?所宜催者醒耳,作催醒术。"希望中国国民"伏者起,立者肃,走者疾,言者清以明,事者强以有力",民气"顿然一振",中国焕然一新。[①] 这种荒诞性的寓言叙事,在关注国民性改造的问题上始终是小说极其借重的叙事方式,后来鲁迅的《狂人日记》《故事新编》,老舍的《猫城记》,都有同样的荒诞性表述。

因非写实小说主题关注的是国家民族振兴大业,所幻想的内容多是与此相关的,所以在想象中放大了众多现实生活的黑暗面和种种弊端,以期警醒世人。传统的寓言化叙事是小说家借助的重要表达方式之一,所呈现出的荒诞性也就有着极浓的寓言故事意味。

虽然新幻想小说具有了众多新素质,但是其传统的长篇章回体制、叙述者的说书人口吻等叙事因素依然占主导地位。在新与旧的交替中,混沌喧哗中,新非写实小说以其新特质,冲击着传统小说的叙事模式,和写实性小说共同实现着中国小说的现代性转型。

[①] 冷:《催醒术》,《小说时报》第1号,1909年第1期。

第三章　晚清幻想小说中的"续书"现象

小说名著的续衍是中国小说史上一种常见的文学现象。仅《红楼梦》《水浒传》的各种仿写、改写和续写的小说就有一百五十多部。[①] 但是,由于小说文类的边缘性地位和续书本身低质量等多种因素,研究者对续书现象的关注却是非常有限的,并且多以讥贬的态度来待之。[②] 实际上,续书既是原著的参照,又是独立的创作。作者既希望借助原著的影响又想摆脱原著的禁锢,读者同样既希望看到熟悉的人物故事,又期待新的阅读体验,其创作和阅读心理都十分复杂独特,值得我们深入研究。晚清集中出现的大量续书,在传统与现代中激荡,尤其是其所具有的鲜明的非写实性叙事特征,更值得我们进一步关注。

第一节　续书的创新

晚清新小说中有二十多部名著续书。[③] 这些续书借原著里的人物或故事框架来书写对晚清现实社会的观察认识,表达作者对国家时局、政治、文化、军事、教育等的思考见解。阿英认为这种"拟旧小说"创作"是在文学生命上的一种自杀行为","是当时新小说的一种反动,也是晚清谴责小说的没落",[④]这种

---

① 参看李忠昌:《古代小说续书漫话》,辽宁教育出版社,1992年。
② 参看高玉海:《明清小说续书研究·引言》,中国社会科学出版社,2004年。
③ 这里的统计不包括传统小说,比如清官侠义小说的续书。晚清续书的总数量不易统计,但据现有的研究资料来看,是相当惊人的,有上百部之众。
④ 阿英:《晚清小说史》第十三章"晚清小说之末流",人民文学出版社,1980年,第177—178页。

评价是在现实主义反映论的研究框架中做出的。当我们重新认识这些作品时,发现了许多以往研究中所未关注到的内容。因为这类小说在晚清成批出现,并且多以"新"命名,显然是有一定历史进步性的,而且其中不乏佳篇。这些续书具有种种新质,以一种对原著肆无忌惮的挑战姿态,大肆渲染新时代、新精神、新理念,极具探索性和创新性,对当时的文学革命起到了推波助澜的作用,对中国小说打破传统的禁锢,实现现代化转型,具有深远的意义。因此,我们应给予这种文学现象以客观的评价。

在这些续书中,陆士谔的《新三国》《新水浒》《也是西游记》《新野叟曝言》、珠溪渔隐的《新三国志》、西泠冬青的《新水浒》、冷血和煮梦的两部同名的《新西游记》、吴趼人和南武野蛮的两部同名《新石头记》、萧然郁生的《新镜花缘》、大陆的《新封神传》、我佛山人的《无理取闹之西游记》等大部分续书是遵循非写实习规进行叙事的。通常,续书都是从原著的故事结尾或者情节中间开始生发另外的情节,也有利用原著人物灵魂转世或后代来续演故事的,在人物、情节、思想等方面与原著有密切关系。但是,晚清新非写实续书则以迥异于传统续书的一种"借续"方式,即只借助原著人物,跳出原著框架,置换空间、时间,来演绎与原著无关的现代社会故事。以这种方式创作的续书有人称为"翻新小说"[①],这种续书里的人物或者转换了原著的空间,或者推移了原著时间,都脱离了原著的故事情节,让名著人物纷纷走进新时代,以荒诞不经的叙事表达作者对现实社会的观察思考,如同寄生在其他动物壳中的螃蟹。晚清翻新小说对原著大胆的摒弃这种续接行为本身,就是对传统的一种背叛和离异,更毋庸说其创作中所蕴含的创新性和探索意义。翻新小说因为挣脱了原著的桎梏而放飞了想象,从而使续书形成众声喧哗的荒诞空间,尝试了用戏拟小说叙事进行国家政治话语的另类表达。尽管这种创新尝试常常被视为荒唐得有点离谱,但是不可否认的是,中国小说在这一时期具有追求形式的短暂自由,小说家们也正是在这种自由中形成了自觉的创新意识,表现出瑰丽的文学想象。

同时,作者不肯完全抛弃"旧小说",进行全新的创造,也暗含了作者对

[①] 欧阳健:《晚清小说史》,浙江古籍出版社,1997年,第143页。

传统的依恋态度,把新小说建立在旧小说的框架上,试图挖掘出传统小说的叙事潜能,进行自我更新,在形式上体现了一种传统性,也是文学自觉更新的一种表现。晚清之后,续书不再频频出现,尤其是五四文学家,恨不得一下子把传统的"毒汁"全部冲洗干净,又怎会和旧小说纠缠不已? 因此,阿英才会认为此类续书"窥其内容,实无以足观者",作很低的评价。而这种新旧纠缠正是晚清小说的融汇性之特征。

第二节 续书之代表:《新石头记》

吴趼人的《新石头记》是这些续书中比较完整、极具代表性的一部。这部小说,最初从 1905 年的第 28 号《南方报》开始连载,署名为"老少年",1908 年署名"我佛山人",以《绘图新石头记》为题目由上海改良小说社出版了单行本。全书共四十回,讲述贾宝玉历经几世之后想酬补天之愿,便蓄发下山,巧遇在上海经商的薛蟠,游历晚清上海,看新报,吃西餐,参观炮弹厂、锅炉厂、水雷厂、画图房、洋枪厂、铸铁厂等,大开眼界。后到北京,时值义和团大闹北京,八国联军进京,看到义和团民诸多丑态和骗人伎俩。冬尽春回,宝玉回到上海,听讲演,到汉口谈维新,被官府缉拿。被朋友救出之后,北上游历,走入一个乌托邦世界"文明境界"。经老少年介绍,见识众多先进科学发明,乘空中猎车,获大鹏鸟,坐猎艇,过太平洋,遇人鱼,得海鳅,到南极,取海貂、珊瑚等宝物,还参观了学校、工厂、市场之类的地方,最后见到文明境界的缔造者东方文明,实为故人甄宝玉,已偿补天之愿。

作者是完全出于自觉的续书意识,来进行创作的。他在小说开首就坦言续书之意:

> 大凡一个人,无论创事业,撰文章,那出色当行的,必能独树一帜。倘若是傍人门户,便落了近日的一句新名词,叫作:"倚赖性质",并且无好事干出来的了。别的大事且不论,就是小说一端,亦是如此。不信,但看一部《西厢》,到了《惊梦》为止,后人续了四出,便被金圣叹骂了个不亦乐乎。有了一部《水浒传》,后来那些续《水浒》《荡寇志》,便落了后

> 人批评。有了一部《西游记》，后来那一部《后西游》，差不多竟没有人知道。如此看来，何苦狗尾续貂，贻人笑话呢？此时，我又凭空撰出这部《新石头记》，不又成了画蛇添足么？……

他非常清楚续书吃力不讨好，但是为什么还要续呢？他自信而潇洒地论道：

> 然而，据我想来，一个人提笔作文，总先有了一番意思。下笔的时候，他本来不是一定要人家赞赏的，不过自己随意所如，写写自家的怀抱罢了。至于后人的褒贬，本来与我无干，所以我也存了这个念头，就不避嫌疑，撰起这部《新石头记》来。①

其目的非常明确，就是要"写写自家的怀抱"。阿英很不理解，认为"……这意义似未可厚非。如利用此书的写作，以发表其政治思想，解释人生问题，介绍各种知识，都不是坏事。但问题在于要传达这一切，又何必定要利用旧书名、旧人物呢？"②阿英在看待这一文学现象时，有了一个预设前提就是：旧的不好。因其落后所以尽量不用。这种观念蕴含着进化论的影响，是典型的五四知识分子的世界观。其实，作者除了"夺他人之酒杯，浇自己之块垒"来抒发情怀的想法之外，也许还有借重原著声誉来吸引读者，获取可观的经济效益的考虑，毕竟那个时代著述已经成为商业化行为，但更重要的是，吴趼人之所以要续书，是因为要突出一个"新"。这也是晚清其他续书者的重要目的。以"新"为名，用原著的传统故事来衬托续书关于新时代、新社会的未来想象，可以进行鲜明的对照，更为清晰地、彻底地表达出作者对于传统的背叛意识和颠覆文学传统的目的。他声称，"本来不是一定要人家赞赏的"，显示出一种逆反之中的创新勇气，"不过自己随意所如"说明这是一种尝试。用新的续书来表达对于传统文化和现代文明关系的思考，把原著中的种种传统和续书中的预设想象交织在一起，进行叙事狂欢，不仅

---

① 吴趼人：《新石头记》，江西人民出版社，1988年第1版，第151页。
② 阿英：《晚清小说史》第十三章"晚清小说之末流"，人民文学出版社，1980年，第177页。

富有趣味,而且别具深意。1908年署名"报癖"者就曾评说道:

> ……而其所发明之新理,千奇百怪,花样翻新,大都与实际有密切关系,循天演之公例,愈研愈进,愈产愈精,为极文明极进化之二十世纪所未有。其描抚社会之状态,则假设名词,以隐刺中国之缺点,冷嘲热骂,酣畅淋漓。试取曹本以比较之,而是作自占优胜之位置。盖旧《石头记》艳丽,新《石头记》庄严;旧《石头》安逸,新《石头》动劳;旧《石头》点染私情,新《石头》昌明公理;旧《石头》写腐败之现象,新《石头》扬文明之暗潮;旧《石头》为言情小说,亦家庭小说,新《石头》系科学小说,亦教育小说;旧《石头》儿女情长,新《石头》英雄任重;旧《石头》消磨志气,新《石头》鼓舞精神;旧《石头》令阅者痴,新《石头》令阅者智;旧《石头》令阅者入梦魇,新《石头》令阅者饶希望;旧《石头》使阅者泪承睫,新《石头》使阅者喜上眉;旧《石头》浪子欢迎,新《石头》国民崇拜;旧《石头》如昙花也,故富贵荣华,一现即杳,新《石头》如泰岳也,故经营作用,亘古长存。就种种比例以观,而二者之性质,之体裁,之损益,既已划若鸿沟,大相径庭,具见趼公之煞费苦思,大张炬眼,各种真趣,阅者其亦能领悟否乎。①

此公评说不无溢美之辞,对原著与续书的比较也是站在革新派的立场来进行的,失之偏颇,但是他能领悟到作者续书之种种深意,十分难得。张中行也曾论述过用贾宝玉做主角的便利:"这位是石兄,既灵且痴,既能'悟彻前因',又存'补天之愿';既深谙中国文化、古史圣训,又一向不大安分、追求好奇。用这样一个浑身充满了矛盾的人物做全书的主角,最便于反映二十世纪初期社会大变动年代中国人的矛盾心态。"②所论极是。应该说,用续书来写"自家的怀抱"的构思是作者精心编撰的巧妙构思。

如果了解了作者的"怀抱"何在,就会更加深刻地体悟到这种续书行为

---

① 报癖:《新石头记》,《月月小说》第6号,1908年。
② 张中行评:《新石头记》,见周均韬主编《中国通俗小说鉴赏辞典》,南京大学出版社,1993年,第1162页。

的意味。他在他另一部小说《近十年之怪现状》的自序中言:"兼理想科学社会政治而有之者,则为《新石头记》。"①确实,在这部小说中,融入了他对中国社会各个方面的思考,尽情展现了一个晚清知识分子治国平天下的抱负,在纸上用想象来实现强国富民的政治理想。小说平均分为两大部分,前半部是关于"野蛮世界"的讲述,后半部是对"文明境界"的描绘,整体上形成了野蛮与文明之冲突的叙事张力。同时,"野蛮世界"影射着现实,"文明境界"代表了理想,又形成了理想与现实的对照。由此,吴趼人成功地表达了自己的民族主义立场和务实的政治理念。

在第一部分里,宝玉下凡,经由野蛮世界的代表薛蟠和他的一帮买办朋友引导,从南到北进行游历。首先,是对火柴、留声机、电灯、轮船等所代表的西方先进的物质文明的震惊;其次是自己的思考和学习,"既是中国的船,为什么要用外国人驶?"认为外国人和中国人一样,中国人"那里有学不会的学问呢?咱们不赶早学会了,万一他们和咱们不对起来,撒手不干了,那可怎么好呢?这么大的船,不成了废物了么?"(第四回)当看到街上十家铺子倒有九家卖洋货,就想到:"……通商一层,是以我所有,易我所无,才叫做交易。请问有了这许多洋货铺子,可有什么土货铺子,做外国人的买卖么?"(第五回);当听说上海的轮船公司、保险公司几乎都是洋人开办,柏耀廉(谐音"不要脸")说中国人不可靠时,便气愤不已,斥责道:"今日合席都是中国人,大约咱们都是靠不住的了?说我靠不住也罢了,难道连你自己都骂在里头!"(第七回)对这类崇洋媚外的行径十分痛恨,"照他这样说来,凡无信行的都是外国脾气。幸而中国人依他说的都靠不住,万一都学的靠得住了,岂不把一个中国都变成外国么!总而言之,他懂了点外国的语言文字,便什么都是外国的好,巴不得把外国人认做了老子娘。我昨儿晚上,看了一晚上的书,知道外国人最重的是爱国,只怕那爱国的外国人,还不要这种不肖的子孙呢。"(第七回)他不断思考,也不断学习,不仅找来许多"晚近的书"看,还到炮弹厂、锅炉厂、水雷厂、机器厂、洋枪厂、铸造厂、木工厂等进行实地考

---

① 吴趼人:《近十年之怪现状·自序》,见章培恒等编《中国近代小说大系》(近十年之怪现状卷),江西人民出版社,1988年,第5—6页。

察,正视中西方差距,客观对待科学技术。最终,形成了务实的实业精神,既接受了西方的民族主义话语,批评国人对西方的崇拜,但又不盲目排斥西方(如西方的科学技术、民族主义思想),后来薛蟠加入义和团之时质疑宝玉先前恨洋货、买办,现在却不支持他杀毛子的矛盾立场。宝玉说道:"你何以糊涂到这样!我恨洋货,不过是恨他做了那没用的东西来,换我们有用的钱;也恨我们中国人,何以不肯上心,自己学着做。至于洋人,我又何必恨他呢?"(第十五回)表明了在他思想中的中国的主体地位和冷静的务实态度。

"宝玉"在这里是一个感时忧国、勤于学习思考的现代青年知识分子形象,与不学无术的薛蟠形成对比,从原著中的腐朽大家庭中厌恶禄蠹的纨绔子弟转型为一个爱国求知的新型青年,敏感于社会的种种黑暗,他发现,在上海发财的往往都是一等不识字的细崽、马夫,"读书的人明了理,就要保全天理,顾全廉耻,所以就不能发这个财了"(第六回)。政府不顾百姓死活,卖地给外国人,"官场的事情,有什么凭据!他要和你作对时,便一千年也可以闹不了,左右凭他一面之词罢了",而且"官场最恨的是新党,只要你带着点新气,他便要想你的法子"(第十八回)。又亲历百般磨难,深刻意识到"怪不得说是野蛮之国,又怪不得说是黑暗世界"(第二十回)。不由得感到难酬"补天之愿"。这表现出作者对现实的一种批判立场。

正是这种批判立场使作者在小说后一部分想象出一个"文明境界"来解决现实问题。虽然作者对"文明境界"的形成没有具体描述,但是在呈现这个乌托邦世界的时候,通过"老少年"这个导游不时地叙述其政治理念和思路,描绘出作者心目中的理想国家模式。王德威认为吴趼人在小说中强调的是以仁义治天下,以儒家政治思想为治国之本。[①] 所论极是。小说中,作为文明境界的区域字符是:礼、乐、文、章、仁、义、礼、智、刚、强、勇、毅、忠、孝、廉、节、友、慈、恭、信。全部都是中国传统文化的内容,其缔造者东方文明的子孙们的名字也都是英、德、法、美、威、猛、勇、锐、大同、自立、华抚夷、华务本之类,概括出其立国之本乃是以中国传统文化为主体,兼学西方先进

[①] 王德威:《被压抑的现代性》第5章"涵乱的视野——科幻奇谭",宋伟杰译,北京大学出版社,2005年,第319页。

文化,使中国走向富强独立,进而实现世界大同。作者借老少年论述"酒德"表达了对中国传统文化的自信:

> 中国开化得极早,从三皇五帝时,已经开了文化;到了文、武时,礼乐已经大备。独可惜他守成不化,所以进化极迟。近今自称文明国的,却是开化的极迟,而又进化的极快。中国开化早,所以中国人从未曾出胎的先天时,先就有了知规矩,守礼法的神经。进化虽迟,他本来自有的性质是不消灭的,所以醉后不乱。内中或者有一个两个乱的,然而同醉的人总有不乱的去扶持他,所以就不至于乱了。那开化迟的人,他满身的性质还是野蛮底子,虽然进化的快,不过是硬把道德两个字范围着他。他勉强服从了这个范围,已是通身不得舒服。一旦吃醉了,焉有不露出本来性质之理呢? 所以他们是一人醉一人乱,百人醉百人乱,有一天他们全国都醉了,还要全国乱呢!(第三十二回)

这种论述颇有人种优越性的论调,而且认为在典章制度、道德规范甚至专制政体方面都以中国文明为佳。在宝玉参观文明境界的过程中,老少年向他阐述了中式专制政体胜于西方民主制度的长处,宣明儒家礼教的文明教化作用,讲解上古三代创造之风,再三强调文明境界之内,实行的都是孔子之道,"敝境的人,从小时家庭教育,做娘的就教他那伦常日用的道理;入了学堂,第一课,先课的是修身。所以无论贵贱老少,没有一个不是循理的人,那孝悌忠信,礼义廉耻,人人烂熟胸中"(第二十八回)。明显是在试图重塑传统中华文明的光辉形象。

除了对国家政体的关注之外,作者还讲述了文明境界中各种令人眼花缭乱的科技发明,如再造天、验骨镜、助聪筒、司时器、飞车、潜水艇种种想象中的高科技产品,并且通过宝玉与老少年的对话,处处强调这些科技发明都出自中国传统,而中国传统文明所产生的科技创新,远胜于西方。如写飞车之发明,系出于古人腾云驾雾之想象,顺带于此处批评西人的热气球"又累赘又危险",不及飞车稳当得意(第二十五回);后来又发明了更快的飞车,老少年便建议命名为"夸父车",取"夸父与日逐走"之意(第三十五回)。并且为中国古代"科学"成就正名,一再强调中医的灵验,反复申明"不知西医的呆笨,还不及中国古医",要舍短取长,自成一家(第二十四回);写宝玉和老少年乘潜水艇周游海底世界,证明了《山海经》的记载属实,老少年便评说:"我最恨的一班自命通达时务的人,动不动说什么五洲万国,说的天文地理无所不知,却没有一点是亲身经历的。不过从两部译本书上看了下来,却偏要把自己祖国古籍记载一概抹煞,只说是荒诞不经之谈。"(第三十回)由此可见,"对吴趼人来说,只有在日常生活中实践科学性的进步,才能确实地体验出'仁'的真谛;物质上的现代化是'仁'或者人性内在力量的外烁光辉"。① 在小说"文明境界"中的各种想象物无不在彰显中国传统文化之价值,包括对立足于孔孟的"仁政"的肯定与发挥。所以,无论多么新鲜奇怪的东西,似乎都与传统有着不可割舍的联系,但同时又不同于旧的事物,是传统借助外来文明之后形成的最佳。这就是作者所要表达的文明理念。

吴趼人在这部小说中可谓用心良苦,用文明境界的成就弘扬着中国传统文化,演绎着一个在传统中自我更新的老中国的新世界。其续书形式契合着新旧的结合之寓意,从形式上迎合着传统之自新的内涵;就是小说的署名"老少年"也别具匠心,其"老"面向的是过去传统,"少年"则面对的是未来,象征着中国虽老但青春活力仍在,老树发新芽,中国会重新强盛起来。在晚清作家的意识中,始终是传统与现代交织于一处,旧与新混杂,迥异于五四作家那种毅然走向未来而痛恨传统羁绊的决绝态度。

"野蛮世界"与"文明境界",是中国现代化的起点和结局。而二者之间的桥梁作者认为是中国自身传统辅以西方文明。但是,果真可以如此吗?作者非常巧妙地应和原著故事框架用非写实的想象通过宝玉的游历把二者连接于一处却省略了中间的过程。小说与原著神话脉络一致,都是用女娲补天之石来引出故事,只是原著用补天剩下的那块石头到红尘中演绎了宝黛爱情悲剧,而续书中的石头到红尘中要完成补天之志。"补天"神话暗寓

---

① 王德威:《被压抑的现代性》第5章"淆乱的视野——科幻奇谭",宋伟杰译,北京大学出版社,2005年,第319页。

救世济民之伟业，蕴含着作者的终极政治理想，象征着对未来中国富强的承诺和期待。然而，小说最后，宝玉将通灵宝玉赠予老少年，未酬补天之愿。不仅如此，在石头上的奇文之后附有一首歌，表达"补天乏术兮岁不我与，群鼠满目兮恣气纵横"的悲哀无奈，更有英文打油诗，讽刺媚外小人之可耻，把小说从虚幻的想象拉至现实，潜含着维新改革的可笑可悲及不可能性，表达出作者对实现政治理想的消极悲观态度，也解构了小说中光怪陆离的虚构想象。整部小说仿佛就是讲述一个胸怀壮志的有为青年来到一个遍地污秽的世界，不知所措，做了一个美梦之后，郁郁而返的故事。小说开头引子中就说："定国安邦，好少年，雄心何壮，弹丸大的乾坤！……只可惜隔着了二三百层魔和障，害得人热念如狂！……只剩得热泪千行，热血一腔，洒到东洋大海，翻作惊涛骇浪。……"把这种无奈悲观表达得非常透彻明晰。可见，作者内心也明白，想象仅仅是想象。

吴趼人在这部小说中，设置了多重叙述者：隐含作者—叙述者—引导者（老少年/薛蟠/东方强）—宝玉。最终，以"宝玉"的视角来呈现想象中的"野蛮世界"和"文明境界"。多重叙事者的设置，增加了叙事者与被叙述之世界的距离，使读者在一次又一次的叙述中远离事实，也容易在互相矛盾或者不同叙事中产生怀疑，进一步加强文本的虚构性。这种虚构性解构了文本叙述的真实，产生了荒谬感，从而赋予文本戏谑性。给人印象最深的是第二回写贾宝玉四处打探荣国府却无人知晓，甚至被人看为疯子，及至看到《红楼梦》，"回想起来，有如隔世。拿着书上的事迹，印证我今日的境遇，还似做梦"（第二回）这一情节的设置。一是时间间隔，二是小说世界与现实世界的间隔，在非写实想象中全然消失，导致小说中的贾宝玉看小说中的自己这样荒唐的叙事发生。这种荒唐本身就解构了叙述的真实性，带来了一种后设小说的阅读趣味，即戏谑性，这与小说结尾的英文诗的嘲讽风格一致，也呼应了小说开头引子所言"猛回头，前事尽荒唐"，消解了叙事的严肃性，从而在充满政治理想和忧国忧民的宏大叙事中，表达出一种个人无奈的渺小感，使叙事最终回归到小说文体本身的娱乐性质上。尽管急于表达爱国热情和治国理念的晚清新小说家总是难以从容地幽默滑稽到底，常常沉浸于政治幻想的自我叙事中而忘却了游戏的初衷。

第三节 续书想象的展开

　　值得注意的是,作者对"野蛮世界"和"文明境界"的想象在方式上是不同的。在想象"野蛮世界"的时候,作者利用视角的转移来展开想象,用"过去"来聚焦"现在",通过时间的转换,用"宝玉"这个传统视角来观察现在的社会,重新认识我们习以为常的现实,发现现实社会的种种不合理性,呈现出一个丑怪的世界。于是,通过小说中的人物视角将读者和作者都熟悉的现实陌生化,让读者很有优越感地观看小说中的人物活动,产生戏剧嘲弄的效果,而发生滑稽感。而在想象"文明境界"的时候,压缩了时间,利用对象的位移来展开想象,将未来放置在现在,强调空间的转换,以弥补现实的缺憾。作者引导读者进入一个大家都不熟悉的世界,读者是被动的,因好奇心不断追随着作者的叙事,感觉是完全新鲜的,产生的是新奇感。这两种想象带给读者知识性、趣味性、创造性的阅读体验,使其认识到现实的荒谬不合理性,对未来产生美好的憧憬而达到开启民智、激励民心之叙事目的。晚清续书中非写实叙事,无外乎这两种想象方式。

　　陆士谔的《新三国》和珠溪渔隐的《新三国志》,据考证是出自同一人手笔,都是陆士谔的想象。[①] 他和吴趼人一样是晚清小说创作的重要作家,也是近代最多产的小说家。在这两部演绎三国故事的小说中,作者让古代人物孔明、周瑜等登上晚清社会改革舞台,引入维新变法、富国强民的思想,表达自己对现实社会政治改革的种种看法,绘出心目中的模范立宪国的理想版式。想象中的未来中国并不是没有问题,在《新野叟曝言》里,陆士谔就预言到中国人多之患。故事接续《野叟曝言》,讲述文仍继承其父文素臣治国安邦之大业,面临人口爆炸和资源匮乏的棘手问题。中国人多物少,求过于供,生计艰难,文仍提出要计划生育,改良农业,使粮食增产十倍,又兴办试验公宅,以节约耕地,实现家务劳动社会化。要知道这些具有现代意识的社

[①] 田若虹:《陆士谔小说考论》"钩沉篇"第4节"《新三国志》与《新三国》",上海三联书店,2005年,第271页。

会措施的想象,发生在一百年之前,实在令人惊叹。不仅如此,文仍发明了飞舰,征服了欧洲,考察了月球,移民至木星。文素臣亦率领子孙,全数迁去。其年中国遍地大荒,皇上派飞舰一百艘到木星去装运谷子,不料归途中与彗星相撞,一百艘飞舰全都成了碎片。从此地球与木星断绝往来。想象的空间扩展到宇宙之中,科学因素的不断介入更是给小说家提供了想象的新方向,创造出美妙奇异的幻想世界。这类小说面向未来,主要是"文明境界"式想象,新颖奇特,充满了瑰丽神奇的色彩。

《新水浒》(陆士谔著)则是写社会经济生活方面的改革。林冲、鲁智深等众英雄得知朝廷已经维新改革,梁山也要改变依靠"打家劫舍"来维持的"八方共域,异姓一家""不分贵贱""无问亲疏"的大锅饭政策,于是吴用提议成立梁山会,宋江则指派众会员下山,各逞所长,经营各种新事业。个人所得利益,提二成作为会费,二成作为公积,余六成即为本人薪金。吴用所建议的近似于承包制的改革模式,无疑是具有极大超前性的。在充斥着晚清社会气息的"新世界"中,赚钱的手段无非是利用权力作为原始资本,或利用法律和体制的不健全、浮支公款、收受回扣等不正当手段,或经营各种非道德的娱乐业如夜总会、赌局等,绘出了一个道德沦丧的金钱商业社会的丑态图。西泠冬青的《新水浒》也叙述朝廷实行新政,众位头领陆续下山,吴用办女学堂,雷横办警察练警兵,张顺创办渔业公司,汤隆谋铁路事业……揭露了所谓新政的实质。陈景韩的《新西游记》亦如此。作者让《西游记》中的几位人物到晚清上海游历一番,见识了各种奇闻怪事,一是租界中种种特殊制度和荒谬逻辑,二是上海的通商气氛;揭示了中国社会的种种弊病。煮梦的《新西游记》更是可笑,让八戒等几位人物百般变化,当学生,当嫖客,当警察,当政客,甚至当妓女、女学生等,一一演绎各类人物的丑态,成为众生"现形记";陆士谔的《也是西游记》杜撰出小行者、小沙僧和小八戒,让他们在上海运用各种先进设备和魔法,营救小唐僧,醒世的意味自然不少,但游戏的成分也颇重。萧然郁生的《新镜花缘》叙唐中宗复位以后,唐小峰欲寻访父亲和姐姐,颜崖欲觅妹子颜紫绡,便随同出洋贸易的林之洋、多九公一道,组成了大唐国的船队,出洋游历。但是,他们此番所见,已经不是昔日的君子国、大人国、小蓬莱了,而是奇特丑恶的媚外成性的维新国。这里的人把所有精力都用来巴结外国人,根本不关心亡国与否,只担心自己伤天害理的事业是否会毁于一旦。除维新国外,小说还指出有盲目国、火因国、奴隶国、老人国、聋哑国、贝者国、不醒国、守旧国、三西国、病夫国、多臂国、死人国、文学国、迷信国、尖头国、无血国、官员国等等国家的存在,无不指向国家民族之痼疾,其寓意极为显豁。大陆的《新封神榜》以八戒和姜子牙为主人公,讽刺新学界的丑恶现象,尤其是留学生的不学无术,荒淫无耻。这些小说的想象都是以现实为考察对象,通过前人的视角的转移,想象用另一个种眼光"刷新"现实,揭露现实的丑恶,考察现在时态的中国,以"野蛮世界"式的想象来讽喻现实,警世醒民,充满了荒诞感。

另外,晚清非常盛行为清官侠义小说写续书,借对清官和侠客的想象来满足劝善惩恶,改良社会之欲望。这些续书在传统的武侠想象世界中,加入了许多新的想象内容,如治逸的《新七侠五义》描写了一批维新时代中劝善惩恶的新型的侠客义士,小说弁言中称要"力除恶习,尽删旧例",不再"必借神仙鬼怪谎(笔者注:荒)谬放诞之说,以骇世炫奇",而要写出"皆天理人情中应有之义",明显有西方侦探小说的推理叙事的影响。而且强调"是书于科学上,多所发明,如朱侠之汽船,江侠之电光剑,叶侠之电光石,皆从声光化电各科学中所发明者"[①],侠客们不但用新的科学发明更新了武功和武器,而且其行走江湖的目的也具有时代特征,为的是扫除社会变革中出现的新的腐败和黑暗现象,比如侠客阴诩欲往香港,因为香港本是中国领土,如今反客为主,必有不法之事需要侠客前去匡扶,强调了一种爱国精神。作者十分在意小说的新质。由此可见,晚清续书中的想象对传统的突破是一种极为自觉的行为,他们力图在旧小说的基础上创造新小说,辗转腾挪于自我诉求与读者市场之需求的夹缝之中,煞费苦心。

[①] 治逸:《新七侠五义》"弁言",见章培恒等编《中国近代小说大系》(新风尘传卷),百花洲文艺出版社,1996年,第605—606页。

第四章 武侠的幻想世界

武侠小说中有一大类是充满了天马行空的想象的传奇故事,在武侠作家笔下,拥有非凡武功的美貌女子和英俊少年行走江湖,纠缠于爱恨情仇,展现出义肝侠胆,仗剑扶厄,为民除害;不食人间烟火的奇人异士,驰骋大漠深山,扬善惩恶,积功修性,践行着生命价值的跃升。但是,这个武侠世界并不是荒诞不经随意乱想的产物。好的武侠小说,总是透过这个梦幻世界来书写历史和社会的人生百态,折射出丰富复杂的现世内容,曲尽人情世趣,悟得人性奥秘。

第一节 江湖的幻想

武侠小说中有一个化外世界,就是与现实存在的主流世界相对的"江湖",或者叫"武林",从社会学角度考察,也就是一种"亚社会"。在这个想象世界里充斥着武功、秘笈宝典、艳遇、巧合、魔头、怪客、宝藏、灵丹、神医、奇情、奇特怪异的花草鱼虫兽禽、刀剑利器、高山大漠、美女俊男……这个世界很神秘,迥异于我们熟悉的日常世界。侠客们行走于这个自成一体的浪漫世界,演绎着一个个浪漫传奇,吸引着无数好奇的读者为之向往,神魂颠倒。那么,这个想象出来的江湖到底是什么样的一个世界呢?

"江湖"本来统指江河湖泊,狭义指的是洞庭湖和长江,后泛指五湖三江。在文人墨客寄情山水、逍遥遨游的想象中,"江湖"渐渐隐去了自然地理的词义,有了独特的文化内涵。例如,范仲淹的《岳阳楼记》中有"居庙堂之高,则忧其民;处江湖之远,则忧其君",杜牧的《遣怀》中有"落魄江湖载酒行,楚腰纤细掌中轻"等等论述书写,于是"江湖"成了隐士所居之处所,常与"山林""岩穴"通用。其实隐士常与政治相关,他们或失意于庙堂,或不愿受世俗官场之拘束而隐居。这些人通常属于士阶层,隐居是一种与正常社会的入世相对的出世生活状态。但是,武侠小说里的"江湖"主要不指"隐士社会",而是指与正统社会相对立的秘密社会即"亚社会"。现实生活中的教门、会党、帮派等江湖秘密社团组织的活动给武侠小说提供了大量想象素材,以此为基础,人们想象出这样一个法外世界,一个理想社会,任侠客们在此自由驰骋,快意恩仇。在这个社会中有各色人等,有各类社团群体,有自己的道义规矩,甚至有自己的一套语言。这个"江湖"世界寄生于正常的社会里,充满了神秘色彩,这色彩又浸染于江湖道义、江湖组织和江湖人物身上。这里所说的江湖人物主要都是社会游民,来源复杂。他们出自三教九流,或身怀绝技,有谋生之能,或居无定所,流落为鸡鸣狗盗,等等,形成了一个社会边缘层。作为侠客,武侠小说的主人公多放浪形骸,浪迹天涯,是一群不入庙堂的游侠,他们当然应该生存于这样的"江湖世界"。于是,武侠小说就在此基础上想象出一个别称"武林"的"江湖",而当主人公们行侠仗义目的达到之后,他们往往又归隐于那个隐士居住的"江湖",不知去向了。

武侠小说是最重要的江湖文学形式,它从各方面反映了江湖现象和它的神秘性。就文学渊源考察,至迟在唐人传奇和宋人话本里,作为游侠义士的生存环境,"纸上江湖"就已出现了。但是学界一般认为,直到民国时期平江不肖生的《江湖奇侠传》,才有意识地把展示"江湖"百态作为全书的主要任务。如果说《江湖奇侠传》里的"江湖"浸润着湘楚巫风,比较远离人间,那么同一作家所著《近代侠义英雄传》则披着野史书写的外衣,展示了一个同样光怪陆离的"人间江湖",它就隐藏在近代中国的城乡之中。在今天,尽管许多传统的江湖文化现象已不存在,但它们的吸引力却有增无减。尤其是现代新派武侠小说大家如金庸、古龙等,在他们的笔下又独具新意地描写了一种广阔的江湖生活,从而创造出一种文本幻想,可以叫作"案头江湖"或"纸上江湖",引人如痴如醉,流连忘返,成为名副其实的"成年人的童话"。

"江湖"作为侠客的活动背景,在唐代传奇中就以远离庙堂、市廛为其特征。在宋明话本拟话本中,则频繁出现了黑话、蒙汗药、朴刀杆棒、诨名绰号

（而且前面多有"江湖人称"四字）等"江湖细节"。到了清代小说，"江湖"一词使用更广，以至许多侠义传奇都以"江湖"命名了。就这样，经过无数说书人和小说家的渲染想象描述，"江湖"渐渐成为一个与现实世界相隔绝的、独立的、想象出来的文学世界。在这个世界里，正邪对立，伸张正义、惩恶扬善成为侠客尊奉的基本行为原则，修炼武功是基本的人生方式。侠客们远离人间烟火，至善至情，至纯至真，崇尚侠义。这个江湖寄托着民众对公平正义的信念和期待，是一个道德化的世界。在这里，现实世界的政治、军事、社会、民族等复杂矛盾被简化为二元的善恶对立，解决问题的方法就是武功较量，亦即"零和游戏"，把争端的解决还原于最原始的生死较量。这个世界里，没有吃喝拉撒的烦恼，没有柴米油盐的琐碎麻烦，更没有繁多的行为规范和禁忌，只有天马行空的流浪和追寻，只有英风侠骨和痴情爱恋。"江湖"成为小说家和读者心目中的被理想化的"乌托邦"，表达了国人潜在的对自由平等人生的强烈向往和对自我精神超越的追求。

武侠小说中的"江湖"，通常可以分为两大类，一类是仙魔神怪出没的"宇宙江湖"，还有一类就是借助于历史事件、人物想象出来或干脆纯虚构出来的，并无神怪仙魔的"人间江湖"。

其实每个作家都有自己的想象中的"江湖"。譬如还珠楼主的神魔宇宙江湖，驰骋于千百年前和千百年后广阔时空，充满了神驰八极的想象，罕有匹敌。他的著作分为两大部分，其一为"出世武侠"即仙魔小说，叙仙魔二道为抗御四百九十年一遇之"四九天劫"而行动（其中修成"地仙"者，还需抗御一千三百年一遇之"末劫"）；其二为"入世武侠"，叙"天劫"过后，残留于人世的少数"剑仙""准剑仙"与人间侠客共同除暴的故事。《蜀山剑侠传》洋洋五百万言，直至停笔，"四九天劫"尚未"降临"，而《蜀山剑侠传》还在连载的同时，作者的多部"入世武侠"作品就已陆续问世了。以"武器""法宝"而论，书中涉及空、陆（包括地底）、海（包括水下）三域的"运载武器"，"自动寻的武器"，"能量武器"，遥控声、光"侦察通讯武器"等等。论者曾经指出，二次世界大战中的新式武器，几乎皆被化入书中；应该补充指出的是，二次大战后出现的许多尖端技术成就以至科幻意象，亦每为其著作所包容。然而，这一切又都出之于"即色游玄"，使"有""无"、"物""我"能够建立任意联系的玄学思维路线。以"即色"言之,使神话带上了某种科幻色彩;以"游玄"言之,使"物理"转化为"会心所及"、光怪陆离的意象。

白先勇在读他的小说之后感慨道:"还珠楼主的大著《蜀山剑侠传》,从头到尾,我看过数遍。这真是一本了不得的巨著,其设想之奇,气派之大,文字之美,冠绝武林,没有一本小说使我那样着迷过。"①着迷的不止白先生一个。"在40年前的中国通俗文学界,还珠楼主的大名,真是妇孺皆知。他的读者,上至名公巨卿,下至贩夫走卒,莫不一卷在手,废寝忘食。即在今日,中年以上的'还珠迷'仍念念不忘他的成名作《蜀山剑侠传》,对其出入青冥的玄思妙想、如火如荼的魔幻笔力,以及浩若烟海的博学杂识,在在拍案叫绝,叹为观止。"②

《蜀山剑侠传》是建立在一个由神仙鬼怪花鸟鱼虫构成的虚幻世界中的幻想故事,其作品无不充满了奇思妙想。故事由大侠李宁父女亡命江湖开篇,从江湖侠客恩怨情仇进入到仙魔正邪斗法,塑造了一系列个性鲜明的正面、反面和亦正亦邪、邪中有正、正中有邪的人物。对于他的幻想世界,我们不妨引用20世纪40年代他的老朋友徐国桢(眉子)所撰《还珠楼主论》中的如下论述加以概括:

> ……与其说是小说,不如视为神话。不过这种神话,并非古代流传下来,而是出于他的创造罢了。……
>
> 在还珠楼主的笔下:关于自然现象者,海可煮之沸,地可撅之翻,山可役之走,人可化为兽,天可隐灭无迹,陆可沉落无形,以及其他等等;
>
> 关于故事的境界者,天外有天,地底还有地,水下还有湖沼,石心还有精舍,以及其他等等;
>
> 对于生命的看法,灵魂可以离体,身外可以化身,借尸可以复活,自杀可以逃命,修炼可以长生,仙家却有死劫,以及其他等等;
>
> 关于生活方面者,不食可以无饥,不衣可以无寒,行路可缩万里成

---

① 白先勇:《蓦然回首》,《第六只手指——白先勇散文精编》,文汇出版社,2004年,第53页。
② 凌云:《记〈蜀山剑侠传〉作者:还珠楼主》,(香港)《春秋杂志》,第714期第26页,1987年4月1日。

尺寸,谈笑可由地室送到天庭,以及其他等等;

关于战斗方面者,风霜水雪冰,日月星气云,金木水火土,雷电声光磁,都有精英可以收摄,炼成功各种凶杀利器,相生相克,以攻以守,藏可以纳之于怀,发而威力大到不可思议。①

《西游记》以唐玄奘为主要人物,《封神榜》以周武王灭纣为演述题材,虽然缺乏真实性,多少有些依附。还珠楼主的神怪小说,完全脱离正史,完全用他自己的玄想为主,海阔天空,无奇不有,随意所之,怪不堪言。用神怪的范围作比较,《封神》、《西游》犹属小神怪,《蜀山》、《青城》才是大神怪。看过《蜀山》、《青城》,觉得《西游》、《封神》,笔墨的运用不够肆畅,玄想的幅度不够广远,法宝阵势的应用和布置不够新奇;总而言之,有些拘谨的感觉。……还珠楼主真是大手笔,从他的作品文气而观,一口气就是数万言一泻而下,确有长江大河,怒涛汹涌,奔流激荡的阔壮姿态,奇中逞奇,险中见险。那种莽莽苍苍森森浩浩的气息,在别部章回小说中,是不大容易觉察到的。……②

徐国桢用高度浓缩的笔墨,将还珠楼主幻想世界的神奇性及其气势概括了出来。对武侠小说深有研究的台湾叶洪生,则这样评价还珠楼主:"持平而论,还珠楼主以其绝代才情、慧思妙语将中国儒、释、道三家思想溶入武侠小说之后,乃把江湖或武林所描写的有限时空,扩展为宇宙或世界的无限时空,因而鸢飞鱼跃,一片天机!文字想象力与创作自由遂得发挥最大之余地,它不仅直接影响到30年代的武侠名家郑证因与朱贞木,更是抗战时期及其前后反映出乱世中国社会世态的一面盈盈宝镜:'说真便真,说假便假,随心生灭,瞬息万变。'"③

从以上这些评论中,我们对还珠楼主的想象世界似乎可以得出如下结论:还珠楼主的江湖化外幻想世界既是无法模仿的"绝唱",又是承前启后、继往开来的"砥柱"。他将武侠小说提高了一个层次,开辟了一个新境界。

---

① 眉子:《论还珠楼主及其作品》,载(香港)《大成》第9期,1974年8月1日,第35页。
② 眉子:《还珠楼主的写作论》,载(香港)《大成》,第10期,1974年9月1日,第33页。
③ 叶洪生:《论还珠楼主之小说观与生命哲学》,(台湾)《"中央"日报》1988年连载。

在他的幻想世界里,完全脱离正史,远离尘世,借尸还魂、移山倒海、长生不老、六道轮回、飞剑杀人、口吐光束、怪物毒蛇、奇花异草、仙境神域等等通通都被具象化了,形成了一个结构宏伟、气势磅礴、奇幻瑰丽的世外仙境。这种幻想笔法对后世的武侠小说的发展具有深刻的影响。同时,也改变了中国小说总是依傍历史的叙事方式,将幻想作为小说的叙事方式加以强调。

如前所述,这类民国武侠幻想小说的先行者平江不肖生的《江湖奇侠传》,其中的"江湖"也相当神奇怪异,书中仙、侠并存,道术、法术、巫术与武功技击并存,世外的超现实世界与世俗的江湖社会并存。所写人物,包括"剑仙"、侠客、乞丐(该书可能是最早详述"丐帮"的武侠小说)、僧尼、巫师、盐枭、猎户、苗峒法师、茅山道士……三教九流,五光十色,亦构成了一个无边际的幻想世界。

但是,还珠楼主这类江湖太过仙气,不是一般小说家能幻想得来的。在那种宇宙江湖中自然是上天入地无所羁绊的,但是这一类江湖可也少了许多人间烟火味。

于是我们的目光转向另一种江湖即"人间江湖",它虽也充满着幻想,但离现实毕竟更近一些,而且同样令人神往,比如金庸笔下的江湖,武林高手有"东邪西毒南帝北丐中神通"之说。网上甚至有人列出金庸武侠小说的年谱,即他所有作品中涉及的人物事件的时间,从公元前483年西施入吴到1780年旧历三月十五日苗人凤和胡斐的决战,详尽周全,俨然是一份真实有据的武侠历史年表。金庸所写小说展开情节的背景,多由人间江湖提供廓大的想象框架,而在具体叙事中,江湖又是由各个具体场景来表现的。人间江湖的典型场景通常都离不开大漠荒山、寺院道观、悬崖洞穴、冰川雪山、荒岛湖泊、大海奇域等自然风光。另一位香港武侠名家梁羽生的小说也是如此,以至他的作品竟有"冰川系列""天山系列"之别。这些场景构成了侠客的主要活动地域,是他们展示武功的重要场所。

首先,这是侠客们习武的一种必需条件。侠客武功的高强是"人间江湖"武侠小说必要的叙事元素。在获得这种高强武功的过程中,不论是自我修炼还是高人传授或是意外获取,都要有隐秘的安静的场所。唯有此等场所,才会有异乎寻常的高人存在或者武功秘籍藏匿,自我修炼更是怕人打扰,要心无旁骛才能参悟至高武功的精髓。因此,梁羽生《萍踪侠影》中的张丹枫、金庸《神雕侠侣》中的杨过,都是在隐蔽的山洞或神秘的古墓中习得盖世武功的。

其次,这是故事情节发展的重要场景设置。比如,侠士坠入悬崖或洞穴的情节设置,往往是他们另一个奇遇的契机,或遇高人相救、或遇美貌女子与之相恋、或获武功秘籍、或得到某种增强功力的奇物珍宝,等等。如《神雕侠侣》中杨过与小龙女的悬崖下重逢可以视为此类契机的典型。悬崖洞穴可以使故事情节发生陡转,产生柳暗花明的叙事效果,以至成为武侠小说的一种叙事套路。

再次,这又是打斗炫武的必要场所。侠客们武功高强,比武打斗不可能局限在一般空旷之地,大漠荒野,开阔辽远,自然容易让他们打得天昏地暗;崎岖险境也就容易显示出他们武功的非凡。天山之冷、雪山之寒、荒岛之远,都是侠客往来天地、无拘无碍不可忽略的因素,唯此才方能写出侠客的超人之处。苍茫的天际荒野之中,行走着寂寞孤独的侠客,使得武侠小说充满了荒原悲凉的审美特色,壮阔而悲壮。

还有就是:侠客之间,或者"白道""黑道"之间,或者"好人"与并没坏到极端的敌人之间,打斗拼搏,将生死置之度外,视杀人为日常儿戏之时,自然要有慈悲为怀的佛道大德来化解。于是寺庙道观、高僧老道这些佛道意象,在武侠小说的刀光剑影中也频频出现。当然,和尚道士本就是方外、法外世界的成员,寺庙道观本也就常建于名山大川之间;少林、武当这类佛教道教名胜所在,通常也是武林圣地,武林至尊、世外高人经常到访,各大武林门派经常云集,也就理所当然频频出现于江湖之中了。

为了取信于读者,武侠小说通常都会在"江湖"的虚拟设定中,以写实的笔法来具体描绘人物事件细节,比如姚民哀的会党小说,写了大量的江湖秘诀、豪侠轶事、帮会组织、黑话"海底"等,几乎可以把他的小说作为民俗资料来读,从而非常深入地了解中国黑社会的内幕,它们从一个独特角度强化了"人间江湖"的魅力。平江不肖生在《江湖奇侠传》中写了很多奇异的风土人情,这种写法也有将"江湖"幻想坐实的作用,给武侠的存在提供了合理性和逻辑性。很多武侠小说还都拥有自己的"江湖排序",按照武功高下来为人物进行座次排序,争夺武林至尊宝座也常成为故事情节的发展动力。例如司马翎的《帝疆争雄记》,记载了武林"太史公"编制的《封爵金榜》,将武林人士依照公、侯、伯、子、男来安排高低位置;古龙的《多情剑客无情剑》中的"江湖百晓生",也给武林人士以《兵器谱》的形式进行排名:天机老人的天机棒为第一,上官金虹的日月双轮为第二,小李飞刀为第三,等等。不仅如此,"人间江湖"还有议政的最高权力组织——武林大会。这些书中武林人士自行编制的记录、自行建构的历史和组织,显示出江湖武林并非一个真正的化外世界,而是一个有秩序、有层次、有历史的,有与真实社会相同的运作原则和伦理价值的场所,只是一个是公开寻常、有法度的社会,一个是隐秘封闭、以武功和恩怨为规矩的江湖而已。

本质上,江湖即人生,因而也才有"人在江湖,身不由己"一说。江湖如此凶险,又怎能实现自由往来?!武侠小说建构的江湖世界,原来是表达长期受封建礼教束缚的国人对于敢说敢做、敢杀敢打的自由人生的向往,是一种精神的解脱、释放和超越!

第二节 武功的幻想

侠客之为侠客,是因为他们身怀武功,可以行侠仗义。"武功"在武侠小说中是至关重要的一个因素。首先这是读者的兴趣所在。读者如果喜欢爱恨情仇则可以去看言情小说,大可不必在打斗中纠缠情爱恩怨,但是人们就是喜欢看侠客快意恩仇,杀伐掳掠,在打斗中腾转挪移。这自然与中国人的看客心态、嗜血心理、尚武精神、武术传统等有关,但武功展示本身的精彩也不容忽视。武术虽为攻防之术,但有很大的表演性艺术感。武侠小说以文字来展示武功的神奇美妙,也就很能吸引读者,尤其是借助幻想,将各种武术技击技巧加以文学化、神秘化,更使武功本身成为武侠小说最重要的一个幻想意象。其次,武功也是江湖人士的生命意义和存在价值所在。没有武功的人在江湖行走几乎是不可能的,而且几乎所有的武林人士都以获取至高武功为人生价值的实现,就是死都要死在武林高手手下才有身份,如金庸的《笑傲江湖》,令狐冲在陷入绝境时想:要是死在武林高手手下,"倒也心甘",他害怕、担心的,就是死在无名小辈之手。侠客们通常置生死于度外,却很恐惧死于武林鼠辈手下而陨灭一生的英名。因此,获得武功秘籍,修得至高武功,拥有稀世武器或者增加功力的宝物,也就成为许多作品里武林江湖侠客的人生追求。

即便如此,在武侠世界中"武"还是要放在"义"之后的。《江湖奇侠传》就称:"江湖上第一重的是仁义如山,第二还是笔舌双兼,第三才是武勇向前。"(第九回);《鹿鼎记》中的韦小宝作为另类异侠,不仅武功肤浅,而且习性低俗,好色爱财,但是,这些却都并未影响他展示大仁大义、为国为民的"侠"气,使之成为一个有缺点的英雄人物。所以,"武"固然是行侠的一种方式,是侠客人生哲学的一种表达,习武的过程就是侠客的人生成长过程,但其应该达致的最高目的却不是"武",而是"义"。

通常武侠小说家幻想的武功可分两类:一类是神魔仙道的法术神通,诸如口吐白光、飞剑杀敌于千里之外,身剑合一、顷刻之间上天入地,设置法禁、困敌于无形之阵等等;另一类就是凡胎肉身练就的打斗能力。前者的法术以及驾驭法宝的能力,依靠的是仙术修行而来(邪派则另有修习邪术的途径,它与正法的根本区别在于归根到底损人而不利己),这些途径、方法稀奇古怪,虚无缥缈,若非视为"童话",难免令人觉得太过虚空;而后者则主要涉及内功外功、拳术技诀、刀剑武器、点穴、暗器、毒药等等,比较真实可信。新派武侠小说在这方面正确地把握了某个界限,所写武功既超凡脱俗又不离人间,不因其过实而令读者失去兴味,又不因其过虚而失去可信度。它是超人的武功,但又不是神仙鬼怪的法术,所以写得相当成功。这也是武侠小说至今依然拥有众多读者的原因之一。武侠小说的武功描写从简略到具体,从如实摩写到幻化设计有一个发展过程。

武侠小说中的著名侠客多用剑。剑变化多端,形态俊美,源远流长,适合打斗,也有美感,实在是小说叙事的一个好道具,所以有武当剑、峨眉剑、昆仑剑、倚天剑、七星剑、达摩剑等等,武侠作品里按照主人的性情,都配有合适的宝剑,以彰显主人的气度。武侠作家想象出来的剑法更是神出鬼没,数不胜数,什么独孤九剑、辟邪剑法、郎情妾意剑法、太极剑法……令人目不暇接。相比之下,其他的武器如棍、锤之类显得蛮气而缺少美感,因而一般来说,使用者的地位、名气也就没那么显赫了。当然,这些硬冷兵器也是根据人物性格来设计的,还有一些异类的、"非武器"的武器,如琴、花、水等,都是武林高手在修炼、对决的实践中,因其深厚功力而变幻出来的。

使用毒药、点穴和暗器则是另一类江湖本领。武林中毒药多为独门秘方,善施毒者多为奇异高人或反派高手。有慢性毒药,有烈性毒药,有动情就发的情花毒,有发笑就死的笑毒,还有蛇毒、蛊毒等,千奇百怪,名目繁多。中毒者常常为解毒而费尽心机,武林盟主也常以毒控制属下,如《天龙八部》中的天山童姥。对毒物性质的幻想,总是蕴含着某种理念,如嫉妒毒,动情毒,就暗喻着佛教戒律。暗器的种类更是繁多,虽不是光明正大的武器,但总能在不留意之中取胜或反败为胜,暗器促使情节跌宕起伏,每每能增加叙事的传奇性,促进情节的起承转合。飞镖、毒针、铁砂、袖箭等暗器的使用,还能丰富打斗场面的立体感,使比武充满悬念,好看而又好玩。点穴应该是从中医理念中发展出来的,更是神奇玄妙。

武功高强,真正依赖的是功力。"功力"进入武侠小说之后,打斗的幻想层出不穷,隔空取物,飞花杀人,好看的不得了。由此也将武功技击由外在的本领引入到内在的修行,由物质层面上升到精神层面,"武功"于是成了"武学"的中坚和根蒂,"内外兼修"成为武学的规范途径。于是"武戏"可以"文唱",在刀光剑影中透露出深厚的文化内涵,提升了武侠小说的艺术性,也就扩大了武侠小说的读者面。"武功"不仅仅是一种实现侠义理想的方式手段,而且成为一种文化象征,一种人生哲学的象征,习武的过程就是获取人生经验、提升生命价值的过程,习武的至高境界乃与人生的至高境界实现契合。在金庸、古龙等武侠大家的作品中充满了庄、禅意味的武功想象,如李寻欢说:"你若不能了解人性,武功也就永远无法达到巅峰,因为无论什么事,都是和人性息息相关的,武功也不例外。"(古龙《多情剑客无情剑》第73章),在阐明武功道理的时候,总是有"以无招破有招""无剑胜有剑""修到无我的境界""手中无剑,心中有剑"之类的句子,强调"无剑无我"的至高境界才是武功的巅峰,而这也是佛教哲学、道家哲学的巅峰。这样的武功,蕴含着浓厚的东方哲学精神,也象征着现代人对无物无碍的自由精神境界的追求,更突出了侠客们的主观能动性,使个人的精神力量得到无限强化。

武侠小说的武功描写之所以吸引人，一个很重要的原因是出于变化莫测的丰富想象。幻想中的武功当然不是能在传统武术中找到的。这种武功完全是凭想象设计出来的。设计时或根据传统武术，或根据艺术，或根据哲学，或根据主人公性格。金庸笔下的武功，部分是传统武术如少林拳、太极拳、易筋经等的衍想，但更多的是他"自创"的独特"纸上功夫"，如洪七公的"降龙十八掌"、小龙女的"玉女心经"、韦小宝的"神行百变"（韦小宝自己则称之为"神行百逃"）、陈家洛的"百花错拳"、杨过的"黯然销魂掌"等。金庸作品中的武功比梁羽生的飞动、灵活得多，文化、哲学意蕴也丰厚得多。梁羽生尽管也写得离奇，但偏于一招一式的详细交代，未能褪尽以白羽、郑证因为代表的"民国技击小说"模式；而金庸则多在武功道理上下功夫，使之渐趋虚化即哲理化。例如《笑傲江湖》中令狐冲的"独孤九剑"，其要领就不在剑招，而在寻找敌方破绽。书中说：天下武功不论多高明都难免有破绽，"独孤九剑"与众不同之处就在攻敌破绽，整个"招式"都是根据这一哲理设计出来的。古龙笔下的武功更是独特。在他代表性的作品中，高明的武功都是一招定胜负，没有一招一式、攻防交替的繁复过程。但是，古龙写出来的尽管只是一招，却并不给读者以单调的印象。原因是，他虽然没有正面描写交手的全部细节，但从衣饰、色彩、环境、旁人心理感受、战后的氛围、场景等方面极力渲染，侧面烘托，给人以一招含千招万招的神奇印象。如傅红雪的快刀、西门吹雪的利剑、李寻欢的飞刀、陆小凤的灵犀一指等，一旦发出，胜负立决。古龙还总是把武功同佛教的某些玄妙道理联系起来，创造玄而又玄的武功，比如《那一剑的风情》中杨铮最后用来击败狄青磷的"第三把剑"（"怒剑"），就是一种似无实有的"剑"和剑术。从古龙的武功描写中，不仅可以见到传统美学中"神韵派"的意境和日本武士小说里的影子，而且也符合冷兵器实战的经验——从戚继光的《纪效新书》到抗日战争时期"大刀队"的教范，都不讲究"套路"而注重以一招置敌于死地，其中蕴含着无数实战的血的教训。

内功的修得，不仅要靠勤学苦练，还要有参悟的灵性，所以机缘、悟性加上名师高人的点化或者武林秘籍的指导，都成为武侠叙事中的关键情节。尤其是武林秘笈，总是引无数英雄竞折腰，如《葵花宝典》《武穆遗书》《九阴真经》之类。这些武林秘笈象征着传统文化的积淀,代表着武侠精神和武学修养,有时甚至成为国家命运的象征。

金庸的《射雕英雄传》一书,融合了佛、道、儒三家之理,与中国的传统文化一脉相承。他以"武功"形象化地阐释了中国的传统哲学思想,如《九阴真经》开宗明义曰:"天之道,损有余而补不足,是故虚胜实,不足胜有余……"强调动静、有无、虚实的辩证关系,推崇"空故纳万境"。这是道家的宇宙与时空观,也为儒家"易学"和释氏哲学所认同。作者还将音乐与武功结合起来,于是有了黄药师与欧阳锋以玉箫、铁筝相斗之故事,进一步实现了武功哲理化和艺术化的融合。书中写到郭靖在周伯通"辅导"之下,于倾听欧阳锋、黄药师筝、箫"交战"中悟习《九阴真经》的情景——

> 只听得筝声渐急,到后来犹如金鼓齐鸣、万马奔腾一般,蓦地里柔韵细细,一股箫声幽幽的混入筝音之中,郭靖只感心中一荡,脸上发热,忙又震慑心神。铁筝声音虽响,始终淹没不了箫声,双声杂作,音调怪异之极。铁筝犹似巫峡猿啼,子夜鬼哭,玉箫恰如昆岚凤鸣,深闺私语。一个极尽惨厉凄切,一个却柔媚宛转。此高彼低,彼此进退,互不相下。①

突然间,远处海上隐隐传来一阵长啸之声。情节峰回路转,原来是洪七公前来横插一杠。筝、箫之争发展为三个武林中的绝等高手的混合交锋:

> ……欧阳锋挥手弹筝,铮铮两声,声如裂帛,远处那啸声忽地拔高,与他交上了手。过不多时,黄药师的洞箫也加入了战团。箫声有时与长啸争持,有时又与筝音缠斗,三般声音此起彼伏,斗在一起……
>
> 这时发啸之人已近在身旁树林之中,啸声忽高忽低,时而如龙吟狮吼,时而如狼嗥枭鸣,或若长风振林,或若微雨湿花,极尽千变万化之致。箫声清亮,筝声凄厉,却也各呈妙音,丝毫不落下风。三般声音纠

---

① 金庸:《射雕英雄传》(三),生活·读书·新知三联书店,1996年,第660、661页。

缠在一起,斗得难解难分。

　　郭靖听到精妙之处,不觉情不自禁地张口高喝:"好啊!"……①

　　本来三人争斗至精彩之处,正不知胜负如何,郭靖的一声叫好,起到快刀斩乱麻的作用,一时众音皆消,从热闹之极尽归于平静,让读者的心态也有了舒缓之机。高深的武学较量,化为精彩、奔突的音乐交响,又经由周伯通的阐释和郭靖的领会而复归为武学阐释。同样,在《神雕侠侣》中朱子柳以书法入武学,杨过以诗句入武学,都是很有文化品位的一种武功表现形式。

　　武侠小说所写武功中,以剑法为最多,刀法其次。单说这些武功及其招式的命名,对于故事的发展和人物性格的塑造就功不可没。这种武功、招式的艺术化描写,对作家的综合素质要求很高,只有在医学、禅学、武学、历史、哲学、心理学、民俗学、地理学等等方面都有深厚的学识素养和积淀的、知识渊博的作家,加上丰富的想象力,才能写出好看好玩有意思的武打场景。这实质上是对武侠小说的一种提升,也将通俗文学提升到雅文化层面,为武侠小说注入了新鲜的生命力,并给武侠小说的发展提供了一个方向。

　　简单的二元对立价值观赋予武侠小说以大众娱乐性,读者不必因阅读而引发沉重的思考和反省,反而会在幻想的世界中放飞想象,满足各种无法在现实世界获得实现的欲望,会带来极强的阅读快感。这就要求武侠小说能够拥有引人入胜的故事情节和热闹的场景描绘,也就是要把故事讲得热闹生动。那么故事情节的设置就非常重要,传奇中要合乎情理,逻辑中要有所转折,神奇中要包蕴现实,总之,既要好看还要可信。因此,武侠小说中总是要杂糅多种叙事元素,其故事情节发展的核心动力是恩怨情仇,家仇国恨、个人恩怨、猜疑嫉妒,等等,都是推动人物行动的心理因素,因此形成了一些固定的叙事情节模式。这些幻想叙事模式蕴含着丰富的中国传统文化内涵,也是传统小说叙事母题的复现,例如,比武、论武,争夺天下第一,搏取武林至尊的武器或秘笈,美女俊男的因爱生恨、奇遇巧合,等等。带给读者

---

① 金庸:《射雕英雄传》(三),生活·读书·新知三联书店,1996年,第663页。

新鲜感的,就是在这些相对程式化的故事情节中丰富的各类幻想元素和情感体验。

　　千年武侠梦幻,承载着中华民族的精神记忆,浓缩了中华民族的文化精髓,已经成为中国人生活中不可缺少的大众消费元素。它不断地融合、更新、发展,制造着丰富的梦幻,渗透着中华民族的人文精神。

第五章　科学幻梦

回眸 20 世纪中国小说创作中想象力的释放,世纪末与世纪初出现的两次非写实创作高潮意蕴无穷。"小说"在五四后被圣洁化为一种与商业利益无关的高尚事业,作家被赋予改造国民性的重任,文学作品则成为反映生活、教化民众的工具,"写实主义"(到了 30 年代,定于一尊的是"社会主义现实主义")一统天下。因此,这一时段的文学彻底排斥想象力和浪漫情调,一味强调文学的现实功利性。所幸的是,作家的想象力远超出评者史家的视野,到了 20 世纪 80 年代,文学创作重获自由,出现了大量充满想象力的作品。

放飞幻想自然需要一个王纲解纽的自由氛围,只有宽松的社会环境,才能表达人类本性中对想象世界的渴望,发泄出被压抑的欲望。20 世纪 80 年代小说创作的繁荣,尤其是幻想小说的大量出现,正是基于这种社会背景。在经历了政治意识形态的束缚和"文革"期间的专制、荒谬之后,信仰的破灭和权威的崩溃,成为难以遏制的潮流,人们开始觉醒、质询、怀疑、反思,社会思潮具有强烈的反正统的冲动。中国的政治、经济和社会生活等方面都发生了重大变化,文学也越过了"一元化"樊篱,进入一个较为自由的时期,出现了大量的创新之作。20 世纪 80 年代幻想小说的兴起,就是从一批作家对于被压抑的人类感性层面的觉醒开始的。先锋小说所注重的感官叙事,其深层来源就是欲望的一种宣泄。有的作家借助历史故事、传说,进行象征性或"影射性"的叙述,其意在避免可能招致的政治批判。这类书写也对以后的幻想文学有所影响。

除了社会因素外,外国哲学和文艺思潮大量流入,成为幻想小说创作多元发展的文学基础。20世纪80年代中国文学的发展,与国外哲学、文学思潮及其著作的大量翻译介绍有密切关系。此前,中国对苏俄以外的西方文学完全采取排斥态度,"现代主义"完全被视为颓废、没落甚至反动的代名词。80年代,西方文学、美学、文化学、心理学等著作被大量引进,而方法论的绍介尤其引起作家的广泛热情。现象学、存在主义、弗洛伊德心理学、阐释学以及"形式主义"批评、"新批评"、结构主义、符号学、解构主义等,都在80年代文学发展进程中留下了痕迹。比如1984年进入大陆的马尔克斯的代表作《百年孤独》,就给韩少功等中国作家提供了一个文学创作上的楷模。韩少功在拉美魔幻现实主义的基础上,试图以象征手法展现中华民族的文化心理,例如1985年发表的《爸爸爸》《女女女》《归去来》《蓝盖子》等作品,都以魔幻想象来书写中国文化。

同时,随着中国市场经济的发展,文学迅速地成为消费对象。作为大众文化的一种重要门类,小说创作走下文学圣坛,肆意地彰显着娱乐性功能,其间包括前面所述武侠小说的走红。尤其是随着商品化程度的加深,小说也被纳入到商业社会的生产序列之中,名正言顺地成为一种文化商品。可以说,经济活动压缩了教条的控制范围和有效性,在带给文学自由的同时,从80年代中期开始,文学的发展更呈现"多元"趋势,"严肃文学""纯文学"与"大众文学""消费性文学"的界限日渐模糊,这也对幻想小说的繁荣起到了促进作用。毕竟,幻想小说除了用象征的手法,使读者有所彻悟之外,它的娱乐性、消遣性也更能满足普通民众的好奇心、神秘感、白日梦等心理需求。

这些社会和文学自身发展相关的种种因素,都促成了幻想小说在20世纪末和21世纪初的繁荣。但是,20世纪的中国现代小说已被描述成以写实为基础的一种文学话语,如此语境之下,幻想小说的创作将如何定位?用实事求是的态度和眼光审视,曾被现代写实文学挤压至边缘的非写实文学,在当代文学中竟已成为最具现代性的先锋文学的叙事习规,而且这种叙事习规在整个人类的历史中,确乎始终表达着人类的创造力、好奇心等人性本能。且不说在早期东西方文学中大量存在的英雄幻想、魔法巫术幻想、武侠剑客幻想,单是近几年风靡全球的魔幻小说《哈利·波特》的热销以及多部非写实电影如《指环王》《黑客帝国》《功夫》等的热映,无不证实着非写实叙事的幻想艺术魅力。

反观历史,前有晚清的幻想,它主要表达的是中国知识分子对未来的虚幻期待,充满了对现代文明的渴望,对国家民族积贫积弱的焦虑,这是在面对国家民族生存危机之时精英立场的功利性直接表达。而当解读世纪末的文学想象时,我们发现这种焦虑没有丝毫的减弱,反而表达得更为深刻、痛苦、焦灼,只是危机感不再来自民族国家的生存,而是"人"的生存危机。

一方面,世纪末的幻想表达着对于人性的沉重的精英思考,另一方面也表达着伴随工业文明的快速发展和信息时代的来临,人们对于科技的未来想象。当娱乐性的肆意想象充斥着各类通俗文学作品,表达着多元化小说幻想之时,科技幻想或许还是一种"小众"的精神需求。但是,科幻小说让人不仅在武侠言情的梦呓中畅游江湖人生,更在未来科幻世界的描述中经历无限的暇想,它闪现出更具现代性的玄异光芒,引导人们关注无限广阔、无比诱人的未来世界和未来宇宙。

第一节 论科幻小说[①]

随着中国社会经济文化的转型,科学技术的普及以及迅猛发展,"文学"渐渐失去了自世纪初开始所具有的功利性耀眼光芒,从启蒙者手中改造国民社会的"利器"开始回归到娱乐愉性悦情的艺术本位上。幻想,开始翻飞于各种科学文字之中,人们开始关注未来,关注科学,关注人性,关注地球,关注宇宙……于是从工业社会开始出现的科幻小说在此时期繁盛起来。作为一种通俗小说类型,科幻小说在中国有着并不通俗的文学意义。

一

"科学幻想小说(Science Fiction)"原本是个外来词,它由西方传入我国,

[①] 本节直接引述、撰述了老沙:《关于我国科幻文学调查研究课题的报告》,民国通俗小说研究馆编《品报》第17期,2012年5月1日。

中文最早也译作"科学小说",简称"科幻小说",主要指描写幻想的科学技术对社会或个人的影响的虚构性文学作品。其实,即使在西方,"科幻小说"一词也是20世纪30年代才广泛流行的,它最初出现在雨果·根斯巴克主编的《科学奇异故事》杂志第一期。虽然埃德加·爱伦·坡、埃德加·佛塞特和威廉·威尔逊等作家很久以前就曾对一种类似科幻小说的文学类型进行过界定,不过对"科幻小说"形成真正比较一致的看法,却是专登科幻小说的流行杂志确立以后的事情。从科幻史的角度来看,至今暂时还没有一个能被所有研究者所公认的定义标准,但是通常人们都认为,它与"幻想""未来""科技""人类""变化"等有关。例如:"科幻小说是描述科学或想象中的科学对人类影响的小说";"科幻小说是描绘对象处于未知范畴中的小说"[1]……从这些定义中的关键词,可以看到科幻小说所涉及的范畴总是与人类的好奇心、求知欲紧密相连的。在哲学主题上来说,科幻小说和人类上古的神话传说有着相似的精神基础,即对人类与宇宙关系的解释、对人类社会未来命运的关注与猜测。在文学谱系上,浪漫主义的文学传统应该是科幻小说最早的文学母体。早期的科幻小说往往带有恐怖小说、冒险小说或奇幻小说的痕迹。又以推理小说和哥特小说与科幻的关系最为密切,许多早期作品甚至现今的一些作品,都兼有多种要素,难以严格区分;在文学传承关系上,也不能简单割裂地进行孤立研究。

但是,科幻小说在农业社会并不多见,那个时期人们的生活节奏不是很快,社会的变化也没有超越人们的掌控,似乎并没有引发出人类内心对于未来的强烈好奇,特别是现代意义上的"科学"尚未出现。但是,随着工业革命的发生、发展,科学技术发生了突飞猛进的变革,人们的想象开始追随着对世界的深入认识而急剧变化,对未来充满了恐惧和期待交织的复杂情感。科幻小说就是诞生于19世纪欧洲工业文明崛起后的特殊文化现象之一,它关注的就是经过工业革命后的资本主义社会在面对科技飞速发展时所遇到的矛盾与危机。人类在19世纪全面进入以科学发明和技术革命为主导的

---

[1] 参看吴岩主编:《科幻文学理论和学科体系建设》中第一编"科幻小说的基本概念和理论"中第一章"科幻小说的概念",其中收集了中外近百种科幻小说的定义,重庆出版社,2008年。

时代后，一切关注人类未来命运的文艺题材，都不可避免地要探索、表现未来的科学技术，这种表现，在工业革命之前是不可能的。

科幻小说最大的特征就在于，它赋予"幻想"依靠科技在未来得以实现的极大可能，甚至有些"科学幻想"在多年以后的确成为了现实。因此，科幻小说就具有了某种前所未有的"预言性"。法文中，儒勒·凡尔纳的科幻小说最早就被称为"anticipation"，即"预测"。这样的文学作品，基于科学的可信性是必要条件，应当说这种"科学至上"的精神是科幻小说有别于其他幻想类型作品的根本所在。换言之，科幻小说就是以科学为对象和线索进行幻想并构成内容的小说，是现代科技背景下出现的大众读物，具有通俗化、模式化、批量生产等消费性。

科幻小说在19世纪已有著名的实验性作品，反映当时科学发展对于社会和个人造成冲击所带来日益强烈的矛盾心态。科幻小说的种类包含以如真似幻的想象情节作为主要元素的小说，以及以社会未来概念为题材，透过已知的科学原理推论作为情节合理化与推展方向基础的小说等。一般认为，玛丽·雪莱最早将科学幻想元素引进小说创作中来。她在1818年发表的《弗兰肯斯坦》（又译《科学怪人》）被许多评论家和爱好者"追认"为世界上第一部科幻小说。其后，美国诗人爱伦·坡也相继发表了一些具有科幻性质的小说作品。19世纪末20世纪初，欧洲出现了两位重要的小说家，即法国人儒勒·凡尔纳和英国人赫伯特·乔治·威尔斯，后者称自己的小说是"Scientific Romance"（科学的传奇）。从作品来看，他们无疑是今天科幻小说类型的奠基人。一般科幻史认为，科幻小说作为一种严肃的文学体裁广为人知，得到确立，要归功于这两位作家。实际上，这种小说在20世纪50—60年代非常流行，而且引起了科幻小说的发展变化。这一时期的作品大量描写未来，使人们从未来反观现实，给作者和读者以更大的思想自由。它们与19世纪和20世纪初期的作品明显不同，因为50—60年代的作品主要通过时空一体的认知和想象，将小说的背景置于超常的世界。60年代还出现了一种新的思想，重新强调科幻小说是一种全球性的文学，其根源乃在19世纪，而不是20世纪20年代以后由美国杂志培育出来的一种文类。这无疑是对科幻小说一种视角更广的看法。

20世纪70年代,随着国外大学开设科幻课程,学术界对科幻小说的兴趣也高涨起来。在界定科幻小说时虽有许多不同的看法,但概括而言,"科幻文学是科学和未来双重入侵的叙事性文学作品"①的定义较能获得共识。随着科幻作品的大量产生和读者群体的迅速扩大,科幻文学不但开始被主流文学接受,而且渐渐成为一种文化存在而被考察。对它的研究方兴未艾,其文学价值开始被重新估量。

二

当然,由于科幻小说丰富的想象性,随着历史发展,对它的认识不仅不同时期存在着巨大差异,即使同一时期也是多种多样的。但是无论如何,所有科幻小说都有相似的社会功能。它们以其丰富的内容——有时预见正确,有时预见错误——把社会的要求和理想戏剧化。人们读科幻小说,常常可以得到一个比现下的"当代小说"和非小说的考察更加清晰的社会概貌,因为科幻小说揭示的是人们的理想、希望、恐惧以及源于当下时代的内心压抑和紧张感。而在实际上,大多数优秀的科幻小说都以社会现实为背景,利用对未来和过去的想象,探索解决现实矛盾的方法,揭示社会变化和人与人的关系。我们知道,许多科幻小说描写太空旅行和未来社会。科幻小说中的太空可以看成是积极生活斗争的第一线,人们在那里创造未来,而不是空谈或逃避。这并不是说科幻小说的太空未来是无条件的乐观主义,而是说科幻小说总的态度是积极的。虽然它常常表现人类在矛盾的枷锁中呻吟,但它总是告诉人们,只要坚持努力,这种枷锁就可以打破。科学总要发展,自然和社会总将不断变化,人们必须面对变化了的未来。科幻小说正是探索未来各种可能性的最好形式,它既可以使人们为未来作好思想准备,也可以使人们更好地创造未来。科幻小说还可以使人们产生新的思想,或者从旧的思想里发掘新的意义。科幻小说代表着一种"开放的系统",它不受传统社会思想的束缚,可以无拘无束地探讨各种各样的社会概念和科学概念。

盛传的一则"世界上最短的科幻小说"是这样的:"地球上最后一个人坐

---

① 吴岩:《科幻文学论纲》,重庆出版社,2011年,第1页。

在房间里。这时响起了敲门声。"可以说,这比一个精确的定义更能概括科幻小说的特质。最常见的科幻小说是关于各种社会形态的幻想,比如因为某种理由,故事背景所在的未来或者一个曾有先进远古文明的架空世界,明显曾发生文明崩坏或倒退。常见的原因包括过度污染使自然环境恶化,产生巨大天灾;大规模毁灭兵器的出现和应用;星际战争;人口过度膨胀、资源供应体系崩溃造成的大规模灭绝;瘟疫或超科技的失控(例如纳米机械);等等。一个类似的词语是星际奇幻(Space Fantasy)。除此之外就是美国大片式的英雄故事:外星人侵略地球,地球人展开反击,最后由一个英雄带领着地球人拯救了地球,维护了宇宙的和平,等等。诸如此类的幻想构成了现代科幻小说的主要内容。

如前所述,要严格地区分科幻小说和其他幻想小说是相当困难的,因为有时候科幻小说和奇幻小说、恐怖小说界限都较模糊,对于某一部作品来说,更可能兼有这几种风格。目前有一种十分流行而且有效,但又并不完全被学术界认可的分类法:"硬科幻"和"软科幻"。

硬科幻小说(英语 Hard Science Fiction,简称 Hard SF)是科幻小说的一种分支类型。作品的核心思想是对科学精神的尊重和推崇。在手法上,硬科幻以追求科学(可能的)的细节和准确为特性,着眼于自然科学和技术的发展。不同的作者有不同的处理手法:一些作者小心翼翼地避开难以置信的技术,如超光速旅行(但是,当前在量子纠缠方面获得的实验成果,已经证明超光速运动的存在,因而不能排除未来实现此类旅行的可能性,这里折射出科幻文学的想象渊源是无限的,因而其想象空间更是无限的);而另一些人则允许这些难以置信的技术在故事中作为重要意象出现,并对其构筑的世界进行细致阐述,从而显示:此类当前不可设想的技术,未来是有可能实现的。在后一类小说中,天文探索或物理现象常常比人物刻画重要得多,作者致力于描绘基于现代物理学和宇宙学的未来世界途径,但他们也会在故事中围绕人物来表现环境。总之,硬科幻的共同特点是故事情节依靠技术来推动和解决。作者并会尽量让故事中科技想象的依据与出版时已知的最新科学成果保持一致。这是科幻界尤其是读者对硬科幻的主要看法。也就是说,这类科幻满足的是读者对于科学自身的兴趣和探索,而对故事性情节以及人物等似乎并不十分在意。

软科幻小说(英语 Soft Science Fiction,简称 Soft SF)是情节和题材集中于哲学、心理学、政治学或社会学等倾向的科幻小说分支。相对于"硬科幻",这些作品中科学技术和物理定律的重要性被降低了,因为它所涉及的题材往往被归类为软科学或人文学科,所以它被称为"软"科幻小说。软科幻小说也探索社会对事件的反应以及纯粹由自然现象或技术进步引发的社会问题(往往是灾难)。主题往往是说明科学像一把双刃剑,需要人文关怀的引导(最常见的就是指责用机器来代替人伦情感的做法)。这类科幻作品通常文学性较强,科学幻想是为了非科学主题服务的。但是,无论西方还是中国,"乌托邦"式的"软科幻"小说罕有成功并广受读者欢迎的,其原因很可能就在作为社会科学,"乌托邦"的科学性本身就是问题。

第二节 中国科幻小说的发展

现代科幻小说这种叙事类型是西方的舶来品,在中国出现于晚清时期。

科幻小说的幻想必须以业已取得的科学技术成果为依据,就此而言,没有"科学"就不可能有"科幻"。在西方,近代意义上的"科学"产生于15世纪末至19世纪末,是为"古典科学",以牛顿力学为代表;"现代科学"与"古典科学"的分界,在物理学领域则以相对论为标志。因而严格地说,即使在西方,"科幻文学"也不可能出现于中世纪。不过,从哲学、文化学、心理学和历史学的角度考察,所谓"科学"或"科技"因子的出现,却要早得多,因而"科幻因子"也是早就存在的,中国也不例外。《列子·汤问》中的"偃师造人"故事中包含着"歌舞机器人"的记载,它和鲁班造木鸢的传说异曲同工。《南史·齐本纪》"废帝东昏侯纪"中关于自由行走的"木马"的记载,则与诸葛亮造木牛流马如出一辙。北宋沈括的《梦溪笔谈》中有"自动捕鼠钟馗"和返老还童的"乌须药"的记载,南宋洪迈的《夷坚志》中有一种能自动保温升温的瓦瓶、一种驱蚊药、一种可以随意染色的染料和一种神奇的面部移植手术的记载……这些类似于科技产品或科技幻想的书写,寄托着古代中国人对未来的思考和想象,也是近现代中国人接受西方科幻文学的文化、思想基础。

中国近现代科幻小说的发轫是从翻译开始的。1900年,逸儒和薛绍徽翻译了凡尔纳的《八十日环游记》,梁启超1903年用文言文翻译了凡尔纳的《十五小豪杰》,鲁迅翻译了凡尔纳的《月界旅行》。中国最早的原创科幻小说算来应是荒江钓叟1904年发表的《月球殖民地小说》。之后,徐念慈的《新法螺先生谭》、萧然郁生的《乌托邦游记》、吴趼人的《光绪万年》、高阳不才子的《电世界》、肝若的《飞行之怪物》、陆士谔的《新野叟曝言》和无名氏的《机器妻》等,都具有一定的科幻色彩。这些原创小说呈现出鲜明的时代特征:一是充满了对科学似是而非的好奇和崇拜,二是通过科学来表达富国强民的强烈渴望,带有极浓的政治改良启蒙色彩。这些带有科学狂想色彩的幻想小说,还算不上真正的科幻小说。

民国时期发表、出版的科幻作品不多。1939年,科普作家顾均正出版了科幻小说集《在北极底下》,内含《在北极底下》《伦敦奇疫》《和平的梦》三个短篇。当时的中国,抗战烽火正烈,世界大战的危险也已逼近,顾均正的上述作品及时反映了时代的特点。比如《和平的梦》讲的就是科学家发明了能够改变人的思维的无线电波,然后通过这种电波,用和平的意愿影响敌对国家的人民。除了这些创作之外,民国时期还陆续出版了用白话文翻译的凡尔纳和威尔斯等人的作品。

我们认为民国时期属于中国科幻文学的萌芽期。

萌芽时期的中国科幻有以下几个特点:第一,它是民间人士的个人行为,没有纳入官方的宣传体制。第二,当时的作者超前于读者,倡导科幻文学、亲自参与科幻创作或翻译工作的多为中国第一流的文人。这是导致这些探索性的作品曲高和寡的原因之一。第三,当时的政治环境极不利于科幻发展。在激烈的政治斗争中,社会更需要直接反映现实的作品,需要直白浅显、针锋相对的文字,而科幻文学虽然也可反映社会现实,但却是用一种委婉、含蓄的方式来反映的。这是科幻文学的艺术规律所决定的,故得不到社会的应和,导致中国科幻小说的发展缓慢。

中华人民共和国成立后,中央政府号召人民"向科学进军",科幻文学以欣欣向荣的姿态发展,产生了一批优秀作家作品,如张然的《梦游太阳系》、郑文光的《从地球到火星》《火星建设者》等等。这一时期科幻文学在体裁上更接近于科普小说,大多是向低年龄段读者普及科学知识和预构社会主义国家美好未来的。在主题上比较接近于同时期的苏联"社会主义文学"。

在"文化大革命"中,中国大陆科幻文学的发展陷入停滞。

1976年春,在"文化大革命"尚未结束的年月里,时任上海电影制片厂编剧的叶永烈发表了十年动乱后期第一篇科幻小说《石油蛋白》,这一作品的发表标志着中国科幻第二发展时期(第二次高潮)的起步。实际上,这次科幻高潮应该只算是上一次高潮的延续:不仅这次高潮中的主力作家仍是第一次高潮中的那几位,甚至某些作品,如《珊瑚岛上的死光》《小灵通漫游未来》等,都是在60年代初就已完稿的,只是由于时运不济,等待了漫长的十多年才得与读者见面。正因为如此,这次高潮几乎没有经过上升期,仅两三年就达到了顶峰。1978年3月,中共中央、国务院在北京召开全国科学大会,宣告中国"科学的春天"的来临。随之而来的"科学热"和"科普热"大大推动了中国大陆科幻文学的发展。叶永烈的儿童科幻作品《小灵通漫游未来》的出版标志着中国科幻文学的复兴。

中国科幻文学的发展历经起落,其间《科幻世界》杂志砥柱中流,功不可没。《科幻世界》原名《科学文艺》,由四川省科协主管并主办,创刊于1979年,初为丛刊,后为双月刊,1994年改为月刊。早期的《科学文艺》团结了包括童恩正、刘兴诗、王晓达、周孟璞等四川科幻文学作者,使成都成为北京和哈尔滨之外又一个中国科幻的创作基地,刊物的发行量也曾达到过20万份之巨。80年代中期,该刊与天津的《智慧树》联合发布"中国科幻银河奖",后来这个奖的影响面逐渐扩大,并在今日成为中国科幻的唯一奖项,其获奖作品基本代表了中国科幻的创作水平。80年代末期,该刊开始自负盈亏。为探索市场,《科幻文艺》曾于1989年一度改名为《奇谈》,想走通俗科幻文学的路子,尝试一年之后发现并不成功。在不断的市场调查以及和读者的交流中,他们发现科幻小说的主力读者是青少年学生,遂于1994年改版为面向中学生和大学低年级学生的专业科幻刊物,并同时更名为《科幻世界》,此举大获成功。现在,《科幻世界》杂志甚至已经成为发行量居世界第一位的科幻刊物,它发现和培养了中国目前最出色的一批科幻作者。

纵观世界科幻史,大约可以找到现今科幻文学的三个源流:一是欧洲的纯文学、哲学源流，二是苏联的科普源流，再有一个就是美国的通俗文学源流。而这三大源流在中国大陆、港、澳、台等地恰好各有各的代表："文革"之前的大陆，继承的是苏联的科普式科幻传统，但是这一传统现已衰落，并向着一个新的方向转化。台湾继承了欧洲的纯文学式科幻传统，香港则继承了美国的通俗科幻传统。

尽管中国科幻小说在20世纪末曾经位居出版界发行销售的冠军，带来了巨大的经济收益，叶永烈等作家也成为当年绝对的明星，但是他们却不断地抱怨着自己的边缘地位。研究者们不得不客观地承认："科学小说仍然不能在文学上与所谓'主流'小说相提并论……在一般正统文学界的眼中，科学小说仍不是一个正统的文学类型。这也是一个现实情况。"[1]这种边缘化地位是全球性的，不仅是在中国如此，可见此类小说有着极为独特的叙事特征和阅读认知，值得我们深入探讨。

由于科幻艺术内在规律的共通性，国内外科幻文学的发展也有着相当的相似性，例如由重视科学内涵发展到重视人文内涵，发表载体由杂志转向单行本，读者年龄由青少年向成年上升等等。但是，中国的科幻与西方相比，又具有明显的滞后性。中国科幻目前的整体发展水平仅相当于欧美科幻20世纪30年代末"黄金时代"早期的水平。值得欣慰的是，科幻小说已经开始走入主流文学之中了，2011年刘慈欣的《三体Ⅲ·死神永生》入选由人民文学出版社主办的"长篇小说2011年度五佳"，标志着主流文学对科幻小说的认同。这部小说的第一部（《三体》）在2015年获得第73届世界科幻大会颁发的雨果奖最佳长篇小说奖，成为当代科幻小说的代表之作。

目前，中国科幻小说最大的问题是缺乏原创性。当代西方原创性的幻想文学，有《哈利·波特》《魔戒》《天空战记》《纳尼亚传奇》等不断涌现，这实际是西方文学中魔幻传统的继承和体现。《哈利·波特》在中国市场上的成功，引发了模仿的热潮。不过，中西方幻想体系的构成并不一致，中国的鬼神传统和西方由精灵、矮人、妖怪构成的谱系很难融合在一起，勉强模仿难免给人不伦不类的感觉。其实，在中国古代和近现代文学中，蕴含着相当丰

---

[1]（美）董鼎山：《科学小说与文学》，《读书》，1981年第7期。

厚的幻想文学资源,如以《山海经》《西游记》等为代表的神话体系,近代则有还珠楼主开创的神魔武侠传统,当代的黄易等人继承了这份文化资源。中国当代科幻作家完全可以从本土资源中汲取更多养分,而不是一味屈从于外来话语,这在某种程度上也是一种学术时髦的陷阱。

实际情况不容乐观。当前致力于幻想文学创作并获得广大读者支持的,实际是一批偶像型作家,他们深谙市场经营之道,面对强势进入中国的西方幻想体系,他们放弃文化抵抗意图,而采用了某种"搭顺风车"的对策,炮制了相当一批文字水准尚可,有意迎合读者热情的作品。这些创作的致命伤在于开拓性远远不足,它们是市场运营的产物,却很难给中国幻想文学打开一片独立的天地。一旦旧有资源为读者厌弃,解决之道似乎唯有重新引入新的内容。而这种情形,则让人有被西方文化殖民之忧。这种状态,也是值得中国科幻创作引为警惕的。

同时,中国科幻小说经过多年发展,虽已获得世界级的成就,但是科幻文学的研究没能跟上发展的步伐。具备进行科幻文学研究的理论素养和研究能力的学者很少,因此常常面对新出现的创作束手无策,所谓研究,往往流于随感式的点评,而不能肩负起引领、指导、深化的促进性功能。近些年,如李森、吴岩、杨鹏等学者在此领域做了大量的工作,但是与创作量相比,在总体上是远远不够的。这也是整个幻想文学研究的问题。关于这方面研究现状的详情,吴岩在《科幻文学论纲》(2011)序言《直面边缘》里进行了非常细致的梳理和总结,他是比较乐观的,认为在20世纪、21世纪之交,中国的科幻小说研究正在全面拓展。

科幻小说与主流小说的距离恰恰就是科幻的独特性。科学的发展是无止境的,因而科幻文学的资源、其想象的依据也是没有止境的。所以刘慈欣说:"科学能够为处于困境中的文学带来丰富的故事资源"。"现代科学所展现出来的大自然和宇宙的可能性,已经远远超出了人们的经验和直觉,这种可能性给文学带来的恰恰是更大的自由度。"[①]科学无国界,因此与一般的幻

[①] 刘慈欣:《比科幻更神奇的科学》,查紫阳《宇宙容得下我们吗?》,南京师范大学出版社,2016年,第231页。

想文学相比,它又是最具世界性的文学,别的文学很少能够具有如此多的世界属性。因此,笔者认为科幻小说作为小说叙事的一个分支,具有非常特异的艺术魅力,它的叙事特征确实值得我们深入探讨。

第三节 想象的经典之作——刘慈欣《三体》

近些年,随着科幻文学的发展,在韩松、王晋康、何夕等一大批科幻作家的努力下,中国的科幻创作取得了很多成绩,其中最为辉煌的就是刘慈欣的《三体》三部曲,又名《地球往事》三部曲。该系列小说由《三体》《黑暗森林》《死神永生》三部连续的小说组成,于2006年至2010年由《科幻世界》杂志连载,随后出版单行本。2014年,《三体》(即三部曲的第一部)英文版在美国由刘宇坤完成翻译,该英文版在美国上市后反响热烈;2015年获得美国科幻奇幻协会"星云奖"等五个奖项提名,同年8月23日,《三体》获第73届世界科幻大会颁发的雨果奖最佳长篇小说奖,这是亚洲科幻小说首次获得雨果奖。10月,作者刘慈欣又因这部作品而获得全球华语科幻文学最高成就奖。这让世界看到了中国科幻文学的存在与发展,让中国科幻走出了国门,获得了国际科幻界的瞩目、肯定和褒扬。

刘慈欣(1963—   ),山西阳泉人,高级工程师,科幻作家,中国作协会员,山西省作协会员。写过很多作品,包括7部长篇小说,9部作品集,16篇中篇小说,18篇短篇小说,以及若干评论文章。他的作品曾蝉联1999—2006年中国科幻小说银河奖,又曾获2010年赵树理文学奖,2011年"《当代》年度长篇小说五佳"第三名,2011年华语科幻星云奖最佳长篇小说奖,2010、2011年华语科幻星云奖最佳科幻作家奖,2012年人民文学柔石奖短篇小说金奖,2013年首届西湖类型文学奖金奖、第九届全国优秀儿童文学奖。代表作有长篇小说《超新星纪元》《球状闪电》《三体》三部曲等,中短篇小说《流浪地球》《乡村教师》《朝闻道》《全频带阻塞干扰》等亦负盛名。其中,当然以《三体》三部曲最有代表性。

《三体》三部曲讲述了地球人类文明在宇宙中的兴衰历程,从中国视角探讨了人类与宇宙的命运问题。内容涉及人类文化的各个方面,如人类历史、物理学、数学、天文学、社会学以及哲学等,对未来进行了终极可能性的描绘,从科幻的角度对人性进行了深入探讨。全书格局宏大,立意高远,被誉为迄今为止中国当代最杰出的科幻小说,是中国科幻文学的里程碑之作,将中国科幻推上了世界的舞台。

《三体》故事讲述的是人类从发现外星文明到经历宇宙毁灭的一个周期。整个故事,按地球纪年推算,结束于公元18906416年,这一"年"也是新宇宙时间线的启动点。三部曲是一个从"现在"到未来、从地球到太空的有机组合。

"文化大革命"中,历经坎坷、对人类已经绝望的中国天文学家叶文洁,向宇宙星外生命发射出人类文明信号。信号被正处于困境中的三体文明接收到,由此开始了对地球的侵略。地球上为了应对三体文明的到来,形成了欢迎与拒绝两派。三体人在利用魔法般的科技锁死了地球人的科学发展之后,组建起宇宙舰队,直扑太阳系。人类中的拒绝派形成国际联合,动员全球资源,建立起同样庞大的太空舰队。同时,行星防御理事会(PDC)利用三体人思维透明的致命缺陷,制订出了"面壁计划",选出四位神秘莫测的"面壁者",秘密展开对三体人的反击。前三位面壁者先后都失败了,最后一位是中国的社会学教授罗辑,他由一开始的逃避,到逐渐醒悟自己对于所爱的人的责任心,试图找出对抗三体人入侵的方法。他最终发现了宇宙文明间处于"黑暗森林"状态,每个文明都是林中持枪的猎人,而且准备随时向"闯入者"开枪。其法则即被概括为"他人就是地狱"——任何暴露自己位置的文明都将很快被消灭。基于这一法则,他以向全宇宙公布三体世界的位置坐标相威胁,暂时制止了三体对太阳系的入侵,使地球与三体建立起脆弱的战略平衡。与三体文明的战争使人类第一次看到了宇宙黑暗的真相,地球文明因为黑暗森林打击的存在而如临大敌,不敢在太空中暴露自己。罗辑的威慑使三体文明被迫解除了利用"智子"对地球实行的封锁,两个文明开始互相交流。后来,三体母星及其伴星因为坐标暴露而被更先进的文明完全摧毁。星际战争的方式和武器已经远远超出人类的想象,那个消灭三体星系的"歌者文明",使用一种能使三维世界变成二维的技术,又向整个太阳系发起攻击。人类由于耽误了光速飞船的研究,无法获得必需的逃逸速度。

于是,整个太阳系、扩及银河系,都变成了薄薄的一幅"画",宇宙也进而坍缩。只有航天发动机工程师程心、天体物理学家关一帆和转而同情地球人的"智子",乘坐唯一业已制成的光速飞船实现了逃离。其间经历,极其复杂、艰辛,直到将所占物质归还给"大宇宙",迈向进入新宇宙的起点。

这个故事以整个宇宙为宏观视野,想象了人类未来的命运,是从宇宙立场上来审视人类发展的。刘慈欣自己就说:"未来,作为一个写科幻的人,他只是把未来的各种可能性排列出来,最好的可能,最坏的可能,至于未来真正什么样子的,很难预测。"①这种可能性就是依靠作者非凡的想象力而呈现出来的。作者说:"我写的科幻小说中,它的精髓肯定是基于科学的那种想象力。"②在这部巨著中,最为突出的特点便是极其丰富、极其恢宏的想象力。

阅读《三体》是一种非凡的感受,因为小说展现了一个无限宽广的宇宙,论时间,是从中国的"文革"时期直到未来1 800万年之后;论空间,是从地球、太阳系、银河系直到宇宙边缘。从无限遥远的太空观照地球,作者想象出一个星球的前尘往事,一个文明的历史,探讨不同星球文明相处的原则,探讨宇宙即"时空体"的本质。他想象出"面壁者""持剑人""水滴""智子""曲率飞船""降维打击""四度空间'魔戒'"等等人物、科技产品以及战争手段,既匪夷所思、波澜壮阔、瑰丽神奇,又具有严谨的科学依据,符合逻辑,预示着历史的合理性。

这种想象超越了单纯的科学技术性关注,表达的是对于人类命运的深刻思考,也是中国人对未来世界的寓言。作者的想象是在中国国力开始强盛的基础上展开的。在作品里,中国人开始介入到人类未来命运的历程之中,在挽救地球、挽救宇宙的星际大战中展现出中国人所具有的东方智慧及其逻辑力量,章北海、罗辑、程心、云天明等都具有英雄情结。某种程度上,这样的想象显示出了一种国家实力与民族自信,延续着中国百年来的强国梦,具有强烈的民族自豪感。

这种想象充满哲学内涵,极其厚重、深刻。1903年,论及"殖民星球,旅行月界"的科学幻想时,鲁迅曾说:"如是,则虽地球之大同可期,而星球之战

---

①② 刘慈欣、唐玲:《科幻,想象未来的多种可能》,《文学报》2015年9月3日,第21版。

祸又起。呜呼！琼孙之福地，弥尔之乐园，遍觅尘球，竟成幻想，冥冥黄族，可以兴矣。"①刘慈欣的《三体》正是以宏阔的想象和深邃的思考，呼应着、回答了鲁迅一百多年前发出的忧虑和预见。

《三体》第二部中，罗辑在叶文洁指导下推导出的"宇宙社会学"理论具有纲领意义。这一理论包括两条公理和两个概念：公理1. 生存是文明的第一需要；公理2. 文明不断增长和扩张，但宇宙中的物质总量保持不变。概念1. "猜疑链"（指星际交流实现之后，不同文明之间由于时空距离十分遥远而产生的互相猜忌）；概念2. 技术爆炸（指文明程度越高，科技发展越快，对资源的需求也越大、越急）。所谓"黑暗森林"法则，又是根据以上公理、概念论证出来的。地球文明以及太阳系、银河系的毁灭，整个宇宙的坍缩，则是上述公理、概念、原则在"宇宙社会"中得到兑现的逻辑过程，也是由宇宙大悲剧给出的验证。所以，刘慈欣说："《三体》三部曲里面，真正有系统的创作思维，是在社会学方面。"②

在《三体》三部曲里，作者思考的是：人类文明的生存意义何在？文明的发展扩张在宇宙中处于什么样的位置，将会导致什么样的结果？宇宙犹如一片没有光线的黑暗森林，各个星球文明是那么渺小，即使知道彼此的存在，也无法彻底满足各自对资源的需求，无法消除彼此的猜忌。在这样的处境之下，每个文明都会产生这样的"念头"：如果暴露了自己，就会被消灭，因为宇宙中的总能量要维持不变。作者描绘出一个弱肉强食的宇宙。在这样的想象中，人们不得不思考生命的存在之脆弱性，不得不思考人类和地球家园未来的归宿。

《三体》三部曲体现着作者对于将来可能实现的星际交往、星际关系即"宇宙社会"的独特思考。与那些天真、善良地面对宇宙、面对外星文明的科幻作家不同，刘慈欣说："我一直认为，外星文明将是人类未来最大的不确定因素。""对于太阳系之外的星空，要永远睁大警惕的眼睛，也不惜以最大的恶意来猜测太空中可能存在的'他者'，对于我们这样一个宇宙中弱不禁风

---

① 鲁迅：《〈月界旅行〉辨言》，《鲁迅全集》第10卷，人民文学出版社，2005年，第163页
② 黄永明：《每一个文明都是带枪的猎手——专访科幻作家刘慈欣》，见查紫阳《宇宙容得下我们吗？》，南京师范大学出版社，2016年，第223页。

的文明,这无疑是最负责任的做法。"①

《三体》三部曲带给我们的也是对于人类命运的探讨,作者反省了人类中心主义,对人类的思维方式和习惯"语言"都进行了反思。作品关注的是人之所以为人的伦理以及二律背反悖论,突破了类型小说的肤浅与娱乐性,显得极有深度、力度和科学理性。

书中值得注意的,还有对于技术细节的描写,非常新颖,值得称赞。最令人印象深刻的想象之一是"三体游戏"里的人列计算机。整个"三体游戏"设计得十分出色:里面的系统,或者说宇宙模型的设置,是十分超凡的。三个恒星的设置,乱纪元、恒纪元的交替,脱水的三体人,这些概念在科学上可以令人产生认同感,相关的意象也十分新颖。钟摆纪念碑、半月撕裂等等意象和场景,也给这个虚拟世界增添了许多艺术特色。人列计算机运行的场面更是宏伟,具有极大的艺术震撼力。这个来自三体文明的游戏软件,还体现了作者对信号与处理及微机技术非常扎实的功底,他对多维空间概念、理论的理解也很具前沿性。作者的科技想象当然不尽于此,它在后续情节里得到更加淋漓尽致的发挥,例如使飞船达到光速的曲率驱动技术,神秘的二向箔武器,由三维空间进入四维空间的诡异体验,三维空间向二维空间跌落的理论阐述和诡异图景……都有力地扩张了读者的视域,激发起他们对未来世界的探索欲望,满足了"技术控"们的学习新鲜感,这些都是阅读快感的来源之一。

这种想象首先具有严谨的、符合情理的科学性,是在对科学技术发展的深刻了解和洞察基础上展开的,科学内涵丰富厚实,给人以极大的科学震撼力。作品里的科学想象既符合科学史逻辑,也符合人性道德。其中体现的古典力学、现代物理学、量子力学的知识严密完整。这个知识体系,在现代与未来世界中游刃有余地穿越、延展。尤其令人瞩目的是现代物理学、现代宇宙学的阐释和表现,包括黑洞、反物质、引力波、宇宙坍缩等概念的引入和相关想象,都是建立在最尖端的现代科学认知上的。每一个叙事都不是狂

---

① 刘慈欣:《〈三体〉英文版后记》,见查紫阳《宇宙容得下我们吗?》,南京师范大学出版社,2016年,第257—258页

想,而是现代科学知识的推演。刘慈欣强调,这种想象依靠的是"科幻思维",这种思维具有猜想性、排列性和非线性(突变性)特征①,带有高智商游戏的魅力。因为小说的描写具有很强的专业性,对前沿科学理论有着广泛地描述,所以书中弥漫着一种浓厚的科学美氛围。例如这一段关于某颗恒星的叙事:"雷迪亚兹先生,这其中有几个关键数据:那颗恒星是一颗黄色G2型星,绝对星等为4.3,直径为120万公里,是一颗与太阳极其相似的恒星;那颗行星约为0.04个地球质量,比水星还小一些,而它的坠落所产生的螺旋形物质云的半径达三个天文单位,超出了太阳至小行星带的距离。"②书中经常出现这种科学专业术语,很多地方还要进行注释来加以说明,但是这些科学术语形成了严谨文风,与之相应、相关的想象则把科学之美从冷酷方程式的禁锢里解放出来,显得瑰丽而真切。当然,也有科幻迷对其中一些技术问题抱有不同看法,但是总体上作为文学作品,它对科学美的书写非常成功。

因此,《三体》的想象力具有很强的奇异魅力,具有极强的社会批判性和人文色彩。但是,笔者认为这些想象力的呈现并不完全成功。作者在叙事语言方面有些过于保守沉闷;结构虽然宏大,但并非没有漏洞;最为令人诟病的是人物塑造比较扁平,这与作者认为科幻的任务不在写人应该直接相关,而这在理论和实践上都是尚可深入进行探讨和探索的。凡此固属瑕不掩瑜,但也还是可以看出我们科幻小说的创作要走的路还很长。

第四节 中国科幻小说的精英叙事
——以王晋康《生死平衡》为例

作为一种写梦的幻想小说类型,科幻小说有着自己的叙事规约。和童话、武侠小说等相比,科幻小说更为关注的是一种未来世界,叙事被现有科学规律的设定所限制,也就是说科幻小说叙事具有一种科学性结构,采用一

---

① 刘慈欣、吴岩:《〈三体〉与中国科幻的世界旅程》,《文艺报》2015年9月25日,第3版。
② 刘慈欣:《三体Ⅱ·黑暗森林》,重庆出版社,2008年,第261—262页。

种模拟科学性的话语方式,从而表现科学在现代社会中的影响,释放对未来世界的想象。那么作为中国的科幻小说,究竟具有怎样的一种特殊的文学魅力呢?在此,我们将以王晋康的《生死平衡》为例来分析阐述。

王晋康(1948—   ),河南省南阳人,南阳某石油研究所的高级工程师,河南省作家协会会员,以前一直兼职从事纯文学创作,但影响不大。一个偶然的机会,他发现自己的儿子喜欢科幻类的作品,遂在与儿子的交流中写下了《亚当回归》一文,在《科幻世界》发表后即获得当年的银河奖,并由此走上科幻创作之路。王晋康具有扎实的科学知识功底、丰富的人生阅历和良好的文学修养这三样科幻作家必备的基本素质,实力均衡,创作力至今不衰,成为大陆科幻创作水平的最高代表之一。其主要作品有:长篇小说《生死平衡》《癌人》,中篇小说《生命之歌》以及《魔环》《失去它的日子》《豹》《太空雕像》等数十篇短篇小说,并多次获得中国科幻银河奖的特等奖、一等奖。自 1993 年开始涉足科幻小说创作以来,发表了大量优秀的科幻作品,曾蝉联"银河奖"的特等奖。作品风格苍凉沉郁,富有浓厚的哲理气息,善于追踪 20 世纪最新的生物科学发现,语言典雅流畅,结构精致,具有很强的可读性和文学性。

《生死平衡》是王晋康的代表作之一。可以说,这部作品基本上展示出了 20 世纪末中国科幻小说的创作特征和风貌。

《生死平衡》讲述的是 2031 年中东 L 国向石油大国 C 国发动细菌战的故事。L 国在 1977 年人类彻底消灭天花病毒之际,到索马里取走了最后一位天花病人的病毒样本,将它培养成毒性更厉害的变异体,并植入野鸭体内,通过人工植入电极的方式控制野鸭的飞行方向,利用野鸭袭击 C 国,获取石油控制权。一位中国医者皇甫林来到 C 国旅游,利用自己家传的平衡医学救治好了首相的儿子,赢得了他们的信任。当 C 国遭受变异病毒侵扰,大批民众患病之时,皇甫林用中药配制成的人体潜能激活剂救治大批国人,从而避免了一次毁灭性的打击,同时皇甫林也收获了爱情。

小说讲述的是一个常见的灾难故事。灾难发生——英雄出现——危机解除,构思似乎毫无新意。灾难的发生出于一场阴谋,英雄皇甫林的出现也不突然,先是救治首相的儿子,然后顺理成章地救治国民,顺理成章地解除危机。英雄、美人相伴的构思似乎更落俗套,他们总是要在一起的,于是美人和英雄的爱情故事在灾难中一步步发展,最终修得正果。这是一个典型的"英雄救难"故事。同时,小说中的人物基本上定型的扁平人物,没有复杂的性格和人性展示。英雄皇甫林是一个富有才华、喜爱旅游、自由随性的才子型男人,美人艾米娜是一个任性骄纵的富家女,其他人物似乎连性格都谈不上,书中没有完整的个性展示和剖析。因此,我们发现,这部小说的吸引力根本就不在人物和故事情节上。就像我们欣赏好莱坞大片,常常为其幼稚简单的故事而摇头,为简单的善恶报应而叹气,然而我们还是很乐意为之买单,这是因为吸引我们的不是这些套路,而是那些又炫又酷的视觉效果和其他充满新鲜感的元素。那么,这部小说吸引我们的是什么呢?

应该说,这部小说吸引我们的就是科学幻想。在故事里,不同于其他类似情节的元素就是几乎充满所有叙事的科学因子,而对于现代医学的科学想象则迎合读者的期待,形成一种陌生化的叙事模式和效应,带给读者完全崭新的阅读体验。故事中的"英雄"皇甫林,凭借的是医学科学而非魔法神器、神奇武功或者以其他力量来完成拯救任务的。作者在这里探讨了一个极为严肃的科学问题,就是中西医基本理论的差异,对西医用外力治病的方法提出质疑,而强调激发人体自身免疫能力来对抗病毒的中医原理。整部小说都是建立在这样一个科学理论基础上的,以对现代西方医学的怀疑态度,探讨了病毒出现耐药性的问题、人类在西方现代医学无限救治中产生的免疫力退化灾难的问题,以及破坏自然界平衡等问题,引发人们对于医学发展的思考和探索。小说用了大量的文字进行这种理论的阐述,在情节设置中,则将两个主要救治情节——救治首相之子和救治C国民众——都置于科学论证之中。可以说,这部作品的情节设置不是仅仅为塑造人物或故事的发展而服务的,更为重要的是为阐述科学理念,作为证明案例而存在的。由此可见,科幻小说的叙事重点通常不在人物的行动上或者其他方面,而主要在科学原理的论证上。这在硬科幻中更是如此,叙事者和阅读者的想象力一般都集中在科技发展的展示、呈现,他们对于故事人物情节等的兴趣,都不及对于科学本身的想象。人们通过科幻故事的叙事而想满足的期待,通常是某种科技方式能够发展到何种程度,能够给我们的未来带来什么,这样一些好奇心的满足。所以,刘慈欣的《三体》给我们展示的是地球在宇宙文明中可能遇到的灾难,而这种科学哲理的探索也正是王晋康小说的魅力所在,例如他的《养蜂人》中关于整体智力的思考,《生命之歌》中关于生存欲望存在于DNA的次级序列中,并终将被人类破译的理论等等,表达的都是一种科学性的、哲理性的、预示未来的内容。

科幻小说的想象虚构的基础和指向都是科技。科技是人性的解放力量,减轻了人类的生存压力,为人类带来了极大的便利,但同时也对自由形成了限制。随着科技的发展,人类的生存方式发生了巨变,随之社会的道德、理性、价值观、世界观等都发生着种种变化。科技的高速发展让人类感到自己的异化,感到方方面面的窒息,于是产生恐惧、困惑、期待等各种情感。科幻小说所要表达的正是人类在科技压力之下的文学性的情感,如呐喊、呻吟或者欢歌、吟咏。

王晋康在《生死平衡》中对于西医的质疑就是对现代医学的反省,它认为现代医学含有两大进步:抗生素和疫苗。抗生素基本是绕开人体免疫系统直接和病毒作战的,结果导致人类免疫系统在长期的无所事事中逐渐退化,病毒则在抗生素的围剿中得到锻炼强化而产生耐药性,形成了危险的临界状态;疫苗倒是通过人体免疫力来发挥作用的,但是人类用赶尽杀绝的办法彻底消灭病毒,同样是一种危险状态,一旦防范失效就会一发不可收拾,造成巨大的毁灭性灾难。从这个角度来看,现代医学的进步似乎与人类的初衷背道而驰,同时也蕴涵或意味着它的"自我否定"。人类越来越脆弱。这种思考早已超出了娱乐性通俗文学的叙事范畴,而是一种极为鲜明的精英型思维。这种立足于精英化立场的创作思维,必将带着科幻小说进入到主流文学殿堂之内。

但是,《生死平衡》在表达具有震撼力的科学思考的同时,在人物塑造方面显得过于简单。例如对于主人公皇甫林的描写、对于美丽的艾米娜的描写,都很单薄,社会环境也显得很单一,这恐怕是幻想小说通常难免的一种缺憾,因为人是社会关系的总和,硬科幻的本性决定它不可能把笔力集中在社会关系上,乌托邦式的软科幻则在描写社会关系上有着先天的不足。简而言之,在刻画人物、挖掘人性方面,科幻小说不能不是、极难突破叙事的简化性。我们可从以下几个方面对此深入进行探讨。

首先,因为这类幻想叙事通常会被设置于一个全新的幻想时空中,在建构创造这个时空的时候,文学叙事难免会将现实复杂世界作简单化的呈现。因为幻想小说在所架构的虚拟世界中,无法也不会用文字完全复制出现存社会现实的多元性和立体性,比如对未来社会的描写,多是着眼于小说叙事的"未来性"关注点,而不会涉及"非未来性"的其他方面,从后一角度考察,就会显得单薄。通常幻想小说都会显得浅显直白、富于理想化,例如武侠小说就不会关注侠客们在行走江湖时的吃喝拉撒等琐事,也不会交代他们日常生活费用的来源等这样一些现实问题,读者所看到的都是武功高强的侠客行侠的过程。同理,科幻小说展示的是科学技术对生活的影响,而非实际、具体、复杂的生活形态,因此社会关系的复杂性和生活形态的多样性、丰富性就被简化了。

其次,当幻想小说讨论到复杂的道德伦理、社会发展等难题时,叙事者通常都会给出非常苍白无力的爱啊、情啊等简单的解决答案,回避那些富于理性的,历史认知、社会认知深刻的读者所期待的结局。这就使科幻小说很难进行深入的开掘,而将叙事引向较为复杂的内容。显然,人类的生存困境岂仅在于科技这一个方面?从这个角度考察,科幻小说借助科技力量来解决人类社会中的矛盾和问题的方式,似乎显得力不从心,这也就是主流精英文学对科幻文学嗤之以鼻的一个原因。通常科幻小说被视为通俗的类型小说,意味着在文学建构方面偏向于娱乐、休闲、轻松一脉,因而不能或者不愿承担起对于现实乃至历史的真实的重大责任。幻想小说,包括科幻、武侠等,都重在营建精彩生动的细节,比如生生死死的爱情、曲折迷离的情节、幽默风趣的对话、各类性格迥异的奇特人物等。幻想型通俗小说的作者、读者之间有着一个无文的约定:书中所写的上述内容,可以不接受历史可能性和真实性的检测,人们痴迷于这些叙事带来的各种心理满足,而不会苛求它们在思想观念方面承载沉重的社会历史责任。正因科幻小说对于现实读者阅读心理的满足顺应,造成了文本的通俗性和流行性。精英小说则相对来说更为注重"理想读者",因而具有强烈的意义内核,具有严肃性,不以满足读者的期待心理为目的。

但是，优秀的幻想小说是不会满足于愉悦性叙事的，更多的科幻小说已经在努力追求叙事的深度和广度，严肃思考着人类的未来。这也就是科幻小说在21世纪越来越具有艺术魅力的原因。应该说国内外的许多科幻小说，早已努力跨过了通俗—高雅间的樊篱而登堂入室了，它们表达着现代人类的科技困惑和生存思考，具备了精英文学的意识思维和立场。中国科幻作家之中，除刘慈欣、王晋康外值得关注的还有韩松，他的作品《宇宙墓碑》《在未来世界的日子里》等"充满寓意和隐秘感，具有强大的暗示性"（美国《新闻周刊》），"是预知的历史小说，铺陈整个人类内在的实质"（台湾《幻象》）。同样值得关注的，当然还有以《北京折叠》而获得2016年度雨果奖的郝景芳，她的这篇小说在突破"软科幻困境"方面或许具有里程碑意义。包括王晋康在内的上述中国科幻小说作者，都具有深厚的精英背景和强烈的精英意识。

正是这种精英意识，使中国科幻呈现出一种"说教性幻想"，具有很强的载道意识，这也是"科普式科幻"所发展出来的特征。科幻小说的叙事虽然具有了精英立场，但在艺术探索的先锋性如对于人生理性的深刻体悟、情感的深切感受、艺术创新的探索等各方面尚需努力。毕竟，一般通俗性的科幻小说，在对于市场的依赖、对于传统道德规范的认同、对于情节趣味的追求上，都体现出一种观念定式，即便在某些方面有所探索创新，也会很快形成一个套式，进行反复运作，而缺少对现实的诘难、反省、思考。因此，科幻小说要深化发展，需要更多的努力。

结　语

　　20世纪是中国社会从传统农业社会向现代工业社会转型的一个百年发展时期,也是中国反省传统、学习外来文化的一个多变的时期。中国小说在这个时期被精英们赋予了民族复兴的重责而成为改造国民的利器。幻想小说因其本身的非写实性叙事属性而在世纪初和世纪末契合了社会发展的群体期待心理,表达了国民对于未来对于科学对于国家对于世界乃至对于整个宇宙和人类的想象期待,形成了发展高潮,但在大部分时间内却倍受压抑。探讨这一文学现象,研究幻想小说叙事作品中所蕴含的审美价值和文化意义,关注小说家在20世纪被社会、时代等所激发的想象力、创新性以及这种创造的延续和消失趋势,探求非主流的潜在的大众文化心理,应该说是一件非常有意义有价值的工作。

　　首先,20世纪幻想小说秉承了中国传统小说的叙事传统,又融入了西方的叙事因素,形成了非常丰富独特的叙事方式和内容,无论是科幻小说、童话创作还是新文学家的社会幻想、通俗小说家的武侠想象,都是中西结合、古今交融,富有创新性和想象力,既有时代特征又深蕴文化内涵。

　　纵观中国现代幻想小说的发展,我们看到幻想小说具有鲜明的时代性,始终围绕着国民改造、富国强民的主题而展开叙事。不论是晚清的国家幻想,还是儿童的教化性童话,还是科普性科幻小说,都富有极其浓厚的功利性,很少有纯粹的娱乐消遣或者单纯释放想象力的从容的叙事作品。更别说精英立场的新文学家的作品了,更是以幻想叙事来书写社会现实的。从这里,我们可以非常深刻地感受到中国现代小说的功利性特征和目的,也可以看到在民族存亡、国弱民贫的现实中,中国小说的想象虚构根本是难以挣脱现实的束缚的,这也就是为什么中国小说的想象力始终被压抑的社会原因,也是中国文学发展中的一个值得注意的现象。毕竟文学是一种虚构艺术。

其次,中国现代幻想小说的发展可以说打破了所谓的雅俗小说的分界,由此切入可以很好地完整地观察中国小说现代化进程轨迹,从而寻觅出中国小说自身获取现代性的内部原因。幻想小说在既定的研究格局中被分割成各种类型,很少有研究者能够将其归纳在一起以较为完整的理论来涵盖这一叙事文类,对此进行深入探讨。其实,关注于文学想象力的幻想小说是非常有吸引力的一种创作类型。这一类型所呈现的就是文学的虚构本质。考察想象虚构的方式、资源的发展转换对于小说的研究具有本质意义。

再次,研究幻想小说可以为我们提供很多新角度新视野新思维方式,突破某些研究范畴的桎梏。长期以来,我们研究者在意识形态的制约下,形成了二元对立的思维方式,将写实性叙事作品作为主流类型加以提倡,而对非写实的叙事作品关注不够,甚至将幻想小说视为通俗文学的专项加以鄙夷,并且用写实性的叙事习规作为唯一标准来评述各种创作,常常对于非写实的作品隔靴搔痒,不得要领,甚至无法言说。这也是以想象世界为表现对象的科幻、武侠等小说的研究比较薄弱的一个原因。现今,我们走出了新文学的范畴,把研究视野扩展到整体文学创作,很多类型的小说被描述、被界定,但是多局限于表层归类而缺乏深入探究。我们将注重想象力展示的非写实作品放在具有相似性的同类作品中考察,发现其在传统中的创新性和在这一类型的基本叙事语法中展现的个性化因素,从而更深入地理解、说明作品的艺术魅力所在。只有将隐藏在千变万化的故事情节后的具有共通性的叙事语法归纳总结出来,描述出其演变的轨迹,才能正确理解评价这一类小说的审美价值和文史地位。从叙事习规这一角度入手,可以考察文学本身的传统承传和变化,深入到文化心理、想象资源、美学特质等多种叙事因素进行研究,可以比较直接地发现小说的创新之处和艺术魅力所在。

另外,幻想小说在20世纪初繁盛一时,民国之后渐趋边缘性,到世纪末二十年又开始重新兴盛。这种文学叙事习规的遭遇不仅是读者、创作者的功利性选择,也牵涉到小说这种文体在文学结构、文化结构中的作用,是一系列的文学技巧、社会思潮、艺术价值等的选择和表现。这是我们现有的类型理论无法涵盖的。也许,通过对非写实小说文本的研究,可以揭示出非写实类型小说被压抑又被重新发现的这个过程尤其值得玩味。更为重要的是,在对非写实小说的研究中,可以了解中国文学家的独特丰富想象力,感知其艺术独创性和审美魅力,对夸大理论向度而稀释审美性的研究倾向加以匡正。面对当下类型化小说创作潮流,非写实因素日益增强,我们可以更好地把握着这种创作意识的走向,从而为今后的创作提供理论上的指导。

十一 通俗作家笔下的散文小品研究

（冯鸽）

绪　论	353
第一章　创作概述	**361**
第一节　通俗作家散文小品创作的群体性特征	361
第二节　记人小品	368
第三节　趣事小品	373
第四节　社会文艺小品	378
第五节　文化小品	381
第六节　抒情小品	391
第二章　周瘦鹃的小品	**395**
第一节　花的小品散文	396
第二节　江南小品	401
第三章　还珠楼主的小品文	**406**
第一节　散文书写的丰富	408
第二节　超凡的艺术表现力	414
第四章　张恨水的散文小品	**416**
第一节　创作概况	416
第二节　创作特色	418
第三节　《两都赋》	423

绪　　论

一

　　论及中国现代散文的发展,其实是很有意味的。这一从传统走向现代的文体转型过程充分体现了中国文学获得现代性的发展轨迹。通俗文学作家较之新文学作家的散文创作更能显示出这一转型的特点,他们既有视"散文"为文学正宗的传统文学观念和严肃的创作态度,也受新文学的影响,吸收学习现代文学理念的精神和实践尝试,还有商业社会的市场经济的影响,真切地反映出古代文学传统在西方文学影响下得以延续而走向现代的完整过程;不仅如此,通俗文学作家以散文创作所表达出的现代市民文化和社会改良意图迥异于新文学作家在散文中所言说的革命情绪以及精英文化启蒙意识,反映了中国都市文明的发展轨迹和世俗社会的审美趣味,充满了人间烟火气息,对那个时代的书写更为真实具体。

　　客观地看,中国现代散文的发展并不比小说逊色。"到了五四运动的时候,又来了一个展开,散文小品的成功,几乎在小说、戏曲和诗歌之上,"[①]朱自清认为,"最发达的要算是小品和散文。"[②]林语堂甚至在《人间世·发刊词》中直言:"十四年来中国现代文学唯一的成功,小品文之成也。"小说家曾朴也在1928年回复胡适的信中谈到新文学成就时说:"第一是小品文学。"可以想见,当年散文创作之兴盛。无论是新文学作家还是通俗文学作家,几

---

① 鲁迅:《小品文的危机》,《南腔北调集》,人民文学出版社,1980年,第166页。
② 朱自清:《论现代中国的小品散文》,《文学周报》1929年11月25日,第345期。

乎每一位作家都有散文作品,现代散文创作相当繁盛。他们以深厚的文学素养和文字功底,加以现代社会意识,成功确立了现代汉语的表达规范,书写出了一个时代的个性。

众所周知,现代散文是在新文化运动中产生发展繁盛起来的,是新文学家周作人等根据日本的散文概念从英国的"familiar essay"翻译过来的,受外国文学影响还是相当深的。正如周作人所言,"中国新散文的源流我看是公安派与英国的小品文两者所合成。"[①]"新散文里的基调虽然仍是儒道二家的,这却经过西洋现代思想的陶熔浸润,自有一种新的色味。"[②]外国散文作家那种自由外向型思维,形而上的哲学机制,开放丰富的审美特质及现代的艺术结构表现,无疑是中国作家的参照系,直接影响着散文艺术创作。任何文体都是由社会、读者及作者等多重因素共同作用而生发出来的。五四时期,文学家们受西方文学分类和文体概念 essay 的影响,逐步由"文学散文""纯散文""美文""小品文""絮语散文"等概念中获得了一种白话散文的概念,把"散文"从古代传统中与韵文相对的无韵之文的大概念中分离出来,建立了与小说、诗歌、戏剧并列的一种文体概念,并且吸取了西方随笔的多种美学因素,融会了创作者自身的传统古典情愫,以大量成功的创作促使这种文体迅速成熟。

为什么会有这种文体的引进、创制和继承呢?为什么"散文小品的成功,几乎在小说、戏曲和诗歌之上"?20世纪文学在中国士人面对现代社会转型的震撼与挑战中,是一种极为重要的言说方式,帮助他们应对这一时代的复杂变异、新旧矛盾等的现实,个体性极强的散文书写是重要心灵史的一个组成部分。五四时期的新文学家们欲为民众的启蒙者,他们以文学为改良社会的重要手段,履行一种政治使命,提倡科学与民主,试图用西方现代文明的价值体系来建设中国。现代小说这种文体就是滥觞于早年梁启超所倡立的"政治小说",成为知识分子表达思想文化启蒙意识的一种话语方式,直接指向阅读领域,是在与旧式小说鸳鸯蝴蝶派等的抗争中一步一步走出

---

① 周作人:《燕知草·跋》,赵家璧主编《中国新文学大系·散文二集》,上海良友图书印刷公司,1936年,第219页。
② 周作人:《中国新文学大系·散文集》导言,佘树森《现代作家谈散文》,百花文艺出版社,1986年。

来的。这是一种时代话语的叙述文体,它注重的是主体之外的广阔丰富的社会群体实践,甚至有意回避排斥自我的存在,进行客观叙述,但是同时,作为个体的人,每个文学家都存在着对自我认知的困惑,尤其是在中国现代充满了矛盾和困惑的那个阶段。他们所需要的心理调适和私人生活的情趣享受使他们诉诸短小随意、不那么严肃的散文文体。需要调剂的心理需求导致了几乎每一位文学家都有散文文字的书写,或幽默,或平淡,寻求自己的文字花园。其创作数量之多,个性之突出,风格之丰富,促使这种文体走向繁荣和成熟。

五四时期,诗歌正忙着表现文学革命的具有破坏力的狂飙突进的时代精神,小说沉浸在以自由婚恋为标志的个性解放的追求的感伤痛苦中,文本的内容如此沉重和拥塞,致使文学家们无暇过多关注自身文体的形式。只有散文,在一开始的理论探讨中,就注意到了文本自身的审美艺术性。早在1917年,刘半农就在《我之文学改良观》中提出了"文学散文"的概念,与非文学文字加以区别;1921年周作人发表的《美文》就非常具体地指出,"外国文学里有一种所谓论文,其中大约可以分作两类。一批评的,是学术性的。二记叙的,是艺术性的,又称作美文,这里边又可以分出叙事与抒情,但也很多两者夹杂的"[1],非常鲜明地表达出对于散文文体的审美特性的确定。之后,关于散文的理论探讨日渐丰富,从散文的概念、源流、流派到散文的美质、形式、笔调、语言等均有论及,到30年代中期形成一个创作和理论研究的高峰。这种状况鲜明地反映在1917—1927共名状态下开始发展的自我文体到1927—1937无名状态下摆脱时代主题的束缚得到了大发展,[2]个性借散文这种主体性叙述文体获得了充分展现,验证了周作人所论:"小品文是文学发达的极致,他的兴盛必在王纲解纽的时代。"[3]从客观发展上看,散文文体兴盛于个性发展空间较大

---

[1] 子严(周作人):《美文》,《晨报副刊》,1921年6月8日。
[2] 陈思和在其著作《中国新文学整体观》第三章中提出了"无名"和"共名"的概念,"当时代含有重大而统一的主题时,知识分子思考问题和探索问题的材料都来自时代的主题,个人的独立性被掩盖在时代主题之下"此为共名时代;"当时代进入比较稳定、开放、多元的社会时期,人们的精神生活日益丰富,那种重大而统一的时代主题往往拢不住民族的精神走向,于是价值多元、共生共存的状态就会出现",此为无名时代。
[3] 周作人:《冰雪小品选》序,《周作人散文第2集》,中国广播电视出版社,1992年,第288页。

的无名状态下，也说明了散文文体的本质是个人主体化的叙述。

因此，现代散文理论中把"个人的发现"作为极为重要的特性加以关注，也就不是很突兀的了。郁达夫在《中国新文学大系·散文二集》导言中说："现代散文之最大特征，是每一个作家的每一篇散文里所表现的个性，比从前的任何散文都来得强。"林语堂也在《人间世》发刊词中提倡"以自我为中心，以闲适为格调"，这种对自我的关注，是文学家在融入时代大潮时的一种自我拯救，是小我的挣扎，因而才有在二三十年代散文的审美化、世俗化、闲适化，游离在时代精神之外却又那么执着顽强地存在着。

虽然通俗文学作家的散文创作早在新文化运动之前就开始了，他们的创作更多地秉承了传统的散文创作方法，有很浓厚的古代散文气息，但是后来也受到了新文学的影响，创作中既有文言散文，也有白话散文，既有笔记体、史书体等传统文体，也有闲适幽默的谈话体，但其散文所表现更多的是中国传统散文的美学情趣。在这一点上，新文学作家和通俗文学作家其实是一致的，内在精神对传统散文创作观都有所继承，都是人本主义的文学观，旨在表现人性和人生的趣味意义，而且在文学表现上或社会思想形态的思考上，深潜着传统的美学和文化思想。"载道""言志"的儒道文化思想，"出世""入世"的文化心态，"意境""情趣"的追求等等都未能真正跳出传统小品的框构。这主要是由于现代作家，都曾受过古典文化的教育，无论怎样也难以挣脱旧文学传统的潜在惯势；另外，现代知识分子对西方文学的借鉴学习是匆忙而浅层的，救亡危机使他们不能冷静而深入地学习思考东西方两种文化体系的异同，所以即便是新文学作家偏激的对传统的否定，也仅仅是一种表现性姿态而已；而骨子里，仍旧是东方式的传统民族性文化品格。比如以朱自清和张恨水等相比较，他们的抒情写景小品，就仿佛是唐宋抒情写景小品的白话文版本，其审美情趣、艺术表现技巧等如出一辙。而且，通俗文学作家的散文创作因其非反叛而顺势的书写姿态而显得更为自然顺畅地延续了这些传统。

因此，研究通俗文学作家的散文是非常有意义的。不仅能够非常清晰地勾勒出中国传统文学走向现代的轨迹，剖析出文学发展的内在精神动力，而且能够发现其所具有的独特的审美趣味和风格特色，对中国通俗文学和都市文化的认识具有非常重要的参考价值，但是，一方面由于散文文体的特质较难把握,这一文体研究本来就比较薄弱,另一方面也是因为这些作家的散文创作通常发表于自己或者他人创办的各类期刊报纸上,散见于各处,时过境迁,被人淡忘,较难一窥全貌,即使出版了很多通俗文学作家的作品集,但也主要是小说,所以研究不够充分。在这方面,主要有袁进主编的《鸳鸯蝴蝶派散文大系》(8部)、范伯群主编的《周瘦鹃文集》(散文卷)、徐永龄主编的《张恨水散文》(4卷)、周清霖和顾臻编的《还珠楼主散文集》、徐斯年编的《王度庐散文集》等作品集。

二

要说明的是,"散文"是一个宽泛的概念。广义的"散文",是指与韵文相对的非韵体文,内容庞杂,范围宽泛。我们这里所讲的"散文",是目前我们通用的,与诗歌、小说、戏剧并列的狭义文体概念。在此,本文所论述的主要是散文中的艺术散文,也称美文、小品文、随笔、絮语散文等等,其他散文文字将外另撰文论及。为了更为清晰地论述这类具有文学审美特质的散文文字,我们选用了"小品"这一名称来统称这里的研究对象。

客观上,散文文体的随笔性质,使它思想宽容度大,抒情自由,风格多样,短小灵便,读者和作者皆易亲近,加上与追求自我个性解放的时代思潮之涌动相呼应,文字的自由和随意切实表达了自我的发现、个性的张扬,必然成为创作者和欣赏者的一种选择,也因此发展了文体自身,成为舞文弄墨者应用最为广泛得手的文体。有些通俗文学家还认为散文诗歌为文学正宗,而小说为消遣娱乐之俗类,地位低下。如徐枕亚在《雪鸿泪史》序中就谈道:"……深愿阅者勿以小说眼光误余之书。使以小说视此书,则余仅为无聊可怜、随波逐流之小说家,则余能不掷笔长吁,椎心痛哭?"[1]他们虽然以小说创作为职业,但内心并不认同小说文类的主流地位,可见其在创作态度上,对散文更为重视,也因此,创作态度较小说更为认真,书写个体日常人生,衣食住行,小小时空,个人情绪,社会时闻,均十分用心,自我意识鲜明而

---

[1] 徐枕亚:《〈雪鸿泪史〉自序》,清华书局,1916年。

强烈。

当时的社会条件也有散文盛行的客观基础。社会经济和都市商业的发展,使现代市民生活节奏加快,传统的农业社会的田园风味慢节奏已不能适应现代人生存心态,人们于匆忙中是没有很多消遣的时间去阅读欣赏长篇的大部作品的,短小新鲜的小品散文更为需要。而且作家们从清末到民国,都在动荡战乱之中,生活极不安定。作家们难以有安静的书桌,不能好好地安心著作,所以多有简短文字留下。在这种情形下,作家和读者同时把目光投向了散文小品。小说作为"大说"移入主流文体中后,散文则散漫撒开,在各类杂志报纸上填空补白,在各种专栏中沸腾,为小说注解,为时代留印痕。

同时,科技的进步带来印刷业、出版业的发达,报纸杂志迅速普及,这就对文章的篇幅有了一定的限制,时代要求迅捷的传播交流,小品散文得此契机,天时地利人和全占,而成为创作的热点。对于大部分的通俗文学作家来说,他们自身大多都是报人,比如王钝根、陈蝶仙、陈景韩、周瘦鹃等是《申报·自由谈》的主编;张丹斧主编了《新闻报》的副刊《庄谐录》,严独鹤主编后改名为《快活林》,1932年后又改为《新园林》;《时报》中的《小时报》主编是包天笑、李涵秋、毕倚红,其他通俗文学作家如叶小凤、何海鸣、姚鹓雏、张恨水、贡少芹等都做过报人,这种新闻工作者的身份无疑使他们更懂得市民审美需求,更擅长于运用小品散文描述都市风景,谈天说地,引领百姓的舆论导向和审美趣味。他们编报时几乎每日有散文文字发表,如严独鹤在《新闻报》上发表的杂感就有近万篇[1];张恨水也有数以千计的篇章,20年间平均每日写500字的散文,积累下来数量可观。他们的散文发表在各种通俗文学报纸期刊上,内容包罗万象,从市井闲言到国家大事,从日常生活到野史轶事,无一不可入文,无一不可议论。正是由于这种文体特征和客观条件,小品文遍布当时的各类报纸杂志,数量惊人,而通俗作家的小品文更是随处可见。

应该说,通俗期刊的创立与发行与通俗文学的发展息息相关。散文更是各类期刊必不可少的文体。通俗作家的散文基本上都散落于这些期刊

---

[1] 陈念云:《纪念新闻界前辈严独鹤先生》,《严独鹤杂感集》,上海远东出版社,2009年,第438—439页。

上。他们除了创作市民喜爱的大量小说作品之外,就是发表各类时评文论,游戏文字等。比如程瞻庐在《红杂志》与《红玫瑰》上就发表了500多篇随笔小品。他们对于散文小品的创作态度也是相当认真的,在《红玫瑰》创刊号上,赵苕狂在《编辑余话》中说:"长篇小说短篇小说两种,本刊当然是极端注重的,可是对于小品文学,却也不敢放松一点。如今将对于此项小品的主旨向诸位说一说,大概不外乎三点:一短峭,二滑稽,三通俗,至于陈义过高,及稍涉沉闷的,盖在摒弃之列。"①可见通俗文学作家对于散文的重视。他们贴近市民趣味的办刊宗旨使他们的期刊有着很强的生命力,《红玫瑰》就办了7年,长盛不衰。

从晚清时上海就开始出现多家小报,李伯元于1897年6月24日创刊的《游戏报》成为小报鼻祖,后有1898年7月创刊,孙玉声、俞达夫主编的《采风报》;1901年3月创刊,李筝仙主编的《寓言报》;孙玉声又于1901年3月创办的《笑林报》;还有李伯元又于1901年4月创办的《世界繁华报》等。这些"小报是一类篇幅小、刊载趣味性消遣性内容(包括新闻、轶事、随笔小品、文艺小说等)为主的报纸"②。通俗作家的很多散文就是在这些小报上发表的。后出现了《新小说》《绣像小说》《新新小说》《月月小说》《粤东小说林》(即《中外小说林》《绘图中国小说林》)《小说林》《小说时报》《小说月报》《小说大观》等主要刊登小说的期刊,每个期刊都聚集了一批才华横溢的通俗作家,实践着唤醒民众的启蒙努力。比如上海很有名的报界"一鹃一鹤"就是指周瘦鹃和严独鹤。周瘦鹃是编、译、著全能,编辑许多刊物,《礼拜六》《申报·自由谈》等都与他关系密切,《新声》《红杂志》《红玫瑰》《侦探世界》《金刚钻月刊》等都得到严独鹤支持,他还编辑《新闻报·快活林》等副刊;包天笑所办的《小说时报》《小说大观》《小说画报》也各有特色。

19世纪末20世纪初,在上海出版过40种左右小报③。这些小报刊发了大量散文,其内容十分驳杂,既有时事趣事、讽世寓言,也有风俗笑话,更有知识小品,五花八门无所不包,反映了上海大都市市民生活百态。虽然这些

---

① 赵苕狂:《花前小语》《红玫瑰》,第5卷第24期,1929年9月出版,第1页。
② 秦绍德:《上海近代报刊史论》,上海:复旦大学出版社,1993年,第134页。
③ 范伯群:《中国现代通俗文学史》(插图本),北京大学出版社,2007年,第55页。

小报文字格调不高,趣味庸俗,比如对妓界的报道追踪很是卖力,但受众面很广,在市民阶层中也受欢迎。其中也时有精妙小品,比如《游戏报》上的《品箫》,就甚是高雅:"凡箫,宜以竹为之,而好奇者,或制钢箫,或制铁箫,或制玉石箫,然余谓皆不如箫之自然生籁。"文章介绍了箫原产地为慈母山,引用名家辞赋论述,介绍制箫之法,吹法,"……于清风明月之夕,静坐吹一曲,觉心平而气和"①。谈古论今,信手拈来,细致精妙,雅趣顿生。

如果说,新文学家们反对"以文娱人"的文学观,把传统正宗散文"文以载道""代圣贤立言"的古文变为个人抒情言志的现代文体,那么通俗文学家们则很认同"以文娱人"的创作观,不但把散文小品作为一种自我消遣游戏的笔墨,也很注重表达对大众审美趣味的关注和引导,往往强调幽默随意、诙谐游戏,笔下常常有文人自嘲或互相嘲笑揭短的游戏文字,如《文人百趣》(黄转陶)、《文坛趣话》(施济群)等,但从通俗作家的散文的主体而言,他们还是用散文表达对生命的热爱和享受,执着地追求着生活中的美好,因此喜欢在平淡中寻求诗意,在平庸中寻觅特别。这是一群很会生活、热爱生命的艺术家。

---

① 阿英:《晚清小报录》,转引自范伯群《中国现代通俗文学史》(插图本),北京大学出版社,2007年,第59页。

第一章 创作概述

第一节 通俗作家散文小品创作的群体性特征

通俗文学家的散文作品与新文学家的散文作品相比,有着鲜明的通俗性群体特征,就是他们多以普通人的创作视角和心态以及浅显风趣的语言来展示普通人的生活,注重表达丰富的生活情趣,是一种"平视"写作姿态,与市民生活"不隔",融为一体,具有市民文化特征。

他们重视市民的民生利益,欣赏时尚趣味,认同中国传统美德,具有世俗关怀情结;而新文学家散文的读者大多是知识分子,"探究人生意义和价值"的探求性文字,改造社会的功利性色彩较为浓重,具有教化姿态,追求思想高度和深度,视市民为"俗众",与他们在精神上难以沟通,对市民生活的烟火气息显得冷漠与鄙视。这主要是因为通俗作家的生活背景远比新文学作家复杂多元,因此文字所涉及的社会领域更是广阔多样,他们中的报人更视广大市民为其衣食父母,因此更具服务市民大众的文学意识,注重文学的娱乐性和商业化,而不仅仅是传统的"文以载道"儒家思想的表达,因此,这一群体的散文非常生活化,内容几乎无所不包,如时事、历史、时尚、流行、名人、趣事、戏剧、电影、美食等等,具有极大的都市生活信息量和丰富的都市文化元素,清晰地勾勒出中国社会由传统农业社会走向现代都市社会的轨迹,具有较高的文献资料价值。

通俗作家的写作不受时代主潮的限制,也没有特定的意识形态的影响,只接受文学市场的调节,因而创作心态很从容,可以自觉书写各类时尚、掌故、民情、自我体验主张等等,将一些新文学作家不关注的边角料题材如游戏场、赌馆、花会选美、健康卫生、社会趣闻等等进行记录，对都市生活进行有趣细致的临摹，成为一个城市的生动表达。这也表现出通俗作家的审美意趣的市俗生活性，从普通市民的角度表达了对于地域的感情和认知。

一

首先，通俗作家散文具有很浓郁的都市趣味。这很自然，他们的写作和生活环境是上海、北京、天津等这些现代都市，面向的读者是大众市民，通俗文学研究学者就曾以大量史料指出这群拥有大量市民读者的优秀或较优秀的通俗作家，是冯梦龙的农耕社会市民文学在现代工商文明都市中的嫡系传人，他们对市民文学做出了巨大贡献，发挥了大众娱乐、现代生活教化和政治舆论引领的三大功能。[1] 相较之下，新文学作家的文学意识中对中国都市市民的生活就相对陌生，常常蔑称他们为"小市民"，视为庸俗、落后的不觉悟的群体。因此，通俗作家散文的市民都市性显得分外突出。

这种都市趣味主要表现在散文的内容上，多与都市生活民俗有关，表达的也多是现代都市生活观念和价值判断，反映了近现代都市社会方方面面的独特风貌和关注普通市民的民生问题，比如谈上海的减价商业行为（独鹤《减价的作用及其他》）、物价的上涨（秋翁《蛋的上涨》）、乘车杂谈（秋翁《忘形》）、穿衣习惯（秋翁《人体展览会》）、妓女拉客（黄转陶《红地狱》）、商人的狡猾（郑逸梅《商人的狡狯》等等，涉及的问题如《上海人口突然减少》（郑逸梅）、《囚犯的性欲问题》（归人）、《家庭教育和公德心》（瘦鸥）、《现代家庭与现代父母》（黄寄萍）、《法律平等》（程瞻庐）、《爱情与苦痛》（陈复）等等多是现代文明社会的发展中出现的众生百相，表达出迥异于传统观念的现代性。《夫妻为什么要吵架》（袁沛霖）就是一篇很有意思的小品，文章概括性总结了在婚姻中男女不同的行为特点，还举出了具体的吵架案例，剖析出"婚姻应该是一种合伙的关系；它并不是一种竞争，看谁能得到雄辩的锦标的"，告诫妻子"自尊心造成吵架，倨傲的态度是离婚之母"。[2] 这里我们可以看出作

---

[1] 范伯群：《中国市民大众文学百年回眸》，江苏凤凰教育出版社，2014年，第10—12页。
[2] 袁沛霖：《夫妻为什么要吵架》，袁进主编《鸳鸯蝴蝶派散文大系——都市魔方》，东方出版中心，1997年，第234页。

者对于男女平等关系的认知早已经现代化了,在婚姻关系上,视结婚、离婚为常态。这种观念只有在现代都市中才可能流行。

其实,通俗作家的散文小品主要是一种都市经验记录。他们写游,是赏过的体悟,写吃,是尝过的经历,写日常生活的种种都是自己生活中的琐事,比如买东西的经验、挑选物品的经验、制作各种物件的技巧甚至下馆子的指南等等。这些经验具体而实在,没有过多负载高尚伟大的意义,没有时代的苍凉悲情,没有未来的焦虑紧张,只有当下单纯的生活趣味,世俗的物质生活经验,因此,这种都市书写是一种极为私人化的个人生活经验,也因此而缺乏了深度和广度,有些浮泛表面化。他们多写的是老百姓身边的婚丧嫁娶、生老病死、人情世故、家长里短,目的是劝诫扬善,以正世风。他们追求的就是可读性,他们以为文学杂志才会拥有大量的读者,这表示通俗作品的文学的实用劝世功能。这种贴近生活的庸常亲切感在新文学散文中不是常见的,但是,正因世俗气息过浓,有时就显得格调不高。

其次,通俗作家的散文也具有很浓厚的幽古情趣。散文历来被视为文学正宗,通俗作家都有良好的古典文学修养,做起文章来自然没有丝毫障碍,直接承袭了古代散文传统。

在语言方面,通俗作家在他们的创作中,没有新文学家对于白话文使用的刻意性。新文学家为了向旧文学示威,用大量流畅精美的白话散文创作树立了现代汉语的表达规范,彰显出白话文的胜利,文言文创作则是他们的禁忌。胡适在谈到中国白话文学成绩的时候讲到:"这几年来,散文方面最可注意的发展乃是周作人等提倡的'小品散文'。这一类的小品,用平淡的谈话,包藏着深刻的意味;有时很像笨拙,其实却是滑稽。这一类作品的成功,就可彻底打破那'美文不能用白话'的迷信了。"[①]而通俗作家的散文则体例多样,有习惯于用当时文白夹杂的报章体;也常常套用古代的文体为外壳,比如虚汝的《鸦片烟赋》、勾践的《国体新论语》、有吾的《时事新五更》、瞻庐的《戏拟凌烟阁意理就任宣言书》、醉翁的《总统辞职(仿八股文我将去书)》等,虽然有一定的社会讽刺的意义,但用滑稽的"谐著"体的形式出之;

[①] 胡适:《五十年来中国之文学》,新民国书局,1929年,第108页。

不过其中也有还珠楼主的用晓畅浅显的文言写就的大量散文,序跋类的也多是文言;张恨水的文言小品更是精妙无比。凡此都显示通俗文学家的散文往往呈现多样化的特色,与新文学家的散文相比,别具一格。

在表达技巧方面,通俗作家更擅长古代散文的各类表现手法,比如笔记体、史书体、拟古体、赋体、游记体等,各类以琐记、随笔、闲话、丛话、诗话、趣话、私记为题的文字随处可见,甚至承继了古代文人的游戏文字癖好,互相评点戏说,以飨读者。比如慕芳的《文苑群芳谱》,以花来形容20位通俗作家的创作风格:严独鹤有牡丹的丰腴,周瘦鹃是海棠般凄艳,胡寄尘是菊花似的冷隽……苕狂的《〈红杂志〉中之十二红》将杂志中12人冠以"红"称,严独鹤为红主任,施济群为红老板,程瞻庐为红娘……严芙孙更是把众多通俗作家的老底一一介绍出来,写有《包天笑》《周瘦鹃》《姚民哀》等小品文;非小说家的《小说家的脾气》、郑逸梅的《著作家的小轶事》等都是描绘这群作家的生活趣事的;施济群的《文坛趣话》在记录众作家种种趣事时,谈到"鄙人性喜诙谐,暇辄与同侪戏,谑浪笑傲,声达百步外。否则悒悒无生人趣"①。这类笔墨颇有旧式文人的习气趣味。赵焕亭的《青城丛话》和《今夕斋丛谈》就是笔记体的小品,记载的多是宦海秘闻、文坛掌故,以叙事笔法,从细节中表现人物,把廉吏、悍妇等写得栩栩如生,可见其小说创作的材料来源多为这类笔记。更有许指严这样一生都在掌故野闻的搜集、整理、创作中的小说家,偏爱这类笔记体、史书体的文字书写。

传统的咏物赋体写法,也是通俗作家常用的表达方式。在写花草鱼虫等风物的时候,一定要描写其形状、色彩、种类、生存空间、习性等等,最为典型的就是周瘦鹃的小品,记录各种事物的时候,尤其是花,一定要写这些花的习性、形状等基本信息,然后引用相关吟咏文字来加深描写对象的特征和美感,或者相关传说故事逸事等来展示其文化内涵,几乎成为一种程序化书写,这也是在对传统笔法的继承。

最突出的特点是通俗作家的文字多为记录性的,老老实实地、毫不走样

---

① 施济群:《文坛趣话》,引自袁进主编《鸳鸯蝴蝶派散文大系》"活在微笑中"卷,东方出版中心,1997年9月第1版,第44页。

地记录着生活中的各种琐事时事,所见所闻。他们没有新文学作家的文艺腔,很多都是非文学性的文字,缠绵抒情的文字不多,感慨也都很直接。且不说那类在报刊上罗列性小品如《国货商场》(吴闻天),列出各种类似蚊子血、厚脸药水、男子模特儿、玻璃衫裤、鬼声周刊、马屁拍子等奇货,以讽刺社会黑暗;单说那种风俗小品,就是记录性的,魏新的《结婚大典》记录了明星陈云裳小姐的教堂婚礼的整个过程,是那个时代的典型的婚礼场景。谭筠的《中秋礼俗志》更是从《红楼梦》中的中秋节开始,记录了端正月、团圆节,苏州的走月亮、牡丹生日,广东的月光书,上海的看大香斗,安徽的堆宝塔和打中秋炮,河南的玩月,广州的竖中秋,江浙求子的摸秋求子、观钱塘江、食塘鱼,江西的烧瓦子灯以及落桂子、占阴晴、测命运、舞草龙等等风俗习惯,让人倍感奇异新鲜。有什么就记录什么,没有多余的话。

如果要议论时事社会等,这些作家通常也很直接,比如秋翁的《从做戏到捧角》从伶人登台演戏和观众喝彩的事情直接就谈道:"我深切地感觉到伶人的演戏如此,即体验到人生与社会的一切,不论谁要人家捧场,也有些偶同之处。因为无论世界怎样的混乱,'是非之心'与'好恶之心',还是铁一般的占据着每一个人的意识。"[①]将生活中的内容升华到人生经验。这种议论和"太史公曰"有相同的结构。没有过渡,没有矫情的抒情,直截了当,所以显得文章明朗爽利,通畅易懂。这也是大众阅读的一种审美需求吧。

二

通俗作家的文学追求和艺术审美都与市场商业性有关,这就决定了其文字必然要关注受众的趣味,从而有着鲜明的通俗娱乐性,其散文文字中充满了游戏色调。这些游戏文字插科打诨是一种消遣趣味的表达,更是一种通俗的审美情趣的表现。仅从小报的报名就可见一斑,《游戏报》《滑稽文》《滑稽魂》《游戏文章》《笑笑》《消闲报》《娱闲》《通俗》《笑报》《趣海》《杂咀》《庄谐录》《谐著》《戏言》《趣海》等等,不一而足,其中《游戏杂志》《消闲月刊》

---

① 秋翁:《从做戏说到捧角》,《万岁》第5期,万岁书局,1943年。

《游戏世界》在这方面最有代表性。《游戏世界》在版权页上标注的作者包括了天台山农、王钝根、贡少芹、徐卓呆、程瞻庐、李涵秋、包天笑、郑逸梅等52人,几乎囊括了所有的通俗作家。这份杂志由周瘦鹃、赵苕狂主编,1921年夏创刊,1923年夏停刊,出了24期,栏目有说苑、谈荟、歌场、趣海、谐林、艺府、余兴、杂咀等,五花八门,无所不包。这类期刊正是通俗作家的创作阵地。在这类娱乐性杂志上的文字,自然要有娱乐游戏性,才能吸引那些市民读者。

在这样的创作理念指导下,通俗作家自然少不了充满着轻松欢笑的讽刺文字。且不说那些原创的各类笑话、笑林、滑稽诗文之类的小品,如瞻庐的《蟹与军阀十二似》,把军阀拟为螃蟹对比,极尽讽刺之能事;单说那些具有文学性的正经文字,真是妙趣横生,虚汝的《鸦片烟赋》就是一篇很生动的讽刺小品。文章细说了鸦片的来历、制作过程,吸食之状态"调崖蜜之丝丝,帘风扇碧;滴花酥之点点,炉火飞红。于是倚鸳被兮轻挑,躺象床兮不倦",最后终于成为"神不疲而自倦,泪交流而何哀!""必至灭种乃已。哀哉!"①寥寥数笔,竟形神兼备地写出了鸦片烟的种种危害,其痛心之情甚切。面对社会百态,作家的笔犀利无比:"某旦角是靠着他脸子卖钱的。他面孔的妍媸,影响戏馆的营业和自己的包银。""某文豪的笔尖,是靠着评剧和捧角出名的。"②一针见血地揭示出二者的联系,讽刺这种利益关系无视真正的艺术。迂堂的《享乐篇》更是讽刺,通过叙述一天的享乐经历,讲述在国家危机、民不聊生的国难时期,孤岛上人们过着醉生梦死的生活。这些文字的游戏性在时政讽喻之外披上了一层保护色,戏谑地表达了对于社会各种黑暗现实的抨击。这说明,通俗作家并不是脱离现实的白日梦写手,反而是极其关注社会人生百态的。其实,中国自古就有借调笑而喻世、劝市、讽世的滑稽文学传统。晚清小报中虽有一些无意义的噱头笑料、油腔滑调的小品文字,但更多的是那些具有讽喻意义的小品。他们不仅将游戏文章当作批评时政的方式,而且也认为这类文章可以消闲,可以启聪移情长知识。③ 而滑稽的游

---

① 虚汝:《鸦片烟赋》,《民权素》第3期,民权出版社部,1914年,第1—2页。
② 茸馀:《面孔的进步》,《红杂志》第31期,世界书局,1922年。
③ 参看《释〈消闲报〉命名之义》,《消闲报》第2号,1897年11月25日。

戏文字既可以击中讽刺对象的要害,又让讽刺对象哭笑不得,读者却能在大笑中感到被讽对象的丑陋与无耻,这自然就很受读者的欢迎了。还有一些很有意思的名人趣事,比如关于鲁迅,张恨水笔下就有一篇《鲁迅之单人舞》,记录鲁迅在校庆会后被逼表演节目,"先生固不善任何游艺,苦辞不获,乃宣言作单人舞。郎当登台,手报其一腿而跃,音乐不张,漫无节奏,全场为之笑不可抑。先生于笑声中兴骤豪,跃益猛,笑声历半小时不绝。此为当年与会学生所言,殆为先生仅有一次之狂欢,不可不记"①。这种记录颇有史料价值,反映了鲁迅的性格不为人所知的一面。

通俗作家追求文字的趣味性,固然是一种市场需求,然而这背后所蕴含的是作者与读者的反讽的心态,表面上仅不过是游戏,似有醉生梦死之嫌,但这不过是佯装"无知"与"玩世"而已。李伯元主编的《游戏报》第 63 期中的《论〈游戏报〉之本意》就直接说明"《游戏报》之命名,仿自泰西。岂真好为游戏哉?盖有不得已之深意存焉者也。慨夫当今之世,国日贫矣,民日疲矣,士风日下,而商务日亟矣。有心世道者,方且汲汲顾景之不暇,尚何有恒舞酣歌、乐为故事而不自觉乎?"②因此,他办《游戏报》的意向是"或托诸寓言,或涉诸讽咏,无非唤醒痴愚,破除烦恼,意取其浅,言取其俚,使农工商贾、妇人竖子皆得而观之"。文中论述了"游戏"的深意是一介书生对黑暗现实的反讽之举,而且强调了它的通俗性与大众性。1922 年,在李涵秋主编的《快活》杂志创刊号上,周瘦鹃发表了一篇《〈快活〉祝词》,其中言道:"现在的世界,不快活极了,上天下地,充满着不快活的空气,简直没有一个快活的人。""在这百不快活之中,我们就得感谢快活的主人,做出一本快活杂志来,给大家快活快活,忘却那许多不快活的事。"③都透露出游戏趣味不仅仅是为了供读者消闲娱乐,更是一种苦闷中的变相发泄。因此这不完全是一种避世心态,当然也兼有一种对眼前的黑暗的无奈心态,但也不得不把心存的闷气用曲折的方法表达出来。

---

① 张恨水:《鲁迅之单人舞》,《新民报晚刊》,1944 年 9 月 6 日。
② 李伯元:《李伯元全集》(第五册),江苏古籍出版社,1997 年,第 27 页。
③ 周瘦鹃:《祝词》,《快活》,1922 年第 1 期。

第二节 记人小品

作为小说家的一群文人,写人对他们说来是他们的强项。

通俗作家群之间的关系比较密切,相对而言较少文人相轻的习气。如上海《申报·自由谈》的主编周瘦鹃与《新闻报·快活林》的主编严独鹤,不因为两大报在上海是有竞争态势的,两大副刊也会有相互争胜的关系,但竞争并非就是敌人,他们二人之间有很深的友谊,甚至在严独鹤结婚时,《快活林》的版面就是周瘦鹃代他发稿的。正因为不犯文人相轻的痼疾,他们常常借聚餐时聚会,在席中除了交换信息之外,少不了互相调笑揶揄,此类的记录文字很多,而读者也类似有"追星癖",对这些"名人"的"八卦"也会读得乐此不疲。比如严芙孙就撰文写过《包天笑》《周瘦鹃》《姚民哀》《徐卓呆》《海上漱石生》(孙玉声)《范烟桥》《张舍我》等的生平创作;施济群写《文坛趣话》,涉及严独鹤、周瘦鹃、赵苕狂等人的生活趣事;《著作家之暗记》(续)又接赵苕狂的《著作家之暗记》涉及李涵秋、程瞻庐、严独鹤、王西神等一众作家的创作标识;赵苕狂的《文坛怀旧录》细说了姚鹓雏、恽铁樵、严独鹤、李定夷、包天笑、顾肯夫等人与自己的交往;非小说家的《小说家的脾气》记录了包天笑的女性署名、程瞻庐对"四书五经"的善用、程小青对福尔摩斯的痴迷、江红蕉的用笔习惯、周瘦鹃的美术感觉、赵苕狂的酒量、徐卓呆的滑稽、严独鹤的笑话、半狂的妙论以及俞天愤的研究性格……还有郑逸梅的《文坛清话》、王天恨的《说海周旋录》、范烟樵的《徐卓呆的滑稽史》等等,在这些记叙中,我们可以很真切地感知这群作家的音容笑貌,性格特点,爱好品行之类,有时甚至涉及体态,例如严芙孙写《名家小史》时,他为姚民哀写小传时,说他的人特别矮小,"夹在人丛里,仿佛是个十余龄的童子";[①]还提及有人为姚写过一副滑稽的"自挽联":"脚小人小棺材小,名多友多著作多。"姚民哀是通俗文坛的健将,而且是著名的评弹演员,艺名朱兰庵,在当年的评弹界

---

① 严芙孙:《民国旧派小说名家小史》,载魏绍昌《鸳鸯蝴蝶派研究资料》,上海文艺出版社,1962年,第452页。

绝对是"大响档"。正因为是评弹名家,他的小说故事性就特强,又是中国写会党小说的第一人,这种写秘密社会的小说,在读者中风行一时。短短的小史中被他这样一写,读者就能如见其人了。著名的通俗作家都是文笔大家,勾画人物、记录言行寥寥几笔就宛若面前,甚是了得。比如黄转陶的《文人百趣》中写柳亚子的字,"文人的字迹有趣的,要算柳亚子。他写给人家的信,真是使人难堪,原来他信上的字,哪里是字,简直是画的一条条蚯蚓呢!他写字只写半个,个个字不完全,一张信笺上,乱画一阵花罢了",形容柳亚子的字如乱画的蚯蚓,又说"他是个口吃的,说起闲话来,期期艾艾,一句话要说好久",然后将其字与说话结合起来,"他写起信来,倒这样简单,难道他的字,也像说话一般写不清楚,故意写得这样神秘么?"简单的说话写字被作者描画得妙趣横生,竟然还有神秘的企图!除此之外,又直接形容枕绿的字"简直像画花",郑逸梅的字"像老鸦",半狂的字"仿佛一只只横行的蟹",[①]字如其人,使他们的个性跃然纸上。这样的描写让人过目不忘,生动非常。

然而朋友间不仅有平时的文坛往来趣事,也有悲欢离合,悼亡纪念之文更是不可缺少的,比如纪念李涵秋的文章,有周瘦鹃的《我与李涵秋先生》,记叙了自己与亡者的神交十年和几次见面,将《半月》第二卷第二十号作为纪念号,"也算是开了一个纸上的追悼会",其原因是"一、我佩服李先生做小说的魄力。他不动笔便罢,一动笔总是二三十万字的大著作。二、我尊敬他是一个忠厚长者。朋友之间,从没有刻薄的行为。三、我悼惜他在文字中奋斗了30年,毕竟作文字的牺牲"[②]。这里的言辞恳切,颇有英雄相惜之情谊,既肯定了其人也肯定其文,又怀有深深的同情。胡寄尘的《说海感旧录之一(李涵秋)》、张碧梧的《记李涵秋先生轶事》等也表达了对亡者的尊敬和怀念,都对李涵秋先生其人其文有诸多感喟;朱春莺的《李涵秋三十年前之情史》则回忆了李和邻家女玲香相识相爱、求婚被拒、后相见、终不聚的缠绵情史,令人扼腕痛惜!在毕倚虹逝世时,周瘦鹃为其出版了《呜呼毕倚虹先生

---

① 黄转陶:《文人趣事》,《红杂志》第56期,世界书局,1923年出版;引自袁进主编《鸳鸯蝴蝶派散文大系》"活在微笑中"卷,东方出版中心,1997年9月第1版,第51—53页。
② 周瘦鹃:《我与李涵秋先生》,《半月》2卷20号,大东书局,1923年出版;引自袁进主编《鸳鸯蝴蝶派散文大系》"活在微笑中"卷,东方出版中心,1997年9月第1版,第13页。

专号》，年仅36岁，但他的著作甚丰。特别是他的《人间地狱》，是上海20世纪20年代最优秀的通俗长篇小说。周瘦鹃在纪念文章中用饱蘸深情之笔写道：他的《人间地狱》“每写一人，尤能曲写其口吻行动，至于一一逼肖，掩卷以思，即觉其人跃然纸上，盖已及文章之能事矣”[①]。严独鹤说：“予事甚冗，于报纸所载长篇小说，未暇一一济览。独于《人间地狱》则逐日披阅，无或间断，其感人深矣。”[②]严氏对毕的结论是：“予与朋辈，恒推倚虹为文坛唯一健将。”[③]袁寒云则誉毕倚虹为“今之小说无敌手”[④]。毕倚虹是包天笑发现的人才，将他请到报社，之后毕才成为专业报人。因此，在包天笑的回忆中更显得声情并茂：如果毕倚虹不遇到他，毕也许不与笔墨发生因缘，他也许会走一条康庄大道，也不至如此身世凄凉。包天笑很有歉意地说：“最初导娑婆生(毕倚虹发表《人间地狱》时的笔名——引者注)入于文字地狱者，我也。”[⑤]因此他在回忆文章中慨叹：“灵山无分，相迟为地狱中人，则我之踉跄于前，而娑婆生颠顿于后。”[⑥]写到这里，包天笑真有欲哭无泪之感。其他诸如《吊许指严先生》(施济群)、《天虚我生往事》(郑逸梅)、《悼念天虚我生陈栩园先生》(周瘦鹃)、《悼顾明道兄》(纸帐铜瓶室主)等文章也都是对仙逝作家的回忆纪念。这些文章都写得生动传神，深情动人，读后不仅对亡者的生平事迹非常了解，而且对其性格品行也印象深刻。

除了将大量笔墨用于自己的文坛朋友身上，通俗作家也关心社会各类人物，刘云若的《津门鼓娘小选》介绍了小月如等12位乐人的技艺特征；陶岚影的《闲话：小姐作家》介绍了作者所熟悉了十来位女作者，活脱脱地写出了这些女子的性格姿态；姚民哀有篇小品《上海奇怪人——剃头司务》，记录了“剃头”这一行业的发展和行业特点。剃头师傅很是有组织的，辈分高低分明，行规严格，派别有反刀与正刀之分，来源于满清入关不剃发则砍头之泄愤，后又开始流行东洋派。从剃头的行业可以看出上海的历史变迁。松

① 周瘦鹃：《哭倚虹老友》，《紫罗兰》，第1卷第13期，《呜呼毕倚虹先生专号》，1926年6月。
② 严独鹤：《人间地狱·序四》，自由出版社，1930年再版。
③ 严独鹤：《挽毕倚虹》，《紫罗兰》，第1卷第13期，《呜呼毕倚虹先生专号》，1926年6月。
④ 转引自陈灨一：《人间地狱·序七》，自由出版社，1930年再版。
⑤ 包天笑：《人间地狱·序二》，自由出版社，1930年再版。
⑥ 包天笑：《人间地狱》第61回，自由出版社，1930年再版。

龄的《特别乞丐》则写了一个乞丐,这个人年轻有才,珠算能力非凡,却吃喝嫖赌样样精通,还吸上了鸦片,最后沦落为乞丐,然而此人行乞收入颇丰,逍遥自在,还会做些投机生意,很是不一般。他简直以乞丐这一"职业"为乐了。这种人也只有在上海滩上这种畸形社会里生存,反映了上海这个光怪陆离的社会形态。

这些作家不仅仅就只是这般议论世事人情,也有幽古思今的深刻之作。陈莲痕的小品《旗人》就是一篇很经典的佳作。他写的不是一个或一群具体的人,而是一个民族,然而他又把他们写得那么具体,那么生动。文章开宗明义,先声明了自己的五族(当时的所谓五族,是指汉满蒙回藏,不像我们今天提中国有五十六个民族)一家的民族立场,然后再细说旗族的过去现在。"旗族以前的历史,既是那样的伟大,然而现在呢,却是退化极了,他们祖宗遗传下来的个性,好的,差不多已经完全消灭,歹的,却愈趋愈下;他们现在所拿手的,一句话概括:贪吃、爱逛、端架子、耍贫嘴(口舌犀利,善评人短,冷嘲热讽,滔滔不竭,北平人谓之耍贫嘴;而"贫"字尤含有轻薄、促狭、寒险等几层意思)。"①旗人的贪吃,无论贫富,从宫廷到民间,从礼仪庆典到日常生活习惯,都充满了吃的内容。比如"吃肉"是清朝的隆重典礼。而且吃的花样也是非常多,吃烤鸭、涮羊肉、螃蟹、鲥鱼等都很有讲究的。逛则引出了各类庙会、天桥、小茶馆等娱乐场所,把旗人的懒散本性写得淋漓尽致。这种惰性得自当初洪承畴给清朝定的仪法:满汉不通婚,旗族有口粮,将一个刚强坚毅的民族弄成了萎靡不振的病弱之族。文章用调侃的语气将旗人的生活习惯细细道来,最后却让读者品出了以史为鉴的感喟。全文一气呵成,没有故作姿态的说教文字,却有着幽默激愤的感叹之意,逻辑严谨,层层剖析,不枝不蔓,散得开,收得拢,涉及生活的方方面面,从朝廷到市井,从喝茶到看灯,从吃肉庆典到官场的打秋风,从杂耍到斗蟋蟀等等,顺手拈来,无不透着自在随意,又处处点着意味。比如写旗人的玩乐,"这种好整以暇的态度,同诸葛亮唱空城计,一样的令人肃然起敬!"将旗人的娱乐至死的态度讽刺得入木三分。而最后的点题更是有意思,"这不能不佩服洪老先生用心之

---

① 陈莲痕:《旗人》,《珊瑚》第1卷第9、10期,民智书局,1932年出版。

深,尤不能不叹息清朝开国之时,'饮鸩止渴',上了这么一个大当!"①用"上当"来戏说一个民族的衰败,又幽默又令人没齿难忘,但这种文章是发在民初。清廷衰而亡后,这个民族当然又有一番振作。

这其中,郑逸梅的人物小品写得最多。郑逸梅(1895—1992),男,汉族,生于江苏苏州,祖籍安徽歙县。本姓鞠,名愿宗,因父亲早殁,依苏州外祖父为生,改姓郑,谱名际云,号逸梅,笔名冷香,小说作家,文史学家。因擅长撰写文史掌故类文章而被誉为"补白大王"。早年曾编有《游戏新报》《消闲月刊》等。1927年到上海,先后供职于上海影戏公司、《金刚钻报》《永安月刊》等,并长期从事教育工作。著作有《逸梅小品》《逸梅丛谈》《瓶笙花影录》《人物品藻录》《近代野乘》《清候漫笔》《南社丛谈》《艺林散叶》《书报话旧》等,辑有《郑逸梅文集》三卷。由于他博学多才,记忆力极强,民风民俗,典故历史,以及充满传奇色彩的人物,一经渲染成篇,无不妙趣横生,文采斐然,广为流传。他非常善于讲述各类人物轶事奇闻,这些文字虽都很短小,但富有雅趣与掌故,如《赛金花不谙英语》《林琴南之耿介》《吴昌硕之画兰绝笔》《张冥飞一掷千金》《段祺瑞之棋友》《苏曼殊与邵元冲之友谊》《章太炎有仙骨》等文,生动地刻画出这些人物形象,比如写苏曼殊,"曼殊躯干不伟大,沉默寡言笑,与诸同事甚落寞。嗜糖成性,课后散步观前街,辄携采芝斋粽子糖一包归"②。将此期的苏曼殊落寞境遇和个性几笔就勾勒得十分鲜明,因此,当苏曼殊入了佛门之后,就有"糖僧"的绰号。

郑逸梅不仅写别人,也给自己画像。他自言"在下随便到什么地方,总感受着孤寂和无聊",于是记有小品《无聊的我》。文中的"我""既不看书,又不撰稿,那真无事可做了。镇日价如痴如呆的坐坐躺躺,对着窗前的柳枝出神","没有什么可喜,没有什么可悲,混混沌沌地度着时晷",③愁绪满腹,生活窘迫。这幅小知识分子的无聊画像,充满了愁苦愤懑压抑。

张恨水笔下也有很多此类小品,如《北大之母》写蔡子民的轶事,《罗家

---

① 陈莲痕:《旗人》,《珊瑚》第1卷第9、10期,民智书局,1932年。
② 郑逸梅:《吴中公学时代之苏曼殊》,载《味镫漫笔》,1946年铅印本,引自袁进主编《鸳鸯蝴蝶派散文大系》"活在微笑中"卷,东方出版中心,1997年9月第1版,第222页。
③ 郑逸梅:《无聊的我》,《红玫瑰》第4卷第31期,世界书局,1926年。

伦精于牙科》《刘半农迫学汉隶》《蒋梦麟闻捷戒纸烟》《李大钊之死》《陈独秀之新夫人》《诗人杨云史》《曲典吴梅》《小扇子徐树铮》《张宗昌供养两父》等等,记录了很多名人趣事,既有史料价值,也有文学趣味。

总而观之,通俗作家的写人物小品,除刻画人物之外,在格调上注重趣味,或是文人雅士之间的雅谑,或是名人的奇闻轶事,或是坊间娱乐界的人物介绍等等,笔墨简洁生动,与新文学作家相比,多了很多人间烟火味道。

第三节　趣事小品

通俗文学家们不仅喜欢写人,也常常记录生活中各种趣事;不仅喜欢写自己当下生活中的趣事,还喜欢回忆儿时的童真。

郑烟桥的《前尘》读来颇有少年鲁迅和闰土交往的感觉。他6岁时放学有一个女佣的女儿做玩伴,他非常喜欢她,一起做游戏,一起分享零用钱,讲故事,放鞭炮等等,"惜乎一天到晚,没有和伊玩耍,似乎又在书房禁锢了","直等伊重来了,方才渐渐恢复原状","伊"是那牢狱式书房的反面,开学后,"我那时真是说不出的懊恼,觉得新年二三十天正在天堂中间游戏,如今便换了地狱生活了",回忆起来,不禁感慨"不知道以后我还有机会见伊吗,但是像六岁时候甜蜜的新年,决定没有了"。[①] 但是相较鲁迅的回忆,这里的叙事浅显了许多,只是充满了童趣和快乐,夹杂有些许的惆怅,没有太多的沧桑与深刻的内涵,更没有闰土与老爷的隔膜和世态炎凉的悲哀。这也正是新文学家和通俗文学家的关注不同之处。新文学作家力图揭示社会伤疤,而通俗作家重在寻觅生命的飞扬快乐。即便是写《先父的遗像》(周瘦鹃)这类沉重的话题,也常常是令人开怀的。"我"六岁时先父去世,记忆中就只有画像的模样了,过年时可以天天见到先父遗像,"这半个月中,日夜上饭,仍供着果盘和鲜果,然而任是供到甚么时候,总不见他走下来吃,也不见缺少

---

① 范烟桥:《前尘》,《半月》第2卷11期,大东书局,1923年。引自袁进主编《鸳鸯蝴蝶派散文大系》"咏叹人生"卷,东方出版中心,1997年9月第1版,第78—79页。

了半碗饭或一只橘子。哎,他老人家22年不吃东西,可觉得肚子饿么?"①字里行间也特有对久逝的父亲的一种追缅。

借"新年",他们回忆了很多儿时的乐事,毕倚虹回忆了新年娱乐场所(《新年之回顾》),周瘦鹃回忆了自己丧父前后的快乐和灰暗(《新年之回顾》)。以《我之新年趣事》为题作文的有独鹤、寄尘、卓呆等,以《我家之新年》为题写文的有王西神、许廑父、赵苕狂、何海鸣等,都记录了儿时快乐的趣事,更有以《儿时顽皮史》为题叙事的天虚我生、张枕绿、陈小蝶、孙瘤爱、沈禹钟、王钝根等写的童年趣事,读来令人捧腹之余,亦有感慨"岁月不知何故抛我而去,枨触触心,前尘如梦,形容非昔,搁笔怅然"②。这种文章,都是在他们所编的刊物上,一组一组地发表的,在"集团"式的文字中,字里行间透出了浓浓的时代氛围,我们看到了那个时代的教育、生活状态以及深深的亲情眷恋。王钝根就写到自己深受祖母关爱,"常日挈之膝下,弗令外出,惟姑母家诸表姐弟来,始得相与为捉迷藏、迎新娘、假开店、讨小狗、滚铜钱、踢毽子诸戏"。因为无人陪伴的孤寂使他有很多自娱自乐,比如用油烧橄榄核,"观其火焰四射作绿色如兰花状为乐"③,藏祖母吸水烟的器具为趣,听祖母讲故事为乐,甚至扔砖闯祸毁了舟上人家的锅灶,玩弹弓、跳小溪等等,不是狼狈不堪,就是快乐无比,都是顽皮的任兴,充满了童年乐趣。

在这些回忆中,多的是往事不堪回首的沧桑感喟,对温情倍感珍惜。毕倚虹的《儿时》记叙了自己病重中祖母给医生下跪、老仆人周婆婆对他垂泪的悉心呵护,让人为之动容,六岁入学时惊恐中又是周婆婆的陪伴让他安心,"我得着这个慈爱的老同学,调和我愉快的精神,我便渐渐的有耐心在书房里,听先生的教训,不敢摊书流泪了"。这种教学让孩子恐惧,他在六年学习中换了两位先生,其中一位很凶,以至于被罚受辱"起了重大的自杀决心"。回忆往昔,不禁感慨自己现在儿女所受教育"男的上学不挨打,女的在

---

① 周瘦鹃:《先父的遗像》,《半月》第2卷11期,大东书局,1923年。引自袁进主编《鸳鸯蝴蝶派散文大系》"咏叹人生"卷,东方出版中心,1997年9月第1版,第71—72页。
② 沈禹钟:《儿时顽皮史》,《半月》第2卷16期,大东书局,1923年。引自袁进主编《鸳鸯蝴蝶派散文大系》"咏叹人生"卷,东方出版中心,1997年9月第1版,第36页。
③ 王钝根:《儿时顽皮史》,《半月》第1卷16期,大东书局,1922年。引自袁进主编《鸳鸯蝴蝶派散文大系》"咏叹人生"卷,东方出版中心,1997年9月第1版,第37页。

家不缠足","这恐怕就是中国的进步罢"。① 温暖的叙事中也就流露出些许的感叹,将对旧教育体制的不满稀释于温情中。这和新文学家的尖锐批判痛诉截然不同。

通俗作家能将生活中的日常琐事常常入文,逢年过节不可不说,吃饭睡觉自然要说,洗澡理发中也能有趣事。灯节到了就要写几句《灯话》(瞻庐),灯节佳话典故顺手拈来,讽刺黑暗时局;每日的睡觉是大事,周瘦鹃的《说睡》就从名人拿破仑、达尔文、惠林顿、汉尼拔等的睡眠嗜好谈起,抱怨自己的睡眠不佳,而引出杨老圃的论述,强调"先睡心,后睡眼"的睡觉法术,又讲了关于睡眠的奇闻异事,最后总结了自己睡眠的经验,引起众多读者的共鸣,看来睡觉可真不是件小事情了。范烟桥的《午睡》也引经据典论说了这有益身心的睡觉大事。范烟桥还有一篇小品《何足挂齿》记叙了自己牙痛的经历,详细描述了牙痛的苦状,治疗的经过,以及喝酒、吃糖、吃芝麻对于牙齿和生活习惯的影响。这些作家不仅关心这些衣食住行的事情,甚至连染指甲都有描述。徐挈的《染指甲》就把闺阁中人的染指甲习俗细细道来,从诗中考证用凤仙花染指甲风俗的起源很早,讲述了染指甲的方法以及化学原理,可见这些作家的关注点之广泛驳杂。

虽然是生活杂事,但作家们的关注可不仅仅是为了记录繁琐无聊的生活,其中多少都蕴含着对于当时社会的认知和批判。郑逸梅就抱怨了得病的无奈和曾受某些中西医的欺骗(《人何不幸而患病》),回忆了早些年租马车出游的阔气盛状(《坐马车》),编排出理发时的种种生动情形(《理发》),记录了当时在上海洗澡的详细过程(《洗澡》),现在读来很有趣味。比如洗澡的享受,花不到一元的钱,就有人给宽衣解带、擦背、捏脚、捶腿、喝茶等,"享尽肉体上的种种乐趣,不打谎,真要比富人拥了三妻四妾怕还要实惠得多"。这些生活中的小快乐让人们感到浓浓的人世间气息和仿佛触手可及的那种生命质感,最重要的是"可见世上的乐事并不完全为富人所独占,穷人也自有开心的所在"②。《浴堂中的社会学》(张舍我、周善宝)则直接以一名浴堂

---

① 毕倚虹:《儿时》,《半月》第1卷16期,大东书局,1922年。引自袁进主编《鸳鸯蝴蝶派散文大系》"咏叹人生"卷,上海:东方出版中心,1997年9月第1版,第43—44页。
② 郑逸梅:《洗澡》,《黑皮书》第15期,黑皮书出版社,1939年。

工人之口,通过浴堂这个所谓的享乐窗口把社会的贫富不公淋漓尽致地揭示出来,"……一则饱食暖衣,而犹以为未足,还得日夜嫖赌;一则终日奔驰,难免一家冻馁"①。国难当头,享乐成为一种醉生梦死的麻木,汪堂的《享乐篇》就把"我"忙着在圣诞前夕享乐的过程记录详尽,每天"打从炮声响后,享乐就没有间断过。战事在四郊进行的时候,天天清早躺在'席梦思'钢丝床上听无线电报告战争消息,看看战报,还有打战场上实地摄取的画报,真个绘声绘色,就比看足球决赛来得有劲,晚上高据屋顶听炮声看大火,这种乐趣也决非内地的人所能梦想。后来战事西移,上海人的心情,真好像丢了情人的失恋者一般凄凉"。于是,上海人不少人颓废地开始享乐,溜冰、跳舞、看电影、听戏、打牌、吃酒等等,指斥这个"我"与浑浑噩噩的某些人在"国家已到了千钧一发,将士在冲锋陷阵,难民在颠沛流离"之时还醉生梦死。② 文章的讽刺意味很是强烈,把国难当头某些民众的漠然自得深刻生动地描绘出来,透出一种极度的愤慨和无奈。

其中,秋翁是比较有锋芒的一位作家,常常从生活琐事中感喟社会的不公和黑暗腐败。秋翁是平襟亚(1892—1978)的笔名,小说家,评弹编撰作家,名衡,又有笔名网蛛生、襟亚阁主人等,江苏常熟人。早年在家乡任小学教师,1915年到上海,初在《时事新报》等报刊撰写杂文,1926年撰长篇小说《人海潮》,翌年创办以出版长篇章回小说为主的中央书店。曾为《平报》《福尔摩斯报》等撰文。1941年创办《万象》月刊,并在该刊逐期发表《故事新编》及《秋斋笔谈》。中华人民共和国成立后,从事弹词写作,先后编创的长篇弹词有《三上轿》《杜十娘》《钱秀才》等多部,曾演出于书台,其中部分成为保留书目。另有弹词开篇《焚稿》等多篇。

在他的笔下,有各种的"玩"。他认为"中国人玩弄古董,有传统的癖好"。然而这种嗜好成癖成痴后,也常是一种变态的无聊行径。他用炫耀自己的夜光绿彩釉古瓷时被识破为一段破夜壶的手柄的笑话来讽刺这种痴癖。对于"玩"他有一篇精彩的小品《弄》来发表见解,在此抄录如下:

---

① 张舍我,周善宝:《浴堂中的社会学》,《社会之花》第1卷3期,大陆图书公司,1923年。
② 汪堂:《享乐篇》,《黑皮书》第15期,黑皮书出版社,1939年。

中国人好弄:孩子们弄蝉,弄蟋蟀。有闲的公子哥儿,弄鸟,弄狗马。壮夫掌中弄铁丸。老人手里弄两枚胡桃。有了钱的富翁弄姨太太,乞丐手里每天弄一条小青蛇。有机会弄政权的,弄得顺手,大发其财;弄得不顺手,大发牢骚,说:"中国弄不好了!"其实,不弄还好,越弄越糟,终于弄得人民透不转气来。

弄的作用:有为消遣——如弄鸟,弄狗马。有的要钱——如弄蛇,弄猴子。有的竟然要命——如孩子弄小猫,从活泼鲜跳,弄到一息仅续。爱之适以害之! 古时的郑大夫子产,论子皮使尹何为政,慨叹着说:"……犹未能操刀而使割也,其伤实多!"今世大刀阔斧的政治家,往往"用非所学,学非所用",岂特像孩子弄猫,简直同小儿拨火,其伤也又何止一猫?

此辈好弄之徒:弄巧,不免成拙;弄假,绝对不会成真! 倘哀此小民,还请不弄为妙。①

小品用寥寥数笔就把中国人对于生活的玩弄游戏态度深刻生动地描绘出来。从孩子到老人,从乞丐到当权者都在玩弄,而玩弄的结果是伤民,最后发出"还请不弄为妙"的呼声。小品颇具唐宋散文的风骨,言简意赅,以小见大,直指当权者和民风之劣。

秋翁的小品总是这样从生活日常琐事落笔,引出对社会黑暗的控诉。比如《讲笑话祛暑》,从笑话引出对社会"暗无天日"的讽刺;从放生谈到对民众疏散的事情(《放生事业》),从扶乩这一迷信活动谈到现代社会的虚伪,"以说鬼话为能事,以说鬼话骗饭吃,以说鬼话邀宠禄"②;《蛋的上涨》表达的是对物价上涨的不满;《米是奢侈品》怒斥海上名流的无耻奢侈;其小品处处透出对社会黑暗的不满和批判,在琐事闲谈中有一种批判的力量。

生活琐事虽然无足轻重,但是在生活中是主题内容,图解说明着社会方方面面的变化,是时代的注释。被作家书写的琐事趣闻则是带有主观性的

---

① 秋翁:《弄》,《秋斋笔谭》,万象图书馆,1948年,第84—85页。
② 秋翁:《扶乩》,《万岁》第1期,万岁书局,1943年。

一种社会认知,表达了作家对社会的不满,对生命历程的感喟。

第四节　社会文艺小品

通俗作家并不是一群只知道吃喝玩乐、享受生活的玩世不恭者,相反,他们非常关注社会问题,军阀、达官显要、优伶、报人、主妇、职员、乞丐等各类人的生存状态以及社会时事常常出现于他们的笔下,如许指严的《定武(张勋)复辟轶事》、虞公的《社会趣问题》、恨我的《众生相》等都是揶揄社会众生相的;笑侬的《川中战祸之一幕》、马二先生的《记南京路某绸缎肆遇骗事》、无我女士的《津浦路劫案之有办法与无办法》等则是直接书写社会时事的,甚至去参观了模范监狱,范烟桥的《如何下咽》就是记录他们一行五十人到监狱的见闻。不过很多文字书写不是那种义愤填膺痛诉悲情的,如对于"二十一条"丧权辱国的事件,醒侬用"滑稽的譬喻答复"重新阐释了"二十一条",让人们一看就明白这是何等的荒谬条约。冷眼的《美丽的女招待》写天热时"我"在冰室吃冰淇淋,遇到一个卖色的美丽女招待,感慨道"万恶的上海,万恶上海的虚荣!引诱得一班年轻男女,不安于自己的家乡,也不好好找他的工作,只是到上海来干这男盗女娼!"但是随着交谈,"我"了解到她是为生活所迫"只是金钱的势力最大",父母年老,危在旦夕,一家人饥寒交迫,家乡又土匪横行,不识字,只好如此。"我"走出冰室,"心中只是惘然"。① 这种面对黑暗现实的无力感,正是当时不少知识分子的共同心态。

通俗作家多用讽刺滑稽的手法来表现社会种种不良现象,既追求批判性,也兼顾趣味性,吸引读者。比如忆楼的《广告》就写了抄袭专修学校的招生广告和发财秘诀全书的预定广告,讽刺社会上这种不良现象;济群的《大出丧之种种》讽刺上海官匪勾结、贪污腐败;秋翁的《米是奢侈品》诉说了社会不公造成的百姓疾苦。他们常用小说笔法写这种讽刺短文来评说各种黑暗荒谬的社会问题,如吴闻天的《贼之功过表》写盗贼偷盗中见到的种种不堪现象;卓呆的《堕落防护器之新发明》就虚构一个发明来展示社会中的堕

---

① 冷眼:《美丽的女招待》,《红叶》第1期,红叶月刊社,1931年,第19页。

落现象;铁蛇道人的《稷门余腥录》记录了长腿将军盘踞直鲁胡作非为,民不聊生的种种恶行,比如检阅的招摇无耻,不伦不类的祭奠和誓师,半年全饷三只大洋,打败仗还让直鲁军队从容庆贺等等,令人啼笑皆非。同时,他们也有歌颂社会正气的文字。周瘦鹃的《黄花岗下一烈士之情史》写得非常悲壮。文章开首就说:"黄花岗下七十二烈士,都是革命党中的血性男儿,是真能爱国,真能为祖国死的。"①其中一位方声洞先生与歌伎丽文相爱,当丽文得知先生的革命党身份和义举之后,深深理解并支持,当举义失败后,丽文从此卸却铅华,以不再卖笑以为念纪。短短文字记录了这一慷慨人生和深情爱意,令人唏嘘不已。

他们也关心科学的发展、卫生常识的普及这些具体的生活文明的问题,比如关于运动,郑逸梅的《健美运动》一文就强调"强国必先强种,那健美运动便是对强种的基础工作",提倡"我国数千年的'病态美'已一变而为'健康美'了"。②范烟桥的《妇女装饰之最近观》从妇女的装饰上看到了妇女的解放和地位的提高;周炼霞的《女性的青春美》更是表达了一种非常现代的健康审美观,甚至对于女性的生育后恢复给出了合乎科学的现代生活的指导,可见这时的通俗作家在生活观念上已经非常现代,接受了大量西方科学知识和生活常识,也可看到当时的市民生活开始脱离了传统卫生观念。对于游戏娱乐场所的怪声叫好、喊卖食物、送热手巾等令人讨厌的传统行为方式,他们也提出了批评,"请他们改良改良"③。

关于艺术方面,通俗作家对于音乐、绘画、文学等都有切身感受,常常有新颖独到的观点。比如俞牖云的《文学与恋爱》一文,就直言"古今不朽之作,即表现情绪最浓厚之作",颠覆了"文以载道"的正统文学观,并且认为"故古今表现情绪最浓厚之作,即表现儿女恋爱最浓厚之作也",但是"今之小说家,往往昧先哲之格言,而肆意兽性之描写,则恋爱文学之罪人也",④将

---

① 周瘦鹃:《黄花岗下之一烈士之情史》,《紫兰花片》第6集,大东书局,1923年。
② 郑逸梅:《健美运动》,载《逸梅丛谈》,上海校经山房书局,1935年出版,引自袁进主编《鸳鸯蝴蝶派散文大系》"心灵的驿站"卷,东方出版中心,1997年9月第1版,第199—200页。
③ 姚醉榴:《游戏场最讨厌的事》,《红杂志》第31期,世界书局,1923年。
④ 俞牖云:《文学与恋爱》,《半月》第2卷6号,大东书局,1922年。

小说中的爱情与色情描写区别开来。张舍我则在《创造自由》一文中指出小说创作的个性的重要性，"个性是作者创造的自由，不但自己应该尊重它，批评家与社会也当尊重此点"①，强调创作的个性自由表现；对于新文学对通俗文学的攻击，胡寄尘认为"我不过以为徒攻击他人，而自己还缺少建设的能力，未免是无用"②，表明了通俗文学作家的自信，也自励要以创作实绩来彰显价值的态度；在艺术与人生的关系上，认为"要之，人生须用艺术来调和，吾人应具赏鉴领略之能力，以愉快其精神，安慰其身心，铲除一切忧伤愤懑、自戕之偏见，以冀构成唯美的人生"③；关于作小说，讨论得非常多，秋凤认为"布局结构为小说之至要"④，徐国桢著有《小说学杂论》，详细论述了小说的意义、小说的力量、小说的功能、小说的领域、长篇小说与短篇小说、小说的取材和作者的思想与情感等诸多问题；程小青在《侦探小说的多方面》一文中研究了侦探小说的发展、自叙体的利用、取材与命名、结束与开端、霍桑的来历等，总结了自己的创作经验。郑逸梅的《武侠小说中的飞檐走壁》《武侠小说的通病》探讨了武侠小说的创作得失；他们探讨了艺术创作中的各方面问题，比如平陵的《夸张与真实》探讨了文艺创作中的真实性问题，胡寄尘的《研究与创作》阐明了创作与研究的密切关系，应该说，通俗作家对于艺术的态度是非常真诚而热切的，其文学观念也还是相当现代的，具有很强的技巧性，既有实践经验，又有理论总结。

其中，徐文滢的《民国以来的章回小说》是非常有代表性的一篇。文章论述了章回小说的兴衰，针对新文学对于章回小说的忽视和批判给予了重新评估，认为"现在章回小说的潜势力不但仍然广大的存在着，它握有的读者群且确是真正的广大的群众。我们不能把它的势力估得太低。《啼笑因缘》《江湖奇侠传》的广销远不是《呐喊》《子夜》所能比拟，而且恕我说实话，若以前代小说的评衡标准来估价，民国以来实在不乏水准以上的章回作品，

---

① 张舍我：《创造自由》，《最小》报第6号，引自袁进主编《鸳鸯蝴蝶派散文大系》"艺海探幽"卷，东方出版中心，1997年9月第1版，第61页。
② 胡寄尘：《一封曾被拒绝发表的信》，《最小》报第8号，引自袁进主编《鸳鸯蝴蝶派散文大系》"艺海探幽"卷，东方出版中心，1997年9月第1版，第63页。
③ 许士骐：《艺术与人生》，《半月》第2卷18号，大东书局，1923年。
④ 成秋凤：《小说闲话》，《红杂志》第47期，世界书局，1922年。

而我们的小说史中列着的新文学作家们,何尝没有不成熟的滥竽充数的劣品!"他认为新文艺打压章回形式的小说"但其实这是很不公允的"①。文章分析了民国时期出现的重要章回小说,给予了中肯的评价,比如他认为:"不肖生有叙故事叙得很动人的才能,却没有精密细致的结构法。"而赵焕亭却在这方面很有成就,"不是描写武术和虎虎有生气的斗争场面,而是社会人情的风趣和对白的流利。赵焕亭作品中的人物个个有《儿女英雄传》的口才。他写一个罪人的转变之'渐'很有陀思妥耶夫斯基的作风。他写风趣人物也有诙谐的天才,常令人看到大观园中刘姥姥的姿态"。② 可见,对于通俗小说的这些评价,作者不是感情用事,而是在中西文学背景中观察来的。其所论不虚。这对新文学来说是一个很好的提醒。"以及这一种真正的通俗的形式是不是有继续被运用或者改良地被运用的可能性?"③这篇文章透出了通俗作家对于读者的重视,对于自我创作文学价值的认知,认为新文学与通俗文学之间应有一种平等的观念。也由此可见到,通俗文学作家的文学修为绝不是井底之蛙,他们绝不是迂腐守旧的一群赚钱文人,而是有理想有见识有修养的艺术创作者。

在他们谈论文艺的小品中,还给我们留下了不少历史资料性的文字。包括他们自己的创作谈,如胡寄尘的《我之处女作》、鹅池《为什么做小说》、求幸福斋主《我作小说之经过》、许啸天《我与话剧的关系》等,从中可以了解到他们的创作动机和思想;还有天命的《星社溯往》、梅的《礼拜六派的寿终正寝及其他》等,都可以了解到他们的文艺主张和态度。

第五节 文化小品

作为传统文化的继承者和改良者,通俗作家对于古今中外的传统文化的兴趣浓厚是必然的。在他们的小品文字中,有很丰富的历史文化内容,包括历史掌故、风俗习惯、古今中外名人轶事、山水名胜等等,他们津津乐道,其中不少是名篇佳作,代表了他们的散文小品的艺术成就。

---

①②③ 徐文滢:《民国以来的章回小说》,《万象》第1卷6期,万象书屋,1941年出版。

吃喝饮食

文人兴致不论多么高雅脱俗，对吃都有着独到的情怀。独鹤在《沪上酒食肆之比较》中自诩为老饕，久居沪滨，颇有资格对上海的诸多菜馆加以评价。他洋洋洒洒地论及川菜馆、闽菜馆、京馆、苏馆、镇江馆、广东馆等，介绍专业详尽，犹如食客的指南，比如美丽川菜馆，他认为"有时精美绝伦，有时亦未见佳处。大约有熟人请客，可占便宜；如遇生客，则平平而已"[1]；镇江馆"宜于小吃，肴蹄干丝，别饶风味，面点尤佳"；广东菜有一大病，"即可看而不可吃"[2]，诸如此类，都是经验之谈，句句点在关键上。华吟水的《豆腐逸话》则谈起了具体的食物，更是别有风味，旁征博引，颇有周作人小品博学之风，从古谈起，引用日本人对于豆腐的烹饪之法，以友人对于豆腐的掌故、诗歌为文，读来颇有妙趣。最为常见的咸鸭蛋，在郑逸梅的笔下也写得有了风情，不仅有咸鸭生咸鸭蛋的笑话，还有黑黄蛋"夏天穿玄色香云纱衫裤，外罩白长衫"[3]的生动比喻，加上对咸鸭蛋的产地、制法的介绍以及历史的钩沉，短短百字竟然雅俗无界地将这一食物从生活具体实物到文学想象勾画完全，既有诱人味道，又有具体的生活技巧，还有赏鉴的高雅品位和历史知识，实在是难得的上乘小品！

很多小品论及地方风物都涉及口腹之物，比如太瘦生的《四川泡菜》就是介绍四川泡菜的风味、营养、泡菜坛子、泡菜的卤汁、蔬菜以及制作方法等，纯粹是一种家乡风味。式如女郎的《粤东小食谱》写广东的小吃食，让人口水欲滴，腌菜、麦芽糖、糖柚皮、小凤饼、杏仁饼、荔枝、柑橙等无不引人向往，充满了热带风情。苏州是通俗作家最为熟悉的地方了，当然也是笔下常客。莲影的《苏州小食志》就介绍了苏州的各类点心茶食、熟肉、杂食，作者自称"幼年失学，到老无成，惟饮食一事，颇多经验"，毫不谦虚地认为自己能"历历不爽"地道出"何店最佳？何物最美？"充满了自信。果然，以小笼馒头为例，"至于小笼馒头，向无此等名目，流行不过十年，由于松酵大馒头之粗

---

[1] 独鹤：《沪上酒食肆之比较》，《红杂志》第33期，世界书局，1923年。
[2] 独鹤：《沪上酒食肆之比较》，《红杂志》第34期，世界书局，1923年。
[3] 郑逸梅：《咸鸭蛋》，《逸梅丛谈》，校经山房书局，1935年，引自袁进主编《鸳鸯蝴蝶派散文大系》"尘封的风景"卷，东方出版中心，1997年9月第1版，第179页。

劣无味,于是缩小之,馅以猪肉为主,有加以蟹粉者,有佐以虾仁者,甜者有玫瑰、豆沙、薄荷等,俱和以荤油;无论甜咸,皆以皮薄汤多为要诀,其蒸时不以大笼统蒸,而以小笼分蒸,每十枚为一笼,小笼之名,职是故耳。元妙观内五芳斋、宫巷、太监巷、朱鸿兴馆,俱不恶"①,从来历到制法,从味道到店铺都介绍得头头是道,实在是在行的吃家。更不必说对于苏州的传统小食肉饺、火腿月饼、汤团、面、糕、肉粽、酱肉等等的描绘了,无不生动细致,引人涎水,使读者通过口味习俗对于苏州的地域特征有了真切的感受和了解。范烟桥的《茗茶》、郑逸梅的《苏州的茶居》等小品也通过描写苏州茶食描绘了苏州的茗饮的消遣习俗;范烟桥的《茶坊哲学》则直接阐明了苏州茶坊作为舆论传播和娱乐放松场所的所在,将喝茶与日常生活习惯的密切关系生动地描绘出来,让人觉得"茶馆"真是不可缺少。

说起茶来,老外也有饮茶的习俗。华吟水的《英茶小史》就梳理了老外对于茶的记载,考证出"……英人饮茶,始于英王查尔斯二世时。人谓查后额特利尼为英后用茶第一人,则可证之无疑矣"。文章记叙了自东印度公司输入茶叶后,"英人啜茶,成为时尚。伦敦郊外,盛饰茶园",还引用了一系列名人嗜茶趣事,写出了茶叶的好处。同时,文章还考察了印度出产的茶叶和中国出产的茶叶在英国的增减趋势,记录了英人饮茶时间的变迁,而且还有数字来证明在英国"茶叶日盛,而咖啡日衰"②。作者学识渊博,读来受益良多。

若论及食物与人的关系,范烟桥就有一篇小品《苏曼殊与麦芽塔饼》,文不过百字,但是既有纪念苏曼殊之意味,更有介绍风物吴江麦芽饼之目的,其深味则感慨世事变迁,世态不平,难有承平之乐。寥寥数笔,意味曲折幽深,不得不佩服其文笔之委婉丰富。枫隐的《饕餮家言》则总结了饕餮经验,比如抢食经,描绘了文人用各种比喻和游戏谐趣对联,来形容各类食物的味道口感,还介绍了苏州面馆中的令人摸不到头脑的奇怪名称,集了苏州名店饮食的来历,如陆蹄赵鸭方羊肉、稻香村、采芝斋等。周瘦鹃则在文章中讲

---

① 莲影:《苏州小食志》,《珊瑚》第45期,民智书局,1934年,引自袁进主编《鸳鸯蝴蝶派散文大系》"尘封的风景"卷,东方出版中心,1997年9月第1版,第163页。
② 华吟水:《英茶小史》,《半月》第4卷第17号,大东书局,1925年。

述《状元糕之艳史》,引人眼球。卖糕者痴情爱慕烟花女子金凤却不得,但终有回馈感恩赠金的艳史,使得这糕点分外香甜了!食物因人而有了另外的意义。

这类小品中有一篇薛珏的《西瓜》,写得很有意思。文章开首描摹了一幅温情暖意的夏日卖瓜图,然后是一幅剖瓜共食的天伦之乐图景,孩子们等待爸爸归来吃西瓜,做西瓜面具、西瓜帽、西瓜灯,充满了融洽愉快的气氛,将西瓜与幸福生活联系在一起,由此引出西瓜的掌故,谈及西瓜的出产种植、西瓜的运销、西瓜现状行情。本来充满了诗意的文字被后面的具体生活化的文字冲淡了文学意味而显得很接地气,既让人感受到西瓜的美妙,也让人了解了西瓜的来历,还让人知晓了西瓜消费的行情。这种小品的实用性可见一斑,也是通俗文学作家作文的一种特点,就是具有喜闻乐见的实际功用性的价值,而不是纯粹的文人趣味,无病呻吟,抒发感慨或掉书袋。《吃粥时代》(越中)则直接将饮食与时代联系在一起,从以前家中晚上从不吃粥到现在晚间吃粥的变化,诉说了生活的窘迫,以至于不得不晚间吃粥。饮食习惯的改变透视出社会生活的变迁。可见吃喝饮食倒也不是小事。

饮食的味道不仅仅与食材有关,和各种调料也是密切相关的。酱油就是很有民族性的一种调料。徐卓呆在《妙不可酱油》一文中详细介绍了"我"所酿造的酱油,从为什么做起了酱油的买卖开始,详尽介绍了酱油的好坏标准以及鲜味的产生、制造的四种方法、防腐的技术、定价经验等酱油生意中的各种苦衷,通过这种描述可以完整地了解到中国小作坊的制作和运作流程,可以看到中国市民社会的经济活动的一个范本,比如卖油郎的苦痛之一就是厨子与娘姨没有回扣就反对使用这种酱油,或者污蔑卖者短斤少两,或者故意污染酱油以致无法使用而博取利益。这种做派就有点中国国情。

在对"吃"的"专业"描写中,我们可以看到这群作家对于生活的热爱,对于生命趣味的追求,对于民生的深入了解以及对于日常生活的关注,由此可知通俗作家的书写的市民性兴味。

动物

通俗作家重视生活情趣,都有很多爱好,养猫养狗,伺弄花草,这些文人趣味自是不少。虽然防止"玩物丧志"的琐屑,但其中也不乏雅趣,充满了对大自然和生命的热爱。比如疏工的《鸽》就纯粹是为了分享养鸽子的知识,结合了很多文献中的记录,对鸽子的毛色、品种进行了详尽介绍,非常专业,以供同好者参考,可见作者是一位资深养鸽者。

然而,大部分的小品中都有对世事的感慨而不仅仅单纯地写这些花草鱼虫。周瘦鹃的《金鱼话》(上下)记录了自己养金鱼的经历,从小因爱美之心而对金鱼情有独钟,多次的养鱼经历让养鱼成为一种爱好,为了鱼儿历经艰辛,不辞劳苦,在乱世中的"玩物丧志""又充满着重重叠叠的忧患"[1],透露出对战乱世事的无奈和愤怒。然而,即便在这样的乱世中也不放弃对美好事物的追求,"我"所养的金鱼最后竟有200尾之多,参加了苏州金鱼菊花展,得众人赏识。金鱼的诗歌画作也是"我"所欣赏的,终成为一个金鱼迷。他又当所得二十多种佳种,"为了原名太俗,因此借用词牌曲牌做它们的代名词,如朝天龙之'喜朝天',水泡眼之'眼儿媚',翻鳃之'珠帘卷',堆玉之'玲珑玉',珍珠之'一斛珠',银蛋之'瑶台月',红蛋之'小桃红',红龙之'水龙吟',紫龙之'紫玉箫',乌龙之'乌夜啼',青龙之'青玉案',绒球之'抛球乐',红头之'一萼红',燕尾之'燕归梁',五色小兰花之'多丽',五色绒球之'五彩结同心'等,那时上海文庙公园的金鱼部和其他养金鱼的人们都纷纷采用,我也沾沾自喜,以为吾道不孤"[2],简直在玩宠物中玩出了创造性来,虽无发明后的版权,却也以他人应用其发明为乐。这些小品充分体现了通俗作家对于生活的热爱和对美好事物的执着钻研。袁寒云的《我的猫》记录了自己养的三只猫的嬉戏情景,充满了生趣,也有对走失猫的怀念。其实,他们养的宠物不算多,许啸天才是"动物的好朋友"。他在《我家的金鱼池》中坦言自己家中有八只猫、两只狗、十只鸟和34条金鱼。虽然被这些动物折腾得很忙,"但我们总觉得喂畜生比喂人好!"[3]人会反咬,狗却从不咬主人。此种表达自然蕴含着他们对于现实社会的不满。他们爱动物,然而动物世界也有人世间同样的纷扰。金鱼池本来是一个太平世界,却因池水泄漏而

---

[1] 周瘦鹃:《金鱼话》(上下),《珊瑚》第13、14期,民智书局,1933年。
[2] 周瘦鹃:《养金鱼》,转引自范伯群主编《周瘦鹃文集·散文卷》,文汇出版社,2011年,第119页。
[3] 许啸天:《我家的金鱼池》,《红叶周刊》第1期,红叶周刊社,1931年。

让金鱼生机顿失。即使修补过后也无法恢复往日的美艳,而这些金鱼正如中国民众,被专制的政府压迫压榨而民穷财尽、欲归无家。文字中对社会黑暗的痛斥才是作者对金鱼池的感喟。想来这动植物的事情终究还是人间的世事。李涵秋的《记异犬》直接运用了古代寓言的写法,通过一个带着狗的行乞者之口,将犬类与人相比,"假使令其为官,告以爱民爱国之道,彼必一一如教。今之握印绶,日惟贪墨是务者,其对此犬能毋有愧与?"①他对执政者发出质问。程瞻庐的《虫喻》则直接"以虫比人,得若干则,名之曰虫喻"②。他把曲蟮喻为女性模特儿,把萤火虫喻为女明星,把蜂喻为医生,把螳螂喻为韩庄作战者,把蟋蟀喻为黩武之军人,写出了人间百态。张锦剑的《促织经》则将蟋蟀作为研究对象,从贾似道在国家多难之秋,兵临城下还斗蟋蟀的爱好谈起,结合贾似道的《促织经》,详细生动地介绍了蟋蟀的品相颜色、饲养方式、斗玩讲究等等,最后发出"还是人类玩弄蟋蟀呢,还是蟋蟀玩弄人类?"的质问,感慨道:"笼中是蟋蟀的斗争,而在笼外,却是人类的斗争呵!"③

除了宠物之外,这些作家笔下也有珍奇动物,比如熊猫。1936年初次发现熊猫,轰动了世界,各国都对此动物兴趣非凡。太瘦生《熊猫篇》记录了关于熊猫的一些新闻,为我们提供了当时对于熊猫的研究成果,包括捕获熊猫的方法、喂养方式甚至日常食谱及作息方式等,还有当时送到国外的熊猫的生活情况。可见,当时对于熊猫,民众已经开始关注了。西班牙有斗牛的风俗习惯,金华也有此风。浙东一士的《金华斗牛杂谈》就记录了此风俗,讲述得神乎其神,十分有趣。文章从斗牛风俗初始谈起,谈到农闲时分十日或八日的小斗到十年的大赛,"金华斗牛,为一种足以轰动山乡之特殊风俗,且亦含有崇德报功之意……然言其情事,则殊有奇趣"④。买牛犹如娶妇,十分隆重,处处讲究吉利,忌讳甚多;养牛更是不易,要有去黄的鸡蛋白、蔗糖甚至人参汤、鸦片汁等侍候。还要干净卫生,有长工给它扇扇子,有医生专门看

---

① 李涵秋:《记异犬》,《沁香阁游戏文章》,震亚图书局,1927年。
② 程瞻庐:《虫喻》,《红玫瑰》第2卷第39期,世界书局,1926年。
③ 张锦剑:《促织经》,《万象》第1卷第5期,万象书屋,1941年。
④ 浙东一士:《金华斗牛杂谈》,《茶话》第4期,联华图书公司,1946年。

病。斗牛的胜利者为神牛,备受尊崇,还有很多通人性的传说。

植物

通俗作家出于对大自然的热爱,除了对小动物富于关爱外,对花草这类美丽的植物更是情有独钟。花草也是他们寄寓深情的一种象征,比如大家都知道周瘦鹃由于情事而对于紫罗兰花的深爱,家园命名为紫罗兰庵,刊名定为《紫罗兰》《紫兰花片》……"他的案头,常常供着紫罗兰花,晨夕灌溉,都是亲自执役,甚至连得他写字的墨水,也用紫罗兰的颜色,他与紫罗兰的情感,可想而知了"①。他们不仅喜爱花草树木,更有是国内著名的盆景专家呢!在他们的笔下,各种花草植物有着种种不同的风姿。

徐国桢的《牡丹七记》记叙了作者自己对于牡丹花的情怀。作者在风雨中感怀牡丹,细品案头一枝牡丹的美颜丽姿,从对花儿形态的素描到对花儿的情韵品鉴,从诗到画,把案上瓶中的一枝牡丹写得传神生动,只是为了"我把今年一春春光的临去秋波,都归纳到了瓶中这一茎数叶一花之上。""我以为那枝牡丹花,是代表着今年春光,正向我作极尽余妍之姿,作无限深远的离别之思。""自己是失落了青春的中年人了,真想把一种中年人的悲怆,向牡丹花细细诉说。"②牡丹的美丽成为一种感怀生命的象征。而菊花,也是文人雅士喜欢的植物。璧厂就《菊月话菊》,介绍了"科学上的菊"和文坛上的菊。菊花的种类多,异名也多,在文坛上的佳话也多,陶渊明、李白、苏轼、朱淑贞、李清照等等都有咏菊名句,古今风俗更是离不开菊花,喝菊花酒、吃菊花糕、制菊花枕、插菊花、赠菊花不一而足,而且菊花可为菜蔬,也可为药。小品从方方面面介绍了菊花,颇有关于菊花的全方位的知识。西神的《洋水仙谱》则介绍的是来自西方的蒜科植物洋水仙。作者的雅趣是"……春之朝,秋之夕,宜风,宜月。夏日炎火,宜插树,宜看云。冬气凛冽,宜围炉,宜听雪。而有一事为四季中无不宜者,则种花是也"③。于是,养美丽的洋水仙自然是一件重要的花事。作者熟知花之性,又能知花之品,各种花形跃然纸

---

① 严芙孙:《周瘦鹃》,《活在微笑中》,东方出版中心,1997年,第32页。
② 徐国桢:《牡丹七记》,《春秋》第1卷第8期,商社书报,1944年。
③ 西神:《洋水仙谱》,《小说世界》第2卷第8期,商务印书局,1923年。

上,妙不可言。如"玉雪痕其色纯白,其花四照,其叶短不及寸。亭苕玉立,独秀一树,其群玉山头乎!此中倘有玉宇琼楼,我欲乘风归去",将此种花儿的形、色、意、趣都写得淋漓尽致。对于花的香、时节、培植方式和注意事项都有详尽介绍,给人以品鉴和种植的专业性指导。

张恨水也有不少写花草的小品,《忆重庆碧桃》《金银花》《小紫菊》《蕨菜花》《杜鹃花》《盆莲》等,写得小巧精致,意蕴丰富,常与时事关联,有的带有诗词雅趣,有的带有如画的细致描绘,有的富有生活情趣,值得细品。如《蒲草》,写蒲草盆景之妙,美且贵,在山林人行道边的蒲草很是少见的奇巧美丽,却因迟去被污物污染,群蝇围绕,成为可悲之事。结尾的意外让我们感到对美的失落,感慨顿生,意味无穷。

自古到今,花草植物对于文人来说总是一种美丽的寄托,是各种情感节操的象征,自然不会在传统的通俗作家的笔下缺席,是他们抒怀言志的常客。

山水

寄情山水,本来就是文人的一种情怀。对生活充满热爱又颇懂生活情趣的通俗作家们,常常徜徉在青山绿水间,抒发着各种感时情绪。他们多为南方人,所以笔下多有西湖、太湖、黄山、庐山、阿里山等景致。他们颇具情韵的笔触描绘出绮丽山水间的沧桑人间和各种民生百态,让读者在山水间看到了那个时代的中国自然景色。

通俗作家的笔下江南"水"是温软的,各种湖光水色不胜枚举。西湖、鸳鸯湖、玄武湖、钱塘江、富春江、太湖等都是他们常常游览的胜地。"山"也挺拔而秀丽,黄山、西山、天平山、莫干山、阿里山等都有奇景妙处。箬超的《西湖里六桥游记》品鉴了西湖最美的六桥之风景;清波的《湖上探春记》中干脆就说自己是"崇拜西湖的一个信徒,春秋佳日,我总要抽空去朝觐它几次"[①],记录了西湖的种种新鲜变化;伍稼青的《洞天探幽录》将自己所游览的洞穴胜地一一记来,有诡奇的宜兴双洞、紫霞洞、辟支洞、白娘娘的老家白龙洞、三十六洞之一的林屋洞、西湖诸洞、冰壶悬瀑洞、合掌峰观音洞、石门洞、仙

---

① 清波:《湖上探春记》,《星期》7号,大东书局,1922年。

人洞、桃花源秦人古洞、重庆的三岩洞、四川的蛮王洞、峨眉的雷音洞、桂林的七星岩洞等等,遍布全国各地的洞府天地在其笔下各有韵味。作家们对历史地理掌故颇有兴趣,《襄阳山水名胜记》(刘庸伯著)详细介绍了襄阳重镇的多处名胜古迹,《拙政园》(范烟桥著)介绍了苏州名园拙政园的历史演变……这些山水名胜在他们的生活中,时时围绕着他们的人生。

美景最是在江南,写尽江南春色的要算徐国桢的《春色满江南》了。"要说春色的清丽,要说春色的秀逸,要说春色的平远,要说春色的活泼,都在江南。""江南之春,该说是水软山娇",这一个"软""娇"写足了江南的妩媚。作者没有写桃李争春,而是从梅花带春开始,江南之春的美就淋漓尽致地展开了,"看千数株裸树冷枝,成为花丘花山花海",劲风过后,"以花代雪,覆地成素妆",那是怎样的美景!还有"我"看到的绝妙梅姿,雾中梅花,雾气与梅花融为一体,"梅花变得那么懒,懒得那么娇,娇到了快要无迹象可寻的境界",仿佛是无脂粉的素面佳人,"因为梅花已成了仙花,脱尽尘俗之羁了";另一种是月中梅花,"梅花在月光中映现花光,轻极灵极静极雅极,不忍去触之以手,恍然间真如有梅花之魂,淡淡地闲闲地浮动于枝头花间,而与人的灵魂,相互作无言的交流"。这样的美丽精致,让人心神向往。不仅如此,江南的杨柳,"是江南春色所系的最得力之处"。春意萌发后,经过风雨滋润,杨柳似少女,"那少女披上了新绿衣衫,衣裾飘然,衣袂飘然,颜秀如玉,神清如水,遥望这边一丛像烟,那边一丛像雾,烟也是柳,雾也是柳,青烟绿雾,和水天交映。那是江南好春色,看惯了不以为奇,仔细吟赏起来,为人无限欢喜。所谓潇洒风流,谁是其匹?"这杨柳树美极,"只见树上绿梢一顺飘,树树如将羽化而登仙"①。字里行间,透出对江南的无限礼赞和留恋,将江南之美写得透彻灵动。

然而,对江南情深义重的要算是谔厂的《闲梦江南梅熟日》了。这是一篇散文经典佳作。文章开头从鹧鸪的清啼声中引出对故乡的思念。然后很理性地剖析了这种感怀"实是平凡的人生中最最荏弱的一点反应,在整部绵长的史籍中,古今人的能够声息相通,也仅赖这种相同的感想而已",证明自

---

① 徐国桢:《春色满江南》,《春秋》第1卷第7期,春秋杂志社,1944年。

己思念故乡的"合理合法合情",自然引出对江南故乡的山村水景田园风光等美丽景致的描绘,甚至不得人爱的黄梅时节也有繁盛的生机和快乐。在病中对白糖梅子的叫卖声的特别感觉更是写出了对故乡的刻骨深情。

单纯写风景的小品以厉南溪的《画意》为妙。小品的意境如诗如画,有25个小场景或风景片段,如一,"桃花堤,杨柳岸,雨后斜阳"有宋词的画面感;七,"村童跳下黄牛背,脱去红衫扑蝶儿"色彩艳丽,田园风光顿显;十三"天上一只鸟,照在水里活像一条鱼"鱼鸟相映的活泼感;也有伤感的场景,如二十"树叶落尽了;蟹爪般的树枝上,歇着几只寒鸦;一轮凉月,照得一片微微黄";二十五"凄鸦是千点墨,远树只一痕烟"①,小品带有浓厚的古诗词意境,将各种情绪渲染于画面中,有美的古典情趣。

纵有千好万好的山水美景,也不是世外桃源。他们笔下的山水总是带着那个时代的混乱迷茫气息和颠沛流离的特征。在游览中,时时可见战争的痕迹,民生的疾苦,文学家们都多有感喟。原本想着通俗作家对于生活趣味的纯粹追求,应该有很多清新优雅的赏山玩水的文字,却没有找到几篇安静的文字,反而发现多数小品都充满了战火的焦土气息,几乎所有的文字都蕴含着对破碎山河的痛心,比如游黄山,有避兵皖南的文字,写庐山,也目击乱世的事态;《领通行证》(江红蕉著)记录了坐火车到 V 镇去的旅行经历,"破烂不堪"的"车子里充满武装同志,和沿铁路各站逃难出来的贫民,想回去探望家乡的可怜者"。车上没有茶水,谈论的是战地的工作与生活,下车后车站凌乱,到处争吵。② 即便是短短的几句记录东交民巷街景的文字,也是要发出感慨,"在这负托着疾病的东亚大国的脉络上,是没有一处地方不有着残暴的蛇蝎在活动"③。不是战乱就是黑暗腐败的现实让美景变了味,满是无奈的讽刺意味。紫羔甚至直接写了一篇小品就起名叫《故乡是只烂橘子》,抒发对于故土的失望情绪。文章开首就交代因为对于社会生活环境的失望而回乡,以求得慰藉。然而,故乡的保守落后和败落的景致让他不得不发出这样的呐喊:"啊! 故乡的躯壳是这样的生气勃勃,它的灵魂又是这

---

① 厉南溪:《画意》,《小说世界》第 3 卷第 7 期,商务印书馆,1925 年。
② 江红蕉:《领通行证》,《珊瑚》第 5 期,上海民智书局,1932 年。
③ 哥:《安息的巨灵》,《申报·自由谈》,1932 年。

样的暮气重重。故乡！故乡！你真是一只好看的烂橘子！"①

通俗作家的这类表达要直接得多,比如《黑漆漆的上海》(秋翁)就直接讽刺上海之"黑",《上海之夜》(杨剑花)则把夜上海写成了寻欢作乐的所在,痛斥上海人忘却了亡国之痛。顾明道则有一文《避寇小纪》,记叙了乱世之中战乱频发,他从苏州到上海避兵逃难的过程,这自然没有游山玩水的雅兴了,重返故乡之后感慨道:"国难家仇,我们东南的人民也亲身尝着了,便可知道东三省的人民又是怎样的痛苦呢？愿大家不要忘记这个创痕而永永抚摸着吧！"②

也正是如此,通俗作家的文字显得不是那么沉重,比较亲切,比较单纯。比如施磐的《上海和北平》对比两个大城市,上海忙碌紧张,节奏快,为"动",北平休闲讲虚礼,服务不殷勤,乃"静",从生活细节上非常生动有趣地描画出两个城市的不同特点,将上海的商业化和北平的老派淋漓尽致地呈现出来,可是没有评判,没有引申,只是一种介绍的感觉。所以,这种文字让人放松,没有说教的压力。

第六节 抒情小品

尽管通俗作家小品叙事描写多为传统笔法,比较重视实用性,矫揉造作、无病呻吟的文艺腔不甚常见,但是抒发情感的抒情小品也不少。

他们的抒情小品写得很是单纯,有的是抒发对爱情的渴望的,如孟晴的《到沙漠去》描绘了对爱情从向往到沉醉最后到失去的情感历程,把那种兴奋快乐和失望痛苦都淋漓尽致地抒发了出来。阿魏的《梦》通过写自己的美梦来表达对情人的亲吻拥抱的渴念,以抵抗孤独;卷头发的《接受我这颗心吧》实在是一篇热烈的情书,表达对情人的急切爱慕眷恋。可能是观念比较传统保守,这类抒发爱情的文字对于通俗作家来说并不是很多。

那个时代的迷茫焦虑情绪在通俗作家笔下也是浓浓的。程汉明的《梦》

---

① 紫羔:《故乡是只烂橘子》,《珊瑚》第2卷第7期,上海民智书局,1933年。
② 顾明道:《避寇小纪》,《珊瑚》第2卷第3期,上海民智书局,1933年。

写月明之夜在江边徘徊低吟,《秋怀》(萍)把秋季的凄凉之情从孤独、失恋、青春消逝等各个方面进行渲染,写出了对人生的绝望悲哀之情。这也是中国传统的悲秋情怀的体现。《浮萍》(昆)也抒发悲哀的情感,以无力的浮萍寄寓弱者无法把握人生命运的悲哀。这种悲哀之情的抒发,代表了那个时代对自我命运的茫然认知和无力感,也是某些知识者的一种时代的情绪。阿魏的《忧郁时的低吟》干脆直接就点出这种忧郁之情来自对人生之谜的迷惑,来自生活的艰辛、不幸的命运,心中的隐痛是父母贫苦的生活,弟妹的失学。然而,人生不总是悲哀的哭泣,也有直面生活的勇气。于是他在《蝉声》中就写出了自己在悲观颓唐的情绪中挣脱出来的过程。"为着社会,为着家庭,为着我自己,我都得要努力向上,积极地奋斗,才不负我应有的使命。""悲观的颓唐的人,只有徘徊于墓道上,自寻死路!人,真正的人,是要具有一种勇敢的精神,去找寻那光明的快乐的大道。"[①]因为情绪的改变,凄凉的蝉鸣也变成美妙的歌声了。

关山月的《新秋小辑》是其中很有代表性的一篇抒情小品。文章分为"答客问""期待"两部分,以诗般的语言,抒发了对于生命中寂寞和希望的感悟。在上篇,作者将寂寞喻为一位温柔的好老师,甚至将其具体为"静穆,深沉,终年穿着和她那忧郁的心情同色的暗蓝的衣裳"的一位衰弱的老妇人,她教人沉思,说话,幻想。作者将寂寞的感觉渲染得极富想象力,人们在寂寞中沉思,感受着人生的喜怒哀乐。在下篇,作者将自己和台灯下的影子合二为一,以消解孤独的感受,来进行焦虑的追问:生命的期待何在?寻觅生命的意义。最后在痛苦中觉悟到生命的辉煌牺牲才是最终的意义所在:"——生,这样一秒钟的辉煌的生;或者是死——布鲁诺的火柱,苏格拉底的毒药,高加索山顶的饿鹰和铁链,——"[②]这篇小品有通俗作家惯常的浅显散漫抒情方式,有他们常用的具形化的表达方式,以及直抒胸臆的情感呈现,所以很有代表性。默然的《沉默篇》则有另一种哲理的意味。文章分为五篇来分别论述沉默的内涵,沉默中有怯懦,有勇敢,有悲哀,有雅趣,有公平,有

---

① 阿魏:《蝉声》,《红叶》第5期,红叶月刊社,1932年再版。
② 关山月:《新秋小辑》,《春秋》第1卷第3期,商社书报,1944年。

灵光,是一种遥远无比的境界。

这类抒情小品中还有不少文章,抒发对亲人好友的怀念。首先常常念及的是父辈长者,情深义重。比如郑逸梅的《先大父的一二往事》追忆的是对他有教育恩泽的先大人的音容笑貌,先大人有新思想,恨赌博,给他讲小说故事,独具见解,让他获益良多。短短的几段文字,在最后忆及先大人的猫,让先大人的形象顿时生动具体了起来。心全的《我的祖母》、沈宝钿的《我的丈夫》、徐碧波的《生我劬劳》等文都表达了对家人亲人的理解和爱。这些文字情真意切剖心沥胆,读来令人动容,而不是那种调笑无度的随意了。

悼亡逝者的回忆文章在他们笔下甚多。周瘦鹃的《哭阿兄》,字字含泪,一边记叙阿兄病况,一边回忆阿兄在自己生活中鼎力扶助的各种事迹,淋漓尽致地表达着对阿兄的悼念之情。抒发的情绪直接痛切:"唉!三十年兄弟相亲相爱,从此人天永隔了。""我这饮经忧患的一颗心,怎能禁得下这重大打击。唉,阿兄啊,我这心直要为你迸碎了。""唉,阿兄啊,我不能再写下去了,我的手颤了,眼泪又来了,我又要失声哭了。……"[①]真是声泪俱下,直抒胸臆的浓情文章。徐国桢的《人生》也是很让人悲伤的一篇小品,作者以絮语对话第二人称的方式来纪念亡友黄人侠君。文章一开始就以书信抬头的方式表明了对话对象是已故老友,用棺椁之内可能已经消亡的尸身来对照自己脑海中的没有消逝的友人的音容笑貌,具体到"十只并紧了节骨后露出一条条空缝的手指"[②]。因为是英年早逝,让人始料未及,从而难以接受。作者回忆了死者从前充满活力的生活片段如喝酒、打球等,也有生前的种种不爱惜身体的行为如吃冷饮、蟹、梨等寒凉之物等,还有患病的经过,感慨于生命的脆弱和人生的无常,以及命运的不公。文章充满了对人生的感悟和无奈:"唉!人生一世春梦一场;你虽然死得可惨,倒已是梦醒之人。现在,我们这些尚未出梦的人,在代替你悲伤,不知你假使把已出梦的资格,而回头来看我们,又是作何感想?"[③]这种感喟,多是对生命消亡的悲伤和对友人的

[①] 周瘦鹃:《哭阿兄》,《半月》第 2 卷 23 期,大东书局,1923 年。
[②][③] 徐国桢:《人生》,《红玫瑰》第 4 卷 10 期,世界书局,1927 年。

感怀。毕倚虹的《十月姻缘记》则是用典雅严肃的文言文写的悼念亡妻的纪念文章。妻子在结婚后十个月就病逝了,这让作者唏嘘不已。妻子年轻,才22岁,对前妻留下的七个子女都很好,性格温顺,学业不错,生孩子后孩子夭亡,她悲伤病重而亡。回忆妻子生前种种,令人"酸涩凄怆",痛彻心脾。

纵观这类悲伤的文字,让人感到生命的可贵和可悲。作者无意做什么深刻的说教,只是为了抒发自己的悲情和爱意,属于非常私人化的文字。正是这种生活化的家常文字,让这种情感显得那么自然而真实。在这些通俗作家笔下,生活中的亲朋好友家人都是那么具体可感,仿佛就在身边,充满了体感气息。无论是人还是事,字里行间透出了作者对于人生的种种体悟,回忆、感念、沉思都表达出这群作家对于生活的热爱。

第二章　周瘦鹃的小品

周瘦鹃(1895—1968),江苏省苏州市人,原名周国贤,字祖福,笔名瘦鹃、紫罗兰庵主人、泣红等,是通俗文学代表作家,曾任第三、四届全国政协委员,江苏省人大代表,江苏省苏州市博物馆名誉副馆长。他家贫少孤,6岁丧父,靠母亲的辛苦操作,得以读完中学。中学时代即开始文学创作活动,毕业后不久,即以写作和翻译为专业。1916年至1949年间,在上海历任中华书局、《申报》《新闻报》等单位的编辑和撰稿人,其间主编《申报》副刊达18年之久。曾主编过《礼拜六》周刊、《紫罗兰》《半月》《乐观月刊》等刊物。他所写小说多以青年男女恋爱婚姻的不幸为主要内容,因而被誉为"哀情巨子"。他最早翻译柯南道尔的福尔摩斯侦探小说,其他译作甚多,1917年集印的《欧美名家短篇小说丛刊》,介绍了包括高尔基《叛徒的母亲》在内的欧美二十多位作家的作品,鲁迅先生赞扬说它是"昏夜之微光,鸡群之鸣鹤"。抗战前夕,上海文化工作者积极呼号御侮,他和鲁迅、郭沫若等二十多人发表联合抗战宣言。上海沦陷后放弃写作,以开设盆景店度日,抗战胜利返回故乡养鱼种花自娱。新中国成立后,边写作边从事园艺工作,开辟了苏州有名的"周家花园"。周恩来、朱德、叶剑英、陈毅等党和国家领导人都曾多次前往参观,许多外国朋友也不断登门观赏。1968年8月11日,周瘦鹃被迫害身亡,"周家花园"也横遭践踏摧残。

作为市民大众文学最有代表性的作家,他的审美趣味、艺术主张、价值观念、道德意识等都具有很鲜明的大众特征,其散文小品创作散布于各类杂志期刊上,创作量很大,收集成册的有《香艳丛话》(1—2册)(中华书局,1917)、《紫兰集》(正外集,正:上下册,外:上下册)(大东书局1923,1929)、

《花前琐记》(北京通俗文艺出版社,1955)、《花前续记》(江苏人民出版社,1956)、《花花草草》(上海文化出版社,1956)、《农村杂唱》(江苏人民出版社,1956)、《盆栽趣味》(与长子周铮合著,上海文化出版社,1957)、《行云集》(江苏人民出版社,1962)、《花木丛中》(金陵书画社出版,1981)、《苏州游踪》(金陵书画社出版,1981)、《拈花集》(上海文化出版社,1983)等等。

"我是一个爱美成癖的人,宇宙间一切天然的美,或人为的美,简直是无所不爱。所以我爱霞,爱虹,爱云,爱月。我也爱花鸟,爱虫鱼,爱山水。我也爱诗词,爱字画,爱金石。因为这一切的一切,都是美的结晶品。"[1]这是周瘦鹃在《乐观》发刊词上的表白。他的散文小品创作正是这段话的阐释与表达。他的散文小品,主要就是表现"美"的事物,表达他对于生活的热爱和欣赏,用以抒发自己对生活的感受,和读者进行情感交流。其中,最为有代表性的就是四时花卉的小品文字。新中国成立后,他的创作以散文为主,书写的主要内容就是百花,《拈花集》有一组散文小品"百花生日"为30种花木立传,可见其对美丽事物的痴迷。

第一节　花的小品散文

花,是周瘦鹃笔下的常客,就是"美"的象征。众所周知,他爱与花木为伍。因为他和周吟萍的相爱无果的遗恨使他深爱紫罗兰花,"一生低首紫罗兰"[2],单看所编的刊物的名字,诸如《紫罗兰》《紫兰花片》等就可知道他对此用情至深,但是对于其他花,他也是很喜爱的。"不慧生平无他嗜,爱花果最焉。……舍紫罗兰外,其他奇花异草,亦多爱好,不能毕举。"[3]"香国中万紫千红,热闹极了,每年春夏秋冬,总有许多嫣姹红紫的好花,争艳斗妍的开出来,点缀这灰暗枯寂的世界,顿觉得世界美丽了。人生才平添了许多乐趣。"[4]可见,在对现实生活的失望中,他怀有极为乐观的人生态度,在荒凉的

---

[1] 周瘦鹃:《乐观》发刊辞,《乐观》月刊第1期,1941年5月1日。
[2] 周瘦鹃:《一生低首紫罗兰》,《拈花集》,上海文化出版社,1983年,第304页。
[3] 周瘦鹃:《花果小品序》,《花果小品》,上海中孚书局初版,1935年4月10日。
[4] 周瘦鹃:《祝〈社会之花〉》,《社会之花》旬刊第1卷第1号,1924年1月5日。

生命中寻找到"花"的美丽。在他的笔下,随处可见花木的身影,比如,秋来花残,紫罗兰"却在圆圆的绿叶中间,开放着四五朵紫色的小花,在秋阳下微微地散发出甜蜜的妙香,似乎来安慰一个孤鸿般的寂寞之人"①。"书成之日,秋花正烂开,瓷盎中五色凤仙一枝嫋嫋欲笑,似与吾书中群贤之心血相为妩媚者。"②时时有花陪伴。他曾自言"我是一个特别爱好花草的人,一天二十四小时,除了睡眠七八小时……以外,大半的时间,都为了花草而忙着。……有时甚至忙得过了头,废寝忘食,影响了健康;这不仅仅是寻常的爱好,简直做了花草的奴隶了"③。由此可见,花可谓是其精神寄托,是表达内心情感的重要方式。

因此,花草是周瘦鹃小品的最重要的内容,不仅量大,有百余篇关于花草的小品,而且质优,很多佳篇妙文。他写花,有迎春花、梅花、樱花、茶花、杏花、桃花、杜鹃花、荷花、牡丹、玉兰、海棠……每一种花都在他的笔下袅袅开放,展现出美丽的姿态。同时,也在文人诗词歌咏中,讲述着花的前生今世。周瘦鹃的花草小品很有雅趣,不仅有自己种植欣赏的记录,还有历代文人骚客的抒怀,突出花草的特点品性,更有关于花草的知识,所以小品显得内容非常充实有趣,让人读来赏心悦目,颇为受益。

自古以来,花就是文人的案头清供。周瘦鹃的小品几乎篇篇都借用古人咏花诗词,穿插其间,不仅表达了甚多的诗情画意,而且也带来了丰富的花语信息。譬如,《问梅花消息》写 1954 年春,因天气寒冷而梅花迟放,亲友们都不停地来探问。梅花迟开,有清代尤展成的诗词《清平乐》《咏梅蕊》来形容其羞涩之态;春雪来临而梅花欲开又止,有宋代范成大的诗《梅为雪所禁》来呈现;就是友人的探问也有唐代王维的"君自故乡来,应知故乡事。来日倚窗前,寒梅著花未?"来对应。对于梅花的迟开遗憾,更借宋代的朱熹、尤袤的诗歌来抒发。欣赏梅花的意趣有清代诗人宋琬的看梅诗来彰显,同以浅红梅含苞待放为美。而作者自己口头常吟的四首诗也

---

① 周瘦鹃:《写在紫罗兰前头(一)》,《紫罗兰》月刊第 1 期,1943 年 1 月 1 日。
② 周瘦鹃:《紫罗兰庵小丛书·小小说选·弁言》,《紫罗兰庵小丛书小小说选》,上海大东书局初版,1923 年 9 月。
③ 周瘦鹃:《花花草草前记》,《花花草草》,上海文化出版社第 1 版,1956 年 9 月。

在文中写尽梅花的风流姿态。这种以古人诗词入文，与古人共鸣对话，消弭了时间，呈现出一种亘古的永恒之美。同时，小品中细说了自己关于梅花的爱好，不仅家中陈列梅花古玩，四壁张挂梅花书画，更有梅花盆景、插花等，还有种植的十多株梅树。所以，梅花时节，梅色自是要被亲友来探问的了。全文一气呵成，自然流畅，引用诗词毫无卖弄之嫌，恰到好处，表现出丰富的意蕴，而且还介绍了梅花的品种、盆景的创意等，读来趣味盎然。

从诗词中，可以获得很多花的掌故来历等信息，《清芬六出水栀子》中由宋代陆游的咏栀子花的诗句，可知栀子花可以水养，名称来源于盛器；从明代陈淳、宋代王十朋的诗中，可知栀子花与佛的缘分，产自佛地。《茉莉花开香满枝》中，由明代皇甫汸，宋代许棐，清代王士禄、徐灼、恽格等大量的诗句可知，茉莉花与女子鬓发的关系密切。描写花的姿态的诗词就不可胜数了，苏东坡的咏海棠诗句写出了海棠的娇柔之态，明代诗人丁雄飞将玉兰喻为天上仙子，诗人咏杜鹃鲜红都为啼血之典，采莲咏荷的诗句就更多了。这些昔日诗人的咏叹在周瘦鹃的小品中，形象生动地将各种花儿的颜色、形态、味道、传统认知等审美信息——呈现，形成互文，以极简的笔墨透露出大量的花文化信息，从而形成了简约优雅的文风。

他写花，总是抓住花最突出的特征来书写，写迎春花，"迎春虽很平凡，而开在梅花之先，并且性不畏寒，花时很长，与梅花仿佛"[①]，强调其"早"；写山茶花，强调其"花中能耐久的，确以山茶为最，一花开了半月，还是鲜艳如故"[②]。春雨中，有杏花；易开易谢是樱花；娇，是芍药；如火，是石榴。因为抓住花的这种特征，所以写来给人印象深刻。不仅如此，文中还有很多关于花儿的典故传说，比如讲石榴花，有两个神话故事，一个是唐代的樵夫追白鹿而得花，一个是唐代崔处士夜遇安石榴神仙的故事；讲杏花，有唐明皇击鼓花开，开元年间扬州杏花树下美人争春闻花的叹息，宋代的红杏尚书的故

---

① 周瘦鹃：《迎春花》，《拈花集》，上海文化出版社，1983年，转引自范伯群主编《周瘦鹃文集》第2卷，文汇出版社，2011年，第186页。
② 周瘦鹃：《山茶花开春为归》，《拈花集》，上海文化出版社，1983年，转引自范伯群主编《周瘦鹃文集》第2卷，文汇出版社，2011年，第195页。

事;蔷薇,又名买笑花,源于汉武帝与妃子丽娟的买笑戏言。紫薇花则在诗人笔下常与官场相关而成了"官样花",杜牧被称为杜紫薇。白莲花的故事也很多,有唐明皇和杨贵妃赏花不解语和苏昌远赠白莲花仙玉环的故事……这样,花儿有了很多的文化意蕴,不再成为简单的美丽植物,而是承载着人们的美好希望和祝福的象征。因为喜欢花木就发现了很多古籍中关于花木的记载,于是周瘦鹃有了《花木的神话》,文中记录了许多有趣的神话故事,如酒变桃花、桃树斗法、水生莲花、玉兰花仙下凡、杜鹃花神现身等等;花儿都是美丽的象征,是一种理想,而且多为女性,有缘得见的都是爱花人。《关于花的恋爱故事》记录的是花作为爱情象征的故事。忠贞情侣殉情化为并蒂莲,清代名臣彭玉麟画梅寄托爱情遗恨,英国小说家施各德的恋爱以紫罗兰为象征,都让人感慨万千。花,成为寄托情愫的重要载体,其美丽的形态和高洁的品性让爱情的美好更为具体化。

花儿不仅可以赏,还有实用价值。茉莉花可做面脂,泽发润肌,可做香囊;蔷薇可做清火的饮品,可做香水、酒水等;玉兰花瓣可食用;白兰花可窨茶,提炼成香精香油;凤仙花可染指甲;芙蓉花可以入药医病,还可入食谱,煮豆腐,可做雪霁羹,可染帐子,称为芙蓉帐,成都因遍植芙蓉而被称为锦都;西王母杖就是枸杞,是药。诸如此类的用处在周瘦鹃的花草描述中时时浮出,让人感受到雅趣之外的益人之功用,才知花虽美,但并非不可接近之物,而是日常生活中随处可见的有用之物。由此写出花的美丽就是生活本身的美丽所在,让读者感受时时处处都能有的生活之美。

周瘦鹃的花小品不仅有雅趣,还有知趣。他在每一篇文字中都有对花的科学知识的介绍。比如花的名字、来历、属科、颜色、习性、种类、种植方法等等多有叙述,让人读来增长见识,佩服于作者的博学广知。其实,由于对花的热爱,使周瘦鹃对于花的知识非常了解,甚至大部分花都自己亲自种植过,所以娓娓道来,自是行家里手,非常人可以比的。比如凌霄花,他介绍凌霄花的别名陵苕,又名紫葳,为藤木,攀缘于树上,春天快长,分批开放,花头分五瓣,对生等等,还知道花与萼附着不牢,遇风雨就脱落。这于没有种植经验之人恐怕很难知道的。后面他就介绍了,"我有盆栽凌霄花一株,作悬崖形,每年着花累累,枝条纷披,越见得婀娜有致","……我在树根上种了两株凌霄","我于梅丘的高峰下也种了一株"①,因此,他对凌霄花自是熟悉非常了,写出来读者就会觉得真切、自然。

爱屋及乌,周瘦鹃不但爱花,而且连卖花的声音也关注,"市声种种不一,而以卖花声最为动听"②,由此,引出清代彭羿仁和黄仲则歌咏卖花声的诗词,自己也有小令咏卖花女的,然而这卖花女的背后都有生计问题。虽然陆放翁和刘伯温的诗词中描绘了卖花买酒的潇洒,周瘦鹃却明确地批评了这种卖花喝酒不顾家人温饱的行径。可见,周瘦鹃作为通俗文学作家的市民性,绝不是不食人间烟火的雅士,而是沉浸在市民生活中的美的发现者。

与花相关的插花艺术、盆景艺术自然都是周瘦鹃非常精通热爱的。他把大自然的美浓缩到小小的花盆或花瓶中,将自己的艺术追求凝于方寸之间,营造出一种无声的诗,为此还获得过"中国盆景艺术大师"的荣誉称号,可见其艺术造诣之深。《插花》一文介绍了插花的艺术,将丰富多彩的插花器具,从质地、形状等做不同分类,搭配花卉,不可随便乱用。瓷瓶插花漂亮但冬天易结冰,古铜瓶能使插花开得鲜艳持久,这些都是经验之谈;插花如何固定如何选枝等都是颇为讲究的,明代袁宏道的《瓶史》是专门的论述著作,但作者"觉得他似乎在卖弄笔墨,切合实际的地方实在不多"③,也提出了自己独特的艺术主张。《盆栽趣味》则介绍的是盆景艺术,非常复杂详尽,算是一本盆景艺术教科书,从盆栽和盆景的历史讲起,讲了其分类、用具、种植要诀、造型、置放的地方和盆架、灌水、施肥、防治病虫害、换盆、剪定、摘芽、摘叶、攀扎、繁殖、石附盆栽等,共15节,将盆景艺术方方面面都介绍了,真是一本专业著作,可见他的盆景艺术知识的丰富。

在欣赏花的雅趣中,也有种植培育花草的方式介绍,不但懂花的美,更懂花的习性,周瘦鹃可谓是花的知音,是一个"护花使者",懂花爱花种花赏花,是美的创作者,也是美的欣赏者。

---

① 周瘦鹃:《凌霄百尺英》,《拈花集》,上海文化出版社,1983年,转引自范伯群主编《周瘦鹃文集》第2卷,文汇出版社,2011年,第262页。
② 周瘦鹃:《卖花声》,《拈花集》,上海文化出版社,1983年,转引自范伯群主编《周瘦鹃文集》第2卷,文汇出版社,2011年,第149页。
③ 周瘦鹃:《插花》,《花落琐记》,北京通俗文艺出版社,1955年,转引自范伯群主编《周瘦鹃文集》第4卷,文汇出版社,2011年,第173页。

周瘦鹃对于生活的热爱,对于美的追求,表现在生活的方方面面。爱花,他也爱小动物。比如金鱼,他的《养金鱼》记录了他养金鱼的经历,真是不惜工本,有24缸之多,还有专门陈列金鱼的"鱼乐国";他也爱猫,家中养了玳瑁猫,所以很理解文人墨客对于猫的情感。在《爱猫》中列举了很多词人关于猫的诗词,称其为"狸奴知己",外国文坛名流也有很多人是有猫癖的,不胜枚举,包括雨果、司各特、考伯等,都有很有趣的爱猫习惯,画家曹克家是画猫的专家,这些都被周瘦鹃一一道来,如数家珍,可见他对这类事情的关注度很高。鸟,也是与花草相伴的小生灵,自然也是周瘦鹃关注的了。他有一篇《情鸟》的小品,主要写夜莺,介绍了夜莺的歌声、习性和爱情生活,还介绍了"恋鸟"娇凤、相思鸟、鸳鸯等,让读者看到鸟儿们的爱情,非常有趣。

第二节 江南小品

周瘦鹃生活于苏州,十分热爱苏州,"苏州古佳丽地,山温水软,冠绝东南,俗以媲美浙之杭州,有'上有天堂,下有苏杭'之谚,亦可知苏州之胜,不同凡俗矣"①。因此,其文也就有着极强的地域风情。他的小品所涉及的内容除了江南花草植被之类的南方事物,还有很多是江浙一带的风土人情。他曾写有《苏州杂札》12篇系列小品在1940年的《小说月报》上连载,也有《园居杂记》25篇系列小品在1939至1941年的《健康家庭》上连载。这些小品文的主要内容就是写自己的生活,自己的花园,自己的故乡风物。他从生活小处落笔,随意自然,信马由缰,古今中外风俗轶事,诗词典故,皆在文中。可以说这类文章写得很是放松,也就很有一种絮语之风。

美丽的事物给人带来美好的享受,传统的风俗习惯也给人们带来温暖的慰藉。《春节话旧》忆起苏沪间旧时风俗"过年景致",从农历十二月二十四日开始要送灶、谢年、办年货、送年盘、吃年夜饭(合家欢)、守岁、拜年等,一直到元宵节的制灯谜、闹元宵、走三桥等,非常详细地介绍了苏沪地区人

---

① 周瘦鹃:《苏州杂札》(一),《小说月报》,1940年第1期,第71页。

们传统的过年习俗,还有古人的诗词记载描绘,让读者看到此地的传统文化和风土人情,想象出当时的节日盛况。《上元灯话》介绍的是元宵灯节,考证出节日的来历久远。浙江菱湖是制灯最为工巧的地方,有"鬼斧神工之妙"。宋代则是苏州制灯最为著名。作者自己最喜爱的是走马灯。唐、清等朝代灯节都很兴盛,有很多文人咏叹之诗词,可见灯节对于百姓来说是多么喜爱的一个节日。《清明时节》则介绍的是清明节苏州地区的种种习俗,如插柳枝、戴杨柳球、放断鹞、淘井、煮桃花粥、吃青粉团等,记录了很多在清明时节的活动。《端午景》说的是苏沪一带端午节的风俗,详细介绍了挂画像辟邪,佩戴绸制的健人、荷包等,以及裹角黍和划龙舟等等习惯,让我们看到江南的端午节文化。《乞巧望双星》则说的是苏州旧俗乞巧女儿节的神话传说和风俗习惯以及对少女美好的祝愿。这些节日蕴藉着传统历史文化,承载着当地人民的美好心愿,是人们对于美好生活的热爱和追求。

江南的绣品,十分有名。周瘦鹃的《绣》就是介绍顾绣的小品,引用清代词人程墨仙的《顾绣》文章和诗人樊樊山《忆绣》诗词来形容其绣作的精致生动,讲述了苏绣名家沈寿的作品为国争光的事迹,从中可以看到江南绣品的杰出艺术成就;《苏绣》介绍了自己藏有的绣品,十分难得。具有江南特色的特产要算是茶了,《茶话》从茶树开始介绍喝茶的好处、茶的品种、茶的制法、茶的产地、茶道等等,将饮茶的习俗种种呈现。《洞庭碧螺春》则介绍的是苏州东山出产的碧螺春茶的特点,从名字的来历到味道的香浓,引人向往。南方固然有很多好东西,但是南方的热恐怕也是特色了。《热话》就是讲如何消暑避热的一些生活习惯。在炎热的夏天,需要的是扇子,闹腾的是蝉声,给人希望的卖冰的叫卖声,西瓜则成了重要的饮品玩物,可以做西瓜灯;夏日要午睡。这种种都充满了一种生活的艺术气息,夏日中的花香、案头清供、檀香扇、西瓜灯都充满了艺术情调,让我们觉得江南的酷暑中也有江南的文化气息。

在周瘦鹃笔下,江南的风景名胜更是美不胜收。园林自然是不少的,如《苏州园林甲江南》《观莲拙政园》《赏菊狮子林》《访古虎丘山》《园林两杰作》《苏州的宝树》等,苏州的古迹山水也是不会缺的,如《观光玄妙观》《灵岩揽胜记》《邓尉看梅到元墓》《上方山》《石湖》《不断连环宝带桥》《姑苏城外寒山寺》《双塔》《阊门颂》《甪直罗汉像》等，还有名人遗迹，如《五人墓》《义士梅》记录的是反抗奸臣的五位义士的历史和墓地以及象征物；《田间诗人陆龟蒙》拜谒的是其墓；《江南第一风流才子》仰慕的是苏州唐伯虎。人杰地灵的苏州，循着作者的笔迹，将苏州美景和人文历史一一呈现。

　　这类写景的小品写得非常俏皮，比如写拙政园，不单单写院子建筑，而是写有莲花的园林；写狮子林，是有菊展的狮子林。他将园林的特点和花季结合在一起，相得益彰，生动丰满，别有一番美丽。比如拙政园，他突出了其有水的特征。因为拙政园的水面占全园的五分之三，当然就有莲花的住处了。由此，而有远香堂、荷风四面亭、倚玉轩、香洲、留听阁等观莲的佳处，让读者明白了园林设计者的匠心，明白了园林美的妙处和移步换形的欣赏角度，从而将拙政园的园林特点展示得淋漓尽致。

　　和写花草的小品一样，这类写景小品也有很多古诗词入文，还有很多历史典故和野史轶事穿插，让景色都有人文色彩，增添了很多内涵。比如写虎丘，"开宗明义第一章，先得说一说虎丘的历史和传说"[1]，不但讲了虎丘得名和吴王的关系，秦始皇和剑池的关系，还有千人石、说法台等传说，文章自然地在游览中将迹史徐徐道来，充满了故事性，使古迹名胜有了生命和历史，让人读来受益颇多，非常有趣味。

　　纵观周瘦鹃的这类写景和物的小品，其写法还是比较单一的。通常都是从名称来历写起，然后写其种类、形态等特征，其中穿插着古今诗句加以描绘和形容，或者讲述故事传说等人文内容，最后谈到自己与其的关联，或种植过或鉴赏游历过，说出自己的心得体悟。其文小巧精致，充满了文人雅趣和知性，显示出不凡的描景状物的文字驾驭能力和丰富的知识阅历，更显示出一种独特的士大夫精致高品位的生活情调。

　　从《园居杂记》就可以窥见其生活的内容，充分体现了他的这种文人品味。二十多期文章中，期期都在介绍自己的花园，不但有花，有树，有鱼，有

---

[1] 周瘦鹃：《访古虎丘山》，《拈花集》，上海文化出版社，1983年，转引自范伯群主编《周瘦鹃文集》第2卷，文汇出版社，2011年，第297页。

鸟等等,还有四时季节的变换交替带来的不同感受,更有古往今来的各种史载轶事诗词穿插其间,笔法随意,内容驳杂。如在《园居杂记》(十七)中就说自己园居数载,很享受清闲之乐,每日晨起后就将盆栽移于廊下或室内,然后在园中散步,呼吸新鲜空气,舒筋骨。"寻就廊下进晨餐,咖啡一盏,面包二片,佐以牛油甜酱,或鸡脯鸭脯少许。铺啜既毕,则从事灌园,并整理盆栽,饲鸟观金鱼,倦则返廊下小憩,读日报,未几而日已亭午矣。午饭后,做昼寝,历一时许始起;出观西方电影,归则仍就园中盘桓,为花草服劳,比归鸦噪树,而日之夕矣。小坐花院磐石上,送夕阳,迎新月;迨家人传餐,始返室处。晚餐既罢,与儿曹团坐笑语;嗑采芝斋玫瑰白盐瓜子,啖脆松糕桂圆糖;听无线电中歌唱西厢记珍珠塔诸弹词;复出昔人诗词,与小品文读之。十时就寝,往往得佳梦,自谓似此生活,亦小品生活也。"①这种"小品生活"就是得小品文闲适之风的文风的表现,表现出一种"文字劳工"在挥笔书后、汗滴稿纸后的悠闲生活追求。

然而,其抒情小品则是另一番写法了。文字,是他抒发内心情感的重要方式。他写过不少纪念文章,情真意切,比如《我与李涵秋先生》《哭阿兄》《哭倚虹老友》《执绋痛记》《双百回忆记》《曼殊忆语》《悼念郑正秋先生》《悼念戈公振先生》《人间可哀录》《寄亡友梅兰芳同志》等等。这些悼念文章有纪念家人的,有纪念朋友的,他都披肝沥胆地直抒胸臆,毫不掩饰自己的悲情,文字犹如心中泉水自然涌出,毫无矫饰。阿兄去世,他回忆了生活中的阿兄为家庭所作所为的点点滴滴,记录了阿兄病程,用文字带眼泪不断地抛洒,呼唤着阿兄,诉说着对阿兄的感激、歉意、依恋、深情,把失去亲人的痛苦尽情地宣泄。失子的痛苦,也是在回忆中不断翻转,从三儿的生活遗迹中不断诉说儿子的品性习惯爱好,仿佛还在人世。其爱子之心读来让人唏嘘不已。对朋友的离去,他也是痛彻心扉。毕倚虹走后十小时,他就有了哭友人的文字。可见文字是他用来表达情感的直接表达方式。他总是回忆和友人的各种交往,以生动形象的笔墨对友人的音容笑貌记录得栩栩如生,宛若生前。比如,写毕倚虹,"倚虹美于目,殊不在美人媚眼下","倚虹嗜纸烟,而于

---

① 周瘦鹃:《园居杂记》(十七),《健康家庭》,1940年底卷第9期,第36页。

茄立克有特嗜",为生活重担所迫,"倚虹下笔绝速,所作小说无一非急就章"却下笔有如神助,"倚虹善作回目,隽妙可喜"①,读来让人难忘,也可见其对老友的怀念之深。

凡此种种,说明他是通俗作家中对生活艺术颇有追求的个性小品文作者。

---

① 周瘦鹃:《倚虹忆语》,《紫罗兰》第1卷第13号,1926年6月10日。

第三章　还珠楼主的小品文

还珠楼主(1902—1961),原名李善基,后名李寿民,重庆市长寿区人。曾被誉为"现代武侠小说之王",代表作品《蜀山剑侠传》,一生中的作品多达千余万字。与"悲剧侠情派"王度庐、"社会反讽派"宫白羽、"帮会技击派"郑证因、"奇情推理派"朱贞木合称"北派武侠五大家"。

他的小说以非凡的奇幻想象出名。白先勇在读他的小说之后感慨道:"还珠楼主五十多本《蜀山剑侠传》,从头到尾,我看过数遍。这真是一本了不得的巨著,其设想之奇,气派之大,文字之美,功力之高,冠绝武林,没有一本小说曾经使我那样着迷过。"[①]着迷的不止白先生一个。"在40年前的中国通俗文学界,还珠楼主的大名,真是妇孺皆知。他的读者,上至名公巨卿,下至贩夫走卒,莫不一卷在手,废寝忘食。即在今日,中年以上的'还珠迷'仍念念不忘他的成名作《蜀山剑侠传》,对其出入青冥的玄思妙想、如火如荼的魔幻笔力,以及浩若烟海的博学杂识,在在拍案叫绝,叹为观止。"[②]其实,喜欢武侠小说的爱好者都是知道还珠楼主的。

《蜀山剑侠传》是建立在一个由神仙鬼怪花鸟鱼虫构成的虚幻世界中的幻想故事,其作品无不充满了奇思妙想。故事由大侠李宁父女亡命江湖开篇,从江湖侠客恩怨情仇进入到仙佛正邪斗法,塑造了一系列个性鲜明的正反面人物。对于他的幻想世界,我们引用在20世纪40年代他的老朋友徐国桢(眉子)撰写的《还珠楼主论》中的论述来看:

---

① 白先勇:《蓦然回首》,见《第六只手指——白先勇散文精编》,文汇出版社,2004年,第53页。
② 凌云:《记〈蜀山剑侠传〉作者:还珠楼主》,(香港)《春秋杂志》第714期,1987年4月1日。

> ……与其说是小说,不如视为神话。不过这种神话,并非古代流传下来,而是出于他的创造罢了……
>
> 在还珠楼主的笔下:关于自然现象者,海可煮之沸,地可撅之翻,山可役之走,人可化为兽,天可隐灭无迹,陆可沉落无形,以及其他等等;
>
> 关于故事的境界者,天外有天,地底还有地,水下还有湖沼,石心还有精舍,以及其他等等;
>
> 对于生命的看法,灵魂可以离体,身外可以化身,借尸可以复活,自杀可以逃命,修炼可以长生,仙家却有死劫,以及其他等等;
>
> 关于生活方面者,不食可以无饥,不衣可以无寒,行路可缩万里成尺寸,谈笑可由地室送到天庭,以及其他等等;
>
> 关于战斗方面者,风霜水雪冰,日月星气云,金木水火土,雷电声光磁,都有精英可以收摄,炼成功各种凶杀利器,相生相克,以攻以守,藏可以纳之于怀,发而威力大到不可思议。①

《西游记》以唐玄奘为主要人物,《封神榜》以周武王灭纣为演述题材,虽然缺乏真实性,多少有些依附。还珠楼主的神怪小说,完全脱离正史,完全用他自己的玄想为主,海阔天空,无奇不有,随意所之,怪不堪言。用神怪的范围作比较,《封神》《西游》犹属小神怪,《蜀山》《青城》才是大神怪。看过《蜀山》《青城》,觉得《西游》《封神》,笔墨的运用不够肆畅,玄想的幅度不够广远,法宝阵势的应用和布置不够新奇;总而言之,有些拘谨的感觉。……还珠楼主真是大手笔,从他的作品文气而观,一口气就是数万言一泻而下,确有长江大河,怒涛汹涌,奔流激荡的阔壮姿态,奇中逞奇,险中见险。那种荓荓苍苍森森浩浩的气息,在别部章回小说中,是不大容易觉察到的……②

从上述的评论中,我们就可以窥见还珠楼主的绝代才情,而这种才情会化为慧思妙语,渗透在他的散文书写中。

---

① 眉子:《论还珠楼主及其作品》,载(香港)《大成》第9期,1974年8月1日。
② 眉子:《还珠楼主的写作论》,载(香港)《大成》第10期,1974年9月1日。

第一节　散文书写的丰富

比起他的小说,他的散文并不算多,主要发表在天津的《天风报》上。在20世纪30年代《天风报》副刊《黑旋风》有一个专栏"还珠楼丛谈",发表了他的近80篇小品文字,目前,周清霖和顾臻先生经数年爬梳整理完成了《还珠楼主散文集》(香港天地图书有限公司出版,2014年10月),收录了丛谈的专栏文章和《微笑集》《文剪集》等其他散落的散文,从中基本上可见其散文小品创作的概貌。这些散文小品题材十分广泛,内容丰富,情趣盎然,是我们了解还珠楼主武侠奇幻世界的重要参考佐证。

还珠楼主的小品文内容上的主要特征就是见闻广泛,知识博杂。他成长的岁月自由自在,兴趣广泛,多务杂学,诸子百家无不通晓,佛经道藏无所不窥,医卜星相无不涉猎,最为喜爱的运动是登山,曾经"三上峨眉,四登青城",流连忘返,他的一位家庭教师兼"导游"王二爷,常常向他绘声绘色地描述那些美丽的神话传说,告诉他"攀峨眉,何处可望日出云海,何处可观奇花异卉,何处可赏朗月飞流,何处可沐林岚雾雨;上青城,何处揽胜最尽人意,何处探幽最饶野趣,何处驻足最富仙气……"①,造就了他对世界万物的趣味多多。这些都在他的小品文中表现出来了。他的小品或铺陈纪实,或游戏幽默,或抒情写意,或钩沉过往,从大街小巷到茶楼酒肆、妓院赌场、法院衙门、山林寺庙、孤岛原野等各处,笔下既有将军官宦,也有乞丐流氓、名伶神医、隐者高人等,无不生动鲜活。这些社会百态让还珠楼主的小品世界具有开阔的视野和丰富的内涵。

还珠楼主最为感兴趣的恐怕是军旅生涯了。他22岁就入伍从军,从1924年至1937年,先后进入西北军胡景翼、傅作义、宋哲元三将军的麾下担任秘书,所以小品中有大量文字都是关于当时时局军情的。虽然他有长达13年之久的军旅生涯,可是并没有得到重用而建功立业,所以在小品文中有很多文字写北洋军阀史事和将军轶事,以弥补内心从军报国、怀才不遇的遗

---

① 李观贤、李观鼎:《回忆父亲还珠楼主》,《人民日报·海外版》,1988年3月15日。

憾。他的丛谈中,曾有多篇写北洋名将远威将军徐树铮(字又铮)的,称赞其雄才大略,智勇双全,能够迫使外蒙古取消独立。显然,徐树铮就是他心目中的英雄偶像,比如《徐又铮轶事》《徐又铮与袁、段、徐之遇合》《徐又铮与吴子玉之遇合》《记徐又铮与张雨亭之遇合》《记徐张龃龉之杂因》《徐又铮与卢子嘉》《记徐又铮两广之行》等等,直接写道:"徐又铮将军,英姿卓挚,文武兼备。其挟数十从者,兵不刃血,平定外蒙,宣勤万里之外。轸忧未来,目光如炬。虽以同室操戈,形格势禁,垂成不世之功,败于环境;然其雄才大略,已为举世所推重。""徐才自天生,资禀特异,气体英健,餐必兼人,从不计及精粗。于书无所不读,记忆敏强,起居动作,悉有恒则。"①对徐将军佩服之至。对徐树铮其人,即使在通俗作家中,也有不同的看法,也曾有不少笔墨写他是个段祺瑞麾下的军师角色,赐以"小扇子"的绰号,但在还珠楼主笔下又是一种评介。2016年初出版了董尧的一套十大本的"北洋风云人物",在《徐树铮》一书的封面上,有一联语:"戎马书生,才高气傲埋祸根;营内拓外,乱世丛中载远威。"书中的主要内容是写他幼时有"神童"之称,弃笔后成为段祺瑞的"小扇子军师",将大半个中国玩弄于股掌之间,他有极强的才干,但为人骄狂,树敌甚多,最终惨死。收复外蒙古,徐树铮厥功至伟;国之动荡,徐树铮难辞其咎。在董尧的传记中这一两面性的评价,可与还珠笔下相对照。②

他对北洋各系将帅十分熟悉,将他们的音容笑貌、恩怨来历等外人难以知晓的内幕消息都一一道来,有根有据,颇有史料价值。如《记名将褚其祥》称赞褚其祥将军"文武兼备,幼怀大志",随徐又铮将军平定内外蒙古,有"丰功伟绩"③,不肯参加内战,同胞相煎。最后却魂归故里,令人扼腕,此为将军立传之文。《记少年飞将军石有信》则是一则有趣的轶事小品,当初石有信少年有为,被蒋介石委以重任,却在职时受压制,难以施展宏图,其兄友三邀请蒋介石观石有信飞机试飞,得以伸屈,但是最后还是不愿得罪同僚而赋闲,令人可惜人才无用武之地。《北洋之龙》记的是王士珍为袁效力的事情;《记杨宇霆》叹息杨宇霆年仅44就遭惨死,可惜其出众才华了;《记张勋复辟

---

① 还珠楼主:《徐又铮轶事》,《天风报》,天津,1935年2月22日。
② 董尧:《徐树铮》,中国言实出版社,2016年。
③ 还珠楼主:《记名将褚其祥》,《天风报》,天津,1932年12月23日。

始末》《记辛亥革命》《段幕两智囊》《记辛亥广水兵变》《辛亥杂忆》《国民第三军始末述略》《记广水撞车》《记秦皇岛截收军械始末》等都是此类。行伍之人的一些轶事传闻也是还珠楼主付诸文字的内容,比如《军棍贺喜》就是写前鲁督张怀芝的笑话;《吃洗三饭》则讲的是袁项城害怕无法当选总统,调各地文雅军官劝迫议员投票,待选出总统后三日请大家聚餐,被戏称为吃洗三饭。《记王占元》则干脆以王占元为例,揭露军界黑暗,暴敛横征无度。《记前财长闫泽溥》写的是东北军的前财长闫泽溥的发迹史。本来是一个商店掌柜,结缘认识银行界的孙仲山,替其到东北置产,挥霍巨亏不敢归去,在东北置洋房结交显贵,终于一步登天成为财政总长。后与张作霖经历火车被炸案而幸存,却在任银行总裁时丧生。此人一生就是一个腐朽军阀官员的缩影。《洪宪琐闻》《辛亥武汉轶闻补记》等都是相类的文字。

　　从这类文字中我们可以看出还珠楼主对于当时中国军系很是了解,一方面赞咏那些为国为民的英雄将士,一方面痛恨那些腐朽贪污的无能鼠辈,更是对社会的黑暗认识得非常深刻,其嘲讽意味也很强烈。这也是其小说中"奇幻英雄"和"魔界"情结的现实来源吧。

　　另一类小品就是各类志怪传奇的故事小品,令人称奇,如《说蛇》中描写在川黔交界的赤水河险滩上,有一条横跨两岸山巅、形如独木桥的紫衣大王巨蟒,绘声绘色,令人瞠目!《千山古刹中受戒之牲畜》写了山中古刹佛法高深,引来通灵牲畜猪、猫受戒的奇事;《深山杀熊记》写湘人马君入山探险游玩遭遇绝大之白熊的危险经历;《发变蛇》写一17岁少年染嗜油奇病,被一个由其父救助的游僧治愈,从口中引出一条误食头发而形成的小红蛇,十分怪异。《仙女》是类似《聊斋志异》中路遇美女带回家中的故事;《异镯》记录的是渔民雷某得一有蟹形的翠镯,带上后不能取下来,蟹形会动,被人称奇,一个外国人重金购买,只是必须等雷某死后才可得。《蓬莱异蛇》写的是一种毒性很强的蛇,"形如西瓜,不能爬行,头突出约三四寸,仿佛西瓜之蒂,潜身土内,不知以何为食,而毒特重,人无能近者,在丈以内相遇,即为其毒所中,周身发绿而死"①。此蛇只有用火烧对付,恐怖至极。《石岛奇鱼》写的是

---

① 还珠楼主:《蓬莱异蛇》,《天风报》,1934年12月13日。

一种名江的鱼,被视为守石岛之神,传说也很多,但都很荒谬。可是此鱼吃螃蟹的方法确实独特,作者曾亲见。由此,可见还珠楼主真是见多识广,所经历的奇异之事非常人能经历的。从这类小品中可窥其小说中的想象由来。

还有一些小品是写民风民俗传统艺术的。比如《斗鱼》写闽粤沿海一带的斗鱼游戏;《一撮毛》写出殡班头撒纸钱的绝技;《银蛋》写清军盗取银库的各类手法;《妙峰山》写庙会的风俗活动;《八角鼓》记录了清军的传统鼓戏曲目和演出惯例,文中保存了这一种传统艺术,实为难得,很是珍贵。《记北京泥人张与泥人黄》是记录泥人艺术的小品。北京泥质戏剧一幕下均藏有春宵图,"制绝工细,情景逼肖,尺寸悉中规度,眉目隐含荡意,生动欲活",而这类耍货的最佳作者泥人张"惟其人虽怀绝技,而性情古怪,面目可憎,谈吐尤粗鄙无状,索价奇昂,且不二价,故王公大人少与交易"。文章从作品引出作者,详细写了泥人张工作的情景,显示出其倨傲的性情。与之不能竞争的泥人黄,乃改制宫殿楼阁等静物,不做人物,"所制颐和园及宫殿全景,陈列一茶盘中,幅员仅一尺四五寸。黄砖绿瓦,凤阁龙墀,回廊曲槛,金鹤铜鹿,部位井然,着色如真,如从空中以照相机摄园中全景,无不逼似,真神工也"[①]。泥人张擅长人物造型,泥人黄擅长静物写真,两人性情也迥异,是中国传统艺人的具体形象,让人印象深刻。《山子张》记的是假山园林艺术家山子张的技艺,他能够自摆,进行创作,而不仅是依图摆石。《谈送客戏》聊的是满汉家中唱戏的不同,汉家唱戏自娱自乐,轻松快乐;满家唱戏为招待应酬,辛苦异常。满家戏无固定顺序,而汉家戏越到后头越精彩;普通送客戏完宾客一哄而散,旗人则要陆续离去,客不尽戏不停。可见,作者对于民间风俗和宫廷惯例等都很了解。《记茶》写的是中国人喝茶的讲究,从潮州到陕西,从铁观音到江郎茶,分别细数出种种特色,实在是行家里手。

而对于名人的生活还珠楼主也有很多了解和评价,比如《梁任公通缉老师》记录康有为参与复辟失败后梁启超同意通缉老师的态度。《徐志摩康桥艳遇》,就八卦出当时徐志摩和法国密斯的恋情,感慨道"可见一个人,对于

[①] 还珠楼主:《记北京泥人张与泥人黄》,《天风报》,1934年9月17日。

平凡的旧游之地,要是念念不忘,其中总有多少心痕影事啊"①,钩沉出徐志摩的名作诗篇的情感来历。《谈雪艳琴剧艺》则是评价雪艳琴的戏剧表演的。还珠楼主是戏剧内行,将名伶雪艳琴的《玉堂春》表演与其他名角比较,认为其扮相有男女之长而无其短,服饰得当,台步身段念白都有梅兰芳气概,声音运用自如独特,其最大成功"……厥为肚子宽、戏路广、多才多艺,青衣花旦,无所不能,而无一不精,且均有来历,兼能硬工,故其地位,女伶中无出其右者"②,评价很高。可以想见,还珠楼主对各类生活艺术的兴趣之浓,其艺术造诣之深,这与他是编剧能手有关。

谈社会时事人生百态的小品也有不少,《记刘喜奎》赞名伶刘喜奎嫁人之后安分守己的生活;《诗翁受窘》讥讽国难当头名流文士却沉醉于宴饮赋诗的行径;《记王秃子》叙述了一个粗俗不堪的补鞋匠混迹军队后勤供给而发家的过程,可见社会的黑暗腐败。《记殷焕然》写的是一个警界署长办案被牵连,不得善终的事情,揭露了官场的复杂黑暗。《周本德略述北京旧日赌局》中长篇叙述了北京赌局的种种行状,非常专业老到,难得一见,很有风俗史料价值。《清封》感叹官迷们在丧葬礼上炫耀其过去的辉煌家世的可笑无聊行径。《巧》则是讽刺财政部长孔庸的公子女儿的任性妄为,无视法纪。可见还珠楼主对于社会时事是非常关注的。

写景,对于还珠楼主实在不是难事,小品佳作堪称经典,比如《神峰灵桂》,写的是哀牢山,这里奇峰绝壁,花团锦簇,山水交映,宛若仙境,间或有猛兽吼啸之声回荡,一幅奇幻画面。文章有回目标题"哀牢山深处景色奇胜 身入绝壑忽闻桂花香",就是这篇文字的内容。因表兄有山水癖好,在入滇途中随高人探险游览了神山仙境,景色美丽非常,"……渐出雾中,立处乃一突崖,芳草如茵,碧山如染,间以杂花,珍禽往来飞鸣其间,若弄笙簧。俯视林壑幽清,峰峦灵秀,位列井然,皆在足下。中一青峰,独高耸剑立,峰半白云,环绕如带。云间平原至旷,上生老桂数十本,参天植立,几与峰平。繁花盛开,灿若金林。林际隐现亭舍,仿佛画中仙山楼阁"③。这里的文字极有画

---

① 还珠楼主:《徐志摩康桥艳遇》,《天风报》,1933年1月13日。
② 还珠楼主:《谈雪艳琴剧艺》,《商报游艺场》,1931年9月12、14日。
③ 还珠楼主:《神峰灵柱》,《天风报》,1944年1月1日。

面感,动静结合,角度多变,平视、俯视,近景远景结合,构建出一幅层次分明、色彩鲜艳的风景画卷。不仅文字表现得很有立体感,还在写景的时候加入了讲故事的悬念感,带他们探险的高人、苗族的导游、对神山的敬畏以及突然飘来的花香、又危立于绝壁的恐惧感等等,充满了神秘色彩,增强了文字的节奏感,让景色不再单纯,而是一种自然伟岸和景物魅力的展现,于是,奇景有了灵动之气韵,读来不忍掩卷,迥异于常规游记。读此,也就能想出其小说中那么多奇幻山水的由来了。

还珠楼主也有关于自己的文字,《自家一页》就是讲述自己的婚姻史的回忆之作。1931年秋,其岳父控告他拐带良家妇女,他被羁押看守所,同室难友互相扶乩问假仙吉凶,极为有趣。这就要说说他的传奇爱情了。当年他在天津大中银行孙董事长家做家庭教师时,与二小姐孙经洵有了师生恋,但董事长这个封建家长认为"门不当,户不对",竭力反对。于是孙经洵这位勇敢的女子毅然跟他离家出走。孙董事长一气之下竟诉诸法律,状告李寿民"拐带良家妇女"。法院为此事开庭,成了轰动津门的一大新闻。在法庭上孙经洵在众目睽睽之下,挺身而出质问原告:"我今年24岁,早已长大成人,完全可以自主;我和李寿民也是情投意好,自愿结合,怎么能说'拐带'?"颇有传奇性的喜结良缘。他的成名作也是缘于他当时结婚要钱,刚好天津的《天风报》急需一部武侠长篇连载。经人介绍,李寿民就以"还珠楼主"的笔名为《天风报》撰写《蜀山剑侠传》。由于这部长篇连载,报纸发行量成倍增长,还珠楼主从此欲罢不能了,甚而至于从事专业写作。到1937年七七抗战,还珠楼主已名噪京津。这篇小品文就是自述此事的。小品大部分篇幅叙述的是在羁押期间和难友们的交往,不仅描述了羁押所在地的种种生活情况,如普通牢房和优待牢房的不同,还将各个难友的心理和案情都有所呈现,他们最后均告无罪释放。从中我们可以看到当时司法体制的拖延和低效率状况,更可以感受到社会的黑暗。小品交代后来自己的幸福生活,感慨万千。

小品本杂,还珠楼主的就更为博杂,他谈饮食,写有《回锅肉》一文,将回锅肉的品鉴和制法详尽道来,还讲了庚子年间慈禧太后逃亡途中,怀来县令吴永妻为西太后制回锅肉的故事,让这一民间菜品有了很多的文化的趣味,其实,这只是一种对故乡的思念之情的抒发而已,然而有人挑刺,认为其用料有问题。为此,他专门写了信《答四川人》和《之乎者也……》一文,回复了四川人关于此文中回锅肉是否用青韭的问题,可见中国人对于吃的认真态度,也实在有些可笑了。《福鹅楼食谱》则是很专业地介绍金银肉、李公鸡、砂锅豆腐、荠菜荷包豆腐、四乾炒什锦丁、福建肉松红糟鸭和烧辣鸭子的菜谱,从中看出这种"家常菜"实在不家常,是阅历与经验的产物。这类富有生活气息的小品很有实用价值,可以按图索骥,拿来一试。《满洲八旗之沿革》介绍了清朝设旗的来龙去脉,将清朝的内务机构、军队设置等一一说明,把满族入关后的民俗发展演变写得非常详尽,包括衣着、经济来源、饮食,甚至专业乞丐的来历等等,指出现在已无满汉之分了。其实,这篇小品写的是一个民族的演变史,具体可感,既有史料的严谨,又有生活的趣味,很吸引读者。《谈射》介绍了射箭技术的各种问题,姿势、弓箭的大小长短、学习的方法等等,以响应提倡武术的号召,重整尚武风气。《有轨电车》讲的是德国人发明的载客汽车。可见还珠楼主涉猎之广。

正是这些复杂传奇的人生经历和各种广博的见闻以及涉猎的广泛,加上非凡的想象力,形成了还珠楼主的宏大奇幻的小说世界,表现出一种具有超越与抗争精神的生命哲学,也为我们保存了相当多的社会风俗资料和时代史料。

第二节 超凡的艺术表现力

还珠楼主艺术修养深厚,吟诗作赋都很出色,小时候他就是一个神童,3岁开始读书习字,5岁便能吟诗作文,7岁能写丈许大对,9岁作《"一"字论》,洋洋洒洒五千言。因此,他的文字表达有非常深厚的功底,小品文字俊雅流利,行文酣畅淋漓,汪洋恣肆,潇洒奔放,其小品的文字非常有艺术感染力,主要是因为他的小品文字带有极强的叙事特征,以小说笔法来写小品。他观察细微,写人状物生动异常,令人难忘。如《记旧都飞贼捻儿长》,短短百余字,塑造了名捕郭某和飞贼捻儿长两个鲜明形象。捕快观察细致,经验老到,饮酒时从飞贼踏雪浅痕就判断出其武功高深,带名镖师将飞贼擒住,然而在飞贼逃脱之后自伤其目,不再为官。此人既恪尽职守,又通达世事,性情洒脱,简直有名士之风。飞贼捻儿长则行动迂缓,掩人耳目,只盗取王孙贵族宝物,可见是一个侠客。其武艺高强,踏遍九城,毫无痕迹,最后即使被伤腿入狱戴重刑具,还是越狱逃去了。作者很会讲故事,"时岁暮苦寒,积雪厚数寸,郭赴……买醉,见同座一人,状殊温文,指爪长数寸许,形态懒缓,众皆以捻儿长呼之"①,寥寥几笔就从容细致地画出了两人的见面场景,两人的性情特征皆跃然纸上,实在令人佩服其文字功夫。

他的小品不仅注重刻画人物形象,更注重营造悬念气氛。如《发变蛇》中僧人救治少年的过程,少年被倒挂在梁上嘶号,惨不忍闻,翁家人不知真相,欲破门而入,令人紧张;待到久不闻声音,以为被治死,愤怒破门而入,才见结果,写得跌宕起伏,扣人心弦,情节引人入胜。

他的小品显得开阔大气,爽朗俊逸,有雄健之风。还珠楼主的文字表达多用浅显文言文,显得非常古雅明丽,流畅自如,表现力很强。写景状物,惟妙惟肖;叙事干脆利索,层次分明。比如写《石岛奇鱼》,形象是"色作淡黄,形如虾米,足长而密,约百余根,其细如线,尚有细刺吸盘,伏浅水中,专以海蟹为食,其凶猛。普通体大如碗,足长四五尺。中有最大者,体长亦只尺余,而其足长达丈许,谓是守石岛之神",读来可以将其画到纸上,颜色、大小、形状、粗细等都非常明确生动;写其动作,"……每与海蟹相遇,先以其足为饵,伸其一二,任蟹吞吃。至足将吞尽,乃将全身之足,如万缕同抛,齐搭蟹壳之上,即由吸盘内喷出一种涎质,将蟹吸住。微一伸缩间,蟹壳即被揭起,徐徐享受"②。鱼吃蟹的这个过程寥寥数笔就如在眼前演示,动作顺序是"先……至……乃……即……"一气呵成。动词"伸""吞""抛""搭""喷""吸""伸缩""揭起"非常准确地将两个动物的动作呈现出来,用"微""同""齐"等把动作幅度限定,"徐徐"之态更是从容不迫,优势尽显。真是妙绝! 无一字多余,无一字可缺。

由是可知,还珠楼主是一位对生活、对社会、对自然都有着独特生命体验的作家,其小品散文,比小说更为直接地表达出了他对于世界的体悟认知。对于我们认识其人、其小说的奇幻世界都有着非常重要的意义。

---

① 还珠楼主:《记旧都飞贼捻儿长》,《天风报》,1933年1月22日。
② 还珠楼主:《石岛奇鱼》,《天风报》,1934年12月13日。

第四章　张恨水的散文小品

第一节　创作概况

张恨水(1895—1967)，安徽潜山人，原名心远，恨水是笔名。他被尊为现代文学史上的"章回小说大家"和"通俗文学大师"第一人。他的小说作品情节曲折复杂，结构布局严谨完整，将中国传统的章回体小说与西洋小说的新技法融为一体，引人入胜，广为流传。他更以作品多产出名，创作了一百多部通俗小说，其中绝大多数是中、长篇章回小说，总字数三千万言，堪称著作等身。正是因为其小说的盛名，遮掩了他的其他文学创作而不受关注。其实，他长期从事新闻工作，主编过多家报纸期刊，发表过大量散文，天南地北，上下古今，天上人间，信笔写来，涉笔成趣，至情至性，表现出独特的人生追求和审美趣味，但是海量散文多散落于当时的报刊上，结集的只有《水浒人物论赞》(重庆万象书屋，1944)和《山窗小品》(上海杂志公司，1945)。

张恨水散文创作第一个时期是1924年5月和1925年2月主编北京的《世界晚报》副刊《夜光》和《世界日报》副刊《明珠》之后，在发表大量新闻文字的同时也发表了大量文学散文，其中主要系列有1934年5月西北之行后的《西游小记》系列小品，1937年8月在上海《旅行》连载的《白门十记》系列等，1936年他自己创办的《南京人报》也发表了大量作品。第二个时期是抗战爆发后他任《新民报》主笔兼副刊主编，有《忆南京》系列小品，1941年底开始在《上下古今谈》专栏上每日一文，发表大量散文，直至1945年12月3日。这个专栏就有百万字上千篇的创作量，此期还有回忆北京、南京的系列散文

《两都赋》以及《蓉行杂感》《华阳小影》等系列散文。第三个时期是抗战后以北平《新民报》副刊《北海》为主要发表园地的系列散文《东行小简》《还乡小品》《北平的春天》《山城回忆录》《文坛撼树录》等,40年代有《写作生涯回忆》在《新民报》连载,50年代有《京沪旅行杂志》在香港《大公报》连载。之后还有《西北行》《我的写作和生活》等创作。其散文创作量巨大,难以确定其具体的创作数量,据估算大概有近千万言,其内容涉及生活的方方面面,取材广泛,选题宽泛,政治、经济、文化、道德、时尚、风俗、世态、人情等几乎无所不包,这些丰富的生活内容,被张恨水这样一位具有传统文人气质、文学根底极深的作家表现得具有相当的艺术感染力。这些散文反映了当时的社会风貌和变迁,为我们留下了非常多的珍贵社会历史资料,同时也清晰地显示出作家自己的思想变化和生命轨迹,为研究张恨水其人其文提供了宝贵的参考资料。

张恨水的散文作品从内容性质上大致可以分为新闻时评和小品散文两大类,这里我们论述的是他的小品文,时评类另撰文论及。当然这只是大致粗略的划分,主要是为了研究的方便。他的小品散文从容典雅,既有诗画之美,有平和冲淡的隐逸之风,同时还可以在这类清谈中清晰地感受到寄寓于寻常生活街景闹市之中的忧国忧民的家国沧桑之感,可以说,他的散文具有中国传统文人气质的士大夫的家国情怀和生活情趣。

在张恨水小品中有一大类是游记。他辗转大半个中国,去过很多地方,对于北平、南京、上海、重庆、安徽乃至西北都有考察的文字。他的游记,有回忆性的感怀抒情,比如《湖山怀旧录》就是在1929年6月至8月写的文言文回忆性游记,忆及西湖、黄山、金陵、庐山等地的山、水、雾、竹、花鸟等美景和风物,意境优美,超凡脱俗;也有游历过程的记载,意境开阔,富有情趣,如《西游小记》,是发表在1934年9月—1935年7月上海《旅游杂志》第8卷第9期至第9卷第7期上四万字的陕甘地区的旅游笔记,意在调查西北民生疾苦,"而其内容,着重于旅游常识,俾为将来西北游者,略作参考。间以风土穿插之,以增阅者兴趣而已"[①]。记载了从郑州到洛阳、潼关、华阴、渭南、长

---

① 张恨水:《西游小记》,徐永龄主编《张恨水散文》(第一卷),安徽文艺出版社,1995年,第35页。

安、兰州等地的旅行路线和各种相关信息,游览了包括华山、华清池、白马寺等名胜古迹,也有各种风土人情的记录,是非常详尽的旅游笔记。前者文字雅洁简练,充满诗情画意,如这段写庐山瀑布三叠泉,"其第一叠,如一幅白练,从天而下。声若洪雷,下击山石,石绝坚,水激倒射,大者如雪团,小者如甘霖,分飞四散,坠绕盘石而去"①,将瀑布的形、色、声、态绘声绘色地呈现于眼前。后者文字朴实流畅,个性率真,富有情趣。比如由洛阳到潼关,"到这里,我开始觉得有一种烦腻了。其实,我真是少见多怪,假使要继续的往西走,比这更困苦的地方,那还多着呢"②,把旅行的辛苦心情淋漓尽致地表达出来了。这些游记有很多是当时民俗民风的真实记录,既有文学价值,也有史料价值。

第二节 创作特色

首先,张恨水的散文小品有着传统知识分子忧国忧民的情感,最为突出的一个特点就是有"时代风骨",具有很强的社会责任感和现实性,无论是杂感还是记游、回忆等都和现实生活有着千丝万缕的联系,具有凝重深沉的民族忧患意识和使命感,兼带着正直清高的人格特色。他的散文小品总是抒社会之情,写现实之景,正如他自己在《写作生涯回忆》中所说的:"我的游历,是要看动的,看活的,看和国计民生有关系的。我写出来,当然也是如此。这种见解,也许因为我是新闻记者的关系,新闻记者是不写静的,死的事物的。"③关注社会现实,表现市民生活,是他的一种追求。比如随便谈论秋日,便想到天气冷了,"这些失业者吃还没有,衣哪里来?"④《还乡小品》中《码头工人》写还乡时自己在码头被工人敲竹杠,实因工人"久饥亦当变为恶狼",从反衬中透视出时局政治的黑暗,把民不聊生的社会情景写了出来。

---

① 张恨水:《湖山怀旧录(三十三)》,徐永龄主编《张恨水散文》(第一卷),安徽文艺出版社,1995年,第27页。
② 张恨水:《西游小记》,徐永龄主编《张恨水散文》(第二卷),安徽文艺出版社,1995年,第51页。
③ 转引自徐永龄:《张恨水散文创作述略》(代序),徐永龄主编《张恨水散文》(第一卷),安徽文艺出版社,1995年,第7页。
④ 张恨水:《秋风起矣》,徐永龄主编《张恨水散文》(第二卷),安徽文艺出版社,1995年,第14页。

《秦淮河没了书卷气》写出了世风日下的感受;《街头画像》则直接点明"安庆遭敌八年创伤,劫后人民,了无生气"①,控诉战争的罪恶;《芦柴产米》更是令人气愤,官府在非产米地收购大米,劳民伤财。这些小品通过观察生活细节,写出了对社会的不满,宣泄着愤怒而无奈的情绪。《贱邻》描写的是一对相依为命的赤贫母子的生活,佣妇周嫂的家,破败不堪,"所谓家,实窠也。……建筑悉为草茎与叶。……四壁茸茸然,颠倒如破衣者,为高粱之秋秸,窠无窗,……窠无门……",此家污秽难闻,"吾真不解其母子何以能坦然于此也?"②可见当时的贫民生活的状况。《贵邻》则勾画出另一种富贵人群的生活,专卖局长家,建筑华丽,生活奢靡,是战时发国难财的新贵暴发户。《猪肝价》则通过猪肝的价格变化反映出时局变化,指出是那些发国难财者哄抬了物价,控诉他们的罪行。《忍也忍也》记叙了种种难以忍受的生活细节,比如米中夹杂稗子谷,难以下咽,邻居鸡群拉粪脏污不堪,穿不舒服的补线袜,读无聊的文章,物价飞涨度日艰难,有家难归思亲难见,世风败坏等等,这种种的痛苦只能忍!可见当时的生活的艰辛。于是,公教人员为了生活,开始《养鸡》《种菜》,虽然饱受劳作之苦,然而也还是失败,纵有千般自嘲的味道,终究还是因穷而做,反映了当时生活的困苦无奈。《路旁卖茶人》《吴旅长》都是诸如此类,不胜枚举。

张恨水不仅从自己的生活中来反映社会,也极其关心同情社会下层市民和农民的生活,在其小品中总是表达着一种非常真切的悲悯情怀。《农家两老弟兄》《冬晴》等小品都表达了这种情怀。《忆车水人》《耙草者》通过回忆故乡农民的夏日劳作情景,将车水工和耙草工的辛苦劳作与富贵人士的清闲生活进行了对比,"试想,此味与坐重庆洋房中,开电扇饮冰水意境如何?"③表达了对于农民苦难的深切同情,而对于富贵人士、达官贵人则是表达了反感厌恶之情,进行各种嘲讽。由此可见,张恨水对社会现实的关注和爱憎分明的情感表达。这当然和作者的平民化思想有关。如在《对照情景》一篇中,描写冬日下雪之时穷人与富家子两种截然不同的生活境遇,"当满

---

① 张恨水:《还乡小品》,徐永龄主编《张恨水散文》(第一卷),安徽文艺出版社,1995年,第272页。
② 张恨水:《贱邻》,徐永龄主编《张恨水散文》(第二卷),安徽文艺出版社,1995年,第280页。
③ 张恨水:《忆车水人》,徐永龄主编《张恨水散文》(第二卷),安徽文艺出版社,1995年,第332页。

城风雪,街道入荒凉世界时,街旁羊肉火锅馆,正生意鼎盛。富家儿身拥重裘,乘御寒轿车,碾街上积雪作浪花飞,驰至门首。掀棉门帘而入,则百十具铜火锅,成排罗列店堂中,炭烟蒸汽,团结半空,堂中闷热不可当,亟卸皮裘,挽艳装少妇而趋入雅座。此等店门悉以玻璃为之,内外透视。则有窭人子身披败絮,肩上加以粗麻米袋,瑟缩门下,隔玻璃内窥,冀得半碗残汁。而雪花飞粘其枯发上冻结不化,银饰星缀。视其面,则紫而且乌,清涕自鼻中陆续渗出。同为人子,一门之隔,悬殊若是"①。这种细致的现实风貌描绘给予人强烈的视觉震撼力。哀民生之疾苦,叹世道之日非,根本就不是那种风花雪月的言情情调,而是迥异于我们对通俗作家的不食人间烟火的印象的忧国忧民的精英意识,可见他所具的社会责任感之强烈。

其次,张恨水的小品通过对现实生活的描写,表达出一种豁达生活态度和超然的生活情趣。《山窗小品》是1945年出版的一组记录张恨水抗战时期在大后方四川重庆客居生活的文言小品,"乃时就眼前小事物,随感随书,题之曰山窗小品"。② 短小精悍,取材于生活琐事,茅屋的短案、野外的虫鸣、廊下的小溪、结红果的小灌木、一根手杖、一件马褂、种菜、买鸡、养鸡的经历,山村野景、农民的谈鬼闲聊、往事回忆等等,既呈现出战时当地的生活窘困状态,又传达出面对苦难的那种坦然和坚强,更令人动容的是在贫困生活中的淡然精致的生活情趣。

开首篇《短案》写了自己窗前案几的凌乱,与昔日家中讲究的长案不可同日而语,显现出此时生活的局促,然而案上有"在乡采的野花,常纳水于瓶,供之笔砚丛中","抑笑主人之犹能风雅也"。③ 这种在战时贫困生活中仍然保有的一种优雅的生活情趣,表现出作者那种荣辱不惊的从容生活态度。《野花插瓶》也是此类表达。《待漏斋》写房屋漏雨的遭遇,"妇孺争以瓦器瓷盆接漏,则淙淙铮铮,一室之中,雅乐齐鸣"。作家在生活中"搁笔小歇,听此雅乐而哑然,山窗小品,即多以此乐助兴而成也"。不仅如此,还"忽得奇想,

---

① 张恨水:《对照情境》,徐永龄主编《张恨水散文》(第二卷),安徽文艺出版社,1995年,第319页。
② 张恨水:《山窗小品·序》,徐永龄主编《张恨水散文》(第二卷),安徽文艺出版社,1995年,第256页。
③ 张恨水:《短案》,徐永龄主编《张恨水散文》(第二卷),安徽文艺出版社,1995年,第258—259页。

即裁尺纸,书'待漏斋'三字以傍吾门"①。即使上当受骗,也一笑了之,而无愤怒之态(《愚贩》)。面对生死,也是乐观豁达,《埋葬》从曹操的七十二疑冢谈到刘伶的旷达、袁子才的未能真忘生死,表明了自己笑谈生死的乐观。这种洒脱的人生态度,使他的小品文字充满了平和之态,而富有各种生动的情趣。与周作人的平和冲淡相比,没有那种苦涩,多了许多活泼的兴致。

第三,张恨水的小品文字具有雅致飘逸的冲淡之美的同时,更有丰厚耐品的美味。这自然是源于作者本身的旧学根基,也是他的个人气质和审美情趣的表现。他有深厚的古代散文修养和较为平静安逸的文人心情,明清笔记小品和公安性灵小品的文学观念对他影响也很深,这些让他的散文充满了闲适散淡的趣味。登山览胜就有思古幽情(《建文》);雾起就有朦胧美(《雾之美》);信步可赏红霞斜晖(《晚晴》);见苔藓就有咏苔诗句而赏苔、忆苔(《苔前偶忆》);玩跳棋就要红袖添香之乐(《跳棋》)。这种对于生活的享受是典型的文人趣味,有情有趣,"情"是传统文人的生活之情,"趣"是士大夫阶层的审美趣味,生活中的各种事物在审美的眼光过滤后,都呈现出一种浓浓的美感。比如《鸡鸣声中》写夜深人静,各种声响纷至沓来,品味"然将明未明,生气滋生,有足寻味者"。从瘦鼠爬行声、床上辗转声、夜半风声、豚叫声、脚步声、狗叫声、鸡鸣声到自己起床开窗,"遥见山头黄月半轮,带巨星两三点,沉沉欲坠",邻人早餐,灶火隔溪可见,"'夜阑闻远语,月落如金盆',不足尽此情调也"。② 寥寥数语道来,丰富的声响和黎明的节奏,意境在品味中呈现,顿有美感。

张恨水的小品最为有特色的就是结尾处常有妙笔,让人回味无穷。《金银花》在描述金银花之美后,询问匠人搭支架费用,竟然要耗费半月收入,感慨要赏花只是美梦一场,结尾的喟叹和花儿带来的情趣两相对照,让人怅然若失。《苔前偶忆》结尾则说少时像袁枚一样闲院赏苔,被父亲训斥为"没出息"。三十年过去,雨下见苔忆起往事,喟叹"余固深负父之期望,真个没出

---

① 张恨水:《待漏斋》,徐永龄主编《张恨水散文》(第二卷),安徽文艺出版社,1995年,第277—278页。
② 张恨水:《鸡鸣声中》,徐永龄主编《张恨水散文》(第二卷),安徽文艺出版社,1995年,第275页。

息也"①,让整篇文章顿生唏嘘感慨和思念之味!让人忍不住要再读一遍,寻觅其中情感的线索,品味细节的意蕴。《昼晦》在描绘雾雨连绵苦闷之后的结尾,感喟"余于是知风雨如晦,转不如沉沉长夜犹可藉灯烛之光也"②。这让人自然想到时代氛围而百般品读其中的意味。结尾的画龙点睛,常常增加了小品的内涵,引人深思。日常司空见惯的场景到了他那里,便幻化出了浓厚的诗意趣味,再加上结尾的历史兴亡之感怀,令人回味无尽。

张恨水的散文小品的语言也富有特色。他的散文之所以长期受到批评家的忽略,在现代文学史上没有得到关注,大概是因为其小说创作过于杰出而被淹没在小说的盛名之下,还有一个原因就是他的小品有不少是以文言语体写成,有别于现代作家所惯用的白话语体。其实这种浅易文言,接近白话文,摒弃了古文的深奥艰深,却带有极强的古典诗词意境,汲取了古典散文的典雅凝练,在遣词造句上更有灵活性、表现力、节律感,形成了一种冲淡雅致的语言风格,显示了他对传统小品文学的传承,其艺术风格既有现代白话文的流畅又有传统语言的含蓄简洁,既旧且新,值得我们重新认识。且看这段文字:

"焦山之景,不以山胜,而以水胜。不以观水胜,而以听潮胜。凭栏注视,波浪翻涌,直奔眼底,如身在舟中。但小坐山阁,下,不见长江,则波浪冲击,山石雷鸣,鼓碎声。山上松涛起落,龙吟虎啸声。山谷回响,断山残雨声是真是假,亦有亦无,又令人如坠大海,不能久坐。忽然清磬一声,自树林中又传来,始知身在山上。使欧阳修金圣叹来此,则《秋声赋》讫《口技》两篇,当能多所借助,渲染更有声势矣。"③

短短文字,开头点明"听潮"为景区胜景,然后细细描绘潮声的起伏变化和周边的松涛、残雨等,衬托潮声层次分明,加上形态感受的描画,犹如一幅

---

① 张恨水:《苔前偶忆》,徐永龄主编《张恨水散文》(第二卷),安徽文艺出版社,1995年,第304页。
② 张恨水:《昼晦》,徐永龄主编《张恨水散文》(第二卷),安徽文艺出版社,1995年,第302页。
③ 张恨水:《湖山怀旧录(十四)》,徐永龄主编《张恨水散文》(第一卷),安徽文艺出版社,1995年,第12—13页。

听潮图。作者多用短句,节奏整齐而急促,富有音乐感,简单的一个"下",就把视线转移到江水,"始知"把听潮者陶醉感写出,而且结尾还借名人欧阳修金圣叹的名著来点评形容,加深了文字的艺术感,因此显得此段文字典雅细腻,声色形态俱佳,短短百十字就将一处胜景写得形象生动,可见其表现力非同一般。这类文字在张恨水的小品中随处可见,其语言功力之深厚可见一斑。

张恨水的散文小品,表达了一位传统文人对于国事家事的关注,抒发了在当时的各种思虑情绪,写景状物,细致入微,生动形象,语言典雅从容,艺术风格闲淡平和,不愧是一位散文大师。

第三节 《两都赋》

张恨水的小品笔触之细腻婉约,趣味之丰富深厚,文字之清新飘逸,可称得上是精致佳品。在此,我们以《两都赋》来分析其小品艺术魅力之所在。

1938年初,张恨水在重庆参与张友鸾任总编辑的《新民报》的工作,埋首致力于写作。异乡客居的战时贫困生活,让他常常思念于过往曾经居停过的北平与南京这两个故都,生出了悠然神往之情,遂用文字来表达了那种魂牵梦绕的思念,写出了《两都赋》。

《两都赋》包括26篇千字小品文,均用日常的浅浅清谈式的白话娓娓道来,回忆南北两旧都的风土人情、日常生活、四季风景、街巷市井等等,虽是分篇讲述,但其实是一部完整的城市记忆,将那种忆往昔的惆怅感在斜阳衰草、断井残垣中表达出来,有种浓浓的历史沧桑感。这其中16篇写北平,表达出作者对于北平古老文化习俗的留恋,"为了北平人的'老三点儿',吃一点儿,喝一点儿,乐一点儿,就无往不造成趣味,趣味里面就带有一种艺术性,北平之使人留恋就在这里"[①]。北平的"金鱼缸""莲花灯""果子市""小住家儿",还有那深深的胡同、冰雪北海、陶然亭、故宫、温暖的铁炉子、斑驳树

---

① 张恨水:《奇趣乃时有》,徐永龄主编《张恨水散文》(第一卷),安徽文艺出版社,1995年,第182—183页。

影、烤肉吃食、市井叫卖等都带着北平特有的醇厚民风和传统氛围;"北平令人留恋之处,就在那壮丽的建筑,和那历史悠久的安逸习惯"①。而南京城北的空旷萧疏、清凉古道、古巷、茶博士等富有古老诗意,带着一种历史沧桑和幽思意味亦令他痴迷。

文章的题目都是富有诗意的五字诗句或者四字词组,如"翠拂行人首""乱苇隐寒塘"等,非常用心地营造出一种诗词意境。行文中更是如诗如画的行歌,写杨柳:"在南京城里……就会觉得扬子江边的杨柳,大群配着江水芦洲,有一种浩荡的雄风,秦淮水上的杨柳两行,配着长堤板桥,有一种绵渺的幽思。而水郭渔村,不成行伍的杨柳,或聚或散,或多或少,远看像一堆翠峰,近看像无数绿幛,鸡鸣犬吠,炊烟夕照,都在这里起落,随时随地是诗意"②;写寒塘,"我在北平将近二十年,在南城几乎勾留一半的时间。每当人事烦扰的时候,常是一个人跑去陶然亭,在芦苇丛中,找一个野水浅塘,徘徊一小时,若遇到一棵半落黄叶的柳树,那更好,可以手攀枯条,看水里的青天。这里没有人,没有一切市声,虽无长处,洗涤繁华场中的烦恼,却是可能的"③;写石像,"在一抹斜阳之外,骑驴回去,走上荒草疏林,路边一对一对的大翁仲,拱着大袖子,抱了石笏,对你拱立。他不会说话,但在他的面容上,石痕斑剥,已经告诉你五百年前,他已饱经沧桑了。假如您是个诗人,是个画家,是个文人,这一次你就不会白跑"④。在张恨水的笔下,北平之琉璃厂、陶然亭、松柴烤肉、大碗凉茶,南京之中山陵、鸡鸣寺、椒盐花生、铺子烧饼,林林总总都充盈着清淡秀雅诗画般的古典意境,而"我心里有一首诗,但我捉不住她,她仿佛在半空中"(《风飘果市香》),又透露出闲情逸趣中的怅然。

跟随张恨水漫步徘徊在六朝故都南京的古巷里,感受白门柳的清凉,到扬子江边兜风,在秦淮河听曲儿,在老万全喝啤酒吃地道的南京菜,但是《碗底有沧桑》,思念友人……在北平,跟随他到琉璃厂淘旧书,看陶然亭的芦花

---

① 张恨水:《年味忆燕都》,徐永龄主编《张恨水散文》(第一卷),安徽文艺出版社,1995年,第219页。
② 张恨水:《白门之杨柳》,徐永龄主编《张恨水散文》(第一卷),安徽文艺出版社,1995年,第173页。
③ 张恨水:《乱苇隐寒塘》,徐永龄主编《张恨水散文》(第一卷),安徽文艺出版社,1995年,第195页。
④ 张恨水:《翁仲揖驴前》,徐永龄主编《张恨水散文》(第一卷),安徽文艺出版社,1995年,第185页。

白,听故宫的暮鸦叹夕阳,在福隆寺的夜市上品瓜果飘香,在老胡同的四合院里种植花木……都难以掩饰那种抗战时期的苍凉与苦难感。比如每每在文中的结尾有这样惆怅的文字,如"星光下两棵高入云霄的老槐,黑巍巍的影子,它告诉我那是家。我念此老人,我念此槐树,我念那满天星斗!"①"这样,这巷子更显得着幽深了,这里虽没有一棵树,一枝花,及任何风景陪衬,但我在这里徘徊了二十分钟。"②"当年雨中雄峙三层高楼的中央医院,不知现在如何? 又是重阳风雨了!"③"不过在故宫前,看到夕阳,听到鸦声,却会发生一种反省,这反省的印象给予人是有益的。所以当每次经过故宫前后,我都会有种荆棘铜驼的感慨。"④诸如此类的感慨与抒情总是勾起人们无限遐想,充满今昔对比的家愁国恨和深深的留恋之情。这样在闲适悠然的叙事中陡然点睛,言近旨远,将小品的意境扩大,由个人感悟提升到家国忧思的层面,不尽之意趣与无限之惆怅自然融合,其文妙趣顿显,品味之余韵悠然。较之梁实秋、老舍等的小品相比,张恨水的小品文字虽没有那种博学诙谐,而以沉郁、冲淡、端庄取胜。

除了这种清新如画的幽思意境之外,张恨水的小品还充满了真诚的情感,爽直率真的个性也毫无掩饰。比如对于北平的爱,他叹曰"住家,我实在爱北平!"(《影树月成图》)⑤,"说到江,我最喜欢荒江"(《江冷楼前水》)⑥,"铁炉子呀! 什么时候,你再回到我的书房一角落?"(《春生屋角炉》)⑦,这样的直抒胸臆在他的笔下很多。论及两都,态度很公允,"……北平以人为胜,金陵以天然胜;北平以壮丽胜,金陵以纤秀胜,各有千秋"(《窥窗山是画》)⑧;就是对一些道德问题,他也直接坦然面对,"我们别假惺惺装道学,十个上夫子庙的人,至少有七八个与歌女为友,不过很少人自写供状罢了。南京的歌女,是挂上一块艺人的牌子的,他们当然懂得什么是宣传。所以新闻记者的约会,她们是'惠然肯来'。……我们多半极熟,随便谈着话,还是'舄履交

---

① 张恨水:《归路横星斗》,徐永龄主编《张恨水散文》(第一卷),安徽文艺出版社,1995年,第187页。
② 张恨水:《顽萝幽古巷》,徐永龄主编《张恨水散文》(第一卷),安徽文艺出版社,1995年,第193页。
③ 张恨水:《入雾嗟明主》,徐永龄主编《张恨水散文》(第一卷),安徽文艺出版社,第197页。
④ 张恨水:《听鸦叹夕阳》,徐永龄主编《张恨水散文》(第一卷),安徽文艺出版社,1995年,第199页。
⑤⑥⑦⑧ 徐永龄主编,张恨水著:《张恨水散文》(第一卷),安徽文艺出版社,第213页,第214页,第215页,第210页,第177页。

错'。尽管良心在说,难道真打算做个'《桃花扇》里人'？但是我没有逃席"(《日暮过秦淮》)①,将与歌女的逢场作戏以率真坦白的文字写出,直言无讳。坦荡的生活态度和真诚的情感让他的小品充满了个性魅力,而无矫揉造作之无病呻吟的文字。

  浅淡的文字是情感的自然流露,读张恨水的小品文字,总觉得醇厚耐品,情趣盎然,《两都赋》是也。

  读张恨水的小说,我们会手不释卷,深感其引人入胜、兴味盎然,但他在小说之外,其实也矗立着一座散文小品的丰碑！

---

① 徐永龄主编,张恨水著:《张恨水散文》(第一卷),安徽文艺出版社,第213页,第214页,第215页,第210页,第177页。

十二 通俗文学作家的时评杂感

（黄 诚）

引 言　　429

第一章　反对帝国主义,追求爱国进步　　432
　　第一节　声援爱国学生运动　　432
　　第二节　抨击帝国主义侵略罪行,高扬爱国主义精神　　438
　　第三节　提倡"商战",抵制帝国主义经济侵略　　449

第二章　批判民国黑暗政治,呼吁现代政治文明　　454
　　第一节　声讨帝制复辟,坚持共和政制　　454
　　第二节　痛斥官场贪腐,呼吁清正廉洁的政府　　462
　　第三节　谴责军阀乱政,建设安定和平的政治环境　　475

第三章　关注民生疾苦,充当平民喉舌　　482
　　第一节　关注衣食住行问题,体察细民疾苦　　483
　　第二节　关注底层弱势人群,体现人道主义　　489

第四章　通俗文学作家时评杂感的文体风格论　　498
　　第一节　传统文体的活用与新体式的探索　　498
　　第二节　市民化的语言　　509

引 言

中国现代杂文自来有两条脉络：一条是以鲁迅为代表的新文学杂文，他们以先进的知识阶层为读者对象，通过政治批评和社会文化批判，践行着国民性改造和思想启蒙的文化追求。另一条则是通俗文学作家作为报人时，发表在副刊言论栏目的大量时评杂感，他们以市民大众为主要读者，通过与中下层市民能相通的语言，对清末至1949年的政治生活和日常生活进行批判，既呈现出市民大众的政治文化理想，又体现出通俗文学作家作为报人时所表现出来的社会良知和作为市民喉舌的一面，展示了通俗文学作家杂文别具一格的特色。

被称为"鸳鸯蝴蝶派"的不少文人是具有"双重身份"的，第一重身份是作家和文艺刊物的编者；第二重身份是"新闻工作者"，但那时他们自己通称为"报人"，其实这才是他们的"职业"——"主业"。如严独鹤是《新闻报·快活林》（后改名《新园林》）的主编；周瘦鹃则是《申报》副刊《自由谈》和《春秋》的主编；毕倚虹、李涵秋、包天笑是《时报》副刊《小时报》主编；陈景韩是《申报》副刊《自由谈》和《时报》副刊主编《小时报》主编；王钝根是《申报》副刊《自由谈》和《新申报》副刊《自由新语》的主编；张丹斧是《商报》副刊《百货陈列所》和《大共和日报》副刊《附张》的主编。这些大报销量极大，如《新闻报》号称日销二十万份，《申报》日销十五万份，在当年的上海乃至全国具有极大的影响力。与此同时，他们除进行"业余"文艺著译之外，还担任杂志主编，如严独鹤为世界书局主编《红杂志》《红玫瑰》和《侦探世界》等刊物；周瘦鹃为大东书局主编《半月》《紫罗兰》《紫兰花片》和《新家庭》等刊物；王钝根则主编《礼拜六》《自由杂志》《社会之花》《游戏杂志》等；包天笑主编《小说时报》《小说画报》《小说大观》《星期》等刊物。无论就编报纸副刊和杂志，或是进行著译，他们心目中的主要读者对象是都市的广大市民大众，但这两重身份对他们而言，职能也是有较大区别的，或者说两种身份还有各自的分工。就创作与所编的文艺性杂志来说，他们的主要职能是侧重为普通市民大众的业余"休闲"服务，当然这其中也有"寓教于乐"的成分。周瘦鹃曾引用美国消闲杂志的畅销与流行来支持自己编通俗文艺刊物主要就是提供娱乐休闲读物的观点：

> 吾友程小青言，尝闻之东吴大学教授美国某博士，美国杂志无虑数千种，大抵以供人消遣为宗旨。盖彼邦男女，服务于社会中者綦夥，公余之暇，即以杂志消闲，而尤嗜小说杂志，若陈义过高，稍涉沉闷，即束之高阁，不愿浏览矣，是故消闲之小说杂志充斥世上，行销辄数十万或竟达百万二百万以外，若专事研究文艺之杂志，则仅二三种，行销亦不广，徒供一般研究文艺者之参考而已，即英国亦然。著名之小说杂志如《海滨杂志》《伦敦杂志》等，亦无非供人作消遣之品。有《约翰伦敦》周报一种，为专研究文艺之杂志，销数无多，海上诸大西书肆中竟不备，余尝以往叩之，苦无以应，寻得之一小书肆中，因订阅焉。据书肆中人告予云，此报海上绝无销路，每期仅向英国总社订定二册，一归一英国老叟购去，一则归君耳。观于此，则可知欧美人专研究文艺者之少矣，返观海上杂志界，肆力于文艺而独树新帜者，亦不过一二种，足以代表全国，其他类为消闲之杂志，精粗略备，俱可自立。①

但当他们办报纸副刊时，态度就不同了。副刊是报刊的一个组成部分，因此他们就对当前的社会热点或国家大事，必然要多加观照，于是就往往能成为平头百姓的政治舆论导向。严独鹤在谈如何编好一张副刊时，总结了他编副刊所抓住的三个要领："其一是每期须有一篇好的短文（言论）；其二是须有一幅好的漫画；其三是须有一部好的连载。唯有如此，方能相得益

---

① 周瘦鹃：《说消闲之小说杂志》，载《申报·自由谈》，1921年7月17日。

彰,吸引读者。"①而严独鹤的所谓"言论"的内容则是"取材则上自时政大事,下至市井琐闻,皆为市民所切切关心者"。② 而且每当世界或国内政坛出现大变故时,他们的言论就会变得非常关注时政大事。往往在副刊的头条,就用杂感文体配以精彩的漫画议论时政或抨击弊端。在他们所编的副刊中"鸳鸯蝴蝶"之类的文字或许大多表现在连载小说中,而"一篇好的短文"和"一幅好的漫画"主要用来讽喻时事或关心民生。

"这篇好的短文",就是时评杂感。他们亲自撰写和组织时评杂感,痛斥帝国主义侵略,声援爱国运动;抨击官场议会腐败黑暗,挖掘政治与社会问题背后的制度性弊端,呼吁现代政治文明;他们关注民生,关心弱势群体,反映市民社会文化生活的诉求;表现出爱国进步的一面。时评杂感作为报纸的固定专栏,几乎每天都有,伴随整个民国始终,可谓时长量巨;作者如陈冷、包天笑、周瘦鹃、严独鹤、天虚我生、张丹斧、张恨水、王钝根、李涵秋、毕倚虹等,皆一时之选,质量多有保障。如此质高量大的时评杂感,是现代杂文史上不可忽视的存在。其题材内容,文化立场,文体特征,皆与新文学作家杂文不同,代表着现代杂文史上另外一脉。因此,研究通俗文学作家的时评杂感,无论是通俗文学史,还是现代杂文史,都有重要价值。

新中国成立后,鸳鸯蝴蝶派作家作为"逆流"被扫进了历史的垃圾堆。其文学文化价值一直被遮蔽。改革开放以来,通俗文学逐步进入学界的研究视野,其文学价值逐步为学界所认可。囿于主客观原因,目前通俗研究主要集中于其小说研究,而通俗文学作家报人身份及对其时评杂感的研究尚处起步阶段,与其文学史、文化史地位极不相称。为此,本文拟从通俗文学作家的时评杂感入手,考察题材内容,考辨其文体特征,发掘其作为报人时所展现出的社会良知、市民喉舌的一面,评估其在现代杂文史上的价值和贡献。

---

①② 严祖佑:《父亲严独鹤散记》,《严独鹤杂感集》,上海远东出版社,2009年,第458页。

第一章　反对帝国主义,追求爱国进步

通俗文学作家生于灾难深重的近代中国,目睹或者是深刻体味过外国侵略给中国人民带来的无穷苦难:国土残缺,经济困苦,饱受歧视,沉重的外债,租界的耻辱。爱国思想从小就在他们心中埋下了种子。他们多受儒学教育,讲气节,谨守民族大义。因此,他们在抗战时,能捐弃前嫌,与新文学作家一起,发表《文艺界同人为团结御侮与言论自由宣言》;抗战爆发后,他们宁肯改行或者饱受饥寒,也拒绝做汉奸。作为报人,他们的爱国反帝行为更多地体现在他们充分利用副刊专栏阵地,发表时评杂感,声援爱国学生的运动;呼吁积极备战,反对帝国主义入侵;提倡"商战",抵制帝国主义经济侵略。

第一节　声援爱国学生运动

学生是爱国运动的先锋。在学生的反帝爱国运动中,通俗文学作家积极运用其作为新闻工作者的有利条件,借助媒体的力量,用手中的笔,声讨帝国主义及其代理人,支援学生爱国运动,最明显地表现在五四运动。1919年5月4日,北京爆发了旨在拒绝合约,反对日本侵占青岛的五四爱国运动。5月6日,陈冷(景韩)即在专电中得知军警"伤人……解散大学以及以军法处置所捕学生等事",谴责政府"不当专于压抑",而"当计有益于国"地"善为处置"学生诉求,"勿自蹈隙,转资人利"[①],呼吁当局与学生一致对外,

---

① 冷:《申报》,1919年5月6日。

不许镇压学生,造成政府与民间的对立,助长日本的侵略气焰。5月7日,陈冷在《时评》和《自由谈之自由谈》上连发两篇文章,指责政府解散大学和严惩学生的罪行。他斥责政府将解散大学作为"绝源法"以平息学潮的做法是"无识"的,"若谓其源出于大学,则所有人者,皆为人类,其事出于人类,亦能尽人类而解散之耶?"他指出用军法处置学生是无视"法有界限"的"径情直行",是滥用法律的不当行为。他建议政府要善用民气"而范围之",将学生的爱国热情作为"国家兴盛之基"。5月8日,陈冷揭露政府惩办游行示威来"摧残教育,是诚政府自杀中国之策也";逮捕学生进行严惩,是"毁国家之根本,以与一二人报仇泄恨",是无"国家观念之政府"的恶行,"国人必共弃之"。① 虽然北洋政府和帝国主义的恶行步步加深,但是陈冷更显理性。他指出"欧洲和会之始所谓公理之战胜也,所谓密约之废弃也,所谓弱小国之权利也,所谓永久和平之同盟也",在实际结果面前,不过是谎言而已,因此,"求助于人者,终不能有所成。自作其孽者,终不能幸免。我国人今日,唯有返求诸己而已矣。国人不自弃之,谁能夺之者,国人必欲得之,谁能阻之者,若不能自谋自助,而欲望诸人,则终归于空想而已",看清了帝国主义的真面目,认识到必须自救才能救亡,他号召"国人其自奋!"②因此,他踏踏实实地反思国民性,希望国民能"真确恒久","勿自欺勿取巧,勿见小利,勿求近功,平平常常,而以切切实实发挥之",达到"如是国民性,未有不占最后胜利者"。③

与陈冷的冷峻不同,作为踏着五四鼓点登上副刊舞台的周瘦鹃,一开始就以极大的热情,来讴歌五四爱国反帝运动。1919年5月11日,他在《新申报》副刊《小申报》上发表《教训》,支持爱国学生火烧赵家楼、痛殴章宗祥的义举:"曹汝霖住宅被焚,章宗祥被殴受创,凡吾国人之稍有血气者,无不拊掌称快。或谓曹失以住宅,曾不损其毫末,章被创不死,亦不足以快人意。予曰:此次之事,不必言快意,第谓吾国人对于外交上授一种强有力之教训可矣,今而后,衮衮诸公,有昧良忘国者乎?请记取曹汝霖家中之一场火,章

---

① 冷,《时评》,《申报》,1919年5月8日。
② 冷,《时评》,《国穷而匕首见》,《申报》,1919年5月9日。
③ 不冷,《自由谈》,《申报》,1919年5月8日。

宗祥身上之一顿打!"①希望爱国学生的义举让卖国贼们长教训。5月12日,他又发文,驳斥曹汝霖章宗祥家书联合起诉学生之说为荒谬,"夫曹章媚外,通国皆知,国人皆曰可杀";"须知此次之事,实为四万万国民之公意,彼少数学生,特为国民代表而已,敢问曹章之家属,其能控告四万万国民,而尽置之法乎?"呼吁曹、章两家家属"知大义……曹章之父,首宜去此二子,通告全国,略谓不肖子某某,昧良通敌,罔顾大义,某等爱国心切,不愿更以国贼为子",则曹章之父从此不朽②。爱国学生彭云峰因"觅曹汝霖未得,殴章宗祥不死,郁恨之余,遂致发狂",周瘦鹃赞扬彭云峰之狂,"为君子之狂",由分析彭君发狂缘由将批判的矛头指向"国事日非,世风日下"③的中国现实。他进一步联想到波兰由亡国而复国的历史,"其国人断脰沥血,百折不回,冀于劫灰中觅自由,……国虽亡,而国魂犹未亡也"。只要国魂未亡,国即不亡。而五四学生作为中国的"贤子孙横戈奋起,加以拯拔"的爱国之举,则不啻是"在上者习于颠顶,在下者耽于荒嬉"的中国大招国魂之举,于是周瘦鹃高呼"国人乎,曷兴乎来!"④共振爱国魂!除讴歌学生的爱国义举外,周瘦鹃还不忘礼赞广大群众的爱国热情。他们"为爱国潮流所激动,颇能一致对外,虽牺牲心力金钱,一无所恤"。即便是如人力车夫,他们虽目不识丁,亦能高唱爱国。他们的义举羞煞那些空谈爱国实则卖国的大人先生!⑤

五四运动洪波潮涌上海,上海的劳工商界学界罢工罢市罢课,掀起广泛的群众运动声援五四运动。此时已经成为《自由谈》见习主笔的周瘦鹃,自6月4日至9月28日,一共发表了14篇《见闻琐言》,像时事追踪报道一样,报道各地的爱国义举,揭露军阀政府对五四爱国运动的镇压。6月4日他以五九生为笔名报导上海的"三罢"爱国运动:

> 自从五月九日以后,大家闹着国耻纪念。说我们该永远把"五月九

---

① 鹃:《教训》,《小申报》,《新申报》,1919年5月11日。
② 鹃:《呜呼!曹章之家属》,《小申报》,《新申报》,1919年5月12日。
③ 鹃:《狂》,《小申报》,《新申报》,1919年5月14日。
④ 鹃:《国魂安在》,《小申报》,《新申报》,1919年5月24日。
⑤ 鹃:《可怜之小民》,《小申报》,《新申报》,1919年5月29日。

日"四字刻在心上,不可忘却。我说很好,就起了个别号,叫做五九生,借着做个国耻纪念的纪念。……前天上海二万多个学生在公共体育场上替北京大学殉难的烈士郭钦光开追悼会,十分悲伤。我说一样一个人郭钦光死了,就有这二万多双眼睛中为他落泪,要是章宗祥一死,恐怕要有四万八万多个脸儿上显出笑容来咧。①

这是周瘦鹃在《自由谈》上的第一篇时评,此后,声援爱国运动,特别是对爱国学生运动支持,就像一根红线贯穿于他的时评之中。6月8日、6月9日,他连续报道了上海商界的罢市和北京军阀政府对学生运动的镇压。"上海竟罢市了。华界租界中大大小小的商店,都一起关上了门,停止营业。……医学家说:病人临死的当儿,神经昏乱了,往往要发一种死物狂。……我说眼前北京政府的举动不是很像死物狂么?一上日间平白地拿了一千多个热心爱国的好学生,似乎要坑死了他们才罢。"(6月8日)"罢市已一连三天了。昨天我见许多商店的门上都在贴着'不去国贼不开门''不诛国贼不开市'的纸条儿。……我听说几天来北京学生因为拿得太多了,没有这大监狱容纳他们,就把个大学法科做临时监狱。我说何不把个北京城改造一所天字第一号的大监狱。先把北京学生和附和学生的小百姓一齐拘禁了起来。第二步就把通国罢课的学生、罢市的商人也一网打尽,都去关在这大监狱中,四面用二十万兵马团团围住,绝他们的饮食,瞧他们生生饿死,岂不爽快?只可惜没有这魄力罢了。"(6月9日)6月10日,他对镇压学生的情况做了总体报道,点名道姓地抨击了六个国贼:"从五月四日以来,要算是中华民国全国学生的受难时代,被拿的被拿,被打的被打,也有被刺伤的,也有被饿得半死的,你们看北京、天津、武昌、南京、上海,那一处没有这种事?……学生们将来痛定思痛,千万不要忘记这几位大恩人:第一个是段芝贵,第二个是王怀庆,第三个是吴炳湘,第四个是王占元,第五个是王固磐,第六个是徐国梁。"6月11日,他在《自由谈》上"为北京幽囚学子作"小说《晨钟》。他按语中以"七年前之上海民立中学学生周国贤"这一学名的身份表

---

① 五九生:《见闻琐言》,《申报》,1919年6月4日。

达了对被捕学生诚挚的敬意:"夜深寂坐,悲愤煎心。起草斯篇,聊以自慰。北望燕京,祝诸君无恙,并遥致最诚挚之敬礼于诸君之前。"在小说中他肯定五四运动的伟大意义:像"晨钟"一样"唤大家牺牲一切,救这可怜的中国",是"少年中国的福音"!周瘦鹃不仅在《自由谈》中报道五四,而且用白话载体发表了小说《亡国奴之日记》和《卖国奴之日记》。他表白了写前者的动机:"尝忆十年以前,英国大小说家威廉·勒苟氏草《入寇》一书,言德意志之攻入英国,全国尽陷,虽凭理想,几同实录。夫以英国之强,苟氏尚复发为危辞,警其国人。今吾祖国之不振如是,则此《亡国奴之日记》又乌可以不作哉?"①此书不仅热销五万多册,而且有许多学校指定为课外读物。在《卖国奴日记》中他痛斥曹汝霖、陆征祥等的卖国行径,语多激烈,当时没有出版社敢印,他于1919年6月自费出版。他的爱国主义的热情在这桩桩件件中得到了充分的展示。

"自由之鹃"啼血在前,"快活之鹤"自然不甘落后。严独鹤6月6日在《快活林》上发表的第一篇"谈话"是《同胞听者》:"对于日人说,我们虽然抵制他,却须举动文明,万万不可和他们发生冲突……就是要坚决到底,万勿暴动,请诸君牢牢记着。"6月7日严独鹤的《留心假冒》说得更明白:"本市商家罢市,秩序仍旧丝毫不乱;爱国学生,并且各人佩着布带,执着小旗,都写着'万勿暴动'的字样,帮同街警,维持秩序……都道有某国人扮着中国学生装束,在路上故意吵闹殴打,或是抛砖掷石……简直是要借此肇事,嫁祸于学生。"6月9日程瞻庐更用老百姓喜闻乐见的《上海罢市新摊簧》的形式,说明文明抵制的重要:"矮子肚里疙瘩多,时时刻刻使诡计,有人轧在人丛里,口出不逊挑拨倪,顶好我倪起暴动,耐末俚笃出仔好生意,打坏一个东洋蹩脚生,索起赔偿宛比银行里厢大伙计;打破一爿东洋糕饼店,索起赔偿就是几万几千几百几,所以俚笃挑拨倪,奉劝诸位终要耐耐气,倘若不耐气,就要中诡计……所以暴动两字大家才要避一避,……终要文明抵制有秩序。"既要坚决抵制,抵制到底,又要文明抵制,他们的文章始终关注将民众的爱

---

① 原载《瘦鹃短篇小说》(上册)中华书局1918年版,转引自范伯群主编《周瘦鹃文集》(第1卷),文汇出版社,2010年,第109页。

国热情引导到正确的路径上去。

在"五卅惨案"中,通俗文学作家亦似五四当年一样,有力地声援了爱国学生的反帝运动。1925年6月1日,周瘦鹃在他的《三言两语》专栏中立刻做出反应:"地上一抹一抹的血痕,被一夜雨水冲洗去了,但愿我们心上所印悲惨的印象,不要也和血痕一样淡化。"这让我们自然而然地想到,他同样显示了像叶圣陶《五月三十一日急雨中》的满腔悲愤。

但是从6月2日起由于稿挤的缘故,《自由谈》与《快活林》都暂被停刊了。6月2日《新闻报》头版第一条广告:"今日本报,快活林及艺海均暂行停刊。"直到8月5日,该两刊复刊时还只能间日刊登。同样,《自由谈》也到8月5日才复刊,复刊第一天头条周瘦鹃在《三言两语》中就重提"五卅":"砰砰的枪声,红红的血痕,孤儿寡妇们热热的眼泪,哀哀的哭泣。这是我们中国民族史上所留着的绝大纪念,任是经过了两个多月,已成陈迹,而我们的心头脑底,似乎还耿耿难忘吧!《自由谈》销声匿迹,已两个多月了。如今卷土重来,满望欢欢喜喜的,说几句乐观的话。然而交涉停顿,胜利难期。在下在本报上和读者相见,只索得'流泪眼'望'流泪眼'罢了。"周瘦鹃悲愤之情溢于言表。他还在《半月》上创作短篇小说《西市辇尸记》,控诉帝国主义分子在"五卅"枪杀我无辜同胞的罪行。在《快活林》复刊的第一天,严独鹤的《小别重逢之一席话》中也表达了与周瘦鹃一样的情感。而"小记者"(严谔声)则在《五卅运动中之珍闻》中除报道罢市情况外,还有非常令人注目的两段话:"五月三十日在南京路流血而死者,闻以同济学生尹君为最惨。尹被弹后,初不觉,仍高立演讲;第二弹洞其胸,仍未觉也,演讲如故;至第三弹中脑,始仆地而绝,而口中则仍演讲未断也。""巨商郭某之子名世泽,肄业于徐汇中学,惨案既起,世泽颇所奔走。其父爱子甚,急召回,羁之一室,使不得出。世泽愤闷甚,乃索阅报纸,其父许之,阅报方两日,世泽竟受大感触,乘家人不备,吞毒物以死。此事外人知者鲜,以郭某禁其家人宣泄也。"小记者为我们补报了两则五卅时的英勇事迹。尹姓同学是伟大不屈的中国青年的标帜性人物;而郭世泽则是"生在连爱国也不自由的家庭,毋宁死"。郭某之爱子实乃"害子",他可能感知杀子的凶手中也有他的一份。

第二节 抨击帝国主义侵略罪行,高扬爱国主义精神

除支持爱国学生运动外,每当面临民族危亡,通俗文学作家总是大声疾呼,抨击帝国主义的侵略,呼吁民族团结,提振国人爱国热情,是反帝爱国不可忽视的力量。

一 痛斥分裂势力,维护边疆稳定

民国成立伊始,帝国主义即趁乱分裂中国。俄国人支持外蒙分裂势力,制造外蒙独立事件。1912年10月30日,热庐就发表文章指责外蒙分裂势力,倡言民族团结:"汉满蒙回藏,五族共和,何辉煌。蒙人独立,实自戕。既自戕,安能强。君不见朝鲜已沦没,又不见俄国如虎狼。遭虎狼,多哀伤,天欲无言泪浪浪。"①面对帝国主义的侵略行为,通俗作家没有停留在消极哀伤上,而是指出,瓜分危机亦是万众一心、精诚团结的救国良机,如果"国民乘此良机,舍旧恶,去私心,从公义,勿为无理之争,和衷共济,力图振作,或者民国振兴之兆,其在此乎?"②首先,他们谴责俄国与蒙古反对势力的分裂行径。俄国"持强权,背公理",步日本之后尘,师吞韩之故智,以施于蒙古,造成蒙古分裂,承认其独立,"且托词保护之矣,我不能不恨其暴"。③他们抨击活佛昏聩,"做了共和罪人"。④ 其次,他们批评政府的妥协主和的外交政策,驳斥对战必亡的论调。王钝根认为俄蒙的问题之根源,在于"政府因循坐误"。他们杜撰杨戬调土地到蒙古被拒的神话故事,借土地之言告诫政府:正是因为政府的软弱,以致"蒙古的土地,不亡于满清,却亡于民国"⑤。他们要求政府将俄蒙和谈的条款公之于众,惩办政府中的投降卖国派:"苟有不利于我中华土地人民者,我同胞岂宜承认? 当先起而首惩政府之罪,再以实

---

① 天哭:《自由谈话会》,《申报·自由谈》,1912年10月30日。
② 配寒:《自由谈话会》,《申报·自由谈》,1912年10月31日。
③ 瘦菊:《自由谈话会》,《申报·自由谈》,1912年11月5日。
④ 不详,《申报·自由谈》,1912年12月24日。
⑤ 热庐:《自由谈话会》,《申报·自由谈》,1912年12月3日。

力征库可也!"①他们揭露俄国人改约行动中包藏的祸心,提醒政府不要上当:俄国的改订条约,不过是改俄库私约为中俄协约,俄国不仅没有丝毫损失,反使得俄库私约合法化了。②他们还告诫政府,如果外蒙协约告成,就等于承认外蒙独立,使得东亚均势破坏。俄蒙的分裂把中国逼到了亡国之边缘。面对俄蒙的分裂行径,"战或不必亡,不战则未有不亡",③因此,和谈不是选项,积极备战方是救国良策。再次,他们为未来的征蒙战争积极献策。他们认为军饷问题和严冬天气是我军的软肋,进而提出以北军出战,南军驻防北省的战略。最后,他们用笔记录了广大民众的爱国之举,宣传爱国主义热情。汉口某巨商之女将嫁,她慨然曰:"祸召瓜分,不有国,焉有家,厚此妆奁何为?请移充军饷!"毅然将嫁妆移作征库军费。汉口药材帮川商,认捐征库军饷八百元。油业帮自十五号起,每担油抽一百文助饷。铜业帮每月每人抽工钱五百文助饷。就连泥瓦匠水果帮粪户,也慷慨解囊。④香港的海滨码头小工,捐集一万五千元,作为征蒙经费。⑤烟台富人因俄国侵略蒙古,遂相率向俄银行提取存款。王钝根看到此情此景,不禁赞道"呜呼,谁谓我同胞无血性耶?"并指出,"不守公理之诸强国,其威权足以制吾政府,不足以制我国民",⑥国民的爱国热忱和行动,才是中国不亡的根本。

二 反对"二十一条",维护国家主权

1915年2月25日,周瘦鹃从《大陆报》得知日本将兵临中国,迫使中国承认"二十一条"。他深感忧虑,发出自己的爱国之思,拉开了通俗文学作家大规模反对"二十一条"的序幕:

> 强邻侮吾,肆为要求,昨阅《大陆报》柏林消息,谓强邻政府,将称兵吾境,迫吾承诺,不达目的不止。果尔,吾国亡无日矣。嗟夫,国势阽

---

① 息影庐:《自由谈话会》,《申报·自由谈》,1912年12月1日。
② 百根:《申报·自由谈》,1912年12月8日。
③ 袁琴鹤:《自由谈话会》,《申报·自由谈》,1912年11月2日。
④ 不详:《国民爱国史》,《申报·自由谈》,1912年12月21日。
⑤ 不详:《申报·自由谈》,1912年12月6日。
⑥ 钝根:《申报·自由谈》,1912年12月6日。

危,于斯为极!正贾长沙痛哭流涕之日,非信陵君醇酒妇人之时。愿吾国人,其各兴起,毋再醉生梦死,置国事于弗顾。瘦鹃无状,虽未能执干戈以卫社稷,然而吾笔未髡,必为祖国稍尽其绵力。兹特辑欧美爱国丛谈十篇,汇刊于《自由谈》上。半为自己旧作,半为诸文家著述(都已散见当年各杂志)。统名之曰:《为祖国故》。少缓,尚拟选译西国敌忾救国之说部,以勖吾国人。俾知彼西人之如何爱其祖国,资为镜鉴,急起直追,他日者,或能使吾庄严灿烂五色之帜,猎猎风翻于凯歌声里,使彼野心国,弗谓泰无人,是则吾所以一瓣心香日夕祷诸国人者也。大中华民国四年二月二十有一日,瘦鹃识于怀兰室。①

这篇《为祖国故》写作后,除周瘦鹃外,国人纷纷投稿,介绍古今中外爱国英雄的爱国义举,歌颂他们的爱国主义精神,激励国人的反日热情。不仅如此,通俗文学作家几乎对"二十一条"的中日交涉作追踪报道,既声援政府争取民族利益,又监督政府,更声讨日本帝国主义,为民族争自由。2月26日,王钝根号召大家,无论过去做过什么,只要能保卫国家,抵御外侮,就是民族功臣,这简直就是一个通俗文学作家版爱国民族统一战线:

> 有能卫我国家,御外侮者,我虽为之执贱役,亦所甚愿!
> 有能卫我国家,御外侮者,其人虽为我私仇,我当从此以后敬之如神明!
> 有能卫我国家,御外侮者,其人虽与我平素政见不合,兹以对外故,当竭力助之!
> 有能卫我国家,御外侮者,其人虽为凶残暴横之悍将,今以对外故,当捐弃旧恨,祝其成功!
> 有能卫我国家,御外侮者,其人虽平日不修细行,流荡无赖者,以对外故,当以极尊重之礼,敬其救国之义!
> 有能卫我国家,御外侮者,其人虽为胡匪马贼,今以对外故,当同视

---

① 瘦鹃:《为祖国故》,《爱国丛谈》,《申报·自由谈》,1915年2月25日。

为国家之功人!

有能卫我国家,御外侮者,其人虽为平素刻薄之守钱虏,今以助饷杀敌故,我当崇拜之!

有能卫我国家,御外侮者,虽倾我所有财产,亦所不惜!

有以暴力思灭我国者,其人虽极文明,我必视为仇敌!

有以暴力思灭我国者,虽有世界第一之学校,我不愿受其教育门外!

有以暴力思灭我国者,虽有极优美之商品,我必顾而之他!①

这份宣言中,号召全体国民放下昔日私仇,捐弃不同政见,掉转枪口,一致对外。这是对民族危急存亡之秋发出的最沉痛呐喊,也包含着最深沉的爱国主义热忱。

他们向国人陈说利害,痛斥醇酒妇人者的醉生梦死,激发国人的爱国心。"今日何日,乃强邻威逼,我国家危急存亡之秋也。务望我同胞群策群力,为政府外交之后盾。幸勿日事花天酒地,要知覆巢之下安有完卵。我堂堂中华,至于今日,被人侮辱至此,有不奋然起者,非人也!"②这背后是既有哀国人之不幸的叹息,又有怒国人之不争的愤恨!面对日本人的步步紧逼,时时恫吓,他们积极主战,警告政府放弃对日和谈的幻想:"呜呼,以吾政府之苦心孤诣,力求和平,而犹不免于战耶?或谓日本要求之苛厉,不啻城下之盟,与其不战而即以战败国自处,毋宁一战!"③面对政府的避战求和,王钝根号召国民起来,坚持抵制日货,与日本进行经济上的持久战:"若能持以坚忍,历久愈进,则他日必得美满之结果,不啻战胜疆场,使敌人俯首听命于我国旗之下也。"④

为了积极筹措爱国经费,他们鼓励国人积极捐输救国储金。他们肯定国人的捐输救国的热情,救国储金倡议一经提出,捐助者源源而来,足见爱

---

① 钝根:《自由谈话会》,《申报·自由谈》,1915年2月26日。
② 商界小子姚长庚:《为祖国故》,《申报·自由谈》,1915年3月10日。
③ 钝根:《自由谈之自由谈》,《申报·自由谈》,1915年3月12日。
④ 钝根:《自由谈之自由谈》,《申报·自由谈》,1915年3月30日。

国志士大有人在。他们一面赞叹那些国民中最贫困的乞丐,赞扬"尚知国家存亡,将其每日化来之钱,送至中国银行,作为救国储金"。① 他们另一方面批评那些将"大好之金钱","消磨于无益之用"的那些"醉心花天酒"的大人先生们,希望他们"早日回首,共起救国!"②在救国储金中,部分守财奴散播谣言:"吾一人不捐,五千万元之数,不因之而不足,吾捐数元,区区之数,要无济于事。"东亚恨物怒斥此种谬论:"夫聚沙成塔,积少成多,五千万元至巨之数也,岂少数之人所能凑足哉! 所望将来达到豫定之数者,必吾国民人人各尽捐输之义务,而后可也!"劝大家消弃这种错误念头,捐助储金,尽国民责任。③

5月7日,日本下达最后通牒("哀的美敦")。通俗作家号召国民"各尽其能",共同反击日本无理要求。他们要求政府武力抗日,"与其逐条承认而亡,毋宁与之一战而亡,盖战而亡,政府亦可以对吾人民,吾人民亦不致怨政府"④。除了呼吁之外,陈冷还将中国在对外交往中一再受挫的原因指向中国国民性。他发表《国民,尔毋忘五月七日之哀的美敦乎?》一文,告诫大家必须好好反省国民性,日本的"哀的美敦"施于中国,究其因在于中国的"弱",而国民的"自私自利,自暴自弃,自怠自惰而已矣。自私自利,自暴自弃,自怠自惰者,弱之原也"⑤。

民间的救国热情与政府的消极妥协形成强烈的对比。政府屈从于日本压力,作出让步,同意了日本的部分条款,出卖了国家民族权益。这种行径大失民众所望,深深刺痛了民众的爱国心。他们痛斥政府"日言自有把握,不伤国体",却是敷衍民众,结果"竟俯首帖耳,承认亡国之条件"。⑥ 面对交涉失败,他们怒斥执政者对于日本的态度"恰似孝子事亲",贻笑于世界诸国,更怒斥政府衮衮诸公自甲午失败以来,二十四年间"燕居颐养",惟知"含垢忍辱,苟安单膝",不思进取,以致今日之败。虽然对政府失望,但是他们

---

① 永年:《自由谈之自由谈》,《申报·自由谈》,1915年4月27日。
② 梁溪飞尘:《自由谈之自由谈》,《申报·自由谈》,1915年4月13日。
③ 东亚恨物:《自由谈之自由谈》,《申报·自由谈》,1915年4月17日。
④ 佚名:《自由谈之自由谈》,《申报·自由谈》,1915年5月10日。
⑤ 冷:《国民,尔毋忘五月七日之哀的美敦乎?》,《申报》,1915年5月12日。
⑥ 志民:《自由谈之自由谈》,《申报·自由谈》,1915年5月14日。

绝不悲观。他们号召稍存国家思想的同胞,大家继续努力,积极开展"储金救国,罄其财力提倡国货",对日本帝国主义开展经济持久战。[①]

除了《自由谈》诸子积极展开反对"二十一条"的斗争外,李涵秋也在《大共和日报》附张等副刊上发表抵制文章。相对于《自由谈》文章的严正性,李涵秋则是以游戏文章的方式出之,自然别具一种风格。5月9日,"二十一条"被披露报端,引起了国人的震怒。李涵秋发表了《记客谈爱国犬事》《记梦瓜》等一系列文章,揭露袁政府的卖国行径,呼吁国民抵制日本侵略。在《记客谈爱国犬事》中,他以主客问答体,讲述狗在听友人讲述"二十一条"时的反常表现,并解释其反常的原因:"适与君谈论交涉,犬伏于侧,挥之不去,是关心时事也。闻东人之欺我,则跳跃怒吼,是欲食强敌之肉也。闻君以抵制彼货为对待方法,则摇尾乞怜于吾两人之前,作欢迎状态,是赞成斯举,深望吾辈之实力进行也。友曰:然则齿咬伪童手,又何说乎?仆曰:此盖恶其贮食之碗,来自东洋也。"[②]进而发出这样的慨叹:"有善必彰,又恶必揭,是吾辈报界之天职也,虽然人不爱国,而犬爱之,世之不爱国者,能毋愧与?"以人不如狗,来怒骂袁政府卖国之无耻兼职禽兽不如。

6月18日,他在《五月五日全国宜举行庆贺说》中以反讽的笔调指出政府以和平手段向日本乞怜,是导致"二十一条"交涉失败的主因,斥责政府对外屈服的外交表现。[③] 6月29日,他写下《记梦瓜》,以瓜喻中国,以群蝇喻列强,以守圃老奴喻袁政府,怒斥"群蝇""营营扰扰者,日夕飞翔于其上,游息于其间,无不羡瓜之甘美,冀其剖而分食之"的险恶祸心,指责袁政府"于此瓜不甚爱惜,尝任小虫,丛集其上,不思驱除之法"的不作为甚至卖国的丑恶嘴脸。[④]

1916年5月10日,他写下《国耻纪念日宜举行提灯会说》,指出设立国耻纪念日的必要性:"五月九日为中日交涉解决之期,而一般爱国人民,咸具悲观,深痛主权之丧失,特以是日为国耻纪念日,亦犹日人以是日为国庆纪念日以示永远不忘之意云尔。"进一步提倡在国耻纪念日举行提灯会之类的

---

① 燕汀:《申报·自由谈》,1915年5月14日。
② 涵秋:《记客谈爱国犬事》,《大共和日报附张》,《大共和日报》,1915年6月3日。
③ 涵秋:《五月五日全国宜举行庆贺说》,《大共和日报附张》,《大共和日报》,1915年6月18日。
④ 涵秋:《记梦瓜》,《大共和日报附张》,《大共和日报》,1915年6月29日。

活动,提醒国民毋忘国耻,因为"吾国人民,志在酣嬉,而不知自惕也久矣,此次外交失败,断送主权,吾民未尝不痛政府之无能,一时引为大辱",但是"过此以往,仍复梦死醉生,其脑筋中所有国耻二字,已澌灭不复存在"。① 在这里,李涵秋认识到容易"健忘"麻木的国民性才是国家羸弱的原因,因此提出以举行提灯会之类的活动,来提振民气,改造国民性的设想。牢记国耻,警醒国民,一直印刻在李涵秋的脑中。1922 年 5 月 9 日,他还不忘写出《爱国鸟》,借布谷鸟叫声之"快快布谷",呼吁国民"快快救国"!②

三 谴责日寇罪行,赞扬抗日义举

近代以来,中国民族危机步步加深,至抗战时期,达到顶点。面对日寇侵略,通俗文学作家当然是同仇敌忾的。他们坚持民族气节,决不投敌卖国。周瘦鹃、严独鹤在敌伪控制《申报》和《新闻报》之后也就愤而与报馆脱离了关系,周瘦鹃还上了日本宪兵队的黑名单,严独鹤则因他发表大量抗日言论,而收到过夹有子弹的恐吓信,还有人送了他四盆鲜花,说花下的肥料是人的断指。他离报社后自办学校任校长,但敌伪要学校登记注册,他断然解散学校,回家过清苦的生活,决不向敌伪当局登记注册。张恨水撤到大后方,投入抗战的洪流。作为作家和报人,只要言论环境允许,他们就拿起笔,与日寇作战。这里以周瘦鹃、张恨水的作品为例,管窥通俗作家在抗日战争中表现出的爱国情怀。

1931 年"九一八事变"爆发后,从 1931 年 9 月 24 日至 10 月 20 日,周瘦鹃在《申报》上一口气写了 26 篇《痛心的话》,抨击国民党的不抵抗政策,呼吁全民抗日。随着时局的发展,他还创作了《卢沟桥之歌》《平津哀歌》等一系列的"抗日之声"。他在文章中怒斥日本兵"侵占了我们的土地,掠夺了我们的财产,残杀了我们的同胞",揭露日本人在东北犯下的累累罪行(1931 年 9 月 24 日)。他抨击国民党政府的不抵抗政策,质问"那大中华民国数十万执干戈而卫社稷的大军又哪里去了"(1931 年 9 月 26 日),借印度人的口,来

---

① 涵秋:《国耻纪念日宜举行提灯会说》,《大共和日报附张》,《大共和日报》,1916 年 5 月 10 日。
② 涵秋:《爱国鸟》,《小时报》,《时报》,1922 年 5 月 9 日。

揭穿国民党当局将不抵抗政策与甘地领导非暴力不合作运动相提并论的荒谬,甘地的非暴力不合作运动是抵抗,"不过不用武力罢了",而"如今贵国的不抵抗主义,却实实在在是束手受侮,决不抵抗","若是照这样不抵抗下去,而没有其他有力量的御敌方法,那么贵国要做印度第二,恐怕还够不上咧!"(1931年10月1日)这段话既点明了中国不抵抗政策实为放弃抵抗的实质,也指出此种政策必将导致亡国的后果。周瘦鹃还告诫国人放弃对国联调停的幻想,国民一致奋斗才是生路,"却不可过于的信赖菩萨,要知道菩萨有时也会怕恶鬼作怪,而不能保佑我们的,所以我们在希望之中,还须尽力作一切的准备","而最后的奋斗,也决不是贴贴标语开开会议就算完事,非得集中全国的实力,向死路中求生路不可!"(1931年10月15日)他一方面主张抵制日货,从经济上抵抗日本侵略。除了在上海这种大城市演讲开会,派检查,贴标语,宣传抵制日货外,还必须"到内地去,到乡间去,努力地宣传,因为内地与乡间,交通较不便,民智闭塞,恐怕连暴日侵占东三省的事情,还不甚了了,而仍然买卖日货,所以非快快的前去宣传不可,同志们,到内地去,到乡间去!"(1931年10月12日)只有全民抵制日货,才有效果。另一方面,他主张全民团结,武力抗战。他号召大家,"以铁血为代价,恢复那寸寸尺尺的被暴日夺去的我国领土"(1931年10月19日)。

当周瘦鹃们在南方写《痛心的话》时,张恨水则在北方写作《弯弓集》,在《春秋》上发表《东北四连长》等抗日小说,宣传东北人民的抗日事迹,将"一滴热血贡献给爱国的读者"①,激励国人的爱国热情!1938年1月15日开始至1945年12月3日,他先后主持重庆《新民报》副刊《最后关头》《上下古今谈》,几乎将这种抗日热情贯穿于整个抗战八年。不似先后处于"孤岛"和沦陷区的上海,重庆是战时陪都,地处抗战后方,抗日舆论环境较当时的上海宽松,为张恨水撰写和发表抗战爱国的时评杂感提供了便利。张恨水在副刊上谴责日本帝国主义侵略和汉奸的卖国丑行;歌颂爱国志士的抗日义举;分析战局进展情况,提振人民必胜的信心;批评当局在抗战中存在的种种问题,体现出通俗文学作家在国难当头时所表现出的爱国热忱和社会担当。

---

① 张恨水:《弯弓集》,远恒书社,1932年3月,扉页。

日本侵略中国,烧杀掳掠,无恶不作,罪行滔天。除了谴责日寇轮奸七十余岁的老妇之类的兽行外,张恨水更多地透过回忆中的今昔之感和沦陷区的来信来控诉日寇的侵略罪行。日本占领南京后,进行了惨绝人寰的南京大屠杀。几十万无辜同胞的惨死,是每个中国人内心无法抹去的创痛!他先写一段美好的回忆,然后将其与日寇的大屠杀作为对比:

> (永仓巷)佳木葱茏,绿荫覆地。时当亭午,阳光一线,穿绿峡而拂地。行人二三,悄然走树下,毫无车马之喧。久之,一卖花妇,挽篮慢唤而来。树下一朱漆门,呀然辟。有垂发女郎,衣长衣,白质而紫章,招卖花妇而与之语,此情此景,予直觉此身已在诗句中,亦在画中。

美景美人,宛如画面,让人心醉。但是作者笔锋一转:"闻首都陷后,此地属难民区,倭寇屠平民两万于附近。今日是何景象,不难凝想,真古人所谓一度思量一怆神也。"(1938年2月15日)①如画的美景佳人,与大屠杀后的荒凉凄惨,如蒙太奇一般拼贴组合,美被毁灭的悲剧背后是民族的劫难,美被毁的罪魁自然指向日寇的侵略。这种文字比口号式的揭露有着更为穿透人心,引人深思的力量!1938年1月19日开始,他连写了8篇"忆南京"系列文章,通过追忆明孝陵、鸡鸣寺、清凉山等名胜的美景及畅游的经历,来反衬"大好河山,忍令沦于夷狄"(1938年1月19日)的现实惨境。张恨水斥责日本人在沦陷区肆意搜刮中国人财物,"还不许说是抢走,要作为中国人的招待",连"寇兵掳去的妇女",也要叫"招待品",企图以此美名来掩盖侵华的罪行。(1938年5月12日)

为了击垮中国人的抗战信心,日寇对重庆、广州等地进行了狂轰滥炸,造成了大量的平民死亡。1938年5、6月间的广州大轰炸,半个月造成平民伤亡3000多人,令人发指,张恨水写出了"我控诉"的激昂的文章:"对于这种兽性的人类,有什么理可讲,有什么人道可谈?我们只有团结起来予打击者打击!"(1938年6月7日)城市被轰炸能引起美国国务卿赫尔和英国首相

---

① 本节余下部分引文,均出自张恨水《新民报》副刊,为简洁计,仅注明日期。

张伯伦的谴责。而广大农民正被日寇蹂躏,挣扎在死亡线上,默默无言。张恨水把目光投向了这沉默的一群,为他们发出了呼号:"黄云遍地的麦田,也为敌人的车辆马车,踏了个精光。大家只看到敌机轰炸广州市惨无人道。敌人把淮河流域,洗劫千里,有谁知道?……淮河流域这几十县的农民,在死亡线上挣扎之后,又要踏上饥饿去,谁替他们叫屈呢?"(1938年6月8日)

日本军国主义分子是战争的罪魁,"土肥原贤二便是最著名的一个"。张恨水历数了土肥原贤二从北洋军阀时期到现在在中国犯下的一系列战争罪行,如煽动军阀战争,策划皇姑屯事件,制造九一八惨剧,炮制伪满洲国,甚至直接率兵威逼开封,既揭露了土肥原贤二战争狂人的真面目,又以此梳理自北洋至今,日本的侵华史,告诫国人,毋忘侵略历史,严惩敌酋!(1938年5月27日)汉奸是日本帝国主义侵华的帮凶。为了推行"以华治华"的政策,日寇扶植了一批汉奸,如溥仪在东北,王克敏、汤尔和在华北。张恨水嘲弄日寇扶植汉奸政策的愚蠢,即使是有声誉的人做了汉奸,也如"白白纸落在墨缸里,清白全无,又何能号召呢?"(1938年3月15日)1943年抗战胜利在望,张恨水就大声疾呼:汉奸为了策划退路,"加紧地搜刮买命钱以戕伤祖国",需要"留心南京群奸逃跑",以便"将来捉到了他们,由公民大会来处决,而警戒人类叛逆!"他怒斥了周佛海、汪精卫等的汉奸行径,要求政府必须予以严惩,才能还历史以正义。(1943年10月15日)

在谴责日寇和汉奸罪行的同时,张恨水还赞扬了戴安澜、鹿钟麟、薛岳、沈鸿烈、梅兰芳等军政大员和社会名流的爱国主义热忱。他高度评价鹿钟麟带千余兵士渡过黄河,深入敌后,领导抗战,使得河北等地的抗日气氛"加倍活跃起来"(1938年9月30日)。沈鸿烈先是死守青岛,不弃守土之责,在危难之际受命山东省主席,在四面迎敌中主持省务,组织民众抗战,精神可嘉!(1938年9月10日)戴安澜在缅甸之战中打出了中国军人的精神与气概,马革裹尸,是"我们的光荣"(1947年7月25日)!陈散原坚守民族大义,怒拒日寇的劝降,绝食殉国(1938年1月18日)。梅兰芳留须明志,坚守清苦,"靠着当卖过日子","不趋奉敌人",展示了"沦陷区无限的贞坚之士"的民族气节。张恨水赞扬他们的"正气与公道"永留人间!(1943年11月16日)军政大员和社会名流做了榜样,军民大众更是用自己的血肉筑成爱国的长城。衡阳保卫战,中国士兵在武器装备极其落后的情况下,坚守一个多月,"足以证明中国军人能战,能苦战"。张恨水认为,如果中国军队有苏联红军那样先进的装备,"衡阳城郊根本不用打这样久,就把敌人打退了",高度评价"衡阳守军的精神足与斯大林格勒苏军一比",号召"全国军人都应该向衡阳城内外忠勇的将士学习"(1944年7月30日)。他赞扬了临沂大战台儿庄之战中中国军人以弱胜强的壮举。(1938年3月31日)他称赞中国空军在1938年5月19日向日本长崎投放传单,不伤害非战斗人员,进行宣传战的英雄事迹。(1938年5月27日)张恨水还肯定了敌后抗日的历史功绩。他说日寇只是线与点的进攻,没有办法阻止敌后抗日武装。敌后抗日力量积极寻找日寇弱点,灵活机动,随地攻击,收复豫北、河北、鲁北大片失地,为抗日做出了巨大贡献。(1938年5月5日)民众在抗日中也表现不凡。黄浦江上的无名英雄,在渡过浦东的船上,抱着一个日本宪兵跳江,同归于尽。张恨水赞叹无名英雄的义举:"这种舍生杀敌的伟大精神,真值得我们钦佩!"(1938年10月22日)这些时评杂感跟他的《虎贲万岁》《巷战之夜》等形成互文,共同向人民展示抗日军民的爱国壮举!

在讴歌抗日军民义举的同时,张恨水批评了消极抗战甚至不利抗战的种种表现。他批评国民政府不敢发动群众,片面抗战的错误。他认为"民众有巨大的力量,是抗战之本","但抗战快一年,没有进行民众动员"。他批评国民政府"把'水能载舟,亦能覆舟'八个字囫囵吞下去,以至于绕道三十里,而不敢过河。实在小心得可怜了"(1938年5月3日)。因此他号召不仅仅是要动员二十万川军出川作战,而且要发动七千万四川民众,否则那将是"举一羽而不见舆薪"的浅见!(1938年4月19日)爱国将士在前方浴血抗战,千万难民流离失所,"欧洲风云动荡,全人类面临法西斯的浩劫"的危急时刻,重庆及其他后方城市则是歌舞升平,纸醉金迷,一派欢乐太平的景象,张恨水痛斥抗战中颓废麻木的浊流,号召人民"加倍地勉励,加倍地严肃,最好停止一切快乐!"(1938年9月27日)重庆当局政治腐败,发国难财者比比皆是,是中国积弱的根源之一,也是抗日的毒瘤。张恨水列举了一系列抗战时期的贪腐行为,如大量机关利用失业和难民救济登记的政策,假公济私,援助亲友,升官发财(1938年3月28日);如公务人员吃则酒馆里终朝饱食,玩则娱乐场里歌舞升平,行则汽车上往来如飞,住则洋楼望衡对宇(1938年8月6日):简直是一部"时评版"的《纸醉金迷》。关于抨击国民政府贪腐部分将在文章相关章节专论,这里不赘。

此外,张恨水还分析战争形势,帮助民众消除悲观情绪,树立持久战和抗战必胜的信念。他通过日本人的自杀剖腹巧解国民性,即日本人缺乏忍耐性,只擅长一鼓作气地胡干,没有再接再厉的奋斗精神,因此"长期抗战是必要的"(1938年5月7日)。他通过分析日本人的战术和政局来揭示他们在战争中已经黔驴技穷。日本人飞机、坦克车、大炮、毒气都用过了,全民已经动员了,阁员已经几乎军人化了(五名大将担任阁员),几乎把所有的力量都用在战争上了,但仍不能打败中国,所以,"仗越打越久,日本军阀的能耐,也就越显得不过如此!"因此,"我们老保持着这样打下去的精神,日本也就没有什么可怕!"(1938年6月4日)在"卢沟桥事变"一周年的时候,他骄傲地向国人宣称,"在这一年里,我们受尽了有史以来所未有的耻辱与痛苦,但也创造了有史以来所未有的英勇与团结"。正是国人的英勇团结,粉碎了敌人"五个星期,五个月可亡中国"的狂妄计划!(1938年7月7日)面对武汉失守、广州失陷的战局,他鼓舞国民"不要悲观",要正视"我们更达艰苦之境",更要相信我们"保存着我们抗战的主力",一定能战胜敌人!

通俗文学作家,在抗战中,既坚持了民族气节,又充分运用副刊的阵地,用笔谴责日寇和汉奸的罪行,宣传爱国主义精神,鼓舞抗日士气,尽到了国民和知识分子应尽的职责。

第三节 提倡"商战",抵制帝国主义经济侵略

经济侵略是帝国主义侵略中国的重要手段;中国积贫积弱也是帝国主义经济侵略的结果。作为身处工商业中心上海的通俗文学作家来说,有着很深的体认。他们认为,"居今日而言,中国贫极矣,推其所以致贫之由,洋货充斥,利权外溢,实为大原因也"[①]。因此,他们认为抵御外侮,除了兵战之

---

① 陈子久:《自由谈话会》,《申报·自由谈》,1914年4月28日。

外,还有"商战"。"兵战须械精粮足,纪律严明",且由政府主导,但是中国政府羸弱,军队战斗力弱,不足以恃。而"商战",乃"人民之力,皆能为之",是动员全民抵抗外侮的重要手段。"商战"有两种,一为提倡国货,抵制洋货;一为发展实业,增强本国制造业的生产能力,提高本国商品的品质。前者为消极的,后者为积极的。相对于单一的抵制洋货,他们更提倡积极的"商战"。他们反思中国"商战"不利的各种因素,提出积极可行的办法,为中国发展工商业献言献策,丰富了"实业救国"的思想资源。

他们认为"文学家虽有良好言论,无从传布,而资本家亦无从采择",所以王钝根创设《自由谈话会》,希望将其打造"一联络同志交换智识之极好机关",成为"振兴实业,扩充商业之指南针",使得"文学家资本家,正可藉此互相研究而劝勉",取长补短,知行并重,以期能"将来有功于社会"。从某种意义上说,《自由谈话会》是通俗文学作家联络文学家和商业界人士,联手"实业救国"的公共平台。虽然里面的作者不一定都是通俗文学作家,但是通俗作家王钝根、童爱楼作为主持人和主导者,在组稿和选稿的把握和导向上,基本上保证了《自由谈话会》言论与通俗文学作家实业救国理念的一致性,因此,《自由谈话会》的言论可以看作通俗作家"实业救国"理想的具体体现。

他们反思了中国工商业发展的不利因素。缺乏现代税务金融体系的配套支持。国家是百业发展的后盾,税务金融是工商业发展的保障,但近代中国政府贫弱,没有现代的税务金融体系,无法为工商业发展提供有力支持。中国的海关把持在外国人之手。洋人对进口洋货,照章征税以此,但对于华商土货出口,则"关卡留难,落地暴征",一增再增,手段也"愈弄愈辣",以致"商民无力抵抗,舍停业外,惟有哀鸣而已"。① 除滥征税外,外国人在中国货物过关检验时,常常枉法刁难,"污少为多,稍不如愿,即告税务司重罚,少则数十两,多则数百两",无形中造成中国商人的压力。税务的增加和肆意的勒索盘剥,增加了国货的成本和中国工商业的负担,削弱了中国工商业的竞争力。中国货币不统一,各地乱发货币,而且折色贴水太多,造成市面流通

---

① 葛病夫:《自由谈话会》,《申报·自由谈》,1915年1月4日。

货币混乱,严重扰乱了商业秩序,不能给中国工商业提供良好的金融支持。[①]金融业的不良,也是中国工商业发展的不利因素。传统思想中轻商贱商思想不利于优秀人才向商界流动。中国贱商轻商的传统观念,也造成了民族资本业发展的后天不足。点墨曾痛心地说,中国人"视政途为荣耀,视商业如敝屣,商务不振,良由于此"。社会上人人"醉心于法政,人人自命为都督、民政长、律师、审判官、县知事、议员",中国俨然成为一个"中华官国",优秀的人才都跑去做官,"富国本源之商务,无人问津也,呜呼,弃实务虚,愈趋愈下,吾为商业前途悲"。[②] 此外,中国政府吏治腐败,苛捐杂税,敲诈勒索,工商业负担沉重,是商业发展的重要阻碍。

工商从业者是"实业救国"的具体执行者,其观念素质直接关系到中国民族资本的发展状况。《自由谈话会》就此进行了广泛深入的讨论。首先,他们反思了中国商人的营商观念和经营理念上存在的问题。中国商人"缺乏远大的眼光,喜欢做投机事业",不在实业上下功夫。不讲诚信,反而以"精明""取巧""获利"为号召,以至于不能做长久事业[③]。由于贪眼前利,中国商人见一事有利可图,则"踵而行之,竞而效之",为争快钱,"处处敷衍,只求皮毛之近似,不顾内容之腐败,故动辄招人疵议,而生种种窒碍。处今日竞争之世界,有此通病,而欲于商业上占优胜,呜呼难矣!"这种只图眼前利益的行为,导致商品美誉度低,自毁名誉,自绝于消费者。外国人则"不辞劳瘁,不惜工本,以谋日后之发达"[④],从理念和质量上就打败了中国商品。其次,外国商人多中等教育,中国有的商人目不识丁。商人的文化素质普遍比较低,导致其业务素质低,创新能力比较差。由于没有专业的商业教育,中国商店的服务意识差,侮辱客人的事多有发生。汪苓生以其在广东路买皮鞋的亲身经历,现身说法地展示了国货店店伙欺客的不良行径。[⑤] 从业者素质差,导致中国工商业缺乏创造力,只会冒牌欺人。"上海一隅,其假冒之字

---

① 热庐:《自由谈话会》,《申报·自由谈》,1912年11月1日。
② 点墨:《自由谈话会》,《申报·自由谈》,1913年7月8日。
③ 左彤:《自由谈话会》,《申报·自由谈》,1913年11月6日。
④ 立三:《自由谈》,《申报》,1913年2月14日。
⑤ 汪苓生:《自由谈话会》,《申报·自由谈》,1914年4月18日。

号,指不胜屈,而以陆稿荐、稻香村为最夥,余则如张小泉、戴春林、文魁斋等,亦复不少,观其匾字,有数十年,有百余年不等",他们往往以"破招牌,悬于店门",证明其百年老店。① 再次,反思学徒体制的弊端。学徒三年,整天担任杂役工作,相传成习,"皆足以养成奴性者也,吾国商人之所以目光如豆,惟利是务,绝无世界知识,国家思想者,谓皆以此制成之者"②。最后,缺乏现代营销思维。中国人素来讲究"酒香不怕巷子深",而忽视了广告在现代商业中的作用。"旧有之商店,能谙广告之效力者甚少",如中国的红灵丹、藿香丸、六神丸、痧药,皆"我国固有著名之灵药也";但日本的灵宝丸、清快丸、人丹等进口,"大登广告,揄扬其效用,扩张其销路",使得以前用国药的人纷纷改用日本药,"因被广告之鼓吹,久而久之,不觉脑中有一种灵宝丹等印入,竟将红灵丹等国产之药,摒弃而忘却之也"③。

他们还反思了中国商品存在的问题。如不注重细节,以广东最著名之广芝馆的乌鸡白凤丸为例,其名声虽大,但"往往有仿单模糊,不知如何服法者,其意以为多年老店,即足以自夸,故以仿单模糊为标志",以致患者不知如何服用,而外国药物,则"装潢精美,仿单明了",相比之下,中国人纷纷舍国药而就洋药,因此洋药"销售于中国,则蒸蒸日上,吾国之丹丸,遂一蹶而不振"。④ 一个小小的仿单,就决定了市场的命运。中国制造商品的质量也存在严重问题。忠实的国货爱好者陈子久曾购买硖石袜子半打,其表面"光彩夺目,织机极细",但"一经试穿,即有小洞数处发现,或因织匠不慎,而有跳针或缘棉质不固而致破裂,试之第二双,亦得同一之结果,噫,无怪人之借口国货不若洋货也"。⑤

在反思中国工商业的诸多问题之后,他们提出了一系列切实可行的策略。首先,设立银行,作为与外商竞争的金融机关。⑥ 其次,兴办商业教育,提高商人的素养。向总商会提议,"速筹办商业补习夜学校,授以商业应用

---

① 瑞卿:《自由谈话会》,《申报·自由谈》,1914年4月23日。
② 杏圃:《自由谈》,《申报》,1915年1月28日。
③ 余姚、汪福田:《自由谈》,《申报》,1913年7月16日。
④ 宝周:《自由谈》,《申报》,1913年6月19日。
⑤ 陈子久:《自由谈》,《申报》,1914年4月28日。
⑥ 热庐:《自由谈》,《申报》,1912年11月1日。

之学术,教以商人道德之范围"。① 再次,加强制造业能力,能仿造出与外国同等之物,使国内实业成为维持国货的坚强后盾。② 然后,改变东伙关系,实现劳资平等,打破东家的专制。③

无论是反思问题,还是提出策略,都展现出了通俗文学作家试图通过振兴中国工商业,抵御帝国主义经济侵略,实现国家富强的拳拳爱国心。正如他们写的《劝用国货歌》所唱的那样:"二十世纪商战场,优胜国乃昌。试观西欧与北美,百货来海航,更有东瀛惯仿造,眈眈伺我旁。不有土货广销售,黄金漏重洋。欲广销售须广用,此理试推详,劝吾国民重国货,努力图自强!"④

---

① 陆道曾:《自由谈》,《申报》,1914 年 2 月 8 日。
② 粲儿:《自由谈》,《申报》,1913 年 7 月 13 日。
③ 铎:《自由谈》,《申报》,1913 年 3 月 27 日。
④ 萝山:《劝用国货歌》,《申报·自由谈》,1913 年 3 月 13 日。

第二章　批判民国黑暗政治,呼吁现代政治文明

由于辛亥革命的不彻底,民初政坛一派乱象,帝制复辟逆流反复出现,政界贪腐,军阀混战,给人民带来了极大的灾难,是中国近代政局最混乱的时期。南京国民政府成立后,由于派系林立,蒋介石的专制独裁,贪腐依然像毒瘤一样附着于民国政坛。通俗文学作家虽所谓不党不派,却能仗义执言。虽然他们不是革命者,却能以政府的监督者自居,抨击帝制复辟,坚持共和政制;痛斥民国政坛的贪污腐败,呼吁建立清正廉洁的政府;谴责军阀乱政,建设安定和平的政治环境;展示了社会良知,市民喉舌的角色。

第一节　声讨帝制复辟,坚持共和政制

辛亥革命没有彻底摧毁封建残余势力,加之民初的乱象,给复辟以温床。从1915年到1917年,连续两次出现了复辟逆流,造成共和危机。那时新文学作家尚在集结之中,通俗作家为了维持共和政制,充分发挥时评杂感轻骑兵的角色,揭露帝制复辟拉历史倒车的反动行径,积极维护共和政体,反映了拥护新政制的进步立场。

一　抨击洪宪帝制,维护辛亥革命成果

时评杂感可以扮演轻骑兵的角色。当时《申报》的总主笔是陈景韩(冷血),其时副刊《自由谈》的主编也由他兼任;《新闻报》副刊《快活林》的主编是严独鹤;《时报》的"时评"则由包天笑担纲。

1915年8月3日,袁氏的美国顾问古德诺发表《共和与君主论》。陈景韩马上嗅出有一股邪气扑鼻而来,他在8月12日的《申报》上发表针对性的"时评",用的是一句换一行的简洁锋利的格式,犹如匕首投枪,文题是《不谈政体》:

> 政体已成事实矣,何必多谈?
> 总统已明白宣言矣,更何必多谈?
> 今日所宜谈者,宪法也,非政体也。
> 古德诺者,宪法顾问也,非政体顾问也。
> 古德诺多事矣!亚细亚国民□□。
> 何则谈政体,非今日所急也。

辛亥革命以后共和政体已成事实,袁世凯任总统时誓词中也表示坚决拥护共和制度,而你这个美国人发表这篇"废话"背后却大有用意。所谓"多事",可以作两重理解,一是你管得太宽了,你是在多管闲事;但更往深处想,所谓"多管闲事"者,是唯恐天下不乱的主动"挑事"。这确是大有背景的要下一盘大棋的一个引子啊!果然,古德诺8月3日发文,杨度等6人就在11天之后即以此为据组织筹安会发表宣言,提出"讨论国体问题"。可见陈景韩在苗头刚出现时就看出这个美国人的不怀好意,杨度果然接着就大做文章了。8月23日,筹安会就正式成立,以研讨"共和政体得失"为名,所谓"筹安六君子"掀起轩然大波。陈景韩在8月27日,就发表时评《杨度》:

> 杨度之筹安会,惜不倡于清帝逊位以前。杨度之救国论,惜不发表于革命未成之日。盖假令在其时,勿论其会其论之当否,而杨度固不失为矫矫独立之士也;假令其说而固正当诚实,我中国可以强,可以富,可以立宪,而我民并能不出再番变更国体之代价也。虽然未革命之前,中国原非君主乎!何以国不富、国不强,预备悠久而立宪未成也?

文中指出杨度发起成立筹安会的目的是昭然若揭的:这种论调如果出

自帝国时代,你不失为是"君子",我们甚至可以不必付出辛亥革命的沉重代价了;但你在民主共和国时期提出,你们不就是想通过筹安会来造舆论,再"复辟"出一个皇帝来?可是有了皇帝,国就能富强和立宪了吗?清廷就是活标本。所以他在文中加了一句,"假令其说固正当诚实",意为杨度是别有用心的,既不正当也不诚实,也即他是有来头的,后面有一堆不可告人的私货在。冷血之笔写时评老辣深刻,在当时的确首屈一指。冷血针对"称帝"阴谋的步步推进,随着时序的发展也有几十篇这样的时评。

如果说陈景韩的时评以简洁锐利称,那么《新闻报·快活林》的杂感则以讽喻灵动为特色,这些文章除主编严独鹤撰写外,大都由其他通俗作家执笔,文章写得勇敢泼辣,坚决顶住那股势头不小的逆流。袁氏的宪法顾问美国政客古德诺发表《共和与君主论》妄言帝制更优于共和,国内正义人士纷纷责难古德诺,为什么不到美国去实行"优于"共和的帝制?而筹安会的宣言是以古德诺的定调为理据,因此也破绽百出,受到同声共讨。在9月20日《快活林》即发表笔名为"太和"的《拟筹安会征求大手笔》一文。此文用筹安会诸公的口气,承认"鉴于日前宣言书之为世诟病""故劝进表一通尚在迟回审慎之中",现拟向四万万同胞中之"大手笔"求助,希望能有"才智通达之士",写出"典雅禹皇,古气磅礴,或引据经史,或侈谈欧美,务足引起读者之兴会,令其击节叹赏,拍案惊呼,咸知时不可失,大事始克有济";如"文字无灵",则"不能达本会日夕祈祷之目的"。如有此等"大手笔","本会当特派专车,奉迎到会。酬润不惜从丰……将来新君登极时,代为奏请颁给头等宝星,以示优异"。这篇杂文对所谓"筹安六君子"极尽讽刺之能事:若要古气磅礴或引据经史,六君子中的"国学大师"刘师培谁人能及;如要侈谈欧美,中外兼修,六君子中的严复则冠绝同侪。这些会内的皇皇"大手笔"也并非"江郎才尽",为何在"迟回审慎"之余,深感束手无策?只因对帝制那一套,早已药石无灵,在中国历史上它已"寿终正寝",还有什么大手笔能令它"起死回生"呢!

接下来的事态是筹安会所属想出种种离奇方案,制造种种荒唐的借口,欲为实现帝制找一条阻力最小的"旁门左道"而煞费苦心。因为前时有让袁氏成为终身总统之说,但现在要做皇帝,终身总统是不够过瘾了,是否用总统世袭的办法去替代呢？又想到总统一旦变成皇帝,不被国际所承认又该咋办？于是提出对外仍称总统,对内则称皇帝的"良策"。真可谓绞尽脑汁,却一个办法比另一个办法来得更蠢。这时《快活林》在9月29日发表笔名吴悔公的《戏拟小百姓上筹安会书》。文中说筹安诸君"情态直无异于新嫁娘羞对人直言其夫婿也,乃转易一名词曰'他'。……与其遮半面琵琶,不如落落大方,全身毕现,反令我小民死心塌地,以崇奉此尊无二上之君主也"。"至于清议可惧,外人难服,似可不必计及。当今之世只宜图利,何容虑将来之害……诸公可放胆为之,小民当拭目以俟。"具名为"全国小百姓上"。

　　接着是袁氏手下的走卒们的"争功斗宠"使称帝阴谋进入了新阶段,梁士诒认为这几个"书呆子"的所谓学理研究和合法考量无异是钝刀子割肉、温水煮青蛙。他于9月16日发起组织"全国请愿联合会",发动各地军阀、各省官僚、各"自发"团体请愿劝进,以"民意"所向为由,可迅捷扶袁氏上台。这使筹安会诸君颇为侧目,自觉这头功被梁士诒抢去了;而且这一着还有一个绝妙的功效,因为袁氏就职时曾宣誓拥戴共和,现在要实行帝制,岂不自食其言？如以"民意所向为重",又是另一说法了。戏还要演得丝丝入扣,第一批请愿书呈上,务必假装"退回",以表示忠实于自己的誓言;然后再掀一个请愿高潮,才装出只能"屈从民意"的样子,"民意"高于一切嘛。对此妙计,筹安诸君只好甘拜下风,"随风起舞"了。这是从第一阶段研究学理发展为第二阶段的"劝进"请愿。于是梁士诒和杨度又分别组织了五花八门的"妇女请愿团""花界请愿团""人力车夫请愿团"甚至"乞丐请愿团",轮番劝进。这样《快活林》的杂感也就升级而发表《戏拟上海人力车夫致北京人力车夫书》等杂感。当时的确组织了"北京人力车夫请愿团",甚至聚集上万人,签名者每人发铜元5枚。请愿联合会还令丐头召集众乞丐进行请愿,于是又有戏拟《乞丐请愿书》等杂文。袁氏帝制的第三阶段是"粉墨登场"。《快活林》及时刊登独鹤的杂文《滑稽新闻》,其中有一则是《新字典之畅销》:"现有某书肆发行一种字典……销路极旺。出书不及一月,已再版至千余次,购此书者,以军界官界中人为多,而国民代表尤莫不人手一册,其内容如何,严守秘密。……经东方福尔摩斯再四侦察,始知其全书仅有一页,用西洋纸精印'赞成'二字。"这种讽刺是刻骨的。每一次军阀和地方官方的"劝进",就是一次"再版"。而"袁记"的国民代表人手一册,那就是大家必须"依样画葫芦"了。杂文虽于11月7日发表,但颇有点预见性,因为要到11月20日,袁氏的御用各省区"国民代表大会"才为国体问题投票。果然到那一天,1 993名代表无一人敢表异议者。大家都抄某书肆所出版的新字典,票箱里一律是"赞成"二字,宣布之后,还同声高呼帝国万岁,声彻堂陛。袁氏当然满心喜悦,可是袁氏却不知道高兴之日即末日之时:被他软禁在京的蔡锷将军却在前一天——11月19日悄然脱险,离开了北京。这预示着"帝制"的第四阶段"倒台"的开始,云南将高举声讨义旗!蔡锷将军等正义人士不"买"他编的这本新字典。《新闻报·快活林》的时评杂感虽以"谐著"面貌出现,却嬉笑怒骂皆成文章,可说是极尽讽刺挖苦之能事,有时激愤到将嬉笑化为冷嘲,怒骂以致刻骨,真正是为全国的小百姓代言声讨。

当时,包天笑所主持的《时报》时评,主要是面对国内文教界读者,包天笑对这方面的事情,皆列入报道之优先。当袁氏软禁章太炎时,《时报》于1916年5月21日发表包天笑的《幽禁章太炎》:"章太炎一学者也,……试问彼究有何罪而必欲幽禁之致于死?夫政府而果有力者,何不阻止蔡锷出京,亦既放虎归山矣,而拘一手无缚鸡之力之文人,以为解嘲之地,亦殊可笑人也。"袁氏所以要将章太炎幽禁于北京龙泉寺,就是因为章太炎坚决反对帝制,包天笑公开报道此事,使群情愤激而向袁氏施加舆论压力,为他日营救章太炎发挥助力。

我们以沪上"申新时"三大报为例,将当年通俗作家对反帝制的正义态度作了一个回顾。相比而言,其中以《快活林》最接市民大众的"地气",以《申报》陈景韩的时评为最老辣而深邃,而《时报》的包天笑亦符合《时报》的读者对象,主要是面向知识阶层。

二 声讨复辟逆流,拥护共和政体

从黎元洪、段祺瑞的决裂到督军逼宫再到张勋复辟,严独鹤主编的《新闻报·快活林》一直是站在主持正义一方,或义正词严,或嬉笑怒骂,皆存忧国忧民之心,为民喉舌。这是一种令市民大众非常容易看懂而乐于接受的时评杂感。副刊一方面对张勋妄图复辟的阴谋,早有预见,及时揭露;另一方面对段氏操纵的督军团的干政,也仗义执言,痛加斥责。

张勋是1917年7月1日实行复辟的,而《新闻报》在6月1日就关注他的动向,纷纷用杂感与漫画为武器声讨张勋的狼子野心。在6月1日"拾尘"的《送蚌将军归蚌埠序》中就对张勋的阴谋之举发出警示,并将张勋及其辫子兵的嗜血本质进行了痛快淋漓的揭露。严独鹤为该文加了编者按:"据近日情势,则蚌将军率虾兵蟹将,兴妖作怪矣。武人横行,中原多故,鹬蚌相争,尚不知呈何结果也。"张勋原驻军徐蚌,所谓蚌将军横行,就是指他正蠢蠢欲动了。而在6月7日,在瞻庐的《读〈西厢记〉感言》一文中,巧妙地用《西厢记》中的人物影射当前的政局,达到不言而令人自明效果:"当相国寺被围之际,一般骄兵悍将,宣言将双文献出,万事全休,否则玉石不分,俱成齑粉。楚歌四面将夫人围在垓心,独有张生者,愿作调人,力筹退兵之策,此固夫人所馨香而祷祝者。"相国寺乃指总统府,骄兵悍将指督军团,夫人乃黎元洪,张生非张勋莫属。可是笔头一转:"张生此举,实含有极大之野心,彼将拥立幼童无知之欢郎,代夫人执行家政。"很清楚地点出要将尚在游戏寻欢的儿童溥仪代黎元洪来"统治"国家。7月1日之政局,此文在6月7日就一语中的了。

《新闻报》也对段氏御用督军团进行了严厉的谴责,揭露他们组团欲另立政府的罪行,但《新闻报》也很有分寸地将组成督军团的督军与没有参与该集团的其他各省督军加以区分。在6月17日,剑秋发表了一篇《督造宪法草案》,草案讽刺"脱离中华民国之督军省长,有左列各款之自由权":一、起兵之自由权,二、阴谋集会之自由权,三、压迫总统之自由权,四、解散国会之自由权,五、有干涉内政外交之自由权,六、无爱国之义务,七、无保护人民之义务,八、遇造反时有纵令部下奸淫掳掠之权。此文将督军团的无法无天的暴行进行了无情的讽刺与痛斥。

从6月11日起到17日,多篇文章都针对督军团的罪行进行声讨,以解合法政府之困;但从19日起,矛头就又重点转向张勋及他麾下的辫子军,因为那时辫子军已经由天津向北京直窜了。6月19日枫隐发表的《辫子出风头歌》:"黎公无法愿调和,急召辫帅进京中,调人愿效鲁连风,维时国会散不散,总统保不保,都在辫帅一言中。辫帅风头既出足,麾下辫兵亦威风,……谁人敢把辫兵惹,赛过深山猛大虫。"当时正值农历端午节,副刊的"谐著"上也发表几篇有关"端午新五毒"的文章,其中直指"蚌壳精"和"豚尾精"正是影射张勋乃当前之毒物。张勋进入北京后,7月1日瞻庐的《烦恼唐三藏》中说,唐僧徒弟猪八戒的一条豚尾不翼而飞:"豚尾已在北京城中,惹出奇祸,将一座金璧辉煌之罗汉堂,闹得落花流水,八百罗汉,立时星散(按指勒令解散国会——笔者)。于是师徒聚议捕捉豚尾精之法,志在实行,至豚尾之运命如何,今尚在不可知之数,诸君毋躁,徐听最后之尾声可也。"而到7月8日,虽然复辟势力还在挣扎,但全国已一致声讨,大势已去。那天正值中国旧时的所谓"分龙日",天台山农发表《分龙日之分龙说》,文中说到文武圣人(按:文圣指康有为,武圣指张大帅——笔者)实行复辟,五色国旗,无端消灭,共和推翻,皇帝出现,亲皇郡王,开气蟒袍,浑身煊赫,辟既复矣,宗社党,保皇党,附龙攀凤,龙运复交,但到了今天分龙之日,转瞬将打龙袍,人民痛饮黄龙之酒,皇帝复蹈祖龙之辙,神龙见首不见尾了。实际上就预示了复辟已现必败之征兆。而报上又配以一幅"文武圣"抱着一个"小皇帝"的漫画,则更令人忍俊不禁。严独鹤主持的《快活林》在当时敢于直指手握兵权的武人干政的罪行,副刊能代言人民大众的心声,深得市民大众的热捧。

据许指严的《复辟半月记》记载复辟的经过是:废清的"谨瑜等四太妃不愿遽行复辟,以招危险,世太保续亦叩头流血,请斟酌尽善,方可实行。辫帅岸然不顾,遂于三时捧出幼帝出殿受朝贺礼矣"。[1] 张勋于6月30日深夜突然闯宫,实行复辟。而清室并非不想复辟,只是当时觉得还没有复辟的足够本钱,而此举又可能丧失他们所享受之年金四百万之待遇,甚至可能有丧失性命之忧。太后们与内廷总管世续很是犹移不决,但张勋则将个小皇帝按在龙椅上就算复辟成功。"上午四时,梁鼎芬、王士珍、李庆璋等联袂进公府谒见黎氏,请其退让政权。黎答以民国系国民公有之物,余受国民付重托,退位一节,当以全国国民之公意为从违,与个人毫无关系。"[2] 在7月7日,包天笑在《时报》发表时评,以《帝制与复辟》为题,指出了这次复辟的根源:"帝

---

[1] 许指严:《复辟半月记》,交通图书馆,1917年7月版,第9页。
[2] 许指严:《复辟半月记》,交通图书馆,1917年7月版,第15页。

十二 通俗文学作家的时评杂感

制与复辟,均为共和国中绝对不容有而未可加以轩轾者也。乃今日帝制派人,竟藉复辟而出头。抑知今日之复辟即前日不严惩帝制之结果,而今日不严惩复辟,即又酿成他日帝制之原因,如此循环相生,而国遂亡矣。"包天笑一针见血地指出此次复辟的根源是在于昔日除恶毋尽。在袁世凯倒台之后,就没有对帝制派罪人予以严惩,却让过去袁氏麾下所谓的"六君子""十三太保"等群聚张勋辫帅帐下,"其罪魁均纷纷逃至徐州。张勋置酒谓之曰:民党被缉,则逃至租界,君等亡命,则逃至徐州。租界籍外人为保护,而徐州仍为中国之领土,君等之志气,毕竟高出于民党也"。① 张勋洋洋得意,却无知妄闻。租界并非保护民党,而是按西方法律,即所谓言论自由、政见自由,民党才利用其"缝隙效应";而徐州虽为中国领土,但不啻是清廷的一块复辟根据地。张勋复辟时重用的就是过去袁世凯称帝时的班底。因此,包天笑的这一时评,确有穿透力。在 7 月 10 日包天笑又发表时评《诛张勋》:"不诛张勋,何以谢天下;不诛张勋,何以杜复辟;不诛张勋,何以惩悍帅;不诛张勋,何以警戒一切坏乱法纪称兵迫胁之武人。故我谓今日之复辟,即前者不惩治帝制派有以养成之。若今犹取前者之态度也,我殊为共和国危。"

《申报》的陈景韩之时评也同样指出,一定要彻底铲除复辟逆流之根源。他在 1917 年 7 月 2 日的时评《真力量》中写道:"阅者诸君,勿以今日北京所传复辟之消息为可骇而可怪也。盖其事有必至之势也,何则?欲知今日复辟之不能免,须先知以前革命之尚未成。何以尚未成?盖当时尚未用真力量也。当时借袁世凯欲自谋帝制之力量,因以告成。迨袁帝未成,而又身死,则其力量已解。而复辟之事,自然出现。盖以前之革命,仅启其端。而今后方为实行其事也,实行其事非真力量不可也。数年以来,人民之苦于反对调停疏通运动之中也久矣。不得谓之治,而亦不得谓之乱。虽有忧时之心,而无可以发抒真力量之地。不能抒发真力量,则国家之基础永无巩固之时。阅者诸君,勿以今日北京所传复辟之消息为可悲而可伤也。是乃试验真力量之动机,而国家兴亡转移之关键也。阅者诸君其勿骇勿怪勿悲勿伤,其各奋发其真力量以求其真结果。"陈景韩是一位有真知灼见的报人。他文

---

① 上海文艺编译出版社编:《民国叛人张勋传》,1917 年,第 32 页。

中的含义是非常深刻的。他认为辛亥革命虽取得成功，但它尚未显示"真力量"，当时只因袁世凯欲以攫取总统之权为跳板，实现他的"皇帝梦"，中国虽然进入了共和时代，但复辟的危机并没有消除，待到民党二次革命失败后，孙中山等革命者再次流亡海外，袁的权势达到了顶峰，他就认为称帝时机已到，可是帝制仅实行83天就失败了。待袁氏魂归地府，这股复辟清廷的力量就必然会冒头；张勋看准了现在正是他的实现清廷复辟之良机。归根结底，就是革命尚未彻底，中国还没有出现"真力量"，但陈冷血在当时只能空泛地希望人民"其各奋发其真力量"。"真力量"何时才能出现？1927年北伐胜利时，灵光一闪，但接着来了一个"四一二"政变，革命又未成功；要待到1949年，"真力量"才得以真正显示。在当时，陈景韩还只是一个空泛的愿望。直到1949年后，他成为上海市特邀人民代表时，大概他才体会谁才是"真力量"者。在7月10日，陈景韩又发表题为《警告当局》的时评："张勋兵败无援，一鼓可歼，无所谓议和也。苟或议和，议和之后而清室依然清室，张勋等辈依然张勋等辈，辫子军依然辫子军，则其祸有不可胜言者。一方无以服天下人之心，一方无以警效尤者之意。无以服天下人之心，则今日事即平，而今日之乱不已；无以警效尤者之意，则今日之乱即已，而日后之患无穷。诚心拥护共和者其思之。"

陈景韩、包天笑、严独鹤等人，在当时的确尽了正义报人的职责，然而他们只是政府或当局的监督者，而不是社会的改造者和革命者，这是他们的局限性，但另一方面我们也不得不看到，当年通俗作家的时评杂感是代表了广大市民大众的意志，这是可以"白纸黑字"为证的。他们在国家存亡的关头，以最迅捷尖锐的笔墨，以不畏强暴者的姿态，挺身而出，仗义执言，甚至指名道姓地直捣逆龙之巢穴。我们旧文重读，还是感到文中既"有温度"也"接地气"，但他们无力正乾坤。

第二节 痛斥官场贪腐，呼吁清正廉洁的政府

民国建立后，两千多年的封建帝制虽然被推翻，但政局腐败一如清末。通俗文学作家用其毛瑟之笔，刻画出官场中贪腐倾轧的种种丑态，揭露了变

味虚假民主政治的桩桩罪行,鞭笞了武人干政、混战的斑斑劣迹,可以看作时评版的民国"官场现形记","微博版"的民国代议制民主丑史和军阀混战罪恶史。

一 绘制北洋政府丑史:黑暗的官场与议会

民国建立之初,政界任人唯亲,"月领厚薪,盘踞要津者,触目皆当道之姻娅,非其瓜葛,即属故交。虽丫头姑爷,乳母寄子,亦大半皇然总办会办襄办",可谓"一人飞升,仙及鸡犬"。于是有人感慨道:"呜呼,此共和之政治也,较诸前清为何如,吾欲辩而无言。"①民初政治几乎无处不腐。他们将讽刺的官场人物扩大到了巡警、国民党、巡按使、肃政使、县佐、督军等,将题材范围扩大到考试、禁烟、选举、官场饮食等诸多方面,与他们的小说相补充相映衬,将讽刺的笔触伸向民国官场的各个角度,全方位地展示民初政界的腐败。这里以李涵秋的时评杂感为例,来管窥通俗作家对官场贪腐的揭露。李涵秋大骂"县知事,最贵,以大权在握,名利兼收";讽刺"国民党,最贱,因得罪未邀恩赦故";怒斥权门豪奴,"拜门,最贵,因赘敬多多益善故";通过"壮阳丸,最贵",揭露"达官巨贾多宠";通过"缎靴,最贵",讽刺"官场礼节骎骎复旧"②;这篇《小玩艺》三言两语,白描勾勒,宛如漫画,可作民初"官场现形图"!在《贼官》中,他甚至直斥"官与贼二而一者","今竟有由官而贼者,磨练好身手,他日进而为盗不难也!"③

民初官场,下官趋奉于上的风气与晚清相比有过之而无不及。李涵秋作游戏文章《六字真言》,刻画小官求见大官的那种战战兢兢的心态和行为,侧面描写上峰的官威煊赫:

福幼达生编曰:女人生子,宜守六字真言,曰:睡,忍痛,慢临盆。

坐官厅上,求见大官,亦有六字真言,曰:睡,忍辱,慢出门。

鸡鸣而起,坐以待旦。饥不敢食,倦不敢息。仓皇而出者,何也?

---

① 息影庐:《自由谈话会》,《自由谈》,《申报》,1912年11月25日。
② 涵秋:《乙卯年物价贵贱比较表》,《大共和日报附张》,1915年3月8日。
③ 涵秋:《贼官》,《小时报》,《时报》,1922年3月29日。

曰：求见大官也。既至官厅上，尚无一人，问之吏胥，曰：尚早，则惟有静睡之一法耳。

既睡不起，客已纷纷至，大官之奴隶，持一纸以呼曰：某某进见，某某进见，屡呼而名不与其例，颇难堪，当是时，则用忍辱法，最为适宜。

迟之又久，日将晡矣，座客半出，引领而望曰：庶几一见颜色乎？忽一纸风传，谓巍巍之大人已惫甚，今日不见客，请待他日。当是时也，辕门外车马尚多，早出门，人将非笑，则惟有慢出门之一法。

噫，养小孩难，见大官尤难，养小孩之难，难在彼之不肯出；见大官之难，难在我之不许入。①

如果不是有具体发表时间，我们简直以为这是在讽刺晚清官场。可见，民初官场与晚清无异，小官见大官反如同妇女临盆，一个难进，一个难出。幽默诙谐中见出民初官场的腐败。小官见大官难，得缺更难，为了得缺，简直可以放弃做人的尊严。李涵秋在《代新知事上省长太太禀》中，模拟一个县知事给省长太太写信的口吻，将县知事谄媚无耻的语调模仿得淋漓尽致。为了得到职位，县知事吹嘘"采办素谙，马桶亦能代买"，而且忠心不二，替太太"尝粪奚嫌臭味"，作贼掇臀亦当仁不让②，这简直是《广陵潮》中的林雨生为小翠子买马桶，以脸比样的情节再现。这样的官，无异如长官的家奴，哪里指望他能做国家的公仆。正是有了这样的县知事，所以其治下的小民才生活得水深火热，苦不堪言。《代小民送贪官去任序文》中，李涵秋以小民挽留贪官的口吻，正话反说，反讽贪官刮地皮："吾邑地皮素苦太厚，高低凸凹，随在皆是，土著之民，行走均觉不便，凡宰斯邑者，不过略徇民意，代为刮削一二，即已中辍，故其德被于吾民者犹浅，而去任之时，吾民亦仿照官样文章，送以牌匾，于去留二字，无所得失于新。我公莅任以来，首命包打听千里眼辈，遇有地皮，竭力争刮，并嘱将所刮之土，纳于箱笼，不可堆积道旁，以病吾民，是以高低一致，凸凹悉平，吾邑之人，咸谓公之德政，此居第一。"③

---

① 涵秋：《六字真言》，《大共和日报附张》，《大共和日报》，1915年3月18日。
② 李涵秋：《代新知事上省长太太禀》，《沁香阁游戏文章》，震亚图书局，1927年，第61页。
③ 李涵秋：《代小民送贪官去任序文》，《沁香阁游戏文章》，震亚图书局，1927年，第54、55页。

除了刮地皮,民初官吏敛财比之晚清,更是花样百出,有过之而无不及。李涵秋在《考试可以富国说》中通过揭露文官考试中的滥收费情况,抨击了政府借考试敛财的丑行:"民国考试经费,每次二万五千元。自初次考试具领一次后,至于今日考试,又不下三四次,其经费并未领政府一文,所用之费,悉出于报名执照等费,除开销外,有盈余而无支绌",文官考试一次,政府可以获利三万八千元,一年十二次,可获利四十五万六千元,"如贸易然,以二万五千元之资本,获利殆十倍焉"。① 此外还有法官考试、外国留学考试、内地学生考试,等等,简直是一个考试经济! 相对于清朝的科举腐败,民国政府组织的各种考试,简直是民初官吏中饱私囊的盛宴! 光明正大的考试可以敛财,作为罪恶象征的鸦片也成了民初官吏贪腐的工具。1915 年,孙毓筠上书政府,设立陕甘公膏局,抽取印花税,将鸦片合法化,每年可得收入千万。李涵秋做《拟各省黑籍中人上陕甘各大员禀》,讽刺政府鼓励民众吸毒,必然造成民生凋敝:"含膏皆鼓腹之民,食量遂增,画粥免撑肠之苦。"② 此外,《代烟界同胞上政府书》中,他也表达了对政府消极禁烟、积极敛财行径的不满。

贪财之外,官场也弥漫着一片享乐之风。李涵秋在《番菜致鱼翅书》和《鱼翅答番菜书》中讽刺和抨击了民初官场的吃喝享乐之风。鱼翅是晚清大人先生的宠爱,番菜颇受冷落,于是常想向鱼翅请教秘诀。等到民元以后,仁人志士纷纷从海外归来,维新之风大兴,番菜取代了鱼翅的位置,于是番菜沾沾自喜地向失宠的鱼翅炫耀:"大人先生欲得志士欢心,非仆至不可,遂不惜降尊就教,并以昔之趋奉足下者,转而趋奉于仆,虽顽固之徒,一复假托时髦,与仆接吻,以为光发,如石吸铁",人人趋奉,因此"门限几穿矣,仆苦无分身之术,不能一一接待,欲荐足下以作替人"。③ 李涵秋巧妙地通过民初官场的饮食风尚变迁的刻画,表达出民初政治之于晚清的变与不变:从鱼翅而番菜,变的是菜,变的是官;不变的是一如既往的腐败之风。所以他感慨道:"昔人谓'吃一根鱼翅,拉三年旱船之谣'。恐怕今天则是吃一次番菜,'三年

---

① 李涵秋:《考试可以富国说》,《沁香阁游戏文章》,震亚图书局,1927 年,第 29、30 页。
② 李涵秋:《拟各省黑籍中人上陕甘各大员禀》,《大共和日报附张》,《大共和日报》,1915 年 6 月 28 日。
③ 李涵秋:《番菜致鱼翅书》,《沁香阁游戏文章》,震亚图书局,1927 年,第 87 页。

拉鱼雷艇耶,抑拉海行舰耶?"①

行政腐败,司法亦是一片乱象。李涵秋戏拟《六法全书答小题文府书》中,借"六法全书"之口,怒斥法律已经堕落成敛财的工具:"世之承审者流,不明斯旨,类皆意气用事,甚至得钱则生,不得钱则死,乱引条文,草菅人命。"以此揭露司法界的腐败。文章以小题文府和六法全书的今昔之比,命运之变,隐喻着民初庙堂的腐败,报界在主持正义上的重要性。

通俗文学作家对北洋政府腐败统治的抨击,还体现在谴责北洋政府镇压学生运动,支持学生表达合理诉求的运动上。这里以 1926 年的女师大学潮和"三一八惨案"中,严独鹤与周瘦鹃也有"不约而同"的表现为例,来进行具体阐述。针对教育当局的处置,周瘦鹃在 8 月 28 日的《自由谈》上发表了自己的意见:"章士钊为了女师大女生厮守着学堂不肯走,他一时倒没有法儿想。这也是福至性灵,斗的计上心来,便召集了三四十个壮健的老妈子,浩浩荡荡杀奔女师大而去。末了儿毕竟马到成功,奏凯而归。这种雷厉风行的手段,我们不得不佩服他。但是女学堂不止女师大一所,起风潮亦在所难免,照区区愚见,不如组织一个常备老妈子队,专为应付女学堂风潮之用,免得临时召集,或有措手不及之虞……但不知密司脱章可能容纳我这条陈么?"而 8 月 27 日,严独鹤则在《新闻报·快活林》上发表《特设国女监》一文:"最可怪的,是当局处置这些女学生,竟和对待罪犯一般,临时雇用女仆,驱逐学生出校。这已经是很可笑的事;而尤其奇怪的,是段执政还说,学生如此抗拒,便收入女监。"于是舆论哗然。

在"三一八惨案"中竟枪杀 47 人之多,周瘦鹃在 3 月 27 日的《自由谈》中写道:"我看了北京惨案中死伤的调查表,不禁吓了一跳,想段大执政的手段,委实可算得第一等辣了。任是那震动中外的'五卅惨案',也没有死伤这样多的人啊!唉,外边人要杀,自己人又要杀,这真是那里说起?"严独鹤抓住段干木是个念佛茹素的人,于是在 3 月 25 日的《快活林》上发表《善哉善哉》一文加以声讨:"干木本来是一心念佛的,当然应该慈悲为本,不料这回却忽然……大开杀戒,真是罪过。开了杀戒之后,又忽然要哀悼,这简直是

---

① 李涵秋:《鱼翅答番菜书》,《沁香阁游戏文章》,震亚图书局,1927 年,第 89 页。

猫哭老鼠了;不但哀悼,又忽然要善后。我想既善后,前何必恶,况且别的可以善后,这死者不可复生,又何必善其后呢?……或者请干木先生自己出来捻着佛珠,合掌当胸,念几声善哉善哉。"这种言论的核心与鲁迅对女师大学潮和《纪念刘和珍君》的文章的态度是可以作互文论的。

议会选举是民初民主政治的重要内容。时人曾言:"选举投票,大事也。而以儿戏出之,其运动之能力,有出人意想所不到者。"运动的方式竟让人意想不到,但其根本"大都以金钱作买卖"①。当时选举可谓是花样百出,弊窦丛生。某县乡公所主持议会为某人当选竟不惜重新投票:在投票结束人将散去的时候,突然发现一个所谓最有名望的人,因为票数不足,"即令在场巡警三十名,脱去号衣,顶名签押,轮投六次,遂得当选"。论者嘲弄道:"设带兵万人,虽欲得总统,可操券矣。"②某氏为贿赂选民,在选举前数日,"其室中常有多人絮语,终夜不绝。某氏出名片令诸人依样模写十数过,乃出酒食饷之,食毕众去,他人复来,彼此更替,户限为穿,如是者十余日",最终当选。监察员接受某人贿赂,竟私填选票,"塞入票柜,经营终夜"。③ 李涵秋则以生动幽默的语言,揭示出选举背后的金钱操控,他的《选举时之各处忙》就是一幅"选举经济"图写真:

客寓忙,以选举时,各处初选人纷纷来省故。
刷印店忙,以选举时,各人欲印名片散人故。
纸店忙,以选举时,各人争买请帖故。
酒馆忙,以选举时,各人飞笺请人吃酒故。
戏馆忙,以选举时,各人请人看戏故。
马车忙,以选举时,各人来往拜客故。
娼家忙,以选举时,请客必须带局故。
银行忙,以选举时,各人预备运动之费故。
火车忙,以选举时,各人纷纷登车赴投票所故。

---

① 匹志:《谈选举》,《申报·自由谈》,1913年1月19日。
② 了青:《自由谈》,《申报》,1912年11月29日。
③ 子枚:《投票史》,《申报·自由谈》,1912年12月9日。

监督忙,以选举时,纠察各人纷纷投票故。①

这可作《广陵潮》中无赖田福恩染指民初议会选举的"竞选秘诀"。因为选举经济能拉动"内需",所以李涵秋建议"创办选举运动公司",并戏《拟创办选举运动公司之广告》云:"当共和肇造之时代,能为人民所着重,而不敢轻侮之者,其惟立法之议员乎?然欲得立法之议员,其惟金钱之运动乎。是故议员者,为代表民意之人,而金钱者,又为运动议员之物。义务在是,权利亦在是。"议员选举简直成了生意买卖,所以不如设立一个运动选举公司,"愿为媒介,自信居心无愧,敢曰经受不穷,说合则有广长,不使功亏一篑"。②在嬉笑怒骂中,李涵秋抨击了民初代议制民主的乱象和以其名义作下的罪恶。选举丑闻百出,令人啼笑皆非,时人作选举《百笑录》曰:

  运动人投票,备饭数十桌,可笑。
  运动人买送投票人来回火车票,可笑。
  投票人临时称我不会写字,可笑。
  出洋三角沿路取买投票证,可笑。
  招人投票如拉皮条,可笑。
  一人投十余票,屡出屡入,管理员等熟视无睹,可笑。
  十四五岁小儿投票所投票,可笑。
  投票所闭门一小时,临时商投票秩序方法,可笑。
  守卫警察见乡人进内,喝取出票来;见时髦人不开口,可笑。
  入投票所被人劫去投票证,可笑。
  市议员强抢他党投票证,可笑。
  一党员管领多数投票人,聚集茶坊,如吃讲茶,可笑。

《百笑录》将选举中的奇闻怪事的瞬间展出,看似"可笑",实则是可悲!

---

① 涵秋:《选举时之各处忙》,《大共和日报附张》,1915年3月23日。
② 李涵秋:《拟创办选举运动公司之广告》,《沁香阁游戏文章》,震亚图书局,1927年,第91、92页。

人们急盼已久,仁人志士用鲜血换来的民主政治,竟是这份模样!

无数仁人志士用生命种下的民主"龙种",结出的竟是贿选成风的民主"跳蚤"。靠金钱运动得来的议员,其成分可想而知,有人《戏拟苏省省议员九等人物表》,来讽刺议员的人物构成之拙劣:一等,大运动家;二等,假志士;三等,富翁;四等,前清污吏;五等,武夫;六等,柜书;七等,市侩;八等,措大;九等,奴才。除此九等之外,还有烟鬼和妓女。因"议员而有烟鬼,亦苏省之特色也。惟各等中人,嗜此者多,不另列等";"苏闻妓女谢桂英",竟赫然在"复选候补当选人"之列,但未当选,故不列,否则就是十一等。① 这十一等几乎囊括当时社会所有的卑劣阶层,隐喻着民国议会哪里是国民精英荟聚之地,简直是藏污纳垢之所!

这样运动出来的议会自然无法代表民意,只知伸手要钱,助长贪腐,给内阁掣肘,替军阀"抬轿子",为虎作伥。这里以曹锟贿选为例,来阐释民国议会之腐败。1923年的曹锟贿选总统,又是政坛上的一次丑态百出大闹剧,对这次丑剧《快活林》几乎用每天一文的"日志式"地揭露。从1923年5月开始至同年11月,关涉的文章竟达到134篇之多。1923年6月,保定曹锟用武力将总统黎元洪赶下台,黎就到天津去另立门户,拉走了一批议员,于是曹锟为了要拉足议会的法定人数,才能贿选成功,几翻讲价,最后商定五千元一票的价格,因此,史称这批议员为"猪仔议员"。这笔巨款,曹锟是不肯自掏腰包的,于是就到各地去敲诈捧他上台的督军和政客们的"政治献金"。严独鹤在8月23日发表的《总统与蟹》一文中写道:"在中国要做总统,也非横行不可。蟹肚中满满的贮着黄白物。在中国要做总统,更非先储着许多黄白物不能成功。照这样说,蟹和总统,简直可算同类。"当曹锟与猪仔们讲定价钱之后,又为如何付款的办法发生了分歧:如曹锟先开出支票,猪仔们怕他事后不兑现;而要曹锟付现金,曹锟又怕议员拿了钱就逃脱,因为天津方面对不参选的议员答应付八千一个;曹锟说先付可以,将钱存在银行里,选了再取款,猪仔怕银行靠不住;说先请律师来公证,议员怕请的是滑头律师……最后严独鹤提了两个办法,供双方议决:一、保方先付款,然后将

---

① 率:《戏拟苏省省议员九等人物表》,《申报·自由谈》,1913年1月19日。

议员监禁起来,到选举时由军警押到会场监督投票;二、议员先投票,然后登报声明,新总统必先付清款项,选举才正式生效。请他们二选其一,然后载入宪法中。如此就万无一失。这种讽刺挖苦,真是到了极致。而在10月11日,严独鹤发表《五千身价八千小货》一文,说10月5日选举那天,有的议员先到天津拿了决不参选的八千元,然后躲进北京的妓院,串通警察去抓他们后押进会场,再去领曹锟的五千。万一警察漏抓,一些议员一定会大呼"快来捉我!"10月12日的《奇形怪状》一文中又揭露军警当天的确是坐了汽车到处抓议员,会场外还扎营房架机枪;生病的议员担架抬入会场,会场还特设病房;会场的墙上还开洞,洞中架有烟枪,以便让瘾君子猪仔轮流过瘾;还有戴铜盔的消防队员站在场内四周,然后还将会场大门紧锁。终于凑足了法定人数,贿选大功告成。而在周瘦鹃主持的《自由谈》上,在曹锟与议员们讲价钱时就尖锐地将猪仔议员比作上海妓院中长三幺儿的妓女。由于像《快活林》《自由谈》这样的"日志式"的排炮般的揭露,从此,北洋政府被老百姓视为"狗彘"。

二 揭露国民党官场的贪腐

1928年,"东北易帜"后,北洋政府的统治宣告结束,国民政府实现了形式上的统一,但是,新军阀代替了旧军阀,国民政府内部派系林立,内斗不已,自然给腐败滋生提供了土壤。腐败依旧是国民政府为政的沉疴。张恨水发表了大量时评杂感,抨击抗战时期国民政府在重庆陪都的"纸醉金迷";严独鹤在《新园林》口诛笔伐抗战胜利后的国民政府腐败统治。本节拟以张恨水[①]和严独鹤[②]揭露国民党官场腐败的时评杂感为例,透视通俗文学作家作为副刊编辑坚持正义,监督政府,呼唤清廉政府的政治诉求。

重庆陪都时期,虽然物资匮乏,抗战艰苦,但是国民政府腐败分子的奢靡之风依然不减。虽有日机的狂轰滥炸,重庆却出现了畸形的繁荣,张恨水不禁问:"没有人抽烟,谁种鸦片?没有人吃肉,谁开屠店?没有人谋享受,

---

① 本小节张恨水的引文均出自《新民日报·最后关头》,为简洁计,均括注发表日期。
② 本小节严独鹤的引文均出自《新闻报·新园林》,为简洁计,均括注发表日期。

重庆市哪来许多新设的酒馆绸庄与娱乐场所?"(1938年8月16日)原来是最容易挣钱的大官僚、买办阶级、运输事业者等,他们挣了钱"狂花一阵,就刺激了市面"。(1939年12月13日)特别是公务人员,他们不管外面炮火连天,不管百姓流离失所,下了办公室,就开始了的公余"三部曲":"或朋友公馆,或朋友寄榻的旅舍,桌子抬开,四友集合,八圈叉上,打牌其一也。牌打过了,有输有赢,输者有所不甘,赢者颇难为情,倘来之物,吃了它,上馆子其二也。酒醉饭饱,问夜如何其?夜未央,八点钟耳。不有余兴,曷消长夜?捧某某小姐去,听清唱,其三也。"(1939年12月1日)公务人员之清闲,源于人浮于事。特别是那些简任官员,他们一月拿到四百到六百元的工资,"除了两月开一次会,或三月做一次报告外,并无其他表现",简直是"吃空饷"!张恨水说"假使国家把这些'员'字号一律裁掉,我断言与抗战建国毫无影响。"虽然"'员爷'满坑满谷者",但是他们总有办法,"可以为饭碗保险"。(1939年4月3日)因为国民政府的肌理里存在着腐败分子游刃有余的因子。除了玩和吃,在住上,政府官员也是不甘人后。张恨水去中大,看到路边新建筑洋房,木牌子上写着刘次长、沈科长、姚处长等字样。连小小的科长处长都洋房豪宅,其他大人物住宅之豪华可想而知。于是他"不禁地生了一种恶劣的情绪,要向路上吐出一口酸水"。(1939年2月20日)这些小官吏如何能住豪宅,享受奢靡,必定是善于捞钱,发国难财,张恨水用解释"刮铜"来暗示官员抓票子的功夫:

钱,是糖一样的东西,经过谁的手,谁就要沾染一点下来。将三个铜板交给女佣去买酱油,无论如何,她要落下一个,何况其他?

这种行为,北京叫着吃钱,江西叫着揩油,安徽叫着吃铜,都是一理。只有江苏人形容得更好,叫着"刮铜",以刮铜为业的,好像是银钱业了。其实他们负有流通金融的一种义务,在钱上赚钱,还是公开的权利。就以现在成渝两地操纵钱市的钱滚子而论,已属罪大恶极了。究竟我们还知道他们是钱滚子,还知道他们是罪大恶极,刮铜而为人所知,刮铜而犯罪,究不能谓之刮铜能手。

那末,善刮铜的是谁呢?芸芸众生,必当有其人。天知地知,你知

我知。(1939年12月8日)

刮铜能手莫过于那些科长、处长及无数的"长爷""员爷"了。重庆官员的"刮铜"和购置豪宅何以敢如此明目张胆,有恃无恐?因为"大官贪污,他的部属更贪污。因大官贪污行为,必假手于部属。部属在替上司作弊的时候,料定啃了元宝边,再将元宝缴上,上司是不敢作声的"。大小官吏,上下联手,相互包庇,互通声气,形成一张牢不可破的腐败网。所以重庆很少听说"行政官吏因贪污而枪毙的"。贪污成本的降低,以致"贪官的胆子越来越大"。正是对于重庆吏治腐败有深刻的了解,张恨水告诉民众一个识别贪官的好方法:"国内有没有贪官?贪官是谁?这个问题并不难答复。查一查全国官吏的私生活是否和他的薪金相称,便可明白了。"看是否是"窝案","是塌方式腐败",则看"一个做科长的人,可以盖洋楼,坐汽车,他的上司,必定有几千万存在外国银行里"。(1938年10月30日)一边是国民政府的奢靡无度,一边是百姓在饥饿的死亡线上挣扎。张恨水以自己的亲身经历,书写了重庆陪都时期"一丛深色花,十户中人赋"和"朱门酒肉臭,路有冻死骨"的新诗史:

> 重庆也算长安洛阳了。一晚,从沙坪坝回来,路过化龙桥之东,冷月穿过了暗绿的槐树林,破碎的白光射在水泥人行道上。竹篱下,蒙茸的细草中,直挺的一个人睡着。叫他不应,上前一看,鼻息也无呀,是个倒路的。竹篱里是所钢骨水泥的洋楼,银色的电光,穿过了玻璃窗上的绿纱,映照着迷离的花木。一阵婉妙的歌声,飘在那倒路的上空。这是诗,这才是现实的诗料,很可以套白居易的调子。但我在归途中,万感交集,没想出一个字。

"路倒"饿毙于轻歌曼舞的豪宅之外,这是对抗战时期国民政府贪腐最大的控诉!为澄清政治,给老百姓以活路,给抗战以保障,张恨水疾呼:"能洗涤贪污,则抗战必胜,建国必成!"(1938年11月1日)

抗战胜利后,国民政府还都南京,举国欢腾,大家以为中国从此可以走上独立富强之路,但是国民政府贪腐一步步击碎了他们的迷梦!

我们先从1947年8月26日严独鹤的《新闻报·新园林》上的《失败主义与贪污无能》一文谈起。文中提到美国魏德迈氏奉命为特使到中国来调查,别时发表了一篇声明,其中特别提出两点:"其一,是勉励中国人不应自陷于失败主义。其二,是指责身居要职之官员,大都贪污无能。"连国民党的后台老板,也痛斥这不争气的奴才,可想其腐败已到了天怒人怨的极限。在二次世界大战中,中国曾被列为美、苏、英、法、中"五强"之一,八年浴血抗战取得了胜利,怎么全国会笼罩着"失败主义"的传染病?严独鹤指出,这"又不能不归咎于魏德迈所指责的'贪污与无能'"。他在多篇杂感中指出胜利之后,"天上飞下来,地下钻出来"了一批接收胜利果实的大员,他们可以说是坐镇重庆的蒋介石的先遣队,是沦陷区百姓所见到的第一批国民党委派来接收沦陷区的官员。盼星星盼月亮般好容易将他们盼来。他们应该来接收什么?严独鹤在《接收眼泪》一文中说:"接收工作,主要在接收人心,这原是很透辟的一句话。接收人心,还须接收眼泪,这是更痛切的一句话。"(1946年9月17日)沦陷区的同胞这八年来流了多少血泪,现在自己人来了,那是应该倾听沦陷区同胞对敌伪的血泪控诉的。可是在接收大员看来,接收人心和眼泪有何用?"可是在'接收'变为'劫搜'的状态中,连物资的接收,都找不到原始清册,无从核对。至于人心是否接收,眼泪是否接收,那更不在话下了。"从"接收"变成"劫收",最后竟发展到"劫搜"的地步,大员们要的是张恨水小说中所说的"五子登科":金子、票子、房子、车子和女子。于是人民从这批强盗般的"接收大员"看清了这个政府的形象,从期盼胜利建国的热情中被当头泼上一大盆冷水,迎来的是大失望,怎么不充满着"失败主义"的情绪呢?在1947年所写的《收拾人心》一文中,开头就提及:最近参政会提出了一条收拾人心的议案。"如今胜利已经两年多了,论理早该由收拾人心而进于安定人心,由安定人心而进于振作人心了。"(1947年11月29日)可是一面是饥民遍野,小民呼吁要吃饭;一边是大发国难财、胜利财、接收财,人心能收拾吗?严独鹤在《大员大发财》中写了东北的一个典型个案:"东北各地,在'打麻将'中新兴了一个花色,是'东风''北风''一筒''发财'四张联在一起,可以开杠,还要加上一'番',意思是说'东北接收大员大发财'。"(一筒大而圆,谐音为大员)"有人说这'东''北''员''发'的一杠,如果在杠头上抓着一张'红中',更可说是'杠头开花''五门全',因为'红中'之红,象征着鲜血,恭喜大员发财,可怜小民流血,而且大员所以发财,也只为了善于吸血。"(1947年10月26日)在1948年的《今也何如》中说"胜利三年来,人民心理,转充满了忧惧与怨望"。(1948年8月13日)在《教训与责任》中明确地指出:"经济改革政策大失败……是政府失了信,也失了人心。别的失败还好补救,失了信,是不易挽回的,失了人心,是难于收拾的。'民无信不立。'……仅仅临民以威,而不能示民于信,在封建之世,已有些行不通,何况现时代。结果是信之不存,威于何有?"(1948年11月7日)国民党只是用白色恐怖的"临民于威",而置民生于不顾,于是最后社会就进入了"世纪末的疯狂"。在严独鹤的杂感中,也一再提出在"一片贪污声,喧腾耳鼓"和"奸商"的投机倒把和囤积居奇下,贫富差距愈拉愈大,"贫者愈贫,多数人逼上了饥饿线;富者愈富,少数人超过了饱和点"。国民党也叫嚷过惩治贪污,但在《守法精神》中严独鹤揭露,"只捉小鱼,大鱼便在例外,只拍苍蝇,老虎便成化外"。(1947年7月4日)国民党表面上也做出要惩治贪污的样子,但最多是只打苍蝇,不打老虎。最大的巨虎就是孔祥熙,就是蒋介石的姻亲。杂感指出,官商勾结,"奸商"头衔里,"此中有官,呼之欲出"。此话张恨水在抗战时写《八十一梦》时就有过一个小标题——"一孔通天",这个"孔"就是指孔祥熙。严独鹤指出:就"豪门"而言,"大'豪'之豪,不仅豪于资,也豪于势,豪于资可查,豪于势者就碍难查"。眼看国民党政权摇摇欲坠,民间就出现《好老歌》:"大好老飞美国,二好老到香港,三好老来去忙,没钱的满街荡。"(1948年1月9日)"来去忙"是指为走私而忙;"满街荡",是因流浪而漂荡,因失业而闲荡。在1948年12月30日,严独鹤写下了《送别'三十七年'》一文:"送别归年,任何人都不会有什么惜别的情绪,只加以烦恼的诅咒。因为这'民国三十七年',论时局是最紧要的一年,论工商业是最衰落的一年,论人民生活,又是最苦痛的一年。一页又一页的日历,其中正隐藏着许多泪痕,许多创痕。真可称为'流年不利'。"这正是"失败主义"达到了最高涨的日子,预示着1949年的蒋政权的末日的到来。

如此说来,只有倡导"清廉自律","苍蝇""老虎"一起打,并确实实践之的政府,和喊出了"民生第一"而能切实提高人民的幸福感的政府,才能立于世界之林,圆满地实现我们的"中国梦"。张恨水、严独鹤时评杂感形象化地为我们提供了一个"反面教员",这样的"著作态度"能说是"全无心肠的人"吗?

第三节　谴责军阀乱政,建设安定和平的政治环境

武人干政、军阀割据是民初政治的弊窦之一。军阀乱政不仅导致国家分裂割据,政局更加腐败黑暗,而且导致政局一直动荡不安,内战频发。如直皖战争、直奉战争、江浙大战等等。这些战争,都给人民的生命财产安全带来了极大的危害。作为市民百姓中的一员,通俗文学作家强烈谴责军阀乱政,控诉了战争的罪恶,道出了民初百姓思安求稳定,祈求安定和平政治环境的愿望。

一　抨击武人干政,揭露军阀丑行

早在民国甫建立,即有人看到"中央不能控制各省,各省不尽禀承中央,悍将骄兵,争乱时闻,实为今日一大隐患"①。由于中央的纵容,各地督军俨然"土皇帝",骄横跋扈,无恶不作。1913年,川督尹昌衡强占民女,但政府仅以"私德虽坏,但能勇于杀敌"不予追究了事。尹昌衡不仅不思悔改,反而变本加厉,以征藏为名,先是"徘徊中道,经年累月,虚糜饷糈,屡次失机",假报大捷;后又置前线军务于不顾,回川争夺郡督,"伏兵城外,要取印信",渎职违法,但是他买通议员,唆使"省议会十八名议员为之电京代请任命"。王钝根更痛恨议员之于尹昌衡,简直于臭肉引苍蝇,"尝以尹昌衡谐声为引苍蝇,音义殊近"②。无独有偶,二次革命后,张勋攻入南京,纵兵烧杀抢掠,无恶不作,还禁止国民悬挂民国国旗,"一切举动,悉如清制,属吏须上手本,知事改称知县,尤可异者,出示用总督头衔,年号写宣统字样,其背叛民国之逆迹昭

---

① 寄尘:《自由谈》,《申报》,1913年6月8日。
② 钝根:《自由谈》,《申报》,1913年7月8日。

然若揭",但中央政府不仅不严惩,反而任命其为江苏督军。① 正是中央的纵容,助长了地方统兵大员不遵法令,肆意妄为的嚣张气焰,一旦没有袁世凯这种强权人物约束,中央政府权威衰落,必然造成军阀割据,操纵中央。

袁世凯去世后,北洋军阀分裂成各个派系,势力此消彼长,皖系、直系、奉系相继操控中央。有人形容当时的中央政府与军阀的关系,就像幕中人与傀儡的关系一样。"独彼衮衮执政诸公,事事仰武人鼻息,唯命自听者,初承拥护以登台,继遭排挤而下野,前仆后继,身为傀儡而不悟,是可哀也。"②内阁的名单必须获得实力派军阀的认同,方得通过。1922年,保定的曹锟和洛阳吴佩孚把持政府。9月,王宠惠出任总理的新内阁经历了千难万难总算勉强成立,但是"洛方虽同意,但保方还不惬意",注定此内阁"仍是暂局"。周瘦鹃不禁愤怒道:"我总不明白,政府中大小百事,为什么都要去问保洛,都要保洛满意惬意,保洛眼瞧着国步艰难,也该迁就一些,为什么兀是把持国政,百方的作梗,保洛保洛,真好似殷纣时代的炮烙之刑了!"③内阁成立后,完全受制于军阀,有人戏言内阁"恰似皮球,可以踢之使东,踢之使西",程瞻庐认为内阁甚至连皮球都不如,皮球有胆,"内阁有胆乎?皮球受踢,本体可不受损伤,内阁受踢,本体可不受损伤乎?"不仅"不禁足踢,稍吹弹而即破",因此程氏送内阁为"纸扎内阁"。④ 纸扎的内阁当然禁不起军阀的折腾了,内阁换得如同走马灯一般,从袁世凯做总统至北伐胜利的十三四年中,竟换了十三届总统和四十六个内阁。除了操纵内阁,军阀还收买议员,使议院成为其政治斗争的工具。对于阁员名单的表决,议员基本秉承军阀旨意。如1922年底,颜惠庆和张绍曾作为两个备选内阁,纷纷向曹锟献媚以求通过,但某派议员认为颜、张"都不是那回事"。"都不是那回事"不过是议员替军阀背书罢了。周瘦鹃一针见血地指出:"我们中国现在的政权,全操在一二军阀之手,再由军阀出钱,买了许多没有价值的嘴,在那里说反对,喊赞成。军阀以为是那回事,才是那回事,军阀以为不是那回事,就不是那回事。

---

① 恨海:《自由谈》,《申报》,1913年9月16日。
② 舒景观:《自由谈》,《申报》,1922年11月1日。
③ 鹃:《自由谈》,《申报》,1922年9月23日。
④ 瞻庐:《自由谈》,《申报》,1922年12月26日。

所谓某某派某某系议员,他们自己那有甚么心理,实是瞧在金钱分上,和军阀合唱双簧的。是那回事和不是那回事,都没有一定,要看军阀的圣旨如何。至于实际上是那回事的,能有几人?据我们小百姓眼中瞧去,可完全不是那回事啊。"①既道出了议员不过是军阀的传声筒,又道出百姓对军阀操控政局的痛恨。军阀收买议员,演出了一出出民国政坛上的丑剧闹剧,其顶点就是曹锟贿选。

　　武人头脑简单,其目光所注都在金钱与禄位上。因此,军阀所作所为,不是抢地盘,就是搜刮民脂民膏,积累了惊人的财物,以供挥霍。江西督军,上台后,拼命搜刮,几年间挣了"三千五百万大财",在敌对方打过来后,他顺利交接,"便卷款北上,做他的大富翁去了"。②某巡阅使的一个小妾逃跑,就能携带珠宝二十余万,可见聚敛的财物之多!而政府财政告罄,连区区五十万都拿不出。周瘦鹃讽刺军阀:"希望全国巡阅使督军省长等等的爱宠,一起卷逃,各带几十万现金或宝贝去,再希望他们大发慈悲,把三分之二捐与政府,如此凑合起来,倒是一个很大的数目。"③为了敛财,督军不惜违法犯禁,甚至丧尽道德。鸦片之害罄竹难书,但是福建督军李厚基纵容部下种烟,牟取暴利。周瘦鹃讽刺他说李厚基"是吃足了烟的油水"得了"黄油病"④。为了割据当"土皇帝",军阀更是无所不用其极,将地盘经营成自己的独立王国。江西蔡成勋为了割据江西,拒绝中央派员,拘捕政敌,打压反对者,简直想狠心地"把南昌藏在左腋下,把九江夹在右腋下,或竟把江西全部密密包裹起来,纳到怀中去",把蔡成勋为巩固地盘那种机关算尽,患得患失的丑态表现得淋漓尽致。⑤军阀的倒行逆施,势必引起民众的切齿痛恨。江苏督军齐燮元政声极差,其父亲故世,旅京苏州同乡借此联名向政府请愿,要求齐督军丁忧解职,进而废督。⑥他们将督军视为国家的毒瘤,将废督视为救国的良药:"督,毒也,其滋生发扬于国内,而为吾小民毒者,数载于兹

---

① 鹃:《自由谈》,《申报》,1922年12月6日。
② 鹃:《自由谈》,《申报》,1922年7月4日。
③ 瘦鹃:《自由谈》,《申报》,1922年8月18日。
④ 瘦鹃:《自由谈》,《申报》,1922年9月30日。
⑤ 鹃:《自由谈》,《申报》,1923年1月30日。
⑥ 瘦鹃:《自由谈》,《申报》,1922年7月22日。

矣。吾小民焦头烂额不能胜其苦,遂支厉而起,泣诉于政府之前,以废督为请,废督,犹消毒也,毒消,则吾民有生气矣。"①为了平息民愤,督军们纷纷表示支持废督,但是他们仅仅废去督军名号,改为督办、督理,其地盘、权势不变,换汤不换药。所以程瞻庐讽刺督军之所谓"废督":

> 武人横行,厥状类蟹……蟹之解甲,非解甲也,蜕旧甲而易新甲也。人知蟹之随潮解甲,而不知蟹之随潮易甲。是人受欺于蟹也。经一度解甲而蟹之外壳益固,蟹之内力益充,蟹字号横行乃益无忌,然则解甲云云,真不祥之名词矣。是故督军者,蟹之所蜕之旧甲也。督理善后者,蟹所易之新甲也。②

督军之名被废之后,可以善后为名,名正言顺地伸手向中央要钱,增加其实力,正如螃蟹脱了旧壳,不仅无损,反而"外壳益固""内里充益"。瞻庐的比喻生动形象地揭穿了所谓废督政策的虚假。所以,终北洋政府整个统治时期,地方割据势力一直没有消除。即使在国民政府时期,新军阀的割据仍是顽疾。只有在新中国成立后,军阀割据才真正消除。

二 谴责军阀战争,痛斥战争罪恶

有人以蟋蟀相斗来形容军阀混战:"蟋蟀,虫类也,性好战,一遇同类,视之为仇敌,于是互相血战,至死不却。呜呼,蟋蟀之不爱同类,而卒无善终,则今日之武人,亦复如是。川也,湘也,粤也,直无异于蟋蟀之战耳。"③这个比喻,生动形象地指出军阀混战的实质是同类相残,也预示了军阀必然会被钉在历史的耻辱柱上,更控诉了战争给百姓带来无休无止的灾难。通俗文学作家正是在此立场上,写就时评杂感,谴责军阀混战,痛斥战争罪恶,以呼吁和平的社会环境。

通俗文学作家揭示了军阀之间的战争,其本质不过是为了"占据地盘"

---

① 鹃:《自由谈》,《申报》,1920年10月21日。
② 程瞻庐:《自由谈》,《申报》,1922年11月22日。
③ 徐绍梅:《自由谈》,《申报》,1922年9月2日。

而进行的"互相残杀",他们"视国家若己有,咸不忍放弃其权利,正如对肥鱼大肉,人人爱而垂涎,各思大嚼以为快,大嚼不得,于是争端以起"。① 1925年,新直系与奉系之间战云再起,段祺瑞居中调停,周瘦鹃说:"难为段老老像陈平分肉一般,给他们把地盘分匀,本来多拿些的,请他吐些出来,猫嘴里挖鳅,真不是容易的事。"② 一言以蔽之:"既不为国,亦不为民,徒为私人权利而战耳。"③ 但是军阀欲壑难填,地盘永远分不均,战争永远无休止。

他们描绘了军阀之间相互倾轧的各种丑态。直奉之战后,张作霖为和曹锟释嫌修好,"口头上横一个曹三哥,竖一个曹三哥,喊得震天价响,又说是老友,是至亲交情,是生死不易的。老曹也口口声声的唤着雨亭老弟,一壁又说甚么儿女至戚,生死老友。瞧他们一往一来,真极尽肉麻之能事了",简直把一场恶战看作"乡下亲家母和城里亲家母指手画脚的对骂了一场",但是这场对骂,恰恰是以"无数兵士的血和苦百姓们牺牲的身家性命"为代价的!④ 表面上称兄道弟,背地里,张作霖却在东北大力练兵,必欲复仇雪耻!⑤ 曹锟背地里则骂张作霖是杀人魔王张献忠。⑥ 此外,吴佩孚与曹锟的面和心不合,冯玉祥的倒戈,都有精彩的描述。所以程瞻庐将军阀比作变相之蜜蜂,"蜜蜂之蜜在内部,而毒剑则在外部。军阀之蜜在外部,而毒剑则在内部,蜜蜂与军阀只变易其蜜与毒剑之位置而已矣。是故腹蜜而尾剑者,蜜蜂也;口蜜而腹剑者,军阀也。尾剑易御,腹剑难防,军阀之毒,浮于蜜蜂,可慨也夫"⑦。他们表面称兄道弟,从背地里暗相攻伐直到公然争得你死我活为止,不正是"口蜜而腹剑"吗?

从1920年开始,通俗文学作家对其间发生的直皖、奉直、江浙等大战都给予了关注,控诉了军阀战争的危害,表达了和平的愿望。这里仅以周瘦鹃在江浙大战中的时评杂感为例,揭示通俗文学作家揭露战争罪恶,反映百姓

---

① 醉痴生:《自由谈》,《申报》,1922年10月24日。
② 鹃:《自由谈》,《申报》,1925年11月17日。
③ 纡庵:《自由谈》,《申报》,1923年4月9日。
④ 瘦鹃:《自由谈》,《申报》,1922年8月19日。
⑤ 瘦鹃:《自由谈》,《申报》,1922年8月2日。
⑥ 瘦鹃:《自由谈》,《申报》,1922年8月26日。
⑦ 瞻庐:《自由谈》,《申报》,1923年1月5日。

诉求的正义立场。1924年8月下旬开始,周瘦鹃以江浙大战亲历者的身份,利用《自由谈》时评的舆论阵地,逐日报道战局进展,发出反战求安的声音。作为《自由谈》的主笔,他组织一系列特刊专号如《江浙风云特刊》《自由谈·非战专号》《双十节特刊》《战后纪念专号》,刊载了大量的反战作品,以特有的方式来表达反战愿望。9月14日中秋节,按惯例,本来要出"中秋节纪念特刊",他却改出了《自由谈·非战小说号》,组织刊发了诸如《脑中的创伤》《逃难》《可怜闺里月》等小说,通过描写战争对人精神肉体的伤害,控诉军阀混战的罪行。在"小引"中,他写道:

> 中秋节到了,本来要出特刊的,但是炮火连天中,我们哪里还有闲情逸致,过这佳节,况且那明月虽团圆,江浙两省的人家毁于炮火的不知有多少?家人父子夫妇都不能团圆了!我们念着战时兵灾之惨,因此不出《中秋特刊》,特地出这《非战小说号》,要知字里行间,都有血痕有哭声啊。

"双十节",他组织了《双十节特刊》,刊发了《国庆在哪里?》《双十先生的悲哀》《双十节今昔谈》,用反讽的方式揭露战争的罪恶。战后他又组织了《吊浏阳河之战》《归心》《血泪一斑》等作品构成《自由谈·战后纪念号》,呼吁大家牢记战争之伤,不忘军阀之恶:"江浙大战,不知牺牲了多少生命,多少财产,所得的结果如何?……眼瞧着满目疮痍,都拜得军阀之赐,记者痛定思痛,因此特地出这《战后纪念号》,愿大家牢记着这一次腥风血雨中所受的苦痛,永永勿忘!"① 此外,周瘦鹃还控诉了战争中巨额的军费,给人民的生活带来了沉重的负担,导致饿殍遍野,民众流离失所。直皖战争不到十天,皖系军阀花费军费两千余万,向徐世昌政府索饷。段祺瑞战败,不受任何制裁,反而大发战争财,携巨款从容出京,到天津做寓公。但是回头看看战争造成百姓们流离失所,经济损失总是几千万,无形损失,不可胜计。军阀把战争损失全部转嫁到百姓身上,"向小百姓的头上刮削,拼拼凑凑,都送到炮

---

① 鹃:《小引》,《自由谈战后纪念号》,1924年11月16日。

口枪眼中去,这真和抽鸦片的,把辛苦挣来的汗血钱,送在烟枪上一样。唉,小百姓要是肥肥胖胖,那么将民脂民膏,贡献些与大军阀,也未尝不可。叵耐民生憔悴,人人骨瘦如柴,连脂和膏也都没有了"[①]。为了替沉默的小老百姓哀嚎,周瘦鹃沉痛地呐喊:"苦百姓的饭碗已被全国的有枪阶级夺去不少了,望他们发一发慈悲心,剩一口饭给苦百姓吃罢。"[②]

[①] 鹃:《自由谈》,《申报》,1925年11月9日。
[②] 鹃:《自由谈》,《申报》,1924年8月8日。

第三章　关注民生疾苦，充当平民喉舌

通俗文学作家多出身底层，靠着个人奋斗在社会上取得一定的地位。周瘦鹃六岁丧父，家中"一贫如洗"，全靠母亲"做女红换饭吃"，"在艰难困苦中成长"，直至50年后他回忆起来依然觉得"简直是比黄连还苦啊！"① 但是他在黄连水浸泡般的生活中立志向上，以自立自强、勤奋刻苦的精神，凭双手不仅丰衣足食，而且以编、译、著的成就名列《上海最近一百名人表》②，跻身于海上新进的文化绅士之列。李涵秋早年丧父，家中"一贫如洗"，年未弱冠就出来教书为活，贫困一直纠缠着青年时代的李涵秋。尝遍了贫穷的李涵秋从穷小子到"小说大王"的成功史，是一部底层人物个人奋斗史。张恨水亦早年丧父，家道中落，很早担负家计，甚至贩药谋生。早年生活经历的困苦和奋斗历程的辛酸，使他们对底层人民有着天然的体贴和同情。做报人时，他们依然将这份对百姓生活疾苦的关注投入时评杂感的创作，为百姓代言，展示出强烈的人道主义情怀。因此，关注百姓生活疾苦，也就成了他们文学创作的一个重要题材。与新文学作家多关注农村农民疾苦不同，他们更多地关注下层市民及都市弱势群体的生活疾苦。新文学作家多写农民的精神病苦或阶级压迫，而通俗文学作家则多关注生活对细民的压迫，将其作为社会问题来研究，暴露体制的弊端与社会的不公，以引起政府和社会的关注，从社会层面寻求合理的解决之道。

---

① 周瘦鹃：《笔墨生涯五十年》，《姑苏书简》，新华出版社，1979年，第53页。
② 转引自范伯群，周全：《周瘦鹃年谱》，《周瘦鹃文集》第4卷，文汇出版社，2011年1月，第474页。

第一节 关注衣食住行问题,体察细民疾苦

日常生活物资的价格直接关系到市民大众的生活境况。关于物价的评论也成为通俗文学作家时评杂感的重要内容之一。商人囤积居奇,造成物价上涨,似成民国时期的常态。民以食为天,米价的涨跌尤其是市民生活境况良窳的晴雨表。北洋时期,周瘦鹃就经常蔑称米商为"米蛀虫",谴责他们投机倒把"孜孜为利",将米价抬至"米价每担十八元",他质问这些米蛀虫,如此疯狂的囤积行为"终不饿死上海人乎?"①虽然北洋时期米价常常疯涨,但是终能回归正常。抗战胜利后,由于国民党的腐败,游资的流窜,商人的囤积,物价上涨的程度达到民国之最。严独鹤在《新闻报·新园林》中发表了一系列的文章,关注细民疾苦,如他在抗战胜利之初,就在《面包与牛油》一文中指出:"在战争结束以后,所最当注意的,就该是生人之道,而不是杀人之道。就该是民生问题,而不是民死问题。就该不必再畏惧原子炸弹的威力,而要关切到面包牛油的能否大量生产,大量供给。""民主至上,还是要顾到民生第一。"②但国民党只顾在美国的支持下发动内战,民主是根本谈不上的,更不会去指导农业生产,以增加"面包与牛油";他们只顾滥发钞票,从小面额到大面额,从法币而改"金圆券",美其名曰"新经济改革政策"。1946年6月底的白米的官价是四万六一石,而官价却无货,暗盘即"黑市"是七万以上。到 1947 年 12 月,随着大钞的发行,本来面额最大的是一万元,而现在是"二万元、四万元、十万元,同时出世,仿佛一产三胎"。而当时白米每石已暴涨到冲破九十万大关。在 1948 年 2 月 14 日的《新春飞新钞》一文中谈及:"去年最高额一万元,今年最高额已达十万元。一年之计在于春,十倍之额在于钞。"在 1948 年 2 月,米价冲出二百万大关。而到 3 月份,竟冲出了三百万大关。严独鹤根据 1947 年的电讯,告诉读者:天府之国的"蓉市(指四川成都市——引者注)米价,每粒值国币二角一分,黑市则近四角"③。白米

---

① 鹃:《自由谈》,《申报》,1920 年 9 月 24 日。
② 严独鹤:《新园林》,《新闻报》,1946 年 1 月 9 日。
③ 严独鹤:《新园林》,《新闻报》,1947 年 7 月 15 日。

竟以"粒"来论价,我们今天听来简直可视为奇谈怪论。在《喊冤式的诉愿》一文中说"米价狂跳,大家都认为是白色的恐怖"。① 实际上是政治上的白色恐怖与民生上的白色恐怖,一起向老百姓袭来。在1948年国民党的国民代表大会刚闭幕的4月份,蒋介石不再是委员长而是就任了总统,但他的政府的货币,却全成了废纸,这个蒋家王朝就只能"兵败如山倒"地败走孤岛了。

　　住和行也是都市生活的重要面相。李涵秋从扬州到了上海,深感上海住宅之逼仄,居室之小,简直如同飞机舱,恐发展下去,"居室之固定",将"如佛家之所谓虚空住者",叹上海人满为患,"人苦居室难"。② 战争的影响也常常造成居室内的拥挤和房价上涨,江浙大战期间,苏常嘉杭的居民,纷纷避难上海,除了居住旅馆外,很多投亲靠友,而"海上寓公则又大多数皆屋宇逼仄者,小楼一楹,妻孥相共,平日已极拥挤",如今避难亲友骤至,拥挤不堪,"愈形逼仄","斗室之中,鲜有不纵横设榻,堆积箱笼,无舒展之余地"。毕倚虹叹道,迁居者苦"固不能支,居住者亦苦不堪言,可悲也",而究其原因,则是江浙大战的罪恶。③ 因江浙大战而致使上海居住紧张,造成居民生活不便的情节,在叶绍钧的《潘先生在难中》、包天笑的《甲子絮谭》中都有精彩描写。抗战之后,上海更是一房难求。不论买还是租住,大一点以金条计算,就是小小的亭子间,也尽管食无鱼,不能居无鱼(小黄鱼——指金条)了,所以被戏称为"黄金屋"。这样奇贵的房间,普通工薪阶层尚难以承担,"何况平民",因此,严独鹤呼吁当局要多建廉租房,"以极低廉的租费,赁给贫苦小民居住"④,使得老百姓居有定所。高房价和高租金,造成住房难。政府在市政方面的投入不足与管理缺失,以致车挤路堵,造成"行路难"。电车和公共汽车站的秩序,混乱无已。"乘客争先恐后,常从窗户进出,或攀附车外",拥挤不堪,危险异常。⑤ 严独鹤呼吁当局重视起来,多开几班汽车,解决小市民的行的问题。由于车辆拥挤,交通秩序混乱,大家为了赶时间,"拼命地

---

① 独鹤:《新园林》,《新闻报》,1947年12月27日。
② 涵秋:《居室难》,《小时报》,《时报》,1921年11月6日。
③ 清波:《秋笳杂感》,《小时报》,《时报》,1924年8月31日。
④ 独鹤:《新园林》,《新闻报》,1945年12月29日。
⑤ 独鹤:《新园林》,《新闻报》,1946年4月18日。

'冲',拼命地'撞',拼命地'钻'",纷纷扰扰,结果道路更加拥堵,以致上海在最热闹的时候,几乎每天马路都不通。①但是,政府当局将交通拥堵的原因归结于"人力车夫不绝于道",以致要废除人力车。严独鹤指责道,"塞住十字路口的,往往是大卡车和大型汽车",废除人力车,一方面根本无助于解决交通问题,一方面造成车夫失业,也加重了无钱购买或乘坐汽车和自助车(即自行车)的市民的出行难。他讽刺主张废除人力车以解决交通问题的人"大概都是汽车阶级",废除人力车完全为了满足他们的私欲,"最好坦荡的马路,让汽车独占,何等畅快!何等便利!又何等气概!"②其言外之意,减少汽车数量,规制汽车和卡车的出行秩序,才是解决交通问题的应行之道!摊贩问题,同样影响交通,政府为了整顿市民,强制收缴摊贩,动作粗暴,造成平津沪等地出现摊贩反对政府的风潮。严独鹤认为,摊贩问题看似是交通问题,实则是百姓的吃饭问题。"这个年头,实在是'吃饭第一',何况是升斗小民。"解决乱摆摊贩的问题,必须兼顾百姓的吃饭问题。他建议将沿路设摊,改为集中空地摆摊,以达两全。③

除吃饭难、住房难、行路难外,上学难、就医难,都是抗战胜利后上海市民所面临的难题。1946年年初,因为通货膨胀,学校如不涨学费,则学校无法维持;如果学费太高,家长负担不起,因此,严独鹤主张采取折中方案,清寒子女教育贷金必须保证,确保贫寒子弟有学上;私立学校经济必须公开,保证老师的薪水足以养家,又不至于造成家长无力负担。到了1946年9月,随着通货膨胀的进一步加剧,生活指数,较之前,职员涨了三千倍,工人涨了四千倍,而"学费,较诸战前,却几乎上了一万倍!"严独鹤不禁叹道:"家长们怎样吃得消!"他说"学校到底不是学店","断乎不容许以营利为目的",无论公私立学校,必须"特留若干免费名额,使得真正清寒的子弟,不至于完全被挡",以致失学!④通货膨胀一路严重起来,学费跟着疯涨,学生的失学危险越来越严重,严独鹤也一路呼喊。至1948年2月,新学年开学,米价冲

---

① 独鹤:《新园林》,《新闻报》,1946年8月17日。
② 独鹤:《新园林》,《新闻报》,1946年7月25日。
③ 独鹤:《新园林》,《新闻报》,1946年12月5日。
④ 独鹤:《新园林》,《新闻报》,1946年9月8日。

出二百万大关,学生的学费及其他各项费用达二三百万,大量清寒学生因交不起学费而失学,严独鹤呼吁社会和当局,严格执行清寒学生学费减免政策,不容取巧,筹募清寒奖学金,竭心尽力减少失学青年,将"抢救失学青年",作为"开学声中第一课"![1] 乱收费,也是教育的弊病。针对私立学校要求学生预缴留额金和公立学校要求提前交纳书费,严独鹤认为留额金是旧规例,预缴书费是新花样,二者都有巧立名目之嫌。此外,种种冠冕堂皇的乱收费,皆"等于苛捐杂税的种种'例规'和'花样'",应该毅然废除,学校毕竟不是学店,校长毕竟不是老板![2]

战后生活困难,看病更难。卫生局职员陆濠,因妻子久病,无力支付医药费,以致精神失常,投黄浦江自杀;一市民因母亲生病,无力延医服药,为筹措医药费,不惜铤而走险,抢夺一个妇人的皮包。看病难酿成了一个又一个的人间惨剧!严独鹤哀叹穷且病的人命运之可怜:"在这个百物腾踊、生活艰窘的时候,就每个家庭论,就整个社会论,都觉得单是吃饭问题,已经难以解决,哪里还顾得到吃药?不幸而为穷人,又不幸而既穷且病,那就只好挨命。"[3]不仅如此,上海当时的医院多以营利为目的,先交钱,后看病,成为惯例。许多急诊病人因为一时无力筹措诊费,错过救治最佳时机而丧命。国民政府在此时已经不可信。为了救济穷人,严独鹤将目光投向了民间,主张吸纳民间的资金和力量,如顾乾麟一样,举办"急贷诊金",解决此类问题。其办法为:先与若干家医院协议合作。如有无力支付诊费的急诊病人来院,医院打电话与急贷诊金机构电话接洽一下,"说声救,便动员了几位医生,立刻就救"。费用一部分由急贷诊金机构贷款,一部分由医院自动减免。这样解决了部分贫苦急诊患者看病难的问题。因此严独鹤称赞顾乾麟的义举在"这个'穷人万万生不得病'的社会中,救穷而且救急,确值得佩服!"并号召大家"闻风举起,予以协助……充实这个'急诊贷金',使救济的范围,得以逐渐广大!"[4]医患矛盾也是当时医疗中的问题之一。上海庸医多,凭着一些粗

---

[1] 独鹤:《新园林》,《新闻报》,1948年2月19日。
[2] 独鹤:《新园林》,《新闻报》,1948年7月10日。
[3] 独鹤:《新园林》,《新闻报》,1948年2月28日。
[4] 独鹤:《新园林》,《新闻报》,1946年9月7日。

浅的医学知识,就敢挂牌行医,且"业务为轻,利益为重",不顾医生本分,只为博取诊费,经常造成医疗事故,"谈不到医理,更说不上医德"。此举严重触犯了患者的权益,以致医患之间诉讼常常发生,民国版"医闹"频频出现。由于患者的过激之举,也常常使得优良的医师受到冲击,干扰了医院的正常秩序。与依靠民间力量解决穷人就医难的问题不同,严独鹤主张以法律的途径解决医患矛盾。他呼吁社会,一方面保护优良医生的合法权益不受侵犯,一方面对于不够资格、误人性命的医师,必须予以"法律上的监督和约束"。①

公共设施的良莠和市政服务的好坏直接关系到市民生活的质量。从传统走向现代的民国都市,公共设施和服务上存在着诸多不如人意的地方,如下水道、自来水、电灯、公共环境清洁等,都严重地影响了市民正常的生活。作为市民喉舌,通俗文学作家通过时评杂感,诉说公共设施上的诸多问题,希冀引起整治的注意。在北平,由于粪工长期垄断粪便处理问题,又无专门的机构认真规范,粪工俨然粪阀,随意妄为,将洗马桶水,任意泼在大街上,"背着马桶,荷着粪勺,不让行人,用车子推着柳条篮,装满的粪浆,在交通繁盛之区,并不盖盖,粪浆四溅",引得行人捂鼻侧目。由于事关每一天的排泄问题,无人敢问,"既有碍观瞻,又传播病菌"。② 如果说北京是没有现代设施而导致粪阀横行的话,那么上海则是因为管理机制不善而致粪便问题处理不好。上海南市学习租界,设清洁所,有清洁工负责便桶挑倒工作,但没有相应的粪便回收处理方式,清洁工挑倒马桶的工作要么迟到,要么随意将粪便倒在室内阴沟,而不是指定地点,以致南市臭气熏天。现代市政建设,必须有硬件设施和管理机制协调配合,否则不能达到理想的效果,甚至是适得其反,上海南市人感慨,设置清洁所处理粪便的效果反不如此前乡人挑粪。③即便有了公共设施,管理机制也是公共设施发挥效益的重要条件。严独鹤曾深受随地大小便之苦。其寓所"不幸而门临马路,又不幸而路旁有了一个小墙角,于是'小便之行也,墙下为公',得地之宜,适当其冲",有时甚至有人

---

① 独鹤:《新园林》,《新闻报》,1947 年 11 月 9 日。
② 张恨水:《世界晚报》,1928 年 7 月 19 日。
③ 参见秋虎:《自由谈话会》,《申报·自由谈》,1913 年 1 月 20 日。

在此大便,到了炎夏,"臭秽熏蒸,再加上'蝇蚋咕嘬',当然不免传播细菌,妨碍卫生"。如果在墙上写下"此处不准小便","那就等于是'小便请到此处'"。而租界当年成功地禁止随地大小便,让人们在规定的公共场所进行方便,是因为有相应的处罚机制:凡随地大小便者,"巡捕罚洋三角"。租界收回后,国民政府腐败无能,漠视市民生活,不能采取行之有效的措施,以致有了严独鹤的不堪随地大小便之苦。严独鹤建议,除软性的劝说外,当局还须进行强制的惩罚措施。① 北京的张恨水也遇到此种情况,天安门附近,总有成群的野孩子在树下"大方便而特方便",满地狼藉,以致天安门外都差点成了"露天厕所",而造成这些的一个重要原因,就是卫生警察的渎职。因此张恨水也是提请卫生警察采取措施。② 除粪便破坏卫生外,河水的发臭也让人不堪忍受。由于管理不善,北京内城护城河水,向来带臭味,端午之后,中秋以前,天气炎热,"臭得厉害",大煞风景。张恨水建议市政当局将昆明湖的水闸放开一回,"放出一阵大水,把护城河冲刷一下"。③ 在他们眼中,"清洁"是"市政上最需要的条件"。除了设施和机制外,最重要的还是市民生活习惯的养成。清洁是一种良好的生活习惯,而习惯的养成,是需要相应的机制来规范的,所以"清洁这两个字的功夫,并不耗资什么金钱,也不费什么工夫,只要主持市政的人,订一个极切实的办法,交给公安局各区段的去办,那就行了。因为街上值岗或巡警的警士,那是日夜不断的,他们稍为留心,办个半年三月以后,市民自然成为习惯了"④。

自来水供应是都市现代生活的重要组成部分,但是在老北京,大多由水夫送水,因此水夫垄断北京的水供应,以此挟制市民,消极怠工,"爱推不推,爱送不送",服务极差,要钱却一个不少,被称为"水阀"。随着自来水逐步推广,为了保住饭碗,"水阀"们还干涉自来水管的安装,甚至暗中破坏,阻碍现代供水设施普及的进程。安装过自来水的市民,摆脱了水夫的挟制,又受到新水阀——自来水公司的控制。自来水公司"把持一切",加之监督方则不

---

① 独鹤:《新园林》,《新闻报》,1948年6月2日。
② 张恨水:《世界晚报》,1928年7月19日。
③ 张恨水:《世界晚报》,1928年9月29日。
④ 张恨水:《世界晚报》,1928年9月26日。

顾市民利益,为自来水公司大行方便之门,以致自来水公司漠视水质,懒于自来水管的修理整顿,给市民饮水带来极大的安全隐患。两种水阀,无论新旧,都挟制百姓,究其根本,是相应的管理机制缺位。因此,张恨水呼吁,必须有所措施,"不能让他蛮横起来"①。无独有偶,上海的自来水,也是浑浊不堪,"足为致病之媒介"。此外,自来水还承担着为消防供水的功能,但有时则"龙头阻滞,竟至滴水不出,以致施救无力",造成惨剧。他们质问自来水公司,为百姓的健康、安全请命!②

第二节 关注底层弱势人群,体现人道主义

除了关心细民日常生活的衣食住行外,通俗文学作家还以市民喉舌身份,自觉地把目光投向城市黑暗角落里挣命的劳工阶层。他们的时评,就像小小的问题小说,三言两语描述一个场景或一个片段,描述车夫、乞丐、工人、妓女、孤儿等底层人物的悲惨遭遇,引起社会的关注和同情,然后发问,引导社会思考问题的解决之道。

人力车夫问题是当时社会关注的热点问题之一。通俗文学作家在时评中呼应了这一社会问题。他们向社会展示了人力车夫生活的艰辛:

> 路上两个洋车夫说话。一个说:"大哥,今天拉了多少钱?"一个答:"别提,还不到五吊啦!真邪门,这个年头儿,连坐车的都没有了。"一个说:"可不是?你瞧,面粉还直嚷涨钱。"一个答:"听说煤也要涨钱呢。"一个说:"房东只嚷着没法儿办,也恨不得加房钱了。"一个答:"日子这样难过不是?大街上汽车一天还多似一天。"一个说:"穷来穷去,还是穷人为难啦!"
>
> 我们试听这两个车夫说话,才是真正的舆论。他说大家都叫穷,汽车反增多,也就感慨系之哩。③

---

① 张恨水:《世界晚报》,1928年7月20日。
② 立三:《自由谈话会》,《申报·自由谈》,1913年2月14日。
③ 张恨水:《世界晚报》,1927年10月27日。

收入少,物价贵,拉车所得不能满足食宿,而且还受着通货膨胀和汽车增多的威胁,生活可谓困顿。张恨水以车夫对话的方式展示车夫的心理,替他们代言,说出车夫的心里话,为社会提供真正的舆论。周瘦鹃则通过勾勒出一幅老年跛足车夫蜗行拉车图,向市民提出都市贫民的社会救助问题:

> 昨见街头有老人曳车,一步一顿,迂缓若蜗牛行。坐者滋弗耐,申詈不已。予于此窃有所感,私念吾人对于此辈曳车之老人,果当如何?坐其车,则悯其老而恨其不能疾奔;若尽人作此想,不坐其车,则彼辈将何以为活?是诚一大可研究之问题也。①

不禁让人想到《骆驼祥子》里的老车夫老马儿的形象。张恨水的车夫对话和周瘦鹃画出的老年跛足车夫拉车图,深深地传达出他们的人道主义关怀。他们认为人力车轿夫的工作是拿人"当了牛马来乘骑",对于追求"平等自由"文明古国来说,"再也不容这代牛马的污点继续存在"。② 这种人道主义关怀与新文学作家一致,但是当社会真的要淘汰人力车时,他们才真正发现,除了人道主义之外,这更是一个社会问题。车夫"不拉车就要失业,失业就活不下去,人道主义是顾全了,'人命'主义却要发生问题",因此"解放牛马式生活的人力车夫"不仅"无暇感激",简直要"引起恐慌了"。③ 对于人力车夫而言,在没有更好安置他们生活的情况下,"顾命"才是要优先考虑的,④ 因此,他们主张妥善安置车夫生计,再逐渐考虑废除人力车。与车夫一样的人力牛马,还有轿夫,也引起了通俗文学作家的注意,张恨水曾为我们绘制了这样一幅画面:"二三十岁的西装小伙子,口衔纸烟,仰卧在轿里,捧了一本书看,悠然自得。轿下是黄皮露骨,苍白头发,身披汗渍烂片的轿夫,气呼呼地抬着杠子。"这简直比人力车夫还惨无人道,因此张恨水积愤道:"你不

---

① 鹃:《自由谈》,《申报》,1921年1月27日。
② 张恨水:《新民报》,1943年7月20日。
③ 张恨水:《新民报》,1946年7月25日。
④ 独鹤:《新园林》,《新闻报》,1946年1月7日。

十二 通俗文学作家的时评杂感

觉得人与人之间,这是一种极大的悲剧!"①

人道主义同情和理性剖析社会问题,同样体现在他对妓女的态度上。这点以周瘦鹃为代表。针对工部局颁发禁娼法令,周瘦鹃没有站在道学家立场拍手称快,而是在承认娼妓存在不合理的前提下,尊重她们的人格,予以理解的同情,理性地考虑娼妓问题的社会原因,主动为她们代言,提出废娼首先要考虑到对她们的社会救助,为她们今后的生活谋出路:

> 娼固宜禁也,然将何以善其后,似不可不熟思之。娼亦有人心,亦知羞恶,非好为此卖笑生涯者。其身陷于泥淖也,盖有迫而然,溯其总因,厥为生活。故既禁其卖笑,即应计及其后此何以糊口。若至不得已而流为私娼,则堕落益深,更难自拔矣。②

他不仅关注有执照的妓院,也将关注、救助的对象投向私娼雏妓。1922年11月18日,租界工部局废娼抽签再次举行,他又写道:"希望工部局一方面把那些挂着金字招牌的妓女禁绝了,一方面再把那些不挂金字招牌贻害更大的私娼设法调查调查,再把那些街头巷口餐风饮露的雏妓,一起送到屋子里去,都给她们想一条生路,免得除了经营皮肉生涯外,不能活命。这倒也是耶稣基督教人之道呢。"③因为工部局是西方殖民主义在租界上的权力机构,所以周瘦鹃祭起了耶稣基督的教义,向他们提出责问。

孤儿无依无靠,孤苦伶仃,是最需要社会救助的对象之一。通俗文学作家亦从人道主义和社会问题双重角度来考虑孤儿救助问题。他们认为,孤儿得不到救助,任其自由成长,极有可能沦为无业游民,成为社会治安隐患,因此,"收养贫苦孤儿,实为消化游民之先务"。他们将救助孤儿的希望投向社会慈善,并积极投入到对孤儿慈善事业的呼吁中。他们认为"孤儿院为最可敬之慈善事业"。考虑到孤儿院经费经常短缺,他们大力呼吁社会捐助。

---

① 张恨水:《新民报》,1943年7月20日。
② 鹃:《自由谈》,《申报》,1920年12月31日。
③ 鹃:《自由谈》,《申报》,1922年11月18日。

1913年11月4日,美国懽乐克女士在上海四川路基督青年会发起菊花会,为孤儿院进行经费募捐,王钝根号召:"吾愿沪上人士之欲于是日游观者,悉以其费移助孤儿院,盖既可为自己耳目造福,又可为社会苦儿造福,诚一举两得之事也。"①他称赞新舞台主人为上海龙华孤儿院募捐的义演是"慷慨好义之事","特为劝告"市民大众,观看新舞台义演,"使消费而有益于慈善事业,足以救多数之孤儿,则非寻常虚耗可比矣!"②儿童是国家的未来。其年幼无自立能力,需要家庭社会格外的关爱。抗战胜利后,民生艰难,谴责恶劣的社会环境戕害了儿童的健康成长:"弄堂中的学校,亭子间里的家庭,连新鲜的空气都吸不到,充足的阳光都受不到,如何能谈到锻炼体格?又如物价高涨,生活太苦,多数人都只求勉强吃饱,连一日三餐都不能饱的,当然更是例外,又如何能讲究营养?"③这样恶劣的环境,严重地阻碍了儿童的健康成长。他们疾呼:"没有钱付学费而关在校门外的儿童有多少?没有饭吃,没有衣穿,而流浪在街头的儿童有多少?没有医药治疗,而病死的儿童又有多少?"如果说儿童是"新种子",因为没有阳光雨露,"这些新种子,就在有形无形中,枯萎了,糟蹋了!"④因此,从物质上"救救孩子",是当务之急!

民国时期,灾荒频发,灾民生活之凄惨,令人不忍耳闻目睹。1914年,宿迁春遇旱灾,"粒麦未收","夏遇蝗虫,高粱尽死;秋间再遭洪水,不独秋收付之汪洋,即房屋亦尽归河泊,其灾乱情形,早已公之于世";腊月年底又逢雪灾,灾民"不独饥寒交迫,而且托足无门,沿途号呼,惨不忍闻"。⑤1920年,北方旱灾,饥馑者达四千万人,赤地千里,哀鸿遍野。1946年湖南大灾,先是"借粮""抢米""吃百家饭",等百姓找不到米,也抢不到米,便只好嚼草根,剥树皮,咽浮萍,吞野菜。草根、树皮、浮萍、野菜都渐渐地光了,便演出了吃人肉的一幕。⑥同年,寒潮袭击上海,冻死者达五百余人。⑦以致有人说,一翻开报纸要闻栏,

---

① 钝根:《自由谈话会》,《申报·自由谈》,1913年11月2日。
② 钝根:《自由谈话会》,《申报·自由谈》,1913年6月12日。
③ 独鹤:《新园林》,《新闻报》,1946年11月13日。
④ 独鹤:《新园林》,《新闻报》,1946年4月4日。
⑤ 发聋:《宿迁一片声》,《自由谈话会》,《申报·自由谈》,1915年2月27日。
⑥ 独鹤:《新园林》,《新闻报》,1946年5月16日。
⑦ 独鹤:《新园林》,《新闻报》,1946年1月6日。

"水灾也,旱灾也,蝗灾也,风灾也,民食也,种种奇谈,甚至无日弗有",可见民国灾害之频繁,百姓之苦难深重,但是,就在灾民挣命的同时,有钱者依然"花酒番菜,动辄数十金,菜馆中之西皮二簧声,洋洋盈耳,游花园之汽车,马车声,终宵不绝",作者不禁愤怒感慨,那些嗷嗷待哺的灾民欲求一饱而不可得,"噫,何人心不古乃尔耶!"①为富不仁者若此,是社会的冷漠。负有救助灾民之责的政府,花天酒地,不顾百姓死活,则无疑丧失了执政的合法性。上文讲到湖南大灾,一边是各乡各县已成一片惨境,老百姓逃亡的逃亡,饿死的饿死,另一边政府冠盖云集,来往酬酢,"一席动辄数万金,或一二十万金"。真是"朱门酒肉臭,路有冻死骨"。严独鹤悲愤地言道:"民间吃人肉,官场人吃肉!"②频频暴发的灾祸,看似天灾,实则人祸。时人曾言,当局"无深远之计","事前漠然不知准备,事后又无术以谋善后之策","此灾祸之所以层见而叠出也"。③ 他们建议政府当局须知"广种森林可以免旱",须知未雨绸缪,方不致赤地千里。④ 荒年固然灾民遍地,丰年也常常丰收成灾。《多收了三五斗》《春蚕》等小说以此为题材,将矛头指向帝国主义的经济侵略。严独鹤则将矛头指向政府的苛捐杂税。他认为,农民耕种成本太高,缴纳的赋税太繁重,新谷登场后,除了征粮、纳租、还债,根本不会有多余的米可以出粜,甚至不够一家口粮,因此"谷贱"根本无法"伤农";相反"谷贵伤农",农民因纳粮还债,口粮不够,"须得另购新米,米价愈高,吃亏愈大",因此"谷贵伤农"。⑤

在抨击政府的不作为和为富不仁者的冷漠的同时,他们对赈灾的义举,表示由衷的赞叹。1947年严冬,上海灾民遍地。因为工作的时间在深夜凌晨,上海市的清道夫、扫垃圾的工人和垃圾卡车司机,"于晓风残月之中,亲眼看到许多街头露宿的那种啼饥号寒的惨景,便激起了恻隐之心"。于是,他们自愿省衣节食,捐助难民。这件事虽不足以轰动社会,

---

① 瑞卿:《自由谈话会》,《申报·自由谈》,1914年7月29日。
② 独鹤:《新园林》,《新闻报》,1946年5月16日。
③ 许立才:《自由谈话会》,《申报·自由谈》,1914年7月30日。
④ 鹏:《自由谈》,《申报》,1920年10月12日。
⑤ 独鹤:《新园林》,《新闻报》,1946年10月5日。

但是清道夫作为穷人,生活尚且在饥饿线上挣扎,能竭力救苦救难,精神值得崇敬。严独鹤认为此事"实际上却很值得注意,也值得称道!"那些"纳福享荣"富人,"只知道自己是置身天堂,何尝能体会到繁华的都市中,另一角落,却真是人间地狱!"①又一次将矛头指向了社会的不公与富人的不义!

小市民因贫苦而堕入困顿,也是时评杂感关注的内容。卖文为生,本来就不易,在物价飞涨的生活情况下,生活更是困苦。同以卖文为生的张恨水深知其中甘苦,他列举了1945年生活的成本与文价对比:

> 饭两碗,八十元;蔬菜一菜一汤,一百元(包括油盐柴炭);纸烟五支(中等货),三十元;茶叶三钱(中等货),三十元(开水在内);房租(以一间计),三十元(只算一日三分之一);纸笔墨,二十元(包括信封);邮票,六元(但快要涨了)。
>
> 这是少得无可再少的估计,约合二百九十六元,而衣鞋医药并不在内。若养上个四口之家(不敢八口),再需添上三百元(最少)。是卖五百元一千字,就要老本蚀得苦了。②

一天至少一千字以上,才可勉强维持生活。天天能写能发一千字的稿件,谈何容易!文人贫死饿死,在当时也不少见。朱自清就是典型。对朱先生的死,同为文坛同仁的严独鹤不禁悲叹云:"不幸而为文化人,就必然会陷于痛苦的深渊中。想到这里,真不暇为朱徐③两位先生哀,惟有为文化前途,致其无穷的悲感!"④文章憎命,看似必然,究其根源,则是恶劣社会环境和不良政府对文人的迫害。小公务员在不良体制和恶劣的社会环境下,也常常是牺牲品。小公务员陆濛不堪夫人诊费重负而自杀。严独鹤不禁发出由衷的慨

---

① 独鹤:《新园林》,《新闻报》,1947年12月6日。
② 张恨水:《新民报》,1945年3月6日。
③ 徐先生:即徐璋,清华外文系讲师,因为生活苦闷,抑郁自杀。
④ 独鹤:《新园林》,《新闻报》,1948年9月28日。

叹:"小公务员,尤其是奉公守法的小公务员,这年头真难有活路!"①"奉公守法"就等于"难有活路"是对国民党当局最大的控诉!无独有偶,邮政储汇局职员孙孝钧因贪污案牵累自杀,又是一个小公务员之死!其死因看似是"老虎得好处,苍蝇顶罪名",实则"小官无罪,老实其罪"。奉公守法没活路,"老实"一样没活路。② 弱者在不义的世界,没有活路!严独鹤为这些小人物喊出了正义的呼声,控诉了政府的不义!不义的世界,可以把好人逼上犯罪的绝路。通俗文学作家也为这些被逼犯罪的良善百姓发出呐喊。在《穷人的血》中,邱孝林被逼卖血,为了省去一笔化验费,不惜伪造化验证书;孝子为了给母亲治病,铤而走险抢劫;二人均触犯法律,被捕入狱。严独鹤替这些沉默者发出"我控诉":卖血伪造文书,救母攫夺皮包,"虽然犯罪,只是弱者。如果是强者,铤而走险,其所犯的罪恶,更何止于此!"真是"窃钩者诛,窃国者侯!"法律制止人犯罪,道德感化人向善,但是"到了大家都吃不饱活不下的时候,就会演变成法律非所畏,道德非所愿"③。在生活的压迫下,犯罪率飙升,以致上海监狱人满为患,粮食入不敷出。为减轻负担,监狱不得不将一部分情节较轻者放到监外服役。"吃饭与犯罪",竟成了"相互联系,互有出入的问题"。吃饭问题竟把百姓逼上犯罪的道路!独鹤愤怒道:"且休谈'齐之以刑',应该说'使民得食'",能做到大家有饭吃,"才能减少犯人"。④ 把小民的所谓堕落的罪恶之源指向国民党当局!

他们还将关注的目光投向都市的其他黑暗角落,如学徒工、跑龙套的配角的苦难生活。配角上场次数多,得不到尊重,薪水少,处于演艺圈的底层,生活悲苦。学徒工则更是饱受虐待,形同奴隶。作者记述了某镇某骨牌店的虐徒事件:

> 近来赌风大盛,该牌店生涯拥挤,日工不足,继以之夜,学徒每至鸡

---

① 独鹤:《新园林》,《新闻报》,1948年3月4日。
② 独鹤:《新园林》,《新闻报》,1948年3月16日。
③ 独鹤:《新园林》,《新闻报》,1948年3月11日。
④ 独鹤:《新园林》,《新闻报》,1947年11月7日。

鸣天晓，始得休息片刻，若工作时稍一瞌睡，即遭其师用绳捆缚，随后施以藤条，或则拳打脚踢，如待盗贼，嗟夫，为学徒者，日食数碗饭耳，诸凡杂务，学徒承之，乃为师者，吹毛求疵，稍不遂意，辄以鞭挞相加，抑亦过矣，下流社会虐待学徒，大率类是。①

此外，翁姑虐待童养媳，继母虐待嫡母子女，主母虐待婢女，此类事情，惨无人道。童养媳、婢女等这些弱势群体，如沉默的羔羊，生活在无言的黑暗世界里，任人宰割。通俗文学作家通过时评杂感，为他们代言，替他们呐喊，希冀引起社会关注，为他们争取光明和自由。

面对弱势群体，通俗文学作家把批判的矛头往往指向贪腐无能政府，指向为富不仁的醉生梦死者。因此，他们习惯把救助弱势群体的希望寄托在社会上，寄托到慈善上。他们视"慈善事业为社会上最关紧要之举"，强烈谴责破坏慈善或假慈善事业牟利的行为，赞扬社会各界的慈善义举。上海市议会，以经费不足为由，将救助贫民的习艺所新普育堂"推而之他"，破坏贫民救助事业。他们抨击议会此举为"因噎废食，贻笑外人"，对据理力争者，他们赞为"替八百穷民请命，且为市政厅争一线光荣也"。②旗人在民元后，没有了清廷的"铁杆庄稼"，生计困难，杭州武问梅女士为旗妇筹划生计，被赞为"菩萨心肠，吾人那得不崇拜！"③恤孤济贫，本是义举，"然假慈善之名，而行诈骗者，其数亦不知凡几"。他们揭穿了济贫米票骗局，指责骗子不顾"年老穷民，道途跋涉"，到所指定济贫局领取济贫米，结果上当受骗，实在是道德沦丧。④他们斥责杭州贫民工艺厂主持人"克扣菜蔬"经费，中饱私囊，致使贫民"潜行散去"，要求"有整顿之责者"立刻查处办理。⑤

从上我们可以看出，张恨水、严独鹤、周瘦鹃们对都市弱势群体关注的

---

① 杞忧子：《自由谈话会》，《申报·自由谈》，1914年4月23日。
② 展云：《自由谈话会》，《申报·自由谈》，1913年6月28日。
③ 热庐：《自由谈话会》，《申报·自由谈》，1913年7月2日。
④ 吴绍基：《自由谈话会》，《申报·自由谈》，1915年1月10日。
⑤ 愚公：《自由谈话会》，《申报·自由谈》，1913年11月14日。

显著特点是除了人道主义同情外,更倾向于站在他们的角度体贴他们,将此作为社会问题来进行思考,积极理性地找出症结所在,实实在在地寻求救助之道。这似乎与指责他们"根本没有同情心"的非难显得不符,周瘦鹃从自己的悲苦的童年生活中能体认弱势群体的不幸与痛苦,对他们怀着深深的同情,丝毫没有"高高在上以怜悯者的姿态出现"①。

---

① 《辛亥革命后小说的反动——"鸳鸯蝴蝶"派文学和黑幕小说》,魏绍昌编《鸳鸯蝴蝶派研究资料》(上),上海文艺出版社,1982年,第99页。

第四章　通俗文学作家时评杂感的文体风格论

与新文学作家的借鉴西方、革新传统不同,通俗文学作家主要是创造性地运用和改良本土叙事资源。他们积极利用本土文学/文化资源,古为今用,化庄为谐,活用传统文体。他们积极探索新体式,创造"三言两语"式的短评和"谈话"式的杂感。他们的语言多取自市民日常口语,通俗易懂,嬉笑怒骂,活泼生动,趣味之中深含揭露社会种种不平。

第一节　传统文体的活用与新体式的探索

一　传统文体的活用

作为接受过严格传统教育的人,如李涵秋、包天笑、王钝根、童爱楼等通俗文学作家,熟悉各种文体。在科举废除之后,八股文等传统文体已经废弃。他们能够化腐朽为神奇,将"代圣人立言"的八股文转化为代小民发声的游戏文章,成为讽喻时政的利器,正如李涵秋的《六法全书致小题文府书》中"六法全书"劝导"小题文府"时所言:"游戏文章中,间有八股之作,或者其人尚有需足下之处!"[①]

李涵秋的《说恨》《考试可以富国说》《病狮说》《幽愤篇》《无欲篇》《旧式婚姻刍议》等,将古代的论说文体灵活运用来阐明现代的道理。在《幽愤篇》

---

① 李涵秋:《六法全书答小题文府书》,《沁香阁游戏文章》,震亚图书局,1927年,第77页。

中,他清醒地意识到"欧之西,美之北,亚之东"诸列强,虎视眈眈,以经济侵略的方式掀起志在灭亡中国的"瓜分狂潮",但是他不仅仅停留在谴责上,而是将批判的矛头对准麻木的国人。他痛斥国人面对经济侵略毫无警觉,反而将其视为友好通商,且恬不知耻地视列强"为吾人之大制造场"①。痛斥之后,李涵秋深入剖析了国家羸弱的病源,在于国民的不觉悟。在《病狮篇》中,他将中国比喻成一个病狮,生动形象地展示了中国病狮的形象,分析了病狮之孱弱不在外侵群兽,而在体内"微生虫":

> 有狮焉,自开辟以来,即产于东亚大陆,其雄威锁振,他兽莫不慑伏,然性喜睡,睡则即有大法螺家之法螺,鸣鸣然吹于耳畔,彼亦不醒。故外侮虽至,竟不设备,是以向之畏彼者,皆群起而共谋报复,或履其尾,或捋其须,或摇其头,或牵其足,彼经此戏弄,似宜大声怒吼,驱逐异类。乃因贪睡之故,等诸不闻不见,他兽始则尝试,终成习惯,非特绝无所畏,且令横卧中央之庞然大物,形体渐渐孱瘦,推其所以致病之由,实睡之有以为害也。如人身然,饮食之后,不思运动,遂易成疾。今欲使其再振雄威,复其原相,惟有从根本上解决。据医家云,无论人畜,凡善睡者,皮肤中必生有一种微生虫,耗其血液,血液日耗,精神立致疲敝。善医者,当先以药杀虫,然后其疾始愈。夫狮自开辟以迄于今,不知历几千余年矣。其间或睡或醒,症尚可治,近数百年来,沉沉酣卧,受病愈深,不速治之,日复一日,吾恐皮肤中所生之微生虫,必如恒河沙数,又岂止四万万而已哉?一旦腑脏中干,虽扁鹊复生,亦难奏刀圭之效,且他兽见之,势必指之曰:此睡狮也,虚有其表,何畏之足云?嗟乎,狮之能生存于世界,以其为百兽之王耳,若狮不以王自居,仍复酣睡如故,则昔之履其尾,捋其须者,他日必扼其吭而拊其背矣;昔之摇其头牵其足者,他日必寝其皮而食其肉矣,狮乎狮乎,汝欲生存于世界乎,汝亦知外之不足虑而内之足忧乎?②

---

① 李涵秋:《幽愤篇》,《沁香阁游戏文章》,震亚图书局,1927年12月10日,第33—36页。
② 李涵秋:《病狮篇》,《沁香阁游戏文章》,震亚图书局,1927年12月10日,第31—32页。

所谓"微生虫"即含有国民性的问题。四万万不觉悟的国民,才是东方雄狮任人宰割的根本原因,而欲雄狮振奋,必须先"以药杀虫"。

在《拟地藏王请增设十九层地狱奏疏》《拟财神请饬各神捐廉以救下界灾民奏疏》《拟肃政使等联名弹劾某襄校文》《代某县佐再上某省长禀》《代烟界同胞上政府书》等中,活用公文,讽喻时政。在《拟财神请饬各神捐廉以救下界灾民奏疏》中,他以财神奏请上帝的口吻,为赈灾济贫出谋划策,要求各级官吏捐款,各官员所费无多,而百姓得救。同时谴责政府无休止地借外债,看似是神仙天界,邈远无极,但一读即知影射讽刺现实。《代全国穷民讨财神檄》《戏拟剃头仔讨剪辫佬檄》等将檄文体作为鞭笞贪官污吏的工具;活用古代传记、记叙文作《冤桶传》《滑头传》《穷乡记》《记猴戏》等;此外《代小民送贪官去任序文》《祭烟鬼文》《代死者报某庸医书》等则将序文、祭文、书信活用等。

除文之外,他们还活用古典诗歌。《诗经》是我国第一部诗歌总集,其句式基本为四言,可叙事可抒情,且有韵脚,读来朗朗上口,是赋、赞、颂等韵文取法的元典。通俗文学作家积极取法四言诗体,作为感时忧国的工具:

新闻新闻,出在南京。有个张勋,把守全城。横行不法,无恶不行。手下将兵,都是畜生。

奸淫妇女,掳掠金银。焚毁民房,乱杀平民。张勋晓得,置之不问。弄得百姓,恨恨之声。

日望民军,快点来平。喊俚投降,总归弗肯。情愿开战,折将伤兵。各省都督,闻之大恨。

调齐大兵,打到南京。就把全城,团团围困。三个大炮,轰破城门。大队民军,一拥而进。

一刻之间,光复全城。安民告示,才贴端正。百姓一见,真正开心。新汉旗号,插得如林。

一路炮仗,欢迎民军。张勋闻信,吓脱魂灵。假做投降,民军不信。避入使馆,洋人不允。

上天无路,入地无门。避在何处,大家不明。有人说道,已经被擒。

有人说道,老早出城。

其中情节,我也不明。从此南京,永远安静。以前恶气,一起扫净。大小店铺,开市经营。

伏望同胞,协力坚心。大队人马,打到燕京。就把满人,驱逐出城。许多奸奴,一律杀尽。

宣统逊位,天下太平。若要再听,难为两文。①

将四言的诗经改造为四言韵文,像快板一样,谴责张勋的丑恶罪行,歌颂民军的正义之举!他们还"改诗",活用经典诗篇,表情达意。如改崔颢的《黄鹤楼》和崔护《题都城南庄》来讽刺武昌起义中的瑞澂的弃城逃跑与张彪的负隅顽抗:"瑞澂已如黄鹤去,此地空余黄鹤楼。瑞澂一去不复返,武昌千载长悠悠。去年今日此城中,瑞澂张彪相映红。瑞澂不知何处去,张彪依旧泣秋风。"②瑞澂作为清朝贵胄尚且不负守土之责,弃城远遁,而张彪作为汉人,不顾民族大义,愚忠清朝,开历史倒车,甘做民族败类,面对民军的奋勇进攻和历史的潮流,张彪只能"无可奈何花落去""依旧泣秋风"了。他们还集古人的诗句进行活用来贴切地反映现实历史:

可怜无限生灵血,染得将军顶上红。此张勋之屠戮同胞也。
当年屠戮难追忆,此日昏霾尚未开。此旗兵之奸掳焚杀也。
武将文官总旧僚,恨他反面事新朝。此黄帝子孙之甘心为汉奸也。
仇深报复知何日,不信黄魂唤不回。此爱国男儿之心理也。
老大离家少小回,乡音无改嘴毛衰。此瑞澂之割须也。
少小虽非投笔吏,论功还欲请长缨。此学生军之北伐也。
兽奔鸟散何劳逐,直斩单于衅宝刀。此革命军之真相也。
一拳打碎黄鹤楼,一脚踢翻鹦鹉洲。此爱国男儿之武勇也。
手执钢刀九十九,杀尽胡人方罢手。此爱国男儿之本领也。

---

① 赵坤宝:《小热昏》,《申报·自由谈》,1912年12月15日。
② 松隐庐:《千金一笑·改诗》,《申报·自由谈》,1911年11月6日。

悲风血气满山河,师克由来在协和。此假仁爱者之主和议也。
来生再作来生事,不杀仇人死不休。此爱国男儿之英雄性质也。
洗兵条支海上波,放马天山雪草中。此爱国男儿之铁血主义也。
小小身材短短衣,高檐能走壁能飞。此暗杀党之手段也。
牧童樵子争拜扫,素车白马来相吊。此爱国男儿阵亡之留名也。
一失足成千古恨,再回头已百年身。此汉人之忠于满清也。①

诗歌不仅怒斥张勋为个人功名不惜屠戮生灵的恶行,讽刺了瑞澂等清朝要员的惶惶然如丧家之犬的丑态,而且揭橥民族主义、英雄主义,鼓舞革命士气。"仇深报复知何日,不信黄魂唤不回",极力用满汉矛盾来唤起汉人的民族主义记忆,激发民众的革命热情。以激昂勇武的诗句,歌颂爱国健儿的革命英雄主义,号召大家揭竿而起,推翻清朝统治。在武昌起义如火如荼的情况下,这些诗句高扬的英雄主义激情,无疑有助于调动人民参加革命、奋勇抗敌的积极性,极具鼓舞性。他们还将讽喻社会丑恶现象的内容移到词中来,既扩大了词的表现领域,又丰富了时评杂感的文体样态。在《咏钱》中,他们用"黄莺儿"的词牌,把守财奴的丑态和拜金主义的危害,表现得淋漓尽致。有了钱,"亲族尽欢颜,奴婢进谀言";为了钱,"亲朋为此伤情面,争什么家园,夺什么房田,叹恩仇总是铜钱变";守财奴总是"进铜钱眼",但是到头来,"乱山前,纸灰飞蝶,可再要铜钱"?② 此外,他们还模仿古代名作来表现讽喻现实,如仿《陋室铭》作《烟室铭》,仿《屈原卜居》作《党人卜居》。他们假游戏之名,肆无忌惮地突破诗词的言志缘情传统,将叙事、讽喻等手段运用其中,更打破诗词雅驯的格调,以通俗的语言,近乎顺口溜式的韵,将时政新闻、风俗逸事等内容并入诗词的国度,使诗词的"旧瓶"在装时评杂感的"新酒"时,"旧瓶"不知不觉地起了"化学反应",成为时评杂感的文体样式。

除了活用古典文学的传统文体外,他们还将民间俚曲小调,如五更调、宝塔诗、竹枝词、道情等等原本俚俗的小曲小调,提升为讽喻时政、监督政府

---

① 渊渊:《读诗一得》,《申报·自由谈》,1911年12月3日。
② 心病:《黄莺儿·咏钱》,《申报·自由谈》,1911年9月30日。

的"大论";努力使它们在审美趣味和表达方式上适应现代社会和市民大众的需求。五更调,又称"五更曲""叹五更""五更鼓"。歌词共五叠,自一更至五更递转咏歌,故又名"五更转"。此调起源较早,用途由军旅、宗教而市井。宋、元以后,尤其是明清之际,由于商业的发达和城市寄生阶级的大量出现,"五更调"成为青楼歌伎们习唱的小曲之一。通俗文学作家大胆采用"五更调",用以感时忧国。1915年,在占领山东半岛后,日本继续加快侵略步伐,李涵秋用"五更调"层层递进地表达出对国家前途命运的忧思:怒斥日本"欺我衰弱真可恼";不满政府"但养兵","不求战且靡粮饷"的投降主义;思考政府不敢求战的理由,一是政府大借公债外债,国库空虚,无力御侮,二是富人购买救国佣金不积极,无法迅速筹备军费,进行战争动员,李涵秋认为这是国民奴性作怪;呼吁大家以朝鲜为戒,爱国救亡![①] 从一更到五更,更鼓声声,民族危机就像木铎一样一声紧似一声地敲打在国民心中,振聋发聩。留心的《感时五更调》[②]直接把五更调与时政相连。他们的努力,提升了五更调等俚俗小曲的文化品位,扩大了它们的表现领域。

经过通俗文学作家的手,传统诗文的审美趣味由庄而谐,民间曲调内容由俚俗而正大,但皆是嬉笑怒骂,富于兴味,被通俗文学作家自己称为"游戏文章"。游戏文章,寓庄于谐,谑而不虐,嬉笑怒骂皆文章。如李涵秋的《代死者报某庸医书》中,死者的阴间来信,感谢庸医"杀我者天,特假公手,泯吾之忧,夭吾之寿,公之德我","某虽一死,感激无既,他日国亡,得免奴隶"。[③]在幽默之余表达了忧国之思、爱国之情。《烟室铭》中,李涵秋仿《陋室铭》写出了瘾君子的可笑可憎:

> 品不在高,有瘾则名。瘾不在深,有铜则灵。斯是烟室,惟吾土馨。灯花闪光绿,枪竹入握青,谈笑有瘦客,往来无胖丁。可以助幽情,养神经,无清明之耳目,无雄壮之身形,面枯黑黯黯,骨立玉亭亭,鬼子云:何寿之有?

---

① 涵秋:《五更调》,《大共和日报》,1915年6月11日。
② 留心:《五更调》,《申报·自由谈》,1911年10月29日。
③ 李涵秋:《代死者报某庸医书》,《沁香阁游戏文章》,震亚图书局,1927年12月10日,第74—76页。

将"陋室"中的正君子一变为瘾君子,整个文章的氛围由庄而谐,在轻松中传达出了鸦片之害,以警觉读者。他的时评杂感多具画面感,寥寥几笔,勾勒一幅画面,如《陋室铭》仿佛一幅漫画,而《舅舅理》《记猴戏》《竹城记》《爱河记》等就像一篇篇短篇小说,《黑美人传》《不倒翁传》《债精传》等等则如同一幅幅人物速写。读来皆可捧腹,笑过之后,时局、政局、风俗之弊亦发人深省,寓教于乐,符合市民大众的欣赏趣味。

既不同于原生态的本土文学体式,也有别于周瘦鹃、严独鹤创造的新文体,游戏文章是处于旧的文体必须更新,而新的文体尚未出现时的一种具有过渡时期特征的杂文文体。它们实际上代表着中国传统文章体式和民间文学体式现代转型的某种实验,具有文学史意义。

二 新体式的探索

随着时代的发展,游戏文章越来越不能适应副刊的需要,于是有了新文体的探索。新体式的探索,主要有两种趋向。一种是体量较小的短评,三言两语,如同格言警句,或寥寥几笔,任意勾勒,这种短评主要以《自由谈》的"自由谈之自由谈""三言两语""随便说说"等为代表,还有《小时报》前期的时评、《大共和日报·附张》的"清言"。一种是体量较大的杂感,主要是以严独鹤《快活林》"谈话"为代表,还有毕倚虹主笔《小时报》时的"小言"等。这里主要以周瘦鹃的短评与严独鹤的杂感为例[①],来阐述通俗文学作家在新体式探索方面的贡献。

探索新体式的作家,主要是周瘦鹃、严独鹤等。他们与李涵秋、包天笑等人年纪相差20岁上下,大多上过新学堂,没有接受过传统的八股文体的训练,因而没有李涵秋等前辈那样深厚的古代文学资源。传统既是资源,有时也是束缚。在没有传统束缚的情况下,他们能够努力从传统之外寻找资源,顺应时代的发展,改用白话文体,创造出新体式。

周瘦鹃的杂感,继承和发展了陈景韩的时评体,并且形成了自己的特色。1920年4月3日,周瘦鹃写下了担任《自由谈》主笔后的第一篇副刊时

---

① 以下周瘦鹃、严独鹤的引文分别出自《申报·自由谈》和《新闻报·新园林》,为简洁计,仅标注日期。

评。这篇时评的栏目标题,沿用了陈景韩时期"自由谈之自由谈"。这篇时评谈社会众人,无论总统将帅,士农工商,各如棋子,都有一定的位置,以棋局喻政局,讽刺时局混乱,上下颠倒,暗喻着对正常社会秩序的呼唤。全文94个字,设喻生动,说理明白,皆为短句,明快爽利,符合市民大众的口味。周瘦鹃的这第一篇短评向世人展示了其时评的基本特点:比喻形象,富于讽喻性,说理明白,明白爽快。周瘦鹃的时评来自日常生活,不仅形象,而且亲切。1920年4月,五四将近一周年,学生罢课运动又有风起云涌之势。此时亦正是桃花盛开之时,周瘦鹃言学生罢课运动之风声,"如桃花之灿发,如桃花水之怒涨",桃花和桃花水,火红的桃花隐喻着青年学生火热爱国热情,桃花水譬如学潮的声势盛大,整个比喻生动而富于诗意。他将国人的精神状态比作春困,将学生运动的意义比拟为"春困"中的"一帖兴奋剂",能够催发国人爱国热情。同时,他还以一贯稳健的立场,提醒学生在运动中须郑重。(1920年4月15日)他以五月的鸟歌比作国耻日的哭声,以东海涛声比作国人的呜咽。端午节,他以五毒横行来讽喻当局大人物。抨击北洋军阀政府的腐败,是周瘦鹃时评杂感的重要内容。他不是板着脸,作高头讲章,而是以随手拈来日常生活之物,将北洋政府的丑陋面目展露无遗。周瘦鹃以夏日"苦蚊扰吮肤啜血"讽刺"京华政潮颎洞中"的贪婪无耻之辈,无异于"蚊扰",戏称其为"蚊而人者"。(1920年7月9日)周瘦鹃憎恶北洋政府腐化堕落。他将北洋政府比作大垃圾场:"北京的腐败还是从前清积到如今,什么臭鱼烂肉坏蛋,都满坑满谷的积在那里,凭你罄南山之竹做成一柄大扫帚,怕也扫除不去。即使暂时扫除,他们仍会还来发出恶臭和微生虫来,把个好好北京城糟蹋坏了。"(1922年8月12日)又将北洋政界比作上海的公厕。面对北洋政府的所谓"改革",如复辟帝制、安福、直奉诸役,他认为不过如同装潢店里的劣工用拙劣的工艺进行的裱糊,"不是糊皱了纸便是里头梗着一个浆块",糟糕透顶,不仅无法改造好中国,只怕如此下去,"中国怕没有这样的长寿呢"。(1922年8月23日)

市民喜欢谈奇说怪,周瘦鹃随手拈取日常生活中的奇闻怪事,来讽喻时政。中国牛戏院为了做广告,宣传其所饲养之牛住高门大厦,冬有被褥,夏有帷帐;吃黄豆绿豆和鸡蛋,有时还吃鸦片。这样的牛自然引起市民的关注和兴味。于是周瘦鹃假此将矛头一转,指向军阀。他把这些牛老爷比喻成军阀,"他们一样像阔牛般吃得好,住得好,并且比阔牛还要加上一二百倍,莫说是西洋参、白兰地酒,凡是世界中最名贵的补品美酒都能供他们吃喝",最重要的是,他们与牛一样好斗,"军阀为了争权夺利也随时要斗,那直皖直奉之役,不过是斗牛大会罢了",把军阀争斗比作斗牛大会,生动形象,又指出其本质不同,"斗牛还能给人瞧着开心,军阀之斗那就要人性命咧",一个翻转,谴责军阀战争给人民带来的危害。(1922年12月14日)周瘦鹃的时评不仅比喻生动亲切,而且说理明白。市民大众不需要像社论一样的论证繁复、逻辑推理严密的文章,他们需要在轻松愉快中了解时政,明白时局,进而抨击弊政。因此,副刊时评杂感,通过三言两语把复杂的问题阐明,并且站在市民的立场上,进行画龙点睛且富于趣味的评述,引领市民大众的舆论导向。北洋军阀喜欢以儿女相婚配作为结纳之道,成秦晋之好,周瘦鹃以市民家长里短的方式解释其原因,因为如果两家竟动干戈,"其亦有待于小儿女鸳枕畔之疏通调停欤?嘻!"(1920年9月10日)军阀联姻,和平时为了结盟对敌,战争时,则是为了调停做准备,一句"小儿女鸳枕畔之疏通调停",说尽其中道理。直奉双方都调动军队,势成对峙,周瘦鹃用苏州人打架来巧解其态势与原因,"苏州人打架,盘辫子,装模作样,谁也不肯先下手",指出吴佩孚和张作霖的战争对峙不过是"装模作样",同时用希望"你们俩永远这样学苏州人盘辫子"来表达老百姓的祈求和平的心声!(1923年4月14日)分析时局,周瘦鹃往往一语中的,用时髦的词巧解时局。国民请求废除督军制,被责为无政府主义。瘦鹃认为,"国民欲废督而必请于政府,是目中尚有政府"。那些督军"扩地盘位爪牙自为支配,视政府如无物",才是真正的"无政府主义",(1920年11月5日)望文生义地驳斥了当局对国民的责难,把军阀割据的本质巧妙点出,极其机智。

与陈景韩的冷峻理性相比,周瘦鹃的时评有着浓厚的抒情气息。其抒情性不仅体现在言情、爱国等小说中,亦体现在时评杂感中。对于时局混乱、国将不国的局面,周瘦鹃对当局者的颠顶腐败,表现出激愤之情;对于民族危亡,他表现出爱国忧时之情;对于黎民百姓水深火热的生活困境,他表现出关切之情。曹锟之弟曹四在直奉战争中不顾守土之责,弃民而逃,战争胜利后又安然回任,百姓不服,不得已由高凌霨取代曹四。曹四倚仗曹锟势力,向高提出无理条件,其私人不得更换,凡事须得其过问,每月须由省公署津贴其个人十万元,俨然直隶省的太上省长,确为民国政坛上的丑史。周瘦鹃质问:这条件"委实和东邦往年的二十一条件一样厉害","我们不知道这直隶省长一席是不是归曹家世袭的,共和国的官制是不是规定官员们可以随意敲竹杠的"?他怒斥曹四的话简直"是一派胡言",进而将矛头指向北洋腐败官员全体:"这班做官的脸皮一天厚似一天,也不止曹四一人,倘把他们的脸皮一起扯下来,裹在军舰上倒能抵得上一艘铁甲舰呢!"(1922年7月10日)激愤之情溢于言表!北洋政府财政入不敷出,常以借债度日,至1922年,欠内外债二十八亿元,国民平均负担每人六元半。周瘦鹃指责冗兵冗员造成国家债台高筑,"把我们苦百姓每人半担的米钱都抢去了",简直是"挥金如土大少爷式的政府",简直是要把"我们四万万人当作猪仔般卖与外国人","那可不是顽啊!"(1922年7月18日)债务足以穷民,债务足以亡国,展现出忧国忧民之情!军阀混战,百姓遭殃,周瘦鹃对战争中百姓的安危疾苦表达出关切之情。

周瘦鹃继承了陈景韩时评的严肃态度,短评的句式,但是为了更好地引导市民大众的舆论导向,他取譬市民日常生活,生动形象,简单明了地说理,富于市民色彩,且结合自己的个性气质,在说理中言情,达到情理交融,具有自己的特点。

严独鹤的"谈话",自觉站在市民立场上,与市民大众平等对话,如谈家常,亲切可感;字数则多在三百至一千,重在叙事说理,敦厚、平实中透着关怀,别具一格。作为市民的一员,严独鹤设身处地为市民打算,与市民谈衣食住行,话物价涨跌,如邻里之间闲谈,似老朋友间大摆"龙门阵",绝无训导的意味。国民政府后期,金价猛涨,带动物价飞腾,社会上谣诼沸腾,严重影响市民生活,严独鹤忧心忡忡,向对老朋友唠家常一样,说:"黄金美钞飞腾,一切物价,却又必定会刺激上涨。"接着,他又想到"年关就在眼前,任是遇到什么人,都纷纷议论着整个工商界,有些撑不住。私人生活,更有些过不去",此时如果再来一个"物价的狂潮,真是雪上加霜,形态更显得严重,危机更来得迫切了"。牢骚发完后,对此情形,又无能为力,只能摇摇头说:"怎样消弭危机？确是当前一个难题。"（1946年12月14日）整个"谈话"，就像在大街上或茶馆里，两个老朋友碰面，闲谈时下金价问题一样，其中的焦急，其中的忧心，都在平实的文字中一一展现。和平是老百姓关注的问题。国民党单方面撕毁"双十协定"，关闭和平大门，挑起内战。和平运动此起彼伏，严独鹤揪心地谴责国民党："活不下去之中，依然要打下去。"但是停战求和平是他最大的愿望，也是市民大众最大的愿望。严独鹤借京剧名家程砚秋的《春闺梦》唱段，抒发市民大众反战的心声："隔河流，有无数鬼声凄警，听啾啾，和切切，似诉说：魂伤苦，愿将军，罢内战，及早休兵。"但和平的声音却是"今日等来明日等，那堪消息更沉沉……"表达出对时局的失望。一出京剧，聚拢了市民的情感。不仅如此，严独鹤从不以训诫的姿态来显示自己的高明，往往以发问为结尾，如同上面的"怎样消弭危机"一样，严独鹤在"和平统一，是大众的热望，终于成为遥远的幻梦"时，不禁追问一句："为着何因？"（1947年2月2日）又是一句京剧式的语言，把大家一下子带入到反思战争原因，将矛头转到国民党反动派穷兵黩武政策上来。

与周瘦鹃、陈景韩仅交代结果不注重论说过程的格言警句式的短评不同，严独鹤的杂感不废说理叙事过程，注重情理交融。国民党的倒行逆施引发国统区内"反内战、反饥饿"的学潮此起彼伏，严独鹤先叙述了上海参议会和立法院临时会议成立疏导学潮特种委员会以求平息学潮的举措。先从大禹治水的成功历史案例出发，肯定了疏导学潮的原则"从疏导入手……为合理有效"，接着将矛头一转，抨击主张"强弩射潮"对付学潮的镇压方案，支持了学生的进步运动。官僚资本、豪门政治是国民党统治的毒瘤。四大家族为首的豪门为非作歹，天怒人怨，国民党当局被逼无奈，亦不得不作出姿态，表示要打击豪门。严独鹤一针见血地指出国民党的故作姿态，豪门毕竟是谁？却总没有切切实实痛痛快快地指出来。接着严独鹤抽丝剥笋，将豪门的具体所指揭示出来。"官中有豪，商中也有豪，但仅豪于官或豪于商，还不是头等。头等的豪门，有财有势，亦官亦商，而且在官必是达官，在商必是钜商。惟其达也，自有人怕；惟其钜也，自有人捧。于是以前只有'土豪'，如今乃有'国豪'。"一下子将豪门精准定位为有权有势的官僚资本。从对豪门的定义，进而指出豪门的势力与危害："各种事业，无论国营民营，官办商办，常会跳不出豪门的圈子,脱不了豪门的掌握。"正是由于政府与豪门连成一气,以致虽声言打击,但豪门势力无可动摇,进而致使国民党的所谓一切政经改革,都成为幻影。(1948年8月31日)严独鹤时评,常含情无限,追求情理交融,尤其是对底层市民抱以无限的同情!对于因为贫困被逼犯罪的人,他深入考察造成其犯罪的黑暗社会,而对其犯罪本身抱以理解的同情。江北大灾,灾民纷纷逃入上海,但为拯灾出力的多是穷人如清道夫、三轮车夫、穷学生等。严独鹤不禁感慨:"好人的温情,穷人的热泪,这才是真正的基督精神,阿门!"(1947年12月24日)

严独鹤的杂感语言平实,敦厚,从不故作惊人之论。他常常从气候的变化谈及民众的疾苦:"前夜通宵风雨,风声雨声,扰人清梦,在枕上听着,也为之寒凛。昨天一整天,还是笼罩在风雨中,照气象台的报告,寒流已到,气候转变,暂时即使盼得到晴朗,也得不到温暖。"接着就写到"从阴沉愁郁的气象里,想到那一群流浪无依的难民,原来已是啼饥号寒,苟延残喘,如今再教他们以脆弱的生命,迎着朔风冷雨的袭击,真要由饥饿线而逼上死亡线了",但是"救济的工作,依然不能如期展开,引颈待援的难民,如何等得及?如何挨得住?"(1947年12月17日)极其平实的叙述语言,将自然的恶劣节候与现实难民的生存处境融合在一起,自然的环境衬托灾民的苦境,灾民的苦境增加了整个气氛的阴沉愁郁,让人读来,不禁同情灾民的悲惨遭遇,进而联系到自己所处的社会环境,发出对社会不义的控诉!这样的语言虽然平实质朴,却充溢着正义的力量;平实的表达,是理性的体现。他不故作惊人之论,亦不发过激之语,而是冷静地分析问题的原因,提出解决的办法。他冷静地分析市民的苦境的原因——物价"涨得格外厉害",非未仅仅停留在抨击和揭露层面,而是积极呼吁当局"应该感觉到这种严重性,在风雨声中,为贫苦大众,想一点遮蔽风雨的办法!"(1947年10月9日)

第二节 市民化的语言

市民大众是民营副刊的主要读者,要吸引市民大众,实现其商业与意识形态的目的,必须采用市民化的语言;要贴近市民,必须采用市民喜闻乐见的语言。市民不喜欢一本正经的训诫,亦不喜欢繁琐的逻辑说理,通俗文学作家的时评杂感就不像鲁迅那种如匕首、似投枪式的犀利的语言,而是富于趣味、活泼生动的语言风格。

这种语言,得贴近市民生活,接地气。通俗文学作家本来就是市民大众的一员,他们是作为市民大众来写作的,他们能够体贴市民大众的喜怒哀乐,因此他们能将市民的消闲与报纸的舆论功能结合在一起,寓教于乐。工作外的消闲娱乐如京戏、电影、相声、足球比赛、打扑克等是市民大众日常生活的重要组成部分,通俗作家在写作时评杂感时,就地取材,任意发挥,嬉笑怒骂,即成文章,既能吸引市民大众,又能起到寓教于乐的作用。京剧是市民娱乐的重要内容,其语言和剧情长期在市民社会中流传,为市民所熟悉,甚至成为市民语言的重要构成部分。而北洋时期的政坛,简直如同大戏台,军阀、议会和官僚三方相互倾轧,如同主角,演出了一出出的闹剧,京剧语言和剧情正好能够生动形象地传达政坛"情节"和各位伟人的"角色"。安福系的重要人物梁鸿志、曾毓隽等,在皖系失败后,化装从日本兵营逃到天津,活似一曲新戏:

> 王郅隆偷出日兵营赴津,沿途有接护者,同行女仆一名,貌似曾毓隽,又化装西洋长髯为梁鸿志,我们试闭目想想这可不是一出绝妙新戏么?那打扮女仆的曾毓隽扭扭捏捏的,大概特别好看,堂堂前任交通总长竟扮得老妈子顽顽,也算得是倒串戏了。还是梁鸿志总算有志,扮做长髯西洋人,倒像是俄国大文豪托尔斯泰鬼出现呢,瞧他们有这种能耐,大可到上海笑舞台来客串三天,排一出逃出日兵营的时事新剧,三个人现身说法定能有声有色咧!①

政客平时道貌岸然,到逃亡中,丑态百出,真是时事新剧,政坛是戏台,政客即演员!一下子把政客的神圣外皮扒光了。除了时事新剧,还有京剧。江西督军蔡成勋倒行逆施,夺了教育厅长朱念祖的权和印。朱念祖带了几

---

① 瘦鹃:《自由谈》,《申报》,1922年10月4日。

百学生气势汹汹地夺回了印信。周瘦鹃戏曰:"京戏中有一出戏叫做《取帅印》,这一出新戏又该叫什么啊?"①北洋政府的政情像剧情,其施政也常常用戏曲语言。闽系首领刘冠雄本来以为回故乡福建任职,理应得到欢迎,所以他自认为是"清唱"回闽,但是不意遭到福建地方的反对,北洋当局准备动武,而刘冠雄则为桑梓和平考虑,说"若政府要全武行敬谢不敏"。刘冠雄以戏来谈政治,周瘦鹃则就地取材,以戏谈刘氏的所谓"清唱"戏与"武行"戏。他说:"我们小百姓本来最欢喜清唱的,那些大军阀大人先生倘能斯斯文文坐在上面唱几出南北和《大保国》,像他们女校书在游戏场中清唱一般,那一串黄莺儿娇啭似的珠喉,人人欢迎,谁耐烦看你们真刀真枪演三本《铁公鸡》呢。所以老刘说回闽是清唱不是全武行,不但福建人听得入耳,就我们别省的人也一致拍手叫好的。"通过欢迎清唱的《大保国》与反感武行的《铁公鸡》,表达了市民大众反战求和平的心声。不仅如此,周瘦鹃进一步通过"戏谈"刘冠雄的所谓"清唱"戏,说他"是三四等角色,没有多大能耐,生怕一开口就要荒腔走板",意指刘冠雄在政府中没有实力,"清唱"只是一厢情愿,"军阀"才是政府一流角色,有权最终决定哪种唱法,因为他们爱好"武行",所以刘艺员难逃"被座客们喝倒彩下不得台"的结局!② 剧情、唱法和角色基本符合政局、政见与政客,将一场复杂的政治事件及其背后各种势力盘根错节的关系以京剧的术语阐释得明白如戏,熟悉京剧的市民在品读这则时评时,既能一目了然地读懂时局,又能玩味其生动活泼的表述方式,更能从京戏与时局的类比中,无形地接受周瘦鹃抨击军阀的穷兵黩武,祈求和平的政治立场。周瘦鹃将政客曲意奉迎曹锟做总统的行为,比作戏子捧角,讽刺政客们的荒唐;把黎元洪被众人逼宫时所发的长文古奥通电,比作京戏中"孤孀哭青天一般,有一搭没一搭的诉说了一大堆",但是军阀不识字,看不懂其中古奥的句子,③讽刺黎元洪的昏聩与军阀的无知。政府为了犒赏奉直战争中的军人,竟向梅兰芳借债,周瘦鹃认为向私人借债的"中华民国政府,差不多变成了卖马的秦琼",忧叹道"这一座中华大舞台如何支持下去,怕不要关

---

① 瘦鹃:《自由谈》,《申报》,1922年10月7日。
② 瘦鹃:《自由谈》,《申报》,1922年11月13日。
③ 鹃:《自由谈》,《申报》,1923年3月24日。

上大门宣告辍演了么?"①现实生活中亦处处是戏,腐败政治如闹剧,百姓生活是悲剧。抗战后,退职军官李楣资迫于生计,在贩卖锡箔中漏税被宪兵逮捕,后被检察官同情释放,严独鹤将这幕称为"新捉放",借此表达对抗日军人在战后困顿生活的同情,呼吁政府和社会应"设法救济",并对其"施以职业上的训导,使之放下武器,仍能改造成生产分子"。②除了京戏外,电影、相声、打扑克、足球等娱乐活动,经通俗作家随意点染,任意发挥,成为讽喻时政的语言。北洋时期,广西四个军阀,三个省长,形成割据之局。周瘦鹃讽刺他们不如用滑稽的方法解决统一,即"用赌的一法,三省长打麻雀牌,果然是三缺一。但须和那四军阀合在一起,共有七人,恰合成一个扑克局,大家凭着运命打一下,扑克内中一人要是同花顺子,拿得最多占得最后胜利的便推他做省长。其余六人只索让步,但一壁仍须拥护这个拈得赢家牌的省长,如此四分五裂的广西,岂不并而为一也"。③看似是俏皮话,听似是荒唐言,但内里的态度确是严肃的,他暗含着广西政治混乱无规则还不如一场牌局有规则的嘲弄,更饱含着对军阀、政客为"拿得多,占得最后胜利"的利益和地盘肆意征伐的愤怒和抨击。民初的议会混乱不堪,民意代表已成争利之客,毫无廉耻可言,议场更堪称杂耍场,上演着"神圣议员"担纲的种种剧目。议员们为了变更议事日程,不惜大打出手,"掷墨匣咧,喝打咧,扭做一团咧,真闹得不可开交。有两位先生各持一墨匣忽而扬起作欲掷状,忽而拍案作醒木用"④。议场简直成了杂耍场!这段白描文字,寥寥几笔,把议员们相互扭打的片段描写得淋漓尽致,简直是一出议员互殴剧。国会议员掷墨匣,地方议会则扔茶碗。长沙议会警卫"怕议员先生们杀得性起,丢茶碗打破头脑",每次在议员喝完茶后就收走茶碗。⑤北洋政坛上的种种闹剧,在通俗文学作家眼中,简直如同"小孩子游戏花样"一般,种类繁多:"打铁环捉迷藏抽陀螺踢毽子,不管有益无益只知道玩,但瞧我们政府中闹着辞职复职最高最

---

① 瘦鹃:《自由谈》,《申报》,1922 年 7 月 20 日。
② 独鹤:《新园林》,《新闻报》,1947 年 3 月 21 日。
③ 瘦鹃:《自由谈》,《申报》,1922 年 7 月 27 日。
④ 瘦鹃:《自由谈》,《申报》,1922 年 12 月 20 日。
⑤ 瘦鹃:《自由谈》,《申报》,1922 年 10 月 19 日。

低,和小朋友们打铁环捉迷藏抽陀螺踢毽子有什么分别呢。"①国内局势错综复杂,国际局势更是风云诡谲。但是通俗文学作家也能将其以市民消闲节目相类比,把复杂诡谲的国际局势生动形象地展现到市民眼前。美苏两国在战后的论战就像"对口相声",他们"你抨击我,我驳斥你,你说我阴谋,我说你撒谎,叨颌盛惠,立刻回敬",俨然相声中的捧哏、逗哏。而美苏的关系从联合阵线打倒法西斯到"冷战",又像从"探亲"演到"相骂"的戏。作者则希望,他们从"相骂"再演到"探亲",言归于好,②表达了民众厌战求和的心声。严独鹤还将1946年的旨在调整国际关系的巴黎四国外长会议比作足球比赛。他希望这场比赛最好停止,大家"携手同行",共建世界和平。即便不能停赛,他也希望这场比赛是"友谊赛","始终保持和谐的友谊",不可违背运动道德,"只凭着一团火气,逞强斗胜",破坏难得的和平环境。③

为了使市民大众更好地了解时局,接受其舆论引导,通俗文学作家还将枯燥的时事,演绎成一个个活灵活现的故事片段,将遥不可及的政治人物和政治事件以生活逻辑推法的方式进行日常生活化。由于深谙读者的欣赏趣味和阅读习惯,他们自觉地调整自己的论政风格,以生动活泼的形式,把重大时政新闻及评论按照市民欣赏习惯和兴趣爱好处理得像小说一样,对市民具有极大的吸引力。把新闻当小说写,甚至将重大政治事件可以联缀为长篇作品,使得读者如看连台戏一样,一本一本地看下去,不肯中辍,既享受到了读小说的乐趣,又在潜移默化中接受了时评的影响。他们的时评可以当作以时间为经,以民国政坛百态为纬,以揭露和抨击军阀混战和政府腐败为主旨的一部长篇小说读。他们在时评中像小说中的叙事者一样评述了直皖战争、奉直战争、江浙大战、曹锟贿选、北京政府财政危机、五四运动、五卅运动、抗战史、国民政府腐败史等广阔的现代史画面。市民对通俗文学作家时评的期待,就像他们期待同时连载的《人间地狱》《纸醉金迷》《太平花》等一样。肮脏如厕所的政界和悲惨如地狱的花界里的魍魅魍魉的表演就这样一起成为市民的"樽边谈片"、饭后谈资。1924 年 12 月 11 日至 1925 年 11 月

---

① 鹃:《自由谈》,《申报》,1923 年 3 月 21 日。
② 独鹤:《新园林》,《新闻报》,1946 年 3 月 16 日。
③ 独鹤:《新园林》,《新闻报》,1946 年 6 月 13 日。

30 日,周瘦鹃在《半月》上签发了张春帆揭露北洋军阀政府内幕的《政海》和包天笑反映江浙大战民不聊生的《甲子絮谭》,以编辑组稿的方式将时评完全变成了小说。周瘦鹃揭露北洋军阀政府的时评合起来看是时评版长篇连载小说《政海》,分开来看则是一篇篇短小精悍、幽默讽刺的杂文。张恨水在抗战时期揭露重庆官场腐败的时评可与其《纸醉金迷》进行互文性解读。严独鹤在 1946 年以后揭露国民党政府腐败的时评杂感,就是时评版的《纸醉金迷》。他们在时评中一直贯彻着"善戏谑兮""谐言易听"①的审美要求,用市民喜闻乐见的方式评论时政。如对曹锟贿选中臭名昭著的猪仔议员,周瘦鹃讽刺道:

> 我听说上海卖淫的妓女,有长三幺二雉妓三等之分,不过我们所谓神圣的国会议员,有人收买,也把他们分做了三等:六千四千三千不是个小数目。料想他们得了这笔钱,少不得要打情骂俏、曲意献媚了。唉!国会议员啊,你们可要拿去这笔钱么?可还要挂着神圣的招牌么?②

此类例子不胜枚举。如果把他们发表在大报副刊上的连载小说看作是时事折子戏的话,那么以严独鹤为代表的"谈话"式的杂感则是"博客",以周瘦鹃为代表的"三言两语"式的"随便说说"甚至"一片胡言"就可以比作是他的"微博"。他们的"博客""微博"随着《新闻报》《申报》等每天数以十万余份的巨大销量流到市民手中。市民一打开《快活林》《自由谈》《小时报》《百货陈列所》,就能在开篇和压轴的显著位置"点击"他们的"博客""微博",像读幽默讽刺剧一样阅读新闻,不经意间就了解了国事,参与了政事,不知不觉中接受了他们的观点,贯彻了《申报》提出的"宣泄民意,举舆论监督之实"的职能,充当了市民的喉舌。

通俗文学作家市民趣味化的"嬉笑怒骂"式时评是与市民的阅读习惯相

---

① 瘦鹃:《游戏世界·发刊词》,《游戏世界》创刊号,1921 年 6 月。
② 鹃:《自由谈》,《申报》,1923 年 3 月 20 日。

符相通的,因此能受到市民大众的喜爱,但他们还不懂得革命才是整个民族的出路与未来,在他们看来,首先是要能过安居乐业的生活,这种诉求成了他们的理想。他们只是从政府的监督者的角度为市民代言。通俗文学作家是从市民中走来,容易在这些问题上与市民形成共鸣,这也导致了他们时评的局限性。作为市民喉舌的通俗文学作家,在时评中揭露了反动政府与军阀们的罪行,却也只是表达了反战求安、反腐求生的政治诉求。因此他们在热切的希望中时时感到破灭,愤怒之情溢于言表,却找不到出路,这是通俗文学作家们的悲哀,也是他们时评的弱点,正如周瘦鹃所说:"对于旧社会各方面的黑暗,只知暴露,而不知斗争,只有叫喊,而没有行动;譬如一个医生,只会开脉案,而不会开药方一样。"①但这并不能否定他们时评的字里行间显现的社会良知和作为市民喉舌的价值与意义!广大市民必然会要有自己的代言人,他们作为一个广泛的阶层,必然也需要发出自己的声音!通俗文学作家的杂感文体是在市民大众中发挥过政治导向作用的,这对广大市民在日后敲锣打鼓欢迎新中国的到来,打下了一定的思想基础。

通俗文学作家的文体也与新文学家是有所区别的,因此经常受到新文学家的责难。例如他们对严独鹤在《快活林》上的"谈话"曾有这样的批评:"……等而下之,以至于今,则所有的文丐几乎对于什么事都要取讥嘲的态度。新闻报上的《快活林》的谈话,便是最著之例子,作者似乎是全无心肠的人。说他不注意时事,他又时时讲到时事,不像消极的人,说他注意时事,他却对于无论怎样大的变故,无论怎样令人愤慨的事情,他却好像是一个局外人而不是一个中国人一样,反而说几句'开玩笑'的'俏皮话',博读者的一笑。"②写到这里,我们只能感叹某些新文学家对市民大众的阅读口味与习惯太陌生了。他们往往开口闭口横一个"封建小市民",竖一个"全无心肠的人",他们与广大市民大众的隔膜也实在太辽远了。他们自己的文章老百姓大多看不懂,而市民大众看得懂、能接受的杂感他们却又往往嗤之以鼻。从上述《快活林》上对袁氏称帝时的"嬉笑怒骂",到抗战胜利后在《新园林》上

---

① 周瘦鹃:《闲话〈礼拜六〉》,《拈花集》,上海文化出版社,1983年5月版,第95页。
② CP:《著作的态度》,载《文学旬刊》第38期,1922年5月21日出版。

对国民党倒行逆施的"义正词严",真正是为中国杂感文体的多样化与平民化做出了通俗作家的贡献,代表着新文学杂感文体之外的另一支脉,我们认为,在建构多元共生的现代文学新体系过程中,我们对此应该也去认真加以研究,并给予一定的文学史地位。

十三 通俗作家文史札记研究

(李国平)

引　言　519

第一章　现代文史札记的发展与流变　523
　　第一节　清末民初的文史札记　523
　　第二节　20世纪20年代的文史札记　543
　　第三节　20世纪30年代的文史札记　554
　　第四节　20世纪40年代的文史札记　566

第二章　现代文史札记的价值与缺憾　570
　　第一节　现代文史札记的史学价值　570
　　第二节　现代文史札记的文学价值　584
　　第三节　现代文史札记的缺憾　592

第三章　现代文史札记专题研究　597
　　第一节　李岳瑞《春冰室野乘》：清末文史札记的典范　597
　　第二节　许指严《十叶野闻》：笔记还是小说？　607
　　第三节　徐一士：民国文史札记的集大成者　618

引　言

本文的研究对象为20世纪上半叶那些通俗作家所撰写的文史札记（或称掌故）。① 所谓"文史札记"，乃笔记中偏重于文史之一种。

何谓"笔记"？按照《现代汉语词典》的解释，笔记是"一种以随笔记录为主的著作体裁，多由分条的短篇汇集而成"。而对古典文言笔记小说研究有素的刘叶秋先生则认为，那些"用散文所写零星琐碎的随笔、杂录统名之为'笔记'"。② 当然也还有更通俗的说法："过去有许多读书人有一种习惯，喜欢随时将读书所得、耳目所及，听来的故事，偶发的感触等随笔记下来。积久就变成一种'札记'或'笔记'。"③ 总之，笔记的体式是非常灵活的，其内容则是颇为驳杂的，这就是普遍的一致的看法。在不拘一格的形式中，作者或信笔所记，或聊备遗忘，所以笔记体的著作有许多的异名，如丛谈、丛话、丛录、随笔、随录、随钞、野乘、私乘、笔乘、笔谈、杂录、杂识、杂志、杂记、杂笔、杂著、杂忆、摭忆、琐言、琐谈、秘苑、秘记、札记、野闻、纪闻、旧闻、轶闻、见闻录、新语、客话、漫墨等等，不一而足。本着不拘类别、有闻即录的原则，这些作者们记录的范围上至朝廷内宫、达官贵人，下及里巷细民、民间社会，几乎反映了历史上某一时代社会生活的方方面面，诸如典章制度、政治斗争、天文地理、文物典籍、金石书画、诗词文赋、人物轶事、社会异闻、风俗民情、异

---

① 20世纪初至1949年中华人民共和国成立前这一时段，与通常所谓"中国现代文学史"的时间大体一致，故而本文中多数时候以"现代文史札记"来指称此一时期的文史札记。
② 刘叶秋：《历代笔记概述》，北京出版社，2003年，第1页。《历代笔记概述》原由中华书局初版于1980年。
③ 黄裳：《谈"掌故"》，《读书》，1983年第4期，第97页。

国知识等,颇多笔记也因此而成为极有价值的历史资料。

学术界一般将笔记大致分为三类:"第一是小说故事类的笔记","第二是历史琐闻类的笔记","第三是考据、辨正类的笔记"。① 第一类即所谓"笔记小说",后两类"则天文、地理、文学、艺术、经史子集、典章制度、风俗民情、轶闻琐事以及神鬼怪异、医卜星相等等,几乎无所不包,内容极为复杂,大都是随手记录的零星的材料"。② 本文所论基本限于第二类,这类笔记以记事、记人为主(资料来源多为亲身经历或见闻,但自传、回忆录不包括在内),考据、辨订、议论为辅,具有一定的史料价值,可以为历史研究(包括文学史研究)提供某种程度的参考。不过,需要申明的是,"笔记一体,本来以'杂'见称,一书之中,往往兼有各类",③所以本文所论只是就其大端而言属于文史札记,并不排除其个别条目会逸出"历史琐闻"这一范围。

不得不说明的是,笔记和野史、笔记小说历来容易混淆,学界对此有不同的看法,出版界的情形则更为混乱:民国初年坊间出版的众多"清代野史""满清野史""清朝野史大观"之类书籍、丛书,所收录的都属"历史琐闻类"笔记即文史札记、文史掌故;④20世纪20年代进步书局出版的《笔记小说大观》所收录的大部分是史料性、学术性笔记,仅有少量笔记体小说;台北新兴书局20世纪60年代开始出版《笔记小说大观》计45编450册,20世纪90年代中后期山西古籍出版社陆续出版了《民国笔记小说大观》4辑51种49册,2007年上海古籍出版社出版了"历代笔记小说大观",这几种丛书所收录图书的体裁更为庞杂,其中大多数是史料性笔记,也有日记、回忆录等,与小说基本无关。⑤

---

① 刘叶秋:《历代笔记概述》,北京出版社,2003年,第4页。
② 刘叶秋:《历代笔记概述》,北京出版社,2003年,第4—5页。
③ 刘叶秋:《历代笔记概述》,北京出版社,2003年,第5页。
④ 如1914年野乘搜辑社铅印本"梁溪坐观老人"《清代野记》、"小横香室主人"撰(实为"编")的《清代野史大观》(有中华书局1936年版)所收录的基本都属于文史札记。《现代汉语词典》称"野史"指"旧时私家编撰的史书",似乎没有注意到不少野史其实是带有虚构成分甚至更接近于小说的。
⑤ 新兴书局的《笔记小说大观》收入了不少日记、年谱,还收录了《甲午战事电报录》《大清宣统政纪》等史料,以及蔡东藩的系列历史小说"历朝通俗演义";山西古籍出版社的《民国笔记小说大观》中则收录了《陈嘉庚回忆录》《钏影楼回忆录》《寒云日记》等既不属于笔记同时也与小说无关的作品;2007年,上海古籍出版社在其《清代笔记小说大观》"出版说明"中干脆把笔记小说与笔记等同,称"'笔记小说'是泛指一切用文言写的志怪、传奇、杂录、琐闻、传记、随笔之类的著作,内容广泛驳杂,举凡天文地理、朝章国典、草木虫鱼、风俗民情、学术考证、鬼怪神仙、艳情传奇、笑话奇谈、逸事琐闻等等,宇宙之大,芥子之微,琳琅满目,真是包罗万象"。

事实上,笔记与笔记小说是有本质区别的:"笔记于所记史料事实的求真,是笔记与小说的本质区别之一。小说主要通过虚构的人物和故事反映现实生活,它追求的是艺术的真实;笔记的形式虽然十分随意,但忠实地记录自己的见闻(尽管所闻可能是虚诞),追求的却是事实的真实。文体性质不同,研究整理的方法及要求也就必然有别。对于小说文献的整理,考察时间、地点、人物或事件的真实性并非必不可少的内容;对于笔记的整理,考察史料的真实性却是必须坚持的首要原则。"①因此,本文的论述仅限于那些以纪实为主的、较少主观性的歪曲与虚构的文史札记(无论出版时标为"笔记"还是"笔记小说")。"传信"("纪实")堪称文史札记的生命之所在,正如文廷式所标举的:"此册杂录时事,字字从实;或偶有传闻之过,则不敢必。若有一毫私恩私怨于其间,则幽有鬼责,明有三光,所断断不敢出也。"②

至于将其作者限定为"通俗作家",实因此一时期文史札记的作者多属通俗作家或曰旧派文人,像许指严、郑逸梅、范烟桥都是公认的通俗作家,而其他作者也多属传统文人。这里把他们称为传统文人并无褒贬之意,只是基于如下两点理由:一是这些作者们大都受过传统的旧式教育,有着良好的国学根基,甚至有不少人还通过科举得以仕进;二是他们对国学有着深厚的感情,偏重于传统的文学趣味而疏离于新文学,大都更习惯于使用文言或半文半白的文字来从事文史札记的写作,③他们甚至保持着为自己的书斋取一个或雅致或古朴或香艳的斋名的雅兴,如文廷式的知过轩、况周颐的眉庐、林纾的畏庐、李岳瑞的春冰室与悔逸斋、孙静庵的栖霞阁、郑逸梅的纸帐铜瓶室、范烟桥的鸱夷室、陈灨一的睇向斋、徐一士的亦佳庐、黄濬的花随人圣庵、瞿兑之的杶庐、刘禺生的世载堂,至于袁克文,其斋名就更多了。相比较之下,新文学作家似乎大多不屑于为自己的书斋取名,或者如沈从文戏谑地将自己的书斋命名为"窄而霉斋",却也不会出版以其斋名命名的作品。

---

① 陶敏、刘再华:《"笔记小说"与笔记研究》,《文学遗产》,2003年第2期。
② 文廷式:《知过轩随笔》附按语,《甲寅》第一年第六号,1914年。
③ 直至20世纪40年代中期,刘禺生写作《世载堂杂忆》所用的仍然是浅近的文言而非白话;而20世纪80年代郑逸梅的笔记、张中行的《负暄三话》、石继昌的《春明旧事》等作品也仍然保留了比较多的文言词汇。

现代文史札记数量众多,其中大部分涉及晚清民初历史人物、重要事件、典章制度、文学史料、民风民俗等问题。本文考察这些以记载晚清民初人物、事件为主的文史札记,探讨其文史价值,并对其代表性著作进行专题研究。

晚清民初史料极为丰富,档案、起居注、实录、文集、年谱、地方志、日记等蔚为大观,而文史札记则是其重要组成部分,占有举足轻重的地位。一、文史札记著作数量众多,目前存世的有数百种之多;二、文史札记反映的内容极为丰富,举凡政治、经济、军事、思想文化、社会生活、民俗等内容无所不包;三、文史札记中包含着大量其他类型资料中所没有记载或记载较少较简略的内容;四、文史札记对相关人事叙述的细致、生动是其他史料所难以比拟的。当然,目前学术界对现代文史札记还缺乏较深入的研究(整体性研究付诸阙如,个案研究明显不足)。同时,学术研究中对这些文史札记的利用也有欠缺,或将之视为丛残杂书不重视其记载,或不加辨析地偏信其记载而导致研究的偏颇。

因此,对现代文史札记进行整体研究是非常有必要的。它既有利于我们对这些文史札记整体面貌的了解,也有助于我们对其价值的正确认识,还可以促进学术研究中对这些文史札记的把握与利用。针对现代文史札记这一研究对象,本文分为三章,分述如下。

(一)现代文史札记的发展与流变参见目录中各章目名。即总体上介绍现代文史札记产生的背景、发展概况与特点。现代文史札记产生于半殖民地半封建社会、"欧风东渐"这一大的历史背景之下。尽管无论晚清还是北洋政府、南京国民政府都力图加强对文化、文学的控制,但实际上它们一直力有不逮,这期间的文化、文学还是取得了长足的发展。而其间出现的大量文史札记则为我们研究历史(包括文学史)提供了极为丰富的历史材料,原始的素材与较为客观的记载、细致而生动的描述,无疑是其价值之所在。

(二)现代文史札记的价值与缺憾。着重从现代文史札记的历史学价值、文学价及其缺憾三方面做实证分析。

(三)现代文史札记专题研究。为了深入了解现代文史札记作品,更好地探讨文史札记的价值及其利用,本文选择了清末的《春冰室野乘》、民初的《十叶野闻》两部作品和文史札记作者徐一士进行个案研究,以此来具体探讨现代文史札记作品的价值及其缺陷。

第一章　现代文史札记的发展与流变

第一节　清末民初的文史札记

作为笔记之一种,文史札记(历史琐闻类笔记)可谓源远流长,甚至"先秦古书"中就已经包含了后来笔记中的这类内容。"《国语》和《战国策》这两部史书,一重记言,一重叙事;虽然所叙人物言行,前后多有关联,而每节自记一事,各为起讫,实为后来历史琐闻类笔记的滥觞。"① 而清代是笔记集大成的时代,各种笔记都在前人的基础上得到了进一步发展。不过,清初只有少量笔记记载了明末遗民对当时政局的不满及喜怒笑骂的事迹,多数则如王士禛笔记,"今夕只可谈风月",笔记只能作为文人茶余酒后谈助之资。而且,随着雍正、乾隆两朝文字狱的兴起,众多触及清朝统治者之忌的野史、诗文,被查禁、焚毁,不少文人甚至因为"莫须有"的罪名而招来杀身之祸。② 因而,一般笔记作者担心以文字贾祸,讳言明清易代之际的史事,历史琐闻类笔记的撰写风气日渐消沉。"国朝自庄廷鑨、吕留良、戴名世,连兴大狱,文字之禁极严,内外士夫罔敢谈国故者。"③ 有心之士大多以其毕生才智致力于考据之学,于文字、训诂、声韵考订经史之事认真考究,实事求是,考证其真伪,分析其原委始末,得出结论来,详而有据,有条不紊。于是,考据之风盛极一时,偏

---

① 刘叶秋:《历代笔记概述》,北京出版社,2003 年,第 9 页。
② 详见佚名:《康雍乾间文字之狱》,《清朝野史》,孟森等著,中国人民大学出版社,2006 年。
③ 胡思敬:《国闻备乘·自序》,荣孟源、章伯锋主编《近代稗海》第一辑,四川人民出版社,1985 年,第 206 页。

重于考订辨正的笔记大行其时,"国朝野史流传绝少,以例禁綦严,遂无人敢载笔也"。① 到清代中期以后,"政治腐败,外侮时至,海禁大开,文网渐疏",在"知识分子中出现了诵史谏、考掌故、慷慨论天下事的风气",②"记录时事"才逐渐成为笔记之主流,出现了昭梿的《啸亭杂录》等堪称文质兼美的笔记史料。

鸦片战争以后,在触目惊心的时局大动荡中,有心人士必然要留心时局,奢谈时政,他们把亲身经历、耳闻目睹的事情记载下来,野史笔记一类的著作就日见其多了。对此,史学家瞿兑之解释说:"有清末叶,文字之禁骤然失效,从前闷着不敢说的,一切历史上疑案,渐都成为好事者之谈助。于是谈佚闻的纷然而起。数十年来私家刊行的专著,以及散见于报章杂志一鳞片羽不胫而走者,不可胜数。"③清末政局的诸大变动,如太平天国、辛酉政变、捻军起义、中法战争、洋务运动、甲午战争、戊戌变法、义和团运动,以迄于辛亥革命,每一次事变,都有当时人士据其见闻详加记载。尤其是那些在野人士,触目书怀,秉笔直书,不摆高高在上的史官架子,可以说是反映了社会各方面情况的。如同治年间陈其元的《庸闲斋笔记》、光绪宣统年间文廷式的《知过轩随笔》、胡思敬的《国闻备乘》、汪康年的《汪穰卿笔记》、李岳瑞的《春冰室野乘》等都是其中的佼佼者。④

---

① 汪康年:《汪穰卿笔记》卷七《雅言录》,中华书局,2007年,第157页。
② 张海珊:《中国近代文学大系·笔记文学集·后记》,柯灵、张海珊主编《中国近代文学大系·笔记文学集》,上海书店,1995年,第7页。
③ 瞿兑之:《一士类稿序》,荣孟源、章伯锋主编《近代稗海》第二辑,四川人民出版社1985年,第12页。
④ 汪康年(1860—1911),清末著名的维新派报人。浙江钱塘(今杭州)人。字穰卿,晚号恢伯。早年曾做过清末重臣张之洞的幕僚,光绪二十年(1894)进士。甲午战争后,愤于国是日非,昌言变法图存。1895年,参加上海"强学会"。次年,与黄遵宪办《时务报》,自任经理,延梁启超主编,宣传资产阶级民权思想。1898年创办《时务日报》(随后易名为《中外日报》),以记载中外大事、评议朝政得失为主旨,却因如实报道军界丑闻而惹怒两江总督端方。1904年任内阁中书。1907年在北京办《京报》,很快又因报道在北京轰动一时的"杨翠喜案",得罪权贵,报馆被封禁,仅存在5个月。1910年11月2日,他在北京创办了生平最后一份报纸《刍言报》。在汪因肺病"悲怆而逝"后,《刍言报》停刊。著有《汪穰卿遗著》《汪穰卿笔记》等。汪康年"弱冠后游历大江南北各省","素性好客,每至一地,咸与其贤士大夫相往还酬酢,闻见且为渊博",加之"勤于纪述,朝有所闻,夕即记诸小册",因而积累了大量的掌故史料,"上自朝政国故,下至闾巷琐闻,无不备载"(汪康年:《汪穰卿笔记》"汪诒年识语",中华书局,2007年,第3页)。同时,作为著名报人,汪康年先后创办过多种报纸,这些报纸上所刊载的大量笔记作品也成为汪康年文史札记的来源。汪康年的部分笔记后来由其弟汪诒年汇录为《汪穰卿笔记》,尽管迟至1926年才出版单行本,其中大多却是曾在1910—1911年的《刍言报》上刊载过的。不过,《汪穰卿笔记》共分8卷,除第1卷"纪事"外,大部分采自其所办报纸,非所自撰,其价值也势必因此大打折扣。关于《春冰室野乘》,第三章将作专题论述。

文廷式,字道希(亦作道羲、道溪),号云阁(亦作芸阁),江西萍乡人。著名文学家、学者,也是维新派思想家和"清流"派代表人物。1856年生于广东潮州。光绪初,在广州将军长善幕中,与其嗣子志锐、侄志钧交游甚密(志锐、志钧均为长叙之子。长叙的两个女儿,即后来光绪帝所钟爱的珍妃和瑾妃,此时都由长善抚养,文廷式曾当过她们的启蒙老师)。光绪十六年(1890)成进士(榜眼),授编修。二十年大考翰詹,光绪帝亲拔为一等第一名,随即超擢翰林院侍读学士,兼日讲起居注。文廷式志在救世,遇事敢言,与黄绍箕、盛昱等列名"清流",又与汪鸣銮、张謇、徐致靖、志锐等被称为"翁(同龢)门六子",成为当时"帝党"的中坚,也因此遭到"后党"嫉恨。中日甲午战争中,他力主抗击,上疏请罢慈禧生日"庆典"、召恭亲王参大政;奏劾李鸿章"昏庸骄蹇、丧心误国";谏阻和议,以为"辱国病民,莫此为甚"。光绪二十一年秋,赞助康有为,倡立强学会于北京。次年二月,遭李鸿章姻亲御史杨崇伊参劾,被革职"永不叙用""驱逐回籍""不准在京逗留"。革职归里后,痛感"中国积弊极深""命在旦夕",提出"变则存,不变则亡",鼓吹"君民共主",倾向变法,但又以为不可急切从事。戊戌政变后,清廷密电访拿,文廷式出走日本。二十六年夏回国,与容闳、严复、章太炎等沪上名流参加唐才常在张园召开的"国会"。唐才常自立军起义失败后,清廷复下令"严拿"。此后数年,文廷式往来于萍乡、上海、南京、长沙之间,沉伤憔悴,寄情文酒,以佛学自遣,同时从事著述。1904年逝世于萍乡。①

《知过轩随笔》鲜明地体现出文廷式的爱憎。作为因主张维新而被革职永不叙用者,文廷式在在表现出对那些不赞成维新的朝廷相关重臣的不满和批评。一般认为是李鸿章授意其长子李经方的儿女亲家杨崇伊弹劾文廷式的,所以文廷式在《知过轩随笔》中首先把批评的矛头指向了李鸿章。在文廷式看来,李鸿章举荐"荒谬无匹"的马建忠纯属结党营私,李鸿章"欺侮朝廷一至于此,可为发指";②李鸿章的长兄李瀚章则媚外、"欺妄",李鸿章所

---

① 此处关于文廷式生平参考了汪叔子《文廷式传略》(《江西社会科学》1985年第5期,第86—91页)。按:《知过轩随笔》撰述于文廷式1896年被革职以后,确切时间待考,曾刊载于1914年《甲寅》第一年第六号,后又曾刊载于20世纪30年代的《青鹤》杂志。
② 文廷式:《知过轩随笔》,《〈青鹤〉笔记九种》,中华书局,2007年,第28页。

赏识的张佩纶则是竭力向军机大臣阎敬铭献媚的小人。即使是咸同间所谓"中兴将帅"彭玉麟，文廷式也给予了严苛的批评。彭玉麟以不慕名利、不避权贵、不治私产、不御姬妾著称于世，文廷式却斥其"好谀恶直，不学无术处甚多，取其大端可矣，必谓韩、岳之流，则相去何啻天壤？"①文廷式还把彭玉麟同长江水师的另一位奠基人杨岳斌做了比较，认为杨岳斌"朴直忠笃，有大臣之风"，彭玉麟远不及杨岳斌。② 此外，对晚清其他重臣如军机大臣额勒和布、大学士福锟、邮传部尚书盛宣怀、两广总督瑞麟、闽浙总督何璟、湖南巡抚吴大澂、广西巡抚潘鼎新、台湾巡抚刘铭传、台湾布政使邵友濂、出使美国大臣张荫垣等，文廷式也都予以不同程度的批评和指责。③ 对光绪年间当国的军机大臣阎敬铭，文廷式指斥他竟趁"办山西荒务"之际大肆买地，"几举山西之荒田而有其半，可谓无耻！"阎敬铭的这一做法恰如康熙年间的文华殿大学士张英所说："荒年正宜买田。""国家宰相传之法如此，可慨哉！"④ 可以说，通过对上层官僚集团腐败、颟顸、无能的描述与批判，文廷式对晚清政治的失望已经表露无遗。只是，作为维新派人士的文廷式还没有进一步去深思，之所以会出现这样的局面，究其原因在于最高统治者既不自知，复无知人之明，这一任务就由稍晚时候出现的胡思敬《国闻备乘》完成了。

《国闻备乘》同样成书于晚清："书中称太后、称上者，光绪朝所作；称孝钦、称德宗者，宣统时所作。"⑤作者胡思敬，字漱唐，晚号退庐居士，江西新昌（今宜丰）人。生于同治九年（1870）。光绪十三年（1887）入学，1893年中举，次年成进士。后选取翰林院庶吉士，散馆后任吏部考功司主事。宣统元年（1909）补辽沈道监察御史，转掌广东道监察御史。他不畏权贵，对权奸、贪

---

① 文廷式：《知过轩随笔》，《〈青鹤〉笔记九种》，中华书局，2007年，第26页。
② 文廷式：《知过轩随笔》，《〈青鹤〉笔记九种》，中华书局，2007年，第36页。
③ 必须指出的是，文廷式的偏见导致他对晚清历史人物有一种"党同伐异"的倾向，这一点徐一士在《凌霄一士随笔》中曾有所辨正。
④ 文廷式：《知过轩随笔》，《〈青鹤〉笔记九种》，中华书局，2007年，第33页。
⑤ 胡思敬：《国闻备乘·例言》，荣孟源、章伯锋主编《近代稗海》第一辑，四川人民出版社，1985年，第207页。按：孝钦、德宗，分别是慈禧太后、光绪帝的庙号。经查，《国闻备乘》第2卷《一门两皇后两福晋三夫人》《督臣凌蔑司院》称"孝钦"，这两则之间的《光绪朝政府》则称"太后"，此后第2卷称"太后"的还有《岑云阶入京举动》《林侍郎持正》《赌捐娼捐》《荣文忠升沉》《梁鼎芬奇气》等5则，第3、4卷则"太后""孝钦"混称。由此可以推断，其1卷及第2卷大部撰于光绪年间，3、4卷则撰于宣统年间。

吏无不指名弹劾。任职不及三年,共上疏四十八次。宣统三年三月,愤于朝廷不接受劝谏,乃挂冠离京,定居南昌,潜心著述,校辑图书。1922年病逝。主要著作有《国闻备乘》《大盗窃国记》《退庐文集》《退庐诗集》《退庐笺牍》等。①

胡思敬撰《国闻备乘》有着非常明确的为正史"补阙"的目的。在作于"宣统辛亥十月"该书自序中,胡思敬首先表达了对清代修史的不满:"历朝纂修实录,馆阁诸臣罕载笔能言之士,但据军机档册草率成书,凡一切内廷机密要闻,当时无人纪述,后世传闻异辞,家自为说,遂失是非褒贬之公。"所以他"私叹史官失职,起居注徒戴空名",而同时喜欢谈掌故的汪穰卿等人虽有这类札记却"秘不肯示人","其出而问世者,多不脱小说余习,外此更无闻焉"。胡思敬深感"史才之不易",这才在"趋职之暇,时有所纪,久之遂成卷帙"。他希望自己的记述能够"备异时史官采择,庶为恶者知所戒,而好善者交勉"。② 由于其中人事大多为作者亲历亲闻("见而知之者十之七八")而作者主观上又有"存真"的意愿,《国闻备乘》就具备了极高的史料价值。

《国闻备乘》共4卷,采用传统笔记体的形式记载清末掌故、轶事179则(包括独立成文的156则,以及收录在第4卷末的、篇幅短小无法独立成篇的统名为"琐记"的23则)。大致可分为朝政得失(84则)、人物轶事(82则)、典章文物(8则)、社会见闻(5则)四类,重点显然在前二者。

(一)在议朝政得失、臧否人物时,胡思敬对慈禧太后、监国载沣等最高统治者给予了较多的批评。作为晚清的实际最高统治者,慈禧太后为了保住自己"垂帘听政"的地位制造了多起宫廷冤案。胡思敬对"孝贞显皇后、孝哲毅皇后、德宗景皇帝、醇亲王奕𫍽、珍妃五人之死"进行了辨析:(1)"孝哲以立后故忤孝钦,孝钦怒批其颊,愤甚,数日不食死。"(2)"珍妃因庚子避乱,孝钦命数宫人以布囊盛之投入井中而死,此人所共知,无可疑也。"(3)"孝贞暴崩,群臣临视,十指甲俱紫,疑有变,然无敢言者。"(4)"奕𫍽之死也,皆云遘恶疾。先是,孝钦从勾栏中物色一娼妇入宫,旋以赐奕𫍽,秽而善淫,奕𫍽

---

① 关于胡思敬生平可参看雷鸣:《胡思敬年谱》,南昌大学2007年度硕士学位论文。
② 胡思敬:《国闻备乘·自序》,荣孟源、章伯锋主编《近代稗海》第一辑,四川人民出版社,1985年,第206页。

壁之,遂得疾不起。奕劻素善趋承,何以见忌于孝钦? 以末年砍伐陵树事度之,事或有因,不尽诬也。"(5)"德宗先孝钦一日崩,天下事未有如是之巧。外间纷传李莲英与孝钦有密谋,予遍询内廷人员,皆畏罪不敢言。然孝钦病痢逾年,秘不肯宣,德宗稍不适则张皇求医,诏告天下,唯恐人之不知。陆润庠尝入内请脉,出语人曰:'皇上本无病,即有病,亦肝郁耳,意稍顺,当自愈。药何力焉。'迨奕劻荐商部郎中力钧入宫,进利剂,遂泄泻不止。次日,钧再入视,上怒目视之,不敢言。钧惧,遂托疾不往。谓恐他日加以大逆之名,卖己以谢天下也。当孝钦临危定策时,德宗尚在,而大臣不以为非。既立今上,称双祧,次日又诏各省疆臣保荐名医,其矛盾可笑如此。"①可以说,这几个人的非正常死亡,慈禧都难辞其咎。

慈禧宠信奸佞,载沣任人唯亲,助长了晚清吏治的腐败。比如对以"贪鄙"闻名的庆亲王奕劻,其"好利之名,盖早达慈听,而宫闱受其贿赂数亦不赀。言路不知内情,往往撷其贪黩各款弹之,固太后所厌闻也"。② 尽管慈禧太后"确知其黩,心甚疑之",却又一再予以纵容:奕劻"屡被弹劾",慈禧都"未遽谴斥"。③ 而在宣统皇帝登极后监国的摄政王载沣"性极谦让,与四军机同席议事,一切不敢自专。躁进之徒,或诣王府献策,亦欣然受之。内畏隆裕,外畏福晋"。④ 其实,对载沣来说,所谓"谦让"乃是暗弱无能、优柔寡断的代名词,而载沣的这一性格缺陷又直接导致了朝廷威权旁落,朝中出现了分别以庆亲王奕劻、肃亲王善耆、贝子溥伦、隆裕太后、监国福晋以及载沣的三个弟弟载涛、载洵、载泽为首的八个小集团,"皆专予夺之权,茸闒无耻之徒,趋之若鹜"。"当时朝士议论,皆言庆党贪鄙,肃党龌龊,两贝勒党浮薄。"⑤本

---

① 胡思敬:《国闻备乘·宫闱疑案》,荣孟源、章伯锋主编《近代稗海》第一辑,四川人民出版社,1985年,第285页。孝贞显皇后即慈安太后,孝哲毅皇后为同治帝皇后,醇亲王奕譞为光绪帝生父,珍妃为光绪帝妃。
② 胡思敬:《国闻备乘·孝钦优容庆邸》,荣孟源、章伯锋主编《近代稗海》第一辑,四川人民出版社,1985年,第302页。
③ 胡思敬:《国闻备乘·孝钦驾驭庆邸》,荣孟源、章伯锋主编《近代稗海》第一辑,四川人民出版社,1985年,第285页。
④ 胡思敬:《国闻备乘·监国之黯》,荣孟源、章伯锋主编《近代稗海》第一辑,四川人民出版社,1985年,第294页。
⑤ 胡思敬:《国闻备乘·政出多门》,荣孟源、章伯锋主编《近代稗海》第一辑,四川人民出版社,1985年,第299—300页。

来,慈禧当政时奕劻的"贪黩"已经让人触目惊心,但毕竟"一人之欲壑易盈,非有援引之人亦未易扰身而进"。迨至监国载沣当政,"亲贵尽出专政,收蓄猖狂少年,造谋生事,内外声气大通",导致国是日非、每况愈下。从胡思敬的记述不难看出,这种局面恰恰是慈禧、监国载沣等等最高统治者所造成的。

（二）胡思敬还有意总结了清末高层统治者的其他弊病,如拒纳诤言、赏罚不公等等。"言路至同治末年而盛,至宣统初年而极衰"。胡思敬在这里要指明的是,在光绪年间"言路"是闭塞的。而到了宣统帝即位,醇亲王载沣摄政之初,御史江春霖因为弹劾贪腐的庆亲王奕劻而遭罢斥,这就意味着言官已经被剥夺"风闻言事"的权力。江春霖告病离京时"士林互相褒重,作为诗歌,袓饯无虚日,报馆又极力张扬,朝廷丑声大播",但是,朝廷并未因此而改弦更张,仍然置社会公论于不顾。此后,"凡言路章奏稍有关系者,悉留中不发,亦不谴及言者。于是老于谏垣者若左绍佐、陈田诸人皆噤不发声。唯新进入台者锐欲以言自见,时一上陈,久亦稍稍厌矣"①。缺乏自知之明又听不进诤言,拒绝接受监督,这样讳疾忌医的政府必然会选择对外部世界视而不见,"躲进小楼成一统,管他冬夏与春秋"。如此政府,注定是不可能长久的。

赏罚不公在清末政界同样是不正常却又司空见惯的流弊。胡思敬列举了大量的具体事例来说明这一问题:"戊戌附康梁者皆获罪,而张之洞、张百熙独免,端方且因之以得京卿,岑春煊且因之以放藩司,内外皆不敢置喙。""段芝贵以杨翠喜事夺职,人皆快之;而尚其亨献妾于荣禄,迁布政使,杨士琦献妾于袁世凯,迁侍郎,不唯佚罚,且梯缘窃取高官。"假如这些不公正还能以"未经廷臣弹奏,朝廷不知"为借口搪塞的话,那么"唐绍仪以引用陈昭常、施肇基受谴,而徐世昌保陈友璋为丞参。友璋本知州,冒称道员,得保事,为言官举发,部议革职,而世昌无丝毫牵挂,安富尊荣自若也",这又何以自解呢?恐怕没法再充耳不闻了吧?"荣禄嫁女于醇王,疆帅各遣使赍金帛致贺,赆物累累。奕劻七十生辰,山东巡抚杨士骧献金佛十尊,尊各高三尺。吉林将军达桂献玉鱼一具,周身鳞甲,皆金钢宝石装饰。过崇文门,为监督

---

① 胡思敬:《国闻备乘·言路盛衰》,荣孟源、章伯锋主编《近代稗海》第一辑,四川人民出版社,1985年,第300页。

搜得,估税应纳银三万,物之贵重可知。"与此同时,"而商部主事龚心铭怀五百金见载振,潼关同知进百金于李莲英,提督万震春献三百金于载洵,皆嫌其太啬,遂劾罢之,以沽直名"。① 岂不正如庄子所说"窃钩者诛,窃国者为诸侯"? 这种因人而异的不公正处置必然导致吏治日益腐败,贿赂公行,甚至"指缺进贿,直与交易无异。且恐货币不足以动心,有借衽席为媚献之地,……盖愈趋而愈下矣",② 权钱交易、卖官鬻爵风行,正是上行下效之必然。胡思敬在《国闻备乘》中所指出的拒纳诤言、赏罚不公等清末弊政,事实上正是清政府逐渐失去人心并最终覆灭的重要原因。

（三）胡思敬以思想保守而闻名,这一点从《国闻备乘》对清末新政的仇视中即可见一斑。1905 年废除科举、兴办新式学堂本来是清末新政的重要举措之一,胡思敬对此却深恶痛绝,他甚至因"深恨南皮废科举专办学堂之议"而力辞京师大学堂掌故教习的职位。③ "本朝最重科目,咸、同时俗尚未变,士由异途进者,乡里耻之。"但是如今呢,"科举废,学堂兴,朝局大变","诸生焚弃笔砚,展转谋食四方,多槁死。翰林回籍措赀,俗名'张罗',商贾皆避匿不见"。而这种鄙视科举的风气又"不独江西为然也",而是举国如此。④ "或顾谓科举所学非所用,岂不诬哉!"⑤ "女学堂兴而中国廉耻扫地殆尽,识者恒引以为犹。"⑥

改革官制本是清末新政的重要内容,其中包括"裁冗衙""裁吏役""停捐纳",对政府机构作了一些调整。胡思敬对此同样痛心疾首,于 1910 年 6 月上《请罢新政折》:"奏为新政扰乱天下,民不聊生,盗贼纷起,谨将危殆情形

---

① 胡思敬:《国闻备乘·同罪异罚》,荣孟源、章伯锋主编《近代稗海》第一辑,四川人民出版社,1985 年,第 258—259 页。
② 胡思敬:《国闻备乘·京朝馈遗》,荣孟源、章伯锋主编《近代稗海》第一辑,四川人民出版社,1985 年,第 295 页。
③ "张文达以吏部尚书总理大学堂,仆方效职考功,有堂属之分,亦元为文达同乡,素所宠信,荐仆充大学堂掌故教习。仆深恨南皮废科举专办学堂之议,贻笺力辞。"见胡思敬《与王推事书衡诘国史凡例书》。
④ 胡思敬:《国闻备乘·科目盛衰》,荣孟源、章伯锋主编《近代稗海》第一辑,四川人民出版社,1985 年,第 252 页。
⑤ 胡思敬:《国闻备乘·保案之滥》,荣孟源、章伯锋主编《近代稗海》第一辑,四川人民出版社,1985 年,第 256 页。
⑥ 胡思敬:《国闻备乘·学堂流派之杂》,荣孟源、章伯锋主编《近代稗海》第一辑,四川人民出版社,1985 年,第 235 页。

迫切上陈,请旨伤下内外臣工密筹策,以苏民困而安国本。"在他看来,"新政兴,名器日益滥。京朝官嗜好不一,大约专以奔走宴饮为日行常课";①"自总署改外部,商部、警部、学部接踵而兴,用人行政本无轨辙之可循,移文提取动辄数十百万,指名奏调动辄数十百人,奔走小吏夤缘辐辏于公卿之门,投其意向所趋,高者擢丞参,次者补郎员,人不能责其徇私。朝三而暮四,此是而彼非,语言相轧,权力相倾,苟且相唯诺,人不能责其乱法。聚无数阘茸小人于一堂,其面目可憎,其齿牙距角可畏,于是造谋生事,外扰乱郡县,内攘夺六部之权。废科举,立学堂,则礼部之权归学部矣。尽裁天下绿营,练巡警兵,设四品厅丞理京师刑名,权位视古廷尉,则兵部、刑部之权为警部所侵矣"。同时,商部与户部争权,外部与吏部争权,大理院则与刑部争权,警部改为民政部以后更是"直无所不统",与吏、户、学、兵、刑、工各部争权。"天下一统而辇毂之间先成乖离破碎之象,识者已知其不祥。"②"商部既设,小人皆由是取径而入,不独堕坏朝纲也。"③"巡警部滥调外吏,自州县佐贰以至从九未入流,皆列司曹。"④在胡思敬看来,这些新机构的设立反而导致了管理混乱和吏治更为败坏,一个重要原因是那些主持新法("变法")者都不过是借此夤缘钻营,并非秉持公心。"新政之害,已情见势绌,督抚知之,政府知之,摄政王亦知之。京师官三五杂坐,莫不揆手叱骂。"但新政依然被推行下去。"其实骂新政府者无一非办新政之人,即无人不享新政之利。游东洋归者骂留学生,而钻营求差自若也;在学部当差者骂学堂章程,而拟稿批呈自若也;在法部当差者骂新律,而援引听断仍自若也。举一国之人,如蜩如螗,如沸如羹,妖由人兴,事极可怪。"⑤

---

① 胡思敬:《国闻备乘·宣统初年朝士》,荣孟源、章伯锋主编《近代稗海》第一辑,四川人民出版社,1985年,第296页。
② 胡思敬:《国闻备乘·新衙门争权》,荣孟源、章伯锋主编《近代稗海》第一辑,四川人民出版社,1985年,第257—258页。
③ 胡思敬:《国闻备乘·商部捷径》,荣孟源、章伯锋主编《近代稗海》第一辑,四川人民出版社,1985年,第264页。
④ 胡思敬:《国闻备乘·用人不分界限》,荣孟源、章伯锋主编《近代稗海》第一辑,四川人民出版社,1985年,第264页。
⑤ 胡思敬:《国闻备乘·主持新法罪魁》,荣孟源、章伯锋主编《近代稗海》第一辑,四川人民出版社,1985年,第303页。

出于这种保守的立场,胡思敬对革命乃至君主立宪都表现出坚决的反对态度。他通过慈禧太后欲任用李莲英的养子而被刑部尚书葛宝华严词拒绝、想修复圆明园却因游百川等进谏而作罢等具体的事例得出了"用人之权,君主不能专也""用财之权,君主亦不能专也"的结论,认为"同、光以后政衰时犹如此,承平可知矣"。所以,他认为:"近世倡革命者,恒借君主专制一言为口实,其实诬也。"①一言以蔽之,君主专制制度并不像那些革命者们所说的那样有百害而无一利,革命根本就是不必要的!总体而言,胡思敬不畏权贵,对权奸、贪吏、妖人、宪党无不指名弹劾,堪称一位称职的言官,精神可嘉,但他毕竟也有其两面性。

民国建立以后,报刊上"掀起了一股宫闱笔记、历史演义和反映称帝、复辟事件的小说热"。一个重要原因是"清廷覆灭,使众多历史内幕得以'解密',人们可以无所顾忌地发表过去讳莫如深,只能在私下里口口相传的宫廷、官场秘闻,窃窃私语的时代已经过去,人们可以将真相公之于众"。② 当然,客观上,大量的文学期刊、报纸副刊上也正需要此类兼具知识性与趣味性的、能够让读者感到轻松愉悦的文字,于是众多文史札记作品和以创作文史札记作品而闻名的作家就应运而生了。当时影响较大的几种文学期刊《小说时报》《小说月报》《小说大观》《中华小说界》《民权素》《小说丛报》《小说新报》等都设有"杂记随笔""笔记""谈丛""杂俎"之类的栏目,刊有相当数量的文史札记作品。③ 此外,在《东方杂志》等综合性期刊上也有况周颐的《眉庐丛话》《餐樱庑随笔》等不少文史札记作品刊出,《时报》则刊载了狄葆贤(狄楚卿)的《平等阁笔记》等文史札记,这就形成了文史札记作品"遍地开花"的热闹局面。而郑逸梅在谈到"集笔记之大成"的《说库》《笔记小说大观》时曾说:"实则民初登载各刊物之笔记,亦颇多可采者",他列举了近40位作者的笔记作品,"均饶掌故史实,若汇刊之,可继承《说库》与《笔记小说

---

① 胡思敬:《国闻备乘·君主专制之诬》,荣孟源、章伯锋主编《近代稗海》第一辑,四川人民出版社,1985年,第211页。
② 范伯群:《中国现代通俗文学史》(插图本),北京大学出版社,2007年,第184页。
③ 郑逸梅在《民国旧派文艺期刊史话》中对这些期刊的栏目设置及其所刊载文史札记类作品的情况有简单的介绍,可参看。收入魏绍昌编:《鸳鸯蝴蝶派研究资料》上册,上海文艺出版社,1984年。

大观》,别成一种丛刊也"。① 民初文史札记之盛况于此可见一斑。

在民初众多文史札记中,最值得重视的当属孙静庵《栖霞阁野乘》。

孙静庵,生于光绪二年(1876),江苏无锡人,名寰镜,为清末革命志士。"当时曾任上海《警钟日报》主笔,又曾与南社主要成员之一的陈去病同创《二十世纪大舞台》杂志。"②据曾为孙静庵《明遗民录》作序的孙卿说,孙静庵"博学有文,尝欲仿所南修《心史》之例,补明史未成。后更辑《明遗民录》"。③

(一)作为清末革命志士,孙静庵的《栖霞阁野乘》不遗余力地揭露了清朝统治者的暴行。清初金圣叹因"哭庙"案被杀,孙静庵分析后认为:"朝廷之初起是狱也,意欲罗织诸名士以绝清议,苦无以为辞,乃以哭庙事剪除之,以为悖逆莫大于此,骈而戮之,人当无异言。"而金圣叹惨死,直接导致了晚清以来颇为兴盛的"吴下讲学立社之风,于是乎绝"。④ 康熙年间,吴炎、潘柽章"同以史事株连,逮系虎林军营"。⑤ 孙静庵还借用明末遗民林上珍的《满清有国论》来总结明亡的教训:"若此其易,改正朔,易服色,僭位承统,而莫敢谁何者,其故安在哉?此其罪盖在明一代庸臣。非庸臣误国,则内患不作,而国必不至于乱;即至于乱,苟乱自我平,则外患无由乘间而入,而国亦必不至于亡。其亡也,虽曰天命,亦由人事也。"他痛斥清朝统治者"盖胡元丑类,铜桥驾海,未殄之与孽,穴居野处,腥膻之禽兽也"。⑥

(二)《栖霞阁野乘》反映最多的还是当时形形色色的官场形态。卖官鬻

---

① 郑逸梅:《艺林散叶续编》,《郑逸梅选集》第3卷,黑龙江人民出版社,1991年,第526—527页。这些作者包括余天遂、赵眠云、袁克权、叶小凤、庞檗子、陈倦鹤、胡朴安、杨南村、李怀霜、沈肝若、张海沤、陈甘簃、范君博、吴双热、徐枕亚、汪国垣、方瘦坡、徐吁公、胡石予、许指严、顾佛影、谭踽庵、袁寒云、陆澹盦、孙玉声、王均卿、柴小梵、周无住、孙癯媛、程善之、陈小蝶、恽铁樵、范烟桥、杨云史、包天笑、许月旦、周今觉等。
② 《明遗民录·前言》,孙静庵:《明遗民录》,浙江古籍出版社,1985年。此处孙静庵生年,据《明遗民录》钱基博《序》。
③ 孙卿:《明遗民录·序四》,孙静庵:《明遗民录》,浙江古籍出版社,1985年,第373页。
④ 孙静庵:《栖霞阁野乘·金圣叹之死》,《清代野史》第七辑,巴蜀书社,1988年,第6页。
⑤ 孙静庵:《栖霞阁野乘·虎林军营唱和诗》,《清代野史》第七辑,巴蜀书社,1988年,第24页。
⑥ 孙静庵:《栖霞阁野乘·林上珍〈满清有国论〉》,《清代野史》第七辑,巴蜀书社,1988年,第29—31页。据研究者考证:"明遗民林上珍在17世纪后半叶递呈日本幕府的《清清有国论》,学界一直认为其仅存日本而不见于中国史乘,笔者寻检旧籍,发现国内民国初期的文献《栖霞阁野乘》中已有收录,经过文本比勘,认为后者是同盟会人士的改写之作。"见孙文:《林上珍〈满清有国论〉考原》,《中国典籍与文化》,2010年第2期。

爵,贪污横行,贿赂公行,是那时官场的正常现象。上有所好,下必效焉。于是,在上者招权纳贿,在下者则工谄善媚。"满清官场社会最为黑暗,贿赂公行,毫无顾忌,人多知之。乃苞苴请托,竟有无孔不入,且须旁敲侧击以出之者。"①康熙时,"徐健庵柄政时,一时名士咸出其门下,招权纳贿,无所不至。每届科举,其前列者,率徐党人"。② 康熙时入直南书房的高士奇"有小慧","结欢近侍,探宫内起居,报一事酬金豆一"。高士奇因此得以了解到诸多"内廷隐秘事","或觇知上方阅某书,即抽某书翻阅,偶询及,辄能对大意,故益得异宠"。他的"小慧"甚至瞒过了康熙帝,让康熙帝对他宠信有加。高士奇又善逢迎,在被问及家资时恭维康熙"圣明威福不旁落,臣何能参预一字",以此长期博得康熙的欢心,也成为朝廷重臣中炙手可热的人物。③晚清时的天津探访局总办杨以德原是铁路车手,同样"工谄媚,善迎合,苟可以邀功者,虽诬其父为贼,亦所不顾"。④《栖霞阁野乘》还记录了谄媚者中的无耻之尤。乾隆年间,"某太史"为了"谄事豪贵",让其妻拜权臣"金坛于相国妾为母";等到于某"势衰",立刻转而"往钱塘梁阶平尚书家,拜梁为义父,踪迹昵密"。据说,"某妻"拜梁为义父时,"执贽登堂,拜毕,出怀中珊瑚念珠,双手奉之。梁面发赤,疾趋而走。某妻持念珠,追至厅事,圜系其颈"。这一幕,让在座的客人们看得"大惊失措"。更有甚者,"时相传冬月严寒,梁早朝,某妻辄先取朝珠,温诸胸中,亲为悬挂"。其谄媚手段可谓无所不用其极,自然也为时人所耻笑。孙静庵感叹说:"自来谐臣媚妾,悦人惟恐不工,至为婢妾娼妓之所不为,而未有甚于此者也。"⑤

在这样的世风之下,那些权臣们自然是气焰熏天,不可一世。清初袭爵平南王的尚之信"坐则辄饮,饮醉则必杀人"。⑥ 雍正时的大将军年羹尧,"威

---

① 孙静庵:《栖霞阁野乘·京员以八行书为入款之大宗》,《清代野史》第七辑,巴蜀书社,1988年,第12页。
② 孙静庵:《栖霞阁野乘·徐健庵之招权怙势》,《清代野史》第七辑,巴蜀书社,1988年,第16页。
③ 孙静庵:《栖霞阁野乘·高江村以探官内隐秘得异宠》,《清代野史》第七辑,巴蜀书社,1988年,第10页。
④ 孙静庵:《栖霞阁野乘·铁路车手之道台》,《清代野史》第七辑,巴蜀书社,1988年,第16页。
⑤ 孙静庵:《栖霞阁野乘·士大夫之谄媚三则》,《清代野史》第七辑,巴蜀书社,1988年,第80页。
⑥ 孙静庵:《栖霞阁野乘·俺达公之酗酒嗜杀》,《清代野史》第七辑,巴蜀书社,1988年,第18页。

震内廷,势倾中外,庶司百僚,莫不拱手听命"。①道光年间的军机大臣穆彰阿"势倾中外,无敢撄其锋者"。尚书王鼎"以争和议,效史鱼尸谏,自缢死,其遗疏严劾穆相彰阿"。军机章京"得其疏,挟以揭穆"。"穆瞰以重贿,令毁之而以暴疾闻,且趣陈遍白于朝。""当此之时,无不知王之死者,然皆漠不以为意。而北人之宦于京者,尤相戒不言此事,惧及于祸也。"②同治年间的大学士李鸿藻将"表侄妇某氏"强霸为妾。某氏族人向都察院控告时,李鸿藻却一手遮天,先期过访负责裁判的侍御,指使他颠倒黑白,"为之极力洗刷"。作为回报,这位侍御很快被简任为某省的布政使。③按照清代的惯例,"军机大臣有时多至六七人,而权实操于领袖,新进者画诺奉行,徒拥虚名也"。光绪年间,"荣禄在军机势焰尤甚,军机同在值庐,有事绝不商榷,荣以为如是即如是矣"。④不仅是这些权臣们气焰熏天,连他们的手下也狐假虎威,仗势欺人。清兵入关后以非皇室成员身份封王的第一人福康安,其舆夫一向以暴横闻名。福康安经理藏卫时,一名轿夫头竟然"入苗人家,强夺藏丫头簪珥"。"巡视都司徐斐禁之",这名轿夫头竟"捽徐下马,裂其衣殴之"。⑤

骄奢淫逸、不务正业、漠视民生疾苦也是官场的常态。乾隆末年任山东巡抚的国泰"年才逾弱冠,风姿姣好,酷嗜演剧"。在公署中演《长生殿》时,属下某藩司扮唐明皇,"不敢过为嫫亵,关目科诨,草草而已"。国泰竟以"在官言官,在戏言戏"之义相责。藩司"自此遂极妍尽态,唐突西旋矣",国泰赞赏说:"论理原当如是。"后来国泰被参劾,使节抵达时国泰仍然演剧不辍。⑥国泰似乎没有意识到,公署绝非适合演剧的地点。无独有偶,同治年间的南河总督潘云阁同样喜欢演剧,当捻军围攻清江浦时潘云阁"正演剧未终,仓皇出走。""议者率诟病之,以其仅耽声伎,初无戒备也。"孙静庵感叹说:"倘能稍稍移此精力,以治理一方,则清淮一带数千百万之生命财产,又何至沦

---

① 孙静庵:《栖霞阁野乘·年大将军延师》,《清代野史》第七辑,巴蜀书社,1988年,第89页。
② 孙静庵:《栖霞阁野乘·穆彰阿势倾中外》,《清代野史》第七辑,巴蜀书社,1988年,第15—16页。
③ 孙静庵:《栖霞阁野乘·李高阳之无行》,《清代野史》第七辑,巴蜀书社,1988年,第97—98页。
④ 孙静庵:《栖霞阁野乘·军机领袖》,《清代野史》第七辑,巴蜀书社,1988年,第6页。
⑤ 孙静庵:《栖霞阁野乘·福康安舆夫之暴横》,《清代野史》第七辑,巴蜀书社,1988年,第4页。
⑥ 孙静庵:《栖霞阁野乘·山东巡抚国泰之笑史》,《清代野史》第七辑,巴蜀书社,1988年,第13—14页。

陷哉？悲夫！"①他们的同好者还包括光绪时任江西巡抚的德馨。德馨"酷好声剧，署中除忌辰日，无日不箫管氍毹也。其女公子有国色，嗜好尤过乃父，且极喜观演男女淫媟事，《翠屏山》《也是斋》之属，无日不陈眼帘也"。② 毕沅任陕甘总督时登华山苍龙岭，因"岭壁削直上"，"筹款开广其道，使稍可登"。孙静庵由此联想道："余谓生计之逼仄，小民之无死所，一如毕之登苍龙岭。毕身为大员，不为小民筹生，乃为苍龙开路，惜乎所见之不广也。"③

在官场中，诸多上层官僚不学无术偏又自以为是、自鸣得意。安徽巡抚阿克达春把"亳州"读成"毫州"，当属下纠正时，还大言不惭地辩称"咱们城里人都念他作'毫'字，怎么安徽人念作'卜'字，这相差岂不太远了吗？"④京师北城某巨室落成时，"门内悬荆州将军官衔封牌"，门联大书"明月三更沉塞北，将星一夜陨江南"。原来是"现任荆州将军之子，浼门客作春联"，而门客因故衔恨于其主人，"欺某不识字，故为是以诅之也"。主人不通文理，竟欣欣然将门联贴上。⑤ 光绪年间曾任山东粮道铎洛仑曾因漠视民生疾苦被革职，在夤缘得任盐道后竟把书院的士子同京城妓女类比，说什么"咱们在城里时，偶向石头胡同口袋庭听姑娘们唱一支小曲，也要赏他个四两头，这人花花绿绿的写了这七百多字，请师爷们念与我听，也怪有调门儿的，难道就不值十两头吗？"⑥

当然，有清一代也不乏立身持正、秉公执法、尽职尽责的官员。对这些官员，孙静庵也不吝赞美之词，予以褒扬。清初汤斌任江苏巡抚时到东林书院讲学，听到曾经附逆的某士绅大谈"明哲保身"，不禁厉声说道："比干谏而死，亦是明哲保身！"⑦汤斌虽然历任封疆大吏，"夫人公子皆布衣，行李萧然如寒士，日给惟菜韭"。他免除征收虎丘茶叶的弊政，废除湖荡献莲芡的惯例，因为"例自人作，宽一分则民受一分之惠。且莲芡或不岁熟，一报部，即

---

① 孙静庵：《栖霞阁野乘·潘云阁之轶事》，《清代野史》第七辑，巴蜀书社，1988年，第14—15页。
② 孙静庵：《栖霞阁野乘·内务府某郎中妻之历史》，《清代野史》第七辑，巴蜀书社，1988年，第11页。
③ 孙静庵：《栖霞阁野乘·毕秋帆之胆小》，《清代野史》第七辑，巴蜀书社，1988年，第93—94页。
④ 孙静庵：《栖霞阁野乘·皖抚阿克达春之笑史》，《清代野史》第七辑，巴蜀书社，1988年，第11页。
⑤ 孙静庵：《栖霞阁野乘·八旗贵胄多不通文理》，《清代野史》第七辑，巴蜀书社，1988年，第26页。
⑥ 孙静庵：《栖霞阁野乘·铎洛仑之笑柄》，《清代野史》第七辑，巴蜀书社，1988年，第13页。
⑦ 孙静庵：《栖霞阁野乘·明哲保身》，《清代野史》第七辑，巴蜀书社，1988年，第46页。

为永额。欲去之,得乎?"尽管有人诋毁汤斌是伪君子,孙静庵却表示不敢苟同:"使士大夫人人如汤之洁己奉公,又何致天下事不可收拾哉?"①雍正时屡任要职的尹继善善纳人言,他常常告诫属下:"我意如是,有不可,诸君必驳我。我若能说,则再驳,万无可驳而后行。勿以总督语迁就也。"②而在福康安的舆夫肆意暴横时,随营的姚亦如立命"捕至""怒呼用棍",竟致舆夫被打死。在福康安追问时,姚亦如毅然独自承担了责任,"昂然曰:'姚令仪也,与杨揆无与。'"他并不顾忌因此而影响自己的仕途之路。③"铁面御史"谢振定生平崇尚风义,"性豪宕";他认为"人生贵适意耳,银钱常物,何足惜也?"当和珅的家奴在大街上横冲直撞时,谢振定毫不留情地将其擒拿并予以杖责,因此得罪了权倾朝野的和珅而被罢官。谢振定并不以为意,"失官之患,不过一身"。④乾隆年间裘曰修任礼部尚书,"最喜提奖后进,体恤寒畯,是以宾朋日多,车马日盛,无有不见之客者"。"每日朝回,请宾朋聚于一堂,而自居末坐,一一问语。或有未饭者,辄留饭,使宾朋鼓腹欢欣而去。"久而久之,"私谒之辈,从此杜绝,爱士贤声,亦从此益著矣"。⑤嘉庆年间长麟任浙江巡抚,听说仁和县县令有贪污行径,便去微服私访。待到访察属实,立即革去该县令的官职。⑥道光年间,河道总督张莲舫因"高家埝河决案"被革职"发往伊犁"。两江总督琦善与张莲舫虽然只是泛泛之交,却慷慨为其饯行,并赠金将张莲舫的父亲送回浙东。"死生患难之际,独慷慨如此。"只不过,除琦善外,这些官员都是清代前期、中期的,"由今思昔,可胜慨哉!"⑦

(三)好在,尽管社会动荡,世风浇漓,也还是有不少文人学士乃至下层民众保持着自己的节操。首先是那些文人学士们,多数都保持着作为知识

---

① 孙静庵:《栖霞阁野乘·汤文正之洁己奉公》,《清代野史》第七辑,巴蜀书社,1988年,第75—76页。
② 孙静庵:《栖霞阁野乘·尹文端之虚己纳言》,《清代野史》第七辑,巴蜀书社,1988年,第87页。
③ 孙静庵:《栖霞阁野乘·福康安舆夫之暴横》,《清代野史》第七辑,巴蜀书社,1988年,第4页。姚亦如本来"已保升川东道,折已缮",最终因此事而触怒了福康安。福康安撤回保折,"怒其对之戆也"。当然,姚亦如的"戆直"获得了那些正直的士大夫的好评。
④ 孙静庵:《栖霞阁野乘·谢芗泉之豪宕》,《清代野史》第七辑,巴蜀书社,1988年,第110页。
⑤ 孙静庵:《栖霞阁野乘·裘文达无不见之客》,《清代野史》第七辑,巴蜀书社,1988年,第53—54页。
⑥ 孙静庵:《栖霞阁野乘·记长麟相国轶事》,《清代野史》第七辑,巴蜀书社,1988年,第82页。
⑦ 孙静庵:《栖霞阁野乘·道光甲申高家埝河决案》,《清代野史》第七辑,巴蜀书社,1988年,第78—79页。

分子的气节与风度。长洲文氏"累世儒雅":文徵明的书法、文彭的篆刻,世人都视如珍宝。明末状元文震孟又以"经纶气节"成为东林领袖。文震孟的曾孙文点"诗古文辞、书画金石,咸不失高曾矩法"。"有贵人欲以国子博士荐",文点"力辞引去";他自甘贫穷,因为"贫者,士之幸也";他恪守礼法,"执亲丧三年,止酒撤肉,昼夜居庐。服除,祀事惟谨,朔望,肃衣冠拜宗祠,祭日,虽风雨必返祭";江苏巡抚汤斌向他请教"为政之要",他告以"爱民先务,在去其害";他拒绝在汤斌面前为某盐商说项,因为"汤公以道义交我,我岂负之?若既伤惠,吾复伤廉,奚取为?"①清初三大儒之一的孙奇逢在明亡后绝意仕进,惟以讲学为己任,"四方才俊,留门下请业者,廊庑为满"。汤斌当时"授徒梁宋间",慕名"造门问道,执弟子礼甚恭,读书十年复出"。在孙静庵看来,孙奇逢"笃志谦光,非可望之今世士大夫也"。②诗人宋牧仲担任江苏巡抚时,"专以提倡风雅为事"。尽管有人对此予以讽刺,但宋牧仲在"才能应变"方面"亦有度越寻常者",绝非纸上谈兵之辈。③顺治康熙年间书画家米紫来能诗善画,却"放浪不羁"。他奉命"典云南乡试",却在完成使命后"浪迹江楚,到处流连"达半年之久。孙静庵评论说:"有命在身,而浪游如是,虽近于放纵者之所为,然世之奔走京华,热心利禄者视之,能无愧否?"④理学家陆稼书离京时不愿媚事相国明珠,"昆山徐尚书乾学为订期往谒,公诺之,而先期就道"。有人责备他不应爽约,陆稼书却说:"告以不往见,则无以拒有力者,必不免于见矣。"其高风亮节如此。⑤"寿序多谀词",而康熙年间文士潘次耕作《亭林先生六十序》却能独辟蹊径,巧妙地把顾炎武比作汉末郑康成、隋代文中子王通这两位儒学大师,其"识力"确实不凡。相比之下,大多数人撰寿序,"所撰题目,内多肉食贵官,即词赋名士,或竟录札记之儒者,以及多牛足谷之富翁,碑铭传志,无一人可传文之人。但求文能传人之文,执笔浩叹,又岂独寿序然欤?"⑥乾隆年间经学家、文学家汪中为人"狂

---

① 孙静庵:《栖霞阁野乘·文与也之廉洁》,《清代野史》第七辑,巴蜀书社,1988年,第46—47页。
② 孙静庵:《栖霞阁野乘·孙奇逢》,《清代野史》第七辑,巴蜀书社,1988年,第74页。
③ 孙静庵:《栖霞阁野乘·宋牧仲才能应变》,《清代野史》第七辑,巴蜀书社,1988年,第84页。
④ 孙静庵:《栖霞阁野乘·米汉雯之放浪江湖》,《清代野史》第七辑,巴蜀书社,1988年,第27页。
⑤ 孙静庵:《栖霞阁野乘·陆稼书之高风亮节》,《清代野史》第七辑,巴蜀书社,1988年,第112页。
⑥ 孙静庵:《栖霞阁野乘·寿序多谀词》,《清代野史》第七辑,巴蜀书社,1988年,第101页。

放",在安定书院读书时"每一山长至,辄挟经史疑难数事请质,或不能对,即大笑出"。在扬州书院时恰逢一位"冠服贵倨"的商人来访山长。尽管与汪中无关,汪却看不惯商人那种倨傲的神态,于是"愤甚,潜往拍商人项",将其申斥一顿。汪中的所作所为在时下"讲学家"看来必认为"诞率"。孙静庵却说:"然今之讲学家,一遇冠服贵倨之商人,吾甚憾其不诞率也!"①道光年间诗人张穆鄙薄仕宦功名,无意仕进,"渊博无涯,……然狂放使气"。②

　　正所谓"礼失而求诸野",下层民众如布衣、僧道、优伶、妓女中倒有不少守节操、重情义者。杭州"醝务司会计"蔡木龛"往来皆文士",虽家贫却"爱客若性命",而其家"修洁无尘,茗碗熏炉,位置帖妥",室内室外遍植花草,"每当夕阳新雨,望之如西洋翠羽","翁不作诗,而善谈论,腹笥极博,嫉恶如仇",堪称"市隐之流"。③清初范道人"平生不知服食修养之术,少贫不妻,事母最孝谨。鼎革后,入九子祠为香火道人。祠有祭田数亩,躬耕而食,与人无忤"。④黄叶道人潘班讥讽觍颜事清的钱谦益,"词严义正,洵足诛奸谀于既死"。⑤陕西巡抚毕沅不无挑衅地问某寺住持:"一部《法华经》得多少阿弥陀佛?"住持的回答不卑不亢:"荒庵老衲,深愧钝根,大人天上文星,作福全陕,自有夙悟。不知一部四书,得多少子曰?"毕沅为之语塞。孙静庵不由得感慨万千:"达官贵人,往往睥睨一切,以盛气凌人。受者亦俯首不敢一较,奴颜婢膝,视为固然。独村野间人,或尚能以微词相辨诘,则以无利禄之观念歆羡于中也。礼失在野,求之今日,恐亦如凤毛麟角之不可多得矣。"⑥某伶"色艺工绝,游于陕",却因当地"无解南音者"而遭遇困顿。后得王亶望赏识,"名噪于长安"。几年后,王亶望"被逮下刑部狱,家产籍没,眷属羁滞京邸,衣食不给",已成为京师富人的某伶竟为王亶望的眷属置办了精美的住宅一所,并朝夕入狱探视王亶望,"有甚于孝子之事亲者"。王亶望被处斩后,某伶为收尸厚殓,"送其榇与妻子归里,又恤其度日费,度足用乃止"。

---

① 孙静庵:《栖霞阁野乘·汪容甫之诞率》,《清代野史》第七辑,巴蜀书社,1988年,第108页。
② 孙静庵:《栖霞阁野乘·张石州以狂放见摈》,《清代野史》第七辑,巴蜀书社,1988年,第86页。
③ 孙静庵:《栖霞阁野乘·蔡木龛布衣》,《清代野史》第七辑,巴蜀书社,1988年,第54—55页。
④ 孙静庵:《栖霞阁野乘·范道人》,《清代野史》第七辑,巴蜀书社,1988年,第85页。
⑤ 孙静庵:《栖霞阁野乘·黄叶道人》,《清代野史》第七辑,巴蜀书社,1988年,第27页。
⑥ 孙静庵:《栖霞阁野乘·毕秋帆之傲物》,《清代野史》第七辑,巴蜀书社,1988年,第98—99页。

"天下惟知己之感,没世难忘。"①王亶望当年曾宠幸的歌姬吴卿怜,在王死后也对其感念不止。作者因而感叹说:"平阳名位虽不终,既得某伶感恩,又为卿怜知己,呜呼! 死而有知,可以自娱矣。"②咸丰末年京剧名伶梅巧玲"焚券"的故事一向被传为佳话。某太史"常负巧玲债二千金,未能偿,以病卒僧寺中"。"其同乡某君者,为折柬召诸乡人,集殡所,谋集资送其丧。"正在此时,"门者报巧玲至,诸人相顾愕眙曰:'是殆为索逋来欤? 彼若见吾辈醵资状,或即向吾辈索取,可若何?'"不料,梅巧玲来到以后,在灵前当场拿出"某太史"的借据,"向柩前一揖,就烛焚之"。梅巧玲还拿出二百两银子:"闻太史丧归尚无资,谨赙金二百,为执绋之助。恨所操业贱,未能从丰,以报知己耳。"梅巧玲的疏财重义恐怕是大多数达官贵人所无法企及的,一时传为美谈。③ 妓女芸娘对杜生一见倾心,"退而执手叹曰:'……君胜情拔俗,妾亦侠气笼霄,他日枕骨而葬西河之滨,誓令墓中紫气,射为长虹。'"此后二人遭嫉恨,仍不离不弃。到杜生病死后,芸娘"敕家人装其丧归,而以身从"。船到江心时,芸娘"浴罢更衣,左手提子牧宣和砚,右手提棋楸,一跃入水",为杜生殉情。④

(四)《栖霞阁野乘》也记载了诸多文坛名家如朱竹垞、孔尚任、纪昀、管韫山、郑板桥、龚自珍、易实甫等人的逸闻轶事,均属诙谐有趣或不为人熟知的。如《朱竹垞咏史诗》中说朱竹垞任翰林时,曾写有两首《咏史》诗:"汉皇将将屈群雄,心许淮阴国士风。不分后来输绛灌,名高一十八元功。""海内词章有定称,南来庾信北徐陵。谁知著作修文殿,物理翻归祖孝徵?"而朱竹垞竟因这两首诗而招致"谤议横生,不久遂湖山放废矣"。当时文人的动辄得咎由此可见一斑。⑤ 关于朱竹垞的另一则轶事则表现出其风趣滑稽。

秀水朱竹垞与某道士善。观中有枇杷二株,熟时每饷朱,俱无核。朱诘

---

① 孙静庵:《栖霞阁野乘·记某伶事》,《清代野史》第七辑,巴蜀书社,1988年,第66—67页。
② 孙静庵:《栖霞阁野乘·吴卿怜》,《清代野史》第七辑,巴蜀书社,1988年,第67页。
③ 孙静庵:《栖霞阁野乘·梅巧玲轶事》,《清代野史》第七辑,巴蜀书社,1988年,第77页。梅巧玲为梅兰芳的祖父。
④ 孙静庵:《栖霞阁野乘·杜生轶事》,《清代野史》第七辑,巴蜀书社,1988年,第69—70页。
⑤ 孙静庵:《栖霞阁野乘·朱竹垞咏史诗》,《清代野史》第七辑,巴蜀书社,1988年,第28页。

其故,道士以仙种对,朱终不信。道士素喜啖,尤嗜蒸豚。一日,朱邀之,命仆市一彘肩,故令道士见,不逾晷,即出以佐餐,融熟甘美,饱啖而罢。因问朱以速化之法,朱曰:"偶有小术,欲以易枇杷种耳。"道士低语曰:"无他,于始花时,镊去其中心一须耳。"朱曰:"然则吾之馔亦无他,昨所预烹者耳。"相与抚掌。①

再如关于纪昀的几则,突出的则是纪昀的不羁与机变。纪昀"酷嗜淡巴菰,顷刻不能离,其烟房最大,人呼为'纪大烟袋'"。某日当值时,"正吸烟,忽闻召命,亟将烟袋插入靴筒中趋入"。结果因为"奏对良久,火炽于袜,痛甚,不觉呜咽流涕"。待到出门脱去靴子,"则烟焰蓬勃,肌肤焦灼矣。先是公行路甚疾,南昌彭文勤相国戏呼为'神行太保',比遭此厄,不良于行者累日,相国又嘲之为'李铁拐'云"。② 纪昀偶然看到一首题壁诗,其中有"一水涨喧人语外,万山青到马蹄前"两句。纪昀大为赞赏,后来他写《严江舟中赋诗》:"山色空蒙淡似烟,参差绿到大江边。斜阳流水推篷望,处处随人欲上船。"纪昀曾说自己这首诗就是从"万山青到马蹄前"一句脱胎而来。"此固骚坛佳话,亦可见前辈之虚心盛德,不没人长也。"③ 楹联名家彭元瑞奉命为万松岭新撰楹联,苦思冥想才写出了上联:"八十君王,处处十八公,道旁介寿。"无奈驰书求助于纪昀。纪昀当即在原纸上对出了下联:"九重天子,年年重九节,塞上称觞。"彭元瑞不得不佩服纪昀才思敏捷:"晓岚真胜我一筹矣。"④

其他如管韫山文集中"论诗之语":"五言古诗,琴声也,醇至淡泊,如空山之独往;七言歌行,鼓声也,屈蟠顿挫,如渔阳之怒挝;五言律诗,笙声也,云霞缥渺,疑鹤背之初传;七言律诗,钟声也,震越浑锽,似薄牢之乍吼。五言绝句,磬声也,清深促数,想羁馆之朝闻;七言绝句,笛声也,曲折嘹亮,类羌城之暮吹。"确是与众不同的"隽妙"之语。⑤ 而对《儿女英雄传》中

---

① 孙静庵:《栖霞阁野乘·枇杷无核》,《清代野史》第七辑,巴蜀书社,1988年,第94页。
② 孙静庵:《栖霞阁野乘·纪大烟袋》,《清代野史》第七辑,巴蜀书社,1988年,第34页。
③ 孙静庵:《栖霞阁野乘·纪文达不没人长》,《清代野史》第七辑,巴蜀书社,1988年,第26页。
④ 孙静庵:《栖霞阁野乘·纪晓岚真胜人一筹》,《清代野史》第七辑,巴蜀书社,1988年,第111—112页。
⑤ 孙静庵:《栖霞阁野乘·管韫山之论诗》,《清代野史》第七辑,巴蜀书社,1988年,第62页。

陷害何玉凤之父于死地因而何玉凤"立志不与共戴天"的纪献唐,孙静庵也作了比较细致的考证,认为其原型就是"本朝勋臣第一,后以跋扈诛"的年羹尧。尽管孙静庵由此做出的"其书虽传何玉凤,实则传年羹尧"这一推断太牵强,但他推测"年氏之死,出于同僚诬蔑,而非其罪,燕北闲人特隐约其词,纪之小说,以表明之",这却是不无道理的,非捕风捉影者可比。①

(五)漕运、河工、盐政的弊端,是《春冰室野乘》等文史札记都曾痛心疾首地指斥过的。这在《栖霞阁野乘》中也同样有记载。"漕政首禁浮收,而浮收之原,由于旗丁之索加帮费,又于沿途公用,及通仓胥役,催趱员弁,索费于旗丁。故历届兑漕,州县有协济之款,积久视为应得,更思逐渐加增,以倡率停兑,为挟制之端;以掯勒通关,为刁难之具。……其病民蠹官,大为漕害者,则相沿之陋规是已。……沿习已久,殊骇听闻。"②河工亦然。"南河岁修银四百五十万,而决口漫溢不与焉。"因为这些银两只有三分之一能用于河工,其余"除各厅浮销之外,则供给院道,应酬戚友,馈送京员过客,降至丞簿、千把总、胥吏兵丁,凡有职事于河工者,皆取给焉"。"当局者张皇补苴,沿为积习,上下欺蔽,瘠公肥私,而河工不败不止矣。"所以河督所驻的清江才会出现"上下数十里,街市之繁,食货之富,五方辐辏,肩摩毂击,曲廊高厦,食客盈门,细谷丰毛,山腴海馔,扬扬然意气自得"的畸形繁华的景象。③至于盐政,则是盐商们大肆中饱私囊的工具。有位洪姓盐商曾"助饷百万,赐头衔二品。其起居服食,有王侯不逮者"。其实,洪某不过一个"龌龊",而享用逾王侯,何德堪此?"④

总起来看,《栖霞阁野乘》对有清一代朝野政治、文学、艺术、风俗各方面的反映都是真实、生动而堪称全面的,尤其是对官场形形色色人物的描述,更具参考价值。

此外,民初较有影响的文史笔记还有许指严《十叶野闻》《新华秘记》、况

---

① 孙静庵:《栖霞阁野乘·〈儿女英雄传〉》,《清代野史》第七辑,巴蜀书社,1988年,第116—117页。
② 孙静庵:《栖霞阁野乘·漕弊》,《清代野史》第七辑,巴蜀书社,1988年,第115—116页。
③ 孙静庵:《栖霞阁野乘·河工之积弊》,《清代野史》第七辑,巴蜀书社,1988年,第65页。
④ 孙静庵:《栖霞阁野乘·淮商宴客记》,《清代野史》第七辑,巴蜀书社,1988年,第95—97页。

周颐《眉庐丛话》《餐樱庑随笔》、林纾《畏庐琐记》、狄葆贤《平等阁笔记》等。①其中《十叶野闻》专记有清一代朝野逸闻轶事尤其是宫闱秘事,而《新华秘记》则勾勒了袁世凯复辟帝制的详细经过,"文字流畅,长于渲染,极具文学色彩",②实则更接近于笔记小说;《眉庐丛话》《餐樱庑随笔》以清代宫廷轶闻、朝野逸话、典章制度为主,稍及前代历史;《畏庐琐记》则记录了林纾耳闻目睹的文学典故与奇闻轶事,具有重要的文学价值和史料价值;《平等阁笔记》则涉及科学、宗教、哲学、文学、美术等诸多方面,其中对庚子之变的记载尤为详尽。

总起来看,民初文史札记以记述前人轶事为主,述多于作,这些作者大多不愿花力气去对自己所记录的轶闻遗事进行辨析,更无意对前清朝野掌故进行有规模、有系统的整理。不过,也正因为这些作者大多是晚清民初诸多军政大事的亲历者,他们笔下的晚清民初掌故常常具有较高的可信度,也为后来诸多历史研究者所采纳。

第二节 20世纪20年代的文史札记

20世纪20年代,现代出版业进入了繁荣阶段。为了从老牌的商务印书馆、中华书局手里争得更大的市场份额,后起之秀世界书局、大东书局竞相出版通俗文学期刊和通俗文学作品,为文史札记作品提供了广阔的刊布空间,而现代文史札记也由此得到了进一步的发展。

这一时期的文史札记中最负盛名的是陈灨一的《睇向斋秘录》、袁克文

---

① 况周颐(1859—1926)为晚清词学大家,兼治野史掌故。《餐樱庑随笔》原刊于《东方杂志》第11—13卷,《眉庐丛话》原刊于《东方杂志》第13卷。《畏庐琐记》是林纾的笔记,后曾收入上海文艺出版社出版的《近代笔记大观》,皆以竖排繁体。林纾(1852—1924),原名群玉,字琴南,学名徽(秉辉),号畏庐,别署冷红生、六桥补柳翁、春觉斋主人、践卓翁、蠡叟,福建闽县(福州)人。光绪八年中举后,七试不第,遂弃举业,专治古文。五四前被视为"反对白话文"的所谓守旧人物,也被公认为古典文学的最后一位大师。著有《畏庐文集》《续集》《三集》、《畏庐诗存》《闽中新乐府》《京华碧血录》《畏庐漫录》《畏庐笔记》《畏庐琐记》《韩柳文研究法》等。《畏庐琐记》1922年由商务印书馆出版。《平等阁笔记》曾刊载于《时报》,1914年有正书局出版。狄葆贤兴趣颇为广泛,工诗文,擅书画,喜藏书,精鉴赏,嗜金石,又笃信佛教,故《平等阁笔记》内容庞杂。

② 《新华秘记·导言》,许指严:《新华秘记》,山西古籍出版社、山西教育出版社,1999年,第4页。

的《辛丙秘苑》。

陈灏一(1882—?),字甘簃,号颍川生,又署睇向斋主、旁观客等。江西新城人。自幼爱好文史。民国初年曾在袁世凯幕中担任文案,20世纪20年代中后期在张学良幕中"参与机要"。1928年离开政界,1932年11月在上海创办《青鹤》杂志,希望"于吾国固有之声名文物,稍稍发挥,而于世界思想潮流,亦复融会贯通"。当然,《青鹤》更重视的是"为国学谋硕果之存",因而该杂志刊载了大量的近代名家文史札记作品,其中也包括陈灏一本人的《睇向斋逞臆谈》《睇向斋谈往》。

《睇向斋秘录》是陈灏一的"睇向斋"系列的第一种,部分条目曾刊载于《小说大观》1919年9月1日第14集、1921年6月1日第15集。《睇向斋秘录》所记基本上属政坛人物轶事,尤以清末人物轶事为最多,堪称一幅晚清官场"百态图"。[①]

《睇向斋秘录》叙及晚清诸多重臣的逸闻轶事,如"中兴四大名臣"之一胡林翼担任湖北巡抚时与湖广总督官文相处时的智谋、庆亲王奕劻的贪鄙、端方"官僚习气甚深"、朱祖谋之直言进谏、唐绍仪之阔绰、王士珍之不近女色、曹锟之"性躁急喜怒"等等,也都是时人津津乐道或读来令人忍俊不禁的晚清官场见闻。不过,对这些政界人物,陈灏一更多注意到的是其颟顸、迷信、无知识、自以为是的一面。如负责外交事务的协办大学士王文韶虽"久官枢府",却"素称顽固"。当日斯巴尼亚遣使来华要求缔约时,王文韶竟认为是"日本鬼子又来胡闹!"属员提醒他,日斯巴尼亚乃"欧洲之西班牙国,非亚洲之日本国也",王文韶仍固执己见:"安知彼非因作无厌之求,恐我不允,变称他名蒙混?"[②]再如《载洵之笑史》记海军部大臣载洵赴美考察海军时,当美方询问"有何意见发表"时,载洵只能以"很好"两字敷衍。尽管翻译"善词令,巧于掩饰",但在场者"大哗",因为"载洵仅一张口,决无如许话也"。[③] 而

[①] 在《睇向斋秘录》中,《陈公希祖轶事》《陈公孚恩与刘君宗汉轶事》分别记述其曾祖陈希祖和叔祖陈孚恩的轶事,《高宗轶事》《宣宗轶事》《穆宗轶事》《德宗轶事》《孝钦轶事》分别记载乾隆、道光、同治、光绪诸帝王及慈禧太后轶事,另有三则分别记述乾隆年间张玉书、纪昀、钱陈群轶事,此外均为晚清政界人物轶事。
[②] 陈灏一:《王文韶不辨国名》,《睇向斋秘录》(附二种),中华书局,2007年,第30页。
[③] 陈灏一:《载洵之笑史》,《睇向斋秘录》(附二种),中华书局,2007年,第52页。

曾任上海制造局总办的毛庆蕃,"事事撙节",却在不明所以的情况下把用来制作船桅的巨木当作废料,下令"作修船之用"。晚清外交之往往失败及政治之腐败、民生之凋敝,这些愚昧无知的主管大员们难脱干系。

　　陈灨一并不着意于对这些人物一生功过的全面评价,常常以三言两语,从某一侧面对人物进行微观的透视,而人物性情跃然纸上。如《奕譞轶事》中称"慈禧素猜疑"光绪帝的生父醇亲王奕譞,"而欲置诸死地"。奕譞偶患"寒热",慈禧派御医每日前来诊视,结果"王病益笃"。李鸿章派医生自天津来,奕譞却无奈地拒绝其诊治,并含泪告诉这位医生:"予以今上故,久任劳怨不辞,今病必不起。"尽管我们无法判定陈灨一所谓奕譞病情加重是因为"阴以毒物少许"掺入药中所致的说法属实,但奕譞的一语双关已经将其懦弱的性格、处境的艰难表露无遗。① 再如《曾国藩之滑稽》称曾国藩"最善滑稽",往往以滑稽之语来表达对时局、时论的不满。面对那些"不肖者"办事时的"颠倒是非,混淆黑白",曾国藩笑称应当专设"绝无良心科"来安顿这类人;曾国藩"丁外艰,由赣军营回籍守制,朝议非之,士大夫咸哗然",百口莫辩的曾国藩不由得牢骚满腹:"自今日始,效王小二过年,永不说话。"等到曾国藩攻克金陵,"枢府疆吏与亲友纷纷缄贺",因其中"不外歌颂功德之言",曾国藩竟把这些贺词汇集成册,称之为《米汤大全》。② 在这些看似滑稽的言行背后,曾国藩对世道人心的不满、对世态人情的洞穿已经跃然纸上。

　　不过,陈灨一曾说过,他所记述的这些传闻大多数得之于"长老先生与闻达之士、博雅之友","笔之于纸",③并非其本人亲历亲闻,因而这些文史札记的价值远远不如清末民初的《春冰室野乘》等著作。

　　尤须注意的是,陈灨一文史掌故的来源比较复杂,不可靠者亦多。如《张佩纶之工媚》:

　　　　张以马尾之败褫职,李合肥雅重其才,延之入幕。有爱女年近不惑,犹闺中待字,因使执贽焉。女公子诗文俱佳,师生时有唱和。一日

----
① 陈灨一:《奕譞轶事》,《睇向斋秘录》(附二种),中华书局,2007年,第12页。
② 陈灨一:《曾国藩之滑稽》,《睇向斋秘录》(附二种),中华书局,2007年,第14—15页。
③ 陈灨一:《睇向斋秘录·弁言》,《睇向斋秘录》(附二种),中华书局,2007年,第5页。

合肥诣书斋,张对之曰:"女公子不栉进士也。"合肥笑容满面曰:"师誉弟子逾量,吾女曷敢当此?"时张年将花甲,续弦之念甚炽,同事于晦若侍郎,以蹇修自任,致词合肥,合肥欣然诺。张乃剃须纳采,由西席为东床。好事者以联嘲之曰:"老女配幼樵,无分老幼。东床即西席,不是东西。"①

此轶事虽有趣,却与事实相去甚远:张佩纶是李家的西席不假,所教授的学生却非李鸿章的女儿李菊耦;李菊耦当时被谣传为"老姑娘",却非年近不惑(李菊耦生于1867年,时年不过21岁);当时的张佩纶更不是"年将花甲"(张佩纶生于1848年,1888年与李菊耦结婚,1903年去世,时年56岁)。②

再如《吴棠之奇遇》记吴棠获慈禧太后"恩遇"而致数年间被"累擢"至四川总督的缘由。陈灜一称吴棠"宰清河县"时曾误打误撞地为当时从广东"扶榇回籍"的广东副将惠澄的两个女儿"致赗银三百两"。后来分别成为慈禧太后和醇亲王福晋的这对姊妹"泣感"吴棠之"轻财好义",这才有了此后吴棠的官运亨通。按:此事早见于恽毓鼎《崇陵传信录》:

孝钦父任湖南副将,卒官,姊妹归丧,贫甚,几不能办装。舟过清江浦,时吴勤惠公棠,宰清江,适有故人官副将者,丧舟亦舣河畔,勤惠致赗三百两(或传二千两,非也),将命者误送孝钦舟。覆命,勤惠怒,欲返璧,一幕客曰:"闻舟为满洲闺秀,入京选秀女,安知非贵人?姑结好焉,于公或有利。"勤惠从之,且登舟行吊。孝钦感之甚,以名刺置奁具中,语妹曰:"吾姊妹他日倘得志,无忘此令也。"既而孝钦得入宫,被宠幸,诞穆宗;妹亦为醇贤亲王福晋,诞德宗。孝钦垂帘日,勤惠已任知府,累擢至方面,不数年督四川。勤惠实无他才能,言官屡劾之,皆不听。薨于位,易名曰惠,犹志前事也。③

---

① 陈灜一:《张佩纶之工媚》,《睇向斋秘录》(附二种),中华书局,2007年,第31页。
② 另,李慈铭《越缦堂日记》:"戊子十一月七日,合肥使幼女嫁张佩纶。张年四十,已三娶;幼女年二十,敏而能诗,合肥爱之。"与事实庶几近之。
③ 恽毓鼎:《清光绪帝外传(原名《崇陵传信录》)》,《清光绪帝外传》(外八种),北京古籍出版社,1999年,第31—32页。四川人民出版社《近代稗海》第十三辑中《崇陵传信录》及中华书局《乐斋漫笔·崇陵传信录》(外二种)均未录此段文字。

《崇陵传信录》最早于 1914 年刊载于天津《庸言》杂志。后又见于小横香室主人《清代野史大观》、沃丘仲子《近世名人小传》、蔡东藩《清史演义》《慈禧太后演义》、粤东渔父《故宫外史》、王皓沅《清宫十三朝》、高阳《慈禧前传》等文史札记、小说,叙述多婉转曲折生动丰满。因"近人笔记记兹事者甚多,而言人人殊",陈灨一在《睇向斋秘录》中亦专记其事。陈灨一称这则传闻系吴棠之婿杨味春"为余述始末",而杨味春则是"亲闻诸勤惠者","其言之征信详尽,由此可见矣"。① 不过,据清宫档案记载,"兰贵人"即玉兰(亦即后之慈禧太后)于咸丰元年十二月参加选秀,咸丰二年二月初八、初九由咸丰帝正式选定,二月二十一日发出谕旨,命选中女子陆续进宫。玉兰被选中前,二月初六日,咸丰帝降旨,将其父惠征由山西归绥道调任安徽徽宁池太广道。五月初九日(1852 年 6 月 26 日)慈禧被送入宫中,惠征携家眷赶往江南,七月到芜湖正式接印上任。因而,已经被选入宫的慈禧根本不可能再随家人南下,也就绝不可能有"扶榇回籍"途经清河遇到吴棠之事。再则,惠征于咸丰三年六月初三日(1853 年 7 月 8 日)病故于镇江。此时慈禧已进宫一年多,亦无在兵荒马乱的时节出宫奔丧之可能。综合以上各节,尽管陈灨一言之凿凿,这则轶事却仍属子虚乌有的杜撰之词。

此外,陈灨一也时有记忆错误或自相矛盾之处,如《陈公孚恩与刘君宗汉轶事》文末说:"叔大父殉难伊犁与刘先生护送两伯父归赣事,近人记述颇多,惟《春冰室野乘》所载较为有据,然言未详尽,且有传闻失实之词,爰泚笔记其始末。"②但查《春冰室野乘》,其中并无关于此事的记述。再如《赵尔巽轶事》引录了某属吏讽刺赵尔巽的对联"尔小生,生来刻薄;巽下断,断绝子孙",称赵本人将其改为"尔小生,生来秉性;巽下断,断不容情"。③ 但在另一处则说"尔巽怒,不知何人恶作剧",恰好属下程德全来访,程德全将其改为"尔小生,生来秉性;巽下断,断不容情","以公赋性纯洁,执法如山,故思及此,虽不工,尚切题也"。④ 这些,不能不说是白璧之瑕。

---

① 陈灨一:《吴棠之奇遇》,《睇向斋秘录》(附二种),中华书局,2007 年,第 21—22 页。
② 陈灨一:《陈公孚恩与刘君宗汉轶事》,《睇向斋秘录》(附二种),中华书局,2007 年,第 8 页。
③ 陈灨一:《赵尔巽轶事》,《睇向斋秘录》(附二种),中华书局,2007 年,第 49 页。
④ 陈灨一:《程德全》,《睇向斋秘录》(附二种),中华书局,2007 年,第 133 页。

在刊载当时就曾引起较大反响的首推袁克文的《辛丙秘苑》。顾名思义，《辛丙秘苑》所记乃辛（亥）至丙（辰）之间即1911—1916年间的"秘苑"。这一时期，正是封建专制制度倾覆、民主共和制度初建又屡生波折之际，而袁克文作为大总统袁世凯之次子，耳闻目睹甚至直接参与了众多军政大事，与当时各界人物也都有较多交往，其记述自然会受到多数读者的期待。

遗憾的是，袁克文《辛丙秘苑》"为亲者讳"的倾向过于突出，并不具备文史笔记所不可或缺的"纪实性"，可信度不高。在《辛丙秘苑》问世之初，袁克文就摆出一副秉笔直书的姿态，声称："不佞以所知见，笔之于书，所以存先公之苦心，且以矫外间之浮议。或召怨毒，非所计也。"[①]可惜，实际情形并非如此，假如我们把《辛丙秘苑》与记述同一时期政界大事的许指严《新华秘记》、陈灜一《睇向斋秘录》等做一对照，不难发现袁克文对颇多事件的叙述是无法令人信服的。

（一）《辛丙秘苑》首先叙及这一时期的军政大事，包括国民党代理理事长宋教仁、曾先后担任国务总理和直隶都督的赵秉钧、"武昌首义"的功臣张振武等的非正常死亡（与袁世凯都有关联），以及无法回避的袁世凯复辟。对这些，袁克文能为其父辩解时就不遗余力地辩白，实在无法辩白时就将责任委诸属下，可谓煞费苦心。

袁克文最早谈的宋教仁遇刺案（"宋案"）。在刺宋凶手铁证早已制版公布，袁世凯确系宋案幕后主使已成共识的情形之下，袁克文却力图把宋案的真凶引向陈其美和应桂馨。袁克文称袁世凯对宋教仁一见"即大称赏，每谈政事，辄逾夜午，欲以内阁畀之"。此后，宋教仁返沪，袁世凯又多次派密使迎接宋教仁到北京。结果，宋教仁因"大公无党"而遭到陈其美、应桂馨的嫉恨，随后在上海火车站遇刺身亡。同时，应桂馨知道国务总理赵秉钧唯恐宋

[①] 寒云（袁克文）：《辛丙秘苑序》，《晶报》1920年10月24日。该《序》与山西古籍出版社、山西教育出版社所出版单行本的《自序》在文字上有出入，谨录如下："有清末季，亲贵专恣，苞苴党比，祸伏患烈。辛亥变革，先公承危，历四载，事差定，一人万几而神颓矣。不肖者乘先公之衰，妄冀高位，强谋帝制。先公深居，左右壅蔽，于是危乱复构，几溃全功。先公既疫，已害在躬，遂一愤而绝，呜呼哀已！兹数载间，大事逸闻，不传于外者多矣。不佞以所知见，笔之于书，所以存先公之苦心，且以矫外间之浮议。或召怨毒，非所计也。"

教仁到京后会取而代之,欲以刺宋"邀功"于赵秉钧,"遂假道于洪述祖,诱得电信",最后竟因此而"移祸"于赵秉钧。而袁世凯对赵秉钧、洪述祖的阴谋事先竟毫不知情,事后也一直不相信赵秉钧竟会出此下策。在袁世凯遭受世人怀疑时,竟然言之凿凿地说:"予代人受过多矣,从未自辩,……彼明察者,必自知之。……此理不辩,必有自明之日也。"袁克文称,宋教仁之仇"可谓复矣,而先公冤久不白。予既知之详,则不忍不言,非予祖所亲也"。袁克文还力辩袁世凯决无杀宋之理,因为袁世凯把宋教仁当作"新友中最善者",重视异常。"重视而杀之,不义也,且无是理。"袁克文为袁世凯开脱罪责可谓煞费苦心!尽管袁克文自称"不虚一字以告世人",但他对刺宋案的叙述显然无法令读者信服。① 在叙述"赵秉钧之死""张振武之毙"等事件时,袁克文同样力求让袁世凯撇清干系。其理由是:赵秉钧"为先公所最赏,论为上材,畀以直督,适当倚任,外间不察,或谓为先公所杀,殊诬之甚也"。② 至于"武昌首义"的功臣张振武被毙,乃因副总统黎元洪有密电"请中央将张立正典刑""并恳先公勿宣泄此电"。当时袁世凯"始欲付谳,而黎续请之电又至",力陈必须即刻将张振武除去。袁世凯无奈,才密令属下杀掉张振武。按照袁克文的说法,张振武被杀,并非出于袁世凯的本意,应当承担罪责的只能是黎元洪。

  对袁世凯的复辟帝制,袁克文归咎于其大兄袁克定和杨度、梁士诒等"不肖者"。袁克定之所以要"谋帝制"是因为受星相家愚弄,以为自己"当为廿年太平天子"。袁克文认为袁克定因"伤废"而致"外事悉间阻",不明大势"犹可曲谅",而其左右"妄冀高禄"竟益发"酒食谄媚"、怂恿袁克定,"鲜有耻矣"。③ 至于发起"筹安会"的杨度、发起"全国请愿联合会"的梁士诒之流,无不是"妄人","徒冀为开国元勋,而不顾置总统于何地,未计轻重利害,而冒失举事者"。在此情形之下,再加上被他手下的两员大将段祺瑞、冯国璋也

---

① 袁克文:《暗杀宋遁初》,《辛丙秘苑·寒云日记》,山西古籍出版社、山西教育出版社,1999年,第2—4页。
② 袁克文:《赵秉钧之死》,《辛丙秘苑·寒云日记》,山西古籍出版社、山西教育出版社,1999年,第8页。
③ 袁克文:《大兄因骄致败》,《辛丙秘苑·寒云日记》,山西古籍出版社、山西教育出版社,1999年,第26页。

"互言帝制之宜,民主之悖",袁世凯这才改变了"决不允其实践"的初衷,接受劝进,开始谋求帝制。① 其实作为清末民初纵横捭阖的一代枭雄,袁世凯怎么可能是毫无主见之人?如果他本人主观上没有称帝的愿望,也绝不会为杨度、袁克定所左右,杨度、袁克定和梁士诒等人充其量不过是推波助澜者而已。至于段祺瑞和冯国璋,他们只在一边冷眼旁观,本来就不是袁称帝的拥护者。他们有他们的想法:过去是兄弟,最多不过上下级;你一称帝就有君臣之分,当要自称"奴才",伴君如伴虎啊,杀起功臣来是毫不手软的。直到袁氏取消帝制后,段祺瑞才肯出来做摇摇欲坠的"总统"手下的总理,为袁收拾残局。因此袁克文这些辩解,不过是为尊者隐讳而已。

(二)《辛丙秘苑》还以比较多的篇幅谈及袁世凯的其他作为。在袁克文笔下,袁世凯简直是公忠体国的典型。武昌起义爆发,袁世凯被清廷授以全权督师南下,他告诫留守彰德的袁克文:"予以身许国,家事尔自主之。"② 1912年2月南京临时政府派员到北京促袁南下就任总统,袁"恐北方有故,拒而不许",不料就在袁"日事防渐"之时,"壬子初春"正月十二日(1912年2月29日)北京等地发生兵变,袁世凯"终夜不眠",却因"瘁于国事,不能问家事",只能把家事交给袁克文处置。③ 实际上是南京政府派蔡元培和汪精卫等人作为代表促请袁世凯到南京就总统之职,但袁世凯当然不同意离开他北方的老窝,到孙中山的革命势力范围内去碍手碍脚地做总统,于是纵容他的部下半夜兵变,抢掠奸淫,甚至要攻入南京代表下榻处,弄得代表们狼狈翻墙而逃。蔡元培一介书生,短墙还翻不过去,由年轻的汪精卫硬是托过墙去。第二天袁氏借北方时局不稳、无法从命为由,等于用兵变赶走了南方代表,于是只能让他在北京就总统之职,以后才有称帝之一幕。

在待人方面,将袁世凯说成严于律己,待人宽和。"先公秉国,子弟无从政者,先公不欲私所亲也。"袁氏之侄袁克成"任河南军事稽查累年,颇著勋

---

① 袁克文:《谋筹帝制》,《辛丙秘苑·寒云日记》,山西古籍出版社、山西教育出版社,1999年,第22—23页。
② 袁克文:《大兄酿祸》,《辛丙秘苑·寒云日记》,山西古籍出版社、山西教育出版社,1999年,第4页。
③ 袁克文:《北京兵变》,《辛丙秘苑·寒云日记》,山西古籍出版社、山西教育出版社,1999年,第12、14页。

劳"，其上司屡次请求为其升职或予以嘉奖，都被袁氏拒绝，"后再三呈恳"袁氏才勉强答应但"犹不明令下布"。① 另一个侄子袁克暄任职于外交部，同样由于袁不允许而多次错过升迁的机会。而对那些非本族子弟的人才，袁世凯则任人唯贤，毫不犹豫地委以重任。比如对一般认为是其政敌的宋教仁，袁世凯"大称赏"，欲以之组阁；② 对其倚为左右手的民国第三届国务总理赵秉钧，袁世凯"最赏，论为上材"；③ 对上海镇守使郑汝成，袁世凯"极赏其才能"，对其遇刺"痛伤者累日"。④ 袁世凯待人宽厚，却是施恩不图报的。黎元洪因张振武之死而遭到张振武"之党徒深衔"，无法在武昌安居，请求入京，袁世凯爽快地答应了；黎元洪希望加强防卫，袁世凯"亦许之"。而且袁世凯未雨绸缪，早已在瀛台为黎元洪安排好了"结构精严，又为盛施，无不美适"的住所。对此，黎元洪"顾而大乐"，认为"今而后得高枕卧矣"。⑤ 待到袁世凯帝制自为，感觉黎元洪深居宫中于己不便，于是"修邸迁之"。有人劝袁世凯不要让黎元洪"外居"以防其"苟变"。袁世凯却颇为大度地说："予遇宋卿厚，无虑有他。"袁克文感叹道："丁兹末世，道义丧绝，复何有亲谊者！先公过以君子度人矣！"实际上当时除孙中山与袁世凯之外，国内威望极高的就属武昌首义后任湖北军政府都督的黎元洪了。黎在武汉经营多年，手下又有兵权，此时又当选为副总统，俨然成国内第三势力，袁氏就将他骗到北京，在赴京中途就发命令，由自己的亲信段芝贵任湖北都督，从此黎氏就成光杆副总统。瀛台乃慈禧关押光绪之所，于是黎氏从此就受袁氏的软禁，行动处处受袁的监视。

蔡锷对袁世凯"执弟子礼，拜于门下"，而袁世凯对他器重异常，"一时身兼七八职"，遭到段芝贵、江朝宗等之嫉恨。此后"段、江辈益嫉视焉，遂诬以谋叛"，背着袁氏"以兵围检其寓，无所获证"。蔡锷这才"请假出京养疴"，而

---

① 袁克文：《严待本族子弟》，《辛丙秘苑·寒云日记》，山西古籍出版社、山西教育出版社，1999年，第35页。
② 袁克文：《暗杀宋遁初》，《辛丙秘苑·寒云日记》，山西古籍出版社、山西教育出版社，1999年，第2页。
③ 袁克文：《赵秉钧之死》，《辛丙秘苑·寒云日记》，山西古籍出版社、山西教育出版社，1999年，第8页。
④ 袁克文：《郑汝成之死》，《辛丙秘苑·寒云日记》，山西古籍出版社、山西教育出版社，1999年，第25—26页。
⑤ 袁克文：《拯救黎元洪》，《辛丙秘苑·寒云日记》，山西古籍出版社、山西教育出版社，1999年，第41页。

袁氏"电令蔡所经地之官守,优予卫送,未觉蔡竟起兵抗变矣"。① 在袁克文笔下,袁世凯竟然是具有"宁可天下人负我"的度量的。实际上是袁氏认为蔡锷乃青年革命才俊,日后将成为反叛他称帝的阻力,于是调他来京,以便加以控制。蔡锷于是装得醉酒妇人、胸无大志的模样,先假装与夫人大闹,竟到"离婚"的边缘,这样先将他夫人送回原籍,脱离了虎口,又遇到妓女小凤仙乃有大义,才掩护他逃出袁氏魔掌。他途经日本、河内等地,曲曲折折才到达云南他的老根据地,高举义旗,打响了反帝制的第一枪。

（三）《辛丙秘苑》也以较大的篇幅谈到了这一时期袁世凯身边的众多人物。这些属下或忘恩负义,或阳奉阴违,或只顾逞一己之私,全无为国家考虑者。在袁世凯小站练兵时即追随左右的北洋派两员大将冯国璋和段祺瑞。冯可谓反复无常的小人,最初赞成帝制随后转而为反对,一来是对杨度等人事先不告知其推戴袁世凯称帝一事不满,二来则是受到了那些无耻政客们以副总统为诱饵的诱惑,"非真为国计也"。② 冯国璋任副总统乃是"合法"产生的,后来甚至为代总统之职,这是受黎元洪的委托。1917年6月张勋率"辫子兵"入京,以封总统黎元洪为"一等公",令其交出民国政权。黎氏称,总统乃国民所选,不能由张勋废之。因考虑自己有生命之虞,于是出走,出走前通电发表声明,由在南京的副总统冯国璋代理总统,以免民国群龙无首。此时袁世凯已于一年前龙驾归天,怎么还受奸徒的诱惑而反袁呢？而段"鼻不正而负先公",③"辜恩背义",在袁世凯称帝后"叛离","重入内阁,迫先公至死"。④ 这也是无稽之谈,段氏出任内阁总理是帮四面楚歌的袁氏收拾残局的。袁氏称帝不成还想赖在总统的大位上,国内反对声四起,段从天津赴京,为他撑住场面。至于1916年端午节过后的6月6日,袁氏是因病而逝的。这里谈不上段氏"逼先公至死"。袁世凯性奸诈,到弥留时他自己也不得不承认这一点。他对老友徐世昌说:"老友,予生平惯以权术操纵人,不

---

① 袁克文:《蔡锷出京》,《辛丙秘苑·寒云日记》,山西古籍出版社、山西教育出版社,1999年,第30页。
② 袁克文:《谋筹帝制》,《辛丙秘苑·寒云日记》,山西古籍出版社、山西教育出版社,1999年,第22页。
③ 袁克文:《靳云鹏负段祺瑞》,《辛丙秘苑·寒云日记》,山西古籍出版社、山西教育出版社,1999年,第40页。
④ 袁克文:《段祺瑞反对帝制》,《辛丙秘苑·寒云日记》,山西古籍出版社、山西教育出版社,1999年,第37页。

图晚年竟为一般宵小所愚,致令予一世英名,扫地以尽。予自恨又复自悔……杨度误我,杨度误我!"①但是像他这种枭雄,他人是无法左右而只能从旁助推的。当然,他一生也不是没有做过好事,但若论"英名"是谈不上的,更加上他一生"最后的句号",妄图称帝,直为国人所不齿。因此,袁克文的《辛丙秘苑》实在是靠不住的所谓文史资料。

胡思敬在《国闻备乘·例言》中曾说:"古人讳尊、讳亲之说,亦为过小者言之;若大恶可讳,则桀、纣之残暴谁为播扬于后世乎!周公诛管、蔡,亲加刃于其躬,尚无不可,更何论死后之褒讥!操史笔者,但不当掉弄楮墨,以快一己之私仇,他非所惧也。窃守此义,以待来者。"②就《辛丙秘苑》而言,袁克文乃是"古人讳尊、讳亲之说,亦为过小者言之;若大恶可讳,则桀、纣之残暴谁为播扬于后世乎?"

相比之下,祁景颐在《谷亭随笔》中为传闻李鸿藻在同治帝临死时有"负恩"之举所作的分析就比较容易令人信服了。关于李鸿藻有负于同治帝一事,胡思敬《国闻备乘》称:"李鸿藻傅帝十四年,临危入见,受遗诏辅立溥伦。寻窥太后意不然,乃立德宗。"③许指严《控鹤珍闻》则说:"予友著《濛汜室随笔》,记同治帝遗诏立载澍,李高阳负恩事甚详,颇与外间所传帝崩时景象有异。"在记述了李鸿藻如何有负于同治帝之后,许指严批评道:"尝谓高阳此举,颇类唐裴炎之卖中宗。然中宗惑于艳妻,竟有以天下与后父之愤言。炎直言不获见听,激而为废昏立明之举,犹是人情之所有。然不旋踵而伏尸都市,妻子流徙。高阳则身受穆宗殊遇,岂中宗之于炎可比。而顾缩朒畏葸,不恤负故君以媚牝朝,乃竟以此策殊勋蒙上赏,晋位正卿,旋参揆席。虽中途蹉跌罢政柄就闲地,而恩礼始终勿替,死后犹获上谥,以视裴炎何祸福之不相同耶!天道无知,岂不信哉!此事关系觉罗氏兴亡大局者甚重。"许指严还极力声明此传闻属实:"不佞闻之丹徒马眉叔。马客李文忠幕,固亲得

---

① 天忏生(贡少芹)著:《洪宪宫闱艳史演义·弥留时之琐谈种种》,中国戏剧出版社,2000年,第279页。(此书乃根据上海明华书局1918年本翻印,以《中国古代禁毁小说珍秘本集成》名义出版)
② 胡思敬:《国闻备乘·例言》,荣孟源、章伯锋主编《近代稗海》第一辑,四川人民出版社,1985年,第207页。
③ 胡思敬:《国闻备乘·穆宗遗事》,荣孟源、章伯锋主编《近代稗海》第一辑,四川人民出版社,1985年,第212页。

之文忠者也。"①对此,祁景颐分析后认为,其外祖父李鸿藻"承旨之事"这一传闻并无确证:从常理推断,李鸿藻作为"多年帝师、枢密大臣,亦必应侃侃直陈,不顾利害,乃不出此,阿顺孝钦,似有失以人事君之道"。当然,"宫闱深邃,有无不可知"。但是以翁同龢日记考证,同治帝临终时,先入宫的是翁同龢,"穆宗弥留,公固未在侧也"。因此可以说,传闻之辞并无实据。尽管如此,祁景颐仍然对李鸿藻提出了批评:"平心而论,文正不失为正人,而才识短浅,性情执拗,无知人之明,中为清流利用,不免党援。南北之见甚深,卒以此剥削元气不少。"同时,尽管传闻尽可存疑,但李鸿藻"不谏孝钦请为穆宗立嗣"是不争的事实,"德宗虽立,终至母子乖违,而有己亥大阿哥溥儁之立,遂致拳乱误国,驯至清社以屋"。"中国以外交失败,至于危亡,推原其始",作为"同、光执政者之久于朝廊"的李鸿藻"固不得辞其责也"。尽管"余夙承公爱",祁景颐却"不敢以私害公,仍执春秋之义",做到了"不为亲者讳"。②

  文史掌故大家郑逸梅与袁克文交情匪浅,他在不同的场合一直对有文才的袁克文褒扬有加,他还盛赞袁克文在《晶报》所刊载的,"最有价值的,要算一篇《辛丙秘苑》,内容都是清末民初的朝野珍闻,外间不易知道,加之他汉魏六朝的笔墨,裔皇典丽,的是可传之作"。③ 这当然是属友人之间的溢美之词居多,不过,郑逸梅也不得不承认袁克文在《辛丙秘苑》中"为亲者讳,处处为袁世凯辩护,洗刷盗国的罪名,当然立论是不公允的",④郑逸梅的结论最终还是回到了公正的天平上。

第三节　20世纪30年代的文史札记

  20世纪20年代末以后,徐一士《凌霄一士随笔》、瞿兑之《杶庐所闻录》、

---

① 许指严:《清秘史十叶野闻点注》,孙顺霖点注,河南大学出版社,1991年,第253、255页。
② 祁景颐:《谷亭随笔·李文正公》,《〈青鹤笔记〉九种》,中华书局,2007年,第150—151页。李鸿藻,谥号文正;穆宗为同治帝庙号;孝钦,即慈禧太后。
③ 郑逸梅:《想到袁寒云》,见《花雨缤纷录》,《郑逸梅选集》第3卷,黑龙江人民出版社,1991年,第736页。
④ 陶拙庵(郑逸梅):"皇二子"袁寒云的一生。原刊香港《大华》杂志,收入《清娱漫笔》时改名为《袁寒云的一生》,上海书店,1984年。与《辛丙秘苑》一样,袁克文的另一部文史札记《洹上私乘》也存在着严重的"子为父讳"的倾向,竭力为袁世凯复辟帝制推卸责任。

黄濬《花随人圣庵摭忆》等掌故名著先后问世。同时，以"无郑不补白"享誉文坛的文史札记作家郑逸梅先后出版了《梅瓣》《茶熟香温录》《孤芳集》《逸梅小品》《逸梅丛谈》《小品大观》《小阳秋》《人物品藻录》《近代野乘》《味灯漫录》等文史札记作品，逐步形成了自己的写作风格，从通俗文学界的"补白大王"进而成为文史掌故大家。另一位通俗小说家范烟桥则出版了《烟丝集》《齐东新语》《茶烟歇》等文史札记。文史札记作品由此进入鼎盛期。

《花随人圣庵摭忆》1934年起连载于《中央时事周报》，后续刊于《学海》，1937年刊毕。作者黄濬，字秋岳，又称哲维，室名花随人圣庵。生于1890或1891年，17岁时毕业于京师大学堂译学馆，民国初年留学日本早稻田大学。毕业回国以后，曾任北京政府陆军部承政厅秘书科科员，交通部法规编纂员、秘书，财政部佥事、秘书、参事。1932年任南京国民政府行政院秘书，其地位仅次于次长的简任级机要秘书。1937年7月，因向日寇泄露国家最高军事机密，与其子一同被枪决。①

作为黄濬文史札记的代表作，《花随人圣庵摭忆》的内容颇为庞杂，刘慧清在其硕士学位论文《黄濬与〈花随人圣庵摭忆〉研究》（以下简称"刘文"）中认为："黄濬对于清代至民国的人物轶事和史事掌故或详加叙述，或加以考订，或给予评议，因此纵览全书可以看到晚清到民国近百年的社会缩影。"② 同时，"刘文"将其内容分为军国大政、官场倾轧、宫廷秘史、朝章典制、财政金融、司法刑律、人物掌故、艺文诗文、旅游山水、名胜古刹、宗教钩沉、民俗考证、物产溯源、人际交往、考证议论、社会万象及其他等计16类。其中篇幅最多的分别是人物掌故（120篇）、艺文诗文（65篇）、人际交往（40篇）。

清王朝覆灭时，黄濬不过20岁出头，因此《花随人圣庵摭忆》中关于"清代至民国的人物轶事和史事掌故"大多并非亲历亲闻。"刘文"认为其来源主要有以下三个方面：前人记载、目睹耳闻、亲身经历。对《花随人圣庵摭忆》引用的主要文献来源，"刘文"也作了大致的归纳。从《花随人圣庵摭忆》中的相关记述来看，《花随人圣庵摭忆》中的掌故遗闻绝大多数来自前人记

---

① 关于黄濬生平与《花随人圣庵摭忆》的成书经过，参看李吉奎：《整理说明》，黄濬：《花随人圣庵摭忆》，中华书局，2013年，第1—6页。
② 刘慧清：《黄濬与〈花随人圣庵摭忆〉研究》，福建师范大学硕士学位论文，2014年，第19页。

载。郑逸梅在谈到《花随人圣庵摭忆》也说:"据柳翼谋的文孙曾符见告:翼谋其时,主龙蟠里图书馆,该图书馆藏书之多,甲于东南,'摭忆'的许多资料,即取之于此,且有得之翼谋口述的。"①

基于此,笔者认为,《花随人圣庵摭忆》最大的价值并非可以借此窥得"晚清到民国近百年的社会缩影",而在于黄濬常常对史料、传闻予以辨订。②当他发现徐一士刊载于《国闻周报》的《谈陈弢庵》一文所举陈弢庵《赠陈三立》一诗"首句亦误"时,随即为文予以纠正。看到署"习庵漫笔"的《三十年来燕京琐录》,也当即对其中的史事错误予以订正。

微细处的订正固然必要,而黄濬对清末诸多史事的考辨尤为重要。黄濬不盲从前人,他盛赞文廷式的《闻尘偶记》"有稗史事","中间有极精切者",③同时又清醒地意识到,尽管并无相反的例证,但其中所谓"弃台定于甲午"的说法不可轻信:"芸阁当时自为反对合肥者,故言弃台定于甲午,意若谓与日人夙有默契,此说羌无实据,恐未必然。"④当然,更多时候,黄濬提高不同史料的比较来做出自己的判断。如穆宗(同治帝)旨革恭王一事,黄濬"遍证公私纪载",以为吴挚甫日记所记"文贻事确"。他又分析《清代野史》所录关于此事的记载,认为:"此节似清亡后时流所着笔,或报章所记者,其中亦颇足参考。""诸丑迹屡见近人笔记,疑谙掌故者采缀成之。其言恭王叩宫门,文祥退叩太后宫,穆宗有杀王诏,皆显有误谬,此事当以吴先生日记所记者为准。"⑤

再如《杨乃武案野史征存》一文对杨乃武案的分析,黄濬也是在比较的基础上得出相对合理的结论的。黄濬首先引述了《清代野记》中关于此案的记述,并评论说:"案《清代野记》,此节殊嫌略,盖此案自总督杨昌浚以下褫职者数十人,即如所言,外使在总署谓此案不宜含糊了结,亦可见此中

---

① 郑逸梅:《黄秋岳的〈花随人圣庵摭忆〉》,郑逸梅:《民国笔记概观》,上海书店,1991年,第95页。
② "刘文"第三章第二节论《花随人圣庵摭忆》的"学术价值",认为其"考据学价值"表现在"考订史书""考证史事""考证史物"三方面。
③ 黄濬:《文芸阁〈闻尘偶记〉有稗史事》,《花随人圣庵摭忆》,李吉奎整理,中华书局,2013年,第138页。
④ 黄濬:《〈闻尘偶记〉有关甲午二事》,《花随人圣庵摭忆》,李吉奎整理,中华书局,2013年,第258页。
⑤ 黄濬:《传说同治帝欲杀恭王》,《花随人圣庵摭忆》,李吉奎整理,中华书局,2013年,第750页。按:此前许指严《十叶野闻》中有《圆明园修复议三则》,颇似黄濬所斥为"显有误谬"者。

必有较复杂之情节也。"于是,黄濬再引祝善诒《余杭大狱记》的相关记载,并对二者的异同作了比较,认为"祝所记老仵作验尸状,较入微,辞宜可信。吾国旧日折狱,专恃仵作之经验谈,其有合于科学论证者有几,自是疑问。抑在昔日社会,其所恃以毒人之药物者,亦止此数种,故仵作见闻,亦较有范围"。①

《花随人圣庵摭忆》对光绪帝死因的分析,条分缕析,可谓鞭辟入里。"清德宗之非令终,当戊申十月,已有此传说。盖西后与帝一生相厄,而帝毕竟先后一日而殂,天下无此巧事也。当时群疑满腹,而事无左证,其所以使众且疑且信之繇,则以德宗卧病已久,而医者佥断其不起,事理所趋,一若德宗之死,势所必至,西后之死,转出意外者。其实德宗正坐西后暴病,遂益趣其先死,此则纯为累年之利害与恩怨,宫中府中,皆必须先死德宗也。当时后党之魁,内为隆裕,外为项城,二者始终握大权,噤众口,故虽易代,亦无人为此屡主鸣冤。迨至民国十年后,故宫易主,项城势力亦渐尽,私家笔记间出,宫女太监亦能道之,事实始渐露。"

随后,他引用了王小航《〈方家园〉杂咏纪事》第十九首的"附记":"袁世凯入军机,每日与太后宫进奉赏赐,使命往来交错于道,崔玉贵更为小德张介绍于袁,小德张,隆裕宫之太监首领也。三十四年夏秋之交,太后病即笃,又令太医日以皇上脉案示中外,开方进药,上从来未饮一口,已视为习惯之具文。(当日江侍御春霖向李侍御浚言曰:皇上知防毒,彼辈无能为。岂料彼辈之用意,不在于方药中置毒哉。)其前岁,肃王曾谓余曰:'我所编练之消防队,操演军械,无异正式军队。以救火为名,实为遇有缓急保护皇上也。'至是余自保定来,提及前话,谓:'倘至探得太后病不能起之日,王爷即可带消防队入南海子,拥护皇上入升正殿,召见大臣,谁敢不应。若待太后已死,恐落后手矣。'王曰:'不先见旨意,不能入宫,我朝规制,我等亲藩较异姓大臣更加严厉,错走一步,便是死罪。'余曰:'太后未死,那得降旨。'王曰:'无法。'余曰:'不冒险,恐不济事。'王曰:'天下事不是冒险可以成的,你冒险曾冒到刑部监里去,中何用来?'余扼腕回保定,又百余日而大变酿成,清运实

---

① 黄濬:《杨乃武案野史征存》,《花随人圣庵摭忆》,李吉奎整理,中华书局,2013年,第138页。

终矣。(家必自毁,国必自伐,所谓自作孽,不可活也)"

接下来,他又引录了第二十首的"附记":"隆裕自甲午以前,即不礼皇上,虽年节亦无虚文,十五六年中皆然。上崩之数日前,隆裕奉太后命,以侍疾来守寝宫。(是时崔玉贵反告假出宫,小德张之名尚微,人不注意也)上既崩,隆裕仍守床畔,直至奉移乾清宫大殓后,始离去,赴太后宫。太后已不能语,承嗣兼祧之事,问诸他人始知之。自上崩至奉移大殓,亲王大臣以至介弟,无一人揭视圣容者,君臣大礼,盖如是之肃也。吾闻南斋翰林谭君,及内伶教师田际云,皆言前二日尚见皇上步游水滨,证以他友所闻,亦大概如是。昔穆宗之以疡崩也,尚杀内监五人,此则元公负扆,休休有容,粉饰太平,足光史册,虽有南董,无所用其直矣。"

黄濬认为"小航此言,大致不谬,绎此似德宗之死,死于隆裕之手者",随后他又引录了恽薇孙(恽毓鼎)《崇陵传信录》中的一段记载:"十月初十日,上率百僚晨贺太后万寿,起居注官应侍班,先集于来熏风门外,上步行自南海来,入德昌门。门罅未阖,侍班官窥见上正扶阉肩,以两足起落作势,舒筋骨,为拜跪计。须臾,忽奉懿旨,皇帝卧病在床,免率百官行礼,辍侍班,上闻之大恸。时太后病泄泻数日矣,有谮上者,谓帝闻太后病有喜色。太后怒曰:'我不能先尔死。'十六日,尚书溥良自东陵复命,直隶提学使傅增湘陛辞,太后就上于瀛台,犹召二臣入见,数语而退,太后神殊惫,上天颜黯澹。十八日庆亲王奕劻奉太后命往普陀峪视寿宫,二十一日始返命,或曰有意出之。十九日禁门增兵卫,讥出入,伺察非常,诸奄出东华门净发,昌言驾崩矣。次日寂无闻,午后传宫中教养醇王监国之谕。二十一日皇后始省上于寝宫,不知何时气绝矣,哭而出,奔告太后,长叹而已。"黄濬分析说:"据此,西后既发毒语,云我不能先尔死,则德宗之死,似又在西后前二日,又似西后命内监死之者,谮之之人,度是隆裕崔玉贵之流。盖从恽记之诸奄昌言驾崩矣一语,可知德宗之命早系于诸奄手,西后与隆裕之意,欲何时了之,皆可,固不必问出于何人手也。其时朝野,皆疑西后与项城及隆裕诸奄合谋鸩德宗,予意项城未必预此事,隆裕诸奄足矣。"

不过,黄濬并不满足于此,他又节录了英人濮兰德所著《慈禧外纪》一书的相关记载,认为尽管该书"颇为西后张目",却"亦可相证发"。"皇帝宾天之情形,及其得病之由,外间无从知其详,此事亦与其他诸秘密事,皆埋藏于李莲英及其亲信小监之脑中,即北京满汉诸大臣,亦言人人殊,关于太后及皇帝同时相继宾天,各持一说,互相矛盾。然欲考查其真相者,亦非无线索之可寻。日处忧危之域之皇帝,若一旦得以总揽大权,其必为彼李莲英辈所不利,固一定之势也。且当时颐和园中深密之计划,或尚有为太后所不知者,亦意中之事。太后之所以不知者,盖当时诸人以为太后将先皇帝而薨,故不得不密为布置,此乃东方历史中之特别情形也。据目击当时情形者论之,此或亦理势之所有,然欲搜求其确据,处处相合,则极不易也。下所记载,乃由两大臣所陈述,一满人,一汉人,皆当时在朝者。其所言大概与较可信任之报纸所载相合,此等报纸所载,亦由官场中传出也。吾等皆收存之。然此最大之疑案,终莫能明,或此同时宾天之事实出于天然之巧合,亦未可定也。但言者又云:闻之于太后亲信之侍从,谓皇帝宾天之后,太后闻之,不但不悲愁,而反有安心之状。"在综述了各家记载之后,黄濬总结说:"此段匣剑帷灯,弥极深刻,虽力言最大疑案终莫能明,而其明盖如镜也。清社久屋,德宗顺受全归与否,更不足辩。传后之史,例必以事证为凭,故此秘将长此终古。抑古之专制宫闱类此之事至多,正不必引为诧也。"①

保存了大量的诗词和作者亲闻的掌故,这是《花随人圣庵摭忆》的又一价值之所在。作为闽诗派首领陈衍的入室弟子,黄濬对诗词有着异乎寻常的兴趣。在《花随人圣庵摭忆》中,他撮录了同时代众多名家及其本人的诗词、书信、电文等。如俞恪士(俞明震)的《西溪》诗、陈仁先的《次治芗观落日诗》五首、严复为何叙甫欧陆观战纪念册所题的五首绝句、黄节关于直奉战争的纪事诗,以及他本人的《咏玉兰诗》《四宜堂夜坐》、四首杏花诗,都是于历史或学术有不同程度参考价值的。他还抄录了高蔚然的《金銮琐记》"咏庚子诗并注",认为尽管"上诗皆不佳,而所注今日俨成史料,故甄录之"。② 而光绪丁丑科状元王可庄致张之洞的书信、郭嵩焘使英

---

① 黄濬:《清德宗死因之谜》,《花随人圣庵摭忆》(上),李吉奎整理,中华书局,2013年,第181—184页。
② 黄濬:《〈金銮琐记〉咏庚子诗并注》,《花随人圣庵摭忆》(上),李吉奎整理,中华书局,2013年,第35页。

前后致沈葆桢的四封书信、彭玉麟致沈葆桢论长江防务的书信、甲午战后张之洞的往来电稿十二通,则都属"同光间佳史料"。再如黄濬对林纾自署"践卓翁"、徐珂自署"天苏阁"含义的解释,也堪称难能可贵的文坛掌故。

自然,黄濬亲历亲见的那些事物也有较高的史料或文学价值。"刘文"举了《与梁任公论学谈政》《赛金花所异于土娼者》两篇。在笔者看来,黄濬的此类记载也不在少数。如其记北京悟善社事,既是宝贵的社会史资料,同时也可以与通俗小说相对照。

此皆不足奇,最奇且可笑者,为此社将隳时事。陆闰生(宗舆)亦社员之一,拥金最多,社之主者(时嘉善已殁)涎之,于是刺取陆阴事若干,俟其匍匐时,乩忽震怒,大诟责之,陆初惶骇,已而言须责手心若干下,于是众皆跪为代请,乩固不许,陆哀求不应,已蓄愠矣;继言若欲蠲免掌责,须纳金若干万。陆闻言大怒,一跃而起,绣垫掀腾,香灯乱落,大声疾呼曰:"假的!假的!"一时跄踉而散,闻者皆为捧腹。①

总起来看,尽管《花随人圣庵摭忆》中大多数史料并非黄濬亲历亲见,这部文史札记仍有不可忽视的历史学、文学方面的价值。

在《郑逸梅选集》"引言"中,郑逸梅谈到自己的著作时曾说:"十一届三中全会以来,我心情舒畅,著述尤勤,仅单行本即出二十一种,达四百万言,其中有新作的,有两种合一的,有文言的,也有语体的,所述以人物掌故为归,

---

① 黄濬:《北京悟善社》,《花随人圣庵摭忆》(上),李吉奎整理,中华书局,2013年,第39页。试与张恨水《春明外史》第21回《斗室迎仙频来四海客 瓣香却病聊赠一枝梅》关于除恶社之描写相对照。走到坛里,只见本社的总务员曹小凤,跪在吕祖面前,再三的磕头。杨学孟一看,他猜一定是帝师气了,站在一边,也不敢做声。那边沙盘上却批下批示来,要曹小凤捐二千元办理四郊的旱灾。曹小凤磕了三个头道:"回帝师的话,弟子这几年在京赋闲,丝毫没有收入,就是有点积蓄,也都用光了。"那乩上又批道:"子为本社干员,对慈善事业,而乃如此推托,将何以资提倡?着责手心五十板,以为不忠社务者戒!命悟能悟空执刑,切切。"曹小凤听到说要打他的手心,心想自己也曾做过一任道尹,如何能受这样的侮辱,连忙又趴在地下磕了三个响头,道:"情愿回去筹款,筹得多少捐多少。"乩上批道:"胡说!现在即捐款亦须打手心五十板。"曹小凤偷眼一看,那两个扶乩的,板着面孔,不像往日那样安闲。心想:"是了,早一个星期,我曾当总教长面前说了他们两句,今天他们是报仇一笔。"又磕了一个头,直挺挺的跪着,道:"请帝师饶恕。"这时那边乩笔在沙盘上飞舞,写着"打打打"。那两个奉示执刑的,道号悟能悟空两位先生,和曹小凤向来不和,便走过来对曹小凤道:"帝师已发怒了,你还不领刑吗?"说着拿了戒尺过来,便要动手。曹小凤急了,跳起来就往外跑,昂头对着天,口里嚷道:"这是假的!这是假的!你们别这样捉弄我,惹得我戳破了这个纸老虎,大家都不好看。"说着他就跑走了。

这是我始终一贯的作风,而以'旧闻记者'自号。"①尽管郑逸梅在这里所谈的是"十一届三中全会以来"所出版的著作,但"其中有新作的",自然也包括旧著,所以我们不妨将"所述以人物掌故为归"视为郑逸梅对其一生著述的概括。

与陈灨一、黄濬等相比,郑逸梅文史札记所记述的对象更侧重于文化界人物包括文学家、艺术家、报人们的轶闻轶事(即使是袁克文,更多也是侧重于其文学、艺术方面的贡献),时间则集中于清末民初。对于这一点,郑逸梅在《人物品藻录·凡例》中也曾做过这样的说明:"本书名人,悉以清末民初为准,就其风趣雅隽者归之。间有巨奸大憨,列入以照炯戒。"②综观郑逸梅的文史札记作品,可以发现两个突出的特色:一是聚焦清末民初文化艺术界人物,二是"风趣雅隽",妙趣横生。而郑逸梅这样的特色是在20世纪30年代逐步形成的。

在早期的《梅瓣》《茶熟香温录》等作品中,郑逸梅文史札记的特色还不够突出:一方面是所记述的人物既有乾隆年间的直隶总督方观承(《方恪敏公轶事》)、因梅花诗而遭人嫉恨最终为和珅所疏远的"某太史"、袁枚的女弟子席佩兰、道光年间英年早逝的湖南益阳才子汤海秋,也有众多时代无法明确的人物,而这些人物的事迹也相对宽泛,并非集中于文化艺术界;另一方面其中大量作品是曾在报刊上"补白"的,篇幅短小,未能尽"风趣雅隽"之妙。③ 同

---

① 郑逸梅:《郑逸梅选集·引言》,《郑逸梅选集》第1卷,黑龙江人民出版社,1991年。郑逸梅于1926年出版第一本单行本著作《梅瓣》。次年,他由苏州移居上海,从此即在上海长住,以迄去世。在沪期间,除受聘为上海影戏公司编写剧本外,郑逸梅还兼任多所中学的国文教员。1930年,他由陆丹林、许半农之介,加入了南社,并出版了笔记《浣花嚼雪录》(分上、下卷,上卷为《灯下清谈》,下卷为《梅龛杂碎》)。在1932年"一·二八"淞沪抗战时,地处闸北的上海影戏公司被日机炸毁,郑逸梅寓所毁于战火,郑逸梅遂脱离电影界,以写稿为生。1934年,郑逸梅转任上海中华书局编辑,出版了《逸梅小品》,旋续出《逸梅小品续集》《逸梅丛谈》。抗日军兴,郑逸梅避居上海租界"孤岛",先任国华中学教职,嗣被上海永安公司聘为《永安月刊》主编,将其改造为以人物掌故为尚、风格焕然一新的刊物。抗战胜利后,郑逸梅先后担任上海诚明文学院、新中国法商学院等校文学教授,出版《人物品藻录》《淞云闲话》《三十年来之上海》(正、续集)、《三国闲话》等掌故及小品文著作。20—40年代,郑逸梅先后出版的还有《慧心粲齿集》《游艺集》《羽翠鳞红集》《花果小品》《瓶笙花影录》等20余种散文作品,其中大多数属于"人物掌故"类文史札记。不过,这些笔记作品并不纯粹,其中不乏"子虚乌有之谈"。(郑逸梅:《郑逸梅的几种笔记》,郑逸梅:《民国笔记概观》,上海书店,1991年,第54页)

② 郑逸梅:《人物品藻录·凡例》,《人物品藻录》,上海日新出版社,1946年。按:《人物品藻录》收入黑龙江人民出版社《郑逸梅选集》第4卷时,该《凡例》被删除。

③ 《茶熟香温录》卷首有"吴江金芳雄季鹤"序,从"序"中可以看出,其中文章都曾在报刊上发表过,"戊辰春,逸梅以其百宝之精英,汇之册而将付梓也"。(上海益新书社,1929年初版,1937年第6版)

时,在这些作品中,约有一半实际上是明显带有虚构成分的笔记小说而非纪实的文史札记。郑逸梅本人后来谈到其《茶熟香温录》时也承认,其中"共二百十六篇,用文言述写,有些是子虚乌有之谈,有些是人物掌故"。①

在出版于1932年的《孤芳集》中,郑逸梅开始把所记述的人物限定在清末民初、文化艺术界,谈晚清民初政界名流彭玉麟、程德全、谭延闿、孙宝琦、杨度、陈英士等人的逸闻,记清末民初李伯元、苏曼殊、樊樊山、胡石予、易实甫、廉南湖、余天遂等人的文坛趣话,述商务印书馆创办人鲍咸昌之"盛德"、书法家"曾农髯之度量"、书画家吴昌硕之"写像"以及伶界大王谭鑫培、"士而隐于伶者"汪笑侬的轶事。②

到1935年出版的《小品大观》,除了少量滑稽小品文外,郑逸梅记述的人物几乎囊括了清末民初小说、诗词、戏剧、书画、电影等各个界别,甚至还包括太平天国的女状元傅善祥和20年代以"性学博士"闻名的张竞生,当然也不乏《京华旧俗之散灯花》《梨园佚话》《稗苑识荆》《集锦小说之溯源》《小说中的人名》之类追源溯流的文字。

在此后的《瓶笙花影录》《淞云闲话》《人物品藻录》及可视为其"续编"的《小阳秋》等文史札记中,郑逸梅依然保持着自己的特色。③ 郑逸梅讲述晚清四大词人王鹏运、郑文焯、朱祖谋、况周颐的诗词与逸闻,谈论清末民初小说家曾朴、刘鹗、徐枕亚、吴双热、陆士谔、毕倚虹等人鲜为人知的秘密。前辈文人康有为、梁启超、章太炎,报人汪穰卿、谈善吾、蔡紫黻,南社同人朱少屏、林庚白、叶楚伧、姚鹓雏、傅屯艮、刘三、俞剑华、王大觉、姚石子,名伶冯春航、汪优游,诗人樊樊山、陈衍、杨云史,翻译家严复、林纾,也都进入了郑逸梅文史札记的视野。而郑逸梅的作品也逐渐超越了很难独立成篇的三言两语的"补白",成为独立地刊载于各大报刊的文史札记。

---

① 郑逸梅:《郑逸梅的几种笔记》,郑逸梅:《民国笔记概观》,上海书店,1991年,第54页。《茶熟香温录》初版扉页标"笔记小说",其中收入数十篇"某生者"体的笔记小说。
② 该书甲编所谈人物逸出此范围的只有朱淑真、唐六如(唐伯虎)等寥寥几位,也都与文学艺术有关。乙编为游记和杂记。此外,其中还有数篇属"海外奇谈",谈维也纳、巴黎、日本、暹罗以及非洲的奇风异俗。
③ 《人物品藻录》和《小阳秋》初版于20世纪40年代,但其写作时间仍是20世纪30年代。郑逸梅在其《人物品藻录·自志》中这样说:"本书所取资料,十之八九为予十年前或廿年前散刊各报之旧作,而从事裒集者也。"(见郑逸梅:《人物品藻录》,上海日新出版社,1946年)

当然,由于郑逸梅本人的文化立场和社会交际圈,其文史札记作品所谈论的人物绝大多数是他所熟悉的通俗文学作者或旧派文人,其中的新文学作家不过鲁迅、郁达夫、刘半农等寥寥数位。对传统的伦理道德,郑逸梅的态度是比较微妙的。他曾这样谈及五四时期对传统思想、伦理道德的革命:"新学先生们,大都借着新道德的幌子,来打倒旧道德;旧道德果然被打倒了,但是新道德尚没有存立,所以直把现今的世界,成了个无道德的世界。这好比嫌鄙祖传的房屋太旧,把它拆卸了,新洋房却没有落成,弄得一椽莫蔽,四壁无存,露宿风餐,披星沐雨,那是多么苦楚啊。""自己有了好东西,却放弃着不用,现在有了识货朋友来收罗了,不晓得物主作何感想呢?"①在《林琴南之耿介》中,郑逸梅节录了林纾致其弟子姚鹓雏的书信并感慨其"文士生涯,殊堪叹息",随后对当时文坛的风气做出了这样的批评:"若至今日,乳臭小儿,角逐文坛,视旧学如敝屣,拾异域之皮毛,而市面每况愈下,书贾吝出稿酬,则更将索先生于枯鱼之肆矣。"②可以说,郑逸梅文史札记的这一特点也是其"保守旧道德"、不满新文化的客观反映。

因为在内容方面聚焦于清末民初文化艺术界人物,所以郑逸梅文史札记的首要价值就是提供了颇多不为人知的文坛掌故。如《〈禽海石〉》引录两位普通读者的来信,介绍了他们购买《禽海石》的经过,同时介绍他们阅读该小说的感受:"书为文言体,写情悱恻缠绵,读之令人回肠荡气,弗能自已。堪与我佛山人之《恨海》相颉颃。叙述庚子间拳乱时事,历历如绘。描写小儿女惺惺相爱,历劫不磨,堪以泣鬼神而动天地。阅书至斯,叹观止矣!"③再如《南亭亭长与安垲第》记述李伯元在清末编辑小报的情形及其在味莼园安垲第收弟子、除夕饮酒联句以避债等"狂放"的一面;④《稗苑识荆记》记述了小说家不肖生赴沪"采办"时与作者的谈话,同时也介绍了作者与小说家刘铁冷"觌面"的情形;⑤《徐仲可轶事》记录了《清稗类钞》辑者徐珂的诸多逸闻轶事;⑥

---

① 郑逸梅:《东方的旧道德》,《小品大观》下册,上海校经山房,1935年,第150—151页。
② 郑逸梅:《林琴南之耿介》,《人物品藻录》,上海日新出版社,1946年,第7—8页。
③ 郑逸梅:《〈禽海石〉》,《小品大观》上册,上海校经山房,1935年,第32—33页。
④ 郑逸梅:《南亭亭长与安垲第》,《孤芳集》,上海益新书社,1932年,第88—90页。
⑤ 郑逸梅:《稗苑识荆记》,《小品大观》上册,上海校经山房,1935年,第41—44页。
⑥ 郑逸梅:《徐仲可轶事》,《小品大观》上册,上海校经山房,1935年,第60—65页。

《集锦小说之溯源》由《金钢钻月刊》中的集锦小说《江南大侠》说起,追溯至民国元年陆秋心在《民立报》发起集锦小说的经过;《姚鹓雏》介绍了小说家、诗人姚鹓雏的小说、诗词、传奇等各类作品;[1]《毕倚虹致死之我闻》详细记述了导致毕倚虹惨死的"经济压迫"和"以色戕身"这两方面的情形;[2]《汪优游之生前》介绍汪优游在小说、演剧、电影各方面的贡献;[3]《恽铁樵之遗著》追记恽铁樵主编《小说月报》时的小说主张及其奖掖后进等行状,同时也列出了恽铁樵所著短篇小说近20种,"若汇刊之,不难成一巨帙也"。[4] 凡此种种,多属难能可贵的文坛史料。当然,郑逸梅偶尔也会对某些文学作品提出自己的不同看法。如《吴双热之〈孽冤镜〉》就提到《孽冤镜》中"有一不合情理处,即可青居吴门濂溪坊,而死于金陵,则不当叙其回尸吴门而盖棺。盖前清旧例,尸不得运舁进城。岂可青之尸得以飞越耶?作者失检,此无可讳言者也"。[5]

郑逸梅在其《人物品藻录·自志》中还曾特别提到,该书"内容颇多采及诗词联语"。[6] 应当说,保存了颇多诗词联语、序言评语也是郑逸梅文史札记的重要价值。如《傅红薇之著述》引录了柳亚子挽南社诗人傅屯艮的八首诗("忽报钝安逝,凄然搔首来。长眠究何病,乱世倘逃灾。竟厄龙蛇谶,终伤鸾凤才。文人例无命,儋耳不须猜。");[7]《〈情海归槎记〉》迻录了小说家朱天目为其未能最终完稿的言情小说《情海归槎记》所写的序言;[8]《南社联欢》记载了1936年元宵节举行的南社纪念会情形,引录了胡朴安当场赠送给南社同人的《奈何曲》"小引"的主要内容;[9]《况蕙风两度置妾》虽也提到况周颐"有声色之好","早年曾斥千金纳一妓,以为簉室","晚年又于吴中得一小家碧玉,为小星",但其主要篇幅是引述况周颐的词学理论,盛赞其"发人所未

---

[1] 郑逸梅:《姚鹓雏》,《小品大观》上册,上海校经山房,1935年,第88—90页。
[2] 郑逸梅:《毕倚虹致死之我闻》,《人物品藻录》,上海日新出版社,1946年,第9—10页。
[3] 郑逸梅:《汪优游之生前》,《人物品藻录》,上海日新出版社,1946年,第91—92页。
[4] 郑逸梅:《恽铁樵之遗著》,《瓶笙花影录》卷上,上海校经山房,1936年,第66页。
[5] 郑逸梅:《吴双热之〈孽冤镜〉》,《人物品藻录》,上海日新出版社,1946年,第19—20页。
[6] 郑逸梅:《人物品藻录·自志》,《人物品藻录》,上海日新出版社,1946年。
[7] 郑逸梅:《傅红薇之著述》,《孤芳集》,上海益新书社,1932年,第47—50页。
[8] 郑逸梅:《〈情海归槎记〉》,《小品大观》上册,上海校经山房,1935年,第97—99页。
[9] 郑逸梅:《南社之联欢》,《瓶笙花影录》卷上,上海校经山房,1936年,第15—17页。

发,足为学词者之津梁",同时也转录了况周颐纳妾时吴中消寒社成员的贺诗多首;①《梁鼎芬闲居也是园》中提到梁鼎芬在清末署湖北布政使时为同僚所不满,同僚以"一额一联讽之":"一目当空,开口便成两片;念头中断,终身难免八刀",横批是"梁上君子"。梁鼎芬闻知该联系其门下尹亚天所撰,于是也回敬一联:"有心终是恶,无口岂能吞。"②

不过,由于郑逸梅文史札记"什之七八,得之传闻,谬误背悖,知所难免"。③ 其中更多是细节方面的舛误,当然也不乏史实方面的错讹。如《郑大鹤之豆籐》称郑大鹤"讳文焯,字叔问,又字小坡",实则郑文焯字俊臣,号小坡,又号叔问。假如说此类还属"细故"的话,那么如下说法就有可能对读者产生误导了:在《林琴南之耿介》中,郑逸梅介绍林纾生平事迹时说:"先生尝掌教北京大学,以新旧思潮之冲突,致被摈门外。"④查林纾年谱,其任教于北京大学起于1906年9月,讫于1913年4月。林纾辞去北京大学文科讲席的内在原因是其为文尊唐宋的主张与章太炎诸弟子的宗魏晋派不合,直接原因则是林纾不满于新任校长"何某"(何燏时)"画为堂属之界,以下吏待我"的官僚作风而遭报复。⑤ 无论何种原因,都与后来蔡元培担任北京大学校长之后的"新旧思潮之冲突"毫无关联。

郑逸梅《小阳秋》于1947年初版时,该书中有一则"介绍郑逸梅之两大杰作"的广告,称《人物品藻录》"尤注重于文坛掌故,近三十年来之逸闻轶事,可谓搜采殆尽,足补史乘之不足,而措辞隽永,耐人玩味,《世说新语》不啻焉"。从郑逸梅文史札记的实际来看,尽管广告中所说不免有"戏台上喝彩"的意味,但其中对郑逸梅文史札记特色的概括还是比较准确的。而郑逸梅文史札记的价值就在于为清末民初文化艺术界留下了翔实的文字记录。

---

① 郑逸梅:《况蕙风两度置妾》,《人物品藻录》,上海日新出版社,1946年,第3页。
② 郑逸梅:《梁鼎芬闲居也是园》,《人物品藻录》,上海日新出版社,1946年,第2页。
③ 郑逸梅:《小阳秋·作者自志》,《小阳秋》,上海日新出版社,1947年。
④ 郑逸梅:《林琴南之耿介》,《人物品藻录》,上海日新出版社,1946年,第7页。
⑤ 这一点在该文所引林纾致姚鹓雏的书信中已经指明:"文科毕业后,何扬言必不延我,仆寂然。既又索画于仆,谓得画者,尚可转圜。仆又寂然。何羞愤极而技穷,遂聘仆同乡陈石遗授古文。"笔者推测,或许是郑逸梅误认为林纾系因发表《致蔡鹤卿太史书》而开罪于蔡元培才导致其被北京大学解聘,由此得出了林纾因"新旧思潮之冲突"而"被摈"于北京大学门外的结论。

第四节　20世纪40年代的文史札记

20世纪40年代的文史札记中,最值得重视的是瞿兑之《人物风俗制度丛谈》和刘禺生的《世载堂杂忆》。①

刘禺生(1875—1953),本名问尧,后改成禺,字禺生,笔名壮夫、汉公、刘汉,原籍湖北武昌,生于广东番禺。1903年加入兴中会,并入日本成城陆军预备学校。因发表反清演说,被逐出东京。后赴美,入加州大学攻读。1911年武昌起义爆发后,离美返国,在沪加入"南社"。1912年,任南京临时参议院湖北省参议员、北京临时参议院议员。次年4月,第一届正式国会开幕,任参议院议员。二次革命时,被袁世凯通缉,逃往上海。1917年8月,任广州国会非常会议参议院议员;9月,被孙中山聘为大元帅府顾问。1921年5月,奉派为总统府宣传局主任。1922年6月陈炯明叛变,孙中山脱险后,命刘游说办理"和赣制粤"策略。1923年3月,被孙中山任为大本营参议;12月,国民党发表改组宣言,被任为临时中央执行委员。1931年任监察院监察委员。1932年回湖北,后从事湖北文献纂修工作。1947年10月在广州就任两广监察使。1953年在武昌病逝。著有《太平天国战史》《洪宪纪事诗》《世载堂诗集》《世载堂杂忆》等。②

《世载堂杂忆》1946年9月15日开始在上海《新闻报》副刊《新园林》刊登,基本上每天刊出一篇短文,或者一篇文章分几次连载,偶尔也会因版面

---

① 瞿兑之(1894—1973),湖南长沙人,原名宣颖,字兑之,别名益锴,别号蜕园,又别署楚金、向平、渠弥、铢庵等。现代史学家、文学家、画家,尤精于掌故之学。曾先后就读于上海圣约翰大学、复旦大学。瞿兑之出身于名门望族,其父为清末军机大臣瞿鸿禨。其岳父为上海大官僚大商人聂仲芳,岳母为曾国藩之"满女"崇德老人曾纪芬。瞿兑之幼小聪颖,学有素养,于宦廷、官场内情耳濡目染,多所了解。成年后从政,当张作霖外窜东北,顾维钧代摄元首职时,他俨然代行总理职权,世有"黑头宰相"之誉。因此,他对清代及民国掌故之熟悉几乎无人可及。《人物风俗制度丛谈》为其重要的掌故笔记著作,资料丰富,尤集中探析人物风俗制度之变迁。《人物风俗制度丛谈》甲集,上海太平书局1945年初版(据田吉:《瞿宣颖年谱》,复旦大学博士学位论文,2012。山西古籍出版社1997年版称"据1946年太平书局初版本整理",疑误,因刊载于《风雨谈》第16期的该书《序》撰于"焉逢涒叹孟冬"即甲申年孟冬。"焉",疑为"岁"之误。涒叹即涒滩,指申年,太岁在申曰涒滩。)

② 按:关于刘禺生(刘成禺)的出生年月有多种说法,此处据傅德元:《刘成禺主要著述史实考订》,《历史研究》2006年第3期,第181页。

或作者原因空缺,直到1948年10月7日,共刊登700期。① 研究者石继昌在考证后认为,《世载堂杂忆》大部分是作者的亲身经历和见闻,"如《纪先师容纯甫先生》《补述容闳先生事略》《述戢翼翚生平》《孙中山先生语录》《翠亨村获得珍贵史料》《纪伍老博士》《民元北京兵变内幕》《新华宫秘密外交》《洪宪第一人物》《永乐园杨皙子输诚》《娘子军打神州》《萧耀南之输诚》《巡阅使署之会议》《武汉设新政府之密约》《鄂豫互助之内幕》《樊钟秀》《曹锟之覆败》等篇,都是珍秘的史料,能够比较确切地反映出当时历史的真实情况",②对于近代史研究具有重要的参考价值,但其中部分清代逸闻轶事来源复杂,或引自其他文献,或得自传闻,史料价值不大,且时有舛误。早在钱实甫整理本出版时,董必武就在题词中提到《世载堂杂忆》"不无耳食之谈,谬悠之说"。③ 在其《谈〈世载堂杂忆〉》一文中,石继昌指出了《世载堂杂忆》在"记载清代轶闻佚事"方面的31处错误,包括人名字号、职官及人物生平事迹等方面的舛误,兹不赘。

《世载堂杂忆》最突出的特点是叙事生动活泼。如刘禺生叙清末两江总督沈葆桢与江宁藩司孙衣言结怨之事:

> 沈葆桢任两江总督时,初抵任日,孙衣言先生为江宁藩司,自居老辈,既未迎迓,亦未莅衙,意欲葆桢先往拜也。衣言之兄渠田先生为葆桢会试房师,免官来宁,居其弟藩司衙中,先差帖往督署,贺葆桢履新。葆桢见帖,礼不能不先谒老师,不得已往藩司衙门,以门生礼先谒见。渠田先生肃客,而衣言未出,葆桢询之,衣言始以藩司谒见总督。葆桢颇怀怨,憾其终能遂总督先拜藩司之愿也。
>
> 一日,江苏全省议禁鸦片烟事,全省司道重要职掌人员,会集于江宁督署,久候藩司不至,未能开议。戈什乘马催促于途,藩司仍不至。俟之良久,衣言至矣,入门即出言曰:"汝等何故催逼如是之急,我尚有鸦片烟两三口未吸,议事不能振起精神也。"各司道瞠目相视,不能作一

---

① 《世载堂杂忆·导言》(山西古籍出版社,1995年)称"年余始毕,风靡一时",误。
② 石继昌:《谈〈世载堂杂忆〉》,《文史》第8辑,中华书局编辑部编,中华书局,1980年,第272页。
③ 董必武:《题〈世载堂杂忆〉》,刘禺生撰、钱实甫点校《世载堂杂忆》,中华书局,1960年。

> 语。盖所议者禁烟，藩司当场自认吸烟，则藩司首先犯禁，何以措此？于是改议他事，敷衍了局，葆桢益恨之。而衣言先生清德、名望、辈行俱高，又不便奏参，在江南任内，终莫可如何。
>
> 其后葆桢入京陛见，乃面奏藩司孙衣言宜为文学侍从之臣，外官非其所长。军机乃会商孙衣言调京内用，为太仆寺卿，官三品，与江苏布政使官二品对调。外官二品，即京官三品，品级无轩轾。后衣言亦未入京就职，沈、孙两家宿怨，始终未解。①

其中孙衣言倚老卖老的言语、神态可谓历历在目。

再如《章太炎被杖》一节，提及庚子事变后张之洞以"趋新"之姿态延请梁鼎芬、章太炎办《楚学报》。梁鼎芬一向受张之洞赏识，见章太炎竟撰《排满论》，勃然大怒，"急乘轿上总督衙门，请捕拿章炳麟，锁下犯狱，按律制罪"。随后，章太炎被驱逐出境，未能如愿捕拿章氏的梁鼎芬"怒无可泄，归拉太炎出，一切铺盖衣物，皆不准带，即刻逐出报馆，命轿夫四人，扑太炎于地，以四人轿两人直肩之短轿棍，杖太炎股多下，蜂拥逐之"。因为有这一段经历，此后章太炎"与人争论不决"时，"只言'叫梁鼎芬来'，太炎乃微笑而已"。②

刘禺生述及康有为中举及中进士事，同样声情并茂。癸巳恩科乡试，徐桐告诫简放广东正副主考的顾瑍、吴郁生："广东有康祖诒者，其人文笔甚佳，而醉心《公羊》邪说，离经叛道，为天下之乱人，如获中式，必设法抽落更换之，使不得售，切切勿忘。"顾、黄二人对此牢记在心，不料开榜时从第六名开写，第六名正是康有为。"顾瑍直视吴郁生不语，吴郁生亦直视顾瑍不语。彼此对视，均忆徐老道临别赠言，正踌躇无计。写榜者不知，以为无事，落笔写就，已拆第七本弥封矣。"直到此时，"顾、吴两人，仍相视皱眉，莫可如何"。待到顾瑍回京，徐桐"大不谓然"。两年后，康有为参加会试，其试卷恰被选在前十本，而"前十本卷进呈御览，由清帝亲定名次，制定写榜，不能更换"。

---

① 刘禺生：《藩司卖老制军窘》，《世载堂杂忆》，中华书局，1960年，第26页。
② 刘禺生：《章太炎被杖》，《世载堂杂忆》，中华书局，1960年，第126—127页。

于是,作为会试总裁的徐桐眼睁睁看着光绪皇帝钦定康有为中进士,"徐老道面红耳热,事经钦定,又不能移动,有所去取,只叹康祖诒科名幸运而已"。此后,徐桐见顾瑢、吴郁生曰:"康祖诒由我自中,始知科名前定,不敢再责难二公矣。"①

辽宁教育出版社在《世载堂杂忆》的"出版说明"中称刘禺生"性格豪放,不屑于饾饤细琐,故内容不免芜杂疏于考订,但文字流畅优美,不失为可读之作"。② 应当说,"文字流畅优美"而内容"芜杂疏于考订"的评价还是比较符合实际的。只不过,对崇尚"存真"的文史札记来说,"疏于考订"堪称致命伤,它反映出的是作者态度的不严谨甚至是草率!

---

① 刘禺生:《徐老道与康圣人》,《世载堂杂忆》,中华书局,1960年,第120—121页。"祖诒"为康有为原名,"徐老道"则是京师人对"顽固无学"的徐桐的戏称。按:此处叙述顾瑢、吴郁生"相视皱眉"及徐桐"面红耳热"虽颇为生动,却并不可信,因为康有为该科所中实为二甲第四十六名而非在"前十本",刘禺生所述显然是传闻之词。
② 《出版说明》,刘成禺(刘禺生):《世载堂杂忆》,辽宁教育出版社,1997年。

第二章 现代文史札记的价值与缺憾

对文史札记,鲁迅是非常重视也曾多次给予高度评价的。早在20世纪20年代,鲁迅就说过这样的话:"历史上都写着中国的灵魂,指示着将来的命运,只因为涂饰太厚,废话太多,所以很不容易察出底细来。正如通过密叶投射在莓苔上面的月光,只看见点点的碎影。但如看野史和杂记,可更容易了然了,因为他们究竟不必太摆史官的架子。"① 又说,如果"对于旧书有些上瘾","那么,倒不如去读史,尤其是宋朝明朝史,而且尤须是野史;或者看杂说"。② 在撰写《中国小说史略》时,鲁迅对野史、笔记也有比较多的参考。直到20世纪30年代,鲁迅在病中最喜欢阅读的仍然是《蜀碧》《蜀龟鉴》《安龙逸史》一类的野史笔记,他甚至希望自己死后不要"开追悼会或者出什么记念册","我以为倘有购买那些纸墨白布的闲钱,还不如选几部明人,清人或今人的野史或笔记来印印,倒是于大家很有益处的"。③ 尽管鲁迅并未专门讨论文史札记的价值之所在,但他显然是把文史札记当作了解历史、裨益学术的重要参考的。而现代文史札记也确实是具有历史、文学等各方面的价值的。

第一节 现代文史札记的史学价值

对历代笔记研究有素的当代学者刘叶秋在谈到"稗官野史的价值"时

---

① 鲁迅:《华盖集·忽然想到》,《鲁迅全集》第3卷,人民文学出版社,1981年,第17页。
② 鲁迅:《华盖集·这个与那个》,《鲁迅全集》第3卷,人民文学出版社,1981年,第138页。
③ 鲁迅:《且介亭杂文·病后杂谈》,《鲁迅全集》第6卷,人民文学出版社,1981年,第172—173页。

说,与历代官修的"正史"相比,"私人载记,则取材比较自由,陈述比较直率;举凡故老传说,前人失记;朝野琐屑,史乘不传;以及耳闻目见,亲历身经之事,皆可笔之于书。篇幅无限,长短不拘,详略由心,褒贬自我;故其中时见珍异,足为'正史'补缺纠谬,或能参照并观,以见短长"。①

历史学家来新夏在论及清人笔记的史料价值时说:"开发史源是史学研究者所应随时随事加以注视的重要课题。以旧有史料进行新的论述固然需要,但终缺乏应有的新鲜感觉。随着问题点面研究的深入和展拓,有些问题已非习见的旧有材料所能论证解决,因而史源的探求与发掘更日见其重要与迫切。清人笔记既有较长发展的历史基础,更有大量的储存可供开采。可惜相沿为传统所囿,视笔记为丛残杂书,使它长期遭受漠视,即有读者也不过以之做遣兴谈助,而真正作为史源大量采撷者尚不多见。"他认为,清人笔记在以下四个方面都有参考价值:一、政治性重大事件的主要内容虽可从一般官书获致,但其间有难得具体细致情节者,有曲笔隐讳难得真相者,有疏漏遗落终失全豹者,而笔记杂著时或能有所补益。二、土地所有制是封建经济的基础,但官书正史中多语焉不详,尤其具体变化更少论述。欲知地主阶级占有土地的巧取豪夺手段以及经济地位随着政局变革而有所升降等细节,则不能不从笔记中求索。三、社会状况涉及面既广而记载又多散见,如各阶级阶层的生活状况与社会风尚,言其大略尚可,言其细节则难;言地主农民之事尚可,言城市居民、游民则难。笔记中于难得其事者多历历如绘。四、考据辨证类的笔记是清人笔记中的大宗,据一种统计较著名的就有一二百种。这些笔记都是学者考订文字、注释名物之作,对古代文化的研究提供了方便。②

来新夏的分析其实完全可以看作是针对所有文史札记的。我们完全可以说,那些优秀的现代文史札记作品都具有政治、经济、社会、文化四个方面的价值。

(一)政治方面。宫闱秘史、名流遗事向来是文史札记中所津津乐道的。

---

① 刘叶秋:《稗官小说与野史杂记》,《文史知识》1988年第3期,第22—23页。
② 来新夏:《清人笔记的史料价值——〈清人笔记随录〉代序》,《天津社会科学》1987年第1期,第89—94页。

像《春冰室野乘》《国闻备乘》《栖霞阁野乘》《十叶野闻》等都记载了大量不为人熟知的宫闱秘史,而各界名流尤其是军政大员们的逸闻轶事则是几乎所有文史札记都必然要涉及的。大体而言,那些撰写于晚清时期的文史札记大都对宫闱秘史持一种比较谨慎的态度,而民国初年以后的文史札记则无所顾忌,大多会更大胆地暴露宫廷内部的丑闻与罪恶。具体而言,《国闻备乘》《春冰室野乘》至少在表面上还对清代皇帝保持着一定程度的崇敬。在《国闻备乘》中,胡思敬对慈禧太后、监国载沣等最高统治者给予了较多的批评,但对几位皇帝的态度要恭敬得多。他盛赞咸丰帝"遗命得人",临终之际急召远在新疆的倭仁回京担任太子的师傅,又命文祥"领军机,密加倚任",这才保证了"同治初年之政,罔有缺失"。① 他称同治帝"春秋寝富,性豪爽"。② 尽管他对维新变法颇有微词,却又为光绪帝开脱,把戊戌变法称为"康党搆逆",将变法的责任归咎于康有为等人。"戊戌之变,亦因慈禧居颐和园,母子会见日稀,故康党以邪谋进。"③ 胡思敬的《国闻备乘》也披露了诸多宫闱秘闻,如恭亲王奕䜣与醇亲王奕譞兄弟不睦、慈禧太后与光绪帝母子不和、慈禧太后临终时决定立溥仪为"穆宗嗣"兼祧光绪帝、宣统年间监国载沣防范隆裕太后专权。不过,本着非亲历亲闻则不书的谨慎姿态,他对宫闱疑案的记述相对比较简略。他曾提到同治帝的死因,却只有寥寥十几个字:"微行无弗至,旋遘恶疾,讳云出痘,遂崩。"④他两次提到慈安太后之死,也都不过几句话:"孝贞暴崩,群臣临视,十指甲俱紫,疑有变,然无敢言者。"⑤ "烛影斧声,遂成千古疑案。"⑥

由于最早发表于1910—1911年间,又发表在维新派的舆论阵地《国风报》上,所以《春冰室野乘》记载宫闱轶事时仍然保持着较多的对清朝历代皇帝的景仰。所以他称扬"世宗、高宗皆好微行,故闾井疾苦,无不周知"。⑦ 又

---

① ③ ⑥ 胡思敬:《国闻备乘·文宗遗命得人》,荣孟源、章伯锋主编《近代稗海》第一辑,四川人民出版社,1985年,第211页。
② ⑤ 胡思敬:《国闻备乘·宫闱疑案》,荣孟源、章伯锋主编《近代稗海》第一辑,四川人民出版社,1985年,第285页。
④ 胡思敬:《国闻备乘·穆宗遗事》,荣孟源、章伯锋主编《近代稗海》第一辑,四川人民出版社,1985年,第212页。
⑦ 李岳瑞:《雍乾遗事》,《春冰室野乘》,沈云龙主编《近代中国史料丛刊》第六辑,文海出版社有限公司,1967年,第25页。

如《宣宗冲龄神武》记嘉庆年间林清之变,"诸王贝勒皆仓皇奔避",而当时正在读书的旻宁(即后来的道光帝)却"亲御鸟枪,连发毙二酋,贼错愕不敢前,禁军入,遂悉就擒"。文中接下来追记了旻宁八岁时随乾隆帝"木兰秋狝""连中三矢"因而得赏黄马褂的故事,以此证明其"智勇天锡,自髫龄时而已然也"。① 再如称光绪帝"最恶外洋机巧玩物,即钟表亦不肯多置左右。后来崇尚西法,纯出于保国救民之念,而绝无喜新厌故之思,此质诸天地而无憾者"。② 但是,尽管李岳瑞在关于雍正、乾隆、道光、光绪等几位帝王的轶事中极力突出他们的"圣德""冲龄神武""外交之大度",感叹"英主之驾驭臣工,真有非常情所能测度者",读者们却不难从《春冰室野乘》中的其他故事中,发现这些皇帝们的另一面:雍正帝曾"通行禁止"鸦片,福建巡抚刘世明却为被漳州府知府李国治拿获的鸦片贩子辩解称"鸦片原系药材,与害人之鸦片烟,并非同物",而雍正帝竟被瞒过。尽管李岳瑞认为雍正帝不识鸦片为何物体现出了"本朝家法之严明",读者自能由此看到雍正帝的愚昧;③ 而乾隆帝在听到臣子说"臣家计贫,每晨餐不过鸡子四枚而已"竟会"愕然",认为这位臣子太奢侈,"鸡子一枚,需十金,四枚则四十金矣。朕尚不敢如此纵欲,卿乃自言贫乎?"④ 李岳瑞在这里不啻是运用了《史记》刻画人物时常用的"互见法"。

民国建立以后问世的文史札记对宫闱轶事仍然保持着浓厚的兴趣。《栖霞阁野乘》叙及宫廷遗事的仅有四则,却极有价值。如《康熙六次南巡始末记》详记康熙每次驾抵苏州之情形。其中对康熙第三次南巡的记载尤有趣味:出胥门以后"渔人献银鱼两筐,乃命渔人撒网,又亲自下网,获大鲤二

---

① 李岳瑞:《宣宗冲龄神武》,《春冰室野乘》,沈云龙主编《近代中国史料丛刊》第六辑,文海出版社有限公司,1967年,第33—34页。
② 李岳瑞:《德宗皇帝圣德恭纪》,《春冰室野乘》,沈云龙主编《近代中国史料丛刊》第六辑,文海出版社有限公司,1967年,第34—35页。
③ 李岳瑞:《鸦片遗闻》,《春冰室野乘》,沈云龙主编《近代中国史料丛刊》第六辑,文海出版社有限公司,1967年,第58—59页。
④ 李岳瑞:《内务府糜费》,《春冰室野乘》,沈云龙主编《近代中国史料丛刊》第六辑,文海出版社有限公司,1967年,第119页。案:此类传闻颇多,如《清稗类钞·廉俭类》记载,道光帝时的套裤膝盖处需"打掌",竟"须银五两",问及曹振镛方知外间仅"须银五两"。道光帝再问鸡卵"须银若干",曹振镛不敢如实奏对,只得搪塞道:"臣少患气病,生平未尝食鸡卵,故不知其价。"

尾。上色喜,命赏渔人元宝"。到洞庭东山后,"是时,菜花已经结实成角,上命取一枝细看,问巡抚何用,奏云:'打油。'"康熙不禁感叹说:"凡事必亲见也。"康熙还了解到,因历年"风浪冲坍堤岸",太湖面积在不断扩大,此地应"开除粮税"。康熙再次感慨说:"朕不到江南,民间疾苦利弊,焉得而知耶?"①在记述乾隆六次南巡时,则历数其南巡时"跸路所经"各地之行宫竟多达 27 处,"此皆各省大吏临时建筑者。而旧族名园,灵山古刹,其增饰修葺以备翠华临幸者,犹不与焉"。作者感慨万千:"物力之雄厚如此,呜呼盛矣!"②

许指严的《十叶野闻》更热衷于记载宫闱轶事,全书 43 篇札记,以帝后秘闻为主要内容的就有 14 篇,足足占了三分之一的篇幅。③ 举凡太后下嫁摄政王、顺治帝五台山出家、雍正夺嫡、咸丰帝宠眷四春、同治帝因冶游致死、慈禧太后与慈安太后结怨之经过、慈禧太后秘谋废黜光绪帝、光绪帝被囚瀛台后"俨然一软禁之重犯"而慈禧"实际上待之如隶囚"等等,《十叶野闻》都有浓墨重彩的描绘。尽管许指严也知道这些"宫闱事秘,史无佐证,未敢断也",他仍然乐于以这些来吸引读者。也许正是出于这样的考虑,《十叶野闻》的初版本才会称为"清秘史十叶野闻"。

当然,文史札记中记录最多的还属军政大事,包括那些军政大员们的轶事多数也都与朝政有关。而且,由于时间距离相对较近,这些逸闻轶事又大多有比较可靠的来源,清末民初文史札记中的这类记载大都是可信的,因而也有不少被后来的历史著作所采用。比如李岳瑞在《曹杜两相得谥文正之由》中就披露了关于曹振镛、杜受田的两则轶闻,而这两件事都"于国家治乱之关,三朝授受之际,实有非常绝大之关系"。道光帝"俭德实三代后第一人",但是他在位的三十年间,"吏治日偷,民生日困,势穷事极,酿成兵祸,外扰海疆,内兴诸寇,遂以开千古未有之变局"。究其原因,就在于"言路之壅塞",而"言路之壅塞"则是曹振镛所造成的。道光帝时,言官们"多好毛举细

---

① 孙静庵:《栖霞阁野乘·康熙六次南巡始末记》,《清代野史》第七辑,巴蜀书社,1988 年,第 2—3 页。
② 孙静庵:《栖霞阁野乘·乾隆六次南巡》,《清代野史》第七辑,巴蜀书社,1988 年,第 32 页。
③ 这 14 篇分别是《九王轶事》《下嫁拾遗》《董妃秘史》《顾命异闻》《夺嫡妖乱志》《圆明园修复议》《豹房故智》《孝贞后》《四春琐谭》《垂帘波影录》《热河行宫欢喜佛》《玛噶喇庙》《控鹤珍闻》《瀛台起居注》。

故,相率为浮滥冗琐之文以塞责"。道光帝"欲惩戒一二,以警其余,则又恐言路为之沮格",问计于军机大臣曹振镛。曹振镛的建议是:"凡言官所上章疏,无问所言何事,但摘出一二破体疑误之字,交部察议,惩戒一二人,言者必骇服圣衷之周密。虽一二笔误,犹不肯轻易放过,况其有关系之大者。嗣后自不敢妄逞笔锋,轻上封事矣。在上无拒谏之疑,而可以杜妄言者之口,计无便于此者。"此后,"言官相戒,以言事为厉禁"。同时,曹振镛在"殿廷考试""奉派阅卷"时,一反"先文词而后书法"的惯例,"不但文词之工拙,在所不计,即书法之优劣,亦不关重要。但通体圆整,无一点画讹错,即可登上第"。而原因竟是"当时承乾嘉考证学派之余波,士子为文,皆以博奥典实相尚",而曹振镛"素不学,试卷稍古雅者,辄不得其解,故深恶而痛绝之"。而曹振镛的这一卑劣手段直接导致了道光朝"文体颓而学术因之不振","道咸两朝功令文字,最为卑陋"。杜受田"得谥文正"则是由于道光帝"晚年最钟爱恭忠亲王,欲以大业付之",而杜作为道光帝长子奕詝的师傅帮助奕詝获得了道光帝的欢心。道光帝命"诸皇子校猎南苑",奕詝一无所获。道光帝问及缘由,奕詝答以杜受田所教的一番话:"时方春和,鸟兽孳育,不忍伤生命以干天和。且不欲以弓马一日之长,与诸弟竞争也。"道光帝大喜:"是真有君人之度矣。"遂决定立奕詝为皇储。①

此外,《国闻备乘》对光绪中叶以后清流派分为南党北党、戊戌维新中实行的各种举措、庆亲王奕劻的卖官鬻爵以及晚清重臣袁世凯、张之洞、瞿鸿禨、岑春煊、盛宣怀等人之间的彼此争权都有详尽记载。《汪穰卿笔记》则对光绪末年沸沸扬扬的苏杭甬路案始末作了细致的梳理,汪穰卿还分析了此案对中英关系所产生的消极影响:"数年以来,我国以自办铁路语言过激之故,外人遂指我为排外,不幸而与英交涉最多,于是中英之交遂疏,日本乘机

---

① 李岳瑞:《曹杜两相得谥文正之由》,《春冰室野乘》,沈云龙主编《近代中国史料丛刊》第六辑,文海出版社有限公司,1967年,第125—132页。按:李岳瑞称后一则传闻系其好友"达县吴季清先生"闻之于"一内务府老司官旗人某君",这位老司官"通籍道光末,历事四朝,内廷故事綦熟"。后来《清史稿·杜受田传》的记载与此类似:"至宣宗晚年,以文宗长且贤,欲付大业,犹未决。会校猎南苑,诸皇子皆从,恭亲王奕䜣获禽最多,文宗未发一矢。问之,对曰:'时方春,鸟兽孳育,不忍伤生,以干天和。'宣宗大悦,曰:'此真帝者之言!'立储遂密定,受田辅导之力也。"宣宗即道光帝,文宗即奕詝、后来的咸丰帝。

益亲英,关系甚巨矣。"①《栖霞阁野乘》中记录的军政大事更多,如清初广东民众"横被荼毒,盖倍甚于他省","广州城内外三十里,民间所有庐舍坟墓,悉令夷为平地,俾藩兵筑厩养马。其中居民窜徙流离,为之一空";②清军入关后,"满洲入关诸亲贵",可以在"畿辅五百里内跑马占圈,以酬佐命之功绩,黎民苦之";③康熙时,"通海之案,江浙名士富室赤族者数百家"。④

卷帙浩繁的《凌霄一士随笔》于晚清军政大事记述更多,自辛酉政变两宫垂帘听政到戊戌政变再到丁未政潮,徐一士都有比较详尽的记述与辨析,力图去粗取精,去伪存真。如吴光耀在其《慈禧三大功德记》中所记载"光绪帝让位于康有为"等事,徐一士视为"令人喷饭"之笑谈,认为"光耀此书,间有可采,而大端多谬,于孝钦与德宗之际,恣为不根之语,阅者当辨之也"。⑤此外,对《春冰室野乘》《慈禧外纪》等文史札记中存在的谬误,徐一士都有所辨正,后文将予以讨论。

(二)经济方面。《国闻备乘》《春冰室野乘》《栖霞阁野乘》等诸多文史札记作品都曾关注清代内务府的靡费、河工之侈汰、盐政之弊端,其实这些又何尝不是经济史方面的资料?胡思敬曾总论晚清时期盐政、漕运与河工的变迁与弊端:"乾嘉以来谈经济者以盐、漕、河为三大政,魏源、包世臣尤津津乐道。自淮南北试行票盐而盐法变,海运通、铁道畅行而漕法变,河决铜厢,改道北行,两河形势亦随之而变。书生纸上空言,证之今日,无一合者。票

---

① 汪康年:《苏杭甬路始末略记》,《汪穰卿笔记》卷一,中华书局,2007年,第18页。
② 孙静庵:《栖霞阁野乘·粤民之横被荼毒》,《清代野史》第七辑,巴蜀书社,1988年,第21页。
③ 孙静庵:《栖霞阁野乘·满洲亲贵得于畿辅五百里内跑马占圈》,《清代野史》第七辑,巴蜀书社,1988年,第22页。
④ 孙静庵:《栖霞阁野乘·陈鹏年得免通海之案》,《清代野史》第七辑,巴蜀书社,1988年,第26页。"通海案"是清初大案,发生于顺治十八年(1661),与江南奏销案、哭庙案合称江南三大案。所谓"通海,指暗通反清复明的郑成功(原在东南沿海厦门、金门一带抗清,1661年率军横渡台湾海峡,于次年收复台湾)。顺治十八年七月十三日庚申(1661年8月7日),金坛县判定"通海"的罪犯有冯征元、王明试、冯征元、李铭常等65人,后与吴县"哭庙案",大乘、园果"诸教案"等囚犯121人,在江宁执行死刑。臬司姚延著犯有"疏纵"之罪,被判处绞刑,众以为冤,江宁为之罢市。团保樊耀之的儿子樊达生代父就死,临刑之前父子二人环抱痛哭,最后由其子代死,另一团保史旭亦由其弟史八代兄就死。康熙元年(1662),魏阱、钱缵曾、潘廷聪、祁班孙等因"通海"罪被捕,祁班孙遣戍宁古塔,其兄祁理孙抑郁而死。陈三岛在事发前忧愤死。富绅于元凯被孝庄皇太后赦免后,不知去向。计六奇《明季南略》载:"金坛因海寇一案,屠戮灭门,流徙遣戍,不止千余人。"
⑤ 徐一士:《〈慈禧三大功德记〉之谬误》,《凌霄一士随笔》(五),山西古籍出版社,1997年,第1988页。

盐初兴，商人献五百金，即领一票。既获利，辗转私售，票值万金。顷岁捐输重，私枭横行，盐价增派无已。始时值万金者，贬十之六七，犹无人过问，场岸皆疲敝矣。汤寿潜作《危言》，欲解弛盐禁，计口征税，事极可笑。后罢官家居，中旨径用为两淮运使。辞以母老，愿终养，岂亦自知其难耶？北人仰给南漕，或云罢转输，尽征折色，招商运贩，岁增国帑可二三百万。张之洞任封圻数十年，更事多，尚为浮言所动。及庚子乱后，朝廷毅然行之，未获丝毫羡利。京通十七仓，半归废毁，江浙留百万石起运（江苏六十万石、浙江四十万石），仅敷支销。国无一年之蓄，脱有变，南北阻隔不通，京师可坐困也。"①对"三大政"变迁后北京在粮食供给方面所面临的严峻形势，胡思敬怀有深深的担忧。

孙静庵的《栖霞阁野乘》对"河工之积弊""漕弊"都曾予以揭露，已如前述。孙静庵还曾详细解释过为何盐价"场价斤止十文"而"运至汉口以上，需价五六十不等"：

扬州繁华以盐盛，两淮额引一千六百九万有奇，归商人十数家承办。中盐有期，销引有地，谓之纲盐。以每引三百七十斤计之，场价斤止十文，加课银三厘有奇，不过七文。而转运至汉口以上，需价五六十不等，愈远愈贵，盐色愈杂。霜雪之质，化为缁尘，乡曲贫民，有积日累旬，坚忍淡食者矣。此非正课致之，而商人积弊累之也。诸商所领部帖，谓之根窝。有根窝者，每引抽银一两，先国课而坐收其利，一也；运脚公用，额定七十万，近年十增其五，而用不及半，二也；汉口岸价，每引又派一两有奇，三也。即此三项，已倍正课而过之。加以盐院供亿，各大宪缉捕犒赏，又豢养乏商子孙，月支万计。最奇者，春台、德音两戏班，仅供商人家宴，而岁需三万金。总商谒见盐院，一手版数十文耳，而册载一千两。率由总商立名目，取诸众商。委员王凤生查请裁革，其浮冒无忌类如此。由是侈靡奢华，视金钱如粪土，服用之僭，池台之精，不

---

① 胡思敬：《国闻备乘·本朝三大政》，荣孟源、章伯锋主编《近代稗海》第一辑，四川人民出版社，1985年，第234—235页。

可胜纪。①

孙静庵的这段记述无疑是绝好的经济史资料。

再如晚清时期旗人的生活状态,许指严在《十叶野闻》中记述春阿氏案时已经对他们经济的困顿作了较详细的描述,而在《栖霞阁野乘》中更有这样的记载:

> 咸同以降,北京旗人生计之窘,难以言喻,舆台厮养,大有人在矣。某部郎,辛丑回銮后,新录一圉人,曰三儿,其人面目黧黑,健饭善斗。每当驾车疾驶,或与他车角逐,三儿肆口谩骂,或以鞭慑行道之人,人亦稍稍让之,似审三儿者。某度系圉人侪辈,亦不之疑。一日赴友人宴,车至大栅栏,忽有怒马自后来,锦鞍玉勒,望而知为贵介。三儿车横亘在前,不之让,骑者自后叱之。三儿略一回顾,故缓车行。骑者大怒,策马绕出车前,方举鞭欲击,三儿忽笑语曰:"咦,老七,汝想露脸,便不怕裁我耶?"骑者熟视,即下马屈一膝曰:"原来是三爷,匆促间开罪,幸乞见恕!"言毕,牵马旁立,为状甚谨,车去乃行。某大骇怪,归寓穷诘所以,三儿曰:"吾固宗人府籍,骑者吾侄辈行耳。"复诘其名及世职,坚不肯言,翌晨善言遣之。②

以皇家宗室子弟而自降身份甘为车夫,或许是比较极端的例子,但晚清时期旗人生活日益拮据是不争的事实。

不仅是旗人,那些候补的官员中也有不少穷困潦倒者。对此,《栖霞阁野乘》也有记载。晚清时直隶"候补人多",而"缺少事稀,贫苦不堪言状"。某日,有县丞求见藩司禀辞,称"我有公事,不见则今日死于是矣"。藩司问:"君有何事,禀辞将何往?"县丞却说:"将往阴司。"因为他"自到省伺候大宪者十数年矣,无缺无差,父母冻饿,儿女啼号,除死更无善策"。考虑到"身死

---

① 孙静庵:《栖霞阁野乘·盐商之繁华》,《清代野史》第七辑,巴蜀书社,1988年,第57—58页。
② 孙静庵:《栖霞阁野乘·旗人生计之窘迫》,《清代野史》第七辑,巴蜀书社,1988年,第7—8页。

而大宪终不见知也",故此前来禀辞。①《凌霄一士随笔》中则转录了欧阳溁《见闻琐录》中多则关于捐官候补生活苦况的记载:某位候补县"到省二十年,未得委差,衣食俱乏",竟至"冻馁而死",死时"其身上惟留一破衣破裤,床上惟眠一破席,被帐俱无";另一位候补县"素性质实,不善贪缘钻刺,到省十年,未获差遣","饥寒不堪,吞烟自尽";苏州一位"即用知县",同样因为"生性迂拙,不识应酬,到省二十余年,不惟无署事,并未得差遣,孑然一身,典质俱尽,遂自经而死"。那些"州县佐杂"们更是苦不堪言,他们捐职到省,"初皆谓可获数倍利以归,及至需次已久,资用之绝,磬家产者无从接济,邀亲友者无颜再告贷,典质俱尽,坐以待毙"。②

(三)社会方面。现代文史札记对社会各种乱象如司法的黑暗、民众生活之苦等都有翔实而生动的记载。这里以《春冰室野乘》《栖霞阁野乘》《十叶野闻》等清末民初的几部文史札记作品为例略作探讨。

李岳瑞在《浙案异闻》中提供了关于杨乃武案的"颇有与当时案牍异者"的另一种说法,揭露了余杭县县令刘某之子栽赃陷害而"历次承审道府州县"竟未能查明真相的残酷现实。"盖葛品连虽被谋害,要非良死,葛毕氏亦实非良家妇也。毕故余杭土妓,杨乃武与县令刘锡彤之子皆昵之。杨以诸生武断乡曲,常恃刘为护符,刘亦藉杨为爪牙,故二人相得甚欢,而以毕氏为之媒介。杨既捷秋试,家计顿裕,毕氏遂议委身事之。谋既定,为刘所侦知,乃大愤,于是谋所以陷杨者。"余杭县县令刘某对杨乃武和葛毕氏"胁以严刑,五毒备施。不胜楚,皆引服"。而杨乃武最终得以无罪释放,竟是"以恶治恶"的结果。原来,出于对县令刘某"贪鄙"的不满,浙江诸士绅竟在刑部命刘某"亲解尸棺入都"时连夜将葛品连尸体调包,于是刑部验尸时得出了葛品连并非被毒死这一结论,"杨及毕氏皆释放,巡抚、学使、臬司及历次承审道府州县,皆革职降调有差"。③遗憾的是,李岳瑞没有说明这则轶闻的

---

① 孙静庵:《栖霞阁野乘·某县丞禀辞》,《清代野史》第七辑,巴蜀书社,1988年,第65—66页。
② 徐一士:《欲求吏治先止捐纳》,《凌霄一士随笔》(三),山西古籍出版社,1997年,第991—995页。
③ 李岳瑞:《浙案异闻》,《春冰室野乘》,沈云龙主编《近代中国史料丛刊》第六辑,文海出版社有限公司,1967年,第215—217页。梁溪坐观老人《清代野记》中亦有《书杨乃武狱》,所记与《春冰室野乘》大同小异,惟无"以恶制恶"情节。

来源。

《镇平王树汶之狱》则进一步揭露了现实社会中"盗捕一体"的不正常现象。"河南以多盗故,州县皆多置胥役,以捕盗为名。大邑如滑、杞,隶卒皆多至数千人,实则大盗即窟穴其中。平时徒党四出,劫人数百里外,裒其所得,献诸魁。大府捕之急,则贿买贫民为顶凶以消案。有司颟顸,明知其故而不敢究诘,盗风乃益炽。"就是在这样的背景下,"镇平县猾胥胡体安"派手下"劫某邑巨室,席所有以去",到无法搪塞时,竟骗其家童王树汶顶缸。在被押往刑场的路上,发现上当的王树汶大声喊冤。此后,曾承审此案的原南阳知府任恺担心"是狱果平反,已且获重咎",河南巡抚李鹤年为袒护任恺竟罔顾事实,仍将王树汶定为"此案正凶","而官吏之误捕,体安之在逃,悉置之不问矣"。由于在京的河南籍御史的持续关注,河督梅启照奉命复审此案,竟"不欲显树同异",仍"以树汶为盗从,当立斩"。直到此案被"提部覆讯",李鹤年仍派人入京游说刑部尚书潘祖荫,希望"仍依原谳上"。在刑部郎中赵舒翘的一再坚持下,历时五年、一波三折的王树汶案最终得以大白于天下。此案导致河南巡抚李鹤年、河督梅启照"及臬司以下承审是狱者,皆降革有差",影响不可谓小,而该案的元凶胡体安竟然"卒无恙"。时任左副都御使张佩纶为此案所总结的教训是:"长大吏草菅人命之风,其患犹浅,启疆臣藐视朝廷之渐,其患实深。"①《春冰室野乘》还揭露了与王树汶一案不无相似之处的闽南地区"宰白鸭"现象即"顶凶之案"。"漳泉两府,顶凶之案极多。富户杀人,辄以多金买贫者,代之抵死,沿以成俗,毫不为怪,所谓宰白鸭也。"某"斗杀案"的所谓"正凶""年甫十六,而死者则伟丈夫也。检尸格,鳞伤十余处,必非一人所能为。且其人尫瘵弱小,亦必非能杀人者"。经"某大令""再四开导,始涕泣称冤"。不料复审时"仍照前供",而且"断断不肯翻供矣"。原来"县官怒其翻供,更加酷刑,求死不可得",同时父母已经花光了他顶凶所得的银钱,也来骂他:"尔乃翻供,以害父母耶?若出狱,必置尔死地。""进退皆死,无宁顺父母之命耳。"面对贫苦百姓有冤不敢申的严酷现

---

① 李岳瑞:《镇平王树汶之狱》,《春冰室野乘》,沈云龙主编《近代中国史料丛刊》第六辑,文海出版社有限公司,1967年,第218—222页。

实,李岳瑞不禁发出了这样的感叹:"折狱之吏,能使民无冤,固已难能而可贵矣。乃有一狱之起,有司明知其冤,而卒无术以平反之者,其惨痛更何如耶?"①

至于光绪末年轰动一时的京师春阿氏案,许指严在其《十叶野闻》中做了详细的记述。春阿氏作为旗人家的儿媳,"服劳奉养,迄无怨言","人皆知其贤",却被婆婆诬陷为杀夫的凶手。官府虽知其系被陷害,春阿氏却不愿暴露其婆婆的丑史,"始终不言,历问官三五,矢不移,案悬不能结"。直到几年后春阿氏死在狱中,才有人访得真凶其实是春阿氏婆婆的侄子。但是其"侄亦亡命黑龙江,已死","惟姑犹存,欲惩治之,而为氏旌表。革命事起,遂未果"。在此案中,春阿氏的冤屈最终虽然得以昭雪,"而罪人未诛,冤者又已卒"。②对于春阿氏案真相不能大白于天下,许指严深感遗憾。

《凌霄一士随笔》则非常关注社会习俗尤其是民间陋俗,如绍兴、凤阳等地的婚姻陋俗,河北、山东农村的迷信,乃至女性的守节等等,都是徐一士曾反复记述并申说、讨论过的。徐一士论"守节"之残酷尤足引人注意。"夫死守节,古虽以为美谈,而妇人改适,亦视为恒事,并不以耻辱目之也。自有宋程朱诸儒,始认守节若天经地义。程颐'饿死事小失节事大'之语,尤为后儒拳拳服膺。教义所播,改适遂为社会所羞称矣。"③徐一士举了不少古人不以女性再嫁为耻的例子,如范仲淹"幼随其母改适朱氏",而范仲淹的长子死后,儿媳改嫁,范仲淹"辄听其改适,不为之禁";④王安石更是在儿子死后为其儿媳"择婿而嫁之"。宋代以后,"地方陋俗,变本加厉,乃有迫寡妇殉夫之惨剧及笑柄矣"。徐一士摘引了林纾《铁笛亭琐记》中一段关于寡妇大张旗鼓殉夫而"万众拍手称美"的记载,感慨说:"此种惨剧,读之令人毛戴。斯诚所谓'吃人的礼教'矣!"徐一士还对林纾的说法提出质疑:"林纾谓出诸

---

① 李岳瑞:《宰白鸭》,《春冰室野乘》,沈云龙主编《近代中国史料丛刊》第六辑,文海出版社有限公司,1967年,第326—328页。
② 许指严:《春阿氏案》,《清秘史十叶野闻点注》,孙顺霖点注,河南大学出版社,1991年,第316—318页。冷佛据此案撰写了长篇白话小说《春阿氏》,情节与《十叶野闻》略有区别。
③ 徐一士:《妇女守节杂谈》,《凌霄一士随笔》(一),山西古籍出版社,1997年,第358页。
④ 徐一士:《范仲淹不以再嫁为耻》,《凌霄一士随笔》(一),山西古籍出版社,1997年,第360页。

少妇自愿,恐不尽然。盖有由于迫胁而成者,间有甘心就死,亦社会风尚所驱使。既俗耻改适,复无以自存,遂无罪而就死地耳。其以夫妇感情关系而自杀者,自当别论,然决不愿大张旗鼓,演此喜剧式的惨剧,以供'如堵'之'观者'之玩赏也。"后来官府"恶其事,乃大张告示以谕众曰:'为严禁节烈事。'"林纾"观而笑曰:'然则,劝导淫奔耳。'闻者大笑"。徐一士认为官府"示禁,是有心人,是良有司",而林纾"不痛斥陋俗之荒谬,反摘其示语引为讥笑,傎矣!"署"醒醉选录"的《庄谐选录》中还记有福州一位妇人"为人逼殉,而临时自悔"的故事,徐一士没有像大多数人那样视之为"笑柄",而是盛赞这位妇人"盖临时作'为什么'之想,遂幸逃于'吃人的礼教'之下耳"。①

(四)文化方面。对清代扼杀言论钳制思想的文字狱,清末民初诸多文史札记都有详细的记述。如佚名的《康雍乾间文字之狱》就比较系统地记录了其间影响较大的几次冤狱,包括"庄廷鑨之狱""戴名世之狱""查嗣庭之狱""陆生楠之狱""曾静、吕留良之狱""谢济世之狱""胡中藻之狱"。其中《陆生楠之狱》还转录了"雍正七年秋七月丙午"的上谕,并阐明了此案的深刻影响:"以论前史而获罪者,自陆生楠之狱始。自兹以往,非惟时事不敢论议,即陈古经世之书,亦不敢读矣。此真历代文字狱所未前闻也。"②《曾静、吕留良之狱》更是转录了《大义觉迷录》中关于此案的八次上谕及刑部等衙门对此案的议奏,称之为"本朝诸文字狱中第一巨案"。③

相比之下,其他文史札记对文字狱的记载稍显零散,但大多可与《康雍乾间文字之狱》互补。《春冰室野乘》对文字狱的记述集中于吴梅村、屈大均、钱谦益等人。《吴梅村身后之文字狱》称"国初南浔庄氏私史之狱,罹祸者至数十家",而"吴梅村《绥寇纪略》一书,身后亦几成大狱,则无人能言之者"。"是书本名《鹿樵纪闻》,不著撰人姓名。或以此疑非梅村所作,向莫明其故。"李岳瑞引述了施闰章致金长真的书信,分析了该书被查禁的原因。对此,李岳瑞深表叹惋:"夫束天下文士之手,寒先辈地下之心,或亦当世大

---

① 徐一士:《妇女守节杂谈》,《凌霄一士随笔》(一),山西古籍出版社,1997年,第359—360页。
② 佚名:《康雍乾间文字之狱》,《清代野史》第3册,巴蜀书社,1987年,第46页。
③ 佚名:《康雍乾间文字之狱》,《清代野史》第3册,巴蜀书社,1987年,第53页。

贤所不忍为也。"①《屈翁山遗诗》揭示了清初"岭南三大家"之一的屈大均诗集被查禁"因其多纪掖庭秘事也",这些秘事"大抵初入关时,睿豫诸王事",屈大均因而触犯忌讳。②《钱牧斋诗案》对钱谦益的《有学集》做了详细的分析,认为这部诗集虽然"以有指斥国朝之语,遂被厉禁。焚书毁板,几与吕晚村、戴南山诸人等",但其中"大抵愤激诅詈之语,未尝有实事之可指,尚不如《翁山诗外》所咏轶事,有裨蒭荛胜异闻",所以李岳瑞很不理解:"不知身后受祸,何以如此其酷!""顷读《有学集》诸诗,摘其诋欺本朝之语而汇录之,其仅仅眷怀故国之词不与焉。……大抵所指斥者,以剃发及国语两事为最夥。"③而这也正说明了清初文字狱之惨烈。孙静庵的《栖霞阁野乘》则援引了齐周华救吕晚村(即吕留良)的奏疏,奏疏中称赞吕留良的著作"能阐发圣贤精蕴,尊为理学者有之",认为朝廷对此事处置有误,"夫曾静现在叛逆之徒,尚邀赦宥之典,岂吕留良以死后之空言,早为圣祖所赦宥者,独不可贷其一门之罪乎?"希望朝廷能赦免吕留良的子孙,给他们一条"悔过迁善、趋于自新之路"。④

《春冰室野乘》和《栖霞阁野乘》不约而同地注意到了康乾年间北京的旧书摊。《春冰室野乘》引用了乾隆年间藏书家李文藻《琉璃厂书肆记》中的相关记载来证明当时琉璃厂书肆之盛,并与当下作对比:"今去南涧时甫百年,而记中所列各家,乃无一存焉者,求如陈思蔡益所之流,益不可得矣。"⑤而《栖霞阁野乘》中则说"京师书摊,皆设琉璃厂火神庙,谓之庙市",而在康熙年间"诸公皆称慈仁寺买书,且长年有书摊,不似今之庙市,仅新春半月也。相传王文简晚年,名益高,海内访先生者,率不相值,惟于慈仁寺书摊访之,

---

① 李岳瑞:《吴梅村身后之文字狱》,《春冰室野乘》,沈云龙主编《近代中国史料丛刊》第六辑,文海出版社有限公司,1967年,第343—344页。
② 李岳瑞:《屈翁山遗诗》,《春冰室野乘》,沈云龙主编《近代中国史料丛刊》第六辑,文海出版社有限公司,1967年,第351—352页。
③ 李岳瑞:《钱牧斋诗案》,《春冰室野乘》,沈云龙主编《近代中国史料丛刊》第六辑,文海出版社有限公司,1967年,第352—373页。
④ 孙静庵:《栖霞阁野乘·齐周华救吕晚村疏》,《清代野史》第七辑,巴蜀书社,1988年,第8—9页。
⑤ 李岳瑞:《百年前海王村之书肆》,《春冰室野乘》,沈云龙主编《近代中国史料丛刊》第六辑,文海出版社有限公司,1967年,第298—300页。

则无不见,亦一佳事"。①

那些比较严谨的文史札记作者都会点明其掌故之来源。如祁景颐在谈到同治末年游百川谏修圆明园一事时就声明:"此乃高阳李符曾先生闻之闽侯陈弢庵太傅。盖陈于某年分校棘闱,游为内监试,亲闻之于侍郎者。"②陈灨一在谈到刚毅的笑柄时也特意提到:"李惺吾阁学曾详述其生平,并语及此。"③这就使得这些掌故具有了被引证的可能。

正因为现代文史札记具有以上各方面的参考价值,所以这些文史札记在20世纪的不同时代总能引起各界的关注,保持了较为长久的生命力。比如2003年曾在国内引起巨大反响的历史题材电视剧《走向共和》,据称这是根据作家张建伟20世纪90年代出版的系列"历史报告·晚清篇"改编的(包括《温故戊戌年》《最后的神话》《流放紫禁城》《世纪晚钟》《老中国之死》等5册。2011年,这5册"历史报告"又以《走向共和:晚清历史报告》丛书的形式再次出版)。其中《老中国之死》采用了许指严《新华秘记》中的颇多材料。如第1章之"刺客与瘦马"基本上就是对《新华秘记》中"瘦马阴谋"这一史料的复述(张建伟称之为"综述")。④ 此外,该书第3章采用了《新华秘记》中的"小王爵""京津兵变"等史料,第4章采用了"招待伟人"等史料。

第二节 现代文史札记的文学价值

如前所述,文坛轶事、文采风流一向是现代文史札记的重要内容。

(一)首先是提供了颇多鲜为人知的文坛轶事。清末民初的文史札记更多关注的是军政大事,但是其中仍录存了清代诸多作家的逸闻轶事,其中不少都是可以作为文学史的细节的。《栖霞阁野乘》中既著录了齐周华为吕留良辩护的奏疏、管韫山的诗论,又记录了孔尚任、朱竹垞、纪昀、严可均、龚自

---

① 孙静庵:《栖霞阁野乘·慈仁寺书摊》,《清代野史》第七辑,巴蜀书社,1988年,第117页。
② 祁景颐:《谷亭随笔·同光时园工之始末》,祁寯藻等著《〈青鹤〉笔记九种》,中华书局,2007年,第154页。李符曾为祁景颐的舅父,陈弢庵即陈宝琛。
③ 陈灨一:《刚毅之笑柄》,《睇向斋秘录(外二种)》,中华书局,2007年,第24页。
④ 参看张建伟:《老中国之死》第1章注释1,作家出版社,1999年,第28页。

珍、易实甫等的诸多轶事,还对《红楼梦》中的贾宝玉、林黛玉等人物,《儿女英雄传》中的纪献唐、何玉凤等人物予以考证。

20世纪20年代以后的文史札记作者大都对文坛轶事有着浓厚的兴趣,且不说郑逸梅的文史札记,黄濬在《花随人圣庵摭忆》中也记述了颇多文坛掌故,尤其是那些常常与他诗词唱和的文字之交的轶事。在得到岭南近代四大家之一黄节病逝的消息后,黄濬撰文称赞黄节"节概亮洁,其诗亦如之"。他还回忆了自己与黄节的交往,认为诸贞壮"诗出入晚唐盛宋,君则致力宛陵、后山至深,笔极刚峭,晚年始多为五言古体,取径大谢"。"北都公园,静穆明瑟,朋侪中有长日浇茗聚坐之者,晦闻亦其一也。"黄濬还提到黄节为其"书簏上有一诗,特阙一字,此为恒人写扇,所不尝靓者"。① 黄濬对黄节行止的追忆及对其诗歌的评价都堪称珍秘的文学史资料。在《沧趣老人感事诗》中,黄濬则对陈宝琛的四首七律《感春》一一作了解析,认为这四首诗"作于光绪乙未中日和议成时",表达的是对以翁同龢为首的清流派"冒昧言战,一败涂地,实毫无把握"以及慈禧太后"以海军经费浪用诸建颐和园"并大肆筹备所谓"六旬寿辰"的不满,同时也以"故林好在烦珍护,莫再飘摇断送休"来规劝统治者以国事为重,不要再蹈割地赔款之覆辙。清室覆亡后,陈宝琛"仍用前韵"写下了四首《落花》诗,同样是有感而发的,"哀清亡之作,自憾身世,以及洵、涛擅权行乐,项城移国,隆裕晏驾之类"。黄濬对陈宝琛感事诗的分析应当说是非常到位的。②

再如林纾的古文一向被认为是颇能得桐城派真髓的,徐一士却认为"不免小家气,造诣无甚可观"。林纾的游记文有意师法柳宗元,但与柳宗元相比"大有仙凡之判,未足为善学者,良以文学上之技术既远不逮,而意境更难攀跻耳"。徐一士还摘引了北平《新晨报》上吴承仕"讥评林文之作"的观点,认为吴承仕的批评"足令林氏所服"。徐一士还对林纾的小说作了评判,认为早期的林译小说"不无佳构,颇能以中国古文笔法,运用西洋小说家之意境,使自成一种风格,匠意苦心,实有不可泯没者在,其可传固远过于所为古

---

① 黄濬:《闻黄晦闻丧忆交游》,《花随人圣庵摭忆》,中华书局,2013年,第44—45页。
② 黄濬:《沧趣老人感事诗》,《花随人圣庵摭忆》,中华书局,2013年,第76—78页。

文耳"。至于林纾本人创作的小说,"则无一佳者,阅之惟觉腐气满纸,索然意尽,不独远逊其译品,即视其古文亦更不如,林氏文字之最拙劣者也"。徐一士还比较了严复、林纾二人的翻译,"林氏于文学上之修养,技术方面实有相当之成就,而个人意境则殊失之凡陋,故佳构必出于译事,自作即相形见绌也"。① 无论徐一士对林译小说及其古文与自撰小说的评论是否精当,徐一士在这里已经提供了 20 世纪 30 年代对林纾文学翻译与创作的一家之言。

（二）现代文史札记中保存了不少难得一见的诗文、对联、诗钟等。《春冰室野乘》中不仅撮录了屈大均、吴汉槎、林则徐、邓廷桢、史念祖、黄遵宪等人的诗词,还为那些"涉及时事"的诗词作"笺解爬梳",希望能有助于"数十年后读者"理解这些作品（王鹏运《半塘词》、朱祖谋《彊村词》中那些"哀时悯世不敢显言"因而"托为吊古咏物之作,以寄其幽忧忠爱之志"的词作,以及陶无梦百首《宫词》中的 15 首都在其中）。无论这些诗词作品是否因此而得以流传,《春冰室野乘》都不无保全之功。② 《栖霞阁野乘》移录的诗文更多,如明末殉节的王湘客（王若之）的七首绝句和十余则联句,清初因文字狱而被逮入虎林军营的史学家吴炎、潘柽章的唱和诗,康熙年间邵为章在云南昆明五华山永历故宫的四首题壁诗,朱竹垞的《咏史诗》等等。至于诗人兼文史札记作家黄濬、现代报人范烟桥、郑逸梅等,在他们的文史札记作品中著录的诗文更多,兹不赘。

见于现代文史札记中的对联也不在少数。李岳瑞在《挽联》中甄录了张佩纶为陈宝琛之母所撰的挽联和王颂蔚为孙子受所撰的挽联,认为张佩纶在挽联中寄托了他在马江战役失败后的"悲愤",而后者恰合孙子受曾是光绪帝师傅的身份;③在《联语汇录》中,李岳瑞特意著录了三副堪称"隽妙"的对联,其一是雍正帝赐予张廷玉的对联"天恩春浩荡,文治日光华",其二是

---

① 徐一士:《林纾古文失于意境》,《凌霄一士随笔》(一),山西古籍出版社,1997 年,第 122—123 页。
② 李岳瑞:《都门词事汇录》《陶农部宫词》,《春冰室野乘》,沈云龙主编《近代中国史料丛刊》第六辑,文海出版社有限公司,1967 年,第 273—285、285—288 页。藏书家孙雄(1866—1935)撰于民国年间的《诗史阁诗话》称"近世作清宫词者凡数家,以吴炯斋(士鉴)、文道希(廷式)、陶无梦(裘)三家为最著名","陶无梦所为清宫词,凡七十余首,今坊间刊本仅录有十五首耳",这 15 首均曾收录于《春冰室野乘》。http://ctext.org/wiki.pl?if=en&chapter=329036&remap=gb
③ 李岳瑞:《挽联》,《春冰室野乘》,沈云龙主编《近代中国史料丛刊》第六辑,文海出版社有限公司,1967 年,第 225—227 页。

曾国藩攻克安庆后张裕钊的贺联"天子预开麟阁待,相公新破蔡州回",其三是张之洞死后有人"集其公子哀启中词句"而成的挽联"无一日不办事,无一事不用心,疆寄三十年,仅乃如此;行治术十之六,行学术十之四,存诗五百首,呜呼哀哉"。① 至于《凌霄一士随笔》,其中的挽联以及趣味盎然的人名对等更多。如张之洞去世后陈宝琛、梁鼎芬、严复、辜鸿铭、端方、樊增祥等诸多名人的挽联,袁世凯为李鸿章、赵秉钧、郑汝成所作的挽联,都是颇切合人物身份的。在人名对中,"铜山县,山阳县,阳湖县,湖南从九做过四五任知县;铁宝臣,宝瑞臣,瑞鼎臣,鼎足而三,都是一二品大臣";"孔门传道诸贤,曾子子思孟子;周室开基列圣,太王王季文王";"壳子并吞双御史,憨翁倒挂老中堂";"世仆不为家所耻,续貂真与狗皮谋",以及"额勒和布"对"腰围战裙","乌拉喜崇阿"对"鸿飞遵远渚",也都是妙趣横生的。

还有颇能体现汉字艺术魅力的诗钟,李岳瑞在《春冰室野乘》中有较为详尽的解说,读后自能对诗钟有一个基本的了解:

> 诗钟之作,近世极盛,有笼纱、嵌珠两格。笼纱者,取绝不相干之两事,以上下句分咏之者也。嵌珠者,任取两字,平仄各一,分嵌于第几字者也。笼纱易稳而难工,嵌珠难稳而易工。近时多尚嵌珠,鄙意颇不喜之。都中相传有分咏杨贵妃及煤者云:"秋宵牛女长生殿,故国君王万岁山。"超脱悲浑,当为极格。朱彊村侍郎咏"山谷、蠹鱼"云:"诗派纵横不羁马,书丛生死可怜虫。"李西沤咏"宝剑、崔双文"云:"万里河山归赤帝,一生名节误红娘。"或咏魁星及承尘云:"常将彩笔干牛斗,不见空梁落燕泥。"有人仍用上题,而魁星手中,不持笔而持元宝者云:"文章自古须金买,台阁于今半纸糊。""史记、白糖"云:"传世文章无腐腐,媚人口舌只须甜。"数联皆极超隽。
>
> 此体闽人最工,魁星承尘两联,皆闽人也。郑太夷尝言,福州某社出"女、花"两字,用嵌珠格。因字面太宽,限集唐诗,其前列三人皆极工。一云:"青女素娥俱耐冷,名花倾国两相欢。"一云:"商女不知亡国

---

① 李岳瑞:《联语汇录》,《国风报》第一年第二十九号,1910 年 12 月。

恨,落花犹似坠楼人。"一云:"神女生涯原是梦,落花时节又逢君。"此所谓文章天成,妙手偶得者耶?有人欲撰联嵌"雪、珠"两字,倩太夷为捉刀者。太夷应声曰:"雪肤花貌参差是,珠箔银屏迤逦开。"二语皆在《长恨歌》,尤极自然。(鄙人尝有咏老将及避债云:"三辽独立频看剑,一代屏王尚有台。"又乌江及革命党云:"渡此更将何面目,误人无限好头颅。"自谓颇能浑脱。)①

《凌霄一士随笔》中也有多处涉及诗钟,如《谈徐致祥》中提到陈恒庆曾以孔子和张之洞为诗钟:"心倾东鲁三千士,首解南皮二八年。"不但对仗极工,而且也切合二人身份。②《张之洞善诗钟》则撮录了以"蛟""断"为题的"射虎斩蛟三害去,房谋杜断两贤同"。

(三)向现代通俗小说渗透,为其提供了丰富的素材。

现代文史札记不仅为诸多历史著作提供了丰富而生动的历史细节,同时也为众多通俗小说提供了可资借用的材料。

比如,《栖霞阁野乘》中对北方浑浑(即游手好闲之徒)的记述,为后来谈浑浑事迹者所常常采用。

> 南方称市井游手曰"流氓",北方称市井游手曰"浑浑"。顾流氓以诘诈胜,浑浑以剽悍不畏死胜。浑浑中约有二等,下者为鸡鸣狗盗之流,其次者力则排难解纷与杀人越货兼而有之。盖其气质有类戏剧中英雄好汉行径,求吾心之所安,不问是非也。浑浑中有领袖,俗称曰"大哥"。大哥一语,咸视为命令,无敢违。大哥行于市间,偶一謦欬,徒党立集。顾闻彼中人言,为领袖者,殊无他长,但能忍耐诸种苦痛,任人鞭棰刺击,夷然任受而已。浑浑势力,亦有界限,如前门大街及驴马市者

---

① 李岳瑞:《诗钟汇录》,《春冰室野乘》,沈云龙主编《近代中国史料丛刊》第六辑,文海出版社有限公司,1967年,第394—396页。
② 徐一士:《谈徐致祥》,《凌霄一士随笔》(一),山西古籍出版社,1997年,第333页。按:张之洞为河北南皮人,咸丰壬子年领解(乡试中举),时年16岁,故后一句云其"首解""二八年"。另,张之洞曾手订学堂章程,有人认为张之洞是在删定五经,可称孔子复生,故时任监察御史陈恒庆为此诗钟。

为最。①

假如说这里对"浑浑"们行为举止的描述还失之过简的话,那么梁溪坐观老人在《清代野记》中就进一步以具体可感的事例来表现了。其中一则所记述的乃是作者亲见的:

> 北方风气刚劲,好勇斗狠,竟有不惜伤残支体以博金钱者。光绪初,余在京目睹二事,记之以征其俗焉。一年端午节前数日,余往琉璃厂,甫入广西门,见一饼店前人如堵墙,异之,亦往观,则见一少年裸上体卧地,一少年举杆面大杖用力向两骽杖之,卧地者绝不声。杖至五六十,卧地者突起,向饼店人曰:"这遭吃定了。"店人曰:"好小子,吃罢。"余大惑不解,询之人,始知卧地者欠饼债甚巨,既不偿而复强赊如故,故店主以大杖要之,谓如能受杖不呼痛,不但不索前欠,且从此不索直,是以卧地者任其痛击而不声也。
>
> 又一年秋,信步至五道庙三岔路口,遇见一群人皆黑绸夹衫、快靴,从北而来,中有一人自袒服至外衣皆敞襟,而面上血淋淋由袒衣直流至足,随行随滴。及行近,见之,一目剜去矣。大骇。予适立于羊肉店外,遂问之。店人曰:"此吃宝局者。"盖开场聚赌为犯法之事,而地痞土棍日索规费为之保护,然非强有力者不能得也。惟能舍得伤残支体者奉为上客,日有例规。而伤残支体,又分上中下三等,为得费之高下。此剜目者,则可享最上等之规例也。噫,异矣。②

另外一则得自传闻的是关于"专利特许"即"专卖权"的:

---

① 孙静庵:《栖霞阁野乘·北方之浑浑》,《清代野史》第七辑,巴蜀书社,1988年,第111页。
② 梁溪坐观老人:《要钱弗要命》,《清代野记》,中华书局,2007年,第78—79页。按:《清代野记》1914年野乘搜辑社铅印本署名"梁溪坐观老人",山西古籍出版社仍署"梁溪坐观老人著",而中华书局"近代史料笔记丛刊"本则署"张祖翼撰",其《整理说明》称:"《清代野记》的编撰者原署名梁溪坐观老人,据徐一士撰《一士谭荟》,引该书所记,言作者为张祖翼,或有所本,然其人事迹不详。"其后即据《清代野记》所述对张祖翼生平予以推测。李晋林在《〈清代野记〉作者考辨——兼述清末强学会熊亦奇其人》(《江西社会科学》1998年第10期,70—74页)中则认为"梁溪坐观老人""绝非安徽桐城人张祖翼之别号,而应为清末江西新昌人熊亦奇之别称,该书应属熊氏撰述",姑存疑。

自来京师,各种货物行店皆不止一家,惟红果行(即山楂红也),只天桥一家,别无分行,他人亦不能开设,盖呈部立案也。相传百余年前,其家始祖亦以性命博得者。当时有两行,皆山东人,争售贬价,各不相下,终无了局。忽一日有人调停,谓两家徒争无益,我今设饼铛于此(即烙饼之大铁煎盘也,大者如圆桌面),以火炙热,有能坐其上而不呼痛者,即归其独开,不得争论。议定,此家主人即解下衣盘膝坐其上,火炙股肉支支有声,须臾起立,两股焦烂矣。未至家即倒地死,而此行遂为此家独设,呈部立案,无得异议焉,故至今只此一家也。

又无锡冶锅坊系王姓世其业,其锅发售遍江南北,盖亦特许专利者也。相传当清初时,王与某姓争冶业,相约煎油满锅至沸度,沉称锤于锅中,孰引手取出,即世其业。时王姓店役某,年老矣,思效忠于主人,因即代表王姓入手于沸油攫锤出,投锤于地,臂亦同脱,即时殒命。遂呈部立案,王姓得世其业。今王氏子姓分房殆数十家,各仰给于冶坊,岁时各祀此店役,为报本之祭。此与红果行事同一例。野蛮时代,往往有之,若律以人道主义,则以性命为尝试,在所必禁,复何有专利特许之报奖乎?①

此处所谓"要钱弗要命"者、争"专利"者,即孙静庵所说"浑浑",京津一带一般称之为"混混"。20世纪三四十年代,天津小说家李燃犀的代表作《津门艳迹》专写"混混"事迹,戴愚庵也有《沽上游侠传》《沽上英雄谱》等着重表现"混混"生活的小说,而社会言情小说家刘云若在其诸多小说中对各类"混混"的行为同样有较多描写。《栖霞阁野乘》《清代野记》中的相关记载与李燃犀、戴愚庵、刘云若等的叙述基本一致。

再如20世纪20年代天津小说家董濯缨的历史小说《新新外史》,其中不少材料就来自文史札记。其一是王天宠"冒充观察沪上骗娇妻"的故事。《汪穰卿笔记》中有关于民国初年人称"中州大侠"的王天从(王天纵原名王天从)的一段记载:"其妻乃上海女学生,天从假名候补道,持印札赴沪办军

---

① 梁溪坐观老人:《野蛮时代之专利特许》,《清代野记》,中华书局,2007年,第80—81页。

火诱娶之。至河南,女始知其为盗也。"① 无独有偶,民国初年姜泣群编《民国野史》中也有关于王天纵的类似记载:"乃由天津至上海,复乘轮东渡至横滨,与一女学生遇。女士毛姓,湖南世家子也。……自与王君遇,则钦慕异常,以为英雄造时势,我中国之能做大事助大业者,此其一也。于是互相崇佩,约为婚姻,结婚后携归砀山。"② 其二是白狼准备行刺袁世凯时在室外偷窥到的袁世凯释放革命党的一幕,在许指严的《新华秘记》中也有类似的记述。

此外,《春冰室野乘》《汪穰卿笔记》《平等阁笔记》等诸多文史札记中对大刀王五事迹的记载,《栖霞阁野乘》《十叶野闻》中清代中叶江南大侠甘凤池的诸多故事,也都成为稍晚时期众多武侠小说的材料来源。

当然,从现代文史札记中汲取养分的绝不仅仅是通俗小说。署"梁溪坐观老人"撰的《清代野记》里对"户部银库库兵"如何偷盗银锭曾有详细的描述:

> 每一兵月不过轮班三四期,每期出入库内外者,多则七八次,少亦三四次,每次夹带即以五十两计,若四次亦二百矣。月轮三期,亦六百矣,而况决不止此也。……所盗之银则藏肛门中而出。闻之此中高手,每次能夹江西圆锭十枚,则百金矣。……
>
> 相传库兵之业,各世其家。年少时,须觅嫪毒之具而淫之,继则用鸡卵裹麻油探讨之,以次易鸭易鹅,久之门户加大矣,更用铁丸塞之,能塞十两重之铁丸十枚,则百金不难矣。十枚者甚鲜,六七枚者则普通之塞也。故凡库兵所盗,皆江西锭为多,江西锭光滑无棱,俗所谓粉泼锭是也。其肛之嫩者,则用猪脬浸湿,裹银而塞之。故库兵至老年,无不患脱肛痔漏症,以其纳银太多也。③

---

① 汪康年:《汪穰卿笔记》卷一,中华书局,2007年,第38页。
② 《王天纵小史》,姜泣群编《民国野史》(上),江苏广陵古籍刻印社,1995年,第138—139页。案:王天纵确曾留日。其中"砀山",当系"杨山"之误,王天纵的根据地在今河南栾川与嵩县交界处杨山古寨。
③ 梁溪坐观老人:《库兵肛门纳银》,《清代野记》,中华书局,2007年,第63—65页。

当代作家莫言长篇小说《檀香刑》中也有关于库丁如何"把银子藏进谷道里"的叙述,与《清代野记》中所述几无二致,恐怕不仅仅是巧合吧?

质言之,现代文史札记既为文学史提供了丰富的细节和实证材料,又为现代通俗小说乃至当代小说提供了丰厚的养料,其文学价值自不待言。

第三节 现代文史札记的缺憾

尽管现代文史札记有着不容忽视的历史与文学价值,却也不能不注意这样的事实,那就是众多现代文史札记良莠不齐,质量上乘者只是少数,而且即使是这些文史札记也依然或多或少会有误记或错谬。因此,在利用这些文史札记时,必须注意比较、甄别、分析,才有可能避免错误的结论。

关于文史札记存在的缺憾,不少研究者、学者已有论述,首先必须注意的是"辗转抄录"的问题。对清朝人物史事以及刊本稿本情况非常熟悉的石继昌在考订刘禺生《世载堂杂忆》中的谬误时曾提到,一般笔记都有"好谈'佳话'的通病":"一件'佳话',往往同见数书,记载上除了原始的著录稍为可信外,其余有的依样钞袭;有的虽钞袭而妄加增损;有的更以讹传讹,作无根之游谈,凡此种种,使后之读者不知所从。如本书记科场案联语、阮元咏眼镜诗、彭玉麟画梅等,在过去都是被视为'佳话'的,许多笔记都有记载,本书成书晚,叙述上即与他书互有出入,平情而论,这些'佳话'即使记载无误,又有何史料价值可言?"[①]对中国古代笔记研究有素的刘叶秋也注意到类似的问题。他说:"因为野史杂记之类多载传说,同记一事而来源不一,所述遂时有歧异;其谈前代掌故者,又往往蹈袭陈言,抄录昔人著作,不标出处,成为通病。"[②]历史学家来新夏在谈到清人笔记的史料价值时也提到,利用它们时首先必须注意的问题就是"笔记多为随手札录,或读书札存,或见闻备忘,辗转钞录也时有所见,所以应当注意笔记间的重出转录问题"[③]。

---

① 石继昌:《谈〈世载堂杂忆〉》,《文史》第八辑,中华书局编辑部编,中华书局,1980年,第276页。
② 刘叶秋:《稗官小说与野史杂记》,《文史知识》1988年第3期,第24—25页。
③ 来新夏:《清人笔记的史料价值——〈清人笔记随录〉代序》,《天津社会科学》1987年第1期,第89—94页。

"辗转抄录"既属"通病",自然也是不少现代文史札记作者难以避免的。许指严《十叶野闻》于此尤甚。关于《十叶野闻》的材料来源,黎俊祥在其博士学位论文《近代史料笔记研究——以记载晚清史料的笔记为主》(以下简称"黎文")曾指出:"从其整体来看,既非亲身经历,又非亲见亲闻,甚至于亦不是得自传闻。综观全著文字,是书材料的主要来源是他人著述,即转引或直引他人文字以为己用。作者所'利用'的图籍中,最多的当属《慈禧外纪》。""黎文"还列举了《十叶野闻》几处明显抄袭自《慈禧外纪》的例子,得出了"《十叶野闻》所记慈禧、慈安、荣禄事,多录自《慈禧外纪》"的结论。"黎文"还指出:"除《慈禧外纪》外,该书辗转相袭他人著作的文字也有多处。如《林夫人书》一则,与1911年刊刻李岳瑞著《春冰室野乘·林夫人书稿》相同。至于《毓屠户》一则当采自罗敦曧著《拳变余闻》,《庸言》第1卷第3、4期。"①其实,《十叶野闻》中还有不少材料来自李岳瑞《春冰室野乘》、孙静庵《栖霞阁野乘》、署"梁溪坐观老人"撰的《清代野记》等文史札记,后文将详细论列,兹不赘。

当然不仅仅是《十叶野闻》,刘禺生的《世载堂杂忆》在此方面有过之而无不及,其中多数都是刘禺生直接抄自旧籍或对旧籍的记述予以转录而成。这样的文史札记,其价值自不难判断。此外,《春冰室野乘》中关于"宰白鸭"的记述,《栖霞阁野乘》中长麟微服私访的记述,郑逸梅所记杨士骧喜食羊肉的传闻,也都能在前人的文史札记中找到来源。因此,在引用类似的史料时必须"慎用"!

文史札记的第二个缺憾是采录传说时失于甄别难免失实。对此,刘叶秋曾指出:"野史杂记之采录传说,难免有失实违真之处。"②因系随笔、杂录,这些文史札记难免不够严谨,加上作者们对人名、职官等疏于核实,信笔所至,张冠李戴之处自难避免。石继昌对《世载堂杂忆》的订正有不少就属于"失实违真"一类。再如刘禺生在《足供史料的打油诗》中称冯国璋在黎元洪出走后继任民国大总统,"李纯任南京督军"。这里的"南京督军"显然应是"江苏督军"。至于郑逸梅笔下的类似舛误,更是不一而足。

---

① 黎俊祥:《近代史料笔记研究——以记载晚清史料的笔记为主》,安徽大学博士学位论文,2011年,第233页。
② 刘叶秋:《稗官小说与野史杂记》,《文史知识》1988年第3期,第27页。

其三是应注意笔记的版本。"笔记往往有多种版本,其翻刻重印与原本无异者关系不大,而有些版本其重刻本已非原貌,或书名另易,或内容删定,均不可视为同书异名或一书多本,而应注意其异处并有所论断。"①这本来并非笔记本身的缺憾,却是会影响到对笔记价值的判定因而不能不注意鉴别的。比如许指严《十叶野闻》,有四川人民出版社1988年版(《近代稗海》第十一辑)(以下简称"稗海本")、河南大学出版社1991年版、山西古籍出版社1996年版(以下简称"晋古本")、中华书局2007年版(以下简称"中华本"),版本不可谓不多。"晋古本"尽管对河南大学版点注中指出的部分错误作了更正,但仍有较多文字错误;"稗海本"和"中华本"均由张国英据1920年第四版校点整理。"稗海本"的"说明"和"中华本"的"整理说明"都称:"原本有不少错别字、漏字,如郎世宁误为祁世宁,圣祖误为世祖、载淇误为载洪、后妃薨误为后妃毙、微山湖误为微小湖、红烛误为红独、傧相误为摈相,凡此种种,均予以校正。"但究竟哪些地方作了校正,文中只字不提。同时,"原书共四十三节,十余万言,事涉清代十世掌故,内容庞杂。此次重印,着重于近代部分,并删去其中内容荒诞不经者。"②"稗海本"对被删去的十二节作了"存目"处理,"中华本"则连"存目"也取消了。何况,尽管二者都以"着重于近代部分"为由进行删节,但所保留下来的《拾明珠相国秘事》《和珅遗事》又根本不属于"近代部分"。至于哪些条目中有"荒诞不经"的内容,何处有删节,删去多少字,一律不加交代。这不能不说是一种非常轻率的态度。"稗海本"封面甚至把"十叶野闻"印成"十一野闻"!

其四是喜用典故、成语。这些文史札记的作者大多自幼浸淫于传统文化与传统文学,大都有着深厚的旧学根底,而他们的文学趣味又偏重于文言一脉,所以行文中常常多用典故、成语等。仍以许指严《十叶野闻》为例,其小标题就用了"豹房""控鹤""磨盾"等典故。③ 这些典故对当时读者而言或

---

① 来新夏:《清人笔记的史料价值——〈清人笔记随录〉代序》,《天津社会科学》1987年第1期,第89—94页。
② 《十叶野闻说明》,《近代稗海》第十一辑,四川人民出版社,1988年,第3—4页。"中华本"仅将"重印"改为"刊印"。
③ 豹房指皇帝的享乐场所;控鹤指皇帝的近侍或亲兵;磨盾指在军队中做文书工作。

许并不生僻,但对今天的读者很容易造成阅读障碍。至于行文中,用的典故就更多了,其中有"抱布贸丝"(《奉安故事》)、"弹铗之客"(《拾明珠相国秘事》)、"池鱼之殃"(《九汉外史》)之类大多读者可能较为熟悉的典故,也不乏"年仅织素"(《拾明珠相国秘事》)、"随珠弹雀"(《和珅遗事》)、"白龙、余且"(《圆明园修复议》)等等相对生僻的典故、成语。①

再如《春冰室野乘》中记载:"光绪甲午冬,东事正亟时,一日早朝,福山王文敏,在午门外与同列论及军事,太息曰:'事急矣,非起檀道济为大将不可。'盖指董福祥也。"②至于为何以"檀道济"来代指董福祥,作者并未说明。而在这则札记中,果然有一位不学无术的满族御史上奏朝廷,希望起用檀道济到朝鲜与日军作战,一时传为笑柄。

其五是代名词问题。对那些名人,这些文史札记中往往以其籍贯、谥号等代称;提及某人所担任的官职时也喜用"司寇""大司徒"等古代职官名来指代。这些,对当代读者来说可能都是比较陌生的。更有甚者,这些作者们还往往以"虎头将军""人可中将""某制军""某巨公"等代指,③当时的读者或许并不陌生,但今天的读者很难明白所指究竟为何人。普通读者尽可不措意,小说家也可以直接取材,但研究者无法径直采信,必须下一番考辨功夫。

前人还曾指出,这些笔记中往往"夹杂怪异之谈","笔记多出封建文人之手,其封建主义立场以及因果报应之说羼杂其间,此又征引时所当注意者"。④如今看来,比起前述数端,这一点倒是相对容易避免的了。

---

① "织素"指女子十三岁,典出《孔雀东南飞》:"十三能织素,十四学裁衣。十五弹箜篌,十六诵诗书。""随珠弹雀"比喻贵物贱用,不得其当,语出《庄子·让王》:"今且有人于此,以随侯之珠,弹千仞之雀,世必笑之。是何也?则其所用者重,而所要者轻也。"白龙为五代十国时南汉皇帝刘䶮的年号,刘䶮称帝后穷奢极欲,大兴土木,民众不胜其苦。余且,为传说中古代的渔夫。典出《庄子·外物》:"仲尼曰:'神龟能见梦于元君,而不能避余且之网;知能七十二钻而无遗?不能避刳肠之患。如是,则知有所困,神有所不及也。'"意谓:神龟能显梦给宋元君,却不能避开余且的渔网;才智能占卜数十次也没有一点失误,却不能逃脱剖腹挖肠的祸患。也就是说,才智也有困窘的时候,神灵也有考虑不到的地方。在《圆明园修复议》中,恭亲王奕䜣以此劝谏同治帝节俭从事,停修圆明园,以免重蹈刘䶮众叛亲离的覆辙;同时也希望同治帝不要再微服出行,以免如神龟"不能避余且之网"一样招致不测。

② 李岳瑞:《奏疏纰缪》,《国风报》第1年第12期,1910年6月7日。

③ 陈灨一:《睇向斋谈往·瘦腰生》,《睇向斋秘录(附二种)》,中华书局,2007年,第203页。"虎头将军"指1919—1924年担任浙江督军的卢永祥,"人可中将"则指时任淞沪护军使何丰林。

④ 来新夏:《清人笔记的史料价值——〈清人笔记随录〉代序》,《天津社会科学》1987年第1期,第89—94页。

最后略谈一下现代文史札记的出版刊行问题。现代文史札记的出版在晚清时期主要以私刻、坊刻为主,间或收录入期刊。进入民国,现代文史札记的出版进入大发展时期,除了传统的私刻、坊刻外,新兴的现代出版机构所出版的类书、丛书中大量收录了笔记作品,同时期刊也成为笔记作品刊行的重要载体。到中华人民共和国成立后尤其是20世纪70年代末以来,文史札记作品的出版更是呈现出大繁荣大发展的局面,收录文史札记作品的各种丛书层出不穷,但是由于种种原因,这些文史札记的出版、整理还存在着点校粗疏、随意删削、低水平重复出版等明显的不足。①

---

① 中华书局1960年出版的《世载堂杂忆》对原连载于上海《新闻报》副刊《新园林》的部分条目予以舍弃,却未做任何说明;山西古籍出版社的《民国笔记小说大观》丛书文字、标点方面错误突出;中华书局出版《十叶野闻》时不仅舍弃部分篇目,"并删去其中内容荒诞不经者"。漳州师范学院中文系杨继光先后发表了《〈万历野获编〉校读琐记》(《古籍研究》2009年Z1期)、《〈青鹤笔记九种〉点校献疑》(《德州学院学报》2009年第3期)、《〈睇向斋逞臆谈〉点校献疑》(《江西科技师范学院学报》2009年第5期)、《〈睇向斋秘录〉〈睇向斋谈往〉点校献疑》(《江西科技师范学院学报》2010年第3期)、《〈清代野记〉点校献疑》(《江汉大学学报》2010年第5期)、《〈万历野获编〉点校献疑》(《江汉大学学报》2011年第2期)等多篇文章,对中华书局版《万历野获编》《青鹤》笔记九种《睇向斋秘录(附二种)》《清代野记》等史料笔记在字、词、标点、语序等方面的错误进行再校勘。

第三章 现代文史札记专题研究

本章选择清末至民国时期影响比较大、后世评价也较高的文史札记和文史札记作者,判定其文史价值,并对其中所体现的作者的史学观进行较为详细的分析。

第一节 李岳瑞《春冰室野乘》:清末文史札记的典范

李岳瑞的①《春冰室野乘》1910—1911年发表于《国风报》,1911年上海广智书局出版单行本(署"咸阳李岳瑞撰")。《春冰室野乘》计143则,所记清末史事颇多为李岳瑞亲见亲闻,而所记清代前期掌故则常常闻诸他人或前人著作。

约略而言,《春冰室野乘》所记述的内容有以下几个方面。

(一)军政大事。在记载宫闱轶事之外的军政大事时,李岳瑞是少有顾忌也大胆得多的。他记述陕西华岳庙万寿阁所供的明太祖御书《梦游西岳文》真迹,称其"字大如杯,书法虽不工,而有奇逸之气,信非臣工所能代为"。② 在

---

① 李岳瑞(1852—1927),陕西咸阳人,名岳瑞,字孟符,号春冰,别号春冰室主、惜诵等。幼承家学,诗文词俱佳。尤熟于清室掌故,濡染之深,非常人可及。清光绪八年(1882)中举,次年中进士,选庶吉士,散馆授工部主事,迁工部屯田司员外郎,兼充总理各国事务衙门章京,办铁路矿务事。"戊戌政变"后被革职永不叙用,遂回原籍赋闲,专事著述。1905年应张元济之邀赴沪担任商务印书馆编辑,同时在中国公学兼授国文课程。入民国后一度任清史馆协修。其著述如《春冰室野乘》《悔逸斋笔乘》《国史读本》等大多在民国初年出版。1922年回西安,担任省长公署秘书长等职。其子李浩然,1913年起任上海《新闻报》总编辑,1941年底上海租界沦陷后毅然去职,主持《新闻报》笔政近30年。有关李岳瑞生平可参看郎菁:《陕西近代藏书家李岳瑞》,《收藏》2010年第12期,第88—91页。
② 李岳瑞:《明太祖御书墨迹》,《春冰室野乘》,沈云龙主编《近代中国史料丛刊》第六辑,文海出版社有限公司,1967年,第44页。

记述乾隆朝伪皇孙案时,李岳瑞首先回顾了西汉成方遂之狱、南宋刘僧遇自称钦宗皇子案、明末王之明案等伪皇子、伪皇孙案,得出了"从未有升平无事之时,忽起非常之狱者"的结论。尽管接下来李岳瑞称"国朝乾隆时伪皇孙一案,则真可异矣",但是伪皇孙的出现已经说明,所谓"康乾盛世"绝非"升平无事之时"。① 记述内务府厨役成得刺杀嘉庆帝案时,一方面称"上宽仁,不欲穷诘兴大狱",另一方面却也详细记载了成得及其二子被凌迟时的痛楚。当成得疼痛难忍希望"快些"时,监刑者却告诉他:"上有旨,令尔多受些罪。"嘉庆帝的残忍至此已经暴露无遗。②

在记述晚清军政大事时,《春冰室野乘》常常有一些与众不同或出人意料的说法。比如太平军围攻桂林一事就"至可骇笑",因为城内的官军竟然与围城的太平军和平共处、相安无事。"土人初尚畏贼,久之,乃与贼相忘,省城四门扃其三,惟开西门,以通樵采。民或出城,路经贼垒,贼亦不过问。贼中食物偶缺,亦时时入城购买,长发鬖鬖然,红布帕首,游行街市间,人共知其为贼,贼亦不自讳。"而且,敌对双方竟如朋友一般,"城中大小将校,皆与贼通款曲,酬酢往来。……惟必在城外,不敢公然延客入城而已"。③ 再如德军侵占青岛时,"守将章高元叠电总署,谓被德人诱之登舟幽诸舟中,迫胁万端,终不为动"。其实,这不过是章高元的"事后掩饰之辞",真实的情况是:德国兵轮驶入青岛海域时,章高元正与人"为麻雀戏"。随后德军递上"照会函",而章高元"赌方酣,竟掷之几上,漫不拆视"。等到一名幕客打开照会,才发现竟是"德人勒令于二十四钟内,将全岛让出"的最后通牒。"高元遽推案,尽翻赌具于地下,令迅速开队。亟出署,则德兵已满衢市。队既齐,将士皆挟空枪,无子药。急返库中领取,则库已为敌所占矣。"章高元亲找德将理论,德将却傲慢地说:"此事吾奉本国训条行事,实无理之可言,汝但全师退出而已,吾亦不汝害也。"章高元随即被"幽之署中"。李岳瑞总结

---

① 李岳瑞:《乾隆朝伪皇孙之狱》,《春冰室野乘》,沈云龙主编《近代中国史料丛刊》第六辑,文海出版社有限公司,1967年,第41页。
② 李岳瑞:《成得大逆案》,《春冰室野乘》,沈云龙主编《近代中国史料丛刊》第六辑,文海出版社有限公司,1967年,第98页。
③ 李岳瑞:《桂林寇警轶闻》,《春冰室野乘》,沈云龙主编《近代中国史料丛刊》第六辑,文海出版社有限公司,1967年,第149页。

说:"高元故健将,然非方面才。……恃勇而骄,漫无豫备,以至于此。"① 对导致"甲申易枢"的中法战争,李岳瑞也有与众不同的看法。他认为,"马江之役,人多以咎丰润(丰润指张佩纶——引者注)",但张佩纶当时不过以三品卿衔会办福建海疆事宜兼署船政大臣,"书生夙不知兵,而受任于仓卒之际,号令不专,兵将不习,政府又力禁其先发,著著皆有取败之道"。何况,"一督一抚,一船政大臣,开府有年,何竟一无备御? 既知丰润调度乖方,何不先事奏参? 此何等事,而可袖手旁观乎?"实则"斯时闽中大吏,殆惟幸丰润以败,而藉手于法军以取之耳,岂有丝毫为国之意耶?"所以在张佩纶出京时,军机大臣阎敬铭才会"执其手而谓之曰:'子其为晁错矣。'""闽事之必败,智者莫不知之,即丰润亦未始不自知之,知之而不得不往殉之,其遇弥艰,而其心未尝不可谅也。然法帅孤拔,实为吾炮所毙,故船局虽毁,而不敢进趋省城。然则兹役虽败,犹不无尺寸之功焉。视甲午之役,又孰优而孰劣也?"② 在《纪马江死事诸将》中,李岳瑞引录了张佩纶"为诸将请恤"的疏稿,再次表达了同样的观点:"甲申马江之败,世皆归罪于张幼樵学士。然诸将用命,力战死绥,其忠荩实有不可没者。且法人内犯,实仗孤拔一人,自孤拔毙于炮,法人已失所恃,遂不复能纵横海上,功过亦差足相抵。较之大东沟、刘公岛诸役,其得失必有能辨之者。"③ 而在《甲申越南战事杂纪》中,他又转录了吴光耀《华峰文集》中的《宁副将战事略》,详细记载了副将宁裕明在越南郎甲及镇南关、小南关各地奋勇杀敌的事迹。"越南一役,诸将善战者,以宁裕明为第一。"正是由于宁裕明奋不顾身冲锋陷阵,中国军队才终于取得了小南关之役的胜利。此后,"法人一败不复整,败文渊,败谅山,败谷松,败威坡,败长庆,败船头,由北而南,八日夜,退二百余里"。"诸军欢呼,谓恢北圻,复东京有日矣,而停战之诏书遽下。"④ 这里,李岳瑞也间接地表达了对议

---

① 李岳瑞:《章高元失青岛之遗闻》,《春冰室野乘》,沈云龙主编《近代中国史料丛刊》第六辑,文海出版社有限公司,1967 年,第 242—244 页。
② 李岳瑞:《挽联》,《春冰室野乘》,沈云龙主编《近代中国史料丛刊》第六辑,文海出版社有限公司,1967年,第 225—226 页。
③ 李岳瑞:《纪马江死事诸将》,《春冰室野乘》,沈云龙主编《近代中国史料丛刊》第六辑,文海出版社有限公司,1967 年,第 228 页。
④ 李岳瑞:《甲申越南战事杂纪》,《春冰室野乘》,沈云龙主编《近代中国史料丛刊》第六辑,文海出版社有限公司,1967 年,第 234、241—242 页。

和的不满。在记述"庚子拳乱"时,李岳瑞着重的是所谓"庚子五忠"兵部尚书徐用仪、户部尚书立山、吏部侍郎许景澄、内阁学士联元、太常寺卿袁昶"被难"的经过,包括徐用仪与大学士徐桐结怨、许景澄如何被骗至步军统领衙门、载澜与立山争夺名妓绿柔等轶闻。同时,李岳瑞还记载了礼部尚书廖寿恒如何幸免于难、荣禄如何力保军机大臣王文韶等轶事。其中记荣禄下令虚攻使馆一事尤为历史学家所重视。

> 董军攻使馆,十余日不能下,朝旨召武卫军开花炮队入都助攻。今天津总兵张怀芝,方为武卫军分统,奉檄率所部入都。荣相以城垣逼近使馆,居高临下,最便俯攻,即饬怀芝以所部登城安置炮位。炮垂发矣,怀芝忽心动,令部将且止毋放,而急下城诣荣相邸,请曰:"城垣距使馆仅咫尺地,炮一发,阁馆立成齑粉矣。不虑攻之不克,虑既克之后,别起交涉,怀芝将为祸首耳。请中堂速发一手谕,俾怀芝得据以行事。"言之数四,荣相终无言。怀芝乃曰:"中堂今日不发令,怀芝终不肯退。"荣相不得已,乃谓之曰:"横竖炮声一出,里边总是听得见的。"怀芝悟,即匆匆辞出,至城上,乃阳言顷者测量未的,须重测,始可命中。于是尽移炮位,向使馆外空地,射击一昼夜,未损使馆分毫,而停攻之中旨下矣。①

在记述晚清轰动一时的张汶祥刺马案时,《春冰室野乘》也提供了不同于他人的另一种说法。"张汶祥刺杀马新贻一案,当时问官含糊了事,以故事后异论蜂起。大抵皆谓马新贻渔色负友,张汶祥为友复仇,近人且以其事演成新剧,几于铁案不可移矣。然以蒙所闻,则有大异者。"尽管李岳瑞所说张汶祥刺杀马新贻的理由并不充分,但他对刺杀过程及审讯时张汶祥神态、言语的描述是栩栩如生的:

> 张狙出进刃,刃从肋下入,本向上,张又力绞之,使下向。追刃抽

---

① 李岳瑞:《庚子拳乱轶闻》,《春冰室野乘》,沈云龙主编《近代中国史料丛刊》第六辑,文海出版社有限公司,1967年,第256—257页。

出,已卷作螺旋形矣,其用力之猛如此。马既饮刃,即大呼谓左右曰:"扎着了。"南人不明北语,误"扎"为"找",故疑二人本相识,因以有复仇之说也。……张既被获,群拥之入署,两司集讯之。张据地趺坐,抑使跽,卒不肯。但问上坐者何官,曰:"臬藩两司也。"笑叱曰:"两司那配问我,请将军来,我始肯言耳。"有顷,将军至,讯其何以行刺,则曰:"请先饬制台家属,一律出署,再遣兵役围其内宅,我方肯说。"将军以语不伦,斥之,则曰:"若是吾终不肯言矣。"穷诘之,终不吐一语,不得已,乃屏左右,诱使吐实。始以徐语告,且曰:"公不信,第遣人往搜其秘箧,苟不得伪诏者,吾甘伏反坐之罪。"问官闻此,咸大惶惑,不欲兴大狱,故矫为狱词,而亟磔张于市,实则终无确供也。①

(二)《春冰室野乘》还以较多笔墨反映了官场的内幕。官僚机构的腐败与奢靡在清末民初众多文史札记中都有反映,《春冰室野乘》也不例外。"满员之任京秩者,以内务府为至优厚。相传承平时,内府堂郎中,岁入可二百万金。"因为内务府主管皇室用度,各项开支都可以虚报价钱。也正因此,乾隆才会误认为吃"鸡子"是一种奢侈。同治皇帝大婚时一只寻常的皮箱价格不过数十金,"而报销至每对九千余两"。道光帝"一日思食片儿汤,令膳房进之",不料内务府报来的预算"计开办费若干万金,常年经费,又数千金"。道光帝想起"前门某外饭馆,制此最佳,一碗直四十文耳",让人去买。结果回报说"某饭馆已关闭多年矣"。道光帝"以万乘之尊,欲求一食物而不得",委实有些不可思议。② 李岳瑞还记述了南河总督及其属下官吏的奢侈。道光中叶,"南河岁修经费,每年五六百万金。然实用之工程者,不及十分之一,其余悉以供官吏之挥霍。一时饮食衣服,车马玩好,莫不斗奇逞巧,其奢汰有帝王所不及者。河防如是,普通吏治,益可想见,宜乎大乱之成,痛毒遂

---

① 李岳瑞:《张汶祥案异闻》,《春冰室野乘》,沈云龙主编《近代中国史料丛刊》第六辑,文海出版社有限公司,1967年,第177—180页。"刺马案"为晚清大案,在清末文人李慈铭、王闿运的日记以及《庸盦笔记》《清朝野史大观》《清稗类钞》《清鉴纲目》《清代野记》等野史、笔记中均有记载。
② 李岳瑞:《内务府糜费》,《春冰室野乘》,沈云龙主编《近代中国史料丛刊》第六辑,文海出版社有限公司,1967年,第119—120页。案:《清室外纪》中亦有相似的记载。

遍于海内也"。李岳瑞详细记载了南河总督宴客时如何精心挑选豚背肉,如何烹鹅掌、食驼峰、吸猴脑等等。"各厅署自元旦讫除夕,非国忌,无日不演剧。……幕友终岁无事事,主人夏馈冰金,冬馈炭金,佳节馈节敬,逾旬月必馈燕席。幕中人为樗蒲戏者,得赴账房支费,皆有常例。"作者不禁慨叹:"骄奢淫泆,一至于此。此真有史以来所未闻者,酿成大劫,不亦宜乎?"①《嘉禾图》中,乾隆二十八年,"松江府境,暴风三日夜不息,禾尽偃,稻花全落。诸县田有一粒不收者,有亩收斗许者"。但面对"如此奇灾",巡抚洪之杰"不唯讳灾不告,反取句容县境青苗一束,绘《嘉禾图》上献",竟然因此得到了"诏书嘉奖"。②

《春冰室野乘》还往往通过揭露满人的不学无术来批判晚清官场。协办大学士刚毅识字不多,却又常常自以为是。"其在刑部日,提牢厅每报狱囚瘐毙之稿件,辄提笔改为'瘦'字,且申斥诸司员不识字,诸司员咸匿笑而已。"刚毅入值军机处时,四川总督的奏折中有"追奔逐北"一语,刚毅竟然"拟请传旨申斥"。在他看来,"此必逐奔追比之讹,盖因逆夷奔逃,逐而获之,追比其往时掠去汉人之财物也。若作逐北,安知奔者之不向东西南,而独向北乎?"③原任内务府木商的玉铭捐得候补道,被任命为四川盐茶道。他既不"能国语"又不"能书汉文",连自己的名字"亦复错讹,不能成书",其弃木商而做官的理由只是"因闻四川盐茶道之出息,比木厂更多数倍耳"。④"国朝满洲入仕之途甚宽,各部院笔帖式,目不识丁者,殆居多数。循资比俸,亦可至员外郎中。然不能得京察一等,无外补之望,乃以保送御史为出路。朝廷视满御史甚轻,但保送即记名,不必考试也。故满御史多不能执笔作书,间或上疏言事,然亦他人为之捉刀。"于是就出现了如下奇闻:

  光绪甲午冬,东事正亟时,一日早朝,福山王文敏,在午门外,与同

---

① 李岳瑞:《道光时南河官吏之侈汰》,《春冰室野乘》,沈云龙主编《近代中国史料丛刊》第六辑,文海出版社有限公司,1967年,第121、124—125页。
② 李岳瑞:《嘉禾图》,《春冰室野乘》,沈云龙主编《近代中国史料丛刊》第六辑,文海出版社有限公司,1967年,第305页。
③ 李岳瑞:《中堂之识字》,《春冰室野乘》,沈云龙主编《近代中国史料丛刊》第六辑,文海出版社有限公司,1967年,第266—267页。
④ 李岳瑞:《德宗皇帝圣德恭纪》,《春冰室野乘》,沈云龙主编《近代中国史料丛刊》第六辑,文海出版社有限公司,1967年,第36页。

列论及军事,太息曰:"事急矣,非起檀道济为大将不可。"盖指董福祥也。一满御史在旁,闻之,殷殷问"檀道济"三字如何写。或书以示之,次日即上奏,请起用檀道济。

又有一御史,上疏力保孙开华,不知开华已死数年矣。

又某京堂上奏,言日本之东北,有两大国,曰缅甸,曰交趾,壤地大于日本数倍,日本畏之如虎。请遣一善辩之大臣,前往该两国,与订约,共击日本,必可得志云云。

据说光绪帝看到上述奏疏"甚为震怒,将降旨斥革",而恭亲王担心"如此将使满洲大臣,益为天下所轻",光绪帝这才作罢。①

(三)名人轶事。《春冰室野乘》记述最多的当属清代名人的逸闻轶事,如朱珪的迷信、刘统勋和长麟的微服私访、来保的知人善任、汤金钊的拒绝依附和珅、穆彰阿的权倾朝野以及晚清重臣林则徐、曾国藩、左宗棠、李鸿章、阎敬铭等人的遗事,都是为后人所津津乐道的。而其中关于文学、艺术的部分尤有价值,如《钱牧斋诗案》就考辨了《四库提要》对吴梅村的评价("其杂文间骈俪于散体之中,不古不今")。文中引录了钱谦益的《赠黄皆令》,得出了钱谦益杂文"已作此体,梅村特与为赓和耳,非其所自创也"的结论。②

对晚清时享有盛誉的王鹏运、朱祖谋、黄遵宪等人的诗词以及陶无梦的清宫词,《春冰室野乘》也都有很高的评价。王鹏运《半塘词》、朱祖谋《彊村词》中都有不少"哀时悯世"却"不敢显言,往往托为吊古咏物"的作品,李岳瑞深恐这些词作"非得同时人为之笺解爬梳,数十年后,读者不复知为何语矣",为之作注。在他看来,这些词或者可以看作"诗史",或者"风议时事",都自有其价值在。③ 同样,陶无梦的《清宫词》"述三十年来内庭轶事,大都得自传闻",较为可靠,李岳瑞迻录了十五首,并为之一一做了"笺释","皆他时

---

① 李岳瑞:《奏疏纰缪》,《春冰室野乘》,沈云龙主编《近代中国史料丛刊》第六辑,文海出版社有限公司,1967年,第308—309页。
② 李岳瑞:《钱牧斋诗案》,《春冰室野乘》,沈云龙主编《近代中国史料丛刊》第六辑,文海出版社有限公司,1967年,第352—373页。
③ 李岳瑞:《都门词事汇录》,《春冰室野乘》,沈云龙主编《近代中国史料丛刊》第六辑,文海出版社有限公司,1967年,第273、277页。

史料也"。① 对晚清"诗界革命"的代表人物黄遵宪,李岳瑞极力称许其"诗笔为同光间大家,而倚声之作,不少概见",其《贺新郎》词"苍凉激楚,直摩稼翁之垒"。② 当然,相比之下,《春冰室野乘》更注重的是那些不以文学闻名的政界人物的诗文。比如对晚清几位爱国英雄林则徐、邓廷桢、葛云飞、郑国鸿的诗文,《春冰室野乘》都称赞不置。李岳瑞以林则徐的《出嘉峪关》四律为例,称赞他"诗不多作,而劲气直达,音节高朗,最近有明七子"。③《林邓唱和诗词》中又引录了林则徐与邓廷桢之间的唱和诗词及邓廷桢的诗词各一首,在此称扬林则徐"不以文学名,而余事倚声,亦入南宋之室",而邓廷桢"于音律殆由夙授,分寸节度,有顾曲风。于古人之词,靡不博综,所自制则雍容和雅,纤挐之音,迭滥之响,无从犯其笔端"。④《道光朝两儒将》则高度评价"定海三总兵"之一葛云飞的诗《四十自伤》足以与岳飞的《满江红》词"后先辉映",而郑国鸿"文学甚优,而尤精经术"。⑤ 再比如光绪年间曾任广西巡抚的史念祖,尽管其"晚节为人不足重",但李岳瑞认为他"诋诃"左宗棠的《复程伯宇》"则不可谓非实录也"。在节录了这封书信之后,李岳瑞评价说:"闻人言史少年时,目不知书,既贵,乃折节向学。此文郁硉暴岸,直摩唐人之垒,非规抚两宋,以时文为古文者所能,不可谓非奇士也。"⑥《史抚部诗》还把史念祖的诗与张樵野作了比较,认为"侍郎之诗高华,抚部之诗疏宕,皆一时异才也"。李岳瑞还引录了史念祖的几首"古近体诗",盛赞这些诗无论写景还是抒情都有"奇气","皆可夺宋人之席"。⑦

---

① 李岳瑞:《陶农部宫词》,《春冰室野乘》,沈云龙主编《近代中国史料丛刊》第六辑,文海出版社有限公司,1967年,第285页。
② 李岳瑞:《黄公度京卿遗词》,《春冰室野乘》,沈云龙主编《近代中国史料丛刊》第六辑,文海出版社有限公司,1967年,第331—332页。
③ 李岳瑞:《林文忠公遗诗》,《春冰室野乘》,沈云龙主编《近代中国史料丛刊》第六辑,文海出版社有限公司,1967年,第139页。
④ 李岳瑞:《林邓唱和诗词》,《春冰室野乘》,沈云龙主编《近代中国史料丛刊》第六辑,文海出版社有限公司,1967年,第141—144页。
⑤ 李岳瑞:《道光朝两儒将》,《春冰室野乘》,沈云龙主编《近代中国史料丛刊》第六辑,文海出版社有限公司,1967年,第138页。
⑥ 李岳瑞:《左文襄遗议》,《春冰室野乘》,沈云龙主编《近代中国史料丛刊》第六辑,文海出版社有限公司,1967年,第159、161页。
⑦ 李岳瑞:《史抚部诗》,《春冰室野乘》,沈云龙主编《近代中国史料丛刊》第六辑,文海出版社有限公司,1967年,第329、331页。侍郎指张樵野,抚部指史念祖。

（四）巾帼英才。《春冰室野乘》还记录了诸多能诗善文、识见卓异的女性的事迹。《高文良公夫人之能诗》中高其倬夫人蔡氏"濡染家学，博极群书，诗词之外，兼通政术"；《林夫人书稿》中沈葆桢夫人林氏"乞援饶廷选以保广信府城"的书稿言辞恳切；《刘文清姬人善书》称扬刘统勋侧室黄夫人"能学公书，几乱真"；《女子绝技》中，"吴门顾二娘以制砚著称"；《毕太夫人训子诗》则迻录了乾隆二十八年状元毕沅任陕西巡抚时其母亲张氏劝勉他的诗，并为毕沅晚年"竟违母训，而谄事和珅"而叹惋；《明季两烈妇》中的宁王世子妃彭氏"骁勇多智，力敌万夫"，霍山诸生黄鼎之妻则不齿其夫降清的行为，秉持"志士不屈其志"的信念，宁愿"驰还山中，终不与夫一见"。颇值得重视的还有《国朝列女传三人》。香妃本是回部王妃，被擒至京后数年一直对乾隆帝"凛如霜雪"，最后因得不到"复仇雪耻"的机会而自缢身亡；咸丰初年"禁中选秀女"，"旗人某氏女"当面斥责宫中负责的太监："赭寇起粤峤间，不数载，悉长江而有之。今遂陷金陵，天下已失其半。天子不能求将帅之臣，汲汲谋战守，以遏贼锋，保祖宗大业，而犹留情女色，强攫民家女，幽之宫禁中，俾终身不获见天日，以纵己一日之欲，而弃宗社于不顾，行见寇氛迫宫阙，九庙不血食也。吾死且不畏，况笞鞭乎？"这一番话打动了咸丰帝，让他最终做出了"罢所选秀女，使皆宁其家"的决定。尽管李岳瑞极力颂扬咸丰帝"英君谊辟，独能欣然容之，岂不奇哉？"却也不得不承认"某氏女"所言"出中心恻怛之至诚"，"危言抗论，适中肯綮"。① 李岳瑞有意把毕太夫人与毕沅、黄鼎之妻与黄鼎作对比，把"旗人某氏女"的侃侃而谈偏能获得咸丰帝首肯与曾国藩奏进清初孙嘉淦的《三习一弊疏》却险些被"降旨诘责"作对比，对这些女性的赞誉溢于言表。

此外，《春冰室野乘》也记载了不少鲜为人知的奇闻异事，从中可以略窥历史的端倪，甚至不难总结出历史的教训。比如《历书异闻》提到，乾隆帝退位后，虽然已经"颁行嘉庆元年宪书"，嘉庆帝却"面谕枢臣，命除民间通行专用嘉庆元年一种外，其内廷进御及中外各衙门，与外藩各国颁朔，皆别刊乾隆六十

---

① 分别见《春冰室野乘》第56页、181页、93页、317页、87页、312—313页、201—203页，沈云龙主编《近代中国史料丛刊》第六辑，文海出版社有限公司，1967年。

一年之本,与嘉庆本并行,以彰孝敬之诚"。"自是两本并行者历四岁,至高宗升遐后始已。"①这也恰恰说明乾隆帝在退位为太上皇之后仍然掌控着朝廷大权。这也就足以解释,为何尽管嘉庆帝对和珅极为不满,却一直隐忍着,到乾隆帝去世才下令查抄和珅。《春冰室野乘》对中国最早的铁路的记载也颇值得重视。

> 同治四年七月,英人杜兰德,以小铁路一条,长可里许,敷于京师永宁门外平地。以小汽车驶其上,迅疾如飞。京师人诧所未闻,骇为妖物,举国若狂,几致大变。旋经步军统领衙门,饬令拆卸,群疑始息。此事更在淞沪行车以前,可为铁路输入吾国之权舆。②

《春冰室野乘》还概括了常胜军统领、曾被授予提督的英国军官戈登离开中国时向李鸿章提出的十条建议并作了简明扼要的评论。李岳瑞认为戈登的建议"论外交军事甚悉,皆荦荦大端。使早从其言,何至有后来丧地失权之祸?"遗憾的是,"戈所深戒者,吾事事莫不蹈之。今距戈去时,甫三十年耳。而每下愈况,遂至此极。戈登有知,应亦自叹其言之不幸而中也"。基于此,李岳瑞对戈登评价甚高,认为戈登"实忠于吾国,不可没也"。③《春冰室野乘》还曾提到,在中国担任海关总税务司长达40余年的英国人赫德之子赫承先"酷慕中国科第之荣",赫德为他"延名师,教为制艺"。赫承先希望参照朝鲜人金简"以内务府籍应试"的先例,参加"癸巳万寿恩科","执政者顾坚不许"。最后,"乃藉庆典恩数,赏以三品衔候选道,而卒不许其应试"。至于坚持不让赫承先应试的原因,竟然是有人曾见到过赫承先的课稿"饱满畅达,居然二十年前好墨卷也",而且"试帖楷法,亦端谨不率"。"承先果入场,则必无不中,中后赘敬,必可获巨万也。"李岳瑞由此联想到:"吾国外交上,有至不

---

① 李岳瑞:《历书异闻》,《春冰室野乘》,沈云龙主编《近代中国史料丛刊》第六辑,文海出版社有限公司,1967年,第40页。无独有偶,《栖霞阁野乘·顺雍间两大异事》中,其一就称文廷式曾在旧书摊买到过"顺治二十八年进呈时宪书"。按:顺治二十八年实为康熙十年。
② 李岳瑞:《铁路输入中国之始》,《春冰室野乘》,沈云龙主编《近代中国史料丛刊》第六辑,文海出版社有限公司,1967年,第401页。
③ 李岳瑞:《戈登遗言》,《春冰室野乘》,沈云龙主编《近代中国史料丛刊》第六辑,文海出版社有限公司,1967年,第386页。文中称戈登"隶李文忠麾下者十余年,后归国,死事埃及",不确。

可晓者。国权所系,轻以予人,绝不少惜。独此等虚荣所在,乃竭力以争之,可谓不识轻重矣。"①李岳瑞的这一看法,可以说是直指中国国民的劣根性的。

难得的是,对那些闻诸他人的轶闻遗事,李岳瑞大多会点明其来源,表现出良好的史学品格,如他称自己所述曹振镛得谥"文正"事系"闻诸文道希学士",②而于文襄(于敏中)出缺事"往者闻萍乡文道希学士谈此"。③ 而且,李岳瑞在记述一些传闻时也会顺便予以考辨。比如他谈到乾隆八十寿诞时两广总督福康安进奉小楠木匣,"内监索重贿,文襄靳之。监即正色曰:'机巧之物,非有知识,且为器愈精,则愈易破损。设书至"无"字,而机关忽滞,戛然中止,孰则执其咎者?'文襄无以难,竟被摈不得进御。"李岳瑞分析道:"文襄宠眷之隆,内监决不敢勒索重贿,即有要求,以文襄之豪侈,亦决不吝此戋戋也。"所以他认为这是"传闻之误"。④

总之,《春冰室野乘》反映了清初至晚清社会形形色色的各个方面,其中诸多未经人道的逸闻轶事、文坛掌故都为历史研究、文学研究提供了可贵的参考,而李岳瑞也借此表达了他对晚清政治、社会、文化各方面的思考,《春冰室野乘》也因其记事翔实、叙述生动而成为清末文史札记的典范。

第二节　许指严《十叶野闻》:笔记还是小说?

许指严(?—1923),近代小说家。名国英,字志毅,一字指严,又作子年,别署苏庵、不才子等,武进人。南社社员,出身仕宦之家。清末曾执教于上海

---

① 李岳瑞:《赫承先求应乡试》,《春冰室野乘》,沈云龙主编《近代中国史料丛刊》第六辑,文海出版社有限公司,1967年,第392—393页。
② 李岳瑞:《曹杜两相得谥文正之由》,《春冰室野乘》,沈云龙主编《近代中国史料丛刊》第六辑,文海出版社有限公司,1967年,第129页。文道希,即文廷式。稍晚问世的梁溪坐观老人《清代野记》"例言"中则说:"凡朝廷、社会、京师、外省事无大小,皆据所闻所见录之,不为凿空之谈,不作理想之语。""所闻之事必书明闻于某人,或某人云。""此记中近三十年事,所闻所见,当时有所忌讳而不敢记者,今皆一一追忆而录之。"
③ 李岳瑞:《于文襄出缺之异闻》,《春冰室野乘》,沈云龙主编《近代中国史料丛刊》第六辑,文海出版社有限公司,1967年,第63页。按:于文襄即于敏中,乾隆年间官至文华殿大学士兼军机大臣,系乾隆朝为汉臣首揆执政最久者。
④ 李岳瑞:《乾隆朝万寿庆典之盛》,《春冰室野乘》,沈云龙主编《近代中国史料丛刊》第六辑,文海出版社有限公司,1967年,第32—33页。文襄,为福康安的谥号。福康安为乾隆时期的宠臣,系满清入关以后唯一一位以非皇族身份而封王的。

南洋公学(今交通大学之前身)。继受商务印书馆之聘,编写中学国文、历史等教科书,兼教该馆练习生。入民国,主讲金陵高等师范。继而赴京,任财政部机要秘书。两年后辞归上海,除一度曾任某银行文书外,皆以卖文糊口。自幼多闻祖父讲述官场秘闻,故作品多为掌故性杂记,如《清鉴易知录》《清史野闻》《天京秘录》《三海秘录》《新华秘录》《十叶野闻》《南巡秘记》《京尘闻见录》等。《十叶野闻》,1917年上海国华书局初版;《新华秘记》,1918年上海清华书局初版。

  许指严是学界公认的掌故小说大家,至于其代表作《十叶野闻》究竟是笔记还是小说,学界的认识却并不一致。孙顺霖认为这"是作者整理的史料笔记","以史为经,以文为纬进行编织,条理分明,亦庄亦谐,可读可信。不少史事,挖广掘深,夹叙夹议,能发前人所未发,使诸多疑点得解,贡献颇巨"。[①] 另一位研究者栾梅健则称之为"清王室掌故小说",其中的小说"大都以历史事实为依托,再加以民间传说与个人的想象,生动地表现了众多清王室成员的生活,具有一定的可信性与文学魅力"。[②] 山西古籍出版社则在《导言》中称之为"许指严掌故笔记力作",同时又说许指严"述事记人最善描写渲染,乃是以写小说之纯熟笔法撰掌故笔记的。其记事则情节曲折,扣人心弦;述人则神情毕现,如在目前。加之刻意追述宫廷秘事,寻微探幽,极具欣赏价值,故其笔记最符合'笔记小说'之称"。[③] 那么,《十叶野闻》究竟是"史料笔记"还是"笔记小说"或"掌故小说"呢?

  从《十叶野闻》的实际内容来看,它最关注的是清朝历代皇帝及其宫廷生活。当然,更多时候许指严是对他们予以毫不隐晦的尖锐批评的。如康熙帝虽为"清代之大有为者",但"迨春秋既高,尊荣太甚,精爽渐丧,百弊萌生。于是内而庶孽争权,宫廷树敌;外而奸谀弄柄,金壬纷来,复非初日清明气象矣"。[④] 更大肆渲染所谓"宫闱秘史",如称"清初宫庭督乱,贻讥千古,史臣因而深讳,不敢施一直笔","相传太宗暴毙,乃多尔衮贿内侍毒之"。[⑤]

[①] 孙顺霖:《前言》,《清秘史十叶野闻点注》,孙顺霖点注,河南大学出版社,1991年,第2页。
[②] 栾梅健:《掌故小说大家——许指严》,《苏州大学学报》,1991年第4期,第92页。
[③] 《导言》,许指严:《十叶野闻》,山西古籍出版社,1994年,第1,2页。
[④] 许指严:《拾明珠相国秘事》,《清秘史十叶野闻点注》,孙顺霖点注,河南大学出版社,1991年,第50页。
[⑤] 许指严:《九王遗事》,《清秘史十叶野闻点注》,孙顺霖点注,河南大学出版社,1991年,第7页。

当然,许指严也知道这样的传闻并不可靠,"宫闱事秘,史无佐证,未敢断也",但他对这样的传闻显然是颇感兴趣的。① 所以,在《十叶野闻》中他津津乐道的是诸多宫闱秘事:多尔衮与清太宗皇太极的皇后玉妃及其妹妹、多尔衮福晋小玉妃之间的"艳史",皇太后下嫁多尔衮及多尔衮死、太后到五台山出家的"千古奇闻",顺治帝"以董妃之死,解脱尘鞅,飘然出世",相国明珠为固宠而买来江南"小家碧玉未成年者"欲"进献"给康熙帝,咸丰帝眷恋"四姊妹花"同时又"暗藏""四春",世间尚有《文宗行乐图》流传,"同治帝以游冶致疾",慈禧太后将某伶人召入宫中且"相传慈禧久病,实系生育血崩",诸如此类不一而足。尽管他一再声称这些"宫闱事秘,莫能佐证",却欲罢不能,细致描摹再三,由此不难发现其兴趣之所在。或许,许指严的本意就是把《十叶野闻》当作《西京杂记》《汉武内传》《飞燕外传》一类小说来写,他追慕的本来也是"觚棱梦远""霓羽歌残"。"南巡遗事,不少铺陈;红羊轶闻,尚多粉饰,犹此志耳。"②正因为是小说,所以才以叙事细腻生动为特色。

《十叶野闻》中得自传闻或出于虚构、不足为信的记述颇多,如《九汉外史》的吕四娘故事、鱼娘故事,《鱼壳别传》中鱼壳在雍正夺嫡一事中的所作所为,《四春琐谭》中牡丹春、海棠春、杏花春、陀罗春的故事,以及慈禧太后的"生育血崩"等均是如此。尤其是《垂帘波影录》中关于荣禄与同治帝妃子懿妃"极为相得,居恒往来帷闼,坐谈笑语,了无所忌"以及七格格眼中的懿妃"颜赪神乱"等,恐怕都只能是揣测之词。恰如清代纪晓岚对《聊斋志异》所作的批评:"《聊斋志异》盛行一时,然才子之笔,非著书者之笔也。虞初以下,天宝以上,古书多佚矣。其可见完帙者,刘敬叔《异苑》、陶潜《续搜神记》,小说类也;《飞燕外传》《会真记》,传记类也。《太平广记》事以类聚,故可并收。今一书而兼二体,所未解也。小说既述见闻,即属叙事,不比戏场关目,随意装点。……今燕昵之词,媟狎之态,细微曲折,摹绘如生。使出自言,似无此理,使出作者代言,则何从而闻见之,又所未解也。"③当然,假如我

---

① 许指严:《九王轶事》,《清秘史十叶野闻点注》,孙顺霖点注,河南大学出版社,1991年,第7页。
② 许指严:《十叶野闻自叙》,见章伯锋、顾亚主编《近代稗海》第十一辑,四川人民出版社,1988年,第7页。
③ 盛时彦《姑妄听之·跋》引纪晓岚语,见纪晓岚《阅微草堂笔记》,延边人民出版社,2000年,第393页。

们把《十叶野闻》当作小说而不是严格的"文史笔记"来看待,那么它同《聊斋志异》一样拥有虚构的权利,"随意装点""摹绘如声"也就无足为怪了。

许指严《十叶野闻》(上下卷,1917年上海国华书局初版)颇多采自旧籍,黎俊祥在其博士学位论文《近代史料笔记研究》(以下简称"黎文")中曾做过如下评价:"《十叶野闻》材料来源非常复杂,从其整体来看,既非亲身经历,又非亲见亲闻,甚至于亦不是得自传闻。综观全著文字,是书材料的主要来源是他人著述,即转引或直引他人文字以为己用。作者所'利用'的图籍中,最多的当属《慈禧外纪》。"对此,"黎文"作了较为详细的辨析。"除《慈禧外纪》外,该书辗转相袭他人著作的文字也有多处。如《林夫人书》一则,与1911年刊刻李岳瑞著《春冰室野乘·林夫人书稿》相同。"①其实,《十叶野闻》采自《春冰室野乘》的还有不少。比如《阎文介方正》一篇,尽管许指严称:"同治间,鄙中啧啧道阎文介轶事,谓近世强项者流,无出其右。嗣有友人某述其详,……"②但其叙述的基本事件、其中所涉及的人物乃至部分文字都与《春冰室野乘》相同。此外,《和珅轶事》中前两则与《春冰室野乘·纪和珅遗事》大同小异,《控鹤珍闻》中关于圆明园中春药的传闻则与《栖霞阁野乘》中《圆明园内发现之房中药》如出一辙;而《磨盾秘闻》十二则中,刘铭传冒功事、女将军故事、陈春万之总兵得之意外事、张曜故事、孙金彪故事等五则均与问世较早的《清代野记》等所记颇似,尽管许指严称"此事某先生为予言。先生固昔日之投笔从戎,久历行间者也。先生复谈数事,因并志之",恐怕也仍无法摆脱"剿袭"之嫌。③

---

① 黎俊祥:《近代史料笔记研究——以记载晚清史料的笔记为主》,安徽大学博士学位论文,2011年,第233页。
② 许指严:《阎文介方正》,《清秘史十叶野闻点注》,孙顺霖点注,河南大学出版社,1991年,第138页。按:单行本《春冰室野乘》中《阎文介轶事》系合并原刊于《国风报》第一年第六号的《阎文介公遗事》(署名"春冰")和原刊于第一年第三十五号的《阎文介遗事》(署名"春冰")而成,《阎文介方正》涉嫌剿袭的这一段即原《阎文介公遗事》。据李岳瑞称:"光绪乙巳冬,薄游汉皋,宿汉阳兵工厂。厂吏某君,咸同时旧人也,年七十许矣,犹及事胡文忠,为述文忠及朝邑阎文介公遗事甚悉。"李岳瑞所述"遗事"的来源显然更为具体,其可信度当更高。
③ 许指严:《磨盾秘闻》,《清秘史十叶野闻点注》,孙顺霖点注,河南大学出版社,1991年,第295页。《清代野记》在"例言"中称"所闻之事必书明闻于某人,或某人云"。而该著颇多在文末点明该传闻之来源,如"此张悟荃茂才云""亦范啸云言""光稷甫侍御云""此河内窦甸膏大令为予言"等。

表一　《十叶野闻》与前人著作对照

前人著作	《十叶野闻》相关记载
文介之署鄂藩也，文忠已薨，官文恭为总督，新繁严渭春中丞树森，继文忠为巡抚。严公原籍渭南，盩厔李午山方伯宗寿知武昌府，皆文介乡人也。故事，二司必兼督抚总营务处衔，故能节制诸将领。	先是，胡文忠既薨，官文恭为总督，新繁严渭春中丞树森，继文忠为巡抚，严公原籍渭南，盩厔李午山宗焘知武昌府，皆文介乡人也。夙知文介严峻，咸敬畏之。而官阃茸素著，且多嗜好，惟尚知畏惮正人，不敢自恣耳。故事：二司必兼督抚总营务处衔，故能节制诸将领。
某弁者，文恭之娈童也，文恭宠之甚，令带卫队，且保其秩至副将。某居然以大将自居，恃节相之宠，势张甚，视两司蔑如也。一日帅亲兵数人，闯城外居民家，奸其处女，女哭詈不从，以刀环筑杀之而逸。其父母入城呼冤，府县皆莫敢谁何。文介闻之，大怒，急上谒督署。某弁固知文介之必不赦己也，先入督署，求救于文恭，文恭匿之。有顷，文介已上谒，文恭辞以疾。文介称有要事，必欲面陈，如中堂不可以风，即卧室就见亦无妨。阍者出，固拒之。文介曰："然则中堂病，必有瘥时，俟其瘥，必当传见，吾即居此以待可耳。"命从者自舆中以襆被出，曰："吾即以司道官厅，为藩司行署矣。"卧起于官厅者三日夜。	某弁者，文恭之娈童也。文恭宠之甚，令带卫队，且保其秩至副将。某居之不疑，赫然大将威风矣。平时无所不为，视两司蔑如也。一日，帅亲兵数人，闯城外居民家，奸其处女。女哭詈不从，某以刀环筑杀之而逸。其父母入城呼冤，府县皆莫敢谁何。文介闻之震怒，立上谒督署，索某弁惩治。某弁知文介夙有铁面名，必无邀赦之希望也，先入督署，求救于文恭，文恭匿之。有顷，文介晋谒，文恭辞以疾。文介称有要事，必欲面陈，如中堂不可以风，即卧室就见亦无妨。阍者出，固拒之。文介曰："然则中堂病必有瘥时，俟其瘥必当传见，吾久居此以待可耳！"命从者自舆中以襆被出，曰："吾即以司道官厅为藩司行署矣。"凡卧起于官厅者三日夜。
文恭嘱司道劝之归署，必不可。文恭窘甚，以严李两公，与文介同乡，急命材官延之至，浼其为调人，而自于屏后窃听之。二公譬谕百端，文介终不屈，誓不斩某弁不还署。文恭无所为计，乃自出相见，即长跽，文介岸然仰视，不为动。严公乃正色曰："丹初亦太甚矣！中堂不惜屈体至此，公独不能稍开一面网乎？"文介不得已，则趋扶文恭起，与要约，立斥某弁职，令健儿解归原籍，立启行，无许片刻逗留，文恭悉允诺。乃呼某弁出，令顿首文介前谢再生恩。文介忽变色，叱健儿执诣阶下，褫其衣，重杖四十，杖毕，立发遣以行。事讫，始诣文恭前，长揖谢罪。	文恭嘱司道劝之归署，必不可。文恭始窘，以严、李俱文介同乡，急命材官延之至，浼为调人，而自于屏后窃听之。二公譬谕百端，文介终不屈，誓不得某弁伸国法不止。文恭无所为计，乃自出相见，出即长跽，文介岸然仰视，不为动。严公乃正色曰："丹初亦太甚矣！中堂不惜屈体至此，公独不能稍开一面网乎？"文介不得已，始趋扶文恭起，与要约，立斥某弁职，令健儿解归原籍，立启行，无许片刻逗留。文恭悉允诺，乃呼某弁出，令顿首文介前，谢再生恩。文介忽变色，叱健儿执某弁，诣阶下，褫其衣，重杖四十。杖毕，立发遣以行。历三小时而事毕。始诣文恭室，长揖谢罪。
然文恭由是益敬惮文介，且密疏保奏，俾抚山东。文介之执法不阿，固未易及，而文恭之休休有容，不以私憾废公义，又岂能求之于今日哉？（李岳瑞：《阎文介遗事》，	自是，文恭益严惮文介，然倚重愈甚。久之，密疏保奏巡抚山东。虽为调虎离山计，亦以见文恭之尚能崇拜善人也。（《十叶野闻·阎文介方正》）

续 表

前人著作	《十叶野闻》相关记载
《春冰室野乘》,沈云龙主编《近代中国史料丛刊》第六辑,文海出版社有限公司,1967年,第169—172页。原载《国风报》第一年第六号,1910年4月10日)	
珅伏诛时,谕旨谓其私取大内宝物,此实录也。孙文靖士毅归自越南,待漏宫门外,与珅相直,珅问曰:"公所持何物?"文靖曰:"一鼻烟壶耳。"索视之,则明珠一粒,大如雀卵,雕成者也。珅赞不绝口曰:"以此相惠可乎?"文靖大窘曰:"昨已奏闻矣,少选即当呈进,奈何?"珅微哂曰:"相戏耳,公何见小如是?"	及诛,谕旨中特提谓其私取大内宝物,盖指实事也。初,孙文靖士毅者,自征越南还京,入宫朝觐,方待漏禁门下。适和珅亦至,文靖方手持一物把玩。珅前问曰:"公辛苦远来,必有奇珍,足广眼界。今手中所持者,果何物耶?"文靖曰:"鼻烟壶耳。"索视之,则明珠一颗,巨如雀卵,雕刻而成,不假他饰者也。珅且说且赞,不绝于口。文靖将取还,珅率然曰:"以此相惠,可乎?"文靖大窘曰:"昨已奏闻矣,少选即当呈进。公虽欲之,势难两全,奈何?"珅微哂曰:"相戏耳,何见小如是?"文靖谢之,亦无他言。
阅数日,复相遇直庐,和语文靖:"昨亦得一珠壶,不知视公所进奉者若何?"持示文靖,即前日物也。文靖方谓上赐,徐察之,并无其事。乃知珅出入禁庭,遇所喜之物,径携之以出,不复关白也。其权势之恣横如此。	又数日,复相遇于直庐。和欣欣有喜色,视文靖而笑。文靖以为和挟前嫌,笑不可测也。方竭意周旋,和乃低语曰:"昨亦得珠一颗,今以示公,未知视公所进御者如何?"语次,出珠壶示文靖。文靖谛审之,与所进者色泽、花纹无毫发异点,其为即前日物毋疑。文靖以为必上所赐,敬以奉还,不敢问也。后于左右近臣中询之,绝无赏赉之事。某监乃言彼和相者,出入禁庭,遇所喜之物,则径携之以出,不复关白上,上亦不过问也。
宫中某处陈设有碧玉盘,径尺许,上所最爱。一日为七阿哥所碎,大惧。其弟成亲王曰:"盍谋诸和相?必有所以策之。"于是同诣珅,述其事。珅故为难色曰:"此物岂人间所有?吾其奈之何?"七阿哥益惧,失声哭。成邸知珅意所在,因招至僻处,与耳语良久,珅乃许之。谓七阿哥曰:"姑归而谋之,成否未可必,明日当于某处相见也。"及期往,珅已先在,出一盘相示,色泽尚在所碎者上,而径乃至尺五寸许。成邸兄弟感谢珅不置,乃知四方进御之物,上者悉入珅第,次	又宫中列殿陈设,中有碧玉盘径尺许,上所最爱。一日为七阿哥失手碎之,大惧,无可为计。其弟成亲王曰:"盍谋诸和相?必有所以策之。"于是同诣珅,述其事,珅故为难色曰:"此物岂人间所有?吾其奈之何?"七阿哥益惧,哭失声。成邸知珅意所在,因招珅至僻处,耳语良久,珅乃许之,谓七阿哥曰:"姑归而谋之,成否未可必。明日当于某处相见也。"及期往,珅已先在,出一盘相示,色泽佳润,尚在所碎者上,而径乃至尺五寸许。成邸兄弟咸谢珅不置。乃知四方进御之物,上者悉入珅第,次者乃入宫也。彼恐漏泄秘密,故难七阿哥之请,而成亲王耳语中,有与彼特别交换条件,始获

续 表

前人著作	《十叶野闻》相关记载
者始入宫也。(李岳瑞:《纪和珅遗事》,《春冰室野乘》,沈云龙主编《近代中国史料丛刊》第六辑,文海出版社有限公司,1967年,第79—81页。原载《国风报》第一年第五号,1910年3月31日)	慷慨解囊。珅处处弄权可见。(《十叶野闻·和珅轶事》)
丁文诚官翰林,一日,召见于圆明园。公至时过早,内侍引至一小屋中,令其坐,俟叫起。文诚坐久,偶起立,忽见小几上有蒲桃一碟,计十余颗,紫翠如新摘。时方五月,不得有此,异之。戏取食其一,味亦绝鲜美。俄顷,觉腹热如火,下体忽暴长至尺许。时正著纱衣,挺然翘举,不复可掩,大惧欲死。急俯身以手按腹,倒地呼痛。内侍闻之,至询所苦,诡对以暴犯急痧,腹痛不可忍。内侍以痧药与之,须臾,痛益厉。内侍无何,乃饬人从园旁小门扶之出,而以急病人奏。公出时,犹不敢直立也。(孙静庵:《栖霞阁野乘·圆明园内发现之房中药》,《清代野史》第七辑,巴蜀书社,1988年,第12页。《栖霞阁野乘》1913年由中华书局初版)	咸丰中,贵阳丁文诚官翰林。一日,上疏言军事,上大嘉赏,特命召见。上方驻跸圆明园,文诚于黎明诣朝房,候叫起。时六月初旬,天气甚热。丁方御葛衫袍褂,独坐小屋内。忽顾见室隅一小几,几上置玻璃盘一,中贮马乳蒲桃十数颗,极肥硕,异于常种,翠色如新撷者。私讶六月初旬,外间蒲桃结实才如豆耳,安得有此鲜熟者?方渴甚,遂试取一枚食之,觉甘香□异常品,因复食二三枚。俄顷腹中有异征,觉热如炽炭,阳道忽暴长,俄至尺许,坚不可屈,乃大惊。顾上已升殿,第一起入见已良久,次即及已。无如何,则仆地抱腹,宛转号痛,内侍惊入视之,问所患,诡对以痧症骤发,腹痛欲裂,不能起立。(《十叶野闻·控鹤珍闻》)

不仅如此,《十叶野闻》在史实方面也存在较多的错误,如称荣禄为慈禧之侄并参与了辛酉政变,圆明园被焚后恭亲王奕䜣等同英法议和因英方代表巴夏礼"倔强不逊"而将其"执而缚之,送刑部狱",慈禧以"投名之法"择立光绪帝,光绪帝曾在正大光明殿与康有为密谋"围园锢后",陈夔龙是庆亲王奕劻的"干婿"和"特别捐客",这些记载或张冠李戴,或纯属传闻毫无依据,都是无法作为史料的。①

此外,《十叶野闻》还有前后重复、自相矛盾等不足。如《圆明园修复议》叙同治帝欲杀恭亲王奕䜣等事,到《垂帘波影录》中几乎原封不动地复述一遍。

---

① 黎俊祥:《许指严〈十叶野闻〉辨误》,《池州学院学报》第24卷第1期,2010年2月。

表二　《十叶野闻》自我重复举隅

时穆宗好治游，耽嬉戏，与成人异趣。凡蹴鞠、蹶张诸戏，无不习之。清制：宫中内监有职业服役外，如弄舟、演剧、异舆等，悉内监为之。穆宗喜舞剧，尤喜掼交。掼交须身体灵活，年稍长辄不能，载淳亲教小内监为之。初习时用板凳，小内监横卧其上。上以手按其腹，俾圆转如连环，体若稍僵，则用手强按之，死者比比。其精者则掼交能至数十度，铮然有声而弗息。一时风尚，自梨园供奉，讫各行省，无不喜演剧、掼交，实自穆宗宫中始也。（《圆明园修复议》）	同治帝……最好与健儿角技，凡蹴鞠、蹶张之戏，无不能……初，清制于宫中内监有职役服业外，兼许练习弄舟、异舆、演剧等事。至同治帝时而内监某者，别创新法成舞剧，名曰："掼交"。初习用一板凳，命小内监横卧其上，帝乃以手按其腹，俾圆转如连环。体稍僵，则用手强按之，然因是致死者比比也。其精者则不用板凳，随手为之掼交至数十度，铮然有声，久而不息。……一时风尚所煽，梨园争效之。由内廷供奉以推各省，于演剧无不喜掼交，所谓上行下效也。（《垂帘波影录》）
恭亲王方当国，毅然欲力争。一日叩宫门请见，穆宗知为园事也。问曰："若来，亦为谏阻园事乎？"……穆宗默然良久，卧榻上。王更言祖制不可失，历数所以训俭者。时穆宗好着黑衣，谓曰："尔熟谂祖训，于朕事尚有说乎？"王曰："帝此衣即非祖制也。"因诫穆宗勿微行，引白龙、余且事释之。穆宗曰："朕此衣与载澂同色，尔乃不诫澂而谏朕，何也？尔姑退，朕有后命。"旋召大学士文祥入，且坐正殿曰："朕有旨，勿展视，下与军机公阅，速行之。"文祥知其怒，拆视，则杀王诏也。文祥碰头者再三，请收回成命，穆宗终不怿。文祥退，乃叩太后宫，泣诉之，太后曰："尔勿言，将诏与予。"杀王之事乃寝，而圆明园修复议，亦因之暂搁。（《圆明园修复议》）	恭王既禁载澂，乃入谏帝，藉圆明园事以讽。帝曰："尔熟祖训，于朕事尚有所说乎？"王曰："帝所服衣，即非祖制也。"因诫勿微行，历引史事遇险以为证。帝怒曰："朕此衣与载澂同色，尔不诫澂而谏朕，何也？"恭王历陈责禁载澂于家，且及病发垂毙事。帝曰："尔乃致死载澂耶？何无父子情也？尔姑退，朕有后命。"旋召大学士文祥至，帝坐正殿，见之曰："朕有旨，勿先行展视。下与军机公阅，速行之。"文祥知其怒，私行拆视，则杀恭王诏也。文祥复入，碰头再三请，帝终不怿。文祥退，疾叩太后宫，泣诉之。太后曰："尔勿言，将诏与予。"杀王之事乃寝。（《垂帘波影录》）
又庚子之变，日本军拔帜先登，首据颐和园，以保护为名，盖踵庚申英法联军故事：入据圆明园，园中宝藏悉为两国所获，约分三等：高等归献国主，次则各军官军士分得，最次乃左近无赖贫民劫得之。庚子之颐和园亦然。当日本军之撤回也，除宝藏勿计外，实装载马蹄银三轮船有半。各邦责难，仅斥一小军官，而银遂尽入东京之库藏矣。又闻当时宫中金库，在戊子岁已有八巨柜。（《圆明园修复议》）	庚子联军之入都也，日本由大沽拔帜先登，首据颐和园，以保护为名。盖踵庚申英法联军故事：圆明园宝藏，悉为二国所获，分三等收取。高等归献国王，次由各军官、军士分得，最次则左近无赖贫民得之。除宝藏勿计外，实装载马蹄银三轮船有半。各邦起而责难，仅斥一小军官，而银遂尽入于东京之国库矣。……闻宫中金库悉储金，戊子岁已有八巨椟之富。（《控鹤珍闻》）

至其自相矛盾之处，"近代稗海"丛书版"说明"中已指出："如写同治'实染梅毒，故死时头发尽落也'，而在另一处则说'以痘疾竟致不起，人传为花

柳病者实非也'。再如,本书记有在'醇王府伐树,有蛇飞出',而在《三海秘录》中地点则记为'瀛台东','或曰醇王府中伐树,有蛇飞出,殆传闻之讹也'。恐怕作者所依据的传闻不同,且有闻必录,不加考证。"①此外,《圆明园修复议》称英法联军进攻北京时,咸丰帝"方与四春行乐,骤闻变,体已羸惫不能兴。某大臣强扶之入舆,一切未及筹备。那拉后知上幸热河,追踪而往。四春为其党所扼,不及行也。文宗精神恍惚,加以惊恐不能相顾,四春遂为乱兵所蹂躏矣"。② 而在《四春琐谭》中所叙四春的结局与此迥异:牡丹春在"英法联军变起"时"贿通内侍,……乃改服装,杂西后宫女中出,竟得脱归吴下,嫁一士人为妻";海棠春则在入圆明园后"郁郁致疾,玉损香销,未及遘焚园之惨也";圆明园被焚时,杏花春"以金多,为西后侍者所垂涎,竟戕之而夺其所有";陀罗春在"焚园之日","投池死"。③

又如《鱼壳别传》中记述雍正帝与大盗鱼壳的关系时,称雍正帝"既即位,乃使于清端访之,以清端有治盗名也"。④ 案:于清端即于成龙,早在康熙二十三年即雍正帝继位近40年前就已病逝,又如何能奉雍正帝之命访拿鱼壳呢?再如,许指严叙述慈禧与荣禄之关系时称:"慈禧之用荣禄,以排摈载垣、端、肃之阴谋,深资臂助。"经查,荣禄在咸丰帝死时不过是"直隶候补道",辛酉政变后赏五品京堂,充神机营文案处翼长,根本不具备"排摈载垣、端、肃之阴谋"的资格。⑤

此外,《十叶野闻》中不少故事还带有非常浓郁的传奇色彩甚或神魔色彩。如《夺嫡妖乱志》叙胤禛夺嫡故事即是一例。为了"笼络在野之不轨者,以备推倒储宫",胤禛"常只身走江湖"。他在嵩山从少林僧习武,回京途中

---

① 《十叶野闻·说明》,章伯锋、顾亚主编《近代稗海》第十一辑,四川人民出版社,1988年,第4页。关于同治帝的死因,前一种说法见《圆明园修复议》,后一种说法见《控鹤珍闻》。实则《十叶野闻》还有两处提及同治帝之死,《垂帘波影录》称同治帝"其病实染毒疮,死时头发尽脱落",《孝贞后》中称"同治帝以游冶致疾,遂夭其年"。看得出,许指严在撰述时态度确实不够谨严,根本无意对这些传闻的可靠性进行考辨。
② 许指严:《圆明园修复议》,《清秘史十叶野闻点注》,孙顺霖点注,河南大学出版社,1991年,第105页。
③ 许指严:《四春琐谭》,《清秘史十叶野闻点注》,孙顺霖点注,河南大学出版社,1991年,第142、144、147、149页。
④ 许指严:《鱼壳别传》,《清秘史十叶野闻点注》,孙顺霖点注,河南大学出版社,1991年,第86页。
⑤ 许指严:《垂帘波影录》,《清秘史十叶野闻点注》,孙顺霖点注,河南大学出版社,1991年,第153页。

以少林僧所授铁杖击毙了恃强凌弱的太子宾客，因而与太子结怨。回到北京后，太子派人前来报复：

> 夜遣剑客入邸，将刺胤禛。一喇嘛方侍胤禛诵经，见窗外有白光如匹练，上下无定。胤禛怪之，令喇嘛就视。喇嘛曰："否！否！吾已遣某力士办之矣。"比晓，院中树枝皆如削，所蓄之猎犬，尽失其首，如骈戮者然，而数十武外小园中，有武士横尸焉。……
>
> 是夕，大风自西来，屋宇震摇，金铁鸣动，空中战斗声甚厉。居民咸闻之，莫知其所由来也。……
>
> 太子知雍邸所为也，积不能平，遍召门下客，谓之曰："今夕不杀胤禛，与诸君不复相见。"门下客忧惧，计无所出。有与胤禛之客善者，以告。……（胤禛）束装将行，会有奇士自蜀中来，愿见雍邸。胤禛速使之入，则前游所遇之友也。留与饮食，谈技击诸术，风起泉涌，顾终不及心事。奇士作色曰："皇子有急难，奈何不告我？"胤禛问："何以知之？"奇士曰："闻青宫新自海外得一术人，能以铁冠取人首于百里外，今晚殆以决议施之皇子矣。如能不为所杀，且夺其冠，则他日可取以治贪官污吏，人皆不敢犯法矣。天不绝殿下，使吾闻之，方得有此预备也。"胤禛问："奈何？"奇士曰："彼以喇嘛咒语为护符，施此魔术。今吾侪都以贝叶蒙首，则铁冠必来而复去。吾先于庭外张一袈裟，如张网状，铁冠必跌落其中，吾党可收之，以为后日之用也。"胤禛从其言，果得铁冠。……
>
> 时太子以铁冠术不效，闻胤禛仍无恙，恚恨成疾。大喇嘛入请曰："吾能以阿肌稣丸治殿下疾。"……太子信之，乃命大喇嘛出丸进服。胤禛遍赂青宫上下，无一人与大喇嘛为敌者。于是太子以孤掌之难鸣，受易性之狂药，虽有知者，莫为之白矣。阿肌稣丸者本媚药，或兴奋剧而兹，则羼入猛烈之品，能使脑力失其效用，神经中枢为过度之激刺，亦不能制。其百体，其形态遂类颠狂。……圣祖遣人视之，则已不复能成礼，且已失一切知觉，动则骚攘如犷兽，静则昏昏如负重疾。
>
> 此后，太子被皇后召入宫中，"令择静室居之，日以功德水进饮，神

思渐清,颠狂亦稍杀"。"太子乃言服某喇嘛丸,遂失知觉,以后即昏昏如在醉梦间也。"康熙帝诘问国师,国师称"此必奸人播弄,欲离间兄弟耳",可以"设坛作法,使彼二人各至坛前,自相质问"。

及夜中,胤禛果至,以皮冠蒙首,状极委惫,见后伏地不起。圣祖略有所诘,奏对极凄惋。太子入,见胤禛,色赧暴怒,诟厉不止。旋坛上有振锡声,如使之跪。太子忽颠蹶,乃悃然自述欲杀胤禛状,且历举所杀侍卫及喇嘛徒众,状至可怖。是时阴风猝起,燎烛皆作惨绿色,宫中皆闻鬼声。圣祖以倦怠悚惕而退,皇后等皆废然返宫。妃嫔奉太子下,则又昏然不省人事矣。自是昏瞀哗噪,一如前时,不复有一隙之清朗矣。

后文叙及胤与雍正帝之争时又提到所谓"婆罗门灵蛇阵",同样带有无法解释的"怪力乱神"色彩。

胤为少林僧入室弟子,善技击,常窘辱胤禛。……胤禛衔之,欲使喇嘛以术杀之。既而,喇嘛语胤禛曰:"彼身常佩达赖第一世所发之金符,不易近也。"胤禛曰:"可夺取之乎?"喇嘛曰:"不能。惟诱之御女,则可篡取之耳。"胤禛乃使小奄狡黠者,导之微行,为狭邪游。胤故好色,果沉迷粉黛中。胤禛遣人取其符,将杀之。忽其口中吐出多量之金蛇,盘旋飞舞,令人目眩,刀剑尽为所却,卒不能伤。胤禛大骇,以问喇嘛,曰:"此婆罗门灵蛇阵也。彼为国师所教,业已入室,不可与争。"①

综而言之,从作者的主观意图以及《十叶野闻》实际运用的叙事手法来看,《十叶野闻》显然是比较典型的"掌故小说"或"宫闱小说",或可称之为"文史掌故",却绝非"史料笔记"。

---

① 许指严:《夺嫡妖乱志》,《清秘史十叶野闻点注》,孙顺霖点注,河南大学出版社,1991年,第58—63、66—67页。

第三节　徐一士：民国文史札记的集大成者

1929年7月7日,天津《大公报》副刊《国闻周报》(后转上海刊行)第6卷第26期开始设《凌霄一士随笔》专栏,逐期刊登掌故文章。同一期还设了《曾胡谭荟》栏目,专谈有关曾国藩、胡林翼的掌故,署名"凌霄一士",也是逐期发表,截止到第7卷第4期,共刊登了26期。而《凌霄一士随笔》则一直连载8年有余,到1937年8月9日第14卷第31期为止,后因日寇侵华影响而停止。

《凌霄一士随笔》的实际作者是徐一士。徐一士(1890—1971),原名仁钰,祖籍江苏宜兴,自幼随父游宦山东,1910年毕业于山东高等学堂,经学部考试后授予举人称号(时称洋举人)。其伯父徐致靖,堂兄徐仁铸、徐仁录、徐仁镜,都是戊戌变法中的重要人物,变法失败后,徐致靖被判绞监候,徐仁铸被判革职永不叙用,不久即忧愤而死。徐一士从孩提时代起即接受变法维新和民主革命思想的教育与熏陶,并亲身经历当时社会惊天动地的巨变和家庭遭受的巨大打击,促使他们决心利用自身的学识和文笔,积极投入关系国家命运的社会改革运动中去。辛亥革命前后,与胞兄徐凌霄相继步入新闻界,开始写通讯报道和评论,不久即专事掌故笔记撰述,历40年不辍。1924年起在北洋政府农商部矿政司任职,1928年起任中国大辞典编纂处编纂,并先后在平民大学新闻系、盐务专科学校、北京国学书院兼任讲师、教授。在此期间,从未间断文史掌故的研究和著述。[①]

除《凌霄一士随笔》《曾胡谭荟》外,徐一士还有《一士类稿》《一士谭荟》等文史札记著作,这些著作共同构成了徐一士的文史札记系列。

在徐一士《一士类稿》初版时,好友瞿兑之曾撰有长序,对掌故之为学问予以梳理,并对徐一士的文史札记给予了高度评价:

他绝不是像普通人所想象的那样掌故家,然而就其治掌故学的能力而

[①] 此处关于徐一士的生平情况参考了徐禾:《亦佳庐小品·选编后记》,见徐一士:《亦佳庐小品》,北京出版社,1998年,第369—370页。

论,的确可以突破前人而裨益后人的地方不少。……第一他富于综合研究的能力。……第二他能博收材料。他的谈掌故,好像取之于笔记及小说者甚多。然绝不仅以此为对象。其所驱遣自正史以至集部,旁及外国名著时人杂纂,凡有所见均能利用。甚至旁人视为毫无价值的,经他的利用也无不恰当。第三他有极忠实的天性。……他的读书作文,不肯一字放过,不肯有一字不妥,是天赋以治掌故的极好条件。……第四他有绝强的记忆力。……第五他有侦探的眼光。每于人所不经意的地方,一见即能执其间隙。……有了这些特长,所以他的成就可以说是掌故家从未到过的境界,也可以说自有徐君,而后掌故学可以成为一种专门有系统的学术,可以期待今后的发展。①

而山西古籍出版社在《凌霄一士随笔·导言》中则对其内容作了如下概括:"《凌霄一士随笔》的内容十分丰富,概而言之,可分如下几个方面:一、排比资料,记述近现代史上朝野重要人物的轶事,探析其性情之微及各类人物间关系。此颇类正史的传记。""二、甄述清代科举制度演变历史,列谈科举轶事。在徐一士看来,科举乃士人进身之途,富于平等精神,文人学士成于斯,败于斯,充满悲喜色彩,甚而有关学问风气、社会演变,故极为重视。科举制度历来与授官相关,故多连类述之。""三、留意官制沿革与官场遗事,力图理清清末民初官僚派系纷争的脉络。"②

假如对徐一士文史札记作综合考察的话,可以发现,其内容大致包括以下五个方面:

(一)"人物述林",评述清末民初各界重要人物,而以朝廷重臣、文坛名家为主。朝廷重臣如左宗棠、骆成骧、荣禄、张之洞、袁世凯、刚毅、王士珍、段祺瑞、孙传芳、吴佩孚、徐树铮等,都属足以影响中国近代史的关键人物;文坛名家如章太炎、王闿运、李审言、李慈铭、陈三立、梁启超、胡适等,则是近现代文学史上必须浓墨重彩予以描画的人物;此外如赛金花、梅巧玲,也都是文史札记中津津乐道的人物。

---

① 瞿兑之:《一士类稿·瞿序》,《近代稗海》第二辑,荣孟源、章伯锋主编,四川人民出版社,1985年,第16—17页。
② 《凌霄一士随笔·导言》,见《凌霄一士随笔》(一),山西古籍出版社,1997年,第4—7页。

(二)"旧闻杂忆",杂记清末民初的逸闻轶事。如清末的对外关系、戊戌政变中的佚闻、汪精卫谋刺摄政王、江西巡抚冯汝骙与布政使沈瑜庆之争、关于端茶送客的习俗以及南方农村的婚姻陋俗等等,徐一士都有所记录、辨析。

(三)"湘军谈荟",记述湘军诸将领的轶事。从曾国藩、左宗棠、胡林翼、彭玉麟、杨岳斌等所谓"同治中兴"的功臣到程学启、江忠源、刘长佑,其事迹、功过是非在《凌霄一士随笔》中都有记录。

(四)"典制丛谈"。从历代职官到晚清的官制改革,从总理衙门设立同文馆竟招致众多士大夫反对的故实到有清一代杭州旗营的历史,从言官的职责到官员顶戴的颜色,徐一士也都曾详细予以讨论。

(五)"科举故实"。这方面既有从大处着眼的科举制度溯源、科场规矩、"科举之重文轻武"等,也有小处着眼的名人应试遗闻、应试心理、科举梦异、命题错误乃至对某次科考的记述、对八股文的评价等。

文史专家金性尧对徐一士的文史掌故评价颇高,他认为:"徐先生治掌故有三大优势:健于记忆;善于综合;精于鉴别。从他引用的史料来看,除了少量的手札等外,大都是常见的书。他的每一篇谈掌故的文章,大部分是在做文抄公,自己着墨不多。看的人就需要耐性。然而凡所议论,颇为精到通达,通达是指不偏激不迂腐;特别是对前人记载中的谬误而又有关典制的,他都能一一纠辨,这也是测量掌故学者功力的一个重要标志,茶余酒后的谈助当然也不可废,究非掌故之堂奥。"①

事实上,无论前述哪一类札记,徐一士的兴趣都不在于记述某一轶事趣闻,更多时候他要对这些轶闻遗事进行辨析,从中得出自己的结论。或者说,徐一士有着明确的"羽翼正史"的意图。在《凌霄一士随笔》的《自序》中,徐一士说:

> 笔记体类至繁,或辨异同,或传人物,或系掌故,或采风俗。所期不违乎事实,而有益于知闻。……在昔专制之朝,王者为防反侧,以非礼

---

① 金性尧:《说着同光已惘然》,《读书》1994年第8期,第137—138页。

示其权威。朱元璋以"殊""则"二字,辄行杀戮。胤禛、弘历,踵其故智,迭兴文狱。故以当时之人,而为私家之著作,处境綦难,有时饰为颂扬,良非得已。至清之既亡,则野史如林,群言庞杂,秽闻秘记,累牍连篇,又过于诞肆,楚则失矣,齐亦未为得也。

　　清史设馆于民国初元,迄于昨岁,始有一《史稿》刊行。虽传志表谱,略具规模,而取材循官书文件之旧,评赞多夷犹肤饰之词。盖与斯役者,多胜代遗臣,词曹故吏,拘于俗例,势所必然,以云史笔,则无当矣。居恒窃念,有清一代,专三百年中华之政,结五千年专制之局,为世界交通新陈代谢之窔键,是非得失,非止爱新一姓所关,辄思爬梳搜辑,贡一得之愚。年来分载平、津、沪报章者,尚未尽其什一,继兹以往,当赓续前绪,以竟全功。其他珍闻俊语,文苑艺林,有可以佐谈广益,亦所兼收,不限于掌故一端,用符随笔之体。惟思科举抡才,台谏肃政,法良意美,昭于前朝,而复为近时五权宪法创制之根据,故拟特为注重,审其沿革,辨其利弊,冀为研讨者一助焉。①

　　不难看出,徐一士在动笔之前,就已经立下致力完善清史编纂的宏大志愿。在《凌霄一士随笔》连载的过程中,徐一士一直在为此广集资料,这才终于为世人留下了这部皇皇巨著。

　　基于此,《春冰室野乘》颇留意前人的相关著述并注意进行鉴别分析。在《凌霄一士随笔》中,徐一士曾征引的典籍、文献达数百种之多,包括野史笔记、小说诗词、尺牍碑刻、日记书函,仅保存资料之功即不可没。其中从宋代沈括的《梦溪笔谈》、袁褧的《枫窗小牍》、陈正敏的《遁斋闲览》,以迄清代前中期王士禛的《香祖笔记》、纪昀的《阅微草堂笔记》、梁章钜的《浪迹丛谈》和《归田琐记》。至于清末民初的作品就更多了,如李元度《国朝先正事略》、陈康祺《郎潜纪闻》、冯桂芬《校邠庐抗议》、俞樾《右台仙馆笔记》、陈其元《庸闲斋笔记》、姚元《竹叶亭杂记》、薛福成《庸庵笔记》、高照煦《闲谈笔记》、王伯恭《蜷庐随笔》、陈锐《裛碧斋联话》、徐宗亮《归庐谭往录》、江庸《趋庭随

---

① 徐一士:《自序》,《凌霄一士随笔》(一),山西古籍出版社,1997年,第8—9页。

笔》、文廷式《知过轩随录》、胡思敬《国闻备乘》、李岳瑞《春冰室野乘》、陈恒庆《归里清谭》、林纾《铁笛亭琐记》(即《畏庐琐记》)、王照《方家园杂咏纪事》、甓园居士(刘焜)《庚子西狩丛谈》、吴沃尧《趼廛笔记》、署"醒醉生"的《庄谐选录》,以及曾国藩、翁同龢、王闿运、李慈铭等人的日记,《二十年目睹之怪现状》《官场现形记》《孽海花》等小说。同时代人的作品则有平斋《春明梦录》、黄濬《花随人圣庵摭忆》、枝巢子(夏蔚如)《旧京琐记》、范烟桥《鸱夷室杂缀》,以及鲁迅《中国小说史略》、周作人《中国新文学源流》、钱基博《现代中国文学史》等等,可谓琳琅满目。而徐一士见闻之广博于此可见一斑。

  在前人著述中,《春冰室野乘》是徐一士征引较多的。比如在《倭仁反对用夷变夏》中,徐一士就引述了《春冰室野乘》中的《倭文端沮开同文馆》,认为其中所说"词馆曹郎,皆自以下乔迁谷为耻,竟无一人肯入馆者"一段话。徐一士认为,李岳瑞的说法同李慈铭日记中"又群焉趋之"的说法迥异,但揆诸当时舆论,自以李岳瑞所说"较确",因为连任职于总理衙门都会被当作"洋鬼子",而"同文馆学生之视总理衙门章京,地位又有间矣",所以"当时翰林及科甲京曹固多不乐就学于此"。① 当然,对其中的舛误和不合理的说法,徐一士也进行了辨正。徐一士认为《春冰室野乘》可供掌故史料之考镜,惟颇喜袭取前人记载"。② 如《春冰室野乘》记载,康熙时某侍卫被封为荆州将军。"诏下,妻子皆狂喜,而某独不乐,戚友来贺者,辄对之痛哭。骇问其故,则曰:'荆州要地,东吴之所必争,以关玛法之智勇,尚不能守,何况于我,此去必死于东吴之手矣。'"③徐一士发现,类似的故事早在嘉庆道光年间的姚元之《竹叶亭杂记》中有记载。"同一传说,而记载稍歧其时代,意者岳瑞所记,即本元之,而更略加渲染,时代则误忆康熙耳。"④再如《春冰室野乘》中有关于和珅"每日晨起,以珠作食,服珠后则心窍通明,过目即记"的记述,⑤徐

---

① 徐一士:《倭仁反对用夷变夏》,《凌霄一士随笔》(四),山西古籍出版社,1997年,第1309页。
② 徐一士:《满人无知一例》,《凌霄一士随笔》(三),山西古籍出版社,1997年,第1130页。
③ 李岳瑞:《奏疏纰缪》,《春冰室野乘》,沈云龙主编《近代中国史料丛刊》第六辑,文海出版社有限公司,1967年,第309—310页。关玛法,即关羽。
④ 徐一士:《满人无知一例》,《凌霄一士随笔》(三),山西古籍出版社,1997年,第1130页。
⑤ 李岳瑞:《纪和珅遗事》,《春冰室野乘》,沈云龙主编《近代中国史料丛刊》第六辑,文海出版社有限公司,1967年,第82页。

一士也提出了不同的看法:"以珠之为物,无论如何食之,决无此种奇效也。……食玉之说,本属荒诞,益以食珠,诞亦如之。至李岳瑞所引埃及女王食珠事,本是小说家有意结撰,更不必取作穷奢极汰之比较也。"①《春冰室野乘》还曾评价阎敬铭死后仅"赠太子太保"一事:"及其薨也,乃仅赠太子少保衔,一切辅臣恩泽,俱不得与。故事,辅臣身后必晋三公,即不能,亦当赠太子太师。今以一品大臣,而身后饰终之典,乃以二品衔予之,国朝二百年间,盖公一人而已。"徐一士认为,阎敬铭"以故相赠太子太保衔,未为优异",但李岳瑞所论"则非是":"有清大学士赠太子太保衔者,屡有之,岂仅一人?辅臣身后何尝必赠三公或太子太师?"比如,光绪年间拜武英殿大学士的文煜就曾"追赠太子太保衔"。"宰辅而得此赠,实甚习见。""此类荣典,若与本官较品级,则大学士正一品,太子太师从一品,亦属降级,而尚书等从一品官恩加太子少保衔者,均可以贬谪论矣!"②徐一士的看法显然是更合理的。

  在对这些谬误进行分析辨正时,徐一士往往旁征博引,而读者自然能够从相关的历史记述中发现真相。比如历代笔记中常见的"因奸杀人案",徐一士就作了详尽的考察。徐一士首先引述了林纾《铁笛亭琐记》中一段"因奸杀人"的故事。不过,林纾对这个故事的真实性有所怀疑,不知道其门人范开伯何以知之。徐一士指出:"此类情节,在说部中实前有之。"他举俞樾的《右台仙馆笔记》为例,认为两者的记载"虽结果不侔,而情节宛同处甚多,未免巧合太奇,令人难信"。而且"他小说更时有与此类似者,要皆一种传说相衍而成者也"。徐一士随即引录了唐代沈亚之《冯燕传》的故事,"与俞、林所记者,情事稍异,而结果则与俞记正同"。"若夫杀机生于索帽,固莫不吻合也。"徐一士认为,《冯燕传》"殆此种传说流衍千载之滥觞"。他还进一步评论道:"又小说中因奸致杀之案,每喜涉及屠夫、皮匠,亦甚可笑。"③

  对国外关于中国的著述,徐一士同样也会本着实事求是的态度予以纠正。在《〈慈禧外纪〉之失误》中,徐一士说:"外人谈中国事,每有隔膜。如英人濮兰德、白克好司所著《慈禧外纪》搜集材料,盖煞费苦心,而不免可笑之

---

① 徐一士:《和珅食珠辨》,《凌霄一士随笔》(一),山西古籍出版社,1997年,第367页。
② 徐一士:《阎敬铭身后恤典之辨》,《凌霄一士随笔》(三),山西古籍出版社,1997年,第1033页。
③ 徐一士:《因奸杀人案》,《凌霄一士随笔》(三),山西古籍出版社,1997年,第751—754页。

处。"如其中记"同治帝逝后议立新君",竟然称当时慈禧采用了"投名法"。"慈禧曰:'可以投名法定之。'……"徐一士认为这样的说法"尤为诞谬,读之令人发噱"。徐一士还分析了之所以会出现此类笑柄的原因,"殆著者习于立宪国议院票决大政之制,遂以为光绪帝之立亦由群臣投票选举也"。①

《凌霄一士随笔》记述、评说历史,常常是有着明确的现实关怀的。据李元度的《方望溪侍郎事略》记载,方苞之母患病,"天子赐医"。方母却因为需要"视面按脉"而不愿就医:"我虽老,妇人也,可使医者面乎?"方苞说:"君命也。"方母这才"闭目,命搴帷,颜变者久之"。徐一士不由得发出了这样的感慨:"理学名臣之母,拘谨一至于此,亦何其太甚乎?……宋儒讲学,实有不近人情处,若方母者,其一例已。方母之面,不能令男子窥,而其子申以君命,乃万不得已,而使医者望见颜色。观其闭目变颜之态,其内心之苦痛可知。然君命可以强理学名臣之母所难如是,且口颂圣恩良厚焉,是亦宋儒提倡尊君之成绩耳。(古人君臣之际,本不甚严,所谓合则留,不合则去也。……自宋儒严申三纲之说,君之于臣,其关系乃迥异寻常矣。)今之痛辟礼教者,如读此节,得无益生'吃人的礼教'之感耶?"其实,早在清初,就有嘉善县的一位闺秀魏于云提出过这样的观点:"人生天地间,肖形造物,同此六尺躯,不知何故倏分男女。无论身名事业,让与男子做;即欲高谈雄论,谢女道韫之设青帷帐,为小郎解围,今日亦不可得。……稍不遵守,即犯逾闲之戒。呜呼,何其苦哉!"这样的思想无疑具有"争男女平等之意,可谓当时富于解放思想之女子也。假令方母读之,必以即此一念,已足为离经叛道名教罪人矣!"②徐一士是为方母这样的女性深感悲哀的。尽管徐一士的文史札记仍是文言体,其思想观念却是与时代同步的。

值得重视的还有徐一士的文物保护思想。针对当时山东省政府"为破除迷信计,实行打倒神像"的行动,徐一士认为:"破除迷信,要为当务之急,神权之能有裨于乡愚之道德者,已至鲜,而所受迷信之害,实甚巨。铲除神权,挽回颓波,在号为革命政府者,宜不能视为缓图。"但同时他又强调,"其

---

① 徐一士:《〈慈禧外纪〉之失误》,《凌霄一士随笔》(一),山西古籍出版社,1997年,第49—50页。
② 徐一士:《方苞之母严守妇道》,《凌霄一士随笔》(一),山西古籍出版社,1997年,第91—92页。

实今日乡愚迷信神权,多偏重于祈福免罪,求子得财,与古代神道设教之意,已不相侔"。他引用了乾隆帝答某"御史奏请沙汰僧道"的诗:"颓波日下岂能回,二氏于今亦可哀。何必辟邪独泥古,留资画景与诗材。"徐一士认为:"今之神像,或可作如是观。"所以,他建议"于各地神庙神像,辨其有无古迹美术等之特性,以为毁留之标准。其留者且不妨酌为修葺,以保存古物之原则,妥为保存,俾考古审美之士,藉为研究之资料;其涉于迷信之举动,则劝导乡愚,永革陋俗,斯为两全之道耳"。① 对于泰安蒿里山阎王庙被山东省政府所废,"泥像悉捣碎铺路"的举措,徐一士深表惋惜:"愚意此种人间地狱,亦社会迷信心理之一结晶品,未尝不可资研究民俗历史者之考镜,其光怪陆离之泥像,或亦含有美术意味,可作鬼趣图观。当时若将保存旧迹与破除迷信分别为之,使两不相妨,不更善欤?"② 徐一士的文物保护观念,即使在80余年后的今天也仍然是值得借鉴的。

综观以《凌霄一士随笔》为代表的徐一士文史札记,卷帙浩繁、内容广泛、思想深刻是其主要特点,也是其葆有长久生命力的奥秘之所在。在此意义上,徐一士堪称现代文史札记的集大成者。

---

① 徐一士:《铲除神庙说》,《凌霄一士随笔》(一),山西古籍出版社,1997年,第70页。
② 徐一士:《敬祀阎王庙之风俗》,《凌霄一士随笔》(一),山西古籍出版社,1997年,第74页。

十四 通俗作家的新旧体诗歌

(钱继云 张元卿等)

第一章　论胡怀琛的"新诗"　　　　　　　　　钱继云　629
第一节　论胡怀琛的《大江集》及其诗歌理论　　　631
第二节　与胡适《尝试集》的论争及其影响　　　　640
第三节　现代小诗与民谣对新诗的影响　　　　　　646
第四节　以中化西：比较视野内的诗学交汇　　　　652

第二章　论李涵秋的《沁得阁诗集》　　　　　　　伍大福
——摇荡性情与抒写物理：沁香阁诗的寒士情怀　　657
第一节　沁香阁诗概说　　　　　　　　　　　　　658
第二节　前期多以绮语呈疏狂　　　　　　　　　　659
第三节　后期多以平淡蕴沉郁　　　　　　　　　　667
第四节　沁香阁诗的诗学渊源　　　　　　　　　　683

第三章　刘云若诗歌论　　　　　　　　　　　　　张元卿　687
第一节　《津门鼓娘小选》之典范意义　　　　　　688
第二节　诗以纪事　　　　　　　　　　　　　　　692
第三节　时作不平鸣　　　　　　　　　　　　　　699
第四节　君是诗中霹雳手　　　　　　　　　　　　703

第四章　张恨水旧体诗词论　　　　　　　曾娟　袁志成　711
第一节　张恨水的旧体诗词创作　　　　　　　　　712
第二节　张恨水旧体诗词与报刊　　　　　　　　　715
第三节　张恨水小说中的旧体诗词　　　　　　　　717
第四节　张恨水旧体诗词创作主旨　　　　　　　　725
第五节　张恨水旧体诗词观念：温柔敦厚　　　　　728
第六节　张恨水旧体诗词的艺术特征　　　　　　　731

第一章 论胡怀琛的"新诗"

钱继云

胡怀琛(1886—1938),字寄尘(原名有怀,字季仁),安徽泾县人。在传统与现代、新与旧交织碰撞的大时代,胡怀琛的文学道路具有重要的启示意义。胡怀琛早慧,幼有文名。据其兄胡朴安记载,"七岁写作五言诗,九岁能辨四声,盖诗才具有天性也"。11岁时应童子试,不愿答策文等试题,只赋诗云:"如此抡才亦可怜,高头讲章写连篇;才如太白也遭谪,拂袖归来抱膝眠。"狂放不羁个性初显;后再应童子试时,"不避清帝讳,被黜","遂痛恨科举,不再事八股文及试帖诗"。① 他13岁曾赴上海育才中学就读,喜读徐光启、利玛窦等人书籍,对西洋新科学、新思想颇为推崇,"即手自抄录古今诗十余厚册,旋以字不工,悉毁弃之,然其诗已强半能成诵矣"。② 胡怀琛曾入南社,与柳亚子义结金兰,共主《警报》《太平洋报》笔政,但君子和而不同,胡怀琛的文学理念与胡适的新文学派、南社、学衡派等均有较大分歧。

他是一个在新旧之间都难以被充分认可的文人。新文学发轫期,门户森严;以众报刊为阵地从事着通俗小说创作的胡怀琛,其"鸳鸯蝴蝶派"的身份,宿命地令其诗歌创作受到了"新文学"的几近独断的"排斥"。如有人就曾直言不讳:"我很对于他有些莫名其妙,你们知道他就是胡寄尘吗?《礼拜六》中也常有他的大著吗?但是这种蝙蝠的行为,我总有些莫名其妙啊!"③

---

① 刘绍唐:《传记文学》第八十五卷,第六期,1991年6月。
② 胡朴安:《〈胡怀琛诗歌丛稿〉序》,胡怀琛《胡怀琛诗歌丛稿》,商务印书馆,1926年。
③ 许澄远:《致郑振铎信》。《文学旬刊》1921年第14期。

既能从事新文学创作，又能从事通俗文学写作，就称为蝙蝠。那凡是多面手均为蝙蝠？到底是谁"莫名其妙"，在今天看来，就已经不言自明了。当年从事通俗文学创作，在"新文学"作家看来几近见不得光，而惯于暗夜活动的蝙蝠却想在日光下出没，在"新文学"的光环下扑棱，在当时却是一大罪状，难怪要连用两个"莫名其妙"了。（蔑视通俗，冷对"下里巴人"，其实是一种隐性的贵族老爷态度——范注）考虑到彼时文学阵营的排他性，同样意思换作以下表述，许是更公允些："学问很博"，"当他署名'胡寄尘'的时候，便会做礼拜六派的文章；当他署名'胡怀琛'的时候，又会做新小说新诗"。①

他创作有大量通俗小说，编写《长江·黄河》《自由钟》等通俗诗集，并有个人新诗集《大江集》，针对新诗理论建设，他多次与胡适进行探讨新诗的发展道路，并竟还动手给胡适改诗。当时胡适在文坛上已是革新派的风云人物，胡怀琛竟然敢为他改诗，于是在文坛上引起不小的争论。尽管对他毁誉不一，但胡怀琛不改初心，继续在坚持融会中西的道路上探索，并在其后出版过《中国诗学通评》《中国民歌研究》等诗学著作。胡怀琛表达了中国新诗一方面要打破古体诗格律上的种种束缚，但另一方面也要继承其中的优良传统的理念，同时也表示创建现代汉语诗歌也不该形成单纯拥抱欧风的格调，而是应走一条"以中化西"的融会中西的道路，即既用白话文体，但同时也要吸收中国古代诗歌的源头活水，形成具有民族气派与特色的"新派诗"。彼胡（胡适）既然可以对新诗作大胆的尝试，那么此胡（胡怀琛）也可以其《大江集》作一番自己的"尝试"，作为他与胡适之间论争的一种反馈。这种反馈不仅体现在理论上，而且也展示在其诗歌实践中。实际上《大江集》也可谓胡怀琛的一部"尝试集"，但这部"尝试集"是与中国古诗滔滔汨汨的"大江"既有继承又有革新的"新诗的尝试"。

总体而言，他是一个在旧传统被质疑和否定，新的现代标准尚未确立的历史节点，勇于探索"别样路径"的典范性文人。与其说他在新旧之间徘徊

---

① 陈望道：《修辞学在中国之使命》，复旦大学语言研究室编《陈望道文集（第三卷）》，上海人民出版社，1981年，第603页。

(如胡安定就认为"积极参与新文学的南社文人胡寄尘则选择了游移新旧之间的姿态"①),倒不若说他专注于新与古的融合。胡怀琛强调:"文学作品只有好不好的分别,没有新旧的分别。"②他坚持以诗美标准来代替武断的非此即彼的二分法,尤其是当这二分法更多地建立在时代、派别而非诗质内涵、审美意趣基础之上时。他有着很深的旧学功底,又对新的学问很感兴趣。他提倡传承文统,却并不僵化保守。他擅长新派诗歌理论与创作,在通俗小说的创作上也颇有建树。这种"横站"的"中间"的稳健气质,导致了他的文学成就在某种程度被漠视和遮蔽,也导致了他生前和身后的寂寞。他的诗歌理论和创作,并不是像某些评论家所说是"新瓶装旧酒",而是扎扎实实地对现代汉语诗歌的节奏、音韵及内容等都有所创新和开拓。作为汉语新诗诞生发展道路上的一名探索者,他的成就应该得到尊重。

第一节 论胡怀琛的《大江集》及其诗歌理论

胡怀琛既是诗人、新诗理论家,同时也是小说家、学者和文艺评论家。他对新诗的研究起步早,著述多。如,他有以授课讲稿为蓝本的诗学专著《中国诗学通评》《诗歌学 ABC》;也有对诗艺进行了重点研究的《白话文谈及白话诗谈》《中国文学辨证》等;还有显然受到西方诗学译著影响的《新诗概说》和《小诗研究》等。《大江集》集代表了胡怀琛的新诗成就,《诗与诗人》《新派诗说》《诗学研究》是《大江集·附录》的三篇系统研究新诗诗学特征的理论文章。

一、《大江集》:中国新诗的再"尝试"

《大江集》,1921 年 3 月初版,写作于 1919 年至 1920 年,是胡怀琛第一部新诗集,也是中国新诗史上继胡适《尝试集》后的第二部个人新诗集,它的出版早于郭沫若的《女神》(1921 年 8 月)5 个月。《大江集》出版时,当时已

---

① 胡安定:《跨越新旧的"第三文学空间"——论新文学发生初期的"蝙蝠派"》,《中国现代文学研究丛刊》,2012 年第 6 期。
② 胡怀琛:《新旧文学调和的问题》,《文学短论》,大中书局,1934 年,第 41 页。

有一批以胡适为代表的青年诗人出现于诗坛,他们以打破旧诗形式的束缚,创造自由体白话新诗为号召。而胡怀琛却说:"我做大江集的宗旨,是要矫正新旧诗两方面的流弊。"①正因为他此前曾对1920年胡适出版的《尝试集》有所不满与批评,所以他要自己拿出一部诗集来,作为他自己的另一类"新"的"尝试",可谓雄心勃勃。台湾学者吕正惠指认五四以来新诗界最早个人诗集时,视《尝试集》《大江集》《女神》为前三,将胡怀琛的《大江集》列为第二。台湾花木兰文化出版社于2016年印行《民国文学珍惜文献集成》丛书,亦将《大江集》排列于《尝试集》与《女神》之间。而在过去,新文学史上总是鉴于《尝试集》之开先河的意义及《女神》的"异军突起"(朱自清评语),而将这两部诗集置于凸显地位。在《新文学大系·诗集》中未选他一首诗,而在"导言"中对他的诗歌主张也只字未提,就这样,《大江集》在数十年来一直被新文学史家所忽视。

这种被忽视和遮蔽的状态,是由于新诗发展的文化逻辑使然。中国某些新文学史家以为,新诗在复古与创新、传统与现代之间,应进行彻底的决裂;而胡怀琛的那种试图融合现代与优秀传统的新诗道路,很难得到认可。但在当时也有人大为赞赏,如"白屋诗人"吴芳吉曾就《大江集》给胡怀琛去信:"尊著读后,至为欣慰,尤感佩先生之独树一帜,不附和于流俗;此等骨气,实在难得。我望先生此后,各自抱道孤行;诗国前途,正无量也。"②章士钊曾言"两极端之说,最易动听",盖缘于其"乖戾之气"与"偏宕之言",而"一经折中",存立之基既失,便没有鲜明立场,亦会失去光彩。③ 大概由于这种心理较普遍的存在,《大江集》面世后见拒于新文学阵营,也就可以想象了。如应修人就曾以鄙夷口吻指称李宝梁诗集《红蔷薇》"很可与《大江集》为伍",《大江集》俨然被贴上了"伪新诗"的标签。④ 胡怀琛对此类党同伐异之举甚为反感:"甚么体裁,甚么党派,我们都不应该把他放在心里。只管朝真好的地方走去,一天天的进步,自然能够得到最后的胜利。借着甚么体例来

---

① 胡怀琛:《胡怀琛通信》,《晶报》1921年5月9日。
② 吴芳吉:《给胡怀琛的信》,胡怀琛《诗学讨论集》,新文化书社,1934年,第72页。
③ 章士钊:《章行严先生莅雄辩会演说纪要》,佚名《北京大学日刊》,1917年12月20日。
④ 应修人著,楼适夷、赵兴茂编:《修人集》,浙江人民出版社,1982年,第263—264页。

号召,靠着同党的鼓吹,漫骂他人,可说是没有用。"①胡怀琛的新诗除收录于《大江集》外,还有部分见诸《胡怀琛诗歌丛稿》(商务印书馆,1926年版)。后鉴于他居无定所,几乎年年迁居,由上海福履理路搬至萨坡赛路,直至赁居江湾,"左右瓜畦豆圃,新秋晚凉,虫声啾唧,颇有其故乡农庄风味",故将此期间诗作汇成《江村集》。②

《大江集》表现了胡怀琛对旧体诗和白话诗的双向反思。胡怀琛反思了旧体诗的缺陷,而认为白居易凭其新乐府,"以老妪能解之笔墨,写当世社会之形状",这令他产生了强烈的共鸣。他提出诗歌须自然化,须去匠气、去文人气的主张,旨在实现诗歌通俗化、平民化、大众化。同时,胡怀琛对新体诗的批评也较客观,肯定其积极意义,认为能面向社会各阶层,非只"为特别阶级";是"社会实在的写真",而非为诗人"一人的空想";是"现在"文字,而非"死人"文字;是"神圣的事业",而非"玩好品"。然而就新体诗的形式,胡怀琛则列举出三大短处。其一,"繁冗",新体诗违背了"简字"这一诗歌原质。其二,"参差不齐",欧美诗体式显然不如中文诗整饬,新诗取法欧美无异于去己之长取人之短。其三,"无音节",音节是诗歌能够感人的关键,古人音韵追求"合乎五音六律",新体诗不循此法,又不能得"天然之音节",因此无法感人。胡怀琛欲"合新旧二体之长,而去其短",以《大江集》为实践,作为他的"新派诗"的"尝试"。③

二、《大江集》的基本篇章

整个集子主要以短诗为主,包括自创诗歌和翻译诗歌40余首,诗歌理论3篇。第一类是《长江黄河》《自由钟》《哀青岛》等具有现代民族国家意识的诗歌。这类诗歌在《大江集》中并不占多数,却十分重要,充分表现了新诗于诞生之初,在思想情感和表现形式上,试图基于传统谋求创新的努力。比起《尝试集》,这些作品的民族国家意识鲜明,而表现手法却拒绝了散文化的做法,在押韵和内在节奏上,多学习古体诗与古乐府等,烙下了较深的传统

---

① 胡怀琛:《敬告同志》,《文学短论》,大中书局,1934年,第95页。
② 郑逸梅:《南社丛谈》,上海人民出版社,1981年版,第228页。
③ 《新派诗说》,见《大江集·附录》,1923年第二版,第24—36页。

印记。胡怀琛说:"为什么叫《大江集》呢?因为集中第一首诗的题目是《长江黄河》。"① "长江长;黄河黄。滔滔汩汩;浩浩荡荡。来自昆仑山;流入太平洋。灌溉十余省,物产何丰穰。浸润四千载,文化吐光芒。长江长!黄河黄!我祖国!我故乡!"这首诗不仅读来朗朗上口,有很强的音韵性和节奏感,而且形象感人,气魄宏大,在五四新诗诞生初期,是一首既是白话诗又保留了中国古典诗歌韵味的佳作。但同时,它又不是一首如黄遵宪式的白话古体诗,而是在白话的基础上,找到了新诗独特的表现内容和表现形式。"长江长;黄河黄",起句便凸显了长江黄河连绵悠长的意味,"长"与"黄"又在长度和色彩上让长江与黄河形成对应,表现出民族国家的符号特质。"滔滔汩汩;浩浩荡荡",继续表现长江与黄河的气势。"来自昆仑山;流向太平洋",则是在空间上拓展诗歌的视野,"太平洋"作为现代词汇入诗,也体现了白话现代诗的气息。"灌溉十余省,物产何丰穰",继续对仗,且与下句"浸润四千载,文化吐光芒"形成对照,在时间和空间、物质和精神的不同层面,阐释了祖国的地大物博,文化久远。最后一句"长江长!黄河黄!我祖国我故乡!"则呼应第一句,形成形式上的回环复沓,"我祖国"之后再加上"我故乡",在深感伟大之余,更能有一种贴心的乡土之情,显得情感激昂而深沉,神采飞扬,更好地表现了歌颂祖国的民族国家叙事的内核;同时也具有很强的口语质感。在形式上,胡怀琛曾自评道:"《长江黄河》一首,说他不好便算了。如说他好时,便是他的好处在于对偶和押韵的地方,完全是天生成的,没一字是人工做成的。他的好处,便是这一点,并不是有甚么很深的意思。试问唱歌书中赞美长江黄河的歌,可能够如此自然么?"② 虽说他自谦意思"不是""很深",却饱蕴爱国主义的情愫,可以视之为胡怀琛"新派诗"的"样板"。除《长江黄河》表达了民族自信与自豪感之外,《自由钟》也是类似赞颂民族独立,鼓吹革命自由的诗歌。这首诗充分利用了五言的形式:"竖起独立旗;撞动自由钟。美哉好国民,不愧生亚东。心如明月白;血洒桃花红。区区三韩地,莫道无英雄。悠悠千载前,本是箕子封。人民美而秀;土地膏

---

① 胡怀琛:《大江集自序》,《大江集》,发行者:胡怀琛,1923年,第1页。
② 胡怀琛:《答吴江散人》,《诗学讨论集》,新文化书社,1934年,第112页。

而丰。那肯让异族,长作主人翁? 一声春来动,遍地起蛰虫。祖国人人爱;公理天下同。我愿和平会,慎勿装耳聋!"此诗有感于该年4月10日韩国人代表大会在上海法租界召开,是对高丽人反抗异族的认同,是爱国激情的迸发,是对保家卫国情怀的讴歌。另如《哀青岛》:"浩浩渤海水;悠悠胶州湾。林木何葱郁;山峦亦嶷绵。乃有木屐客,见之长流涎;便将一角地,夺入囊橐间。安得鲁仲连,一旦争之还? 郁郁泰岱青;沉沉夕照殷。怅望田横岛,烟水空弥漫。"适逢五四运动爆发,针对渤海湾胶东半岛被日割据之时事,诗歌直言讽刺侵略者为"木屐客",又以鲁仲连的典故①,表现了中国人对民族英雄的呼唤,忧国焦思灼灼然令人感同身受。直接将时事入诗,体现了诗人介入当下的态度。

第二类是类似古乐府体的诗歌,多表现伤春悲秋,离别相聚,以及朴素的人生哲理,有时也会表现当下的生活感受与最新的社会观念及伦理,有《采茶词》《饲蚕词》《流水》《落花》《明月》《送春诗》《秋叶》《百年歌》《送友人往天平山看红叶》《世界》《津浦火车中作》《春游杂诗》《割麦插禾》《提壶卢》《行不得也哥哥》《叫哥哥》等。如《行不得也哥哥》与《叫哥哥》,反映的是呼唤女性独立与批判封建大家庭制度的主题。而大部分的这类作品,主要还是类似古乐府,反映的是人类基本的情感,即人与自然的关系。如《落花》:"落花飞,飞满天。花开有人爱;花落无人怜。花开又花落,一年复一年。此是第几番? 问花花无言!"这首白话诗汲取了古典词的特点,以三言、五言为主,其音律节奏和内涵也都有着很强的古典韵味,体现的是人对自然的感怀,同时也有白话诗通俗化与大众化的特征。

第三类是所谓咏物诗,如《知了》《老树》《促织》《得过且过》《海鸥》《菜花》《冬日青菜》等。这类咏物诗,有着丰富的传统理趣,在物象的分析感受中,表现出深刻的哲思。比如《花子》:"春泥护花子;花子睡未已。雨声唤之醒;春晖唤之起。惊起看韶光,韶光一何美。"拟人手法的运用,令"花子"意象格外生动。以五言体赞美大自然,质朴清纯,明白晓畅,顶针的运用,又使

---

① 齐人鲁仲连,刚正不阿,义不帝秦,反对亲和,力主抵抗,见《战国策·赵册》。此人系李白眼中第一大侠,参见"齐有倜傥生,鲁连特高妙。明月出海底,一朝开光曜。却秦振英声,后世仰末照。意轻千金赠,顾向平原笑。吾亦澹荡人,拂衣可同调"(李白《古风》其九)。

得全诗节奏流转紧凑,音韵优美,富于表现力。特别是一个"惊"字,写出了韶光之惊艳,也令此诗在类似题材的诗作中艳压群芳。胡怀琛曾写一首新派诗《燕子》:"一丝丝的雨儿,一阵阵的风。/一个两个燕子,飞到西,飞到东。/我怎不能变个燕子,自由自在的飞去?/燕子说:你自己束缚了自己,怎能望人家解放你?"这是一首很有点哲理的新派诗。他自己在这首诗后还加了一个长长的跋语,下面只抄录他自认的得意之笔:那就是在"雨"字之后,所加的一个"儿"字,他认为这极有讲究:"第一行里的一个'儿'字,似乎可以不要,岂知不要他便不谐。因为'儿'字上的'雨'字和'儿'字下的"一"字,同是一声。读快了就分不清,读慢些又觉得吃力。所以用个'儿'分开,读了'雨'字之后,稍停的时候,顺便读个'儿'字,毫不费力,且觉得自然好听,这也是天然音节的一斑。不懂这个,新体诗便做不好。"①这首诗他并不用五言、七言体,是杂言体,但在他看来,其中还是有天然音节的考量。这首诗发表在1920年茅盾主持的《小说月报》半革新"小说新潮"栏内,但在60年之后的回忆录上,茅盾还念念不忘这首诗的跋语:

> 胡怀琛这番话,有积极意义。第一,他承认如要反对新体诗,必须自己做过新体诗;第二,自己做过以后,才知道新体诗决不易做,不是脱不了词曲的旧套,便是变了白话文,都不叫新体诗;第三,他又提出天然音节问题,承认是"很难"。……甚至在六十年后的今日,也还没有完全彻底解决。胡怀琛的《燕子》诗最后一句"燕子说:你自己束缚了自己,怎能望人家解放你?"意味深长,是这首诗的警句。但我们研究胡怀琛之为人及其诗文,觉得《燕子》诗这个警句实在为他自己写照。胡怀琛自己束缚自己,思想越来越"不解放"。②

且不说胡怀琛曾与茅盾有过几次小论争,但是在茅盾看来,胡是属通俗文学的一派,而通俗文学在新文学家看来就是"旧派",当然是"思想越来越

---

① 胡怀琛:《燕子》,《小说月报》,1920年5月,第11卷,第5期。
② 茅盾:《革新〈小说月报〉的前后》,《新文学史料》第3辑,1979年5月出版,第69页。

'不解放'"之辈,不过在我们看来,诗歌的所谓"不解放"倒是体现了胡氏对传统所采取的并不决裂的态度,他是要在继承优秀传统的基础上,探讨"新派诗"应该如何去革新的问题。不是去"崇西弃中",而是应该"融西为中"。这就涉及《大江集》第四类的内容了。

第四类是诗歌理论,附录3篇:《诗与诗人》《新派诗说》《诗学研究》。《诗与诗人》中,胡怀琛对诗的性质做了总结,认为并不能简单以是否押韵来作为判断是否为诗的根本条件,究其本质,诗之精神以"情为主",以"智"和"意"为"辅",形式上以"声为主",以"词为辅"。他指出:"诗人的感情比常人更真挚。诗人的性情比常人更和平。诗人的心思比常人更高洁。诗人的感觉比常人更灵敏。"[1]《诗学研究》则首先对各类文学进行分析,指出诗歌是"偏于情的文学",也是"能唱的文学",并以"白居易《与元九书》""朱熹《〈诗经集传〉序》""陈祖范《诗集自序》"来说明自己的观点。[2]《新派诗说》最为重要,主要表现胡怀琛建设新诗的理论构想,反映出他试图建构中间化的诗歌流派——"新派诗":兼具新旧体之长,"用以描写今日社会情形,及发挥最新思潮"。其宗旨:"以明白简洁之文字,写光明磊落之襟怀,唤起优美高尚之感情,养成温和敦厚之风教。""明白简洁""光明磊落"是对同光体复古风艰深晦涩的扬弃,"优美高尚""温和敦厚"显然是对新体诗太平白浅俗、太直接激烈的反拨。至于宗派,提出"以不假雕饰,天然优美,乐而不淫,哀而不伤为标准"。就体例而言,"新派诗""以五言七言为正体,亦作杂言",展示出他对简短、朴直诗风的审美倾向。深谙旧体格律的禁锢,胡怀琛力主"废除律诗",强调以诗歌内在要求为主,力求"自然"。关于音韵,胡怀琛认为平仄"可以不拘",然"不可不知";用韵"暂以通行本诗韵为准"。词采方面,提出"不用僻典""不用生字",且有不作"浮泛""空疏""应酬""干禄""限韵""和韵"等诗之戒律。[3] 他曾用这样的话归纳自己对诗歌的观点:诗是"偏于情的文学",且是"能唱的文学",二者缺一不可。[4] 他也给新诗下了一个定义:

---

[1] 胡怀琛:《诗与诗人》,《大江集·附录》,发行者:胡怀琛,1923年,第6—23页。
[2] 胡怀琛:《诗学研究》,《大江集·附录》,发行者:胡怀琛,1923年,第47—63页。
[3] 胡怀琛:以上有关"新派诗"兼具新旧体之长"的观点,见《大江集·附录·〈新派诗说〉》第44—46页。
[4] 胡怀琛:《诗学研究》,《大江集·附录》,发行者:胡怀琛,1923年,第47页。

"极丰富的感情,极精深的理想,用很质朴的,很平易的(便是浅近。)有天然音节的文字写出来。"①

三、《大江集》对古体诗优秀传统的继承与对新诗的开拓

对于诗歌内容方面,胡怀琛认为诗的内容即为"意",由四部分构成:"情——个人的感情";"理——哲理的关系";"景——自然现状";"事——社会现状"。② 翻阅《大江集》,首先便能感觉到现代意识的觉醒。强调将新思想、新事物入诗,是胡怀琛诗歌"质"的方面的要求。"若说到真知道诗的价值,恐怕除了白香山一人而外,没第二人。"③对白居易推崇有加的胡怀琛十分认同其"文章合为时而著,歌诗合为事而作"(白居易《与元九书》)的理念,认为融当下生活与时代入诗十分必要,须用现代词汇抒写现代情感。而这些表达在胡怀琛笔下的新事物,就是伴随着现代民族国家觉醒而出现的国家主权独立意识、爱国主义情愫和对社会的批判和反思,以及自我个性的萌发等。比如,《长江黄河》是该诗集的开篇之作,也表现了诗人在白话诗学上以中化西、积极融合进取的态度。

胡怀琛还特意表现现代性的意象与思想。如将其新诗《雨后》("冷雨疏烟做晚凉,雨余明月吐清光;始知浴罢天然美,不用云罗助晚妆。")跟李商隐的《嫦娥》("云母屏风烛影深,长河渐落晓星沉。嫦娥应悔偷灵药,碧海青天夜夜心。")进行比对,不难发现前者所反映的"裸体美"更具现代感,体现出新时期的新思想,与后者折射出的传统伦理观大相径庭。④ 胡怀琛讲求温柔敦厚的含蓄,而在他的含蓄之中,也包含着批判社会的力量,比如:"日出采桑去;日暮采桑归。渐见桑叶老,不觉蚕儿肥。/今日蚕一眠;明日蚕二眠。蚕眠人不眠,辛苦有谁怜?"(《饲蚕词》)五言为一句,明白如话,虽在平仄和格律上并不十分严谨,且多处重复,但在含蓄委婉之中,怜悯蚕农、反思社会的情绪跃然纸上,显得哀而不伤,怨而不怒,颇承乐府古风。

---

① 胡怀琛:《胡适之派新诗根本的缺点》,《诗学讨论集》,新文化书社,1923年,第23页。
② 胡怀琛:《白话诗谈》,《白话文谈及白话诗谈》,广益书局,1921年,第20页。
③ 胡怀琛:《诗与诗人》,《大江集·附录》,发行者:胡怀琛,1923年,第12页。
④ 胡怀琛:《诗的作法》,世界书局,1932年,第19页。

除此之外,《大江集》中还有直接旧题翻新的《禽言诗》《虫言诗》系列,将新时代的文明思想,注入这些"旧意象"。所谓禽言诗,即继承庄子寓言、风骚比兴传统,假借虫鸟为筌蹄,表达诗人所思所感,如《诗经》中《豳风·鸱鸮》,就是以鸱鸮自诉悲惨遭际来影射劳苦大众的不幸境遇。汉乐府亦不乏其例,如《雉子班》《乌生》《蛱蝶行》等。胡怀琛的《新禽言诗》之新,体现在诗歌的题旨新,具有时代气息。如《割麦插禾》,这是布谷鸟的叫鸣声:"好男儿,莫懒惰。好光阴,莫蹉跎。一春不种田,一年便错过。"从正面劝诫、引导人们惜时、勤力。"不如归去"本为模拟杜鹃的叫鸣声,又常写作该鸟的别名"思归乐"。且看胡氏的这首《不如归去》:"不如归去! 耕田种树。自耕自食,无忧无虑。只要努力保汝国,莫使欲归归不得!"开篇即"不如归去",既是鸟儿叫声,又以其字面意思体现了诗人的主张,同时也与"莫使欲归归不得"的警语形成了张力,更加强化了"努力保国"之宏愿。因为保国是每个人"归去"的前提,如果国也不能保,怎么能"自耕自食,无忧无虑"? 又如《灯蛾扑火》:"灯蛾扑火,光明误了我;早知有太阳,决不大错特错!"飞蛾扑火的意象古已有之,喻为追求理想而不惧牺牲、义无反顾。而胡怀琛此诗中完全颠覆了该意象既有的褒议色彩,又有不做盲目、无谓的自我牺牲之反思,在当下更具现代启示意义。《大江集》中胡氏另几首虫言诗也大抵如此。《促织》催人耕织劳作;《知了》对"知"与"行"的关系进行了思辨。

《大江集》表现出胡怀琛对新诗"音韵"问题的探索。一是有感于新体诗兴起,很多人以为摆脱韵律,就可以"话怎么说,就怎么说"(胡适语)[1]的方式写诗,胡怀琛认为新诗必须讲"音韵"。他肯定了"中国诗原有长处"("简洁,整齐,有音节,故自然呈美观")[2],对"音节"尤其强调:"诗的重要部分在乎音节。"[3] "诗体大解放"被有的人理解为放弃用韵,将诗歌的音乐性放逐,难怪章太炎发出如下牢骚:"然今之新诗,连韵亦不用,未免太简。既以为诗,当然贵美丽,既主朴素,何不竟为散文。"[4]胡怀琛坚持"不读旧体词,不能做

---

[1] 胡适:《〈尝试集〉自序》,《胡适文存》(第一集),首都经济贸易大学出版社,2013年,第129页。
[2] 胡怀琛:《新派诗说》,《大江集·附录》,发行者:胡怀琛,1923年,第27页。
[3] 胡怀琛:《诗与诗人》,《大江集·附录》,发行者:胡怀琛,1923年,第2页。
[4] 姚奠中、董国炎:《章太炎学术年谱》,三晋出版社,2014年,第329页。

新诗;不读古乐府,也不能做新体诗"①。他还主张向民歌学习,通俗自然,"不用僻典""不用生字",即便寻常典故,也不鼓励使用,以防落入掉书袋之窠臼。②《大江集》中有很多诗具有民歌口语特色,如轻松活泼的《行不得也哥哥》,也是他的"禽言诗"之一,以鹧鸪的叫鸣声为象征,将江南口语入诗,以活脱脱的女孩口吻,写出了一个女性应自主自尊的严肃主题:"行不得也哥哥!哥哥说:叫我做甚么?我们要互助,你莫倚赖我。你如倚赖我,我倚赖那个?"胡怀琛在继承古体之长,以中化西,融合进取方面颇多见解,他的新诗讲究"音韵",并向民歌学习等主张,都是他继胡适之后对新诗创作的又一次独树一帜的"尝试",而这与胡适的"尝试"却又大相径庭,因此二人早在1920年就进行过一次长达半年之久的论辩,这在中国新诗史上也算是一桩大公案了。

第二节 与胡适《尝试集》的论争及其影响

1920年3月胡适的《尝试集》出版,围绕着汉语新诗引发了新与旧、白话与文言、传统与现代的诸多争议,《中国新文学大系·文学论争集》等诸种新文学史料都对此有所记载。然而就目前可查阅的史料来看,最早的批评之声来自胡怀琛。胡怀琛与胡适的"二胡之争",是白话新诗诞生之初的一场重要争论,对于汉语诗歌的音韵等一系列诗学问题的探讨,明晰了文坛对于新诗建设的理论向度。

一、"尝试"的批评及修正

胡适的《尝试集》出版,仅隔一个月,4月30日胡怀琛于《神州日报》发文《读胡适之〈尝试集〉》,以评论《尝试集》中的八首诗,甚至还操刀修改了其中的四首,如《蝴蝶》中,将"也无心上天"改为"无心再上天",以求"音节和谐"。《小诗》中,原文为"也想不相思,可免相思苦。几次细思量,情愿相思苦",因

---

① 胡怀琛:《白话诗谈》,《白话文谈及白话诗谈》,广益书局,1921年,第44页。
② 胡怀琛:《新派诗说》,《大江集·附录》,发行者:胡怀琛,1923年,第45页。

首句的"想"与下文的"相""同是一声(一平一上)",读来颇不顺口；第三句之"次"字与"思"字"音相近,读不上口";二、四句末连用两个"苦",实乃重复,故而胡怀琛将此诗改为:"也要不相思,可免相思恼。几度细思量,还是相思好。"《送任叔永回四川》中,将首行的"你"改为"君",将第二行的"意"改为"公",皆因改后"声音都长些,读起来方有天然的音节"。胡怀琛对胡适的新诗既评又改,引发数月之争,后又亲写《大江集》示范。胡怀琛深谙"改诗是吃力不讨好",替别人尤其"替名人改诗",则"加倍不讨好"①,却仍"标明旗帜,反对胡适之一派的诗"②。

这在诗歌界引发轩然大波,张东荪、刘大白、李石岑、朱执信、朱侨、刘伯棠等人直接或间接地参与其中。稍后,7月胡怀琛又于《时事新报·学灯》发表《〈尝试集〉正谬》一文,继续对胡适新诗中的种种"谬误"进行纠偏,引发讨论升温,王崇植、吴天放、井湄、伯子等又加入其中,进一步扩大了新诗探索的反响。此番讨论历时半年有余,直至1921年1月方才告终。嗣后,1921年在张静庐的帮助下,胡怀琛将讨论篇什及书信结集为《尝试集批评与讨论》(上、下),由上海泰东图书局出版。还有一些后续讨论文章汇编成《诗学讨论集》(晓星书局,1924年)。

客观考察整个论争事件,胡怀琛态度是学术的,心平气和的,反观胡适,则气量狭小,且颇有文坛宗派嫌疑。对于胡怀琛的讨论要求,胡适并没有正面回应,而是在《致张东荪的信》中对胡怀琛竟动手改他的诗深表不满:"诗只有诗人自己能改的","因为诗人的'烟士披里纯'③是独一的,是个人的,是别人狠难参预的"④。值得玩味的是,胡适采取了双重标准,他在《尝试集》将出第四版时特邀任叔永、莎菲夫妇与鲁迅、周作人兄弟,以及学生俞平伯等名家贤达为其修改、删定诗稿。胡适坦言:"我所知道的'新诗人',除了会稽周氏兄弟之外,大都是从旧式诗、词、曲里脱胎出来的。"⑤他很看重二周的删

---

① 胡怀琛:《萨坡赛路杂记》,广益书局,1937年,第85页。
② 胡怀琛:《序》,《〈尝试集〉批评与讨论(上)》,泰东图书局,1921年,第2页。
③ 即 Inspiration,为灵感之意。
④ 胡适:《胡适致张东荪的信》,胡怀琛《〈尝试集〉批评与讨论(上)》,泰东图书局,1921年,第13—14页。
⑤ 胡适:《谈新诗——八年来一件大事》,《胡适文存》(第一集),首都经济贸易大学出版社,2013年,第110页。

改意见。尽管胡怀琛再三坦言,"我的批评的宗旨,完全为著诗的前途","没有一毫意气的争执",①然其南社成员身份,还是令胡适自然地将他划入敌对派阵营。新文化运动初期,南社与高举"文学革命"大旗的胡适之间,为争夺话语权与扩张诗坛空间多有龃龉。胡适对南社毫不手软,态度激烈,言辞尖锐。

其实,新诗运动之初,倡导者重白话甚过诗歌本身,走的是先破再立的路数;如何让新诗安身立命的问题,因对旧诗打砸得太猛太快而无暇顾及。俞平伯就指出:"白话诗的难处,正在他的自由上面。他是赤裸裸的,没有固定的形式的,前边没有模范的,但是又不能胡诌的:如果当真随意乱来,还成个什么东西呢!"②胡怀琛也强调,由文字写就的诗当体现出艺术美来,诚然"旧体的一部分是假美",不好,但"新体诗是没有美",而没有美便失去了诗歌存在的合法性了。③ 直至20世纪30年代,梁实秋还在感慨:"诗先要是诗,然后才能谈到什么白话不白话。"④

二、白话新诗是否需要音韵?

《尝试集》的争鸣焦点在于诗歌用韵问题。诗的音韵可以说是诗歌由旧体往新体演进变革中的重要问题。胡适在《尝试集》等新诗创作中,关注点在白话对传统文化的破坏和冲击作用,对音韵问题并不重视,如在《谈新诗》中,他将"韵脚"与"平仄"视为"不重要的事",认为双声叠韵"是旧诗音节的精采","能够容纳在新诗里,固然也是好事",但不必勉强,而新诗趋势,则是音节的"自然",靠的是"语气的自然节奏"和"每句内部所用字的自然和谐"⑤。后来,他在《尝试集》自序中更直截了当地提出新诗应"有什么话,说

---

① 胡怀琛:《序》,《〈尝试集〉批评与讨论(上)》,泰东图书局,1921年,第1页。
② 俞平伯:《社会上对于新诗的各种心理观》,俞平伯著,乐齐编《中国当代作家选集 俞平伯》,人民文学出版社,1992年,第254页。
③ 胡怀琛:《白话诗谈》,《白话文谈及白话诗谈》,广益书局,1921年,第42页。
④ 梁实秋:《新诗的格调及其他》(首刊《诗刊》,1931年,创刊号),见许霆主编《中国现代诗歌理论经典》,苏州大学出版社,2008年,第212页。
⑤ 胡适:《谈新诗——八年来一件大事》,《胡适文存》(第一集),首都经济贸易大学出版社,2013年,第112页。

什么话;话怎么说,就怎么说"①。

然而,正是对《尝试集》的考察,胡怀琛感到新诗解放律诗禁锢出现了矫枉过正的倾向,太自由与随意,背离了音韵的自然与和谐。(如《小诗》中,胡适写出"想相思""几次细思"的诗句,并认为前者三字系"双声",后者四字为"叠韵",而胡怀琛认为我们所用双声字多半为"形容词两字相连",如"丁东""玲珑",所用叠韵,也不外乎"苍茫""迷离"之类,"没有他这样的叠法";胡适认为其二、四句的第二字"免"与"愿"押韵,而胡怀琛认为即便姑且认可此类押韵格式,"读起来也不好听",因为在"可免"与"情愿"处须停顿且重读,而后面的三个字因须轻读故而"都是几几等于无声","这还成个甚么音节",从而指出胡适过度解放而导致的随意性令诗歌受伤。②)胡怀琛认为,汉语诗歌的音韵形式,可以表现特定的情感,具有程式性的内涵美,在诗中摸打滚爬许多年,对诗歌音韵研习透彻、了然于心的胡怀琛自有心得:"情感有种种的不同,例如表愤怒的情感,音节自然短促;表思慕的情感,音节自然悠扬。"甚至以"平水韵"为例,认为"二萧""三肴""四豪""七阳"诸韵中的字,因其声音"高亢",宜表"激昂慷慨的情感";"一东""二冬"两韵中的字,以其声音和平,故宜表现"快乐的情感";"四支""五微""九佳""十灰"等韵,宜表"悲壮的情感";至于"十一尤"之韵,宜表"幽咽的情感"。③ 总之音韵伴随着内在感情的起伏而抑扬顿挫、起承转合。与此同时,刘伯棠也对胡适的押韵手法颇为怀疑,认为索性不押韵倒也算是"一种自然的天籁"④;朱执信甚至认为不懂音节,将会导致"诗的破产"⑤。胡怀琛看似是在细究些音韵,其实抓准了胡适的不足处。

然而,对胡怀琛的意见,胡适始终不予正面回应。1920年8月底,胡怀琛一方面深感争鸣牵扯诸多是非问题,须有论断,一方面鉴于后期的讨论拉杂枝蔓,得有个了断,故而请胡适出面对整场论争作"最后解决"⑥,胡适回复

---

① 胡适:《〈尝试集〉自序》,《胡适文存》(第一集),首都经济贸易大学出版社,2013年,第129页。
② 胡怀琛:《胡怀琛致张东荪的信》,《〈尝试集〉批评与讨论(上)》,泰东图书局,1921年,第17—18页。
③ 胡怀琛:《诗的作法》,世界书局,1931年,第62—68页。
④ 刘伯棠:《刘伯棠至胡适之函》,胡怀琛《〈尝试集〉批评与讨论(上)》,泰东图书局,1921年,第59页。
⑤ 朱执信:《诗的音节》,胡怀琛《〈尝试集〉批评与讨论(上)》,泰东图书局,1921年,第31页。
⑥ 胡怀琛:《胡怀琛给胡适之的信》,《〈尝试集〉批评与讨论(下)》,泰东图书局,1921年,第44页。

道:"先生既不是主张新诗,既是主张'另一种诗',怪不得先生完全不懂我的'新诗'了,以后我们尽可以各人实行自己的'主张',我做我的'新诗',先生做先生的'合修辞物理佛理的精华共组织成'的'另一种诗',这是最妙的'最后的解决'。"①从拒绝直接对话(钱玄同也曾致信胡适,要他不必理会胡怀琛,认为后者"知识太浅","他的话实在'不值得一驳'"②,事实上胡怀琛家学功底扎实,12岁始作诗,二十余年"几乎没一年不在诗里讨生活"③),到《尝试集》再版时暗讽胡怀琛为"守旧的批评家"④,阵营壁垒之森严可见一斑。然而若说胡怀琛"守旧",确与事实不符。胡怀琛早在新文学初兴之时,便以趋新者姿态疾呼旧文学的没落与衰败。

其实,翻检胡适《谈新诗》《致张东荪的信》等系列文章,以及通过周氏兄弟对《尝试集》的修改,可见胡适已部分矫正了自己的观点,只不过他并不承认胡怀琛对这一改变曾发生过任何影响。胡适始终将胡怀琛视作旧派文人。《尝试集》论争结束一年后,为纪念上海《申报》创刊五十周年,1922年3月,胡适写就《五十年来中国之文学》:"我可以大胆说,文学革命已过了讨论的时期,反对党已破产了。从此以后,完全是新文学的创造时期。"⑤"革命"与"反对党"等语汇的使用,再现了当年论争时的剑拔弩张。

三、《尝试集》争论余韵及其影响

时过境迁,当我们再来评价胡适1920年的《尝试集》,更倾向于将其价值定位于"尝试"。朱湘曾在关于《尝试集》的争鸣平息后若干年后,仍毫不客气地用八个字对之做了尖锐评价:"内容粗浅,艺术幼稚。"他甚至严苛地只为《尝试集》的十七首贴上新诗标签,可"这十七首诗里面,竟用了三十三个'了'字的韵尾。(有一处是三个'了'字成一联)","未免令人发生一种作

---

① 胡适:《胡适答胡怀琛先生的信》,胡怀琛《〈尝试集〉批评与讨论(下)》,泰东图书局,1921年,第46页。
② 耿云志:《胡适遗稿及秘藏书信选》第40卷,黄山书社,1994年,第280页。
③ 胡怀琛:《胡怀琛给王崇植的信》,《〈尝试集〉批评与讨论(下)》,泰东图书局,1921年,第26页。
④ 胡适:《〈尝试集〉再版自序》,《胡适文存》(第一集),首都经济贸易大学出版社,2013年,第132页。
⑤ 胡适:《五十年来中国之文学》,《胡适文存》(第二集),首都经济贸易大学出版社,2013年,第212页。

者艺术力的薄弱的感觉了"。① 梁启超也对白话体新诗"满纸'的么了哩'"的毛病牢骚满腹:"枝词太多,动辄伤气","字句既不修饰,加上许多滥调的语助辞,真成了诗的'新八股腔'了"。② 尽管人们普遍认为胡适新诗理论高于新诗创作,其《谈新诗》甚至被朱自清誉为"诗的创造和批评的金科玉律"③,然而1922年白话新诗立足甚而主力于文坛后,过于白话或"散文化"倾向渐为人们所诟病。如章太炎认为:"凡称之为诗,都要有韵,有韵方能传达情感;现在白话诗不用韵,即使也有美感,只应归入散文,不必算诗。"④俞平伯也说:"一览无余的文字,在散文尚且不可,何况于诗?"⑤

周作人指出,"诗并不专重意义,而白话也终是汉语"⑥,呼吁白话新诗仍须遵循汉语诗本分。现代纸媒日渐普及,使诗歌审美方式由"吟诵"向"默读"变迁,视觉接受方式给想象预留了更大空间,读者也有足够时间从容地咀嚼,这无疑体现出了诗歌的现代性吁求。然而一方面,读者的阅读模式仍旧很大程度地沿袭传统,普罗大众依旧"很欢迎胡寄尘刘大白沈玄庐的(新)诗,以为与古诗相近所以有趣"⑦;另一方面,从新诗的发展轨迹而看,诗朗诵与朗诵诗从未真正地退出历史舞台。争鸣"了断"之后不久,1922年3月,俞平伯的《冬夜》问世,闻一多在作评时认为:"这种艺术本是从旧诗和词曲里蜕化出来的",并强调"我们若根本地不承认带词曲气味的音节为美,我们只有两条路可走,甘心作坏诗——没有音节的诗,或用别国的文字作诗"⑧——新诗艺术性问题成为值得继续探讨的话题。胡怀琛1934年写道:"当时适之先生不听我的话。但是忽忽已是十年以外了,新诗的成绩在那里呢?适之先生也找不出罢!"⑨

---

① 朱湘:《尝试集》,见《中书集》,中国戏剧出版社,2001年,第153页。
② (清)梁启超:《〈晚清两大家诗钞〉题辞》,《梁启超全集 第九册》,北京出版社,1999年,第4929—4930页。
③ 朱自清:《〈中国新文学大系·诗集〉导言》,上海文艺出版社,1935年,导言第2页。
④ 曹聚仁:《关于章太炎先生的回忆》,见《文思》,北新书局,1937年,第155页。
⑤ 俞平伯:《〈草儿〉序》,乐齐、孙玉蓉编《俞平伯诗全编》,浙江文艺出版社,1992年,第619页。
⑥ 周作人:《〈旧梦〉序》,孔范今主编、秦艳华编选《中国现代新人文文学书系 文论卷》,山东文艺出版社,2005年,第94页。
⑦ 式芬:《新诗的评价》,《晨报副刊》,1922年10月16日。
⑧ 闻一多:《〈冬夜〉评论》,《俞平伯研究资料》,天津人民出版社,1986年,第214—215页。
⑨ 胡怀琛:《语文问题的总清算》,《时代公论》,1935年,第146期,第22页。

第三节　现代小诗与民谣对新诗的影响

胡怀琛在新诗的形式和内容的探索上呈现出两大特点。一是对小诗情有独钟。现代小诗，也叫即兴短诗，虽三五数行，却言简意丰，富于哲理况味，多表达即兴式的刹那间的感触与思绪，讲求在意境的营造中引人深思。五四运动后的1921—1925年间，小诗盛行一时，胡怀琛创作有大量小诗，对现代小诗的理论建设，也颇多贡献。二是对诗歌的民谣气质的探索。胡怀琛的小诗创作和理论构建，和他对诗歌民谣气质的追求有关系。他研究古代民谣，对民谣"天然音节性"的追求，及平易直白的诗歌风格的定位，都表现了他对新诗的期待。本节拟从这两个方面进行阐述。

一、现代小诗的理论建设

1. 小诗的本土资源辨考

"小诗"在新诗发展中引人注目。胡怀琛著《小诗研究》（商务印书馆，1924年），较系统地阐述了对小诗的见解。当时有论者认为小诗的兴起缘于周作人对日本短歌、俳句的翻译，或受印度泰戈尔《飞鸟集》的影响。胡怀琛经梳理与研究，认为郭沫若的《鸣蝉》、康白情的《疑问》等本土小诗俨然早于译介引入的域外小诗，现代小诗的源头可上溯至《琴歌》《湘中渔歌》等。他还认为"旧诗中有一种摘句，也很和小诗相接近"，即律诗中间联与绝句后两句，独立来看，都不失为精致小诗。如将唐人刘方平《春怨》（绝句）中"寂寞空庭春欲晚，梨花满地不开门"两句，改写为小诗："寂寞空庭，/春光暮了；/满地上堆着梨花，/门儿关得紧紧的。"

除了对小诗来源予以辨析，他还对现代小诗与中国旧诗、新诗的关系进行外部研究。如对现代诗与旧诗的关系，认为用旧诗形式写，"虽然是依着一定的规则，却也不曾因为受束缚而牺牲了实质"，故"各有各的好处"，"正不必是此非彼"。他还尝试将新旧诗体进行互换，如《嫦娥》："嫦娥看透了人心的险诈，/所以月球里不要人居住。"改为七绝："嫦娥看透人心险，不许凡人住月球。"他在小诗创作上具有较强的民族自信，认为国人小诗创作兼备中国诗"温柔敦厚"的"本色",有汉文字"意丰词约"的"特长",较之域外,"容易成""容易好"。他还辨析了泰戈尔的小诗与国人小诗的差异,认为前者"理多于情",而后者则是"情多于理,或纯然是情。若带一些理,又往往近于格言"。①

2. 小诗的本体特征

他就实质要素与形式条件阐释小诗的本体属性,认为立意或新颖独到、别致精巧,或宏大深邃、别具一格,藉意象托物寄兴,靠意境烘托渲染,讲究情景交融、浑然天成,追求蕴藉凝练、音韵和谐等,这些中国古典诗歌的美学传统已化作基因,代代相传,内化为怀抱诗美理想,富有诗美追求的诗人的潜意识,若人为割裂,将导致诗的贫瘠,均具有现实意义。鉴于旧诗言简义丰,凝练隽永,故而胡怀琛希望做现代小诗的人"去读旧诗词",以期得到更多的滋养。②胡怀琛创作有大量现代小诗,相对来说句式短,体量小,语意丰,意境美,却也一诗一意,别具一格。如《秋叶》:"树叶儿,经秋霜。一半青;一半黄。树无知,人自伤!"自古写秋的诗很多,如曹丕以"萧瑟"入诗:"秋风萧瑟天气凉,草木摇落露为霜。"(《燕歌行》)胡氏同样是写秋,深谙"一叶知秋",仅抓住秋叶,单对霜后的秋叶进行描摹,运用白描手法,"一半青,一半黄",客观而简约,加上首句"树叶儿"的"儿"化运用,使得诗句显得活泼而不失生机。然而,末句一个"伤"字兀自煞尾,即刻令悲秋情绪氤氲开来,没有预设铺排与渲染,仅一字使得诗风逆转。《采茶词四首》,从"晓露淫"到"夕阳斜",从"谷雨前"到"立夏后",采茶女在茫茫茶海"不惜十指劳","迷却来时路"。没有对劳动场地自然风光的描绘,没有对娴熟灵巧劳动技艺的烘托,也没有对"只怕不满筐"的内心感受的深层次挖掘、渲染,只寥寥几笔便素描出采茶女"勤劳"者形象,淡化了可能出现的欢快的场景、天真的形象,也过滤了采茶女们欢欣、喜悦等其他丰富的思想和内心情感。四首词共享一个诗眼——劳,这种立意单一、删繁就简的构思,可以使得诗歌的题旨更加突出鲜明,显然体现了胡怀琛对小诗的偏好。

---

① 以上对小诗的论述均参见胡怀琛:《小诗研究》,商务印书馆,1935年,第45—77页。
② 胡怀琛:《小诗研究》,商务印书馆,1935年,第68页。

3. 小诗"宜表理思"的审美倾向

胡怀琛认为小诗句式简洁短小，不回环复沓，不反复吟唱，故而并不适宜浓郁热烈情感的抒发与宣泄；然而言浅意深、语约意丰，倒也简约隽永，颇适宜表达理思。如《世界》："人数无量多；地球一粟大。哀乐各不同，一人一世界。""无量多"与"一粟大"对比，也体现了胡氏对相对论的朴素认知。英国诗人威廉·布莱克以及佛家都曾有过"一花一世界"的表达，有见微知著之意，而本诗"一人一世界"则侧重表达"各不同"的差异性。即便"无量多"，也不过是"一粟大"，即使是"一粟大"，却也"各不同"，辩证的思维在一波三折中得到了体现，寥寥数语，却起伏有致。沈季畴作《冬天的青菜》："天气冷了！每天早上雪白的浓霜压着那鲜嫩的青菜上，好像要灭他生机的模样。/那知道浓霜只管下降，这青菜偏天天生长。多谢浓霜！幸亏你加在我身上；使我心甜，使我肥壮。"①胡怀琛不讳言其形式松散，将之改为"新派诗"："浓霜打青菜，霜威空自严；不见菜叶死，翻教菜心甜。"全诗虽极短小，却设置了巨大反差："浓霜"用"威严"打击青菜，实力悬殊，结论不言而喻，几可预见。然而"死"的目标与"甜"的结果却令人大跌眼镜。通篇白话，不作文人语，貌似平淡无奇，讲述一个生活常识，但"空"与"翻"带来出人意表的效果。

另有一些小诗富于小理趣，如："蜉蝣学仙，益寿延年；能从今日，活到明天。"（《蜉蝣学仙》）以生命短暂而著称的蜉蝣却要学仙，试图益寿延年的美好愿望终究落空，却始于错误的前提。乐于学习固然可嘉，善于学习才是可贵。全诗短小精悍，风趣机智，不失讽刺意味。

二、"民谣"与现代新诗建设

1. 以"天然的音节"追求民谣化的新诗

胡怀琛对现代汉语诗歌民谣气质的引介，其目的首先在于纠正新诗缺乏音韵的弊病，而民谣简洁、浅显的诗风，也利于表现普通人的现实生活，形成新诗的"新气质"。胡怀琛于1925年发表的《中国民歌研究》（商务印书馆），为"新文化运动"后最早对民间歌谣进行理论研究的专著。在他看来，

---

① 胡怀琛：《白话诗谈》，《白话文谈及白话诗谈》，广益书局，1921年，第47—48页。

"流传在平民口上的诗歌,纯是歌咏平民生活,没染著贵族的彩色;全是天籁,没经过雕琢的工夫"①。民间、通俗是胡怀琛一以贯之的关注重心。胡怀琛对新诗歌谣化的青睐在彼时并不是孤立无援的,几乎同一时期,刘半农等以北大歌谣运动为开端,倡导新诗取法歌谣,至于20世纪30年代的"诗歌大众化"及稍后40年代的陕北民歌热等,都无不体现出歌谣对新诗创作的影响。

胡怀琛认为,诗与歌不分,中国诗歌特质在于"能唱",有音韵感,即"整齐而有韵者谓之诗"。他曾探索中国古典诗歌起源,认为"古谣谚"是诗歌鼻祖,先有"整齐而有韵之语言","以便记忆",如"日出而作,日入而息"的谣谚,确实存在于最早记录"诗"字的《虞书》之前(即"诗言志,歌永言"),诗与歌"实一物也"。②《诗经》的"雅颂"、汉"乐府"、五代"词"、元"曲",皆又印证"诗便是音乐,音乐便是诗"。③他甚至将"能唱"与否视为诗歌合法性之要义所在,提出:"不能唱不算诗。"④在他看来能唱是音韵和谐的体现,更是情感抒发的关键。"单是诗,没有歌,胸中的郁塞,决不能发泄得尽;自然而然的要唱叹起来。"⑤然而新体诗的通病"便是不能唱"。⑥ 随着纸媒增多,诗歌声口传唱的必要性降低;反之,对诗歌的接受与鉴赏开始由双耳听闻转向两目阅读,因此,诗歌的形式美、建筑美得到了重视,但很多文学家依然认为诗歌的音乐性不能忽视,如鲁迅就跟窦隐夫(时任《新诗歌》编辑)在通信中指出:"诗歌虽有眼看和嘴唱的两种,也究以后一种为好;可惜中国的新诗大概是前一种。没有节调,没有韵,它唱不来;唱不来,就记不住,记不住,就不能在人们的脑子里将旧诗挤出,占了它的地位。"⑦林庚白也认为,既然"诗始于民间之歌谣",那么歌谣的可唱叹性,即有韵,应该为新诗继承,"百世不易"。⑧

对此,胡怀琛提出"天然的音节"概念,以民谣化的探索,来纠正新诗弊

---

① 胡怀琛:《中国民歌研究》,商务印书馆,1925,第2页。
② 胡怀琛:《新派诗说》,见所著《大江集·附录》,发行者:胡怀琛,1923年,第25页。
③ 胡怀琛:《白话诗谈》,《白话文谈及白话诗谈》,广益书局,1921年,第81页。
④ 胡怀琛:《诗学研究》,《大江集·附录》,发行者:胡怀琛,1923年,第47页。
⑤ 胡怀琛:《新诗概说》,商务印书馆,1925年,第6页。
⑥ 胡怀琛:《胡适之派新诗根本的缺点》,《诗学讨论集》,新文化书社,1934年,第22页。
⑦ 鲁迅:《鲁迅全集》第13卷,人民文学出版社,2005年,第249页。
⑧ 林庚白:《孑楼诗词话》,张寅彭主编《民国诗话丛编》第6册,上海书店出版社,2002年,第113页。

病。他认为,天然的音节是"能唱"之关键,比是否用韵,是否整饬来得更重要。① 所谓音节性,"便是子夏所云'言之不足,故嗟叹之。嗟叹之不足,故歌咏之',便是朱子所云'则言之所不能尽,而发于咨嗟咏叹之余者,又必有自然之音响节奏而不能已焉'"。② 胡怀琛还强调音节之"天然",即与情俱来,声随情转。"情"的凸显,令真正的诗歌有别于"口诀",后者即诗歌的单纯格律化。胡怀琛分析道:魏晋以后,整饬有韵的皮相,令口诀得以混迹于诗歌队列。至有唐之后的绝句,字数、句数皆有规定,"确切不移","一步步的做成了机械式的文字",以"便于记忆",如此质实理智的口诀化严重束缚了感情的表达,令诗歌"不自然"。③

胡怀琛《大江集》等诗歌创作,不少受到民间歌谣影响,表现出"天然音节"的特点。如开篇之作《长江黄河》,既有温柔敦厚的情感风格,又颇有上古歌谣韵味。再如《流水》:"门前水,直通江。我心随水去,迢迢到他方。他方有故人,道路远且长。不能长相见,但愿无相忘。"自古流水因绵延不绝而成为无法排解之情绪的意象,胡氏的《流水》亦是寄托相思故人之情绪,然而参差错落,特别是音韵朗朗上口,更具歌谣特色。开篇"门前水,直通江"句,短促、直白,三字短句歌谣体特征鲜明。第二句"我心随水去"的"水"承接首句"门前水";第三句"他方有故人"之"他方"一词,接续第二句之末;第四句"不能长相见"的"长"呼应第三句"道路远且长"之"长"。短短四句,句句扣合,音韵相连,胸臆直抒,虽不致一泻千里,却也如水波清流,绵柔相思之情由短及长,由浅入深。末句"长相见"取"长"字而非"常",化用了《古诗十九首》"上言长相思,下言久离别"之意。"长相思"的"长"也串联了上句"道路远且长"的"长"。汉乐府很多诗长短不一,错综杂陈,如"咄!行!吾去为迟!白发时下难久居"(《东门行》),胡怀琛的这首《流水》,亦有意将三五言杂糅,以原汁原味民歌风,既求视觉参差有致,又谋听觉节韵错落,再次体现了胡氏的民歌趣味。

另外,《采茶词》"朝也采山茶,暮也采山茶"句颇有汉乐府民歌《江南》风

---

① 胡怀琛:《胡适之派新诗根本的缺点》,《诗学讨论集》,新文化书社,1934年,第21页。
② 胡怀琛:《新诗概说》,商务印书馆,1925年,第4—5页。
③ 胡怀琛:《中国诗论》,世界书局,1935年第21—22页。

味。"昨日新芽短,今日新芽长"等重章叠句,反复咏唱,洋溢着先秦、两汉早期民歌韵味,这也是对胡适不讲形式、不讲究诗歌美感的反拨。相类的还有《饲蚕词》系列,既保留了田园组诗传统,又词句浅近,风格质朴,声情并茂,具有浓郁民歌气息。此外,"当日喜春来;今日送春去"(《送春诗》)与"白鸥忽飞来;白鸥忽飞去"(《海鸥》)等诗句,有规律地变换句中个别字词,一唱三叹,回还复沓,既强化抒情或说理效果,又便于诵读、吟唱与流传。胡怀琛从民歌中汲取养分,不事刻意雕琢,更拒矫饰。《四溟诗话》说《古诗十九首》"平平道出,且无用工字面,若秀才对朋友说家常话"①,这样的评价用在胡怀琛的民谣新诗上也并无不妥。

2. "平易直白"的民谣语言风格

语言风格上讲,民谣的"平易直白"也是胡怀琛看重的特质,他希望以此探索新诗在表现内容上通俗化、大众化的特点。胡怀琛认为诗的外表由"声""色"构成,其中前者为"音节的调和",后者为"字句的组织"。② 他对民间歌谣风的青睐既缘于其对诗歌音韵的推崇,也与歌谣自身语言平易、直白、浅近,没有错彩镂金式的繁复有关。一方面,汉语文字本身"简洁明净"的特质赋予了闾巷歌谣可咏可歌的自然节奏;另一方面,汉语白话入诗,大大提高了诗歌的通俗性,易于大众接受。用白话作诗,有助于使诗普及于社会各阶层,这是不争之实,胡怀琛也充分肯定了这一点。他所指的白话诗显然不是指新体白话诗,而是将逻辑起点前移,延伸至旧体诗,认为用白话文写诗古已有之。与新体诗将白话仅仅理解为当代社会中流行使用的口语不同,胡怀琛认为,可入诗的白话当然包括另一个重要来源——古诗中承传下来的白话。即旧体诗亦存在不少白话诗,语言平白浅近,"人人能解",且"结构""整齐","声调""悠扬",显然优于新体诗,如《夜坐》(李白)、《寻菊花潭主人不遇》(孟浩然)、《京师得家书》(袁凯)、《涌金门见柳》(贡性之)、《一世歌》(唐寅)等。③

---

① (明)谢榛著,宛平校点;(清)王夫之著,舒芜校点:《四溟诗话·姜斋诗话》,人民文学出版社,2005年,第66页。
② 胡怀琛:《白话诗谈》,《白话文谈及白话诗谈》,广益书局,1921年,第20页。
③ 胡怀琛:《新派诗说》,《大江集·附录》,发行者:胡怀琛,1923年,第40页。

他还曾对古代白话诗进行梳理,撰文《中国古代的白话诗人》,认为白居易、范成大、陶渊明、陆游、杨万里等人都是白话入诗高手,尤推白香山:"旧体诗自汉魏而后","能真知诗之为用者,白太傅一人耳","以老妪能解之笔墨,写当世社会之形状"。① 胡怀琛强调的"笔墨",即语言朴实,雅俗共赏。

第四节 以中化西:比较视野内的诗学交汇

中国现代新诗理论建构中,胡怀琛以比较诗学的跨文化视野,从语言、音韵、形象、翻译过程等角度,科学严谨地研究中西方诗歌差异,既比较同中之异,异中之同,从而取长补短,共同促进文化和文学交流,又坚持中国文化本位,持"以中化西"观念,使数千年文统得以接续。胡怀琛冷静地看到,尽管西方诗作"设思措辞,别是一境"②,然而"许多好的新诗,他的实质,仍旧是中国固有的实质。或者形式也是从固有的形式变出来的"③。他坚持"改造中国文学,只能就自己本身,去短取长",认为"他国文学固然可以当参考",然而不可"一步一趋的,都去摹仿他人",以防"好坏一齐学了来,甚至于好处没学到,坏处先学到"。④ 然而固守中国之本并不意味着守旧。

首先,以中化西的观念,表现在胡怀琛从学理层面,对中国诗不能走西化之路进行剖析。他以李白《坐敬亭山》与雪兰《冬日诗》的中英文互译对照来看,认为中文诗要比欧洲诗"简洁整齐",故而文字结构更佳。"此系各国文字根本上不同之故,如欧文 of, in, at, on, upon to, 等字,须用处太多。往往一句之中,必须有此等字加上,方能结构成句;若中文则此等赘字甚少,其在诗中更绝无而仅有。"在胡怀琛看来,新体诗用了太多"了""我们""他们"等,也导致用语不够简约凝练,句式不够齐整,这受了欧洲诗的不良影响。⑤ 他提出:"中国诗的形式问题系决定于中国的'字',而中国的'字'的问题,又决

---

① 胡怀琛:《新派诗说》,《大江集·附录》,发行者:胡怀琛,1923 年,第 28 页。
② 胡怀琛:《海天诗话》,收入张寅彭《民国诗话丛编》,上海书店出版社,2002 年,第 301 页。
③ 胡怀琛:《小诗研究》,商务印书馆,1935 年,第 23 页。
④ 胡怀琛:《给某先生的信》,《文学短论》,大中书局,1934 年,第 99 页。
⑤ 胡怀琛:《新派诗说》,《大江集·附录》,发行者:胡怀琛,1923 年,第 39 页。

定于中国的语言。我们知道中国的语言和西洋的语言的组织的根本不同,就可以知道在诗的形式方面,不能从西洋诗中寻出改进的路径来,除非从语言改组起头。"①梁实秋也认为新诗在题材选取甚至韵脚布局上都可借鉴西方诗歌,然独音节不能一味模仿,因为新诗缺乏"固定的格调","中文和外国文的构造太不同,用中文写 Sonnet 永远写不像"。②

其次,强调西方诗翻译,必须以"意译"为主,服从汉语表述特点。晚清马君武、苏曼殊等人出于传播文学的初衷开始较多地接触或从事译诗,关于翻译诗歌的理论探索便显得必要且重要。则彼时由胡怀琛所著,被视为"中国第一部眼睛专注海外的诗话"③与"中国比较诗学的滥觞"④的《海天诗话》就尤为可贵了。潘兰史曾赋诗盛赞胡怀琛:"君为广大教化主,重译佉卢作正声,看掣鲸鲵东海上,五洲大地拓诗城。"⑤亦有学者认为:"《海天诗话》在中国诗话中正式提出'诗学之别裁'的理论观念,奠定中国比较诗学观念的初端,可以说是首次实践了中国比较诗学的理论原则。"⑥《海天诗话》提出了很多关于如何对待西诗、如何译介西诗的观点,如"大抵多读西诗以扩我之思想;或取一句一节之意,而删节其他,又别以己意补之,使合于吾诗声调格律者,上也";又如,对欧西之诗,他认为逐词逐句的字面翻译不可取,"译而求之,失其神矣。然能文者撷取其意,锻炼而出之,使合于吾诗范围,亦吟坛之创格,而诗学之别裁也"⑦。这与钱锺书讲"化境"的翻译主张相类似:"文学翻译的最高理想可以说是'化'。把作品从一国文字转变成另一国文字,既不能因语文习惯的差异而露出生硬牵强的痕迹,又能完全保存原作的风味。"⑧

---

① 胡怀琛:《读〈中国诗的新途径〉》,《商务印书馆出版周刊》,1936年,第177期,第9页。
② 梁实秋:《新诗的格调及其他》,《诗刊》,1931年,创刊号。
③ 黄霖著:《中国文学批评通史七:近代卷》,上海古籍出版社,1996年,第482页。
④ 方汉文、夏凤军、张晶:《〈海天诗话〉与中国比较诗学的滥觞》,《兰州大学学报(社会科学版)》,2012年,第40卷,第2期。
⑤ 曼昭、胡朴安:《南社诗话两种》,中国人民大学出版社,1997年,第102页。
⑥ 方汉文、夏凤军、张晶:《〈海天诗话〉与中国比较诗学的滥觞》,《兰州大学学报(社会科学版)》,2012年,第40卷,第2期。
⑦ 胡怀琛:《海天诗话》,上海书店出版社,2002年,第309页,第303页。
⑧ 钱锺书:《七缀集》,生活·读书·新知三联书店,2002年,第77页。

胡怀琛翻译西诗，身体力行以上原则。如《鸠》，讲"我"养了一只鸠，纤纤红绳缚其足，喂其白豆却不食，终日闷闷不乐，"我"伤心也纳闷："你"原独自生活林中，"我"那么爱"你"，给"你"提供食住，"你"却为何抑郁而终!？原诗题名为"The Dove"，为何不直译为"鸽子"，盖有两个缘由。其一，"鸠"为古典诗歌常见意象，仅《诗经》就有十来处出现"鸠"，用法不尽相同。① 胡怀琛令鸠的意象富多重意味：即崇尚自由，即便爱情、生命也皆可抛；进而言之，有束缚的爱并不是真爱。其二，"鸠"的英文翻译之一为 turtledove，北美常见的鸠则为 Mourning dove，即悲伤之鸠，正是悲伤契合本诗意境："鸠"的悲伤缘于"我"令人窒息的爱；"我"的悲伤来自"鸠"以自戕的方式对我的弃绝。这首英文诗，经胡氏之手翻译，一如惯例，理思见长。

再次，胡怀琛主张翻译西方诗歌的过程中，要尽量符合中文诗歌表达的音韵、节奏等形式美感。胡怀琛曾翻译《荒坟》(无名氏)："荒坟何寂寞！春秋自来去。不知有芳菲，那管风雪暮！垂杨长俯首，终日听溪声。清歌破寂寥，好鸟空自鸣。一任悲风号，墓中人无语；应是长眠客，爱此安乐土。"英文诗表现的是对时空的浩叹，这样的主题在中国诗里并不陌生，胡怀琛的译本仍是沿用古风，一以贯之地体现了他的诗学主张。李白善写五古，他的五十九首古风深受胡怀琛推崇："原文思想和笔墨，绝似中国的李太白。我读了，很欢喜他，便绝力摹拟太白，把他译出。"② 又比如，胡怀琛所译的《摆伦哀希腊诗》。拜伦这首诗曾为国内诸多诗家翻译，研究者多注目于梁启超、马君武、苏曼殊、胡适、闻一多、查良铮、卞之琳等人译本，却忽略了胡怀琛。诗歌翻译家李思纯指出："近人译诗有三式：苏曼殊式，以格律轻疏之古体(即五言古风体)译之；马君武式，以格律谨严之近体(即七言歌行体)译之；胡适则白话直译(即离骚体)，尽驰格律矣。"③ 鉴于李氏此语在前，胡怀琛译本发行在后，现将众家译本摘录如下。仅举一节(第三节)。

---

① 如"于嗟鸠兮，无食桑葚"(《卫风·氓》)以鸠起兴，贪食桑葚易沉醉，劝诫女子不要沉溺于爱情。"关关雎鸠，在河之洲。窈窕淑女，君子好逑。"(《周南·雎鸠》)因雎鸠之琴瑟和谐，羡其用情专一甚笃，以此歌咏坚贞爱情。"维鹊有巢，维鸠居之"(《召南·雀巢》)，表达新娘出嫁至夫家的喜悦。鸠，即斑鸠，喜结伴嬉戏，翻飞自由，从而令出使者思归。
② 胡怀琛：《胡怀琛诗歌丛稿》，商务印书馆，1926年，第121页。
③ 李思纯：《〈仙河集〉自序》，《学衡》，1925年11月，第47期。

马君武译本(1905年):马拉顿后山如带,/马拉顿前横碧海。/我来独为片刻游,/犹梦希腊是自由。/吁嗟乎!/闲立试向波斯冢,/宁思身为奴隶种。①

苏曼殊译本(1906年):山对摩罗东,/海水在其下。/希腊如可兴,/我从梦中睹。/波斯京观上,/独立向谁语。/吾生岂为奴,/与此长终古。

胡适译本(1914年):马拉顿后兮山高,/马拉顿前兮海号。/哀时词客独来游兮,/犹梦希腊终自主也;/指波斯京观以为正兮,/吾安能奴僇以终古也!

柳无忌译本(1922):群山遥临马拉桑——/马拉桑俯眺大海;/独自在那儿沉思一个时辰,/我梦着希腊还能自由;/因为,站在波斯人的冢墓上,/我不能想象我就是奴隶。

闻一多译本(1927):高山望着平原,平原望着海!/我在马拉桑的疆场上闲游,/我一面在梦想,一面在徘徊,/我梦想着希腊依然享有自由;/因为我脚踏着波斯人的白骨,/我不相信我像是一个俘虏。

胡怀琛译本(1923—1924):高山瞰平原,平原瞰大海。/美哉马拉顿,形胜依然在!/行吟吾至此,犹复梦当初。/览彼波斯冢,宁甘身为奴?②

众译家的版本大都避而不用参差句式,胡怀琛的尤为工整。"瞰"突破以往译本只标明"前""后"的局限,且扣合了"look"的形貌。用"形胜"译"free",颇得神韵。用边走边想的"行吟"来译本义为沉思、冥想的"musing",尤其是二三联顺序颠倒,足可见胡怀琛重在意译的理念,这一理念在将"standing"译为"览"中同样也有所体现。末句用反问句式,跟苏曼殊译本相近。相较之下,胡适采用善于煽情的骚体,更多地传达了悲且哀的幽怨情绪。胡怀琛仍旧用五言形式,句式齐整,但难免因凑字数而削减了翻译的精

---

① 马君武、苏曼殊、胡适、柳无忌、闻一多的译本均见王东风:《跨学科的翻译研究》,复旦大学出版社,2014年,第240—242页。
② 胡怀琛:《摆伦哀希腊诗》,《胡怀琛诗歌丛稿》,商务印书馆,1926年,第126页。

准度。如对"Persians' grave"的翻译,已有"波斯冢"和"波斯京观"两种较为成熟的译法,"京观"系古时战中为炫耀战绩,将敌尸聚集高垒后封土而成之冢,且"观"的声母g,与grave的声母非常相近,显然后者更能兼顾意与音,委实技高一筹些,胡怀琛不至不谙此道,却仍弃"京观"而取"冢",实乃受了字数以及音节的牵制——"览彼//波斯冢",中间的"顿"正是节奏所需。促成英文诗歌抑扬顿挫的显然不是平仄,而是轻重音,加上三两音节构成的音步,而胡怀琛跟早期几个译本一样,"意译"旨在做到传情达意,至于原诗格律则无法兼得,带给读者的活脱脱仍旧是中式古体诗。当然,胡怀琛的译诗确也体现出"新派"改良的痕迹,如押韵,"初"与"奴"尚属正常,而"海"与"在"压的仄声韵,就可算是挑战常规之举,体现出诗行押韵而格律宽疏的译诗特色。该译本对后来者影响颇多,如闻一多版本中,首句"高山望着平原;平原望着海!"简直就是套用了胡怀琛译句。由此可知,胡怀琛在译诗中也足显其功力之深。

胡怀琛既是诗人,又是学者,且中西兼通,这是他敢于"以中化西"的雄厚"资本"和"后盾"。综观他的一生,著作等身,无论在创作上和文艺理论上都做出了贡献,真可谓是一位文坛多面手,值得我们今后对他作进一步的深入研究。

第二章　论李涵秋的《沁得阁诗集》

——摇荡性情与抒写物理：沁香阁诗的寒士情怀

伍大福

近代诗，尤其清末民初李涵秋（1874—1923）生活之五十年的诗，论者立场不同，持论差异颇大。崇古者强调："方今之世，文有古今之殊；……惟诗亦然。……而诗则所谓同光体者，又喜谈宋诗，以别于中晚唐一宗焉。"[①]革新派则宣称："在这个时代，我只举了金和、黄遵宪两个诗人，因为这两个人都有点特别的个性，故与那一班模仿的诗人，雕琢的诗人，大不相同。"[②]由于扬州在近代的没落，尽管当时扬州文人的诗作比较丰富，但传播与影响非常有限，基本没有进入同时代人和后人的研究视野。其中李涵秋后以小说名于当世，而少年时实以诗见赏于当时的扬州诗坛领袖、冶春后社盟主臧谷，壮年更领袖汉皋骚坛。涵秋之诗虽然有一些诗友唱和、迎来送往、吟风咏月的闲适之作，但诗人毕竟不是生活在真空中，国事之艰，民生之苦，家庭之困，谋生之劳，亲朋的生离死别，诗中也有不少反映。

纵观李涵秋寻常中不乏奇崛的一生，他出身于小商人家庭，通过科举之路博得一衿，步入传统社会中"士"这一阶层，可谓由商入士。"士"在中国传统社会中为四民之首，历经两千余年的演变，尤其是在科举制度成熟以后，"士"就分化为在朝的士大夫和在野的寒士两大类。时彦把清中叶嘉道时期的寒士定义为：因经济贫困、科第失意或仕途厄塞而在人生的较长时期里有

---

① 钱基博：《现代中国文学史》，中国人民大学出版社，2004年，第178页。
② 胡适：《五十年来中国之文学》，岳麓书社，1993年，第52页。

生计之忧或不遇之怨的读过书的或读书的人。① 这个寒士阶层在清末民初随着科举制度的废除和西学的盛行,又发生了新变。一部分人走出乡隅甚至走出国门,学习传播西方现代性理念,成为改造中国传统社会的先行者,跃升为转型社会的生力军;一部分人留居乡里,虽然通过阅读报刊和新书,也能了解一些外面的信息,参与乡土社会的变革建设,但仍不失其对传统道德的迷恋,固守着传统社会寒士的某些本色。李涵秋显然属于后者,而其一生以教书、写作为志业,大多数时候未脱离传统市民的生活圈层,他的生活态度也多和传统市民相通,因此,我们以为李涵秋的身份可以定位为市民化的寒士。其诗在继承陶渊明、杜甫、李商隐直至清代嘉道年间扬州诗人群体等中国古代寒士诗歌的创作传统基础上,转益多师,把个体生存困境和家国情怀结合起来,展现了独特的地域诗风,在中国诗史的天空上飘过一抹美丽的晚霞。

第一节 沁香阁诗概说

涵秋36岁(1909)之前共作诗三百四十余题六百多首,之后就"冗于笔墨,不常作韵语"了,而以小说驰名于文坛。据同乡好友贡少芹在《李涵秋》一书中所说:"由十七岁起,以迄三十六岁止,此二十年中,皆有著作,共成十有八册。三十六以后,君一志从事于说部,不复吟咏矣。"②其实,李涵秋此后只是"不常作韵语"而已,间或也会在报刊上发表一两首诗,但那不是他创作的主要所在。涵秋逝后四年,即民国十六年(1927),友人李警众将其17岁至36岁诗作按时序编为两册《沁香阁诗集》,其中五卷诗,附一卷文,由上海震亚图书局出版。就数量而言,李涵秋的诗作在晚清诗坛也许不算多,但也不至于低到让诗史不值一提的地步。就质量而言,李涵秋被当时的扬州诗坛执牛耳者臧谷"奖为后起之秀",在武汉被尊为"诗伯",同时人天虚我生陈蝶仙在报刊上读到他的诗后,"遂致专函,谓得陶

---

① 陈玉兰:《清代嘉道时期江南寒士诗群与闺阁诗侣研究》,人民文学出版社,2004年,第40—41页。
② 贡少芹:《李涵秋》,天忏室出版,明星书局发行,1923年。

诗神髓,为当今诗家数一数二之作"。① 沁香阁诗,若以体裁论,近体律绝占大多数,有五百一十多首;古体和歌行体虽然只有一百多首,但呈现出随着年龄的增长而增多的趋势,且主要集中在28岁以后的九年中,多达九十首,这显然与诗人生活经历的丰富、诗歌技巧的成熟度与抒情方式的递进有关。单就律绝二体而论,律诗尤其组律的写作也呈现出这种态势。诗歌内容涉及山水风景、个人咏怀、送别酬答、家庭社会、题画咏物、追念逝者等诸多方面,题材颇为丰富。总的说来,沁香阁诗以真情胜出,这种真情既有诗人个体私情、抱负的抒发,也关家国的运途。沁香阁诗遗世独立,并未融进当世瞩目的诗潮流派,加之涵秋后来以小说家鸣于当代,几废吟咏,除二三同好外,惜乎流播不广,因此没有引起当时诗家的注意,评说研究者几乎无人,但从涵秋同好留下的有限文字以及涵秋自己少量论诗的言词中,我们还是能够看出其诗作的风格特质和文化渊源。

涵秋29岁(1902)因家计艰难第一次离开扬州去安庆就馆,以后又去武汉担任西席,这也是其诗作发生变化的一年,因此,我们可以这一年为界,将其诗分作前后两个时期。

第二节 前期多以绮语呈疏狂

涵秋前期诗歌有三百余首,不到《沁香阁诗集》的一半,且多为简短的律绝,长篇歌行约有十六首,五古四首,诗歌的体式选择往往制约了内容的抒写,因此涵秋前期诗歌多为写景抒情之作。关于李涵秋的诗歌创作情况及其特点,贡少芹的《李涵秋》一书曾做过比较明晰的梳理解释:

> 涵秋幼时,即喜读《红楼梦》,最服膺于黛玉葬花诗。未成童,即搦管缀句,虽间有可采处,然绮思艳语,满纸皆是,终不免有几分肉麻意味。至成童后,稍有进步,然卒不能脱香艳窠臼也。迨后诗境渐臻,若

---

① 33岁的涵秋写有《怀人诗之天虚我生陈蝶仙》:"锼鞴奇才归锻炼,醉心誉我《咏怀》诗(君论诗甚苛,去秋从汉上《消闲录》见余《咏怀》诗五古三首,遂致专函,谓得陶诗神髓,为当今诗家数一数二等语)。只今又是秋风熟(《咏怀》诗中有"秋风瘦西湖"之句),投报琼瑶已悔迟。

宋、若六朝、若唐、若晋、若汉魏,皆得窥其门径。由十七岁起,以迄三十六岁止,此二十年中,皆有著作,共成十有八册。三十六以后,君一志从事于说部,不复吟咏矣。

综计君之诗,由二十至三十岁,竭力学晚唐;自三十岁而后,则寝馈于晋宋之间。虽未深造其堂奥,而每有作品,能炼字炼句,而不现做作痕迹,是盖君之天分过人处。有时立意用笔,既淡而远,则又酷似老陶。此外,惯喜以尖颖笔墨,刻薄口舌,冷讥热嘲,不留余地以处人,是即君之所长,亦即君之所短。……①

涵秋19岁时为诗作结集所序,我们或可看出他早年写诗的初衷和为诗的旨趣:

春光明媚,动草生隋苑之悲;秋雨萧条,唱枫落吴江之句。于以知古人即情写志,对景抒怀,未尝不借佳句之流传,动后人之景慕者也。仆也生当晚近,志在萧骚。游宦何心,门少乘车之客;谋生乏术,家无负郭之田。慕白傅之情多,言言绮丽;羡青莲之志达,故故疏狂。于是月下徘徊,悟三生之凤业;花前沈醉,证一笑之姻缘。鸳谱传来,人拈红豆;鱼书寄去,梦幻黄梁。明知流水东风,都成虚境;无奈浮云皓月,难忏痴心。所由金钥虽严,莫锁怀春之约;况是玉楼深贮,并非没字之碑。乘夜月之苍茫,挑灯握手;忍晓风之凄寂,垂幕谈心。感慨成诗,半属曼声绮调;纵横信笔,未删俚句荒辞。不敢冀人必我知,一点龙睛而飞去;要不过情随境触,稍留鸿爪于将来。是以沁到诗脾,弁一言于冠首;欲说香生齿颊,仍有望于同心。

就这段文字而言,证之于《沁香阁诗集》,我们可以看出涵秋前期诗作的主导风格是"绮丽疏狂",贡说他"竭力学晚唐",涵秋自言羡慕李白和白居易,晚唐诗人本有受白居易和温、李影响的两派,因此二人的说法不无相通

---

① 贡少芹:《李涵秋》,天忏室出版部,1923年。

之处。涵秋 21 岁《题家镜庵二弟〈漱香诗稿〉》中的两首绝句如此指点其弟作诗:"枯肠镇日费寻思,老却春光总不知。检点闲情入诗句,梨花风雨闭门时。莫教绮语窒聪明,莫把痴怀苦自萦。可识阿兄方忏悔,一生憔悴误多情。"似乎是说作诗不必在乎"绮语""痴怀",而要关注自然、生活,就能写出好诗。但他 22 岁的《春词有序》又说"绮词靡语,辄移我情",这就透露出他前期的喜好还在"绮语"。同时代的扬州诗人、冶春后社的成员李伯樵在涵秋 27 岁时曾作《赠涵秋》云"中唐诗笔元才子,艳雪浓香聚笔花。……为写画图含意思,欲从锦瑟问年华";《又题涵秋〈沁香集〉》云"绮语性空道性灵,屏风隔着有人听。……不分巫山云会散,定情沧海水曾经"。元白并称,绮语感伤本是他们的看家本领,李伯樵指出涵秋前期诗歌的特点由元稹兼及李商隐应属知人之论。

扬州的青山秀水滋养了诗人,春花秋柳更撩触着诗人的诗情,借助山水风物的描画抒发诗人的个体私情与抱负成为沁香阁诗的显著特质。扬州四季美景都成为诗人的歌咏对象,但沁香阁诗绝非模山范水、风花雪月之作,而是饱含诗人独特的个体情感体验,可以说不仅道出了人人眼中皆有而笔下难写的美景,而且内蕴与众不同的情感。18 岁时《乡村即事》:"蔚蓝无际远天低,一带村庄唱午鸡。雨后苍松青欲滴,春深芳草绿都齐。儿童渡水横牛背,山涧飞泉溅马蹄。十里落花人去后,夕阳斜挂小桥西。"这首诗纯用白描手法,摄景取象,目随步移,远近相应,犹如一幅水墨山水,读来明白如话,确富白诗闲适的韵味,也可看出明朗的少年诗人对乡村生活的热爱。28 岁时《偕李伯樵登南门城观音楼晚望》则是另一番风味:"倒拖圆日下沧溟,此种奇观目未经。秋揭天光连水白,晚收山气入城青。客桄作笔庵僧蠢(庵僧迎合人意,指谓山作笔架,桄榔作笔,河作墨池,其憨蠢之态,可作一噱),渔网当门艇妇腥。寂寞下来几回首,野花衰草可怜馨。"此诗颔联被李伯樵誉为"雏诵君诗句欲仙",出句化用"秋水共长天一色",而以"白"点出,似乎坐实而意尽,这真是元白诗歌重视直寻而描绘细致的魅力所在,对句由远而近,表现了诗人把握景物的细腻笔触,一"白"一"青",一实一虚,相互映衬,我们不难体会其中所蕴含的人生体验;颈联写人事,"蠢"字是诗人的主观判断,直揭方外俗僧的做作雅态,稍嫌"刻薄",而"腥"字则是客观感受,表现底层人生的不易。仙境与烟火气交融,诗人不能完全沉浸在自己构筑的诗歌世界里了,家计的艰难迫使诗人不得不直面现实人生,尾联的感伤惆怅仿佛意味着诗人对过去生活的留念与告别。

前期沁香阁诗中如上述纯粹直寻眼前景而成诗的并不多,大多景中有"我",富于强烈的主体抒情色彩。如果说开始学诗的诗人表现的有"我"之情多为莫名的闲愁的话,那么在经历了一场爱而不得的痛苦爱情之后,爱情就成为涵秋前期诗歌主要融情入景的内容,难免"艳雪浓香"多以"绮语"出之。17岁《冬日即事》:"幽居最好记年华,冷雨凄风上碧纱。多谢昨宵三寸雪,满园齐放绿梅花。"这时的诗人还仅仅感叹时光的流逝,而这种淡淡的闲愁也随着满园梅花的开放而飞去。而18岁秋天有过"江皋之遇"(涵秋自称的初恋)的诗人对幽居的感受就与前不同了,《秋雨》云:"可怜人度可怜宵,况是深秋更寂寥。满地落花收不得,和风吹上绿芭蕉。""满地落花"无奈随风乱舞的情状烘染了"可怜""寂寥"的自我感叹,倍添怅惘。诗人向往与恋人共度良宵的欢愉,尽管"守礼不教郎暖颊,频来犹累汝煎茶"(《病讯》),但"昨宵花压粉墙低,久坐谈深夜色迷"自能驱散"寂寥"之感,以致诗人不觉"钟声未断又闻鸡"(《无题》)。这些诗句确能表现涵秋诗歌"艳丽深情"的一面。19岁诗人初赴童试,失败而归,大约是想借情场的得意来缓解考场的失意吧,于是作《邗江纪事》回忆自己的艳遇。诗人初学七言古体长篇叙事,全诗连转五韵,共二十二句,用秾丽的绮语把诗人的艳遇渲染得淋漓尽致,张狂而轻佻。开篇就作惊人语,"红楼深锁人如玉,一顾惊鸿动魂魄";接着叙写诗人与恋人的相见相怜相爱,"广陵才子最多情,觅柳寻花偶一经","狂生瞥遇艳阳天,相逢一笑私相怜","秋水迢迢秋山绿,尽日低徊看不足";结尾"君不见萧萧杨柳白门寒,无怪唱残《金缕曲》",似乎预示着他们没有完满的结局。这首诗带有模仿《长恨歌》的明显痕迹,本身可观处并不多,但呈现了诗人驾驭多种诗体的创作才能。21岁涵秋虽然科试及第,博得一衿,但"玉人"已离诗人远去,《有感》四首七律充满感伤的情调,"如今真个教凄绝,回忆当时益惘然";甚至科场得意也抵消不了情场失意带来的幻灭感,"廿年泪掷嗟何及,一事无成命可知";只好自我劝慰,"好趁琴书消岁月,莫粘风月再相思";但是相思之情借梦袭来,《一梦》重温旧事:"昨夜一梦太无因,勾起新愁忆旧辇。薄命姻缘归造化,误人好事是清贫。深闺怨语风闻确,道路缄情露眼真。代祝郎君还似玉,莫教阿母误卿身。"诗人对自己姻缘不就缺少深刻的自我反思,归之于外在原因,反映了诗人自身的软弱性。此后涵秋并不能忘情,常常作诗回忆这一段恋情,"聪慧误卿贫误我,九州无处讼青天","痛我春江分玉玦",也有一些恋爱细节的描写,"无聊互数指间螺,腻腻春葱解抚摩",强说"只要同心不同枕,宵宵好梦会飞来",也算聊以自慰吧,实在比"两情若是久长时,又岂在朝朝暮暮"的境界差远了。涵秋对这段恋情在28岁时写《忆旧　并序》,作了一个总结。长序全用骈体文字,详叙相识相恋相离的原因与经过,极尽哀婉顽艳之至,"爰述旧怀,别成短律",共四首。"落花随溷飘零易,流水分歧结局殊";"冰霜冷结芙蓉面,雨露恩辞豆蔻胎";"香能尅肺春长病,花最多心性易真";"锦床香叠鸳鸯枕,绣匣春藏翡翠镮",这些词句把绮语伤情推向高潮。

涵秋虽然为不可得的爱情所苦,但以家庭为重的诗人还得直面现实。24岁那年六月入赘薛家,七月迫于母命赴金陵乡试,新婚不久的诗人写下《将有金陵之行戏调闺人》:"山色湖光处处清,笙歌到处触柔情。南朝多少胭脂汁,弹上春袍带与卿。"也许是缺乏爱情基础吧,这首绝句感情表达不够浓烈,也就不必搜刮绮丽之词来倾诉衷肠,只是因地取景运典,却也不乏"应将旧时意,怜取眼前人"的情思。

中国古典诗歌中直现"真我"的大约要算那些名异而实同的《咏怀》诗了,自阮籍以下,代不乏人,前期沁香阁诗中这样的诗作也不在少数。如果说涵秋的恋情诗因为绮语而粉饰了"真我"的话,那么此类诗作就把一个"疏狂"的"真我"赤裸裸地呈现在读者面前,真是白居易所谓"疏狂属年少"了。19岁《遣怀》写道:"无贫事业了平生,阴雨檐低昼不明。永夜书灯怜寂寞,入秋诗笔更凄清。几枝瘦菊真知己,半局残棋富甲兵。自笑阮郎最萧索,年来赢得一狂名。"颔联颈联罗列"无贫事业",自是书生意气的看法,而去年的《感怀》有句云"家余杯酒能除俗,囊有诗篇不算穷"也可印证,颇堪玩味的倒是"自笑阮郎最萧索",这里的"阮郎"恐怕不仅指遇仙的阮肇,应该也有纵情诗酒的阮籍的影子,才显寂寞凄凉,也让"狂名"有了着落。"嫉世酿成孤僻性,学禅难破爱嗔关"(《寓感》)或许道出了造成"疏狂"个性的原因;"饮我琼浆百感生,狂敲金箸触闲情","促膝豪谈密意温"描绘了狂态。这些日子生活压力不大,诗人还能保持纯粹的"狂我"。24岁诗人虽已新婚,但还是故我狂态,《秋日杂兴》五首五律云:"家计贫非累,少年骨太痴。……怪矫王安石,奇淫杜牧之。……宁可食无肉,衣裳敝不甘。岂真博青眼,应是惜红颜。"26岁的诗人已为人父,《感怀》云:"……酒瓮埋头春似海,剑锋入手月如烟。……斗室似棺真盖我,画船金马总无缘。"疏狂中不乏牢骚。28岁的诗人已经感受到生活的压力,年头的《感遇》与年尾的《感怀》已有分别。《感遇》云:"……攀附非得计,奈何岁寒日。愿为蓬中麻,不扶自能直。愿为道旁李,性为人不食。……得意人所忌,失意人所好。我佛大慈悲,舍身喂虎豹。区区穷与愁,布施亦良妙。祝我年年哭,祝人年年笑。狂煞一杯酒,奇哉三月春。……"这里的"真我"仍狂态可掬,甚至不惜以反语衬出;《感怀》云:"凉风吹瘦骨,僵然庭下立。四顾阒无人,掩襟容幽泣。少壮空浮沉,及兹嗟何及。古几堆残书,蛛网补空壁。虚殿黝且深,天阴黑如漆。……群鸟起呼风,日景飞何急。入室理残酝,醨酒易成疾。肌肤等火煎,拥衾软无力。娇女情依依,昵我谈古昔。闲话聊破愁,语尽复奚益。……内子一味憨,夜夜眠贴席。郎君太无聊,代汝数鼻息。有声穿寒花,籁瑟偶惊惕。入世能几年,忧患苦相逼。……明日展翠镜,枯容憔悴极。性命尚不顾,颜色何足惜。"面对严冬,家里缺少取火之物,床上缺少御寒的棉被,娇女憨妻,何以为报,诗人只能偷着落泪。此时诗人再难把"残书"看作"无贫事业"了,想饮点残酒消愁又怕冷酒致病,陪着幼女闲话,"语尽复奚益"何其痛彻,真是堪比"百无一用是书生"了。此时诗人再无"宁可食无肉,衣裳敝不甘"的狂情,只能发出"性命尚不顾,颜色何足惜"的悲鸣。诗人的"疏狂"之我可能要被现实的生活改变了,"少壮空浮沉,及兹嗟何及",恐怕不无自我反省的意味吧。但无论如何,诗中有"我"仍是前期沁香阁诗的本色,这个"我"无论怎样变化,他的底色还在诗人18岁时所写《维扬吊古》:"史公祠里古梅幽,萧子坟前碧水流。一自全忠一全孝,英风盛德并千秋。""吊古"义含"咏怀"。史公就是明末的抗清英雄史可法,萧子指江都萧孝子日曈,曾经割肝疗母。少年诗人仰慕全忠全孝的家乡先贤,他们的"英风盛德"一直感染着诗人,激励着诗人,也成为诗人立身行事的坐标。其实诗人20岁时的一组七律《新正试笔》对"狂名"有所警惕："适性自知随分好,虚文那及印心真。……磨砺始能资阅历,疏狂毕竟碍功修。"所以涵秋的"疏狂"既有"适性""真心"的一面,也有"随分""修功"的一面,难以完全跨出传统道德允许的范围。

尽管"绮语疏狂"是前期沁香阁诗的主导风格,但有些诗也已体现出"平淡深沉"的一面,比如上述《感怀》。涵秋家庭责任感很强,而作为如父的长子身份让他自觉关爱家中的老小,幼年失怙的惨痛记忆还未消除,涵秋24岁时年仅15岁的大妹又早早夭折,诗人含悲忍痛写了一组《哭大妹 有序》：

> 大妹蕙仙死两月矣,诚不忍悼文哭之。夏日方永,忽然有怀,拉杂笔墨,聊寄悲慨云尔。
>
> 绿窗人静背唐诗,娇闭双眸小倦时。鹭伏蛇行偷吓汝,回头笑骂阿兄痴。
>
> 磨蝎婚姻太渺茫,小姑命里合无郎。星家浪说生辰恶,此后嗔人问属羊(妹今年十五)。
>
> 汝兄亲课定功程,未近闺帘听笑声。乱叠满床花样子,要翻字本质先生。
>
> 替他理线绣妆鞋,小妹新承玉镜台。还是喜欢还是妒,女儿心地总难猜。
>
> 思如春水貌如云,黄土深深唤不闻。夜静灯残犹胆怯,合家不伴白杨坟。
>
> 灯前谈说剧增哀,独坐花阴露满阶。香到荷花凉到月,开窗怕有梦飞来。

根据诗意,我们推知这个大妹应生于光绪九年癸未(1883),而涵秋之父已逝于光绪六年庚辰(1880),是年他的胞妹出生。涵秋之父去世后,他的叔父星伯公帮助支持家计,况且还有祖母在堂,可想而知涵秋对待叔父家的孩子一定也如同自己同胞弟妹,可见这个大妹定非涵秋胞妹,应该是他叔父家的女儿。这组诗细致描述日常琐事,不仅写出了平时的兄妹亲情和死别的伤感,而且指出她的不幸命运与"星家浪说"不无关系。同年写的另一组诗

《哭福儿 并序》是为亡友的遗腹子之死而作,其中"荒庵未莽故人棺,措大深惭骨相酸。留得未亡人独立,重泉父子反团圆"尤其感人,以死者的团聚来衬托生者的孤单,以虚烘托实,真是道人所不能道。

光绪二十四年戊戌(1898),列强已掀起瓜分中国的狂潮,在京志士纷纷倡导变法自强,尽管仅百日而败,其震撼力却影响全国,偏处扬州、未曾出过远门的李涵秋,新婚逾年,初为人父,个人的安定幸福并没有消弭年轻诗人对国事的关心,他写下了一组《感时》诗。根据诗集的编年,紧随其后的就是一组咏雪诗,这组七律应该作于变法失败之后。

慧愁天忌巧愁人,死后芳心难后身。满地瓦灰前代寺,隔墙花韵别家春。朝廷变法谋生拙,家室遗艰入世辛。后路苍茫思不得,敢云吾亦乐吾真?

烽火迷离近几秋,胪言风听未曾休。豺狼在野城城警,猿鹤无山夜夜愁。夷有文章开圣教,朝无斧钺愧神州。杜陵及见清河北,恐怕萧萧已白头。

小园误启竹笆门,草木侵阶日色昏。粉墨已无人面目,西南新辟鬼乾坤。棋经劫后终残局,酒到醒时又举樽。一把离骚悲壮泪,湘沅来吊屈原魂。

秋水于今久不磨,魂消髀肉太蹉跎。百千万劫偏生我,三十六天都降魔。妇子指星惊彗孛,渔樵何日共烟蓑。旁人莫怪歌喉哑,昨夜声声唤过河。

这组诗把眼前景、身边事和旧典故结合起来,融入个人、家庭和社会的复杂情感,境界阔大,表达了忧国忧民的感伤之情。第一首首联以倒装互文的笔法叙写诗人秉持"疏狂""真我"陷入了个人生存的危机,天人共忌巧慧之我,身心俱遭死难折磨;尾联直陈想到后路,诗人也许被迫放弃"真我",控诉了传统社会对人性的戕害扭曲。颔联直取眼前之景,通过鲜明的对比象征着祖国与列强的现实境况;颈联由国而家,揭示贫困老大的家国谋取新生的艰难。第二首仿佛咏史,借唐代安史之乱寓指列强的入侵,颈联直接切入现实,伴随着坚船利炮而来的洋教势力在扬州乃至全国的迅猛发展,令诗人对清廷的无能为力充满愤慨。第三首喻写变法失败。首联以景喻人,写变法失败后光绪帝处境的艰危;中间两联写变法失败,刚刚稍微有点新气象的祖国又陷入破败昏聩的状态,而列强对我国西南的侵略更加深入。面对此种现实,诗人自然想到了为国投江的屈原。最后一首把个人遭遇和国家命运结合起来,无奈之情渗于其间。首联的"秋水不磨""魂消髀肉"表面上写书生文弱,不堪一战,内含自是国家的衰败萎靡;中间两联个人遭受各种磨难,欲求归隐而不可得,国事混乱,民众反应强烈;尾联借用北宋抗金名将宗泽临死大呼"过河"的典故,寓指国事危急。这组诗一洗其诗绮丽缠绵的风格,转为沉痛抑郁,颇具杜诗风力,即使放在同时代人的同类诗歌中也不逊色,确实令人顿生"歌喉哑"之感,这又让我们看到多愁善感的年轻诗人爱国忧世的情怀。

第三节 后期多以平淡蕴沉郁

涵秋自 29 岁始,不知是由于"狂名",还是什么其他原因,他似乎在扬州难以找到合适的谋生职业,迫于贫困去外地坐馆,29 岁下半年以及 30 岁、31 岁的两年半时间虽然在家里赋闲,但其心境应该和以前不一样了,因此我们把他的后期诗歌创作始年定在 29 岁。大概"诗以穷而工,诗以闲愈多"(《杂咏》),这八年的诗不仅在数量上超过了前十二年,而且诗歌的艺术质量上也大大超前,突出表现在诗歌体裁的多样化,尤其长篇古体和歌行体的大量熟练写作,展示了诗人抒情方式的进步;由于生活面的拓宽,诗歌内容也更加丰富多样。

贡少芹说沁香阁诗"自三十岁而后,则寝馈于晋宋之间。……有时立意用笔,既淡而远,则又酷似老陶"。涵秋的学生龚夔石曾作《李涵秋先生诗话》:"苟有所作,亦皆清新俊逸,莫不叹为庾鲍之遗。"①涵秋《再答包柚斧》云:"学诗如学禅,须参最上乘。"所以涵秋之诗,从香山、青莲入手,上溯阮、

---

① 《半月》,1923 年 7 月,第二卷第二十一号。

陶、鲍、庾,结穴定在老杜,这在前期诗歌已现端倪,后期诗作多徜徉于陶、鲍、老杜之间。涵秋《题董逸沧〈香雪楼集〉》云:"感怀班老杜,俯首拜蒙庄。"《暑夕忆镜安弟》也说:"相思不相见,来寄杜陵诗。"涵秋诗风的转变,给人印象最深刻的就是"绮语"的减少甚至于不作,"屏除绮语词少作","年来绮语噤无声",后来说"才子文章惨少作"大约也是这个意思。当涵秋35岁孤馆汉口,遇到诗妓恽楚卿时,"忏除绮语已经年,草草春风二月天。一笑为卿重破戒,却分花俸买诗笺",稍萌故态。我们且看被陈蝶仙誉为"得陶诗神髓"的《咏怀》之一:

  炎风烁流云,树影圆新绿。睡起苦烦热,汲泉漱寒玉。纵横二十步,斗室逼如狱。譬似鹤在笼,引吭悲林麓。忆我旧庭除,惜我新花木。团扇让谁人,卧月听风竹。楚语不可学,舌滞声复粗。偶尔出门行,失落难问途。比邻有妇女,妆束与人殊。脚秃紧束帛,乳大垂胸脯。因之忆吾乡,蜎蜎酒家胡。调笑娇不拒,十三才当垆。六月荷花时,秋风瘦西湖。

所谓"陶诗神髓",主要当指陶诗的平淡自然、朴素真实,而"陶渊明就正是代表了一个'寒士'的阶层来反对当时半贵族的门第的"。[①] 就这首诗而言,时年32岁的涵秋在经历了一番贫困折磨之后,初来武汉,生计稍有着落,诗句洗脱绮丽疏狂,纯以平淡朴素表出,在现实与回忆的交织叙写中,我们不难发现诗人对新环境的不适和好奇,对远方家乡的眷恋,诚富淡远之致。

涵秋在《白桃花诗分咏》的序中说:"独风雅一道,所以摇荡性情,抒写物理,可以亘千古而不灭。盖比兴非干禄之具,金石无媚世之术。"《答罗浙波》云:"亡风不亡颂,昔已薄殷周。真士贵性情,纤人工应酬。"董逸沧《香雪楼集》令诗人"反复不忍读",就在于让他"始识性情正,未妨儿女痴"。《寄李伯樵》自道:"恬退本性情,一旦愧株守。"诗人36岁时写了一首论诗的诗,题名

[①] 林庚:《中国文学简史》,北京大学出版社,1995年,第160页。

就为《诗》:"小时学诗重性灵,长大为诗重辞旨。性灵生,辞旨死。辞旨死,性灵起。试听隔壁老翁话到明,不及孩婴昵语为可喜。能知此意能诗矣。"这可以看作涵秋对诗歌认识的总结,"性灵"就是"性情"。诗人如此反复强调,可见对"性情"的重视。就"性情"而言,结合沁香阁诗,我们可以分开来看,"性"指诗人个体的"禀赋和气质","情"则指由个性触发引起的男女爱情、家庭亲情扩展至山水自然之情和社会上的友朋之情、师生之情、悯人之情、忧国之情等等,表现"性情"的要旨在于"真、正"。

如果说诗人的"真我"个性在前期诗歌中主要以少年"疏狂"的面目出现的话,那么已经饱尝人情冷暖和世态炎凉的诗人不得不对"疏狂"有所修正,转为"恬退",通过家贫己穷的寒士生活的叙写表达怨愤之情,一方面耻于忧贫,一方面又为贫困所迫而远行依人,直接在剖露矛盾之"我"中浮出诗人的"真性"。29岁开篇就是送弟镜庵离家谋生,"饥躯出门去,相对两茫然",经过严冬冻饿的诗人实在没什么好说的了。当友人也为生计将应官大梁,饯别时却以"尖语"讥刺:"好官不过多得钱,……趋跄拜跪趁腰脚,十年归来金满橐。"不久诗人也要离家赴安庆坐馆,一班友人在瘦西湖泛舟留别,涵秋作长篇歌行纪其事,心情颇为沉痛:"……春花秋月情怀变,往境回头泪如霰。不分天涯又别离,迸肠一痛悲横剑。未惯风尘作客难,离愁压纸墨初干。萧条行李琴书瘦,满载新诗上马鞍。……"独处安庆接到友人来信,不禁狂悲又发,"坐雨枯心糁,弹花血泪陈。……摒弃扬州月,来分皖水春。……剖怀情未诉,嫉世语多瞋。……蒙庄工作达,宣子耻忧贫。北海樽前侣,南柯国里民。……痛哭容狂阮,芳怀赋感甄。……"诗人对于自己迫于贫困而远行,心中非常痛苦,几乎把中国历史上晋代以前的贫穷不遇之狂士都拉来,结尾却又缀上"满纸生芒角,深惭大雅彬"。看来诗人真的想做到"怨而不怒"了。"消得浮生去,低眉学悟禅"也许是去除"怨怒"的最好方法。

初出远门的诗人最难抵消的就是对家乡和亲人的思念,"暗数归期期尚远,更无情绪卜灯花","回头试数田园乐,悔煞依人作远行","颠倒梦魂增宿疾,萧条风雨逼乡心",甚至徜徉于安庆的山水也仿佛置身扬州,"此境真不殊扬州,惝恍又似梦中遇"。《客中多感》之一直接写道:"笔床茗碗懒安排,默把家庭各事猜。觅枣阿儿应解语,学书娇女会呈才。新栽花后离离影,旧立庭前漠漠苔。堂上衰亲应念我,弟归絮问阿兄来。"两个月后,诗人不知何故就结束了这次远行,回到扬州,而且找了份授读的工作,工作环境很好,"花木繁盛,以得地为乐",诗人不禁写道:"我辞皖中好山水,骑鹤来看扬州云。出门一笑不归去,留我作花之主君。"这种好心情没有维持多久,坚持"真我"的诗人很快陷入了遭人剿杀的境地,但又必须依朱门而求温饱,"我"的矛盾在浊世中实在难以"全真",但谁又能说勇于暴露矛盾的"我"不是最真实的"我"呢。且看《述怀》:

世人欲杀我,我亦欲杀人。杀劫不可开,闭户全吾真。人生寄传舍,飘忽如飞尘。忍抑乞温饱,孤愤安所伸?金风驰素节,芳华凋严晨。檐角铁马语,商夜答吟呻。朱门座上客,笑我长贱贫。何如扶锦瑟,酒肉杂遝陈。但博显者顾,仆辈忘主宾。昂然傲妻子,清夜惭形神。我无逐逐才,遂安闲闲身。拙矣自了汉,邈哉葛天民。

本诗前四句说明自己的处境也表明自己的立身处世态度,排除世俗的干扰,力求保全我的"真性情"。后四句回应"真",既然不能像"朱门座上客"那样去为谋求个人私利而丧失"真我",就只好从容地过自己的安静日子。"自了汉"是佛教要斫脛的只顾自己之人,"葛天民"是儒家理想中生活在自然淳朴之世的人,前者为诗人所轻,后者又远不可及。家室累人,自知逃避不可能,但又不愿太委屈自己,"忍抑"就是最好的选择,中间十六句铺叙自己的现实生活,"惭"字作了自我否定,把人生看作过客又不无慰怀。全诗洗尽铅华,直抒胸臆,用对比的手法揭示"我"之矛盾而不失原则,这些都体现了诗人的痛苦。

《效杜工部体》之三、之四:

束发走地捧书读,钻经研史问寒燠。作文浪自说掷金,献策真同空抱璞。朝廷遴选有用才,汝辈只合走蒿莱。书生自昔傲担粪,担粪哆然笑口哈。担粪年年粪尚香,书香逊此滋味长。呜呼!三歌兮歌未果,归来哭觅咸阳火。

朱门大肉与清酒,便欲委人如委狗。揣测豪主用假面,唬吓乡里伸辣手。曩嫉此辈若嫉仇,白日专刺仇人头。今且不愿学大侠,霜锷飒然凝清秋。呜呼,四歌兮四弦静,月凄风紧鬼出听。

这两首诗简直就是对《述怀》的具体展开,甚至不乏激愤之语,但只能"哭觅"的软弱书生还能做出怎样惊天动地的举动呢?看来还是只有"忍抑"。之所以如此,是因为诗人的心中总是装着一家老小,试看之一、之二:

有客有客字韵花,有家不归如无家。仓皇橐笔四方走,得钱不够买丝麻。大者索衣小索裤,不能养儿惭作父。日暮大寒叶走树,旋旋空堂几百步。呜呼,一歌兮歌已酸,泪笛漆黑摧心肝。

积谷积谷防饥旱,养儿养儿防亲老。亲已真老儿不小,哀哉十饭不一饱。儿常饿亲亲不怒,谓儿贫困非儿过。泰山崇高沧海深,不及爱儿一寸心。呜呼,二歌兮重踟蹰,生子如我不如无。

这似乎不能算诗,简直是悲怆的呼嚎。凡是做父亲、做儿子的有责任感的人又怎能不为之动容呢?又怎能说不是真诗呢?

诗人愧对家人的负疚感,读书成材无用的牢骚,对为富不仁者的愤怒,诗中都有强烈的表现,他也隐约感到社会的不公,只是一介书生徒唤奈何而已。

一番不平的悲鸣之后,诗人似乎又恢复了平静。当同人相邀赴闱试时,诗人只是淡然处之,"除却情肠未即抛,功名过眼等轻飚"。《咏书斋前古椿》云:"绿荫经秋渐欲疏,虬枝漏日照庭除。与君一样依华屋,能出檐头我不如。"自是咏物之中寓身世之感。《秋日漫兴》之一写道:"闭门朗读绝交书,酒兴歌怀一例除。偶忆溪山旧佳处,斜阳黄叶独骑驴。"诗人似乎真的打算像嵇康一样息交绝游,避世独居,但是自知"问农工商一不能"(《郊行》),只得还和一班友人饮酒、弈棋、泛舟瘦西湖,甚至"狂奴故态今复作,嚼酒喷人如雨落",弈棋时又来一番自省:"我已无心争黑白,……岂是人事善经营,若妄巧求必倾侧。翻然悟澈乘除理,前此光阴悔浪掷。"泛舟时也不忘自我表白:"形骸放浪自知非,白眼落落阅世微。我辈酌泉容傲骨,几人食肉不肠肥。"诗人总是在愤激与自省的矛盾中撕扯着"我",把"我"彷徨孤独而又不能离群索居的真实心态表露出来。

29岁那年是《沁香阁诗集》中诗作最多的一年,家庭的贫困压力迫使诗人经受着出处矛盾的折磨,"我"虽非昔日吟风弄月之"狂我",但矛盾的"我"也是从今而后真实的"我"。此后诗人在家乡扬州待了两年,家贫依然,"薄薄轻寒薄薄绵,敝裘悔典在春前",只能靠典当过日子,境遇也没有好转,《春日抒怀》之四云:"白眼看人肯一青,剑光吐锷血犹腥。世皆可杀身何寄,天正酣眠酒未醒。竹节已从根处具,桐声谁向爨前听?雄文高赋无人赏,千古蹉跎笑子云。"四联写了四个古人,分别是阮籍、李白、蔡邕、扬雄。首、颔、尾三联正用其事,写出怀才不遇者的悲痛;颈联反用蔡邕之事,说明知音难觅。"剑光吐锷"暗喻才气逼人,"天正酣眠"一句寓示当道昏昧,"竹节"一句化用宋人咏竹"未出土时先有节,便凌云去也无心",表明自己不因现实的艰难而改变"真性情"和高尚品节。全诗使事用典,含蓄隽永,但又明白晓畅,曲尽其情,怨愤而不失洒脱,可见后期沁香阁诗抒情渐趋成熟老到。此后,涵秋远赴武汉,"田园荒废依人好,沧海横流避世难"(《寓斋即事》),过着"诗名兼画债,还为著书忙"(《晓起》)的生活。

"不平则鸣","诗,穷而后工",这既是对我国"兴观群怨"的儒家温柔敦厚的传统诗教观的突破,也强调了诗歌抒情言志的主体色彩,成为唐宋以降我国优秀诗人创作的强大原动力。后期沁香阁诗很好地继承了这一中国诗歌的新传统,涵秋明言"诗以穷而工,诗以闲愈多。……况乎出语多逆遭,见之忌讳休来前"(《杂咏》),宣称"吾不以文鸣,吾又无以鸣也"(《上武汉报馆主笔愚庵》),更不讳言"吾舌吾所有,宁能媚公卿。岂为遭世忌,兼欲负狂名"(《席中赠报界诸君子,想有同感》)。以致他的后期诗作,友人包柚斧认为有"善骂之句"[1],女学生葛韵梅谓"多牢骚语"[2],因为"诗多为恨深"(《遣兴》)。"恨"也是"不平"之一种,一方面源于个体才不堪用怨不得伸的愤懑,

---

[1] 李涵秋:《沁香阁诗集》卷五,上海震亚图书局,1927年,第27页。
[2] 李涵秋:《沁香阁诗集》卷五,上海震亚图书局,1927年,第40页。

另一方面也因为"人生苟可谋温饱,慎勿远行哀别离"(《莫饮酒》)的感伤之情,再就是来自浑浊衰颓的现实社会给诗人造成的悲悯之感。

老母已逝,素重人伦亲情的涵秋独处武汉,最放不下的当然要数在家抚育稚女幼儿的妻子了,刚到武汉,诗人就急切地写了《寄闺人柔馨》:

> 云雾濛濛花漠漠,遥忆扬州春尚薄。睡髻慵梳怅美人,十指憎寒放罗幕。晚来我亦怯东风,愁眼松松理春酌。最无聊赖是临眠,自展狐裘压衾脚。

这首诗是"屏除绮语"的后期沁香阁诗中少有的带有香艳色彩的诗篇,不禁令人想起杜甫的《月夜》。前四句以"遥忆"领起,想象春寒中的妻子在家的生活;后四句以"晚来"带出,实写诗人幽居无聊的孤独心境。"自展狐裘压衾脚"的细节暗示夫妻共处的和暖之情,更衬诗人独居的"最无聊赖"。荆妻当然不是"美人",贫困的家庭估计也没有"罗幕""狐裘",香艳中不乏自我调侃,也许能给诗人平添一点温暖吧。全诗虚实相生,景情交融,展示了没有婚前爱情的传统婚姻美好温馨的一面。不用诗人习惯的四平八稳的整齐律体,而以入声字押仄韵,句式错落散行,既渲染了春寒的料峭逼人,也映衬了心情的萧索落寞。

兄弟是传统道德中的五伦之一,涵秋父亲早逝,自幼兄弟相依。当他初到武汉,倍感"欲索人语无知音"(《秋夜独坐》)的寂寞,加之又有一段遭人忌杀的痛苦经历,自然觉得"朋友多貌亲,缘是思弟昆"(《暑夕忆镜安弟》之一),尤其生活困苦,兄弟二人都被迫远离家乡谋生,回忆兄弟间的生活、对介弟的思念成为后期沁香阁诗的重要内容。试看《暑夕忆镜安弟》之二:

> 忆吾弟三岁,吾值七龄时。偕汝食果饵,必命汝择之。汝攫大者去,吾还笑口多,谓"汝胡聪明,竟解分等差"。曩事虽模糊,大母常为辞。学龄共入塾,早夕手亲携。汝偶获严谴,我必旁涕洟。一朝抱书归,汝忽歧路驰。路转不见汝,惊魂成木鸡。及见汝既得,痛定反悲嘶。哀哀兄弟心,天性真不移。汝质幼刚劲,人颇不敢欺。阿兄懦无能,汝

常为护持。记得同砚子,冤吾禀吾师。吾噤不能辩,势将夏楚施。汝怒发大声,先生为开颐。推汝忠义气,可以肝胆披。凡此琐屑事,皆足致相思。相思不得见,来寄杜陵诗。

《杂咏》之一则写思念妻孥之情:

忆昔初读书,髫龄八九岁。携弟学嬉斗,见人知拜跪。娇懒怯蒙师,牵母盈盈泪。暗冀几时大,可脱拘拿罪。忽忽二十年,已有儿女累。念为儿女时,反觉儿女贵。高堂相庇荫,只知食与睡。混沌一旦凿,形神日憔悴。遂将父母心,来顾妻孥辈。虽言奔走劳,犹喜智虑备。此后渐苍老,终必就衰废。万一念今日,必更涕泪坠。人事究颠倒,寸心乱向背。过去常恋恋,现在都昧昧。作诗得解悟,随缘聊自慰。逝者已如斯,来者大可畏。此地濛濛雨,遥知家中寒。不知家中事,愁坐独长叹。忽得闺人书,思我泪不干。翻笑我是日,挟妓适豪餐。因思我今悲,安知彼不欢?何以知彼欢,儿女娇团圆。家中思我有时释,客中思家常漫漫。

这两首五古,全以赋体叙事。前篇选取兄弟幼年相处的几个典型事迹,真实细致,既写出了手足深情,也在兄弟言行对比中凸显不同的性格;后篇叙事夹议论,写出诗人心境的变化。二诗用语平常,感情真挚,颇见左思《娇女》和杜甫《北征》之风致。

涵秋自幼喜与人通谱,非常珍视友情,尽管曾经吃过朋友的亏,但是对性情、文字相近的朋友时常眷念。虽然自己的境况不好,但还替旧友担心,"来书道是尚无依,乌鹊寻巢绕树飞"(《寄哈蓉村》);互相劝勉多加保重,"各到中年需爱惜,况当少小便同盟。开缄莫当寒暄看,一度临笺一泪倾"(《寄张君赓廷》)。对于因文字结交的新朋诗人更是欣喜之情洋溢于笔端:"依然故我一书生,如此依人悔远行。两事思量还值得,饱看山水更逢卿。"(《寄胡石庵》)对于真正的文字知己,即使未曾谋面,诗人也毫不掩饰自己的感激之情:"镳辔奇才归锻炼,醉心誉我《咏怀》诗。只今又是秋风熟,投报琼瑶已悔迟。"(《怀人诗之天虚我生陈蝶仙》)学生新婚,诗人作诗庆贺,不乏幽默感:"被池香软女儿慵,体贴人情我最工。此后读书休早起,莫令小语骂冬烘。"(《门人陆仪阁新婚贺之以诗,时仍从余读书》)"画眉妨了绣工夫,细数年华一笑初。郎十七龄卿十八,由来明月姊称呼。"(《贺门人李伯永新婚》)这些实在是后期沁香阁诗中难得的"快诗"。当至交徐念慈英年辞世,刚刚有些新气象的中国文坛特别是上海小说界损失巨大,报刊上发出讣告,远在武汉的涵秋看到后,悲痛万分,顿时写下《哭徐念慈》组诗:

十日前头接素书,商量事业到樵渔[(1)]。伤心文字皆成谶,撒手幽明便异居。浊世本无天可问,浮生觉比梦尤虚。申江楼上离筵酒[(2)],犹说重来访故庐。

感事都应血泪斑[(3)],年来病骨已孱孱[(4)]。嫉人太甚宁为鬼,入世嫌多肯出山。卅载终怜遗蜕疾,十年不为著书闲[(5)]。鲰生笔墨今成怅,更向谁人乞手删[(6)]。

江草江花路几重,故人洒泪怅秋风。便抛妻子心难死[(7)],远隔关河讣未通。把剑侠肠终寂寞,修文幻想总朦胧。无端报纸传君耗,犹祝相如字偶同。

大水江南酿巨灾,万家炊灶长青苔。百年不免老病死,一瞑如歌归去来。但有孤魂萦墓木,莫传时事到泉台。书斋我亦萧条甚,如此吟诗事可哀。①

这四首诗分别从不同的角度,同时又关联徐李二人,曲尽其情地表达了

---

① 涵秋自注:(1)前致余书云:"当夕阳西下,踯躅马路中,觉此身如寄,反感似此片刻光阴,不容虚度。细观侪辈,未必尽有恒业,而票碌若是,孤身闲步,反不系之舟,无所容之鲍,不亦为造物所笑耶。想我公闻之,或将以厌世相规也。暇偶读唐诗,觉古人乃先我大彻大悟,执笔欲发为之,又若不相似。"语语解脱,知其不祥,然不谓如是之遽也。(2)今岁孟春一晤君于沪上。(3)又论某文云:"人性狡猾,反翻雨云,甲固非矣,乙未尝是也。大抵人群益多,则倾轧排拥之风益盛,而其手段亦奈何侦探家之不易捉摸。弟岁仅三十余,涉世十年而百念皆灰,恐此种前途于文明发达,实南辕而北辙耳。"(4)又云:"胃病旬日一发,如潮汐之不爽时,中西药俱服,毫无效验。西医劝以不用心不动笔,是非穷措大所能享此福者。然则执笔以从役,又何异操刀以自杀哉。"(5)君所译著之书甚伙。(6)余有所撰著,皆由君所发起之《小说林》印行。(7)君苏人,携眷来沪。

涵秋对亡友的哀悼之意。第一首追述二人的友谊,悲叹人世的无常;第二首刻画了徐念慈的性情和为人,说明徐念慈的事业成就和对自己的帮助;第三首伤痛徐念慈身后的凄凉,希望噩耗非真;第四首联系现实中人们生活的艰难,令人感到生不如死,倒像劝慰自己应该为亡友的解脱高兴,这真是悲痛至极之语。由此也可看出涵秋和徐念慈的友情之深。

涵秋走出了扬州,当然也暂时走出了狭小的自我天地,对现实社会的普遍关注成为后期沁香阁诗迥异前期的突出之处。当诗人从安庆回到扬州,接受朋友招饮,"狂奴故态今复作"时就不禁写道:"又不见帝京往日连兵岁,仓皇奔走妻孥累。霜刀诛头着地滚,大眼睁睁犹未闻。"(《刘筱云招饮酒酣走笔赋赠》)联系史实,这里应该指的是义和团运动和八国联军攻占北京的惨景。诗人曾在《劝农民息讼歌(甘邑白朵卿大令校士课作,取第一名)》的序中写道:"自来山讴村笛,流露无心;童谣叟歌,言情最切。本一心之恺恻,思万口之流传。务使雀角鼠牙,迹消图圄;和风甘露,泽溥闾阎。言之者,朴而不文;听之者,味而弥永。斯为善矣。若夫文人咏物,翻矜刻画之工;学士梨葩,贵称颂扬之体。兹之所撰,亦无取焉。盖不贵杜子美之忧国,寄托遥深;而翻恃白香山之为诗,老妪却解耳。"明言这类诗取法于白居易的新乐府诗。诗云:

> 劝息讼,望息讼,有钱莫向公庭用。无钱再想有钱时,回忆公庭心转痛。本县忝为汝父母,见汝来讼暗凄楚。不能使汝泯讼争,有讼能听亦何补。听讼未必词色和,听讼才毕思转多。日日花前讼听毕,平心为作息讼歌。

> 吾民同居在一乡,守望相助休参商。吾民同居在一里,干糇何至纷争起。大家相好无相尤,鸡豚燕社盟春秋。丰年笑乐论嫁娶,非亲即故皆同仇。偶有意见不相合,一笑解释最上策。即使负气终不平,父老便可论得失。汝若执迷不审度,宁塞衙门上城郭。其中便有唆讼人,搬弄是非施刁恶。汝便悔,悔已迟,狼役虎骨嗤汝肌。十日不见长官面,及见长官筋骨疲。长官贤,省释无事还家园;长官昏,拖延日久离乡村。万一得值固可喜,累累腰橐已罄矣。对面人既输官司,不报此仇不肯

已。小则酿为子孙争,大则械斗纷相呈。人命牵连祸更巨,有家难栖田难耕。回思衅起一息耳,谁知患害乃如此。长官愍汝知汝愚,不惮苦口亲譬拟。譬拟旁人是骨肉,些须差错何为辱?譬拟旁人是妻孥,暂时争竞旋欢呼。须知量大福亦大,不见唾面自干娄大夫,又不见百忍传家张大儒。

我为百姓歌,百姓为我唱,日歌一遍作榜样。农民农民汝勿痴,我将听汝唱歌时。

诗人了解民间疾苦,知道普通民众在当时的社会里打官司往往给自己带来更大更多的麻烦,既然无法改变现实状况,那么就尽量避免官司出现,这种做法虽很消极,却也许比不成熟的蛮干要好。当然,这首诗是站在清官的立场上来劝诫百姓的,题中明确指出"甘邑白朵卿大令校士课作,取第一名",可见它得到了县官的认可和褒奖,它的意义不在于暴露或批判现实的深度,而在于它运用"童谣叟歌"般的口语告诉普通百姓一种生活态度,对于淳化乡里民风具有积极作用,他后来创作的"社会小说"大都继承了这一风格。

家庭贫困给诗人带来莫大的痛苦,贫富分化严重的社会现实又给诗人以强烈的刺激,诗人对穷人的无奈和富人的骄横当有深刻的体会。爱憎分明地叹贫嫉富成为后期沁香阁诗的重要内容之一,这在当时应该具有普遍意义。诗人曾作《穷士行》:

富翁居家如蛰龙,深房不醒春雷慵。月西才睡日西起,廿年不见朝暾红。朝暾红,霜满地,双足冲寒笑穷士。不识奔波多苦心,翻疑入野吸空气。一访再访不得见,三访才见富翁面。嗫嚅欲语颜先红,满腔热泪落如霰。昨夜缠头已百千,有赏奇优十万钱。腕中灼灼金条脱,够抱娇花半晌眠。穷士汝来惜已迟,且留一饭饱汝饥。贵人倦矣请暂息,屏后笙歌鼎沸时。

抓住富翁和穷士生活中的细节,通过穷富生活的对比,写出了穷士的生活艰难,为富者的不仁,这些感受诗人可能是有切身体验的。贫困导致物质上的匮乏,使诗人不能赡老养小,不能在家庭中尽到为子、为兄、为夫、为父的责任,给诗人带来巨大的精神痛苦。还有一首《贵人行》,或可与上一首诗比照着看:

> 贵人气焰高于山,入门下马恣心颜。揉花摘草不称意,欲闯琐闼窥云鬟。主人吞声哭不得,我怪主人会相识。亦有江乡二顷田,车马不来容高眠。贵人贵人勿轩举,世间更有贵于汝。诚看殷勤座中妹,可怜宛转怀中女。日生东,月没西,一枯一菀谁能齐。他年待汝吞声日,风雨还来伴夜啼。

这里的"贵人"当指一些掌权者,前四句写"贵人"的骄横,不仅"揉花摘草",还想调戏人家妇女。接着四句表明自己的态度,对于这样的"贵人",只有不和他们打交道。最后规劝这类贵人,不要嚣张,还有比你贵的人,某天你也会得到同样的遭遇。这首诗可以说是对"贵人"的愤恨,也表达了一种人生态度,那就是对人生无常的感叹,也有对人生平等的希求,这种人生态度在他日后小说创作中是比较常见的。

《大风伤覆舟者》,表现了诗人对覆舟落水而死者的同情:

> 大风吼寒声,先自入林木。青灯乱冷焰,复恐撼瓦屋。破庙赤丐冻已死,破舟行人堕江水。低泣长号天下闻,但见涛头一千里。明朝风定江妥帖,上流乱尸多于叶。天下不可徒手援,欲往从之无舟楫。

这首诗没有挖掘沉船背后的深层原因,只是对事件进行客观的描述,这种客观的描述蕴含着诗人对普通人生命的关注,暴露了当时政府的不作为,长江航道预防灾难措施的缺失,即使想去救助,也"欲往从之无舟楫"。

还有一首《祈雨》,讥刺旱魃肆虐,官员不思抗灾、却一心求神的丑行:

> 夏秋衍雨泽,火云烧树枝。邑宰事祈祷,清风飒灵旗。谕民禁屠

杀,官厨纷肉糜。岂不悟妄诞,聊将愚民欺。江水不上天,痴龙不出池。禾黍脆如薪,刈来备晨炊。夜夜见星月,老翁攒愁眉。犹记一春雨,庭隅涨清漪。瞑想檐溜声,心神为之怡。阴阳相背戾,旱潦多参差。隆冬九十月,或反苦淋漓。迨时乞晴霁,更望神扶持。可怜邑宰身,年年晴雨疲。

本诗的开头两句说夏秋两季正常应该多雨水的,这个夏秋却是干旱得不得了。接着六句写县官的装神弄鬼求雨,一边禁止百姓吃肉,一边自己吃肉不停,诗人痛切地指出,官僚也知道求雨的行为是虚妄荒诞的,不过是欺骗百姓罢了。以下六句写百姓对干旱的无奈。再下六句写春雨的可贵可喜,说明天道自然。最后六句想象冬天多雨,县官又要求晴的场景,讽刺殊为有力。全诗官民对比,实虚相生,生动地刻画了一个欺世盗名的官僚形象。

宣统元年己酉(1909),当时全国掀起保路风潮,湖北有个叫陶勋臣的军人断指以激励主事的官员,诗人有感于此,作《陶步兵断指歌》:

> 步兵曰勋臣,鄂人以争鄂路,故断指励当事者,窃壮之,赋短歌,萧萧易水亦变徵之声也。
>
> 此君若使之杀敌,必能对敌抛头颅。夜偷大营渡江水(营规甚肃,步兵以夜出),怒潮热血相呜呜。拔刀断指指堕落,我嫌一指徒区区。断指愿君断十指,缚以长绳悬京都,一一遍指卖国奴。

这首诗一变同类叙写社会现实诗作的温和劝讽,转而疾言厉色,既写出了陶步兵的愤勇爱国热忱,又直接怒斥卖国的当权者,诗人的愤激之情溢于言表。这似乎表明诗人开始直面现实,也预示着他将改变自己的表达方式了。从此以后,诗人成为一名完全的社会小说家,用手中的笔直接暴露谴责黑暗的社会现实。

变法之年,年轻的涵秋曾作《感时》四首表达书生痛国之心;十年后,国事越发不可收拾,人到中年,更难有作为,诗人不禁又赋《感时》诗一首:"岁岁磨驴向天末,髫丝白日共消磨。妻孥迢递知心少,父老艰难望治多。苔晕小花蜒坏壁,柳抛残叶下官河。岩疆何事颓铜柱?惭愧当年马伏波。"首联慨叹年华易逝,老大无成;尾联借用后汉伏波将军马援旧事,寓指时值边疆多事之秋,国中无人,而诗人也不能犹如当年马革裹尸的勇者,显化无成之感。颔联笔涉己群,乱世之中,个体和群体都不得安宁生活;颈联就取眼前之景,苔藓看似小花,却侵蚀墙壁,柳丝优美,残叶也会弄脏官河,凡事都不可被亮丽的外表所迷惑,积微而渐,祸害无穷,国事何尝不是如此。这首诗转激愤为深沉平淡,"当年马伏波"也许比"屈原魂"和"歌喉哑"更有行动意义。

《沁香阁诗集》中这一类直面现实、关心民瘼的诗作虽不多,但在复古风炽的晚清诗坛颇为难得。特别是李涵秋此类诗歌的语言通俗易懂,口语化,命意在于"务使雀角鼠牙,迹消囹圄;和风甘露,泽溥闾阎",富于教化色彩,体现了诗人的社会使命感,与他后来的小说创作在精神上是相通的。有些诗作浸透传统陈腐思想,体现了诗人的局限性。如《郝烈妇诗》,序云:"烈妇萧姓,扬州甘泉西乡人,归同邑郝煦春。郝设豆腐作坊于扬郡南门街。四月染疫,垂死,父持之而泣,烈妇夜祷于庭,愿以身代。祷毕,拥儿于怀,饱乳之,而后越墙出,死枯隍中。"对于这样典型的礼教杀人事件,涵秋缺乏深刻的反思意识,没有揭示事件的血腥本质,却要"志之当贞珉",这与晚清国门已开、妇女解放的号角已经吹响的时代氛围多么不谐调,我们怎能原谅诗人的麻木?随着时代的发展,涵秋的认识在后来创作的小说中有所进步。

写景抒情本是沁香阁诗中的大宗,后期沁香阁诗这方面的诗作仍然不在少数,与前期此类诗作相较,不仅写景范围不再局限于扬州,而且诗歌体式更为多样,尤擅古体杂言。如写皖地山水的《雨后山行》:

远山生云云平天,近山过雨雨成泉。在家枉自说登眺,那有千累万叠夐绝之峰巅。足力疲惫,行行且前;危崖下瞰,神眩心颠。三五房屋聚若粟,依林傍水起炊烟。矗天塔高面面仄,隔江树小株株圆。新月有情逐人走,俯首忽在清池边。蔓草苍湿作腥气,野蝶高下相盘旋。此景父老不能说,豆棚团坐谈当年。我亦能说不能画,霞光风色空新鲜。吁嗟乎！高陵下谷有时变，明日此亦沧桑田。

习惯于扬州平山瘦水之柔美的诗人，在奇崛高峻的皖中山水面前，不得不惊眩于它的壮美了。移步换景的铺叙颇近于谢灵运，句式错落，奇偶相杂，恰与眼前的奇景相应，以文为诗当得益于韩退之。把个人感受和奇异的景致结合起来，深具虚实相衬之妙。最后以景语出议论，令人顿生世事变幻之感。全诗集写景、抒情、议论于一体，当然不是普通的模山范水之作了。

江汉平原与扬州山水差别不大，"草花近水秋容瘦，钟磬鸣雷梵语凉"（《游洪山路中口占》），比拟、通感的手法颇见诗人炼字之精。"水涸悬渔网，风高哑鸽铃。沙头潮后白，山眼晓来青"（《汉阳》），再现前期沁香阁诗锻句的工整，恐怕放在盛唐山水诗集里也不易辨认。当时的武汉三镇靠渡船连接往来，《江口晚渡》倒是写出了当地的特异之处：

船轻载人多，侧侧双轮险。振衣去不顾，来就松花舢。登舟觉岸动，打桨知程远。残照堕林木，朔风做刀剪。鹤楼忽俯仰，石塔微明闪。长天一雁过，哀唉寒云卷。江树何年栽，江流何日浅？浪淘英雄尽，时清鼙鼓敛？容我立中流，照水秋衫软。行行近石壁，万篙落雨点。空隙振繁响，榜人竞牛喘。劳者复为谁，霜严足尚跣。野火映村烟，渔纲挂干藓。我乐虽及时，念此滋泪泫。归来起寒更，酌酒烹春鳝。一醉拥孤衾，梦想落苍巘。

这首五古写了诗人一次冬日渡江的经历。前十二句写登舟远望所见。就诗意来看，当时的"松花舢"应该是机动和人力并用。由于交通不便，大船严重超载，尽管出现险象，但是诗人还是下定决心上船，"振衣"二字颇为传神。"鹤楼俯仰""石塔明闪"自是武汉独有之景，也映衬船颠簸得厉害，以"叶落""雁唉"渲染冬天的严寒。接着十六句近观江流，写所思所见。两句无人能答的追问，不禁令人想起初唐扬州诗人张若虚对"江月"的追问，虽然境界有高下，但都充溢着历史与现实的沧桑感。时局不靖，洋船横行，这些都是潜在的鼙鼓。诗人冬日里却穿着秋天的绵软长衫，虽立身中流，但无击楫投鞭的豪气,严寒中赤脚撑篙的辛勤劳动者,迫于严寒久不下网的渔民,他们的生活一定非常艰辛,诗人只能抛洒同情的眼泪。最后四句以归来做梦结束,余意不绝。饮酒驱寒,佐酒的菜肴却是春天里留下来的鳝鱼;经历了乘船的惊险和伤感,难免梦寄山峰,似乎作退隐之想。全诗随行程而意三转,却又一韵呵成,将严寒冬景、个人的失落感伤和对普通劳作者的同情融为一体,赋中含比,一咏而三叹,苍凉深沉,渐趋枯寂,可见涵秋后期写景抒情诗作的丰富性。

涵秋自幼即擅绘事,题画、咏物诗在《沁香阁诗集》中亦不鲜见。他的学生龚夔石曾说:"咏物诗宜空灵而不宜放纵,宜刻画而不宜钝置,作诗者苦焉。惟吾师所为《白桃花诗》则兼空灵刻画而有之矣。"[1]涵秋在《白桃花诗分咏》序中说:"今年(1908)春,旅居岑寂,风雨累日,偶得白桃花题,用以求益当世。素泪失艳,写春士之羁愁;香云忽贞,忏美人之往事。藉此体会,感荡心灵。"所谓"空灵刻画",也就是要对所题咏的对象不即不离,涵秋所论则将之具体化,题咏中要能"求益当世"、有"我"之情思。如涵秋18岁时的《题画白桃花》:"参破尘寰色是空,不将红紫写东风。仙人体格才人笔,总在清清白白中。"短短四句,纯用比法,明为题画,实为咏物,更在写人,着意在"白",但嫌太过直白,颇显稚滞。而十七年后,涵秋已人到中年,学力和见识都非昔日可比,此时所作《白桃花诗分咏》自是意味涵泳,摇曳多姿,试看之一:"一曲歌残《燕子笺》,媚香楼圮冷秋千。亭台春浅重重雪,溪坞风回漠漠烟。才子文章惭少作,美人忏悔到中年。眼前洗尽繁华态,消受轻寒薄暖天。"全诗几乎不提"白桃花",但又处处关系白桃花。首联写《桃花扇》中李香君故事,以她不愿与阉党合作,不唱阮大铖的《燕子笺》的高洁品质来比拟白桃花的洁白;颔联既用俗语中的三月"桃花雪"来比白桃花的洁白,又用桃花溪(源)和桃花坞的典故涉及的人事来比拟白桃花;颈联以少作"绮语"和美人浓妆反衬白桃花的毫无修饰;尾联写白桃花不畏料峭春寒,傲然开放。这首诗把咏史和写实结合在一起,笔笔不见白桃花,却又笔笔不离白桃花,尤其突出白桃花的"洁白";似写白桃花,更是写人品。全诗婉转低回,笔法空灵,

---

[1] 《半月》,1923年7月,第2卷第21号。

关系物我,却又超越物我,其实所要表达的主旨与前一首诗并无二致,但功力和才情则别如云泥。

第四节 沁香阁诗的诗学渊源

索之《沁香阁诗集》,涵秋29岁之前的诗中提到的诗人,唐代有李白、白居易、杜甫、杜牧,宋有王安石,魏晋有阮籍、曹植,清代有王渔洋,29岁以后的诗中提到的诗人除了前述诗人外,又加上陶渊明、王粲、苏轼等人,我们当然不能根据沁香阁诗中所提到的诗人来判断其所学以及其风格,但是起码能说明涵秋对这些诗人熟悉的程度高些,多少要受到他们的影响。根据涵秋自道以及贡少芹的看法,沁香阁诗早年主要受到白居易和杜牧的影响较大,所以多"香艳""绮丽"之词,而这也主要体现在涵秋24岁之前,那时候诗人还未结婚,衣食基本无忧,又经受了情感挫折,言为心声,难免"曼声绮调"。后来家计艰难,游幕旅食,贫穷愁苦,情感渐转深沉,言词淡远,有时也不乏牢骚激越之词,所以具有老杜、渊明之风致。但是,我们也不应忽视清代扬州诗坛生态对沁香阁诗的直接影响。

纵观清诗史,有清三百年扬州并没有产生著名的大诗人,但是康乾嘉道年间,扬州凭借独特的经济、交通地位,吸引聚集了许多诗人,这些诗人多为生活所迫而依附盐商、官府的寒士,这些寒士诗作的抒情特征在沁香阁诗中体现得也极为明显。道光以后,太平军兴,盐业衰败,运河阻塞,扬州的区位优势尽失,四方布衣寒士来扬旅食者日少,诗歌多存于扬州民间的不第寒士之口。

清末民初,扬州最著名的诗人团体是冶春后社,之所以称为"后社",是相对于乾隆年间的"冶春诗社"而言。"冶春"得名于康熙年间主政扬州的诗坛盟主王士祯的《冶春词》,涵秋24岁时曾作《和王渔洋冶春词(江都童大令外课取第三名)》,如其一云:"两岸疏篱系短舟,落花随水水东流。平山此去无多路,露个青帘即酒楼。"颇饶渔洋山人的"神韵"意趣。自王士祯以下,承平时期的历任两淮盐运使多有风雅之举,借冶春诗社而雅集文士,举行红桥修禊活动。道咸以还,扬州屡遭兵燹,其事稍息。直至光绪中,臧谷创立冶春后社,诗友多为不第寒士,其时涵秋年尚即冠,未与其事。臧谷虽然早年科名显达,同治四年(1865)32岁中进士,官翰林院庶吉士,据贡少芹说是"在京狎妓致触某亲贵之怒",又遭父母丧,且对朝政失望,当年即辞官归里,以诗自娱,大约也是一个"疏狂"的人,"工诗,在白、陆之间"①。观其最为扬人传唱的诗作《续扬州竹枝词》,"用访前人,博采轶事,得诗百首"②,实在是关注现实有感而作的。扬州自清初直至嘉道间一直是布衣寒士诗人麇集唱和的圣地,冶春后社的布衣寒士诗人进一步平民化市民化,他们的常聚地点只是一家名曰"惜余春"的小酒店。"平民化世俗化了的寒士诗歌,其生动形象性、客观真实性都是庙堂文字所无法比拟的,它对世道人心的反映,也远比寄迹廊庑的庙堂文学要广泛深刻得多。而在艺术上,正如'穷'而'工'之规律所揭示的那样,寒士诗歌独具其感发人心的意味。……以文章为实现自我人生价值目标之手段,以弥补立德立功之缺憾,故呕心沥血以从事,……而寒士于诗体演进、诗题拓展、语言变化(通俗化、口语化)的贡献,更是不言而喻的。"③论者的这一段话主要是针对嘉道年间的寒士诗群而发,而以臧谷为代表的冶春后社的诗人群体的境遇比之更糟,李涵秋虽然没有参加冶春后社,但在诗歌创作的精神上与他们是有共同之处的,诗社的活动也经常邀请他参与。其诗继承了寒士诗歌的传统,多用赋比的手法,做到"诗与人合一",表达诗人对家乡风物的热爱之情,对亲友的关爱之情,甚至发出对个人贫穷境遇的牢骚之语。这种感情扩大开来,表现为对国运衰颓和中下层人群痛苦生活的关注。可以说,李涵秋的诗境随着自身阅历的增长和诗艺的成熟而逐步拓大的。

李涵秋的诗除早年好作"绮语"外,集中诗作大多明白晓畅,韵味隽永,颇合口头吟诵,如涵秋18岁时作的《观音山竹枝词》之一:"恰才窗下画双眉,又对菱花理鬓丝。行到虹桥天未午,自家犹悔出门迟。"且在《诗》中特倡"性灵"。有清一代,最早独标"性灵"的要数袁枚,"'性灵'说最基本的含义,概而言之,大抵不外乎性情要真、笔性要灵这两个方面。它首先要求诗歌抒

---

① 董玉书:《芜城怀旧录》,江苏古籍出版社,2002年,第14页。
② 夏友兰等:《扬州竹枝词》,1992年,苏扬出准字(92)76号,第55页。
③ 陈玉兰:《清代嘉道时期江南寒士诗群与闺阁诗侣研究》,人民文学出版社,2004年第55页。

写个人的性情,这种性情必须真实。符合诗人的'自我'。其次它要求诗人具备一定的天分,在创作中发挥这种天分,努力创新,自成家数"①。"应该说,要求诗歌抒写真性情,这是清代初期以来以及历代许多诗人共同主张的观点,因而本身并无足奇。但是,袁枚所说的性情要真,特别注重表现'自我',在很多方面不受封建正统思想和伦理道德的约束,具有一种反封建的民主精神,这却是一个极大的进步。从这个意义上说来,袁枚倡导'性灵'说,对诗歌的思想内容而言无疑是一个解放。同时,对诗歌的艺术形式而言,'性灵'说也是如此。袁枚强调诗歌抒写个人的真性情,在艺术形式上则不受任何限制,主张诗人充分发挥自己的天分,努力摆脱前人的束缚另辟蹊径,独创新格。"②"性灵说"是袁枚与当时主流诗坛的"格调"说和"肌理"说相抗衡的诗歌主张,在寒士诗群中影响极大,他的诗弟子也多为寒士。与袁枚同时代的扬州诗人郑燮也主张诗歌"自写性情,不拘一格,有何古人,何况今人"③。涵秋极为服膺板桥,曾在《自嘲》一诗中自注云:"昔郑板桥谓以书画供人鉴赏为奴隶之事,今人亦有誉吾说部为佳者,吾念板桥语,吾泫然不知涕之何从也。"李涵秋拈出诗歌中两个对立的概念"性灵"与"辞旨","性灵"与"孩婴昵语"相对应,当为未经世俗社会、经典文辞熏染的真性情,袁枚也曾说诗"妙在皆孩子语也"④;"辞旨"应该包括诗歌的语言和内容两个方面,与"老翁话"相对应,当指人为雕琢、故作高深的晦涩之言。晚清诗坛复古派泛滥,李涵秋重提"性灵",与梁启超、黄遵宪的"诗界革命"颇有互通的一面。由此,我们不难看出李涵秋在近代诗史中应该是有他的地位的。

总之,清末民初,李涵秋虽然是与林纾、包天笑齐名的"小说三大家"之一,但他的诗歌创作内容丰富,体裁多样,取法多途,远绍魏晋,近采康乾嘉道,非唐非宋,亦唐亦宋,把中国古代寒士诗歌传统和变荡的近代社会现实结合起来,在晚清壁垒森严、流派林立的诗坛颇具自身特色,对于我们认识

---

① 朱则杰:《清诗史》,江苏古籍出版社,2000年,第244—245页。
② 朱则杰:《清诗史》,江苏古籍出版社,2000年,第248页。
③ 郑燮:《郑板桥集》,岳麓书社,2002年,第324页。
④ 袁枚:《随园诗话》,江苏古籍出版社,2000年,第56页。

当时的社会,研究清诗史和地域文学富有价值,因此,我们不应忽视对李涵秋诗歌的研究。

〔本节主要参考《扬州才子李涵秋研究》(伍大福著,山西人民出版社2010年)第一、第二章编写而成。〕

第三章 刘云若诗歌论

张元卿

析津刘云若[①],世多目其为小说家,而罕有论其诗歌者,今欲论之,几不知话从何起。然民国文人多能诗,后世所谓通俗小说家,如姚鹓雏、潘毣公、李寿民等,皆诗人而擅撰说部者,云若亦此中人也。奈何时世变易,世人为其说部之盛名所迷,竟鲜知此等人物本皆诗人也。

云若逝后,刘叶秋挽诗有句云:"世态都从腕底收,声名久溢小扬州。仅传说部宁初意,早识襟期异俗流。"[②]前两句乃就作品特色、流传区域来评说云若之小说成就。"仅传说部宁初意",笔锋陡转,直言云若之"初意",非欲"仅传说部",然则其"初意"何在?

---

① 刘云若(1903—1950),原名兆熊,字渭贤,天津人。民国时期著名的小说家、报人和诗人。14岁随父客保定。18岁返津,入扶轮中学,期间所写话剧《结缡劫》曾在该校上演。中学毕业后曾做过列车乘务员。1926年前后,投稿《东方时报》,竟得编辑吴秋尘之赏识,后经吴氏推荐,结识报界名人王小隐。时冯武越新创《北洋画报》,欲得一得力之编辑,经王小隐推荐,刘云若遂任《北洋画报》编辑。20世纪20年代后期,与冯氏发生龃龉,离开"北画",加盟《商报》,改副刊"杂货店"为"鲜花庄",同时兼任《商报画刊》主撰,渐成沽上名编。1929年,小说处女作《燕蹴红英录》在天津《商报》连载,但未能完篇。1930年春,《商报》编辑沙大风筹办《天风报》,邀云若主编副刊"黑旋风"。在此期间,其长篇小说《春风回梦记》在《天风报》连载,一炮打响,欲罢不能,始致力于小说写作。20世纪30年代初至40年代末,先后创作了《春风回梦记》《情海归帆》《红杏出墙记》《小扬州志》《旧巷斜阳》等五十多部社会言情小说,其中有"五部小说被拍成影片",《春风回梦记》《红杏出墙记》等小说还被改编为话剧、评剧、大鼓、评弹等。1933年10月,刘氏自办《大报》,连载了《续春风回梦记》,并推出了郑证因的武侠小说处女作《风尘三杰》。后因转载《闲话皇帝》,于1935年6月被勒令停刊。1947年3月,刘云若开始主编《星期六画报》副刊"鲜花庄津号"。1948年2月,又主编《星期日画报》漫谈专版"小扬州"。抗战胜利后,开始创作以沦陷区生活为背景的小说,如《秋扇春风》《粉墨筝琶》等。1950年2月18日(旧历庚寅年正月初二),突发心脏病,在天津去世。

② 诗见刘叶秋《旧体章回小说家剪影——忆刘云若》(载刘叶秋《古典小说笔记论丛》,南开大学出版社1985年版),诗作于1950年春。此文后又刊于1989年2月18日天津《今晚报》。

1950年2月26日,天津《星报》刊登招司《悼刘云若先生》,竟招来一些非议,认为不必为刘云若这样一位旧文人树碑立传;云若就此声消迹灭三十余载。然非议横起之时,刘叶秋与吴小如竟在天津郊外探得云若之墓,木牌上书"诗人刘云若之墓"。此事甚奇,既已立牌,何不书"小说家刘云若之墓",却称诗人之墓?余初亦不解。后辑校云若诗稿,忽觉诗人之牌殆障眼之法,实为随顺世议之举,因世人眼中说部写手自不敌诗人高名,以诗人之名书于木牌,正可暂避"旧文人"之嫌。今觉此举看似无奈,实有意为之,因立牌者久知云若之"初意"本欲为"诗人","仅传说部"非其所愿,说部固热闹于当下,诗歌必传之久远,天假以年,诗歌成就必更突出,"诗人刘云若"在其虽为盖棺之论,却深怀悯惜"初意"之心。

"初意"虽明,可毕竟乃推演所得,尚须寻绎云若实现"初意"之实绩以相印证。

第一节 《津门鼓娘小选》之典范意义

1925年4月5日,上海《社会之花》第2卷第11期刊登了一篇《津门鼓娘小选》,作者刘云若。此文为目前所知刘云若最早发表之作品,文前小序写道:

> 曩与朋辈听雨近水楼中,灯下清谈,四壁幢幢摇人影,有击案节拍,小度清讴者,居近歌楼,风送鼓声,随雨脚入窗,来相和答。乃相与谈津门鼓娘色艺,拟其卢后王前,貌嫫母而调驴鸣者,皆不入选。朋辈各编其所爱,议论纷呶。幸余平章风月,素有能名,平停其间,终得金钗之数。虽持论未能尽平,而嗜好尚能殊俗。籍兹粉黛,遣我闲情,人系以一评一诗,附庸风雅,颜曰《津门鼓娘小选》,以示为私人所推,非出公意,且以别于令人齿冷之大选二字。拉杂而书,酸咸异致,雅人莞尔,俗客嗤之而已。

可知此文乃云若"平章风月"之作,"人系以一评一诗",其中列名第一者

为"小月如",文中写道:

> 小月如
> 昔人语竹,谓不可一日无此君。月如亦人而竹者也。艳装素韵,不见人而见一树梨花,不闻歌而闻九天鹤唳。欢场繁灯,幻为明月,令人如坐碧山深处,听远岫鸣琴,作小山招隐之调,不知魂销几许。人固瘦削如六朝人书,然拟以飞燕,转嫌唐突西施。余听鼓三年,惟见一笑,清标可想。微论红尘十丈,即芦帘纸阁中,亦着此素心人不得。余友肇朋绝爱怜之,尝谓如此天人,当以晶玉作楼居之,风清月朗时,倩歌一曲,则明日十里内无俗人矣。古人金屋贮娇,徒使美人增龌龊气耳。歌《长坂坡》曲,至"夫人说,儿可是要乳吃么?"于悲郁中出慈爱之致,听之脊骨生寒意,戏为句曰:"倘使月儿成乳母,愿天变我作婴儿。古愁病骨轻于燕,愁煞阿侯入抱时。"可于此想见其人。歌《活捉三郎》曲,以幽怨之人,唱凄怆之调,妙固绝妙,人何以堪。"别样风流亭亭立,三郎不顾的害怕,才勾起他的旧相思。"声调凄恋,令人泥絮禅心,又动红尘一念。"劝君不结子的鲜花休着意,露水夫妻莫情痴。"此等言词,出之美人香口,真如我佛向众生宣上乘佛法。我为天公,当为雨花,我为顽石,当为点头。至师传之正,尤属难能。惜流水高山,赏音恨少,故数年津沽憔悴,无籍甚声华,可慨也。
>
> 碧玉休轻出小家,鲛丝细织泪年华。苍天何必生红豆,但祝东皇护落花。

全文皆为"评"先"诗"后之结构,先读"评",则"诗"似为余绪,然读"诗"之后反观"评",则"评"反如"诗"之长注。前之研究者多看重此文之"评",而将其归为散文小品,①以为"刘云若的《津门鼓娘小选》在描写天津大鼓书演员时,在叙述中夹杂褒贬,便是运用中国古代史书写作的'皮里阳秋'的笔法"②。《社会之花》为当时鸳鸯蝴蝶派刊物,云若此文能被该刊看中,或亦因其

---

① 1997年《津门鼓娘小选》收入袁进所编《鸳鸯蝴蝶派散文大系》之《永恒的微笑》(东方出版中心出版)。
② 袁进:《〈鸳鸯蝴蝶派散文精萃〉前言》,《通俗文学评论》1997年第2期。

能用皮里阳秋之法来写鼓娘色艺,然仅有皮里阳秋,并不符合鸳鸯蝴蝶派凄艳婉丽之美学追求。此文能为该刊所用,余以为首先在于"评"有凄艳婉丽之风,又含皮里阳秋之意,然"评"再好,若无艳诗压轴,终少余韵,而"一评一诗",兼具二美,允称佳构,编者不求自得,怎不暗自欢欣!故余所属意者在"诗",而不在"评",且在余看来,"评"实为诗注也。如此,且略去"诗注",先看"艳诗":

(二) 小玉香

若以诗心论眉史,鲍家俊逸庾清新。底事锋芒嫌太露,能添蕴藉更宜人。

(三) 小月楼

月样双蛾故故颦,孤芳愁绪抱秋心。红儿亦有青衫感,误我文章误汝贫。

(四) 小翠

风怀小勒似儿时,解听江南肠断词。谱罢霓裳一低首,教人恨煞小腰肢。

(五) 刘问霞

胡姬竟似吴娃媚,塞笛能传玉树哀。底事六朝烟水气,也随名士过江来。

(六) 花云仙

横波溜出小钟情,花里清弦有爱声。一种玉盘珠走意,梅花五月落江城。

(七) 王瑞喜

肯与巡檐同索寞,故随春卉斗繁华。若教品入群芳谱,应是人间富贵花。

(八) 高妙楼

如此丰华不自知,乱头粗服惹人思。销魂不为腰肢瘦,怜取莺喉半哑时。

(九) 赵翠卿

霓裳法曲筵前谱,洛水明妆委绿鬟。若向天台逢汝笑,刘郎何事忆人间。

(十) 富润卿

寒帷旧貌有秋容,稍恨容单逊彼清。一样颦颦黄瘦脸,何心月没替教星。

(十一) 赵宝翠

往日繁华记尚真,鹍弦一拂一怆神。低徊商妇江船意,解赋琵琶是此人。

(十二) 王鑫樵

格调清刚半似人,红纹界扇隐春痕。马樱花下侬家里,暮雨潇潇半掩门。

此诗虽为云若处女作,遣词造句已极自然,情韵亦深挚,可知其娴于此道已非一日。云若何以能有这等手笔,向无人深究,其实他在评"小月楼"时已透露一些信息:

昔元稹诗曰:"第一莫嫌才地弱,些些缀缀最宜人。"能明此意,然后可以聆月楼之歌。樊山诗曰:"便逢薄怒犹堪爱,何况嫣然送盼时。"能体斯旨,然后可以瞻月楼之貌。

云若为品评"月楼之歌"与"月楼之貌"所预设之标准,出自善写艳诗之元稹和樊增祥之诗句,显有以古例今之意。陈寅恪《元白诗笺证稿》云:"微之自编诗集,以悼亡诗与艳诗分归两类。其悼亡诗即为原配韦丛而作。其艳诗则多为其少日之情人所谓崔莺莺者而作。微之以绝代之才华,抒写男女生死离别悲欢之情感,其哀艳缠绵,不仅在唐人诗中不可多见,而影响及于后来之文学者尤巨。"[1]民国时诗坛有所谓中晚唐诗派,此派师法白居易、元稹、李商隐、温庭筠等中晚唐诗人,以才气相尚,不为义理所拘,一时蔚然成风,樊山即其中翘楚也。寅恪先生所谓"影响及于后来之文学者尤巨",证之民国诗歌,

---

[1] 陈寅恪:《元白诗笺证稿》,上海古籍出版社,1978年,第81页。

尤觉慧眼独具。云若以元稹、樊山之艳诗为理解鼓娘之标准,却不囿于诗句表面之情致,更希望观者能明了诗外之意旨。然则何为诗外之意旨?元稹、樊山之艳诗多为其情人所作,是以"绝代之才华,抒写男女生死离别悲欢之情感",这便要求观者之于鼓娘,必先了解其隐于台上情感之后之情感,始能体会台上"嫣然送盼"之情韵。亦即观者必先有情于心,深谙古人叙写男女悲欢之至文,才可感知鼓娘唱凄怆之调,传悲欢之情时,是否能遥接古今哀怨悲欣,何处能传续到位,何处又有今人之新创,而令观者魂销。简言之,云若是以中晚唐艳诗之情韵来品评鼓娘之色艺。由此亦可窥知云若艳体诗之诗学渊源所在。

《津门鼓娘小选》中之诗歌虽为艳体诗,所写之鼓娘却率皆"无籍甚声华"之普通艺人,则其情不在某人,而有大爱于世间,其关怀现世之诗心并不为表面之艳体所掩,此云若艳诗与元稹、樊山艳诗不尽同之处。

此后云若亦时有艳诗问世,但多有诗注,内容渐从品评色艺扩至记录日常生活、风俗时尚,诗体也从杂体转为竹枝词体,诗以纪事之旨越发明晰。然其纪事诗之格调与构型实造端于《津门鼓娘小选》,《小选》之典范意义实不容忽视。

云若之纪事诗多属竹枝词,然其纪事非仅限于日常生活与风俗时尚,亦常批评时政,讽刺现实。此类诗歌已非艳诗,嬉笑怒骂,一随己意,诗体多转为打油,情韵亦背离《小选》,然关怀现世之情怀终与《小选》一脉相承。

第二节 诗以纪事

云若之诗,自《小选》始,便有纪事之风,内容虽有人、地、事之别,实录世情之旨则一也。就诗体而言,以1934年为界,大致可分为前后两个时期。前期诗歌体式较杂,绝句、律诗、古风皆有,后期则多为竹枝词体。

前期诗歌主要有《陶园书所见》《歌场三不见》《戏咏特种捧角家》《饮冰室即景》《张园纪事》《天津小姐歌》等。题目中之"所见""即景""纪事",在在表明其诗意在实录世情。试观下面两首:

陶园书所见

此处专收夜不收,

(夜不收,天津俗语,谓终夜浪游,若无家可归之人也。)

游人宁止作清游。

(游客虽云来为乘凉,形如幽人之幽,而心似醉翁之醉。)

贴肤薄涸臀难掩,

(女子臀肥衣瘦,行路时于柳腰款摆中,将其臀部构造,完全表现无遗。)

齐膝新妆腿善涠。

(妓女学时装,矫枉过正,长袍仅至膝上,腿上只着长袜,远望若揭水而来。)

小妇裙边鸡眼弄,

(缠足少妇,行步蹒跚,听其对女伴言,则足下鸡眼疼也。)

美人肩上狗生头。

(时髦女人二,各于肩上掮一"羊皮狗",狗头人面,对映甚美。)

妙哉结伴成公式,

一女双男趱不休。

(最妙者,园游伴侣,多为两男一女,而行坐时,必将女子夹于中间,对对如此,似乎已成公式。)①

张园纪事

门票三毛买,

(门票价,洋三毛。)

冤家一笑逢。

(入门见一妇因其子哭喊回家,大骂冤家不止。)

猫头随处露,

(发蓬蓬若狮子毛之剪发女郎甚多。)

鸡眼满园风。

(野鸡三五,大飞眼风。)

---

① 刊于1928年8月8日《北洋画报》,第五卷第210期。

花影出深洞，
（假山下石洞中，时有妓客密谈。）
莺声乱故宫。
（逊帝曾寓之楼，今改为饭庄，有人招花侑酒。）
黎明看活鬼，
（一夜汗蒸露侵，男女皆成活鬼。）
万目尽朦胧。
（一夜无眠，人皆不像人样，美者亦变为丑，倦眼相看，殊觉有趣。）[①]

此二诗之结构为一句一注，与《小选》之"一诗一评"不同，然"注"与"评"并无本质之差异，皆意在实录世情，将诗句未能表达清晰者坐实，所异者无非篇幅之短长。

再看《天津小姐歌》：

人言天津如沙漠，外见繁华内寂寞。环河背海好风光，不加点缀无颜色。中华画报独出群，立帜翻能张一军。欲探出谷寻兰蕙，故从人海选钗裙。妙哉此举非无意，多少须眉逊女子。若教湮没不得彰，秘德潜光谁之耻。比闻选事动津沽，盛况豪情前所无。恍将一幅新闻纸，幻作三津仕女图。璇闺雅望人难及，陈家小姐最称异。选票高标万有三，位号定于正月一。名媛本自出清门，交际场中众所尊。绝艳惊才追谢蕴，知音鼓瑟号湘君。一代红装山水秀，二分烟月女儿魂。芳名从此南金重，七十二沽同此盛。区区幸是里中人，原以一言渎清听。方今烽火正漫天，鼙鼓声声镇九边。还应领袖众闺阁，出为国家做盾援。或劝捐施劳口舌，或演义戏动管弦。激励津人齐振奋，即保吾津国亦全。行见一九三三年，花冠仍在小姐前。[②]

此即云若所谓自由韵长歌。此诗无注释，然其容量亦能大致包容注释

[①] 刊于1930年7月13日《天津商报图画周刊》。
[②] 刊于1933年1月13日《中华画报》，第3卷第244期。

所欲言者，况歌行之体少有注释，加注反添累赘，影响吟诵。可知此一时期，云若为诗，着意者在内容，而非诗体。

以上三首诗歌，所咏皆昔日天津"当下"之事，陶园、张园乃公园之写照，小姐歌直当日选美之通讯也。《张园纪事》中之"逊帝"指溥仪，张园即云若所游之逊帝"宫苑"，惜已成藏污纳垢之所。后世介绍张园之文章，皆言溥仪离张园后，此地竟成日军军部，而未有言及逊帝"宫苑"曾为公园之事实。《天津小姐歌》所咏为陈湘君，又名陈瑞章。陈氏被选为"天津小姐"后曾在天津荷莱坞餐厅举办加冕庆礼。此虽当日天津都市生活之一斑，可若无云若之诗为之记录，后世研究天津社会文化史或人文地理者，必无从想象当日都市生活之鲜活与变幻。而云若之社会小说亦以能真实反映当日都市生活之鲜活与变幻，而为后世论者所称赞。这即表明实录"当下"，反映现实，乃云若一贯之文学主张，社会小说与纪事诗，只是表现形式不同而已。

此一时期，云若之纪事诗作，调侃多于批判，却不漠视时局，虽写天津小姐，亦有铿锵之声："方今烽火正漫天，鼙鼓声声镇九边。还应领袖众闺阁，出为国家做盾援。或劝捐施劳口舌，或演义戏动管弦。激励津人齐振奋，即保吾津国亦全。"

1934年后，云若依旧诗以纪事，诗体却慢慢固定为竹枝词体，最后竹枝词体竟成为其诗歌之主要体式。这一时期的主要诗作有《新年幻想诗》《津门六不见诗》《春日怀人十不见》《消夏杂诗》《国大竹枝词》等。

1933年8月1日，云若曾在《中华画报》发表《津门消夏竹枝词》，表明前期他亦属意竹枝词，虽尚未将其作为主打体式，然自《小选》向竹枝词演进之趋势，由此豁然明朗。试录《津门消夏竹枝词》第一首，以见转变之痕迹：

昨冬烽火六楼盛，今夏筝琶五夜繁。且乐承平忘离乱，笑携女伴上中原。

（日租界中原游艺场又重开矣，绣幕银灯，一时称盛。催吾人今日乘凉之楼，即去岁日军置炮之地。游侣皆欢喜无量，曾无惊然回忆者。区区不才，亦曾一往，哀莫大于心死，信然。）

此诗依然关心时事,依旧实录"当下",自不待言,可注意者乃在竹枝词体之使用。王士祯《带经堂诗话》云:"竹枝咏风土,琐细诙谐皆可入,大抵以风趣为主,与绝句迥别。"①后世论竹枝词者大多赞同王渔洋之观点,并以此为写作、辨别此体之主要标准。云若此诗以七绝状写都市风土人情,笔致琐细诙谐,复有注释补叙史实,正合乎王渔洋对竹枝词体之要求,亦符合竹枝词常体(七言四句体)之规范。

这一时期,云若诗以纪实,而多出之以竹枝词。《新年幻想诗》虽无小注,亦无竹枝之名,却是精彩之竹枝词:

  年来鸡犬亦登仙,更有何人感岁阑。最是欢声腾父老,白头重睹太平年。

  櫼枪兵甲久销潜,不夜城中不戒严。除夕回更灯火彻,途人犹说拜新年。

  一事真堪入画图,小春晴雪照庭除。儿童敲罢太平鼓,堆个雪人亦美腴。

  火树银花夜欲低,屠苏酒美沁诗脾。何来入耳添年意,爆竹声喧画阁西。

  垂髫小女着红夜,插朵梅花鬓上绯。含笑低言告女伴,阿爷买得锦灯归。

  酷酒烹肴兴倍豪,家家欢乐庆良宵。丰年何事为凭证,门户都无债主敲。

  祖母含饴向爱孙,压岁钱多且贮存。阿父今年心事好,归来任讨几多元。

  结伴新年拜旧神,娘娘宫里夜香温。华严宝境今方见,殿上都无乞讨人。②

---

① 张宗柟纂《带经堂诗话》,清同治癸酉广州藏修堂重刊本。
② 刊于1934年2月23日天津《大报》,署名"若"。

十四 通俗作家的新旧体诗歌

《津门六不见诗》,"忆其可忆者六人",兼具艳体诗与竹枝词之风致(云若谓之"歪诗"),可见《小选》之潜在影响,亦录一首:

宝扇华灯护玉人,随风咳唾散秾春。佳期十二红娘杳,不见多情马妲陈。

(津门数年前昆曲颇盛,同咏社为诸名士闺媛所立,专研昆曲,时或彩排。社中有陈女士者(不注其名,读者当亦能意料而知),美而多才艺,为交际名手,曾数登显者堂,后卒沦落不偶,退隐于津,入同咏社以习曲自娱,曾两登台演《惊梦》及《佳期》。余得瞻仰其《佳期》一剧,陈饰红娘,活泼玲珑,声清韵雅,殊为难能可贵,惟红娘所歌《十二红》一折,词颇淫艳,出诸香口,闻之令人春意满腔,不止作三日思。今陈南迁沪上,得人而事,惜已垂垂老矣。注:第三句费解,"佳期十二红娘"六字,以白话译之,即《佳期》剧中歌十二红之红娘也。红字一材两用,嫌不合理,然亦经济办法,读者谅之。又马妲者,即法国语夫人之意。)①

此一时期最有竹枝词风味,又能实录"当下",而充盈悲悯者,为《消夏杂诗》与《国大竹枝词》。此二诗均写于20世纪40年代末,各录二首:

人间何事近修罗,粮贵煤荒八路多。火箭飞盘原子弹,嗟余不饮奈愁何。

(往岁暑中止酒,今岁则狂饮无度。处此人间地狱中,百物昂涨,四郊多垒,二次大战之后,又酝酿三次大战,原子弹成世界之争点,飞盘为满天之旅客,今又传火箭为毁灭人类之利器矣,当此乱世不饮何为?)

余生早欲老江村,其奈郊原战垒屯。消夏清凉寻火宅,白兰香里度黄昏。

(余久倦于都市生活,倘囊中有资,当买山而隐矣。"门外白莲三十顶""五月江城夏亦寒"之风味,宁不令红尘中人羡。惟然近日烽火弥

---

① 刊于1934年6月15日天津《大报》。

天,更何处觅干净清凉境耶。只又醉生梦死于火宅中,醉卧美人膝耳。白兰花,女子所佩也。)①

国大生儿万事足,欣看民主有萌芽。终身免票黄家子,不必摇头坐电车。

(无锡国大女代表黄卷云,于八日诞生一九磅宁馨儿,取名庆宪,报纸争传,称为国大之子。这位少爷,真会把持时机,寻最好的时候降世,不待说生产医药之费,是由国大招待处会账,而且还有许多位国大代表,要建议入会,赋予这位国大之子以白坐车船飞机的特权,可谓人世殊荣。社会上有一种特殊人物,坐电车以摇头为记,不必买票。此国大之子,必有终身免票,挂在襟头,坐车可无须摇头矣。)

梅兰芳与马连良,歌舞升平唱几场。宪政开张邦有庆,淞天烽火在何方。

(国大招待机关,特派飞机赴沪,装运第一流名伶梅兰芳、马连良等,赴京演剧,慰劳代表兼以庆祝国家元首之产生。宪政肇基,邦家有庆,升平歌舞,理固宜然,且国中烽火,远在北方,共军宣传五月渡江,尚须有待,钟山之紫气犹新,秦淮之碧波未涸,春光正好,美援欲来,固宜及时行乐耳。)②

竹枝词之重要特性在于广为纪事,以诗存史。不入正史之社会轶闻、生活花絮,经由"竹枝词"始得以传之于世,成为修史、"补史"之难得资料。因此竹枝词不仅具有文学价值,亦具有社会历史价值。云若之竹枝词,兼具此两种价值,实为直录史实之诗史也。

民国时期文人写作竹枝词乃一时风尚,鸳鸯蝴蝶派文人最乐此道。昔李寿熙为刘豁公《上海竹枝词》作序云:"竹枝之歌,千余年来代有作者,多以妩谐遣兴视之。顾考其功用,往往可以补正史之阙。吾国史乘,偏重朝章国故,欲知社会风俗变迁得失,非征之歌谣杂著不为功。豁公此作,述沪壖奢

---

① 刊于1947年8月9日《星期六画报》第65期。
② 刊于1948年4月24日《星期六画报》第102期。

侈之习,以及人情诈伪,无不曲尽其状,视为上海社会史可也。唯诗歌之作,终不免于裁蕝,则豁公所知必不尽于此。定庵诗云:'他年青史如搜采,来叩空山夜雨门。'异日修社会史,其有叩豁公之门而索史料者乎?"①余以为云若之竹枝词,虽不可视为天津社会史,然异日修天津社会史,叩云门而索资料者,必不乏人。

第三节　时作不平鸣

明清以来,竹枝词渐以记述风土、微寓劝惩为指归。民国竹枝词亦顺承斯旨,只是内容更为丰富。云若之竹枝词亦庄亦谐,颇能刻画时代之面影,然多是微寓劝惩。如《国大竹枝词》:

劳民何事复伤财,盛世终逢盛会开。几万流民离市去,三千代表过江来。

(南京某报有大标题曰:"劳民伤财的国民大会",据闻国大经费,约当美国援华贷款八分之一,可谓伤财。全国选代表以赴大会,可谓劳民。然最"劳"者乃南京下关之流"民",因大会将开,国都为之外观瞻所系,更恐代表掇为议题,遂全部驱至外县。流民因当此励行民主之期,而国家剥削其居住之自由,不胜愤慨,又饥而无食,遂效奸人匪行为,共人之食矣。)

满江春水流民泪,一朵红妆国大花。代表沪杭多似鲫,嬉春谋国好生涯。

(国大会场中花絮纷披,美不胜收,有国大之花,国大之疤,国大之子等新兴妙词,不胜闲情逸致之至。而当此江南三月,草长莺飞,杭州西湖,沪上龙华,皆不少代表芳踪。谋国嬉春,并行不悖,固人生乐事也。)②

然云若所处之世,时事之变幻常有出乎其主观意愿与忍受限度之外者,

---

① 顾炳权编著《上海洋场竹枝词》,上海书店出版社 1996 年,第 484 页。
② 刊于 1948 年 4 月 24 日《星期六画报》第 102 期。

竹枝词体之诗以纪事、微寓劝诫,便不足以独自承载其生命中不能承受之精神苦痛,"抑郁填胸臆,时作不平鸣"①,云若之诗遂更为多样,情感亦由微讽渐化为悲愤,甚至痛骂。

1933年3月14日,云若于《商报》发表杂文《打死虎》,认为对于张宗昌、汤玉麟等人,"在他们凶势炽烈时,才是舆论发动真力的机会,早应该群起而攻,使之有所畏忌,或者笔尖儿横扫五千人,把他们赶走,替民众解除痛苦,但那时我们都正躲在阴影里打战,直到老虎自己害病死了,大家才'走路捡鸡毛凑胆子',同声相应的骂个刺刺不休,死虎有知,也当匿笑"。又写道:"如若打死虎是可怜可鄙的事,那么,算起总账,我便是个可怜可鄙的人,所以现在彻底明白,以前虽对失去一省的汤玉麟,曾经攻击,但如今对负失去四省全责的张汉卿先生,却再不置一词,且进一步祝他飞机安稳,并受南方民众爱护。"②斯时"凶势炽烈",竹枝词之婉讽已难作为舆论"发动真力",故云若常有嬉笑怒骂之杂文见诸报端。此一时期,杂文虽多有,诗作却不减少,竟常出现在杂文中。如《呜呼!老命》结尾,云若赋诗讽刺汤玉麟:

承德已随小鬼去,此地空将老命留。老命一逃不复死,热河从此算真丢。汽笛鸣鸣察哈尔,烟土销销□□(按,原文如此)楼。日本追兵何处躲,长城难入使人愁。

老命相拼载誓书,热河终不任沦胥。缘何上将飞神腿,先为家财抢汽车。崔董有兵偏不打,孙翁无助势随输。他年娱老津租界,铁像修成骂有余。③

此时,云若之情感虽甚悲愤,文字亦嬉笑怒骂,然还是微讽,情感犹能把控。抗战胜利后,金融崩溃,民生凋敝,云若身在其中,自有切肤之痛,其情感便难抑控,诗虽依旧嬉笑怒骂,意志却已迫近拍案痛骂之境矣。

1947年之《不想汉奸想什么?》写道:"近日物价高涨,一飞冲天,多谢大

---

① 刊于1927年8月16日天津《益世报》,署名"刘兆麟"。
② 云若:《打死虎》,天津《商报》,1933年3月14日。
③ 云若:《呜呼!老命》,天津《商报》,1933年3月8日。

时代的提携,人们能吃到每斤三千元的玉米面,中国岂止个个富翁,而且个个贵人矣。……即沦陷时期,棒子面亦未至三千元高价也,所以我主张把大汉奸们都赶快枪毙,斩绝根株,勿留迹象,若弄得汉奸都留了遗爱,那真太惨了。"①此即云若必须面对之时代。1948年云若《妄谈改币》写道:"自从民国二十四年,中国用英国李滋罗斯的计划,脱离银本位,停止现银流通,民间存银交给政府,由政府发行法币以来,直到如今,已是十四年。这十四年中,我们一直过着纸上生活,到如今政府又用美援来改革币制,改为虚金本位,颁行金圆券,用这种金圆买东西,好像物价暴落,又可以数圆数角数分计价,每袋洋面由三千万落到八元,这真是个奇迹,几疑又恢复了三代唐虞之盛。但是仔细算算,我们才知道已变到穷得可怜的程度。就收入方面说,譬如一个中级公务员,每月薪水三百元,说来总不算少,依二十二日报纸上公务员待遇调整条例,以四十元为基数,三百元以下者,余数按百分三十计,那么余数二百六十,变成七十八,再加四十,成为一百一十八元,折合法币是三亿五千四百万,美哉多乎,但若折成战前的银币,就只有五十九元,呜呼惨矣。"又写道:"我们在花用金圆以后,不免发生叹息,叹息我们都变穷了。"又道:"还有人主张以后最好大量的发行五角硬币,事为补救,只是又恐怕老百姓因久别情浓,竟而藏诸箱箧,传给子孙,不肯再拿出来,而市面飞舞仍是纸币。我们只有仰天祷祝,金圆券能如诸葛亮渡泸所入之地,永远不毛。"杂文常被喻为"匕首",然能"发动真力"之诗歌实亦为"匕首",其穿透作用抑或要甚于杂文。此时云若之诗即如"匕首",《妄谈改币》中之七律实为此杂文之点睛笔,诗云:"金圆虽好惜为券,还得兼金抵一银。十四年来桑海变,方知举国尽穷人。新币颁来手艺高,民心终是爱泉刀。纸堆久已惊风鹤,敢向青天祝不毛。"②

此诗虽直刺时弊,然情韵流于驳议,已有打油意味。寓诗歌于杂文,诗歌必浸染杂文之腔调,此文体并置之必然结果也。至于打油味,则不尽是文体并置所能使然,云若情感由悲愤转为无奈,自会玩世不恭,而玩世不恭见

---

① 《不想汉奸想什么?》,《星期六画报》第55期,1947年5月31日,未署名。
② 刘云若:《妄谈改币》,《星期六画报》第120期,1948年8月28日。

诸文字,见诸诗歌,自不免打油复打油,亦不足怪也。

此外,云若本就不以打油体卑,反乐于"正经"诗歌中添抹打油味,以示不随流俗,故其打油之味,其来有自也。且看1932年之《烧饼歌》:

> 前者秋君撰《开滦观剧记》,涉及爱情问题,好事者公开研究,多所揣测,羽高君谓秋君发奋为雄,冰心六郎辩田君不甘人下,各执一词,未能两可。而缺德君竟代订互惠条约,勒令公平交易,必使扑朔迷离,雌雄莫辨,揖让进退,上下相孚,理或宜然,德实缺尽,且因羽高君有"美煞吾侪"之言,因劝其另组一班,对台唱戏。岂将如《红楼梦》中所云,令各当事人"大家公公道道的贴一炉烧饼"乎?因录宋版古本刘伯温烧饼歌,为缺德君进一解。
>
> 劝君早把烧饼卖,卖了烧饼烧饼在。居家可以交朋友,出门省得带铺盖。外观只少菊花纹,内秀应加木耳菜。君今不卖也徒然,带进棺材枉朽坏。①

此诗为论战之作,打油亦为战法,然细揣词意,云若实以此自喜。1935年之《新年幻想诗》云:

> 似闻粥厂寿臣开,林总苍生喜出灾。乞丐有衣皆锦帛,窝棚无处不楼台。飞机再掷传单下,落地方知法币来。大众发财齐救国,"管他娘的"好枪排。②

诗末写道:"相声专家张寿臣,善说'开粥厂'笑话,所述待遇贫民之优厚,足使富人垂涎。今当民困难苏之际,若延张君为粥厂总办,实行其政策,行见灾黎得救,鸡犬升天。尤有幻想者,则常时飞机之散放传单者,若改为投掷法币,使穷人尽成富翁,其乐何如?救死之后,势宜救国,倘再有声言

---

① 刊于1932年1月17日《天风报·垃圾集(二十七)》。
② 刊于1935年12月31日《北洋画报》第1342期。

'国家事管他娘'者,枪毙无赦可也。"由诗注反观此诗,则可见此打油味之"不平鸣",犹有竹枝词之韵味,以今语言之,是为"混搭"。

云若之诗由"不平鸣"竟成打油调,诗体亦由竹枝体变为打油体,终未能返璞归真,竟止于"混搭",不止今人惋叹,时人亦早有规劝,奈何诗人薄命,终未及修成正果。

第四节 君是诗中霹雳手

云若之诗多为竹枝词,其他诗作或为艳体诗,或为打油体"杂诗","正经"诗作并不多,与诗人之名似不相称,却颇得时人赞许。马克吐冷《记刘云若》云:"云若以写小说得名,其实他的诗词骈体,尤见功力!不过,他因为写小说写的'得以'了,所以索性搁下诗词了!但是兴之所至,偶一为之,依然佳什连篇。方地山、金息老、章一山都钦佩他的诗才。"①云若自以写小说作为资生之计后,疲于应对报纸连载,未再专注于诗,故常是"兴之所至,偶一为之"。之所以"佳什连篇",得前辈称赞,因云若确有"诗才"。

云若最早之诗自是《津门鼓娘小选》,然囿于"一评一诗"之结构,"诗"因"评"起,亦从属于"评",即"评"主纪事,"诗"专言情,其任务实在补"评"之情韵之不足,故以艳体为之,以申余韵,然以独立之诗绳之,则内蕴尚不完足,未能独立于"评"而存在。即便如此,《小选》艳体之功力已不寻常。此处所欲言者,乃在云若之诗才并非仅在艳体诗、打油体"杂诗",其"正经"之诗,亦具诗才。

《次和梦天丁卯秋日集玉溪句金陵战事感怀二绝》刊于1927年9月5日天津《益世报》,诗云:

石头城下激风雷,苦战虫沙鼓角催。龙虎江山争霸地,眼明蜃幻几楼台。

西风残照又秋深,抚事诗人百感心。拈出义山凄婉句,江南是处足

---

① 刊于1948年5月7日《一四七画报》第21卷第1期。

哀吟。①

此为云若早年之作,既不"打油",亦不滥情,乃中规中矩之七绝。或有人曰:中规中矩亦可谓之有"诗才"乎?答曰:所谓诗才,非自以为是逞能之才,乃善依法度,能于规矩之中自用其才之才。云若之诗才,即能于规矩之中自用其才之才。能中规中矩,然后才有自家面目。云若此诗之长处,在中规中矩,然尚未有自家面目,此其不足。然亦不可遽然否定其诗才,须知古今有诗才者甚多,有自家面目者却稀如星凤,因诗才乃就能力而言,而面目所强调者乃在个性。云若写诗之才能世多首肯,然其诗歌之个性却少有人言,因晚清民国为传统诗歌最后之辉煌,能诗者大有其人,个性鲜明足与唐宋诗家比肩者,亦不乏人,云若之诗在其时代并不突出,既不足与陈三立等"同光体"诗人争胜,亦无法在樊樊山等中晚唐诗派中压倒时贤。云若之诗虽无鲜明之个性,然其追求个性之努力,既已实现其诗以纪事之初衷,复可见旧体诗在新时代求新求变之艰难足迹,亦不应忽视。

云若《陈散原先生诗》曾自道学诗心得:"先生之诗,积册累秩,愚读之殆遍。世谓其古体诸作,风格最高,近体七绝,则非所长,不似天琴老人(樊山)犹能以短兵取胜。其实,自愚观之,殊不尔。《散原精舍集》中,七绝俊品,随叶可见,读者自不察耳。偶发旧箧,得□敝纸,上录先生绝诗数首,盖愚早年□讽诵而成忆者,辄著于此,以见俊赏。"文中随录陈氏七绝八首,现录两首,略见云若早年之欣赏趣味。《楼望》云:"嫋嫋高云过雁残,满楼山色酒杯寒。墙西合抱数行树,剩倚斜阳带泪看。"《立春夕对月》云:"鸦衔缺月在檐端,丑石疏花负手看。漫向今宵数城柝,微风吹酒是春寒。"②云若早年欣赏者,为此类"绝诗",似乎不甚喜欢散原之古体诗,然散原古体诗乃其作为同光诗魁的代表性作品,由此可见云若并非"同光体"之赏音。云若之诗,以议论见长,嬉笑怒骂充盈其间,但不屑于锤炼字句,故作生新,意蕴亦不深隽,实为有诗才而无风格之诗。云若曾学散原,却不屑于锤炼字句,亦无力追步散原

---

① 刊于 1927 年 9 月 5 日天津《益世报》,署名"丁丑生"。
② 刊于 1933 年 4 月 4 日《大报》,署名"云"。

望深矣。惟若迫于生事,不得不弄墨舞文,脂韦媚世,思欲进修,甚苦力不从心,久自叹恧。兹当奋励,求副所期。至此篇所论,足为学诗矩矱,谨书绅铭座,不敢偶忘也。""此篇所论",主要即指"登山须尚最高峰,铸句应加钢百炼。打油钉铰皆凡庸,愿君追逐前贤踪"而言,云若虽愿以此"书绅铭座",然其"迫于生事",终未能如元礼所期,追踪前贤,更上高峰。

1939年,云若小说《歌舞江山》出版,赵元礼、金梁、章一山、汤用彬、丁佩瑜等老辈文人纷纷题诗祝贺。赵元礼《云若社长以所著〈歌舞江山〉小说属题用黄山谷以双井茶送子瞻诗韵为诗赠之》(见下图)云:

云若著书如虞初,虞初或不如其书。千态万状吐光怪,一咳一唾皆玑珠。羌无故实事有无,五才子书焉得如。寓规于讽有真意,奋笔直捣呢喃湖。

军阀罪状兼秽史,赖君大书而特书。有时嬉笑胜怒骂,不须赤水求玄珠。良史不亚古董狐,大言屡见炎炎如。勉旃韩潮与苏海,不羡无锡上下湖。①

赵元礼、章一山在题诗落款中均称云若为"云若社长",云若既不曾加入城南诗社,自非城南诗社社长,而那时只有晶社与云若有关系,"社长"当即晶社社长。云若之为诗社社长,说明众诗友亦认可其为"诗中霹雳手",此实云若诗人生涯极有光彩之一页,亦为其"思欲进修"诗艺之历史痕迹。

云若于《戏作晶社诸友歌》中坦言:"惟有云若称附庸,滥竽东郭追高踪。"此虽谦辞,实亦有"思欲进修"却无力更上高峰之无奈。1947年3月15日,云若在《郭啸麓逝世》中称,与啸麓先生"深感知己,缘悭一面",国都南迁后,先生退隐津门,"纵怀诗酒,为城南诗社中坚,余不能诗,岂敢附庸风雅,始终未加入诗社。津中寓耆宿,虽多知好,然迄无同社之雅,与啸麓先生尤从未一面也"②。啸麓为晚清民国著名文人,隐居津门后,常与友人在其寓所

---

① 刘云若:《歌舞江山》,1939年天津书局出版。
②《郭啸麓逝世》,《星期六画报》,1947年3月15日,未署名。

栩楼雅集,城南诗社因有郭氏加入,社事更为兴盛。城南诗社为天津著名之民间诗歌团体,自20世纪20年代初至40年代末一直是天津旧体诗词创作之主力军,主要成员严修、赵元礼、王仁安、吴子通等皆为津门文坛耆宿,先后入社者百余人。云若虽非城南诗社社员,但常参与诗社活动,以致后人一直认为他也是该社正式社员。云若虽非该社社员,然其参与该社活动亦绝非"附庸风雅",只是于诗歌一途未有进境,又与诗人为伍,深恐"滥竽"其中辱没时贤,故自视为"附庸",其谦抑如此。

云若诗作虽散见昔日之报刊,但从未结集出版,余友王振良兄有鉴于此,以为云若诗词数量可观,常促余整理,以展示诗人刘云若之风采。壬辰盛夏,余避暑乡间,某日振良兄来电,又促余整理,遂着手搜集,历时两年,初稿编竣。云若诗词向未结集,渠既以"待起楼"名其文稿(1948年刘云若曾在《星期五画报》发表《待起楼文稿·某夫人寿启》),余亦不妨以"待起楼"名其诗稿,故颜之曰《待起楼诗稿》。2013年7月,《待起楼诗稿》收入天津问津书院主编的《问津》杂志,作为其第7期印行。2016年10月,《待起楼诗稿》又将收入《问津文库》之《津沽名家诗文丛刊》,由天津古籍出版社出版。如此,云若之诗稿亦将与其"说部"一同传世,其欲作诗人之"初意"必将因诗稿之流传而广为知晓,而其诗人之身份亦必将得到更为客观之认定。至于对其诗艺之探讨,本文只是略论,深入剖析,尚待来哲,余企望之。

末录云若《西沽展大方衣冠冢及寒云墓》,借以追悼云若,并结束此文:

> 各有幽怀忆可怜,曾回春梦吊婵娟。诗人死作桃花主,千树嫣红胜往年。[1]

---

[1] 云若:《西沽展大方衣冠冢及寒云墓》,《天风报》,1937年4月15日。

第四章 张恨水旧体诗词论

曾 娟 袁志成

张恨水乃中国现代文学史上尤其是通俗文学史上的重要作家之一,其长篇小说《金粉世家》《春明外史》《啼笑因缘》《斯人记》等作品在读者中影响巨大。自20世纪80年代以来,张恨水小说研究成为学术研究的热点,然对张恨水的旧体诗词研究几乎无人问津。目前可以找到有关张恨水旧体诗词研究的论文仅两篇。其一是马彦峰的《论张恨水小说中的诗词创作》[1],其二是伍立杨的《愁如大海酒边生——读张恨水与郁达夫的旧体诗词》[2]。前者主要论述张恨水小说中旧体诗词的作用,尚未涉及张恨水平时创作的旧体诗词;后者以比较的形式论述张恨水与郁达夫的旧体诗词,其中有关张恨水旧体诗词的分析篇幅较少,仅占文章的五分之一。另外,胡迎建于《民国旧体诗史稿》中略有涉及,称:"民国前期,鸳鸯蝴蝶派作家徐枕亚、包天笑、周瘦鹃、张恨水等颇为著名,他们以上海为主要活动地点,大多从事过报刊工作。其实这些作家都能诗,不过前三人往往流连风月之作甚多,社会意义不很大。"[3]胡迎建在比较中得出张恨水的旧体诗词还是有一定社会意义的,并在接下来以五百字左右的篇幅简要概述了张恨水旧体诗歌的思想内容。该著作囿于篇幅,未能详尽张恨水旧体诗词的创作,但其研究内容与方法很值得借鉴。本文通过梳理张恨水的旧体诗词,并试图厘清张恨水旧体诗词写作观念,以更全面展现张恨水在旧体诗词方面的贡献。

---

[1] 马彦峰:《论张恨水小说中的诗词创作》,《安徽文学》2008年第12期。
[2] 伍立杨:《愁如大海酒边生——读张恨水与郁达夫的旧体诗词》,《书屋》2005年第6期。
[3] 胡迎建:《民国旧体诗史稿》,江西人民出版社,2005年,第211—212页。

第一节 张恨水的旧体诗词创作

张恨水擅长旧体诗词创作。张恨水的报社同事张十方曾经说:"在全国读者的心目中,张恨水是写小说的能手。而其实,他对诗词歌赋也是很在行的。"①《张恨水全集》第61卷②,收入张恨水旧体诗词641首之多,其中诗歌513首、词作128阕。

《剪愁集》(1928—1941)收旧体诗歌103首。这些诗基本都发表于报纸副刊。作者在北京时期编辑《世界晚报》的《夜光》和《世界日报》的《明珠》两副刊。发表于副刊上的诗作,既有作者有感而发的作品,也有为补白而为的游戏之作。在副刊中发表的游戏之作,有些只是谐趣之作,并无深意,代表了报纸副刊发表诗词联语等文字的一种面相:幽默、打趣;有些则在谐趣中包罗世相,评点世情流俗,颇有时代社会脚注之用。前者如摹仿京调戏作的唱词,取名则摹仿新流行于沪上的《小热昏》③,后者如《再版"没有题目三十首"》。据诗前小序"没有题目三十首"最初发表于1925年《世界日报》的《明珠》:

> 昨日遇到一个老友,说民国十四年,我在《明珠》上作有《不算诗集》,很有趣。中间《没有题目三十首》,尤其有趣得厉害。因为全文不记得了,主张我翻版一次,介绍于现在的读者。对于此说,我本以为不可。他说不要紧,张丹翁的《太阳晒屁股赋》,在《晶报》上就翻过版,有例可援呀!况且那三十首,也有近代史的资格……我被他游说所动,而且抄出来,可以搪塞一天的文债,我就照办了。④

所谓"有近代史的资格"未免夸大其辞,但确也是于谐趣中撷取世相,庄谑杂出。如:

---

① 张十方:《张恨水的诗》,《世纪》2011年第2期。
② 张恨水:《剪愁集》,北岳文艺出版社,1993年。
③ 发表于1927年8月6日《世界日报》副刊《明珠》,《剪愁集》,北岳文艺出版社,1993年,第48—50页。
④ 张恨水:《剪愁集》,北岳文艺出版社,1993年。

门前洋鼓卜通通,道是姑娘嫁老公。
一阵高跟鞋子响,如花笑入马车中。
洋房深入几多重,日上三竿午梦慵。
踏着拖鞋伸懒起,菱花镜里看烟容。
这个年头说什么,小民该死阔人多。
清官德政从何起?摩托洋房小老婆。
四月清和热未曾,古庵花事万人称。
一群姨太飞车到,不看丁香看小僧。
见人过去便垂涎,到老官心总不芟。
垂死热衷挣扎做,讣文增上几头衔。

  这些游戏之作,语言通俗,可谓老妪能解,从传统诗学的艺术讲,或无特殊价值,但是,对于报纸副刊而言,掇拾世态碎片,或稍加点染,或略作讥刺,宛如时代社会这部大书的批点,恰是现代市民大众读者的适切消闲读物,在这个意义上,可以说是一种创造。

  《剪愁集》所收另一部分诗作是抗战时期张恨水在重庆的《新民报》副刊《最后关头》中发表的作品。在抗战中,张恨水除了在小说、杂文中表达爱国抗战主题,在诗中也一样表达了这样的感时忧国情怀。正是在这样的背景下,张恨水在收集诗作时,作序以明今后诗作的努力方向。《剪愁集》序云:

> 中国词章,不含病态者,十不得二三。吾人苟有常识,当明知其非是。然濡笔伸毫,动辄愁怨满纸。此因文人积习难忘,而名人之环境,亦实有可以愁怨者在也。予为此故,颇欲一除故态,一年以来,只填词五六次,诗则未尝为之,乃一二同好,不安缄默,每以断句挑战。予遭遇坎坷,每多难言之隐,更得机会,辄一触而发,因是淡月纱窗,西风庭院,负手微吟,颇亦成章。遂择稍含蓄者,一为骨鲠之吐,而为之名曰《剪愁》。剪,去之也。顾名思义,予亦将有以改予笔调矣。①

---

① 张恨水:《剪愁集·序》,北岳文艺出版社,1993年。

作者要就此剪去愁怨,一改过去以诗抒写个人情怀的积习笔调。其实在《与雪崖弟论作诗》①中,张恨水即引梁启超"平生不作呻吟语"以自警策,可以说,张恨水对于梁启超诗界革命、胡适关于诗"不作无病呻吟"的诗学主张早已是赞同的。

《茅屋诗存》(1945.3—1945.4)有旧诗 13 首,此 13 首诗均发表于《新华日报》,发表时即以《茅屋诗存》为总题。茅屋即张恨水在重庆时所居所谓"国难屋",是名副其实的茅草房,自题所居"北望斋",取"北望中原泪满襟"之意。此间所作,既有读书感时之作,如《村居读书杂感》之四"路旁冻骨少陵哀,正值争名盛宴开,一醉群英千百万,不知谁作主人来";也有观戏杂感之作,如《看包公戏》四首之二"反映人心鼓板前,放粮断狱美如山,无非大嚼屠门意,转觉愚民太可怜";当然也不乏村居闲适之作,如《山居偶得》"春来荒谷也生情,梨白桃红到眼明"之类。

《集外诗》(1916—1956)共计 215 首旧诗,所收诗均为作者生前未辑题作品。《病中吟》(1952—1958)有旧诗 95 首、词 8 阕。所谓病,即 1949 年 5 月,张恨水于北平家中突发脑溢血昏迷,后经抢救苏醒,其间复苏养病经历较长时间,《病中吟》即其间所作。集中所收作品,始自 1951 年。1949 年至 1951 年的三年,恰如《夜坐小忆》所云"三年病久难提笔",此后陆续有作。《闲中吟》(1958—1962)有旧诗 87 首、词作 20 阕;所谓"闲",张伍在《忆父亲张恨水先生》中解释说:"1957 年后,由于'左'的思潮影响,报刊对父亲的约稿陡然减少,加之他的身体愈趋衰老,可以说他基本上是'赋闲家中'了。"②此集中《悼亡吟》26 首作于其妻病逝后。诗前小序云"一九五九年十月十四日六时差五分,妻害癌病逝世。精神麻乱,不能拿笔。今为十二月三日,把笔为悼亡吟。只恐诗有时不能达意也"③。一年后再作《悼亡吟》11 首,这些诗"用血和泪裹着甜蜜温馨的回忆""悱恻回肠"④。《何堪词》(1926—1947)有整整 100 首词,这些作品发表

---

① 张恨水:《与雪崖弟论作诗》,《世界日报》副刊《明珠》,1928 年 9 月 15 日。《剪愁集》,北岳文艺出版社,1993 年,第 11 页。
② 张伍:《忆父亲张恨水先生》,北京十月文艺出版社,1995 年,第 368 页。
③ 张恨水:《剪愁集》,北岳文艺出版社,1993 年,第 179 页。
④ 张伍:《忆父亲张恨水先生》,北京十月文艺出版社,1995 年,第 380 页。

于《世界晚报》副刊《夜光》、《世界日报》副刊《明珠》、《新民报》副刊《最后关头》等。

第二节 张恨水旧体诗词与报刊

晚清以降,报纸杂志如雨后春笋般涌现,对中国文学的现代转型有着重要的作用。左鹏军称:"相对于中国传统文学而言,近代文学传播的一个最大变化就是伴随着新闻出版业的兴盛而日益发达的报刊传播,这一变化对中国文学的影响和作用是革命性的、根本性的。它至少改变了作品的创作速度、创作方式、传播途径、接受方式等,这些前所未有的深刻变化不能不对作家的文学观念、创作心态、创作预想、生存状态等发生重要的影响。"[1]民国时期诸多文人转型为报人,张恨水可称得上较为成功的。民国七年(1918),张恨水于芜湖担任《皖江日报》总编辑,同时负责文艺副刊,曾于副刊发表小说《紫玉成烟》,反响热烈。民国八年(1919),张恨水入京在《时事新报》《益世报》担任助理编辑等。民国十三年(1924),张恨水入《世界晚报》,负责副刊《夜光》。随后,又担任《世界日报》的总编辑。民国二十五年(1936),张恨水于南京自创《南京人报》,创销售纪录,后因南京沦陷而停刊。民国二十七年(1938),张恨水辗转至重庆,任《新民报》副刊《最后关头》主编。抗日战争胜利后,张恨水回北京,继续担任《新民报》副刊《北海》的主编。张恨水担纲各种报纸杂志期间,撰写旧体诗词,依其便利而刊发于报纸杂志。列表如下:

报刊名称	发表诗词
《世界日报》副刊《明珠》	《怀旧》、《踏莎行》、《笑意》、《送友》、《幽居》、《与雪崖弟论作诗》、《秋兴》三首、《今夜月》、《偶怀兼示郝三》、《榆关道上》、《无题》三十首、《读李义山集》、《中海荡舟玩十六夜月》、《丹翁赐联》、《读佛经》、《灯前》四首、《悠然有所思》、《暮秋抒怀》、《读史杂感》、《佣书余沈》、《燕尘杂韵》四首、《题画》四首、《黄昏细雨》、《枕上偶占》、《答知一君问》、《夜坐偶忆》三首、《夜课》、《有感》四首、《夜坐》二首、《秋柳》三首、《菩萨蛮》两阕、《念奴娇》、《摊破浣溪沙》两阕、《浣溪沙》(寂莫隋宫夕照西)

---

[1] 左鹏军:《报刊传播与近代广东戏剧繁荣》,《广东社会科学》2007年第4期。

续　表

报刊名称	发表诗词
《世界晚报》副刊《夜光》	《赋得越穷越没有》、《赋得瞧你的》、《能除烦恼何妨死》、《咏北京》、《答诗》三首、《集俗语诗》四首、《戏作销魂语》四首、《七夕诗》、《浣溪沙》、《临江仙》
《立报》副刊《花果山》	《"双十"小咏》、《采桑子》、《忆江南》两阕
《新民报》副刊《最后关头》	《无题》五首、《乡居杂记》三首、《江南》三首、《文人!》二首、《偶见》、《续读史》、《分咏诗钟八联》、《十二月十三日》八首、《邻家杂诗》六首、《补白诗》十一首、《水调歌头》、《浣溪沙》四阕、《如梦令》四阕、《摸鱼儿》
重庆《新华日报》	《村居读书杂感》四首、《山居偶得》、《邻村看桃花》、《看包公戏》四首、《哀越人》、《哀宋人》、《哀明人》
重庆《新民报》	《浣溪沙》五阕
北平《新民报》副刊《北海》	《重过北海》二首、《重庆客》三首、《鞠躬》四首、《白门柳》三首、《慈辰七旬纪事》、《成都诗》二首、《卢沟桥感怀》七首、《题画》、《"八一五"书怀》、《苍蝇叹》五首、《记者节作》二首、《北海小咏》、《朝来》、《声声慢·招寻胜利果子》、《水调歌头·卢沟晚唱》
北平《新民报》副刊《图画半周刊》	《背影图》二首、《浣溪沙》两阕、《水晶帘》三阕

　　张恨水《剪愁集》中诗词约 70% 以上作品在其工作的副刊发表（新中国成立以后，张恨水创作的《病中吟》和《闲中吟》无一首诗词刊发于报纸杂志），晚清民国时期，传统文人如此多的古典诗词在报纸刊物发表，实属罕见。当然这离不开张恨水近三十年从事副刊编辑的工作。在普通人看来，副刊文章多为茶余饭后消闲之资，被视为小道末技。而作为副刊中的补白，更是小之又小，却十分有趣，常常耐人寻味。张恨水、郑逸梅等皆为补白高手。张恨水 1944 年 1 月 1 日原载于重庆《新民报》的《浣溪沙》五阕，有注云："风雾凄迷，忽焉岁阑，山居善怀，夜坐不寐，闲吟《饮水词》自遣。百感交集，不觉技痒，遂填《浣溪沙》四阕。次日之晨，得报社铭德兄书，嘱为元旦增刊写稿。匆促之中，无意可陈，若复旧话重提，敷衍故事，又感无聊，于是于四阕之后，再增兴韵一阕，以复重托。不足言词，藉以补白云尔。"[1]原载于 1947

---

[1] 张恨水：《剪愁集》，北岳文艺出版社，1993 年，第 242 页。

年5月8日北平《新民报》副刊《图画半周刊》的《水晶帘》,有注云:"曩在北平,喜为小诗小词,有时发表报端。……过既弃之,未尝置意也。者番北上,笑鸿兄言,刘雁声兄处,剪贴有拙作若干……因索回一观,复抄一份,留置案底。适编画刊,每遇示寸空白,填补为难,即随意采用之,乃恍然竹头木屑,亦有用之物。"①以上所述皆说明了张恨水旧体诗词创作既是有感而发,也是其办报过程中补白的需要。

同时,诗词一经报纸发表,传播速度较快,传播范围较广,影响相对较大。张恨水部分旧体诗词发表后,引起读者强烈反响,来函赐和。其《酸词余话》称:"《浣溪沙》词发表后,读者有若干函赐和,抛砖引玉,自属幸事。唯此等酸文,偶然自嘲,虽不伤大雅,若再三为之,似有意哭穷。"②所以张恨水特作一诗结束唱和之事。

第三节　张恨水小说中的旧体诗词

谈论张恨水的诗词写作,不能不讨论他小说中的诗词。张恨水是章回小说写作大家,章回小说的开篇诗和结尾诗,往往富有寓意。《雁归来》里西北少女杨燕秋,为救快要饿死的父母,卖身到南京。作者要借这个故事反映西北的贫困和灾难。小说第一回"玉貌同钦拆笺惊宠召　寓楼小集酌酒话平生"开篇就有几首竹枝词:

> 卖了耕牛卖种粮,几天未吃饿难当!
> 看来一物还能卖,爬上墙头拆屋梁。

> 一升麦子两升麸,埋在墙根用土铺;
> 留得大兵来送礼,免他索款又拉夫。

---

① 张恨水:《剪愁集》,北岳文艺出版社,1993年,第249页。
② 张恨水:《剪愁集》,北岳文艺出版社,1993年,第237页。

> 大恩要谢左宗棠,种下垂杨绿两行;
> 剥下树皮和草煮,又充菜饭又充汤。
>
> 树皮剥尽洞西东,吃也无时饿越凶;
> 百里长安行十日,赤身倒在路当中!
>
> 死聚生离怎两全? 卖儿卖女岂徒然!
> 武功人市便宜甚,十岁娃娃十块钱!
>
> 平民司令把头抬,要救苍生口号哀;
> 只是兵多还要饷,卖儿钱也送些来。
>
> 越是凶年土匪多,县城变作杀人窝!
> 红睛恶犬如豺虎,人腿衔来满地拖!
>
> 平凉军向陇南行,为救灾民转弄兵;
> 兵去匪来屠不尽,一城老妇剩三人![1]

正如小说叙事者所云"这几首竹枝词,伧俗的厉害,谈不上诗,不过这里面所说的话,是民国十七八年,陕甘两省实在的情形"。正是这些诗,在小说一开首就将小说人物所处的严峻环境渲染得非常鲜明,在这样的环境中展开杨燕秋的遭遇与奋斗故事。

《八十一梦》的《楔子》中有一首诗:"羞向朱门乞蕨薇,荒山茅屋学忘机。卢生自说邯郸梦,未必槐荫没是非。"在"我"做完十四个梦之后,《尾声》里又有一首诗:"梦是人生自在乡,王侯蝼蚁好排场。醒来又着新烦恼,转恨黄粱梦易香。"[2]这首尾的两首诗为人们解读《八十一梦》和作者的意图提供了一

---

[1] 张恨水著:《雁归来》,《张恨水选集》,安徽文艺出版社,1985年。
[2] 张恨水著:《八十一梦》,团结出版社,2007年,第3页,第217页。

今年又算轻离别,茜窗冷落梨花月。花气袭朝眠,一天杨柳烟。休将归燕问,问也无音信,争不忆江南?莺花三月三。

东风又绿庭前树,消磨一半青春去。春那解消磨,人把春误过。若有阳春脚,愿把红丝缚。缚也是空留,红颜不白头。①

梁寒山因读词而想慕其人,由此展开两人相知相敬相慕相爱到最后未能终成眷属的故事。从全书故事看,人物的词已经在故事展开之前暗示了其人生悲剧。

除了让诗词成为叙事的一部分外,张恨水还借用小说中的诗词来表达他的诗学观念。《春明外史》第八回杨杏园与舒九成夜游公园,见月下景色清幽:

> 舒九成道:"这很有点西洋油画的意味。良宵不可无诗,我们来联句玩玩,好不好?"杨杏园道:"我几个月也没有弄过这样东西,诗兴枯拙得很,恐怕联不上来。"舒九成道:"反正弄着好玩,比比诗兴,试试何妨?"杨杏园抬头一看天上,一点云彩也没有,笑道:"我倒有现成的七个字的起句,是'碧天迢递月凄凉。'"舒九成道:"不好,起得太颓丧了,况且也好像游仙诗。我主张不要这些无病而呻的荒凉字样。"杨杏园道:"不能说败兴话吗?那末,说一句挺好的'银河迢递接红墙'罢。"舒九成道:"这又太艳了,不像月下联句的诗。"杨杏园笑道:"这就太难了,说得清凄不好,说得浓艳不好,那如何才对呢?"因低头想了一想,说道:"我还是照原来的字面,改为'碧天迢递夜方长'罢。"舒九成笑道:"好虽不好,倒像起句,就是它罢。我接一句:'月影随人过草塘。'"杨杏园道:"好,现成的句子,被你得了。原来你要留这个月字自己用。你且说底下的。"舒九成道:"得水新蛙鸣阁阁。'"杨杏园笑道:"说你图现成,你越发捡便宜了。把这河里的虾蟆,都利用起来。"舒九成道:"蛙字不可以入诗吗?"杨杏园道:"自然是可以的。"舒九成道:"却又来,既然可

---

① 张恨水:《斯人记》,中国文艺出版社,2005年,第108页。

以,那就没得说了。况且我还另有意思呢!"杨杏园道:"我知道,但是我们联我们的句,讽刺他们则甚?况且阁阁两个字,七阳里面,虽有堂堂洋洋几个字面来对,一定做不好,不如改了。"舒九成也不做声,走出瓜棚去,在树底下,站了一会。笑着过来道:"我有一句好的了,'树外市声风后定',如何?"杨杏园笑道:"还可以。我对一句:'水边院落晚来凉。'"舒九成道:"这句也不错。底下呢?"杨杏园道:"底下是'看花无酒能医俗。'"舒九成道:"这是应该转的。我对一句'对客高歌未改狂。'再说一句'不用悲秋兴别恨,'你去收了。"杨杏园道:"'中宵诗绪已苍茫。'"舒九成道:"收得韵脚太生硬,要改一句才好。"杨杏园道:"姑存之,我们再望下联罢。"两人复又联成两首,共是三首。联完了,杨杏园掏出日记本子,把它记上。那诗道:

碧天迢递夜方长,(杨)月影随人过草塘。
树外市声风后定,(舒)水边院落晚来凉。
看花无酒能医俗,(杨)对客高歌未改狂。
不用悲秋兴别恨,(舒)中宵诗绪已苍茫。(杨)

野塘人静更清幽,(杨)一院虫声两岸秋。
浅水芦花怜月冷,(舒)西风落木为诗愁。
不堪薄醉消良夜,(杨)终把残篇记浪游。
莫厌频过歌舞地,(舒)等闲白了少年头。(杨)

强把秋光当作春,(杨)登临转觉悔风尘。
却输花月能千古,(舒)愿约云霞作四邻。
酣饮莫谈天下事,(杨)苦吟都是个中人。
归来今夜江南梦,(舒)。憔悴京华病后身。(杨)

杨杏园写完,低低吟了一遍,笑道:"通体顺适,竟可以说得过去。"①

---

① 张恨水:《春明外史》(上卷),江苏文艺出版社,2004年,第96—97页。

这一段二人边联句边议论,主张不用"无病而呻的荒凉字样",也避免"说得浓艳",最后以一句平实的"碧天迢递夜方长"起句,则是写眼前所见所感,即所谓"现成的句子",看似容易,其实倒是脱去文人俗套的清新之作。在这联句讨论中,正透露了张恨水的诗学主张。

张恨水曾提到:他年轻时非常欣赏《花月痕》,"《花月痕》的故事,对我没有什么影响,而它上面的诗词小品,以至于小说回目,我却被陶醉了"①。不过张恨水的小说没有《花月痕》的毛病。在《花月痕》中,诗词歌赋作为一种抒情文类,数量太多以致常常打断叙事的进程,故评家有炫才之讥。过多的诗词歌赋的存在,表明作者对于小说叙事文体的特性缺乏清醒的认知。张恨水一方面吸取以诗词入小说的传统小说创作经验,另一方面由于他对小说文体的特征有清醒的认识,所以在学习前人时,没有重蹈旧辙,而是有自己的改良和发展。

第四节　张恨水旧体诗词创作主旨

张恨水《与雪崖弟论作诗》云:"平生不作呻吟语,意气虽豪理却输。如此江山天醉了,相看能带笑颜无。炉火纯青自古难,一言一韵要吟安。平常正是工夫到,莫买胭脂画牡丹。"②"平生不作呻吟语"乃梁启超语。梁启超于其诗《自厉二首》中云:"平生最恶牢骚语,作态呻吟苦恨谁。万事祸为福所倚,百年力与命相持。立身岂患无余地,报国唯忧或后时。未学英雄先学道,肯将荣瘁校群儿。"张恨水旧体诗词很少无病呻吟,皆有感而发,主要表现在关注时事、国事,悼念亡妻,乡间闲居等等。

张恨水旧体诗词将笔触伸至时事与国事,表现出对国家存亡的高度关心和对社会动荡、民不聊生的怜悯。1928 年 9 月 18 日发表于《世界日报》副刊《明珠》的《秋兴》三首,其一云:"碧空黄叶景凄清,又见旌旗出古城。大道衰杨初落日,西风残角正操兵。投鞭终令三苗服,横槊何须四座惊。野老回

---

① 张恨水:《写作生涯回忆》,张占国、魏守忠《张恨水研究资料》,知识产权出版社,2009 年,第 13 页。
② 《世界日报》副刊《明珠》,1928 年 9 月 15 日。

家应破涕,壶浆携向战场行。"该诗直面战争,首句即采用比兴的手法,渲染肃杀的气氛。又如1934年的《西行见闻》组诗,直接将西北人民饱受战争之苦的情况描绘出来。如上述提及的"大恩要谢左宗棠,种下垂杨绿两行。剥下树皮和草煮,又充饭菜又充汤",语意似有调侃之意,实则痛陈西北人民的苦难生活。抗日战争爆发以后,张恨水将文人的民族情怀倾注于诗歌,写出了诸多时事诗,达到以诗存史。如《江南》三首,此乃张恨水1939年8月13日所写,原刊于《新民报》的副刊《最后关头》,组诗云:

忍看数字五和三,耻辱重重字里含。久恐劫灰无识处,残宵黑月梦江南。

回首江南一黯然,万千庐墓化烽烟。痴儿争向朱门说,血肉牺牲已二年。

借枕邯郸事当真,萧曹管乐一时新。飘零尚作忧天梦,痴绝江南在野人。

两年前的8月13日,正值上海爆发淞沪战役。诗歌以江南为线索,第一首写久劫后只能梦江南,第二首写回首江南的烽烟,第三首则飘零孤苦的诗人仍对江南痴情不改。

1937年12月,南京城全面沦陷,日本人在南京犯下滔天罪行。故于两年后的12月13日,诗人写《十二月十三日——感怀金陵怆然有作》八首,以祭英灵。其二云:"江山如泣半模糊,此日前年失大都。城里遗民三十万,可能一哭似予无?"抗战胜利一年后,诗人仍沉浸于喜悦与感怀当中,如《"八一五"书怀》云:

奏凯归来话旧因,问谁能减去年贫?山河尽有贪污海,冠盖全无涤耻人。两地旌旗蒙汉鼎,一天烽火接胡尘。婉言若还苍生意,夜半何妨问鬼神。

此诗写于抗战胜利一周年之际,即1946年8月15日。《去年今日重庆》

云:"遽惊爆竹撼陪都,万岁声声夹道呼。金鼓震天飞捷报,市人如海塞归途。千家灯火连长夜,一半朋侪是醉夫。北地又逢重庆客,问君记得去年无?"则将抗战胜利时陪都重庆人民的欢欣鼓舞描绘得淋漓尽致。又有词《声声慢·招寻胜利果子》云:"寻寻觅觅,冷冷清清,凄凄惨惨戚戚。又是一年光景,毫无消息。七歪八倒百姓,怎敌他打头风急。拾来也正伤心,却是无人相识。满地烽烟堆积,憔悴损,一枚有谁攀摘?五子登科,除是那人能把良心染黑。血花更兼汗雨,到而今点点滴滴。这次地,只一个宽字道得。"注曰:"胜利之年,《北海》不可无词贺之,魂兮归来,民亦劳止。雪泪浪浪,亦只能打油一番而已。"① 这与当年胜利时的狂欢心态已形成鲜明对比。

1955年10月,张恨水妻子病逝。恨水精神麻乱,不能拿笔。时过近二月,恨水把笔赋吟26首,以悼亡妻。诗人妻子去世一周年,恨水又有《悼亡吟》11首,体裁为七律。同时,尚有词作《浣溪沙·忆妻词》三阕。1961年10月,张恨水又有《期近妻逝世二周年》七律一诗和《南歌子·悼亡》二阕。张恨水前后总计有悼亡诗词43首。如《悼亡吟》其一云:"二十八年学画眉,一双游履合欢枝。而今踯躅秋坟里,八宝山前日暮时。"其二云:"杭州一片水云晨,游履忘劳月作邻。画舫断桥今尚在,眼前缺少倚栏人。"作者以回忆的形式将自己与亡妻生前的点点滴滴展现出来,如杭州、苏州路、随园等等曾留下夫妻二人的恩爱行踪。诗人以物是人非的对比,衬托出如今的形只影单和对亡妻的深切思念。又如《南歌子·悼亡》云:

破碎珊瑚网,低徊玳瑁钗。席中虚有合欢杯,竹影依稀不见可人来。红豆天丝断,落花玉树埋。空思合镜梦边回,尽管盆梅胜雪雪成堆。

红杏腮堆艳,青丝发乱飘。亭亭壁像未能招,静默无言独立度花朝。嬉笑嘲双影,狂欢闹半宵。醒来却听远邻箫,无奈黄泉寥落画图遥。

---

① 张恨水:《剪愁集》,北岳文艺出版社,1993年,第244页。

前阕词作以珊瑚网、玳瑁钗、合欢杯、红豆、落花、盆梅为意象,营造欢愉之景以写哀思之情。后阕词作上片写形只影单,下片仍先写热闹情景凸显酒醒之后的思亲念亲的无奈。

　　张恨水平生主要从事办报,实则忙人。然而,忙人亦有清闲之时,或乡居,或闲居,偶有清新诗词。如《幽居》云:"微吟犹得息痴顽,日在明窗净几间。墙上寒苔青到屋,门前高树碧如山。翻经不觉消愁疾,对镜何须念旧颜。扫地焚香盘膝坐,半因学佛半因闲。"诗注曰:"仆,忙人也,安得如此闲雅。编稿余暇,窗前小坐,适得些解,遂发之于诗耳。"[①]1938 年,张恨水举家迁往南京乡下,以避战祸。诗人诗趣甚浓,下笔颇多。如其词《忆江南》则是闲居南京乡下的组诗。《忆江南》序称:"日寇西来,举家南京乡居。居系水村,一片水田,十里长堤。遥见蒋山青青一抹。日机不来,沿子江缓步,则见杨柳成林,江波浪平。吾家所居,是前临水塘,后辟菜圃,村树摇风,壁花豆棚间,颇多乐趣。"[②]如其二云:"江南忆,满屋是藤花。柳下行来穿白露,舟中归去映流霞,门外子江斜。"其五云:"江南忆,日午纳凉时。万户塘西人把钓,启窗花落客敲棋,轻过竹阴移。"词作将移居南京乡下的农家风情描绘得一览无余,清新动人。当然,身处乱世的诗人并未让眼前的农家风景迷失自我,时时关注时事与国事。如其十云:"江南忆,入寇说偏师。纵火楼台烟雾乱,杀人城野血花飞,此恨万难移。"对日寇于南京城的屠杀表现出知识分子应有的血性。

第五节　张恨水旧体诗词观念:温柔敦厚

　　温柔敦厚是中国传统知识分子的基本诗学主张,从《诗经》至清中叶沈德潜,再到晚清民国蒋兆兰等,一以贯之。民国以后,不仅旧式文人在创作诗词时多遵循温柔敦厚,通俗文学小说家在创作旧体诗词时亦以此为宗,尤以张恨水为代表。伍立杨称:"恨水先生那样饶于老派情怀的文人,他的诗

---

① 张恨水:《剪愁集》,北岳文艺出版社,1993 年,第 11 页。
② 张恨水:《剪愁集》,北岳文艺出版社,1993 年,第 193 页。

词、散文,俱为小说的巨大声名所掩,实际上他的旧体诗词既合于温柔敦厚的诗教,又能近接时代氛围,使个人品格与知识分子的怀抱相交织,同时亦将民间的疾苦、兴亡的情绪寄托其中。"①张恨水的旧体诗词观主要散见于《上下古今谈》。《上下古今谈》是张恨水在重庆《新民报》开设的专栏名称,始于1941年12月1日,终于1945年11月底。张恨水在此专栏共发表杂文一千余篇,在战时重庆颇有影响。内容极为广泛,举凡时代弊端,战事进展,社会政治、经济以及大众百相,均纳入笔端,而战时文坛词章,自在评说之列。《很少赶得上时代的诗》(1942年6月30日)一则中云:

> 为了词章受某会的三等奖,引起文坛上的不平,可是我们词人自身,也得自我检讨一番才好。请问:有多少成熟的作品,敦厚蕴藉,微讽过时局?更有多少慷慨悲歌,叙述抗战?
>
> ……
>
> 这个时代,就诗本身来说,杜甫、陆放翁、元遗山的作品,我们已觉不够劲。因为他们在帝王时代所说的话,不能代表我们民主时代的话;况现在的词章家,他们就不敢去学以上三人。比如老杜的"独使玉尊忧社稷,诸君何以答升平"?也就够捧场了。然而这样的诗,在"门客文章"里就不常见。这样说起来,倒是语体诗,常常写点请鬼子吃手榴弹的话,比那旧诗人弄些芳草美人要痛快得多了。②

张恨水针对某些受奖作品,扪心自问:"有多少成熟的作品,敦厚蕴藉,微讽过时局?更有多少慷慨悲歌,叙述抗战?"这两句话表明了诗人的两个诗歌观点:其一,诗歌要敦厚蕴藉,达到上以风化下、下以讽刺上的目的;其二,诗歌要有史实意识,达到以诗存史、以诗纪史。接下来,恨水批评了当代的诗人,尚未学杜甫、陆游、元好问等现实主义诗歌,而是做些"门客文章"。如果从这个角度来看,这些门客扭扭捏捏的文章,还不如那些以诗纪史的语

---

① 伍立杨:《愁如大海酒边生——读张恨水与郁达夫的旧体诗词》,《书屋》,2005年第6期。
② 发表在《上下古今谈》专栏的杂文,于1993年由北方文艺出版社、2007年华文出版社、2015年时代文艺出版社分别出版单行本。张恨水:《上下古今谈》,北方文艺出版社,1993年,第97页。

体诗。因此,张恨水在评价新旧诗的优劣时,更以力量、感人来评论。其称:"近来许多新文艺家,都喜欢作旧诗,而且是作七律。有人以为这是文艺家进步,又有人以为是向旧诗投降。我以为,前者不全是,后者却全非。……诗有传之千百年的,也有五分钟内就让人遗忘的,这并不关乎诗的体裁如何,而是在于诗的力量能否感动人。因此,我们对新文艺家写旧诗,除了许可他有多一种手法而外,不必有其他感想。"①民国年间,新旧诗争论不休,甚而互相诋毁。张恨水新旧诗歌论,颇有新意,将文体置之于外,无论新旧诗歌与否,只要是充满力量、感人的,就是好作品。此种论断不失为解决当时新旧诗论的好办法之一。

张恨水在诗歌方面主张温柔敦厚,在词体创作方面同出一源,讲究比兴寄托,颇为推崇常州词人。其论常州词派时称:"他们的宗旨,实在是可取法的。根据他们的作法,那种剪绿裁红,浪子唱的小调,自然是没有。而歌功颂德,门客的媚态,也没有。至少,让人明白了,词虽小道,应当为什么而下笔。现在很少人填词,不久,也许会亡。我们自无须顾虑到词风不竞。不过现在作诗文的,还大有人在。我们希望年轻文人,不要做浪子,更望中年文人,不要做门客。张惠言那种选《词选》的精神,还是值得提倡的。因为今天朝野可言者多矣。"②晚清伊始,以张惠言为首的常州词派崛起于词坛。常州词人讲究"词,意内言外",比兴寄托,含蓄蕴藉。张恨水对常州词派的叙论从正面肯定了"应当为什么而下笔",即注意词体创作的内容,要有寄托。同时,也从反面批评了年轻文人的浮浪和中年文人的门客文章。

张恨水虽然只是一介书生与报业者,其为人论诗讲究骨气,尤其是对于像汪精卫等汉奸诗歌评价甚低。其《上下古今谈》云:"在晚刊上见汪贼的六十自寿诗一绝,好像是开讲儿童,初学写的作品一样。'种种犹如今日生',这是他的结句。这不过是改写的一句成语而已,哪里像诗?汪逆的诗格,本来就不高,但在中年以前,诗中多少还有些生气。到了暮年,利禄熏心,人成了行尸走肉,诗也就成了粪渣。"③

---

① 张恨水:《上下古今谈》,北方文艺出版社,1993年,第190页。
② 张恨水:《上下古今谈》,北方文艺出版社,1993年,第113页。
③ 张恨水:《上下古今谈》,北岳文艺出版社,1993年,第278页。

第六节　张恨水旧体诗词的艺术特征

入民国以后,"前清官吏出身的诗人失位赋闲,他们能将诗艺提高到新的水平,但同时又由于观念、意识的落伍,诗多苦语,哀心所感,多噍杀之音"①。张恨水因其大部分时间从事报纸媒体,与市民打交道,思想意识一直与时俱进,且平常生活节奏快慢分明,同时信奉佛学,故其诗歌与传统意义上的旧式诗人创作艺术有所不同,少了几分苦吟,多了一分通俗易懂,多了几分讽谕,多了几分悲凉。

作为转型较为成功的旧式文人,张恨水在办报过程中亦困难重重,有时既没稿源,又没编辑,一个人要包揽所有的活,其心有时产生悲凉意识可想而知。而真正影响张恨水悲凉意识的还是来自学佛。其诗歌《幽居》云:"翻经不觉消愁疾,对镜何须念旧颜。扫地焚香盘膝坐,半因学佛半因闲。"其原载于《世界日报》副刊《明珠》的《没有题目三十首》前序云:"三年前的我,未曾入佛学的门径,提起笔来,就是光芒四散。现在我虽用不着忏悔,然而我受了佛学的陶熔,我很愿适可而止了。"②《灯前》其一云:"坐久不言还一笑,此中禅味老僧知。"《答诗三首》其二云:"闻道多情才学佛,何须有酒始成魔。"张恨水在《金粉世家·序》称:"嗟夫!人生宇宙间,岂非一玄妙不可捉摸之悲剧乎?"张恨水认为人生就是一场不可捉摸的悲剧,故在其诗词创作中,常常流露出悲愁、人世沧桑等情怀。如《游仙诗二十韵》有句云:"多情难学佛,好事尚疑仙。""风波失小约,愁病悟空禅。"《佣书余渖》其五云:"四壁有花皆冷艳,一灯如月伴枯禅。此时清福无人识,闲坐残经古佛边。"诗人以心观物,因心境凄冷,导致眼中之花皆呈冷艳。又如《怀往事》其一云:"一春花事又沧桑,空效幽人恋夕阳。若有他生何惜死,便无今日也难狂。忽然心病如焚茧,正是愁来欲断肠。愿把华年消涕泪,哭将三万六千场。"该诗序称:"五月十二日,孤步北海,游兴未阑,悲思忽起。掩袂归来,凄然独坐。追

---

① 胡迎建:《民国旧体诗史稿》,江西人民出版社,2005年,第2页。
② 张恨水:《剪愁集》,北岳文艺出版社,1993年,第16页。

怀往事,更念来兹。把笔微吟,适成此解。伤心已极,不择词矣。"序中交代写作的缘由:孤身游北海,尚未游完而悲思万涌,回家之后追怀往事,感慨而成。

民国社会受战乱影响严重,时而物价飞涨,一钱不值。针对此种现象,张恨水以旧体诗歌的形式给予了深刻的讽谕。如《烟非烟诗,咏一寸香烟一寸金也》云:"纸烟戒绝已经年,把笔焦思瘾可怜。慢说文从烟里出,卖文不够买烟钱。""闻道行都百事繁,从容平价尚嫌烦。时来怎怪香烟贵,一客西餐五十元。"前者以香烟价钱漫涨,作文酬劳已不够买香烟;后者以讽谕的手法写陪都重庆物价上涨。又如,对于社会贫富悬殊,张恨水语言犀利,一针见血。《偶见》云:"蓝裤蓝衣滚白边,轿伕抬轿气昂然。轿中胖胖官员坐,我说无非一袋钱。"此诗发表于1938年重庆《新民报》副刊《最后关头》,诗人以调侃的口吻叙述轿伕的气宇轩昂,讽谕重庆讲究排场;结尾画龙点睛。因此,胡迎建先生称:"他的诗大多词语通俗而风趣,悚畅而自然,犹如民谣,而采用讽喻手法以针砭时弊的用意极明显也极大胆。"①

民国旧体诗词在语言方面走上两个趋向:其一是不愿接受新事物的传统文人喜苦吟,重格律,尚典雅,力争将古典诗词的传统承袭并发扬光大,如午社、如社等词人,他们在创作上要求严格遵守音律。夏敬观《鞠谦词·序》称仇埰词学主张:"君词严守声律,历梦窗藩篱,取材质朴而冶其芬丽,盖骎骎乎成一家之言。"②此处夏敬观指出仇埰填词严守声律,坚守传统。其二是逐渐融入市民生活的介于新旧文人之间的文人,如通俗作家们,以小说创作为主,但仍有诸多旧体诗词创作。他们与近代传媒关系密切,受报章体文章语言特点的影响,其旧体诗词创作在语言上则显得通俗易懂,形象生动。常丽洁称:"早期新文学作家多把自己的旧体诗称为'打油诗',原因不外撇清立场、表示对旧体诗前景的悲观、践行白话文学理念和藏拙等几方面,但却由此进入或重返旧体诗的创作领域,并进而在不断的思路调整中迈出了20世纪中国旧体诗革新的步伐。"③张恨水的旧体诗词是此类文人旧体诗词创

---

① 胡迎建:《民国旧体诗史稿》,江西人民出版社,2005年,第213页。
② 仇埰:《鞠谦词》,民国三十六年铅印本。
③ 常丽洁:《打油:早期新文学作家创作的一个关键词》,《作家》2011年第2期。

作的代表,喜用俗语数字,浅显生动,大有令人感到迈出了旧体诗革新步伐之感。

　　通过梳理可知,张恨水旧体诗词的创作与其从事的报刊媒体息息相关,其温柔敦厚的旧体诗词论反映在创作上表现出关注国事、时事,以诗存史;在艺术特征方面表现出悲凉意识、语言浅显易懂、强烈的讽谕手法等。当然,现代作家在旧体诗词创作时容易表现出向新文体靠拢,逐渐混淆文体界限等倾向。张恨水的旧体诗词就受当时白话文运动影响颇深,其诗歌有时过于口头化,语言直白,缺少凝练。如《没有题目三十首》有言:"这个年头说什么,小民该死阔人多。"

　　总体而言,张恨水的旧体诗词观及其创作有助于更好地理解20世纪错综复杂的新旧文学交汇现象。20世纪上半叶社会动荡,旧式文人坚守传统,旧体文学不会随即退出历史舞台。同时,新文学作家亦常推出他们的古体诗词创作。处于如此社会文学氛围中的张恨水,以其个人气质和才学教养,在他的古体诗词中融入了现代人的现代情绪,使古体诗词获得了生命的延展。

后　记

在我耄耋之年要再主持一个较大型的集体项目,我是心存顾虑的,与过去相比,我的精力已大不如前了。正当我还在犹豫不决的时候,两位老友对我表示大力支持,那就是我过去的学生汤哲声和刘祥安教授。他们是我 20 世纪 80 年代的硕士生,90 年代的博士生。时间匆匆,他们也早就成了博士生导师。在他们的教导下,也有多批博士和博士后完成了学业。这次他们的想法与我竟不谋而合:何不在我的主持下,以"第三代"为主力,去完成这一新的科研课题呢!这对"第三代"也是一次很好的锻炼机会。在我们口中的"第三代",就是从我研究与开讲"通俗文学"这门课程以来,第二代就是汤哲声、刘祥安等在博士生阶段与我合作完成了《中国近现代通俗文学史》,自从该著作多次获奖后,在苏州大学,通俗文学就成了"中国现当代文学"二级学科中的一个特色研究方向,也可以单列招收硕士生和博士生了。在汤哲声、刘祥安等教授培养下的博士们就算是这一研究方向的"第三代"。这批我的"再传弟子"现在大多在各高校任教,以他们为主力组成一个课题组(当然也有个别其他学校的毕业生),在写作实践中去培养这批青年教师,完成一个较大型的新课题,确是一举两得的好办法。当然也可以衡量我们过去的教学成果,从中总结培养博、硕士成败的经验与教训。因此我们决定,这个课题由我们老中青"三代人"联袂,而以"第三代"为主力,既分工又合作,就像三代人一起拍一张"学术集体照"一样,这是很有纪念意义的。这些博士和博士后都以主攻通俗文学方向为专业,虽然他们各有自己的导师,但他们中的大部分人也与我相熟。我退休后,他们也常到我家中讨论各种与业务有关的问题。我的学生辈也很照顾我这个老汉,在我退休后他们每年都

后 记

会分派两三位研究生来做我的助手,我对这些助手也就更知根知底了,就这批曾做过我助手的学生而言,我知道他们可以称得上是"很负责任的一代",与他们合作,他们是会认真从事的,这就弥补了我信心不足的短板,他们会一如既往,完成我分配给他们的工作的。另外我们虽然是"隔代",但因为我熟悉他们,我还是能知道安排谁承担某个分课题较为合适,对此,我心中是有底的。

我们这个项目定期三年完成。他们虽然分散在外地各高校,但可以每年回母校一次,他们是非常乐意的。第一次是项目"开题",于2015年4月召开,我们各人明确了分工和自己所承担的任务;一年后,第二次会议是"中期检查",检查各位合作者的资料准备工作的情况和交流各分课题的写作提纲,相互启发切磋;第三年是当全书完成后准备开一次"总结会",大家交流分课题的主要内容与撰写过程中的心得体会。我作为主编,也应对"第三代"的合作者们的文章作一次"点评",指出其中的优缺点与今后努力的方向,供大家参考。

我们课题组的这三次会议,第一和第三次会议是在苏州召开。在第一次"开题"会议时,苏州大学分管文科的田晓明副校长莅会,对我们的课题表示极大的支持与关心。第二次的"中期检查"会议是由江苏凤凰教育出版社、苏州大学文学院、扬州大学文学院和扬州江海职业技术学院四家联合召开,承办单位是扬州江海职业技术学院。我们要特别感谢扬州江海职业技术学院的朱克昌书记兼院长为这次会议事先召开了后勤预备会议,在会场、住宿、伙食上都为我们作了妥善的安排。在这次会议中吴义勤、郭娟、傅光明、李静、陈建华、徐斯年、刘祥安等几位专家学者都对我们进行了指导,提出了许多宝贵的意见。中国作协书记吴义勤同志还答应为本书写"序言"。我们一并在此表示谢忱。第三次的总结会议还要等本书出版后,听听多方专家与读者的意见,再行召开,我们相信这样会得到更多的启迪。

我们既然是培养"第三代"为主,同时也要有一点超前意识,那就是希望"第三代"能趁此机会培养他们所指导的研究生或高年级的本科生,作为后备军——也即从中挑选"第四代"的苗子。因此要求他们能选取对通俗文学有兴趣的优秀学生,参加"见习"。在立提纲与酝酿论点时,也让这些学生参加讨论,有条件的学生也可以一起参与搜集资料等有关的辅助性工作;例如我目前所带的四位研究生助手，还承担了若干事务性工作，如帮我复印资料，电脑打字和校对稿件等杂务。现在看来，采取这一措施，学生都反映对他们有很大的帮助，他们知道了今后完成学位论文时应走哪几步"工序"，在考虑论点论据方面也比过去摸到了一些"门道"。为了做这些辅助性的工作，他们也是很辛苦的，但他们说，做得很有收获，实在是"劳有所得"。我在这里也要对他们为项目所做的贡献表示感谢。我将他们的名字列在"后记"中，予以表扬。他们是（以姓名笔画为序）王小雨、王姝敏、王艳菊、王埔芳、甘勋、田应华、史悠、付紫蓉、冯云波、宁思慧、宁静、朱孔婷、朱花蕾、伊丽、刘艳楠、许妙、孙鸿宇、严心意、杜程、李亦萍、李希希、李畅、李奕然、李凌、李琛、吴南辉、何增辉、佘海妮、张江婉、张柔、张菲菲、罗杰、周叶清、赵亮、秦碧敏、贾若雅、徐栋、崔慧、章琳、葛利利、蒋日松、程玲玲、樊徐瑞、颜霜、戴瑞等。

当然我更要感谢我们的"第三代"合作者们，他们在今年如此漫长而酷热的夏日里，在挥汗如雨中能按时完成任务，这种精神是难能可贵的。我也在他们这种精神的鼓舞下，从2016年3月到10月份，每天看稿改稿，自己也写了10多万字的分课题，也算是挺过来了。我虽然老眼昏花，还两次到医院验光换了两副眼镜，但我知道，这是我承担的最后一个集体项目了，虽然我并不准备封笔，但以后我不会再接此类较大型的集体项目的任务了，但这次我总不能拖合作者的后腿啊。今天是2016年12月31日，当我完成这篇"后记"时，我一方面期待2017年3月份能准时出书；同时，我也深深感到通过这个项目的实践，通俗文学研究是后继有人的，"第三代"一定能接过第一、二代研究者的接力棒，我们这一研究专业方向今后一定能生生不息、代代相传，也有希望青出于蓝而胜于蓝，这使我感到无比欣慰！

为本书的出版，江苏凤凰教育出版社的顾华明社长、王瑞书总编，也多次对本书提出要求，一再表示支持与关心；策划编辑章俊弟编审、责任编辑周敬芝副编审都为本书的顺利出版投入了大量精力。苏州大学文学院曾多次受惠于江苏凤凰教育出版社的鼎力支持，我们很多的科研成果都在该社出版，我们铭感于心。

范伯群 2016年12月31日于苏州